内容简介

　　这是国内外第一部中国古代小说构思学专著：中国古代小说形成哪些构思方法？哪位作家是哪类构思方式开创者？哪位作家是哪类构思集大成者？这些构思方法如何萌芽、成长，并长成一棵棵小说名作的参天大树？这些形态各异的参天大树如何共묊华夏一园，形成中国古代小说构思千姿百态、摇曳生风的美景？本书既总结中国古代小说创作经验，又为当代作家提供经典参考

作者简介

　　马瑞芳，1942年生，山东大学古代文学专业学科带头人、中文系教授、博士生导师、中国作协全委会荣誉委员，曾任山东省作协副主席、山东省政协常委、山东省人大常委。出版作品四十余部，如专著《幻由人生蒲松龄传》、长篇小说《蓝眼睛黑眼睛》、散文集《煎饼花儿》等。曾获全国优秀长篇小说奖、全国纪实散文奖、首届全国少数民族创作散文一等奖、全国女性文学创作奖、全国女性文学理论创新奖，多次获山东省社会科学优秀成果奖。

丛书主编 马瑞芳

中国古代小说发展研究丛书

中国古代小说构思学

马瑞芳 著

山东教育出版社

图书在版编目(CIP)数据

中国古代小说构思学/马瑞芳著. —济南:山东
教育出版社,2015
(中国古代小说发展研究丛书/马瑞芳主编)
ISBN 978－7－5328－9092－7

Ⅰ.①中… Ⅱ.①马… Ⅲ.①古典小说—小说研究
—中国 Ⅳ.①I207.41

中国版本图书馆CIP数据核字(2015)第235235号

中国古代小说发展研究丛书

马瑞芳 主编

中国古代小说构思学

马瑞芳 著

主 管:山东出版传媒股份有限公司

出版者:山东教育出版社

(济南市纬一路321号 邮编:250001)

电 话:(0531)82092664 传真:(0531)82092625

网 址:www.sjs.com.cn

发行者:山东教育出版社

印 刷:山东临沂新华印刷物流集团有限责任公司

版 次:2016年4月第1版第1次印刷

规 格:710mm×1000mm 16开本

印 张:43.25印张

字 数:602千字

书 号:ISBN 978－7－5328－9092－7

定 价:99.00元

(如印装质量有问题,请与印刷厂联系调换)
印厂电话:0539－2925659

总　序

　　2005 年我担任山东大学古代文学学科学术带头人后，考虑到学科自身优势和发展需要，拟组织本学科教授撰写一套中国古代小说发展研究丛书。山东教育出版社对此选题很感兴趣，并申报国家"十一五"规划出版重点项目，获得批准。我们特别邀请山东师范大学王恒展教授加盟。历经十年，这套丛书的九部书稿终于集体亮相于读者面前。

　　为什么选择撰写这样一套丛书？因为此前学术界对于中国古代小说的研究多侧重于"史""论"，侧重于思想艺术分析，对小说作为中国古代文学重要文体，如何萌芽、产生、发展、壮大，直到蔚为大观，对各类小说的发展过程、阶段、特点，研究得似乎还不太够。有必要采用多角度、多侧面对中国古代小说发展脉络做一下梳理和开掘，总结出一些可以称之为规律性或中国特色的东西。

　　那么，这套丛书涉及并试图总结出中国古代小说发展过程中哪些规律和特色？

　　一曰中国古代小说的概念、范围、分类。今存文献中，"小说"这个词语最早见于《庄子·杂篇·外物论》：

"饰小说以干县令,其于大达亦远矣。"①小说研究者早就认识到这里的
"小说"是指琐屑的言论,指与"大达"形成对比的小道,还不具备文体
"小说"的含义。小说在汉代之前尚缺乏独立的文体意义。在漫长的
文学发展长河中,随着小说题材的拓展和小说创作艺术的渐渐成熟,
"小说"才成为以散文叙述虚构故事的文学体裁的专称。中国古代"小
说"一词内涵、外延都相当复杂,既有文学性文体部分又有非文学性文
体部分。各朝各代学者对小说做出了各种分类。16世纪胡应麟《少室
山房笔丛》将小说分为六类:志怪、传奇、杂录、丛谈、辩订、箴规。后三
类就属于非文学性文体。后世学者对文学性小说文体的分类通常按
语言形式做文言和白话之分;按篇幅做长篇和短篇之分(中篇小说通
常被包含在短篇小说之内);按内容做志怪和传奇之分,还有更具体的
历史演义、英雄传奇、人情小说之分……不一而足。本丛书着眼于文
学性文体小说的研究和分门别类的细致考察。

二曰中国古代小说的起源、孕育、滋养过程。考察哪些文体、哪些
因素对小说的产生起作用,这一研究较多地集中在先秦两汉语言文学
中。先秦两汉并没有产生典型的小说文体,但此时的多种文体如神话
传说、历史散文及诸子散文、史传文学甚至《诗经》《楚辞》都给小说的
产生以或大或小、或远或近的影响。其中,神话的原型人物、典故、构
思,史传文学的叙事笔法和杂史杂传,诸子中的"说体"故事和寓言故
事……对中国古代小说的产生起到决定性作用。本丛书对中国古代
小说产生做了全面深入探讨,提出一系列新见解。如庄子对中国古代
小说家的决定性影响,《诗经》《楚辞》对小说创作的开宗作祖意义等。

三曰中国古代小说唐前史料学探究。研究中国古代小说,史料是
基础,是理清小说产生年代、成就、特点的必备资料,是进行理论分析
的前提。汉前小说史料依附于历史、诸子,从魏晋南北朝开始,小说作
为独立的文体跻身于众多文体之中,产生大量小说作品。程毅中先生
在《古代小说史料简论》一书中提出:小说作品本身和版本、目录、作者

---

① 《庄子集解》,《诸子集成》本,第177页,上海书店出版社,1986。

生平、评论等,都是重要的小说史料。本丛书在对中国古代小说各种发展阶段的重要作品进行探究时,注重考证,注重重要作家生平对小说创作影响的考察,注重第一手资料的收集和剖析,力求"言必有据""知人论事"。需要说明的是,唐后小说史料十分繁富,由于小说是"小道"的观念,唐后一些极其重要的作家如兰陵笑笑生、曹雪芹的生平往往不易弄清。因而对作家生平的考订应该成为小说史料学的重要内容,如与红学并列的曹学,就是专门研究《红楼梦》作者曹雪芹及其祖辈的学问。而用一本书探讨整部小说史史料问题几乎不可能,故本丛书对唐后小说史料的必要性、兼顾性研究体现在有关书中,小说史料的专门性探究暂时截止于唐前,唐后小说史料的专门性探究,留待此后有条件时增补。

　　四曰文言小说和白话小说的发展轨迹和写作特点。中国古代两类最主要的小说文言小说和白话小说都经历了萌芽、成长、繁荣、鼎盛、衰落阶段,并在各阶段产生了彪炳史册的名著。我们采用通常意义的文言和白话区分法,其实严格地说,不能用"文言或白话"截然区分中国古代许多小说,典雅的《聊斋志异》里有许多生动活泼的民间口语,通俗的《金瓶梅》中也出现台阁对话,《三国演义》则采用既非纯粹文言亦非纯粹白话的浅显文言。中国古代文言小说如《搜神记》、《幽明录》、唐传奇、《聊斋志异》等,具有明显诗化和写意性特点,人物描写带一定类型化、"扁平"性,故事叙述、情节结构较为简约明快。中国古代白话小说,不管是短篇小说《三言二拍》,还是长篇小说《三国演义》《水浒传》《金瓶梅》《西游记》《红楼梦》《儒林外史》,重在描写情节完整、曲折生动、感人悦人的故事,或着眼悲欢离合,或着眼社会问题,人物栩栩如生,风貌复杂多样,长篇小说更具有一定的史诗品格。文言小说以志怪成就最著,白话小说描写人生成就最高。不管文言还是白话小说,在人物描写、情节布局、构思艺术上,在诗意化和寓意性上,既借力于古代文化特别是古代文学其他样式如诗词辞赋散文戏剧,小说之志怪和传奇、文言与白话,又互相融汇、互相补充、互相借鉴,共同构成中国小说特有的人物创造、构思方法、描写格局、民族特点。

五曰对小说民俗的选择性考察。中国古代小说是中国民俗文化的重要载体,而民俗具有鲜明的地域性、民族性、时代性特点。因为中国古代小说所反映的民俗太复杂,涉及面太广,时间跨度太大,难以专门用一本书进行既细致又全面的研究。本丛书在剖析中国小说发展若干问题时,顺带对小说中的民俗进行综合考究,并选择跟山东有明确关系的几部名著如《水浒传》《金瓶梅》《聊斋志异》《醒世姻缘传》等,对小说所反映的民间信仰、饮食服饰、祭祀占卜、婚嫁丧葬、灵魂狐妖迷信、神佛道观念……进行专门考察,研究这些人生礼俗对刻画人物、组织情节起到的重要作用。作为与汉族民俗的对照,选择《红楼梦》作为满族民俗的载体进行研究。除与汉族类似的饮食服饰、神佛观念外,侧重考察《红楼梦》反映的满族游艺习俗、骑射教育以及满族的蓄奴风俗和与汉族不同的姑娘为尊的重女风俗。通过这个新角度对几部古代小说名著的解读,说明古代小说特别是明清小说中表现的民族风俗是其他任何文学作品和文化典籍都不能替代的。

六曰对小说传播的选择性考察。文言小说的主要传播途径不外乎史家和目录家的著录、读者传抄、类书和丛书收录、戏剧改编。白话小说的传播途径要广泛得多,在传播上也更有代表性和广泛性。印刷取代传抄成为主要传播方式,为嘉靖本《三国志通俗演义》作"引"的修髯子、刻印《水浒传》的武定侯郭勋等是小说印刷传播先驱。书坊为降低成本、扩大印刷推出的"简本"小说和短篇小说的选本如《今古奇观》,成为推动小说传播的重要因素。明清两代的文人士大夫成为白话小说的重要接受和传播者,"评点"变成自娱悦人兼推动小说销售的手段,白话小说改编成戏曲也很多见,三国戏、水浒戏、西游戏、封神戏、杨家将戏等广受欢迎。而与广泛传播形成强烈对比、引起尖锐矛盾的是统治者的"禁毁"。其实,中国古代小说很早就传播到欧洲引起世界文豪的赞誉。《歌德谈话录》多次谈到在中国只能算做二流的小说《好逑传》《玉娇梨》等,歌德说:在他们(中国人)那里一切都比我们这里更明朗、更纯洁,也更合乎道德。值得注意的是,歌德对中国古代几部二流小说跟《红与黑》等欧美名著持类似欣赏态度。拉美文学两位当代文学巨匠马尔克斯和博尔赫斯都崇拜曹雪芹和蒲松龄,博尔赫斯曾给阿根廷版《聊斋志异》写序并大加赞扬。

七曰古代小说理论发展研究。刘勰《文心雕龙》被认为是非常重要的文艺理论著作,偏偏没有关于小说的内容,这固然因为当时小说还处于萌芽时期,也说明小说从产生伊始,就没法取得与传统文学如诗词散文平起平坐的地位。小说被列入"子"部,算做"杂家"。"小说"者,小家珍说,雕虫小技也。小说长期处于被歧视的地位,在强大的传统文化笼罩下,小说家总想羽翼信史、向历史学家靠拢,蒲松龄自称"异史氏",就是司马迁"太史公"的模仿秀。中国古代没有独立的小说理论,也没有系统的小说理论著作,小说理论常以序跋或评点形式依附于小说本身,主要起诱导和愉悦读者的作用,不像经学家说经,诗词学家说诗词,起到写作指导作用。因此中国古代小说评点家对小说创作经验的总结常是"捎带性"的副产品,且多需后世学者加以进一步综合阐释。古代小说理论极力与散文理论、史传文学理论相对接,以取得合法性,其核心理念、内在思路、观念表述多借鉴经史理论,特别是"文以载道""良史之才"等观念经常被运用。金圣叹、毛宗岗、张竹坡、脂砚斋等古代小说评点家对小说具体人物、情节东鳞西爪的评点有鲜明的中国特色,部分吉光片羽的观点甚至可与 20 世纪文论家媲美。

八曰中国古代小说构思特点。中国古代小说从萌芽到繁荣,经历两千多年,无数作家付出辛勤劳动,它们形成了哪些富有中国特色的构思方法? 哪位作家是哪类构思方式的开创者? 哪位作家是哪类构思的集大成者? 这些构思方法是如何萌芽、成长,并长成一株株小说名作的参天大树? 这些形态各异的参天大树又如何共居华夏一园,形成中国古代小说构思千姿百态、摇曳生风的美景? ……

这套丛书的写作目的,既想尽古代文学研究者职责,在古代小说研究中拓出新路子,完成新命题,又想古为今用、研以致用,希望通过对中国古代小说发展研究的比较全面的检视,使得中国古代小说与西方小说学概念、理论在纸面上接轨、"比武",让辉煌的古代小说以崭然如新的面貌走向读者,走向世界,引导当代读者阅读,给当代小说创作者参考。

因为文出众手,每位作者都是此方面默默耕耘多年的专家,各有自认为必须说明之处,故可能本丛书对某些话题和观念,如"小说"词语的历史演变,或有重复涉及,乃或有此书与彼书抵牾之处,读者方家慧眼鉴识之。

古代文化典籍版本复杂,本丛书择善而从,所引用经、史、诗词、小说原文,基本采用权威通行本并在页下加以详注。

众擎群举,十年搏书,敬请读者方家指点。

马瑞芳

2015 年 6 月 12 日于山东大学

目　录

引　言

无规矩不能成方圆。

建庭院需要有规划,盖房子需要有图纸,工厂出产品需要有"模具",写诗填词需要遵守一定格律,写散文需要了解"起承转合",元杂剧和作为古代戏曲形式的明清传奇都有严格章法,写小说就可以天马行空吗?如果小说也有某些常规或最好用的模式,那么,中国古代小说创造的构思规律是什么?它们是如何形成、怎样渐领风骚,又被什么人推波助澜、被什么人推向极致?

三十多年间,我一直在思考这个问题,想写本中国自己的小说构思学。

西方文学有类似著作,我很喜欢佛斯特的《小说面面观》,佛斯特不仅是小说理论家,还是卓有成就的小说家,他研究小说具"双面"性,既是其他作家作品的研究者又是个人创作经验的表述者。他对故事、人物、情节的剖析,他的"圆形"和"扁形"人物观点,对我有很大启迪。而在西方小说论著中,最有影响的莫过于 W. C. 布斯的《小说修辞学》,作者是美国芝加哥大学教授。《美国大百科全书》称该书为"20 世纪小说美学的里程碑"。《小说修辞学》研究从薄伽丘开始到 20 世纪西方小说的历史发展,梳理不同时代小说创作技巧的演变和小说理论的产生、发展、变迁,从叙述技巧角度,探讨小说作者的叙述功能，提出一系列令人耳目一新的论点，比如：

"真正的小说一定是现实主义的"①；

"所有的作者都应该是客观的"②；

"真正的艺术无视读者"③；

"真正的艺术家只为自己写作"④；

"在审美上，眼泪和笑声都是欺骗的"⑤……

他还提出小说叙述的类型，如戏剧化和非戏剧化的叙述者、旁观者与叙述代言人等观点。他有些观点如"无视读者"和"只为自己写作"，与我们的小说传统差之千里。我一直纳闷，为什么这么多年中国没有一部完全立足于中国小说创作实际的中国"小说修辞学"？

从 1980 年开始，我给山东大学本科生讲"明清文学史"，小说占课程三分之一还多，一讲八年。后来又给本科生讲"红楼梦研究"和"聊斋创作论"，主要讲中国古代最有代表性的小说《红楼》、《聊斋》一文一白、一短一长的创作艺术。从 1986 年开始，我给硕士研究生开了门讲一年的学位课"中国小说史"，十年后，这门课加码给博士研究生讲。在讲课时，时代潮流、作者生平、版本考证等资料性考索自然少不了，但我更喜欢讲的，却是中国古代小说的创作思维、构思艺术以及它们与外国小说的比较研究。

我本人有幸被写入多部中国文学史如中国社会科学院《中华文学通史》（当代卷），以及德国顾彬教授《中国当代文学史》等，被评论界看作是有一定风格的当代小说家。这主要得益于我出版的"新儒林长篇系列"《蓝眼睛黑眼睛》、《天眼》、《感受四季》。《蓝眼睛黑眼睛》获得全国优秀长篇小说奖，被中央电视台王扶林导演搬上屏幕。我从不敢吹自己小说写得如何好，却十分感谢校园给我的双重"恩惠"：既带给我几十年大学校园生活第一手丰富体验，又让我通过教几十年中国小说史，受古代小说家创作经验潜移默化。陈荒煤先生在文汇报发表《当代新儒林外史》，后来成为《蓝眼睛黑眼睛》再版序言《一部弘扬中华民

---

① 〔美〕W. C. 布斯：《小说修辞学》，第 25 页，北京：北京大学出版社，1987。

② 〔美〕W. C. 布斯：《小说修辞学》，第 75 页，北京：北京大学出版社，1987。

③ 〔美〕W. C. 布斯：《小说修辞学》，第 99 页，北京：北京大学出版社，1987。

④ 〔美〕W. C. 布斯：《小说修辞学》，第 101 页，北京：北京大学出版社，1987。

⑤ 〔美〕W. C. 布斯：《小说修辞学》，第 134 页，北京：北京大学出版社，1987。

族文化的优秀作品》,荒煤先生说《蓝眼睛黑眼睛》"遵循了《红楼梦》的优良传统。"①其实在很长一段时间内,我更侧重于研究蒲松龄和《聊斋志异》。我阅读研究的外国小说也不少,当初是为教中国小说史而研究,没想到对我写小说有极大帮助。如果说我研究《聊斋志异》、《红楼梦》成了创作小说的准备工作之一,那么可以说,我创作"新儒林三部曲"另一重要准备,是对符合我审美和写作习惯的外国小说进行外科手术般"解剖"。我曾逐字逐句细读阿瑟·黑利的《最后诊断》并做笔记,当时还没有电脑,我的"揭密笔记"写满半本备课本。我对小说人物如何出场、如何与其他人物交往、性格如何发展,人物之间的关系如何"编织",事件构成与情节因果如何安排,人物性格描写和故事发展线索如何"混搭"一一细考。"解剖"欧美小说的结果,使我认识到,如果没有《红楼梦》,——这部世界长篇小说中的"莎士比亚",我们中国古代小说确实很难面对 19 世纪欧美长篇名作《复活》、《双城记》、《悲惨世界》等。如果没有蒲松龄,这位世界短篇小说之王,我们中国古代作家同样很难面对 19 世纪欧美三大短篇小说巨匠(契诃夫、莫泊桑、马克·吐温),而仅靠《红楼》、《聊斋》,我们足以在世界小说家面前挺起腰杆。在给青年作家讲课谈小说创作时,我曾"耸人听闻"地说:不要崇洋媚外,更不要妄自菲薄,你们喜欢琢磨国外的超现实主义、象征主义、潜意识、意识流、集体无意识……其实很多都是曹雪芹、蒲松龄玩剩下的!这是不是有点儿夜郎自大了?

写这部论著竟像多年前写长篇小说一样,脑子始终停不下来,累得狼狈不堪,却很愉快。集腋成裘,终于把几十年结合创作体验对中国古代小说做的思考,收罗到一个"筐"里,录以存检。就像蒲松龄晚年将《聊斋志异》编成后的感想,"书到集成梦始安",何等快意!

《中国古代小说构思学》正文在 2011 年春天画上句号,然后按照出版社要求"无一字无来历"做页下注,幸亏有李剑锋教授和他的博士生出手帮助,解脱我大部分查阅之苦,这仅仅做注释的工作又耗去半年时间。

为什么说这书写得累而愉快?那就因为不断有新发现——希望

---

① 马瑞芳:《蓝眼睛黑眼睛》,第 6 页,北京:中国文联出版公司,1996。

它们不是"哥伦布发现新大陆",希望它们言之有理、持之有据,希望它们能对古代小说研究增砖加瓦,能给当代读者特别是当代作家以启迪——这些探索与发现,比如说:

——《诗经》、《楚辞》对中国古代小说构思的"致命性"导向;

——《庄子》对中国古代作家的决定性思想影响;

——《左传》早于《史记》对小说构思和写作的全面启发;

——六朝形成的神鬼狐妖、梦幻离魂、他国异民等构思方式;

——唐传奇创作的主题道具、时空倒错、落难公子中状元等构思方式;

——六朝的精英化写人和"世说体"千年流淌;

——白话短篇的三场小说(官场、商场、科场)及财产继承、男女情爱;

——《聊斋志异》当之无愧是短篇构思艺术集大成;

——《三国》、《水浒》、《西游》、《儒林》在各自领域的拓荒建树;

——从《金瓶梅》到《红楼梦》的人情小说的章法运转……

这些构思模式是中国古代小说创作艺术的辉煌总结。

这些"总结"有没有些许道理? 请读者批评指点。

第一章
古代小说构思的多重因素

　　小说是中国古代起源很早、进展漫长的文学品类,也是在民众阅读中越来越占据重要地位的"闲书"。小说跟其他文学品类如诗、词、文、赋、戏剧、说唱的关系密不可分;跟各种文化如经、史、宗教甚至建筑园林的关系密不可分;跟政治制度和主流意识形态更加密不可分。中国古代小说的构思经历几千年发展渐渐走向成熟。在这个漫长发展过程中,各种因素对小说作品产生过不同程度影响,因为不同因素的作用,小说在不同阶段有不同的艺术形式,不同的思想内容,呈现五彩缤纷的局面。但小说构思,却一步一步从简单到复杂,从单纯到丰富,从单线到复线。到清代出现了中国古代小说长篇构思艺术集大成者《红楼梦》和短篇构思艺术的集大成者《聊斋志异》。

　　究竟有哪些因素影响到中国古代小说构思?我们略做梳理。

第一节　小说概念和小说现象

　　探讨中国古代小说构思话题,不能不首先弄明白:什么是小说？中国古代如何定义小说？中国古代小说呈现哪些重要现象？中国小说与西方小说有哪些不同？

一、"小说"的概念

"小说"一词，最早见于《庄子·杂篇·外物第二十六》：
"饰小说以干县令，其于大达亦远矣。"①

干，求也；县，悬也；其意为：修饰琐屑之话，以求得好名声是很困难的。唐人成玄英对《庄子》的疏解："干，求也。县，高也。夫修饰小行，矜持言说，以求高名令问者，必不能大通于至道。字作县者，古悬字多不著心。"②

鲁迅先生在《中国小说史略》中解释庄子的话"案其实际，乃谓琐屑之言，非道术所在"③。鲁迅先生认为，庄子所说的"小说"跟后来通行的小说概念不同。

庄子是在讲一个钓鱼故事时讲了这两句被后世小说研究者引而又引的话，联系前后文看："夫揭竿累，趋灌渎，守鲵鲋，其于得大鱼难矣；饰小说以干县令，其于大达亦远矣。"④这段话的意思是：拿着短短的钓竿，奔走在小河浅沟之间，守候小鱼，想钓到大鱼就难了；修饰浅识小语想求得崇高的名誉，离明达大智同样很远。

显然，庄子的"小说"二字，绝非现在文体意义的小说。后世借用庄子微不足道之意，框定这类文学作品，是为了跟那些治国平天下大道理的文字，跟所谓"正统"文学如诗歌区别开来。

学者经常拿庄子的"饰小说以干县令"作文体意义的"小说"来看，这真像青州俗话所说：哭了半天，还不知道谁死了。

直到东汉，"小说"才作为文体种类提出。桓谭在《新论》中说"若其小说家合丛残小语，近取譬论，以作短书，治身理家，有可观之辞"。此处的"小说"才与后世文体意义的小说接近。

---

① 〔清〕郭庆藩撰，王孝鱼点校《庄子集释》，第925页，北京：中华书局，1985。本书下文引用庄文及释文，除非特别注明，均据此版本。

② 《庄子集释》，第927页。

③ 鲁迅：《中国小说史略》，见《鲁迅全集》，第9卷，第5页，北京：人民文学出版社，1991。本书下文该书原文，均据此版本。

④ 《庄子集释》，第925页。

班固《汉书·艺文志》说：

> 小说家者流，盖出于稗官。街谈巷语，道听途说者之所造也。孔子曰："虽小道，必有可观者焉，致远恐泥，是以君子弗为也。"然亦弗灭也。闾里小知者之所及，亦使缀而不忘。如或一言可采，此亦刍荛狂夫之议也。①

从这些论述可以看出：第一，古人相当轻视小说，将一切不关紧要的、不庄重的、供人娱乐消遣的叫小说；第二，小说不等于故事。

《汉书·艺文志》汲取刘向父子《七略》的成果，班固《诸子略》举出十家即儒家、道家、阴阳家、法家、名家、墨家、纵横家、杂家、农家、小说家，"可观者九家"，小说家列第十位。《汉书》收小说十五家、一千三百八十篇，多已失传。鲁迅《古小说钩沉》集《青史子》一则，鲁迅解释班固的话说：这些书，"大抵或托古人，或记古事，托人者似子而浅薄，记事者近史而悠谬"②。荒谬无稽，不能作为历史依据。

对《汉书·艺文志》所举小说，对后世小说构思产生一定影响的，需要知道两件事：

其一，"伊尹说"为《吕氏春秋》转录，大意是：有人在桑树间得一婴儿，献给君，君令庖人察其来历，得知婴儿之母怀孕后，梦到神告知本地将发水，赶快东走。此女东走，家乡为水淹没，自己变成一棵桑树，婴儿就生在桑树上。这个小说片段说明，中国小说产生伊始，就和神话有关系。

其二，"虞初周说"，虞初是汉武帝时的方士侍郎，号黄车使者，《史记》云："虞初，洛阳人"，即张衡《西京赋》"小说九百，本自虞初"。虞初，后来常借指为小说家，如清初多人文言小说集名《虞初新志》。

古人把性质不同的各类杂记都归于小说，使"小说"有"短书"、"杂书"的特点。

桓谭称小说为短书；

王充称小说为短书小传；

刘知幾称小说为小说厄言、短部小书、短才小说。

---

① 〔汉〕班固撰，〔唐〕颜师古注：《汉书》，卷三〇，第1745页，北京：中华书局，1964。本书下文引用该书原文，均据此版本。

② 鲁迅：《中国小说史略》，见《鲁迅全集》，第9卷，第7页。

从文字意义上看,"小"者,不重要也;"说"通"悦"。"小说"本身带有不关紧要、供人娱乐之意。

二、中国古代小说的奇特现象

中国古代小说存在很多奇特现象:

(一)越被轻视越发展

古代小说家会不会像读经那样为了写小说头悬梁、锥刺骨?会不会像诗人那样样研究写诗研究写小说?会不会像贾岛吟安几句诗、捻断几茎须?在蒲松龄《聊斋志异·自志》痛述创作之苦之前,较少类似小说家创作甘苦的记载。

中国古代小说虽然一向被看成是微不足道的、供人娱乐的,被主流文化或经典文化打入另册,但它却如星火燎原,渐渐发展成为叙事文学最完美的形式且越来越占有主导位置,正如鲁迅先生所说,中国的社会都带上了《三国》气和《水浒》气。中国文艺传统是"文以载道",不管是散文的马,诗歌的马,戏剧的马,小说的马,政治家都是想把它套在政治的车辕上。被看做是"小道"的小说,也越来越受到政治的重视。纪晓岚在《四库全书总目提要》中说:"诬漫失真,妖妄荧听者,固为不少,然寓劝戒、广见闻、资考证者,亦错出其中。"①明确承认小说对社会的教育作用,这是官方对小说观点的明确表露。

(二)经常被官方查禁

小说是在官方轻视中发展起来的,却又因为官方"重视"而或繁荣,或压制其发展。官方重视导致繁荣的现象来自于唐传奇,考生需要向知名文人呈送"行卷",唐传奇成为内容之一。官方重视导致衰微,则来自于小说被查禁。

古代小说家虽然一般不敢公开以社会批判的武器自许,但小说越来越受到武器的批判更是不争的事实,明末农民起义风起云涌时,崇祯皇帝下令:凡坊间藏《水浒》并原版,勒令烧毁。《大清律例》明令禁毁"诲淫诲盗"小说,除《水浒传》外,《子不语》、《今古奇观》、《说岳全传》、《剪灯新话》,都曾跟《金瓶梅》、《肉蒲团》一起,榜上有名。康熙二

---

① 〔清〕永瑢等撰:《四库全书总目提要》,第27册,卷一四〇,小说家类一,第12页,上海:商务印书馆,1930。本书下文引用该书原文,均据此版本。

十六年一次查禁一百五十种小说，其中当然有诲淫者，但多半出于所谓"政治问题"。陀思妥耶夫斯基在将被枪决的关键时刻被沙皇赦免，中国皇帝则毫不犹豫地砍下著名小说点评家金圣叹的脑袋。刑场上谈花生米的吃法，成为金圣叹的最后"作品"。

（三）开山之作即顶峰之作

中国古代小说还有个奇怪现象耐人深思：古代小说的几大奇书如历史演义小说开山之祖《三国志通俗演义》，英雄传奇小说开山之祖《水浒传》、神魔小说基本可算开山之作的《西游记》，开山之作就是顶峰之作。例外当然存在，人情小说的开山之作《金瓶梅》，影响了伟大的长篇小说《红楼梦》，从《金瓶梅》到《红楼梦》，人情小说艺术长足发展。《红楼梦》是千年出一个的天才作家创造的惊世骇俗悲剧，《红楼梦》未完更是大悲剧。张爱玲说人生三恨，一恨鲥鱼有刺，二恨海棠无香，三恨《红楼梦》未完。鲥鱼有刺可以吃其他刺少的鱼，海棠无香可以闻其他有香味的花，只有《红楼梦》未完没法解决，因为，维纳斯的断臂是接不上的。《红楼梦》所有仿作，一概画虎不成反类犬。如果说高氏续书的掉包计纵然拙劣却毕竟保持了悲剧结局，《红楼圆梦》、《红楼后梦》等续作让林黛玉不仅家财万贯而且与宝玉洞房花烛，就只能让人恶心了。至于当代作家费几年乃至几十年之功续写的《红楼梦》，就离曹雪芹更远了，因为重要的，不是你叙事哪个时代，而是你在哪个时代叙事。《红楼梦》是中国古代小说甚至于整个中国小说的绝响，无可置疑，《红楼梦》在构思上也并非无懈可击。

三、西方小说的若干问题

研究中国古代小说构思，不能不旁及西方小说作为参照系。

（一）西方小说的黄金时代

西方理论家认为，18 世纪前，有过虚构文学，如寓言、神话、故事，但包括 16 世纪法国作家拉伯雷《巨人传》这类以散文虚构的故事在内，都不能是今天定义的小说。有人将约翰·班扬的《天路历程》（1678）说成最早的小说，多数人不同意，说《天路历程》虽然对人类有逼真观察、生动描绘，但不过是寓言。不少评论家将丹尼尔·笛福的《鲁滨孙漂流记》（1719）说成是第一部英语小说，更有人说欧洲小说还要晚一点,最早的小说是塞缪尔·理查逊的书信体小说《帕美拉》(1740)。

西方小说起步晚,却有后来居上之势。19世纪是西方小说云蒸霞蔚、佳作纷呈时期,长篇小说作家如俄罗斯的托尔斯泰、陀思妥耶夫斯基、屠格涅夫,法国的雨果、福楼拜、巴尔扎克,英国的狄更斯,短篇小说作家如法国的莫泊桑、俄罗斯的契诃夫、美国的纳撒尼尔·霍桑,都可谓小说巨匠级人物。此时的中国小说为平庸充斥,平庸的作家、平庸的思想、平庸的格调、平庸的写法,陷入黑幕小说、才子佳人小说后变鸳鸯蝴蝶小说的泥潭。中国小说发展的障碍其实早在乾隆盛世就露端倪:当工业革命策源地英国派人到中国来时,中国皇帝仍以为中国是世界中心,对英国以蛮夷相称,要使臣跪下来给皇帝请安。马戈尔尼勋爵中国之行的历史记载,既能说明闭关锁国的封建帝国如何在世界资本主义革命中越来越落伍,也能说明中国小说为什么在封建社会末期越来越没有活力,越来越没有创造力。

(二)西方小说理论著作

小说是西方文学史上发展最晚的一种体裁,西方小说理论成型更晚,迄今不过半个多世纪,但是西方对于小说构思的研究已相当成熟和丰富。有影响的专门著作有:

布封《小说修辞学》;

佛斯特《小说面面观》;

玛乔利·博尔顿《英美小说剖析》;

伊恩·瓦特《小说的兴起》;

梅特尔·阿米斯《小说美学》;

米兰·昆德拉和戴维·洛奇有同名著作《小说的艺术》。

跟这些专门的理论著作同样有价值的,是一批有成就的小说家详谈如何构思、布局、创造人物,如海明威、福克纳、艾特玛托夫、索尔仁尼琴、莫里亚克、莫洛亚、毛姆、萨特、西蒙·波伏瓦、劳伦斯、茨威格、马尔克斯、博尔赫斯、米兰·昆德拉等。

还有理论家作家个案研究包括作家传记,如奥勃洛米耶夫斯基的《巴尔扎克评传》,总结出小说构思理论。

这些著作都蔚为大观。

(三)西方小说定义

关于小说,西方文学词典中下过这样的定义:

塞缪尔·约翰逊 1755 年出版的《词典》说小说是"一篇通常描写爱情的小故事"。显然不准确,如《鲁滨孙漂流记》根本没有爱情。

维多利亚女皇时代《节本牛津英语词典》说:小说是"一种虚构的散文体记叙文,具有相当长度,通过多少带点儿复杂性情节,描绘能代表现实生活的人物与事件。"

《韦氏新大学词典》、《卡斯尔英语词典》对小说的定义类似。

《柯林斯词典》说小说是"一种叙述虚构人物的冒险奇遇或喜怒哀乐的虚构故事,借描写行为与思想来表现多种人生经验和人物。"

《钱伯斯二十世纪词典》说小说是"一种虚构的散文体记叙或故事,描述一幅现实生活的图画,尤其着重表现所写男女人物生活经历中的感情危机"。

佛斯特用面面观分析小说,认为小说第一因素即基本面是故事。人物是第二因素,人生最主要的事件是五种:出生、饮食、睡眠、爱情、死亡。人物可以分成扁平和圆形两种。情节是小说的第三因素。

显而易见,西方小说评论家对"小说"的定义与现实主义有密切联系,认为主流小说乃是一种扩大我们人生经验的现实主义虚构文学,而不是一种把我们带到一个更艳丽的世界去的幻想。比如西方小说理论家为什么将笛福看做小说之祖?伊恩·P·瓦特认为"笛福似乎是我们的作家中第一个使其全部事件的叙述具体化到如同发生在一个实际存在的真实环境中的作家。"[①]佛斯特说,小说依傍于两座峰峦起伏但并不高峻的山脉之间,一边是诗,一边是历史。但加拿大著名评论家诺思罗普·弗莱伊认为,"小说"和"浪漫传奇"永远处于一定程度的相互渗透、混杂状态。

其实,佛斯特和弗莱伊的观点,中国古代小说点评家已隐隐约约地提到,比如,金圣叹评《水浒传》,张竹坡评《金瓶梅》,但明伦评《聊斋志异》,脂砚斋评《石头记》。

(四)西方小说代表性观点

西方小说理论在 20 世纪突飞猛进,主要是对现代小说的剖析,而

---

① 〔美〕伊恩·P·瓦特著,高原、董红钧译:《小说的兴起》,第21页,上海:三联书店,1992。

现代小说的突出特点是实验性和意识描绘。此起彼伏的文学流派,日新月异的创作思潮,未来主义,现代派,后现代派,超现实主义,意识流,精神分析学,新小说,存在主义,魔幻现实主义。小说家仍然在探讨外在世界,但更深层次地探讨人的内在世界,追踪意识流和潜意识(潜意识和无意识被称为"第三现实世界")。而这些流派、作品,都可以从 19 世纪西方小说大师的作品中找到源头。当然,这已经不是中国小说史,更不是中国古代小说构思专题研究应关注的问题了。但探讨中国古代小说构思不能不考虑时下最流行的观点。因为,他们的一些所谓新观点,实际上在几个世纪前,中国几位最顶尖的小说点评家已经朦朦胧胧地提出。

目前米兰·昆德拉和戴维·洛奇的小说观点有较大影响:

米兰·昆德拉认为认识是小说的唯一道义。他在《小说的艺术》①中提出:小说抵御着"存在的遗忘",小说将生活世界置于不灭的光照之下。小说存在的唯一理由是发现那些只能为小说发现的东西。米兰·昆德拉认为,海德格尔《存在与时间》分析的存在主题,先前是被所有的欧洲哲学所忽视的,却在欧洲小说再生的四个世纪中,在小说中得到了揭露、展示、澄明。小说以自己的存在方式,通过自身的逻辑,一个接一个地发现了存在的各个方面:经由塞万提斯和他的同代人,它(小说)深入了冒险的天性;经由理查森(1689—1761,英国小说家),它开始省查"内心事件",以揭示情感的隐秘状态;经由巴尔扎克,它发现了人在历史中的根基;经由福楼拜,它研究了过去未曾探明的日常的未知领域;经由托尔斯泰,它全神贯注于人类行为和决定中的非理性的侵入。它探索时间:普鲁斯特处理了难以捉摸的过去,乔伊斯处理了难以捉摸的现在;而通过托尔斯·曼,它又考察了控制我们当下行为的遥远过去的神话规则。

如果换上中国古代小说书名,我们很容易将米兰·昆德拉的话移植过来说中国古代小说的构思策略:中国古代小说以自己的存在方式,通过自身的逻辑和艺术描写,一个一个地发现了存在的各个方面:经由罗贯中,它深入历史和人性的深处;经由施耐庵,它呈现了英雄和

①〔捷克〕米兰·昆德拉著,孟湄译:《小说的艺术》,北京:三联书店,1995。

市井；经由兰陵笑笑生，它揭示了男女情感的隐秘状态；经由蒲松龄，它全神贯注于人与大自然各种生灵的联系和转化；经由曹雪芹，它考察了神话和人生，诗与美、现实和理想、青春与死亡……

戴维·洛奇按接受美学的观点认为"小说是一种游戏，一种至少需要两个人玩的游戏：一位读者，一位作者。作者企图在文本本身之外控制和指导读者的反应，就像一个玩牌者不时从他的座位上站起来，绕过桌子去看对家的牌，指点他该出哪一张。"①

戴维·洛奇和米兰·昆德拉两人不约而同地持小说的欧洲中心论。

洛奇说：人物是主要问题，主要人物，次要人物，单调人物，多面人物。在刻画人物本性时，手段的丰富多彩和心理挖掘的深度，欧洲小说的伟大传统是无与伦比的。

昆德拉说：小说是欧洲的创造。

他们当然不知道，《鲁宾逊漂流记》问世的 1719 年，有"世界短篇小说之王"之称的蒲松龄已走完人生历程（1715），而此前整整两个世纪，明代嘉靖壬午年即公元 1522 年中国长篇小说开山之作《三国志通俗演义》已有了刊本。某些欧洲小说理论家一叶障目不见泰山。

第二节　古小说分类和小说之源

研究中国古代小说的构思话题，还需要弄清楚的是：中国古代学者将中国古代小说分为几类？ 按照现在对小说的认识，哪些是古代学者称为"小说"其实并非小说的？ 古代小说构思源头来自哪里？

一、古代小说分类

历史学家刘知幾《史通·杂述篇》称小说为"史之余"，分为三类，即逸事小说、琐语小说、杂记小说。

刘知幾的原话是："因史之任，记事记言，视听不该，必有遗逸。于

① 〔英〕戴维·洛奇著，王峻岩等译：《小说的艺术·前言》，第3～4页，北京：作家出版社，1998。

是好奇之士,补其所亡。若……葛洪《西京杂记》……此之谓逸事者
也。……若刘义庆《世说》……此之谓琐言者也。……若……干宝《搜
神》……此之谓杂记者也"。①

明代胡应麟是16世纪重要学者,他的《少室山房笔丛》是关于经
史百家的考证,对小说戏曲的考证尤为重要,他将小说分为六类:

一曰志怪,搜神、述异、宣室、酉阳之类也;

一曰传奇,飞燕、太真、崔莺、霍玉之类也;

一曰杂录,世说、语林、琐言、因话之类也;

一曰丛谈,容斋、梦溪、东谷、道山之类也;

一曰辩订,鼠璞、鸡肋、资暇、辩疑之类也;

一曰箴规,家训、世范、劝善、省心之类也。

胡应麟为志怪小说举出的代表作是,晋代干宝《搜神记》、祖冲之
《述异记》、唐代张读《宣室志》、段成式《酉阳杂俎》。

胡应麟为传奇小说举出的代表作是,宋代秦醇《飞燕外传》、乐史
《太真外传》、唐代元稹《莺莺传》、蒋防《霍小玉传》。

胡应麟为杂录小说举出的代表作是:晋代刘义庆《世说新语》、裴
启《语林》、宋代孙光宪《北梦琐言》(记载唐五代轶事)、唐代赵璘《因话
录》(记载唐人遗闻轶事)。

胡应麟举出的前三种小说类型,即志怪、传奇、杂录,现代学者仍
然认可是小说,胡应麟举出的后三种小说类型后代学者多认为该算散
文,如第四类所举宋代洪迈《容斋随笔》,内容包括经史百家、医卜星算
辩订;宋代科学家沈括《梦溪笔谈》,内容为史地、科技、艺文;宋代李之
彦《东谷所见》,内容为论说性短文;《道山清话》记宋代杂事。如果说
丛谈和辩订里边某些文章还多少有点儿小说因素,那么,后边一种像
《颜氏家训》等跟小说就完全不搭界了。

白话小说出现后,分为三大类,即其一,银字儿,如烟粉、灵怪、传
奇;其二,说公案,如搏刀、杆棒及发迹变泰;其三,说铁骑儿,如士马金
鼓。到了《醉翁谈录》,则将小说分为八大类:灵怪、烟粉、传奇、公案、
朴刀、杆棒、妖术、神仙。因为小说内容经常互相交叉,所以这些分类

---

① 〔唐〕刘知幾撰,张振珮笺注:《史通笺注》,卷一〇,第356、357、360页,贵阳:贵州人民出
版社,1985。

都不太准确。

《四库全书总目提要》将小说分三类：

> 迹其流别，凡有三派。其一叙述杂事，其一记录异闻，其一缀缉琐语也。唐宋而后，作者弥繁，中间诬漫失真，妖妄荧听者，固为不少，然寓劝戒、广见闻、资考证者，亦错出其中。①

按照纪昀的分类，《西京杂记》、《世说新语》为杂事类；《山海经》、《穆天子传》、《神异经》、《搜神记》、《续齐谐记》是异闻类；《博物志》、《述异记》、《酉阳杂俎》是琐语类。

现代学者通常对中国古代小说做如下分类：

按语言特点分文言、白话两类，文言小说在整个古代一以贯之，白话小说从宋元开始繁盛；

按篇幅分短篇（含中篇在内）、长篇两类，短篇小说在整个古代一以贯之，长篇小说从元末明初开始繁盛；

按内容分为志人（包括人物轶事、笑话类旁史）、志怪、历史小说三大类。也有人分两大类，将历史小说包含在志人小说范围内。志怪小说写神异鬼怪故事，志人小说写人物，历史小说写历史人物。历史小说如《燕丹子》、《越绝书》、《吴越春秋》，既是志人小说，又有志怪成分。

"志人"小说的范围其实应该扩大，不应只指写轶事琐语，本书第三章将论及。

唐前志怪小说占重要地位，唐代受志怪小说影响形成的传奇是传记、历史型小说。唐后人情小说，历史小说风行。

文言和白话小说语言形式不同，但内容和构思章法没有楚河汉界。早期文言小说，如汉魏六朝小说和唐传奇创造的一系列构思方法，如人物传记性、故事误会巧合性等，都被白话小说，如宋元话本和明清拟话本采用且发扬光大。汉魏六朝的文言小说多志怪，据宋代罗烨《醉翁谈录》记载，小说分为灵怪、烟粉、传奇、公案、朴刀、杆棒、妖术、神仙等八类，宋代小说已多是话本，这八类中，志怪占五类。

志怪和传奇早期有比较明显的界限，志怪小说特有"神、鬼、妖"三界和梦幻、离魂、时间倒错三种特殊手段，还有常人异事、远国异民，越

---

① 〔清〕永瑢等撰：《四库全书总目提要》，第 27 册，卷一四〇小说家类一，第 12 页。

往后发展,越呈现互相融合、你中有我、我中有你的状况。传奇小说乃至完全以日常生活为题材的小说,也借用神鬼狐妖和梦幻、离魂。有的作家则将志怪和传奇天衣无缝地结合起来,鲁迅先生在《中国小说史略》中论述《聊斋志异》的创作特点就是"以传奇法而以志怪"。

二、中国最早的小说

弄清中国小说之源,对于探讨其构思艺术有重要意义。因为往往源头决定小说构思的基本导向。中国现存的最早小说,或者更确切地说小说雏形,是《汲冢琐语》和《山海经》。

(一)"古今纪异之祖"汲冢书

汲,地名,今为河南汲县;冢,坟墓;所谓《汲冢琐语》,本名《琐语》,又名《古文琐语》,晋太康元年(公元 280 年)汲郡人不準盗发魏襄王墓,得竹书几十车,有《纪年》,内容大略与《春秋》同;《易经》,内容大约与《周易》同,还有其他典籍。其中有《琐语》十一篇,《周王游行》,后称《穆天子传》,写周王游行天下事。《汲冢琐语》在流传过程中不断丢失,到了唐代初年,已亡佚大半,其遗文散见于《水经注》、《春秋左传注疏》、《艺文类聚》、《史通》、《太平广记》、《太平御览》等书,以《太平御览》最多。

魏襄王卒于公元前 296 年,时为战国末,距秦统一中国还有七十七年,其记事最晚的是赵襄子亡。据《史记》载,赵襄子亡于公元前 425年,是战国中期,《琐语》应成书于战国初期。

《汲冢琐语》内容有少数历史传说,如未见历史记载的姜后谏周宣王:周宣王晚起,姜后自缚请罪,"姜之淫心见矣。至使君王失礼而晏起,以见君王之乐色而忘德也"①。这个故事后被刘向写入《列女传》。还有周幽王废立王子故事,周幽王欲立伯服,废王子宜臼,王子叱虎,虎弭耳而服。废王子为史实,叱虎为传说。其他多卜梦妖怪,与《左传》同。《琐语》为本来的名字,迷信色彩颇重。

《汲冢琐语》被胡应麟称"古今纪异之祖"。其实,汲冢书中《纪年》也有相当多的神仙怪异事,如九尾狐,十日并出,马化狐等。汲冢书中

①〔清〕严可均校辑:《全上古三代秦汉三国六朝文》(《全三代文》,卷一五,古逸八),第 107页,北京:中华书局,1985。

的《穆天子传》写穆天子乘八骏游历，见西王母，与之共同诵诗，出河图，以皇后礼葬心爱的盛姬等，有浓厚的神话色彩，本身是最早的小说，对后世小说有深刻影响。胡应麟称《穆天子传》"颇为小说滥觞"。

（二）"古今语怪之祖"《山海经》

《山海经》是春秋战国时的著作。今存十八卷。向来被称为地理书，东汉人刘歆认为是夏禹时人益所作，应该是臆测。夏禹时代不可能有一部长达三万字的书。多数学者认为它是战国时书，汉代定型。

《山海经》记载了海内外的名山大川和一百多个国家，奇形怪状的动植物，有其人长头生羽①的羽民国，有其人一臂一目一鼻孔的一臂国，有其人人面而鱼身的氐人国，有似猕猴而黑色的猴国，有人面长唇的猩猩国，有能活八百岁的轩辕民……

《山海经》之怪，可谓登峰造极，故被称为"古今语怪之祖"。后世小说创造的许多怪异形象有不少借鉴了《山海经》。

三、小说多源

小说起源于战国时期，章学诚在《文史通义》中指出"后世之文，其体皆备于战国"。小说也是在此时期出现，其他各种文体对后世小说的形成、发展，也有密切关系。

古小说的源头在何？有许多说法：

A. 黄帝藏书小酉山，为小说之起点，《太平御览》说沅陵山上石穴藏书千卷，秦人读书学于此；

B.《史记》为小说之滥觞，此说影响甚大，但不准确；

C. 夷坚、齐谐，小说之祖也；

D. 小说九百，本自虞初；

E. 韩非、列御寇等人，小说之祖也。……

各种说法都有一定道理，但都没有确切证据。如果展开对这些"来源"说的剖析，足可以写一本书。李剑国《唐前志怪小说史》一书对小说的这些可能源头，做过比较详尽的考证。

_____

① "长头生羽"是脑袋的长度远远超出正常范围，身上长着羽毛。

第三节　神话对小说构思的影响

中国小说起源是多源的,对后世小说构思起重要影响的,首先是神话。

一、中国上古神话概况

和系统的希腊神话相比,中国上古神话比较零碎、难成系统。

《山海经》是有关上古社会的重要文献,被称为中国古代神话的宝库。有的学者认为它是部具有民间宗教性质的书。有山经五篇、海经十三篇,记述山川、物产、部族、风俗、巫术等,内中有许多神灵怪异事,有各种奇形怪状的动物,如龙首鸟身,有人和动物合体,如人面马身,九首蛇身的"共工之臣",更有异国异貌,如贯胸国、长臂国、大人国、小人国、不死国,有鲧禹治水、刑天舞干戚、夸父逐日、精卫填海等著名故事。

《山海经》的神多集中在昆仑山,就像希腊神话中诸神集中在奥林匹斯山上,地位最高的神为帝俊,如希腊神话中的宙斯。

《山海经》神话形象有原始特点:朴野、粗犷,如夸父的耳饰是两条蛇,手里还攥着两条蛇。他能喝尽黄河、渭河水,和太阳竞走,死后手杖化为一片森林。如西王母是个主管灾疫、刑杀的怪物,"其状如人,豹尾虎齿而善啸,蓬发戴胜,是司天之厉及五残"①。到了《汉武内传》中,变成了文质彬彬、容颜绝世、掌不死之药的美女。

上古神话具有悲剧美、悲壮美。反抗性是神话形象最吸引人之处。如精卫填海,茫茫大海上,一只极小的鸟儿,嚼着更小的木枝,要将海填平,不成比例造成了特异美感,这只小鸟儿,是一个帝王女儿所化……

再如夸父逐日,夸者,大也,父者,甫也,夸父者,伟男也。一个充满了阳刚之气的伟岸男子,追赶太阳,直追到落日处,追到了太阳的光

---

① 袁珂校译:《山海经校译·西山经》,第31页,上海:上海古籍出版社,1985。

环里,自己却渴死了,伟岸的身躯慢慢倒在太阳的余晖中,手中拐杖化成一片郁郁的森林……

又如刑天舞干戚,刑天跟黄帝战斗,脑袋被砍下来,就以乳为目,以脐为口,舞动着盾和利斧继续战斗……

神话形象常跟黄帝、炎帝有关,黄帝炎帝是兄弟,他们之间的战争是兄弟间争夺领导权的战斗,夸父和共工都是炎帝的子孙。

二、上古神话的主要内容

除了《山海经》外,上古神话还保存在《尚书》、《诗经》、《庄子》、《楚辞》、《淮南子》中。上古神话主要内容概括起来说是:

(一)创世故事

上古神话异想天开地解释宇宙的起源,如:

> 天地混沌如鸡子,盘古生其中,万八千岁。天地开辟,阳清为天,阴浊为地,盘古在其中,一日九变,神于天,圣于地。天日高一丈,地日厚一丈,盘古日长一丈,如此万八千岁,天数极高,地数极深,盘古极长。后乃有三皇。①

> 天地亦物也。物有不足,故昔者女娲氏炼五色石以补其阙;断鳌之足以立四极。其后共工氏与颛顼争为帝,怒而触不周之山,折天柱,绝地维,故天倾西北,日月星辰就焉;地不满东南,故百川水潦归焉。②

> 往古之时,四极废,九州裂,天不兼覆,地不周载,火爁炎而不灭,水浩洋而不息,猛兽食颛民,鸷鸟攫老弱。于是女娲炼五色石以补苍天,断鳌足以立四极,杀黑龙以济冀州,积芦灰以止淫水。③

盘古开天,女娲补天,女娲造人,神话传说认为人间的高贵者是女娲用手捏成,低贱者用绳沾泥浆甩成。《太平御览》卷七十八引自《风俗通义》:"俗说天地开辟,未有人民。女娲抟黄土作人,剧务力不暇供,乃

---

① 〔唐〕欧阳询撰,汪绍楹点校:《艺文类聚》卷一,引徐整《三五历记》,第2页,上海:上海古籍出版社,1985。

② 《列子·汤问》,见杨伯峻注:《列子集释》,卷五,第150~151页,北京:中华书局,1979。

③ 《淮南子·览冥篇》,见何宁注:《淮南子集释》,卷六,第479~450页,北京:中华书局,1998。

引绳于絙泥中,举以为人。"①神话传说解释中国的地形西北高、东南低,是因为共工触不周山的结果。神话传说还说到帝舜之妻生了十个太阳,帝俊之妻生了十个月亮。郭璞则解释说,帝舜之妻并非生了十个太阳,而是生了十个以"日"为名的儿子……

(二) 创造发明

神话传说,尧之时,十日并出,禾苗焦枯,人民没东西吃,还有蟒蛇等猛兽威胁人类生存。尧即命令后羿射日,后羿是弓箭的发明者也是神箭手,羿射九日,只留下一个太阳照耀,风调雨顺,人民安居,奉尧为天子……

类似的创造发明还有许多:黄帝钻燧生火;炎帝采药治病等。

(三) 洪水

中国的洪水神话、鲧禹治水与希腊神话窃火的普罗米修斯故事相得益彰。希腊神话中,普罗米修斯窃取了上帝的火种给人类,宙斯下令将他锁到奥林匹斯山上,让老鹰啄食他的心肝。鲧为了治水,盗窃了天帝息壤,被天帝压死在羽山,尸体三年没有腐烂,又从他的肚子里生出了儿子禹。禹又开始治水。禹为了治水,沐雨栉风,三过家门而不入……

(四) 战争

黄帝和炎帝本是亲兄弟,两人发生战争,黄帝大战炎帝,曾经驱熊、罴、貔、貅、虎参战,估计它们并非真正的野兽而是部落图腾。黄帝炎帝大战的结果导致炎黄部落融合。黄帝又大战蚩尤。二者都有呼风唤雨的力量。为了制服蚩尤,上天派遣人首鸟形的玄女下界,授予黄帝兵信神符……

三、神话对小说家的影响

马克思曾说:"希腊神话不只是希腊艺术的武库,而且是它的土壤。"②对中国小说家来说,神话的原型意义比素材意义大得多,神话本身虽然也提供一些素材,但作家们主要借助神话原型的精髓和力量、

---

① 〔宋〕李昉等撰:《太平御览》,卷七八,第365页,北京:中华书局影印,1960。
② 〔德〕马克思:《政治经济学批判导言》,见中共中央马恩列斯著作编译局编译:《马克思恩格斯选集》,第二卷,第28页,北京:人民出版社,1995。

神话的象征性、隐喻性思维方式和表现手法。屈原在现实中屡受打击就巡游天界；孙悟空打遍海陆空无敌手，把天庭闹得人仰马翻；蒲松龄在现实中考不中举人，就让马骥在龙宫中大展文才，做了驸马。

神话对古代小说家的影响特别值得注意。《搜神后记》作者陶渊明的《读山海经》诗可见一斑："夸父诞宏志，乃与日竞走。俱至虞渊下，似若无胜负。神力既殊妙，倾河焉足有？余迹寄邓林，功竟在身后。"①"精卫衔微木，将以填沧海；刑天舞干戚，猛志固常在！"

神话的"宏志"、"猛志"对历代作家、小说家都有重要影响。

对于中国古代的小说家来说，神话是什么？

是暗如覆盆的社会中作家眼中的一线光明；

是作家遁离现实、超凡脱俗的桃花源；

是帮助作家摆脱日常苦难、度过漫漫长夜的精神力量。

陶渊明"恨不及周穆，托乘一来游"②，李商隐"八骏日行三万里，穆王何事不重来"③，表达的都是同样的愿望。《西游记》中踢天弄井、一个跟斗十万八千里的孙悟空，普林斯顿大学浦安迪教授解释，是隐写王莽篡汉，尚可讨论，造反，或者说"宏志"、"猛志"是孙悟空艺术形象的精髓，当无异议，有人认为"皇帝轮流做，明年到我家"是"响彻云霄"的农民起义口号。具体构思上，神话对这些小说的影响是明显存在的，上古神话中涂山氏化石开裂生了启，给石猴出世以影响，也给贾宝玉胸前佩戴的那块通灵宝玉以影响。

上古神话如女娲补天、女娲造人、共工触不周山、精卫填海、夸父逐日、愚公移山、黄帝大战蚩尤、羿射十日、鲧窃息壤治水为天帝所杀、尧、舜的故事，禹和涂山氏女的爱情故事……都给后世小说家以启迪。人和动物相互转换，人兼有动物某些特点。上古神话中，禹变熊。到汉代，涂山氏是狐，跟禹成为最早的人狐恋。人、兽、神合一。人与自然万物可以互相转化，是古代神话形象的重要特点：女娲人头蛇身，尾交首上；黄帝四面；炎帝牛首人身；蚩尤人身牛蹄，四目六手……大禹

---

① 逯钦立校注：《陶渊明集》，第137、138页，北京：中华书局，1979。本书下文引用该书原文，均据此版本。

② 《陶渊明集》，第134页。

③ 〔唐〕李商隐：《瑶池》，见陈伯海选注：《李商隐诗选注》，第36页，上海：上海古籍出版社，1982。

变成熊开山,其妻涂山氏因此变成石头;炎帝女儿死后,一个化为精卫鸟儿,一个化为瑶草;鲧死后化为黄熊……

上古神话女仙故事颇多:西王母、素女、玄女,帝女始于《山海经》,嫦娥始于《淮南子》。从《淮南子》开始的嫦娥奔月,成为小说家大做文章的题目,到《西游记》还要跟猪八戒发生纠葛。但相比于希腊神话爱神维纳斯丰富多彩的故事,中国古代爱神减色多矣。

女娲形象对后世小说最具举足轻重的作用。

比如,《封神演义》中,就是殷纣王因为对女娲的雕像不恭,才惹得女娲派狐狸精下界祸乱殷商。女娲的恼怒成为整个小说的由头。

再如,《红楼梦》中,女娲补天炼了三万六千五百零一块石头,女娲用上了三万六千五百块,只剩下一块不用,这块无材补天的石头就日夜悲叹,终于化为通灵宝玉,随同贾宝玉到人间一游,记录下人世悲欢,是谓《石头记》。女娲炼就而未能补天的那块石头,实际上就是作家曹雪芹的化身。

第四节　史书对小说构思的影响

史书对小说构思的影响举足轻重。

中国小说历来被说成"史之余","史官之末事",隶属于史部,直到《新唐书》才成为子部小说家类。

"史迁为小说之源",较公认。实际比《史记》早得多的《左传》为小说之源更确切。因此,关于史书对小说构思的影响,对《左传》要多说几句。

一、《左传》乃小说之源

《左传》又名《左氏春秋》,相传系春秋末年鲁国史官左丘明为传述《春秋》而作,所以叫"左传"。它是我国古代最早一部编年体史书。它按照年代顺序记录了春秋时代历史大事。起于鲁隐公元年(前722),止于鲁哀公二十七年(前468),与《春秋》重合。《左传》记叙了周王室的衰落和诸侯争霸的历史和传说,把《春秋》的简短记事,发展成完整的叙事散文,《左传》描写历史人物形神佳作,有声有色,有很高文学价值,它影响了后世历史写作,也影响了小说写作。

(一)《左传》乃"叙事之最"

刘勰在《文心雕龙》中主张,写作者要"辞宗丘明"。

唐代史学家刘知幾认为,《左传》标志着中国叙事散文的成熟,可称"叙事之最":"……申盟誓则慷慨有余;称谲诈则欺诬可见;谈恩惠则煦如春日;纪严切则凛若秋霜;……跌宕而不群,纵横而自得。若斯才者,殆将工侔造化,思涉鬼神,著述罕闻,古今卓绝。"①

台湾学者张高评在其专著《左传之文学价值》中,归纳《左传》有三十种叙法,如:正叙、顺叙、逆叙、侧叙、串叙、虚叙、插叙、暗叙、夹叙。三十种分法未必妥当,且互有重复,但说《左传》是叙事之最,颇有道理,而且这些叙事方法都可以被小说家采用。

《左传》总是完整地写事件过程、因果,尤其战争描写,最著名的如僖公二十八年的晋楚城濮之战,大战双方都写得生动细致,晋文公守诺重信,君臣齐心,楚国君臣离心,主帅子玉骄傲自满,一意孤行。既有过程又有因果,还有人物。

《左传》的叙事方式影响后代小说,一个最简单的例子:《聊斋志异·公孙九娘》"初,九娘母子原解赴都。至郡,母不堪困苦死,九娘亦自到。"②这种以"初"来倒叙的写法就来自《左传》。

叙事文学主要手段人物描写,在《左传》中已成熟,"多行不义,必自毙"的名言出自《郑伯克段于鄢》,说这话人本身就是一个多行不义的人。鲁隐公元年郑庄公和其弟弟的权力争夺,郑庄公放任弟弟,让弟弟做尽坏事再讨伐之,弟弟跑了,他和母亲约定"不及黄泉,无相见也",最后在颍考叔的设计下钻进地下隧道和母亲相见,还说"大隧之中,其乐也融融"。③虚伪奸诈阴险的形象非常生动。

《左传》中人物个性化语言很突出,鲁僖公四年晋骊姬之乱,晋献

①〔唐〕刘知幾撰,张振珮笺注:《史通笺注》卷一六杂说上,第570页,贵阳:贵州人民出版社,1985。

②〔清〕蒲松龄著,任笃行辑校:《聊斋志异》,第711～712页,济南:齐鲁书社,2000。以下该书引文除特别注明外,均出自此版本。

③杨伯峻注:《春秋左传注·隐公元年》,第14～15页,北京:中华书局,1981。本书下文引用该书原文,均据此版本。

公以骊姬为夫人,骊姬为了让自己的儿子取得继承权,陷害长子申生,将毒药放在申生给父亲送的肉中,再提醒鲁僖公用狗和侍从试验,证明申生送的肉确实有毒。有人劝申生为自己辩解,申生说:"君非姬氏,居不安,食不饱。我辞,姬必有罪。君老矣,吾又不乐。"①自己受到陷害,却认为陷害自己的继母是父亲快乐的根源,所以不辩解。劝他逃跑,他说:"君实不察其罪,被此名也以出,人谁纳我?"最后自杀了之。申生的愚孝形象靠这两段话就竖立起来。这是人物自白对塑造人物起到的重要作用。申生的弟弟重耳果断地逃走了,在外逃亡多年,受到许多国君帮助,也受到一些国君欺凌。十九年后,鲁僖公二十三年,他得到楚成王庇护,楚王问,"公子若反晋国,则何以报不谷?"对曰:"子、女、玉、帛,则君有之;羽、毛、齿、革,则君地生焉。其波及晋国者,君之余也;其何以报君?"曰:"虽然,何以报我?"对曰:"若以君之灵,得反晋国。晋、楚治兵,遇于中原,其辟君三舍。若不获命,其左执鞭、弭,右属櫜、鞬,以与君周旋。"两人对话,楚成王咄咄逼人,重耳开始时小心对付,带点儿虚与委蛇意味,最后表现出血性男儿的本色。寄人篱下却设想回国后将来与对方交战,先以退辟三舍以报答昔日的恩情,然后就坚决死拼。后来历史发展也果然如此。人物对话使人物个性相当突出。也是这一段,重耳讲完这番话后,子玉建议杀了他,楚成王说:"晋公子广而俭,文而有礼。其从者肃而宽,忠而能力。晋侯无亲,外内恶之。吾闻姬姓唐叔之后,其后衰者也,其将由晋公子乎!天将兴之,谁能废之?违天,必有大咎。"②既是对楚成王的正面描写,也是对重耳的侧面描写。这样的写人手段,也为后世小说家广泛采用。

《左传》非常精彩的人物语言更是直接为后世采用,如,鲁僖公四年楚成王之使对管仲说的楚国和齐国是"风马牛不相及",鲁闵公元年仲孙说的"不去庆父,鲁难未已",鲁僖公五年宫之奇说的"唇亡齿寒",都成为小说家当然不止小说家经常使用的成语。

(二)《左传》秉笔直书,叙事中有褒贬

西方小说家喜欢说的"零度介入"在《左传》是不存在的。在中国

---

① 《春秋左传注·僖公四年》,第298～299页。
② 《春秋左传注·僖公二十三年》,第408～409页。

古代小说家身上,同样找不到"零度介入"的现象。

《春秋》在叙事中有褒贬,《文心雕龙》说:《春秋》"褒见一字,贵逾轩冕;贬在片言,诛深斧钺"①。意思是《春秋》对人物的一字褒贬,都有很重要的作用。

《左传》同样秉笔直书,但有鲜明的褒贬。如著名的《曹刿论战》:

> 十年春,齐师伐我。公将战。曹刿请见。其乡人曰:"肉食者谋之,又何间焉?"刿曰:"肉食者鄙,未能远谋。"乃入见,问:"何以战"。公曰:"衣食所安,弗敢专也,必以分人。"对曰:"小惠未遍,民弗从也。"公曰:"牺牲玉帛,弗敢加也,必以信。"对曰:"小信未孚,神弗福也。"公曰:"小大之狱,虽不能察,必以情。"对曰:"忠之属也,可以一战。战,则请从。"公与之乘。战于长勺。公将鼓之。刿曰:"未可。"齐人三鼓。刿曰:"可矣!"齐师败绩。公将驰之。刿曰:"未可。"下视其辙,登轼而望之,曰:"可矣!"遂逐齐师。既克,公问其故。对曰:"夫战,勇气也。一鼓作气,再而衰,三而竭。彼竭我盈,故克之。夫大国,难测也,惧有伏焉,吾视其辙乱,望其旗靡,故逐之。"②

《曹刿论战》特别像后世写某一横截面的短篇小说。它已经成为真正的经典,是军事家研究的经典,也是语言学家研究的经典,其中"肉食者鄙"、"一鼓作气"已成为现代汉语的常用词。对曹刿这个人物的描写很成功,他的超出常人的见解、冷静清醒的头脑、机智果敢的作为,都没有采用多么复杂的情节来写,也没有作者明显的爱憎,只是冷静描写,秉笔直书。

美国学者王靖宇评论《左传》时说过这样的话:历史显然不仅仅是对一系列事件的罗列,它还意味着一种尝试,即把所报告的种种孤立事件联系起来,从混乱而不连贯的往事中找出某种道理和意义。

确实,《左传》经常从历史事件和过程中找到某种道理和意义,并通过"君子曰"、"孔子曰"、"君子是以知"几种方式表述出来,这对于后世小说家有启示。因为,中国古代小说家总摆脱不了"文以载道"的魔

---

① 王利器校笺:《文心雕龙校证·史传第十六》,第106页,上海:上海古籍出版社,1980。本书下文引用该书原文,均据此版本。

② 《春秋左传注·庄公十年》,第182～183页。

咒,而这个魔咒从《左传》这类历史书就念熟了。

(三)《左传》的虚构成分

《左传》有虚构成分,钱钟书先生在《管锥篇》中说:"或为密勿之谈,或乃心口相语,属垣烛隐,何所据依?如僖公二十四介之推与母偕逃前之问答,宣公二年钮麑自杀前之慨叹,皆生无傍证、死无对证者。……盖非记言也,乃代言也,如后世小说、剧本中之对话独白也。左氏设身处地,依傍性格身份,假之喉舌,想当然耳。"①

这段话的意思是:《左传》写了一些密室的交谈,写了一些人物的心理自白,这都是十分隐秘的东西,作者根据什么这样写?鲁僖公二十四年介之推带母亲逃走前的母子之间的问答,作者从哪儿知道?鲁宣公二年钮麑受晋灵公之命刺杀赵盾,看到赵盾勤劳国事,想到如果杀这样的忠臣是很不应该的,于是自杀。他临死前的这段心理活动,《左传》的作者又是从何知道的?这说明《左传》并不是忠实地记录历史人物的语言,有时候,它也代替历史人物说话,就像后世的小说、戏剧中人物的对话独白一样。左丘明设身处地,依照人物的性格和身份,替人物设计了合理的对话或独白,都是他想象的结果。

《左传》中还出现了鬼魂故事,如:彭生死后,其鬼化为豕,人立而啼,齐侯坠马伤其足;魏武子临终命儿子颗将姜殉葬,颗认为这是父亲病重中不清醒的命令,决定按照父亲清醒时的意愿办,将父亲的小姜嫁了出去。后来颗在战争危急关头,有位老人结草将其敌人绊倒,这就是后世小说家经常用的典故"结草衔环"。这类见神见鬼的故事,当然是虚构。

(四)从"君子曰"到"异史氏曰"

《左传》在叙事过程中或叙事末以"君子曰"或"君子是以知"、"孔子曰"表达对事件、人物的评价,如《左传·隐公元年》的《郑伯克段于鄢》,写春秋初期曾称霸一时的郑庄公和母亲、弟弟之间的争权夺利斗争。因为生郑庄公时难产,姜氏厌恶郑庄公,总想给小儿子争取利益。虚伪狡诈的郑庄公表面上尽量满足母亲和弟弟各种非分要求,纵容弟弟,实际想方设法将弟弟逼上死路。最后还将母亲放逐到一个荒凉地

---

① 钱钟书:《管锥编》(左传正义·杜预序),第165页,北京:中华书局,1996。

方并说"不及黄泉,无相见也"。后来他又后悔,他的臣子颍考叔给他想了个办法:让郑庄公掘了个冒出黄泉的地道,跟母亲在里边相见。郑庄公还赋曰"大隧之中,其乐也融融。"《郑伯克段于鄢》对郑庄公这个伪君子的描绘非常成功。左丘明在篇末写了段"君子曰":"颍考叔,纯孝也,爱其母,施及庄公。《诗》曰:'孝子不匮,永锡尔类。'其是之谓乎!"①借肯定颍考叔,侧面挖苦了郑庄公。

这样写法影响到司马迁《史记》篇末有"太史公曰"。到文言白话小说的艺术高峰《聊斋志异》,蒲松龄变成"异史氏曰",小说家本人对自己所描写的人物或故事发表评论。而按照西方小说理论家的观点,作者本人将爱憎、褒贬在作品中直接说出来,最犯忌讳,最要不得。但中国古代小说家乐此不疲。

(五)善恶分明的人物

"扁"的和"圆"的人物,"扁"即善恶分明的人物,"圆"即复杂丰满的人物,这个小说学概念,出自佛斯特《小说面面观》,如佛斯特曾剖析,英国小说《大卫·考伯菲尔》中"我永远不会抛弃米考伯先生",就成了米考伯太太鲜明的标志。看到这个人,就想到这句话,听到这句话,也只能想到米考伯太太这一个人。

美国学者王靖宇认为《左传》的人物多是扁平、静止的人物。他的分析有一定概括意义。仍以《郑伯克段于鄢》为例,郑庄公性格的鲜明特点是阴险,段性格的鲜明特点是任性妄为,姜氏性格的鲜明特点是偏心任情,颍考叔性格的鲜明特点是纯孝。几个个性非常突出的人物交锋,就导致一系列事件发生、推动人物命运向前发展。最后郑庄公为维护自己在民众中的形象,不得不假借民间孝子的计策让自己借梯下台,不得不违心地接受并不喜爱自己的母亲;姜氏为生活得好点儿,不得不假装喜欢上长子。

台湾学者张高评分析了《左传》中几十个可以代表"善"和"恶"的人物。突出写人物的某一个性,成为中国志人小说的重要手段,较早的《语林》及此后的《世说新语》都以人物某个性做切入点,《三国演义》则以"三绝"著称:曹操奸绝、关羽义绝、诸葛亮智绝。鲁迅先生在《中

---

① 《春秋左传注·隐公元年》,第16页。

国小说史略》中认为"状孔明之智而近妖"。

（六）《左传》类小说举例

《左传》写作上近于小说，几乎可以从全书中随处见到，我们从《左传·宣公二年》简短记事可以看出：

> 晋灵公不君，厚敛以彫墙；从台上弹人，而观其辟丸也；宰夫胹熊蹯不孰，杀之，置诸畚，使妇人载以过朝。赵盾、士季见其手，问其故，而患之。将谏，士季曰："谏而不入，则莫之继也。会请先，不入，则子继之。"三进，及溜，而后视之，曰："吾知所过矣，将改之。"（士季借《诗经》的话对他进行了一番苦口婆心的劝说）稽首而对曰："人谁无过？过而能改，善莫大焉"。诗曰："靡不有初，鲜克有终。夫如是，则能补过者鲜矣。君能有终，则社稷之固也，岂惟群臣赖之"。又曰："'衮职有阙，惟仲山甫补之'，能补过也。君能补过，衮不废矣。"犹不改。宣子（赵盾）骤谏，公患之，使钼麑贼之。晨往，寝门辟矣，盛服将朝。尚早，坐而假寐。麑退，叹而言曰："不忘恭敬，民之主也。贼民之主，不忠；弃君之命，不信。有一于此，不如死也。"触槐而死。
>
> 秋九月，晋侯饮赵盾酒，伏甲，将攻之，其右提弥明知之，趋登，曰："臣侍君宴，过三爵，非礼也。"遂扶以下。公嗾夫獒焉，明搏而杀之。盾曰："弃人用犬，虽猛何为！"斗且出。提弥明死之。
>
> 初，宣子田于首山，舍于翳桑，见灵辄饿，问其病。曰："不食三日矣。"食之，舍其半。问之。曰："宦三年矣，未知母之存否，今近焉，请以遗之。"使尽之，而为之箪食与肉，置诸橐以与之。既而与为公介，倒戟以御公徒而免之。问何故。对曰："翳桑之饿人也。"问其名居，不告而退，遂自亡也。①

赵盾（宣子）和士季两人劝诫晋侯，晋侯开始时装聋作哑，入门为一进，庭院为二进，屋檐下（溜）为三进，有道之主应该在臣子一进就起来迎接，晋灵公因为"不君"所以直到"溜"才假装刚刚看到士季，士季用《诗经》教育他一番，他假装接受，待赵盾再劝戒他时，他干脆派刺客去刺杀自己的大臣，刺杀不成，再从金殿嗾使恶犬扑大臣。赵盾两次被害，

---

① 《春秋左传注·宣公二年》，第 655～662 页。

两次逃脱,第一次因为他的勤勉国事感动了刺客,第二次,因为他行善在先,当年受他救助的翳桑饿人帮助了他。顺便说一句,《左传》写的这段赵盾故事跟后来的元杂剧纪君祥的《赵氏孤儿》很不一样,《左传》的恶人、跟赵盾作对的是晋灵公本人,到了《赵氏孤儿》中,恶行都集中到屠岸贾身上。

我们采取佛斯特论小说三点看《左传》这段故事所具备的小说基本要素:

其一,有完整的故事。

其二,采用正叙、倒叙等多种叙事手法。

其三,情节紧张有序,有张有弛。

其四,人物有鲜明个性,晋灵公倒行逆施,赵盾忠心耿耿,鉏麑大义凛然,提弥明勇于献身,翳桑饿人知恩报恩……人物描写上,有行动,有语言,还有内心独白,内心独白完全是虚构。

其五,有精彩的场面,如赵盾和士季看到厨子的手的惨烈;晋公放恶犬咬人的惊心动魄,使人联想到福尔摩斯笔下的巴斯克威尔猎犬;翳桑救助饿人而饿人留一半食物给母亲的温馨也很精彩。

其六,对人物内心独白的虚构,如鉏麑自杀前的思考。

其七,特别重要的是,有因果明显的情节。

佛斯特说,故事是按时间顺序安排的事件叙述,情节也是事件叙述,但重点在因果关系,"国王死了,然后王后也死了"是故事,"国王死了,王后也伤心而死"是情节。情节中时间顺序还存在,但已为因果关系所掩盖。情节是小说的逻辑面,要找到情节得靠记忆和智慧。在《左传》这段故事中情节的因果关系就是:晋灵公不君,导致臣子进谏,晋灵公下毒手杀赵盾,"不君"为因,刺杀为果;因为鉏麑顾大局、识大体,赵盾脱险,再次被害时,又因为提弥明的舍命相救和曾经救过翳桑之饿人再次脱险,两次不同的脱险,源于不同的因果。

《左传·宣公二年》是小说,但已经具备了小说的基本要素。后世小说家不受《左传》影响者,几乎没有。在构思的基本套路上,都没有摆脱《宣公二年》这个故事所创造的以上七种模式。

战国时鲁国人公羊高所著《公羊传》和鲁人穀梁赤所著《穀梁传》与《左传》合称《春秋》三传,通常被看作是同源异流的书。《左传》传事,《公羊传》、《穀梁传》传义,"微言大义",是所谓阐释经义的书,其写法为问答体。《公羊传》、《穀梁传》辞锋晓畅,文气劲利,有生动的细节描写,前人谓《公羊传》、《穀梁传》二传"敛神奇于短简之中,镂人物于须弥芥子",意思是在人物描写上着重从细节上下工夫。这些写人章法,被后世小说家广泛采用。

如《公羊传》鲁哀公六年齐人陈乞废公子舍立阳生故事:陈乞派力士举巨囊,邀大夫见之,大夫皆"色然而骇",对震惊之貌的描写很生动。待其开之,则"闯然公子阳生",用"闯然"描写出头貌很生动。接着,陈乞说:"此君也已。"于是,"诸大夫不得已皆逡巡北面,再拜稽首而君之尔,自是往弑舍。"用"逡巡"二字来形容诸大夫既犹豫不决又不得不听从的形态,很得体。"逡巡"意为首鼠两端、欲进还退、犹豫不决。两千年后,用"逡巡"写书生的特点,成为文言小说家蒲松龄的最爱。如《叶生》写叶生的鬼魂考中了举人,回家向妻子炫耀,妻子提醒他:你早就死了,叶生还不太相信,"逡巡入室,见灵柩俨然,扑地而灭"。①

除了《左传》、《公羊传》、《穀梁传》外,与《左传》同时或稍后的其他历史著作同样对小说构思有重要作用。其中,《国语》、《战国策》、《史记》的作用最明显。

二、《国语》和《战国策》对小说构思的影响

《国语》是分国记事的历史著作,记载了西周至战国初年,大约公元前 967 至公元前 453 年间,周朝及鲁、齐、晋、郑、楚、吴、越等诸侯国的历史事件、人物活动及言论。司马迁说"左丘失明,厥有《国语》",后人据此认为《国语》也是左丘明的作品。

《国语》内容比《左传》更详尽,《左传》擅长叙事,《国语》擅长记言并主要通过记言等手段刻画人物。如《越语》写《勾践灭吴》,写勾践、文种、范蠡,几乎全是他们的议对之辞。《国语》的西周部分是《左传》所没有的。如《邵公谏厉王弭谤》:

厉王虐,国人谤王。邵公告王曰:"民不堪命矣。"王怒,得卫

---

① 〔清〕蒲松龄著,任笃行辑校:《聊斋志异》,第122页,济南:齐鲁书社,2000。

巫,使监谤者。以告,则杀之。国人莫敢言,道路以目。

王喜,告邵公曰:"吾能弭谤矣,乃不敢言!"

邵公曰:"是障之也。防民之口,甚于防川。川壅而溃,伤人必多。民亦如之。是故为川者决之使导,为民者宣之使言。故天子听政,使公卿至于列士献诗,瞽献曲,史献书,师箴,瞍赋,矇诵,百工谏,庶人传语,近臣尽规,亲戚补察,瞽、史教诲,耆、艾修之,而后王斟酌焉。是以事行而不悖。民之有口也,犹土之有山川也,财用于是乎出。犹其原隰之衍沃也,衣食于是乎生。口之宣言也,善败于是乎兴。行善而备败,其所以阜财用衣食者也。夫民虑之于心而宣之于口,成而行之,胡可壅也? 若壅其口,其与能几何?"

王不听。于是国莫敢出言,三年乃流王于彘。①

西周后期,周厉王(公元前 878~前 842 年在位)暴虐,国人有意见,就散布"谤言"。周卿士邵穆公先提醒厉王:要注意民众之"谤"。厉王不仅不听,还从卫国弄个巫掌管民众信息,只要卫巫报告哪个人发怨言,就杀掉这个人。结果搞得全国人哪个也不敢说话了,在路上相遇都是用目光示意。厉王自以为得计。邵公劝他:堵塞民众话语权比用河堤防水还严重,一旦泛滥,伤人更多。建议厉王让民众把心里话都说出来。各个阶层都采用不同的方式向王进谏。民众认为好的就继续进行,民众认为不好的就立即停止。但是周厉王不听劝谏,倒行逆施,结果三年后被流放到山西霍县(彘)。

这段西周重要的史实,几乎完全采取人物语言表达,邵公深谋远虑的谋士形象,周厉王浅薄无知的暴君形象,通过几句话,就表现得很生动。"防民之口,甚于防川",已经成为后世经常引用的话。《国语》"记言"的方式,当然会影响到后世的小说。我们从《三国志通俗演义》诸葛亮舌战群儒,能寻到《国语》策士的影子。

《国语》还记载了一些神话传说,如《郑语》最早记载褒姒亡周神话。这一神话成为后世小说《封神演义》的立足点。

《史记》中借用《国语》的语言和故事不少。

---

① 徐元诰撰,王树民、沈长云点校:《国语集解》,第 10~13 页,北京:中华书局,2002。

《战国策》是一部国别体的历史书。其时代上接春秋下至秦并六国,时间为公元前 460 至公元前 220 年,写了二百四十年的历史。记载西周、东周及秦、齐、楚、赵、魏、韩等诸侯国的政事。经汉代人刘向加工。《战国策》主要记载战国时代各国谋士的言论和活动,贯穿纵横家的思想,记录许多恣肆雄辩的游说之词,词采绚丽、酣畅淋漓。例如《战国策·赵策》写"客"劝说赵王将国事置于爱马之上:

> 客见赵王曰:"臣闻王之使人买马也,有之乎?"王曰:"有之。""何故至今不遣?"王曰:"未得相马之工也。"对曰:"王何不遣建信君乎?"王曰:"建信君有国事,又不知相马。"曰:"王何不遣纪姬乎?"王曰:"纪姬妇人也,不知相马。"对曰:"买马而善,何补于国?"王曰:"无补于国。""买马而恶,何危于国?"王曰:"无危于国。"对曰:"然则买马善而若恶,皆无危、补于国;然而王之买马也,必将待工。今治天下,举措非也,国家为虚戾,而社稷不血食,然而王不待工,而与建信君何也?"①

"客"采用循循善诱的办法,诱使"王"一步一步明白,你要买马都得挑选懂行的人来办,而马的好坏对国家的好坏没有任何补益,对于治理国家这样的大事,你为什么不挑选懂行的人来治理? 难道您想将一个烂摊子交给你的儿子建信君来治理吗? 这段记载,全部采用人物之间的对话。但是就像后来鲁迅先生评价好的小说,确实是能够从对话看出人来。

《战国策》有的章节已基本是小说,如齐策《邹忌讽齐王纳谏》:

> 邹忌修八尺有余,形貌昳丽。朝服衣冠,窥镜,谓其妻曰:"我孰与城北徐公美?"其妻曰:"君美甚,徐公何能及君也!"城北徐公,齐国之美丽者也。忌不自信,而复问其妾曰:"吾孰与徐公美?"妾曰:"徐公何能及君也!"旦日,客从外来,与坐谈,问之客曰:"吾与徐公孰美?"客曰:"徐公不若君之美也。"

> 明日,徐公来,孰视之,自以为不如,窥镜而自视,又弗如远甚。暮,寝而思之,曰:"吾妻之美我者,私我也;妾之美我者,畏我也;客之美我者,欲有求于我也。"

---

① 何建章注释:《战国策注释》(赵策四),第 792 页,北京:中华书局,1990。本书下文引用该书原文,均据此版本。

于是，入朝见威王曰："臣诚知不如徐公美，臣之妻私臣，臣之妾畏臣，臣之客欲有求于臣，皆以美于徐公。今齐地方千里，百二十城，宫妇左右莫不私王，朝廷之臣莫不畏王，四境之内莫不有求于王。由此观之，王之蔽甚矣。"王曰："善。"

乃下令："群臣、吏民能面刺寡人之过者，受上赏；上书谏寡人者，受中赏；能谤议于市朝，闻寡人之耳者，受下赏。"令初下，群臣进谏，门庭若市。数月之后，时时而间进。期年之后，虽欲言，无可进者。燕、赵、韩、魏闻之，皆朝于齐。此所谓战胜于朝廷。[1]

邹忌的妻妾、朋友都说他比徐公美，邹忌对镜自视，发现自己比徐公差得很远，他考虑：为什么我明明不如徐公，这些人都恭维我比他美？他思考的结果是：我的妻子爱我，妾怕我，客有求于我，所以他们都说我比徐公美。邹忌拿这件事来向齐王进谏，齐王从善如流，移植到朝政上，纳贤言、改朝政。这段历史，其实已经接近于后世的小小说。写得很有生活气息，人物有外貌描写，有细致的心理活动，像邹忌对镜考虑这样的情节，属于完全私密的个人心理活动，历史学家怎么可能知道？是小说家的创造。

先秦寓言篇幅短小，它不是记实，是用虚构的人物（动物）、情节故事说明某个道理，是最接近小说的文体，或许可以称为"小小说"。《战国策》里有很多寓言，它无意中还给后世小说创造了新的模式，比如说《战国策·楚策一》中"狐假虎威"的故事：

虎求百兽而食之，得狐。狐曰："子无敢食我也。天帝使我长百兽，今子食我，是逆天帝命也。子以我为不信，吾为子先行，子随我后，观百兽之见我而敢不走乎？"虎以为然，故遂与之行。兽见之皆走。虎不知兽畏己而走也，以为畏狐也。[2]

这个故事当然是虚构。自然界老虎和狐狸都不会说话，《战国策》的狐狸却巧舌如簧，把威风凛凛的百兽之王老虎忽悠了。这个故事的影响不仅是从此有了"狐假虎威"的成语，还给后世志怪小说开创出一个最聪明的志怪对象——狐狸精。在西方寓言中，狐狸也是狡猾的，只不过西方狐狸没像中国狐狸那样精彩地成精。

---

[1]《战国策注释》（齐策一），第 316 页。
[2]《战国策注释》（楚策一），第 487 页。

三、《史记》对小说构思的影响

司马相如说《史记》是：赋家之心，苞托宇宙，总揽人物。

鲁迅称《史记》是：史家之绝唱，无韵之离骚。

郭沫若则说《史记》：不啻是我们中国的一部史诗，或者就是一部历史小说集也可以。

钱钟书论《左传》时说：史有诗心、文心。

到了《史记》，诗心、文心得到进一步发展。

《史记》标志着中国历史著作的文学化、诗意化甚至小说化。司马迁将历史写得像小说那样好看，《史记》不仅成为历史书，也成为文学经典，还为后世小说家提供了如何写小说的"教案"。

如《项羽本纪》写项羽一生事迹，按《史记》的体例，"本纪"记载历代帝王事迹。项羽并未称帝，但司马迁认为楚汉相争中"政由羽出"，故把他放到"本纪"中。这是历史学家带喜好意味对人物身份的"提拔"。项羽是失败的英雄，《项羽本纪》写他一生遭遇，像一个个小说片断连缀起来的中篇小说。司马迁写项羽经过的巨鹿之战、鸿门宴、垓下之围，都通过极其精彩的场面写活一个一个人物。有的场面已经成为后世戏剧最热衷的剧目，如霸王别姬的场面：

> 项王军壁垓下，兵少食尽，汉军及诸侯兵围之数重。夜闻汉军四面皆楚歌，项王乃大惊曰："汉皆已得楚乎？是何楚人之多也！"项王则夜起，饮帐中。有美人名虞，常幸从；骏马名骓，常骑之。于是项王乃悲歌忼慨，自为诗曰："力拔山兮气盖世，时不利兮骓不逝。骓不逝兮可奈何，虞兮虞兮奈若何！"歌数阕，美人和之。项王泣数行下，左右皆泣，莫能仰视。①

楚霸王和虞姬，英雄和美人，正直的英雄偏偏落难，奸邪小人反倒成功，英雄斗不过奸佞，千百年间小说传统题材纷纷模仿。

《史记》写作主旨是"究天人之际，通古今之变，成一家之言"。相比于编年体《左传》，《史记》是上自黄帝、下至汉武帝、以人物为中心的史书，《史记》创立了纪传体文学的新模式，开辟了传记文学的新纪元。

---

① 〔汉〕司马迁：《史记》，卷七，第333页，北京：中华书局，1959。本书下文引用该书原文，均据此版本。

《史记》以历代帝王为中心,十二《本纪》是从远古到汉武历代帝王的兴废和重大事件;三十《世家》除孔子和陈胜外,都是诸侯和显贵,《列传》自称是写人臣事迹,其实内容最广泛,从贵族、政治家、理论家、文学家到侠客、医卜、弄臣。

《史记》以人物为中心,通过写人物性格和遭遇显现历史事件。这种以人物传记为主要构思理念的写法,成为中国古代短篇小说的基本模式。从六朝志怪到唐传奇,从宋元话本、明清拟话本到《聊斋志异》,从才子佳人小说到英雄传奇,百分之九十五以上的小说的基本写法都是:某人,哪儿人,出身于什么家庭,他有什么品性,从事什么职业,他在人生中遇到了什么问题……这样的写法,说明《史记》对中国小说的影响不啻魔咒。司马迁给了历代小说家一柄懒惰魔杖,极大地方便作家铺写,也妨碍新思路、新写法的诞生。

文学作品如何塑造人物形象?从人物肖像到人物心理,从和风细雨般的场景到刀光剑影的激烈矛盾冲突,从人与人之间的对比、烘托,到事与事之间的映照……种种方法,在《史记》中都基本成熟。

《史记》对后世小说家的巨大影响,从古代小说点评家评论《水浒传》、《三国演义》、《金瓶梅》、《红楼梦》和《史记》的关系,可以看到:

金圣叹认为:《水浒传》方法都从《史记》中来,却有胜于《史记》处。

毛宗岗认为,《三国演义》叙事之佳,直与《史记》相仿佛,而其叙事之难,则有倍难于《史记》,殆合本纪、世家、列传而总成一篇。

张竹坡认为:"《金瓶梅》是一部《史记》。然而《史记》有独传,有合传,却是分开做的。《金瓶梅》却是一百回共成一传,而千百人总合一传,内却又断断续续,各人自有一传,固知能作《金瓶梅》者必能作《史记》也。"①

戚蓼生《石头记序》提出,曹雪芹的写作可以跟《左传》和《史记》媲美:"第观其蕴于心而抒于手也,注彼而写此,目送而手挥,似谲而正,似则而淫,如《春秋》之有微词,史家之多曲笔……其殆稗官中之盲左、

---

① 〔清〕张竹坡:《批评第一奇书〈金瓶梅〉的读法》,见〔明〕兰陵笑笑生撰,王汝梅等校点:《金瓶梅》,第35页,济南:齐鲁书社,1991。

腐迁乎？"①

四、史书和小说记载同件事的对比例证

《左传》、《国语》、《战国策》、《史记》影响后世小说，但历史本身毕竟不是小说。小说还应有自己特有的东西。如果想从同一件事上看历史和小说有哪些细致的不同，那么，跟《史记》同时甚至稍早的《燕丹子》是典型例证。

《燕丹子》一书，鲁迅先生在《中国小说史略》中认为它是晋以前的书，但刘向和班固都没有提到过此书。值得注意的是，《史记·刺客列传》却说到《燕丹子》的内容："世言荆轲，其称太子丹命，天雨粟，马生角也。太过。又言荆轲伤秦王，皆非也"②。"天雨粟，马生角"、伤秦王，两个情节，都出自于《燕丹子》，据此可以推定，《燕丹子》可能写于汉代之前或汉初。有明显的民间文学痕迹，将《燕丹子》跟写作对象完全相同的《史记·刺客列传》对比，可以发现小说跟历史的分界：

《燕丹子》	《史记》
1. 燕太子丹求归，秦王言：令乌头白、马生角，才许。丹仰天长叹，乌即白头，马生角。	1. 无此情节。
2. 秦王不得已而遣之，为机发之桥，欲陷丹，丹过之，桥为不发。	2. 无此情节。
3. 燕太子丹夜到关，关门未开，丹为鸡鸣，众鸡皆鸣，遂得逃归。	3. 史记无此情节。《战国策·燕策》存
4. 燕太子丹对曲武的议论："欲收天下之勇士，集海内之英雄，破国空藏，以奉养之，重币甘辞以市于秦。"一剑之仁，可以当百万之师，而曲武不同意。说这是"贵匹夫之勇，信一剑之任，而	4. 无此情节

① 〔清〕戚蓼生：《石头记序》，序之第1～2页，见〔清〕曹雪芹著：《戚蓼生序本石头记》，北京：人民文学出版社，1975。
② 〔汉〕司马迁：《史记》，卷八六，第2538页。

欲望功,臣以为疏"。①

5. 田光向燕太子推荐荆轲,先举了几个不可用的例子来反衬,然后说:"所知荆轲,神勇之人,怒而色不变。为人博闻强记,体烈骨壮,不拘小节,欲立大功。尝家于卫,脱贤大夫之急十有余人,其余庸庸不可称。太子欲图事,非此人莫可。"②

5. 田光只是简单介绍:"光不敢以图国事,所善荆轲可使也。"③

6. 田光为保护燕太子的机密自杀,采用的是吞舌而死的方法,具有传奇性。

6. 田光自杀明心迹简写"自刎而死"

7. 燕太子丹如何待荆轲:写了三个特征性精彩细节:一是黄金投蛙;二是千里马肝;三是姬人之手。

7. 简写:"车骑美女恣荆轲所欲。"④

8. 荆轲为求得秦王信任,动员躲藏在燕国的秦王仇人樊於期献出自己的头颅,樊於期慷慨自尽"自刭,头垂背后,两目不瞑。"

8. 无自刭奇异描写

9. 行刺过程:有姬人鼓琴的情节;秦王有掣单衣、越屏风、负而拔剑的动作;荆轲刺中了秦王。

9. 荆轲未刺中秦王,从前有对匕首"血濡缕,人无不立死者"的渲染,侍臣以药袋相救⑤

将《燕丹子》和《史记·刺客列传》简单对比则发现:

其一,它们所描写的基本史实都相同。

其二,它们所写的人物基调也相同。

其三,《燕丹子》讲究曲折跌宕性,《史记》讲究史实的谨严性。

其四,《燕丹子》注意挖掘传奇性,《史记》坚持正史品位。

其五,《燕丹子》人物语言详尽,《史记》人物语言简练。

在小说《燕丹子》和人物传记《刺客列传》中,最重要的区别是《史

---

① 无名氏撰,程毅中点校:《燕丹子》,第4～5页,北京:中华书局,1985。

② 无名氏撰,程毅中点校:《燕丹子》,第8页。

③④⑤〔汉〕司马迁:《史记》,卷八六,第2530、2531、2533页。

记》的正史性和《燕丹子》的传奇性。秦王说乌头白、马生角,才放燕太子归国,燕太子长叹,结果真的乌头白了,马生双角;秦王想害死太子丹,安排了坑陷他的机发之桥,结果桥上的机器失灵了。太子丹为了表示对荆轲的敬重,满足所有似乎过分的要求。让他用黄金投蛙;荆轲说:听说千里马的肝好吃,太子丹马上杀了自己的千里马把肝做给荆轲吃;荆轲看到美女鼓琴,夸奖:这双手真好看,太子丹马上将美女送给他,荆轲装腔作势地说:我就是喜欢她的手,太子丹立即将美女的手砍下来送给他……燕太子丹对荆轲完全是养"死士",荆轲最后用生命来报答,也就可以理解了。

有的史书本身就带有浓厚小说气息,东汉年间的《吴越春秋》即如是。学者们给这本书起个很有意思的名字"杂史"。纪昀认为这是一本接近于小说的史书。《四库全书总目提要》说"稍伤曼衍,而词颇丰蔚……处女试剑、老人化猿……尤近小说家言,然自是汉晋间稗官杂记之体。"①

书中写道:吴土夫差得伍子胥帮助,平越兴吴后,便骄纵自负,信用奸佞,轻信越王,放虎归山,伍子胥屡谏不听,还令伍子胥伏剑而死,其中有不少情节极富有传奇性,如伍子胥之死:

> 吴王乃取子胥尸,盛以鸱鹕之器,投之于江中,言曰:"胥,汝一死之后,何能有知?"即断其头,置高楼上,谓之曰:"日月炙汝肉,飘风飘汝眼,炎光烧汝骨,鱼鳖食汝肉。汝骨变形灭,有何所见?"乃弃其躯,投之江中。子胥因随流扬波,依潮来往,荡激崩岸。……②

待越国军队打进吴国,攻进吴国的国都,伍子胥果然显灵了:

> (越军)望吴南城,见伍子胥头巨若车轮,目若耀电,须发四张,射于十里。越军大惧。留兵。即日夜半,暴风疾雨,雷奔电激,飞石扬砂,疾于弓弩。(越军败,范蠡文种祭拜子胥,子胥向他们托梦:)"吾知越之必入吴矣,故求置吾头于南门,以观汝之破吴也"。③

---

① 〔清〕永瑢等撰:《四库全书总目提要》,第 14 册,卷六六载记类,第 2 页。
② 周生春撰:《吴越春秋辑校汇考》,卷第五,第 85~86 页,上海:上海古籍出版社,1997。
③ 《吴越春秋辑校汇考》,卷一〇,第 169 页。

《吴越春秋》体现了历史和神话的交融,史实和创作的交会。

五、历史因文运事,小说因文生事

历史著作是"因文运事",成功的小说是"因文生事",这是古代小说点评家提出的重要观点。

在中国古代,历史学家以官方、正统身份小视小说,小说点评家则采用拟史批评方法,将小道高抬到正史之上,借正史抬小说身价,金圣叹还专门说明他这样做是有理由的。《读第五才子书法》说:"某尝道《水浒》胜似《史记》,人都不肯信,殊不知某却不是乱说。其实《史记》是以文运事,《水浒》是因文生事。以文运事,是先有事生成如此如此,却要算计出一篇文字来,虽是史公高才,也毕竟是吃苦事。因文生事即不然,只是顺着笔性去,削高补低都由我。"①

因文运事和因文生事,体现了客观与主观成分在历史著作和小说创作中的不同作用。考查被称为历史小说滥觞的《吴越春秋》和《史记·越王勾践世家》、《燕丹子》和《史记·刺客列传》及《战国策·燕策》的关系异同,可以看出因文运事和因文生事的不同。

西方评论家认为历史讲实事,小说讲虚构。

中国学者的传统观点是小说是"史之余",小说是"稗史"。

吴晗有个著名观点:历史中有小说,小说中有历史。

正因为中国小说跟历史的极密切关系,小说本身有许多迥异于外国小说的特点,并形成了中国长篇小说在世界上最特殊的一种类型:历史演义。在这里,对小说构思起到决定性作用的,就是历代史书,特别是所谓"朝代史",比如说:三国史、唐史、五代史、宋史、明史、清史。它们的影响是导致《三国志通俗演义》为代表的历史演义的繁荣。

美国学者浦安迪将中国明代四大小说名著称为"奇书文体",他解释"奇书"是"奇绝之书",既可以指小说内容之奇,又可以指小说的文笔之奇,也就是说,"奇书"的说法,是将几部经典顶尖之作和同时代其他二三流章回小说区别开来。而奇书文体的渊源与其说在宋元俗文学中,不如说在四库的史部中:它们有很大部分是历史演义,主人公在

---

① 〔明〕金圣叹:《贯华堂第五才子书水浒传》(上),第18页,见《金圣叹全集》(一),上海:上海古籍出版社,1985。

历史上确有其人、确有其事；明代四大奇书文体的形式和结构技巧也明显师法"史"（包括列传体、叙述的多重视角和叙述母题）。浦安迪认为中国旧小说被称为"稗史"，一语道破了"历史叙述"和"虚构叙述"之间的密切关系。

浦安迪还认为，中国没有史诗，这是延用黑格尔的说法。此说大部分中国学者不赞成。不要说少数民族的《格萨尔王》是现存的长篇史诗，郑振铎、高亨、余冠英、陆侃如等都将《诗经》的《生民》、《公刘》、《绵》、《皇矣》、《大明》看作是周族的史诗。实际上，《诗经》中堪称史诗的篇目不仅这五种。而"笼万物于形内"、类似荷马史诗的《史记》，使史诗的美学理想寄寓于史的形式中以启后来，中国历代那些个性张扬的人物、精彩纷呈的事件，也为小说创造了想象的空间。

浦安迪认为中国研究者过分强调了宋元俗文学对明代长篇小说的影响，而始终忽视了史书的影响，此说有一定道理但似乎片面了一些。实际上中国早期小说点评家已关注了"史"对小说的作用。现代古代小说研究对《三国志通俗演义》成书研究，做的也是这份工作。

第五节　诸子·《诗经》·楚辞

中国古代文学前期经典，不管诸子还是《诗经》、楚辞，都对后期繁荣的小说产生作用。可以说，先秦经典对中国古代所有读书人，就像水，像空气，像五谷杂粮，维系其人生，小说对经典的依赖，就像人须臾不可离开地球。胶柱鼓瑟地考查哪些经典在哪些方面具体给小说构思以影响，几乎不可能。但是，它们的影响无处不在、无时不在。我们不能不加以梳理，但也只能稍做梳理。

一、儒家经典

孔子"不语怪力乱神"，孟子说一切传说都是"齐东野人之语"，但儒家经典本身就是小说的源泉之一。抛开思想影响（下详），从艺术形式上看，相比于记录孔子及其学生言行的《论语》，篇幅长、内容繁富的《孟子》给小说的影响更深一些。

《孟子·齐人有一妻一妾》本身就是小说：

> 齐人有一妻一妾而处室者，其良人出，则必餍酒肉而后反。其妻问所与饮食者，则尽富贵也。其妻告其妾曰："良人出，则必餍酒肉而后反。问其与饮食者，尽富贵也。而未尝有显者来，吾将瞷良人之所之也。"
>
> 蚤起，施从良人之所之，遍国中无与立谈者，卒之东郭墦间之祭者，乞其余；不足，又顾而之他。此为餍足之道也。
>
> 其妻归告其妾曰："良人者，所仰望而终身也，今若此！"与其妾讪其良人，而相泣于中庭。而良人未之知也，施施从外来，骄其妻妾。
>
> 由君子观之，则人之所以求富贵利达者，其妻妾不羞也，而不相泣者，几希矣。①

学术界公认孟子文章有善喻、善辩、犀利流畅的特点。刘熙载在《艺概·文概》中说："孟子之文，至简至易，如舟师执舵，中流自在，而推移费力者不觉自屈。"②孟子擅长用通俗小故事说明为人处世、治国平天下的大道理。《齐人有一妻一妾》就是如此。孟子想说明的是：那些降低人格求取功名利禄的人，就像自己没有酒肉却到坟墓间向人乞食的齐人，他的家人、妻妾知道这种行径都会哭起来。但是后世读者往往并不去理解孟子在篇末所说的道理，反而将齐人有一妻一妾当作一篇记实散文来理解，实际上，这是篇寓言性准小说。

《齐人有一妻一妾》这篇寓言性准小说，还直接影响了后世伟大小说家——蒲松龄。顺治十五年（1658），十九岁的蒲松龄参加科举考试，主考是山东学道大诗人施闰章。施闰章给童生道试出的第一道制艺题是《蚤起》，出自《孟子·离娄下·齐人有一妻一妾》。科举考试要揣摩圣贤语气，代圣贤立言。既然题目是"蚤起"，顾名思义，就该模仿孟子的语气，阐发《齐人有一妻一妾》文章本义，阐述修身齐家治国平天下的大道理。蒲松龄却写成了既像小品，又像小说的文章："尝观富之中皆劳人也，君子逐逐于朝，小人逐逐于野，为富贵也。至于身不富

---

① 《孟子注疏》，卷八离娄章句下，见〔清〕阮元校刻《十三经注疏》，第2732页，北京：中华书局，1982。本书下文引用该书原文，均据此版本。
② 〔清〕刘熙载：《艺概》卷一，第5页，上海：上海古籍出版社，1978。

贵,则又汲汲焉伺候于富贵之门,而犹恐相见之晚。若乃优游晏起而漠无所事者,非放达之高人,则深闺之女子耳。"①这段话是描写人情世态的小品文,接下来,蒲松龄干脆虚构起来,他写齐人之妻如何夜里辗转反侧,琢磨着追踪丈夫,写到妻子决定跟踪丈夫时如何嘱咐妾。有人物心理,有人物独白和对话,很像小说。爱才如命的施闰章欣赏蒲松龄对人情世态栩栩如生的描写,加批语说蒲松龄"将一时富贵丑态,毕露于二字之上","观书如月,运笔如风"②,认为蒲松龄把人们追求富贵的丑态,通过"蚤起"两个字,写活了,写绝了。这段佳话,说明《孟子》本身的小说因素对小说家起到的具体影响。蒲松龄十九岁就在县、府、道三试第一,成为山东省头名秀才,踌躇满志地走上求仕之路。但他接连参加四次乡试,都名落孙山。追根究底,施闰章对蒲松龄的赏识实际是误导,蒲松龄用写小品和小说笔法写八股,虽然得到施闰章赞赏,其他考官却不认可。他们都是用刻板的八股文做敲门砖取得功名,只会写这样的文章,也只欣赏这样的文章。可以说,蒲松龄最初参加科举考试就偏离了跑道。而他的偏离居然是因为受到孟子的影响,这实在是件颇有讽刺意味的事。

儒家经典《礼记·檀弓》也有许多著名小故事。如:苛政猛于虎和嗟来之食的故事:

> 孔子过泰山侧,有妇人哭于墓者而哀。夫子式而听之,使子路问之,曰:"子之哭也,壹似重有忧者?"而曰"然。昔者吾舅死于虎,吾夫又死焉,今吾子又死焉。"夫子曰"何为不去也?"曰"无苛政。"夫子曰:"小子识之! 苛政猛於虎也。"③

> 齐大饥,黔敖为食于路,以待饿者而食之。有饿者,蒙袂辑屦,贸贸然来,黔敖左奉食,右执饮,曰:"嗟,来食!"扬其目而视之,曰:"予唯不食嗟来之食,以至于斯也!"从而谢焉,终不食而死。④

孔子的形象,在儒家经典中也带有小说描写的特点,如《礼记·檀弓》

---

① ② 据王敬铸《聊斋制艺文》,存山东省图书馆。此处转引自路大荒:《蒲松龄年谱》,第9~10页,济南:齐鲁书社,1980。

③ 〔清〕朱彬著,饶钦农点校:《礼记训纂》檀弓下,第152页,北京:中华书局,1998。本书下文引用该书原文,均据此版本。

④《礼记训纂》檀弓下,第155页。

写"孔子蚤作,负手曳杖,消摇于门,歌曰:'泰山其颓乎!梁木其坏乎!哲人其萎乎!'"[1]终生以温良恭俭让的形态出现的孔子,临终前几日完全变了个人,反手拖着拐杖,引吭悲歌,这三句"乎"是他对自己的评价,是英雄暮年、万念俱灰心情的真实写照。

诸子之中,《韩非子》对小说影响很大,有论者认为,在《韩非子》中,有不少属于"子"中的小说。而"子"中小说大体分两种形式,一种是寓言,完全是自己造出来的故事;一种是重言,自己造出来的故事,却借助古人名字。如宋人酤酒的故事:

> 宋人有酤酒者,升概甚平,遇客甚谨,为酒甚美,县帜甚高,然而不售,酒酸。怪其故,问其所知闾长者杨倩。倩曰:"汝狗猛耶?"曰:"狗猛则酒何故而不售?"曰:"人畏焉。或令孺子怀钱挈壶罋而往酤,而狗迓而龁之,此酒所以酸而不售也。"夫国亦有狗,有道之士怀其术而欲以明万乘之主,大臣为猛狗,迎而龁之,此人主之所以蔽胁,而有道之士所以不用也。[2]

宋人酤酒是著名的寓言故事,其主旨是剖析人君统治之术不能实行的原因,卖酒的人酒再好,但养了条凶恶的猛犬,人们就不敢来了。人君想用一些有才能有见解的人,但大臣像猛狗一样挡在前边,使得有才能者得不到使用。一个日常小故事,寄寓了治国大道理。类似的寓言故事在《韩非子》中随处可见,郑人买履、郢书燕说、守株待兔、互相矛盾、滥竽充数、买椟还珠、棘刺母猴等,脍炙人口,为后世广泛利用,也给小说家以启示。

儒家经典对小说构思起的最重要作用,是它决定小说的基本导向。儒家经典是封建社会的思想支柱,历代小说家讴歌忠于国家、孝敬父母、友爱兄弟朋友、珍视爱情的感人形象,通过他们宣扬、提倡的道德规范,如忠君爱国、仁义礼智、尊老爱幼、朋友之情、忠贞不渝……无一例外,都可以从孔孟学说找到源头。

中国古代小说虽然是"闲书",但其"文以载道"的特点远比外国小

---

① 《礼记训纂》檀弓上,第96页。

② 〔清〕王先慎撰,钟哲文点校:《韩非子集解》,卷一三外储说,第322页,见中华书局辑:《新编诸子集成》,北京:中华书局,2003。本书下文引用《新编诸子集成》内容,除非特别注明,均据此版本。

说突出。"文以载道"载什么道？基本是孔孟之道。

二、《庄子》和小说基本精神

对小说家和小说创作有最大影响的先秦诸子,应该是庄子。

庄子是天马行空、独来独往的人物,他曾将读书人最看重的宰相之位看作不屑一顾的腐鼠。他主张人生在世要按照自己心性来活,要摆脱一切名缰利索的束缚,抛开山珍海味、美女重器的物累,取得人生最大自由。《庄子》是哲学著作,是辞趣华深的散文,其创作方法却最接近小说,而且不是描写现实的小说,是想象奔驰、文意升腾的浪漫小说。

(一) 特立独行的精神境界

《庄子》现存三十三篇,《内篇》七,《外篇》十五,《杂篇》十一。多数学者认为《内篇》是庄子本人作品,另外两篇是弟子记载庄子言行、阐述庄子思想的著作。翻开《庄子》,奇异熏风扑面而来。神奇瑰丽的《逍遥游》居《内篇》之首:

> 北冥有鱼,其名为鲲。鲲之大,不知其几千里也。化而为鸟,其名为鹏。鹏之背,不知其几千里也;怒而飞,其翼若垂天之云。是鸟也,海运则将徙于南冥。南冥者,天池也。《齐谐》者,志怪者也。《谐》之言曰:"鹏之徙于南冥也,水击三千里,抟扶摇而上者九万里,去以六月息者也。"野马也,尘埃也,生物之以息相吹也。天之苍苍,其正色邪? 其远而无所至极邪? 其视下也亦若是,则已矣。且夫水之积也不厚,则其负大舟也无力。覆杯水于坳堂之上,则芥为之舟,置杯焉则胶,水浅而舟大也。风之积也不厚,则其负大翼也无力。故九万里则风斯在下矣,而后乃今培风;背负青天而莫之夭阏者,而后乃今将图南。……①

北方深海有条体长不知有几千里的大鱼,这已够神奇了,这条鱼又变成鸟。鸟拍打翅膀,掀起三千里波涛,展翅腾空,像一片彩云遮住天空。大鹏飞到九万里高空俯视下界……不可想象的巨大接着为不知渺小者取代,《逍遥游》里来了蜩(蝉)和学鸠(小鸟),它们在蓬草之间

---

① 〔清〕王先谦、刘武撰,沈啸寰点校:《庄子集解》内篇卷一,第1~2页,见中华书局辑:《新编诸子集成》。

飞来飞去,自得其乐,用狭小的天地、井蛙观天地嘲笑大鹏,对九万里而不屑一顾,表达着小智之人的小见识。庄子似乎要借这个寓言说明的"小知不如大知"的道理? 不。在庄子看来,小知固然可悲,大知也未必高明。那些"知效一官,行比一乡,德合一君而征一国者,其自视也亦若此矣"。才能智慧能够担任官职,能够庇护一乡民众,品德能迎合一国之君,本领能征服一国之人,他们的自我感觉良好,跟这些小虫小鸟差不多。跟"逍遥"连边都沾不上。即便巨大的鲲、更加巨大的鹏,扶摇直上九万里的壮举,也谈不上什么"逍遥",那么什么是逍遥?心灵的自由。"若夫乘天地之正,而御六气之辩,以游无穷者,彼且恶乎待哉! 故曰:至人无己,神人无功,圣人无名。"①超乎六气变化之上,神游宇宙天地之外,忘掉自己形体的存在,抛弃一切功利,隐姓埋名,不计荣辱是非,真正达到人道合一、物我两忘的境界,才是真正的逍遥。

《逍遥游》提供了中国最早小说家的名字:齐谐。齐谐是写志怪小说的。庄子引用了齐谐描写鹏飞冲天凌霄的话,留下了早期志怪小说家的珍贵文字。毫无疑问,庄子对志怪小说是欣赏的。

有研究者指出:庄子想象的这种逍遥,这种自由,是主观唯心主义的幻想,世上不受任何束缚的自由,是根本不存在的。但是庄子影响了一代又一代的读书人,从陶渊明到李白,从苏东坡到曹雪芹。世间一切都是虚无飘渺、不可依恃的,"生前富贵草头露,身后风流陌上花"(苏轼《陌上花三首》)。② 还是自由自在最好,"久在樊笼里,复得返自然"(陶渊明《归园田居五首》)③,"啸傲东轩下,聊复得此生"(陶渊明《饮酒二十首》)④。

庄子不仅是读书人最后一片精神乐土,庄子精神还导致了小说家笔下一些特立独行人物的产生,如曹雪芹给贾宝玉定的性格基调是两首《西江月》,第一首:"无故寻愁觅恨,有时似傻如狂。纵然生得好皮囊,腹内原来草莽。 潦倒不通世务,愚顽怕读文章。行为偏僻性乖

---

① 《庄子集解》内篇卷一,第 4 页。
② 〔宋〕苏轼著,〔清〕冯应榴辑注:《苏轼诗集合注》,第 465 页,上海:上海古籍出版社,2001。
③ 《陶渊明集》,第 40 页。
④ 《陶渊明集》,第 90 页。

张,哪管世人诽谤!"①这岂不就是按照庄子思想塑造的?贾宝玉因为受到庄子思想的影响,动不动想化烟化灰,做怪癖之事,写离经叛道之文。《红楼梦》多处写到薛宝钗以正统的儒家思想跟其交锋。

以庄子本人作为小说描写对象的小说也有。遗憾的是,鲜有人能以小说形式真实地表现庄子。拟话本《庄子休鼓盆成大道》,既不能看成是对《庄子》的解读,也不能看成是对庄子本人的描绘,只能看成是通俗作家对经典和经典人物的歪曲和亵渎。

(二)纵横跌宕的文字

前辈学者将庄子的文章总结为"纵横跌宕、奇气逼人。"庄子的文字像长江黄河奔腾咆哮,一泻千里,不受任何羁绊,奇思奔腾、纵横捭阖、大起大落、不守常规。

鲁迅先生在《汉文学史纲要》中说庄子:"著书十余万言,大抵寓言,人物土地,皆空言无事实,而其文则汪洋辟阖,仪态万方,晚周诸子之作,莫能先也。"②鲁迅先生所归纳的庄子文字特点,最利于小说创作。

《庄子·天下篇》展示庄子对人生的认知,也展示庄子写文章的观点。庄子认为,世界充满沉浊,不可以用"庄言",只能"以谬悠之说,荒唐之言,无端崖之辞,时恣纵而不傥。"③这段话的意思就是:用荒诞无稽、荒唐不类、没边没沿的话语,不受任何规则的束缚。谬悠,荒诞无稽;无端崖,广大无边;不傥,不拘守于一隅。

成玄英疏:"随时放任而不偏党。"④而创造这类说、言、词的方法是:"以卮言为曼衍,以重言为真,以寓言为广"。⑤

卮言,是出于无心、自然流露的语言,"以卮言为曼衍"就是用出于无心、自然流露的语言,层出不穷地将道理曼衍开来;

重言,为借重长者、尊者、名人言语,使自己的道理为他人接受,"以重言为真"就是托己说为长者、尊者之说以自重,其实这其中多是庄子假托。

---

① 〔清〕曹雪芹著,蔡义江校注:《红楼梦》(第三回),第43页,杭州:浙江文艺出版社,1996。
② 鲁迅:《汉文学史纲要》,见《鲁迅全集》,第9卷,第364页。
③ 《庄子集释》,第1098页。
④ 《庄子集释》,第1100页。
⑤ 《庄子集释》,第1098页。

寓言,为寄寓于他物的言语,和神话式幻想故事。

厄言、重言、寓言,庄子的"三言",使得其语言新奇有趣、光怪陆离,采用这样的语言来写小说自然再好看不过。对于庄子来说,寓言是最典型表现形式,如骷髅论道,庄周梦蝶,郢人运斤。

"谬悠之说,荒唐之言,无端崖之词",①再加上厄言、重言、寓言,就是奇思妙想,虚构创造,创造出恣纵而不傥的文字,这是写小说尤其是志怪小说的基本创意。

(三) 姑妄言之的创作倾向

庄子"意出尘外,怪生笔端"(语出刘熙载《艺概》),"姑妄言之"的创作倾向,与后世小说尤其是志怪小说有深刻关系。《庄子·齐物论》说"予尝为女(汝)妄言之,女以妄听之",给后代小说家以深刻影响,成为他们与儒家经典保持一定距离的武器。苏东坡黄州谈鬼就是"姑妄言之",袁枚干脆将自己的小说命名为《子不语》,王士祯在《戏书蒲生〈聊斋志异〉卷后》说蒲松龄写作是"姑妄言之姑听之,豆棚瓜架雨如丝",也是这个意思。《红楼梦》更受到庄子的深刻影响,从基本立意到人物形象都是如此。

庄子的思想,是古代许多知识分子、小说家最后的归宿。庄子"天地与我并生,而万物与我为一"的哲学思想,成为历代作家一再阐述的内容,庄子的批判精神(如"窃钩者诛,窃国者为诸侯,诸侯之门,仁义存焉。")成为历代作家批判的武器;庄子的不合世俗,人生是一场大梦的思想,极大地影响小说家,从志人小说《世说新语》那些飘然出世的形象,到《红楼梦》中贾宝玉的毁僧谤道,都带有庄子影子。卓然独立的批判精神和悲观厌世的虚无主义,是庄子的双刃剑。

《庄子》超然物外的思想、诡奇变幻的文字、浪漫主义色彩给后世小说重要影响。庄子文学语言的富于表现力,刻雕众形,绘声绘影,为后世小说留下典范。

后世小说凡写得好的,多半受到庄子影响,或者是人物形象是庄子"模仿秀",或者是文字描写有庄子之风,或者是蕴含老庄哲学。

---

①《庄子集释》,第100页。

三、《诗经》和早期小说

孔子曰："不学诗，无以言"①。《诗经》是春秋以来士子第一必读书。《汉书·艺文志》写道："古者诸侯卿大夫交接邻国，以微言相感，当揖让之时，必称《诗》以谕其志。"②打个不太恰当的比喻，在古代，《诗经》就像"文革"时的《毛主席语录》。国与国之间交流，人与人之间交往，不存在引不引《诗经》的问题，只存在如何引的问题，以及如何以《诗》言志，以《诗》干政，以《诗》劝诫，以《诗》抒怀，以《诗》抒情，以《诗》恭维人，以《诗》讽刺人，以《诗》调侃挖苦人……总之，《诗经》是万应灵药。因为《诗经》朗朗上口，比起未免有点儿艰涩的"子"，更受民众喜爱。

《诗经》③对后世小说构思影响巨大而全面，爱国献身、壮士英雄、男女情爱、城狐社鼠各种小说题材，都可以从《诗经》找到源头，也为后世小说经常借用或化用。以爱情为例，从《诗经》我们看到：

（一）爱之和谐

如《诗经》开篇就是《周南·关雎》："关关雎鸠，在河之洲。窈窕淑女，君子好逑。"似乎写初恋的甜蜜。《周南·桃夭》、《郑风·女曰鸡鸣》则写夫妇间的美好和悦。《诗经》将男女情爱看成天经地义的事，"有女怀春，吉士诱之"（《召南·野有死麕》），爱就赶快行动，"舒而脱脱兮，无感我悦兮"，只是小心，不要惊动家里的狗！

（二）爱之执着

如《邶风·柏舟》："我心匪石，不可转也。我心匪席，不可卷也。"《鄘风·柏舟》："之死矢靡它。母也天只！不谅人只！"《小雅·隰桑》："心中藏之，何日忘之！"后世诗词小说中那些执着追求爱的形象，哪个不受《诗经》影响？

（三）相思之苦

如《王风·采葛》："一日不见，如三秋兮。"《周南·卷耳》："采采卷耳，不盈顷筐。嗟我怀人，置彼周行。"《郑风·东门之墠》："其室则迩，

---

① 杨树达著：《论语疏证》（季氏第十六），第 438 页，上海：上海古籍出版社，1986。
② 〔汉〕班固撰，〔唐〕颜师古注：《汉书》，卷三〇，第 1755～1756 页。
③ 以下《诗经》引文见《诗经注析》，北京：中华书局，1999。

其人甚远。"《卫风·伯兮》:"自伯之东,首如飞蓬。岂无膏沐,谁适为容?"这类描写经常被化用到后世小说中。

(四)幽期密约

如《邶风·静女》:"静女其姝,俟我于城隅。爱而不见,搔首踟蹰。"《郑风·野有蔓草》:"有美一人,婉如清扬。邂逅相遇,与子偕臧。"《诗经》坦然说"性"是后世诗人所极难做到的,如《郑风·狡童》:"彼狡童兮,不与我食兮。维子之故,使我不能息兮。"女子大胆鼓励男子"进攻"也是《诗经》特有的现象,如《召南·摽有梅》:"摽有梅,其实三兮。求我庶士,迨其今兮。"简直是大声呼唤:时机成熟啦,快来求婚啊!今天就来罢!后世青楼女子揽客,都得犹抱琵琶半遮面,哪有这份胆量?

(五)男子汉负心

《卫风·谷风》和《卫风·氓》被视为《诗经》写弃妇的代表作。《卫风·氓》用妇人口气叙述自己跟丈夫从恋爱、成亲到被抛弃的过程。朝三暮四的男人弃旧迎新,却又遗憾地发现,新人干活没有旧人利索,颇有点儿反讽意味。

(六)女性之美

《卫风·硕人》写庄姜之美,是经常被后代作家借鉴、对东方女性之美的经典描绘。"手如柔荑,肤如凝脂,领如蝤蛴,齿如瓠犀,螓首蛾眉。"手指、额头、脖颈、眉毛、牙齿,俱各写到,都是静态美人图,似乎欠缺最重要的:画人没画眼睛,接着,动态描写出来了:"巧笑倩兮,美目盼兮。"还有男性之美,如《邶风·简兮》描绘壮士"有力如虎"……

汉代阐释《诗经》的有四家即,鲁人申培传授鲁诗,齐人辕固传授齐诗,赵人毛亨传授毛诗,燕人韩婴传授韩诗。毛诗因儒学大师郑玄作《毛诗传笺》传到今,其他三家诗陆续亡佚。值得庆幸的是,跟韩诗有关的小说类作品却流传下来,它就是《韩诗外传》。

《韩诗外传》收集历史佚事和各家言论,最后引用《诗经》加以归纳说明。如《李离为大理》写李离为维护法律尊严舍弃自己的生命的故事。晋文侯派李离为掌管刑狱的官,他错听了别人的话,杀错了人,就"自拘于廷,请死于君"。晋文侯表示:这是下边小吏的错误,不是你的错误。李离表示:我不能"无功以食禄",更不能"以虚自诬",遂伏剑而死。小说篇末引用《诗经》说："彼君子兮，不素餐兮"。《韩诗外传》有时引用的《诗经》话语根本跟描写的故事驴唇不对马嘴。因此，有人说作者是"引诗以证事"，而不是"引事以明诗"。①

四、楚辞和小说基本题材

《诗经》的个人主体抒情，屈原继承发扬之。《史记·屈原列传》说："国风好色而不淫，小雅怨诽而不乱，若《离骚》者，可谓兼之矣。"②

跟《诗经》同样，楚辞和小说是完全不同的两类文学样式，但楚辞对小说的影响同样不可忽视。志怪、英雄、美女，被公认为中国古代小说的三大题材。它们都可以在楚辞中找到原型。

《天问》集中了古代神话传说最关键的内容。《国殇》写绝了烈士情怀，"诚既勇兮又以武，终刚强兮不可凌，身既死兮神以灵，魂魄毅兮为鬼雄。"③《九歌》集中了古代最优美的神仙形象，如东皇太乙为至尊太神，云中君为云神，东君为太阳神，湘君和湘夫人为水神，河伯为河神，山鬼为山神，大司命为主寿命之神，少司命为主子嗣之神，国殇为人鬼。后世文学中的神、鬼，恋情，究其根源，常常是从《九歌》发端，或者是其改写和变异。

因此可以说，楚辞对于古代小说基本题材有着原型意义，如：

（一）悲欢离合

王世贞称"悲莫悲兮生别离，乐非乐兮新相知"为"千古情语之祖"。悲欢离合是历代小说最重要的题材。

（二）一见钟情

"满堂兮美人，忽独与余兮目成。"（《九歌·少司命》）一见钟情、以目传情的模式，在历代小说中盛传不衰。

（三）伤春悲秋

胡应麟说《湘夫人》"袅袅兮秋风，洞庭波兮木叶下"是"千古言秋之祖"，楚辞开后代小说人物悲秋意境之先河。

---

① 〔汉〕韩婴撰，许维遹校释：《韩诗外传集释》，卷二（第二十章），第54、56页，北京：中华书局，1980。

② 〔汉〕司马迁：《史记》卷八四，第2482页。

③ 〔宋〕洪兴祖撰，白化文等点校：《楚辞补注》，第83页，北京：中华书局，1983。本书所引该书内容，除特别注明，均据此版本。

（四）人神相爱

苏雪林提出：《九歌》基本上是写人神恋爱的,人神恋爱的成功象征祭祀的成功。这个观点为学术界接受。其实这个观点并不是苏雪林的发明创造,楚辞开拓人神恋爱的先河,尤其《少司命》、《山鬼》是写人神相爱的,这样的观点最晚在宋代就有人明确提出。汉代王逸《楚辞章句》认为九歌原是流传于楚地的民间祭歌,屈原改定后流传下来。宋代朱熹《楚辞辩证》则说："楚俗祠祭之歌,今不可得而闻矣。然计其间,或以阴巫下阳神,以阳主接阴鬼,则其辞之亵慢淫荒,当有不可道者。"①

（五）女性美的描述

屈原、宋玉对女性美描绘跟《诗经·硕人》、乐府罗敷诗一样,是历代作家描写女性美时都要借鉴、汲取、模仿的样版。

（六）香草美人的手法

楚辞的象征手法香草美人,是对《诗经》的发展,内涵更丰富,艺术更精湛。王逸在《楚辞章句》中说"善鸟香草,以配忠贞;恶禽臭物,以比谗佞;灵修美人,以媲于君;宓妃佚女,以譬贤臣;虬龙鸾凤,以托君子;飘风云霓,以为小人。"②香草美人的象征手法成为中国文学包括小说创作中最常用的基本手法。《红楼梦》创造了个大观园,将林黛玉安排在连下棋的手指都会染绿的潇湘馆,将薛宝钗安排在一株花木也无、异草牵藤、翠带飘飘的蘅芜苑,都含有香草美人的寓意。至于怡红院里海棠红、芭蕉绿,对于贾宝玉的诗意化性格,更是借花木含英咀华。

在满布忠君爱国、明哲保身、温柔敦厚风气的古代文坛,屈原作品的意义尤不可低估,这是一种思想的突破,一种人格的标识,一种精神的力量,一股清新之风,一次对传统的颠覆。屈原的坚贞高洁人格、愤世嫉俗情绪、特立独行的节操、沉郁刚烈之气,驰想天外之神,香草美人的象征和意境,还有那种以文学为生命寄托以实现人生价值的追求,都给中国文学以极其深刻和深远的影响,给一代代作家无穷滋养。李白说"屈平词赋悬日月",鲁迅说屈原的作品"逸响伟辞,卓绝一世",

---

①〔宋〕朱熹:《楚辞辩证》卷上,《文渊阁四库全书》影印本。
②〔宋〕洪兴祖:《楚辞补注》(王逸序),第2～3页。

明确提出,其影响于后世之文章甚或在三百篇之上。

在考虑古代小说构思命题时,不能不关注到似乎跟小说关系不大的楚辞。中国古代短篇小说和长篇小说的艺术高峰,其作者都不约而同地自觉师法楚辞:

《聊斋自志》头一句就是"披萝带荔,三闾氏感而为骚"。

《红楼梦》的创作主旨"远师楚人",整部《红楼梦》有浓烈的"三闾大夫气息",宝玉黛玉的特立独行、不合时宜,贾宝玉的《芙蓉女儿诔》、林黛玉的《葬花吟》都深受《离骚》影响。《山鬼》在林黛玉身上有投影,山鬼的住处"余处幽篁兮终不见天",林深杳冥、风木悲号,压抑低沉,跟林黛玉"凤尾森森,龙吟细细"的潇湘馆近似;山鬼既含睇又笑的形象,与林黛玉的含露目相似;山鬼"风飒飒兮木萧萧,思公子兮徒离忧",林黛玉题帕诗借用之。

第六节 佛教·科举·文以载道

在探讨中国古代小说构思因素时,还应考虑到社会因素,政治制度因素,主导思想,主流意识形态因素。简言之:佛教、科举、文以载道,都对小说构思有重要影响。

一、佛教和小说构思

佛教是外来宗教,道教是本土宗教,道教和"外来户"佛教,是讨论小说构思时绕不开的话题。我们以佛教为例,探讨一下宗教和小说构思的关系。

佛教和古代小说构思有千丝万缕的关系。

(一) 佛教作用于小说基本布局

佛教在汉代从印度传入中国,到唐代已有汉语的《大藏经》。很快在中国民众中引起关注,佛教讲究"五戒":不杀生,不偷盗,不邪淫,不妄言,不喝酒。跟儒家"仁义礼智信"教导相近。佛教的故事通过"讲经"和"僧讲"途径向民众传播。对于小说创作来说,佛教起到的最重要作用是三个基本布局:

其一，善有善报恶有恶报；

其二，佛教化地狱惩罚；

其三，生死轮回和三生。

善恶报应等概念从六朝小说、唐代小说直到清代小说，通过生动的人物形象和曲折的故事，按照不同的比例，一直沿袭下来。有的故事跟佛教关系很深，有的则成为故事或人物某一因素。这些概念都会影响到小说的基本布局和人物最终命运。

（二）变文和僧讲是准小说

敦煌学现在是世界性学问，敦煌大批珍贵文物保存在当年的八国联军、现在的"第一世界"如美、英、法、德等博物馆里。敦煌大批佛经、变文、绘画，被欧洲"鼓上蚤"变成西方敦煌学研究对象。

王国维说过，伦敦博物馆藏的唐人小说，是宋以后白话小说的祖宗。郑振铎说过：不看变文，不知道为什么宋代突然冒出来平话。

由此可以说：唐代变文已具备"准小说"资格。它们是宋代"平话"的前身。跟变文同时的"僧讲"具备同样资格。敦煌藏经洞保存下来的"变文"，是小说类叙事文字，可以看作是白话小说源头；"僧讲"和"俗讲"一样，是讲唱文学重要内容，它们影响到白话小说的发展和成熟。

唐代赵璘《因话录》卷四写到寺庙里讲故事的情景：

> 有文淑僧者，公为聚众谭说，假托经论所言，无非淫秽鄙亵之事。不逞之徒，转相鼓扇扶树。愚夫冶妇，乐闻其说，听者填咽。寺舍瞻礼崇奉，呼为和尚。教坊效其声调，以为歌曲。其谬庶易诱，释徒苟知真理，及文义稍精，亦甚嗤鄙之。①

假托说经，实际上说些低级下流的内容，这就是当时的寺庙故事。但是说故事的和尚却有很多粉丝，愚蠢的男人和放荡的妇人。

郑振铎《中国俗文学史》说："'变文'是'讲唱'的。讲的部分用散文，唱的部分用韵文。这样的文体，在中国是崭新的，未之前有的。"②"变文的分类很简单。大别之，可分为：（一）关于佛经的故事的；

---

① 〔唐〕赵璘：《因话录》，第94～95页，见《唐国史补　因话录》，上海：上海古籍出版社，1979。

② 郑振铎：《中国俗文学史》，第190页，上海：上海书店，1984。

（二）非佛经的故事的。讲唱佛经的故事的变文，又可分为：（一）严格的'说'经的；（二）离开经文而自由叙述的。"①

宗教故事的变文，《大目乾连冥间救母变文》可算代表，世俗故事的变文，《伍子胥变文》可算代表。《伍子胥变文》跟诸如《吴越春秋》等小说大同小异。

（三）高僧和疯僧

佛教介入小说构思，催生了中国小说特殊形象：高僧和疯僧。

高僧和疯僧原来本质相同，都是高僧，以不同面目介入人世。高僧以飘逸高洁态度俯视凡人，以"守戒"严肃面目对待凡人，居高临下教育凡人。疯僧似乎疯疯傻傻，游戏人间，调侃挖苦凡人，捉弄凡人也被凡人捉弄。最终，有的高僧守不住"性"，保持不了"高"，疯僧反而是罗汉真身。

佛教禁欲，高僧尤其远拒美色。将美女看成猛虎，看成盛粪的筐。但偏偏小说里出现一系列高僧和美女故事。美女经常叫"红莲"，有的故事借用"花红柳绿"之意，将美女定名"柳翠"。红莲和柳翠破了高僧色戒。高僧顶不住红莲或柳翠色诱，破了真身，不得不以坐化形式结束生命。

《五戒禅师私红莲》、《月明和尚度柳翠》……这类故事在宋元话本、明清拟话本中都有，"红莲"既是人名，又是女性性器的隐喻或代号。"可惜菩提甘露水，倾入红莲两瓣中。"

例外当然存在：《西游记》里的唐僧。十世修行，不管什么形式的美女，人间女儿国国王也好，无底洞的鼠精也好，化身为民间少女的菩萨也好，唐僧一概目不斜视，认准西天一条路，最终肉身成佛。

《聊斋志异》疯僧类人物包括：疯癫道人、乞讨和尚、肮脏乞丐。这些特异人物在聊斋故事屡屡出现且总带来别开生面、充满哲理蕴味的谐趣故事。如《续黄粱》以傲慢情态出现的高僧，将一个可能成为贪官污吏的读书人点化成静心修道者。《连城》出现个"西域头陀"，用男子膺肉做治女子痼疾的引子，成了青年男女真挚爱情和"父母之命"孰优孰劣的试金石。

---

① 郑振铎：《中国俗文学史》，第204～205页，上海：上海书店，1984。

古代小说里的疯僧,以"疯癫"形象出现,实际真睿智,是哲人高人半神仙,包含深刻意蕴,是古代小说特殊的、有深刻意义的形象。他们本身是特异人物,又在小说意蕴、结构上起重要作用。这类假疯癫、真睿智、妙意蕴的人物,主要出现在《聊斋志异》和《红楼梦》当中。《红楼梦》的癞头和尚、跛足道人跟《聊斋志异》的丐僧、疯道、褴褛乞丐惊人相似。他们都以疯癫、邋遢的形态出现,实际却扮演先知先觉、指点迷津,乃至担任人生导师、救世主的角色。他们还在小说前后钩连、布局构思上起作用。

疯癫和尚既不是蒲松龄也不是曹雪芹的发明创造,古代小说早就存在这类特殊形象。最著名的是济癫和尚。济公故事早在南宋就流传。明代隆庆年间有《钱塘渔隐济颠师语录》,清代康熙年间有《新镌绣像麹头陀济颠全传》。济公是西天金身降龙罗汉下凡,在灵隐寺出家,法名道济,不忌酒肉,屡犯寺规,不修边幅,疯疯癫癫,四处漫游。济公外貌是丑陋的:"身高五尺来往,头上头发有二寸余长,滋着一脸的泥。破僧衣,短袖缺领,腰系丝绦,疙里疙瘩。光着两只脚,拖一双破草鞋。"①但是心地善良,法力非常,惩恶扬善。济公的人物肖像和内涵形成强烈反差,所谓"真人不露相"。这样的构思对《聊斋》、《红楼》都有影响。《聊斋》、《红楼》假疯癫、真睿智、包含巧妙意蕴的人物有显明的共同特点:外表跟内涵天差地别。

二、科举制度和小说构思

作为中国古代选拔使用人才的重要制度,科举对小说繁荣、发展、构思都起到极其重要的作用。

(一)直接导致唐传奇繁荣

唐代举人考进士前,将自己写的传奇呈给知名人士,借助他们,将文名传到主管科举的人那儿,初投为"行卷",再投为"温卷"。当时显要者家中"卷轴填委",到处堆着这些人的作品。传奇成为敲开仕途大门的敲门砖。宋代《云麓漫钞》说:"唐之举人,先藉当世显人,以姓名达之主司,然后以所业投献,逾数日又投","此等文备众体,可以见史

---

① 〔清〕郭小亭著:《济公全传》,第30~31页,郑州:中州古籍出版社,2009。

才、诗笔、议论"。①

《云麓漫钞》总结唐传奇写作基本模式:文人聚会时"昼宴夜话,各征其异说"②,"会于传舍,宵话征异,各尽见闻"③,然后再由一个擅长写作者记录下来传播,写作者借此展露写作才华,所谓"著文章之美,传要妙之情"。鲁迅先生在《中国小说史略》中说:"大归则究在文采与意想,与昔之传鬼神明因果而外无他意者,甚异其趣矣。"④科举将六朝以志怪为主旨的小说转变到唐传奇以人世悲欢为主旨的小说。小说对人生的关注度大大提高。

(二)影响小说创作者队伍

因为"行卷"、"温卷"的写作,使得唐代小说创作队伍集体"学历上升",不再是没有功名的僧人或讲唱者,其文字也不再是变文、僧讲的白话,而是优美清丽严谨流畅的文言。由举人、进士乃至宰相写人世悲欢。著名唐代诗人白行简等,都是传奇作者。

唐宋两代有所谓"文章太守",书生金榜题名后,做了太守类官吏,写出许多好的诗词作品。"文章太守"内的好事者不约而同将写小说看成休闲遣闷、搜奇猎异的手段,留下一些小说佳品。宋代《东坡志林》(苏东坡),清代《池北偶谈》(王士禛)、《阅微草堂笔记》(纪昀)、《子不语》(袁枚)都写得相当精彩。

也存在鲁迅先生所说的从本营垒杀回马枪的现象。拟话本《钝秀才一朝交泰》、《老门生三世报恩》都写取士制下读书人的尴尬和不幸。是不是写作者本人的遭遇? 不得而知。唐代之后确实有些始终没通过科举走上官位的作家,写出有关科举制度的传世之作。蒲松龄如此,曹雪芹如此,吴敬梓也是如此。蒲松龄是最典型的例子。

蒲松龄十九岁成为山东头名秀才,他始终通不过的是举人考试,《聊斋志异》反映出强烈的"举人"情结。《王子安》对秀才考举人加了七个极其生动精彩的比喻:"秀才入闱,有七似焉:初入时,白足提篮,似丐。唱名时,官呵隶骂,似囚。其归号舍也,孔孔伸头,房房露脚,似

---

① 〔宋〕赵彦卫:《云麓漫钞》,卷八,第135页,北京:中华书局,1996。
② 〔唐〕沈既济:《任氏传》,见王汝涛编校《全唐小说》,第一卷,第48页,济南:山东文艺出版社,1993。本书所引相关内容,除特别注明外,均据此版本。
③ 〔唐〕李公佐:《庐江冯媪传》,见王汝涛编校《全唐小说》,第一卷,第85页。
④ 鲁迅:《中国小说史略》,见《鲁迅全集》,第9卷,第70~71页。

秋末之冷蜂。其出闱场也,神情恫恍,天地异色,似出笼之病鸟。迨望报也,草木皆惊,梦想亦幻。时作一得志想,则顷刻而楼阁俱成;作一失意想,则瞬息而骸骨已朽。此际行坐难安,则似被絷之猱。忽然而飞骑传人,报条无我,此时神情猝变,嗒然若死,则似钳毒之蝇,弄之亦不觉也。初失志,心灰意败,大骂司衡无目,笔墨无灵,势必举案头物而尽炬之;炬之不已,而碎踏之;踏之不已,而投之浊流。从此披发入山,面向石壁,再有以'且夫'、'尝谓'之文进我者,定当操戈逐之。无何,日渐远,气渐平,技又渐痒;遂似破卵之鸠,只得衔木营巢,从新另抱矣。如此情况,当局者痛哭欲死;而自旁观者视之,其可笑孰甚焉。"①"七似"对秀才入闱的精彩概括,没有切身体会绝对写不出来。蒲松龄在科举路上拼搏折磨了几十年,终于明白:"仕途黑暗,公道不彰,非袖金输璧,不能自达于圣明。"蒲松龄向科举杀的"回马枪",曹雪芹嘲讽"文死谏武死战",吴敬梓挖苦沉迷科举中人,都成为文学史上的重要作品。

(三)提供小说多方面构思

朝为田舍郎,暮登天子堂。读书人萤窗苦读,为"学成文武艺,卖与帝王家"。科举制度考试的主要内容,是八股文。八股文是绳捆索绑的文体,有严格字数限制,有严整文体模式。长期按照这种模式做文章的读书人,即使写小说,也不能不受到所谓破题、承题、收股等起承转合的影响。这影响更多表现在文言短篇小说上。如果有兴趣的话,将唐代及其后的文言短篇小说做一下对比,就能看出唐后短文言小说多了些许"八股气"。

科举制度对小说构思的更重要影响,是科举制度的弊病导致某些特定的小说模式繁荣,《聊斋志异》最切中肯綮。

其一,鬼魂应试。叶生文章词赋,冠绝当时,邑令丁乘鹤同情并荐举他,他却文章憎命,依然铩羽,"嗒丧而归,愧负知己,形销骨立,痴若木偶"。他病入膏肓,又赶来为公子师,使公子中亚魁,丁乘鹤帮叶生捐钱做监生,叶生考上头名举人,衣锦还乡。见自己门户萧条,妻携簸具以出,一见叶生,吓得掷具逃走。原来,叶生早已死去,家中因家贫

---

① 〔清〕蒲松龄著,任笃行辑校:《聊斋志异》,第 1812～1813 页。

子幼未埋葬。功名未得,此恨绵绵,生不能得功名则以鬼魂继之,叶生的冤魂竟去了考场!"使天下人知半生沦落,非战之罪也"。死魂灵应试,是对取士现象的想象性升华,借用这种貌似虚诞的形式,蒲松龄把取士制本质高度集中起来。

其二,试官无目。《司文郎》写"梓橦府中缺一司文郎,暂令聋僮署篆,文运所以颠倒"。《于去恶》写地府招考帘官,几十年游神眊鬼,杂入衡文,"略举一二人,大概可知:乐正师旷、司库和峤是也"。聋僮、师旷、和峤三个为民众熟悉的鬼被蒲松龄点派新角色,天聋者去掌管文司官印,昏愦程度可想而知;根本不识字又有钱癖的和峤和瞎了眼的师旷去做考官,必然以钱取士、有眼无珠。耳聋眼瞎有钱癖者掌管文运,那就无怪乎有才气的读书人考不上了。

其三,取士的阘冗文体。掌握士子命运的帘官是如何爬上去的?《于去恶》说:他们不读圣贤书,少年时持敲门砖猎取功名,门既开,连八股文都扔了,"再司簿书十数年,即文学士,胸中尚有字耶!"贾奉雉才名冠一时,却凡考试辄败北,他遇一异人郎秀才告诉他:他的问题不是文章写得不够好,而是文章写得不够坏,他必须改写凡庸文字,因为"帘内诸官,皆以此等物事进身,恐不能因阅君文,另换一副眼睛肺肠也"(《贾奉雉》)。《司文郎》以令人喷饭的情节嘲笑这种人才选拔,写令人作呕的文章的余杭生偏偏高中,因为"伯乐"跟他气味相投,考官的文章令人嗅之"向壁大呕,下气如雷",臭气烘烘。

其四,读书人三世衔冤。《三生》似乎是厉鬼复仇、善恶报应故事,但仔细考校却发现它揭露了科举制度重要方面:考官目不试文,文过饰非;科举制黜佳士取凡庸。篇中人物"兴于唐",姓"兴"已十分罕见,名"于唐"更离奇古怪,原来,那个千百年来决定读书人命运的科举制度,恰好起于隋,兴盛于唐!"兴于唐"的姓氏,万鬼鸣和和阴司讨债的怪诞故事负荷了千百年读书人的血泪史。蒲松龄真成了以小说书写知识分子心灵史,以鬼狐史写胸中块垒了。

三、文以载道和小说构思

中国古代文学,由于儒家思想浸润,"文以载道"影响甚深,在儒学盛行的汉代,文以载道表现尤为突出。

班固《汉书·艺文志》列小说十五家、一千三百九十篇。西汉刘向在成帝时期校书于天禄阁,辑小说五种:《说苑》、《新序》、《世说》、《列女传》、《百家》。据刘向在《说苑序》中所说,《说苑》记的是杂事,《百家》则是"浅薄不中意,别集以为百家"。吴组缃、周先慎教授在《历代小说选》中对《列女传》等有选注和剖析,认为五部小说作者是刘向。这几部小说的命意、行文特点都相同,表现出"文以载道"特点,小说的政治性特别强。如《列女传》记述汉以前跟政治有关的妇女事迹,不分阶层的女性都深明大义、忧国忧民。《赵将括母》写赵括("纸上谈兵"成语来历)之母、赵奢之妻劝说赵王不命赵括为将。《齐相御妻》写车夫因能给晏子赶车而得意洋洋,受妻子批评,教育他"宁荣于义而贱,不虚骄以贵"。车夫悔过上进,经晏子汇报齐景公,提拔为大夫。女性人物都同政局、同政治家品德紧密联系。至于《齐太仓女》写缇萦救父,更为后世津津乐道并成为小说家竞相模仿和比附的对象。有的篇章在结尾处以说教形式阐述主题,显然受到史传文学如《左传》、《史记》的影响。

古代以诗文为正统,以戏曲小说为小道、末流。但从《说苑》、《列女传》等小小说开始,小说自觉靠拢"正统",文以载道的传统一代代传了下来。到了晚明,李卓吾、冯梦龙等文学家一致赞美小说文字的优美,高度评价小说的社会意义,强调小说"载道"作用,主张小说要用生动形象的人物、曲折好看的故事,将"仁义礼智信"的儒家信条暗寓其中,教育民众。

冯梦龙编辑"三言",在《可一居士序》提出:

"明(《喻世明言》)者,取其可以导愚也;通(《警世通言》)者,取其可以适俗也;恒(《醒世恒言》)则习之而不厌,传之而可久。三刻殊名,其义一耳。"①

冯梦龙在《古今小说序》中说:"试令说话人当场描写,可喜可愕,可悲可涕,可歌可舞。……(可使)怯者勇,淫者贞,薄者敦,顽钝者汗下,虽日诵《孝经》、《论语》,其感人未必如是之捷且深也。"②冯梦龙认

---

① 〔明〕可一居士:《醒世恒言叙》,冯梦龙编《警世恒言》卷前附录,见《古本小说集成》,据明天启七年叶敬池本影印本,第 2 页,上海:上海古籍出版社,1994。

② 绿天馆主人:《古今小说叙》,冯梦龙编:《古今小说》,见刘世德等编:《古本小说丛刊》第 31 辑,第 8~9 页,北京:中华书局,1991。

为小说对民众的教育作用,甚至超过四书五经。

带有讽刺意味的是,在封建时代多次被禁的《金瓶梅》居然也宣传写作目的是劝诫男人不要"淫"。《金瓶梅词话》第一回开头用一段词做说教:"丈夫只手把吴钩,欲斩万人头。如何铁石,打成心性,却为花柔?请看项籍并刘季,一似使人愁。只因撞着,虞姬戚氏,豪杰都休。"这根本是扭曲。不管项羽还是刘邦跟女人的关系,都不是他们人生失败的原因。开国皇帝刘邦的人生更不能说是失败。兰陵笑笑生却把责任全部推到女人头上。《金瓶梅词话》接着说自己写这本书干什么用,劝世、教育男人远离女色:"如今这一本书,乃虎中美女,后引出一个风情故事来。一个好色的妇女因与了破落户相通,日日追欢,朝朝迷恋,后不免尸横刀下,命染黄泉,永不得着绮穿罗,再不能施朱傅粉。静而思之,着甚来由。况这妇人,他死有甚事!贪他的断送了堂堂六尺之躯,爱他的丢了泼天哄产业,惊了东平府,大闹了清河县。"①《金瓶梅》用"女色祸水论"诱导读者。在作者心目中,即便像西门庆这种坏得头顶长疮脚底流脓的角色,他遭遇不幸,该负责任的是潘金莲。这,该算兰陵笑笑生特殊的"载道"吧。

直到晚清,小说家写小说仍以"醒世"、"救世"为己任,"载道"现象仍然不改。晚清有很多官场黑幕小说,作者往往声明,他的兴趣并非在于揭露黑幕,倒是想揭出病症,挽救社会。刘鹗在《老残游记》第一回自评说:"举世皆病,又举世皆睡,真正无下手处。摇串铃先醒其睡,无论何等病症,非先醒无法治。"

中国古代小说家,真是"位卑未敢忘忧国"。

古代文学是古代文化的组成部分,研究古代文学不能与史学、哲学分开,更不能跟《诗经》、《楚辞》、唐诗宋词分开。古代作家的思想受孔孟、庄老影响,上古神话,《左传》、《史记》等史书,《孟子》、《庄子》等经书,《楚辞》等文学经典是中国古代小说之源,研究小说构思不能不注意到经学、史学、哲学,还有其他文学样式,乃至宗教、科举、主流意识形态的影响。

中国古代小说多源,构思方法也如海纳百川,小说家博观约取、取

---

① 〔明〕兰陵笑笑生著:《金瓶梅词话》,第3页,北京:人民文学出版社,1985。

精用宏，才能创造出杰出的小说。短篇小说的第一高峰是唐传奇，用胡应麟的话来说，唐传奇"作意好奇，假小说以寄笔端"，就是鲁迅先生所谓"是时则始有意为小说"。唐传奇以"记""传"名篇，用史家笔法，写奇闻轶事，构思、人物、语言等诸方面都取得空前进步，成为中国古代文言小说的第一高峰。唐传奇的作者多是上层读书人，有的是著名诗人如元稹，有的是史学家如沈既济。他们子史诗赋俱通，汲取诗歌的抒情写意，史学著作和散文的叙事状物，辞赋的铺排张扬，用到小说创作中。至于后世的最有成就的小说家，不管罗贯中、施耐庵，还是蒲松龄、曹雪芹、吴敬梓，都是学者型作家，他们经典文化烂熟于胸，历史哲学触类旁通，再加上丰富的生活阅历，才使得经典小说从他们手中脱颖而出，大踏步走向民众，走向未来，走向世界。

第二章
志怪小说构思套路

　　"志怪"二字,最早见于《庄子·逍遥游》:"齐谐者,志怪者也。"①意思是说,齐谐是个专门记载怪异故事的人。此处的"志"为动词。"志怪小说"连续起来用,见于唐代段成式《酉阳杂俎》。顾名思义,志怪小说,就是搜奇猎异的小说。

　　志怪小说虚构人世并不存在的人和事。用现代文艺理论术语来说是创造超现实的他界。神、鬼、妖的他界模式和梦幻、离魂,是早期志怪家创造,经魏晋南北朝、唐传奇,到《聊斋志异》发挥到极致。

　　不少小说研究者认为,志怪小说有五大范畴,即神、鬼、妖、梦幻、离魂。我认为志怪小说包含范围更广。凡是人世间并不存在、靠作家想象的内容都应该算进去,包括八大范畴:

　　一曰神;

　　二曰鬼;

　　三曰妖;

　　四曰梦幻;

①《庄子集释》,第4页。

五曰离魂；

六曰远国异民；

七曰博物奇趣；

八曰常人异行。

志怪小说就是围绕这八个范畴展开构思。前五种，研究者早就熟悉。后三种似乎笔者别出心裁，故有必要稍做说明：

远国异民，指作家对遥远的他国人和物想象夸张怪异描写；

博物奇趣，指大自然存在类似事物，志怪小说依靠想象夸大到不可思议的怪异程度；

常人异行，指真实历史人物或现实凡人被赋予超越常人的能力和"类似"特异功能，遇到常人不可能的遭遇。

本章将在综合论述部分兼及历代志怪小说中的博物奇趣、常人异行，对神鬼狐妖、梦幻离魂、远国异民，将在各节阐述。

需要说明的是：

第一，神鬼妖等几种志怪方式不能截然分开，有些小说可能单纯描写人与神仙、鬼魂、妖怪交往；有些小说，如梦幻常和神、鬼、妖互相融合；有的小说神、鬼、妖、梦幻、离魂多种方式并存。

第二，远国异民、博物奇趣、常人异行，也可能在神鬼狐妖、梦幻离魂故事出现，或成为其辅助性手段。

志怪小说最大特点是作家展开想象翅膀，天马行空，幻想奔驰，大做"奇"文章，形象奇、故事奇、情节奇。不受拘束的构思，提供给作家才思和文采超常发挥的阵地。志怪小说作者借想象搭建人生中根本不可能存在的、美丽的空中楼阁，给平凡生活中的读者以慰藉，产生极大阅读快感，受到民众欢迎。

第一节　志怪小说基本状况

鲁迅先生对小说分类，以志怪与志人对应。他曾经简略剖析过时代风尚、主流意识形态对志怪小说的影响。

一、志怪小说的起源和繁荣原因

鲁迅《中国小说史略》对志怪小说的起源、发展说得很清楚：

> 中国本信巫，秦汉以来，神仙之说盛行，汉末又大畅巫风，而鬼道愈炽；会小乘佛教亦入中土，渐见流传。凡此，皆张皇鬼神，称道灵异，故自晋讫隋，特多鬼神志怪之书。其书有出于文人者，有出于教徒者。文人之作，虽非如释道二家，意在自神其教，然亦非有意为小说，盖当时以为幽明虽殊途，而人鬼乃皆实有，故其叙述异事，与记载人间常事，自视固无诚妄之别矣。①

这段话说明：

其一，志怪小说跟中国早就存在的巫风有关，跟佛教、道教有密切关系，是社会风俗的反映。

其二，佛教东渐到志怪小说的繁荣有重要作用。志怪小说的作者有文人也有教徒。

其三，志怪小说作者认为鬼神是实际存在。他们不是有意为小说。

早期志怪小说家把神异之事都当作真事写，作真事看，《晋书》干宝本传写道：

> 干宝……性好阴阳术数……宝父先有所宠侍婢，母甚妒忌，及父亡，母乃生推婢于墓中。宝兄弟年小，不之审也。后十余年，母丧，开墓，而婢伏棺如生，载还，经日乃苏。言其父常取饮食与之，恩情如生。在家中吉凶辄语之，考校悉验，地中亦不觉为恶。既而嫁之，生子。又宝兄常病气绝，积日不冷，后遂悟，云见天地间鬼神事，如梦觉，不自知死。宝以此遂撰集古今神祇灵异人物变化，名为《搜神记》。②

《世说新语》写到到干宝向刘真长说到他写《搜神记》，刘说："卿可谓鬼之董狐"。董狐，是晋国有名的史官，鬼之董狐，就是为鬼写史的人。蒲松龄擅长写鬼狐，后世评论家喜欢将《聊斋志异》说成是"鬼狐史"。

---

① 鲁迅：《中国小说史略》，见《鲁迅全集》，第9卷，第43页。
② 〔唐〕房玄龄等撰：《晋书》，卷八二，第2150页，北京：中华书局，1974。

虽然早期志怪小说家把小说当"史"来写,实际却渐渐离"史"远去,志怪小说是作家靠想象创造出来的,越来越客里空,从而形成作为"史之余"的传统志人小说完全不同的范畴和章法,在"鬼之董狐"干宝笔下,志怪小说的几种特殊构思模式就已形成。

二、汉代志怪小说

汉代是古代封建制度完善、君权神授等主流意识形态成熟的朝代。主流小说是志人和写实。《韩诗外传》等文以载道的小说,将视线投向人生,关注政治,关注人生。小说的现实性大大增强,封建教诲倾向也大大增加。尽管如此,汉代的志怪小说却仍然比较繁盛,而且对后世产生重要影响:

其一,战国时期被称"志怪之祖"的《山海经》经汉代学者校定,得到广泛流传。随之出现一批对《山海经》的仿作,如《太平御览》引用过的《括地图》写到远国异民。《十洲记》写异国、异物,写东海东岸的扶桑:地多叶木,叶皆如桑,又有椹树,长者数千丈,色赤,九千年一熟。"东渡扶桑"为历代沿用。

其二,众多带有诗意的神仙亮相,凡人跟神仙打上交道。如《列仙传》写了七十位神仙,字数少则几十字,多则数百字。他们饮风餐露、长生不老,过着令凡人艳羡不已的生活,有的神仙成为后世作家一再借用的对象,如"萧史弄玉"成为后世夫妇风雅和美的代名词:

> 萧史者,秦穆公时人也。善吹箫,能致孔雀、白鹤于庭。穆公有女字弄玉,好之,公遂以女妻焉。日教弄玉作凤鸣,居数年,吹似凤声,凤凰来止其屋。公为作凤台,夫妇止其上,不下数年。一旦皆随凤凰飞去。故秦人为作凤女祠于雍宫中,时有箫声而已。①

其三,围绕汉武帝的奇闻轶事、珍奇异物。《洞冥记》以汉武帝为中心记述了远国异物,如洞冥草"夜如金灯,折枝为炬,照见鬼物之形"。鲁迅先生在《古小说钩沉》中辑录的《汉武故事》,写汉武帝一生的趣事,写他跟后妃之间的趣事,写他求仙、跟西王母打交道,在《山海经》里蓬发戴胜的西王母变成了绝世美女。西王母请汉武帝吃桃,汉

---

① 〔汉〕刘向:《列仙传》,第69页,见《道藏》第5册,文物出版社、上海书店、天津古籍出版社,1988。

武帝觉得好吃,把种留下来,西王母问:你留核何用?汉武帝说,要自己种来吃。西王母笑道:这桃三千年一熟,你留着有何用?

《燕丹子》类历史小说,《吴越春秋》类历史书,也有相当的志怪因素。汉代志怪小说虽并非蔚蔚大观,但其人物故事,有的成为固定形象,有的成为后世经常引用的典故,如汉武故事中的"金屋藏娇",为后世作家借力。

汉代小说也有博物类内容。刘向《百家》全书已佚,《风俗通义》中转引,该书也佚。《艺文类聚》转引两条,其中之一与《吕氏春秋》、《淮南子》内容相同:

> 宋城门失火,自汲取池中水以沃之,池中空竭,鱼悉露见,但就把之。①

三、魏晋南北朝:志怪小说的鼎盛

志怪小说真正繁盛起来是在魏晋南北朝,表现为:作品多、作家多、作品内容丰富、小说技巧提高。

志怪小说繁荣从三方面表现:

一曰博物记趣;

二曰常人异行;

三曰神鬼妖、梦幻、离魂等志怪基本模式形成。

(一)魏晋南北朝志怪小说基本情况

魏晋南北朝的志怪小说有二十多种,大体按时间顺序:

曹丕《列异传》,代表作《谈生》、《望夫石》;

王浮《神异记》,代表作《钟繇吹鬼》;

张华《博物志》,代表作《八月浮槎》;

郭璞《玄中记》、《外国图》;

干宝《搜神记》,代表作《董永妻》、《河间男女》;

葛洪《西京杂记》、《抱朴子》、《神仙传》,代表作《王嫱》;

王嘉《拾遗记》,代表作《薛灵芸》;

荀氏《灵鬼志》,代表作《嵇中散》;

---

① 〔唐〕欧阳询等撰:《艺文类聚》,卷八〇,第 1365 页,上海:上海古籍出版社,1965。

郭澄之《郭子》,代表作《许允妇》;

陶渊明《搜神后记》,代表作《袁相根硕》、《白水素女》;

刘义庆《幽明录》,代表作《刘晨阮肇》、《焦湖庙祝》;

刘义庆《冥验记》,鲁迅先生在《古小说钩沉》中辑录;

刘敬叔《异苑》,代表作《紫姑神》;

东阳无疑《齐谐记》,代表作《范光禄》;

祖冲之《述异记》,代表作《封邵化虎》;

任昉《述异记》,鲁迅先生认为是伪托;

吴均《续齐谐记》,代表作《清溪庙神》、《阳羡书生》;

王琰《冥祥记》,代表作《赵泰》;

颜之推《冤魂记》、《集灵记》……

魏晋南北朝志怪小说的繁荣鼎盛:

其一,作者队伍庞大整齐。作者中,有许多著名文学家,如著名诗人和理论家曹丕,本身是皇帝;有著名散文家任昉和"吴均体"创造者吴均;有著名历史学家干宝、张华;有词赋为中兴之冠、玄言诗代表诗人郭璞;有道学家颜之推、方术家葛洪、科学家祖冲之……

其二,作者队伍庞大、高层次带来了第二个特点:涉及生活面非常广,思想亦非常复杂,题材无所不包。有地理博物,有杂史杂传,有各种志怪内容,也有从盘古到魏晋南北朝的传说,还有相当多的、杂有怪异的现实生活内容,如魏文帝宠爱薛灵芸,石崇宠婢翔凤、汉文帝王昭君的故事。

其三,小说构思的方法比较简单和单纯。不管是人物塑造,还是情节进展,都处于雏形期。从小说构思上看,仍然没有摆脱按照人物传记来记叙故事发展的基本模式。但个别小说技巧已近成熟。

从对志怪小说构思模式做贡献的角度看,魏晋南北朝小说家最值得重视的是四位:干宝、刘义庆、吴均、王琰。前三位都是大文学家,后一位似乎名气小了些,但对志怪小说构思功不可没。

1. 志怪小说基本模式奠定者干宝

魏晋南北朝志怪小说家中,干宝是杰出代表。干宝是东晋文学家、史学家,《晋纪》称他为"良史"。《搜神记》较之以前的志怪小说,有很大提高:

（1）奇思妙想，上天入地，开拓了志怪小说范畴。奠定了志怪的基本构思：人仙结合如《董永妻》；人鬼之恋如《吴王小女》，鬼因爱情死而复生如《河间男女》；妖精与人交往如《张华》；还有画符念咒、呼风唤雨等志怪小说特有的写法。

（2）有笔记体、札记体，也有完整故事，有的故事相当成熟。

（3）讲究小说章法，避免平铺直叙，有意生波澜，出周折，注意精彩场面的构筑。

（4）注意人物性格刻画，许多人物如眉间尺，写得很好。不像魏晋前的小说，人物仅是讲故事的优孟衣冠，缺乏本身形象意义。

干宝已成为后世小说家崇拜的对象，蒲松龄就以他为榜样。在《聊斋自志》中说："才非干宝，雅爱搜神。"

2. 与干宝并驾齐驱的刘义庆

魏晋南北朝志怪小说另一位大家《幽明录》作者刘义庆。有学者认为，《幽明录》比《搜神记》更胜一筹。

作为小说家，刘义庆在魏晋南北朝首屈一指，因为他除志怪小说《幽明录》外，还是志人小说《世说新语》作者。志怪志人，刘义庆都举足轻重，具备开宗作祖资格。

《幽明录》内容丰富，包罗万象，文笔生动，多记晋宋间事，因而时代感强，采集自旧书者约占四分之一。刘义庆喜欢记现实生活中的奇闻异事，呈现真幻相生、凡中见奇的特点。

《幽明录》为志怪小说增添了不少新题材，新类型，新结构，新的幻想方式，本章将在神、鬼、妖诸节分别论述，简言之：

（1）仙女主动追求凡人，如《刘晨阮肇》（即《天台二女》）；

（2）凡人一见钟情且因爱情起死回生，如《卖胡粉女子》；

（3）为爱情而离魂，如《庞阿》；

（4）梦中富贵，如《焦湖庙祝》；

（5）佛教化地狱，如《赵泰》、《康阿得》、《舒礼》；

（6）人与精灵恋爱，如《永初嫁女》等。

刘义庆另一作品《宣验记》，虽不像《幽明录》有名，但对志怪小说构思有相当重要意义。它是南朝第一部专门宣传佛家教义的书。鲁迅先生在《中国小说史略》中称其为"释家辅教书"。它引用传统的经史说明佛教的因果报应,开创了儒家学说跟佛教教义相结合的模式。"引经史以征报应,已开混合儒释之端矣。"

《宣验记》的内容几乎是一部"敬佛传奇":

一曰敬佛得福:刘遗民多病,敬佛后却病;郑鲜,本来短命,敬佛后延年;

二曰不敬佛受惩:孙皓将佛像放厕所里,还往上边撒尿,结果得病,向佛像叩头谢过,病好;

三曰杀生受报:吴唐射死鹿母子,接着莫名其妙射中自己儿子;

四曰观音显灵:沉甲被绑赴刑场,口诵观音,刀刃自断,人被放回……

除《宣验记》之外,在魏晋南北朝特别是南朝其他小说中,佛教的作用,佛教的概念(如因果报应、地狱惩罚)随在多见。

3. 某些志怪小说模式开宗作祖者吴均

南朝梁著名文学家吴均在志怪小说构思模式形成中不可忽视,他的作品文辞清丽,模仿者甚众,成为风靡一时的"吴均体"。汤显祖认为,吴均作品骚艳多风、得《九歌》之意。吴均的《续齐谐记》里有相当成功的短篇小说,也有博物记趣类作品。吴均的小说不仅好看、耐看,且开风气之先,简言之:

一曰在博物记趣中寓劝世人情,如《紫荆树》兄弟分家则树枯,兄弟和美则树荣;

二曰开"愿做鸳鸯不羡仙"之风。《续齐谐记》题作《赵文韶》,后世学者命名《清溪庙神》是代表,后文将在"仙"类述及。

三曰,开志怪小说"幻中出幻、奇中迭奇"构思模式,《阳羡书生》为代表。汤显祖对《阳羡书生》赞不绝口,纪昀在《阅微草堂笔记》说是"阳羡鹅笼,幻中出幻"。

《阳羡书生》其实是个外来故事。古印度《旧杂譬喻经》卷十八曾有这样的故事:某国太子因母轻浮,弃国而去,入山见梵志作术,吐一壶,壶中有女人家室,梵志遂卧。女人复作术,吐一壶,壶中有少年男子,与女共卧。已而女吞壶,梵起,内妇壶中吞之。这个故事写同居男女(不一定是夫妇)同床异心的连环式"外遇"。

东晋荀氏《灵鬼志》的《外国道人》是印度故事的模拟。情节有三部分组成：1. 外国道人会法术，能吞刀吐火、吐珠宝金银，他遇一担，要求进笼中休息。2. 外国道人吐出一妇人，两人吃饭，饭后道人睡了，妇人又吐一夫，共食，然后，妇人吞夫，道人再吞女。3. 外国道人到一财主家，财主悭吝，道人教训他，将他的马移入五升的酒具中，财主作百人厨，马放出来，财主父母却不见了，原来被道人移入化妆品小盒了。财主作千人食，父母自在床上也。

吴均的《阳羡书生》就其思想意义而言，不及有惩富济贫愿望的《外国道人》，但小说构思，幻中出幻，奇中迭奇：

> 阳羡许彦，于绥安山行，遇一书生，年十七八，卧路侧，云脚疼，求寄鹅笼中。彦以为戏言。书生便入笼，笼亦不更广，书生亦不更小，宛然与双鹅并坐，鹅亦不惊。彦负笼而去，都不觉重。前行息树下，书生乃出笼，谓彦曰："欲为君薄设。"彦曰："善。"乃口中吐出一铜奁子，奁子中具诸肴馔，珍羞方丈。其器皿皆铜物，气味香旨，世所罕见。酒数行，谓彦曰："向将一妇人自随，今欲暂邀之。"彦曰："善。"又于口中吐一女子，年可十五六，衣服绮丽，容貌殊绝，共坐宴。俄而书生醉卧，此女谓彦曰："虽与书生结妻，而实怀怨。向亦窃得一男子同行，书生既眠，暂唤之，君幸勿言。"彦曰："善。"女子于口中吐出一男子，年可二十三四，亦颖悟可爱，乃与彦叙寒温。书生卧欲觉，女子口吐一锦行障，遮书生。书生乃留女子共卧。男子谓彦曰："此女子虽有心，情亦不甚，向复窃得一女人同行，今欲暂见之，愿君勿泄。"彦曰："善。"男子又于口中吐一妇人，年可二十许，共酌，戏谈甚久。闻书生动声，男子曰："二人眠已觉。"因取所吐女人，还内口中。须臾，书生处女乃出，谓彦曰："书生欲起。"乃吞向男子，独对彦坐。然后书生起，谓彦曰："暂眠遂久，君独坐，当悒悒耶？日又晚，当与君别。"遂吞其女子，诸器皿悉内口中。留大铜盘，可二尺广，与彦别曰："无以藉君，与君相忆也。"彦太元为兰台令史，以盘饷侍中张散。散看其铭题，云是永平三年作。[1]

这是篇构思相当复杂的志怪小说。与《外国道人》比，可能思想性不

---

① 〔梁〕吴均撰，王根林点校：《续齐谐记》，见《汉魏六朝笔记小说大观》，第 1007 页，上海：上海古籍出版社，1999。

及,但小说技巧却有了长足进步而且影响到后世作家的构思:

(1)小说布局奇中迭奇、幻中出幻,却在小说最后让真实历史人物侍中张散判断阳羡书生的盘子"永平三年作",证明这事是真实的。这种写法对后世小说家影响巨大。唐传奇沈既济《任氏传》开篇就说"任氏,女妖也"。结尾却说自己跟作品中的男主角非常熟悉,是男主角亲自告诉他的,"屡言其事,故最详悉"。蒲松龄的许多故事,明明写的是狐狸精,却常在篇末注明:这是某某亲口告诉他的。

(2)人物关系错综复杂:阳羡书生遇到许彦,要求入鹅笼,在鹅笼这个小天地中,一个人物引出另一个人物,用代号区别:

A男从口中吐出B女→

B女从口中吐出C男→

C男从口中吐出D女。

四个男女间什么关系?

A男B女结发夫妻,A男携带B女而行→

B女不爱A男爱C男,瞒着A男携带C男同行→

C男却喜欢D女,瞒着B女携带D女而行。

这样复杂的人物关系,能跟好莱坞转着圈儿爱的模式媲美,能跟21世纪流行的婚恋电视有一比。

(3)描写委曲,笼中书生所吐的物品,一人吐另一人的形貌,皆历历如画,次第吐出,井井有条。尤其是第三女出现后,用锦屏障书生及最先吐出的女子,一屏之隔,各为燕好。

(4)人物不仅有行动,还有对许彦的"如实坦白"说明他(她)为何这样行动。B女说她虽然跟A男结发,但对他怀怨;C男说B女虽然对他有心,他却"情不亦甚"。人物写法,从单纯志怪向人情描写转化。

4. 王琰《冥祥记》——最具小说特点的释氏辅教书

《冥祥记》是魏晋南北朝梁朝宣扬佛教的小说代表作。鲁迅先生在《古小说钩沉》中辑有一百三十一则及自序。作者王琰做过吴兴县令,是佛教徒,幼时从法师处得一观音像,据说此像经常显灵。王琰"循复其事,有感深怀,沿此征觅,缀成斯记"。《冥祥记》以宣传佛法无边为宗旨,搜集了从汉至齐的佛圣瑞验故事、相当数量的高僧事迹、宣扬"轮回转世"、因果报应、地狱刑罚等。有的故事同《搜神记》、《搜神后记》、《灵鬼志》、《幽明录》重复，多数不重复。如洪僧铸造观音事：晋沙门僧洪某住京师瓦官寺，义熙十二年时，官方禁止熔铸，洪发心愿铸丈六观音金像，"像若圆满，我死无恨"。偷着熔铸。铸完后，像还在模具中，洪僧被官方收押，禁在相府，锁械甚严。洪心念观音，日诵百遍，他梦到所铸观音来到监狱用手摩他的头，观音胸前一尺许还"铜色焦沸"。因为洪僧被拘，感动得国内牛马不肯入栏，时人以为怪。官方只好赦免洪僧。洪被赦免，观音像即破模自现……再如《沙门开达》写一佛门弟子开达为羌人所缚，关在栅栏中准备吃他，开达日诵观音经，等到羌人要吃他时，突然来了一只猛虎，"奋怒号吼"，攫走羌人，咬断栅栏，然后离去。开达因此逃脱……此类观音救苦救难的情节对后世文学的影响很大，《西游记》中孙悟空凡遇困难必求观音，观音有求必应，法力无边。

《冥祥记》关于佛教化地狱描写也颇有成就，本章鬼魂一节剖析。

（二）博物记趣和妖祥卜梦、呼风唤雨等写法

魏晋南北朝志怪小说的重要内容，是后世学者认定为非小说类的博物记趣。张华《博物志》大部分都属于这样范畴。干宝等作家的书也有相当部分属于博物记趣。这类博物记趣又在无意中创造了画符念咒、妖祥卜梦、呼风唤雨等后世小说家广泛采用的手法。

张华世称"张司空"，因他曾官至司空，是晋代著名文学家，谶纬六术皆精，曾提拔陆机、左思等文学家。他著有《博物志》。据王嘉在《拾遗记》中曾说，张华曾"捃采天下遗逸，自书契开始，考验神怪及世间间里所说，造《博物志》四百卷，奏于武帝，帝令芟截浮疑，分为十卷。"

张华写《博物志》目的似乎是要用文字建立异国异物异人博物馆。王嘉所说的十卷已经散佚，《博物志》现存四部备要本十卷。是后人杂合成编，分三十八类。其内容是：

地理山水、五方人民、物产；

外国异人、异俗、异产、异兽、异鸟、异虫、异草木；

方术家言、人名、典礼、服饰、器名、物名；

异闻、史补、杂记。

吴琯《古今逸史》曾引用据说是张华《博物志》的自序：

余视《山海经》及《禹贡》、《尔雅》、《说文》、地志，虽曰悉备，各

有所不载者，作略说。出所不见，粗言远方，陈山川位象，吉凶有征。诸国境界，犬牙相入。春秋之后，并相侵伐。其土地不可具详，其山川地泽，略而言之，正国十二。博物之士，览而鉴焉。①

可见张华写作初衷是奇闻佚事，但是张华的文学修养太好了，普通事物被他一写，像小说一样好看。如《刘玄石》其实是记载一饮醉千日的酒，但张华将它置于具体饮者故事中，结果出现了人死后葬埋三年却是醉卧的有趣情节：

> 昔刘玄石于中山酒家沽酒，酒家与千日酒，忘言其节度。归至家当醉，而家人不知，以为死也，权葬之。酒家计千日满，乃忆玄石前来沽酒，醉向醒耳。往视之，云玄石亡来三年，已葬。于是开棺，醉始醒，俗云："玄石饮酒，一醉千日。"②

再如"异兽"中的"蜀山猴玃"，记异兽猕猴。蜀中的猕猴喜欢抢民间的美貌妇人，被抢妇人十年后形貌接近猕猴，迷了本性，不想回家。生下孩子送回妇人家，其家必须好好养着，不然妇人就死掉。这些猕猴后代多半姓"杨"……故事本身较平淡，值得注意的是：其一，会不会某杨姓跟张华有解不开的冤仇，故张华借猕猴后代大多姓杨来调侃？其二，猴抢妇人在张华之前已有多处记载，《吴越春秋》的袁公故事就是猕猴抢妇人。张华记载的猕猴更复杂曲折，猕猴跟妇人有了后代，也就有了更大故事空间。六朝之后，从唐传奇到宋元话本，猴抢妇人的故事层出不穷，成为小说构思模式之一。

干宝曾在《搜神记序》说明写《搜神记》是"考先志于载籍，收遗逸于当时……安敢谓无失实者哉？"③这段话的意思，是干宝说明他写的故事难免有失实之处，却从另一方面说明，他认为自己的故事基本属实。而落实《搜神记》这类记载，无疑于痴人说梦。

《搜神记》还写了许多历史上的真人奇事，卷一至卷三是写神仙术士、法术变化。有神医华佗治病的故事，神卜管辂占卜故事，还有左慈、于志、葛玄、徐光等真实历史人物的怪异故事，如葛玄擅长变化，在

---

① 〔晋〕张华撰，范宁校正：《博物志校证》，卷一〇，第7页，北京：中华书局，1980。
② 〔晋〕张华撰，范宁校正：《博物志校证》，卷一〇，第110页，北京：中华书局，1980。
③ 〔晋〕干宝撰，王绍楹校注：《搜神记·搜神记序》，第2页，北京：中华书局，1979。本书所引相关内容，除特别注明外，均据此版本。

与客人吃饭时,客人要他变化,葛玄马上成了魔术大师:

> 乃噀口中饭,尽变大蜂数百,皆集客身,亦不螫人。久之,玄乃张口,蜂皆飞入。玄嚼食之,是故饭也。又指虾蟆及诸行虫燕雀之属使舞,应节如人。冬为客设生瓜枣,夏致冰雪。又以数十钱,使人散投井中,玄以一器于井上呼之,钱一一飞从井出。为客设酒,无人传杯,杯自至前;如或不尽,杯不去也。尝与吴主坐楼上,见作请雨土人,帝曰:"百姓思雨,宁可得乎?"玄曰:"雨易得耳。"乃书符著社中,顷刻间,天地晦冥,大雨流淹。帝曰:"水中有鱼乎?"玄复书符掷水中,须臾,有大鱼数百头,使人治之。①

《搜神记》这些内容并非天上神仙,地狱鬼魂,妖怪精灵,而是普通常人的异闻异行,干宝采用的手法,归纳而言:

一曰妖祥卜梦;

二曰画符念咒;

三曰隐身变形;

四曰召神驱鬼;

五曰呼风唤雨。

这些变化莫测的写法,影响了后世志怪小说和神魔小说。短篇如此,长篇亦如此;文言如此,白话亦如此。不管唐传奇还是《聊斋志异》,不管《西游记》还是《封神演义》基本都逃不开这几种套路。

《搜神记》还有大量怪异谈片,物怪变化、灵异之物,如:

千岁之雉,入海化蜃;

千岁之狐,化为美女;

苍獭化美女,衣荷叶,追青年男子;

大鼍化为美女,夜投男子住所;

狐仙跑来跟张华口若悬河讨论学问;

病龙、玄鹤、黄雀、蛇、鱼、蚁报应故事;

庐陵一接生婆被老虎请去接生,老虎用野兽肉报答;

人为神传书递简,凡人叩树、神人出现,人和神巧妙"接头",为后世小说戏剧家沿用……

---

① 〔晋〕干宝撰,王绍楹校注:《搜神记》卷一,第12页,北京:中华书局,1979。

　　《搜神记》扩大了志怪小说容量,开辟了思维新天地。它某一篇似乎不太引人注目的作品,都可能形成后世作家百写不厌的格式,成为后世小说家重要作品的"本事"或"原型",如:

　　　　吴时有徐光者,尝行术于市里,从人乞瓜,其主勿与,便从索瓣,杖地种之。俄而瓜生蔓延,生花成实。乃取食之。因赐观者。鬻者反视所出卖,皆亡耗矣。①

　　《聊斋志异·种梨》故事的原型就是"徐光种瓜",而《种梨》的故事早在 19 世纪末就传入西方,成为美国《少男少女丛书》的内容,该书已经印行了百余版。

　　郭璞是西晋有名的文学家,以游仙诗著名。他的《玄中记》也有各种博物类内容。鲁迅先生《古小说钩沉》辑录七十一条,如关于伏羲、女娲、刑天、钟天神的神话;关于远国异民的传说如狗封国、奇肱国、君子国等。有些记载奇异之极。如巨蛇和大鱼:

　　　　昆仑西北有山,周回三万里,巨蛇绕之,得三周。蛇为长九万里。蛇居此山,饮食沧海。

　　　　东方之东海,有大鱼焉;行海者一日逢鱼头,七日逢鱼尾,其产则三百里水为血。②

　　蛇和鱼都是现实生活中司空见惯的事物,但《玄中记》写的蛇和鱼都是现实生活中不可能存在的。九万里长的蛇,航海七天才见其首尾的鱼,这样的动物,侏罗纪最大的恐龙也相形见绌。它们是真实存在?还是从《庄子·逍遥游》演化来的? 多半是虚构的。

　　魏晋南北朝志怪小说家纷纷为"博物"贡献趣味阅读。王嘉《拾遗记》记述了三十几个国家的物产,记述了许多神话故事、帝王传说、名人异闻。从庖牺、神农、黄帝、尧、舜、禹,到秦始皇,从老子、鬼谷子、苏秦、张仪、西施到刘向、张华,都有优美叙述。如卷三写周穆王八骏,卷五写秦始皇怨碑:

　　　　王驭八龙之骏:一名绝地,足不践土;二名翻羽,行越飞禽;三名奔宵,夜行万里;四名超影,逐日而行;五名逾辉,毛色炳耀;六

　①《搜神记》,卷一,第 12 页。
　②〔晋〕郭璞撰:《玄中记》,见《古小说钩沉》,《鲁迅全集》,第八卷,第 488～489 页。

名超光,一形十影;七名腾雾,乘云而飞;八名挟翼,身有肉翅。①

昔始皇为冢,敛天下瑰异,生殉工人,倾远方奇宝于冢中。为江汉川渎及列山岳之形。以沙棠沉檀为舟楫,金银为凫雁,以琉璃杂宝为龟鱼。又于海中作玉象鲸鱼,衔火珠为星,以代膏烛,光出墓中,精灵之伟也。昔生埋工人于冢内,至被开时皆不死。工人于冢内琢石为龙凤仙人之像,及作碑文辞赞。汉初发此冢,验诸史传,皆无列仙龙凤之制,则知生埋匠人之所作也。后人更写此碑文,而辞多怨酷之言,乃谓为"怨碑"。《史记》略而不录。②

"八骏"是古代描写骏马的瑰丽文字,其名称及相应解释优美而有哲理意味,"绝地"则蹄不沾土;"奔宵"能夜行万里;"腾雾"能在天上跑……它们是人间的骏马?还是想象的神灵?好像都是。这些骏马是跟周穆王会见西王母的人神交往活动配合而出现的。所以,马也有了亦马亦神特点。后世《西游记》出来个小白龙马,亦马亦龙,平时是马,关键时撒的尿,能落地生灵芝。《西游记》的小白龙马大概就借鉴了周穆王的马。至于《怨碑》,篇末点题《史记》略而不录,意味此非正史,而是传闻或臆想。秦始皇热衷于寻仙,他死了被随他生埋的工人居然还替他再造个模拟仙境,实在太有讽刺意味了。《拾遗记》记事简朴,文笔优美,反映出小说创作上的新要求:不再质本无文的纪实,而讲究文字绮丽。

虽然鲁迅先生认为《述异记》是托名任昉,该书却有相当多的纪实和异闻。如:

并州妒女泉,妇人不得靓妆彩服至其地,必兴风雨。

南海小虞山中,有鬼母,能产天地鬼,一产十鬼,朝产之,暮食之。

大食王国,在西海中,有一方石,石上多树,干赤叶青,枝上总生小儿,长六七寸,见人皆笑,动其手足,头著树枝,使摘一枝,小儿便死。

荀瓌,字叔伟……尝东游憩江夏黄鹤楼上,望西南有物,飘然

① 〔晋〕王嘉撰,〔梁〕萧绮录、齐治平校注:《拾遗记》,卷三,第60页,北京:中华书局,1981。
② 〔晋〕王嘉撰,〔梁〕萧绮录、齐治平校注:《拾遗记》,卷五,第119页,北京:中华书局,1981。

降自霄汉，俄顷已至，乃驾鹤之宾也。鹤止户侧，仙者就席，羽衣虹裳，宾主欢对。已而辞去，跨鹤腾空，渺然而灭。①

这些记载都不过数十字或几百字，但他们给后世作家留下的想象空间太大了。《西游记》里的人参果，很像从"大食国"的树上移植，"黄鹤一去不复返"，已成了文人百写不厌的话题。

越到后来，魏晋南北朝作家越把博物记趣跟人生悲欢离合联系起来。吴均的《紫荆树》是代表：

京兆田真兄弟三人，共议分财。生资皆平均，惟堂前一株紫荆树，共议欲破三片。明日，就截之，其树即枯死，状如火然。真往见之，大惊，谓诸弟曰："树木同株，闻将分析，所以憔悴。是人不如木也。"因悲不自胜，不复解树。树应声荣茂，兄弟相感，合财宝，遂为孝门。真仕至太中大夫。②

传奇式的枯木复苏，喻分离的兄弟重新同舟共济。紫荆树的故事，成为封建社会长期流传的典故，"紫荆树"甚至成为兄弟和美的代指。

（三）历史人物和凡人神异化

除了搜奇志怪写灵异，魏晋南北朝志怪小说还有个重要特点：将历史人物和凡人写成有特异功能的人，或者特别聪明机智，或者有神仙似的法术。

《博物志》有《东方朔饮不死之酒》和《两小儿辩日》：

君山有道与吴包山潜通，上有美酒数斗，得饮者不死。汉武帝斋七日，遣男女数十人至君山，得酒欲饮之，东方朔曰："臣识此酒，请视之。"因一饮致尽。帝欲杀之，朔乃曰："杀朔若死，此为不验。以其有验，杀亦不死。"乃赦之。③

孔子东游，见二小儿辩斗。问其故，一小儿曰："我以日始出时，去人近，而日中时远也。"一小儿曰："以日出而远，而日中时近。"一小儿曰："日初出时，大如车盖，及日中时，如盘盂，此不为远者小而大者近乎？"一小儿曰："日初出沧沧凉凉，及其中而探

---

① 〔梁〕任昉撰：《述异记》，卷上，第 10、1、14、10 页，北京：中华书局，1985。本书所引相关内容，除特别注明外，均据此版本。

② 〔南朝梁〕吴均撰，王根林、黄益元、曹光甫点校：《续齐谐记》，见《汉魏六朝笔记小说大观》，第 1004 页，上海：上海古籍出版社，1999。

③ 〔晋〕张华撰，范宁校正：《博物志校证》，卷八，第 97 页，北京：中华书局，1980。

汤,此不为近者热而远者凉乎?"孔子不能决,两小儿谓曰:"孰谓
汝多知乎!"①

两位大人物,汉武帝和孔子,被小人物乃至小孩子捉弄了。东方朔用
二难推理,将汉武帝置于进退两难的境地;两小儿从完全不同的角度
指证同一事物,根本是诡辩,却硬是将孔子置于无所适从的境地。这
就像后人所说的"卑贱者最聪明"了。这是张华创作的,还是他收集
的? 只能存疑。从这两个小故事看,张华的《博物志》之所以能穿过历
史云烟保存至今,主要并不是因为他记载的"博物",倒是因为他记载
有趣。这两个小故事就让一个优人、两个儿童具备超常的智力,小人
物把大人物拉下神坛。

《搜神记》写了许多历史传说,内容丰富、反映生活面广,既有现实
内容又充满着浪漫精神,本身很有欣赏价值,还给后世作家提供了驰
骋文思、结撰故事的新天地。如卷十一《东海孝妇》:

> 汉时,东海孝妇,养姑甚谨。姑曰:"妇养我勤苦。我已老,何
> 惜余年,久累年少。"遂自缢死。其女告官云:"妇杀我母。"官收系
> 之,拷掠毒治。孝妇不堪苦楚,自诬服之。时于公为狱史,曰:"此
> 妇养姑十余年,以孝闻彻,必不杀也。"太守不听。于公争不得理,
> 抱其狱词,哭于府而去。自后郡中枯旱,三年不雨。后太守至,于
> 公曰:"孝妇不当死,前太守枉杀之,咎当在此。"太守即时身祭孝
> 妇冢,因表其墓。天立雨,岁大熟。长老传云:"孝妇名周青。青
> 将死,车载十丈竹竿,以悬五幡。立誓于众曰:青若有罪,愿杀,血
> 当顺下;青若枉死,血当逆流。既行刑已,其血青黄,缘幡竹而上
> 标,又缘幡而下云。"②

孝妇周青冤案,是带有神异传说的冤案,孝妇冤枉被杀,血向上流,地
方大旱三年。元杂剧《窦娥冤》就取材于这个故事。《孝妇周青》中凡
人操纵上天的怪异情节,符合民众对被冤屈者的同情心理。

卷十一的《韩凭妻》写忠贞爱情故事:

> 宋康王舍人韩凭,娶妻何氏,美,康王夺之。凭怨,王囚之,论
> 为城旦。妻密遗凭书,缪其辞曰:"其雨淫淫,河大水深,日出当

---

① 〔晋〕张华撰,范宁校正:《博物志校证》,卷八,第94~95页。
② 〔晋〕干宝撰,王绍楹校注:《搜神记》,卷一〇,第139页。

心。"既而王得其书,以示左右,左右莫解其意。臣苏贺对曰:"其雨淫淫,言愁且思也;河大水深,不得往来也;日出当心,心有死志也。"俄而凭乃自杀。其妻乃阴腐其衣。王与之登台,妻遂自投台,左右揽之,衣不中手而死。遗书于带曰:"王利其生,妾利其死。愿以尸骨,赐凭合葬。"

王怒,弗听。使里人埋之,冢相望也。王曰:"尔夫妇相爱不已,若能使冢合,则吾弗阻也。"宿昔之间,便有大梓木生于二家之端,旬日而大盈抱,屈体相就,根交于下,枝错于上。又有鸳鸯,雌雄各一,恒栖树上,晨夕不去,交颈悲鸣,音声感人。宋人哀之,遂号其木曰"相思树"。相思之名,起于此也。南人谓此禽即韩凭夫妇之精魂。今睢阳有韩凭城,其歌谣至今犹存。[1]

几乎与《搜神记》同时的长诗《孔雀东南飞》写焦仲卿和刘兰芝被恶母拆散,两人自杀。结尾是他们的坟上长出了"情树","枝枝相覆盖,叶叶相交通,中有双飞鸟,自名为鸳鸯。"跟《韩凭夫妇》惊人相似。《韩凭夫妇》带有反抗暴政色彩,其更重要的影响,是打开了后世描写夫妇坚贞爱情故事的思路,如唐代的《韩朋赋》,梁山伯与祝英台化蝶故事,都跟干宝创造的韩凭夫妇有关联。

《搜神记》给后世作家创造若干现成题材。如范式、张邵生死友情的故事,影响到后世小说戏曲,话本《死生交范张鸡黍》和杂剧《范张鸡黍》,故事来源都是《搜神记》。李寄斩蛇的故事,直到现在京剧舞台上还有童女斩蛇。至于王祥孝敬后母、郭巨埋儿,干脆进入封建社会流行教科书"二十四孝"。

魏晋南北朝志怪小说家以自己的天才,为后世作家、小说家、诗词作者、散文家,创造了取之不尽用之不竭的文学典藏。

(四)志怪模式基本确立短篇小说艺术初步成熟

有位英国诗人说过:有独创性的作家是人们的大恩人,他们扩大了文学的版图,增添了许多新的省份,他们能在不毛的荒原里,呼唤出鸟语花香的春天。

魏晋南北朝小说家以其创作,将志怪小说基本模式确立下来:

---

① 〔晋〕干宝撰,王绍楹校注:《搜神记》,卷一一,第141~142页。

1. 神仙传说,许多著名传说成为后世文学经常采用的典故;

2. 佛、道二教的释义辅教故事,尤其是佛教,关于佛法,关于地狱,关于轮回转世、因果报应等;

3. 地理物产类传说异闻,张华式"博物",不仅可以单独存在,还往往成为后世志怪小说重要"部件",异域奇物会被小说家拿来装点成远国异民的背景、陪衬;

4. 形成了三界:即仙界、幽冥界、妖界。有大量人和精灵的故事,人与神仙、人与鬼魂、人与各种精魅的交往乃至恋爱;

5. 男女爱情成为最常见的故事,表现为各种各样的爱情,有纯属民间的,如《拾遗记》里翔凤的故事,大多数是男方为正常人,女方为神、鬼、妖。其中,女神女鬼的形象较为优美,狐仙及其他精灵还没有十分优美者出现;

6. 动植物奇特故事,如义犬、义虎,相思树、紫荆树等。

这些志怪模式是通过哪些名作表现出来?它在志怪小说发展史上占据什么位置?本章神、鬼、妖、梦幻、离魂各节中将做剖析。

魏晋南北朝体现了志怪小说从"粗陈梗概"到人情化描写的转变。人物描写已有比较多的手法,如言语、行动、外貌,甚至有了以"自白"方式出现的心理描写,在情节结构上,也有了比较明晰的思路,有些故事写得有声有色、曲折动人,如《搜神记》卷十一《干将莫邪》亦题《三王墓》:

> 楚干将、莫邪为楚王作剑,三年乃成。王怒,欲杀之。剑有雌雄。其妻重身当产,夫语妻曰:"吾为王作剑,三年乃成。王怒,往必杀我。汝若生子是男,大,告之曰:'出户望南山,松生石上,剑在其背。'"
>
> 于是即将雌剑,往见楚王。王大怒,使相之:"剑有二,一雄一雌,雌来,雄不来。"王怒,即杀之。
>
> 莫邪子名赤比,后壮,乃问其母曰:"吾父所在?"母曰:汝父为楚王作剑,三年乃成。王怒,杀之。去时嘱我:"语汝子:'出户望南山,松生石上,剑在其背。'"于是子出户南望,不见有山,但睹堂前松柱下,石低之上,即以斧破其背,得剑。日夜思欲报楚王。
>
> 王梦见一儿,眉间广尺,言:"欲报仇。"王即购之千金。儿闻

之，亡去。入山行歌。客有逢者，谓："子年少，何哭之甚悲耶？"曰："吾干将、莫邪子也。楚王杀吾父，吾欲报之！"客曰："闻王购子头千金，将子头与剑来，为子报之。"儿曰："幸甚！"即自刎，两手捧头及剑奉之，立僵。客曰："不负子也。"于是尸乃仆。

客持头往见楚王，王大喜。客曰："此乃勇士头也，当于汤镬煮之。"王如其言。煮头三日三夕，不烂。头踔出汤中，瞋目大怒。客曰："此儿头不烂，愿王自往临视之，是必烂也。"王即临之。客以剑拟王，王头随堕汤中。客亦自拟己头，头复堕汤中。三首俱烂，不可识别。乃分其汤肉葬之，故通名"三王墓"。今在汝南北宜春县界。①

这是个相当完整、精彩的短篇小说。比起魏晋南北朝之前的简短记录事实的小说，有了长足进步：

其一，有较为丰满的人物。楚王暴虐阴险、草菅人命。干将对楚王暴政先知先觉，预留报仇用的雄剑和取剑隐语。干将之子聪明过人，父亲隐语中有"南山"，出户却不见南山，小小孩子马上能参透"松生石上"是关键，劈开松下之石，寻出雄剑。赤和侠客的对话，赤自刎后双手献头并僵立不倒，都令人印象深刻。侠客聪明机智、大义凛然、勇于为毫不相干的人献身。

其二，有曲折情节，从干将铸剑到干将藏剑，从赤寻剑到赤向侠客交剑，再到侠客用剑挥下楚王和自己的头，一环扣一环，紧张有趣。

其三，有楚王梦到眉间尺刺客的神异情节。

其四，有精彩的场面，赤自刎而僵立，楚王煮头而头怒目而视，令人过目不忘。

其五，更可贵的是，《干将莫邪》有了现代小说最重要的因素：因果关系。故事之因，是楚王暴政，先杀害铸剑师干将，又想杀害干将之子赤。故事之果，是侠客以干将之子的头诱惑楚王，跟楚王同归于尽。《干将莫邪》写的是人，却具备神的特点。是志怪小说，却将人情写得丝丝入扣。

鲁迅先生特别钟爱这个故事，《故事新编·铸剑》淋漓尽致发挥一

---

① 〔晋〕干宝撰，王绍楹校注：《搜神记》，卷一一，第128～129页。

遍,还为赤取个新颖名字"眉间尺"。

四、唐传奇的划时代蜕变

志怪小说发展到唐代,产生质的变化。

洪迈云:"唐人小说不可不熟。小小情事,凄惋欲绝。洵有神遇而不自知者,与诗律可称一代之奇。"①

胡应麟《少室山房笔丛》:"凡变异之谈,盛于六朝,然多是传录舛讹,未必尽设幻语,至唐人乃作意好奇,假小说以寄笔端。"②

鲁迅《中国小说史略》:"小说亦如诗,至唐代而一变,虽尚不离于搜奇记逸,然叙述宛转,文辞华艳,与六朝之粗陈梗概者较,演进之迹甚明,而尤显者乃在是时则始有意为小说。"③

唐传奇硕果累累,成为跟诗歌并列的唐代文学一代之奇。唐前小说记异是对鬼神的"忠实记录",唐代小说家却不再是记实、记异,而是有意识创作,虚构。借小说表达人生追求。

唐传奇中,有一些是传奇单篇,另一部分是出自作家专集。其中有些传奇名篇也出自作家专集。如《柳毅》出自《异闻录》。

志怪类唐传奇名篇很多,如:

王度《古镜记》;

佚名《补江总白猿传》;

张文成《游仙窟》;

陈玄祐《离魂记》;

沈既济《枕中记》、《任氏传》;

李朝威《柳毅》;

李景亮《李章武传》;

李公佐《南柯太守传》;

白行简《三梦记》;

韦瓘《周秦行记》;

---

① 〔清〕莲塘:《唐人说荟例言》引洪迈语,丁锡根编:《中国历代小说序跋集》,第1793页,北京:人民文学出版社,1996。(按:此条并不见于洪迈《容斋随笔》)

② 〔明〕胡应麟:《少室山房笔丛》,卷三六,第486页,北京:中华书局,1958。

③ 鲁迅:《中国小说史略》,见《鲁迅全集》,第9卷,第70页。

牛僧孺《古元之》、《崔书生》；

沈亚之《秦梦记》；

段成式《崔玄微》；

缺名《冥音录》、《东阳夜怪录》、《李守泰》、《樱桃青衣》等。

志怪和杂录专集数十部，有代表性的有：

张说《梁四公记》；

牛僧孺《玄怪录》、李复言《续玄怪录》；

戴异《广异记》；

段成式《酉阳杂俎》；

裴铏《传奇》；

张读《宣室志》等。

在这此专集中有不少优美作品，如李复言的《张逢》等。

唐传奇之所以成一代之奇，就因为一大批有独创性的作家，不仅使小说描写方法大踏步前进，还创造了数种志怪小说构思方式：

一曰主题道具式，《古镜记》为源头；

二曰亦妖亦人亦神式，《补江总白猿传》为源头，并开假小说以施诬蔑之风；

三曰时空交错式，《周秦行纪》为源头，开以小说施行政治陷害之风。

我们具体看看这三种志怪小说构思模式：

（一）《古镜记》类主题道具式构思

《古镜记》收入《太平广记》卷二三〇。

王度（585～625）太原人，著名诗人王绩之兄，大业中任御史，后任芮城令。《古镜记》通过一面奇异的镜子写人世悲欢。因为是文学史上的第一个，有必要详细看看。王度在小说里先述说自己得到古镜的来历，再将王绩化名王勣，通过他，大做"古镜"文章：

1. 镜子来历：隋汾阴侯生，天下奇士，王度常以师事之，侯临终赠一面古镜给王度，说持此镜可以百邪远人，并告之黄帝铸十五镜，这是第八镜。

2. 镜子形状：横径八寸，鼻作麒麟蹲伏之状，绕鼻四方，龟、龙、凤、虎，依方阵排列，四方外设八卦，卦外置十二辰。具畜焉，辰畜之外，又置十二字，周绕之文像隶书，侯生介绍说：此为二十四气象形。

3. 镜子的神功。

古镜能按照日月运行规律,日蚀则镜亦昏昧;能使妖物现形,能使其他宝物失灵,能治病救人:

——程雄家丫鬟鹦鹉被镜子遥照,现出千岁老狸原形而死。

——王度做芮城令时,听说树上有妖物,将古镜悬于树上,风雨晦暗,电光星耀,缠绕此树。天明,发现一紫鳞赤尾、额头上有"王"字的巨蛇死于树下。

王勣弃官回家,借王度的古镜带着游山玩水,三年奇遇:

——途中遇到两个人,曰"毛生"、"山公",镜子一照,一个化为龟,一个化为猿。

——经过一个经常发生灾祸的地方,古镜照出灵湫怪鱼,蛇形龙角、状如鲟鱼,"蛟也"。

——张琦家女儿遇到妖精,"入夜,哀痛之声实不堪忍",用古镜一照,张女说"戴冠郎被杀",原来是家中养了八年的雄鸡。

——李敬慎三个女儿为妖怪所祟,每晚靓妆炫服,与人言笑。用古镜一照,三女说:"杀我婿也",一为黄鼠狼,一为老鼠,一为守宫。

——薛侠的宝剑本来是非常之物,光彩灿烂,置于暗室,自然有光,射出数丈,但将古镜置于宝剑之侧,宝剑立即无复光彩,说明天下神物相伏之理。

——古镜还能照见人的五脏六腑。能治病。张氏全家病重无治,用古镜一照,如冰著体,冷沏脏腑,病很快好了。

——古镜所到之处,虎豹豺狼,莫不窜伏……

4. 古镜的下落:

奇识之士告诉王勣:天下神物,必不久居人间。遇此乱世,你要在古镜保护下尽早返回故乡。果然,古镜托梦跟王勣告别并劝他早日回家。"数月,勣还河东。大业十三年七月十五日,匣中悲鸣,其声纤远。俄而渐大,若龙咆虎吼,良信乃定。开匣视之,即失镜矣。"①

《古镜记》是隋代或至晚初唐作品,鲁迅先生在《中国小说史略》中剖析"缀古镜诸灵异事,犹有六朝志怪流风"。

---

① 〔唐〕王度:《古镜记》,见王汝涛编校:《全唐小说》,第 10 页,济南:山东文艺出版社,1993。

《古镜记》将六朝人习惯写的灵异之事,如各种妖怪祟人事,狐狸、蛟龙、龟、猿、鼠狼、守宫、雄鸡成精,用一面镜子为线索串连在一起。虽仍是六朝志怪遗风,但辞旨恢诡,大增华艳,起了上承六朝志怪之风,下开唐代藻丽之新的作用。

中国古代小说从此有了"古镜式"构思方法。《古镜记》出现后,仿作竞起。《异闻录·李守泰》写天宝三年,扬州参军李守泰向唐明皇进镜,并奏明:铸镜时有一龙护老人携一男童入炉所,镜铸成后,二人都不见了。镜纵横九寸,可以鉴万物,可以兴云吐雾、行雨生风。天宝七年,秦中大旱,向镜祈祷后,甘雨大澍,七天乃止。与《异闻录·李守泰》类似的,《原化记·渔人》、《博异志·敬元颖》、《国史补·扬州贡镜》(内容同《异闻录》)都写奇异镜子故事。

"古镜式"不能不算古代小说的福音,一种全新的小说结撰方式。其价值主要并不在于若干"古镜式"小说的产生,而在于小说使用"主题道具"构思模式的产生。

其实早在曹丕的《列异传·谈生》已出现了穿插情节、带有道具意味的东西,谈生跟女鬼情人分手,女鬼裂下他衣服的前襟,睢阳王怀疑谈生盗墓,打开女儿的坟墓时先看到的是谈生的衣襟。谈生的衣襟在小说中起到上钩下连的作用。而王度《古镜记》将"主题道具"构思模式发挥到极致,从此,主题道具成为古代小说家构思法宝之一。

(二)白猿传式亦妖亦人及假小说以施诬蔑之风

《补江总白猿传》①开借小说人身攻击之先河:欧阳纥妻被白猿捉走,欧阳纥历尽艰辛寻回妻子,妻子生个儿子,模样像猕猴。

欧阳询,字率更,唐初名臣,梁副将欧阳纥之子,面目颇似猿猴,唐人刘悚《隋唐嘉话》中册二十九则记:

> 太宗宴近臣,戏以嘲谑,赵公无忌嘲欧阳率更曰:"耸髀成山字,埋肩不出头。谁家麟阁上,画此一猕猴?"询应声云:"缩头连背暖,俛裆畏肚寒。只由心溷溷,所以面团团。"帝改容曰:"欧阳询岂不畏皇后闻?"赵公,后之兄也。②

---

①〔唐〕佚名:《补江总白猿传》,见王汝涛编校:《全唐小说》,第 10 页。

②〔唐〕刘悚:《隋唐嘉话》中,见王汝涛编校:《全唐小说》,第 1590 页。

《补江总白猿传》收入《太平广记》的题目是《欧阳纥》，下注"出《续江氏传》"。据《隋书·艺文志》，江祚著有《江氏家传》。《新唐书·艺文志》收在子部小说家类，题作《补江总白猿传》。《郡斋读书录志》收入史部传记类并说明："欧阳纥妻为猿所窃，后生子询。"①陈振孙《直斋书录解题》收入小说类并说明："欧阳纥者，询之父也。询类猕猿，盖常与长孙无忌互相嘲谑矣。此传遂因其嘲，广之以实其事，托言江总，必无名子所为也。"②

《补江总白猿传》是唐前期最重要的真正传奇作品。小说指名道姓说欧阳询是欧阳纥之妻和白猿所生。鲁迅先生在《中国小说史略》中说："是知假小说以施诬蔑之风，其由来亦颇古矣。"③

郑振铎先生认为，《补江总白猿传》与印度流行的拉马耶那故事相类似。它写的是单一故事，但颇具描写层次，与后来传奇相同。

对比《补江总白猿传》和六朝小说《蜀山猴玃》，可以发现，不管主旨是否人身攻击，《补江总白猿传》从人物描写、环境描写、情节结构上，大大拓展了小说构思套路。

（三）《周秦行纪》式时空倒错及借小说搞政治斗争

《周秦行纪》在志怪小说构思模式上有开拓意义：小说家像魔术师，将不同朝代的人如汉代王昭君、唐代杨玉环等聚合到一起，演义一个莫名其妙、不带一丝爱情因素、色情意味的男欢女爱故事。

《周秦行纪》借"余"（托名牛僧孺）第一人称写作。"余"考进士落榜，晚上路过汉文帝母薄太后庙。薄太后请出几个朝代的美人一起接待他。这群美人有三位是汉代的：薄太后"状貌瑰伟，不甚年高"，汉高祖戚夫人"狭腰长面，多发不妆"，汉元帝时的王昭君"柔肌隐身，貌舒态逸"。有一位是唐玄宗贵妃杨玉环，"纤腰修眸，容甚丽，衣黄衣，冠玉冠"，还有"厚肌敏视"的齐潘淑妃和"短发，丽服，貌甚美"的石崇侍婢绿珠。美人间聊了些世所周知的事，如杨玉环说"三郎"（唐玄宗）经常到华清宫巡幸，所以她不能常来看薄太后。潘淑妃恼东昏侯终日出

---

① 〔宋〕晁公武撰，孙猛校正：《郡斋读书志》，第九卷传记类，第373页，上海：上海古籍出版社，1990。

② 〔宋〕陈振孙撰：《直斋书录解题》，卷一一（小说类），第317页，上海：上海古籍出版社，1987。

③ 鲁迅：《中国小说史略》，见《鲁迅全集》，第9卷，第71页。

猎,她不能常来做客。美人们跟牛僧孺一起饮酒,都根据自己身世赋诗,如杨玉环赋:"金钗堕地别君王,红泪流珠满御床。云雨马嵬分散后,骊宫不复舞霓裳。"①酒宴已毕,薄太后说:牛秀才远来,今晚哪个陪他?美人们个个有推托理由:戚夫人要照顾儿子如意;潘妃说东昏侯为她而死,不忍负他;绿珠说石崇性严忌,宁死不敢背叛;薄太后说太真是本朝先帝贵妃也不能陪;最后指定王昭君陪客。理由是:你曾两嫁单于,苦寒之地的鬼也管不了你。结果,汉代王昭君做了唐代牛僧孺的"应召女郎"。

这是个奇想奔驰的怪异故事,几个不同朝代的美人接待唐代落榜的读书人。不同时空的人在同一地点、同一时间活动。古代志怪小说从来没有采取过这种构思模式。但小说作者目的并不是要创造怪异故事耸人听闻,更不是为小说创作开风气之先,而是为了搞政治陷害。

中唐牛李两党党争激烈,党争的首领是牛僧孺和李德裕。李德裕的门人韦瓘,为陷害牛僧孺,以牛僧孺的名义写了《周秦行纪》。表面上似乎是个很好玩的故事,小说要害却埋藏在两处似不经意的地方:其一,杨玉环问现在谁做皇帝?回答是:唐德宗。杨玉环笑道"沈婆儿做天子也,大奇!"唐代宗的皇后姓沈,唐德宗为沈后之子。小说借杨玉环之口称呼当朝太后为"沈婆儿"是大不敬。其二,小说借薄太后之口,说王昭君两嫁单于,派王昭君陪牛秀才,这是影射唐德宗的母亲沈后曾两次被史思明部俘虏。《周秦行纪》借蔑称、影射唐德宗皇后,行政治陷害。接着,李德裕写篇文章《〈周秦行纪〉论》,指责牛僧孺宣传自己与帝王后妃一起饮酒,是"欲证其身非人臣相也",至于"戏德宗为沈婆儿,以代宗皇后为沈婆,令人骨战"。②告发牛僧孺有造反心。到了开成年间,御史调查此事,唐文宗看出漏洞:"此必假名,僧孺是贞元间进士,岂敢呼德宗为沈婆儿也!"皇帝看破机关,以小说陷害大臣的闹剧才算平息。

中国借小说搞政治陷害的传统,就是从《周秦行纪》开始。但它开创了一种小说新思路:不同朝代的人物,因为作家小说构思的需要,穿

①〔唐〕韦瓘:《周秦行纪》,见王汝涛编校《全唐小说》,第120页。

②〔唐〕李德裕:《〈周秦行纪〉论》,见〔清〕董浩等编《全唐文》,卷七一〇,第7290页,北京:中华书局,1983。

过时间隧道聚合到一起,完成小说作者想完成题旨。

韦瓘借小说搞政治陷害姑且不论,其跨越时空的构思相当超前。

在世界名著范围内,时空倒错法,最著名的莫过于意大利作家但丁(1265~1321)不朽长诗《神曲》。但丁让不同时代的人按主题要求聚合:作恶者都在地狱受苦,有美德善行的进天堂。

《神曲》写但丁在人生中途,迷途于黑暗森林,被三只猛兽挡住去路。这时古罗马诗人维吉尔出现了,做但丁的"导游",领他游览地狱、炼狱、天堂。但丁在地狱第二层看到古埃及风流皇后克里奥帕特拉、古斯巴达王后海伦。在地狱第八层,但丁看到古希腊传说中的英雄奥德赛,他因为在特洛伊战争中使用木马计,犯了劝人为恶的罪。在地狱第九层,但丁看到出卖耶稣的犹大背上被撕掉一条一条的皮。在天堂,但丁年轻时爱慕的贝娅特丽齐,头戴一顶橄榄叶编的花冠来迎接他。贝娅特丽齐让但丁喝了忘川水,遗忘过去的过失,获得新生,准备上天堂。但丁为还在世的神圣罗马帝国皇帝亨利第七在天堂预留了位置,认为他能战胜意大利邪恶势力,拯救祖国。

中国 9 世纪韦瓘借《周秦行纪》创造的时空倒错法,比但丁的《神曲》整整早四个世纪。韦瓘写这篇小说的目的是对牛僧孺搞政治陷害,此风一开,唐代开始出现政治诬陷式小说,有揭露牛僧孺发迹史的《牛羊日历》,作者是不是刘轲(进士出身,做过御史、刺史)有争论;另一篇《上清传》则是攻击宰相陆贽的。这些小说的写作水平远不及《周秦行纪》,影响不大。

有学者认为,《周秦行纪》在写法上受到张文成《游仙窟》的影响。张文成《游仙窟》堪称文学史上第一部有趣的恋爱小说,有人认为写的是作者跟武后恋爱的故事,有人认为写的是文人纵酒狎妓的生活。小说浮艳华丽,滥肆才情,采用骈散结合写法。人物与人物之间传诗递简,以诗歌的形式表达爱情。唐代仿作很多,如《周秦行纪》、《秦梦记》。明代瞿佑的《剪灯新话》、明代笔记小说《国色天香》、《燕居笔记》,拟话本小说《娇红记》都受其影响。

除了这几种唐传奇创造的特有构思模式外,唐传奇的志怪小说较魏晋南北朝有了长足进步,唐传奇的神(如《柳毅》中的龙女)、鬼(如《李章武》中的李妻)、妖(如《任氏传》中的狐仙任氏),还有《枕中记》、

《南柯记》等梦幻故事,《离魂记》等离魂故事,都比汉魏六朝的志怪小说有长足进步。唐传奇这类细腻化、人情化、传奇化成就,后文将在神鬼狐妖等节中分别论述。

五、《聊斋志异》是志怪小说艺术高峰

从《山海经》发端,经魏晋南北朝志怪小说全面繁荣,再经唐传奇推波助澜,至《聊斋志异》。鲁迅先生称《聊斋志异》是"拟晋唐小说"。康熙十八年(1679),《聊斋志异》初步成书,蒲松龄在《聊斋自志》中说:"才非干宝,雅爱搜神"。说明他本旨就是按照魏晋志怪模式创作小说。

《聊斋志异》所谓"志异",包括志怪和传奇。写作特点是以传奇法而以志怪。正如鲁迅先生说:"明末志怪群书,大抵简略,又多荒怪,诞而不情,《聊斋志异》独于详尽之外,示以平常,使花妖狐魅,多具人情,和易可亲,忘为异类,而又偶见鹘突,知复非人。""描写委曲,叙次井然""变幻之状,如在目前"。①

《聊斋志异》是志怪小说艺术高峰,给志怪小说构思套路做了辉煌总结。在讨论志怪小说神鬼狐妖、梦幻离魂等构思套路时,其终端都免不了归结到《聊斋志异》。至于远国异民、博物记趣、常人异事等,从《聊斋志异》同样能找到对应的优秀作品。从小说构思角度看,《聊斋志异》是志怪小说集大成者,也是绝响。聊斋后的志怪小说即便不能说狗尾续貂,也只能算强弩之末了。《聊斋志异》又绝非仅是志怪小说构思艺术的辉煌总结,它还是中国古代短篇小说构思艺术的辉煌总结,本书第五章将按短篇小说构思的各种章法进行剖析。

第二节　人仙交往和神仙世界

神仙意味着什么? 意味着人能像飞鸟在蓝天自由飞翔,像鱼儿潜入水底,意味着能骑飞龙、驾凤凰,驱虎豹,遨游太空,意味着能穿越时

①　鲁迅:《中国小说史略》,见《鲁迅全集》,第9卷,第209页。

间隧道跟任何时代任何人往来,意味着没有日常生活繁难,没有人事关系纷争,没有生离死别,没有疾病衰老,仙乐飘飘,鲜花铺地。时间停留在最快乐时刻,最富裕境地,最和美氛围。永远的年轻,永远的快乐,永远的安逸。

这实在太美好了! 如果人真能成为神仙的话。

已到达权力顶峰的历代皇帝想通过寻仙求得长生不老,享受永远的权力和幸福。历代术士靠寻仙忽悠一代代皇帝。从秦始皇派道士寻仙,直到嘉靖皇帝封自己做"南极道翁",皇帝寻仙前仆后继。存在决定意识,志怪小说的神仙不可避免地跟皇帝,特别是几位特别有名气的皇帝如秦始皇、汉武帝、唐明皇,打上交道。造仙、寻仙、描绘仙人和仙境,也给了一代代小说家想象奔驰的空间。

在古代志怪小说家笔下,仙界存在于天界,存在于海底龙宫,存在于深山洞府,存在于西方极乐世界。那里有奇树珍果,香花瑶草,玉液琼浆,是不老不死的乐园。凡人寻仙、遇仙,凡人在仙境获得人生找不到的幸福,仙人帮凡人解决人生解决不了的难题,凡人跟仙女恋爱,是古代志怪小说家热衷的题材。

一、神仙、仙乡在哪里

仙乡、仙人在哪里? 说到底,在历代天才作家的头脑里。

早在上古神话,仙乡和仙人就屡屡出现。经过一代代作家推波助澜,神仙和仙界越来越丰富,越来越成熟,越来越成系列,越来越精彩,越来越能力超常,越来越让人感到人世悲哀和凡人无助。

《山海经》描写,天界下都为昆仑。昆仑有天门通天界。由人面九尾虎把守。在昆仑主司天厉和五残的,是虎齿豹尾而善啸的西王母。西王母还掌管黄花赤果的不死药沙棠。沙棠被置于险境,由奇形怪兽看管。海上瀛洲也是长生不老的所在,秦始皇曾派人渡海以求不死药。

仙界在天上,是古人最基本的观念。20 世纪 60 年代苏联宇航员加加林成为地球上第一个上天空的人。外国人咋能想到,中国 3 世纪的志怪小说已把神州人送到天上。张华《博物志·八月浮槎》写凡人到达天河,邓拓在《燕山夜话》中称作"中国最早的航天传说":

旧说云天河与海通。近世有人居海渚者,年年八月有浮槎去来,不失期,人有奇志,立飞阁于槎上,多赍粮,乘槎而去。十余日中犹观星月日辰,自后茫茫忽忽亦不觉昼夜。去十余日,奄至一处,有城郭状,屋舍甚严。遥望宫中多织妇,见一丈夫,牵牛渚次饮之。牵牛人乃惊问曰:"何由至此?"此人具说来意,并问此是何处,答曰:"君还至蜀郡访严君平则知之。"竟不上岸,因还如期。后至蜀,问君平,曰:"某年月日有客星犯牵牛宿。"计年月,正是此人到天河时也。①

21世纪中国才有个杨利伟经过艰苦培训后上了太空。古人比今人优游多了,不需要经过航天员选拔,不需要经过太空仓训练,一个人随随便便在木排上搭个小阁楼就上了天!

这个充满奇思妙想的故事,影响很大,杜甫曾写诗说,这个坐浮槎上天的人就是张骞,他带回来一块石头,是织女的支机石。

世人热衷寻仙,人与神交往,《穆天子传》就有。汉代小说《汉武故事》写西王母派青鸟来给汉武帝送信,约汉武帝相会。汉武帝向西王母求不死之药,西王母说不死之药确实是有的,但汉武帝欲念尚存,不能给他不死之药,只给了他五个桃。汉武帝觉得太甜美了,把种留下来,西王母问:留种何用?汉武帝说种来吃。西王母说:此桃三千年一熟。汉武帝只好做罢。西王母所留之香,治好死人无数的关中大疫。"青鸟"成为后世常用典故。

和这个故事相似,《拾遗记》写秦始皇好神仙,有宛渠国民乘螺舟而至,舟形似螺,沉行海底,水不侵入,一名沦波舟,简直就是现代的潜水艇了。有人认为这是神仙传说,有人则异想天开地说,这是古罗马人两千多年前到中国访问。

古人喜欢造仙,在三皇五帝传说中,黄帝炎帝本身就带神异特点,尧、舜、禹充满着神道故事。周文王能取代殷商,跟诸神的关系非常密切。神仙还干涉人世间"干部提拔",《搜神记》卷四写到周文王重用姜子牙,居然是因为神仙托梦的结果:

文王以太公望为灌坛令。期年,风不鸣条。文王梦一妇人,

---

① 〔晋〕张华撰,范宁校证:《博物志校证》,卷一〇,第111页,北京:中华书局,1980。

甚丽,当道而哭。问其故,曰:"吾泰山之女,嫁为东海妇。欲归,今为灌坛令当道有德,废我行。我行必有大风疾雨。大风疾雨,是毁其德也。"文王觉,召太公问之,是日果有疾雨暴风,从太公邑外而过,文王乃拜太公为大司马。①

周文王时代有没有"大司马"职务?不得而知。姜尚从大约七品小官,一步登天成台阁重臣,居然是因为神女托梦的结果!

真实历史人物也经常被志怪小说家赋予"仙气",如:

老子无父,其母感大流星而有娠,怀孕七十二年,剖左腋生下他,一出娘胎就是白发老头儿。老子生而能言,指李树说:我就以此为姓吧!还有人说,老子不单纯是一个人,他在上三皇、下三皇、伏羲、神农、尧舜禹、夏商周、春秋战国都出现过,"在越为范蠡,在齐为鸱夷子,在吴为陶朱公。"(《神仙传》)

周穆王活一百零四岁,外出巡幸,鱼鳖鼋鼍给他搭桥。他在瑶池宴请西王母。西王母赋歌谣:"白云在天,山陵自出,道里悠远,山川间之。将子无死,尚能复来。"②周穆王平时吃素莲黑枣、碧藕白橘等神仙之物,后来西王母来到周穆王宫殿,跟他一起驾云飞走。

彭祖在殷末已活了七百六十七岁,死过四十九位妻子、五十四个儿子,本人却不衰老;白石先生至彭祖时,已活了两千多岁,相貌像四十多岁的人,他煮白石为食,日行三四百里。(《神仙传》)

汉末左慈能役使鬼神。曹操闻讯将他召来,关于石室中,一年不送饭。左慈出来,"颜色如故"。曹操设酒宴想杀左慈。左慈将酒杯丢房梁上,房梁像飞鸟般扇动,众人只顾看房梁,左慈已不见。追杀者见他走入羊群变成羊。经过数羊,多出一只口吐人言"我就是左慈",接着所有的羊都口吐人言自称左慈……(《神仙传》)

将凡人造成神仙的典型例子可以看《汉武故事》。它将历史上有真实记载的一些人物做了志怪化处理,如,东方朔是汉武帝弄臣,《汉武故事》将他写成是曾在天上偷西王母仙桃的侍儿。钩弋夫人的故事更完全脱离了历史。钩弋夫人是汉武帝晚年所宠妃嫔,汉武帝担心他

---

① 〔晋〕干宝撰,王绍楹校注:《搜神记》卷四,第44页。

② 佚名撰,王根林、黄益元、曹光甫校点:《穆天子传》,卷三,见《汉魏六朝笔记小说大观》,第14页,上海:上海古籍出版社,1999。本书所引相关内容,除特别注明外,均据此版本。

死后年轻的钩弋夫人做了皇太后乱政,故意将其赐死,这是历史事实。到了《汉武故事》中,钩弋夫人成了天上女仙,是按照上天意旨来帮助汉武帝传宗接代的,她给汉武帝生皇位继承人居然怀胎十四个月,七年后,她按照神仙规矩离开人世:

> 上巡狩过河间,见有青紫气自地属天。望气者以为其下有奇女,必天子之祥。求之,见一女子在空馆中,姿貌殊绝,两手握拳。上令开其手,数百人擘莫能开,上自披,手即申。由是得幸,为拳夫人。进为婕妤,居钩弋宫。解黄帝素女之术,大有宠,有身。十四月产昭帝。上曰:"尧十四月而生,钩弋亦然。"乃命其门曰尧母门。从上至甘泉,因幸告上曰:"妾相运正应为陛下生一男,七岁妾当死。今年必死。宫中多蛊气,必伤圣体。"言终而卧,遂卒。既殡,香闻十里余,因葬云陵。上哀悼,又疑非常人,发冢,空棺无尸,唯衣履存焉。①

到魏晋南北朝,作家们创造的神仙构成星汉灿烂的世界。《搜神记》就有海神、水神、湖神、阴司神、泰山神、庐山神、赵公明、织女、丁姑、灶神、蚕神。

葛洪的《神仙传》创造了许多著名神仙故事,为后代约定俗成,如:

麻姑故事:麻姑有着鸟爪似的手,已见东海三次变桑田,沧海桑田典出此;

悬壶济世:某人悬壶入市卖药,言无二价,药到病除,给穷人免费施药,晚上自己跳进一个壶中,后世医生治病被称"悬壶";

叱石成羊:黄初平十五岁跟道士进山放羊,四十年没回家,他哥哥进山找他,问羊还有没有,黄说有,在山坡上,哥到山坡上,只见怪石累累,没有羊,回来问,羊在哪儿?黄初平同往,对石头说:"叱,羊起!"满坡白石变成上万头羊。

神仙世界跟凡俗世界最大的区别是时间观念。仙界一瞬间,人间若干年。长生不老,是神仙最令凡人向往之处。任昉《述异记》创造的"烂柯"典故最能说明问题:

> 信安郡石室山,晋时王质伐木至,见童子数人棋而歌,质因听

---

① 《汉武故事》,见《汉魏六朝笔记小说大观》,第175～176页。

之。童子以一物与质，如枣核，质含之，不觉饥。俄童子谓曰："何不去？"质起视，斧柯尽烂。既归，无复时人。①

世人求仙是为了解脱尘世的苦难，是为了反衬人世寿命的短暂，如《搜神后记·丁令威》："有鸟有鸟丁令威，去家千年今始归，城廓如故人民非，何不学仙冢垒垒。"

二、魏晋南北朝人仙恋爱故事

魏晋南北朝人仙恋爱故事中的仙女经历了从被动到主动，从冷漠到热情的转变。故事也从人寻仙走向仙女愿做鸳鸯不羡仙。

《搜神记》开始出现神仙与人结婚的《天上玉女》和《董永妻》：

> 汉董永，千乘人。少偏孤，与父居。肆力田亩，鹿车载自随。父亡，无以葬，乃自卖为奴，以供丧事。主人知其贤，与钱一万，遣之。永行三年丧毕，欲还主人，供其奴职。道逢一妇人曰："愿为子妻。"遂与之俱。主人谓永曰："以钱与君矣。"永曰："蒙君之惠，父丧收藏。永虽小人，必欲服勤致力，以报厚德。"主曰："妇人何能？"永曰："能织。"主曰："必尔者，但令君妇为我织缣百匹。"于是永妻为主人家织，十日而毕。女出门，谓永曰："我，天之织女也。缘君至孝，天帝令我助君偿债耳。"语毕，凌空而去，不知所在。②

这是最早的"天仙配"。织女是奉了天帝之命下凡帮助一位正派男子渡过难关，然后头也不回地返回天上。这里边爱情是不是决定因素？婚姻是不是青年男女的自主选择？都不是。仙女做凡人妻，是天帝奖励民间贤且孝的男子。《董永妻》还令人觉得有点儿别扭。世人早就熟悉牛郎织女的隔时空痴恋。织女怎么会来做董永的"临时妻子"呢？后世作家就把董永妻的身份变了，至今黄梅戏舞台还在演的《天仙配》，改成玉皇大帝第七女跟董永的生死恋。

陶渊明的《搜神后记·白水素女》是类似故事：

> 晋安帝时，侯官人谢端，少丧父母，无有亲属，为邻人所养。至年十七八，恭谨自守，不履非法。始出居，未有妻，邻人共愍念

---

① 〔梁〕任昉撰：《述异记》，第 10 页。
② 〔晋〕干宝撰，王绍楹校注：《搜神记》，卷一，第 14～15 页。

之,规为娶妇,未得。

　　端夜卧早起,躬耕力作,不舍昼夜。后于邑下得一大螺,如三升壶。以为异物,取以归,贮瓮中。畜之十数日。端每早至野还,见其户中有饭饮汤火,如有人为者。端谓邻人为之惠也。数日如此,便往谢邻人。邻人曰:"吾初不为是,何见谢也。"端又以邻人不喻其意,然数尔如此,后更实问,邻人笑曰:"卿已自娶妇,密著室中炊爨,而言吾为之炊耶?"端默然心疑,不知其故。

　　后以鸡鸣出去,平旦潜归,于篱外窃窥其家中,见一少女,从瓮中出,至灶下燃火。端便入门,径至瓮所视螺,但见女。乃到灶下问之曰:"新妇从何所来,而相为炊?"女大惶惑,欲还瓮中,不能得去,答曰:"我天汉中白水素女也。天帝哀卿少孤,恭慎自守,故使我权为守舍炊烹。十年之中,使卿居富得妇,自当还去。而卿无故窃相窥掩。吾形已见,不宜复留,当相委去。虽然,尔后自当少差。勤于田作,渔采治生。留此壳去,以贮米谷,常可不乏。"端请留,终不肯。时天忽风雨,翕然而去。

　　端为立神座,时节祭祀。居常饶足,不致大富耳。于是乡人以女妻之。后仕至令长云。今道中素女祠是也。[1]

《董永妻》的织女跟董永似乎没有多深感情交流,毕竟有婚姻的形式;《白水素女》的仙女连婚姻形式都没有,她只是来执行天帝交的任务,谢端真挚追求并没有感动她,她飘然而去。此处,感情天平仍操纵在天帝手里,谢端虽有单相思,仙女却无动于衷。

　　仙女感情似乎与时俱进。陶渊明的《桃花源记》是著名的作品,也是影响到世代文人思考的作品,他的《搜神后记》是步干宝后尘之作。《袁相根硕》里仙女对爱情追求已经主动执着。袁相、根硕可能是职业农民兼业余打猎? 不像后世小说凡爱情男主角都是读书或做官的。二人因捕猎入一深山,遇到二位女子热情欢迎他们,说"早望汝来",马上跟他们成亲。他们思乡,仙女同意他们返回,赠一个囊,告诉"慎勿开也"。根硕外出,家人好奇地开视其囊,"囊如莲花,一重去,复一重,至五重,中有小青鸟飞去。"不久,根硕在田中耕作,家人来给他送饭,

---

① 〔晋〕陶潜撰,王绍楹校注:《搜神后记》,卷五,第30～31页。

发现他在田中一动不动,就近一看,只有蝉蜕样的皮壳,人已经"尸解"而去了。这个故事很好玩。既是遇仙故事,又带点儿侦探小说特点。仙女并不明说,囊中小青鸟是管送信的。青鸟飞回仙人洞,说明根硕想仙女了,仙女就把他招回去了。

刘义庆的《刘晨阮肇》(《太平广记》题作《天台二女》)是魏晋南北朝小说凡人与仙女结合故事中的佼佼者:

> 汉明帝永平五年,剡县刘晨、阮肇共入天台山取谷皮,迷不得返,经十三日,粮食乏尽,饥馁殆死。遥望山上有一桃树,大有子实,而绝岩邃涧,永无登路。攀援藤葛,乃得至上。各啖数枚,而饥止体充。复下山,持杯取水,欲盥漱,见芜菁叶从山腹流出,甚鲜新,复一杯流出,有胡麻饭糁。相谓曰:"此知去人径不远。"便共没水,逆流二三里,得度山出一大溪,溪边有二女子,资质妙绝,见二人持杯出,便笑曰:"刘、阮二郎,捉向所失流杯来。"晨、肇既不识之,缘二女便呼其姓,如似有旧,乃相见欣喜。问:"来何晚耶?"因邀还家。

> 其家筒瓦屋,南壁及东壁下各有一大床,皆施绛罗帐,帐角悬铃,金银交错。床头各有十侍婢,敕云:"刘、阮二郎,经涉山岨,向虽得琼实,犹尚虚弊,可速作食。"食胡麻饭、山羊脯、牛肉甚甘美。食毕行酒,有一群女来,各持五三桃子,笑而言:"贺汝婿来。"酒酣作乐,刘、阮欣怖交并。至暮,令各就一帐宿,女往就之,言声清婉,令人忘忧。

> 十日后,欲求还去。女云:"君已来是,宿福所牵,何复欲还耶?"遂停半年。气候草木是春时,百鸟啼鸣,更怀悲思,求归甚苦。女曰:"罪牵君,当可如何?"遂呼前来女子有三四十人,集会奏乐,共送刘、阮,指示还路。

> 既出,亲旧零落,邑屋改异,无复相识。问讯得七世孙,传闻上世入山,迷不得归。至晋太元八年,忽复去,不知何所。[1]

有小说研究者认为,《刘晨阮肇》表现的是动乱时代人民群众对太平世界和幸福婚姻的渴望。可以备作一解。从这篇小说看来,它表现了志

---

[1]〔南朝宋〕刘义庆撰,王根林点校:《幽冥录》,第697~698页,见《汉魏六朝笔记小说大观》。

怪小说的几个特点:其一,仙女先知先觉,知道刘阮二人会在啥时到来,而且他们的到来是前世的福气所决定的;其二,仙女生活是民间温馨生活的翻版,仙女并不饮风餐露,也不吃西王母三千年一熟的桃子,她们吃普通老百姓一样的胡麻饭、牛羊肉,她们不住云霄宝殿,住普通瓦房,吊红丝绸帐幔;其三,仙女主动追求民间男子,"性"上开放,甚至不在乎两对夫妇同居一室;其四,仙女之间的谈话、宴会,就像民间少女一样亲热温煦,有生活气息;其五,仙女跟民间最重要的区别就是时间:仙界半年,人间七世。刘晨阮肇在仙女洞住了半年,回到人间,同时代人早已凋零,见到的是七世孙。按照中国二十年一世的算法,仙界半年,人世一百四十年。《刘晨阮肇》充满浓厚的人情味和细致委婉的描写,仙凡之间没有明显界限,不管是食用、器具、言谈话语,都跟人世间没有什么区别。凡就凡到如同生活本身,仙又仙到"洞中方一日,世上已千年"。

《刘晨阮肇》故事本身颇有情趣,《聊斋志异·翩翩》显然就是从这篇脱化而来。但《刘晨阮肇》的更大影响是成为经常为后世文人使用的典故"前度刘郎"。刘禹锡名句"种桃道士今何在?前度刘郎今又来",此处"刘郎"已非魏晋南北朝小说遇仙的刘郎,仅仅是"我这个被你们迫害的姓刘的又回来啦"。

跟《刘晨阮肇》类似的还有《幽明录》中的《黄原》,写黄原因为放犬逐鹿误入仙穴,进去百余步,忽然成为平衢,槐树列植。黄原随犬入门,看到几十间房子里都有姿容妍媚、衣裳鲜丽的少女。有的在弹琴,有的在下棋,有两个女子似乎在等候他,一见他就说:"此青犬所致妙音婿也!"

此后小说里的仙女更加主动了,正如诗歌所写嫦娥奔月后,非常寂寞,碧海青天夜夜心,天界是个缺少爱情和人情的所在,思凡成为小说重要的内容,仙女纷纷下凡与人间男女结合。

"愿做鸳鸯不羡仙"的构思,最早出现于吴均的《续齐谐记》的《赵文韶》,今各选本都题作《清溪庙神》:

> 会稽赵文韶,为东宫扶侍,住清溪中桥,与尚书王叔卿家隔一巷,相去二百步许。秋夜嘉月,怅然思归,倚门唱《西夜乌飞》,其声甚哀怨。忽有青衣婢,年十五六,前曰:"王家娘子白扶侍,闻君

歌声,有门人逐月游戏,遣相闻耳。"时未息,文韶不之疑,委曲答之,巫邀相过。

须臾,女到,年十八九,行步容色可怜,犹将两婢自随。问:"家在何处?"举手指王尚书宅,曰:"是闻君歌声,故来相谐,岂能为一曲耶?"文韶即为歌《草生磐石》,音韵清畅,又深会女心。乃曰:"但令有瓶,何患不得水?"顾谓婢子:"还取箜篌,为扶侍鼓之。"须臾至。女为酌两三弹,泠泠更增楚绝。乃令婢子歌《繁霜》,自解裙带系箜篌腰,叩之以倚歌。歌曰:"日暮风吹,叶落依枝。丹心寸意,愁君未知。歌《繁霜》,侵晓幕。何意空相守,坐待繁霜落。"歌阕,夜已久,遂相仁燕寝,竟四更别去。脱金簪以赠文韶,文韶亦答以银碗白琉璃匕各一枚。

既明,文韶出,偶至清溪庙歇,神座上见碗,甚疑;而委悉之屏风后,则琉璃匕在焉,箜篌带缚如故。祠庙中惟女姑神像,青衣婢立在前,细视之,皆夜所见者,于是遂绝。当宋元嘉五年也。①

《清溪庙神》在古代人神恋爱小说中有里程碑意义,表现在:

其一,仙女厌倦了仙界清冷的生活,主动追求人间爱情。

其二,仙女表达爱情既有文化含量又聪慧机智。他借赵文韶与王尚书相邻,就借用邻居的人间少女身份掩盖神女身份;她因听歌对赵文韶动情,两人相会以诗传情。赵文韶唱《草生磐石》引起她的联想,聪明地用有瓶何患不得水,暗示赵文韶:有女如此,何不相爱?

其三,仙女"愿作鸳鸯不羡仙"成了后世志怪小说家的常规武器。甚至清溪庙神借用民间女身份的做法,也常为后世作家借用。如聊斋仙女蕙芳就自我介绍是邻巷之女。

其四,文辞清丽、记叙委曲优美,小说艺术也很成功,情节曲折有致,结构十分严谨,使用了后世小说经常采用的小道具,一对情人互赠的礼品,神女缠在箜篌上的丝带,都成了后来赵文韶判断情人身份是神不是人的根据。前呼后应,一笔不漏。

其五,诗歌在小说布局、人物描写上起重要作用,所引之诗合适人物的处境,人物吟诗成为其内心自白的抒情性表达。诗歌穿插恋人交

---

① 〔梁〕吴均撰,王根林点校:《续齐谐记》,见《汉魏六朝笔记小说大观》,第1009页。

往中的写法,也为后世作家接受,聊斋《白秋练》就充分利用诗歌以烘托人物、制造气氛。

三、唐传奇:仙境和人仙恋的关键转折

唐代社会开放,小说家天马行空,仙境再造和人仙之恋有了关键性转折。表现在内容丰富、人物复杂,小说手法成熟。唐传奇人仙题材作品虽随在多见,但其中几篇对志怪小说艺术进程意义重大:

李朝威《柳毅》;

牛僧孺《古元之》、《崔书生》;

裴铏《裴航》;

段成式《崔玄微》;

佚名作者《郑德璘》。

《古元之》非写人物为主,情况相对特殊,我们先对其他几篇写人物为主的小说内容略作梳理和剖析。

(一)《柳毅》等小说描写的内容

1.《柳毅》。收入《太平广记》卷四一九"龙二"类。后世题作《柳毅传》,原出李朝威《异闻录》。作者假托写的是唐高宗仪凤(676～678)时的真实故事。

儒生柳毅应举下第,还乡途中,在陕西泾阳道边遇到一位殊色女子,"蛾脸不舒",在路边放羊。柳毅主动询问:"子何苦,而自辱如是?"女子介绍:她是洞庭龙王之女,嫁泾川龙王次子,夫婿受婢仆迷惑,翁姑袒护其子,放逐她牧羊(并非真羊而是雨工)。龙女请求柳毅替她给父母送信。柳毅毫不作难,答应赴洞庭湖送信。

柳毅按龙女所教,通过洞庭湖社橘跟龙宫联系,进入龙宫,见到温文尔雅的洞庭君,报告龙女情况。洞庭君将龙女信传入后宫,宫中恸哭,洞庭君忙制止:不要被钱塘知道。被上帝锁押的钱塘君挣脱枷锁冲天而起,把侄女救回来。

龙宫设宴招待柳毅,钱塘君演出宴席"逼婚",要柳毅娶龙女为妻。柳毅恪守君子不能"杀其婿而纳其妻",严词拒绝。其实柳毅很喜欢龙女,但事已至此,只好接受龙王重礼告别。

柳毅还乡,靠龙宫珍宝大富,连娶两个妻子都亡故了,搬家到金

陵,有人给他推荐范阳卢氏女,娶回家中,柳毅发现卢氏女极像龙女。他把自己替龙女送信之事告诉卢氏,卢氏回答:"人世岂有如是之理乎?"一年后,卢氏生下儿子,才告诉柳毅:我就是龙女。二人倾诉衷肠,先居南海,后移居洞庭湖,夫妇和美,富贵长生。

唐传奇仙界题材作品莫过《柳毅》。它标志着人神恋爱模式的成熟。《柳毅》对后世影响深远,仿作迭出:

元代尚仲贤《柳毅传书》杂剧;

明代传奇《龙箫记》(黄说仲),《桔浦记》(许自昌);

清代李渔《蜃中楼》……

都据《柳毅》写成,直到现代还有《龙女牧羊》等剧。

2.《崔书生》,收入《太平广记》卷六三"女仙八",出自牛僧孺《玄怪录》。作者假托唐开元天宝年间发生的真人真事。

崔书生爱花,其花圃名花盛开,香闻百步。有一天,他在花圃边遇到一女,有殊色,所乘骏马极佳。崔书生次日安排茶酒想招待她,女子"不顾而过"。第三天,崔书生照办,女子丫鬟告诉"但具酒馔,何忧不至?"被女子斥责。女子另一丫鬟劝崔生求婚成功。崔生不告母而娶,崔母发现新妇太美,娘家送的食物过于甘香,非人世所有,怀疑女子是狐妖,命二人分手。崔生还没告诉妻子,妻子未卜先知,跟崔生告别。崔生只好送她回去,发现妻子住的山谷有奇花异草,楼阁像王宫。岳母召崔生斥责一番,妻姐问其妻:二人分手有赠品吗?妻子垂泪赠袖中白玉盒,然后夫妇"各呜咽出门"。崔书生回家后,有胡僧叩门说:你有珍宝,我用百万巨金买。崔生问胡僧:我的妻子是谁?回答是:西王母第三女玉卮娘子,她的姐姐在仙界都是著名大美人,何况人间。你跟妻子住的时间短了,如果她在这儿和你同住一年,你全家都可以长生不老了。

3.《裴航》,收入《太平广记》卷五十"神仙",出自裴铏《传奇》。作者假托唐穆宗时发生的真人真事。

秀才裴航科举考试落第,友人崔相国送他二十万钱,他租一巨舟载钱回京。同船樊夫人国色天香,裴航一见钟情,托其侍妾送情诗。樊夫人置若罔闻。裴航又送名酒珍果给夫人,夫人召他相见,述说自己有丈夫,"岂更有情留盼他人?"让侍妾送裴航诗一首:"一饮琼浆百感生,玄霜捣尽见云英。蓝桥便是神仙窟,何必崎岖上玉清。"

裴航回京城,经过蓝桥,因口渴到道边求饮。低矮茅屋中有位老太太纺麻,喊"云英,擎一瓯浆来"。他想到樊夫人诗里有"云英"格外留神。接着,从苇子编成的帘子下伸出一双玉手,捧出甘香无比的玉液。裴航借还杯子,掀开帘子,看到一位美丽无比的少女!裴航接着向媪要求借宿并求婚。媪说自己老病,有神仙送灵丹,需要用玉杵捣百日,你如果能找到玉杵,就可以娶云英,除此之外,给多少钱都没用。裴航到处寻找终于找到了玉杵,回到蓝桥要求给媪捣药。他昼捣夜息,夜里却听到仍有捣药声,悄悄一看,竟是玉兔!裴航捣满百日,媪服完药,答应将云英嫁给他,将裴航迎入一巨宅,里边住的都是神仙。其中仙女云翘夫人问"裴郎不相识耶?"原来就是昔日樊夫人。她是刘纲的夫人。刘纲是三国时人,传说夫妇二人修炼成仙。裴航跟云英在仙洞成亲,"超为上仙"。后来裴航的友人曾跟他相遇,获赠蓝田美玉和"虚其心,实其腹"的赠言。

《裴航》问世后,"蓝桥相会"成为典故。裴航云英故事流传甚广,文人诗词中经常题咏并影响到后世文学创作:

宋元话本《蓝桥记》;

明代传奇《蓝桥记》;

明代拟话本《蓝桥玉杵记》……

都取材于《裴航》。

4.《崔玄微》,出自段成式《酉阳杂俎》续集卷三。作者假托天宝年间处士崔玄微独处时,有十余女子来访,自称姓杨、李、陶、石,众女说封十八姨要来访问。封氏出现后,"言词泠泠有林下风气",众女对她都特别恭敬,而封氏相当轻佻,翻酒洒到石氏衣服上,石氏女阿措说:大家都怕你,我不怕!拂衣而起。第二晚,众女又来要去见封十八姨,阿措坚决不去,坚决不求封老婆子,有事求处士帮忙。请求崔玄微每年元旦蠹一长条形旗子,绘上金、木、水、火、土星。今年元旦已过,请于本月二十一日蠹。崔玄微照办,到这一天,东风大作,折树飞沙,而苑中繁花不动,崔玄微突然觉悟,这些姓杨、李、陶、石的女子原来是花神!分别是杨花、李花、桃花,性格倔强的石阿措是石榴花神。后来,几位女子都拿着花来感谢,崔生服用,六十年后,有人再遇到他,他还像三十岁的人。

《崔玄微》最直接影响是《聊斋志异》的《绛妃》，蒲松龄以"余"的身份，受众花神之托写了《讨风神檄》。

5.《郑德璘》，收入《太平广记》卷一五二"定数七"，注明"出郑德璘传"，佚名作者。

小说假托唐德宗贞元年间湘潭县尉郑德璘经过洞庭湖时经常遇到一位卖菱芡的老者，郑总是邀请老者共饮。老者喝了他的酒也从不表示感谢。德璘至江夏，将返长沙，住在黄鹤楼下，旁边有盐商的巨舟，韦女和邻舟女聊天时，听到有人吟诗，邻舟女擅长书法，就从韦女妆奁中取红色的信纸记了下来。德璘与韦家的船一起到达洞庭湖。德璘看到了美丽的韦女在窗边垂钓，就用红绡写了一首诗挂到其钓钩上。韦女拿到，看不太懂又不会写信回报，就将邻舟女记下的诗笺放到钓丝上送回。德璘以为是韦女所写，虽不明白意思，却非常高兴。而韦女拿郑德璘送的红绡拴到臂膀上，非常爱惜。

德璘船小，赶不上韦氏的船，到了晚上，听渔人说：你认识的大商人的大船翻了，全家殁于洞庭湖。德璘伤心之极，晚上写了两首《吊江姝诗》酹而投之。他的诗感动了水神府君，将溺水者都喊来，问：哪个是郑生所爱？韦氏也不知道找的是她。水神的手下发现了她臂上红绡，告诉：德璘将来要做咱们这里的父母官，何况他原来对您有义，不可不救活这位本来应该淹死的少女。府君让手下送走韦氏，韦氏发现，府君是一老叟。

韦氏被送回到德璘身边，德璘知道是府君活命，但不知道他是什么人，跟自己有什么相干，他如愿以偿将韦女纳为妻室。三年后，德璘可以升官时，他想做醴陵令，妻子告诉："不过作巴陵耳。"德璘问：你怎么知道？妻子说：是当年府君说的。德璘果然做了巴陵令。再派人迎接韦氏。雇来的佣工中有位老叟似乎不太卖力气。韦氏呵斥他，他说："我昔水府活汝性命……"韦氏醒悟，叩头拜谢，并要求进水府探望溺水的父母。父母将金银等物交韦氏带回人间。叟提笔在韦氏的巾帕题诗："昔日江头菱芡人，蒙君数饮松醪春。活君家室以为报，珍重长沙郑德璘。"

郑德璘这才明白，这位救活自己心上人的，就是当年在船上卖菱角的老者! 过了一年多,有位秀才将自己的诗送给郑德璘,其中有《江上夜拾得芙蓉诗》,就是当年韦氏投给郑德璘的。原来,当年秀才在鄂渚夜泊,觉得有物触舟,取来看,是束芙蓉! 德璘感叹:一切都是命中注定啊。从此,他再也不敢从洞庭湖上行船。官做到刺史。

(二)《柳毅》等对志怪小说构思艺术的贡献

《柳毅》等唐传奇在志怪构思中做出哪些贡献?

1. 人物形象塑造成功

唐志怪小说人物塑造成功无过《柳毅》。不仅男女主角写得好,配角也写得好。

柳毅是志怪小说出现以后,第一个丰满且成功的男性形象。一个高洁、正直而又重感情的优美书生形象。他热诚、执着、善良、见义勇为、正直无私。他为龙女蒙冤事,挺身而出,严守信义,重视操守,当钱塘君向他逼婚时,他恪守两条道德规范不肯接受,"宁有杀其婿而纳其妻者也? 一不可也。""宁屈于己而伏于心者乎? 二不可也。"不图富贵,威武不屈,对刚猛的钱塘君正言厉色训斥,表现出高洁品格和勇士风骨。但柳毅不仅是道德美行的化身,他还是个活生生的人,血气方刚的男人。他最初看到龙女"殊色",并没有因色起意,而是关心地问龙女为何"自苦"。柳毅又重视人与人之间的真挚感情,柳毅拒婚后,龙女临别对他表现的依恋之情,他"殊有叹恨之色"。他为了"义"坚决拒绝钱塘君逼婚,是以操贞为志尚。但他是爱慕龙女的。当他发现后娶的卢氏竟是龙女,马上表示"永奉欢好,心无纤虑"。

龙女为夫婿所欺,公婆所凌,有学者剖析,在一定程度上反映了封建婚姻下女性的不幸。这剖析大概有点儿政治化。可贵的是龙女敢于反抗,不认命,以书求援。龙女对柳毅的感情,产生于传书,巩固于拒婚。柳毅答应传书时对龙女说:"吾为使者,他日归洞庭,幸勿相避。"龙女回答:"宁止不避,当如亲戚耳。"柳毅拒婚,龙女更见其品格之高,于是主动追求,她拒绝父母再次为她在神仙中选夫婿,化身卢氏与柳毅结婚,十分谨慎,直到生下儿子,才向柳毅告以实情:"今日获奉君子,咸善终世,死无恨矣。"龙女的痴情、执着、善良、很生动。

钱塘君是志怪小说出现以来最有神采的神灵形象。柳毅向洞庭君报告其女受辱情况,洞庭君怕钱塘君听到,这是对钱塘君的侧面描写，然后，作者巧妙地融进神话传说，让洞庭君介绍钱塘君的身世："此子一怒"洪水泛滥，大禹治水治了七年。接着，钱塘君正式露面："大声忽发，天拆地裂，宫殿摆簸，云烟沸涌。俄有赤龙长千余尺，电目血舌，朱鳞火鬣，项掣金锁，锁牵玉柱。千雷万霆，激绕其身，霰雪雨雹，一时皆下。乃擘青天而飞去。"多么精彩的形象！此时钱塘君是神话传说中威力无比的巨龙。待他完成报仇任务回来，柳毅眼前出现个容貌威武、形象出众的美男子："又有一人，披紫裳，执青玉，貌耸神溢"。刚才被吓得魂飞天外的柳毅知道这就是钱塘君，连忙"趋拜之"，钱塘君"尽礼相接"，向柳毅道谢，显出"飨德怀恩"的赤诚。钱塘君向洞庭君述说战斗场面：杀六十万、伤稼八百里、无情郎食之矣。极写其威猛而暴戾，温和的洞庭君批评他"顽童之为是心也，诚不可忍，然汝亦太草草。"钱塘君向柳毅逼婚，实际出于好心，想让"淑性茂质"的龙女"求托高义"，"受恩者知其所归，怀爱者知其所付"。却被柳毅大义凛然谢绝："毅之质不足以藏王一甲之间。然而敢以不服之心，胜王不道之气。"钱塘君马上逡巡道歉，与柳毅结为知心朋友，更显其光明磊落。

《柳毅》情节离奇，富于戏剧性，布局谨严，整个小说以男主角为中心设计情节，这带来了写作的便宜，既可以从作者角度观察，也可以变换角度，从柳毅角度观察龙宫的人物。

《柳毅》人物描写多层次，如龙女形象：

当其牧羊时，"殊色也，然而蛾脸不舒，巾袖无光"，在柳毅眼中是"风鬟雾鬓"。

当其还宫时，写完众女簇拥、仙乐飘飘，"后有一人，自然蛾眉，明珰满身，绡縠参差……若喜若悲，零泪如丝"。有外貌，有神情，有服饰，有气氛，无一不到，无一不精。

《柳毅》写人物还特别擅长对比：

懦弱忠厚守礼法的洞庭君与刚烈耿直的钱塘君对比，是不同性格人物互相强烈映照；

刚猛莽撞的钱塘君和大义凛然的柳毅对比，是性格相近的人物在典型事件中接触、碰撞；

龙女本身的前后对比，从牧羊的狼狈到还宫的潇洒，是人物性格在故事过程中的发展变化。

2. 场面描写精彩

《柳毅》以精练而富于表现力的语言,对事、对人、对场面做了相当传神的描绘。创造的小说场面都是典型性的,如:

龙女所牧实际是雨工的羊,"矫顾怒步",哪儿是温驯的羊?

钱塘君发怒升天有声有色,如闻其声,如见其龙,一个疾恶如仇的怒龙跃然纸上。

跟钱塘君发怒对比明显的是贵主还宫,"俄而祥风庆云,融融怡怡,幢节玲珑,箫韶以随,红妆千万,笑语熙熙"。

描写龙宫的华美:"柱以白璧,砌以青玉,床以珊瑚,帘以水精。"用词准确,龙宫物品都是透明的、高贵的、雅致的。

龙宫舞会筛角鼙鼓,旌旗剑戟,舞万夫于其右。中有一夫前曰:'此《钱塘破阵乐》"。……坐客视之,毛发皆竖。"接着,"有金石丝竹,罗绮珠翠,舞千女于其左,中有一女子前进曰:'此《贵主还宫乐》。'""清音宛转,如诉如慕,坐客听之,不觉泪下。"一左一右,一武一文,一男一女,强烈的对比,鲜明的反应。

3. 诗歌成为小说重要转折点

魏晋南北朝小说如《清溪庙神》已有比较成功的诗歌入小说的构思,歌词或诗歌推进小说情节和人物性格的发展。到唐传奇,诗歌入小说成为较为普遍的模式。不仅确立了诗人小说的"文备诸体"写法,在某些小说中,诗歌还成为小说重要的构思手段。在这几篇人仙恋爱的作品中,诗歌往往是小说的转折点,是故事和人物性格的"拐点"。

《郑德璘》中,崔秀才咏诗阴差阳错到了不会写诗的韦氏手中,成为她向郑德璘回复情愫的手段。这是段令人喷饭的"对诗":韦氏在舟中垂钓,郑德璘看到她"美而艳",就把诗写在红绡上向韦氏求爱:"纤手垂钩对水窗,红蕖秋色艳长江。既能解珮投交甫,更有明珠乞一双。"前两句形容韦女在长江垂钓,像美丽的红荷花照亮长江。后两句用汉皋解珮的典故向韦女求爱。汉皋解珮典故用得很巧,古代书生郑交甫在汉皋台遇到两位仙女,向她们索取玉珮,仙女欣然解珮相赠而德璘和交甫同姓。但韦女读书不多,不明白这是什么典故,多少有点儿明白这是向她求爱,恰好她手里有邻舟女录下的江中秀才吟诗,就把它回送过去。这首诗作者是崔秀才,他夜泊黄鹤楼,见红蕖触舟有感而发："物触轻舟心自知,风恬浪静月光微。夜深江上解愁思,拾得红蕖香惹衣。"韦女"回赠"诗跟郑生赠诗驴唇不对马嘴。郑生很高兴,诗中"拾得红蕖"还暗合"红蕖秋色"。但郑生毕竟看不懂。他怎么可能看懂?这谜团直到崔秀才自己来拜见才揭开。此前,把郑生和韦氏从巨大悲哀推到欢乐顶点,靠的也是一首诗,是把溺水的韦氏送到郑生身边的"府君"所写,郑生一看就明白:原来,龙宫府君,就是常跟自己一起喝酒的卖菱芡老者!

《裴航》整个故事情节都建立在云翘夫人的诗上。裴航对樊夫人发生兴趣,一再套近乎。樊夫人明确告诉他:罗敷已有夫,但送他首诗,正是靠诗中"琼浆"、"玄霜"、"云英"、"蓝桥"等预告,裴航遇到云英,开始追求神仙的"二度梅":他在蓝桥遇到了美丽的云英,按照云英母亲要求寻找捣药玉杵,看到玄霜捣药的玉兔,最后,终于打胜了这场人求神妻的婚姻攻坚战。此时,以诗歌指引他人生旅途的樊夫人,也以云翘夫人身份出现,祝贺新婚。倘若从小说中抽掉云翘夫人的诗,整个小说就塌了。

《崔玄微》中诗歌同样起重要作用,崔玄微遇到姓杨、李、陶、石的女子,都是忍受风神淫威的花神,这些"色皆殊绝""馥馥袭人"的花神见到风神,态度谦恭,她们吟的诗也合乎花神惧风神的心理,梨花花神的诗"皎洁玉颜胜白雪,况乃青年对芳月。沉吟不敢怨东风,自叹容华暗消歇。"这不就是盛开的梨花为风吹落的情景?

《柳毅》中龙宫宴席洞庭君、钱塘君、柳毅都唱了大段歌曲,都符合三个人物的个性,柳毅歌中有"伤美人兮,雨泣花愁",实际上已经流露出对龙女的好感,故而钱塘君逼婚并非空穴来风。

诗歌能够在小说构思中起到举足轻重的作用,这是由时代风气决定的。唐代人仙恋爱小说,女主角多半来自天宫、龙宫,个别人间女子靠神仙帮助有情人终成眷属,如《郑德璘》中的韦氏。男主角身份较之魏晋南北朝小说有很大改变:他们不再是董永、谢端、袁相、根硕、刘晨、阮肇等忠厚农民,唐传奇的爱情男主角都是知识分子,或者是已经做官的,或者正在争取做官的路上。这正是唐传奇作者的状况。他们用诗歌运筹小说,用诗歌描绘人物,就完全可以理解了。

(三)仙境成为躲避政治的乌托邦

牛僧孺《古元之》对志怪小说的特殊贡献,是作家将仙境变成了逃避现实的精神乌托邦。

曾有论者提出，陶渊明的《桃花源记》表现了人们对战乱的厌恶和对安宁生活的向往。《搜神后记》创造的遇仙小说如《袁相根硕》表达同样的愿望。而在唐传奇一些作家笔下，仙境成了他们躲避现实残酷政治斗争的乌托邦。

牛（牛僧孺）李（李德裕）党争，是中唐相当有名、相当残酷的政治斗争。李德裕门人韦瓘甚至不择手段造篇《周秦行纪》对牛僧孺搞政治陷害。牛僧孺这位唐代位居台阁的官员——唐穆宗时牛僧孺官至户部侍郎同中书门下平章事，唐宣宗时做到太子少师——倒是写志怪小说的一把好手。他用《玄怪录·古元之》创造一个乌托邦仙境。小说写魏尚书令古弼族子古元之因饮酒而卒，古弼舍不得下葬，入殓三日后开棺，古元之居然活了。他述说，他昏醉后遇到一位老人，自称是他的远祖，带他进入和神国。其国无大山，低矮的小山上长满青玉。玉石边长着绣带飘飘的青草，"异花珍果，软草香媚"。美丽的鸟儿在叫着，泠泠的泉水在流着。果树上翠叶鲜花，四时不改。甜果累累，随便采用。田野上到处是大葫芦，里边装满五谷，甘香甜美，非中国稻粱可比。人不需要耕作，就有饭吃；也不需要织布，树木枝干上就有异锦，随便穿。这里没有季节变化，四季如春，没有虫蚁蛇蝎，没有狼豺虎豹，也没有猫狗牛羊。中国六畜这儿只有一种，就是温驯之极的马。需要骑时骑上就走，不需要骑时，马自己在田野吃草。这里人们每天吃一顿饭，有甘美的酒伴餐。吃的饭也不知哪儿去了，因而连厕所都不需要。虽然有国王，他自己都不知道自己是高高在上的皇帝。当官的也跟老百姓完全一样，没人做买卖，房子随便住，人与人之间个头儿相似，分不出哪个更美，都是二十岁结婚，活到一百二十岁无疾而终……

说来可笑，牛僧孺比马克思提前一千多年创造出共产主义远景。和神国的场景，比共产主义社会还"先进"。按照马克思主义经典作家描绘，共产主义社会各尽所能，各取所需，物质极大丰富，人的觉悟极大提高。和神国全部具备且超值具备，连各尽所能都不需要了，只剩下各取所需！

是不是牛僧孺在政治斗争中活累了、活腻了，才创造个没有官位上下、没有勾心斗角、没有竞争陷害、没有高低尊卑,甚至没有美丑智愚之分的大同世界? 表面看来,这个连厕所都没有、"风俗不恶"的和神国真是和和美美,人与人之间平等友爱,太理想了。仔细推敲,阶级差别、奴仆职守又冒出来。"人人有婢仆,皆自然谨慎,知人所要,不烦促使。"美丽的理想岂非捉襟见肘? 无怪鲁迅先生说牛僧孺"欲以构想之幻自见,因故示其诡设之迹矣"①。

唐传奇的人仙恋爱,仙境故事已颇为成熟,《柳毅》能在整部小说史的人仙描写上占据头把交椅。

话本、拟话本比较关注现实,人仙交往和神仙故事相对减少。值得注意的是《灌园叟晚逢仙女》,小说开头用白话将唐传奇《崔玄微》故事复述一遍,然后描写灌园叟秋先因为爱花得到花神帮助,战胜地方恶霸和昏官,结局是酷爱鲜花的凡人平地成仙:

> 自此之后,秋公日饵百花,渐渐习惯。遂谢绝了烟火之物,所鬻果实钱钞悉皆布施。不数年间,发白更黑,颜色转如童子。一日正值八月十五,丽日当天,万里无瑕。秋公正在花下趺坐,忽然祥风微拂,彩云如蒸,空中音乐嘹亮,异香扑鼻,青鸾白鹤,盘旋翔舞,渐至庭前。云中正立着司花女,两边幢幡宝盖,仙女数人,各奏乐器。秋公看见,扑翻身便拜。司花女道:"秋先,汝功行圆满,吾已奏闻上帝,有旨封汝为护花使者,专管人间百花,令汝拔宅上升。"②

20世纪50年代有部风靡一时的电影《秋翁遇仙记》就是根据这个小说改编。小说将遇仙题材跟描写现实的黑暗、鞭挞恶霸结合起来。但这个小说并非这类人仙题材的开拓者,唐代李复言《续玄怪录·张老》是类似故事。宋代话本《种瓜神记》,《古今小说》的《张古老种瓜娶文女》亦类似,但都不及秋翁遇仙故事影响大。

四、《聊斋》:仙境和人仙恋终结式

《聊斋》桂枝一芳,后来居上。仙境让《聊斋》人物跟其他遇仙小说

---

① 鲁迅:《中国小说史略》,见《鲁迅全集》,第9卷,第91页。
② 〔明〕冯梦龙:《醒世恒言》,见刘世德等编:《古本小说丛刊》,第30辑卷四,第335~336页,北京:中华书局,1991。

人物一样得到长生不老,永恒享乐,而在享乐中又会得到道德净化。

(一)点化仙境、"幻由人作"

在《聊斋》故事中,除了天界、龙宫、深山洞府之外,还经常出现"点化"的仙境,人们不需要寻仙,尘世就是乐土,仙乡就在现实中。《巩仙》写一对相爱男女被有钱有势者拆散,道士的宽袍大袖变成光明洞彻的房屋,他们在里边幽会并生儿子,蒲松龄诙谐地说,道士袖子里既冻不着也饿不着,还没人催税,"老于是乡可矣";《蕙芳》里的仙女嫁给青州城里贫穷的、货面为业的马二混为妻,把马家的茅草房点化成画梁雕栋的宫殿,把马二混身上的粗布衣服点化成华美的貂皮裘衣,吃饭时,仙女的侍女拿出从天上带来的皮口袋一摇,一盘一盘珍馐佳肴,热气腾腾从皮口袋里拿出来,好像皇帝佬儿的御厨房在此。蒲松龄感叹:"马生其名混,其业亵,蕙芳奚取哉?于此见仙人之贵朴讷诚笃也。余尝谓友人,若我与尔,鬼狐且弃之矣,所差不愧于仙人者,惟'混'耳。"原来马二混就是蒲松龄的变形金刚。蕙芳式仙女伴侣不过是给贫困良民盖的空中楼阁。

按照蒲松龄的观点,随处可以点化仙境是"幻由人作"的结果。

《画壁》写孟龙潭和朱孝廉客居京城。偶然走进一座寺庙,佛殿中供奉神像,东墙上画散花天女,有个梳着少女发型的仙女,手举鲜花,面带微笑。朱生目不转睛看了许久,不由得轻飘飘飞起来,腾云驾雾,降落到墙上。跟仙女相爱,待他从壁画上飘然而下,再看壁画上举花少女,已改梳少妇高高的螺髻。朱生不胜惊讶,向老和尚求教,老和尚淡然回答:"幻由人作。"

"幻由人作"是《聊斋》的艺术哲学,只要你执着地追求,热切地盼望,你所希冀的一切,就可以在你面前出现。

(二)神仙是帮助凡人的

《聊斋》用"幻由人作"的哲学,"处置"几千年来约定俗成的神仙,对传说中不拘一格、不拘一类的神仙,都按自己需要,采取"拿来主义",派上各种各样的用场。观音菩萨在《菱角》中成了青年恋人的保护神,还铺下身子给贫苦的胡大成做起尽职尽责的母亲。就连观音菩萨的坐骑也变成普通的马,驮着胡母去跟儿子团聚。

蒲松龄最乐意花些笔墨的,是千百年来对老百姓生老病死、穷通祸福有关的神仙，带"大众"色彩的神仙，有人情味儿的神仙。这些可爱的神仙在执行上天交给、原本是破坏性任务时，竟千方百计回护百姓。比如，雹神将上天命令下的冰雹都丢到不长庄稼的山沟；蝗神将蝗虫放到树上，绝对不吃庄稼；古代神话传说八仙之一、全真道尊为北五祖之一的"吕祖"吕洞宾，化身为乞丐跟画师交朋友，帮画师认识董鄂妃样子，待董鄂妃去世，皇帝"将为肖像"，宫廷画师都画不出董娘娘风采，只有这位吴门画工画的董妃"神肖"，得赏万金。神仙对凡人因人施助，与凡人宛如旧雨新知间那样随随便便，穷秀才蒲松龄把传说的各种神仙做了平民化改造。

在《聊斋》故事里，紫气仙女也被人间俗事征服。《聊斋》仙女跟凡人成亲，养儿育女，为夫君道德完善恪尽职守，追求道德完善、追求真正幸福，《翩翩》是代表。罗子浮本是浮浪子弟，嫖娼染上一身恶疮，沿街乞讨，浑身恶臭，眼看要变成他乡饿莩时，仙女翩翩收留了他，用溪水洗好他的恶疮。剪下芭蕉叶做衣服，把芭蕉叶剪成饼、鸡、鱼的样子，果然成了美味。溪水倒到瓮里，变成总也喝不尽的美酒。罗子浮在白云悠悠的山洞安顿下来，恶疮刚好，他就向翩翩求爱。翩翩并不嫌弃他，两人感情和美。罗子浮好了疮疤忘了疼。翩翩女友花城来祝贺新婚，罗子浮见花城长得漂亮，假装到地上捡东西，捏花城脚，花城和翩翩对罗子浮的鬼花样洞若观火，不动声色。但是罗子浮的衣服变成了秋叶！他收敛邪念，秋叶又回复成绵软的锦衣。这是个带有哲理性的细节，善恶一念间，苦乐自不同。当罗子浮要归乡给叔父养老时，翩翩扣钗而歌给他送行："我有佳儿，不羡贵官；我有佳妇，不羡绮纨。"翩翩清高淡泊的生活态度教育了罗子浮，成全了罗子浮。

《聊斋志异》扩大了人和仙人接触的方式。人可以乘船抵达海岛，可以乘鹤乘小鸟到天宫，可以步入深山洞府，还可以表面莫名其妙但是冥冥中因品德好乃至运气好遇到仙人。《西湖主》写陈弼教因为放生之德，曾玩笑般地救助中箭的猪婆龙，竟然得以娶西湖主为妻，既享受神仙逸乐，又享受人世天伦之乐。《织成》里的柳生，是个不拘礼法的狂生，他无意之中坐上了洞庭湖主借舟的船，做出了用牙齿咬侍儿紫袜的轻浮举动，给洞庭湖主侍卫抓起来，眼看没命了，他用趣味横生的辩白，得到洞庭君欣赏，不仅拯救他于湖难之中，还将仙女织成送给他做妻子，真是运气来了，山都挡不住。

（三）瑰丽无比的《聊斋》仙境

有位外国画家说过：艺术中的美，就是我们从大自然感受到的美。中国古代作家历来把自然美当成描写对象，王维写"大漠孤烟直，长河落日圆"，王勃写"落霞与孤鹜齐飞，秋水共长天一色"，苏东坡写"大江东去"……作家们善于从"天地之文章"吸取美的滋养，结撰华美篇章，青山绿水，林泉天籁，雨丝风片，烟波画船，奇花异草，珍禽异兽，都会给作家神助。聊斋仙境更是仪态万方，妙不可言。

《罗刹海市》的龙宫美轮美奂。蒲松龄先对龙宫的外延做描写："俄睹宫殿，玳瑁为梁，鲂鳞作瓦；四壁晶明，鉴影炫目。"宫殿用海中物品做建筑材料，透明光洁，耀眼高贵。进入龙宫的马骥去感受、触摸龙宫珍宝：马骥写文章用的是"水精之砚，龙鬣之毫，纸光似雪，墨气如兰"。人世用石头做砚台，龙宫用水精；人世用动物毛做笔，龙宫用龙的鬣毛做；最不可思议的是，素日带点儿臭味的墨汁在龙宫竟有兰花香气！马骥跟公主结婚，进入洞房，"珊瑚之床，饰以八宝；帐外流苏，缀明珠如斗大"。一切都那么奇美，一切又都打着龙宫印记。更神奇的，"宫中有玉树一株，围可合抱；本莹澈，如白琉璃；中有心，淡黄色；稍细于臂，叶类碧玉，厚一钱许，细碎有浓阴。常与女啸咏其下。花开满树，状类蒼卜，每一瓣落，锵然作响。拾视之，如赤瑙雕镂，光明可爱。时有异鸟来鸣；毛金碧色，尾长于身，声等哀玉，恻人肺腑。"①

跨五洲越四海，上穷碧落下黄泉，哪儿找得到这样的奇树？它是何科？何种？植物学家做梦也想不出，这是蒲松龄创造的理想之树，它集光明与理想于一身，集美和善于一身，是《聊斋》仙境神来之笔。

《聊斋志异》无比瑰丽的天宇，透着新鲜，透着灵气。到天上去，那样轻而易举。《白于玉》中的书生吴青庵附在一支小小桐凤尾上"戛然一声，凌升天际"。天门旁有巨虎蹲伏。在仙童遮蔽下吴青庵进入天宫，看见以水晶为阶的广寒宫，享受着人在镜中行走的奇趣。天宫两株参空合抱的桂树，把迷人的香风飘洒得无边无际，冶容秀骨的美人旷世无其匹。吴生在天宫与紫衣仙女享衾枕之爱后复寻归途时，虎哮

---

① 见《聊斋志异》，第 677～679 页，济南：齐鲁书社，2000。

骤起,吴生堕向无底深渊,"一惊而寤,则朝暾已红"。那么轻巧地又返回了人间。《齐天大圣》中凡人"遂觉云生足下,腾踔而上","忽见琉璃世界,光明异色"。《仙人岛》里的狂妄书生王勉不相信世上有仙人,偏偏觌面遇仙道,将手杖一端付予王勉,一声"起",手杖变成粗如五斗囊的巨龙,鳞甲齿齿可数,凌空飞动,到达重楼延阁的天庭参加宴会。与会仙人或跨龙,或骑虎,或乘风,又各携乐器,丝竹之声响彻云汉。道士又令王勉闭目坐阶下青石上,以鞭驱石,石即飞上天空,王勉只觉风声灌耳,这块既平凡又神奇的青石又把他送上了仙人岛。《雷曹》中乐云鹤甚至不必经受王勉那般惊吓,一觉醒来,便到了天上:"细视,星嵌天上,如老莲实之在蓬也,大者如瓮,次如瓿,小如盎盂。……拨云下视,则银海苍茫,见城郭如豆"[1]。乐云鹤真真切切看见了星斗,看见了布云施雨的夭矫天龙,还亲手以器掬水洒向云间,尽情地向久旱的故乡倾注甘霖。更有意思的是,乐云鹤从天上悄悄摘了个小星,回到家,居然投胎变成他的儿子!《雷曹》里的天空行走,简直像顽童游历,像在湖里采莲,像在田野驱赶牛车,像在菜圃里喷灌蔬果。聊斋仙境之美,丰富了、补充了古代神话的疆域。蒲松龄凭着丰富的想象力,设计出前所未有的幻想境界。人的感情制造幻觉,它不是现实体验,但比现实更自由;它不是现实世界,但比现实世界更美好,更纯洁,像传说中的凤凰涅槃、天鹅冰浴,是人生理想的净化和升华。

《聊斋》仙山也较为接近人寰。道教圣地崂山在《成仙》中成为人来人往、羽客甚众的地方,在《崂山道士》中更接纳了许许多多求仙者,让他们像樵夫般劳作。日常生活中更随时可以点化出仙景,崂山道士剪一纸片贴墙上,马上变成光华满室的月亮,掷箸其中,嫦娥随之飘飘而下。《丐仙》中高玉成的严冬园亭,被道士陈九点化,暖风拂面,异鸟成群,水晶屏上花树摇曳,雪白的禽鸟唧啾不已,青鸾黄鹤,鸲鹆丹凤,翩翩自日中来。《余德》中尹图南居住在远离海洋的武昌,他的别第被秀才余德税居,屋壁为明光纸裱糊得像镜子一般光洁,金猊猊形的香炉中异香袅袅,碧玉瓶中插凤尾孔雀翎,水晶瓶中浸着垂枝几外的粉花,饮宴间,蝶形的粉花随鼓声变成飞蝶,落在尹图南身上。余德搬走

---

① 《聊斋志异》,第 614 页。

后遗下的养鱼缸被道士识为"龙宫蓄水器",得其一片可得永寿。原来,余德的府第是地上水晶宫!《济南道人》的道士画个门推开,门外严冬时节,门内荷叶满塘,一片青葱,间以含苞欲放的蓓蕾。刹那间万枝千朵齐开,朔风吹来,荷香沁脑。《彭海秋》中的仙人向天河一招手,一只画舫飘然而落,载人升空,驶入西湖……

《聊斋志异》仙境,亦成绝境。《聊斋》之后,再难找到更美的仙境、更人性化的仙人,也不再出现人仙小说新的构思模式。

第三节　人鬼交往和幽冥世界

志怪小说第二种重要构思模式,是人鬼交往、幽冥世界。这一构思模式奠基于魏晋南北朝,经唐传奇、宋元话本、明代拟话本推波助澜,到《聊斋志异》发展到顶峰。

夏商周三代宗教迷信盛行,巫术自商代大兴。巫教信奉上帝,或曰"帝",或曰"天",或曰"皇天",或曰"天帝",认为天帝是主宰人间一切的至高无上的神。巫教认为,日月星辰,生死祸福,水旱灾荒,兴衰治乱都按照天帝意旨施行,正如《论语·八佾》所说"获罪于天,无所祷也。"

因为相信上帝,相应相信鬼神。人死后有灵魂,人死为归,鬼也,是古代人的普遍认识。《列子·天瑞》说:"古者谓死人为归人。"中国古代鬼魂故事出现很早。《左传》写到公子彭生为齐侯所杀,后来齐侯围猎,见大豕人立而啼,是彭生的鬼魂。齐侯坠马伤了足,掉了鞋。《墨子》记杜伯被周宣王所杀,周宣王会合诸侯时,杜伯在光天化日之下,在千人之中,驾白马素车,穿红衣服,拿红弓箭射周王。

庄子认为,死亡是对人生苦难的解脱,是快乐。《庄子·至乐篇》说"死,无君于上,无臣于下,亦无四时之事。从然以天地为春秋,虽南面王乐,不能过也。"[①]髑髅论道是庄子著名寓言,庄子想让头骨重新长出骨肉肌肤,回到父母妻子身边时,髑髅一口回绝。

---

① 《庄子集释》(至乐第十六),第619页。

古人认为,死亡是找到人生最后归宿,是回家,而鬼魂又形成了另外一个世界:阴界。魂归泰山后,泰山神下边还有若干管理的机构。鬼通常担任对活人勾魂或惩戒的作用。鬼还是多彩多姿的。有很有学问的鬼,如蔡伯喈之鬼跟人谈诗,"搜古知今,靡所不谙"。有懂音乐的鬼,《广陵散》是鬼教嵇康的。有专门害人的鬼。《吕氏春秋》记载了鬼祟人故事,奇鬼竟以假乱真,诱使人杀害了亲生儿子:

> 梁北有黎丘部,有奇鬼焉,喜效人之子侄昆弟之状。邑丈人有之市而醉归者,黎丘之鬼效其子之状,扶而道苦之。丈人归,酒醒而诮其子曰:"吾为汝父也,岂谓不慈哉?我醉,汝道苦我,何故?"其子泣而触地曰:"孽矣! 无此事也。昔也往责于东邑人可问也。"其父信之,曰:"嘻! 是必夫奇鬼也,我固尝闻之矣。"明日端复饮于市,欲遇而刺杀之。明旦之市而醉,其真子恐其父之不能反也,遂逝迎之。丈人望其真子,拔剑而刺之。①

鬼神概念随着佛教东渐有发展。佛教在魏晋南北朝兴盛起来,寺庙遍布全国,所谓"南朝四百八十寺"。僧尼人数日增,佛教和中国本土宗教道教的不同是,道教宣扬寻仙、成仙、遇仙,佛教宣扬来世。此生无望,寄希望于来世,有更大迷惑性,许多著名文人都信佛,曹植、谢灵运、江淹、沈约、薛道衡……有的写志怪小说,有的不写。佛教一些主张如:好生恶杀、省欲去奢、因果报应,也易为群众接受。佛教昌盛为志怪小说提供了新的素材、新的构思方式,新的形象,如佛、菩萨、罗汉、天王、阎罗、夜叉、罗刹、饿鬼。

一、六朝鬼魂描写模式的奠定

人鬼交往和鬼魂世界的模式,经魏晋南北朝小说奠定。

到魏晋南北朝,庄子式对死亡达观的观念越来越为人们对死亡的恐怖代替,人们想象:死亡的世界是阴冷的,鬼希望在凡人的帮助下返回人世。在人鬼交往的描写上出现数种为后世广泛采用的模式:

一曰人鬼相恋;

二曰为爱复活;

---

① 〔战国〕吕不韦著,陈奇猷校释《吕氏春秋新校释》(慎行论第二·疑似),第 1507～1508 页,上海:上海古籍出版社,2002。

三曰佛教化地狱；

四曰鬼的多样化；

五曰人不怕鬼。

（一）人鬼相恋

曹丕《列异传·谈生》是较早的人鬼相恋故事：

> 谈生者，年四十，无妇。常感激读《诗经》，夜半，有女子可年十五六，姿颜服饰，天下无双，来就生为夫妇之言："我与人不同，勿以火照我也。三年之后，方可照。"为夫妻，生一儿，已二岁；不能忍，夜伺其寝后，盗照视之，其腰以上生肉如人，腰下但有枯骨。妇觉，遂言曰："君负我，我垂生矣，何不能忍一岁而竟相照也？"生辞谢，涕泣不可复止，云："与君虽大义永离，然顾念我儿，若贫不能自偕活者，暂随我去，方遗君物。"生随之去，入华堂，室宇器物不凡，以一珠袍与之，曰："可以自给。"裂取生衣裾，留之而去。
>
> 后生持袍诣市，睢阳王家买之，得钱千万。王识之曰："是我女袍，是必发墓。"乃取考之，生具以实对。王犹不信，乃视女冢，冢完如故。发视之，果棺盖下得衣裾。呼其儿，正类王女，王乃信之。即召谈生，复赐遗衣，以为主婿，表其儿以为侍中。[1]

《列异传》对后世人鬼恋小说构思有导向性影响：

其一，人鬼相恋，女鬼善良痴情。

其二，人鬼有别，人与鬼若即若离，女鬼突然跑来跟人间书生结为夫妇，却必须三年后才能见光，复生为人。

其三，篇幅虽短，结构却细针密线，女鬼裂下谈生衣服前襟，睢阳王怀疑谈生盗墓得到女儿珠袍，为证明是谈生盗墓，打开墓穴却发现谈生衣裾。谈生的儿子模样又跟睢阳王女儿相似。

其四，有大团圆的愿望。虽然女鬼没有复活，但是女鬼的情人却得到好下场。这样的基调成为后世人鬼恋题材主调。《搜神记》的《吴王小女》、《卢充》、《秦闵王女》都是这类故事：

> 吴王夫差小女，名曰紫玉，年十八，才貌俱美。童子韩重，年十九，有道术。女悦之，私交信问，许为之妻。重学于齐、鲁之间，

---

① 〔魏〕曹丕：《列异传》，见鲁迅：《古小说钩沉》，第258～259页。

临去，属其父母，使求婚。王怒，不与女。玉结气死，葬阊门之外。三年重归，诘其父母，父母曰："王大怒，玉结气死，已葬矣。"

重哭泣哀恸，具牲币，往吊于墓前。玉魂从墓出，见重，流涕谓曰："昔尔行之后，令二亲从王相求，度必克从大愿。不图别后，遭命奈何！"玉乃左顾宛颈而歌曰："南山有鸟，北山张罗。鸟既高飞，罗将奈何！意欲从君，谗言孔多。悲结生疾，没命黄垆。命之不造，冤如之何！羽族之长，名曰凤凰。一日失雄，三年感伤。虽有众鸟，不为匹双。故见鄙姿，逢君辉光。身远心近，何当暂忘。"歌毕，歔欷流涕，要重还冢。重曰："死生异路，惧有尤愆，不敢承命。"玉曰："死生异路，吾亦知之，然今一别，永无后期。子将畏我为鬼而祸子乎？欲诚所奉，宁不相信。"重感其言，送之还冢。玉与之饮宴，留三日三夜，尽夫妇之礼。临出，取径寸明珠以送重，曰："既毁其名，又绝其愿，复何言哉！时节自爱。若至吾家，致敬大王。"

重既出，遂诣王，自说其事。王大怒曰："吾女既死，而重造讹言，以玷秽亡灵。此不过发冢取物，托以鬼神。"趣收重。重走脱，至玉墓所诉之。玉曰："无忧，今归白王。"王妆梳，忽见玉，惊愕悲喜，问曰："尔缘何生？"玉跪而言曰："昔诸生韩重，来求玉，大王不许，玉名毁义绝，自致身亡。重从远还，闻玉已死，故赍牲币，诣冢吊唁。感其笃终，辄与相见，因以珠遗之。不为发冢，愿勿推治。"夫人闻之，出而抱之，玉如烟然。①

《吴王小女》故事在《吴越春秋》和《越绝书》中已出现，在《吴越春秋》中，她是吴王阖闾的女儿，因父亲把吃了一半的鱼给她吃，她觉得受了委屈自杀；到《越绝书》中，她成了吴王夫差的女儿，因为爱情得不到父亲的支持结怨而死，死后化形唱歌："南山有鸟……"；到了《搜神记》中，爱情战胜了身为君王的父母之命，战胜了人鬼之别，人鬼结合，吴王小女的歌词是唐传奇中以歌表情的滥觞。

《搜神记》中与《吴王小女》类似的故事还有《卢充》、《秦闵王女》。卢充遂獐至崔府，实际"崔府"是墓，与少女结婚，四年后，崔女给他送

---

① 〔晋〕干宝撰，王绍楹校注：《搜神记》，卷一六（紫玉），第 200~201 页。

来儿子,赠给他金碗,卢充入市卖碗,为崔氏姨所识,认为女婿。《秦闵
王女》写书生辛道度游学雍州,郊遇一大宅女子,遇到自称死了二十三
年的秦闵王女。两人结为夫妇。秦王女向辛道度赠金枕,辛道度回秦
国卖金枕,为秦妃发现,封为驸马。

(二)爱情起死复生

《搜神记》的《吴王小女》、《卢充》、《秦闵王女》都是鬼郡主向世间
书生求爱,结局是男主角或得子或得富贵。爱情战胜了尊贵上下之
别。遗憾的是,这些鬼公主或鬼郡主都没有回到人间。插上想象翅膀
的作家进一步让女鬼走出阴冷的坟墓,回归温暖的人间。

张华《博物志》写到死人复生故事:汉末关中大乱,有发前汉时冢
者,人犹活。既出,平复如旧。魏郭后爱念之,录著宫内,常置左右,问
汉时宫中事,说之了了,皆有次序。后崩,哭泣过礼,遂死焉。① 这里的
汉代人,究竟是根本没死,还是死而复生,都没有写明,他们更不是因
为爱情而复活的。

爱情有着生死人而肉白骨的力量,死而复生成为志怪小说的重要
结构方式,干宝《搜神记》的《父喻》、《河间男女》为早期代表。《父喻》
写秦始皇时王道平与父喻誓为夫妇,王被派外出,九年不归,父母将父
喻嫁刘某,三年后父喻郁郁而亡。再过三年,王道平还家,至父喻墓,
三呼女名,父喻的灵魂告诉他:开墓可活。王道平将父喻带回家,结为
夫妇,刘某向官府申诉,结果将父喻判给王道平。《河间男女》的故事,
比《父喻》写得更加生动:

> 晋武帝世,河间郡有男女私悦,许相配适。寻而男从军,积年
> 不归。女家更欲适之。女不愿行,父母逼之,不得已而去。寻病
> 死。
>
> 其男戍还,问女所在。其家具说之。乃至冢,欲哭之尽哀,而
> 不胜其情。遂发冢开棺,女即苏活,因负还家。将养数日,平复如
> 初。
>
> 后夫闻,乃往求之。其人不还,曰:"卿妇已死,天下岂闻死人
> 可复活耶?此天赐我,非卿妇也。"于是相讼。郡县不能决,以谳

① 〔晋〕张华撰,范宁校正:《博物志校证》,卷七,第95页。

廷尉。秘书郎王导奏:"以精诚所至,感于天地,故死而更生。此非常事,不得以常礼断之。请还开冢者。"朝廷从其议。①

爱情战胜了父母之命,爱情能够起死回生。《父喻》和《河间男女》的小说主角都写得好,男子痴情机智善辩,女子热诚、执着、大胆。

陶渊明《搜神后记》有三个非常有趣的鬼魂复活故事。

《马子》写广州太守冯孝之子小名"马子",夜梦一女,自称是前任太守之女,死了四年,是枉杀,应该复活至寿八十。马子与女子约好相会日期,到期,马子床前地面显出头发,令人扫去,头发更加分明,马子醒悟是梦遇女子来了。屏退左右,女子渐渐从地面露出,先头发,后额,后头面,后肩膀,最后全身出来。与马子同寝,约好用丹雄鸡祭祀,将女从棺中抱出,复活后,二人生两女一男。

《李仲文女》写武都太守李仲文,有女十八而死。葬城北。继任太守之子张子长夜梦女郎,结为夫妇。后李仲文发现女儿的一只鞋在张子长床下,匆忙发冢,发现女儿已经体生肉,但因发冢时间过早,不能复活。

《襄阳李除》写:襄阳李除中时气身亡,妻守尸至三更。李除忽然起坐,抢妻子臂上金钏,妻子交到他手中,李除又死了。早上,李的心窝变暖,渐渐苏醒,告诉妻子:我给人抓去,伙伴很多,我看到有人靠行贿回来了,就向看守者许诺:我将妻子的金钏送给你。看守者令我回来取。他拿到金钏,就放我回来了。妻子听说后,不敢再戴金钏,一边祝告,一边将金钏埋了。

三个故事各有玄妙。《马子》写爱情可以起死回生,但鬼魂出现场面未免恐怖;有人解释《李仲文女》写封建家长阻挠青年男女爱情,其实并非如此,李仲文不过爱女心切才导致女儿不能复活。《襄阳李除》最有思想价值。有强烈的讽刺性,用冥世索贿、冥世黑暗,比喻人间。这种方法为后世作家广泛采用。

祖冲之《述异记·崔基》的痴情女鬼出自笔者家乡青州,很有神采:

清河崔基,寓居青州。朱氏女姿容绝伦,崔倾怀招揽,约女为

---

① 〔晋〕干宝撰,王绍楹校注:《搜神记》,卷一五,第175页。

妾。后三更中,忽闻叩门外,崔披衣出迎,女雨泪呜咽,云:"适得暴疾丧亡,忻爱永夺,悲不自胜。"女子于怀中抽两匹绢与崔,曰:"近自织此绢,欲为君作裈衫。未得裁缝,今以赠离。"崔以锦八尺答之。女取锦曰:"从此绝矣!"言毕,豁然而灭。

至旦,告其家,女父曰:"女昨夜忽然病,夜亡。"崔曰:"君家绢帛无零失耶?"答云:"此女旧织余两匹绢,在箱中,女亡之始,妇出绢,欲裁为送终衣,转盼失之。"崔因此具说事状。①

(三)佛教化地狱

刘义庆《幽明录》里的鬼故事,有了一个新内容:佛教化地狱。表现为:佛家恶鬼"罗刹"出现;佛教地狱得到详尽文学性描绘。

佛教中有罗刹恶鬼,《慧琳音义》云:"罗刹,此云恶鬼也,食人血肉,或飞空或地行,捷疾可畏也。"

《幽明录》记载,宋时有一国,罗刹数入境,食人无数。国王与罗刹约定:由各家送人供食,一奉佛弟子独子当行,罗刹惧其佛力不敢靠近。

佛教地狱的概念在《幽明录》、《赵泰》、《康阿得》、《石长和》、《舒礼》等都出现。《幽明录》还将佛教、道教的地狱合为一体。佛教的十殿阎罗、道教的冥司在泰山,由泰山府君统治。他们都可以管辖、惩罚人类中的败类。《舒礼》写道,生前有罪者,在地狱备受酷刑,巫师舒礼有杀生罪,被牛头人身者叉在铁叉上烤,身体焦烂,求生不得。《康阿得》写地狱的铁床、刀山、剑树、铜柱。《赵泰》写赵泰死而复生谈他在地狱的所见所闻:

初死时,有二人乘黄马,从兵二人,但言捉将去。二人扶两腋东行,不知几里,便见大城如锡铁崔嵬。从城西门入,见官府舍,有二重黑门,数十梁瓦屋。男女当五六十,主吏著皂单衫,将泰名在第十三。须臾将入,府君西坐,断勘姓名。复将南入黑门,一人绛衣,坐大屋下,以次呼名前,问生时所行事,有何罪故,行何功德,作何善行。言者各各不同……断问都竟,使为永官监作吏,将千余人,接沙著岸上。昼夜勤苦,啼泣悔言:"生时不作善,今堕在

---

① 〔南朝齐〕祖冲之撰:《述异记》,见鲁迅:《鲁迅全集》,第八卷《古小说钩沉》,第304～305页。

此处。"后转水官都督……复到泥犁地狱，男子六千人，有火树，纵广五十余步，高千丈，四边皆有剑，树上然火，其下十十五五，堕火剑上，贯其身体。云："此人咒咀骂詈，夺人财物，假伤良善。"泰见父母及一弟在此狱中涕泣……复见一城云纵广二百里，名为"受变形城"。云生来不闻道法，而地狱考治已毕者，当于此城受更变报。入北门，见数千百土屋，中央有瓦屋，广五十余步，下有五百余吏，对录人名作善恶事状，受所变身形之路，各从其所趋去：杀生者云当作蜉蝣虫，朝生夕死；若为人，常短命。偷盗者作猪羊，身屠，肉偿人。淫逸者作鹄鹜蛇身。恶舌者作鸱鸦鸺鹠恶声，人闻皆咒令死。抵债者为驴马牛鱼鳖之属。……又见一城，纵广百里，其中瓦屋，安居快乐。去生时不作恶，亦不为善，当在鬼趣，千岁得出为人。又见一城，广有五千余步，名为"地中"，罚谪者不堪苦痛。男女五六万，皆裸形无服，饥困相扶。见泰，叩头啼哭……①

王琰《冥祥记》中的《赵泰》比《幽明录》更详细，赵泰所至诸狱，对恶人惩罚很不一样，有的针贯其舌，有的在烧红的铁床铜柱上爬，有的在热油锅炸，有的在刀山剑树上攀登……另一篇《慧达》长达一千二百字，写沙门慧达死而复生，叙述他死后看到的寒冰地狱、刀山地狱。寒冰地狱里的鬼"身甚长大，肤黑如漆，头发曳地"，地狱中"有冰如席，飞散著人，著头，头断；著脚，脚断。"慧达受尽磨难是因为他生前杀生。《冥祥记》的"鬼域"幻想性更强，文字更细致，篇幅也加长。"佛法无边"、"因果报应"更明显。

（四）鬼魂形象多样化

随着鬼魂故事增多，鬼魂形象多样化。傻鬼、冤鬼、调皮鬼、天真鬼、有文化的鬼纷纷亮相，演绎不同的人生悲欢。

《幽明录》创造的鬼推磨故事很有情趣：一新死鬼形瘦，见死二十年的朋友长得胖胖的，就问有什么办法。答：为人怪，必与食。新鬼就先到一佛门弟子家，见有磨，推之，家主看到无人管的磨自己推起粮食来，很高兴地说：佛怜我贫，令鬼推磨，于是加麦数斗。只加麦不给吃。

---

① 〔南朝宋〕刘义庆撰，王根林点校：《幽冥录》，见《汉魏六朝笔记小说大观》，第739～740页。

到另一个佛门弟子家碓谷,同样如此。又累又饿的新鬼再向朋友请教。回答说:到不信佛的人家作怪。他就到一家,抱起一条白狗令空中行,此家害怕之极,杀狗置饭,让他大吃一顿。我们现在常说的"有钱买得鬼推磨",原意并非如此。

《幽明录》创造出可爱的少年鬼,形象与常人无异:元嘉初,散骑常侍刘某携家人在丹阳住,天下大雨,忽见门前有三个小儿,皆六七岁。在雨中玩耍,身上却干干的。刘怀疑他们不是常人。看到小儿争夺一个瓠壶子,就用弹弓弹之,正中壶,三个小儿都不见了。第二天,有个妇人执壶而泣。刘问:你为什么哭?妇人回答:这是我亡儿的物品,怎么会在这里?刘如实相告,妇人将壶埋在儿子墓前。又过一天,刘某看到前几天见到的小儿又来了,手里举着壶说:"阿侬已复得壶矣!"说完,就不见了。这个故事中的少年鬼,毫无鬼气,天真、可爱,像世间儿童。

祖冲之《述异记·王瑶家鬼》则创造了一个傻鬼形象:王瑶家经常有个细长黑色鬼来其家捣乱,或歌啸,或将秽物投入食物之中;再到庾家捣乱,庾家主人故意捉弄鬼说:你用石头打我,我不怕,我最怕用金钱打。鬼果然拿钱打中庾某面颊,庾某说:新钱打不疼,乌钱才能打疼。鬼果然用更值钱的乌钱打,结果庾家得到百余钱。王瑶家鬼既淘气又傻得可爱。

荀氏《灵鬼志·嵇中散》写嵇康性情豪迈,他到南亭,亭多凶,嵇不惧,危坐弹琴,空中有称善声。自言"故人",二人一起坐而论琴,鬼以"广陵散"授之。鬼里边居然有音乐家!

道学家颜之推的《颜氏家训》至今还在社会流传。他的《冤魂志》其实应该标明是隋代作品,《四库全书提要》说:此书所述,皆释家报应之说。在这种报应观的指导下,"冤魂"或冤鬼成为主要内容,如《太乐伎》写太乐伎被盗贼误牵案中,县令陶继之明知他冤枉却将他同盗贼一起杀掉。太乐伎临刑表示:我虽然身份低贱,但我不是盗贼,做了鬼必定向阴司申诉。太乐伎夜间多次进入陶继之梦中,结果陶疯癫而死。《弘氏》写梁武帝欲建造陵上寺,无佳材,官吏发现曲阿商人弘氏有长千步、世上罕有之木,南津校尉孟少卿为讨好朝廷,借口弘氏卖的衣服超过规定,予以处死,将财物没收入官,没收其材,充寺用。弘氏临刑,让妻子把黄纸和笔墨放到棺材里时,"死而有知,必当陈诉",写下孟少卿的名字吞下。一个月后孟少卿白天看到弘氏来找他,开头还想抵抗,后来只求饶恕,最终呕血而死。凡牵扯到此案中的人都遭横死,用弘氏的材木建造的陵上寺也被天火烧光。《冤魂志》中《徐铁臼》影响更大:

> 宋东海徐某甲,前妻许氏,生一男,名铁臼,而许氏亡。某甲改娶陈氏。陈氏凶虐,志灭铁臼。陈氏产一男,生而咒之曰:"汝不除铁臼,非吾子也。"因名之曰:"铁杵"。欲以杵捣铁臼也。于是锤打铁臼,备诸苦毒,饥不给食,寒不加絮。某甲性暗弱,又多不在。后妻恣意行其暴酷,铁臼竟以冻饿痛杖而死,时年十六。

> 亡后旬余,鬼忽还家,登陈床曰:"我铁臼也,实无片罪,横见残害。我母诉怨于天,今得天曹符来取铁杵,当令铁杵疾病,与我遭苦时同。将去自有期日,我今停此待之。"声如生时,家人宾客不见其形,皆闻其语。于是恒在屋梁上住。

> 陈氏跪谢抟颡,为设奠。鬼云:"不须如此。饿我令死,岂是一餐所能对谢!"陈夜中窃语道之。鬼厉声曰:"何敢道我?今当断汝屋栋。"但闻锯声,屑亦随落;拉然有响,如栋实崩。举身走出,炳烛照之,亦了无异。鬼又骂铁杵曰:"汝既杀我,安坐宅上,以为快也?当烧汝屋。"即见火然,烟焰大猛,内外狼狈,俄尔自灭,茅茨俨然,不见亏损。日日骂詈,时复歌云:"桃李花,严霜落奈何;桃李子,严霜早落已。"声甚伤切,似是自悼不得长成也。

> 于时铁杵六岁,鬼至便病,体痛肠大,上气妨食。鬼屡打之,处处青䵣。月余而死,鬼便寂然。①

《徐铁臼》有两方面意义,一方面,是冤魂复仇,另一方面,鞭挞了封建社会比较普遍的恶后母。后母是封建社会的痼疾之一,因为财产继承等多方面因素,许多后母对前房之子百般虐待。陈氏表现得尤为典型,她恶毒残忍,连给自己儿子起名都是为了迫害前房之子,前房子叫铁臼,她给自己生的儿子命名铁杵,以杵捣臼,必欲置于死地而后快。最后终于用拷打、饥饿等方式害死徐铁臼。徐铁臼生前俯首帖耳

---

① 颜之推:《冤魂志》,见王云五主编:《四库全书珍本十一集·还冤志》,台北:台湾商务印书馆(用故宫博物院藏文渊阁本影印),第15~16页,1981。

任凭后母虐待,做鬼后,因为生母撑腰、上帝做主,突然强大起来,他对陈氏报仇毫不手软。这个故事流传很广。唯一的缺陷是:铁杵是个无辜幼儿,将报仇的对象确定在他身上,未免有些残忍。

(五)人不怕鬼

早在曹丕《列异传》就写到人不怕鬼的故事,《搜神记》中不怕鬼的故事更多、更有趣。如《宗定伯》,不仅不怕鬼,居然还能把鬼卖了换钱。安阳和南阳的书生都是不怕鬼的英雄。安阳书生住到经常夜晚杀人的安阳亭,不怕鬼祟,还捉住了老蝎、老雄鸡、猪妖。宋大贤是南阳书生。南阳有一亭,人止则为祸。宋大贤平素以正道自处,他住进亭中,夜晚鼓琴,有鬼以狰狞面貌吓他,他不怕;鬼丢过来一个死人头,他说:很好,我正缺枕头呢。他与鬼搏斗,缚而杀之。

南阳亭成为小说家喜欢安置故事的地方。荀氏《灵鬼志·嵇中散》的故事也安排在这里。

人鬼交往和鬼魂故事的基本模式在魏晋南北朝奠定后,经过唐传奇、宋元话本、明代拟话本,几类模式继续延续并创造出一系列好的小说。最重要的,却是通过几代小说家的创造,女鬼形象有了较大发展,热爱人生、主动求爱、坚决对负心汉复仇,成为重要题材。

二、唐传奇中的缠绵女鬼

唐代变文应归入唐代早期白话小说类型。佛教化地狱在唐代变文中有充分表现。因为变文采取僧讲的方式推向民众,采用的语言也是通俗的,因此在民众中产生较大影响。

目连寻母的过程,将佛教的地狱文化写得非常透彻。佛弟子目连,因为修行好得进天堂,见到了父亲,却见不到母亲,佛说:你母亲在地狱里。目连到了几个地方都没找到母亲青提夫人。在寻找过程中,他看到一处地狱,左为刀山,右为剑树,刀山中白骨纵横,剑树上人头千万颗。罪人被驱入刀山剑树,锋剑相向,血涓涓而流。再到一处几百里广的地狱,风吹火烧,狱卒用叉子叉住罪人,往嘴里灌沸腾的铁水,用铜箭射眼睛,罪人的身手像瓦片一样粉碎。又到一处地狱,黑烟腾腾,恶气熏天,一马头罗刹手持铁叉叉罪人往烧红的铜柱铁床上扔。男的扔在铜柱上,女的扔在铁床上,罪人喊饿,就喂铁丸,喊渴,就灌铁汁。目连询问的结果,知道母亲在阿鼻地狱里,是地狱最可怕的地方。阿鼻地狱空中有牛头马脑,罗刹夜叉,牙如剑树,口似血盆,铁蛇吐火,铜狗生烟。锥钻在天上飞,剜刺妇人的背,铁钯横扫妇人的眼,髑髅碎,骨肉烂,筋皮折,肝胆断,碎肉溅于四门之外,凝血四散在狱河之边。毒蛇咬,红炉烧,铁钻铲……目连终于见到母亲时,"七孔之中流血汁,猛火从娘中出。……牛头把锁东西立,一步一倒向前来……"最后目连在如来佛的亲自帮助下,终于把母亲从阿鼻地狱解脱出来。像目连救母故事这样详尽描写地狱惨状的,中国小说真是空前绝后。

唐传奇的鬼故事的代表作《唐暄》,唐暄娶表妹后,外出数月未归,梦到妻子隔花泣,窥井笑,醒后找人解梦说:隔花泣,颜随风谢,窥井笑,喜于泉路,回家后,妻子果然死了。几年后他赋悼亡诗,听到暗处有人哭,乃妻张氏,两人会面后,张氏唤"罗敷",是早于张氏十几年已经死的使女。罗敷出来,带着死于襁褓、长成五六岁的女儿阿美,侍奉他们的还有死了多年的老女仆。席间妻子让另一些丫鬟出来,都是唐暄平时给妻子烧的纸人。

《唐暄》把冥间变成了人间的补充或移位:

阿美,婴儿时死亡,在冥间长成五六岁;

侍女,纸剪帛裁并给命名后烧化,在冥间都成"活人";

唐暄妻子生前不会写诗,死后学会;

唐暄父母跟张氏住在一起,父母居然想令张氏再嫁,张氏不肯。

张氏到人间跟丈夫相会,翁婆在天明时督促她回到阴世,免得受到"冥司督责",似乎鬼魂只要白天待在冥世就可以了。

《唐暄》中,人世与阴世没有明显的界限,阴世人情味十足,死不是生活的结束,而是另一生活的开始。

《李章武传》的女鬼王氏比《唐暄》的张氏更加细腻、丰满。作者李景亮,唐德宗时应"详明政术可以理人科"及第。他的《李章武传》是唐代最杰出的人鬼恋小说。

李章武容貌秀美,学问很深,被时人称为"张华"。贞元年间,他到华州看朋友,在市北街看到一个美丽的妇人,知道是王家媳妇,他故意赁其隔壁房住下,二人很快"悦而私",李章武花了三万钱,王家子妇花的比他还多。章武离开时,留交颈鸳鸯一端并赠诗,王家子妇赠白玉指环并回赠诗,还赏李章武得力男仆杨果一千钱。二人分手后八九年,李章武重访旧地,听说王家子妇已死。其好友东邻妇告诉他,王家子妇曾对她说:我们家就像旅店一样,来的人很多。不少人见我就调戏,但他们"殚财穷产,甘辞厚誓",我都不动心。我只和李章武真心相爱。后来王家子妇病危,又告诉东邻妇:她是对李章武感念久以成疾。李章武要求东邻妇打开王家门祭奠一番,刚进门就发现有个妇人在打扫。并告诉他:王家亡妇想见他。李章武欣然同意:

> 乃具饮馔,呼祭。自食饮毕,安寝。至二更许,灯在床之东南,忽尔稍暗,如此再三。章武心知有变,因命移烛背墙,置室东南隅。旋闻室北角悉窣有声,如有人形,冉冉而至。五六步,即可辨其状。视衣服,乃主人子妇也。与昔见不异,但举止浮急,音调轻清耳。章武下床,迎拥携手,款若平生之欢。自云:"在冥录以来,都忘亲戚。但思君子之心,如平昔耳。"章武倍与狎昵,亦无他异。但数请令人视明星,若出,当须还,不可久住。每交欢之暇,即恳托在邻妇杨氏,云:"非此人,谁达幽恨?"至五更,有人告可还。子妇泣下床,与章武连臂出门,仰望天汉,遂呜咽悲怨。却入室,自于裙带上解锦囊,囊中取一物以赠之。其色绀碧,质又坚密,似玉而冷,状如小叶。①

王家子妇将她在华山从玉京夫人那儿得来的仙界珍宝送给李章武,赠诗"昔辞怀后会,今别便终天。新悲与旧恨,千古闭黄泉。"二人分手,王家子妇行数步,犹回顾拭泪云:"'李郎无舍,念此泉下人。'复哽咽伫立,视天欲明,急趋至角,即不复见。"②王家子妇的赠诗说明二人只有这一次相见"权力",如再相见,视天欲明,必遭冥谴。但是当李章武在路途中吟诵怀念王家子妇的诗时,又听到空中音调悽恻的叹赏声,原来是王家子妇冒冥司重责来相送。结尾末了像其他小说一样,外来和尚念真经,王家子妇所赠珍宝由胡僧认出:"此天上至物,非人间有也。"

《李章武传》标志着小说鬼魂类题材从志怪化描写向传奇化、人情化大踏步迈进。这个人鬼相恋的故事,既写女鬼痴情,也写人间男子

---

①② 鲁迅校录:《唐宋传奇集》,第38~39页,济南:齐鲁书社,1997。

痴情,两痴相逢,必是一真。李章武是个钟情、重情、痴情的男子。他对王家子妇一见钟情,并不因为她成鬼而嫌弃,相爱一如既往。王家子妇更是"绝代恋人"。小说创造了女鬼区别于普通人间女子的存在状态,女鬼比人间女子"语调轻清",给人如烟如云的感觉,"如有人形,冉冉而至"、"举止浮急,音调轻清"。王家子妇因为怀念情人而亡,成了鬼魂仍痴恋情人,对情人如泣如诉、肝胆相照,依依不舍,赠送珍贵的仙界宝物。其实王家子妇已处于亦鬼亦仙状态,但作者却有意制造分离,既不让她借仙家法术跟李章武重新结合,也不让她像六朝小说许多女鬼死而复生,似乎成心让李章武跟王家子妇充分从"生离"、"死别"、"永久分手"中接受考验、坦露心扉。

《李章武传》的女鬼形象,大大超过了魏晋南北朝小说的女鬼,成为《聊斋志异》女鬼的前驱。

三、"活捉王魁"和贾云华还魂

小说发展到宋代,人鬼相恋仍是作家热衷的题材。

鲁迅先生《中国小说史略》对宋代小说评价不高,"宋一代文人之为志怪,既平实而乏文彩,其传奇,又多托往事而避近闻,拟古且远不逮,更无独创之可言矣"①。

宋代小说中,传奇《绿珠传》、《太真外传》、《李师师传》、《谭意哥传》、《赵飞燕别传》等,多因袭或模仿前代故事,写作水平也未曾超出《霍小玉传》等。《大业拾遗记》、《归田录》、《唐语林》、《青琐高议》、《夷坚志》、《容斋随笔》、《醉翁谈录》、《绿窗新话》等文言杂记和《京本通俗小说》、《清平山堂话本》中,有些较好的小说作品。《绿窗新话》本身成就不算高,但经常被后世艳情小说引用、借用。

宋代女鬼形象塑造倒是有所前进。从六朝和唐代小说的柔弱、温柔、认命,变为刚强、敢抗争。话本《碾玉观音》、《王魁》是代表。

《碾玉观音》出自《京本通俗小说》,冯梦龙选入《警世通言》改名《崔待诏生死冤家》。故事描写延安府咸安郡王看上擅长刺绣的璩秀秀,收入府中。府内原有碾玉工匠崔宁,因为替郡王将一块羊脂美玉

---

① 鲁迅:《中国小说史略》,见《鲁迅全集》,第9卷,第110页。

雕成观音,郡王一时高兴,许诺"待秀秀满日把来嫁你"。有一天崔宁恰好在外,望见郡王府着火,奔回看时,恰好遇到带着一帕珠宝逃出的秀秀。秀秀主动要求跟崔宁成夫妻,二人搬到衢州居住。不久为郡王府派来出差的郭排军发现,向郡王告发,将二人捉回。崔宁被发往建康。秀秀赶来跟随,还将父母接来,共同居住。后因朝廷玉观音的铃儿脱下,令郡王府原制作者配置,仍是郭排军前往建康寻找崔宁。他看到崔宁身后的秀秀,拔脚就跑!原来,秀秀早被打死,其父母也跳河自杀。结尾是秀秀将崔宁拉走一起做鬼。"后人评论":"咸安王捺不下烈火性,郭排军禁不住闲磕牙。璩秀娘舍不得生眷属,崔待诏撇不脱鬼冤家。"

秀秀比起魏晋南北朝和唐传奇志怪小说的女鬼,更加大胆、主动、敢做敢当。她爱崔宁,就往死里爱,死了还得爱,最后干脆拉上崔宁一起做鬼。在古代小说人鬼恋题材中,秀秀是特殊的"这一个"。

王魁负心故事比《碾玉观音》更重要。不仅故事本身成为后世小说戏剧屡写、屡演不衰的话题,而且创造一种可以叫"活捉王魁"的新构思模式:女鬼受负心汉残酷虐害,做鬼也要报仇。直到《聊斋志异》的《窦氏》仍是这种模式。

宋代《醉翁谈录》已有《王魁负心》的说话名目,辛集卷二有《王魁负约桂英死报》。"王魁"本非其名,而指名列榜首的王某人。据周密《王魁传》记载,王魁名俊民,山东莱州人,与苏轼是同代人,嘉祐年间状元,发狂病而卒。小说家故意将负心汉王魁扣到王俊民头上:宋朝山东济宁府秀才王魁,字俊民,上京应试下第归来,在莱阳遇到妓女敫桂英,二人"目成心许",桂英承揽起王魁的生活,让他专心攻读。一年后,王魁进京赶考,二人焚香设誓,各不负心。生同衾、死同穴。王魁考中状元,桂英寄诗祝贺,末句"夫贵妇荣千古事,与郎才貌各相宜"。王魁竟不在意。桂英又寄诗:"谁知憔悴幽闺质,日觉春衣丝带长","早晚归来幽阁里,须教张敞画新眉"。王魁自忖:我现在富贵,岂能以烟花女子为妻?他到徐州上任,桂英派人送信,竟被他遂出。桂英呕血大哭,自刎而死。王魁与崔小姐完婚,听说桂英自杀,毫不伤心,还欣喜拔去眼中钉。没想到桂英却寻了来,骂道:"你轻恩薄义,负誓渝盟,使我至此,怎肯与你干休!"王魁虽然请了法师来驱鬼,无奈阴司不听,判官道:"富贵人只顾把贫贱的欺凌摆布,不死不休,堆积这一生的冤孽账,到俺这里来。"王魁鸣呼哀哉,大快人心。

王魁故事在南宋已经广为流传并搬上舞台,宋元杂剧、明清传奇都沿袭这个故事,直到现在,舞台上仍然有多种剧种演出。女鬼复仇,成为志怪小说而且不仅仅是志怪小说的构思模式。

《贾云华还魂记》是明初小说,收入《剪灯余话》,作者是明代永乐年间进士李昌祺。作者自称模仿《剪灯新话·柔柔传》。内容是:元朝至正年间,湖北襄阳秀才魏鹏(字寓言),屡试不第,其母萧夫人郁郁成疾,要儿子到钱塘访学,兼到故交贾平章妻莫夫人处议早年指腹为婚的婚事。魏鹏到达,贾平章已死,魏鹏对其女娉娉(字云华)一见钟情。但莫夫人只留魏鹏在外厢读书,并不提早年指腹为婚事。魏鹏与云华几经周折,完成"西厢"故事。萧夫人催儿子回乡应试。一对情侣掩泪而别。魏生接连金榜题名,一拖两年,得个小官,重访钱塘,与云华继续沉湎爱河,私相往来。没想到魏鹏未及上任,就接到母亲去世消息,只好回乡守制。他临走前,莫夫人正式通知他:不想让女儿远嫁他方,不同意二人婚事。云华自魏鹏离去,不吃不睡,花容憔悴,临死留信给魏鹏永别。三年后,魏鹏得知云华已死,誓不再娶。夜里梦到云华:阎罗感魏鹏不娶之义,允许她借尸还魂。不久,长安县丞宋某女宋月娥暴亡,三日复苏,说是贾云华还魂。宋氏夫妇发现,"女儿"声音、态度完全跟原来不同。而她到贾家,像回到自己家。于是,莫夫人同意二人完婚。二人享高寿,死后合葬。

《贾云华还魂记》作为小说艺术成就并不太突出,但影响到后世小说和戏剧,甚至泽被海外。台湾学者陈益源在《元明中篇小说传奇研究》中说:《贾云华还魂记》不仅为明清文言、白话小说所借鉴抄袭、津津乐道,亦是朝鲜汉文小说作者所熟悉的中国还魂故事。朝鲜汉文小说《淑香传》、《英英传》、《周生传》、《钟玉传》都把贾云华的故事当典故引用。

四、《聊斋》鬼魂的社会化、哲理化、诗意化

《聊斋志异》的鬼魂故事很多,内容丰富。对古代小说构思方面的贡献,简言之为三项:

一曰鬼魂世界社会化；

二曰鬼魂形象哲理化；

三曰女鬼形象诗意化。

（一）鬼魂世界是尘世倒影

《席方平》阴司告状，用阴世的乌烟瘴气描写凡尘。当代伟人毛泽东在延安文艺座谈会时就欣赏此作，认为蒲松龄写的是清朝历史。

鬼魂向压迫者复仇，不仅是男人，还有梅女、窦氏。

《聊斋》幽冥世界，是蒲松龄按照其对现实社会的认知，创造的社会"模拟版"或"理想版"。

《聊斋》冥世是刑狱之处，它按人生前表现确定其官位、寿夭。官位可来世做，也可冥中任职，《考城隍》中宋焘和《王六郎》中水鬼被派为城隍。坏人则经过地狱刑罚后派到人世做驴，做猪狗，如《三生》写刘孝廉的三世，一世为品行多玷的缙绅，死后被冥王罚为马。二世做马，被奴仆虐待，愤而绝食死，冥王怒其罚限未满，剥去皮革，罚为犬。为犬又故意咬人，被杖杀，冥王恶其狂犬，笞数百，罚作蛇。遂矢志不残生类，饥吞木实，苟活年余，驶于车下断为两段。第四次至冥司，冥王终于准其赎罪满限重新投胎为人。

冥世善恶昭彰。《阎罗薨》的魏经历是阳世人梦断阴司事。他的上司、巡抚大人为父亲向魏求情。巡抚之父生前任总督，误调军队导致全军覆灭。魏带巡抚去看审案，为平民愤，下令将巡抚之父下油锅炸一遭，巡抚心痛得失声一号，结果，阎罗受到了惩罚，"及明，视魏，已死于廨中"，兼职阎罗被阴司索去追查徇私舞弊之责了。

冥罚在聊斋比比皆是。有时，阎罗索性越俎代庖，把职权延伸到人世。《阎王》中李久常因偶然机会入冥，见其嫂被钉在扉上，号痛不止，李久常归家，则其嫂脓疮溃烂，这是阴司对妒妇在阳世的惩罚。

《聊斋》还写鬼中之鬼，死后再死。《章阿端》写人死为䰰。鬼䰰仍有死生。章阿端是女鬼，丈夫是䰰鬼，章阿端和活人相恋，䰰鬼来干预，结果她只能死了再死。小说荒唐，奇特得像西欧哥特式小说。花死了可以有花鬼，《香玉》中花鬼灵魂像轻烟，可望而不可触。

在《聊斋》中，阴司并不全是地狱，也不是人一切活动的结束，倒常常变成人继续有滋有味生活的开始：《湘裙》里没有儿子的晏仲在阴司纳妾,生下了聪明可爱的儿子;《珠儿》里夭折的惠儿在阴司嫁给大阔少,满头珠翠到人间走娘家;《鬼作筵》的杜叟在阴司给本该死亡的儿媳求人情,在阴司大摆宴席,答谢帮忙上下其手的鬼,没人掌勺,就到人间把儿媳妇叫来制作菜肴;《汪士秀》写擅长"流星拐"的汪士秀在龙宫一展绝技,溺死的吴越美姬在龙宫做上散花天女……

《汤公》惊心动魄地写人临终忏悔:凡自童稚以来的大大小小诸事,一些早已忘怀的琐屑事,弥留之际一一从心中闪过,有一善事,则心中清静宁帖,有一恶事,则如油沸鼎中。这一描写和现代科学的叙述不无相通之处,但如此严重的忏悔并不是《聊斋》幽冥世界所必有的。《聊斋》常常混淆阴间阳世的界限。人进入幽冥可以是因病,像《汤公》"抱病弥留",像《刘全》"病卧,被二皂摄去";可以梦入阴司,像《杜翁》"觉少倦,忽若梦,见一人持牒摄去";可以肉身入冥,《酆都御史》和《龙飞相公》的主人公分别因为探险、坠井而入冥,《爱奴》的男主角则在青天白日下被人礼请入冥。而鬼可以用各种方式复活。连琐、聂小倩、伍秋月都在恋人的帮助下返回了人间。连城和恋人乔生一起返回人间,还捎带上一位宾娘。耿十八被勾命使者引入冥司时,途中趁引导者不备越台逃走,用手指抹去勾魂车上的名字,冥司居然也不再追捕。

泉路茫茫,去来由尔,造成了幽冥的人世色彩。人死可以复生,生可以复死,既然如此,冥世有甚可怕?《聊斋》更构思出游魂回人间和生人入幽冥的光怪陆离故事,使得幽冥与人世似可融为一。《水莽草》中祝生误食水莽草而死,妻改适,祝生念母老子幼,携冥中娶的妻子寇三娘回家,承欢膝下,情义拳拳。《湘裙》中晏仲将长兄晏伯在阴司娶妾生的儿子阿小携回人间,饲以血肉,驱日中暴晒,使兄阳嗣绝而阴嗣继。《金生色》写丈夫虽死,仍返回人间惩治污己门户的寡妻。《土偶》则写已死夫君回人间与妻子厮守并育子。《爱奴》中的阴司慈母为了教育儿子,重金从人间延师,还为了不肖子屡屡向老师求情。《元少先生》中,连阎王爷都到人间请起塾师来。

《聊斋》幽冥是尘世倒影,尘世升华,《聊斋》鬼魂的社会化,是历朝历代志怪小说都没有做到的。

(二)《聊斋》鬼魂的哲理化

《聊斋》鬼魂的哲理化,无过男鬼形象创造。

蒲松龄最后功名是岁贡,得儒学训导衔,因年过七旬没机会赴任。但他的《饿鬼》写了个坏事做绝的儒学训导。临邑训导朱某前世是绰号"饿鬼"的马永,因坐吃山空,"衣百结鹑,两手交其肩,在市上攫食。"这个百无一是的马永却和临邑学官达成肮脏交易:由马永去敲诈有钱学生,以刀自劙,再诬告学生,"学官勒取重赂",引起公愤。马永枷号示众,死于狱中。再世为人,做了临邑训导,"官数年,曾无一道义交,惟袖中出青蚨,则做鸱鹠笑;不则睫毛一寸长,棱棱若不相识"。蒲松龄创造性地运用轮回观念。按照佛教轮回观,今生作恶,来世变畜生,今生积德,来世有官禄。蒲松龄反其道而行之,让前世坏事做尽的马永来世为学官。可见学官前世猪狗不如。如此仇恨、贬斥考官,说明蒲松龄因为几十年科举折磨几近于心理变态。

《考弊司》是《饿鬼》姐妹篇。考弊司堂前,两个石碑巍然而立,上写笆斗大绿字:"孝悌忠信"、"礼义廉耻"。堂上大匾是:"考弊司"。楹间一联为:

曰校,曰序,曰庠,两字德行阴教化;

上士,中士,下士,一堂礼乐鬼门生。

古代学校,夏代称"校",殷代称"序",周代称"庠",上士、中士、下士本是周代官名,指各类读书人。对联意思是:考弊司这一阴间学府最讲究"德行",读书人都在鬼王管辖下学习礼乐。然而,活动在这个地方的,是卷发、鲐背、鼻孔撩天、唇外倾不承其齿的鬼王。他的随从虎首人身、狞恶如山精。凡是前来晋见鬼王者,除"丰于贿"者可免除外,鬼王一概要从学子身上割下一块髀肉。无钱行贿的秀才,竟被割得"大嗥欲嗄"。

《饿鬼》和《考弊司》,都是蒲松龄对尘世的哲理性思考。这一哲理性思考跟他一生在科举路上"受刑"有关。他笔下还出现:

数以万计的冤鬼书生在阴司告营私舞弊的考官;

叶生生前考不中举人,死后鬼魂从坟墓走出来参加科举考试并中举;

阴司举行帘官考试,几千年昏鬼都出来参加考试,瞎眼师旷和只认得钱的和峤成了主管文运的人;

《叶生》、《司文郎》、《于去恶》这些名篇,都是以鬼魂形式写取士制度。蒲松龄是中国古代第一位向科举制度全面开火的作家,他采用的主要艺术形式,就是让男鬼担当起批判社会痼疾的哲理性思考。

至于要警惕披着美女画皮的恶鬼,更是聊斋《画皮》几百年来人们耳熟能详的经典故事,电视电影多次改编的对象。

(三) 女鬼形象的诗意化

传统概念中,鬼阴冷可怕,向人索命追魂,女鬼作祟世间男子,让他们丧命。世人怕鬼,人之常情,小说常规。《小谢》、《聂小倩》、《伍秋月》却用三个同树不同枝的人鬼恋故事,写女鬼之美,之善,之能补过,之能抗争。女鬼诗意化,是《聊斋》鬼故事的突出特点。

《小谢》的陶生不怕鬼,是富有智慧和心机的成熟男性。他遇到两个女鬼小谢和秋容,她们不蛊惑他,只跟他捣蛋,像顽童恶作剧,六贼戏弥勒,小女鬼偷书,送书,踹腹,批颐颊,细物穿人鼻,掩目阻读,都是现实生活中没有受过封建家教的活泼少女的举止,充满孩子气。但她们跟平常少女不同,她们"恍惚出现",有灵动跳跃之美,含鬼影幢幢之意,她们是兼而有之的"亦鬼亦人"。志怪小说还很少出现如此天真可爱、绝无脂粉气道学气、不谙世事、率真任性的形象。当陶生受到恶势力陷害时,二女奋起抗争,秋容在为陶生奔走途中,为城隍黑判摄去,逼充御媵,不屈被囚;小谢为救陶生,百里奔波,棘刺足心,痛彻骨髓。两个女鬼和陶生在同阳世阴间恶官斗争中,心心相印,陶生终于宁死也要二女之爱,"欲与同寝","今日愿为卿死"。二女却"何忍以爱君者杀君乎",拒绝同寝,追求同生。《小谢》把两个柔美女鬼写绝了。

《聂小倩》名气更大。聂小倩从祟人之鬼变活人之妻的过程,饶有情趣。小说开头,聂小倩的美丽是恶鬼祟人的本钱,"狎昵我者,隐以锥刺其足,彼即茫若迷,因摄血以供妖饮",如果有人不受美色吸引,聂小倩还有第二手,"又或以金——非金也,乃罗刹鬼骨,留之能截取人心肝"。聂小倩在妖物胁迫下,"以投时好"祟人,是恶的,丑的,可憎的,"历役贱务,觍颜向人"。她受宁采臣感化,弃暗投明,跟宁采臣回家,近朱者赤,像块璞玉经过琢磨,光彩显露:勤劳善良、任劳任怨,对宁母,像对亲生母亲一样孝敬,依恋;对宁采臣,既像对长兄一样恭敬,又像小鸟依人般亲切……女鬼聂小倩人性日渐表露,鬼性日渐湮没,终于脱胎换骨。小说开头写聂小倩美,是女鬼祟人之美。结尾聂小倩仍然美,也仍然是鬼,人们却怀疑她是仙。从鬼到仙,从恶到善,一念之差,是聂小倩这个女鬼给人的诗意化启示。

《伍秋月》的人鬼恋,建立在宿命基础上,伍秋月和王鼎在小说开头就上了合欢床,然后,一人一鬼共同与荆天棘地的黑社会拼搏,伍秋月复活。《小谢》、《聂小倩》、《伍秋月》都是人鬼恋故事,其中所写女鬼之美,各有不同风采;女鬼之善,各有不同表现;崇人女鬼改恶从善,受压迫女鬼奋起抗争,构成聊斋鬼故事最有魅力的篇章。女鬼特有的凄美,人鬼恋的缠绵悱恻,构成《聊斋》鬼魂故事的闪光点。《宦娘》写女鬼不能与意中人结合,就帮助意中人获得知音伴侣。类似故事,《连琐》、《巧娘》、《莲香》、《水莽草》,都把女鬼诗意化了。

《聊斋》女鬼甚至有了她们专属的、不再生存的存在状态:"美、弱、冷、愁、诗",即美丽、柔弱、手足冰冷、忧愁、擅长写诗。至于以诗歌言情的《公孙九娘》和《林四娘》,又像男鬼一样,承担起描绘社会沧桑的任务。她们都是在改朝换代过程中惨死的美丽女性。她们的不幸,成为整个民族灾难的缩写。

《聊斋》鬼故事之所以比纯粹人间故事更能引起读者兴趣,盖因蒲松龄才大如海,妙笔生花,写鬼写出伦次,写鬼写出真性情,写鬼写出新境界。蒲松龄天才地创造出鬼魂的存在方式,比如:形体之冰冷,行动之虚飘,智慧之超前,对人生因果之洞若观火;创造出种种还魂模式。聊斋鬼故事时而鬼气森森,惊心动魄,时而温情脉脉,和煦可亲,像万花筒,变幻无穷,格外能引起人们的阅读兴趣。聊斋写鬼,完成了志怪小说鬼怪形象的巅峰之旅。

第四节　人妖交往和精灵世界

《山海经》就有各种各样怪异事物,经汉代《神异经》、《十洲记》到晋代张华的《博物志》、干宝《搜神记》等,各种各样的怪出现。经过唐传奇和白话小说的演进,到了《聊斋志异》,妖精成为志怪小说的重要角色。

一、六朝：人妖交往雏形

所谓妖精，就是植物、动物、器物能与人交往，甚至变成人。孙悟空常说要打个妖精耍子，其实他也是妖精，猴妖。

人妖交往渊源可以追溯到很早，六朝志怪小说中，妖精大量出现。物怪化为女性追求人间男子，如：《搜神记》之《张福》：

> 荥阳人张福，船行还野水边。夜有一女子，容色甚美，自乘小船，来投福，云："日暮畏虎，不敢夜行。"福曰："汝何姓？作此轻行，无笠，雨驶，可入船就避雨。"因共相调，遂入就福船寝。以所乘小舟，系福船边。三更许，雨晴月照，福视妇人，乃是一大鼍，枕臂而卧。福惊起，欲执之。遽走入水。向小舟，是一枯槎段，长丈余。[1]

再如《幽冥录》之《吕球》：

> 东平吕球，丰财美貌。乘船至曲阿湖，值风不得行，泊菰际。见一少女，乘船采菱，举体皆衣荷叶。因问："姑非鬼邪？衣服何至如此？"女则有惧色，答云："子不闻'荷衣兮蕙带，倏而来兮忽已逝'乎？"然有惧容，回舟理棹，逡巡而去。球遥射之，即获一獭，向者之船，皆是苹蘩蕰藻之叶。见老母立岸侧，如有所候，望见船过，因问云："君向来，不见湖中采菱女子邪？"球曰："近在后。"寻射，复获老獭。居湖次者咸云："湖中常有采菱女，容色过人，有时至人家，结好者甚众"。[2]

这个吕球实在是个不懂风雅的笨伯！一个穿着荷叶、亭亭玉立的采菱美女，多么富有诗意！而且开口就能吟出楚辞！吕球却一点儿也不欣赏，不仅不欣赏还用箭射击！实在大煞风景。

古人认为龟鹤长寿，《异闻记》录了一段汉代的记载：

> 郡人张广定者，遭乱避地。有女年四岁，不能步涉，又不可担负。计弃之固当饿死，不欲令其骸骨之露。村口有古大冢，上巅先有穿穴，乃以器盛缒之，下此女于冢中，以数月许干饭及水浆与之，而舍去。候世平定，其间三年，广定得还乡里，欲收冢中所弃

① 〔晋〕干宝撰，王绍楹校注：《搜神记》，卷一九（鼍妇），第233页。
② 〔南朝宋〕刘义庆撰，王根林点校：《幽冥录》，见《汉魏六朝笔记小说大观》，第723页。

女骨，更殡埋之。广定往视，女故坐冢中，见其父母，犹识之，甚喜。而父母初疑其鬼也，入就之，乃知其不死。问从何得食，女言，粮初尽时甚饥，见冢角有一物，伸颈吞气，试效之，转不复饥；日月为之，以至于今。……广定索女所言物，乃是一大龟耳。女出食谷，初小腹痛，呕逆，久许乃习。①

《幽明录》写人与精怪的恋爱可谓五花八门：

《费升》写狸化女子；

《苏琼》写白鹄化女；

《永初嫁女》则是三魅惑新娘，蛇传话，龟为媒，鼍做新郎。

任昉《述异记》写各地物产怪物，如《懒妇鱼》：

江南有懒妇鱼，俗云：昔杨氏家妇，为姑所溺而死，化为鱼焉。其脂膏可燃灯，以之照鸣琴博弈，则烂然有光，及照纺绩，则不复明焉。②

郭璞《玄中记》姑获鸟的故事是六朝写妖怪作品中的佼佼者：

姑获鸟夜飞昼藏，盖鬼神类。衣毛为飞鸟，脱毛为女人。一名天帝少女，一名夜行游女，一名钩星，一名隐飞。鸟无子，喜取人子养之，以为子。今时小儿之衣不欲夜露者，为此物爱以血点其衣为志，即取小儿也。故世人名为鬼鸟，荆州为多。昔豫章男子，见田中有六七女人，不知是鸟，匍匐往，先得其毛衣，取藏之，即往就诸鸟。诸鸟各去就毛衣，衣之飞去。一鸟独不得去，男子取以为妇，生三女。其母后使女问父，知衣在积稻下，得之，衣而飞去。后以衣迎三女，三女儿得衣亦飞去。③

这个故事《水经注》也有，比较简略。有人说姑获鸟即猫头鹰。这个故事对志怪小说的构思模式有重要意义。其一，藏毛羽得妻的情节，对后世小说、戏剧家大有帮助。有的不是毛羽，是其他的物品，但这件物品是人妖转换的关键。其二，人鸟之恋的构思始于此。《聊斋志异·竹青》尤其受其启迪。

狐狸精早就在六朝小说出现。女狐喜欢将凡人摄到洞中欢会，被

①《异闻记》，见鲁迅：《古小说钩沉》，第481页。
②〔梁〕任昉撰：《述异记》，见中华书局局版卷上，第4页。
③〔晋〕郭璞撰：《玄中记》，见鲁迅：《古小说钩沉》，第492页。

摄凡人一方面觉得快活,一方面又迷惑失智。这类狐狸精有个专门称呼曰"阿紫"。干宝《搜神记》出现帅哥男狐,斑狐"总角风流,洁白如玉,举动容止,顾盼生姿"。跟著名学者张华谈起学问来,"比复商略三史,探赜百家,谈老、庄之奥区,披风、雅之绝旨,包十圣,贯三才,箴八儒,摘五礼"①,把张华讲得张口结舌。《幽明录》中的狸怪跟董仲舒谈学问也谈得非常深奥。《玄中记》描写"狐五十岁,能变化为妇人。百岁为美女,为神巫;或为丈夫,与女人交接,能知千里外事,善蛊魅,使人迷惑失智。千岁即与天通,为天狐。"②《玄中记》出现的狐妖构思,在后世志怪小说中成了约定俗成的章法:

其一,狐生活时间越长,越有道业;

其二,狐能化人形,或者以男诱女,或者以女诱男;

其三,狐有法术,能知道千里之外的事。

《搜神后记·章苟》写农夫章苟每日带饭到田中,饭总是被蛇吃掉,章苟砍伤蛇。蛇发誓要让雷公用霹雳杀他。果然,"云雨冥合,霹雳覆苟上"。章苟却一点儿也不怕,跳梁大骂:"天使!我贫穷,展力耕垦!蛇来偷食,罪当在蛇。反更霹雳我耶?乃无知雷公也!雷公若来,我当以钁斫汝腹!"③雷公遂将蛇劈死。《章苟》写出一个正直、敢斗的农民,不怕蛇妖,不怕雷公,理直气壮,无所畏惧。这类故事在后世小说中很多。如《聊斋志异》的《农人》。

东阳无疑的《齐谐记》薛道询化虎,薛化为虎,吃人无数,恢复人形后,自己说出事实,被捉送官,饿死在狱中。祖冲之《述异记》写到封邵化虎,汉代太守封邵化为老虎,吃郡民,时谚:"无做封使君,生不治民死食民",这就有点儿政治讽刺意味了。

二、以传奇法志怪的转折

妖精故事进入唐传奇,跟经常冶游于青楼的读书人联系起来,不免带上青楼色彩。在一些唐传奇专集妖怪身上,人们不难看出市井冶游女的放浪。几篇著名志怪唐传奇则出现重大转折,不再像六朝志怪

---

① 〔晋〕干宝撰,王绍楹校注:《搜神记》,卷一八,第233页。
② 〔晋〕郭璞撰:《玄中记》,见鲁迅:《古小说钩沉》,第492页。
③ 〔晋〕陶潜撰,王绍楹校注:《搜神后记》,卷一〇(斫雷公),第66~67页,北京:中华书局。

那样粗陈梗概,而以传奇法志怪。这种写法为话本、拟话本继承、发展。唐传奇中的《补江总白猿传》、《任氏传》,拟话本《白娘子永镇雷峰塔》为代表。

(一)《补江总白猿传》

《吴越春秋》中就有猴抢妇人事《袁公》。到了《博物志》中蜀山猴玃抢妇人迷其本性,生了孩子后再返回人间。而《补江总白猿传》虽然被前人定性为以小说进行人身攻击,但小说对推进志怪小说的人情化功不可没:

其一,虽然名曰"白猿传",着重写的却是人的活动,欧阳失妻、寻妻的诚心、艰苦、机智。

其二,情节曲折、层层推进:

欧阳纥失妻→

发现了妻子的鞋子→

发现一山,深溪绕之,编木以渡,扪萝以上,见妇人数十→

妇人交代怪的神力和致胜要领,说明脐下三寸是其弱点→

欧阳纥按妇人们所指准备美酒和麻犬→

白猿醉饱后被杀→

欧阳纥携妻返回,一年后妻生子,状类猿。

其三,妖怪亦妖、亦人、亦仙,面貌层层递进:

所居环境嘉树列植、间以名花,绿草茵茵,颇类仙境→

有物如匹练自他山下,径入洞中(神异若仙)→

变为白衣曳杖的美髯丈夫拥众妇人出→

醉饱之后变出原形,"目光如电"的大白猿→

用兵器攻击躯体其他部位如中铁石→

刺其脐下三寸,血射如注→

交待"尔妻已孕,勿杀其子,将逢圣帝,必人其宗"后死→

由妇人补叙白猿各种神异和预知未来。

和蜀山猴玃相比,白猿脱离兽类特点,呈现兽仙"混搭"特征:

——行动如风、如电、如匹练,有神异的力量;

——原形是一只白猿,但会说话,能思考,有担忧;

——在妇人面前是美男子,有超强性能力且喜新厌旧;

——常读木简,"字若符篆",似乎还懂外语;

——像希腊神话的阿基流斯之踵,致命弱点是脐下三寸;

——能预知未来。白猿向欧阳纥"托孤"颇有些悲凉。

这样的写法,明显为"传奇"而不是单纯志怪了。

(二)《任氏传》

《任氏传》是唐传奇写狐狸精的名作。美丽的狐狸精任氏跟贫穷书生郑六相爱,贵族韦公子想夺郑所爱,但任氏忠于郑生,为报答韦公子眷顾之情,任氏用狐狸精的法术帮助韦公子猎获其他美人。因为不舍得跟郑生分离,任氏冒着危险随他外出,结果丧命于犬口。

《任氏传》的女主角亦人亦狐,人物描写、故事、情节、细节都很杰出,有人情小说特点。如任氏与郑六初次见面,二人相遇于途中,郑见一美丽的白衣女子步行,就问:"美艳如此,而徒行,何也?"白衣女笑曰:"有乘不解相假,不徒行何为?"郑子曰:"劣乘不足以代佳人之步,今辄以相奉。某得步从,足矣。"青年男女互相挑逗,跃然纸上。再如写任氏之美,韦崟是有钱公子,听说贫穷的郑六有美丽情人,就好奇地派小僮去看一看有无此事,小僮回来报告,韦公子好奇地问:"'容若何?'曰:'奇怪也,天下未尝见之也!'崟姻族广茂,且夙从逸游,多识美丽,乃问曰:'孰若某美?'僮曰:'非其伦也!'崟遍比其佳者四五人,皆曰:'非其伦。'是时吴王之女有第六者,则崟之内妹,秾艳若神仙,中表素推第一,崟问曰:'孰与吴王家第六女美?'又曰:'非其伦也。'崟抚手大骇曰:'天下岂有斯人乎?'"①这样的人物描写简直是写美女的绝唱。任氏不仅美丽,还痴情、忠诚,她依恋贫穷的郑六,坚决反抗富贵的韦公子,当韦公子想对她行施非礼时,她大义凛然说:郑六有六尺之躯,不能庇一妇人;您有那么多佳丽,郑生唯有我一个,"忍以有余之心,而夺人之不足乎?"终于说服韦公子。她又被韦公子感动,两人友情很深,唯"不及于乱"。任氏不仅美丽而且聪明,她劝说郑生用五六千钱买下一匹有毛病的马,结果因为这匹马跟死了的御马相似,可以乱真,卖了三万。这是狐狸精未卜先知。任氏如果不是最后死于猎犬之口,读者几乎想不到她是个狐狸精。

---

① 〔唐〕佚名:《任氏传》,见王汝涛编校:《全唐小说》,第43~45页。

有人考证,《任氏传》是在《广异记·李廌》狐狸精故事基础上写成的。《广异记》作者戴孚,是唐肃宗时的进士。《广异记》许多简短的小故事对后代文学颇有影响,如关于宝珠的故事,是后世名剧《张生煮海》原型。《广异记》狐狸精故事达三十三篇之多,狐狸精富有人情味,不再魅人,聪明机智。

在描写狐狸精的小说中,《任氏传》空前详尽、曲折、周密,创造了文学史上第一个血肉丰满的狐女形象,不管是人物外貌、语言、行动,都是成功的。她不再是妖精,而是富有人情味的人。宋元之间的诸宫调《郑子遇妖狐》又把这个故事进一步演绎了一番。

鲁迅先生认为,《任氏传》是讽世之作。还有人提出:沈既济的名字,按照东汉《易林》一书的解释是"老狐多态,行为蛊怪"。沈既济受到贬谪,有"老狐"之名,就虚构个人品好的狐狸精比喻自己。

(三)《白娘子永镇雷峰塔》

《白娘子永镇雷峰塔》出自《警世通言》。白娘子和许仙的故事在中国家喻户晓,梅兰芳大师的《断桥》和《白蛇传》有不可磨灭之功。《白娘子永镇雷峰塔》具备原型意义。小说中的白娘子是千年蛇妖,侍女小青是西湖潭内的千年青鱼妖。白娘子以一身素白媚妇形象露面,与许仙在西湖一见钟情,主动追求,结为夫妇。但人们很快从她身上发现许多破绽:她给许仙的银子是偷来的;许仙的雇主李克用、许仙姐夫都看到大蟒蛇现原形;她对付捉妖的道人颇有些法术。最后,白娘子被法海和尚镇服,现出原形,压在雷峰塔下。而许仙随法海出家,坐化前还赋诗对跟白娘子相恋之事表示忏悔。

这样的白娘子,与现今戏剧舞台上的白娘子颇为不同。现今戏剧舞台上白娘子最脍炙人口的故事是:以少女身份与许仙在西湖一见钟情;二人成婚后以医术为世人服务;五月端午白娘子被骗饮雄黄酒现形;盗仙草救活许仙,水漫金山讨要丈夫;被法海镇压后,还有个状元儿子拜塔……相比之下,《白娘子永镇雷峰塔》的白娘子多了些妖气,多了些怪戾,少了些温柔,少了些善良。但小说在"妖怪与人"上大做详尽文章,自然较六朝小说的妖怪有了本质的不同。

三、《聊斋》:光怪陆离的妖精世界

《聊斋志异》创造了多少奇特而富情意的异类? 天上飞的,水中游

的,山中跑的,各种生灵,因一"情"字,纷至沓来到人间:

《葛巾》、《香玉》、《黄英》、《荷花三娘子》,解语花变床头妻;

《白秋练》、《西湖主》、《青蛙神》,水族跟人间男子结连理;

《绿衣女》、《阿英》、《竹青》,绿蜂、飞鸟跟人间男子成双结对;

《素秋》,书中蠹虫跟人间书生成为比亲兄妹还亲的亲眷;

《婴宁》、《小翠》、《红玉》、《辛十四娘》、《恒娘》、《凤仙》不仅创造了《聊斋》最美的妖精,还成为中国古代最佳狐狸精。

鲁迅先生用八个字概括这类人物:"和易可亲,忘为异类"。

这些美丽的生灵像人间聪慧善良的少女一样,跟她们打交道的男性很难想象到她们是"另类"。但她们身上又有大自然生物赋予的特点和特殊美感,花变少女,馥香遍体;绿蜂变少女,腰细殆不盈掬;鹦鹉变少女,娇婉善言……最有意思的是,"獐头鼠目"本是骂人话,蒲松龄也异想天开,巧借香獐、田鼠形体,幻化出花姑子和阿纤两少女。"偶见鹘突,知复非人"(鲁迅语)。在关键时刻,少女露出非人本相,但这具备生物本相的美丽生灵仍不给人带来灾难,只会令人在跟她们交往时考验自己的善恶。

(一)花开将尔做夫人

《葛巾》、《香玉》、《黄英》、《荷花三娘子》是《聊斋》最具诗情画意的篇章:

葛巾之艳丽,一如封为"曹国夫人"的紫牡丹;

香玉之凄美,一如冰清玉洁的白牡丹;

荷花三娘子之清香,一如出污泥不染的芰荷;

黄英之俊爽,一如笑迎秋风的悬崖秋菊。

蒲松龄擅长写小说同树不同枝,同枝不同叶。葛巾、香玉、荷花三娘子、黄英,都是花神,她们之间却无雷同之处,前人志怪小说中也找不到类似作品。蒲松龄不仅写活几位性格不同的女性,甚至写活花本身特点。如荷花三娘子,顾名思义,是荷花仙子。她是放荡的狐女推荐给宗湘若的,却矜持自重。宗湘若对她费尽心思追求:宗生见披冰縠之垂髫人,立即乘舟追之。垂髫人化为短干红莲藏到宽大的荷叶下。宗生对荷花爇火,荷花化为姝丽,却故意说自己是害人的妖狐,"将为君祟",意在拒宗生于千里之外。宗生痴恋不已,姝丽又化为石,化为纱帔,最后才感念宗生之炽烈、执着追求,"垂髫人在枕上"。荷花娘子不久离开,与宗生分别时说:"聚必有散,固是常也。"不要长久相处,不要白头偕老,只要相处真情。荷花三娘子的洒脱,有碧波芰荷冉冉香的意境。

(二) 彩翼飘飘为情来

《绿衣女》写于生深夜读书寺中,有少女悠然而至。绿衣长裙,婉妙无比。"罗襦即解,腰细殆不盈掬。更筹方尽,翩然遂去。""谈吐间妙解音律",求她唱曲儿,以莲钩轻点足床而歌曰:"树上乌臼鸟,赚奴中夜散。不怨绣鞋湿,只恐郎无伴。"唱词透露出绿衣女身份:她本是小绿蜂,因为乌臼鸟吃掉比翼双飞的郎君,她孤栖偷生,到人间找书生为伴。夜深露重,绣鞋被打湿。绿衣女低调、胆怯,很像人间遭受过爱情挫折的女性,一朝被蛇咬,十年怕草绳。

"物而人"是蒲松龄拿手好戏,少女绿蜂,会合无间。少女"绿衣长裙",实指绿蜂的翅膀;少女"腰细殆不盈掬",实指蜂腰;少女妙解音律,实指蜂之善鸣;少女"偷生鬼子常畏人",非畏人,畏乌臼鸟和蜘蛛也。处处写美丽而娇柔的少女,时时暗寓绿蜂身份。婉妙的身材,写蜂形;娇细的声音,写蜂音。少女最后变成绿蜂顺理成章。

甘珏父亲养过一只聪明的鹦鹉,喂鸟时,四五岁的甘珏问:饲鸟何为?父亲开玩笑:将以为汝妇。鹦鹉认为,这就是婚姻之约,她必须修炼成人,来给甘珏做媳妇。这就是《阿英》故事。美丽娇婉善言的阿英变成鹦鹉翩翩飞走,飞走后还关心丈夫有没有后代,她到底是鸟儿还是人世间的贤妻良母?

《竹青》写人鸟之恋,跟鸟而人的《阿英》不同。鱼容下第,饿昏在吴王庙,被收编为"乌衣队"成员,做了乌鸦,与雌乌鸦竹青"雅相爱乐"。鱼容变的雄鸟被满兵射杀,雄鸟一死,鱼容复活,再访故所,人不忘鸟侣,祭奠竹青。夜晚"几前如飞鸟飘落,视之,则二十许丽人"。原来是变成神女的竹青!从此鱼容有了两个家。需要见竹青时,他变成鸟,披上乌衣,凌空飞翔。当竹青要生产时,他大开"胎生乎,卵生乎"的玩笑。

绿蜂,鹦鹉,乌鸦,彩翼飘飘为情来,《聊斋》福地洞天,别开世界。

(三) 异类有情堪晤对

白秋练跟慕生相恋,随慕生回家,必须得带上家乡的水,吃饭时,像加酱油、醋一样,添加到食物中。湖水用尽,白秋练像涸辙之鱼病倒,日夜喘息,奄然而死,临死时交待:"如妾死,勿瘞,当于卯、午、酉三时,一吟杜甫《梦李白》诗,死当不朽。候水至,倾注盆内,闭门缓妾衣,抱入侵之,宜得活。"①慕生如法炮制,白秋练复活。原来,她跟慕生相恋,是因为共同爱好诗,她离不了诗,也离不了水,杜诗竟对她起到"保鲜"作用,湖水竟能让她复活,因为她本来是离水不能活的水族!现在还是国家一级保护动物的白暨鳖。跟这个故事类似的《西湖主》,里边那位玉蕊琼英、美丽曼妙的公主,读者发挥最大想象,也不能跟她的"原形"联系起来——猪婆龙,即扬子鳄。

素秋粉白如玉,她的哥哥结拜了一位异姓兄长,她招待他们,派几个丫鬟奔走上菜,嗽口水误溅身上,丫鬟坠地变成四寸长帛剪小人。素秋不爱纨绔子弟丈夫,用幻术保持清白,每晚用眉笔画丫鬟,丫鬟就变成她的样子,跟纨绔共枕席。素秋为丈夫所卖,幻化成两目如灯的巨蟒,将众人吓退……素秋为何如此异类?原来她是书中蠹虫。

《花姑子》是个奇特爱情故事。安生有放生之德,受恩老獐"蒙恩衔结,至于没齿"。当安生夜行遇险时,章叟救迷途的安生免受蛇精之祸,并出妻现女热情招待。但恩情是恩情,礼教是礼教,安生与其女儿私会时,古板的章叟却认为"玷我清门"斥责女儿,"且行且詈"。当安生为蛇精所害命在旦夕时,章叟又坚决要求上帝允许坏道代死。章叟耿直自重,以德报恩,甚至不惜牺牲自己生命,是个憨厚、纯朴、重情义的正人君子,又是个倔强、戆直、不顾儿女情的封建家长。花姑子是痴情少女,又是有法力的獐精。亦人亦兽,如云龙雾豹,有光怪陆离的旖旎之美。

(四)古代最美狐狸精

狐狸精是正常社会标准之外的"另类",狐狸精意味着美丽、贪婪、欺骗,意味着对传统道德的背叛。在基督教文化和孔孟文化里,"狐狸精"都是贬义词。

《聊斋》颠覆了志怪小说狐狸精传统。《聊斋志异》近五百篇,八十多篇写狐狸精,不仅数量最多且形象丰富精彩,令人眼花缭乱。

---

① 《聊斋志异·白秋练》,卷七,第2150页。

《聊斋》狐狸精美丽迷人、纯洁可爱、肝胆照人。她们跟传统依附男人的女性不同,有主见,既主动热情,敢于追求爱情,又独立不羁,拿得起放得下。在她们身上,狐狸精"害人"变"救人","狐媚"变率真,"妖冶"变纯洁。历数《聊斋》狐狸精:婴宁容华绝代,笑容可掬;娇娜娇波流慧,细柳生姿;小翠嫣然展笑,机智幽默;阿绣姣丽无双,宛转万态;青梅貌韶秀而性极慧,能以目听、以眉语;胡四姐年方及笄,荷粉露垂,杏花烟润,嫣然含笑,媚丽欲绝;喝醉酒的凤仙娇艳醉态,倾绝人寰。《狐梦》一下子出现五个狐女,从年止十一二到年近不惑,或艳媚入骨,或态度娴婉,或淡妆艳美,或韶华犹存,个个锦心绣口,摇人心旌。狐女虽曰狐,却有狐的智慧,无狐的气息。她们思想开放,行为豁达,不受封建礼法约束,富有活力,聪明机智;她们还有副侠肝义胆,敢爱、敢恨、敢斗争,乐于助人,无私奉献。吴组缃教授曾题诗赞颂《聊斋》狐狸精:"巾帼英雄志亦奇,扶危济困自坚持。舜华红玉房文淑,肝胆照人那有私。"①

其实读者不太注意的《聊斋》男狐狸精也颇有神采,不管是《九山王》中巧妙复仇的狐叟,还是《狐嫁女》、《胡氏》、《青凤》中聪明的狐狸精老头儿,都较前人作品有了很大进步。

妖精可以变成人,人也可以变成动物,唐传奇《玄怪录·张逢》写到张逢偶然到一片绿草地上变成了只老虎,不想吃猪羊等,就把郑纠吃了,他回到绿草地变回人形,在一次聚会上说起自己的遭遇,恰好郑纠之子在,拔刀想杀他。这个故事影响到蒲松龄,《向杲》就是个人化虎故事:向杲之兄被恶霸庄公子所杀,官府偏袒,冤不能申,向杲变成一只老虎,将庄公子的脑袋咬了下来。蒲松龄借这个故事是想说明:社会黑暗,官府不为平良做主,善良的受害者必须变成老虎才能报仇。

赫拉克里特说:不同的音调造成最美的和谐。

芸芸众生异化为花妖狐魅,构成《聊斋》最和谐的美。

---

① 吴组缃:《颂蒲绝句》,见《蒲松龄研究集刊》(第一辑),第 15 页,济南:齐鲁书社,1981。

第五节　离魂梦幻　远国异民

《聊斋》幻梦越生死,《红楼》一梦传九洲。在古代小说,不管是志怪还是志人小说,离魂和梦幻都是重要构思手段。跟神鬼狐妖构思手段一样,也是六朝奠定基本模式,唐传奇做重要建树,《聊斋志异》或推波助澜或更上层楼。当然,梦幻构思的最后集大成,还得算人情小说《红楼梦》。而远国异民的构思方式,始终未在志怪范围内大红大紫,或偶尔露峥嵘,或夹杂于其他类型小说中展现。

一、六朝开离魂梦幻先河

《幽明录·焦湖庙祝》开后世文学"梦文章"先河:

> 焦湖庙祝有柏枕,三十余年,枕后一小坼孔。县民汤林行贾,经庙祝福,祝曰:"君婚姻未? 可就枕坼边。"令林入坼内,见朱门、琼宫、瑶台,胜于世见。赵太尉为林婚,育子六人,四男二女,选林秘书郎,俄迁黄门郎。林在枕中,永无思归之怀,遂遭违忤之事。祝令林出外间,遂见向枕,谓枕内历年载,而实俄忽之间矣。①

《幽明录·庞阿》是最早的离魂故事:美男子庞阿与石氏女相遇,石氏女对其一见钟情,来找庞阿,庞本有妻,就将石氏女缚送石家,至石家,化为烟,告诉石家父母,回答是:"我女都不出门,何毁谤如此!"下一次,石女再到庞家,又给石妻抓住送回家,石父说:我刚从内室出来,女儿正和母亲一起做活,怎么会到你家? 将女儿叫出,所缚的石女奄然灭。石女告诉母亲,自从见到庞阿,就总梦到去他身边,除了他,绝对不嫁他人。一年后,庞阿妻去世,石氏女如愿以偿。

二、唐传奇更上层楼

到了唐代,梦中得富贵,做高官,是小说家热衷的。沈既济《枕中

---

① 〔南朝宋〕刘义庆撰,王根林点校:《幽冥录》,见《汉魏六朝笔记小说大观》,第741~742页。

记》和李公佐《南柯太守传》最重要。这两篇小说出现,汉语多了几个成语:"一枕黄粱"、"南柯一梦"、"黄粱一梦"、"浮生若梦"。

两个故事有相同的构思、相同的讽世效果,相同的出世思想,而艺术成就,以《南柯太守传》为高。

《枕中记》的主角卢生热衷功名,"大丈夫生世不谐,困如是也。"他的志向是"建功树名,出将入相,列鼎而食,选声而听。使族益昌而家益肥"。他遇到的道士吕翁,给他一个青瓷枕使之入梦。卢生娶了崔氏女(崔氏是名门望族),中进士,当御史,然后受人诬害,抓进监狱。下狱时对妻子说:"吾家山东,有良田五顷,足以御寒馁。何苦求禄?而今及此,思衣短褐、乘青驹,行邯郸道中,不可得也。"后来他又昭雪,官至燕国公。五子登科,位居台阁五十余年,性好佚乐,八十岁寿终正寝。"燕国公"一死,卢生就醒了。还在旅舍,主人蒸黄粱还没熟。卢生因此大悟:"宠辱之道,穷达之运,得丧之理,死生之情,尽知之矣。"①

《南柯太守传》的主角淳于棼是位有家产的游侠。他喝醉了,两个朋友送他回家,饮马濯足,等他醒来再离开。淳于棼就枕,见有两个使者来邀请,他进入一个古槐穴。看到国王,做上驸马、南郡太守。公主死后,他受到谗害,被国王客气地送回原郡。回原郡就是出梦。这时,他看到,送他的客人还在榻上洗着脚。检查一下古槐树下,发现一大一小蚁穴。这就是槐安国和南安郡了,还发现了公主的墓。看到这一切,淳于棼觉悟到人生倏忽,遂弃绝酒色,专心道门。

相比于六朝写梦的简单,《南柯太守传》取得了很高的艺术水平:真幻相生、细针密线、前后呼应、重在写人。

真幻相生:梦境与真实互相结合。1. 淳于棼入梦时,进入古槐穴,觉得很奇怪,但不敢问。这时的心理还是真实的。马上进入幻境,看到山河、草木、道路都与人间很不相同。2. 淳于棼梦中还出现实中人物,他的父亲来给他主婚,完全是平时样子,父亲写的信也是"忆念教诲。情意委曲,皆如昔者"。淳于棼的两位朋友也一起在槐安国任职。3. 结尾尤妙,淳于棼梦醒,命仆人发穴,以究根源,看到蚁聚,悉得前梦。这叫"假实证幻"。4. 小说最后还交待:小说是得自于淳于棼本

①〔唐〕沈既济:《枕中记传》,见王汝涛编校:《全唐小说》,第40~41页。

人,作者听说后还访问了遗迹,翻覆再三,事皆属实。

细针密线、首尾呼应。《南柯太守传》不再像六朝小说那样做简单叙述,而是有复杂情节、细针密缕的结构:1. 入梦时朋友在洗脚,出梦时,朋友濯足未完。2. 梦中得父亲信,说"丁丑年"可以相见,生果然死于这一年。3. 梦中一起做官的朋友,一个暴卒,一个病重。4. 现实中蚁穴的位置跟梦中见到的槐安国位置相同,连槐安国的交战国檀罗国都找到了。"宅东一里有古涸涧,侧有大檀树一株,藤萝拥织,上不见日。旁有小穴,亦有群蚁隐聚其间。"

对比手法:1. 淳于棼做南柯梦的前后为人有天壤之别。梦前他嗜酒使气,不守细行,经常因为饮酒误事。梦醒后弃绝酒色。2. 入梦时使者"跪请",十分恭敬,淳于棼失宠后,槐安国送他回来的车,不再是前次使者的四马拉青油车,而是很破败的车。而且也没有"从者七八",只有一个穿紫衣的使者,"讴歌自若",对淳于棼连理都不理。在真幻相生过程中,经过如此强烈的对比,经过梦境和人生的强烈震荡,淳于棼的思想发生变化,感悟,就很正常了。

如果说《焦湖庙祝》只是简单地写一个商人的梦境,那么可以说《枕中记》和《南柯太守传》写的则是唐代知识分子追名遂利的现实,托梦境写现实,写作家对仕途风险、官场恶习的深刻体验,内容都写梦中做官,受到妒害,醒来体会世事不过如梦耳。虽然"诡幻动人","故事亦不经"(鲁迅语),但在当时造成很大影响。《南柯太守传》天才地将官场比做蚁聚,唐代李肇为小说写赞道:"贵极禄位,权倾国都,达人观之,蚁聚何殊。"槐安国的故事在宋代广泛流传,成为颇受欢迎的"说话"《大槐王》,扬州还出现南柯太守墓,就像山东水泊梁山建李逵遗址,将小说人物现实化。汤显祖进一步构思写成《南柯梦》,车任远也写成《南柯梦》。

《枕中记》和《南柯太守传》是讽刺小说的先河。

白行简《三梦记》相比于《枕中记》、《南柯太守传》不算有名的作品,但影响却不可低估。《三梦记》写了三个梦:

第一个梦是"彼梦有所往而此遇之也"。武则天时,刘幽求奉使夜归途中,过一寺院,看到自己的妻子跟一伙人在那儿喝酒,他很生气,就丢瓦砾过去。回到家中,他的妻子告诉说,自己做了个梦,跟十几个人正在一起喝酒,有人扔了瓦砾,打得杯盘狼藉。

第二个梦是"此有所为而彼梦之矣"。元稹出使剑外,某一天,白居易、白行简兄弟游曲江,白居易题诗回忆元稹,十几天后,元稹寄回《纪梦诗》一篇,说他某日梦见白氏兄弟游曲江,时间跟白居易、白行简游曲江的时间完全相同。

第三个梦是"两相通梦者矣"。窦质、韦旬夜宿潼关,窦梦到来到华岳祠,见到一个姓赵的女巫。后来他们到了华岳祠,果然看到一个跟梦中衣着情状一样的女巫,女巫还说,此前她已经梦到了窦、韦二人。问她姓什么。答:姓赵。

一篇七百字小说,写三种奇特梦境,鲁迅先生认为,第一个梦尤其有趣,郑振铎则认为这是近代心理学的好材料。这样的构思给后世作家提供了遐想天地。《河东记·独孤遐叔》、《纂异记·张生》、《醒世恒言·独孤生归途闹梦》、蒲松龄《凤阳士人》都是从这儿学的。

陈玄祐《离魂记》,写灵魂追随心上人,开拓了离魂模式。

相比于六朝小说《庞阿》,《离魂记》有长足进步。1.《庞阿》写石氏女因庞阿的美貌而离魂,而倩女和王宙是青梅竹马。2. 庞阿已经有妻子,因而石氏女的介入就成了第三者,她两次被庞妻捉住就是正常的。而倩女和王宙的父母原来许过婚,后来倩女的父亲悔婚,以倩女许婚权贵,因此倩女离魂出走就具有了反封建、反父母之命的进步意义,尤其是当父母嫌贫爱富时。

小说艺术也较六朝小说更加优美动人,王宙因倩女父母将倩女他许,愤而离去,这时,倩女的魂出现了:"夜方半,宙不寐,忽闻岸上有一人行声甚速,须臾至船。问之,乃倩娘徒行跣足而至。"这样的描写十分真切,似乎倩女是逃出的人,并非逸出的魂。二人共同生活五年,生了两个儿子,倩女一直是以真人形式出现,直到最后回家,闺中的倩女跟归家的倩女合而为一,大家才知道这是人的形体跟人的灵魂会合。这样的描写是奇异的,又是真实可信的。生死不渝的爱情突破了肉体障碍。

类似的故事唐代还有《灵怪录·郑生》。郑生在外,遇一老妇将外甥柳氏嫁给他,数月后郑带柳氏归宁,柳家却不承认嫁过女儿给他。柳妻怀疑是不是丈夫在外边跟其他女人生的女儿,家人视之,发现跟家中女儿一模一样,二人合而为一,原来是外婆的鬼嫁了外甥的魂。《独异记·韦隐》,韦隐奉使外国,途中发现妻子在帐外,就以"纳一妓"为名带了上任。因妻子对公婆不告而辞,打算回来再向父母请罪。回家则妻子在家中。

离魂的题材,后世文人乐此不疲,如:

元代郑光祖:《述青琐倩女离魂》(杂剧);

明代戏剧作家王骥德:《倩女离魂》(杂剧);

明代二刻拍案惊奇:《大姊游魂完宿愿,小姨病起续前缘》。

三、《聊斋》借梦魂扬新波

《聊斋志异》善梦,且不单纯写梦,梦成为凡人进入仙界、幽冥、妖境的捷径。

《雷曹》中乐云鹤在榻上睡卧,梦中升天:"觉身摇摇然,不似榻上,开目,则在云气中,周身若絮。惊而起,晕如舟上,踏之,软无地,仰视星斗,在眉目间;遂疑是梦。"①明明是梦,而疑为梦,迷离恍惚。《白丁玉》中吴青庵上天,设席而寝,便由白家家童相邀,有桐凤翔集,乘之上天。入梦为进入仙境,出梦则返回人间。《薛慰娘》中丰玉桂在沂州患病,至丛葬处傍冢卧,忽如梦,至一村,遇一老叟委托他向来访子孙指示门户,然后捉臂送丰玉桂出,拱手掩扉而去。丰生此时发现自己正身卧冢边,方悟自己梦见的是冢中埋葬的人。这是梦入幽冥接受阴司的人委托。其他一些人物也因梦入冥:"李信,博徒也,昼卧,忽见昔年博友王大、冯九来,邀与敖戏。李亦忘其为鬼。"②王鼎则"夜梦女郎,年可十四五,容华端妙,上床与合,既寤而遗,颇怪之,亦以为偶;入夜,又梦之。如是三四夜,心大异,不敢息烛,身虽偃卧,惕然自警。才交睫,梦女复来;方狎,忽自惊寤;急开目,则少女如仙,俨然犹在抱也。"③《莲花公主》别出心裁地写人的一梦再梦,梦中疑梦:窦旭昼寝,被一褐衣人导入桂府,桂府大王有附婚意,窦因公主美色木坐凝思。未及答应而出梦,"冥坐观想,历历在目。晚斋灭烛,冀旧梦可以复寻……一夕

---

① 见《聊斋志异》卷三,614 页。

② 见《聊斋志异》卷八,第 2216 页。

③ 见《聊斋志异》卷四,第 1006 页。

与友人共榻,忽见前内官来……"①求梦得梦,再入桂府,与公主成亲。窦旭怀疑如此好运气是否是梦,用给公主匀铅黄、以带围腰、布指度足等法检验自己是否在梦中。桂府遭灭顶灾,公主向窦嘤嘤而泣,窦焦急无术,顿然而醒,枕边嘤嘤叫的蜂即所谓公主……梦使人入仙界、入阴司、入妖境。连琐姑娘已然是鬼,她因娇弱,惧见孔武有力的王生,仍托为梦,是为鬼梦。毕怡庵因读《青凤》而慕狐仙,果得狐梦,狐女们怖毕狂躁,托之于梦,是为狐梦兼梦中之梦。

梦是联络现实和理想的绳索。《绛妃》以蒲松龄个人口气写他于花木甚盛的刺史别业被花神绛妃邀去写讨风神檄,檄文洋洋洒洒,历数风使得群花朝荣夕悴备受荼毒,要兴草木之兵杀封(风)氏气焰,洗千年粉黛之冤,销万古风流之恨。《绛妃》虽写梦境,实寓风刀霜剑的社会,寄托香草美人之思。梦中造艺,而显《聊斋》的人生追求,《梦狼》写白某梦入官衙,见衙中白骨如山;《凤阳士人》奇想奔驰,写一士子与其妻、妻弟三梦相通,梦中的士子滥情放荡,与丽者调情,惹起妻子幽怨,被妻弟以巨石砸死。梦中人物皆神采俱现,而醒世劝人之意寓焉。

用梦境刺贪刺虐是《聊斋志异》的重要特点,最有代表性的是《续黄粱》。《续黄粱》写福建曾孝廉跟几个新贵,到禅院找人问卜,算命的对他阿谀奉承,说他要做二十年太平宰相。曾某得意忘形,先对同游者封官许愿,然后入梦。在梦中做了太师,随心所欲,作威作福,卖官鬻爵、结党营私、鱼肉人民、声色狗马。百姓良田,任意侵占,良家女子,强行聘夺;乌烟瘴气,暗无天日。尚书、御史、纷纷上表弹劾。皇帝下令抄家,抄出金银钱钞几百万,珠宝翠玉玛瑙几千斗,帷幕窗帘床帐几千架,曾某被充军云南,在流放途中被"乱民"所杀。进入阴间,阎罗先让他上刀山,下油锅,然后让判官统计他生前贪污的金钱数目,将三百二十一万两银子全部取来,堆得像座小山,然后把银子丢到大铁锅里,点火熔汁,小鬼用勺子往曾某嘴里灌,流到脸上,脸皮烧裂,灌进喉咙里,五脏开锅。活着时只嫌这东西少,现在只嫌这东西多!种瓜得瓜,种豆得豆,天网恢恢,疏而不漏。小说家用梦境对贪官做的道德审判比法庭还高明,还合乎民众心理。

---

① 《聊斋志异》,卷四,第 1015 页。

《聊斋志异》梦做真时真亦梦,黄粱一枕是人间。

从六朝开始,"离魂"成为古代小说戏剧的特殊构思模式,成为文坛高手佳作迭出的舞台,妙笔生花的竞技场。耐人深思的是,前辈作家名作中因情痴离魂者,都是女性。《聊斋志异·阿宝》写男子因情痴而魂游,将千百年被颠倒的历史颠倒过来。冯镇峦点评《阿宝》:"此与杜丽娘之于柳梦梅,一女悦男,一男悦女,皆以梦感,俱千古一对情痴。"①蒲松龄以"男悦女"的天才妙想,将千百年"女悦男"传统改变过来,使"离魂"小说进入新境界。

四、远国异民

远国异民在早期志怪小说中也是重要构思模式,但后世发展不像神鬼狐妖、离魂梦幻。虽然各朝各代都有表现,但没有太高成就。

李剑国在《唐前志怪小说史》对远国异民做过概述:

远国异民的幻想方式,主要是表现其形体、特性和习俗的怪异,特征十分鲜明。关于形体,一是突出其身体的某一部分或若干部分异乎常人的特征,并常常把这种特征体现在国名上。如结胸、贯胸、交胫、歧舌、一目、三首、三身、焦侥、长臂、长股、白民、毛民、无肠、聂耳、跂踵、大人、小人、玄股等等,都是突出身体某一部分或某一方面的奇特;有的则突出其多方面的怪异之处,如一臂三目的奇肱,一手一足的柔利等。二是采用上古神话人兽焊接的嵌合体幻想形式,把远国异民的形体搞成四不像。如长头生羽的羽民,人面鸟喙能飞的讙头,是人和鸟的嵌合;人面蛇身的轩辕民是人和蛇的嵌合;人面鱼身无足的氐人是人和鱼的嵌合;人首三角的戎,是人和兽的嵌合。有些甚至干脆是兽类的形体,如犬封是"状如犬"的狗国;"兽身黑色"的厌火,据郭璞注"似猕猴而黑色",是猴国;"人面长唇,黑色有毛,反踵,见人笑亦笑"的枭阳,是猩猩国。三是突出服饰的奇异。如博父、巫咸、雨师皆以蛇为饰,玄股服鱼皮等。关于特性和习俗,或夸张其神异,如"寿不死"的不死民,"不寿者八百岁"的轩辕民;或渲染其古怪,如厌火吐火,

_____

① 《聊斋志异》,卷二,第344页。

卵民卵生;或张皇其野蛮,如黑齿啖蛇,蜮民食蜮。有些异民的特性习俗又同其形体特征相联系,如讙头有翼,长臂臂长,故皆善捕鱼。①

远国异民在上古神话都已有过描述。《山海经》写过各种奇国。宋代洪迈《夷坚志》有《猩猩八部》,写商人到荒岛与遍体生毛的猩猩结合,最后逃回中华。《聊斋志异·夜叉国》写商人徐某从交州(两广之南)泛海,被大风刮到离中华八千里远的所在,那里"两崖皆洞口,密如蜂房,内隐有人声;至洞外,伫足一窥,中有夜叉二,牙森列戟,目闪双灯,爪劈生鹿而食"。徐某靠带来的牛肉干引起夜叉的兴趣,没有吃他,而是将他留下做熟肉,后来还配他个母夜叉为妻。夜叉国茹毛饮血,但夜叉间的关系完整模拟中国。有的研究者认为夜叉国女性皆男儿装,类满制,是带有民族思想。蒲松龄自己提供的线索,却似是调侃世情:"异史氏曰:'夜叉夫人,亦所罕闻,然细思之而不罕也:家家床头有个夜叉在。'"②

在清代乾隆年间长篇小说《绿野仙踪》和《镜花缘》中,远国异民虽非小说主旨,但因描写有趣,成为小说吸引读者眼球的重要因素。

李百川《绿野仙踪》以平倭为背景,写冷于冰求仙访道、周游天下的见闻。既写朝廷黑暗,也写神仙飞升;既写剪除人间贪墨权奸,也写剪除自然巨鼋妖怪。小说将历史、神魔、世情一锅煮,文人、妓女、妖精一勺烩,内容芜杂,文字亦乏才气。

鲁迅先生认为《镜花缘》是博学多识的小说,在《中国小说史略》中将其放到"清之以小说见才学者"章节阐述。

《镜花缘》前半部写武则天平定徐敬业叛乱后得意忘形,冬天到花园赏雪,心血来潮,命百花开放。因总管百花的女神外出,各花神只好按武则天要求开花。上帝震怒,将百花仙子和九十九位花神贬到人世。百花仙子降生为唐敖之女,取名唐小山。唐敖科举考试中探花,却因是徐敬业结拜兄弟,被革除功名。唐敖遂与做外商的妻弟林之洋结伴海外游览。一路上看到许多跟中国截然不同的国家,有"耕者让畔、行者让路",做买卖买者竞相出高价、卖者坚决不收的君子国;有将

---

① 李剑国:《唐前志怪小说史》,第73页,天津:南开大学出版社,1984。
② 《聊斋志异》,卷一,第152页。

男人(林之洋)纳为妃子并缠足的女儿国……唐敖见识了三十几个国家的奇风异俗,入小蓬莱修道。唐小山出海寻父,到小蓬莱,从樵夫手里拿到父亲的信,令她改名唐闺臣。她在泣红亭看到一百花神降生人间后的名字和事迹,全部抄录,上船回国。小说后半部是人间故事:武则天开科考试,录取一百人,都是泣红亭名录中的才女。才女大展才艺,琴棋书画、斗草投壶。……唐闺臣入山寻父,徐敬业之子起兵反武则天,中宗复位,尊武则天"大圣皇帝",武则天下令前科录取的才女赴红文宴。小说结束。

从这个内容概要可以看出,《镜花缘》主要是用荒诞手法讽刺科举、讽刺男尊女卑。它只是借用花神被贬、远国异民等志怪模式,其实并不能算志怪小说。因为小说有挖苦风水、讽刺三姑六婆、反对"前生造定"、主张人与人之间坦诚相待谦让不争的内容,有论者还以近代民主思想解之。小说的软肋在于它不太像小说,基本没有塑造出血肉丰满的人物形象,也缺少《三国演义》、《水浒传》、《红楼梦》式精彩情节和令人过目难忘的场面。作者李汝珍似乎要借《镜花缘》写博士论文,将大量古典文化的内容——医卜、星算、音韵、酒令、灯谜一股脑儿塞进小说。正如鲁迅先生在《中国小说史略》所说:"惟于小说又复论学说艺,数典谈经,连篇累牍而不能自已,则博识多通又害之。"[1]作者卖弄才学,小说故事性、艺术性大减,令人不忍卒读。在这种情况下,《镜花缘》里边的远国异民、他乡轶事,反而成了引起读者兴趣的重要阅读保障。

---

① 鲁迅:《中国小说史略》,见《鲁迅全集》,第9卷,第249页。

第三章
志人小说的构思艺术

名不正则言不顺。探讨志人小说构思艺术,首先要界定:什么是志人小说? 界定不好范围而侈谈构思,就像那句青州俗话:哭了半天,还不知道谁死了。

本章对"志人"小说采用广义概念,志怪之外,凡是描写现实人生、人情悲欢,描写社会真实存在的芸芸众生,都归入"志人"小说范畴。这里边有文言,也有白话,有短篇,也有长篇。本章主要剖析志人短篇小说构思艺术。对长篇小说中历史演义、英雄传奇、人情小说的代表作,后文数章分头剖论其小说构思成就。

采用广义的"志人"概念,跟目前大多数小说研究者采用"志人小说"的狭义概念不同,但从研究小说构思艺术的需要出发,采用"志人"广义概念确实很必要。

小说研究者习惯按鲁迅先生《中国小说的历史的变迁》的提法,将小说分志人、志怪两类。志怪小说张皇鬼神、称道灵异;志人小说记载真人真事、轶闻琐言。

其实,鲁迅先生"志怪"、"志人"分法,有其专门针对性和特指意义。鲁迅先生在文章中明确说明,"六朝人并非有意作小说",而且"六朝志人的小说,也非常简单,同志怪的差不多,这有宋刘义庆做的《世说新语》,可以做代表。"①也就是说,鲁迅先生"志怪"、"志人"分法,仅限相信鬼神实有、不曾有意作小说的六朝。

小说研究者将鲁迅先生的六朝小说志怪、志人二分法,套用于整个古代小说史。而且出现奇怪的"分流":"志怪"小说范围越来越广、成就越来越高。清代小说家蒲松龄张扬"才非干宝,雅爱搜神"。志怪小说传统在清代还在延续和弘扬光大。其实此"志怪"已非六朝志怪,《聊斋志异》仍能稳坐志怪小说头把交椅,是靠其非凡的艺术成就,靠鲁迅先生说《聊斋》"拟晋唐"且"以传奇法而以志怪"。

"志人"小说范围却越来越窄,几乎成为共识:古代小说研究学者谈志人小说,总用笔记小说来代替。似乎写真人真事,片断化写人、片面化写人,写某一个性特点突出、有只言片语的人,叫"志人";写虚构的人,血肉丰满地写人,全面地写人,写性格复杂、有曲折故事和复杂情节的人,反倒不叫"志人"了。

文学是人学,小说是最受读者欢迎虚拟人生世界的方式。塑造血肉丰满、辉煌灵动的人物形象是小说第一要务。而人物要靠故事、有因果关系的情节、心理活动创造。将"志人"仅限定于写真人琐言轶事,反而将作家靠天才想象创造出来、堪称"典型"的人物,那些有曲折情节精彩场面的故事,那些代表古代小说最高艺术水准、彰显与现代西方小说接轨倾向的作品,唐传奇和话本拟话本,都排除在外。也将描写现实生活的长篇小说排除在外。"志人"成了"史之余",成了记录某一小部分人——特别是各朝代有话语权的官员和知识分子——的吉光片羽。小说艺术特点不突出,构思模式单调,几乎跟现代小说不搭界。

"志怪"和"志人"的"志"都是动词。"志人"者,写人者也。难道只有简单片面记录真实人物琐事片言叫"志人"? 调动多样化艺术手段创造人物典型反而不叫"志人"? 匪夷所思。

研究古代小说构思艺术,应打破志人仅包括轶事、琐言的概念,将所有除志怪之外的小说、描绘现实人生的小说囊括在内,归并研究。

---

① 鲁迅:《中国小说的历史的变迁》,见《鲁迅全集》,第 9 卷,第 311、309 页,北京:人民文学出版社,1991。

我们以"志人"小说的广义涵义为基点,试图探讨:

封建社会芸芸众生的生活,如何通过作家的生花妙笔变成小说?

小说家表现人世悲欢主要采取哪些构思手段?

志人小说有哪些约定俗成的常用构思模式?

哪些作家通过哪篇作品对某新构思模式开宗作祖?

第一节 志人小说的发展轨迹

小说是"史之余",出于稗官。细米为稗,古时稗官专门收集微不足道的街谈巷议。稗官收集的既有真人真事,也有神奇传说。所以对同一篇早期雏形小说既可从"志怪"角度解读,也可从"志人"角度解读。比如《太平御览》卷三〇一所引汉代小说《鬻子》:

> 武王率兵车以伐纣。纣虎旅百万,阵于商郊,起自黄鸟,至于赤斧,走如疾风,声如振霆。三军之士,靡不失色。武王乃命太公把白旄以麾之,纣军反走。[①]

按照志怪小说模式解读,这段描写就是纣王带神灵特点的将军和士兵令武王士兵望而生畏,姜子牙祭起镇服殷军的灵异法宝,纣王军队只好逃走。如果按照志人小说模式解读,这段描写不过是场普通战役,是打着"黄鸟"图腾的纣王军队,被拿白旄做令箭的姜尚率军击败。

志人小说跟志怪小说一样,经过雏形、发展、繁荣的过程。这个过程基本跟历史同步,但又呈螺旋形发展。甚至可以耸人听闻地说:志人小说在汉代已有既描写人物个性又讲述完整故事的精彩先例,到了《世说新语》之中,多数篇章只记人物轶事言语,向故事缺席方向倒退,小说蜕化为笔记。唐传奇纠正了这种小说史上的"反动",调动各种手段塑造人物,编织各类精彩故事。这使得唐传奇超越魏晋南北朝小说成为古代文言短篇小说第一高峰。而跟文言小说起源不同——源于"说话"包括僧讲变文俗讲——的白话小说,宋元话本、明清拟话本,跟

---

① 〔宋〕李昉编:见《太平御览》卷三〇一兵部三十二,第714页,石家庄:河北教育出版社,2000。

唐传奇殊途同归,创造了古代志人小说的辉煌。

一、汉代拟史化写作:志人小说精彩先例

汉代小说模拟历史成分很重,按史传模式写人叙事是主要特点。

（一）《韩诗外传》

《韩诗外传》都是些短小精悍的故事,人物却写得很精彩,如《晏子谏诛颜斫聚》：

> 齐景公出弋昭华之池,使颜斫聚主鸟而亡之。景公怒而欲杀之。晏子曰："夫斫聚有死罪四,请数而诛之。"景公曰："诺。"晏子曰："斫聚汝为吾君主鸟而亡之,是罪一也。使吾君以鸟之故而杀人,是罪二也。使四国诸侯闻之,以吾君重鸟而轻士,是罪三也。天子闻之,必将贬绌吾君,危其社稷,绝其宗庙,是罪四也。此四罪者,故当杀无赦,臣请加诛焉。"景公曰："止! 此吾过矣。愿夫子为寡人敬谢焉。"《诗》曰："邦之司直"。①

晏子是历史上真实的贤相,颜斫聚亡鸟而齐景公想杀他一事,是不是历史事实? 姑存疑。《晏子谏诛颜斫聚》按照史传模式写,故事有情趣,人物有特点,对社会特别是国君有教益。最后引用"邦之司直"说明一个国家有主持正义的人,国家才有安定。

汉代早期解释《诗经》的《韩诗外传》已算较精彩的志人小说。

（二）《列女传》等刘向的小说

本书第一章已谈到:班固《汉书·艺文志》列小说十五家、一千三百九十篇。西汉刘向在成帝时期校书于天禄阁,辑小说五种:《说苑》、《新序》、《世说》、《列女传》、《百家》。

《列女传》记汉代以前的妇女事迹,主旨是宣扬"女德",但保留了许多美好妇女形象,如《齐太仓女》描写汉文帝时太仓令淳于意有罪,应受肉刑。当时的肉刑分五种:"大辟"为死刑;"墨"为刺面;"劓"为割鼻;"剕"为断足;"宫"为阉割。淳于意有五个女儿没有儿子,他被逮捕要押赴长安时,气急败坏地骂:"生子不生男,缓急非有益!"他最小的女儿缇萦一听父亲的话哭了,随父亲进长安,冒死给汉文帝上书。大

---

① 〔汉〕韩婴撰,许维遹校释:《韩诗外传集释》,卷九,第十章,第314～315页,北京:中华书局,1980。

意是：我的父亲是众所周知的廉吏，现在因罪犯法要受肉刑，我想：人死不能复生，肢体被割不能重续。我乐意入官为奴，赎父亲的罪过。汉文帝接到缇萦的上书，受到感动，下诏免除部分肉刑或降低处罚的力度，凿脑袋改为剃头发，抽肋骨改为抽打，砍双脚改为钳双足。缇萦救父的故事，后世广为流传。

《说苑》记周秦到西汉的故事，如《国患社鼠》：

> 齐桓公问于管仲曰："国何患？"管仲对曰："患夫社鼠。"桓公曰："何谓也？"管仲对曰："夫社束木而涂之，鼠因往托焉，熏之则恐烧其木，灌之则恐败其涂，此鼠所以不可得杀者，以社故也。夫国亦有社鼠，人主左右是也；内则蔽善恶于君上，外则卖权重于百姓，不诛之则为乱，诛之则为人主所案据，腹而有之，此亦国之社鼠也。"

> 人有酤酒者，为器甚洁清，置表甚长，而酒酸不售，问之里人其故，里人云："公之狗猛，人挈器而入，且酤公酒，狗迎而噬之，此酒所以酸不售之故也。"夫国亦有猛狗，用事者是也；有道术之士，欲明万乘之主，而用事者迎而龁之，此亦国之猛狗也。左右为社鼠，用事者为猛狗，则道术之士不得用矣，此治国之所患也。①

这个故事描写历史人物管仲劝诫齐桓公不要信用奸邪小人。说围绕在齐侯身边的小人就像钻进房子里的老鼠，像酒铺门口的恶狗，用火烧老鼠会同时烧了房子，用水浇老鼠也会同时淹坏墙壁。酒铺的酒酿得再好，有酒铺前的恶狗却吓得顾客不敢前来。故事和后世广泛运用的成语"投鼠忌器"、"城狐社鼠"意思相同。管仲和齐桓公这段对话，是历史真实？还是小说家虚构？应是在一定史实基础上的虚构。

《新序》采集春秋战国到秦汉时历史传闻，如《扁鹊见齐桓侯》：

> 扁鹊见齐桓侯，立有间，扁鹊曰："君有疾在腠理，不治将恐深。"桓侯曰："寡人无疾。"扁鹊出，桓侯曰："医之好利也，欲治不疾以为功。"居十日，扁鹊复见，曰："君之疾在肌肤，不治将深。"桓侯不应。扁鹊出，桓侯不悦。居十日，扁鹊复见，曰："君之疾在肠胃，不治将深。"桓侯不应。扁鹊出，桓侯又不悦。居十日，扁鹊复

---

① 〔汉〕刘向撰，向宗鲁校证：《说苑校证》卷七（政理），第166～167页，北京：中华书局，1987。

见,望桓侯而还走。桓侯使人问之,扁鹊曰:"疾在腠理,汤熨之所及也;在肌肤,针石之所及也;在肠胃,大剂之所及也。在骨髓,司命之所,无奈何也。今在骨髓,臣是以无请也。"

居五日,桓侯体痛,使人索扁鹊,扁鹊已逃之秦矣。桓侯遂死。

故良医之治疾也,攻之于腠理,此事皆治之于小者也。大事之祸福,亦有腠理之地,故圣人蚤从事也。①

这是个真实历史故事,《史记·扁鹊仓公列传》也有表现。"病入膏肓"成语即从扁鹊为齐桓公治病引申而来。相比于《史记》对扁鹊治病的记载,《新序》将齐桓侯的讳疾忌医,扁鹊的明断机智写得很生动,人物更带传奇性、谐趣性、哲理性。齐桓公的心理活动通过他的话"医之好利也,欲治不疾以为功"坦露。小说思辨性很强,用故事来说明或附会某种治国平天下的道理。

(三)历史小说《燕丹子》

这个历史小说应早于《史记》。燕太子丹曾在秦国做人质,受到秦王污辱,决心报仇。他多方豢养死士,招揽人才。曲武为他引出田光,田光为他推荐荆轲。太子丹对荆轲优厚恭敬之极。荆轲为报答太子丹,舍生忘死刺杀秦王。荆轲刺秦,是历代作家反复描写的故事,基本思路和模式都是由《史记·刺客列传》和《燕丹子》奠定。《史记·刺客列传》和《燕丹子》基本故事相似,但《燕丹子》更有传奇性,如刺秦情节:

西入秦,至咸阳,因中庶子蒙白曰:"燕太子丹畏大王之威,今奉樊於期首与督亢地图,愿为北藩臣妾。"秦王喜。百官陪位,陛载数百,见燕使者。轲奉於期首,武阳奉地图。钟鼓并发,群臣皆呼万岁。武阳大恐,两足不能相过,面如死灰色。秦王怪之。轲顾武阳前,谢曰:"北藩蛮夷之鄙人,未见天子。愿陛下少假借之,使得毕事于前。"秦王曰:"轲起,督亢图进之。"秦王发图,图穷而匕首出。轲左手把秦王袖,右手揕其胸,数之曰:"足下负燕日久,贪暴海内,不知厌足。於期无罪而夷其族。轲将海内报仇。今燕王母病,与轲促期,从吾计则生,不从则死!"秦王曰:"今日之事,

---

① 〔汉〕刘向撰:《新序》杂事类卷二,第25~26页,见王云五主编:《丛书集成初编》,上海:商务印书馆,1936年。

从子计耳! 乞听琴声而死。"召姬人鼓琴。琴声曰:"罗縠单衣,可掣而绝。八尺屏风,可超而越。鹿卢之剑,可负而拔。"轲不解音。秦王从琴声负剑拔之,于是奋袖超屏风而走,轲拔匕首擿之,决秦王,刀入铜柱,火出。秦王还断轲两手。轲因倚柱而笑,箕踞而骂,曰:"吾坐轻易,为竖子所欺。燕国之不报,我事之不立哉。"①
很短一段文字,写活数人:武阳临危而惧,看到秦王显示威风的接见场面已吓得发抖;荆轲机智地解释,诱骗秦王接受地图,却又不急于刺杀,先数落秦王;秦王同样机智,要求听琴而死,是缓兵之计,想在听琴过程中寻找生路;鼓琴之姬更加聪明,用琴声给秦王指明脱逃之计;荆轲被秦王断两手后,居然没有痛苦的表示,反而笑骂秦王,还做了"吾坐轻易"的自我检讨。荆轲刺秦王的过程,跟前此"风萧萧兮易水寒,壮士一去兮不复还"歌词一起,将荆轲这个刚毅勇敢、视死如归的壮士形象塑造得栩栩如生。

东汉赵晔《吴越春秋》是写吴越争霸的杂史,因想象力丰富、描写生动详尽,已被《四库全书总目提要》判断为"尤近小说家言"。《四库全书总目提要》的判断,反过来说明汉代小说跟历史密不可分。

(四)《汉武故事》

《汉武故事》是东汉班固的作品。班固续写完其父班彪的《汉书》,是卓越的史学家。他写小说,更应算"史之余"。他将历史书不便记载、历史人物的"边角碎料"组合进小说。所写人物反而比正史多了些生活气息,多了些细节描绘。

《汉武故事》记述汉武帝一生的事迹,其中不少被引作志怪小说早期代表,如汉武帝跟西王母的交往。其实对汉武帝从出生到葬茂陵的一生事迹,《汉武故事》主要笔墨还是写实即志人。其中《微行柏谷》一段,写汉武帝微服出行到柏谷,投宿旅店,旅店老板认为来客高大有力,为何不好好在家里种地,却带着一帮携剑的人,半夜三更到处闲走? 他判断客人"不欲为盗则淫耳"。汉武帝要求给点水喝,旅店老翁回答:没有水,只有尿。汉武帝还发现,老翁召集了十几个青年人,拿着武器,派旅店的老太太出来先安抚客人,再对付。老太太回去对老

---

① 无名氏撰,程毅中点校:《燕丹子》,第14~16页,见《燕丹子 西京杂记》(古小说丛刊),北京:中华书局,1985。

翁说:"吾观此丈夫,乃非常之人也;且亦有备,不可图也。"①老头儿不听,还要对付客人。于是,老太太先向汉武帝介绍丈夫"好饮酒,狂悖不足计也"。接着将老翁及他召集来的人都灌醉,"自缚其夫"向客人请罪。其他年轻人都跑了。汉武帝第二天还宫,召见这对夫妇,重赏老妪,将老翁召入禁卫军。更可贵的是,因汉武帝平时喜欢微服私行,宰相公孙雄屡次劝止,汉武帝不听,公孙雄自杀,汉武帝虽然很悲痛,但仍然坚持微服出访。柏谷事件后,汉武帝明白公孙雄进谏有理,将公孙雄的坟墓改建于茂陵旁。一段小故事,将三个人物都写得活灵活现:老翁疾恶如仇、莽撞粗豪、敢作敢当;老妪擅长观察人,且有大将风度;汉武帝临危不惧,从容应对,知错改错。汉武帝心胸博大,他非但没有将旅店老翁治罪,因材任用,将其提拔为羽林郎。他检讨自己过去拒谏,并以迁葬进谏宰相为"补偿"。

《燕丹子》、《吴越春秋》本是历史小说,其他《韩诗外传》、《列女传》、《汉武故事》等都呈现"拟史化"写作的特点:

其一,都记述历史真人轶事,且往往为"载道"而写,借生动有趣的小故事说明治国大道理。《晏子谏诛颜斶聚》的描述跟历史记载的晏子性格是统一的。《国患社鼠》写管仲劝诫齐桓公投鼠忌器的道理。《扁鹊见齐桓侯》通过扁鹊治病故事说明治理国家大事要像扁鹊一样抓先机、防患未然。这些都跟正史记载一致。

其二,专门撷取历史人物生动有趣的事。如《新序》写孙叔敖。历史上确有其人,《孙叔敖遇两头蛇》写他小时遇到两头蛇,一方面害怕遇两头蛇必死的传闻,哭了,表现了孩童的特点,一方面马上将两头蛇杀死以免危害他人,表现了未来大政治家的胸怀。

其三,情节完整,叙述精练,人物生动。但人物描写手段比较单一,主要采用人物语言,缺乏人物形貌、行动、心理描写,人物个性常同某种政治品德相对应,小说有封建教诲倾向。

其四,古代神话传说夹杂在志人小说中出现,成为后世文学广泛取材的来源和传统模式,但作者写这些时,用的是史官的态度,是当作历史来写。

---

① 《汉武故事》,见《汉魏六朝笔记小说大观》,第 168 页。

　　这些作品往往把人作为整体来写。后出的《世说新语》虽然名气更大,在强调人物某一特点上有很大贡献,但写人却有点儿像病理医师拿解剖刀切出肢体一部分放到显微镜下放大。而"志人"即写人,更应当写全面的人,丰满的人,立体的人。出现众多性格单一"扁形人物"、故事经常缺席的《世说新语》,相比汉代小说,对小说构思艺术反而是一定程度上的倒退。这种倒退还影响到后世若干有才能的作家,他们手中掌握的素材本可写出极精彩的、故事性很强的小说,却步《世说新语》后尘,简化成记录轶事和琐言的笔记了。

　　鲁迅先生在《中国小说史略》第四篇《今所见汉人小说》中说:"现存之所谓汉人小说,盖无一真出于汉人,晋以来,文人方士,皆有伪作,至宋明尚不绝。"①

　　从以上所举作品来看,它们可能经过后人加工,但原作却应是出于汉代人之手。这些拟史化写作的汉代小说大部分具备小说基本因素即人物、故事、情节,应看成志人小说的精彩先例。

　　二、魏晋小说:精英化写作的志人小说

　　魏晋南北朝主流意识形态重视文学,帝王将相如曹操父子、昭明太子萧统等,都是出色的文学家,将文学视为"经国之大业,不朽之盛事"。文事极盛,首先是正史受重视,各朝代都设著作郎、修史学士、秘书郎。良史迭出,如《三国志》作者陈寿。此外,起居注、杂事记载也不少。人物传记特别丰富,有:传、家传、内传、外传、别传、高士传、忠臣传、淑女孝子传、神仙传。这种风气影响到小说创作,导致志人小说繁荣。

　　鲁迅先生《古小说钩沉》录有魏晋南北朝梁殷芸《小说》中的话,"学者当取三多:看读多、持论多、著述多"②。魏晋南北朝是知识分子读书、议论、著述的"三多"时代。志人小说向"轶事琐言"转型则和"三多"社会风气有关。

　　"三多"风气,影响到小说史上写作对象和写法的重要转型。

　　进入魏晋南北朝,小说精英化,写作横空出世。所谓精英化写作

---

　　① 鲁迅:《中国小说史略》,见《鲁迅全集》,第九卷,第172页。
　　② 鲁迅:《古小说钩沉》,见《鲁迅全集》,第八卷,第234页。

即：写作者多半是文坛精英，写作内容也多半写政坛文坛精英。他们的思想虽没有完全变成主流意识形态，但在思想禁锢较少的魏晋南北朝，他们导向思想、控制舆论的力度不小。普通老百姓的生活和言论很难进入他们的视野，也较难进入小说。

小说精英化写作主要表现在"世说"式笔记小说创作上，也表现在普通志人小说对写作对象的选择上，如《西京杂记》虽是普通小说，而非狭义的"志人"书，却漠视老百姓的柴米油盐，对名人轶事更感兴趣。当然，例外总是存在的，那就是《笑林》。这似乎形成一种别致的分流：《世说》、《西京杂记》走进儒林视线，《笑林》跟志怪小说进入普通民众阅读视野。

魏晋南北朝小说的精英化写作又是由"谈风"决定，鲁迅先生做过精彩分析。《魏晋风度及文章与药及酒之关系》专门谈到魏晋期间崇尚闲谈，《中国小说史略》第七篇《〈世说新语〉与其前后》又说："汉末士流，已重品目，声名成毁，决于片言，魏晋以来，乃弥以标格语言相尚，惟吐属则流于玄虚，举止则故为疏放，与汉之惟俊伟坚卓为重者，甚不侔矣。盖其时释教广被，颇扬脱俗之风，而老庄之说亦大盛，其因佛而崇老为反动，而厌离于人间则一致，相拒而实相扇，终乃汗漫而为清谈。"①

这段话说明：其一，魏晋南北朝知识阶层喜欢闲谈，着眼于佛、道、老庄之说，喜欢玄虚、疏放；其二，这种社会风气直接进入了文学从而形成了跟志怪别成一格的轶事小说。

志人小说相应大量记载士人的轶事和持论。

这个时候知识分子"持论"什么？品评人物、调侃嘲戏，如《世说新语·排调篇》写几位官员，包括大画家顾恺之，在一起耍贫嘴，比赛哪个能把"了"和"危"说到极致。三人想象都极丰富，说到"了"时，第一个说，一把火将田野烧光；第二个说人装棺材出大殡；第三个说，鱼投进深渊鸟放飞天空。说到险，第一个说：在矛头刀尖上做饭；第二个说，百岁老头攀马上要断的枯枝；第三个说，婴儿躺到深井的辘轳上。三个大人物迭出妙语，最后胜出的是个在场小人物，他的"盲人骑瞎

---

① 鲁迅：《中国小说史略》，见《鲁迅全集》，第9卷，第60页。

马,夜半临深池"也成了后世说危险情势的经典语言:

> 桓南郡与殷荆州语次,因共作了语。顾恺之曰:"火烧平野无遗燎。"桓曰:"白布缠棺竖旒旐。"殷曰:"投鱼深渊放飞鸟。"次复作危语。桓曰:"矛头淅米剑头炊。"殷曰:"百岁老翁攀枯枝。"顾曰:"井上辘轳卧婴儿。"殷有一参军在坐,云:"盲人骑瞎马,夜半临深池。"①

(一)《笑林》开风气之先

历史常跟人开玩笑。六朝高雅"志人"小说先驱居然是笑话。

《笑林》被鲁迅先生称"后世诽谐文学之权舆也"。作者邯郸淳是魏国文学家。他的《孝女曹娥碑》被蔡邕称"绝妙好辞"。汉献帝时邯郸淳住荆州,曹操闻名召见。曹丕即位任命其为博士给事中。

《笑林》是古代最早的笑话专集,原书已佚。鲁迅《古小说钩沉》辑遗文二十余则。《笑林》虽是笑话,却一点儿也不粗俗,往往得经过哲理性思考才笑得出来,如《某甲》:

> 某甲夜暴疾,命门人钻火。其夜阴暝,不得火,催之急,门人忿然曰:"君责之亦大无道理!今暗如漆,何以不把火照我?我当得觅钻火具,然后易得耳。"孔文举闻之曰:"责人当以其方也。"②

用精彩小故事尽力突出人物某一性格特点,《笑林》为魏晋南北朝志人小说"攻其一点"写人方法开风气之先,如《汉世老人》:

> 汉世有人年老无子,家富,性俭啬,恶衣蔬食;侵晨而起,侵夜而息;管理产业,聚敛无厌,而不敢自用。或人从之求丐者,不得已而入内取钱十,自堂而出,随步辄减,比至于外,才余半在,闭目以授乞者。寻复嘱云:"我倾家赡君,慎勿他说,复相效而来。"老人饿死,田宅没官,货财充于内帑矣。③

吝啬鬼形象刻画得入骨三分。十九世纪法国作家巴尔扎克在《欧也妮·葛朗台》中创造了个不朽文学典型葛朗台。喝咖啡用一块方糖得切两半儿,成为评论家经常引用的经典细节。中国三世纪作家创造的

---

① 余嘉锡笺疏:《世说新语笺疏》(排调),第820~821页,北京:中华书局,1981。本书所引该书内容,均据此版本,后只标注篇目。

② 〔魏〕邯郸淳《笑林》,见鲁迅:《古小说钩沉》,第182~183页,见《鲁迅全集》第八卷。

③ 〔魏〕《笑林》,见鲁迅:《古小说钩沉》,第183页,见《鲁迅全集》第八卷。

汉世老人跟葛朗台相比,毫不逊色。他施舍乞丐的细节太绝了!取了十个钱出来,这已够少,还要随走随减,减到一半,仍不舍得拿出,只好闭着眼睛给乞丐,还得宣布他这是倾家荡产。此境此语真令人把牙笑掉。至于那么有钱最后饿死,家产全部充公,就令人对这位汉世老人的"节省"有点啼笑皆非了。

《汉世老人》应该算《笑林》最有名的作品,而《笑林》最有代表性的作品却是讽刺愚人的,如《楚人》:

> 楚人居贫,读《淮南方》:"得螳螂伺蝉自障叶,可以隐形。"遂于树下仰取叶。螳螂执叶伺蝉,以摘之,叶落树下;树下先有落叶,不能复分别,扫取数斗归,一一以叶自障,问其妻曰:"汝见我不?"妻始时恒答言"见",经日乃厌倦不堪,绐云:"不见。"嘿然大喜,赍叶入市,对面取人物,吏遂缚诣县。县官受辞,自说本末。官大笑,放而不治。[①]

县官显然有幽默感,知道对愚人不能采用常人法治,所以把他放了。《笑林》之好玩,在于讽刺愚人不动声色。执竿进城故事中,某笨人执长竿进城门,横也进不去,竖也进不去,来位聪明人,告诉他:为什么不把长竿截成两段? 后来的聪明人比笨人还笨!

中国人还是有幽默感的。先秦诸子早有笑话,如揠苗助长、五十步笑百步。《左传》有针对愚夫的记载,宋人——宋襄公和宋君偃——的愚蠢凡庸故事屡见不鲜,还造出个后世经常引用的成语"妇人之仁"。笑话开始出现时有三个特点:一是取材于真人真事;二是题材广泛,从国家大事到家庭琐事,无不可入笑话;三是笑话有哲理性。21世纪风行在手机上调侃世态的短信,跟两千年前的笑话相似。

《笑林》出现后,笑话创作小说化,各朝各代,层出不穷。如:

隋代侯白《启颜录》;

唐代朱揆《谐噱录》;

宋代高怿《群居解颐》、苏轼《艾子杂说》、无名氏《籍川笑林》、陈元靓《事林广记》;

明代陆灼《艾子后语》,徐渭《谐史》,浮白斋主人《笑林》和《雅谑》,

---

① 〔魏〕邯郸淳:《笑林》,见鲁迅:《古小说钩沉》,见《鲁迅全集》,第八卷,第181~182页。

钟惺《谐丛》,赵南星《笑赞》,冯梦龙《笑府》;

清代陈皋谟《笑倒》、石成金《笑得好》、游戏主人《笑林广记》。

自邯郸淳的《笑林》开始,"笑话"成为小说特殊样式。其形式其实是小小说。有的笑话能够用三言两语写出精彩的人物,如隋代侯白的《启颜录》的《刘道真》写自视甚高却未免轻佻的家伙,想捉弄他眼中的"下等人",却被以其人之道还治其人之身:

> 晋刘道真遭乱,于河侧与人牵船,见一老妪操橹,道真嘲之曰:"女子何不调机弄杼,因甚傍河操橹?"女答曰:"丈夫何不跨马挥鞭,因甚傍河牵船?"又尝与人共饭素盘草舍中,见一妪将两小儿过,并著青衣,嘲之曰:"青羊引双羔。"妇人曰:"两猪共一槽。"道真无语以对。①

如果说刘道真是给两个大概并非文化人的老太太分别出了对联的上联,那么,两个老太太都给他对上了"绝对",这样妙的对句,就是在文人恃才逞强的场合,也算很出彩,无怪乎刘道真无话可讲。

有的笑话是官员和读书人之间互相"雅谑"的结果,哪位官员或书生出洋相了,朋友就传扬开来。如唐代朱揆《谐噱录》:

> 张九龄知萧炅不学,故相调谑。一日送芋,书称蹲鸱。萧答云:"捐芋拜嘉。惟蹲鸱未至耳。然仆家多怪,亦不顾见此恶鸟也。"九龄以书示客,满坐大笑。

> 江夏王义恭,性爱古物,常遍就朝士求之。侍中阿劭已有所送,而王征索不已。何甚不平。尝出行于道中,见狗枷狭鼻,乃命左右取之,还以箱擎送之。笺曰:"承复须古物,今奉李斯狗枷,相如狭鼻。"②

《左传》中宋襄公类笑话,诸子中《守株待兔》类的准笑话都是嘲笑愚人的。魏晋南北朝之后在知识分子之中流传的笑话,反而经常嘲笑那些聪明人。包括苏轼、王安石、司马光等绝顶聪明的文章泰斗,都成了笑话捉弄对象。笑话针砭现实尖锐,却又不那么剑拔弩张,那么气势汹汹,那么咄咄逼人,而是轻松取笑、善意嘲弄,因此受到各阶层欢迎。有时,笑话既能创造成功的人物形象,也能化入小说帮助推动情节、塑

---

① 〔宋〕李昉等编:《太平广记》卷二五三,第628~629页,上海:上海古籍出版社,1990。
② 《谐噱录》见王汝涛编校:《全唐小说》,第2412页。

造人物。《红楼梦》里贾母、贾政、贾赦、王熙凤都在宴席上说过笑话，也都通过笑话展示了人与人之间的矛盾和人物心理。这一点，不能不看成《笑林》对后世的意外影响。

（二）《语林》拔"志人"头筹

魏晋南北朝第一部志人小说经常被研究者说成是《世说新语》，抛开《笑林》不说，第一部志人小说也该算《语林》。

《语林》作者裴启，东晋时人，该书早于《世说新语》。鲁迅先生《古小说钩沉》辑一百七十余条，有不少佳作如：

> 诸葛武侯与宣王在渭滨，将战，宣王懿戎服莅事；使人观武侯，乘素舆，著葛巾，持白羽扇，指麾三军，众军皆随其进止。宣王闻而叹曰："君可谓名士矣。"[①]

这大概是《三国演义》中诸葛亮"羽扇纶巾"最早来源。后来苏轼不知根据什么历史记载在"大江东去"那首词里安到周瑜的头上了。诸葛亮在战场上打扮成风度翩翩的帅哥，是他一向的作风？还是故意用休闲式打扮表示他根本就不把对方统帅、大名鼎鼎的司马懿放到眼里？战场上展示名士气，还得到对方统帅的赞赏，实在够妙。另外一位同样是统帅、同样以"帅"自诩者就没诸葛亮的运气了：

> 桓温自以雄姿风气，是司马宣王刘越石一辈器；有以比王大将军者，意大不平。征苻坚还，于北方得一巧作老婢，乃是刘越石妓女。一见温入，潸然而泣。温问其故，答曰："官家甚似刘司空。"温大悦，即出外。修整衣冠，又入，呼问："我何处似司空？"婢答曰："眼甚似，恨小；面甚似，恨薄；须甚似，恨赤；形甚似，恨短；声甚似，恨雌。"宣武于是弛冠解带，不觉憀然而睡，不怡者数日。[②]

这是一则"下等人"捉弄"上等人"的"春晚小品"。"上等人"顾影自怜、吹吹乎乎；"下等人"条分缕析、巧妙挖苦。桓温在后出的《世说新语》被多处调侃。而《语林》中刘越石妓女对他的讽刺最到位，颇有些黑色幽默。《语林》中这两个人物，都是成语创造者，桓温是"不能流芳百世，也要遗臭万年"的成语创造者，刘越石是"枕流漱石"成语的创造者。桓温偏偏自比刘越石，受到他人调侃就可以理解了。简练的语

[①]《语林》，见鲁迅《古小说钩沉》，第131页。
[②]《语林》，见鲁迅《古小说钩沉》，第153页。

言、形态，人物描绘得很生动。

《语林》最初流传很广，有人考证《世说新语》抄用其中八十二条。《幽明录》有些文字也出自《语林》。但因为同时代权势很大的谢安诋毁，不承认《语林》记载他对裴启说的话："乃可不恶，何复饮酒？"也不承认《语林》记载他对支道林说的话。《世说新语·轻诋》写道，谢安宣布"都无此二语，裴自为此辞耳。"事实证明谢安是为顾面子而说谎。但因为谢安干预，《语林》几乎成禁书，流传受影响。

（三）《世说新语》横空出世

《世说新语》后来居上，成为影响最大的志人小说。书名《世说》，唐代称《世说新书》，宋代开始叫《世说新语》并沿用下来。

作者刘义庆是有丰富官场、文坛生活阅历的人。他是彭城人，刘宋宗室，袭临川王，曾任兖州刺史。鲍照等文学士都在其麾下。在当时谈风甚盛的情势下，刘义庆的社会地位使他更容易听到从主流社会到清流社会的各类轶事，都被他勤奋地记录下来。鲁迅先生认为《世说新语》"记言则玄远冷俊，记行则高简瑰奇"。从写人的语言和行动两方面总结了《世说新语》的成就，评价可谓不低。

《世说新语》写人某一性格特点，往往写得新奇有趣，如：

> 魏武将见匈奴使，自以形陋，不足雄远国，使崔季珪代，帝自捉刀立床头。既毕，令间谍问曰："魏王何如？"匈奴使答曰："魏王雅望非常，然床头捉刀人，此乃英雄也。"魏武闻之，追杀此使。[1]

这段简单记载给读者两个印象：第一，曹操模样不怎么样；第二，曹操奸诈异常。这是一段真实的记载，据《魏氏春秋》记载："武王姿貌短小"。而《魏志》记载："崔琰字季珪，清河东武城人"，"声姿高畅，眉目疏朗，须长四尺，甚有威重"[2]。《世说新语》三国人物类似描写还有很多，后来都被罗贯中囊括进《三国志通俗演义》。《世说新语》起到提供小说零部件作用。这是《世说新语》在小说史上的重要贡献，同时也说明《世说新语》的重要缺陷：注重人物某一品质的描写，小说的重要因素，故事性、情节，被淡化了。许多内容只能算真正小说的部件。

---

[1] 〔南朝宋〕刘义庆撰、〔清〕余嘉锡笺疏：《世说新语笺疏》(容止)，第607页。

[2] 〔晋〕陈寿撰，〔宋〕裴松之注：《三国志》(崔琰)，第278页，北京：中华书局，1999。

（四）《西京杂记》、《拾遗记》异彩纷呈

葛洪是重要的志怪小说家，也是重要的志人小说家，他的《西京杂记》写的是西汉人物轶事。其写人成就似乎还在《神仙传》之上。可能因为《西京杂记》写现实中人，更容易借助日常生活细节表现，也更易给读者可亲可信感。《西京杂记》影响最大的两篇小说，牵涉到两位后世话题不断的美女王嫱和卓文君：

> 元帝后宫既多，不得常见，乃使画工图形，案图召幸之。诸宫人皆赂画工，多者十万，少者亦不减五万。独王嫱不肯，遂不得见。匈奴入朝，求美人为阏氏。于是上案图，以昭君行。及去，召见，貌为后宫第一，善应对，举止闲雅。帝悔之，而名籍已定。帝重信于外国，故不复更人。乃穷案其事，画工皆弃市，籍其家，资皆巨万。画工有杜陵毛延寿，为人形，丑好老少，必得其真。安陵陈敞，新丰刘白、龚宽，并工为牛马飞鸟众势，人形好丑，不逮延寿。下杜阳望，亦善画，尤善布色。樊育亦善布色。同日弃市。京师画工，于是差稀。①

> 司马相如初与卓文君还成都，居贫愁懑，以所著鹔鹴裘就市人阳昌贳酒，与文君为欢。既而文君抱颈而泣曰："我平生富足，今乃以衣裘贳酒。"遂相与谋，于成都卖酒。相如亲著犊鼻裈涤器，以耻王孙。王孙果以为病，乃厚给文君，文君遂为富人。文君姣好，眉色如望远山，脸际常若芙蓉，肌肤柔滑如脂，十七而寡，为人放诞风流，故悦长卿之才而越礼焉。长卿素有消渴疾，及还成都，悦文君之色，遂以发痼疾。乃作《美人赋》，欲以自刺，而终不能改，卒以此疾至死。文君为诔，传于世。②

两个小小说的主角是古代名气很大的女性，一个是四大美女之一王昭君，一个是才女卓文君。她们都我行我素。王昭君自认为美丽，坚决不肯向画工行贿，结果后宫第一美色却得不到汉元帝垂青，远嫁匈奴。卓文君则"不守妇道"，夜奔跟司马相如结合，她的越礼遭父亲卓王孙报复：不给嫁妆。卓文君只好卖掉鹔鹴裘过日子。但她马上聪明地想

---

① 〔晋〕葛洪撰：《西京杂记》，卷二（第1则），第9页，北京：中华书局，1985。
② 〔晋〕葛洪撰：《西京杂记》，卷二（第38则），第11页，北京：中华书局，1985。

出羞辱父亲的办法:在大富商卓王孙的大本营成都当垆卖酒。卓王孙受不了,只好把嫁妆送上门。《西京杂记》这两个故事虽短小,但影响巨大,成为后世小说、戏剧的取材来源。

魏晋南北朝被看作是志怪小说的书,也撷拾不少生动的真人异闻,具有志人小说特点,如王嘉《拾遗记》卷九《翔凤》写石崇的爱婢翔凤,年少美丽时,深为石崇宠爱,"珍宝奇异,视为瓦砾,积如粪土"。石崇让翔凤带领着诸婢女刻玉、铸钗,他召唤哪个婢女时,不叫她们的名字,以所佩带的金石之声来区别。翔凤年过三十,就被打入冷宫,过起了暗无天日的生活。简单的记载把贵族生活的腐朽、女性的不幸写活了。人物描写跟《世说新语》如出一辙。

再如卷七《薛灵芸》,已是基本成熟的短篇小说。魏文帝曹丕所爱的美人薛灵芸入宫的过程、入宫后的排场、文帝对她的宠爱、她的美丽和善于针工,都写得十分细腻。如,灵芸闻文帝宣,别父母,泪下沾衣,以玉唾壶承泪,壶则红色,泪凝如血。文帝迎灵芸的车,"镂金为轮辋",驾车之青牛,日行三百里。灵芸来入京城数十里,"膏烛之光,相续不灭,车徒噎路,尘起蔽于星月,时人谓之'尘宵'"①。文帝筑十尺高的烛台,一里路矗一个五尺高铜表,魏文帝亲乘雕玉之车迎接。灵芸入宫后,极受宠爱,连外国进贡的火珠龙鸾之钗也不让她戴,因为文帝怕压坏了美人……

这类描绘,词采繁富,典故丰茂。四库全书说《拾遗记》令"历代词人,取材不竭"。当然也成为后世小说的取材来源。

但说到底,魏晋南北朝志人小说影响最大的还是《世说新语》,它开辟了后世所谓"志人"其实是笔记小说门类。作为笔记小说,《世说新语》的成就空前绝后,它更重要的贡献,则是将小说写人手法如外貌、行动、人与环境等等描写经典化了,给后代作家留下标杆、范本。笔者将这类写人物的方法称为"世说体",不仅直接影响后世笔记小说,且给后世所有小说重大影响。本章第二节将作具体阐述。

三、唐传奇有意为小说

小说发展到唐代,产生质的变化。唐传奇硕果累累,成为跟诗歌

---

① 〔晋〕葛洪撰:《西京杂记》,卷七,第160页。

并列的唐代文学一代之奇。鲁迅先生说："小说亦如诗,至唐代而一变。"①唐前小说记异,是对鬼神"忠实记录",唐代小说家主要不再记实,而是有意识创作,虚构。胡应麟说："凡变异之说,盛于六朝,然多是传录舛讹,未必尽设幻语,至唐人乃作意好奇,假小说以寄笔端。"②就是说:唐人写小说是有意识的文学创作,是借小说表达人生追求。胡应麟解释"传奇"的意思是:传写奇事,搜奇记逸。

唐传奇繁荣和古文运动、进士制度、民间说话有密切关系。

中唐是古文运动高潮,古文运动反对骈体文,主张用《史记》、《汉书》为楷模,写浅显易懂、明白晓畅的古文。韩愈的《毛颖传》、柳宗元的《河间传》类似传奇,受到张籍指责,说韩愈多尚驳杂无实之说,累及他的名声,韩愈只好回答:所以为戏耳。但《唐国史补》的作者李肇却说:沈既济撰《枕中记》,庄生寓言之类;韩愈撰《毛颖传》,其文尤高,不下史迁,二篇真良史才也。

唐代科举分制科(临时设制)和常科,常科分进士和明经两科。明经考经文,进士重文词。时人以经进士做官为荣,应试举子为得到显贵、名人支持,提高文名,采用传奇做行卷、温卷。据考证,唐传奇四十八名作者中,二十七人事迹难考,其他二十一位事迹能考者,居然有进士十五名,几乎占四分之三。

唐传奇作者有时汲取民间说话为题材,如《李娃传》就是从民间说话《一枝花》而来,元稹的诗写道:他跟白居易听《一枝花》听了一天,故事还没结束。诗人们提议让白行简写成传奇。

"传奇"主要是人间故事,也有志怪故事。晚唐作家裴铏以"传奇"做小说集名。后世用来称呼整个唐代小说,曰"唐传奇"。"传奇"后来又变成明清时代对戏曲的称呼。作为小说的传奇有两大特点:

第一,就内容而言,传奇不再单纯志怪,而将视线投向现实人生,不再单纯写士子,而将目光投向生活各个角落。上至王公贵族,下至文人侠士,上至大家闺秀,下至妓女婢妾,都可以成为传奇主人翁。有爱情、公案、侠义等多种题材。读书人爱情占重要位置,进士和妓女的关系占很大比例。妓女是进士没做官前的红尘知己,做官后则首先成

---

① 鲁迅:《中国小说史略》,见《鲁迅全集》,第9卷,第70页,北京:人民文学出版社,1991。

② 〔明〕胡应麟:《少室山房笔丛》,卷三六,第486页,北京:中华书局,1997。

为牺牲品。

第二,就艺术形式而言,唐传奇比六朝志人志怪小说都有长足进步。魏晋南北朝《世说》式志人小说往往故事缺席、情节淡化,人物扁形化。志怪往往粗陈梗概。唐传奇则是有头有尾、曲折生动、波澜起伏的长篇故事,有时是真伪互陈,借鉴历史故事、社会传闻,有时凭空虚构。其语言,六朝小说古朴典雅,唐传奇精细华丽。鲁迅先生《六朝小说和唐代传奇文有怎样的区别?》中概括:"(传奇)文笔是精细的、曲折的,至于被崇尚简古者所诟病;所叙的事大抵具有首尾和波澜,不止一点断片的谈柄;而且作者故意显示着事迹的虚构,以见他想象的才能了。"①

因为两方面的长足进步,唐传奇标志着中国短篇小说的成熟,成为文言短篇小说第一个高峰,出现大量杰作,相应也创造了一些新的小说构思模式。本章第三节将做剖析。

四、白话小说:市井生活的全面介入

唐前小说不管志怪还是志人,文字形式都是文言。白话小说是经过宋元话本、明清拟话本繁荣起来的。

文言小说到唐传奇达到高峰,到宋代却滑坡。鲁迅先生说:

> 宋一代文人之为志怪,既平实而乏文彩,其传奇,又托往事而避近闻,拟古且远不逮,更无独创之可言矣。然在市井间,则别有艺文兴起。即以俚语著书,叙述故事,谓之"平话",即今所谓"白话小说"者是也。②

> 传奇小说,到唐亡时就绝了。至宋朝,虽然也有作传奇的,但就大不相同。因为唐人大抵描写时事;而宋人则极多讲古事。唐人小说少教训;而宋人多教训。大概唐时讲话自由些,虽写时事,不至于得祸;而宋时则讳忌渐多,所以文人便设法回避,去讲古事。加以宋时理学极盛一时,因之把小说也多理学化了,以为小说非含有教训,便不足道。但文艺之所以为文艺,并不贵在教训,

---

① 《鲁迅全集》第 6 卷,第 323 页,北京:人民文学出版社,1991。
② 鲁迅:《中国小说史略》,见《鲁迅全集》第 9 卷,第 110 页,北京:人民文学出版社,1991。

若把小说变成修身教科书，还说什么文艺。①

文言小说没落，白话小说兴起，是中国小说史上的一大变迁：

其一，小说从文言到白话，增强了作品表现力，扩大了读者面，提高了小说社会效益。

其二，小说描写对象从帝王将相、才子佳人，大踏步转向平民，转向市井，思想内容、审美情趣，产生划时代改变。

其三，作者跟唐传奇不一样，市井文人渐唱主角。

从此，以文言小说为主的古代小说转入以白话为主。

说到白话小说，得先注意几个专用名词：

一曰"话"，有两种涵义，一是"故事"，二是"伎艺性故事"。

二曰"说话"，跟现代汉语含义不同，是动宾式结构。

三曰"话本"，说话人的底本。亦作"话文"。

四曰"平话"，是元代人"讲史"的习惯用语。

五曰"诗话"、"词话"，王国维解释：以其中有诗有话，故得此名，有词者，则谓之词话。

话本小说来源"说话"，即讲故事，这一传统源远流长：

《周礼》中"瞽"即瞎子管着给帝王讲故事；

《史记》中侏儒、倡、优，都给帝王讲故事；

《汉书》中东方朔，还是给帝王讲故事；

《笑林》未必不是邯郸淳先讲故事后写书。

唐代说话伎艺进入民间，影响到传奇创作，"一枝花说话"讲李娃，白行简听了，创作出《李娃传》。

话本是"说话人"的底本。"说话"有固定演出场合，"瓦子"、"瓦肆"、"瓦舍"、"勾栏"、"勾肆"。"说话"还可在茶楼酒肆，街头巷尾，宫廷寺庙，到处说。陆游《小舟近村舍舟步归》说："斜阳古柳赵家庄，负鼓盲翁正作场。身后是非谁管得？满村听唱蔡中郎。"②

从"说话"到"话本"有个演变过程。说话人师徒间口耳相传，"底本"仅是故事提纲，细节由说话人讲时补充。说话人在演出过程中丰富和发展，再记录整理，原本还是做说话人底本，但印刷业发展，印出

① 鲁迅：《中国小说的历史的变迁》，见《鲁迅全集》，第 9 卷，第 319 页。
② 〔宋〕陆游：《陆游集·剑南诗稿》，卷三三，第 870 页，北京：中华书局，1976。

来流行了,成话本小说。由此,"说话"、"话本"分家。

说话人在宋代已专业化,《东京梦华录》记载北宋京城著名的说话人有十四个。其中以说三分的霍四究和说五代史的尹常卖最有名。宋代说话人还有类似当今戏剧家协会的组织叫"雄辩社"。说话人并非只会耍嘴皮子,还要有广博知识。据《醉翁谈录》记载"夫小说者,虽为末学,尤务多闻。非庸常浅识之流,有博览该通之理。幼习《太平广记》,长攻历代书史","论才词有欧(阳修)、苏(轼)、黄(庭坚)、陈(师道)佳句,说古诗是李、杜、韩、柳篇章。"他们还得有丰富的自然科学知识,能"辨草木山川之物类,分州军县镇之程途"。①

说话人在宋代分为四家:一曰小说,即"银字儿";二曰谈经,讲佛经故事;三曰讲史,讲历史故事,但虚实相伴;四曰铁骑儿,专讲战争故事。

其中小说讲烟粉、灵怪、传奇、公案。所谓"银字儿"原为音律上的话,指哀艳动人,白居易《秋夜听高调凉州诗》:"楼上金风声渐紧,月中银字韵初调。促张弦柱高吹管,一曲《凉州》入寂寥。"

话本在宋元单篇流传,到明中叶有话本集出现。有《京本通俗小说》、《清平山堂话本》。美国芝加哥大学马泰来考证《京本通俗小说》是伪书,为多数学者接受。白话小说更大繁荣在明代万历时期以后,以拟话本出现为标志。所谓拟话本就是模拟话本写作,最有代表性的是冯梦龙"三言"和凌濛初"二拍",还有陆人龙《型世言》、李渔《十二楼》、天然痴叟《石点头》、元亨主人《照世杯》、东鲁古狂生《醉醒石》、周清源《西湖二集》等。

白话小说不再像六朝小说、唐传奇属于精英群体,它属于市井社会。郑振铎先生在《中国俗文学史》一书开头说过这样的话:

何谓"俗文学"? "俗文学"就是通俗的文学,就是民间的文学,也就是大众的文学。换一句话,所谓俗文学就是不登大雅之堂,不为学士大夫所重视,而流行于民间,成为大众所嗜好、所喜悦的东西。②

---

① 〔宋〕罗烨:《醉翁谈录》,见《中国文学参考资料小丛书》第一辑,第3页,上海:古典文学出版社,1957。

② 郑振铎:《中国俗文学史》,第1页,上海:上海书店,1984。

郑振铎先生认为,小说、戏曲跟变文、弹词一样,都要归入俗文学范围。俗文学不仅成了中国文学史主要成分,也成了中国文学的中心。

小说之"俗"最集中、最典型的体现,还是白话小说。在白话小说中,像《世说》那样精英化写人和哲理化构思,像唐传奇那样文采斐然、着意华艳的写法,荡然无存。属于"士"的生活、素质、语言,都被市井社会挤到角落里去,牵涉到古代士子如庄子、苏东坡的小说也都按照市民心理给予"再造"乃至扭曲。白话小说体现市井对爱情、对婚姻、对朋友、对金钱的重新定位,采用市井喜闻乐见的文字和构思形式。话本、拟话本如何将"俗"进行到底? 表现在内容上,也表现在构思艺术上。本章第四节剖析之。

第二节 "世说体"千年流淌

《世说新语》是《世说》从宋代开始叫的名字。讨论对古代小说构思艺术产生的重要影响,仍得说《世说》和"世说体"。

一、《世说》的内容

《世说》,按照三十六门来记载人物言行:德行、言语、政事、文学、方正、雅量、识鉴、赏誉、品藻、规箴、捷悟、夙慧、豪爽、容止、自新、企羡、伤逝、栖逸、贤媛、术解、巧艺、宠礼、任诞、简傲、排调、轻诋、假谲、黜免、俭啬、汰侈、忿狷、谗险、尤悔、纰漏、惑溺、仇隙。

德行、言语、政事、文学、雅量、品藻、豪爽、容止、栖逸、贤媛、任诞、汰侈、谗险这些"门"的故事,经常为后世引用、借用。

《世说》记录东晋时真人轶事,内容非常丰富,简言之:

(一)帝王将相的猜忌,富豪的奢侈、淫逸,如:

石崇使黄门交斩敬酒美人;

石崇和王恺斗富;

曹操梦中杀人、忌恨杨修的才能;

曹丕迫害兄弟,曹植七步成诗。

(二)文人的放浪、颓废、求仙、不幸,如:

孔融被杀,其子临危不惧;

刘伶喝酒喝到"君何入我裤中";

嵇康因清高脱俗被杀。

（三）奇闻轶事、文人雅事、贤媛儿童，如：

温公娶表妹的玉镜台故事；

王羲之袒腹东床的故事；

"小时了了大未必佳"的故事；

"覆巢之下焉有完卵"的故事；

陶侃母截发留宾的故事；……

《世说》的突出成就至少表现在两个方面：

其一，《世说》将魏晋上层社会芸芸众生，特别是士子阶层写活了，写绝了。它通过一个个人物侧面，将那个远去的精英世界永久保存下来。后世读者开卷就觉得一股魏晋之风扑面而来，似乎清高飘逸的嵇康、奢侈夸富的石崇、嗜酒如命的刘伶、脾气急躁的王蓝田、豪爽奸诈的曹操、七步成诗的曹植……都可以从纸面上走下来。

其二，《世说》精彩优美的小说语言，多彩多姿，简明扼要，却又因描述对象不同而有个性化特点。叙述语言简约有致，人物语言则人言人殊，有数十人可寻声得人。从说话想象出人来。

《世说》的深远影响至少表现在三个方面：

其一，《世说》内容成为后世小说戏剧的创作素材，如《三国志通俗演义》大量使用《世说》内容，有的与《三国志》重出，如曹操的故事，杨修的故事，孔融弥衡的故事，三国时的文人、雅士、仕女传闻，七步成诗、"绝妙好辞"、"胡为乎泥中"、邓艾口吃"凤兮凤兮固是一凤"等。关汉卿借用"玉镜台"创作杂剧，徐渭借用谢女咏雪故事创作《四婵娟》；后世的"击鼓骂曹"、"除三害"（周处）等戏曲追根溯源，都来自《世说》。

其二，《世说》创造一系列典故，如"木犹如此，人何以堪"、"祖腹东床"、"登龙门"、"覆巢之下焉有完卵"、"枕流漱石"、"渐至佳境"、"割席绝交"、"玉树临风"、"岂以五男易一女"等，经常被后世文人顺手安置在自己文章中。

其三，更重要的是，《世说》开辟了志人广阔天地，创造了志人多种方法。可以将其叫"世说体"。笔者认为，所谓"世说体"并非单纯指模仿《世说》的笔记小说，含义要广泛得多，主要指按《世说》写人叙事的

构思方法。这些方法,既可运用于文言小说,也可运用于白话小说;既可运用于长篇小说,也可运用于短篇小说。这些方法,诸如:

人物肖像描写方法;

人物行动描写方法;

人物语言描写方法;

将人物置于对应环境的描写方法;

将人物置于矛盾关口的描写方法;

借人物对人物评论写人的方法……

"世说体"影响到唐传奇、影响到《聊斋志异》,影响到三言二拍,影响到《三国演义》、《红楼梦》。总之,六朝之后优秀小说不受《世说》影响的几乎没有。"世说体"的写作方法成为古代小说构思艺术的金科玉律,甚至对诗词、散文、戏剧创作也产生了影响。

二、"世说体"志人方法

(一)《世说》开后世小说肖像描写简约、传神之风

《世说》肖像描写集中在《容止十四》,成就非凡。

作者有时直接描写、感叹人物的出众相貌:"王夷甫容貌整丽,妙于谈玄,恒捉白玉柄麈尾,与手都无分别。"①一个男人居然皮肤白皙到手跟白玉柄分不出来! 有资格给世界名牌"兰蔻"、"迪奥"、"雅诗兰黛"等大化妆品牌做广告了。"王右军见杜弘治,叹曰:'面如凝脂,眼如点漆,此神仙中人。'""面如凝脂,眼如点漆"从此成了描写美男子的套话,曹雪芹不做变通,就用到贾宝玉身上。

作者有时以物喻人:"时人目'夏侯太初朗朗如日月之入怀,李安国颓唐如玉山之将崩。'"李安国,原名李丰,降魏后改名李宣。系魏明帝收用东吴降官卫尉李义之子。魏明帝问手下人:江东名士哪个最著名? 得到回答:李安国。魏明帝重用这美男子,后来为晋王所杀。

作者有时既以物喻人,又在同样俊美的男人之间做微细对比:"嵇康身长七尺八寸,风姿特秀。见者叹曰:'萧萧肃肃,爽朗清举。'或云:'肃肃如松下风,高而徐引。'山公曰:'嵇叔夜之为人也,岩岩若孤松之

---

① 刘义庆撰、余嘉锡笺疏:《世说新语笺疏》容止第十四,第 611 页,北京:中华书局,1983。以下该书引文均出自此版本,不另注,仅在行文中注出篇名。

独立；其醉也，傀俄若玉山之将崩。'""有人语王戎曰：'嵇延祖卓卓如野鹤之在鸡群。'答曰：'君未见其父耳！'"这两段文字分别写著名文学家嵇康及儿子嵇延祖的风采。人们用自然界俊朗之物比喻他们，父亲平时像孤松矗立，醉了像玉山倾倒，儿子像鹤立鸡群。有其父必有其子，儿子可能稍不如父。因此夸奖嵇延祖美貌者，就被王戎语带玄机地挖苦了：您真是少见多怪，他老子比他还美！

《世说》以物喻人的肖像写法，给后世作家做出表率。《世说》本身语言也直接为后世作家采用，"鹤立鸡群"成了成语，人像孤松，人有林下之风，成了俗话。类似例子还有不少，"时人目王右军：'飘如游云，矫若惊龙'""有人叹王恭形茂者，云：'濯濯如春月柳'"。人如游云、如惊龙、如春柳，如惊鸿，都成了后世作家写人外貌的套话。《世说》既可以用比喻写貌美者，也可以用比喻写貌丑者，"刘伶身长六尺，貌甚丑悴，而悠悠忽忽，土木形骸"。中国第一酒鬼刘伶，个儿短小，模样憔悴，喝酒喝得整天晕晕乎乎，粗头乱服，蓬发垢面，活像块烂木头。这是幅多精彩的"酒鬼行乐图"？《世说》写外貌有时还用夸张手段，"海西时，诸公每朝，朝堂犹暗，唯会稽王来，轩轩如朝霞举"。这样的写法同样被后世作家，不仅小说家，照单全收。

《世说》创造的人物外貌描写经典手法对后世的影响，并非专在"志人"其实是笔记小说，它对各类小说都有影响。《三国演义》舌战群儒的诸葛亮显然鹤立鸡群；《红楼梦》林黛玉一出场，"行动如弱柳扶风"，《世说》描绘男人的春月柳，被曹雪芹用到林姑娘身上了。

《世说》容貌描写还会引出些趣事。魏明帝时，男人也胡粉饰面、搔首弄姿。尚书何晏平时喜欢穿衣女性化。魏明帝看他的脸漂亮白皙，怀疑是不是搽粉了，故意大热天赐他吃热汤饼以验证之：

> 何平叔美姿仪，面至白；魏明帝疑其傅粉。正夏月，与热汤饼。既啖，大汗出，以朱衣自拭，色转皎然。

（容止第十四）

这是个多好玩的场面！尚书大人不得不在皇帝面前吃热汤饼，而皇帝顽童般观察着，等着尚书出汗粉交流的大洋相。汤饼大概是类似汤圆、馄饨、面片的东西。魏明帝赏何晏汤饼理由自然是好吃，目的却是让尚书出汗。看来当时不时兴纸巾，尚书也没带手帕，结果喝出汗来的尚书不得不用红衣服——多女性化——拭汗，这一拭，真相大白，何晏比原来更白更漂亮了，原来他的美根本不靠搽粉！

无巧不成书，更有趣的场面出现在魏明帝的女儿身上。《贤媛第十九》写南康长公主被情人的美丽征服：

> 桓宣武平蜀，以李势妹为妾，甚有宠，常著斋后。主始不知，既闻，与数十婢拔白刃袭之。正值李梳头，发委藉地，肤色玉曜，不为动容。徐曰："国破家亡，无心至此。今日若能见杀，乃是本怀。"主惭而退。

（《贤媛》第十九）

桓温身为大将却怕老婆，因为妻子是公主，更因为妻子泼悍。桓温灭了蜀国抢回李势妹做小妾，被公主发现，带刀去打算杀了她，没想到李势妹的美丽、温婉征服了她，不战而退。美人如花化仇怨，这样的题材引起作家盎然兴趣，一写再写，南北朝《妒记》干脆给公主添油加醋："主于是掷刀前抱之曰：'阿子，我见汝亦怜，何况老奴。'遂善之。"后世也就有了专门形容女人赞扬女人的成语"我见犹怜"。

（二）《世说》开写人物"招牌式"行动

散见于《世说》各"门"的人物，相当多个性非常突出，特别是被《世说·文学》提名的名士，如夏侯玄（太初）、何晏（平叔）、阮籍（嗣宗）、嵇康（叔夜）、刘伶（伯伦）、阮咸（仲容）、裴楷（叔则）、王衍（夷甫）、谢鲲（幼舆）等等。他们都善于谈玄，都出口成章，都妙语如珠，也都有属于自己个性的"招牌式"行动，试看：

> 阮步兵丧母，裴令公往吊之。阮方醉，散发坐床，箕踞不哭。裴至，下席于地，哭吊唁毕，便去。或问裴："凡吊，主人哭，客乃为礼。阮既不哭，君何为哭？"裴曰："阮方外之人，故不崇礼制；我辈俗中人，故以仪轨自居。"时人叹为两得其中。

（《任诞第二十三》）

竹林七贤重要人物阮籍死了母亲，披头散发，姿势不雅地坐着，来了客人不哭不瞅不睬。来客裴楷自顾自哭拜、祭奠、慰问、告辞。有人问：主人不哭，你哭什么？这是出于人之常情的问话。裴的回答说明他通情达理、理解阮籍。一段短短描写，"方外之人"不计小节，自称"俗中人"却有情有义。

174

> 王子猷居山阴，夜大雪，眠觉，命酌酒。四望皎然，因起彷徨，咏左思《招隐诗》。忽忆戴安道，时戴在剡，即便夜乘小船就之。经宿方至，造门不前而返。人问其故，王曰："吾本乘兴而行，兴尽而返，何必见戴？"

（《任诞第二十三》）

王羲之的儿子王子猷"何必见戴"故事被历代传诵，经常被选本选用，成为名士的标志性行为。其实关于王子猷的名士派头还有个更好的章节：王子猷在船上，有人告诉他：岸上过来的那位，是善于吹笛的桓子野。此时桓子野已成了大人物。王子猷却不理这套官场规则，派人跟桓子野说："闻君善吹笛，试为我一奏。"桓子野欣然"下车，踞胡床"给王子猷吹了三支曲。为什么？因桓子野"素闻王名"。可能还联带着对王羲之特别是其前辈王导的敬畏吧。王导和谢安是晋代最大的名门望族，唐诗有两句著名诗句"旧时'王谢'堂前燕，飞入寻常百姓家。"这里边的"王"指的就是王子猷的祖辈了。

> 王蓝田性急。尝食鸡子，以箸刺之，不得，便大怒，举以掷地。鸡子于地圆转未止，仍下地以屐齿蹍之，又不得，瞋甚，复于地取内口中，啮破即吐之。王右军闻而大笑曰："使安期有此性，犹当无一豪可论，况蓝田邪？"

（《忿狷第三十一》）

这是段经常作为《世说》范例被引用的文字。王蓝田的急脾气，大概古今中外数第一了。看来这是他早餐发生的事。吃鸡蛋明明得用手剥，他偏偏用筷子夹，自然像《红楼梦》的刘姥姥，用筷子夹不起鸽蛋。王蓝田绝不会像刘姥姥那样自嘲，反而迁怒于鸡蛋，来了番"连环作业"，最后吃进嘴再吐掉。吃鸡蛋吃出这水平，太可笑了。

《世说新语·任诞》关于刘伶的记载更是经常被人提到：

> 刘伶恒纵酒放达，或脱衣裸形在屋中，人见讥之。伶曰："我以天地为栋宇，屋室为裈衣，诸君何为入我裈中？"

名士们以自己的"招牌式"行动诠释着自己的个性，富豪恶人同样有属于自己的招牌：

> 石崇每要客燕集，常令美人行酒。客饮酒不尽者，使黄门交斩美人。王丞相与大将军尝共诣崇。丞相素不善饮，辄自勉强，

175

至于沉醉。每至大将军，固不饮，以观其变。已斩三人，颜色如故，尚不肯饮。丞相让之，大将军曰："自杀伊家人，何预卿事？"

（《汰侈第三十》）

石崇厕，常有十余婢侍列，皆丽服藻饰，置甲煎粉、沉香汁之属，无不毕备。又与新衣着令出，客多羞不能如厕。王大将军往，脱故衣，着新衣，神色傲然。群婢相谓曰："此客必能作贼。"

（《汰侈第三十》）

石崇是《世说》"出镜率"很高的人物，是魏晋时代豪富代名词。有钱就摆阔，无孔不入地摆。他上厕所得几十个丫鬟伺候，得喷香水，上完厕所得换新衣服。招待客人也照此办理。客人都不好意思上他家厕所了。唯有将军王敦，脸皮最厚，你摆阔，我乐得享受你的阔气，不仅在丫鬟环立的情况下该撒尿就撒尿。享用甲煎粉、沉香汁等高级洗漱用品，还心安理得地脱下旧衣换上厕所的高档新衣。做这一切不合人情的举动时，"神色傲然"，像理所应当。怪不得丫鬟们说他能作贼。实际上，王敦比贼还贼，是杀人如麻的强盗。当石崇也是为了摆阔，派美人给客人敬酒，凡客人不干杯，就令黄门杀掉美人时，王丞相本来不喝酒，为了美人性命，只好喝个烂醉。王敦明明能喝酒，偏偏故意不喝，观察你石崇说敬不好酒就杀人，到底是不是真杀。石崇为他连杀三个美人。王丞相忍不住劝王敦。王敦回答：他杀他的人，与你何干？石崇、王敦，一个摆阔杀人，一个故意让对方杀人，两个草菅人命的家伙心肠毒如蛇蝎。

《世说》这些人物的行动，都够得上典型化行动，招牌式行动。《世说》将他们分门别类写出来，读者每看一处，都能会心地微笑。作为特征化描写人物，选材真精，写得真妙！

（三）《世说》擅长从矛盾中刻画个性

把人物放在尖锐的矛盾中刻画个性，《世说》似乎无意识地这样做，但效果很好。如钟会见嵇康：

钟士季精有才理，先不识嵇康。钟要于时贤隽之士，俱往寻康。康方大树下锻，向子期为佐鼓排。康扬槌不辍，旁若无人，移时不交一言。钟起去，康曰："何所闻而来，何所见而去？"钟曰："闻所闻而来，见所见而去。"

（《简傲第二十四》）

根据余嘉锡先生考证,这段"打铁公案"有历史根据。《魏志·王粲传》注、《魏氏春秋》都有记载。《魏氏春秋》说钟会因才能受大将军重用,宝马轻裘,宾从如云,去拜访嵇康。"康方箕踞而锻,会至不为之礼。"《世说》把两个完全不同的人物置于尖锐矛盾中:钟会已攀上高官,还想借跟嵇康套近乎,提高在士子中的人气。但嵇康对这个家伙早就不以为然。钟会来了,他连理都不理,只顾打铁,好像没看到"要人"出现。钟会站了好一阵子,嵇康一句话不说。钟会离开时却开口了,像是诚心挑衅:你听到什么话到我这儿来? 你到我这儿又看到什么? 如果钟会回答:我看到您打铁。岂不太没水准? 阴谋家钟会回答滴水不漏:我听到我所听到的,看到我所看到的。两个人都聪明绝顶,两人出语都针针见血。对嵇康来说,不过是名士挥洒一番,对钟会就全然不一样了。他怀恨在心,回去琢磨如何陷害嵇康了。

> 石崇与王恺争豪,并穷绮丽,以饰舆服。武帝,恺之甥也,每助恺。尝以一珊瑚树高二尺许赐恺。枝柯扶疏,世罕其比。恺以示崇。崇视讫,以铁如意击之,应手而碎。恺既惋惜,又以为疾己之宝,声色甚厉。崇曰:"不足恨,今还卿。"乃命左右悉取珊瑚树,有三尺四尺,条干绝世,光彩溢目者六七枚,如恺许比甚众。恺惘然自失。

(《汰侈第三十》)

这是个很好的电视场面:王恺在皇帝帮助下,自以为有了世间少有的珊瑚,捧到石崇家夸耀。石崇用铁如意击碎了。王恺还认为这是石崇嫉妒自己富有,没想到石崇家里的珊瑚树那么多,自己引以为豪的珊瑚在石崇家成了跑龙套的"群众演员"。对于两个以"富"为荣、以"富"为生命的人物,炫富争富就是最尖锐的矛盾了。《世说》总是把人物放到矛盾中,考验其对各种事物的态度。或者是对待金钱,如华歆和王朗看到金子,一个连瞅也不瞅,一个则得拿起来看看再丢,高下就分出来;或者是对于生死考验,或者是对待权势,"识鉴"、"才能"、"器量"几"门"有不少例子。

(四)《世说》擅长使用个性化语言

《世说》写了一百二十个人物,人物语言的个性化很明显,或雅隽,或佻达,或冷峻,或热诚,或富于哲理,或包含玄机,或表示赞赏,或表示轻蔑,或表达淡定心情,或透露阴险心理……人各一面,士各一腔;三言两语,跃然纸上。

> 殷仲堪丧后,桓玄问仲文:"卿家仲堪,定是何似人?"仲文曰:"虽不能休明一世,足以映彻九泉。"

(《赏誉第八》)

> 明帝问谢鲲:"君自谓何如庾亮?"答曰:"端委庙堂,使百僚准则,臣不如亮。一丘一壑,自谓过之。"

(《品藻第九》)

殷仲文和谢鲲都可谓擅长辞令,殷仲文这番话既不得罪诚心刁难的桓玄,也不降低已死的从兄。余嘉锡先生在《世说新语笺证》中剖析:"桓玄素轻仲堪,侮弄之于前,乃复问其为人于仲文者,欲观其应对耳。盖仲堪为仲文从兄,而灵宝之仇,过毁过誉,皆不可也。休明一世,意以指玄。言仲堪平生之功业,虽不及玄,然固是一时名士,故身死之后,犹能光景常新。"①谢鲲回答魏明帝的话,表面上很谦虚,实际表达的却是自信。认为虽然自己表面上不及庾亮,实际上庾亮却有不及他的地方,至少算同一水平线。《汉书·叙传》班嗣论庄周:"渔钓于一壑,则万物不奸其志;栖迟于一丘,则天下不易其乐。"②谢鲲认为庾亮是高官俗人,自己官不及其高却是达人。《晋纪》记载,谢鲲与王澄之徒,慕竹林诸人,散首披发,裸袒箕踞,谓之八达。③

有时候,魏晋名士靠三言两语,就立刻显示出超人品性,令本来想为难他的达官贵人乃至皇帝无话可说,给后世留下永难磨灭的印象,如《言语》中写到臣子敏捷得体地回答皇帝"挑衅":

> 诸葛靓在吴,于朝堂大会。孙皓问:"卿字仲思,为何所思?"对曰:"在家思孝,事君思忠,朋友思信,如斯而已。"

(《言语》第二)

有时候,皇帝也能说出相当精彩的调侃话语,如《排调》写道:

> 元帝皇子生,普赐群臣。殷洪谢曰:"皇子诞育,普天同庆。

---

① 见余嘉锡笺疏:《世说新语笺疏》(赏誉第156条注),第498页。
② 〔汉〕班固撰,〔唐〕颜师古注:《汉书》,卷一〇〇,叙传第七十上,第4205页,北京:中华书局,1964。
③ 见余嘉锡笺疏:《世说新语笺疏》(品藻第17条注引邓粲《晋纪》),第513页。

臣无勋焉,而猥颁厚赍。"中宗笑曰:"此事岂可使卿有勋邪?"

(《排调》第二十五)

皇帝开玩笑,开到有点儿"色"的程度,实在不可思议。但由此可见皇帝跟大臣关系是何等融洽,皇帝又何等的平易近人。

名士和皇帝的语言如此,儿童和妇女也如此:

> 张吴兴年八岁,亏齿,先达知其不常,故戏之曰:"君口中何为开狗窦?"张应声答曰:"正使君辈从此中出入!"

(《排调第二十五》)

> 王安丰妇,常卿安丰。安丰曰:"妇人卿婿,于礼为不敬,后勿复尔。"妇曰:"亲卿爱卿,是以卿卿;我不卿卿,谁当卿卿?"遂恒听之。

(《惑溺第三十五》)

八岁的娃娃竟然让调侃自己的成年人下不了台,被低看一眼的王家媳妇坚持自己的语言权力,竟然形成了后世通用的语言"卿卿"。

《世说》的语言给后世作家的巨大影响,特别能从《聊斋志异》看出来。明代胡应麟的《少室山房笔丛》认为《世说》:"读其语言,晋人面目气韵,恍然生动,而简约玄澹,真致不穷。"

(五)《世说》利用人物对人物评价写人

利用人物对人物的评价写人,是简便的方法,《世说》中最典型的,莫过于《识鉴第七》乔玄对曹操的评价:"曹公少时见乔玄,玄谓曰:'天下方乱,群雄虎争,拨而理之,非君乎?然君实乱世之英雄,治世之奸贼。恨吾老矣,不见君富贵,当以子孙相累。'"据余嘉锡先生考证,《魏书》和《魏志》都没有曹操是"乱世英雄"、"治世奸贼"的评价,《后汉书》记载是许子将说曹操"子清平之奸贼,乱世之英雄",曹操听了很高兴。《三国演义》采用了《世说》而且定为曹操个性基调。另一个典型的例子,则是从小看到老,潘阳仲见王敦小时就断言:"君蜂目已露,但豺声未振耳,必能食人,亦当为人食。"王敦长大后,确实成了坏人恶德的代表。

《赏誉》中则记载了若干推崇人的话语:"公孙度目邴原:所谓云中白鹤,非燕雀之网所能罗也。""王戎目山巨源:'如璞玉浑金,人皆钦其宝,莫知名其器。'""庾子嵩目和峤:森森如千丈松,虽磊砢有节目,施之

179

大厦,有栋梁之用。"(《赏誉》第八)

用品评人物的手法写人是双刃剑,它既品评了被品评的人物,也显示品评者的品性,可谓一箭双雕。郗超品评谢玄是研究者热衷的范例。郗超是太尉、尚书令郗鉴的孙子,曾做桓温的参军。谢玄是谢安的侄子,东晋名将,早年曾做过桓温的部属。郗超与谢玄两人关系不好。当苻坚(前秦国王)大举伐晋,想取而代之,且已像狼一样吞并整个陕西时,是不是用谢玄做统帅对抗苻坚? 社会和朝堂上有不同看法。有人认为谢玄能胜任,有人认为谢玄不灵。在这样的情况下,跟谢玄有隙的郗超却能抛开个人恩怨,当众宣传谢玄的才能,还以自己当年跟谢玄共事的例子说明谢玄知人善任,任何一个有能力的人都能被他调动起来,相信谢玄抵抗前秦能成功。出自政敌的舆论支持,难能可贵。郗超大敌当前,以国事为重,勇于承认政敌的能力,更加难能可贵。事实证明,郗超慧眼识人,谢玄被任命为对抗苻坚的统帅,一场载入军事史册的淝水大战,大破苻坚百万之众:

> 郗超与谢玄不善。苻坚将问晋鼎,既已狼噬梁、岐,又虎视淮阴矣。于时朝议遣玄北讨,人间颇有异同之论。唯超曰:"是必济事。吾昔尝与共在桓宣武府,见使才皆尽,虽履屐之间,亦得其任。以此推之,容必能立勋。"元功既举,时人咸叹超之先觉,又重其不以爱憎匿善。

(《识鉴第七》)

《德行第一》写陈季方对"客"回答对父亲评价:

> 客有问陈季方,"足下家君太丘,有何功德而荷天下重名?"季方曰:"吾家君譬如桂树生泰山之阿,上有万仞之高,下有不测之深;上为甘露所沾,下为渊泉所润。当斯之时,桂树焉知泰山之高,渊泉之深,不知有功德与无也。"

这段问话中的"家君太丘"指陈季方之父陈寔,他字仲弓,又称"太丘"、"陈太丘"。余嘉锡先生笺疏指出,这段文字来自于枚乘《七发》对"龙门之桐"的描绘。"季方之言,全出于此。魏、晋诸名士不独善谈名理,即造次之间,发言吐词,莫不风流蕴藉,文采斐然,盖自后汉已然矣。"①

---

① 见余嘉锡笺疏:《世说新语笺疏》(德行第7条注),第10页。

此话说得准确。陈季方巧妙化用龙门之桐"高百尺而无枝"、"上有千仞之峰,下临百丈之豀"表示对父亲高尚人格的评价,他没讲出,却可联想到还有《七发》下边的话"冬则烈风漂霰,飞雪之所激也;夏则雷霆霹雳之所感也"。[①]

《世说》所写,都是政坛、文坛真人,所写之事,如东鳞西爪,如果归纳到一起,许多人物已接近典型。如:魏武帝,多处写到他的机谋过人、奸诈;阮籍、嵇康,有出色的外貌,潇洒放达的为人,还有珠玉般的语言;刘伶成为酒徒的代表;王敦是坏人的标志;石崇是骄纵奢侈的极端……可以设想,如果刘义庆写本长篇小说,或写几个中篇小说,虚构几个情节曲折的好故事,把这些人物组合到一个或几个矛盾冲突中,比如:石崇和王恺斗富,阮籍、嵇康跟权贵过招,桓温的权欲和色欲,那有多好!刘义庆是懒得这样做,还是故意不这样做?他把晋代社会那些有趣的人和事,像一颗颗光彩夺目的珍珠收罗到一个盘里,让人一粒一粒地观赏,一粒一粒地赞叹,却就是不肯用一根丝线将其穿起来。其实,《世说》若干人物,如果将其故事连缀起来,颇有连贯性。如王戎既富且贵,家产万贯,聚敛无度,又算计小气到极点。每天跟妻子在灯烛下用象牙算计家里有多少钱。侄子结婚,他送件衣服,还心疼得责备侄子;女儿结婚,他给数万嫁妆,接着给女儿脸色瞧,女儿识趣地将钱送回,他乐了。他家的李子卖给人吃,怕人留核种,就细心地钻破李核……类似细节,真是把人物性格刻画得入骨三分。

这些方法,或者说,这类"世说体"为后世小说家广泛采用。遗憾的是,古代小说研究者似乎不重视这一显然存在的"世说体"构思技巧,倒将仿《世说》的后世笔记小说看成是所谓"世说体",未免有点儿捡了芝麻漏掉西瓜。

三、仿《世说》的笔记小说

因为《世说新语》影响,古代笔记小说成为相对繁荣的文体。笔记小说作者有不少是蜚声文坛的大家,都出手不凡,试看几篇:

陈康肃公尧咨善射,当世无双,公亦以此自矜。尝射于家圃,

---

① 龚克昌等:《全汉赋评注》(《七发》),第 32 页,石家庄:华山文艺出版社,2003。

有卖油翁释担而立,睨之,久而不去。见其发矢十中八九,但微颔之。

康肃问曰:"汝亦知射乎?吾射不亦精乎?"翁曰:"无他,但手熟耳。"康肃忿然曰:"尔安敢轻吾射!"翁曰:"以我酌油知之。"乃取一葫芦置于地,以钱覆其口,徐以杓酌油沥之,自钱孔入,而钱不湿。因曰:"我亦无他,惟手熟耳。"康肃笑而遣之。此与庄生所谓"解牛"、"斫轮者"何异。①

蜀中有杜处士,好书画,所宝以百数。有戴嵩《牛》一轴,尤所爱,锦囊玉轴,常以自随。一日曝书画,有一牧童见之,拊掌大笑曰:"此画斗牛也。牛斗,力在角,尾搐入两股间,今乃掉尾而斗,谬矣。"处士笑而然之。古语曰:"耕当问奴,织当问婢。"不可改也。②

秦丞相晚岁权尤重,常有数卒,皂衣持挺立府门外。行路过者稍顾视謦欬,皆呵止之。尝病告一二日,执政独对,既不敢他语,惟盛推秦公勋业而已。明日入堂,忽问曰:"闻昨日奏事甚久。"执政惶恐,曰:"某惟诵太师先生勋德,旷世所无。语终即退,实无他言。"秦公嘻笑曰:"甚荷。"盖已嗾言事官上章。执政甫归,阁子弹章副本已至矣。其忮刻如此。③

莱阳宋荔裳琬按察言幼时读书家塾,其邑一前辈老甲科过之,问:"孺子所读何书?"对曰:"《史记》。"又问:"何人所作?"曰:"司马迁。"又问:"渠是某科进士?"曰:"汉太史令,非进士也。"遽取而观之,读未一二行,辄抵于案,曰:"亦不见佳,何用读为?"荔裳时方髫鬌,知匿笑之,而此老夷然不顾。④

---

① 〔宋〕欧阳修撰,李伟国点校:《归田录》,卷一,第9~10页,北京:中华书局,1981。
② 〔宋〕苏轼撰,孔凡礼点校:《苏轼文集》,卷七〇〈书戴嵩画牛〉,第2213~2214页,北京:中华书局,1986。
③ 〔宋〕陆游撰,李剑雄、刘德权点校:《老学庵笔记》,卷八,第100页,见《唐宋史料笔记丛刊》,北京:中华书局,1997。
④ 〔清〕王士禛撰,湛之点校:《香祖笔记》,卷八,第149页,上海:上海古籍出版社,1982。

第一篇《卖油翁》作者欧阳修，位居台阁、唐宋八大家之一；第二篇《戴嵩画牛》作者苏轼，千年难遇的大才子；第三篇《秦丞相》作者陆游，南宋著名爱国诗人；第四篇《香祖笔记》作者王士祯，清初文坛盟主、神韵派大诗人。他们都是诗词散文领域领军人物，写起小说来，也深知"文眼"要放到在什么地方，最出彩的文字安到何处。欧阳修"卖油翁"里的两个人，一个是状元、翰林学士、节度使陈尧咨，谥号康肃；一个是普通卖油老头儿。陈尧咨自以为射箭技艺超常，一个卖油老头儿看他十射九中，仅仅稍微表示认可，陈尧咨当然受不了。再听到卖油翁对他仅仅给个"手熟"评价，更气愤，没想到卖油老头马上给他露了一手，不像他射箭十发九中，油自钱孔入钱不湿，百发百中。节度使只好认输，而且由此联想到庄子庖丁解牛的道理。用现在的话来说，这就叫"实践出真知"、"熟能生巧"。苏东坡"画牛"中的两个人，一个是收藏甚丰的大收藏家，一个是根本不懂收藏的小牧童。但小牧童愣是能指出收藏家最喜爱的画错在什么地方。因为收藏家注意的是画如何布局、如何着墨，牧童瞅出画的毛病却唯有亲自放牛才会观察到。"拊掌大笑"把天真小牧童的神态写得活灵活现。篇末点题，"耕当问奴，织当问婢"，水到渠成。陆游超前地采用 20 世纪西方小说"零介入"写法，对飞扬跋扈、阴险狡诈的秦桧，一直不动声色描写。秦桧一边嘻笑着"甚荷"表示非常感谢，一边派人送弹章，这个情节真把秦桧写绝了，他心胸狭隘到对歌颂自己的人都嫉妒！因为，哪个朝士敢不恭维他？他忌恨的是竟有人敢趁他不在时，在皇帝跟前滔滔不绝，哪怕是说他的好话！小说最后感慨"其忮刻如此"顺理成章。王士祯《香祖笔记》的老进士居然不知道司马迁是什么人，看了一两行，就认为《史记》没什么用处，真叫坐井观天。一段小故事，写活一个完全被八股文麻醉的灵魂。这个老进士和《聊斋志异》迷醉功名的可怜士子相得益彰。

　　清初诗坛著名的"南施（施闰章）北宋（宋琬）"之一宋琬的这段真实经历，看来是经过闲谈到了王士祯笔下。这说明，直到清代，文人间还刮着"谈风"。自从东晋士子间大倡谈风以来，历代知识分子，总喜欢凑到一起"满嘴跑火车"，只不过因为封建思想禁锢越来越深，专制思潮越来越厉，士子清谈内容越来越狭窄。又因为自隋代开始的科举制度不仅控制了绝大多数士子的知识结构、阅读范围，还控制了他们的思想、追求、人生价值判断。士子们越来越功利化乃至庸俗化，他们的"谈风"和笔记小说有社会性，有哲理性，甚至有深刻性，却再也没有《世说》式的放达和潇洒了。

这些诗词大家为什么写小说也能写得如此妙？当然取决于他们各方面的修养，而狭义的"世说体"，即《世说》开创的笔记小说写作套路，对他们的影响特别不能忽略：攻其一点，画龙点睛。几位诗词大家写的小说还有个共同特点，都极其有趣，极其好玩。而有趣、好玩是好小说最重要的因素。好的小说家特别关注人生有趣和好玩的事，再妙笔生花地写出来。那样才会有读者。我们再看个陆游从前人笔记摘抄的轶闻例子，就可以知道，大师们对"有趣好玩"情有独钟：

> 咸通中，优人李可及，滑稽谐戏，独出辈流，虽不能托讽谕，然巧智敏捷，亦不可多得。尝因延庆节，缁黄讲诵毕，次及优倡为戏，可及褒衣博带，摄斋升座，称三教论衡。偶坐者问曰："既言博通三教，释迦如来是何人？"对曰："妇人。"问者惊曰："何也？"曰："《金刚经》云：'敷坐而坐'，非妇人，何须夫坐而后儿坐也？"上为之启齿。又曰："太上老君何人？"曰："亦妇人也。"问者益所不喻。乃曰："《道德经》云：'吾有大患，为吾有身，及吾无身，吾有何患？'非妇人何患于有娠乎？"上大悦。又问曰："文宣王何人也？"曰："妇人也。"问者曰："何以知之？"曰："《论语》云：'沽之哉，沽之哉，我待价者也。'非妇人奚待嫁为？"上意极欢，赐予颇厚。①

这篇小小说极富谐趣和叛逆性。儒、佛、道被称为三教。儒家思想从汉朝以来已成为主流意识形态，被看成是儒教。佛、道是信仰不同却都影响巨大的宗教。儒教以孔子为始祖，以《论语》为经典；佛教以如来为始祖，以《金刚经》为经典；道教以老子（李耳）为始祖，以《道德经》为经典。历史学家认为三教调和发生在唐代，其实，六朝小说家早就将三教混用了。不过很少有人拿三教"教主"开玩笑，就更不要说同时调侃三教"教主"如来、老子、孔子。唐懿宗时的优人李可及竟敢同时拿儒、释、道三教的祖师大开玩笑。把他们都说成是妇人。在当时的社会，将男人比妇人，是极大不敬，是叛逆。

---

① 〔宋〕陆游撰：《避暑漫钞》，见王云五主编：《丛书集成初编》，第 2 页，上海：商务印书馆，1939。

　　这篇小小说艺术上相当成功。李可及的玩笑开得机智而有情趣，颇具文化气息。其一，李可及博学多闻，对三教经典非常熟悉，信手拈来，为我所用。其二，李可及采用同音字偷换概念，聪明地歪读经典。他将《金刚经》的"敷坐而坐"窜改成"夫坐而后儿坐"；将《道德经》"为吾有身"改成"为吾有娠"；将《论语》"我待价者也"改成"妇人""待嫁"。李可及连续拿佛、道、儒的祖师开涮是为什么？逗皇帝开心。皇帝开心没有？不仅开心，而且一次比一次开心，第一次，听到调侃如来，"上为之启齿"，皇帝笑了；第二次调侃太上老君，"上大悦"，皇帝很高兴，可能都笑出声来了；第三次，调侃孔子，"上意极欢"，皇帝开心极了，因为开心"赐予颇厚"。跟李可及对话的人物连名字没出现，倒像现代著名相声家侯宝林身边的郭启儒，他层层深入，诱导李可及把玩笑开好。第一次听到如来是妇人，"问者惊曰"，问话的表示惊奇；第二次听到太上老君是妇人，"问者益所不喻"，问话者表示不明白；第三次听到孔子是妇人，"问者曰：'何以知之？'"干脆直接询问。这位问话者岂不是在"捧哏"？吴组缃教授的《历代小说选》就认为，从这篇小说，可以看到我国相声艺术的前身。

　　《避暑漫钞》是陆游从各种笔记中摘抄下来有关唐、五代、宋的轶闻趣事。那时既无空调又无电脑，陆游不可能对他人文章来个电脑"剪贴"处理。《避暑漫钞》是大诗人陆游在大热天，放着"山重水复疑无路，柳暗花明又一村"（《游山西村》）这样的妙诗名句不写，手握毛笔，挥汗如雨，一笔一画摘抄的前人小说。如果这个小说不是那么有意思，那么有趣，那么好玩，大诗人能有这么大劲头吗？我估计这篇小小说可能经过陆游润饰，它的文字太漂亮了。

　　古代笔记小说是中国小说区别于外国小说的一个重要领域，可惜研究不够。1991年宁稼雨教授出版《中国志人小说史》，考证翔实、持论有据。但书名改《中国笔记小说史》似乎更适合。该书对"志人小说"采用狭义概念，所论作品按时代顺序略言之：

　　魏晋：《语林》、《西京杂记》、《世说新语》；

　　唐代：《大唐新语》、《唐摭言》、《明皇杂录》；

　　宋代：《南部新书》、《唐语林》；

　　元代：《遂昌杂录》、《缀耕录》；

明代：《何氏语林》、《儿世说》；

清代：《女世说》、《池北偶谈》。

这些作品都属笔记小说范围，许多前期作品成为后世小说家的"本事"、"原型"。朱一玄先生给这《中国志人小说史》写的序言说："作者大量地运用了文献考据学的方法，对现存和已佚的志人小说及其作者经过了很多辨伪存真、钩沉辑佚工作。……对志人小说的若干理论问题，如志人小说范围的界定、历代志人小说与各代文化思潮、社会心理的关系、'世说体'小说的界定及其文化蕴含和审美风格等，都提出了自己的见解，有些已经在学术界产生了影响。"

第三节　唐传奇秀峦奇峰

唐传奇作家多是庶族出身的进士，他们的生活较多地追求新奇、浪漫，他们还喜欢以传奇做"行卷"、"温卷"，《云麓漫钞》说，"此等文备众体，可见史才、诗笔、议论"。

唐传奇的成就得到历代著名学者高度评价。

宋代洪迈认为，唐传奇作为短篇小说取得十分好的艺术效果，甚至可以跟唐诗并列。

明代胡应麟认为，唐传奇成就高于魏晋南北朝小说，六朝小说是些带因果性质的传录，唐传奇是作家有意识创作小说。

鲁迅先生在《中国小说史略》评价最到位：

> 传奇者流，源盖出于志怪，然施之藻绘，扩其波澜，故所成就乃特异，其间虽亦或托讽喻以纾牢愁，谈祸福以寓惩劝，而大归则究在文采与意想，与昔之传鬼神明因果而外无他意者，则异其趣矣。①

> 此类文字，当时或为丛集，或为单篇，大率篇幅曼长，记叙委曲，时亦近于俳谐，故论者每訾其卑下，贬之曰"传奇"，以别于韩

---

① 鲁迅：《中国小说史略》，见《鲁迅全集》，第9卷，第70～71页。

柳辈之高文。顾世间则甚风行,文人往往有作,投谒时或用之为

行卷,今颇有留存于《太平广记》中者,实唐代特绝之作也。①

鲁迅先生从唐传奇的思想("意想")、艺术(文采和叙述委曲)两大面,
肯定了唐传奇在小说史上占据重要位置。

对鲁迅先生这些话,也可以从小说构思角度认知:

其一,唐传奇是"特绝之作"是好的文学作品,唐传奇是在志怪基
础上发展而来的,增加了文采和构思,不再是粗陈梗概,而是波澜迭
起,在叙述上注意曲折性,文采上着意追求华艳。

其二,唐传奇虽然仍有六朝志怪那样的寓惩劝、托讽喻的内容,但
作家追求的,不单纯是传鬼神、说因果,而有其他的"意想",有了更深
的思想内容。而跟意想相结合的是唐传奇的文采。

其三,唐传奇比六朝志怪的更大进步,在于有意写小说。作者甚
至将小说作为拜见科举主考者的"行卷"。但传奇起到的作用,只是让
主考者知道此人有文采。"传奇"仍然不能取得跟正统文学同等的地
位,不能与韩柳古文相比,"传奇"的叫法,是带有讽刺性的。

郑振铎先生《插图本中国文学史》对唐传奇也做了深刻剖析。概
言之:其一,传奇产生于古文运动的鼎盛期,著名作者沈既济就受到肖
颖士的影响,另一位唐传奇著名作者沉亚之是韩愈的门徒,其他的传
奇作者元稹、陈鸿、白行简、李公佐也都跟古文运动有关。其二,因此,
传奇得算是唐代古文运动的一个别支,一个附庸,而这个附庸又蔚成
大观,在文学史上的地位,比韩柳古文运动还重要。其三,唐传奇的成
就扼要地说:A. 它成为许多美丽故事的渊薮,成为后世小说戏剧的宝
库,其重要性,有如希腊神话对欧洲文学的影响。B. 唐传奇本身是非
常精美的艺术品,它尽量向"美"的目标走,"精莹可爱,如碧玉似的隽
洁,如水晶似的透明,如海珠似的圆润。"②C. 从文学史角度来观察,六
朝小说之于唐传奇"如爝火之见朝日",唐传奇是古代短篇小说最高成
就的一部分。D. 唐传奇是中国文学史上有意识地创作小说的开始,
它把散文的作用挥施于另一个最有希望的方面,唐传奇的一部分作品
具备了近代最完美的短篇小说的条件。

---

① 鲁迅:《中国小说史略》,见《鲁迅全集》,第9卷,第70页。

② 郑振铎:《插图本中国文学史》,第二十九章,第378页,北京:人民文学出版社,1982。

刘大杰先生《中国文学发展史》不同意传奇是古文运动的支流的看法,他认为唐传奇是在六朝志怪和唐代经济繁荣基础上发展起来的,艺术上得到很大进步。对从六朝志怪到唐传奇的演进上,充分肯定:其一,唐传奇建立了短篇小说的形式;其二,由三言两语的记录,变成复杂的故事描绘;其三,在形式上注意结构,在人物上,注意心理性格描绘,在内容上,由志怪扩大到人情世态的广阔生活;其四,作者队伍,不似六朝多出于教徒之手,元稹、白行简、段成式、陈鸿等人,皆一时名士,他们把小说当作新兴的文体,作意而作。

"志怪小说构思模式"一章,已总结了唐传奇志怪题材为古代小说构思艺术做出的贡献,要言之:

1.《古镜记》式主题道具构思;

2.《周秦行纪》式时间错位构思;

3.《补江总白猿传》式借小说施诬蔑之风的构思。

这类构思既可运用于志怪小说,也可以运用于志人小说。

除志怪外,唐传奇还有多种题材,从多方面对古代小说构思提供了新思路:一曰爱情小说;二曰历史小说;三曰游侠小说。有时候,某篇小说本身在中国小说史同类题材小说艺术成就数一数二,它采用的构思模式又给后世小说广泛影响。

一、唐传奇爱情小说

唐传奇爱情小说堪称一代之奇,极短小的篇幅也能写出传颂千古的动人爱情故事,如孟棨《本事诗·崔护》:

> 博陵崔护,姿质甚美,而孤洁寡合。举进士下第。清明日,独游都城南,得居人庄。一亩之宫,而花木丛萃。寂若无人。扣门久之,有女子自门隙窥之,问曰:"谁耶?"以姓字对,曰:"寻春独行,酒渴求饮。"女入以杯水至,开门设床命坐,独倚小桃斜柯伫立,而意属殊厚,妖姿媚态,绰有余妍。崔以言挑之,不对,目注者久之。崔辞去,送至门,如不胜情而入。崔亦睠盼而归,嗣后绝不复至。
>
> 及来岁清明日,忽思之,情不可抑,径往寻之。门墙如故,而已锁扃之,因题诗于左扉曰:"去年今日此门中,人面桃花相映红。

人面只今何处去,桃花依旧笑春风。"后数日,偶至都城南,复往寻之,闻其中有哭声,扣门问之,有老父出曰:"君非崔护耶?"曰:"是也。"又哭曰:"君杀吾女。"护惊起,莫知所答。老父曰:"吾女笄年知书,未适人,自去年以来,常恍惚若有所失,比日与之出,及归,见左扉有字,读之,入门而病,遂绝食数日而死。吾老矣,此女所以不嫁者,将求君子以托吾身,今不幸而殒,得非君杀之耶?"又特大哭。崔亦感恸,请入哭之。尚俨然在床。崔举其首,枕其股,哭而祝曰:"某在斯,某在斯。"须史开目,半日复活矣。老父大喜,遂以女归之。①

多美好多纯洁多浪漫的爱情故事! 崔护是唐代著名诗人,贞元进士,官至岭南节度使。他年轻时曾写过《题都城南庄》即"去年今日……"而《本事诗·情感第一》写这首诗给他带来的生死恋。崔护跟桃花女一见钟情,崔护有所表示,桃花女却很含蓄,有情而故意隐忍,把电光石火般的爱默默藏在心里。第二年崔护用诗歌表示他对桃花女的爱慕,桃花女竟因情失而气绝,又因为情复得而复苏。这篇小小说早于《牡丹亭》几百年,写出情之所至,生者可以死,死者可以生。小说很短,却充满诗情画意。人物美、情景美,情景交融。"人面桃花"成为后世典故,也成为戏剧舞台的保留节目。

唐传奇影响更大的爱情故事一般都篇幅较长、情节比较复杂,人物较为丰满。《柳氏传》、《无双传》、《霍小玉传》、《李娃传》、《莺莺传》、《杨娟传》、《飞烟传》是代表性作品。这些作品不仅以本身的杰出艺术成就为后世立下标杆,还为爱情小说创造了数种新构思模式泽被后世:

一曰吉人天相终成眷属模式,如《柳氏传》、《无双传》;

二曰痴情女子负心汉模式,如《霍小玉传》;

三曰落难公子中状元大团圆模式,如《李娃传》;

四曰大家闺秀艰难悲剧自择模式,如《莺莺传》;

五曰低微女子为爱殉情模式,如《杨娟传》、《飞烟传》……

(一)《柳氏传》:吉人天相终成眷属

《柳氏传》男主角韩翃是真实历史人物,他是天宝十三年(754)进

---

① 〔唐〕孟棨:《本事诗》,第12页,上海:古典文学出版社,1957。

士，"大历十才子"之一。他的《寒食日即事》很有名："春城无处不飞花，寒食东风御柳斜。日暮汉宫传蜡烛，轻烟散入五侯家。"韩翃和柳氏的爱情故事，曾被孟棨写到《本事诗》中，并声明他是在开成年间在梧州从大梁凤将赵唯那儿听说，而赵唯是"目击"者。开成是唐文宗李昂年号，开成元年是公元 836 年。这一年韩翃做进士已七十多年，肯定离世多年，他的艳事还成为街谈巷议的内容。

《柳氏传》是个曲折爱情故事，其情节是：

1. 诗人韩翃落拓时与李生友善，李生小妾柳氏说："韩夫子岂长贫贱者！"李生说："柳夫人容色异常，韩秀才文章特异"，将柳氏送给韩翃并赠钱十万。

2. 韩秀才外出，柳氏剪发毁形，寄迹法灵寺，被蕃将沙吒利劫走。

3. 韩归，与柳氏途中相见，"意色皆丧"但无可奈何。

4. 韩友许俊见义勇为给韩翃抢回柳氏。

5. 韩的上司侯希逸将此事奏明皇帝。

6. 皇帝下诏，将柳氏归还韩翃，沙吒利赐钱二百万。

《柳氏传》作者许尧佐，谏议大夫。《柳氏传》写韩翃有才，柳氏有貌，李生豪爽，侯希逸成人之美，实际也反映了妇女不能掌握自己，无力自卫，给当作礼物送来送去，抢来抢去，任人宰割。韩、柳二人虽相爱，最终能成眷属却又靠外力帮助、皇帝下旨。人物形象相对有些薄弱。倒是小说中韩翃寄柳氏词和柳氏答词珠联璧合：

> 章台柳，章台柳，往日青青今在否？纵使长条似旧垂，亦应攀折他人手。（韩翃）

> 杨柳枝，芳菲节，可恨年年赠离别。一叶随风忽报秋，纵使君来岂堪折！（柳氏）

柳氏跟韩翃能破镜重圆，靠吉人天相。在唐传奇中，侠客可以为他人爱情献出生命，《无双传》的古押衙是典型。

《无双传》作者薛调本人就是个有故事的人物。他是个美男子，有"生菩萨"称号，据说唐懿宗的郭妃赞赏他的美，在皇帝跟前夸奖。不久，薛暴亡，一般认为是皇帝吃醋，派人把他给毒死。

《无双传》是将恋爱故事跟豪侠故事相结合的小说。王仙客是朝臣刘震的外甥，从小跟表妹无双一起长大。其母曾当面要求刘震同意仙客和无双婚事。刘震没答应。仙客护母丧回乡再返回舅舅家，看到无双"姿质明艳，若神仙中人"，用尽心思讨好舅母，婚事仍没结果。后来刘震因做了叛军的官被朝廷处死，无双没入宫廷。仙客在百般寻找后，找到侠客古押衙。古押衙用迷幻药造成无双假死，再贿买出"尸体"跟王仙客团聚。

《无双传》经作者历时十余年反复推敲、修改，情节出色。小说以男主角王仙客的情绪为纬，有精细的心理描写，体现了"好事多磨"的创作准则。情节不断出现奇情险笔，引人入胜。如王仙客一直追求无双，刘震从不同意二人婚事，有一天却突然宣布要招仙客为婿，实际是利用仙客为自己奔波。仙客热诚盼望中却等来刘震夫妇被杀、无双入宫廷的消息。小说还使用悬念，如古生借了无双的丫鬟采苹后，忽然传来消息：园陵一宫人被杀。塞鸿探听，被杀者就是无双。后来才由古押衙交待：是他使用迷魂药的结果。这一点，意外地跟几个世纪后莎士比亚《罗密欧与朱丽叶》不谋而合。

王仙客和无双忠于爱情，经历磨难终成眷属，自然值得称道。而古押衙为一对恋人团聚，不仅送上自己性命，还为保密杀了一直帮助这对恋人的塞鸿，杀了茅山使者和抬竹箱子的人。王仙客能取得古押衙帮助，是采用当年燕太子丹对待荆轲的态度：金钱开路。"缯彩宝玉之赠，不可胜纪"。一年后，才开口求助。古押衙能假传圣旨"处死"无双，再运回无双"尸体"，也全靠金钱开路。读到这些地方，未免不舒服。

《无双传》故事影响很大。跟薛调同时代人范摅《云溪友议》（卷第一·郑太穆郎中）记了另一个故事：秀才崔郊寓居汉上时，与姑婢通。该婢通音律，姑将其卖给连帅。连爱之以类无双（原注：无双，薛太保之妻，至今图画观之。）给钱四十万。崔郊思之，一日与婢遇于郊野，二人誓若山河，崔赠诗一首："公子王孙逐后尘，绿珠垂泪滴罗巾。侯门一入深似海，从此萧郎是路人。"有嫉妒崔郊者，将他的诗报告连帅，连召来崔郊，握其手问："'侯门一入深似海，从此萧郎是路人'（卷第一·郑太穆郎中）是公制作耶？四百千小哉。何惜一书，不早相示？"下令叫二人同归。

这个故事中成全有情人的侠客竟然是有权有势的人物了。

《无双传》式侠客为恋人献出生命,也成为后世小说的模式。

（二）《霍小玉传》：痴情女子负心汉

《霍小玉传》开辟的"痴情女子负心汉"模式为后世小说戏剧广泛采用,既然称"模式"就有公式化程序,即:

郎才女貌→男子对女子一见钟情热烈追求并结合→分离时男子信誓旦旦→分离后女子痴情等待→盼来男子"另娶"、另攀高枝。

《霍小玉传》如何以杰出艺术成就取得这一模式开宗作祖资格?

《霍小玉传》作者蒋防,江苏宜兴人,受李绅荐举,唐宪宗时任翰林学士、中书舍人,任过汀州、连州刺史。《霍小玉传》是他的成名作。《全唐文》以"猥琐诞妄"扬弃不录,但小说流传很广。汤显祖"临川四梦"中的两梦《紫萧记》、《紫钗记》都以此小说为"本事"。汤显祖《紫钗记题词》说:"霍小玉能作有情痴,黄衣客能作无名豪。"①胡应麟《唐人小说》说:"唐人小说纪闺阁事,绰有情致,此篇尤为唐人最精彩动人之传奇。"②

《霍小玉传》曾收入《异闻录》。小说男主角李益是真实历史人物,他是唐肃宗时宰相李揆的族子,大历四年(769)进士及第,身经从唐玄宗到唐文宗九个皇帝,官至礼部尚书。著有《李益集》,流传下诗歌百余首,是中唐著名诗人,七绝最著名。他的《喜见外弟又言别》:"十年离乱后,长大一相逢。问姓惊初见,称名忆旧容。别来沧海事,语罢暮天钟。明日巴陵道,秋山又几重。"③这位经常把诗歌写得慷慨激昂的诗人,为人颇有些小心眼儿。《新唐书》记载他"少痴而忌克,防闲妻妾苛严,世谓妒为'李益疾'。"④而这恰好是《霍小玉传》最后的情节,说明霍小玉的故事并非空穴来风。

《霍小玉传》情节相当曲折复杂:

1. 霍小玉是霍王之女,母亲是侍女,霍王一死,母女被赶出王府。

---

① 〔明〕汤显祖撰,徐朔方笺校:《汤显祖诗文集》,卷三三(题词),第 1097 页,上海:上海古籍出版社,1982。

② 引自《唐人小说》的按引。汪辟疆校录:《唐人小说》(《霍小玉传》按引),第 82 页,上海:上海古籍出版社,1978。

③ 〔唐〕李益撰:《李尚书诗集》,第 25 页,《丛书集成初编》本,北京:中华书局,1985。

④ 〔宋〕欧阳修,宋祁撰:《新唐书》,卷二三〇列传第一百二十八,第 5785 页,北京:中华书局,1975。

温婉美丽、多才多艺的霍小玉,因社会地位不高,跟李益结合之初,就有被遗弃的预感。

2.李益是在千方百计求美色过程中求得霍小玉。霍小玉清楚自己以色事人,害怕色衰见弃,提出极其低微请求:要李益壮年再正式娶妻,她只要这八年的爱情,然后遁入空门。

3.霍小玉怎么也估计不到"门第"的威力,使李益两年后刚刚得官就遗弃了她,求婚卢氏。

4.霍小玉对李益的痴情变为对他的寻找行动,她变卖首饰,贿赂亲友向她报信。

5.霍小玉确知李益变心后,冤愤益深而病,在黄衣豪士的帮助下,跟李益相见,爱化为恨,"侧身转面,斜视生良久"然后悲愤地宣布:'我为女子,薄命如斯。君是丈夫,负心若此。……我死之后,必为厉鬼,使君妻妾,终日不安!"

6.霍小玉"引左手握生臂,掷杯于地。长恸号哭数声而绝。"李益从此"伤情感物,郁郁不乐",娶妻纳妾,都疑神疑鬼。

《霍小玉传》的构思经验,最重要的并不是小说布局、结构运筹,而是着眼制造"痴情"和"负心"的巨大跌宕。小说人物塑造成功。霍小玉明白自己的社会地位,有"自知非匹"的清醒认识,但毕竟幼稚,不能估计门阀的威力和负心汉的狠毒,清醒的爱情和糊涂的痴情在她身上凝聚,形成小说史上从未有过的新个性。李益对霍小玉的"爱情"根基是色,母亲的严命是他变心的外力,最根本原因是他本人想靠联姻名门进军仕途。他下聘卢氏是多方借贷才办到,完全是他的自主行为,不是母亲威迫。

《霍小玉传》对两个人物形象采用强烈对映,一步一步深化,用情之人渐渐换位:

1.二人结合前,李益百般追求,"倘垂采录,生死为荣",而霍小玉庄重温文,"低鬟微笑"。

2.中宵之夜,二人结合,李益信誓旦旦并以文字形式记载下"粉骨碎身,誓不相舍"。霍小玉十分清醒,自知非匹,一旦色衰思移情替。

3.李益上任前,"皎日之誓,死生以之,与卿偕老"。霍小玉提出低微要求:只要八年恩爱,然后入空门修行。

4. 二人关系转折点是李益身份变了。他做了官，为继续往上爬，求婚世族，求贷于江淮，自秋及夏，对霍小玉消极躲避，"寂不知闻，欲断其望"。而霍小玉主动积极，典卖服饰古玩，博求巫师，贿赂亲知，打听李益的消息。

5. 两人最后见面。黄衣豪客终于将李益拖到霍小玉身边，小玉"含怒凝视，不复有言"……

类似细致的人物描写，是六朝小说从来没有过的；类似的人物关系"换位"更是六朝小说从来没有过的。

《霍小玉传》描写细腻，叙述生活场景的描写特别出色，如二人初会，"生即拜迎"，"但觉一室之中，若琼林玉树"；中宵之夜，小玉担心"自知非匹"，李益立即写下誓言"指诚日月，句句恳切"；二人分手李益又指天画日发誓言；黄衣豪客先是巧言邀李益，到霍小玉家门首，"命奴仆数人，抱持而进"；小玉与李益诀别……

《霍小玉传》不仅写男女主角之间的纠葛，还写到人物与环境的关系，如李益负心之后，"长安稍有知者，风流之士，共感玉之多情；豪侠之伦，皆怒生之薄行"。结果就来了黄衣豪侠。

痴情女子负心汉的构思模式成为古代短篇小说经典模式，佳作很多。活捉王魁、金玉奴棒打薄情郎，都属此类构思范畴。

（三）《李娃传》：落难公子中状元

白行简是大诗人白居易的弟弟，贞元年间进士及第。《旧唐书》说他"文笔有兄风，辞赋尤称精密，文士皆师法之。"[1]鲁迅先生欣赏《李娃传》："行简本善文笔，李娃事又近情而耸听，故缠绵可观"。[2]

《李娃传》开辟了"落难公子中状元"小说模式。既称"模式"，就跟《霍小玉传》一样，有公式化程序，即：

富家公子对名妓一见钟情→名妓对富公子似真情相爱但不过看在钱的份上→富公子没钱被骗出妓院→富公子穷困潦倒名妓良心发现助其苦读求功名→落难公子金榜题名→大团圆结局。

《李娃传》艺术成就很高，直接影响了后世几部名作：元代高文秀杂剧《郑元和风雪打瓦罐》、石君宝杂剧《李亚仙花酒曲江池》、明代薛

---

[1]〔后晋〕刘昫等撰：《旧唐书》，卷一六六列传第一一六，第4358页，北京：中华书局，1975。

[2] 鲁迅：《中国小说史略》，见《鲁迅全集》，第9卷，第76页。

近究《绣襦记》,都从《李娃传》改编。白行简创造的模式,后世许多小说家跟着学,《玉堂春落难逢夫》是典型例子。

《霍小玉传》是不可挽回的悲剧,《李娃传》是情节复杂的喜剧。《李娃传》人物、事件,可能有原型,早就成为"一枝花说话",讲五六个时辰。白居易、元稹都听过,元稹还写过诗歌《李娃行》(原诗已佚,仅存零句)。《李娃传》开头说:"汧国夫人李娃者,长安倡女也。节行瑰奇,有足称者,故监察御史白行简为传述。"结尾说:作者的伯祖与郑生有交往,十分熟悉郑生的事。白行简曾跟李公佐说到李娃的事,李公佐建议白行简写成小说。

《李娃传》着眼人物性格发展。女主角李娃由坏变好;男主角郑生由善良单纯向冷酷转化。小说情节围绕男女主角的转化进行:

1. 李娃跟郑生结合之初,是典型的"妓爱俏、妈爱钞",郑生爱李娃绝色,李娃既爱郑生人才,又有妓女对嫖客的正常心理。

2. 因为这样的基础,李娃参与、在前台表演对郑生的欺骗,将已经没钱的郑生甩掉。

3. 郑生沦为乞丐,李娃良心发现"令子一朝及此,我之罪也"。

4. 李娃助读郑生,让他通过科举考试,回到原来的阶层。

5. 李娃清醒地认识到二人社会地位不同,让郑生"结媛鼎族",自己回去"归养老姥"。

6. 郑生父亲发现被自己打死的儿子非但没死,还在李娃帮助下做了官,良心发现,正式礼聘李娃为媳。李娃封汧国夫人。

《李娃传》写人跟六朝小说完全不同。人物形象立体、复杂、多侧面。李娃不是简单化人物。她跟郑生最初的关系并非才子佳人式一见钟情,更不是志趣相投,而是妓女和嫖客的关系。至于救助郑生于乞丐境地,则因为她良心未泯,有下层妇女的侠义心胸。

《李娃传》十分细致地写李娃感情一步一步的发展线索:

1. 李娃在郑生开始时固然有妓女对嫖客的交易关系,也有"钟情因素"。郑生遇到"妖姿要妙"的李娃,马上"诈坠鞭于地",借机"累眄于娃"。李娃也"回眸凝睐,情甚相慕"。待郑生问明李娃的身份叩门拜访时,丫鬟一打开门就奔回去报答"前时遗策郎也!"说明从初次见面,李娃就记住了这个"遗策郎"。

2. 李娃在郑生负心后，一直在思念郑生并在思念中追悔自己的过错，因此，她在郑生危难时帮助了他。当郑生连呼"饥冻已甚"时，李娃马上告诉侍儿"此必生也，我辨其音矣"，立即快步跑出。

3. 李娃甩掉郑生从容不迫，这是一般妓女的特点，当她要"姥"同意她救助比甩掉时还可怜的郑生时，却振振有辞："此良家子也。当昔驱高车，持金装，至某之室，不逾期而荡尽。且互设诡计，舍而逐之，殆非人。令其失志，不得齿于人伦。父子之道，天性也，使其情绝，杀而弃之。又困踬若此，天下人尽知为某也。"把"姥"和自己应该对郑生负的责任讲得清清楚楚。接着又来了一段软中带硬的话"生亲戚满朝，一旦当权者熟察其本末，祸将及矣。"对"姥"讲利害关系，吓唬"姥"。可能这位"姥"还是个讲究天理报应和多少有点儿良心的人，李娃接着又来一段心理攻势："况欺天负人，鬼神不祐，……某为姥子，迨今有二十岁矣。计其货，不啻直千金。今姥年六十余，愿计二十年衣食之用以赎身……"李娃对"姥"说话，有理有力有节，"姥"不得不放弃自己的摇钱树。

4. 李娃跟郑生再次共同生活后，她帮助郑生取得功名的步骤，刻画了她老辣的性格。她给郑生配备最好的"教材"，当郑生文名渐起时，她让他少安毋躁，继续攻读，最后一举成名。凡此种种都看出这位女性处世冷静、果断、观察社会透彻。

5. 李娃在郑生获得官位后，坚决跟郑生分手，既说明她对门阀制度有深刻认识，也说明她对郑生及其家庭有深刻认识。郑父能够在儿子当"优"人时下死手将其致于死地，怎么可能接受妓女做媳妇？李娃肯定认为她进郑家连做妾资格都没有。事实是郑生虽然舍不得李娃，最终还是冷静地接受跟李娃分手。

如果郑生面临李益同样的情况：立足官场需要求婚世族，父亲也要求他求婚世族，郑生肯定会跟李益一样。但意外情况却发生了。李娃没估计到荥阳公居然能破除偏见，挽留她，明媒正娶。因此，李娃最终能成为汧国夫人，带有极大的偶然性。但是在"大团圆"情节的中国读者心目中，这却是最应该有的结局。

李娃从听任鸨母摆布妓女变化为有主见的"贤内助"，从"陷人坑"走出，走向道德完善，走上为心上人茹苦含辛的奋斗之路，这个女性形象的出现,在中国小说史上有重大意义。

而郑生从不谙世事的花花公子,到饱经社会磨难,沦为最下层,最后再爬了上去。郑生个性的一步一步发展也颇有意义。

1. 郑生出场时,小说家对他的身世、个性交待很清楚:刺史家庭、家资丰厚,是"知天命"父亲的唯一儿子。"吾家千里驹也"。让他应考时,以丰厚的资财相随。

2. 郑生并非寻花问柳之辈,他是在拜访朋友的路上偶然路过平康里,遇到李娃。李娃的美丽吸引了他。李娃马上表现出对他有情,他竟然"不敢措辞而去"。可见,他连李娃的妓女身份都弄不明白,是位不知世情的公子哥儿。

3. 当郑生听说李娃是"狭邪女"时,竟然还傻乎乎地问"可求乎?"当朋友告诉他:"与通之者多贵戚亲族,所得甚广。非累百万,不能动其志。"明明白白地告诉郑生:李娃是只认钱的高价妓女。郑生还是傻乎乎地说:"苟患其不谐,虽百万,何惜?"

4. 进入李家,这傻小子仍然不敢以嫖客身份出现,却要求"借居",直到"姥"说出来自己有个女儿乐意跟他相会,他才敢见。一见面,"莫敢仰视",是个入世不深的雏儿。

5. 李娃母子设骗局把他轰走,郑生竟然一点儿也看不出,想不到这里边的诡诈。其一,二人既非夫妇何必求子嗣?其二,接待他们的那位"姨"鬼鬼祟祟,他竟然一点儿也看不出。

6. 郑生受尽磨难,在李娃帮助下重回上流社会,李娃要求他结婚大族。他居然同意,让李娃送他到剑门再分手。如果不是在剑门遇到荥阳公,这对情侣就真的分手了。

所以,《李娃传》里的爱情,男女主角皆不是忠诚的爱情:

李娃——跟"姥"一起设局骗走郑生;

郑生——贵而舍弃贫贱时的情人。

《李娃传》最后,荥阳公出面,备六礼迎李娃为儿子正妻,因为品德好,李娃被皇帝封为汧国夫人,家中屡见祥瑞。这可能是个真实人物的结局,也可能是作者的理想。

《李娃传》作为志人小说,除了人物写得好外,情节曲折、引人入胜,是好小说的重要因素。特别是小说场面描写,绘声绘色,精彩纷呈。如贵公子郑生当凶肆"歌手"的场面：

> 初，二肆之佣凶器者，互争胜负。其东肆车舆皆奇丽，殆不敌，唯哀挽劣焉。……其二肆长相谓曰：'我欲各阅所佣之器于天门街，以较优劣。不胜者罚直五万，以备酒馔之用，可乎？'……乃邀立符契，署以保证，然后阅之。士女大和会，聚至数万。于是里胥告于贼曹，贼曹闻于京尹。四方之士，尽赴趋焉，巷无居人。自旦阅之，及亭午，历举辇舆威仪之具，西肆皆不胜，师有惭色，乃置层榻于南隅，有长髯者，拥铎而进，翊卫数人。于是奋髯扬眉，扼腕顿颡而登，乃歌《白马》之词；恃其凤胜，顾眄左右，旁若无人，齐声赞扬之；自以为独步一时，不可得而屈也。有顷，东肆长于北隅上设连榻，有乌巾少年，左右五六人，秉翣而至，即生也。整衣服，俯仰甚徐，申喉发调，容若不胜。乃歌《薤露》之章，举声清越，响振林木，曲度未终，闻者歔欷掩泣。西肆长为众所诮，益惭耻，密置所输之直于前，乃潜遁焉。四座愕眙，莫之测也。

在市场经济情况下，两家办丧事的凶肆争得不可开交。东肆各种车辆礼仪设备都不比西肆差，就是唱挽歌的不及西肆。被李娃遗弃的郑生因为快要死了，给送到东肆来，居然活过来，又因为感叹自己身世，学唱挽歌"曲尽其妙"，成了东肆的秘密武器。东肆店主就向西肆发起挑战：以五万钱为赌，比较两个凶肆到底哪个更好。两肆定下合同，打擂台，报告有关部门，吸引几万人看热闹。从早上到中午，东肆用车辆设备把西肆压下去了，西肆拿出令东肆望尘莫及的绝招：唱挽歌。长胡子"知名歌手"拿着大铃铛，在众人簇拥下，得意洋洋开口唱他的保留歌目《白马歌》，顾盼自如，自认为东肆绝对比不上，观众也一片叫好声。东肆却推出新人"乌巾少年"，把《薤露歌》唱得声震林木、余音绕梁，观众感动得都哭起来。西肆主人不再争，不再赛，把打赌的钱悄悄放下，撤了。这歌手，就是荥阳公子！他用歌声替东肆战胜了商战对手，也给自己惹来杀身之祸。荥阳公家人发现了他，向荥阳公汇报，荥阳公将这个不成器的儿子拖出去，打了几百马鞭，"生不胜其苦而毙，父弃之而去。"郑生差点儿就死了，醒来被打的地方都溃烂，被丢在道旁，成了乞丐，大雪天讨饭到了李娃门外：

> 十旬，方杖策而起。被布裘，裘有百结，褴褛如悬鹑。持一破

瓯,巡于闾里,以乞食为事。……一日大雪,生为冻馁所驱,冒雪而出。……遂连声疾呼"饥冻之甚",音响凄切,所不忍听。……(李娃)连步而出。见生枯瘠疥疠,殆非人状。娃意感焉,乃谓曰:"岂非某郎也?"生愤懑绝倒,口不能言,颔颐而已。娃前抱其颈,以绣襦拥而归于西厢。

这就是后世戏剧家大做文章的"绣襦记"了。当年腰缠万贯的贵公子,现在成悬鹑百结的乞丐。郑生看到昔日情人,悲愤得话都说不出来了,只有点头的份儿。此情此景此场面,实在生动。

19世纪美国作家马克·吐温喜欢搞换位法,王子变贫儿,贫儿变王子。中国9世纪的作家早熟谙换位法:贵家公子变乞丐,落难公子中状元。这类小说构思模式也成为古代短篇小说家的拿手好戏。《玉堂春落难逢夫》等,都属此范畴。

(四)《莺莺传》:大家闺秀艰难而悲剧性自择

《莺莺传》,原名《莺莺传奇》,因元稹续《会真诗》三十韵,又名《会真记》,《太平广记》改名《莺莺传》。据宋代人王铚及今人陈寅恪辨证,《莺莺传》故事跟元稹生活阅历重合。有学者认为莺莺原型即元稹表妹。张生即元稹。也有学者认为张生是另一位诗人张籍。

《莺莺传》取材于唐代文人现实生活。其重要成就,是刻画了大家闺秀莺莺这一文学史新形象。莺莺出身名门,受封建教育熏陶,以庄重、自矜为主要性格,随着青春觉醒,经过激烈内心斗争,在红娘帮助下,勇敢冲破精神枷锁,追求自主爱情,最后却被始乱终弃。随着这个形象的创造,相应出现新的构思模式:大家闺秀对爱情艰难而悲剧性的自主选择。

王实甫《西厢记》跟《莺莺传》的莺莺形象简直不像同一个人。"王西厢"中,莺莺在追求爱情的道路上,有更多障碍(母亲),却相对大胆直露。张生在《莺莺传》和《西厢记》也不像同一个人。《莺莺传》中张生是始乱终弃的伪君子。鲁迅先生谓之:文过饰非,遂堕恶趣。因为人物个性定位不同,《西厢记》和《莺莺传》感情进程不同。《西厢记》将莺莺和张生写成"佛殿相逢",张生对莺莺一见钟情,"怎当她临去秋波一转",说明莺莺对张生有类似情愫。《莺莺传》开头,莺莺对张生并没类似感情。她是受张生"剃头挑子一头热"感动,才迈出私奔西厢一步。小说对莺莺感情的描写极有层次：

1. 张生跟莺莺其实是"拐弯亲戚"，在战乱中，张生对崔家有活命之恩，郑——估计是莺莺舅舅——设宴感谢张生，令莺莺"出拜尔兄，尔兄活尔"。但大家闺秀不肯见陌生男人，莺莺不肯出来，"辞疾"。郑发火教训，她"久之，乃至"。她的美丽马上令张生傻了，"颜色艳异，光辉动人"。张生在席间想跟莺莺说话，但莺莺"不对"。莺莺一出场，作者着眼于写她天姿国色且庄重娇弱。

2. 莺莺丫鬟红娘，"生私为之礼者数四"，张生靠送礼打通红娘的关节。通过红娘靠近莺莺，红娘介绍莺莺"贞慎自保，虽所尊者不可以非语犯之"。建议张生写诗。张生写《春词》二首托红娘转交，得到回答："待月西厢下，迎风户半开。拂墙花影动，疑是玉人来。"

3. 张生如约而至，却被莺莺劈头盖脸教训一顿。

4. 张生绝望，莺莺却在几天后晚上来到两厢。"娇羞"之极，"终夕无一言"。虽勇敢私奔，却一直被悲剧色彩笼罩。

5. 张生与莺莺分手时，莺莺已知张生肯定要始乱终弃。此后张生果然以崔氏为"妖物"忍情再娶，还要来看望已嫁做他人妇的莺莺，莺莺坚决拒绝见面，赋诗谢绝："弃置今何道，当时且自亲。还将旧时意，怜取眼前人。"

莺莺是怨而不怒、逆来顺受？还是在柔弱外表中包含刚强灵魂？学术界对这个形象的解读南辕北辙，但有一点没有争议：莺莺是大家闺秀，受封建教养重荷，有着贵族少女的教养、素质，她表达感情的方式比较丰富，用诗，用琴声，用书信，用信物。莺莺一直没在张生跟前直接陈述她的爱情心理，但她给张生的长信深刻揭示了内心感情，这封信占《莺莺传》六分之一篇幅。宁宗一教授认为，这封信堪与俄罗斯名著《叶甫盖尼·奥涅金》中塔吉雅娜的信媲美，热情巧妙地表达爱情心理，是披露女人内心的最高典范。唐传奇中绝无仅有。

莺莺的信确实应该算古代爱情小说中空前绝后之作。她的信先感谢张生给她来信并捎来化妆品，接着巧妙地表示，现在她能为谁装束为谁容？"捧览来问，抚爱过深。儿女之情，悲喜交集。兼惠花胜一合，口脂五寸，致耀首膏唇之饰。虽荷殊恩，谁复为容？"表达她对张生"思之甚遥。一昨拜辞，倏逾旧岁。"回忆她是在"婢仆见诱"情况下，接受张生的私情。倘若张生能一直看重她的感情，她"虽死之日，犹生之年"。

莺莺肯定想不到，正是她这封信，给了张生抛弃她的借口。就像现在发表学术文章要有关键词，对张生来说，莺莺情书的关键词是："致有自献之羞，不复明侍巾帻。没身永恨，含叹何言！"什么意思？莺莺很了解张生这伪君子。她知道张生肯定要始乱终弃，理由？就因为莺莺未经明媒正娶，先跟他上了床！

事实果然如此，张生先将莺莺的信在朋友间广而告之，再发表番"妖物"谬论，把莺莺跟妲己、褒姒硬扯到一起，宣布"予之德不足以胜妖孽，是用忍情"。他另娶了！张生抛弃莺莺真是因为怕什么"妖孽"吗？非也。笔者作为千年后小说心理医生替他把把脉：

张生有非常阴暗的男性心理。他抛弃莺莺有两个原因：其一，他已将千金小姐崔莺莺变成妇人，对他来说，莺莺再美、再有文化，对他来说都不再新鲜、不再珍贵。其二，张生已跟莺莺天各一方，既然当初莺莺能跟他张生幽会于西厢，现在同样能跟王生、李生、×生幽会于西厢，那他张生的绿帽子就戴定了。

莺莺幸亏活在思想相对开放的唐代，倘若活在把女人贞节看得重于生命的宋代，莺莺死定了。从小说后部描写看，莺莺既没殉情，更没跟负心郎算账，却心如灰烬、形同槁木。她的心死了。

张生心安理得娶了新人，居然还有脸拜访嫁作他人妇的莺莺！这家伙是出于什么心理？因"新人不如旧"、表示忏悔？还是余情未尽？张生忽悠莺莺丈夫，"求以外兄见"，傻小子居然同意。但莺莺不见。"张怨念之诚，动于颜色。"可能张生的表演由傻小子丈夫转达给莺莺。莺莺"潜赋一章"，肯定是通过红娘传过去了："自从消瘦减容光，万转千回懒下床。不为旁人羞不起，为郎憔悴却羞郎。"莺莺太善良，打落门牙往肚子里咽。这样的诗岂不是更叫张生得意洋洋？

张生始乱终弃，得了便宜卖乖，小说里跟他有交往的朋友已不以为然。其好友杨巨源赋《崔娘诗》："清润潘郎玉不如，中庭蕙草雪销初。风流才子多春思，肠断萧娘一纸书。"讲得太好了，在男尊女卑的社会，不管爱或不爱，受损害的总是女人。

《莺莺传》影响很大，在唐代已有杨巨源《崔娘诗》、李绅《莺莺歌》，对后世影响更重要的却是对戏剧。王国维《录曲余谈》说："戏曲之存于今者，以《西厢》为最富"。概言之：

宋代赵德麟《商调蝶恋化十阕》；

金代董解元《弦索西厢记》；

元代王实甫《西厢记》；

元代关汉卿《续西厢记》；

明代李日华《南西厢记》；

明代陆天池《南西厢记》；

明代周公鲁《翻西厢记》；

清代查继佐《续西厢杂剧》……

《莺莺传》是元杂剧《两厢记》等戏剧作品的"本事"，但王实甫的《西厢记》已跟《莺莺传》本质不同。《莺莺传》是悲剧，《西厢记》是喜剧。王季思先生曾将《西厢记》跟关汉卿《救风尘》、白朴《墙头马上》、康进之《李逵负荆》、郑廷玉《看钱奴》、施惠《幽闺记》、康海《中山狼》、高濂《玉簪记》、吴炳《绿牡丹》、李渔《风筝误》一起，合称"中国十大古典喜剧"。

而小说《莺莺传》是悲剧。是大家闺秀艰难迈出追求爱情一步，最终却被始乱终弃的悲剧。这种构思模式也为后世作家热衷。最具代表性的是《警世通言》中的《王娇鸾百年长恨》。

《王娇鸾百年长恨》女主角王娇鸾是河南南阳王千户"虎衙爱女"，男主角周廷章是南阳司教之子。两人因一块香罗帕相识，周廷章对娇鸾死缠烂打、热烈追求。娇鸾多次以诗明志，表示"妾身一点玉无暇，生自侯门将相家"，"劝君莫想阳台梦，努力攻书入翰林"。周廷章为接近娇鸾，认娇鸾继母为姑母，住进王家，在丫鬟和曹姨妈帮助下，进入娇鸾闺房。一进房周廷章"便欲搂抱"，王娇鸾却将姨妈请来同坐，宣布"妾本贞姬，君非荡子。只因有才有貌，所以相爱相怜。"在曹姨主持下，二人写下婚书誓约，"先拜天地，后谢曹姨。姨乃出清果醇醪，与二人把盏称贺，三人同坐饮酒，直至三鼓。曹姨别去，生与鸾携手上床。"二人同居半年后，周父调任四川，周廷章因留恋娇鸾未随行。再过半年，周父水土不服，告病还乡。王娇鸾主动劝周廷章看望父亲。周廷章回乡，其父已给订了魏同知家小姐。周廷章访得魏女美色无双，魏同知十万之富,妆奁甚丰,"慕财贪色,遂忘前盟"。三年后,王娇鸾两次捎信给周廷章。周廷章竟退还婚书、罗帕,"以绝其念"。王娇鸾接到香罗帕后,欲寻自尽,又想"我娇鸾名门爱女,美貌多才,若默默而死,却便宜了薄情之人"。于是制绝命诗三十二首、《长恨歌》一篇,叙述跟周廷章相爱、结合及周负心详细过程。用诗句宣布自杀,"白罗丈二悬高梁,飘然眼底魂茫茫"。"自知妾意皆仁意,谁想君心似兽心。再将一幅罗鲛绡,殷勤远寄郎家遥。自叹兴亡皆此物,杀人可恕情难饶。"王娇鸾本来要托人将《长恨歌》捎给周廷章,看来她想用自己的死唤起周的良知,让他忏悔。但送信人咬牙切齿不肯再去,王娇鸾恰好代父检阅文书,遂将前此二人唱和诗、绝命诗、长恨歌、合同婚书"总作一封"送苏州府吴江县当堂开拆。吴江县令接到后,深以为奇。恰好察院樊公按临,看了王娇鸾的诗歌和婚书,"深惜娇鸾之才,而恨周廷章薄幸",立即密访周廷章,擒拿归院,周廷章初时抵赖,无奈有娇鸾婚书为据,樊公重责五十板收监。待查明娇鸾已自杀,樊公下令将周廷章乱棒打死。

《王娇鸾百年长恨》将《莺莺传》所创造的小说模式——大家闺秀艰难追求爱情却被始乱终弃——发挥到极致,结局比《莺莺传》更加符合中国人的传统心理:善有善报恶有恶报。王娇鸾聪慧多情、生仇死报,成为小说史上另一个颇有光彩的大家闺秀形象。

(五)《杨娟传》、《飞烟传》:身世低微女子为爱殉情

唐传奇中还有这样的故事:身世低微的女子为了爱情勇敢献出自己的生命。《杨娟传》和《飞烟传》是代表。

杨娟是京城高等妓女,公子王孙为她破产亡生而不悔。岭南帅甲家有泼妇,却爱上杨娟,悄悄将她带往南海。帅得病,想见杨娟,托言有善于烹调的丫鬟来见。机密泄露,帅之妻准备将杨娟丢到油锅。帅连忙派人带大量珠宝送走杨娟,然后气愤而死。杨娟走出不远,听说此事,带着所有财物回来,祭奠帅甲,"撤奠而死之"。

步飞烟所作所为是为儒家道德所不齿的婚外"逾墙相从"。她"容止纤丽","好文笔",懂音乐。偏偏因父母双亡,受媒妁之骗,给一点不懂风雅的赳赳武夫武公业做妾。"端秀有文"的赵象对她一见钟情,多次以诗歌传情,二人终于鹊桥偷渡,步飞烟赠赵象诗:"相思只怕不相

识,相见还愁却别君。愿得化为松下鹤,一双飞去入行云。"二人的私情为丫鬟告发,武公业将步飞烟"缚之大柱,鞭楚血流。但云:'生得相亲,死亦何恨。'"步飞烟竟被武公业活活打死。

杨娟和步飞烟,一个本是人尽可夫的角色,却出污泥而不染;一个本是有权势者的爱妾,却追求有情调的、有共鸣的爱情。她们不约而同选择为爱殉情。这类模式,后世小说家很乐意照着编。

二、游侠小说和历史小说

(一)《虬髯客传》等游侠小说

唐代中期之后,社会动荡,游侠之风渐起。游侠类小说渐成作家新宠。《虬髯客传》、《昆仑奴》、《聂隐娘》、《红线》都是著名篇章,最有代表性的是《虬髯客传》。它的主要成就是:其一,故事曲折奇特,充分发挥了小说的情节优势;其二,创造了相得益彰的"风尘三侠"人物李靖、红拂、虬髯客。这种以风尘人物和曲折故事构筑小说的方法影响了后世大批武侠小说。

《虬髯客传》以"风尘三侠"之间相识、分离为线索,奇思迭出,曲折迂回:

1. 红拂女慧眼识英雄李靖:杨素是隋炀帝大臣,曾帮助隋文帝灭陈取得政权,封越国公,后参与废太子杨勇拥立隋炀帝,又被封为楚国公,任司空要职。李靖是唐开国功臣,在唐高祖李渊夺取隋炀帝政权中立下大功,封卫国公。李靖当年还是布衣时,向杨素献奇策。骄贵的杨素在美人环列下,踞而见之。李靖毫不畏惧,直言劝杨素"不宜踞而见客",杨素身边一位捧红拂的侍女马上聪明地问轩下侍从:"问去者处士第几? 住何处?"得到回答后,红拂女夜奔李靖。

2. 李靖对红拂女一见倾心:李靖"忽闻叩门而声低(——何等机智)者",迎进红拂女。红拂女坦率表示:"妾侍杨司空久,阅天下之人多矣,无如公者。丝萝非独生,愿托乔木,故来奔耳。"李靖担心杨素权重京师,红拂女表示"彼尸居余气,不足畏也。"几天后,李靖携红拂女张氏返回太原。

3. 红拂女慧眼识英雄虬髯客:二人归太原途中,在旅店休息,张氏长发委地,立床前梳头。李靖刷马,有个"赤髯如虬"者,骑一匹蹇驴来,放下背包就躺到床上看张氏梳头。李靖想发火还未发,张氏一边观察虬髯客,一边悄悄向李靖摇手,"急急梳头毕,敛衽前问其姓。卧客答曰:'姓张。'对曰:'妾亦姓张,合是妹。'遽拜之。"虬髯客立即认下"三妹",红拂女招呼李靖认大舅子。两个男人一起拿虬髯客仇人心肝下酒,谈论起"大事"来。

这段描写最精彩的人物还是红拂女,倘若不是红拂女当场认兄,两个血气方刚的男人可能刀刃相见。因为红拂女擅长"统战",转眼间可能拼个你死我活的男人变成女婿和妻兄,交流起可能灭隋是哪个。李靖认为是"州将之子"。当时李渊担任隋太原留守,他的儿子李世民随任。

4. 虬髯客本以英雄自居,有图天下之心,经过李靖朋友斡旋,看到李世民后判断"真天子也",告诉李靖:"太原李氏,真英主也。三五年内,即当太平。李郎以奇特之才,辅清平之主,竭心尽善,必极人臣。一妹以天人之姿,蕴不世之艺,从夫之贵,以盛轩裳。非一妹不能识李郎,非李郎不能荣一妹。"将全部家产交给李靖,自己飘然而去。李靖用这份丰厚家产帮助李渊夺取了隋天下,到唐太宗李世民贞观十年,担任了相当于宰相的左仆射平章事。他听说有英雄率海船千艘、甲兵十万,攻陷扶余国自立为王,知道虬髯客成功了,和张氏"具衣朝贺,沥酒东南祝拜之"。

《虬髯客传》直接影响是明代张凤翼的传奇《红拂记》和凌蒙初的杂剧《虬髯翁》。更大影响,是后世小说家对侠女慧眼识人、侠客之间惺惺相惜的构思。

(二)《长恨歌传》等历史小说

唐传奇的历史小说取材于正史,但并不等同于正史,又区别于志怪。这类小说以反映唐玄宗时代为多,如:

陈鸿《长恨歌传》;

陈鸿《东城父老传》;

无名氏《李林甫外传》;

郭湜《高力士外传》;

姚汝能《安禄山事迹》等。

按鲁迅先生的看法,唐传奇的历史小说"著述本意,或是在显扬幽隐,非为传奇,特以行文枝蔓,或拾事琐屑,故后人亦每以小说视之。"①
也就是说,唐传奇的历史小说本来还是做的野史工作,因为行文枝蔓
即情节性很强,"拾事琐屑",即细节描写很多,就给后人看成是小说
了。而情节和细节,正是小说重要构思因素。

唐代历史小说家中最值得注意的是陈鸿。他的《长恨歌传》和《东
城父老传》是历史小说中成就最高者。他为朋友白居易的《长恨歌》帮
衬写出了《长恨歌传》。鲁迅先生评价:"陈鸿为文,则辞意慷慨,长于
吊古,追怀往事,如不胜情","杨妃故事,唐人本所乐道,然鲜有条贯秩
然如此传者"②。

《东城父老传》写开元天宝遗事,结构十分奇特。前部写神鸡童贾
昌的发迹,中间是作者"采访"贾昌经过,后半部是贾昌本人大段议论。
在陈鸿之前,从来没有人这样构思小说。

《长恨歌》和《东城父老传》共同的特点:其一,有强烈的时代性,一
篇从宫廷,一篇从民间描绘了安史之乱的起始和后果。其二,既有真
实性又有讽刺性。许多内容,都可以从同时代人的记载中得到印证。
如杜甫的《丽人行》可以跟《长恨歌》对照读。其三,对民歌民谣十分精
到的引用,如:"生女勿悲酸,生男勿喜欢。""男不封侯女作妃,看女却
为门上楣。""生儿不用识文字,斗鸡走马胜读书。"其四,写作上都受史
传文学特别是《史记》的影响。

杨妃事迹在唐代已是热门题材,见于《开元天宝遗事》、《明皇杂
录》、《开元传信记》、《安禄山事迹》、《酉阳杂俎》、《丽人行》等。但最著
名的却是一歌一传,即:白居易《长恨歌》、陈鸿《长恨歌传》。

后人再创造的杨妃故事也很多:

宋代《杨太真外传》、张君房《丽情集》;

元代王伯成《天宝遗事诸宫调》、白朴《梧桐雨》;

明代吴世美《惊鸿记》;

清代洪昇《长生殿》。

但是关于唐玄宗和杨贵妃的更加出色的小说却再没出现,因此
《长恨歌传》成为小说方面的绝响。更重要的因素,可能因为"传"和

---

① 鲁迅:《中国小说史略》,见《鲁迅全集》,第9卷,第86页。
② 鲁迅:《中国小说史略》,见《鲁迅全集》,第9卷,第75页。

"歌行"相得益彰。

三、唐传奇的写作特点

唐传奇作为一代之奇,小说构思上有鲜明的特点:

(一)传奇与歌行互相配合

传奇与歌行互相配合成为唐代小说的重要现象,即一人做传奇,一人写歌行。如:

传	歌行
元稹《莺莺传》	李绅《莺莺歌》
陈鸿《长恨歌传》	白居易《长恨歌》
沈亚之《冯燕传》	司空图《冯燕歌》
白行简《李娃传》	元稹《李娃歌》
白行简《崔微传》	元稹《崔微歌》……

其中,白行简写过《崔微传》是有的学者推测。元稹、白行简、陈鸿等文人成为创作传奇的团体,在贞元、元和年间最盛。这些"抱团文人"互相欣赏,互相赞誉,推动了传奇的发展。

(二)爱情题材大大拓展

唐传奇不仅人妖(《任氏传》)、人神(《柳毅》)、人鬼(《李章武传》)恋爱更加精彩,现实爱情故事更是层见叠出,且视爱情为窗口,对社会的反映更加广泛、深刻。如《霍小玉传》、《李娃传》牵涉到门阀制,牵涉到进士与妓女的社会现象;《长恨歌传》牵涉到帝王和妃子,牵涉到重大历史事件安史之乱;《莺莺传》牵涉到大家闺秀和书生伪君子;《冯燕传》牵涉到侠客的爱情观;《虬髯客传》既是游侠题材更推出红拂女式的新型爱情主人公;《无双传》则爱情、历史、游侠三种题材杂糅……相比于六朝小说,唐传奇更多关注现实社会,志怪成为次要的,描写现实,描写当前的现实是主要的。与之相应的,是讽刺小说和历史小说的繁荣。

(三)史传文学和辞赋对小说的影响

唐传奇在题材处理、文字应用上,仍然有明显的史传文学的影响因素,但唐传奇也越来越摆脱"史"的束缚,有意为小说。

唐传奇中诗歌、民谣大量运用,形成一种新的文学样式,而且深刻影响到明清章回小说。比如，章回小说卷首或者用诗词总括这一章的内容，或者用诗词吟诵风物。而小说人物写诗歌，则经常用于作家词藻铺陈和人物内心世界表达，如《莺莺传》中的崔莺莺先后的诗，"待月西厢"表达的是少女对爱情的渴望，"怜取眼前人"表达的是心如死灰的弃妇之情。唐代小说的诗歌有越来越精练、越来越确切的倾向。《游仙窟》中的诗歌，连篇累牍、滥肆才情；到了《莺莺传》、《飞烟传》中，诗歌精确、少量、画龙点睛；至于《崔护》中，诗歌就更举足轻重了。

（四）小说家对传奇的理解

唐代小说家对唐传奇的理解，较六朝小说家要深刻得多。

1. 他们都"作意好奇"，强调小说的形式要美。

沈既济在《任氏传》中说："著文章之美，传要妙之情。"

陈鸿在《长恨歌传》中说：要以"出世之才润色之"。

薛调在《无双传》中说："噫，人生之契阔会合多矣，罕有若斯之比。常谓古今所无。"

作家们都强调，他们要用精美的结构、精雕细刻的文字，用卓然称异的文笔，来写"希代之事"。

2. 他们都强调小说的社会作用，常以篇末议论形式，对自己写的小说进行点评，说明自己写这个小说是为了让社会上的人见贤思齐。这些作家想让小说起的社会作用，却很少能跟当时的社会接轨。如：

《莺莺传》称赞张生"善补过"；

《长恨歌传》说对杨妃"欲惩尤物"；

《枕中记》说"宠辱之道，穷达之运，得丧之理，死生之情，尽知之矣。"

这种篇末议论方式，还是接受了史传文学的影响，特别是《左传》、《史记》影响的，也对后世小说影响深远。

唐传奇标志着中国古代短篇小说艺术形式的成熟。一些名篇《柳毅》、《霍小玉传》、《虬髯客传》、《无双传》在整部中国小说史中也是当之无愧的精品。

其实，唐代笔记小说成就也相当高，牛僧孺《玄怪录》、薛渔思《河东记》、张读《宣室志》、李复言《续玄怪录》、袁郊《甘泽谣》、皇甫枚《三水小牍》、段成式《酉阳杂俎》……都是相当好的笔记小说。这些作家的专集中也有杰出的传奇名篇,如《飞烟传》出自《三水小牍》,《裴航》、《聂隐娘》出自裴铏《传奇》,《红线》出自袁郊《甘泽谣》,《郭元振》、《古元之》出自《玄怪录》……但因为《莺莺传》等文字长、故事性强的小说珠玉在前,这些笔记专集,相对不太受重视了。

第四节 白话短篇小说构思模式

古代短篇小说最后发展阶段是白话小说。相比于唐传奇,白话小说越来越不"传奇",越来越现实。

白话小说打破了唐传奇以来古代小说传统的传奇手法,缩短了小说和现实生活的距离,不再是神化、类型化、缺乏真正的现实品格,它用写实手法写人,写活生生的人,现实生活中的人。

高尔基曾这样评价英国 19 世纪文学:正是英国文学给了全欧洲以现实主义戏剧和小说的形式。它帮助替换了 18 世纪资产阶级所陌生的世界——骑士、英雄、怪物,而代之以新读者所接近的自己的家庭环境和社会环境,把他们的姑姨、叔伯、兄弟、姐妹,朋友、宾客,一句话,把他所有的亲故和每天平凡的现实世界放在他们的周围。

我们套用高尔基的话评价白话小说。正是白话小说给了中国小说新的内容和形式。它替换了市井社会所陌生的世界——清高才子、深闺佳人、帝王将相、英雄神灵,而代之以市井社会所熟悉的一切,把他们自己、把他们的亲戚朋友、熟人故旧在市井社会的追求、拼搏、感受,把市井平凡的现实世界放进了通俗易懂、好看好玩的白话小说。在《三言》、《二拍》,特别是在《二拍》中,市井社会"好货"、"好色"的人物越来越占据主导地位,且在相当程度上受到肯定。

白话小说由话本和拟话本两部分组成。

宋代话本出现,既标志着小说语言形式向白话方向转变,也标志着小说内容大踏步向市井转型。话本关心更多的,不再是帝王将相、士子情怀、名媛佳人,而是城市小商小贩、手工业者、妓女主妇、市井细民的生活和理想。话本是"说话人"的底本,可以讲唱。元杂剧兴盛后,戏剧演出比单纯说书好看得多,生旦净末丑轮番登场,比"说话人"

单打独斗有趣得多，"说话"渐渐被观众冷落。演唱成为戏剧"专利"，能讲能唱的小说渐渐少了。再往后就出现了仅供阅读、不能讲唱的小说，鲁迅先生谓之"拟话本"。

拟话本小说思想意识并不比话本进步，有的还相当落后酸腐；文学水平和构思艺术却高出话本，其构思艺术远承六朝小说、唐传奇创作基本模式，还受元杂剧影响。题材选择相当广阔，人物描写、故事叙述、环境乃至人物心理描写都有不小进步。有些小说人物如杜十娘、莫稽、蒋兴哥等，颇有典型意义。

话本和拟话本都喜欢改写前人作品，话本改写唐传奇，拟话本改写唐传奇和话本。同一小说题材为几代小说家写来写去。叙事手段、构思技巧一般后来者居上，思想价值却未必如此。

一、白话短篇小说基本状况

（一）宋元话本

宋代话本的基本形式：

1. 题目，鲜明地说明故事内容，如《错斩崔宁》。

2. 篇首，通常以诗词为开头，但内容跟正文结合不太紧密。

3. 入话，解释开头的诗词而引入正话。

4. 头回，常常是在"入话"之后加入一段与正文类似或恰好相反的故事，因在"正话"之前，故称"笑耍头回"或"得胜头回"。

5. 正话，或正传、正题，小说主要部分，常常有这样的特点：

一是常常在紧要关头运用悬念，如《碾玉观音》说崔宁和秀秀逃到潭州住下后，遇到一个汉子，"从后大踏步尾着崔宁来"，说话人到此结束，说"谁家稚子鸣榔板，惊起鸳鸯两处飞"[1]，留下悬念。

二是由散文和韵文两部分组成，散文叙述故事和人物，韵文描写人物形象心理、景物。韵文常是用来唱的。

话本代表作品：

1. 灵怪类《白娘子永镇雷峰塔》。

这个小说经过较长时期故事演化。《太平广记》卷四五八白蛇化

---

① 〔明〕冯梦龙：《警世通言》，见刘世德等编：《古本小说丛刊》第32辑卷八，第547页，北京：中华书局，1991。

美女迷惑人,使被迷者化为血水;《清平山堂话本·西湖三塔记》的白衣妇,是淫荡者化身,吃人心肝的蛇精;宋代笔记小说《清波杂志》,有法师镇白蛇于塔下故事;明代田汝成《西湖游览志》有白蛇、青蛇镇塔下故事。《白娘子永镇雷峰塔》经过冯梦龙加工,但原来是宋代作品,小说主要情节在白娘子和许仙之间展开,白娘子追求爱情幸福却遇到一个庸俗自私的许仙,造成了悲剧结局。故事情节相当曲折:游湖,借伞,订盟,赠银,庭讯,发配,远访,成亲,赠符,逐道,佛会,许配,重圆,警奸,化香,赐禅,回杭,捉蛇,付钵,合钵等情节。

2. 烟粉类《碾玉观音》。此故事即《宝文堂书目》中的《玉观音》,《警世通言》中的《崔待诏生死冤家》。《警世通言》注明:宋人小说。表现市民对爱情的执著,特别是璩秀秀的形象。

3. 传奇类:《闹樊楼多情周胜仙》、《张生彩鸾灯传》、《柳耆卿诗酒玩江楼记》。

4. 公案类:《错斩崔宁》,后来为《十五贯戏言成巧祸》;《简帖和尚》,又名《错下书》、《胡姑姑》,在《古今小说》里边叫《简帖僧巧骗皇甫妻》。

5. 世情类:《快嘴李翠莲记》,此小说与其他小说不同,它以唱为主,白话形式,以快板做贯穿,这一特殊艺术形式对后来的"顺口溜"、"快板书"、"板话"都产生过影响。

6. 讲史小说:这类小说艺术成就并不高,但成为后世历史演义小说渊薮。

《新编五代史评话》,以断代方式讲梁、唐、晋、汉、周五部,每部分上下卷,缺梁史、汉史的下卷,晋史卷上,周史卷下有残,文字生动活泼。

《全相评语五种》即:

(1)《武王伐纣评话》,为《封神演义》蓝本。

(2)《七国春秋评话》(后集)。

(3)《秦并六国评话》,多抄自《史记》。

(4)《前汉书评话》,描写刘邦统治者内部的斗争,尤其是吕后的阴险,韩信的悲剧。

(5)《三国志评话》,具备《三国演义》主要情节。

（6）《大宋宣和遗事》，鲁迅在《中国小说的历史的变迁》中说："近于'讲史'而非口谈，好似'小说'而不简洁；惟其中已叙及梁山泊的事情，就是《水浒》之先声，是大可注意的事。"①

（7）《薛仁贵征辽事略》，清代的《说唐后传》与之相似。

（8）《大唐三藏取经诗话》，对《西游记》有影响。

《大宋宣和遗事》和《大唐三藏取经诗话》共同特点是：

首尾以诗相始终，中间以诗词为点缀，鲁迅先生谓之：近讲史而非口谈，似小说而无捏合。

这些讲史类话本本身成就一般，但它们为后世的天才作家罗贯中、施耐庵、冯梦龙等提供了再创作的原型或"本事"。

（二）拟话本

白话小说繁荣在明代万历时期以后，以拟话本的出现为标志。

所谓拟话本就是模拟话本写作，最有代表性的是《三言》《二拍》。

所谓《三言》是《喻世明言》、《警世通言》、《醒世恒言》合称。

所谓"二拍"即《初刻拍案惊奇》、《二刻拍案惊奇》合称。

《三言》中宋元话本占很大成分。《二拍》都是拟话本。

1. 冯梦龙和《三言》

全能通俗文学家冯梦龙，生于明万历二年（1574），卒于清顺治二年（1645）。科举不得志，到五十七岁即崇祯三年才做贡生。崇祯七年至十一年，做过福建寿宁知县，据说政通人和。其人既是沉湎于烟花的才子，又参加过复社。他创作、改写、改订、编辑的著作有五十种以上，包括：长篇小说、民歌（山歌"挂枝儿"等）、戏剧、散曲、曲谱、应制文，最有影响的，是他收集编辑的《三言》。

2. 冯梦龙的通俗文学观

冯梦龙的文学观主要表现在他给《三言》写的序言中。

冯梦龙认为，唐人传奇出于"文人之笔"，大多"选言"，能让士子"入于文心"；话本多为"说话人"作，语言通俗，能让普通人"谐于里耳"，他认为"天下之文心少而里耳多"，所以小说应该通俗，让大家看。

冯梦龙认为小说应该有艺术的真实性，要人真，事真，情真，理真，

---

① 鲁迅：《中国小说的历史的变迁》，见《鲁迅全集》，第9卷，第321页。

小说与现实生活的关系是：不必尽真，不必尽赝，不必去其赝而存其真。

冯梦龙认为，小说要有社会教育作用，要能够让"怯者勇，淫者贞，薄者敦，顽钝者汗下"。小说更要有艺术感染力："可喜可愕，可悲可涕，可歌可舞"①。他认为小说可以比小诵《孝经》、《论语》，感人捷而深。小说可以"醒人"、"醒天"、"醒世"。

3.《三言》

《喻世明言》，初刊于天启初年（1621）左右，当时书名《全像古今小说》，第二次印刷改名《喻世明言》，以便与另"二言"统一；

《警世通言》，刊于天启四年（1624）；

《醒世恒言》，刊于天启七年（1627）。

前两书多宋元作品，《醒世恒言》多明人作品。其中以经过冯梦龙加工润色过的作品成就最高。代表性作品：

（1）有关爱情婚姻：

《卖油郎独占花魁》；

《杜十娘怒沉百宝箱》；

《蒋兴哥重会珍珠衫》；

《玉堂春落难逢夫》；

《金玉奴棒打薄情郎》；

《王娇鸾百年长恨》；

《张舜美灯宵得丽女》；

《宋小官团圆破毡笠》；

《单符郎全州佳偶》；

《宿香亭张浩遇莺莺》；

《众名妓春风吊柳七》等。

（2）揭露黑暗吏治或颂扬廉吏：

《宋四公大闹禁魂张》；

《沈小霞相会出师表》；

《木绵庵郑虎臣报冤》；

---

① 绿天馆主人：《古今小说叙》，冯梦龙编《古今小说》卷前附录，见刘世德等编：《古本小说丛刊》第 31 辑，第 8～9 页，北京：中华书局，1991。

《隋炀帝逸游召谴》;

《灌园叟晚逢仙女》;

《滕大尹鬼断家私》;

《陈御史巧断金钗钿》;

《三现身包龙图断冤》等。

（3）讴歌任侠仗义谴责忘恩负义：

《施润泽滩阙遇友》;

《刘小官雌雄兄弟》;

《桂员外途穷忏悔》;

《赵太祖千里送京娘》等。

（4）文人雅事：

《俞伯牙摔琴谢知音》;

《李谪仙醉草吓蛮书》;

《唐解元一笑姻缘》;

《卢太学诗酒傲公侯》等。

《三言》是白话小说最成熟的艺术，冯梦龙真正起到一个"高手编辑"的作用。表现在：

（1）有明确艺术选择。冯梦龙收集到的话本，既有宋元的，也有明代的。《宝文堂书目》著录的话本，他并不悉数皆收，而是有所选择，从《三言》所选篇目看，他的选择标准基本是：故事曲折，情节动人，人物生动，主题比较单一，人情世态描摹尽致。

（2）确定篇名。《三言》每本书编入四十篇各自独立的小说，却以"卷"命名，每两卷为一单元。在同一单元内的小说内容相似，篇题字数相同。如《古今小说》：

第一卷《蒋兴哥重会珍珠衫》;

第二卷《陈御史巧勘金钗钿》。

两篇小说内容接近，都涉及婚姻中的欺骗和不忠，篇名对仗非常工整："蒋兴哥"对"陈御史"；"重会"对"巧勘"；"珍珠衫"对"金钗钿"。

再如《警世通言》：

第一卷《俞伯牙摔琴谢知音》;

第二卷《庄子休鼓盆成大道》;

第三卷《王安石三难苏学士》;

第四卷《拗相公饮恨半山堂》。

这四篇小说每两卷为一单元,内容接近,题目对仗工整。

《三言》定篇名的方法对《二拍》产生影响,《二拍》篇名是两句、互相对仗,如《满少卿饥附饱飏,焦文姬生仇死报》。《三言》篇名的处理也对后世长篇章回小说有影响。如《三国演义》回目就很像《三言》两卷合并的回目,第一百三回《上方谷司马受困,五丈原诸葛禳星》,就是"上方谷"对"五丈原","诸葛"对"司马","禳星"对"受困"。

（3）来自宋元话本的说话人用语基本都删除了。说明此时小说已经不是供说话人做底本,而是书面阅读。

（4）对宋元话本的文字乃至情节做了修改。有的小说改动较大。

（5）个别小说是冯梦龙本人创作,如《老门生三世报恩》。

2. 凌蒙初和《二拍》

凌蒙初(1580～1644),其父喜刻古书,以"凌氏刻本"传天下,凌因科举失利,以刻书著书为乐。

《二拍》的题目是双句,较好的作品如:

《满少卿饥附饱飏,焦文姬生仇死报》;

《转运汉巧遇洞庭红,波斯胡指破鼍龙壳》;

《李公佐巧解梦中言,谢小娥智擒船上盗》;

《顾阿秀喜舍檀那物,崔俊臣巧会芙蓉屏》等。

《二拍》的成就,孙楷第认为最善于再创作:凌氏的拟话本小说,得力于选择话题,借一事而构设意象,往往本事在原书中不过数十字,记叙旧闻,了无意趣,在小说则清谈娓娓,文逾数千,抒情写景,如在耳目。化神奇于腐朽,易阴惨为阳舒,其功力亦实等于创作。

这类例子很多,胡士莹先生在《话本小说概论》中详尽考察了拟话本从《三灯丛话》即《剪灯新话》、《剪灯余话》、《觅灯因话》三书中取材的作品,其中仅《二拍》就有七篇取材于《三灯丛话》,如:

《庵内看恶鬼善神,井中谈前因后果》(《二刻》),来自《剪灯新话》之《三山福地志》;

《大姊魂游完宿愿,小妹病起续前缘》(《初刻》),来自《剪灯新话》之《金凤钗记》;

《李将军错认舅,刘氏女诡从夫》(《二刻》),来自《剪灯新话》之《翠翠传》;

《同窗友认假作真,女秀才移花接木》(《二刻》),来自《剪灯余话》之《田洙遇薛涛联句记》;

《顾阿秀喜舍檀那物,崔俊臣巧会芙蓉屏》(《初刻》),来自《剪灯余话》之《芙蓉屏记》;

《宣徽院仕女秋千会,清安寺夫妇笑啼缘》(《初刻》),来自《剪灯余话》之《秋千会记》;

《乔兑换胡子宣淫,显报施卧师入定》(《初刻》),来自《觅灯因话》之《卧法师入定录》;

《二拍》见神见鬼的故事较多,所谓"人不够鬼来凑",因果报应之说重,艺术水平也逊于《三言》。

《三言》《二拍》精华被编入《今古奇观》,成为数百年最流行的本了。

3. 其他拟话本

《型世言》,陆人龙著。"型世"意即以忠孝节义之事为社会树型。法国学者陈庆浩提出,古代白话小说成就最高者是"三言二拍一型"。

《石点头》,天然痴叟作,较好的《侯官县烈女歼仇》。

《十二楼》《无声戏》,李渔作,每篇一回至六回。

《照世杯》,题作"元亭主人编次"。

《西湖二集》,周清源作。

《醉醒石》,东鲁古狂生著。

《鼓掌绝尘》,吴金木散人著。

《豆棚闲话》,艾衲居士编。

《西湖佳话》,墨浪子收集。

《鼓掌绝尘》和《十二楼》有导向性意义,它们是白话小说从市井内容的《三言》《二拍》向才子佳人小说过渡的作品,也是白话小说获得中篇规模并向长篇过渡的作品。《鼓掌绝尘》共四十回,分为"风、花、雪、月"四集,每集十回,写一个故事。其中"风"、"雪"二集,写男女婚姻爱情。李渔是大戏剧家,他认为小说跟戏曲一样具有劝善戒恶的作用,小说是"无声戏"。还认为小说跟戏曲一样,不能只有生旦,没有净丑。

李渔小说特别讲究戏剧性冲突,布局精巧。

二、爱情题材多样化和市井化

白话小说对市井生活的描写组合起来形成封建社会后期市民生活的风俗画。男女爱情的悲欢离合、家庭婚姻的纠结,是主要内容。爱情题材的多样化和市井化,使得白话小说不仅内容与六朝小说和唐传奇有很大不同,也有了若干新小说构思模式:

一曰"生死不渝的爱情的理想化结局";

二曰"不看重贞节的市民爱情观念升腾";

三曰"薄情、滥情、负情受到惩戒"……

(一)生死不渝的爱情和理想化结局

白话小说中有青年男女违抗父母之命、媒妁之言,不拘于礼法、门第而私订终身,生死不渝的故事;有贫贱不能移的忠贞爱情。《乐小舍拼生觅偶》和《宋小官团圆破毡笠》可算代表。

在这类故事中,爱情能够战胜贫富之别,战胜死亡。这是一种模式:生死不渝的爱情+神灵帮助=理想化生存。

《乐小舍拼生觅偶》,门第不高的乐和与官宦女子喜顺娘青梅竹马,自幼同窗读书,长大成人后,乐和一心想和喜顺娘结婚,他的父母因自己门第不高,不敢求婚。乐和就立誓不娶,还设了个"亲妻喜顺娘生位",每天吃饭,对而食之。此后,乐和听说全城人观潮,估计喜顺娘也去,就跟了去想跟她亲近,两人在观潮时两目相望,含情脉脉,不料潮水猛涨,把喜顺娘卷走。乐和根本不会游泳,却马上跳进水中追赶。在潮神帮助下,两人生还,结为夫妇:

> 乐和拜谢了潮王,领顺娘出了庙门。彼此十分欢喜,一句话也说不出,四只手儿紧紧对面相抱,觉身子或沉或浮……及至托出水面,不是单却是双。四五个人,扛头扛脚,抬上岸来,对喜将仕道:"且喜连女婿都救起来了。"喜公喜母丫鬟奶娘都来看时,此时八月天气,衣服都单薄,两个脸对脸胸对胸交股叠肩,且是偎抱得紧,分拆不开……众人争先来看,都道从古来无此奇事。

这样的故事,真说得上是生死恋了,结局大团圆,篇末有诗为证:"少负情痴长更狂,却将情字感潮王。钟情若到真深处,生死风波总不妨。"

《宋小官团圆破毡笠》，宋金和刘宜春的父母本来是近邻，宋金因父母双亡，只好到刘翁船上佣工，刘翁看上他伶俐辛勤，将他入赘为婿，宋金、宜春恩爱和谐，生下一女后，爱如珍宝，不料女儿却得痘疹而死，宋金过于悲痛得了痨瘵病。刘翁先时还替他求医问药，一年后，看他病情无好转希望，"当初只指望半子靠老，如今看这货色，不死不活，分明一条烂蛇缠在身上，摆脱不下，把个花枝般女儿，误了终身。"刘翁设计将宋金丢在一个野岸荒崖，宋金遇到高僧授他《金刚经》，将病治好，又意外得到大盗藏的八箱财物，以一箱为酬，请船家将自己运回南京，其余七箱皆金玉珍宝，变卖部分后得数万金，买下豪宅，改名换姓，成了"钱员外"。宜春以死抵抗父母要她再嫁，刘翁只得写出寻婿招帖，三月未找到，宜春设灵祭奠，哭了半年。发了财的宋金寻访到刘翁的船，见宜春披麻戴孝，先派人向刘翁求婚，说丧偶两年愿意求白衣女为正室，遭到拒绝后，就以雇船为名，带着童仆上了昔日岳父的船，于是出现一段极其有趣的文字：

> 宋金锦衣貂帽，两个美童，各穿绿绒直身，手执薰炉、如意跟随。刘翁夫妇认做陕西钱员外，不复相识。到底夫妻之间，与他人不同，宜春在艄尾窥视，虽不敢便信是丈夫，暗暗的惊怪道："有七八分厮像。"只见那钱员外才上得船便向船艄说道："我腹饥了，要饭吃，若是冷的，把些热茶淘来罢。"宜春已自心疑。那钱员外又吆喝童仆道："个儿郎，吃我家饭，穿我家衣，闲时搓些绳打些索，也有用处，不可空坐。"这几句分明是宋小官初上船时刘翁分付的话。宜春听得，愈加疑心。少顷，刘翁亲自捧茶奉钱员外。员外道："你船艄上有一破毡笠，借我用之。"刘翁愚蠢，全不省事，迳与女儿讨那破毡笠。宜春取毡笠付与父亲，口中微吟四句："毡笠虽自破，经奴手自缝。因思戴笠者，无复旧时容。"钱员外听艄后吟诗，嘿嘿会意，接笠在手，亦吟四句："仙凡已换骨，故乡人不识。虽则锦衣还，难忘旧毡笠。"

两个故事中的恋人都是虽经磨难，矢情不移，又都吉人天相，或者有水神帮助，或者有高僧指点。处于人生困境时，逢凶化吉、遇难呈祥。这当然是作者出于理想主义的安排。乐小舍的父亲自惭形秽不敢求婚，这是出于现实的考虑，可以设想，如果他求婚，也只能碰钉子。

乐小舍认真情、不思地位悬殊,这是理想追求。潮水以死亡为考验给我们带来转机。按说,一对不会水的男女被卷到大潮中,或者是两个人一起死了,就像乐和父感叹的:你生前不能吹箫,死后却成连理;或者是因喜公肯出巨赏救起女儿,乐小舍就白死了。偏偏神仙帮助,救死回生。大庭广众之下,顺娘和乐和死死搂抱在一起,喜公不接受这个女婿也必须接受。而在《宋小官团圆破毡笠》中,刘翁所代表的市井社会现实性和宜春代表的爱情理想性碰撞,才使得小说一波三折,好看之极。其实,按照常理,因为贫病被岳父抛弃的宋金只有死路一条,他能莫名其妙地在荒郊野岭好了病,发大财,转换身份成阔佬,实在是天方夜谭。

《吴衙内邻舟赴约》是个现实性更强的喜剧故事。长沙府吴通判升扬州府尹,带妻儿坐船上任。吴衙内一表人物,风流潇洒,只是一天要吃二斤多肉、三升米饭、十几斤酒。他们船至江州,遇风停驶。吴衙内看到邻船有位美貌女子"秋水为神玉为骨,芙蓉如面柳如眉",立即"魂飘神荡"。女子贺秀娥也是随父到荆州上任。吴府尹到船上拜访贺司户。贺司户回拜看上了吴衙内却因守着女儿不好说招女婿之事。两个青年人互相着迷,吴衙内"偷渡"上了贺家船,就在男欢女爱时,船开动了。于是出现了喜剧性场面:娇弱小姐吃饭要吃十几碗,其实是给藏在床下的吴衙内……等到母亲发现女儿的秘密时,贺秀娥如实交待:

> 不肖女一时情痴,丧名失节,玷辱父母,罪实难逭。但两地相隔数千里,一旦因阻风而会,此乃宿姻缘,天遣成配,非繇人力。儿与吴衙内誓同生死,各不更改。望母亲好言劝爹曲允,尚可换回前失。倘爹有别念,儿即自尽,决不偷生苟活。今蒙耻禀知母亲,一任主张。

这是请罪,也是给母亲"最后通牒",如果不同意二人婚事,她就殉情。贺司户派人送回吴衙内并同意婚事。吴家父母本以为儿子落水而死,现在突然"生还",乐得同意婚事。不久吴衙内以进士及第做上官,两家父亲都退休回家跟女儿团聚并养老。这是最完美的结局:金榜题名、洞房花烛、两代人互相谅解、和顺相处。

《闹樊楼多情周胜仙》虽以悲剧结束,但两位市井青年男女的生死恋却写得很动人。周胜仙和范二郎是在一见钟情基础上追求自主爱情,他们当众交换信息的场面极其有趣。范二郎家里开酒店,周胜仙是员外家小姐。两人游春时偶然相遇,"四目相视,俱各有情"。周胜仙马上琢磨终身大事:"若还我嫁得一似这般子弟,可知好哩。今日当面挫过,再来那里去讨?"但陌生男女不能交谈。周胜仙灵机一动,借要甜水故意说水中有草棍儿,训斥送茶者:"好好,你却来暗算我,你道我是兀谁?"……"我是曹门里周大郎的女儿,我的小名叫做胜仙小娘子,年一十八岁,不曾吃人暗算,你今却来算我。我是不曾嫁的女孩儿。"范二郎明白这是给他递信,照猫画虎,借训斥送茶者回赠信息:"好好,你这个人真个要暗算人,你道我是兀谁?我哥哥是樊楼开酒店的,唤做范大郎,我便唤做范二郎,年登一十九岁,未曾吃人暗算。我射得好弩,打得好弹,兼我不曾娶浑家。"这令人喷饭的场面,倒有点儿像当今谍战电视剧中的地下工作者当众交换暗号。

周母疼爱女儿,定下二人婚事,却被周父痛骂一场,骂周母是"打脊老贱人",嫌范家门第不高,一番气骂竟将屏风后的周胜仙气倒,周父又骂"打脊贼娘!辱门败户的小贱人",不许抢救,周胜仙被气死。周父赌气将细软装进棺材,埋葬了事。周胜仙被盗墓者兼奸尸犯救出,还是一心一意找范二郎,结果被当成鬼打死。周胜仙做了鬼,还要向"五道将军"请假,进入范二郎梦中,二人"欢情无限"。周胜仙做鬼也要完成爱的心愿,完成了一个聪慧美丽、楚楚动人、大胆执着追求爱情的市井女子形象。

跟这个故事类似的,还有《金明池吴清逢爱爱》和《小夫人金钱赠年少》。两个故事都有志怪成分,都写的是死了还得爱的爱情。卢爱爱和吴清生前没有成为爱侣,爱爱死后,她的灵魂却来完成她生前的心愿。小夫人嫁个六十多岁老人,心情痛苦,爱上了年轻的管家,主动追求,她死了后,鬼魂还要追随心上人。周胜仙、卢爱爱、小夫人,都不像六朝志怪小说里的女性,都是市民直露大胆的个性。

白话小说作者有时故意挑战唐传奇,《警世通言·宿香亭张浩逢莺莺》就是故意挑战《莺莺传》,小说男女主角跟《莺莺传》一样,一个叫张生,一个叫莺莺。两人私订终身。后来张浩叔父逼迫他娶孙氏女为妻,张生不敢反抗,带信给莺莺。此莺莺非彼莺莺,唐传奇的崔莺莺逆来顺受，无奈地接受悲剧命运。宿香亭的李莺莺却聪明地借助官府夺回男人。她竟然迫使父母到官府告张生一状，指控他背弃前约，要求官府明断。恰好遇到通情达理的府尹，竟然支持莺莺夺回张生，写下段有趣判词："花下相逢，已有终身之约；中道而止，竟乖偕老之心。在人情既出至诚，论律文亦有所禁。宜从先约，可断后婚。"倘若仍是那个深闺中的崔莺莺，恐怕只能对情人另娶徒唤奈何了。小说作者对自己这一构思相当得意，以诗总结："当年崔氏赖张生，今日张生仗李莺；同是风流千古话，《西厢》不及《宿香亭》。"

（二）市民爱情观念的升腾

白话爱情小说有个特点：只要男女双方真情赤心，一定能有情人终成眷属。从这些作品可以看到与封建传统观念违背的市民意识。首先表现在青年男女不顾封建礼教的束缚大胆恋爱，其次是虽然提倡爱情专一，但反对女子要对男子坚守片面贞操即要求女子"从一而终"，不再视女子曾失身甚至做过妓女为不可原谅的罪过。这是市民阶层的观点，集中表现在凌蒙初《满少卿饥附饱飏，焦文姬生仇死报》的一段作者议论上：

> 天下事有好些不平的所在，假如男人死了，女人再嫁，便道是失了节，玷了名，污了身子，是个行不得的事，万口訾议；乃至男人家丧了妻子，却又凭他续弦再娶，置妾买婢，做出若干的勾当，把死的丢在脑后，不提起了。并没人道他薄幸负心，做一场说话。就是生前房室之中，女人少有外情，便是老大的丑事，人世羞言；及至男人家撇了妻子，贪淫好色，宿娼养妓，无所不为，总有议论不是的，不为十分大害。所以女子愈加可怜，男人愈加放肆。这些也是伏不得女娘们心里的所在。①

这番议论指出男女婚姻上的不平等，实际也触动了封建礼教所强调的夫权。拟话本中的女子追求爱情和唐传奇中的大家闺秀外冷内热、顾虑重重不同，她们大胆、坦率、勇敢甚至粗犷，这是时代赋予她们的特质。她们跟此前爱情小说的女性不同的是，她们也会"犯浑"，会红杏出墙。最典型的例子是《蒋兴哥重会珍珠衫》。这是个按照唐传奇"古

---

① 〔明〕凌蒙初：《二刻拍案惊奇》卷一一，见《古本小说丛刊》第 14 辑，第 632～634 页，北京：中华书局，1991。

镜式"构思模式、以珍珠衫为线索写作的家庭婚姻故事。这篇作品因果报应的因素很重,并以欣赏态度描写婚外恋,但反映了市民对婚姻的一些新观点。

蒋兴哥跟妻子王三巧恩爱,蒋兴哥外出经商,王三巧经不住三姑六婆薛婆的教唆,跟外地商人陈商私通,并将蒋家祖传的珍珠衫送给情人做纪念。陈商归乡遇到一位姓罗的商人,二人谈得来,陈并不知道,罗某就是蒋兴哥,将自己跟王三巧的恋情全盘托出还托蒋兴哥带礼物给王三巧。蒋兴哥发现了妻子跟他人的不正当关系,一方面气恼,一方面后悔,认为自己不该贪蝇头小利将妻子抛在家中,少年守寡,惹出这丑事来。蒋兴哥十分珍视跟妻子的感情,休妻时,不肯直接说出妻子过失,给她留面子;王三巧再嫁时,蒋兴哥把十六个箱笼全部送到船上做陪嫁。她对失节妻子有温情,最后两人异地相逢。蒋兴哥误伤人命,王三巧求其后夫开恩。二人在公堂上抱头大哭。这是当年夫妻之情的爆发。三巧后夫也通情达理,促成二人破镜重圆。这故事说明,封建贞操观念在市井已渐渐失去支配作用。

王三巧曾红杏出墙并做过他人小妾,最后跟蒋兴哥破镜重圆。邢春娘在战乱中沦为妓女,也得到未婚夫谅解。《喻世明言》卷一七《单符郎全州佳偶》中,出身官宦家庭的邢春娘和单飞英有婚约,邢春娘的父母在兵灾中被杀,春娘被掳后沦落为妓女。单飞英已做了官,知道春娘的不幸遭遇,不仅设法将其脱出乐籍,还结为夫妇。他的上司非但没有蔑视他,还说他有义气:"谚云'贵易交,富易妻',今足下甘娶风尘之女,不以存亡易心,虽古人高义,不过是也。"

《玉堂春落难逢夫》成为后世戏剧保留剧目。女主角是名妓,最后都获得人生幸福。《玉堂春落难逢夫》情节跟《李娃传》类似,只是多出苏三被卖山西的情节。小说虽然故意多处点明玉堂春是被王公子梳笼,随上沈燕林后并未同住,但名义上,她毕竟既是妓女又曾嫁作他人妾,结局却夫荣妻贵。这说明市井社会的贞操观已影响到士子阶层。

《醒世恒言》卷三《卖油郎独占花魁》更是充满市井气息,《卖油郎独占花魁》全部情节,都围绕着"独占"做文章。一个本钱不多、地位不高的卖油郎靠什么样手段、什么机缘,把属于上流社会的玩物"花魁"独占过来?让她不再充当上流社会玩物,而成为市民家庭的内当家?

靠感情。本来有着千金声价的花魁跟只有三两银子本钱的卖油郎之间隔了一道没法逾越的鸿沟。卖油郎对花魁一见钟情，奋斗一年，才赢得与花魁相聚一宵的花柳之费，又痴心等了几个月，才跟花魁见面。花魁却冷淡得很："不是有名称的子弟，接了他，被人笑话。"而卖油郎本来也仅仅是嫖客思维："若得这美人搂抱了睡一夜，死也甘心。"花魁一冷淡，卖油郎的善良倒显现出来，他一夜不睡，服侍醉酒的莘瑶琴，莘瑶琴感叹"千百中难遇此一人"。害酒在家中，"千个万个孤老都不想，倒把秦重整整的想了一日。"但是花魁还是没有下嫁卖油郎的决定，直到她受到吴八公子摧残，凌辱到连裹脚布都保不住，"赤了脚，寸步难行"，恰好被秦重救回来。世家子弟的凌辱，让莘瑶琴看清了自己真正的处境，也看清了自己的出路和归宿，决定自己拿钱赎身，嫁给"会温存，能软款，知心知意"的卖油郎。秦重这样的小商人一点儿没有读书人看重贞节、看重"从一而终"的理念，喜欢就是喜欢，不管"花魁"曾接待过多少男人，他仍心甘情愿赎回家做妻子。这都是市民思想价值在传统爱情小说中的新体现。

（三）薄情、负情、骗情受到惩戒

白话小说的爱情故事有相当多的是不忠的爱情，且写得特别出色如《杜十娘怒沉百宝箱》、《金玉奴棒打薄情郎》、《王娇鸾百年长恨》、《满少卿饥附饱飏，焦文姬生仇死报》。男子始乱终弃、朝秦暮楚、喜新厌旧，痴情女子负心汉，写得最好的是《杜十娘怒沉百宝箱》。

杜十娘的故事是明代发生的真事，发生在万历年间，轰动一时。明代宋幼清写过一篇《负情侬传》做了详细记载，后被冯梦龙收入《情史》。冯梦龙在编《三言》时，将这个故事详尽改写，写成灭绝人性的封建制度借助纨绔子弟杀人的悲剧。李甲对杜十娘的爱恋是纨绔子弟贪恋女色的狎妓行为，根本没有什么真正爱情可言。李甲貌似忠诚，灵魂深处充满自私和卑怯。杜十娘对他一往情深，他却把杜十娘看成是可供玩弄的妓女和可以买卖的商品。李甲最后跪在船头哀求杜十娘，也并不是留恋杜十娘而是看到了百宝箱。杜十娘被出卖，知道自己看错了人，既不愿用珠宝换回李甲虚伪的爱情，也不愿以身事仇，毅然抱着价值连城的珠宝沉江。宁为玉碎不为瓦全。杜十娘是个成功的典型。她明智、忠诚、刚强。她开始时坚决而有谋划地争取真正的爱情和理想的婚姻,最终又用生命反抗不合理的社会及这个社会培养的负心汉。杜十娘体现了古代女子的悲惨命运。

《满少卿饥附饱飏,焦文姬生仇死报》自称是"赛王魁"故事。满少卿不得志时,大雪之中没有饭吃,饿得嗷嗷哭,得到焦翁救助,请到家中照顾他读书。满少卿跟焦翁之女文姬"暗度陈仓"并感恩戴德地接受了文姬为妻,待他科举高中选了官,焦翁倾家荡产为他治装。满少卿却完全没有必要地变了心,仅仅因为听说朱家是官宦人家,朱家小姐陪嫁丰厚,就停妻再娶。他的薄幸害死了文姬父女还有文姬的丫鬟。这是一个跟《金玉奴棒打薄情郎》类似的故事,不同的是,金玉奴不得不再接受曾暗杀自己的丈夫,焦文姬做鬼向满少卿索命。

白话小说有些故事写破坏他人幸福、拆散他人婚姻的坏人恶德。如《陈御史巧勘金钗钿》和《石点头》中的《侯官县烈女歼仇》。《陈御史巧勘金钗钿》中的梁尚宾乘人之危,表弟鲁学曾找梁借衣去见打算资助他的岳母。梁尚宾不仅冒名前往骗取钱财,还骗奸表弟的未婚妻顾阿秀。顾阿秀知道受骗后自杀,鲁学曾被抓进监狱。聪明的陈御史巧断此案,将梁尚宾绳之以法,结局是:有妻子的没了妻子。梁尚宾的离婚妻田氏成了顾母干女儿,嫁给鲁学曾。而《侯官县烈女歼仇》写妻报夫仇的故事。女主角申屠娘子是个文弱闺秀,嫁丈夫董昌。恶霸方六一看上申屠娘子,就经常在董昌家出入。方六一勾结巨盗诬良为盗,把董昌抓进监狱,然后告诉申屠娘子:我一定向县官求情。他的所谓"求情"就是向县官行贿,把董昌害死。董昌死后,申屠娘子终于发现,害死丈夫的,正是所谓好朋友方六一,目的是杀夫劫妻。文弱的闺秀立即变得精明、勇敢、果断。她假装同意跟方六一结婚,欢天喜地地嫁过去。在洞房花烛夜,她一连杀了方六一、媒婆数人,用仇人的头祭奠了丈夫,然后在丈夫坟前上吊自杀。这篇小说写得悲壮、激烈。京剧青衣戏《青霜剑》就是据此改编,至今盛演不衰。

白话小说还有些滑稽可笑的婚姻故事,如《钱秀才错占凤凰俦》,癞虾蟆想吃天鹅肉者结果偷鸡不着蚀把米。至于《月明和尚度柳翠》、《佛印师四调琴娘》则是由《甘泽谣》等文言小说改写而成的,在思想和艺术上都未见进步。

在爱情题材小说中,时间最早的《快嘴媳妇李翠莲记》《清平山堂话本》卷二)颇值得注意,此前的小说从来没有过这样的女性,一个宁可被休、宁可出家也要捍卫话语权的女性。此前的小说也从来没有过这样的写法。李翠莲是个性非常鲜明的市井女子。她聪慧能干、世事洞明,却就是吃了嘴快的亏。不管是对父母、哥嫂、公婆、丈夫、外人,她总是想说就说,说就说个痛快,凡说就是长篇大论的快板书。封建家庭的儿媳通常对公婆都是低眉顺眼,李翠连却不,该干的活儿,她一样不少干,做早饭,送茶点,样样到位,但她认为不合理的事,就坚决反对。对"撒帐"这样的民俗,鲜有新娘子会反对,李翠莲就敢反对:"撒甚帐?撒甚帐?东边撒了西边样。豆儿米麦满床上,仔细思量像甚样?"①把撒帐人轰出去。新郎大怒想教训她,她立即宣布"若还恼了我心儿,连你一顿赶出去,闭了门,独自睡。"公公责怪她不该说那么多话,她说"公公要奴不说话,将我口儿缝住罢。"知道公公婆婆对她不满意,干脆自己主动提出"公婆不必苦憎嫌,十分不然休了罢。"回到娘家,仍然不肯向责备自己的父母低头,干脆出家做尼姑。

三、白话小说其他题材

封建社会发展到后期,小说描写社会的面更广。白话小说相比于唐传奇有着题材的丰富和多样性。小说非常好看。

(一)官场小说

有《沈小霞相会出师表》式官场小说。描写明嘉靖年间官场的忠奸之争。严嵩及其子严世蕃这对"大小丞相"卖官鬻爵、招权纳贿。忠言直谏、疾恶如仇的正直官吏、锦衣卫经历沈炼与其殊死斗争。

严党路楷、杨顺为虎作伥。他们割下老百姓的脑袋去冒功请赏,被沈炼揭穿后,竟陷害沈炼入狱,将其害死;再斩草除根,追杀其子沈小霞。小说鞭挞严氏父子及其党羽,讴歌正直官吏沈炼及其追随者。

描绘官场的小说还有《隋炀帝逸游招谴》、《况太守断死孩儿》、《卢太学诗酒傲公侯》、《木绵庵郑虎臣报冤》、《滕大尹鬼断家私》、《十五贯戏言成巧祸》、《钱多处白丁横带,运退时刺史当艄》、《张员外义扶螟蛉子,包龙图智赚合同文》等。有的,已经属于公案小说,并成为此后有

---

① 《清平山堂话本》卷二(《快嘴媳妇李翠莲记》),见《古本小说集成》第一辑。

长篇规模的包公案、海公案、皇明诸司公案的先声。

（二）财产继承

《滕大尹鬼断家私》既是官场小说，也是描绘财产纠葛的小说。小说的入话引了一首《西江月》："玉树庭前诸谢，紫荆花下三田，箕篓和好弟兄贤，父母心中欢忭。多少争财竞产，同根苦自相煎。相持鹬蚌枉垂涎，落得渔人取便。"（《喻世明言》卷十）词中典故都是歌颂兄弟友爱的。在这首词之后还来了一番"难得者兄弟，易得者田地"的议论。小说中倪太守枯树开花，八十岁做父亲，其长子倪善继背后说："男子六十而精绝，况是八十岁了，那见枯树上生出花来？ 这孩子不知那里来的杂种，决不是咱爹嫡血，我断然不认他做兄弟。"造舆论的目的，就是不让小兄弟分遗产。结果是倪太守将积攒的金银藏了起来，留给小儿子。滕大尹借口鬼断家私，将倪太守藏起的金银掠走约三分之一。

在中国古代社会，争夺家产是重要的社会现象，《史记》已写到舜的同父异母弟象如何想害死舜。《左传》写骊姬害公子重耳早就脍炙人口，既牵涉家产继承，还牵涉到王位。汉高祖宠戚夫人的结果，是吕后在刘邦死后，害死如意，将戚夫人变为人彘。《颜氏家训》也写到家庭财产之争……财产争夺类小说在白话小说中较唐传奇要多得多。有的以公案小说形式出现，如《包龙图智赚合同文》断的就是后妻女儿女婿和侄儿的财产继承权。包公根据正统理念，剥夺后妻的女儿女婿的继承权。《张廷秀逃生救父》、《李玉英狱中诉冤》、《诉穷汉暂掌别人钱，看财奴刁买冤家主》……都牵涉财产分割。这类故事深刻透视在物欲横流的情况下，人性是如何泯灭的。

（三）商场小说

有《转运汉巧遇洞庭红，波斯胡指破鼍龙壳》（《初刻拍案惊奇》卷一）式商场小说。这个虚构的小说有明确的时间（成化年间）、明确的地点（苏州），一位琴棋诗画样样皆通的文若虚，看他人做生意，也跟着做，却"百做百不着"，他听说北京扇子好卖，就求了些名人题扇，结果遇到淋雨不晴，凡是题画扇子，都粘到一起，被人笑为"倒运汉"。当一帮朋友出海做生意时，他请求携带去游历，买了一篓洞庭红橘子带上船供自己解渴，没想到被当地人视为奇物，卖了一大堆银子。文若虚不肯听同行者的劝导，贩运货物，却从一个无人荒岛捡回一个大乌龟壳,回到福建,被一位波斯商人用五万两银子买下,并将自己的店铺作价五千两送给文若虚。原来,那个龟壳是鼍龙脱下,内藏二十四颗夜明珠。文若虚就在福建做起富商,真成了"运退黄金失色,时来顽铁生辉"。这,就是商品经济下发生的一夜暴富奇迹。

小商小贩的生活、斗争、苦恼、喜悦进入小说,给话本带来新描写题材,新阅读趣味。《施润泽滩阙遇友》等是这方面佳作。这些作品从不同方面、不同角度,反映了商人的经商活动。写他们对于人生、社会、家庭、婚姻的看法。他们不避艰险,奔波劳碌,耍乖弄巧,追逐利润是他们的原动力,发财致富是他们的目的。这是典型的市井文学,从选材、观点到语言、口气,从内容到形式,都迎合市井的品味和审美习惯。这是六朝小说和唐传奇中很少见到的新现象。

拟话本的遇仙题材也跟六朝小说完全不同。因此,简直不能再把这类小说看成是志怪小说,而只能看作是志人小说中有神魔因素。而神魔因素为描绘人生描绘人性服务。《叠居奇程客得助,三救厄海神显灵》写程宰闭门寒室坐,海神上门来,把他的住处变得金碧辉煌,二人欢爱愉悦。仔细推敲,这个小说跟《刘晨阮肇》式六朝小说立意、写法、人物全不一样。《刘晨阮肇》写人们摆脱苦恼人生的愿望,《叠居奇程客得助,三救厄海神显灵》写发财致富的幻想;《刘晨阮肇》写人生苦短,《叠居奇程客得助,三救厄海神显灵》写致富有方;《刘晨阮肇》的仙女没有烟火气息,《叠居奇程客得助,三救厄海神显灵》的海神却既懂得市场规律,也懂得人生凶险。程宰本来是个经商失败后到他人店铺中做佣工者,因为海神指点,他竟然能在他人认为必定失败的买卖中获得暴利,表面上看,是因为海神未卜先知,实际却相当符合市场"物以稀为贵"的法则。这类白话小说与其说是"遇仙"不如说是"遇财"。

（四）科举小说

有《老门生三世报恩》式科举小说。在那个时代,随着市民阶层的兴趣和封建制度的腐败,科举制日益败坏。固然也有贫寒学子通过科举改变人生的小说,但描绘科举腐败,却成了小说的重要内容。《钝秀才一朝交泰》中的马德称科举屡试不中,人称"钝秀才",落魄十年,由于运气不好,他从街上走,家家闭户,处处关门,早上走路的遇到他,一天没好运,经商者赔本,打官司者必输,连小学生遇到他也会给老师打手心。待他金榜题名,一切好运都来了。拟话本对读书人的描写可谓穷形尽相。冯梦龙亲自创作的《老门生三世报恩》最有代表性。小说主人公鲜于同头发都白了,还挤在后生队伍时谈文讲艺,热衷科举。鲜于同最后终于做了官,还三次向原本诚心不想录取他的年轻"恩师"报恩。在他这个偶然成功的背后,掩盖着无数挣扎的读书人,他说过一段话,相当深刻、尖锐地写出了科举制的不合理:

> 只是如今是个科目的世界,假如孔夫子不得科第,谁说他胸中才学? 若是三家村一个小孩子,粗粗里记得几篇烂旧时文,遇了个盲试官,乱圈乱点,睡梦里偷得个进士到手,一般有人拜门生,称老师,谈天说地,谁敢出个题目将带纱帽的再考他一考么?①

(五)文人雅士话题

有以古代文人为题材的小说,如歌颂友谊的《俞伯牙摔琴谢知音》,将"高山流水"的典故推向民众,推向世世代代。拟话本基本是将前人小说繁琐化了一番。《众名姬春风吊柳七》是一写再写的传统题材,写的是著名词人跟妓女的交情。至于《庄子休鼓盆成大道》、《李谪仙醉草吓蛮书》、《苏小妹三难新郎》、《王安石三难苏学士》、《拗相公饮恨半山堂》、《俞仲举题诗遇上皇》等,其内容托名写的是庄子、李白、苏东坡、王安石等历史名人,其实早已丧失了这些人的历史本来面目,是按照市井审美标准对古人做的再创造。这些都是出自《三言》的作品,在《二拍》中关于唐明皇和宋徽宗的故事,也已经带上了明显的明代市井气息,相应的,它们都成了纯粹的小说。至于《唐解元一笑姻缘》写民间盛传的故事,在冯梦龙的《情史》中早就出现过,可能这个小说也是冯梦龙亲自捉刀。这个故事对后世的影响倒是比较大,一直到21世纪香港、台湾电视还在拿它做文章。

拟话本中写友谊的《羊角哀舍命全交》、《吴保安弃家赎友》、《范巨卿鸡黍死和交》等写的都是历史上流传已久的故事,因为白话的优势,故事更加曲折细致,人物描绘更加细腻丰满。

拟话本的思想境界不高,即便一些好的作品,也缺乏以往作品中的英雄主义、壮烈精神、理想色彩,不能给人崇高感。这个缺点是市井

---

① 冯梦龙编:《警世通言》卷一八,见《古本小说集成》(据明天启七年叶敬池本影印本,第651~652 页,上海:上海古籍出版社,1994。

社会决定的。小市民可以把自己斗争、自己的壮大带进文学,但没法给文学留下积极崇高、诗情画意的东西。至于《徐老仆义愤成家》、《刘元普双生贵子》、《两县令竞议婚孤女》歌颂奴隶道德、美化道德低下的"上层人物",就更无足取了。

四、白话小说的构思特点

拟话本是从话本发展而来的,话本是讲给人听的,为了吸引观众,必须避免枯燥、呆板,紧扣观众的心弦,因此,情节的曲折、完整、谨严、富有戏剧性、有一定悬念,是话本构思上的重要特点。拟话本保持了这些特点。故事完整,有头有尾,事件样样有交代,人物,包括次要人物,个个有着落。情节单线发展,脉络分明。对事件的交代,有的在故事处理上自然体现,有的由作者直接出面交代。

这种首尾完整、脉络分明、交代清楚的优点,是中国古代短篇小说固有的特点。它和我们的民族性格、趣味、思想方法有密切关系。

白话小说在构思上有哪些特点?

(一)"入话"

"入话"是话本的特点,是在小说开头写一段诗词、一个跟正文相同或相反的故事。

有的话本的"入话"离题千里,令人难以"入话"。如《碾玉观音》写一对市井男女的生死恋,"入话"却连续出现跟市井生活不相干的诗歌《鹧鸪天》、《仲春词》、《季春词》,王安石和苏东坡、秦观等若干诗人的诗。一口气写十一首诗词,都跟正文故事中的人物个性、命运毫不相干。这样的开头,与其叫它"入话"还不如叫它"打岔"。这样"入话"应该是早期话本的特点。

有的话本"入话"确实是起到烘托正文的作品。有的是正衬,有的是反衬。《错斩崔宁》可算正衬,《金玉奴棒打薄情郎》则是反衬。

《错斩崔宁》可以确定是宋代作品,因文中提到"我朝元丰年间","元丰"是宋神宗年号。《错斩崔宁》正文是写的一句戏言引奇祸的故事:刘贵的岳父资助他十五贯钱叫他做买卖,刘贵回家却跟小妾二姐开玩笑,说这钱是把她典给外乡人得到的。二姐回家告别父母,路遇背负十五贯钱的小伙子崔宁,二人同行,而刘贵在家已经被窃贼杀死,将十五贯钱劫走。结果糊涂官错斩崔宁和二姐。《错斩崔宁》的入话，开头引用一首诗并剖析"世路窄狭，人心叵测"，接着讲了个戏言惹祸的故事：元丰年间一位少年举子魏鹏举夫妻恩爱，魏进京赶考中进士、授京官，写信接妻子时，在信中开玩笑说：我在京无人照管已娶了个小夫人。妻子听仆人解释并无此事，回信也开玩笑，说在家嫁了小老公。夫妻二人的信被传出去，被嫉妒者告到皇帝那儿，魏鹏举被降了官。魏鹏举因为戏言降了官，刘贵因为戏言丢了命，两件事性质相同，程度不同。这样"入话"跟正文是统一的。

《喻世明言》卷二七《金玉奴棒打薄情郎》是明代作品，写的是"故宋"故事。开头引用一段《弃妇词》，接着写历史上有名的朱买臣贫贱时被妻抛弃，富贵后对妻子炫耀并阶前泼水"若泼水可复收，则汝亦可复合"。叙述完这个故事，作者说："这个故事，是妻弃夫的，如今再说一个夫弃妻的，一般是欺贫重富、背义忘恩"。"入话"的故事，对正文起到反衬作用。

在《三言》《二拍》中，有的仍然保持话本式入话。《苏小妹三难新郎》写的是苏东坡之妹与秦观的婚姻故事，在"入话"中，写了几位怀才不遇的才女：蔡文姬、李清照、朱淑真，用这些女性的不幸反衬苏小妹的幸运。

《警世通言》卷一二《范鳅儿双镜重圆》故事正文写范鳅儿夫妇死里逃生，凭一对鸳鸯宝镜重新聚合。开头先引用"月子弯弯照几州"的词及吴歌"月子弯弯照几州，几家欢乐几家愁，几家夫妇同罗帐，几家飘散在他州。"点明这个故事是写夫妇间悲欢离合，接着写一个"交互姻缘"故事：徐信和妻子崔氏在战乱中离散，徐信帮助了一位落难的妇人王氏并结为夫妇，后来恰好遇到王氏的丈夫，而王氏的丈夫恰好在战乱中娶了徐信的妻子崔氏，两对夫妇交换。然后才转入范鳅儿的故事。

有的小说，"入话"写法有改变，跟正文融合更近。如《醒世恒言》卷七《钱秀才错占凤凰俦》"入话"开头引用一首诗："渔船载酒日相随，短笛芦花深处吹。湖面风收云影散，水天光照碧琉璃。"这首诗是宋代杨备游太湖时写的。接着，小说交待太湖的地理环境，"那东西两山在太湖中间，四面皆水，车马不通。"并引用范成人等人的诗，然后说："话说两山之人,善于货殖,八方四路,去为商为贾,所以江湖上有个口号,叫做'钻天洞庭'"……在这段"入话"之后,富豪高赞就出场了。然后,就是高赞想招俊美的女婿,颜俊想求美丽的妻子,却因为自己貌丑叫表弟钱秀才冒名顶替的故事。

这还是"入话"吗? 还是,但是作用已跟话本小说的入话不一样了,它已经成为小说有机组成部分,从《钱秀才错占凤凰俦》来看,这段入话其实是精彩的环境描写。颜俊能派表弟冒名顶替,钱秀才能够"错占",都因为太湖太大,高家和颜家相距太远。当时的消息闭塞便于隐瞒。再加上太湖是水域,风雪会给在湖上航行带来问题。话本的"入话",全部删除也影响不到正文,而《钱秀才错占凤凰俦》的"入话"不能删除,如果删除,后边的文章就不好做了。

(二)史传因素和叙事角度

白话小说史传因素仍很重。但越到后来,"史传"因素即某人传记式写法,更多为小说因素即故事情节取代,人物流水账式经历更多为趣味场面代替。

早期白话小说《快嘴媳妇李翠莲记》,题目中就有"记",顾名思义,记的就是李翠莲。小说自始至终站在李翠莲角度叙事:从她准备出嫁,跟父母兄嫂对话,到大闹婚礼,洞房训夫,次日拜见公婆,直到她被休回家再主动要求出家为尼。叙事线索都围绕李翠莲一人,没有旁枝斜出,没有多人同时亮相的场面,带明显史传文学特点。到了拟话本中,李翠莲式简单、单纯型叙事为更复杂的叙事方式代替,如《沈小霞相会出师表》。虽然用几句话就能概括其故事情节,但小说叙事方式却不再是某人传记而是多人亮相、不断转换叙事角度。因为叙事手段不断转换,描写重点不断转换,故事情节曲折复杂,多个人物获得表演深化个性的机会。

我们先看看《沈小霞相会出师表》的主要情节:正直官员沈炼(字青霞)生平敬仰诸葛亮为人,多次书写《出师表》。他当面教训横行霸道的严世蕃,受严嵩父子迫害,削职为民,在平民贾石帮助下在保安州住下来,又对严党总督杨顺对外妥协对内草菅人命写信大加申斥。杨顺为报私仇并取得严家父子青睐,将沈炼及两个儿子杀害,并想通过斩草除根取得严家父子欢心,派人到沈炼原籍追拿其长子沈小霞。沈小霞在小妾闻氏和父执冯主事帮助下逃过劫难。严家父子倒台后,沈小霞在贾石家重见沈炼书写的《出师表》。

我们再看看总情节如何通过一个个"分情节"发展,也就是,小说如何从沈鍊跟严党矛盾过渡到沈小霞重会出师表:

1. 沈炼酷爱《出师表》并以诸葛亮为表率,他在严嵩父子大施淫威的情况下,敢于挑战严世蕃,在宴席上,严世蕃故意灌不会喝酒的官员,沈炼既以其人之道还治其人之身,拿大酒杯灌严世蕃并宣布"汉贼不两立"。回到家中,沈炼写表弹劾严家父子,被皇帝下令罢官、用刑,削职为民,带着妻儿到平安州。

此段的叙事重点,是正直清官沈炼。

2. 沈炼全家被流放到平安州,遇到平民贾石,贾石因敬重沈炼的为人,将自己的住宅让出来给沈家住,二人结拜为兄弟。沈炼因为对总督杨顺抗外敌无能却杀害无辜百姓充功的劣迹气愤,到营门送信申斥并吟诗讽刺。杨顺向严氏父子汇报后,密谋杀害沈炼。贾石劝说沈炼的两个成年儿子逃走,他们不肯,结果被害。贾石知道严氏父子会报复帮助沈炼的人,带幅《出师表》逃离。

此段的叙事重点,既有沈炼的正直无畏,也有贾石的忠诚明智。

3. 杨顺为讨好严氏父子,派衙役到绍兴逮捕沈小霞并准备在路途中杀害他,斩草除根。沈小霞的妾闻氏怀孕三个月,自愿追随并护卫沈小霞北上,在路上发现公人张千、李万不怀好意,二人设计,沈小霞投奔父执冯主事。沈小霞趁差人李万如厕的工夫急奔冯家并藏了起来。冯主事假装害怕得罪"严阁老",将寻找沈小霞的公差和官员轰出门。闻氏一口咬定丈夫被两个公差害死,告到官府,追查责任。经过旷日持久的较量,两个公差一死一逃,闻氏在尼姑庵住下来。

此段叙事重点,是老辣果断的冯主事和泼辣机智的闻氏。

4. 沈小霞在冯家一住八年,严氏父子倒了,沈炼的冤案平反昭雪,沈小霞授知县职位,到平安州寻找父亲遗骨,偶然在一家草堂见到父亲写的《出师表》,跟义叔贾石相认。

此段叙事重点,是沈小霞平反过程和"义叔"贾石。

从这几段情节来看,《沈小霞相会出师表》写的并不单纯是沈炼和沈家的历史,而是多人与奸臣严氏父子及其党羽斗争的故事。故事的

"粘合剂"是《出师表》，它既是沈炼人格的象征，也是贾石人格的取向，还是沈小霞跟贾石相认的引线。小说虽然以"沈小霞"为名，其实出彩的人物却并非是他，依次是：刚直不阿、宁死不屈的沈炼，义贯云天、审时度势的贾石，侠肝义胆、经验丰富的冯主事，聪明伶俐、口才出众的闻氏。一个短篇小说写出这么多成功的人物，说明白话小说的艺术技巧已达到很高水平。

（三）误会、巧合、主题道具

误会和巧合是白话小说经常采用的构思手段。

《沈小霞相会出师表》中，沈小霞到平安州寻找父亲的遗骨，怎么那么巧，就遇到父亲的生死之交、遗骨保护者贾石？

《乔太守乱点鸳鸯谱》中，孙寡妇得观察女婿的病真好，才肯将女儿送去，于是让儿子孙润男扮女装，孙润偏偏长得美如少女，偏偏耳朵垂上还扎过一个眼儿可以挂耳环，刘家偏偏就派女儿慧娘夜晚来陪新"嫂子"睡，事情就如此巧上加巧？

《蒋兴哥重会珍珠衫》中，王三巧将丈夫的家传珍珠衫送给情人陈商，陈商偏偏在路途中遇到托名姓罗的蒋兴哥本人，向他展览珍珠衫并倾诉跟王三巧的私情，妻子红杏出墙通常最后知道的是丈夫，蒋兴哥怎么如此"消息灵通"？岂不是太巧？

《钱秀才错占凤凰俦》中，为什么风雪不早不晚，偏偏在"新郎"需要开船时到来？

《金玉奴棒打薄情郎》中，金玉奴被莫稽推到水中，为什么偏偏被莫稽的上司救了起来？

巧合常跟误会联结到一起，莫稽怎么也不会想到，自己攀上的高枝，居然就是原来推下水的妻子。满少卿也不会想到，低调的、甘心前来做妾的焦文姬，竟然是来索命的鬼魂。

李渔的《无声戏》和《十二楼》将误会和巧合运用到极致，甚至能够看出作者故意操作情节的痕迹。

《无声戏》共十二回，每回讲一个独立故事。第十二回《妻妾抱琵琶梅香守节》写这样的故事：江西建昌府秀士马麟如有妻罗氏、妾莫氏、通房丫鬟碧莲。莫氏生一男孩。马麟如二十九岁时生一场大病，问三个女人：他如果死了，会不会给他守节？妻妾信誓旦旦，碧莲不肯花言巧语。马麟如认为妻妾可靠,碧莲不可靠。马麟如因科举不得意,到扬州行医,邀请跟自己年纪相仿、面貌相似、一向跟他学医的朋友万子渊同行。他刚到扬州就治好了知府的重病,名声大振。知府调任陕西,定要他同去,他只好让万子渊以自己的名义留在扬州行医。半年后,万子渊病死。老仆回乡报丧。罗氏、莫氏以为死了的是丈夫,痛哭三天后,都琢磨如何将儿子的负担转嫁出去自己嫁人,妻妾都不肯出钱将"丈夫"棺材运回来,最终是碧莲主动出五两银子,罗氏、莫氏共出五两银子,将"马麟如"运回安葬。此后,罗氏、莫氏先是虐待儿子,后是丢下儿子改嫁他人,碧莲靠做针线活养活孩子。而到陕西的马麟如受到知府帮助,金榜题名,回到故乡。经老仆述说,知道前因后果,娶碧莲为正妻。妻妾求人说情想回来,马麟如设宴,故意点朱买臣马前泼水的戏,坚决拒绝。

《妻妾抱琵琶梅香守节》的情节完全建立在误会和巧合上,一个巧合接着另一个巧合,巧合带来误会:

马麟如跟万子渊年纪面貌相似,是巧合;

万子渊是向马麟如学习的医术,是巧合;

马麟如本到扬州却去了陕西,是巧合;

马麟如到陕西后交通不便,信息不通,家人以为他死,是误会;

万子渊以马麟如名义在扬州行医,众人以为他是马麟如,是误会;

替万子渊往家捎信的人贪所带银子,毁了信件,是巧合;

万子渊死亡被家人当成马麟如死亡,是误会。

马麟如的老仆到扬州,找到原来的住处,知道家主死亡,曾经表示怀疑:"老仆道:'我家相公原与万官人同来,相公既死,他就该赶回报信,为甚么不见回来,如今到哪里去了?'邻舍道:'那个姓万的是他荐与前任太爷,带往陕西去了。姓万的去在前,他死在后,相隔数千里,那里晓得他死,赶回来替你报信?'老仆听到此处,自然信以为真。寻到新城脚下,抚了棺木,痛哭一场。"[①]

俗话说"人生没有假设",马麟如却既用假设问出了妻妾的假情,又以他的假死考验出了妻妾的真情。

---

① 〔清〕李渔:《无声戏》,见《李渔全集》,第八卷,第230~231页,杭州:浙江古籍出版社,1991。

李渔的《十二楼》构思精巧,每篇中都有"楼"字,回数最少的《夺锦楼》仅一回,回数最多的《拂云楼》六回。其中《十卺楼》是追求巧思的代表作,也可称"恶趣"之作。"合卺"是结婚的意思,"十卺"意即结婚十次。小说写永乐年间温州士子姚戬将结婚,盖一楼,通过仙人扶乩,得楼名"十卺"。在场朋友讨论:一个认为"十卺"是"十景"之误;一个说:"卺"倒是切着新婚,可能"十"错了。待新娘入门,美如天仙,却是石女。姚戬凭着家庭势力从岳父家换来石女之妹,不仅貌丑还尿床,送回去再换来石女之姊,美如石女,房事轻车熟路,原来已怀孕五个月。一个月后姚戬再将她退回。姚戬三年结婚十次,第十次娶回原来的石女,石女进门不久得了"骑马痈",变为正常女,夫妇和美……李渔的小说,有论者认为"语意亦太儇佻"。可能就是因为刻意追求误会和巧合,有时竟不可思议了。

跟误会、巧合同样重要的,是主题道具的使用。《警世通言》卷二十二《宋小官团圆破毡笠》中宋金的毡笠,《蒋兴哥重会珍珠衫》的珍珠衫,《勘皮靴单证二郎神》中"杨二郎"的皮靴,都对小说构思起到举足轻重的作用。在李渔的《十二楼》中,每个"楼"都起主题道具的作用。

(四) 文备众体的小说章法

白话小说叙事语言和大部分人物语言都是通俗易懂的白话。有些人物的语言是文言,那是由人物身份——文士或千金小姐——决定。诗词、骈文成为小说辅助叙事手段,形成"文备众体"的特点。

这一特点来自唐传奇和"说话"的双重影响,即唐传奇的人物经常采用诗词表达感情,文言信件或骈体文也随在多见,而"说话"则喜欢在开头或中间用诗词对故事或人物加以评点或总括。

《警世通言》第三十七《万秀娘报仇山亭儿》开头是一首诗:"春浓花艳佳人胆,月黑风高壮士心。讲论只凭三寸舌,秤评天下浅和深。"这首诗透露出来故事会有"佳人胆"和"壮士心"。正文中的"佳人胆"自然是指最终能够大胆自救的万秀娘,而"壮士心"指为他人献身的侠士尹宗。小说篇末又有诗:"万员外刻深招祸,陶铁僧穷极行凶。生报仇秀娘坚忍,死为神孝义尹宗。"跟开头的诗前呼后应概括了小说主要内容。

在《喻世明言》第二十七《金玉奴棒打薄情郎》中,诗歌起画龙点睛作用。小说开头引用《弃妇词》:"枝在墙东花在西,自从落地任风吹。枝无花时还再发,花若离枝难上枝。"这首诗说明封建社会女人的无奈,即使受到男人无情背叛,仍不得不从一而终。这是金玉奴只能棒打薄情郎、不能离异薄情郎的社会基础。莫稽在父母双亡、衣食无着的情况下,受到金玉奴父女救助,不费一钱,白得美妻,丰衣足食。在金玉奴的鼓励下,才学日进,连科及第,非但不想报答金家父女,却动起杀妻恶念。当他将金玉奴推落水中时,小说有诗为证:"只为'团头'号不香,忍因得意弃糟糠。天缘结发终难解,赢得人呼薄幸郎。"既批判了莫稽薄情又预伏二人姻缘还会继续。莫稽自以为摆脱了出身低微的妻子,得意洋洋入赘上司淮西转运使家,以为攀龙附凤、娶到门第高贵的许小姐,"仰着脸,昂然而入"洞房,却给侍女棒打一顿,睁眼一看,新娘哪儿是什么许小姐,分明是故妻金玉奴。金玉奴落水为许公所救,收为义女。许公安排二人重会,金玉奴命丫鬟棒打之后,痛斥其忘恩负义的黑心肠。莫稽只好叩头求饶。第二天,他的新岳父许公尖刻地挖苦他:"贤婿常恨令岳翁卑贱,以致夫妻失爱,几乎不终。今下官备员如何?只怕爵位不高,尚未满贤婿之意。"莫稽羞得面皮红紫,离席谢罪。接着,小说用两首诗来做总结:"痴心指望缔高姻,谁料新人是旧人。打骂一场羞满面,问他何取岳翁新?"这是讽刺莫稽。但封建社会妇休夫毕竟不现实,接着小说就似乎狗尾续貂地写莫稽如何与金玉奴夫妻和好,许公如何待莫稽如真女婿,莫稽如何良心发现,迎金团头奉养。许公夫妇死了,金玉奴重服服丧,以报其恩。莫家与许家世代为兄弟。忘恩负义的故事,有了大团圆结局,结尾诗歌:"宋弘守义称高节,黄允休妻骂薄情。试看莫生婚再合,姻缘前定枉劳争。"整个构思落到命中注定。研究者经常说这样的结局是所谓"局限",其实,这是封建社会的残酷事实,何止"局限"?

《醒世恒言》卷八《乔太守乱点鸳鸯谱》是个趣味性婚姻故事。小说里原有三对未婚夫妇,即刘璞和孙珠姨、孙润和徐文哥、裴政和刘慧娘。因刘璞生病,刘家娶珠姨冲喜,孙寡妇将儿子孙润男扮女装派来,结果跟来陪伴"嫂嫂"的慧娘阴差阳错完成"今宵花烛"。事情暴露,裴政之父裴九告到官府,乔太守经调查取证,将两对未婚夫妇对调,三对夫妇当堂匹配:孙润配慧娘、裴政配徐文哥、刘璞仍配珠姨。故事跌宕曲折、谐趣横生,行文中词、诗,骈文,起锦上添花作用。

《乔太守乱点鸳鸯谱》篇首采用跟正文故事结合紧密的《西江月》,"自古姻缘天定,不繇人力谋求。有缘千里也相投,对面无缘不偶。仙境桃花出水,宫中红叶传沟。三生薄上注风流,何用冰人开口?"接着剖析"大抵说人的婚姻,乃前生注定"。点出篇名,进入故事。在故事进展过程中,数次采用诗词,先是写慧娘的美丽,"但见:蛾眉带秀,凤眼含情,腰如弱柳迎风,面似娇花拂水。体态轻盈,汉家飞燕同称;性格风流,吴国西施并美。蕊宫仙子谪人间,月殿姮娥临下界。"后是描写慧娘和玉郎床上"恣意风流":"……双双蝴蝶花间舞,两两鸳鸯水上游。"小说结尾用诗夸乔太守的案断得好:"鸳鸯错配本前缘,全赖风流太守贤。锦被一床遮尽丑,乔公不枉叫青天。"小说中最出彩文字,却是乔太守判词:

> 弟代姊嫁,姑伴嫂眠。爱女爱子,情在理中。一雌一雄,变出意外。移干柴近烈火,无怪其燃;以美玉配明珠,适获其偶。孙氏子因姊而得妇,搂处子不用逾墙;刘氏女因嫂而得夫,怀吉士初非炫玉。相悦为婚,礼以义起。所厚者薄,事可权宜。使徐雅别婿裴九之儿,许裴政改娶孙郎之配,夺人妇人亦夺其妇,两家恩怨,总息风波;独乐乐不若与人乐,三对夫妻,各谐鱼水,人虽兑换,十六两原只一斤;亲是交门,五百年决非错配。以爱及爱,伊父母自作冰人;非亲是亲,我官府权为月老。已经明断,各赴良期。

乔太守有菩萨心肠,他一见到孙润和慧娘,就有怜悯之心,经询问知道其中的阴差阳错,有意成全。待问清孙润原定的未婚妻并未过门,立即想出李代桃僵的办法。太守判词,是官样文章,更是风流太守的才子之笔。慧娘宣布只要判她另嫁就自尽,也是感动太守的因素。《乔太守乱点鸳鸯谱》诗词、骈文跟小说情节浑然天成。这样的构思方式,已是相当圆熟的短篇小说。

白话短篇小说诸体兼备的写作方式,最终影响到《红楼梦》。

(五)人物内心世界刻画

话本小说已注重人物个性化描写,而且人物特点跟时代同步。拟话本的人物创造取得更高成就。人物更加丰满、生动,有的人物,已经可称为不朽的艺术典型,如杜十娘。这是因为,拟话本更加注重刻画人物的内心世界。这一点上,白话小说较唐传奇等文言小说有进步。

1. 写人物在不同环境下的内心活动。

如《金玉奴棒打薄情郎》中的莫稽是个自私自利、忘恩负义的小人。小说用他在不同处境下的内心自白,揭开他阴暗、丑恶的灵魂:他在贫困潦倒时,听说金家有钱,女孩长得又好,就这样想:"我今衣食不周,无力婚娶,何不俯就他家,一举两得?"这心理暴露了他投机取巧的本质。

在金玉奴帮助下,莫稽取得了功名,得了官,他马上这样想:"早知有今日富贵,怕没王侯贵戚招赘成婚? 却拜个团头做岳丈,可不是终身之玷? 养出儿女来,还是团头的外孙,被人传做话柄!"真是一阔脸就变,这是莫稽性格自然发展,仍然不改投机取巧的本质。

到他赴任登州,他的心情就不仅是懊丧,而且更残忍地恶性发展:"除非此妇身死,另娶一人,方免得终身之耻"。由于这样的心理活动,他才将金玉奴推到水中。

通过莫稽关键时刻三次内心活动,一是投机取巧心,二是悔恨之心,三是残忍之心,把这个卑劣可耻的人物完完整整写了出来。

2. 用人的具体行动写人的内心世界。

人的内心是复杂、奥妙、多变的,是难以捉摸并形之于笔墨的。拟话本善于以人物的具体行动揭示其微妙内心、复杂情绪。

《警世通言》卷三二《杜十娘怒沉百宝箱》中,杜十娘费尽心机争得自由,自认为终身有靠,却突然发现自己选择的丈夫是个卑劣自私、贪利好财的人。她知道李甲把自己卖了一千两银子,既不哭不闹也不反抗,而是"放开两手,冷笑一声道:'为郎君画此计者,此人乃大英雄也。郎君千金之资既得恢复,而妾归他姓,又不致为行李之累,发乎情,止乎礼,诚两便之策也。那千金在那里?'"这段话,在冷静、沉着中,掩盖着杜十娘巨大的痛苦、悔恨、复杂万端的心情。接着,杜十娘当众把宝匣打开,一一展示,让人们知道珠宝价值连城之后,把金银珠宝一一投入江中,宣布:"妾椟中有玉,恨郎眼内无珠","妾不负郎君,郎君自负妾耳",抱了宝匣跳入滚滚江水。《杜十娘怒沉百宝箱》整个描述中,没有一句写杜十娘如何内心痛苦、悲愤,但是通过她的具体的行动、语言,将她的极端痛苦、悲愤表现得很深刻。这是通过人物行动的冷静白描来揭示人物的内心世界,这是中国小说传统的艺术手法,在塑造人物形象、刻画人物内心世界上,有特殊的优越性。也有学者,特别是西方学者认为,中国古代小说内容动人,但表现手法过于陈旧,令西方读者觉得单调、沉闷。

3. 用个性化的语言塑造人物。

白话小说擅长用个性化语言塑造人物。

《卖油郎独占花魁》莘瑶琴误落妓院,她坚决不接客,说:"奴是好人家女儿,误落风尘……若要我倚门献笑,送旧迎新,宁甘一死,决不情愿。"她的纯洁、无所畏惧,通过语言表达出来。但是如此坚定不接客的少女,竟然被刘四妈劝说得改变了主意,刘四妈口若悬河,长篇大论地说如何叫"真从良"、"假从良"、"苦从良"、"乐从良"、"趁好的从良"、"没奈何的从良",十分巧妙地说明各种从良法,说明:你唯有先接客,才能后从良。刘四妈一番话,长达一千多字,竟然将莘瑶琴说得"微笑不语"。这些话,把老奸巨猾的刘四妈写活了。到了后来,莘瑶琴要嫁给卖油郎秦重,拿出金子来请刘四妈做媒,帮助她劝说老鸨子,刘四妈说:"自家女儿,又是美事,如何要你的东西?这金子权时领下,只当与你收藏,此事都在老身身上。"几句话,刘四妈的心快、嘴巧、虚伪、贪财活灵活现。

《沈小霞相会出师表》中,闻淑女勇敢、泼辣、机智,她先和丈夫商量好,让丈夫到冯主事家藏起来,然后,她向押解的公差反咬一口。一听公差说沈公子不见了,闻淑女一双手扯住公人叫道:"好,好,还我丈夫来!"又走到旅店外边,"拦住出路,双足顿地,放声大哭,叫起屈来",先向店主哭诉:我丈夫千乡万里带我出来,他怎么会一句话不说就走了?这是押送的公人要奉承严府,害死了我的丈夫,叫我一个孤身女子靠谁?待进了官府,闻淑女更是一口咬定:两个公人杀了她的丈夫,目的就是想奸骗她。闻淑女头脑灵活、聪明机智,都是通过她的语言表现出来。

(六) 人物个性的极端化描写

如果说白话小说仍能从六朝志人小说吸取营养的话,那么,人物个性的极端化描写,应是最明显的传承。《宋四公大闹禁魂张》是例子。小说"入话"写晋代石崇夸富炫富导致家破人亡。"入话"与正文寓意相反,正文是宋四公如何捉弄教训吝啬鬼禁魂张。小说开头宋四公因路见不平,看到禁魂张欺负乞丐,故意偷了禁魂张的财物,逃往郑州找师弟赵正。赵正跟师兄赌赛,两次偷走宋四公的包,宋四公捎信给另一个师弟侯兴来抓捕赵正,赵正设计逃过并诱使侯兴误杀自己儿子。赵正又到东京找同道王秀,捉弄并偷盗王秀的财物。最后,宋四公、赵正、王秀、侯兴四人合谋,偷了钱大王府的三万贯钱,栽赃给禁魂张和官府两个捕头,害得禁魂张和捕头丢了性命。

冯梦龙编入《古今小说》的这一作品,应该是宋人作品。"禁魂"是"悭吝"的意思,"禁魂张"就是姓张的吝啬鬼。而宋四公是个"小番子闲汉",没有正当职业,替官府干点儿临时差事的无业游民。禁魂张的吝啬被写得入骨三分:

> 这富家姓张名富,家住东京开封府,积祖开质库,有名唤做张员外。这员外有件毛病,要去那:虱子背上抽筋,鹭鸶腿上割股,古佛脸上剥金,黑豆皮上刮漆,痰唾留着点灯,捋松将来炒菜。这员外平日发下四条大愿:一愿衣裳不破,二愿吃食不消,三愿拾得物事,四愿夜梦鬼交。是个一文不使的真苦人。他还地上拾得一文钱,把来磨做镜儿,捍做磬儿,掐做锯儿,叫声"我儿",做个嘴儿,放入篦儿。人见他一文不使,起他一个异名,唤做"禁魂张员外"。当日是日中前后,员外自入去里面,白汤泡冷饭吃点心。两个主管在门前数见钱。只见一个汉浑身赤膊……主管见员外不在门前,把两文撇在他筲箕里。张员外恰在水瓜心布帘后望见,走将出来,道:"好也,主管,你做甚么,把两文钱撇与他?一日两文,千日便两贯。"大步向前,赶上捉篱的,打一夺,把他一筲箕钱都倾在钱堆里,却叫众当直打他一顿。

一个开当铺的商人,日进斗金,却不肯向穷人施舍两文钱,不仅不施舍,还将穷人讨来的钱都倾到自己的钱堆里。这样的吝啬鬼多典型!

第四章
短篇构思艺术集大成者《聊斋志异》

　　中国古代小说按篇幅分长篇和短篇，按文字分文言和白话。不管是白话还是文言，短篇小说构思艺术都是相同的，而作为中国古代文言短篇小说的第二高峰，《聊斋志异》不仅继承并发展了文言短篇小说第一高峰唐传奇的艺术经验，还继承并发展了宋元以来白话小说的艺术经验，成为中国古代短篇小说构思艺术的集大成者。

　　《聊斋志异》作为古代短篇小说的巅峰之作，它的构思模式是对中国古代短篇小说构思艺术的全面总结。在分别探讨中国古代志怪和志人小说的构思成就之后，看看中国古代短篇小说构思模式的"里程碑式成果"或曰"总括性成果"——《聊斋志异》，很有必要。

　　《文心雕龙·附会》说：

　　　　何谓附会？谓总文理，统首尾，定与夺，合涯际，弥纶一篇，使杂而不越者也。……凡大体文章，类多枝派，整派者依源，理枝者循干。是以附词会义，务总纲领，驱万涂于同归，贞百虑于一致，使众理虽繁，而无倒置之乖，群言虽多，而无棼丝之乱，扶阳而出条,顺阴而藏迹,首尾周密,表里一体,此附会之术也。①

刘勰没有探讨过小说构思艺术,但他谈的"附会",实际就是构思艺术。他认为,文章结构,就是要综合全篇条理,使首尾联贯,决定写什么,不写什么,把各部分联成统一的整体。提纲挈领,把各种思绪统一起来,使文章内容丰富而不次序颠倒,文辞繁富而不杂乱。写文章首先要讲求好的思想感情。而善于结构者,可以把不相干的事物联系得如同肝与胆,拙于结构者,则会把本来有联系的事物写成胡与越。所谓"善附者异旨如肝胆,拙会者同音如胡越。"

刘勰在谈到文章剪裁时,又提出三个准则,即:

"设情以位体",根据内容确定文体;

"酌事以取类",选择与内容有联系的素材;

"撮辞以举要",安排文辞来配合内容。

刘勰认为,写文章从"思绪初发"到润饰修改,都要匠心独运,才能写出"情周而不繁,辞运而不滥"②(内容丰富而不繁复,文辞多变而不滥用)的好文章。

刘勰关于结构的理论,严格地说,跟如何构思小说、戏剧还是有区别的。他的"附会"理论被小说戏剧家李渔发展为"立主脑"的构思方法。金圣叹、毛宗岗等小说点评家也充分注意到立主脑的构思对作家的重要性。"世界短篇小说之王"蒲松龄则以艺术实践印证着、发展着刘勰、李渔及小说点评家们的构思理念。在艺术构思、情节构成上,创出了丰富而实在的经验。

每个成熟的小说家都有自己喜爱的构思方式,甚至于反复采用同一构思套路。法国小说家巴尔扎克《人间喜剧》几乎每部小说的开头都大段大段描写城市风光、建筑群体,让人物在非常清晰的地点(巴黎或外省)、非常准确的年代登场活动。美国小说家马克·吐温喜欢让他笔下人物换装,王子变贫儿,贫儿变王子,社会地位天差地别成为展开故事、描写人物的灵丹妙药。英国小说家欧·亨利则非常善于"抖包袱",直到最后一刻,真相大白。易卜生的"误会法"是写作戏剧成功的经验,中国现代作家曹禺西为中用,靠悬念和误会使《雷雨》成为现

---

① 刘勰撰、王利器校笺:《文心雕龙校证》,卷九,第262页,上海:上海古籍出版社,1980。

② 刘勰撰、王利器校笺:《文心雕龙校证》,卷七,第209、210页。

代文学史上占有重要地位的佳作……

《聊斋志异》也有它常用的构思方式,常用的叙述故事、展开情节、提示矛盾的方式。看《聊斋志异》,须耐心咀嚼,认真回味,才可体会出其构思之佳妙、构思之奇特。《聊斋》点评家冯镇峦在他的《读聊斋杂说》中曾说"贪游名山者,须耐仄路;贪食熊蹯者,须耐慢火;贪看月华者,须耐深夜;贪见美人者,须耐梳头。看书亦有宜耐之时。"①

第一节 天外飞来 眼前拾得

亚里士多德在《诗学》中多次说到"惊奇"对于文艺作品的重要性。他说:"惊奇是悲剧所需要的。"他认为,"惊奇给人以快感","如果一桩桩事件是意外地发生而彼此间又有因果关系,那就是最能(更能)产生这样的效果(——指恐惧与怜悯),这样的事件比自然发生,即偶然发生的事件(——指意外发生而无因果关系),更为惊人……这样的情节比较好。"②

狄德罗在《论戏剧艺术》中说:"布局就是按照戏剧体裁的规则而分布在剧中的一段令人惊奇的历史。"③

好的戏剧、好的小说,都应当令人如入宝山,目不暇接,使人感到"意料之外、情理之中","不可能但十分可信","非常惊奇的事件却有周密的因果关系"。古希腊戏剧中,俄底修斯坐的船被冲上岸,水手们把他放在岸上,然后乘船夜航,俄底修斯居然一直酣眠不醒;莎士比亚戏剧中,罗密欧偏偏在朱丽叶苏醒前的一刻自刎而死;诸葛亮草船借箭,果然就被他从曹营"借回"十万雕翎;林黛玉深情葬落花时唱着"风刀霜剑严相逼",恰好同一时刻,薛宝钗在滴翠亭偷听了小红跟坠儿的私房话,怕自己受损害,灵机一动,嫁祸于林黛玉……一切都是巧合,

① 朱一玄主编:《〈聊斋志异〉资料汇编》,第 586 页,郑州:中州古籍出版社,1985。

② 〔古希腊〕亚里士多德著,罗念生译:《诗学》(第九章、第二十四章),第 86、40 页,上海:上海人民出版社,2006。

③ 〔法〕狄德罗:《论戏剧艺术》,见伍蠡甫主编:《西方文论选》,第 353 页,上海:上海译文出版社,1979。

但仔细想却符合前因后果。蒲松龄也正是用美妙的巧合,用奇特的想象力,对每事每题前因后果认真考察思索,营构令人惊奇不已的聊斋故事。

一、戏言成真,戏言贾祸

《阿英》,人与鹦鹉恋爱的优美故事。甘玉父母早丧,遗五岁幼弟甘珏,甘玉视弟如子,常想给弟弟找个漂亮懂事的媳妇。有一天,甘珏到郊外游玩,遇到姿致娟娟的二八女郎,女郎以秋波四顾后问甘珏:你是甘家二郎吗?您父亲跟我有婚姻之约,为什么现在你们想背弃前盟?甘珏对女郎很感兴趣,但他很守规矩,回家报告给哥哥,甘玉说:这太荒谬了,父亲去世时,我都二十多岁了,如果父亲给你订了亲,我能不知道吗?此前甘玉看上了一位姑娘,想给弟弟求婚,他告诉弟弟:路途上能遇到什么佳人?还是等我给你挑的姑娘吧。

没想到,几天后,甘玉自己竟然遇到了那个声称跟甘二郎有婚姻之约的女郎!甘玉骑着马在路上走,看到路旁有个美丽姑娘一边哭泣一边往前走,甘玉垂下马鞭、拉住马缰看了一眼,哟,好漂亮!人世间都找不出第二个!甘玉派仆人问:姑娘你为什么哭?姑娘回答:我早就许配给了甘家二郎,因为家里穷,我们搬到外地去了,所以断绝了音讯。最近我们家刚刚搬回来,听说甘家又想向别的姑娘求婚,他们这不是背弃前盟吗?我正想往甘家去问问伯伯甘璧人,您打算把我放到什么位置?甘玉惊喜地说:甘璧人就是我啊,先人的约定我并不知道,这里离我家不远,请姑娘跟我一起回家商量。甘玉下了马,请姑娘骑上,自己跟在马后边回了家。

姑娘叫阿英,甘玉安排弟弟跟她成亲。甘玉很高兴自己为爱弟娶回佳妇。阿英姑娘既端庄大方又特别会说话,对待长嫂像对待母亲一样,嫂嫂非常喜欢她。可是,没想到出事了。中秋节,嫂嫂和甘珏都希望跟阿英待在一起,阿英果然跟这两个待在不同房间的人同时待在一起。她有分身术!?她会不会是妖怪?甘玉惊慌地对她说:"幸勿杀吾弟!"美丽的阿英就化身为一只鹦鹉,翩翩飞走了。

这时,作者才把"约以婚姻"的谜解开:

> 初,甘翁在时,蓄一鹦鹉甚慧,尝自投饵。珏时四五岁,问:

"饲鸟何为?"父戏曰:"将以为汝妇。"间虑鹦鹉乏食,则呼珏云:"不将饵去,饿杀媳妇矣!"家人亦皆以此相戏。后断锁亡去。始悟旧约即此也。①

戏言导致良缘。娇婉善言的阿英原来是鸟为人语的鹦鹉! 鹦鹉为什么突然飞走呢? 看来小鸟也讲究一言即出,驷马难追,它飞到仙境,修炼成人形,再回来兑现婚姻之约。

像甘父这样喂鸟的父母大概不少,但是哪位作家能构思出这么美妙的人鸟之恋?

高明的小说家总是在人家以为没法做文章的地方做出妙文章。《王桂庵》写王桂庵跟芸娘一见钟情,经过王桂庵执着追求、芸娘父亲孟江篱的慎重选婿,二人终成眷属。按照《聊斋》点评家但明伦的观点,此时万事齐备,皆大欢喜,"计已遂矣,礼已成矣,至此有风利不得泊之势,疑其一往无余矣"。小说已"计穷力竭,莫可如何",小说家可以就此搁笔了。然而,王桂庵突然在回家的船上对妻子开玩笑,说"家中固有妻"。芸娘不信,恶作剧的王桂庵故意坚持,结果波澜顿起:"平江恬静之际,复起惊涛;远山迤逦而来,突成绝壁"。一句戏言,引出芸娘跳江的情节,引出王桂庵百般悔恨及其儿子寄生"襁褓认父"的戏剧性情节。小说一波三折、引人入胜。

《婴宁》里的书生王子服郊游时遇到一位拈花姑娘,拣到姑娘丢的梅花一枝,害起相思病来。他的表兄吴生来看他,发现他相思病害得饮食俱废,为了救这位呆子,就胡诌:我已访得拈花姑娘的来历,以为是哪个呢,原来是我姑表妹,你的姨表妹,现在正待字闺中呢,虽然内戚有婚姻之嫌,你去实话实说,哪有办不成的? 吴生编出一套鬼话来骗表弟。当王子服问:姑娘住在什么地方? 吴生又信口胡扯:住在西南山中,离这里三十里。随后,这位表示一定替王子服寻找拈花姑娘的吴生溜走再不露面。王子服想:既然有那么明确的地点,我何不自己进南山寻访? 于是,这位呆子就独自向南山走去……偏偏吴生的戏言一一兑现,他寻见了日思夜想的拈花女郎,她果然是他的表妹,他们很快成了亲!

---

① 蒲松龄著,任笃行辑校:《聊斋志异》(中),1372 页,济南:齐鲁书社,2000 年。该章以下所引此书文字,均出自此版本,不再注出,仅在行文中注明篇名。

《婴宁》戏言成婚之妙，不在于吴生的信口胡诌的鬼话侥幸言中，而在于蒲松龄按照"幻由人生"的艺术哲学，预先给这些"戏言"天衣无缝地安排下了合理的解释。当王子服以"寻亲"的名义寻至深山，找到婴宁时，却不知自己所寻之亲姓甚名谁。倒是婴宁的聋妈妈想起了"郎君外祖，莫姓吴否？"马上就认王子服为外甥："尊堂，我妹子。"原来，这位聋老太太，果真是王子服的姨妈，只是，她已经死了多年，这个老太太是个鬼。而婴宁呢？并非她的亲生，"亦为庶产"，婴宁是聋媪丈夫的狐狸精情人所生，"渠母改醮，遗我鞠养"。等王子服带着婴宁回家，向母亲汇报他所遇到的聋老太太时，母亲想起：她确实有位早就去世的姐姐，姐姐的面庞、痣赘跟聋媪完全符合！那么，婴宁的母亲是哪儿来的？"万事通"的吴生又来说明："秦家姑（即聋媪）去世后，姑丈鳏居，祟于狐，病瘵死，狐生女名婴宁。"

开始吴生的戏言导致王子服、婴宁的会合，最终又由吴生解开了婴宁身世之谜。戏言的出现，戏言的实现，忽开忽合，突放突收，情节生动丰富，人物也更加丰满。

《九山王》也是一篇以戏言构筑故事的佳作。故事中的曹州李某是个翻脸不认人的角色。他的家庭富有，舍后有荒园数亩。一日，有叟以百金租其荒园，且很谦恭地请李某到家中做客。李某进入自己原来的荒园，发现舍宇华好，崭然一新，入室见陈设华丽，"酒鼎沸于廊下，茶烟袅于厨中"。老叟请李某吃饭，"行酒荐馔，备极甘旨"。李某知道老叟一家是狐狸精，就买了火药几百斤，出奇不意地烧后园，"死狐满地，焦头烂额"。李某正在检视自己的"成果"，"叟自外来，颜色惨恸，责李曰：'夙无嫌怨，荒园岁报百金，不少；何忍遂相族灭？此奇惨之仇，无不报者。'"

李某认为，狐狸精"报仇"无非是往自己的房间丢些瓦片、往饭食里丢死老鼠之类的恶作剧，没想到，好长时间，什么事也没有，他就将这件事放下了。

狐叟如何报仇？用戏言蛊惑李某，让他为自己"争取"一场灭族之祸。狐叟变化为擅长算命的卜者"南山翁"，给许多人算命，说得都非常准确，算到李某，"翁愕然起敬，曰：'此真主也！'李闻大骇，以为妄。翁正容固言之。李疑信半焉。乃曰：'岂有白手受命而帝者乎？'翁谓：

'不然。自古帝王,类多起于匹夫,谁是生而天子者?'生惑之,前席而请。翁毅然以'卧龙'自任……"李某终于按"南山翁"的谋划造起反来,成了不可一世的"九山王",终于敌不住朝廷兵马,山破被擒,妻子儿女一个也逃不了,都被杀了。此时找"南山翁",已无影无踪。李某醒悟:原来"南山翁"就是狐叟!

狐叟即以其人之道还治其人之身,终于用灭族刑罚回报了李某。表面上看来,李某是因为一句"此真主也"的戏言而利令智昏。实际上,按照"异史氏曰"的解释,这戏言致祸有着充分的性格依据。"壤无其种者,虽溉不生;彼其杀狐之残,方寸已有盗根,故狐得长其萌而施之报。"聊斋先生显然是分析了李某的性格,透视了其他人的性格,思索了环绕李某的世界,然后,他才让狐叟干出以"戏言"致"族灭"的复仇之举。为了让李某族灭的结果能够被读者接受,并从李某身上接受教训,作家首先描写狐叟之家的良善,数亩荒园,岁报百金,并非强占;礼请主人赴宴并热情招待,根本没有狐狸精祟人之恶;儿女喁喁,仆婢诺诺,一派正人君子气象。因而李某对这一家人下毒手实在是欲加之罪。即便是狐,何曾负于李某?何曾伤害李某?戏言贾祸,不过是巧妙地将李某的残忍之心,引向自取灭亡的悖逆之举罢了。

二、误会和悬念

《聊斋志异》常出现这样的局面:两件毫不相干的事物发生了紧密连接;一些最平凡的事件产生了令人惊诧不已的效果;初看十分不合情理的事发生了,而且逐渐呈现合理内核;最小的篇幅惊人地集中了大量生活。聊斋故事这座阿里巴巴山洞,用什么钥匙可以打开它的大门?有时,误会和悬念成了打开这扇殿堂的诀窍:"芝麻,开吧!"

《陈云栖》以"命中注定"为线,以"双美共一夫"为结局,是一篇糟粕较多的小说。男主角真毓生风流成性,并无可取之处,然而小说以悬念和误会巧妙布局谋篇,曲折起伏,构思上极富功力。

真毓生在一个道观中遇到"旷世无其俦"的女道士陈云栖,一听说对方"云栖,姓陈",马上戏言:"奇矣!小生适性潘。"这是调戏,是套用陈妙常和潘必正道观中相爱的故事,既打趣陈云栖,又流露出爱慕之心。陈云栖却相信"潘郎"是真的,并对"潘郎"钟情,羞得满脸通红,低头不语。

姓氏的误会成为故事的重要契机。作家在姓氏之误上反复做文章,藏头露尾,半遮半掩,将二人的悲欢离合推向步步折、事事曲的境地。陈云栖向"潘郎"发出了"待妾三年"的约定,要求二人正式婚配,而拒绝"桑中之约"。真毓生未及讲清自己的真实姓名和来历,二人就匆匆分手。此后道观风云流散,陈云栖便在茫茫人海中寻找起她的"潘郎"来。

真毓生归家,其母庭训甚严,真毓生不敢以真情相告,却拒绝了母亲的提亲,撒谎说:外祖母想让我跟陈家女儿结婚。其母回娘家问外婆是怎么回事,结果外婆根本不知道这回事。真毓生母在回家途中,有位女道士向她打听"表兄潘生",母回到家告诉儿子,儿子才坦白说:我就是"潘生"。"潘生"的身份在真母面前明确了,两人爱情却遇到大挫折:母亲认为"以道士为妇,何颜见亲宾乎?"断然拒绝娶陈云栖为媳。

这是误会引起的第一大波折。"潘郎"引出了真母的态度:决不肯以道士为妇。真毓生再去寻访陈云栖,陈出游未归。事情似乎已经山穷水尽。然而,山回水转,第二个姓氏误会出现了。真母在奔丧途中,至一族妹家,见一"姿容曼妙"的王氏少女,马上看上了,想娶来做儿媳妇。询问:"婿家谁?"答:"无之。"真母道出为儿子求妇之意时,族妹回答却近似一个软钉子:"其人高自位置,不然,胡蹉跎至今也?"这王氏女如此难求! 真毓生的母亲做梦也想不到,她今日诚心诚意要聘为儿妇的王氏女,正是昔日她坚决不许儿子娶回家的女道士! 王氏女虽然不接受真毓生母亲的求婚,却愿意做老太太的干女儿,还同意跟她回家。王氏女要跟真母回家,心里打的小算盘是:她要寻找"潘郎"。真毓生的母亲乐意带王氏女回家,心里打的小算盘是:想办法让她做儿媳妇。"王氏女"不知道老太太的儿子就是她苦苦寻找的"潘郎",老太太也不知道"王氏女"就是儿子一直在找的女道士陈云栖。两人一同回家,丫鬟告诉真毓生:老夫人给公子带回个漂亮姑娘! 好色成性的真毓生一发现"王氏女"比陈云栖还漂亮,马上想当然地认为陈云栖必然"玉容有主"了,打算马上接受眼前的王氏女,于是,两个人见面了,误会也揭开了:

　　母乃招二人相拜见。生出，夫人谓女："亦知我同归之意乎?"女微笑曰："妾已知之。但妾所以同归之初志，母不知也。妾少字夷陵潘氏，音耗阔绝，必已另有良匹。果尔，则为母也妇;不尔，则终为母也女，报母有日也。"夫人曰："既有成约，即亦不强。但前在五祖山时，有女冠问潘氏，今又潘氏，固知夷陵世族无此姓也。"女惊曰："卧莲峰下者即母耶? 询潘氏者，即我是也。"母始恍然悟，笑曰："若然，则潘生固在此矣。"女问："何在?"夫人命婢导去问生。生惊曰："卿云栖耶?"女问："何知?"生言其情，始知以潘郎为戏。女知为生，羞与终谈，急返告母。母问其何复姓王? 答云："妾本姓王，道师见爱，遂以为女，故从其姓耳。"

(《陈云栖》)

　　陈云栖、真毓生、真毓生母亲，三个人同时恍然大悟:陈云栖如梦初醒，追寻了多少年的"潘郎"压根就不姓潘;真毓生母亲突然明白，自己那么喜欢的"王氏女"竟然与儿子日思夜想的女道士合而为一;真毓生更是喜出望外，眼前比陈云栖还要漂亮的少女，不过是旧日情人换了便装!

　　这段三人重相认的喜剧，固然有作家故意弄巧的痕迹，例如，陈云栖的外貌可以因为道装和便服的不同，而产生很大差别，使得真毓生母亲认不出来，那真毓生母亲却并不曾改变容颜，何以仅仅相隔三年，陈云栖就认不出了? 但是，故事的纵横顿挫、真真假假，还是并不勉强的。一个误会引出另一个误会，一个悬念引出另一个悬念。每一个误会和悬念都针对特别需要知情的人物，"潘郎"即真毓生，真母知道，陈云栖不知道;"王氏女"即陈云栖，真母开始不知道，后来终于明白，而真毓生自己却不明白……潘郎既假，王氏女也非真，两假相逢，终有一真。小说的脉络繁杂，却如提线木偶，完全由作家随心所欲地操纵着，前半部密布重重疑云，藏头露尾，犹抱琵琶半遮面，乃为后半部分真相大白蓄势。读之如走迷宫，而兴味益然。结局意外又合理，产生了喜剧艺术效果。

　　《陈云栖》以姓氏造成误会，《大力将军》则在人物身份上造成悬念。查伊璜是著名学者，他到外地探亲时，突然有自称是他"弟子"的武将军要求见他，请到家里之后，又对他恭敬得像对待父亲一样。名贤何来武"弟子"？这"弟子"啥时从他学习？查伊璜自己如堕五里雾中，读者也觉得非常奇怪，最后，由将军自己揭开谜底：当年他贫寒到做乞丐时，经常在一家寺院留宿，总是将讨来的食物放在一口大钟下边保存。查伊璜无意中看到乞儿单手掀起巨大的钟，认为此人必定能成为军人，就资助他从军，并没有问乞儿的姓名，也没告诉自己的姓名。这位从军的乞儿，后来就成了将军。将军用"举钟之乞人"，一语解开谜团。

《侠女》也充满悬念、猜测、误会。贫穷的顾生家邻居搬来一对贫穷的母女。顾母想把邻女变成媳妇，邻母同意，邻女却不同意。顾生想亲近美丽的邻女，邻女却冷冰冰的，一副拒人于千里之外的姿态。忽然有一天，邻女主动地对顾生嫣然微笑，欣然跟他交欢。再次跟她约会，却又是一副"厉色不顾"的神态。不久，邻女又主动跟顾生约会……女郎的行为自相矛盾，令人费解，成了顾生母子的悬念。母以为：此女艳若桃李、冷如霜雪，她莫不是嫌我们家穷？顾生以为，她既然跟我已相好却绝口不提婚姻，难道她还有另外的相好？终于，女郎自己解开了谜团：她有杀父之仇要报，因为顾生平时照顾了她的母亲，而顾生因为贫穷不能娶亲，她决定为顾家生个儿子传宗接代。误会和悬念解开，结局也随之到来：女郎变成了手刃仇敌的侠女，离开了顾生，留下了她的儿子，而她的儿子终于在顾生早死之后，为奶奶养老送终。

"妍皮裹媸骨"是《聊斋志异》经常出现的故事构思模式。《颜氏》的女主角颜氏是名士的后裔，她的父亲称她是"女学士"，可惜"不弁"，不是可以戴帽子外出应试的男子。有一次，颜氏看到邻嫂用一封书信包丝线，看到其书法漂亮，非常喜欢。邻居大嫂就告诉，写信的是位"翩翩美少年"，邻家大嫂为二人牵线，"遂成秦晋之好"。等颜氏看到丈夫写的文章时，非常惊奇："文与卿似是两人"。原来，这位某生仅仅字写得漂亮、信写得好，写文章糟糕透顶。丈夫的真相被识破，颜氏只好女扮男装代替丈夫参加科举考试。颜氏果然做了大官。于是新的悬念产生了：颜氏是个青春期少妇，她一直跟丈夫生活在一起，如果她在当御史时怀孕了，大腹便便，那么办？如果她女扮男装的欺君行为被发现了又怎么办？谜底又藏在小说家的巧思里：第一，颜氏平生不孕。第二，颜氏生活在改朝换代的时代。连皇室都换了姓，哪个还管你是否欺了前朝之君！

　　《嘉平公子》的"妍皮裹媸骨"构思法，比《颜氏》还要完美。通篇全用"反逼法"，人物如同剥笋，一层层剥去外皮，也是把以前的误会一次次地解开，人物面目清晰了，故事也戛然而止。

　　外表秀美的嘉平公子参加童子试即秀才考试，考完之后，带了个非常漂亮的温姬回家，他的父母发现，温姬是个鬼，千方百计地驱鬼，温姬却就是不走，有一天，这女鬼突然自动退却，离开嘉平公子：

　　　　一日，公子有谕仆帖，置案上，中多错谬。"椒"讹"菽"，"姜"讹"江"，"可恨"讹"可浪"。女见之，书其后云："何事'可浪'？'花菽、生江'，有婿如此，不如为倡！"遂告公子曰："妾初以公子世家文人，故蒙羞自荐。不图虚有其表！以貌取人，毋乃为天下笑乎！"言已而没。

（《嘉平公子》）

一个绝妙的结局，一个发人深省的讽刺故事。作家从温姬对嘉平公子一见钟情写起。落笔就写嘉平公子"风仪秀美"，却不交代他实在的内涵，连他"赴童子试"考中没有也不交代。自然是不会考中。读者也像温姬一样，只知道公子人物秀美。温姬爱慕他的风流，愿意向他奉献终身，甚至冒雨跟他相会，连"五文新锦"的鞋子也不珍惜。她让公子替她拂去鞋上泥，"妾非敢以贱务相役，欲使公子知妾之痴于情也。"一派深情，极度爱怜，二人的感情如乘奔御风，畅心快意。然而，突然出来一个波折，温姬听到外边雨声不止，信口吟一句"凄风冷雨满江城"，请公子续。公子不仅不能续，还不懂。温姬叹息"公子如此一人，何乃不知风雅！使妾清兴消矣。"文章至此，剥去了一层皮，露出一点端倪，公子虽然秀美却欠风雅。温姬仍然跟他来往，可能她认为吟不出诗是公子偶然失态。不久，温姬的鬼魂身价暴露了，两人感情却更密切了。一人一鬼，如此缠绵的爱情却因为一张谕仆帖，一张错字连篇的谕仆帖，一落千丈。作家以轻灵的笔触一层一层地提示表象和实质的矛盾，细腻地把表面现象，把二人的热恋，一步步写透，然后，情节突然逆转，这热恋是建筑在冰山上的，太阳刚刚投射了一束光线，热恋就开始降温，公子不会吟诗，"使妾清兴消矣"。真相暴露，冰山暴露于骄阳之下，热恋消失得无影无踪，如冰河崩流。"腹中无物"代替了"风仪秀美",情节已经够悬宕有趣了,作家又加上一个结尾:"公子虽愧恨,犹不知所题,折帖示仆。闻者传以为笑。"秀美的公子连温姬的留言都看不懂!人物抹上最后一道丑角的油彩,故事才结束。

三、偶然和巧合

《聊斋志异》中有大量男女恋爱故事。在男女七岁不同席的时代,这类恋爱常常只能在巧遇时开始。其实,巧遇是从六朝小说就开始的恋情模式。如唐传奇里边的爱情故事,张生读书寺院,与莺莺佛殿相逢;崔护偶步郊野,为人面桃花吸引。聊斋故事中也常常男女巧遇一见钟情,甚或再次巧遇终身相托:

婴宁与王子服巧遇,王子服害了相思病,再次巧遇,终成眷属。(《婴宁》)

耿生在荒宅中巧遇狐女青凤,但青凤的叔叔严词指责二人私会,钟情者只能劳燕分飞。耿生郊外野游,看到一只小狐被猎狗追杀,将小狐狸抱回家,放到床上,回头一看,小狐狸变成了青凤。(《青凤》)

霍生千方百计追求到青娥,两人结婚生子,但青娥的父亲却要她进深山修行,于是,青娥"死"了。霍生为了给母亲求药误入深山,正巧走进了青娥修练的洞府。(《青娥》)

傅廉给人捎信夜入松涛阵阵的古墓,遇到了巧娘。巧娘因为生前嫁了个天阉的夫君抱恨而死,偏偏遇上傅廉,又是个"寺人"。老狐狸精将傅廉变成了伟男,结果女鬼巧娘给傅家生下传宗接代的儿子。你说这样的故事能不叫《巧娘》?

《红玉》写冯生夜坐月下,有东邻女爬墙上看他。冯生请邻女过来,邻女并不作难,爬梯子就过来了。两人住在一起,问她的姓名,回答:"妾邻女红玉也。"另一个故事中,胡四姐也爬墙去和尚生约会,《聊斋》这么多温文尔雅、容华若仙的少女,怎么都善于爬墙?

《细侯》写满生偶然走到临街的阁下,忽有荔枝壳掉到他的肩头,抬头一看,一位雏姬站在阁上,长得美丽极了,"不觉注目发狂"。那么巧,荔枝壳不早不晚,不前不后,偏偏打在"生死冤家"的肩头上?

…………

世界何等的小啊。无缘对面不相识,有缘千里来相会。完全是偶然性的,是巧合。可是,读者不为某人的相遇是否可能去刻舟求剑。亚里士多德说过,在戏剧里,一桩可信而不可能的事,比一桩可能而不可信的事更为可取。罗密欧发现朱丽叶"死"了,马上拔剑自刎,服了药酒的朱丽叶恰好在罗密欧死去的时刻醒来。实在太巧了,但两人的悲剧是必然的。小说也是如此,只要是合乎情理,尽可以采用,也应该采用"偶然"、"巧合"。

《王成》的整个情节几乎全是偶然发生:

王成最懒,偶然在村外拾得一金钗,失钗者竟然是他的狐狸精祖母,突然冒出来的祖母送给他钱,让他经商。

王成买了葛布贩到京城,偏偏遇到连阴雨,葛布价格大降,赔了钱,只换回几十两银子。

几十两银子又给小偷偷去,因为王成不肯找店主的麻烦,店主赠给他五两银子叫他回家,王成就用这五两银子买了一担鹌鹑来卖。偏偏又碰到下雨,鹌鹑一天一天减少,最后只剩下一只。

这硕果仅存的鹌鹑最善斗,卖给喜欢斗鹌鹑的亲王,得到六百两银子。

乍一看,王成的经历似乎偶然性太强了,仔细回想一下,这个懒人的懒福又是必然的。

拾金不昧,才会有仙人相助。

贩葛如果成功,仅仅获得小利,所以应该让他遇到下雨,让他赔了本。

卖葛的钱给小偷偷走,有人建议王成找店主赔偿,王成性格耿直,他说:这是我自己运气不佳,干店主何事? 王成的耿介得到店主的好感,不仅送给他五两银子,还在卖鹌鹑给亲王时,帮了大忙。王成用店主送的五两银子买一担鹌鹑,结果又遇到下雨,鹌鹑死得只剩下一只。是有经验的店主发现:这只鹌鹑最善斗,其他鹌鹑都是被它斗死的。这一只鹌鹑可以当十、当百、当千。

如此看来,一切都顺理成章,就连几次阴雨也成了小说家需要的及时雨。天有不测风云,偏偏放到"人有旦夕祸福"时出现。除了那位"仙乎仙乎"的狐狸精老太太,《王成》简直可以看成是一部讲究诚信的商人发迹史了。

《西湖主》的故事也充满了偶然性，充满了悬念，腾挪曲折，奥秘无穷。小说开头，就先写了段似乎无关紧要的小事：

> 陈生弼教，字明允，燕人也。家贫，从副将军贾绾做记室。泊舟洞庭，适猪婆龙浮水面，贾射之，中背；有鱼衔龙尾不去，并获之。锁置桅间，奄存气息；而龙吻张翕，似求援拯。生恻然心动，请于贾而释之；携有金创药，戏敷患处，纵之水中，浮沉逾刻而没。
>
> （《西湖主》）

一段游戏式的小事，却埋下了伏笔。读者对陈弼教的善良和喜欢开玩笑有了印象，但马上又被他的不幸吸引住了：他再经过洞庭，大风吹翻了船，他沉水未死，到一个山腰，看到几个"着小袖紫衣，腰束绿锦"的少女打猎，他听说是西湖主，而且"犯驾当死"，急忙躲进一个园亭。又偷窥了"玉蕊琼英"的公主，拣了她丢的红巾，在上边题诗表示爱慕之情。他想走出园门，门却被锁住，而灾祸也从天而降：

> 一女掩入，惊问："何得来此？"生揖之曰："失路之人，幸能垂救。"女问："拾得红巾否？"生曰："有之，然已玷染，如何？"因出之，女大惊曰："汝死无所矣！此公主所常御，涂鸦若此，何能为地？"生失色，哀求脱免。女曰："窃窥宫仪，罪已不赦。念汝儒冠蕴藉，欲以私意相全；今尊乃自作，将何为计！"
>
> （《西湖主》）

这是陈明允遇到的第一个紧张时刻，吓得他恨不能插翅飞出园门。幸好公主非但不怪罪，还派人给他送饭来吃。陈明允刚刚有了安全的希望，更大的恐惧接踵而来："多言者泄其事于王妃。妃展巾抵地，大骂狂伧。"这是陈明允的第二个紧张时刻，更危急更无望的紧张时刻。他吓得面如灰土，急于摆脱困境，跪下求侍女帮忙，侍女表示：她一点儿办法也没有。没想到，意外又出现了：

> 数人持索，汹汹入户。内一婢熟视曰："将谓何人，陈郎耶？"遂止持索者，曰："且勿且勿，待白王妃来。"
>
> （《西湖主》）

翻云覆雨，祸变为福，阶下囚立即升为座上客。因题了公主的红巾几乎丧命的陈生，居然被王妃召为驸马！陈生蒙了，读者也如堕五里雾中。于是，小说出现了一段交待因果关系的文字：

生曰:"羁旅之臣,生平不省拜侍。点污芳巾,得免斧锁,幸矣;反赐姻好,实非所望。"公主曰:"妾母,湖君妃子,乃扬江王女。旧岁归宁,偶游湖上,为流矢所中。蒙君脱免,又赐刀圭之药,一门戴佩,常不去心。郎勿以非类见疑。妾从龙君得长生诀,愿与郎共之。"生乃悟为神人,因问:"婢子何以相识?"曰:"尔日,洞庭舟上曾有小鱼衔尾,即此婢也。"

(《西湖主》)

这就是故事的结局。因果关系严丝合缝,无隙可乘。故事一开头描绘了清灵澄澈、水彩画般的湖畔美景,描绘了像明媚春光般的公主,"令人悦目赏心,如山阴道上行,几至应接不暇。"(但明伦评语)。实际上,小说家在布设疑阵,让一个偶然性代替另一个偶然性。一会儿将主人翁推到风狂浪险、危如叠卵的困境,一会儿让主人翁获得希望,他的心情一会儿惊心动魄,一会儿焦急不安,一会儿心存侥幸。"处处为惊魂骇魄之文,却笔笔作流风回雪之势。"(但明伦评语)。陈弼教从失望到希望,从恐惧到喜悦,从巨大灾难到莫大幸福。每得到一点儿希望,马上就被更大的失望替代。而突如其来的洪福,又一下子代替了有燃眉之急的灾难。小说结撰得真是起伏跌宕、瞬息万变、酣畅淋漓。

四、出人意料,落人意中

造物之巧,尽聚《聊斋》。离奇故事,尽出《聊斋》。

《青梅》的贵家女阿喜,因为父母嫌贫爱富不能嫁给意中人张生,张生娶了她的丫鬟青梅。后来贵家女父母双亡,身世飘零,已经做了贵夫人的青梅把她带回家,让她嫁给张生。这个故事就像蒲松龄在"异史氏曰"里得意地自称:"离离奇奇……无限经营,化工亦良苦矣。"

《大男》中奚成列有一妻一妾,嫡庶相争,嫡妻泼悍,家里鸡飞狗跳墙。奚成列离家出走,嫡妻继续在家里横行。妾生的大男受到虐待。长大的大男外出寻父,嫡妻趁机逼妾改嫁。妾何氏坚持不干,结果阴差阳错回到奚成列的身边做了嫡妻。嫡妻申氏嫁了几次,居然最后嫁到奚家做妾。真是颠倒众生,不可思议。

《娇娜》是美丽的小狐狸精,孔生爱上了她,却因为她年龄太小,只好接受娇娜的表姐松娘为妻。娇娜跟孔生已是"使君自有妇,罗敷自有夫"。没想到偏偏来了场雷霆,妖物将娇娜从洞穴中攫出,孔生仗剑击妖物救娇娜,被雷霆劈死。娇娜遂将炼就的红丸对孔生"接吻而呵之",将孔生救活。两人终于完成不是恋人、胜似恋人的生死情。

为什么会出现如此巧妙的偶然情节,出现似乎非常意外的结局?仔细分析,它们虽然出人意外,却入人意中,它们的"必然性"是早就存在的。

《青梅》里小姐和丫鬟都爱张生,但丫鬟敢于为自身幸福赌一把,去和贫穷的张生一起创业。小姐却不敢反抗父母之命,就在她按照父母希望在人生中寻找金榜题名的郎君时,家难发生,她成了无助的孤女。青梅跟张生共同创造了高官厚禄的幸福生活,丫鬟本性却没变,封建伦理思想也没改变,人之初的"贵贱"之分没改变,她将阿喜迎回家,将自己的夫君奉上,甘居妾侍地位,完全合乎她的身份。当然,也更合乎蒲松龄相当迂腐的正统思想。

《大男》里的妻妾易位似乎不合乎封建正统,但妻和妾的个性却决定了她们换位的合理性:妻不遵守封建社会要求的妇德,妾却完全按妇德办事,既恪守"嫡庶有别"尊重嫡妻,又坚守"从一而终",结局自然是善有善报、恶有恶报。

《娇娜》中孔生虽然因为娇娜太小而娶了娇娜的表姐松娘为妻,但是曾经沧海难为水,他对娇娜的那份欣赏和留恋却长存心底,当娇娜面临生命之忧时,孔生宁可为娇娜而死是很正常的,而娇娜说:"孔郎为我而死,我何生矣?"最终二人成为蒲松龄所谓"腻友",不是夫妻、情胜夫妻,必要时可以为对方献身。

那么,小说是不是越巧越好?越强调偶然越好?蒲松龄的经验告诉我们:未必。我们看看无处不巧的《薛慰娘》。小说梗概如下:

丰玉柱病重卧于沂州城南丛葬处,不觉入梦。有位李叟邀请他进入家中,自称名叫"李洪都","流寓此间,今三十二年"。李叟请丰生待李家的子孙查访时按指示门户,将义女薛慰娘许配给他。

丰玉柱梦醒——实际上从阴司还阳——知道李叟是个鬼,想请丰玉柱向子孙指示自己的墓葬处,于是,他故意待在村里不走。果然有进士李叔向来寻找父亲的遗骨。丰玉柱就给他指点墓穴。先打开一个墓,里边一位少女复活,叫李叔向"三哥来耶?"再打开一座墓,才是李洪都的遗骨。李叔向做了七天法事，复活的少女也披麻戴孝像亲生女儿。

李洪都死了三十二年，哪儿来一位义女？这位慰娘是薛寅侯的女儿。有一天他从金陵回乡。操舟者是金陵媒人，正要为金陵的达官找个美妾，一见薛慰娘，"隐生诡谋"，在食物里投毒，把薛慰娘和老仆妇都毒翻，将老仆妇推到水中，将薛慰娘卖了。慰娘自杀，葬于李洪都的墓旁。当其他的鬼欺负她时，李洪都保护她，于是，慰娘认李洪都为义父。

李叔向认慰娘为妹妹，叫她改姓李，嫁给丰玉柱。夫妇随叔向回家。李母怜爱慰娘，要给她买住宅长期居住。恰好有冯氏来卖房子。慰娘发现，这个人就是当年金陵驾船的强盗！冯氏也发现当年被他毒害并盗卖的女人，连忙逃走。

李氏兄弟因为慰娘的疑问到前厅问询时，冯氏已经跑了，却来了巷子口教书的薛先生。薛是应冯氏之邀请来做卖房的保人的。慰娘又来观察，竟发现，这位薛先生就是她自己的生身之父薛寅侯！父女相认，原来，薛寅侯因为痛失爱女，孤苦无依，游学到此。

冯氏举家逃去。薛慰娘在李家安家。丰玉柱中举，慰娘富贵，常常怀念当年随自己去金陵而在船上屈死的老仆妇。老仆妇的丈夫姓殷，有个儿子贫而好赌。有一天，因为赌局杀了人命，投奔慰娘，他杀的是哪个？就是贼船上的冯氏！

《薛慰娘》这个故事，可谓奇中又奇。但明伦评论是："头绪极繁，笔无经纬，则以梦而治丝矣。鸟迹蛛丝，若断若续，经营惨淡，大费匠心。"①冯镇峦评论说："串插联合之妙，令人白日欲迷。"何垠评论说："冯某之诱卖慰娘，实为丰生作合耳。叔向获父，寅侯之遇女，莫不曲曲引出。"②对这篇小说的构思之妙、情节成就，聊斋点评家评价不可谓不高。然而，奇怪的是，《薛慰娘》给读者的印象远没有聊斋一些情节淡化的小说深，甚至没有那些基本无情节的散文深。蒲松龄过于热心于编结一个一个环环相扣的网，放松了对人物个性的精雕细镂。人物虽多，却面目苍白，甚至成了给作家搬演一个曲折故事的优孟衣冠。

---

① ② 见《聊斋志异》（下），第 2342 页。

试看,薛慰娘经过了庚娘式的磨难,却丝毫没有表现出庚娘式的抗争;丰生分明经历了宁采臣那样娶鬼妻的遭遇,却没有什么思想和意识的闪烁;小说人物经过了生死磨难,却不曾像《席方平》、《商三官》那样紧扣社会和历史,似乎仅是个别坏人对良民的糟害……凡此种种,说明即便同一位天才作家,即使有同样巧夺天工的构思技巧,如果不立足于深刻的现实人生,立足于刻画人物性格,也不能轻易写出上乘之作。

第二节　横看成岭侧成峰

苏轼《题西林壁》诗曰:"横看成岭侧成峰,远近高低各不同。不识庐山真面目,只缘身在此山中。"①

黄庭坚认为,苏轼横说竖讲,道出了写文章的"不传之妙"。人们喜欢引用苏东坡这首诗来说明"当局者迷"的道理。殊不知,此诗首先是一首景物诗。前两句写迷宫般的庐山,梦幻般的庐山,好像是不经意之作。里边所藏的智慧,却可以用在任何方面。

读《聊斋》,也像进了庐山,一会儿,看到瀑布凌空;一会儿,看到白雾绕山;一会儿,看到青松在岩间立;一会儿,看到俊鸟在谷底飞,真像观庐山"横看成岭侧成峰"。

一、真假相较,主宾相辅

《聊斋》点评家在评论构思颇为巧妙、情节颇为曲折的聊斋故事时,提出如下总结性观点:二龙戏珠、青龙白虎并行、钩连法、李代桃僵法……如果我们注意一下几乎是聊斋故事所特有的"双美共一夫"故事,则会发现,尽管蒲松龄的思想上笼罩着太浓厚的男尊女卑、一夫多妻制观念,但因为他的艺术才能太突出了,他竟然在描绘这些带有封建陈腐观念的小说时,无意中构筑出前人很少采用的、双女主角构思

① 〔宋〕苏轼著,〔清〕王文诰辑注,孔凡礼点校:《苏轼诗集》,第1219页,北京:中华书局,1982。

方式。我们姑且称之谓:主宾相辅、真假相较、人妖并存。这些小说里的双女主角往往是一个为主,一个为宾,一个为人,一个为神为鬼为妖,有时还会一个为真,一个为假。

这些篇章例如:

《小谢》,男主角人间狂生陶望三,女主角女鬼小谢和秋容;

《巧娘》,男主角天阉之男傅廉,女主角女鬼巧娘和狐女华三娘;

《莲香》,男主角人间书生桑晓,女主角狐女莲香和鬼女李氏;

《荷花三娘子》,男主角人间书生宗湘若,女主角花神荷花三娘子,放荡狐女;

《嫦娥》,男主角人间书生宗子美,女主角仙女嫦娥和狐女颠当;

《青梅》男主角人间书生张生,女主角狐女后裔丫鬟青梅和进士家小姐阿喜;

《寄生》纯是人间故事,男主角寄生,女主角闺秀和五可;

《阿绣》男主角人间书生刘子固,女主角真假阿绣,真的是人间少女,假的是狐狸精;

《宦娘》男主角是人间乐师温如春,女主角是爱好音乐的女鬼宦娘和人间少女良工;

《香玉》男主角是人间牡丹爱好者黄生,女主角是牡丹花神香玉和耐冬花神绛雪;

《张鸿渐》,男主角是人间书生张鸿渐,女主角是其妻方氏和狐妻舜华;

……

这些故事的共同特点是:小说里同时或先后出现两个女主角,都跟男主角发生恋情联系,但他们之间不是传统戏剧中的生、旦、贴,而是双美共峙。在蒲松龄之前同时写两个女主角的小说并不多见。唐传奇中,不管是《流红记》、《无双传》,还是《霍小玉传》、《柳毅传》,都致力于编织一男一女的悲欢离合。著名的白话小说,不管是《蒋兴哥重会珍珠衫》,还是《唐解元一笑姻缘》,也都是精心结撰一男一女的人生故事。蒲松龄异想天开地一笔而写两面:

陶生既跟小谢共生死,又和秋容同患难(《小谢》);

桑生既喜欢肌肤温和的莲香也爱手足若冰的李氏(《莲香》);

黄生既有香玉为爱妻,又有绛雪为良友(《香玉》);

寄生为闺秀害相思病,五可为寄生害相思病(《寄生》);

温如春爱上宦娘,宦娘却帮他娶良工(《宦娘》);

刘子固爱阿绣,却出来一真一假两个阿绣(《阿绣》);

张鸿渐居家有方氏百般劝诫,外出有舜华精心维护⋯⋯

一家有一本难念的经,一人有一条自己的路。既不同前人小说重复,也不跟聊斋其他故事雷同。戏法层现叠出、变化无穷、新鲜脱俗。

何谓新鲜? 写他人之未写,何为脱俗? 撰他人之未撰。

我们看看蒲松龄如何操作小说史上这些"异类"故事。

《阿绣》。刘子固爱上卖胡粉的姑娘阿绣(此小说脱胎于六朝小说《卖胡粉女子》)。可以设想,作家如果构思二人经战乱而离合、历生死而不变,也能成为一篇不错的作品,但不可能是现在的《阿绣》,不可能像现在的《阿绣》扑朔迷离、趣味无穷。有的当代作家甚至认为《阿绣》是《聊斋志异》最好的作品。

刘子固因为向阿绣之父求亲而遭到拒绝,希望"天下有似之者"出现。令他喜出望外的是,"阿绣"竟然出现了,而且不需要去求亲、嫁娶,就主动来跟他"既就枕席,款接之欢,不可言喻"。刘子固很满意、很迷恋,可是刘子固的仆人却判断:这个阿绣是假的。她没有真阿绣美。刘子固立即想抄家伙打这位阿绣。那么,假阿绣是固执地来鸠占鹊巢,还是就此恼羞成怒、一去不返? 都不是。假阿绣在战乱中救出了真阿绣,送她来跟刘子固团聚。当刘子固跟真阿绣幸福美满时,假阿绣又来跟真阿绣比:到底咱们二人哪个更美? 刘子固盼真的盼来了假的,假的又引来了真的,真真假假,假假真真。刘子固见了狐女以为是阿绣,见了阿绣又以为是狐女,"汝真阿绣耶?"小说以假阿绣效仿真阿绣开始,以真阿绣模仿假阿绣结束,假做真时真亦假,虚做实时实亦虚。在真假变幻中,两个阿绣都神采毕现。真的,美丽非凡、聪明机智;假的,善良执着、助人为乐。原来,蒲松龄笔下的假阿绣是因为羡慕真阿绣之美,对其模仿之,并通过刘子固的误认来确定自己对美的修炼是否成功。一个似乎陈腐的双美故事中置入了对美的不懈追求。

《宦娘》。一男二女都是音乐高手。温如春的琵琶技术尘间无对,先后令两位少女倾心。前一位是宦娘,后一位是良工。宦娘自知为

鬼,却不能忘却温如春,就千方百计促成温如春跟良工的结合。温如春因为贫穷,本来得不到葛太史的允婚,不料事端迭起,简言之:

良工从花园里拣了一折旧信纸,上边写着《惜余春词》,她喜欢,带回闺房,抄写一遍,被父亲发现,"恶其淫荡",打算抓紧把她嫁出去。

请来相亲的富公子偏偏座位下边留下女人的睡鞋。葛太史厌恶,议婚不成。

温如春的菊花突然变成了绿色,而绿菊是葛家秘不外传的品种,只是良工在闺中培育,它咋到了温家? 是不是良工跟温如春有私,像私相传递诗笺一样又把绿菊送他?

葛太史亲自去"侦察",恰好在温如春的案头发现女儿那首"淫词"而且加了很"黄"的评语。

葛太史不得不将女儿嫁给穷小子温如春。

温如春和良工的姻缘,作者一直采用的是直写,实际上操纵二人命运的却是宦娘,作者用虚写。是宦娘写了《惜余春词》,表达的是自己对爱情的渴望,是宦娘利用鬼的法术,将这词三次适逢其时地出现,被良工、葛太史、温如春看到;是宦娘让那位求亲的刘公子大出洋相;是宦娘让温家的菊花变绿。实实虚虚,虚虚实实。最终三人相对,真相大白。

《宦娘》写的是音乐家的爱情,整个小说也像一曲指挥有素的合奏。温如春和宦娘的纠葛如古筝低鸣,温如春同良工的离合似琵琶欢唱:时而,古筝切切如细雨;时而,琵琶嘈嘈如急雨;时而,琵琶低低为古筝伴奏;时而,古筝和琵琶齐鸣。情节光怪陆离,人物,特别是宦娘,渐渐显出高洁的情操和忧思如缕、脉脉含情。

《张鸿渐》。书生张鸿渐的经历,贯穿了作家对同时代读书人命运的深刻思考。此事先见于《聊斋志异》,后改编为俚曲《富贵神仙》,最终写成长达十万言的俚曲《磨难曲》。《张鸿渐》无论是讽世嫉邪,还是写人写狐,无论是情节结构,还是遣词用字,都是聊斋故事中的佳作。我们看看蒲松龄是如此结撰这个故事的。

书生张鸿渐因为执笔写了告状书,被贪酷的卢龙县令追捕。其妻方氏,早就以"秀才作事,可以共胜,而不可以共败"劝他,告诉他:官司打败了,秀才们会各管各的,连个帮助你的人都没有! 方氏是个深谋远虑的闺中谋士。但张不听,果然被追捕,只好外逃。张鸿渐逃至外乡,在困苦情况下,狐女舜华给了他帮助并同他结婚。于是,张鸿渐的命运就在两个妻子的遇合中,在真真假假、虚实相生的过程中,向前发展。

——张鸿渐思妻,要求狐女带他回去,狐女果然携他回家。这个"家"中有"方氏"秉烛启关出迎,还有卧在床上的儿子。"夫妇偎依,恍若梦寐。"张鸿渐情不自禁地向"方氏"倾诉他对狐女的真实感情:"恩义难忘"而"终非同类"。突然,"方氏"变成舜华,床上"儿子"变成竹夫人,张鸿渐大惭,舜华以假乱真,探出了张鸿渐的真情。

——舜华果然将张鸿渐送回家时,方氏却不让他进门,"诘证确实,始挑灯呜咽而出"。张鸿渐以为又是狐女恶作剧,方氏却在那儿"涕不可仰"。张鸿渐开玩笑说:床上儿子又是竹夫人吧?方氏自然恼了。这次,张鸿渐以真为假,把真妻当成狐女,把真儿子当成竹夫人。勾出了方氏的哀怨之情。

——张鸿渐归家,恶徒来威胁他,他杀了人,闯了祸,方氏劝他再次逃走,他回答"丈夫死则死矣,焉肯辱妻累子以求活耶?"张鸿渐毅然自首,被流放,途中为舜华所救。这一次,张鸿渐为了不连累人类的妻子受罚,却被狐妻所救。虫来啮桃根,李树代桃僵。

——张鸿渐再次回家,户外又有汹汹者,他以为是捕捉他的人来了,马上逃走。岂不知这次是喜讯:儿子考中了。真是祸从天降,突变为福,祸福难测,变幻不已。

《张鸿渐》以男主角为主线,维系着两位女主角。方氏给张鸿渐出谋划策,守贞教子;舜华对张鸿渐钟情挚爱、救苦救难。张鸿渐有时把狐妻当成发妻,有时把发妻当成狐妻。他自己迷离恍惚,读者看得兴味盎然。两次归家,一次是恶徒真的敲诈,一次是自己虚惊一场。各有因果,故事纡徐曲折,引人入胜。

《莲香》中桑生爱怜两个女子,一为狐,一为鬼。两个女子"彼来我往,彼往我来",分分合合,合合分分。时而鬼为爱情复生,时而狐女为爱求死。《香玉》中黄生爱牡丹花神香玉,香玉被恶人夺去,耐冬花神出来慰黄生寂寞。黄生死了,变成"赤芽而生,一放五叶"而不开花的紫牡丹,伴随在白牡丹身边。因他不开花,被砍去,白牡丹和耐冬都跟着他枯萎……聊斋故事中的一男二女，确实如二龙戏珠，盘旋往复；如青龙白虎并行，互相映照。蒲松龄巧夺天工地以各种方法将他们钩连在一起，使得聊斋故事主宾相辅，形成主线和辅线交织的网状结构，也使得人物能够同中求异、异处求同。这种艺术效果是如何取得的？依靠作者的构思技巧，靠作家书写"鬼狐史"的如椽之笔。蒲松龄在《香玉》的"异史氏曰"中说："情之至者，鬼神可通。"正是借助于谈鬼说狐，才可以写尽至情，写尽超脱于生死之情。借助谈鬼说狐，才可以上天入地，离奇恍惚，使人叹其巧妙。蒲松龄在《巧娘》中说："彼虽异物，情亦犹人"。

二龙戏珠，主宾相辅式的爱情小说，是中国古代小说中的变种，就像《宦娘》中的绿菊是菊花的变种，这是聊斋先生苦心营构的产物。

这说明"鬼狐史"的思想格局带来了构思上的得天独厚。

这正是鲁迅先生所说，蒲松龄借鉴唐传奇"以传奇法而以志怪"这一创作方法，通过聊斋故事，最终对中国古代小说构思方法做出了重要贡献。

二、诗词入小说的妙用

古代小说家喜欢以诗词入小说。《莺莺传》男女主角都以诗言情。崔莺莺约张生相会，赋诗《明月三五夜》："待月西厢下，迎风户半开。拂墙花影动，疑是玉人来。"等她被张生抛弃再嫁他人，张生希望再跟她见一面时，她又写了一首诗："弃置今何道，当时且自亲。还将旧时意，怜取眼前人。"诗是张生莺莺结合的红娘，也是张生莺莺离分的标识。成也萧何败也何。《聊斋》以诗词入小说也随在多见。

其一，诗词做点睛之笔。《鸜鹆》是一篇不太引人注目却写得相当机智的小说。写到几个当官的都用诗来劝说一个贪官不要过分盘剥，都没有效果。最后进来一个傲岸少年，吟"手执三尺剑，道是'贪官剥皮'。"少年的诗成为小说的文眼。

其二，诗词是情节骤转的变换点。《公孙九娘》和《林四娘》都写人鬼之恋，开头写的男女主角的爱情都像和风细雨，突然，公孙九娘在新婚之夜吟诗："十年露冷枫林月，此夜初逢画阁春"，"忽启缕金箱里看，血腥犹染旧罗裙"。这诗写的是她在于七之乱中被冤杀的经历。于是情节急转而下,新婚爱人分手。《林四娘》跟陈宝钥在一起谈诗论文,很优雅,但好景不长,林四娘吟出了"静锁深宫十七年,谁将故国问青天? ……高唱梨园歌代哭,请君独听亦潸然。"描述的是林四娘在鲁王府被杀的惨剧。小说至此,戛然而止,像钧天广乐,结尽而不尽,留下余音凭人猜度。

其三,诗词是主人公遇合的重要依托。《连琐》写女鬼连琐吟"玄夜凄风却倒吹,流萤惹草复沾帏"。杨于畏给续上"幽情苦绪何人见,翠袖单寒月上时"。素不相识的一男一女,一人一鬼,从此踏上爱的旅途。白秋练因为听诗而生病,用诗来治病。仙人岛上的仙女却用诗歌来教育、讽刺夫婿。白秋练因为慕生吟诗而生爱慕之心,仙人岛上的仙女却告诉王勉:从此不吟诗,亦藏拙之一道也。

其四,诗词成为主人公命运的暗指、预寓、决定因素。《田子成》写明代进士田良耜自幼父母双亡,其父田子成过洞庭湖翻船而死。田良耜为求父亲遗骨,跑到洞庭湖。一天晚上,他在湖边看到三个人在饮酒,其中两位对田良耜都以礼相待,独有叫"卢十兄"的"殊偃蹇不甚为礼"。众人掷骰为乐,要求说典故配合。卢十兄说的典故是:"二加双幺点相同,吕向两手抱老翁:父子喜相逢。"卢十兄吟出一首诗:"满江风月冷凄凄,瘦草零花化作泥。千里云山飞不到,梦魂夜夜竹桥西。"他向田良耜指点了田子成的墓葬所在地,"但见坟上有丛芦十茎者是也"。田良耜照此指点,果然找到了父亲的遗骸。他于是大悟:"卢十兄"原来是父亲的鬼魂!卢十兄对田良耜"偃蹇不甚为礼"的举动就可以理解了,父亲当然不能向儿子施礼。《田子成》就是用诗歌暗藏人物的身份,"满江风月冷凄凄"暗藏溺鬼身份,"梦魂夜夜竹桥西"暗藏田子成妻子的葬埋处。"吕向两手抱老翁,父子喜相逢",则干脆点出自己跟田良耜见面,就是父子相逢。诗歌成了《田子成》小说构思中极为重要的环节。

《宦娘》中的《惜余春词》,在《聊斋词集》中曾出现,是蒲松龄的词作,笔者曾考证过,蒲松龄借这首词表达他对梦中情人顾青霞的感情。这首词有相当浓郁的抒情气息:"因恨成痴,转思作想,日日为情颠倒。海棠带醉,杨柳伤春,同是一般怀抱。甚得新愁旧愁,划尽还生,便如青草。自别离,只在奈何天里,度将昏晓。今日个蹙损春山,望穿秋水,道弃已拼弃了。芳衾妒梦,玉漏惊魂,要睡何能睡好?漫说长宵似年,依视一年,比更犹少;过三更已是三年,更有何人不老?"在小说里,这首词出自宦娘之手,却让良工"心爱好之",吟咏不已,还抄写一遍。这两位少女,"同是一般怀抱",又因为词中有"春",暗点温如春之名,而且里边的"新愁旧愁"跟他先失宦娘、再失良工相符合,于是,温如春就"细加丹黄"。而这首词偏偏落到葛太史的手中,把他气得火冒三丈!一首小词,联系起了三个有情人,一个封建家长,使得葛太史不得不把娇女嫁给穷书生。诗笔既成了史笔,也成了趣笔。既是人物内心自白,又成了情节发展的关键。真是构思精巧、用心良苦。

三、模糊美、缺陷美对构思的作用

写小说要思维明确,要脉络分明,要前后照应,要滴水不漏……一言以蔽之,要清晰。饶有情趣的是,《聊斋志异》故意含糊其辞、闪烁其词的描写,却带来了意想不到的美学效果。《彭海秋》就是典型的代表。

《彭海秋》落笔就写:莱州诸生彭好古因为离家颇远,中秋未归,想找人一起聊聊,村中只有一位丘生,是名士,但"素有隐恶",彭平素很鄙视他,但实在找不到其他人,就只好把他请来。突然,有不速之客来了,还是同姓。名叫"海秋",谈笑风流,为人豪迈,歌扶风之曲。这位彭海秋似乎也瞧不上丘生。"丘仰与攀谈,辄傲不为礼。"看来真名士瞧不起假名士。三个人一起喝完酒,坐上彭海秋从天上招来的飞船到了西湖。"众俱登",一个"俱"字,笼统地把丘也伏在里边。彭好古在西湖船上爱上一位歌女,彭海秋为他们订三年之约,然后,不再叫彭好古坐飞船回家,却"牵一马来,令彭捉之"。彭海秋再不露面,丘生也无影无踪。彭好古只好自己回家,没有路费,幸而马身上有个小钱包,里边有三四两银子,恰好够路费。那马十分好骑,走了半个月,到家了。把马拴到槽上,才想起:我跟丘生一起去的,现在我自己回来了,如何向他家人交代?只好告诉家人:别将这事说出去。大家说:咱们看看仙人送给先生的马吧,"众以仙人所遗,便悉诣厩验视。及至,则马顿渺,但有丘生,以草缰系枥边。骇极,呼彭出现。见丘垂首栈下,面色灰死,问之不言,两眸启闭而已。"丘生似乎处于非人非马的境地。有了人形,却还不会说人话,给他喝点米汤,才渐渐苏醒,到半夜,上厕所厕掉几粒马粪,才开始说人话了。原来,彭海秋在西湖边"戏拍项领",丘生立即就迷迷糊糊变成了彭好古的坐骑,心里很明白,嘴上却不能说……整个小说写得迷离恍惚,蒲松龄始终不明确说明:丘生到底办过什么缺德事?为什么仙人叫他变一次兽类?只是在"异史氏曰"中隐隐约约地说:"马而人,必其为人而马者也;使为马,正恨其不为人耳。狮象鹤鹏,悉受鞭策,何可谓非神人之仁爱之乎?"

在《聊斋》小说时中,有时候缺陷美也成了作家织补霞裳的机杼。《乔女》因为黑而丑,才会有孟生跟她的柏拉图式的爱;美丽的狐女辛十四娘救回了冯生,自己变成了"鸠盘"丑妇,才考验出冯生的真情,他的爱情升华了,从形体相爱到精神相系。《阿绣》中,真假阿绣有十分细微的差别,狐女脸色过白,面颊上没有小酒涡儿,不及真阿绣美。狐女三次来跟阿绣较量,竭力修炼,必求尽善尽美。狐女少了小酒涡儿,不仅敷演出引人入胜的情节,还把假阿绣内心之美极有层次、极有韵味地表露出来。

聊斋故事如千峰万壑争秀,远近高低不同。作家的一管之笔,白云苍狗任变幻,天机云锦妙剪裁。归根结蒂,因为蒲松龄立意求新。胡仔《苕溪渔隐丛话》有这样说法:"若循习陈言,规摹旧作,不能变化,自出新意,亦何以名家。鲁直诗云"随人作计终后人",又云'文章最忌随人后',诚至论也。"①

问渠哪得清如许?为有源头活水来。

第三节　戏胆——主题道具

"戏胆"是传统戏剧的一个概念。简言之,是在一个曲折的戏剧故事中,出现某一物品,如京剧《锁麟囊》中的装满珠宝的囊;《拾玉镯》中的玉镯。这件物品对情节发展起着举足轻重的作用。现代戏剧学家

---

① 〔明〕胡仔纂,廖德明校点:《苕溪渔隐丛话》(前集)(山谷下),第333页,北京:人民文学出版社,1962。

将其称之为"主题道具"。

中国古代戏曲家很擅长用"戏胆"。明代传奇《白罗衫》以白罗衫为苏云一家悲欢离合的关键。明末清初传奇《一捧雪》以玉杯为情节发展的枢纽。孔尚任在《小忽雷》中以乐器小忽雷宫内、宫外流传为情节线索。孔尚任在《桃花扇·凡例》中明确提出：

> 剧名《桃花扇》，则桃花扇譬则珠也，作《桃花扇》之笔譬则龙也。穿云入雾，或正或侧，而龙睛龙爪，总不离乎珠，观者当用巨眼。①

中国古代小说用"戏胆"来操纵情节并取得突出艺术效果的也不乏其例，比较著名的有：

《杜十娘怒沉百宝箱》，百宝箱是所谓"主题道具"；

《沈小霞相传出师表》，出师表把沈炼全家几十年的遭遇紧紧钩连起来；

《顾阿秀喜舍檀那物，崔俊臣巧会芙蓉屏》，芙蓉屏连接着天各一方的崔俊臣和妻子王氏，连接着杀人越货的强盗和伺机报仇的受害者。

《聊斋志异》已有上百篇被改编成戏剧、电影、电视剧，就是因为聊斋故事的故事性特别强，戏剧性很明显。许多篇章里，戏胆起着画龙点睛、提纲挈领的作用。

一、隽永的象征，深刻的寓意

《婴宁》中的花，是婴宁手中须臾不离的道具，就像京剧舞台上元帅身后的令旗，像帝王身后的龙凤伞，包老爷摆在堂上的虎头铡。花，是婴宁姑娘的化身；花，是婴宁姑娘的寓意；她的行动也总是用花来表示深刻的内涵：

——她看到王子服，遗花于地，此丢爱情信物也；

——她问王子服，为什么要保留花？既然你喜欢花，等你走时，我叫老奴折一大捆背着送你走！婴宁用谈花论草的调侃，让王子服把爱情表达得更热烈一些，更露骨一些；

---

① 〔清〕孔尚任：《桃花扇》(凡例)，卷前第 11 页，北京：人民文学出版社，1959。

——她爱花成癖，在污浊的人世，唯有花值得她爱；

——她在丁香花下惩罚恶人，让采花人采了花刺。

《王者》里边有一件引人注目的物事——姬发，并未贯穿故事的始终，却起重要作用。湖南巡抚某公，派州佐押饷银六十万到京城，饷银在古刹中丢失，一个瞽者对州佐说："从我去，当自知。"州佐跟他去，进一高门，一个穿着汉代衣服的人，不通名报姓，引州佐进入一个园亭，转了几个亭榭，让他升阶而入：

> 见壁上挂人皮数张，五官俱备，腥气流熏，不觉毛骨森竖，疾退归舍。自分留鞲异域，已无生望，因念进退一死，亦姑听之。明日，衣冠者召之去，曰："今日可见矣。"州佐唯唯。衣冠者乘怒马甚驶，州佐步驰从之。俄，至一辕门，俨如制府衙署，皂衣人罗列左右，规模凛肃。衣冠者下马，导入。又一重门，见有王者，珠冠绣绂，南面坐。州佐趋上，伏谒。王者问："汝湖南解官耶？"州佐诺。王者曰："银俱在此。是区区者，汝抚军即慨然见赠，未为不可。"州佐泣诉："限期已满，归必就刑，禀白何所申证？"王者曰："此即不难。"遂付以巨函云："以此复之，可保无恙。"

（《王者》）

那位逼迫州佐去查找银子下落，而且表示找不来就"置之以法"的巡抚，初听汇报后，仍然气势汹汹，"怒不容辩"，将州佐立即捆起来。等他看到巨函，立即吓得面如土色，忙命松绑。还说："银亦细事，汝姑出。"什么东西有这么大的魔力？姬发。原来，不久前，巡抚与爱妾共寝，醒来时爱妾头发没了。巨函里装的就是她的头发，同时还有一封信：

> 汝自起家守令，位极人臣。赇赂贪婪，不可悉数。前银六十万，业已验收在库。当自发贪囊，补充旧额。解官无罪，不得妄加谴责。前取姬发，略示微警。如复不遵教令，旦晚取汝首领。姬发附还，以作明信。

（《王者》）

姬发成了"明信"，操纵局面，跟姬发同时送达儆贪官的檄文！

二、解决矛盾的关键

《青娥》中的男主角霍生爱上了美貌异常的青娥，两人的爱情经历

了曲折复杂的过程。其中,一把一尺多长的小镜对他们的离合起到重要作用。简言之:

霍生偶然与武评事的女儿青娥相遇,爱上了她,恰好有位道士送个小镜给他,说,物虽微却"坚石可入",道士"即以斫墙上石,应手落如腐。"霍生"顿念穴墙则美人可见",就用小镜掘开了青娥家一层层墙壁,然后,"鼻气休休"地睡在青娥榻边。青娥发现了,叫仆妇和丫鬟来。仆妇说:"此子声名门第,殊不辱玷。不如纵之使去,俾复求媒焉。"青娥似乎同意,霍生离去,"生索镜。共笑曰:'骇儿童! 犹不忘凶器耶?'"于是,小镜留在青娥身边。

几经波折,青娥嫁给了霍生,一进门,乃以镜掷地曰:"此寇盗物,可将去!"生笑曰:"勿忘媒约。"珍佩之,恒不去身。小镜又回到霍生身边。

青娥之父武评事好修道,也叫女儿跟着修道。青娥婚后五年,夫妻感情很好,还生了儿子,武评事却让青娥假死,把她禁锢在深山修行。霍生无意中发现了青娥修行的洞府,想跟青娥重叙夫妻之情,武评事却说他"俗骨污吾洞府! 宜即去!"把他关在山洞外边。霍生"回头则峭壁巉岩,无少隙缝,只影茕茕,罔所归适。"于是,他只好把小镜请了出来:

> 愤极,腰中出镜,凿石攻进,且攻且骂。瞬息洞入三四尺许,隐隐闻人语曰:"孽障哉!"生奋力凿益急,忽洞底豁开二扉,推娥出曰:"可去,可去!"壁即复合。女怨曰:"既爱我为妇,岂有待丈人如此者? 是何处老道士,授汝凶器,将人缠混欲死!"

(《青娥》)

一把小镜,是男女主角的媒妁,又是战胜武评事这位"法海和尚"的尚方宝剑。小镜既是结构的杠杆,又维系着男女主角爱情的幸福。

《白于玉》写一位书生和一位仙女、一位凡间女子的离合之情。小说写得离离奇奇、曲曲折折。一只金钏在其中起重要作用,其情节大致是:

吴青庵跟葛太史的女儿订婚。有一天,梦中有位叫"白于玉"的秀才邀请他到天宫游玩。吴青庵在天宫跟紫衣仙女极尽绸缪,仙女送只金钏给他做纪念。

吴青庵梦醒,"方将振衣,有物腻然堕褥间,视之,钏也。"一年后,紫衣仙女送来个婴儿,取名"梦仙"。吴青庵娶了葛小姐进门,两年后外出不归。梦仙十五岁金榜题名,成了翰林,奉葛母之命寻父,中途遇盗,被一位道人所救。道人赠他一只金钏。吴青庵的母亲告诉梦仙:"(金钏)此汝母遗物也。"说明,梦仙遇到的道人,就是他的父亲。

又过了一年,都城发生大面积火灾。马上要烧到吴家,情况十分危急,奇迹突然出现:

> 逾年,都城有回禄之灾,火终日不熄。夜不敢寐,毕集庭中。见火势拉杂,寝及邻舍,一家徊徨,不知所计。忽夫人臂上金钏,戛然有声,脱臂飞去。望之,大可数亩,团覆宅上,形如月阑;口降东南隅,历历可见,众大愕。俄顷,火自西来,近阑则斜越而东。迨火势既远,窃意钏亡不可复得;忽见红光乍敛,钏铮然堕足下。都中延烧民舍数万间,左右前后,并为灰烬,独吴第无恙。惟东南一小阁,化为乌有,即钏口漏覆处也。

(《白于玉》)

这只嵌镂精绝的金钏在《白于玉》中何等的举足轻重!

——它是吴青庵与天宫紫衣仙女的爱情信物,是梦境和现实的连接点。

——吴青庵离家出走后,它又成了吴青庵的代表,带回了吴青庵对葛氏夫人琳娘的恩爱和感激之情。这时,仙女的金钏变成了"道士"吴青庵不忘凡情的证明。

——金钏成了保护葛氏及梦仙全家生命财产的护法神,在邻居房舍尽焚时吴家仅仅烧了一个小阁楼,恰好是钏口没盖住的地方。不仅如此,因为好好照顾了仙女送来的梦仙,葛氏也沾上了仙气,"葛母年五十余,或见之,犹似二十许人"。

一股小小的金钏,穿针引线,织成绵密的结构网络;金钏,寓意深长,寄托着夫妻、父子之间绵绵无绝期的深情;金钏,魔力非凡,保护孝子贤妇的身家性命。

不管是婴宁手里的鲜花,还是王者吓唬巡抚的姬发;不管是道士送霍生的小镜,还是紫衣仙女送吴青庵的金钏……表面上看,它们都是一件似乎微不足道的物品,但仔细推敲却发现:

它跟小说人物个性主导面紧紧相连;

它跟小说整个故事的发展走向相连；

它跟人物命运和故事结局紧紧相连。

聊斋故事的这些小道具所起的作用，跟《桃花扇》里那把用李香君的鲜血画成的桃花扇如出一辙。孔尚任跟蒲松龄都生活在康熙年间，都是齐鲁大地的学者型的作家，他们写剧、写小说，不约而同地采取同样的构思方式，这是个非常有趣的文学现象。

三、故事转折的媒介，人物之间的连接点

故事要写得简洁，转得漂亮。借助小道具的媒介，常常事半功倍。《彭海秋》中娟娘与彭好古相会于醉梦中，仙人彭海秋为他们订三年之约，用彭好古的绫巾赠给娟娘，两人都不知道对方是什么地方人。三年后，他们相会于扬州。初见时都似曾相识，而绫巾宛在。《大力将军》中查伊璜怎么也记不起自己哪儿来个武弟子，想不清自己跟那位名将有什么瓜葛，将军一句"举钟之乞人"，由钟想到人，顿然醒悟。《西湖主》中，陈弼教如果捡不到公主的红巾，也就不会在上边题词，无从获罪，也没法做上驸马。红巾真成了陈生的曹丘生了。

《竹青》是个优美的人鸟相恋故事，人与鸟相恋，不亦奇乎？作家让男主人公披上一袭黑衣就变成了鸟，然后，鸟衣就成了人变鸟、鸟变人的契合点。

最初，鱼容在神庙中得到一袭黑衣，披衣后变成了乌鸦，与一只雌乌鸦"雅相爱乐"（此鸟与鸟之爱也）。因鱼容"驯无机"，被满兵弹弓打中，"终日而毙"，又回复人形。鱼容再过故所，设食招待原来的鸟友，结果，"几前如飞鸟飘落，视之，二十许丽人"。原来就是竹青，已经修炼成汉江神女。二人如夫妻久别，不胜欢恋（此人与神之恋也）。鱼容随竹青去了汉南，两个月后归家，竹青拿出黑衣，"如念妾时，衣此可至；至时，为君解之"。鱼容归家后想念竹青，"潜出黑衣着之，两胁生翼，翕然凌空，经两时许，已达汉水（此时人忽变而为鸟）"。鱼容飞堕一楼舍，竹青出，命众人为鱼解羽衣，羽毛尽脱，鸟复为人，而恰好竹青临盆，一向没有儿子的鱼容有了儿子……《竹青》写得波澜迭生，变幻层出，而一袭鸟衣，使得作家聚散低昂随意变换，如骊龙之珠，左盘右旋，搜妙创奇，神之又神。

《织成》故事在构思上也有相当独到之处。文章以"水神借舟"故事开端,大异于作家平时喜欢采用的"某某,性如何"的模式,小说写柳生的奇遇,"冠类王者"的身份继之成为情节构成的妙笔。王者始而因为柳生戏侍儿而震怒,继而被柳生关于洞庭湖柳毅的雄辩所折服,终于,王者欣赏了柳生的才气,送他水晶界方免死,而且决定将柳生所戏的紫袜侍儿织成嫁给他。原来,"王者"正是洞庭君本人!在柳生与织成的悲欢离合中,作家别出心裁,像连弩箭一样使用了"主题道具",即:翠袜紫履→界方→界方→翠袜紫履:1. 柳生在洞庭湖"王者"的船上听到传呼"织成",没看到这位被传唤的侍女,只看到她美丽的脚——因为柳生是趴在船上当然看不到侍女的脸——"翠袜,紫绡履,细瘦如指",看来,仙界的少女竟然也得遵守民间缠足的规定了。放浪的柳生咬了少女的脚一口,"以齿啮其袜"。2. 因为柳生咬侍女的无赖醉汉状,王者即洞庭君要惩罚他,又因为柳生口若悬河地给自己辩解,王者喜欢他的才能,送他水晶界方,可以在沉船时免死。柳生果然在水难中靠了水晶界方免遭溺死。3. 柳生回到武昌,有一位姓崔的老太太卖一个"媚曼风流"的少女,给一千两银子也不卖,但如果哪个有水晶界方,就把少女白送给他。柳生拿出水晶界方,老太太果然用船把美丽的少女送来了。4. 柳生急忙跑到船上——他担心老太太把界方骗走不给他少女——惊喜地发现,崔媪送来的少女,竟然是洞庭湖上那位翠袜紫履侍儿织成:

> 生仓皇不能确信,急奔入舟,女果及一婢在焉。见生入,含笑承迎。见翠袜紫履,与舟中侍儿妆饰,更无少别。心异之,徘徊凝注,女笑曰:"眈眈注目,生平所未见耶?"生益俯窥之,则袜后齿痕宛然。惊曰:"卿织成耶?"女掩口微哂。生长揖曰:"卿果神人,早请直言,以祛烦惑。"女曰:"实告君:前舟中所遇,即洞庭君也。仰慕鸿才,便欲以妾相赠;因妾过为王妃所爱,故归谋之。妾之来,从妃命也。"

(《织成》)

翠袜紫履是两人悲欢离合的见证,也是识别的标志。但翠袜紫履毕竟不能有操纵人命运的神力,所以界方出现,李代桃僵。由界方再引出翠袜紫履,周而复始,巧密精思。如果吹毛求疵的话,或曰:焉有数月不换之袜？仙女是不是太艰苦朴素？是织成姑娘不舍得换，还是聊斋先生故意不让她换，留作男女主角久别重逢的识别标志？

《神女》故事写得突兀多变而层次井然。其中，神女所簪的珠花起了不可忽略的作用。故事梗概是：

米生唐突地参加了一位不知姓名者的宴会。

同在宴会相遇的鲍庄告诉米生：那家人姓傅。但不久鲍庄莫名其妙地死了，米生被怀疑为凶手，家产荡尽，衣巾被革。

米生路遇一位女郎，女郎从头上拔下一朵珠花送给他，叫他用来恢复秀才的衣巾（即恢复被革除的秀才"职称"），但是米生将珠花看成是女郎的爱情信物，舍不得拿去送礼，结果他的秀才身份不能恢复，也就不能参加举人考试。他再遇到女郎，女郎送给他银子。

米生把银子交给哥哥，哥哥善于居积，家境渐渐富裕起来，米生家成了巨家。

福建巡抚恰好换成了米生祖父的学生，傅公子突然登门求助：要求向巡抚讲情，米生不同意。赠珠花女郎的侍女来了，告诉米生：傅公子就是女郎的哥哥。米生要挟：必须赠珠花女郎来，我才帮忙。

女郎第三次露面，米生才知道，当年他参加的宴会是傅家的宴会；傅家是神人，但因为"失礼地官"将要被告到上帝那儿，需要人间的印信。米生答应帮女郎。没想到他假说驱邪要巡抚的印信，巡抚却不给，米生探得巡抚的爱妾喜欢珠花，就将神女送给自己的珠花送给她，巡抚爱妾就偷盖了印信交给米生。

米生完成了盗印信的"任务"后，"寄语娘子，珠花须要偿也。"傅家就将神女嫁给了米生。

神女数年不育，为米生买了一个小妾。小妾头上插着一朵珠花，很像当年神女送的那一朵，一问，果然是当年献给巡抚爱妾的。此时巡抚已死，家产散尽。

《神女》中的珠花，固然在情节穿插上起着重要作用。更难能可贵的是，珠花一朵寄深情、寓世态。米生初以珠花为爱情信物时，神女并没有对他钟情，而且他必须要神女亲自来求他才肯帮忙，颇有点儿乘人之危。但是米生在援救神女一家时表现的忠心，他的"重花者，非贵珠也"的表白，终于感动了神女。珠花成了二人婚姻的红娘。当然，巡抚不肯随便使用印信,他的爱妾却能因为一朵珠花偷盖印信,也不能不是无意中刺向官场的一枪。

总之,"戏胆"在聊斋故事中的运用自如,使得聊斋故事集中而简练,能够以尽量少的篇幅,容纳尽量多的生活,也使得情节主线鲜明,构思别致而不落窠臼。

第五节　传记体叙小说事

蒲松龄擅长使用偶然性、巧合性,擅长使用误会和悬念,擅长把小说构思得既出人意外又入人意中,擅长真假相较、主宾相辅。但他构思小说最常用的方法却是以某个人物命运为中心,以某个或某几个人物的悲欢离合为主线。他特别擅长将曲折情节跟人物命运结合起来,这样的构思方法,可以叫"以传记体叙小说事"。

一、蒲松龄的几位"老师"

如何以传记体叙小说事? 蒲松龄面前有好几位"老师"。

第一个老师是唐传奇和白话小说,它们一般总是以一个人的荣辱得失、否极泰来,一对人或一家人的人生遭遇为主要情节。例如唐传奇《任氏传》《莺莺传》,拟话本《杜十娘怒沉百宝箱》《金玉奴棒打薄情郎》,这类小说都以情节与人物巧妙契合取胜。尤其是从"说话"进展而来的话本、拟话本,情节同人物的结合已经成熟。

第二个老师是明末以来的志怪诸书,尤其是《虞初新志》。这本书编成于康熙二十二年(1683),正是《聊斋志异》写得热火朝天的时候。这本书应该是对《聊斋志异》有主要借鉴意义的范本。正如《虞初新志·自叙》所说,这本书的内容"其事多近代也,其文多时贤也,事奇而核,文隽而工,写照传神,仿摹逼肖,诚所谓古有而今不必无,古无而今不必不有,且有理之所无,竟为事之所有者。"[①]《虞初新志》选文有个明

[①]〔清〕张潮辑:《虞初新志》(自叙),见《古今小说集成》(据清康熙刻本影印本),第5～6页,上海:上海古籍出版社,1994。

显特点,散文或史传文学都已小说化,如王猷定的《汤琵琶传》、吴伟业的《柳敬亭传》、侯方域的《马伶传》、余怀的《板桥杂记》,写的都是真人真事,却同时具备着曲折生动的故事情节。

第三个老师,也是最重要的老师,是史传文学。蒲松龄自己坦然以"异史氏"自称,想步司马迁后尘。聊斋点评家冯镇峦在他的《读〈聊斋〉杂说》中说,他看《聊斋志异》是当作《左传》来看,"此书即史家列传体也,以班、马之笔,降格而通其例于小说。"①"《聊斋》以传记体叙小说之事,仿《史》、《汉》遗法,一书兼二体,弊实有之,然非此精神不出。所以通人爱之,俗人亦爱之,竟传矣。"②

二、沿主要人物个性构思故事的策略

因为蒲松龄学习这三位"老师",形成了《聊斋志异》构思小说的突出特点,经常让主要人物挟带着他的主要个性来到读者跟前。人物一活动,就追风掣电,纵如脱兔,情节很快急转而下。我们不妨看看聊斋故事常用的一些开头:

> 长安士方栋,颇有才名,而佻脱不持仪节,每陌上见游女,辄轻薄尾缀之。清明前一日,偶步郊郭,见一小车,朱茀绣幰,青衣数辈,款段以从。内一婢,乘小驷,容光绝美。稍稍近觇之,见车幔洞开,内坐二八女郎,红妆艳丽,尤生平所未睹。目眩神夺,瞻恋弗舍,或先或后,从驰数里。
>
> （《瞳人语》）

> 王成,平原故家子,性最懒,生涯日落,惟剩破屋数间,与妻卧牛衣中,交谪不堪。时盛夏燠热,村外故有周氏园,墙宇尽倾,惟有一亭,村人多寄宿其中,王亦在焉。既晓,睡者尽去,红日三竿,王始起。逡巡欲归,见草际金钗一股;拾视之,镂有细字云:"仪宾府造"。
>
> （《王成》）

---

①② 见《聊斋志异》(下),第 2485、2487 页。

> 邢云飞,顺天人,好石,见佳石,不靳重直。偶渔于河,有物挂
> 网,沉而取之,则石径尺,四面玲珑,峰峦叠秀。喜极,如获异珍。
> 既归,雕紫檀为座,供诸案头。每值天欲雨,则孔孔生云,遥望如
> 塞新絮。

(《石清虚》)

三个完全不同的故事,出现三个完全不同的人物。故事的构思却是同一个模式。故事一开始就介绍决定人物命运的个性特点。《瞳人语》的人物轻薄;《王成》的人物懒惰;《石清虚》的人物执着,三个人物都是西方文学中所谓类型化的人物。人物的一切遭遇也因为他的个性类型而往前发展。轻薄者一出场就尾随红妆少女,结果被弄瞎了眼,经过长期悔过自新才得以复明;执着者一露面就捞了块奇石,为了这块石头历尽艰险磨难,直到以石殉葬;懒人却有懒福,一出场就拣一股金钏,又因为他正直,终于发了财。故事的情节都由小说主角的个性生发出来,情节的发展也是人物个性的最终完成。

例外总是存在的。有时候,对构思小说起到决定作用的人物个性并不一定是小说主人翁。《红玉》的主人翁是冯生,可是小说开头却写他的父亲:"广平冯翁者,一子字相如……翁年近六旬,性方鲠。"冯翁这一个性成为小说情节发展的重要契机:狐女红玉跟冯生逾墙相从,被冯翁发现,他立即直言斥责二人无媒苟合,导致红玉离开而相如再娶;相如新娶的妻子被御史看中,要倚势抢买活人妻,相如忍气吞声,耿直的冯翁却不能忍受此污辱,大骂御史,结果被恶奴打成重伤,家破人亡。小说开头写冯翁的个性特点仍然是传记体叙事的特点,但对史传文学有了变通,起作用的不是"传主"而是跟传主有关的人。

三、沿人物关系构思故事的策略

沿着主要人物的个性构思故事,沿着虽然不是主要人物却是导向性人物构思故事,是《聊斋志异》经常出现的构思方式。有时,蒲松龄在小说开头,既不交代主角的个性,也不交代次要人物的个性,而是交代人物间的复杂关系,如《张诚》开头写:

> 豫人张氏者,其先齐人。明末齐大乱,妻为北兵掠去。张常
> 客豫,遂家焉。娶于豫,生子讷。无何,妻卒,又娶继室,生子诚。

继室牛氏悍，每嫉讷，奴畜之，啖以恶草，且使樵，日责柴一肩，无则挞楚诟诅，不可堪。隐蓄甘脆饵诚，使从塾师读。

（《张诚》）

短短一小段，出现了三种复杂关系：第一种复杂关系是张氏一夫三妻，第一位在山东娶的妻子被北兵掠走，其实她肚子里怀有张氏长子，这是后来才知道的；第二位在河南娶的妻子生下儿子张讷后死了；第三位也是在河南娶的牛氏又生张诚。牛氏虐待前房子张讷，让自己的儿子张诚吃香的喝辣的、进学堂读书。让前房儿子张讷吃糠咽菜、上山砍柴且每天都有定额，不满定额就挨打。第二种复杂关系是张氏遇到改朝换代、遇到"北兵"。第三种复杂关系是，他的家庭从山东搬到河南。三种关系将来都会对小说起作用。

十来岁的张诚看到同父异母的哥哥张讷受到虐待，就想方设法帮助哥哥：他怀里揣上饼来给哥哥吃，偷了面请邻居妇人给哥哥烙饼吃，帮助哥哥砍柴。小小年纪，一片至诚，一腔友爱。没想到祸从天降，当张诚帮哥哥打柴时被老虎衔走了。张讷认为弟弟给老虎吃了，悲痛地自杀，到阴司找弟弟，没找到，又回到阳世。后母骂，他用割脖子搪塞责任。张讷决心穿云入海寻找弟弟。而转机来得意外的奇妙：张讷找到金陵，不仅找到了小弟弟，还找到同父异母的大哥哥！故事曲折跌宕、变化莫测，却又细针密线、滴水不漏。因为小说一开头写张氏第一位妻子被北兵俘去，就预伏了张氏长子张别驾的出现。按照英国小说家佛斯特的观点，小说的故事是按照时间顺序安排的事件的叙述。《张诚》就是这样，人物形象一步一步丰满，"孝悌之情"一步一步加深，战乱和改朝换代的社会背景也渐渐明确。这一切，又都是严格按照时间顺序。张讷寻弟，茹苦含辛，时间只有一年；第二年到达金陵，衣服破烂得"悬鹑百结"，却在路旁意外地看到了弟弟！而收养了弟弟的竟然是大哥！为什么会有位大哥？再由大哥的母亲交代得清清楚楚："我适汝父三年，流离北去，身属黑固山半年，生汝兄。又半年，固山死，汝兄以补秩旗下迁此官。"这位别驾多次根据母亲的请求到山东寻找父亲，却没想到父亲早就迁到了河南！小说的结局是中国读者最喜欢的"皆大欢喜"。张氏三兄弟和张父第一位妻子一起回到河南：

父自讷去后，妻亦寻卒；块然一老鳏，形影自吊。忽见讷入，

暴喜,恍恍以惊,又睹诚;喜极,不复作言,潸潸以涕;又告以别驾
母子至,翁辍涕愕然,不能喜,亦不能悲,蚩蚩以立。未几,别驾
入,拜已,太夫人把翁相向哭。既见婢媪厮卒,内外盈塞,坐立不
知所为。诚不见母,问之,方知已死,号嘶气绝,食顷始苏。

(《张诚》)

金圣叹曾一再称赞《水浒传》"千曲百折"。他认为,文章之妙无过
曲折。阅读"百曲千曲万曲、百折千折万折之文",可以带来极大的艺
术享受。《张诚》是按史传体构思的小说,整个故事像纪年史一样,一
丝不差,同时又是波谲云诡、纡徐曲折、大有层次的小说。《张诚》受到
王士祯高度赞扬,认为小说写得太好了。蒲松龄自己在"异史氏曰"中
也对自己构思故事的曲折、奇妙很满意,说了段颇为自得的话:

余听此事至终,涕凡数堕:十余岁童子,斧薪助兄,慨然曰:
"王览固再见乎!"于是一堕。至虎衔诚去,不禁狂呼曰:"天道愦
愦如此!"于是一堕。及兄弟猝遇,则喜而亦堕。转增一兄,又益
一悲,则为别驾堕。一门团圞,惊出不意,喜出不意,无从之涕,则
为翁堕也。不知后世亦有善涕如某者否?

(《张诚》)

以传记体叙小说事,带来一个情节构思上的突出特点:简捷、单
纯。短篇小说最忌头绪纷繁。而《聊斋志异》以史传体经纬小说,故事
虽然令人眼花缭乱,却始终有非常明确、单一的情节主线,同主人翁个
性息息相关的主线如:

《张诚》始终围绕着兄弟深情;

《胡四娘》始终围绕着程郎是否能金榜题名;

《促织》始终围绕着皇帝爱蟋蟀;

《叶生》始终围绕着叶生落榜"非战之罪";

《白秋练》始终围绕着商人慕某的患得患失;

《西湖主》始终围绕着西湖主的身价。

……

因为经常采用沿人物个性构思小说、叙事故事的策略,《聊斋志
异》的情节经常是简单明了,通篇线索一丝不走。读者一眼看去,就能
抓住整个故事。它又不是毫无蕴藉、一览无余的。聊斋小说总是笔墨

诙诡,丰富多彩,情节当繁则繁,当简则简。故事总是围绕着人物,一切为了人物,凡是可以刻画人物的情节,小说家能够连篇累牍、不厌其细;凡是不利于、无助于刻画人物的,可以一语千里,一夕百年,一笔带过,迅疾若风。

蒲松龄步"太史公"后尘。聊斋小说的构思,固然有脱胎于史传文学的地方,然而却不拘一格。其布局,常求险、求快、求意外,却又不作茧自缚,经常在很难做出文章的地方,写出妙文佳篇来。更可贵的是,蒲松龄非常清楚,不管构思多精彩的故事,都应该为揭示人物命运、揭示人物的理想和情操、揭示人物与人物之间的关系服务。这更是蒲松龄的高明之处。

第六节　传统题材的新构筑

如何将前人旧作改成新小说？是考察聊斋小说构思特点的重要途径。

一、蒲松龄喜欢改写前人之作

古代文人特别讲究读前人的书。杜少陵在《奉赠韦左丞丈二十二韵》写下两句名言:"读书破万卷,下笔如有神。"[1]韩昌黎在《进学解》里说:"口不绝吟于六艺之文,手不停披于百家之编……贪多务得,细大不捐。"[2]因为读前人作品多,作家动心思将前人写过的题材重新写成新小说,或者将前人有的简略的故事运以巧思,或者对前人本来成功的故事另辟蹊径。这就有了小说"本事"和小说的关联。四百九十余篇《聊斋志异》中,能够从前辈作家作品中找到"本事"者有百余篇。有的"本事"很明显,有的"本事"较勉强。但从"本事"到聊斋小说的过渡,我们可以看到蒲松龄如何在构思上殚精竭虑。研究"本事"和聊斋小说的关系,特别能够看出小说家如何构思。

---

① 〔唐〕杜甫著,萧涤非选注,《杜甫诗选注》,第20页,北京:人民文学出版社,1979。
② 〔唐〕韩愈撰,马其昶校注,马茂元整理:《韩昌黎文集校注》,第45页,上海:上海古籍出版社,1987。

聊斋小说跟前人作品有比较明显继承关系的,例如:

《画壁》——段成式《酉阳杂俎》之《诺皋记》;

《种梨》——《搜神记》卷四《徐光种瓜》;

《崂山道士》——《古今谭概》"灵迹"部《纸月取月留月》;

《陆判》——《觚剩》之《潜窅衿录》条;

《香玉》——《崂山丛拾》;

《凤阳士人》——《说郛》卷四白行简之《三梦记》、《河东记》之《独孤遐叔》;

《赵城虎》——《古今谭概》之《杖虎》条;

《三仙》——《玄怪录》之《元无有》;

《促织》——《明朝小史》;

《向杲》——《续玄怪录》之《张逢》;

《绛妃》——《酉阳杂俎》之《崔玄微》;

《侠女》——《原化记》之《崔慎思》;

《续黄粱》——《枕中记》;

《大力将军》——《觚剩》之《雪遘》;

《阿宝》——《离魂记》;

《莲花公主》——《南柯太守传》;

《胡四娘》——《鹅笼夫人传》;

……

重写前人作品自然应该取法乎上。就像《诗式》里的话"反古曰复,不滞曰变,若惟复不变,则陷于相似之格"。所以写传统题材必然要变,要创新,对传统题材做重新构筑,应当做到;

——在同样题材中,发他人之未发之微,烛他人未现之微,使思想价值更上一层楼;

——在艺术形式上,自筑一堂奥,自开一户牖,现大匠之巧,青出于蓝。

《聊斋志异》以崭新的构思、崭新的情节,给传统故事带来全新的风貌。我们从几个方面看聊斋先生在小说构思上的创新。

二、《促织》等刺贪刺虐佳作

蒲松龄对传统题材的重新构思第一个成功表现,是用原来很不起眼的轶闻琐事,创造刺贪刺虐的名作。《促织》、《向杲》、《续黄粱》都是刺贪刺虐代表作,它们都有"本事"可寻,蒲松龄如何将古人一般性的记载变成了聊斋名篇,既靠艺术上的功夫,更得靠作者观察人生、认识社会的深刻思想。从这一点上来看,小说家构思小说,还真不能仅靠文字功夫,它是对作家人生阅历和学识的综合"考察"。

　　先看《促织》。这是《聊斋志异》最有代表性的、忧国忧民之作。它原来的"本事":

　　　　我朝宣宗最娴此戏,曾密诏苏州知府况钟进千个,一时语云:"促织瞿瞿叫,宣德皇帝要。"此语至今犹存。①

　　　　帝酷好促织之戏,遣取之江南,其价腾贵,至数十金。时枫桥一粮长,以都督遣,觅得其最良者,用所乘骏马易之。妻妾以骏马易虫,必异,窃视之,乃跃去。妻惧,自经死。夫归,伤其妻,且畏法,亦经焉。②

跟《聊斋志异》有比较可能的,是《明朝小史》,这段记载写皇帝以促织取乐,导致黎民家破人亡,初具情节梗概:

　　皇帝玩蛐蛐,导致价涨;

　　一位粮长因为要应付上级交代的任务,用骏马换个小蛐蛐;

　　妻子好奇,打开盛蛐蛐的小坛观看,结果小虫跃出被鸡吃了;

　　妻子害怕,上吊自杀;

　　粮长心疼妻子也自杀。

《明朝小史》的记载是纯粹现实主义的,没有任何虚构成分。它是历史,不是小说。但它又前因后果极其分明,这就给小说家构思小说留下余地。蒲松龄做的工作是:把虚幻置于现实之中,让刺贪刺虐的思想磨砺出更耀眼的光辉。

　　蒲松龄将促织故事的前因后果做了脱胎换骨的另创造,使它更生动、更丰富、更能震撼人的心灵。我们仍然将《聊斋志异·促织》的故事分为五部分,逐一看看聊斋先生是如何呕心沥血以出新。

---

　　①〔明〕沈德符:《万历野获编》卷二四(技艺),第625页,北京:中华书局,1997。

　　②〔明〕吕毖:《明朝小史》卷六宣德纪·骏马易虫(《玄览堂丛书》本),见朱一玄编:《〈聊斋志异〉资料汇编》,第137页,天津:南开大学出版社,2002。

故事发生的时间,仍然是宣德年间,但皇帝玩促织造成的后果,已经不是简单的"价贵数十金",而是民不聊生;皇帝也不是偶一为之,而是"岁征";不是从产促织的苏州等地征,而是从不产促织的陕西征。而且官吏将这件事当成了剥削良民的新花招,"假此科敛丁口,每责一头,辄倾数家之产"。具体到小说主角成名,促织更成了他灾难的根源:因为他老实,被狡猾的地方小吏报做里正,而他不敢也不想向百姓收敛,赔尽家产,还是交不上促织,于是,被打得"两股间脓血淋漓"。促织,不过是个小小虫儿,却使得百姓倾家败产,在皇帝的眼里,老百姓还不如一只小虫!

"最良者"的获得,在《明朝小史》里是用骏马换来的。骏马换来当然名贵,但毕竟有骏马可以换。蒲松龄却让成名亲自去找促织。先是他的妻子去向一位女巫求神问卜,然而,成名再像顽皮的孩童一般亲自到女巫指示的大佛殿去捕捉促织:

> 入其舍,则密室垂帘。帘外设香几,问者爇香于鼎,再拜。巫从旁望空代祝,唇吻翕辟,不知何词。各各竦立以听。少间,帘内掷一纸出,即道人意中事,无毫发爽。成妻纳钱案上,焚拜如前人。食顷,帘动,片纸抛落。拾视之,非字而画:中绘殿阁,类兰若;后小山下,怪石乱卧,针针丛棘,青麻头伏焉;旁一蟆,若将跳舞。展玩不可晓,然睹促织,隐中胸怀;摺藏之,归以示成。成反复自念:得无教我猎虫所耶?细瞻景状,与村东大佛阁真逼似,乃强起,扶杖执图诣寺后。有古陵蔚起;循陵而走,见蹲石鳞鳞,俨然类画,遂于蒿莱中侧听徐行,似寻针芥,而心目耳力俱穷,绝无踪响。冥搜未已,一癞头蟆猝然跃去。成益愕,急逐趁之,蟆入草间。蹑迹披求,见有虫伏棘根;遽扑之,入石穴中。掭以尖草,不出;以筒水灌之始出,状极俊健,逐而得之。审视,巨身修尾,青项金翅。大喜,笼归。举家庆贺,虽连城拱璧不啻也。

(《促织》)

妻子求神问卜、丈夫捉小虫儿的场面多么精彩细致!比起《明朝小史》的"骏马易之"有趣得多,有味得多。一个"操童子业"的读书人,放下书本,放下需要管理的家业,顽童样捉促织!这段描写好像闲文,却使得整个小说松紧有致,像金铙羯鼓间的琵琶银筝,像峭壁悬崖下的淙淙小溪。它的前边，成名被打，像凄风苦雨；它的后边，成名儿子投井，如风狂雨骤。成名捉促织的优美的描写，像一只轻柔的手，拂去读者因为成名被打得"脓血淋漓"带来的心灵刺痛，又为更惨烈的心灵刺激做准备。这样的构思，刚柔相济，水月交辉。

促织死矣。蒲松龄抛弃了妻子好奇窥视促织的情节，代之以儿子：

> 成有子九岁，窥父不在，窃发盆。虫跃掷径出，迅不可捉；及扑入手，已股落腹裂，斯须就毙。儿惧，啼告母。母闻之，面色灰死，大骂曰："业根！死期至矣！而翁归，自与汝覆算耳！"儿涕而出。

（《促织》）

以子易妻，更为合理。《明朝小史》写因为妻子好奇窥视导致促织死亡。这是事实，但按照小说家的思维，让妻子好奇却不如让九岁孩童好奇更合适。因为，玩促织是孩子的天性，一天玩几天、死几个，与成人，与社会，与皇帝有什么相干？然而，一旦促织成了"御用品"，就成了孩子的禁物。这是可悲又多么可笑！

促织死的后果。《明朝小史》中妻子因促织死了，也自杀了。这事痛则痛矣，却不及《聊斋志异》更让人痛彻心肝：死了一个小虫儿，给成名一家带来塌天大祸：平日最疼儿子的成名妻竟然骂儿子的死期到了；天真的孩子竟然因为走投无路投井自杀。成名回家听到妻子说的事，本来怒气冲冲地找儿子算账，"儿渺然不知所往；既得其尸于井，因而化怒为悲，抢呼欲绝。夫妻向隅，茅舍无烟；相对默然，不复聊赖。"接着成名发现，儿子还多少有点儿气息，立即不再关心儿子，转而想他那要命的促织，因为交不了差，"气断声吞"，愁得整夜睡不着。这是真正的悲剧，人间最美好的感情都被毁灭了，父母因为一只小虫儿，丧失了对儿子的挚爱，天真儿童因为一只小虫儿丧失了对人生的期望！

结局。《明朝小史》里边妻子死了，丈夫心疼妻子也自杀了。这样的惨剧对控诉那个吃人的社会很有力。但是有才气的作家惯于做翻案文章。蒲松龄不仅不让成名死，还让他好好地活着，让他全家好好地活着，意味深长地活着：

成名意外地发现一只黑赤色、梅花翅、形若土狗的小促织，拿出去跟人们的促织较量,这只小促织不仅能斗败所有促织,还能斗败大公鸡! 成名把它交到县里,县里再交到省里,省里交到皇宫,这只小促织在皇帝跟前大放光彩! 于是,巡抚提拔县令;县令提拔成名做秀才,成名有了善于养促织的名气,没过几年,家里有上百顷的田地,盖起新楼,养上几百头牲口,出门穿裘皮大衣骑高头大马,混阔了!

真是大团圆了。然而这个大团圆却不是传统小说最喜欢构思的"生旦当场团圆"、"金榜题名、洞房花烛"、"好人好报多子多孙",甚至于也不同于蒲松龄喜欢罗织的大团圆。这个大团圆把讽世嫉邪的斗争锋芒直指"天子"。

——所谓天子的皇帝,是残害人民的罪魁,连九岁的儿童都因为他而放弃生命;

——天子偶用一物,就可以让老百姓卖妇贴儿,而稍稍满足了皇帝的淫逸要求,就可以一人飞升,仙及鸡犬。

刘熙载在《艺概·赋概》里说过:"按实肖象易,凭虚构象难。"[1]郑板桥有诗:"画到情神飘没处,更无真相有真魂。"[2]聊斋故事《促织》就是对传统题材做了"凭虚构像",使得这个传统故事有了刺贪刺虐的"真魂"。小说家点染之处,总会释放出异光炫彩。最有趣的是,在《明朝小史》里吃掉小小促织的大公鸡,到了聊斋先生笔下,竟然被小促织斗败! 成名不出名的"梅花翅"跟村中少年居为奇货的"蟹壳青"交战,而大公鸡接着出现并为促织斗败的场面,可以看作是中国古代小说"动物交战"经典:

> 小虫伏不动,蠢若木鸡,少年又大笑,试以猪鬣毛,撩拨虫须,仍不动,少年又笑。屡撩之,虫暴怒,直奔,遂相腾击,振奋作声。俄见小虫跃起,张尾伸须,直龁敌领。少年大骇,解令休止。虫翘然矜鸣,似报主知。成大喜。方共瞻玩,一鸡瞥来,径进以啄,成骇立愕呼。幸啄不中,虫跃去尺有咫;鸡健进,逐逼之,虫已在爪下矣。成仓猝莫知所救,顿足失色。旋见鸡伸颈摆扑,临视则虫集冠上,力叮不释。

(《促织》)

① 〔清〕刘熙载:《艺概·赋概》,卷三,第99页,上海:上海古籍出版社,1978。
② 〔清〕郑板桥:《郑板桥全集》(诗钞·黄慎),第90页,上海:国学整理社,1936。

这样的小说，实在是太好看、太有趣了！

让传统题材绽放刺贪刺虐思想光辉的又一聊斋范例是《向杲》。六朝小说《述异记·封邵》写当官的化虎吃老百姓，《向杲》更直接的师承，是唐代李复言《续玄怪录·张逢》。张逢偶尔投身一段绿草地，变成"文彩斓然"的猛虎，因为不愿意吃猪狗牛羊，就把福州录事郑纠吃了，张逢恢复人形后把变虎食人的奇遇告诉众人，被郑纠的儿子听到，"持刀将杀逢"，因为人化虎食人"非故杀"，不了了之。

向杲化虎是对张逢化虎的再创造。蒲松龄将张逢化虎的偶然置身于刺贪刺虐的必然之中。张逢化虎是奇特的，又是偶然的，张逢假如不遇到那片草地，就化不了虎；张逢和郑纠之间也没有必须食之而后快的仇恨。向杲完全不一样。向杲化虎也是偶然，是一位道士"以布袍授之"，易袍后"身化为虎"。但向杲化虎却是必须的：向杲的哥哥为恶霸庄公子所杀，官府受贿，向杲"理不得伸"。庄公子又得知向杲"日怀利刃"要伏击他为兄报仇，请了"勇而善射"的焦桐做护卫。向杲要想报仇，不管是官了还是私了，都无法报。他只有化成老虎才能把恶霸的脑袋咬下来。又因为人化虎的事荒诞而没有根据，虽然向杲明白地承认"老虎就是我"，庄公子家却无奈他何。这样的复仇比起手刃仇人要高明得多。既能报仇雪恨，又能保护自己。

人化虎，是古代小说的传统写法，《向杲》则是蒲松龄运用天才构思创新之作。人化虎成了对付黑暗势力的法宝。从小说艺术上看，蒲松龄人虎之变写得很生动，向杲变成老虎后先是"惊恨"，接着就想"得仇人而食其肉"也很好。"人而虎"心理写得妙，虎恢复人形更精彩。向杲化成的猛虎咬死了庄公子，庄公子的保镖焦桐箭射猛虎，向杲所化之虎被射死，向杲就回到人间。比张逢再回到绿草地回复人形更合情合理。主人被老虎咬死，保镖射虎，保镖不射，老虎不死，向杲不生。蒲松龄在"异史氏曰"里说，天下令人发指的事太多了，使人恨不能暂时化作老虎对付这个黑暗社会。因为思想深化和艺术创新，《向杲》成为中国小说史上"人虎换位"最成功的作品。

让传统题材绽放刺贪刺虐思想光辉的第三个聊斋范例是《续黄粱》。《续黄粱》是在唐传奇《枕中记》基础上做的批判黑暗吏治新文章。《枕中记》写卢生在一家客店做梦，位极人臣，富贵荣华，醒来发现入睡前店主人蒸的黄粱未熟,体会到人生如梦,对功名利禄丧失了兴趣。《续黄粱》不像《枕中记》宣扬黄粱一梦,繁华转眼成空,而是借梦对黑暗官府进行全景式素描。《枕中记》的卢生毕竟还有建功立业的济世抱负。《续黄粱》里的曾孝廉没入梦就琢磨得势后如何结党营私。入梦后成了一人之下、万人之上的宰相,奴隶官府、卖官鬻爵、枉法霸产、鱼肉百姓,死后在地狱里受到上刀山、下油锅的严厉惩罚,梦中再世做女人,托生到乞丐家,给人做妾并被杀。蒲松龄自己认为《续黄粱》可算《枕中记》续篇,因为时代不同,它们的思想意蕴很不相同。《枕中记》是"人生如梦"的思想符号;《续黄粱》却"刺贪刺虐",是对黑暗吏治全景式素描。

三、《胡四娘》、《大力将军》等精雕细镂人情世态的佳作

蒲松龄对传统题材的重新构思第二个成功表现是将前人已经有的故事,或者是成功的故事甚至于小说,或者是简短谈片改成精雕细镂人情世态、曲折生动、一唱三叹的动人故事,创造出过目难忘的丰满人物形象。《胡四娘》、《大力将军》、《香玉》、《侠女》、《姊妹易嫁》、《胭脂》可算代表。

先看《胡四娘》。众所周知,蒲松龄是第一位对科举制度全面开火的作家,他从考生、考官、考试文体等诸多方面对科举制度的弊病作了深刻揭露。《胡四娘》则从女性角度,从科举制度对社会人心的影响上做了细腻刻画。

《胡四娘》取材于周容《鹅笼夫人传》。鹅笼即周廷儒,《明史》有传。《胡四娘》基本沿袭真实历史人物周廷儒夫人的故事,但其"本事"已绝对不能跟《胡四娘》同日而语。为了剖析蒲松龄的创造性劳动,我们先将《鹅笼夫人传》转引如下:

> 鹅笼夫人者,毗陵某氏女也。幼时,父知女必贵,慎卜婿,得鹅笼文,即婿之。母曰:"家云何?"曰:"吾恃其文为家也。"家果贫,数年,犹不能展一礼。妹许某,家故豪,遽行聘,僮仆高帽束条者将百人,筐筥亘里许,媒簪花曳彩……金碧光照屋梁,门外雕鞍骏骑,起骄嘶声,宗戚压肩视。或且问乃姊家何以矣。媪婢共围其妹欢笑吃吃,夫人静坐治针黹,无少异容。一日,母出妹所聘

币，裁为妹服。忽恒曰："尔姊勿复望此也，身属布矣。"夫人闻之，即屏去丝帛，内外唯布。再数年，鹅笼益落魄。夫人妹已绣鸳鸯枕，大鼓吹，簇凤舆出阁去。夫人静坐治针黹，无少异容。壬子秋，鹅笼岁二十四，举于乡。夫人母谓已出意外，即鹅笼亦急告娶。夫人谓母曰："总迟矣。"于是，鹅笼愧而赴京，中两榜俱第一人，名哄天下。南京兆闻状元贫，移公帑金代行聘，官吏奔走执事，宗戚媪婢间，视妹时加甚。夫人仍静坐治针黹，无少异容。已而鹅笼奉特恩赐归，以命服娶，抚按使者已下及郡守俱集驿庭，候鹅笼亲迎。自毗陵至鹅笼家，绛纱并两岸数十里，县令角带出郊，伏道左。女子显荣，闻见未有也。①

《鹅笼夫人传》，顾名思义，是为周廷儒夫人立传，该文写出了一位凝重沉稳、耿直正派、远见卓识的妇女形象。对趋炎附势者的描写，也不乏精彩之处。然而夫人的形象失之于简略，如屡屡以"夫人静坐治针黹，无少异容"写她的行为，情节也缺乏大起大落。脱胎于此故事的《胡四娘》却表现了蒲松龄的非凡才智和机敏。

《胡四娘》所描绘的，不仅仅是历史传说中的人物，更多却是根据作者对社会现象的观察写出的作家经常看到的生活图画。蒲松龄织进这个传统故事里的情节、场面，或者就是他自己感受过的世态炎凉。蒲松龄描绘的是隐藏在社会最深层的东西。他虚构出一位胡四娘，这位胡四娘已经不是历史上的鹅笼夫人，不是任何一个真实历史人物，而是作家钟爱的理想化人物，是作家愿望的体现。胡四娘是有人格力量的人，有自尊心和自信心的人，宠辱无惊的人。她端庄凝重、不因失势而低三下四，也不因得志而趾高气扬。胡四娘身上生动丰富的色彩，远远超过鹅笼夫人。这主要因为蒲松龄是从生活出发，重新构筑了生动、精彩、更有戏剧性、刺激性的情节：

（一）胡四娘嫁程孝思，不像《鹅笼夫人传》那样，因为天意，而是胡四娘的父亲胡银台慧眼识人。程孝思父母早丧，家亦赤贫，求佣于胡银台。"胡公试使文，大悦之，曰：'此不长贫，可妻也。'"胡银台是有眼光的家长。小说出现的人物之间第一次交锋，就是胡银台对反对入

---

①〔明〕周容：《春酒堂存文》，卷二，见朱一玄编：《聊斋志异资料汇编》，第190页，南京：南开大学出版社，2002。

赘程孝思的人"弗之顾"。安排程孝思住到自己家中,给他丰厚的供养。胡银台的儿子们瞧不起程孝思,不肯跟他一起吃饭。程孝思"默默不较短长,研读甚苦"。小说一开始,矛盾就提出来:胡四娘能否成为"贵人"?这决定她丈夫是否得志。胡家公子两瞳如豆,以眼前的富贵与否看人,胡四娘对一切嘲笑置若罔闻。

(二)暂时的贫贱受到难耐的讥讽。贫穷的程孝思受到胡家人歧视、仆人挖苦,出现两次公然羞辱胡四娘夫妇的场面:

第一次,是胡二娘断言:"程郎如作贵官,当抉我眸子去!"二娘的丫鬟狗仗人势,说:"二娘食言,我以两睛代之。"胡四娘的丫鬟桂儿气不过跟二娘的丫鬟争吵,竟被二娘"立批之"。姐姐公然打妹妹的丫鬟,而嫡母银台丈人"无所可否",实际上是祖护二娘及丫鬟。而胡四娘"方绩,不怒亦不言,绩自若。"一个抉眼珠的赌赛映照出二娘主仆、四娘主仆、胡夫人等五个人的为人。胡四娘不怒不言绩自若,不言是最有力的语言,是对势利小人的最大蔑视。

第二次,胡公过生日,儿子女婿均以重礼拜贺,又有人借机嘲笑四娘:这次是大嫂、二嫂唱双簧。大妇问四娘:"汝家祝仪何物?"二嫂抢着说:"两肩荷一口!"受到羞辱的四娘呢?"坦然,殊无惭怍。"

独有胡银台的三姜李氏"恒礼重四娘",教育自己女儿:"四娘内慧外朴,聪明浑而不露,诸婢子皆在其包罗中而不自知。况程郎昼夜攻苦,夫岂为人下者?汝勿效尤,宜善之,他日好相见也。"

不管是羞辱四娘还是礼重四娘,实际上出于同样原因:程郎是否能得志?两位嫂嫂只看到程孝思现在"两肩荷一口"的困难,李氏却想到程孝思昼夜攻苦有可能获胜的前景。羞辱和礼重,截然相反的两个极端,都反应"雀儿专拣旺处飞"的世态。

(三)程孝思几经周折,终于金榜题名,购买了已故胡银台的别墅,去迎接胡四娘。那些势利眼的胡家兄妹马上演出变倨傲为谦恭、变鄙视为仰视的闹剧。情节大开大阖,出现一段花团锦簇的漂亮文字:三郎完婚,胡家兄妹竟然不请四娘参加典礼。等程孝思高中皇榜的消息传到婚礼上,胡家兄妹马上奴颜婢膝地把四娘请来,"申贺者,捉坐者,寒暄者,喧杂满屋"。一切都围着四娘转了。"争把盏酌四娘",过去曾与二娘丫鬟春香打赌的四娘丫鬟桂儿,像凑热闹一样,逼着春香挖眼睛,二娘尴尬得"汗粉交下",而"四娘漠然"。

这是一场极漂亮的宴会,这个宴会妙就妙在把"失志"和"得志"压缩在同一时间,让各类人物迅速表示自己的态度。宴会开始时,胡家兄弟姐妹以为程孝思不得志,不邀请同胞姐妹胡四娘赴宴。等到听说程孝思金榜题名,马上变成阿谀奉承的嘴脸。春香被抉眼睛,文笔并不突兀,与前边情节相照应,二娘虽未被抉眼睛,却比春香还难受,满头热汗把香粉都冲掉了!这段情节翻翻覆覆,将世态炎凉写绝了。

(四)胡四娘成了贵妇,胡家兄弟因不求进取而式微。胡家兄弟在父亲去世后,撇下灵柩不管,先争财产,还是程孝思将胡银台安葬了,接着,二郎因为人命官司不得不去求四娘……

蒲松龄画出嫌贫爱富、趋炎附势的世态,设置了一个又一个环节。写胡银台之卓识,写程孝思之力学,写胡四娘之端默,写胡氏兄弟的刻薄,写胡家姐妹的张狂,然后,一一对照:有卓识者,终于靠昔日的穷女婿入土为安;力学者终于金殿对策;以势利眼光鄙薄他人者反过来极力趋奉……情节纷繁而笔致周密,就像但明伦所评:"纷纭杂沓,聒耳乱心,而若网在纲,如衣挈领,如阵步燕,然首尾相应,以叙笔为提笔,以闲笔为伏笔。人第赏其后半之工,殊不知其得力全在此等处。"

刘勰在《文心雕龙·熔裁》中提出:"规范本体谓之熔,剪截浮词谓之裁。裁则芜秽不生,熔则纲领昭畅,譬绳墨之审分,斧斤之斫削矣。"[①]将《胡四娘》跟其"本事"《鹅笼夫人传》对照,我们可以发现,《胡四娘》抛却了对人物作流水账式列传的模式,撷取人物生活中几个有典型性的片断,如:第一次宴会胡四娘因为贫穷受到嘲笑,第二次宴会胡四娘因为骤然富贵被众星捧月,这样有声有色、形神俱现地刻画人物,给读者的印象,不仅是女主角先贫后富的遭遇,而是她始终凝重的性格;不仅是一个封建家庭的鸡争鹅斗,而是像毒瘤一样溃烂的社会风气;不仅是历史故事的简单重复,而是生动现实的深刻融会。这当然不仅仅是构思的技巧问题,但作家善于删繁就简,无疑是有重要作用的。

《大力将军》写孝廉查伊璜和将军吴六一的报恩故事。

---

① 刘勰撰、王利器校笺:《文心雕龙校证》,卷七,第 209 页,上海:上海古籍出版社,1980。

吴六一实际是真实的历史人物吴六奇，广东潮州人。《潮州府志》卷二十九有传。吴六奇不得志时曾在市上乞食，孝廉查伊璜把他从贫困中拯救出来，资助他从军。后来，吴六奇官至上将，印挂总兵，慷慨地向查伊璜报恩，并将他从明史冤案中拯救出来。这两个的知恩报恩故事，除见于《潮州府志》外，还见于另外三部书，即王士禛《香祖笔记》、钮琇《觚剩》、昭梿《啸亭杂录》。如果对照阅读，则发现，《觚剩》基本上是按照传记文学的路子来写的，叙述相当干净，描写也十分精彩，其情节概要如下：

浙江海宁县孝廉查伊璜两次帮助"铁丐"，第一次给他喝酒，送给他絮袍；第二次再遇到铁丐，絮袍已经给他换了酒，经过查询，知道了铁丐的名字，设酒饭招待，称呼铁丐是"海内奇杰"，赠给他银子帮助他回乡创业。

吴六奇回到潮州后，用查伊璜给的钱买书，增长了学问，后来从军，因为他以奇计平定叛乱，数年间，官至水陆提督。

吴将军向查伊璜报恩，先是向查伊璜赠送了三千两银子，又邀请查伊璜来到广东，盛情款待，再送给三千两银子让查伊璜回乡，后来查伊璜陷于狱中，又是吴将军将他救了出来。

如果《觚剩》中的吴将军故事写得相当粗疏，那么，它可以给后人留下驰骋才思的广阔天地；如果《觚剩》写得十分蹩脚，那么稍加改写也可立见不同。然而《觚剩》也出自文坛高手，吴六奇的故事，布局清清爽爽，人物生动形象，字里行间流露出的感情更是像远村评的"胜读淮阴传"，比韩信和漂母的故事还动人。在钮琇的笔下，吴六奇的形象已有一种特殊魅力，他"敝衣枵腹而无饿寒之色"，他说自己"不读书识字，不至为丐也"，他对查伊璜"躬自出迎"，"既迎孝廉至府，则蒲伏泥首"。他不仅累积赠送查伊璜近万金，还细心地把查伊璜的一块石头千里迢迢地运回了家，文末"今孝廉既没"，"而英石峰岿然尚存"。① 曲终人不见，余音尚绕梁。作为一篇小说化传记文学，《觚剩》令人叹为观止。

刘勰曾说：写文章总是无一定之律，而有一定之妙。蒲松龄对查

---

① 〔清〕钮琇：《觚剩》（粤觚·雪遘），见朱一玄编：《聊斋志异资料汇编》，第198、199、200页，郑州：中州古籍出版社，1985。本书所引相关内容，除特别注明外，均据此版本。

伊璜的故事发生兴趣,但是前人已写得十分透足,如何出新?蒲松龄像天才的军事家,他采取避实击虚的办法,将吴六奇的故事构思得更加简约、更加奇崛,大玩儿"悬念"牌。《大力将军》写查伊璜对吴六一的帮助,仅仅出现过一次:

> 查伊璜,浙人。清明饮野寺中,见殿前有古钟,大于两石瓮,而上下士痕手迹,滑然如新。疑之,俯窥其下,有竹筐受八升许,不知所贮何物。使数人抠耳,力掀举之,无少动;益骇,乃坐饮以伺其人。居无何,有乞儿入,携所得糗糒,堆累钟下。乃以一手起钟,一手掬饵置筐内,往返数四始尽;已复合之,乃去。移时复来,探取食之;食已复探,轻若启椟,一座尽骇。查问:"若男儿胡行乞?"答以啗啖多,无佣者。查以其健,劝投行伍。乞人愀然,虑无阶。查遂携归。饵之,计其食略倍五六人;为易衣履,又以五十金赠之行。

(《大力将军》)

没有查伊璜询问乞丐身世的话语,也没有乞丐的自白,只有乞儿力大无比的夸张性描绘,乞儿从此消失得无影无踪,没有任何交待。十几年后,查伊璜的侄子在福建任职,忽然有位将军向他自称查伊璜弟子,侄儿非常困惑:我叔叔是名贤,哪儿来的武弟子?待他告知来福建的叔叔,查伊璜自己也茫然无所记忆。因为将军总是非常殷勤地问查伊璜的消息,查伊璜就礼貌地"投刺于门",将名片送进去,出来的将军"殊昧生平",根本不认识。查伊璜认为将军记错人了。但是将军"伛偻益恭",毕恭毕敬,跟查伊璜见面后,穿上朝服,命几个人将满头雾水的查伊璜按在座位上不让动,自己三叩九拜,好像朝见皇帝!如此大礼参拜是为何?查伊璜如堕五里雾中。读者也莫名其妙。突然,将军笑曰:"先生不忆举钟之乞人耶?"云开日出,真相大白。

蒲松龄故意设置了悬念,以增强小说的喜剧性效果。其实,查伊璜将乞儿带回家,商议让他从军,岂能连乞儿名字都不问?蒲松龄正是为了变出意外而有意不让查伊璜问乞儿名字。小说开头写乞儿单手举巨钟,是极力渲染。小说结尾两人对面不相识,再用"举钟"引起查伊璜的回忆。笔墨十分经济,情节相当奇幻。但明伦评论此文时说了很有道理的几句话,他说:"此事自当以《觚剩》为详",而聊斋"笔亦超脱可喜"。说得太对了！《觚剩》是按照传记文学的路子老老实实写，《大力将军》则按照短篇小说的艺术要求巧妙构思。古人绘画，讲究"无画处皆画"。蒲松龄写小说，也在无笔墨处用心。乞儿如何变将军？《觚剩》有详细交待，聊斋一字不提。海明威曾经提出写小说的"冰山理论"，即小说家仅仅露出冰山之十分之一，把十分之九藏在海水下。这叫不写之写，不著一字，尽得风流。

有位西方戏剧理论家说过：观众看戏，最感兴趣的，往往是高潮和结局，对于其琐细过程并没有太多兴趣。写小说也如此。查伊璜跟吴六奇的故事，在《觚剩》中有结局而没高潮。《觚剩》几次写到将军"持三千金存其家"，"义取之资，几至钜万"，"复以三千金赠行"。馈赠之重，几次拿数字说话。蒲松龄避实就虚，不在回赠多少金银上做文章，却在馈金细节、人情渲染上大做文章：

> 查醉，起迟，将军已于寝门外三问矣。查不自安，辞欲返。将军投辖下钥，锢闭之。见将军日无他作，惟点数姬婢养厮卒，及骡马服用器具，督造记籍，戒无亏漏。查以将军家政，故未深叩。一日，执籍谓查曰："不才得有今日，悉出高厚之赐。一婢一物，所不敢私，敢以半奉先生。"查愕然不受，将军不听，出藏镪数万，亦两置之。按籍点照，古玩床几，堂内外罗列几满。查固止之，将军不顾。稽婢仆姓名已，即令男为治装，女为敛器，且嘱敬事先生。百声悚应。又亲视姬婢登舆，厮卒捉马骡，阗咽并发，乃返。

（《大力将军》）

一段多么热闹感人的文字！给人的突出印象是：将军报恩固然是厚报，更是慷慨之极、豪爽之极、感人之甚。本来可以数语带过的"报以数万金"，蒲松龄排荡摇曳出之，读后回思，不如此铺排，则无以写将军的侠骨柔情。

《大力将军》最接近现代小说或西方小说构思方式。它对复杂的现实世界做了天才的省略和凝聚，提笔直达事物核心。小说实际上只有两个情节，即举钟之乞人受助和举钟之人报恩。写乞人举钟受助时，蒲松龄将史传文学中两次受助改为一次，省却许多笔墨。为了文字既简洁又出彩，叙述角度也在变化。先是从查伊璜眼中写出乞儿。到了将军厚报，需要竭力渲染气氛时，又用第三人称"全能的上帝眼睛",写双方的感受。既写查伊璜疑问丛生:"查以将军家政","查愕然不受"、"查固止之";又写将军诚心诚意:"投辖下钥"、"将军不听"、"将军不顾"、"令男为治装,女为敛器"、"亲视姬婢登舆"。写得有声有色,跃然纸上。两个生活的横切面用巧妙的丝线维系,成为一篇精悍短小的短篇小说。

《大力将军》既有别于一般的古代短篇小说——以故事为主、以矛盾的发生、发展、结束为线索,又有别于蒲松龄常用的、以传记体叙事的小说——以人物某种品格为情节发展的依据,以人物品格左右矛盾的发展,比较系统地写出人物较长时期乃至一生的遭遇,如《仇大娘》。蒲松龄构思小说,可谓时时求新、处处求新。因此,他才能像杜工部的诗句所说"一洗千古凡马尘"。

《香玉》,来自清初《崂山丛拾》记载的民间传说:崂山上清宫有个烟霞洞,洞前有株数百年的白牡丹,明代即墨的蓝侍郎到此游历,喜欢上这株牡丹,想移植到家中,晚上,一个白衣女子来向道士告别,说,我明天就走了,某年某月某日,我还要回来。第二天果然蓝侍郎派人来取花,道士将这个日子及白衣女子说回归的日子都记下来,到了牡丹回归的日子,道士发现园中牡丹旧址处牡丹怒放,赶快告诉蓝侍郎,蓝侍郎发现自己家移来的牡丹已经枯萎。

《崂山丛拾》记载的白牡丹花神故事不过是"齐东野人"的简单闲话,牡丹化成的白衣女子跟道士也没有感情交流。到了蒲松龄笔下,《香玉》成为聊斋最动人的爱情故事之一。黄生在崂山下清宫读书,遇到一对艳丽无双的女子,他跟其中的白衣女子香玉成为爱侣,而红衣女子绛雪是香玉的义姐。此后《崂山丛拾》里所说的即墨蓝氏移牡丹的情节,成为描写香玉和黄生死恋的缘由。白牡丹被移走并憔悴而死后,黄生跟香玉的义姐一起怀念香玉,感动得香玉的花魂跟黄生相会,几经挫折,香玉复活,黄生却病至垂危,但他不惧怕死亡,反而认为,这是他的重生,肉体死亡使他的精神可以跟爱妻香玉、挚友绛雪长相依。按黄生的愿望,他死后成为依偎在白牡丹旁边、只长叶不开花的紫叶牡丹,后来紫叶牡丹因为不开花被砍去,白牡丹和耐冬绛雪很快憔悴而死。《香玉》创造了三个性格鲜明的人物,香玉赤诚而执着,绛雪冷静而沉着,黄生风雅而多情。他们为了爱,可以义无反顾地选择死亡,可以费尽曲折地选择重生,生生死死痴情不变,写尽至情。牡丹花神香玉、耐冬花神绛雪、痴情的黄生成为古代小说人物画廊的著名形象。故事中的黄生先跟花神相恋,再跟花神之魂相恋,最后跟复活的花神结合,是奥妙无穷的"三生情"。小说中绛雪这个重要的女性形象,在小说的"本事"中根本没有,完全是蒲松龄凭天才小说家"客里空"造出来的。

《侠女》明显受唐传奇《原化记·崔慎思》影响。进士崔慎思赁房居住,见房主颇有姿色,求为妻。妇人自称身份不合,自愿做妾,生了儿子后,有天夜里,崔忽见妇人自屋而下,白练缠身,右手握匕首,左手携人头,自称其父为郡守所杀……说完,逾墙而去。崔惊叹其功夫,女子返回,说要给婴儿哺乳。女子走后,崔慎思奇怪听不到婴儿啼,发现儿子已被杀。蒲松龄借鉴唐传奇,没有照猫画虎,而是做神妙创造。《聊斋志异·侠女》虽取意于唐传奇,但在主要环节上脱胎换骨:唐传奇女主角报仇过程中借男子暂栖身,和男主角缺乏深层感情交流;《侠女》中侠女则与顾生惺惺相惜,对顾母温情熙熙。次要人物顾生、顾母也颇具风采。唐传奇女主角报仇后杀死亲生子,虽可解释为绝儿女情的果决行为,毕竟不近人情;《侠女》则变怪戾的"杀子"而代之温馨的"生子",为"举止生硬"的侠女平添一层温和色彩。侠女"生子"不仅成为刻画人物的重要一笔,还成为小说情节发展的枢纽,进而成为《侠女》能将传统题材点铁成金的关键。

《姊妹易嫁》的本事是宋代钱易《南部新书》一段不到两百字的记载:冀州长史吉某为儿子求崔敬长女为妻,花轿临门时,崔妻和长女抱头大哭,长女认为吉家门户低,不肯嫁,崔家小女儿代替姐姐登上花轿,后来吉家的儿子做了宰相。蒲松龄改写《姐妹易嫁》时,把故事时间和地点与清初拉近,把男女双方的经济地位拉远,男主角是明末山东掖县的毛相国毛纪,不得志时父亲穷得无立锥之地,给人放牛谋生。张大户之所以将大女儿许给毛纪,是因为得到神人启示:毛纪将来会成为贵人。张家长女却嫌贫爱富,发誓说:"死不从牧牛儿。"在花轿临门时张家长女眼零雨而首飞蓬,死也不肯上轿,慷慨豪爽的妹妹毅然代嫁。后来嫁了富人的姐姐家产荡尽,只好出家做尼姑;嫁了穷人的妹妹成了宰相夫人。《姐妹易嫁》故事生动曲折,为群众喜闻乐见,不仅小说《姐妹易嫁》长期活跃在大众口耳相传中,还被吕剧、柳子戏、梆子戏、五音戏等地方剧种搬上舞台,盛演不衰。

《胭脂》是《聊斋》名篇,篇末注明,断此案的官员是蒲松龄恩师施闰章。但蒲松龄经常让现实生活的真实人物担任虚拟时空的证人,胭脂案到底是不是真实的案件,是不是施闰章断的案件,都有待进一步考证。从有关资料看,青年男女偷期密约,有个不速之客插进来李代桃僵,最终发生命案,再费尽曲折地断案,这是中国古代小说和戏剧常见的传统题材。至少有三四篇小说、剧本跟《胭脂》情节极其类似,如五代时的小说《李崇龟》,南戏和元杂剧《王月英月夜留鞋记》。冯梦龙《情史》辑录的《情累》跟《胭脂》如出一辙:张生对临街楼上少女一见钟情,少女赠红绣鞋,张生请卖花的陆老太帮忙与少女私会,鞋落入陆老太的屠户儿子手中,冒名顶替,跟少女来往半年后,被少女父母发现,屠户杀死少女父母,事发后断案官吏让张生与少女对质,发现张生被冤枉,再从绣鞋线索找到了陆屠。聊斋故事《胭脂》基本情节和《情累》相似,但是断案的过程写得更曲折生动,县令把鄂生断成杀人犯,知府吴南岱聪明地断明了鄂生之冤,又武断地把秀才宿介断成凶手,学使施闰章采用心理战让真正的凶犯毛大露出原形。《胭脂》的篇末还有托名施闰章的赋体"结案陈词"。《胭脂》既是杰出的人情小说也是引人入胜的断案故事,曾被戏剧大师梅兰芳改编为《牢狱鸳鸯》演出。

四、《崂山道士》等劝世哲理名篇

前人粗陈梗概的作品,被蒲松龄改写成为奇思奔驰、寓意劝世的哲理名篇。《崂山道士》、《画皮》、《陆判》、《赵城虎》、《种梨》是范例。

《崂山道士》:故事原型《纸月》、《取月》、《留月》,三个简短故事来源于唐传奇《宣室志》和《三水小牍》。简略地写三件异人异事:一位刻纸如月,用纸剪个月亮贴到墙上,整个屋子照得亮亮堂堂;另一位把月亮取到自己的怀里,随时拿出来照明;还有一位能把月光保留在篮子里,没有月亮时拿出来照明。蒲松龄汲取了《纸月》、《取月》、《留月》的情节,却赋予其丰富的社会内容,成为百姓喜闻乐见的故事。王生娇惰不肯作苦,他"慕道"实际上是向往不劳而获的安逸生活,他不知道任何安乐生活都得经过艰苦劳动才能得到。他到崂山学道,道士让他先学砍柴,没多久,他就受不了了。在他"阴有归志"想回家时,有天晚上,他的老师跟几位朋友一起饮酒,老道士剪纸如镜,贴在墙上,变成光明洞照的月亮,壶中美酒总也饮不完,桌上的筷子掷到月亮中,变成美丽的嫦娥飘然而下,载歌载舞。王生对这轻歌曼舞、月宫仙境十分羡慕,暂时打消了回家念头。但王生只知道神仙生活的安逸,不知道神仙道术是修炼而来,仍然不愿意继续"早樵而暮归"的劳动,要求回家,要求老师略授小术。他不求修道业,偏要学穿墙术,还不就是想做偷鸡摸狗的勾当?道士嘱咐他"归宜洁持,否则不验",王生不听,在妻子跟前卖弄,结果脑袋触在硬硬的墙壁上。蒲松龄在"异史氏曰"里说:

> 闻此事未有不大笑者;而不知世之为王生者,正复不少。今有伧父,喜疢毒而畏药石,遂有吮痈舐痔者,进宣威逞暴之术以迎其旨,诒之曰:"执此术也以往,可以横行而无碍。"初试未尝不小效,遂为天下之大,举可以如是行矣,势不至触硬壁而颠蹶不止也。

(《崂山道士》)

蒲松龄把琐细轶闻《纸月》、《取月》、《留月》改写成给读者特别是青少年读者以美的享受和道德启迪的名作《崂山道士》,多次被拍成电视剧、美术片,是《聊斋》标志性作品。

《画皮》明显的原型有两个:一个是唐传奇《集异记·崔韬》,崔韬遇到件怪事,有只老虎脱去虎皮就变成美女,他藏起虎皮把美女带回家做妻子,多年后,妻子披上虎皮重新变成老虎把崔家父子都吃掉了。另一个是明代冯梦龙《古今谭概·鬼张》,高邮指挥张某遇到一美女带回家同居并生了儿子,他发现女子经常把自己的头取下来放到膝盖上加以修饰后再把头接上,张某入户斩之,发现那个美女竟然是块破船板。蒲松龄借鉴这两个怪异短片写成了《聊斋》最有名的鬼故事《画皮》。它给人的深刻教益是:要警惕披着美女画皮的恶鬼。

《陆判》是富有谐趣的聊斋故事,它的原型有三个:其一是六朝小说《幽明录》,美貌的贾弼之夜梦一个面貌可怕的人要求跟他换头,醒来他变成个可怕的丑人;其二是唐传奇《原化记》,狂生刘某跟朋友打赌,将一个死妇背到家里且说是自己妻子,结果死妇复活嫁为其妻;其三是清初《虞初新志》辑录的明代"换心记"故事：万历年间有个愚鲁之极的富翁之子，在梦中被金甲神用巨斧挖走心换上另一颗心，文思大进，不几年中了进士。蒲松龄用这三个简短奇闻，改写成《陆判》，把换心、换头的怪异情节写得入情入理。

　　《赵城虎》故事原型是《古今谭概·杖虎》：登州知府于子仁得知郡内有人被老虎所吃，下令隶卒捕虎，隶卒进入深山把捕虎令焚烧了，吃人之虎现身，弭耳帖尾跟隶卒回到府衙，于子仁厉声斥责并杖虎，老虎受杖后沿原路返回深山。这个故事很别致，蒲松龄对这个故事的改造，是把原本怪异性简短谈片写成曲折生动富于人情味的新奇故事。《赵城虎》里的老虎吃掉老妇人的独生子，县令派隶卒捉虎，本来不可能有人承担，偏偏有位喝醉酒的隶卒承担下来，当然捉不到老虎，受到杖责，只好到东郭岳庙哀求神灵，这时，老虎来了，"殊不他顾，蹲立门中"，露出"好汉做事好汉当"的样子，听任隶卒拴到县衙。县令问老虎：老妇的独生子是你吃了？老虎点头承认。县令说：杀人偿命，如果你能给老妇养老，我就赦免你。老虎又点头。从此，老虎就像儿子一样照顾老妇，给她送吃的，给她送钱，老虎还经常到老妇的檐下趴着，像儿子依恋母亲。老虎对老妇的奉养超过了儿子，老妇人心里暗暗感谢老虎。老妇死后，老虎在她生前所送的物品足够给她送葬，老虎还跑到灵前悲惨地嗥叫，宛如儿子哭母亲。蒲松龄把食人的兽中王写成了可爱的人化非人，写成了虎形义士，让纯粹的虎形负荷着优美的人性，产生了奇异的美感。当然，老虎能做儿子只是个美丽幻想，早就有《聊斋》点评家指出："若教山君可作子，食尽人间爷娘多"。

　　《种梨》，蒲松龄自称"才非干宝，雅爱搜神"，《种梨》的"本事"恰好见于干宝《搜神记·徐光种瓜》：内容很简单：

　　　　吴时有徐光者，尝行术于市里。从人乞瓜，其主勿与。便从索瓣，杖地种之。俄而瓜生蔓延，生花成实。乃取食之。因赐观者。鬻者反视所出卖，皆亡耗矣。①

这是很简短的记录，蒲松龄改写成兴味盎然的故事。一个昏聩的乡人在市面上卖梨，道士向他讨个梨，他不肯给，道士不依不饶，说哪怕给

──────────

① 〔晋〕干宝撰，王绍楹校注：《搜神记》，卷一（徐光），第11～12页。

我个很小的梨也成。卖梨者极吝啬,坚决不给,众人劝说也不听。市面上好事者掏一文钱买个梨给道士。道士说:我并不是想要梨,我只是想用这梨核,接着种起梨来。道士种下梨后要浇水,唯恐天下不乱的好事者故意讨碗开水浇上,梨树居然瞬息间发芽,长成树,开花,树叶扶疏,硕果满枝。从道士种梨到梨子满树,道士摘下来送给大家吃,再到道士丁丁冬冬砍树,扛起树干走掉,卖梨人都好奇地做观众,当他发现道士的梨原来是自己车上的梨再去追赶时,道士已无影无踪,而道士丢掉的树干竟然是卖梨人车上的车把!

《种梨》是最早传到西方的聊斋故事,1848年美国传教士卫三畏把《种梨》译成英语,发表在《中国报道》上。美国人绝对想不到千年之前,在蒲松龄认为高不可攀的《搜神记》,早就出现过类似的故事。而蒲松龄借他人衣料裁剪的美丽时装,已经在全世界"展览"了几百年。

五、《莲花公主》、《凤阳士人》等写梦幻佳作

梦是中国古代文人特别喜欢驻足的园地。《太平广记》收集宋以来的梦幻故事有一百七十则。《红楼梦》写了几十个梦。梦究竟是什么?弗洛伊德在四十万言《梦的解析》一书中说,梦是愿望达成。中国古代文人已有人用近乎科学的角度来解释梦是什么,孟棨的《本事诗》记载:元稹、白居易游曲江的梦,是"千里神交,若合符契"。中国古代小说写梦,是作家比赛才能、妙想巧构、妙笔生花的阵地。

小说写梦,源远流长。最早的,应该是刘义庆《幽明录·焦湖庙祝》。虽然文字不长,但开后世文学"梦文章"的先河。梦中得富贵、做高官的故事,后来成为小说家和戏剧家热衷的题材。沈既济《枕中记》,汤显祖《邯郸梦》,戏法儿个个会变,立意各不相同。蒲松龄扩大了梦文学的疆域,除梦中做官之外,梦是凡人联系神鬼狐妖的最佳手段。梦境对于聊斋故事的构思有着十分重要的作用。

《凤阳士人》完全写梦,梦中写人而人物神采俱现;

《绛妃》写作者自己的梦,梦中显示的是他对现实的深刻认识;

《梦狼》写梦,实际是现实的典型化;

《续黄粱》写梦,实际是严酷的现实人生;

……

　　梦对于人情小说,在构思上收纵横自如、诡谲变幻、离奇曲折之效。《王桂庵》和《寄生》,父子奇缘,皆以梦成。蒲松龄自己说:没有善梦之父,何来离魂之子?《王桂庵》在长江上遇到"榜人女",两人都有情却马上分离,美丽的女孩漂泊不知何处。王桂庵日思夜想,终于梦到一个江村:

> 　　一夜,梦至江村,过数门,见一家柴扉南向,门内疏竹为篱,意是亭园,径入之。有夜合一株,红丝满树。隐念:诗中"门前一树马缨花",此其是矣。过数武,苇笆光洁。又入之,见北舍三楹,双扉阖焉。南有小舍,红蕉蔽窗。探身一窥,则榻架当门,胃画裙其上,知为女子闺闼,愕然却退;而内已觉之,有奔出瞰客者,粉黛微呈,则舟中人也。喜出非望,曰:"亦有相逢之期乎!"方将狎就,女父适归,倏然惊觉,始知为梦。景物历历,如在目前。秘之,恐与人言,破此佳梦。

(《王桂庵》)

　　如果不是这个梦,王桂庵如何能在梦境所在的地方寻找到芸娘?梦,成了情节转换的枢纽,人物离合的红线。山东俗话说:"做梦娶媳妇——想得美"。蒲松龄很善于把梦想变成现实,王桂庵靠做梦找到姿容绝世的芸娘,王桂庵的儿子寄生靠做梦娶上两位美女。古代小说家善于做梦,蒲松龄之梦,既巧且奇,又入情入理。

　　从取材于前人题材的梦幻故事《莲花公主》和《凤阳士人》,尤其可以看出蒲松龄在构思上的如何推陈出新。

　　《莲花公主》与唐传奇《南柯太守传》的师承关系一目了然。《聊斋》以古为新,构成新的意境。蒲松龄在数百年盛传不衰的小说名作、戏剧名作上另起炉灶,那是需要勇气和手段的。《莲花公主》摒除了《南柯太守传》的消极出世思想,借梦构篇、借物写人,莲花公主是蜂巢里的公主,《聊斋》写梦,总让人联想到蜂巢,概而言之:

　　其一,寓意双关。窦旭昼寝,被一褐衣人导入一个"近在邻境"的所在。此处"叠阁重楼,万椽相接,曲折而行,觉万户千门"。表面上是进入一个有着独特建筑风貌的楼阁,实际上是蜂巢。常人眼中的蜂巢乃是密密麻麻、成千上万蜜蜂出入的地方,而在蜜蜂眼中,它却是宫殿。窦见"宫人女官,往来甚夥",字面的意思是楼阁中人多事忙,实际上暗寓蜂房中蜜蜂爬上爬下。王者以"忝近芳邻,缘即至深"语窦旭,再次照应开头说的"近邻",其实就是邻家的蜂巢。饮酒间奏乐,"笙歌作于下,钲鼓不鸣,音声幽细",好像某王府的特殊演奏,实际寓群蜂飞鸣之意,紧扣蜂音之细做文章,钲鼓不鸣,因为无钲鼓可鸣也。莲花公主出面了,"珮环声近,兰麝香浓",既是一位装饰着珠宝的妙龄少女,又隐含着蜂飞翔花中散布花香之意。待到窦旭和莲花公主入洞房,"洞房温清,穷极芳腻",是人间夫妇的新婚洞房,又以其温暖、芳香暗指蜂房。这些描写,既是人间的琼楼华阁、美女,又是蜂巢和蜜蜂。就连篇首邀窦的"褐衣人"也直接取自蜜蜂的颜色。两次提及"近邻",也含义明确与后文"邻翁之旧圃"吻合。《聊斋》此类写梦法,被称为"近点法"。亦人亦物,亦真亦幻,蜜蜂人格化,自体态、声音均如淑女情致,形成特有的美学氛围。

其二,梦境构思灵婉、紧凑。《莲花公主》不再沿袭《南柯太守传》的人生如梦思想,相应地,也不写梦中历繁华、经沦落的大起大落故事,不写人生数十年的经历,仅写两个片断。以两个梦构成艳遇或遇合。第一个梦:"方昼寝,见一褐衣人立榻前",简洁明快,毫不拖泥带水。窦旭梦中遇公主,却因神情悄恍,失去了附婚机会。归家,梦醒。入梦时是昼寝,按常理应是午休。梦醒时,"返照已残",时近黄昏。合情合理又严密周到。莲花公主出场,利用一副"才人登桂府 君子爱莲花"的对子引出,奇哉妙哉。第二个梦是晚上与友人共榻时,由前内宫来引入梦。梦中结婚,梦中的公主因桂府灾殃而娇啼,窦焦思无术而梦醒,"始知为梦"。这时,我们才体会到作者为什么要让窦旭与友人同榻而自己去追梦。原来要友人成为梦境的旁观者,"诘之","亦诧为异",从第三者的角度参与梦,证梦为实,实乃妙笔。

其三,梦境描写圆转、新峭。《莲花公主》写人而物,物变人时完全是独具风采的人生,人变物时,又是纯粹生物性的物。窦旭娶莲花公主,一切礼仪和朝廷召驸马一样郑重。窦旭与莲花公主正新婚欢笑,灾祸突起,桂府大王称"国祚将覆",含香殿大学士奏本,"祈早迁都,以存国脉事",说有一千丈蟒蛇盘踞在宫外,吞食臣民一万三千八百余口……完全是台阁应对情景,是一个国家遭受外敌时的场景。大学士的奏章,沉稳庄重,有翰苑之才。国王向窦旭泣诉"小女已累先生",就像将要倾覆的王朝交代后事。莲花公主向窦旭求救,"含涕","牵衿","号咷","伏床悲啼",各种娇啼之态写尽。窦旭带公主迁入自己茅屋,自谦"惭无金屋",公主反而认为比自家宫殿大得多——人世不管多简陋的房屋,总比蜂巢大得多——公主进一步要求窦旭照顾父母,好像人世间出嫁的女儿要求女婿照顾娘家人……一切都像极人与人的关系。这时,梦境突然跟现实联系起来,窦旭在公主啼声中梦醒,"而耳畔啼声,嘤嘤未绝。审听之,殊非人声,乃蜂子二三头,飞鸣枕上。"娇婉的公主变成了嘤嘤啼鸣的蜜蜂,桂府变成旧圃中的蜂房,国王、学士均不复存在,变成了络绎不绝的群蜂。那威胁着桂府安全、"头如山岳,目等江海"的千丈长巨蛇呢? 不过是丈许蛇。蜜蜂就是蜜蜂,不是什么公主,桂府国王因国祚将覆迁都,变成群蜂移巢,"蜂入生家,滋息更盛,亦无他异"。人而物骤变,快速利落,作者像魔术大师,眨眼间,纸变飞鸟,活人切两半儿,人们深深惊诧之际,幕布垂下,留下无限回味让人琢磨。

其四,写梦更着重于写梦中人心理。跟《南柯太守传》不同,《莲花公主》处处围绕窦旭的心理感受,写得玲珑剔透。第一次梦,写窦旭完全不知是梦的心境。他初见莲花公主:"神情摇动,木坐凝思",既是为公主的美色所迷惑,又对自己何以邂逅美色而不知所以然。王者劝饮时,他"目竟罔睹",乃魂魄随莲花而去。王有许婚意,又称"自惭不类",窦旭"怅然若痴,即又不闻",视听皆迷,其神情活现。而"不闻"的结果又使他对"不类"而难通婚全然没有思想准备,不能马上反驳。近坐者说他"王揖君未见,王言君未闻耶?"用旁观者的口,画出窦旭魂不守舍的姿态,仍然是写他的着迷心理。窦因在王者面前失态,羞愧之极,错过了结亲机会。归途中,内官提醒:"适王谓可匹敌,似欲附为昏因,何默不一言?"窦旭顿足而悔,步步追恨而出梦。这段梦境描写,完全是现实生活中青年男子骤遇高贵女性时,既痴迷、留恋,又自惭非匹的心情,真实细腻,委曲婉转。继写窦旭"冀旧梦可以复寻"。梦境岂有求续之理? 多么天真而痴迷! 但窦旭第一次梦中遇到的王者埋下了续梦之根,"若烦萦念,更当再邀"。窦旭果然再次进入"桂府"且与公主结婚。婚礼场面隆重而排场:"俄见数十宫女,拥公主出。以红锦覆首,凌波微步,挽上氍毹,与生交拜成礼。"此时的窦旭,娶了如花美眷,住进温清宫殿,乐极而以为是在梦中:"有卿在目,真使人乐而忘死。但恐今日之遇,乃是梦耳。"此语贴合窦旭求梦得梦的心理。本来怀疑是梦,明明也正是梦,公主偏偏驳斥:"明明妾与君,那得是梦?"妙问巧答。窦旭为了证明自己不是在梦中,戏为公主化妆,用带子量公主的腰围、用手掌量其脚的大小……以对美人的实际体验证明非梦。这些缘幻生情的描写,作者似不用心,读罢掩卷而思,才知其写梦、寻梦、悟梦、认梦非梦,一层层,一件件,都写得韵美而语隽,都是作者刻意跟它的"本事"唐传奇分道扬镳的妙招。

跟《莲花公主》类似的写梦名作,是《凤阳士人》,也是学唐传奇,又别于唐传奇。

《凤阳士人》取材于白行简的《三梦记》和《河东记》的《独孤遐叔》。《三梦记》写了三种梦:第一梦:彼梦有所往而此遇之。第二梦:此有所为而彼梦之。第三梦,两梦相通。《河东记》的《独孤遐叔》是对《三梦记》"祖述其意,别制篇章"。其情节梗概是:进士独孤遐叔未得功名时,游剑南而归,临近离家五六里外夜宿佛堂,睡不着,忽听到墙外有人在欢笑饮酒,一看,竟然妻子白氏也在里边,还有个少年举杯要求白氏给唱曲儿。白氏悲愁地唱道:"今夕今夕,存耶没耶? 良人去兮天之涯,园树伤心兮三见花。"①独孤遐叔气愤地"扪一大砖,向坐飞击。砖才至地,悄然一无所有"。独孤遐叔怀疑妻子死了,急速回家,其妻刚刚梦醒,梦境跟独孤遐叔所见完全相同。唐传奇《纂异记》之《张生》跟《河东记》的《独孤遐叔》大致相同。张生游河朔回家,忽然于草莽中见灯火辉煌,原来有十几个人在喝酒,有长须者劝张生之妻唱曲,而且说话渐近狎亵,张生大怒,用力掷过瓦片,打中长须者,又掷一片,打中妻子,结果所有的人都消失了。张生以为妻子死了,急忙回到家中,丫鬟说:娘子夜来头疼。妻子自己说:夜里梦到跟六七个人一起喝酒……梦境与张生所见完全相同。

《聊斋志异》的《凤阳士人》故事情节是:凤阳一士人负笈远游,他的妻子盼望他回来。有一天夜里,妻子刚刚睡下,有一位丽人来,问"姊姊,得无欲见郎君乎?"妻"急起应之",随丽人而去。走到路上,遇

---

① 〔唐〕薛渔思:《河东记》(独孤遐叔),见朱一玄编:《〈聊斋志异〉资料汇编》,第60页。

到士人骑白骡来了。三人相遇，丽人邀请士人夫妇到自己家休息，又以士人夫妇"鸾凤久乖"为由设宴招饮，席中丽人公然与士人调情，"音声靡靡"地给士人唱淫词艳曲："黄昏卸得残妆罢，窗外西风冷透纱。听蕉声，一阵一阵细雨下。何处与人闲磕牙？望穿秋水，不见还家，潸潸泪似麻。又是想他，又是恨他，手拿着红绣鞋儿占鬼卦。"然后，士人、丽人竟然伪醉离席，去丽人卧室男欢女爱起来。妻气愤欲死，恰好妻弟来了，急用巨石打士人和丽人，士人被打得脑浆崩裂而死……原来，这是士人妻的梦。她惊醒，次日，士人果然骑头白骡回来了，说他夜里亦得同梦。这时妻子的弟弟来了，说：我夜里曾梦到愤恨地投石！"三梦相符，而不知丽人何许耳。"

将《凤阳士人》和《三梦记》、《独孤遐叔》对照，可以看出，蒲松龄在构思上的新的创造表现在几个方面：

《凤阳士人》使用的，仍然是传统题材，即以梦境展示世情。《三梦记》展示刘幽求对妻子的思恋、白氏兄弟对元稹的好友深情。《独孤遐叔》写独孤对妻子的爱恋。《三梦记》及《独孤遐叔》写的都是男主角对女主角的爱恋之情。聊斋故事反其道而行之，写的是女主角对男主角的思恋。《三梦记》和《独孤遐叔》故事中，被外人邀请去饮宴的妻子都是正气凛然的，因为忠于丈夫，妻子唱的歌都是对夫妇感情的正面表达。《凤阳士人》来了个双向反叛：一方面，梦中的丈夫不再思恋妻子，而见异思迁，甚至于公然当着妻子的面和丽人调情；另一方面妻子的感情不再单纯是"忠"，而主要挟有"怨"，而这种怨是因为目睹丈夫的不忠，越来越忍无可忍：

士人注视丽者，屡以游词相挑。夫妻乍聚，并不寒暄一语。丽人亦美目流情，妖言隐谜。女惟默坐，伪为愚者。久之渐醺，二人语益狎。又以巨觥劝客，士人以醉辞；劝之益苦，士人笑曰："卿为我度一曲，即当饮。"丽人不拒，即以牙杖抚提琴而歌曰：……歌竟，笑曰："此市井里巷之谣，不足污君听；然因流俗所尚，姑效颦耳。"音声靡靡，风度狎亵。士人摇惑，若不自禁。少间，丽人伪醉离席；士人亦起，从之而去。久之，不至。……女独坐，块然无侣，中心愤恚，颇难自堪；思欲遁归，而夜色微茫，不忆道路。辗转无以自主，因起而觇之，裁近其窗，则断云零雨之声，隐约可闻。又听之，闻良人与己素常猥亵之状，尽情倾吐。女至此，手颤心摇，殆不可过，念不如出门审沟壑以死。

(《凤阳士人》)

《凤阳士人》叙事角度变了，《独孤遐叔》中男主角的主导地位让位于女主角，因为叙事角度变了，写人感情也脱开了前人固有的模式，变"男思"为"妇怨"，变"忠诚"为"邪狎"，小说完全改弦更张，更便于作者腾挪变化。

《凤阳士人》既非彼梦而此有所遇，亦非此有所为而彼梦之，也不是两梦相通。它独出心裁地来了个三梦相通：士人与妻子的梦相通，用士人骑的白骡相连接；妻弟与二人的梦相通，用"巨石"连接。头绪更多了，却一丝不乱。

最为可贵的是，《凤阳士人》不是立足于讲故事，而是立足于刻画人物，不像《独孤遐叔》故事有趣，人物面目模糊。《凤阳士人》故事有趣，人物也都有个性。士人——滥情而放荡；丽人——妖冶而艳媚；妻弟——莽撞而正派。其中尤以妻子的形象丰满，她对丈夫深切思念，使她"才就枕，纱月摇影，离思萦怀"。她不怕步履艰难，赶去看丈夫。丈夫公然跟丽人眉来眼去，她气极了却又软弱得只想自尽。当妻弟用巨石打士人时，她又"愕然大哭"。这位女性的忍让、贤慧而无能十分传神。

有人曾问一位西方著名雕刻家：你怎么能刻出栩栩如生的人物？雕刻家回答：把一切不需要的统统砍去！蒲松龄就是一位鬼斧神工的雕刻师，对前人之作，他大刀阔斧地砍，另起炉灶地炼，终于创造出全新的、珠圆玉润的艺术珍品。

俗话说，读书破万卷，下笔如有神。蒲松龄没有走万里路的荣幸，却能读万卷书，他站在前人肩上妙手创新，对传统题材重新构筑，取得了青出于蓝而胜于蓝的效果。研究蒲松龄如何将前人作品写成新的名作，可以探讨他小说构思的独特成就。

第五章
历史演义扛鼎之作《三国志通俗演义》

中国古代长篇小说的唯一形式,是章回小说,由《三国志通俗演义》、《水浒传》奠定。

章回小说是在宋元话本讲史基础上发展的,宋元讲史也有长篇规模,但它是供讲述的底本,不供阅读者阅读。因此,宋元讲史话本只有故事轮廓,没有细节描写,细节由"说话"者临场发挥。

《三国志通俗演义》、《水浒传》是中国两部最早的长篇小说。部分学者认为,《水浒传》是话本的加工,是讲史和话本的结合。《三国演义》是由咏史诗演进而来,即:

咏史诗→

咏史诗＋叙述性文字说明→

叙述性文字说明＋诗赞。

这两种成书途径形成中国古代两种长篇小说:历史演义,仿讲史话本创作而成;一般小说包括英雄传奇、神魔小说、公案小说等。

《三国志通俗演义》最早版本题写的作者:"晋平阳侯陈寿史传,后学罗贯中编次"①。罗贯中写成后,开始以

---

① 嘉靖元年(1522)刊本《三国志通俗演义》。

抄本形式流传,到明代弘治七年(1494)蒋大器署名庸愚子为抄本写序曰:"书成,士君子之好事者,争相誊录,以便观览。"①到嘉靖元年,张尚德署名修髯子《引》说:"此书简帙浩瀚,善本甚艰。……余不揣谫劣,原作者之意,缀俚语四十韵于卷端。"②至此,《三国志通俗演义》以刻本形式出现,世称"嘉靖本"。估计除了蒋大器和张尚德之外,还有人对《三国志通俗演义》做过一些修订,但他们的名字没留下来。

《三国志通俗演义》、《水浒传》的出现,标志着中国长篇小说艺术形式的成熟,它们以卓越的艺术成就为中国长篇小说的广阔发展开拓了道路。它们的构思模式带给中国古代大批长篇小说决定性影响。

日本作家吉川英治在《三国演义》译本序言中说:《三国演义》结构之宏伟与人物活动地域舞台之广大,世界古典小说均无与伦比。

俄罗斯作家科洛克洛夫说:《三国演义》在表现着中国人民艺术天才的许多长篇小说之中占有显著的地位。它可说是一部真正具有丰富人民性的杰作。

第一节　三国题材演化

五十八万字嘉靖本《三国志通俗演义》反映了罗贯中创作的本来面目。清初毛纶、毛宗岗父子以李卓吾评本为依据,将《三国志通俗演义》增补正文、删削诗歌,成为七十万字毛评《三国演义》。其描绘人物、语言成就等比嘉靖本都有很大提高,思想意义也有很多不同。要理清中国小说构思学发展脉络,搞清中国第一位长篇小说大家罗贯中的构思韬略,还是应采用嘉靖本《三国志通俗演义》。

在罗贯中着手创作《三国志通俗演义》之前,三国题材经过了漫长的演化过程。人物逐渐丰满,故事逐渐繁富。

---

① 罗贯中著:《三国志通俗演义》(嘉靖版)(序),见上海古籍出版社,1980。以下引用该书文字,均出自此版本,不另注,仅在行文中注明回目。

② 罗贯中著:《三国志通俗演义》(引)。

一、三国是最适合写长篇小说的英雄时代

中国历史上魏、蜀、吴三国形成竞争时代，英雄辈出，在将近一百年时间内，社会斗争，主要是各政治集团的斗争一直没有停息，错综复杂、瞬息万变。在斗争中，涌现了一批出色英雄人物，如曹操、诸葛亮、刘备、孙权等。他们以独有的政治抱负、卓越的军事才能，逐鹿中原，使得这个时代出现许多著名的、充满智慧、耐人寻味、对后人有教益的历史事件。三国故事之所以能够长久在人民群众中流传，究其原因，首先应归功于这个英雄时代本身。

三国也是最适合做长篇小说的题材。鲁迅先生在《中国小说史略》中说：三国"事状无楚汉之简，又无春秋列国之繁，故尤宜于讲说。"①

鲁迅先生是伟大的小说家，对于如何做小说有深刻的体会。他认为，三国题材特别适合做长篇小说。的确，魏、蜀、吴三足鼎立，就是现成的三大线索，三大矛盾，情节不简也不繁。可是，三国时代过去那么长时间，才由罗贯中写成一部认识封建社会政治、经济、战争生活的史诗。这仍然要靠天才作家罗贯中对题材的巧妙把握、精心构筑。

《三国志通俗演义》描写了九十七年之间接连不断的战争，反映了三国里里外外、内政外交、风土人情，生动地描绘了四百多个人物，情节松紧有致，错综复杂；场面紧凑热闹、波澜壮阔；人物栩栩如生、呼之欲出。罗贯中怎样取得如此杰出的艺术成就？这取决于他构思历史演义的天才的、创造性劳动。

二、三国故事历经几个朝代演化

（一）汉代

魏、蜀、吴三国还没有正式形成时，已经有文人对逐鹿中原的人感兴趣并记录之，如王粲写过一本《英雄记》，写曹操、董卓、吕布等人的故事。这说明曹操在同时代文人笔下，已是有许多故事的人。王粲是曹操的部属，长期跟随曹操，因而对曹操的事迹掌握得既多且形象生

---

① 鲁迅：《中国小说史略》，见《鲁迅全集》，第9卷，第128页。

动。王粲又是位杰出诗人,曾用诗歌形式记载过战乱年月的黎民苦难,如他的《七哀》诗有这样的句子:"出门无所见,白骨蔽平原。"①可惜王粲等人写的书都没有流传下来。只有部分内容被后人如历史学家裴松之作为资料收入书中。

(二)晋代

三国故事从晋代就在民间流传,特别是诸葛亮的故事。陈寿在三国时代还没结束的泰始元年(公元274年),编订《诸葛亮集》,完成后给晋武帝上表,有这样的话:

"青龙二年春……其秋(诸葛亮)病卒,黎庶追思,以为口实,至今梁益之民,咨述亮者,言犹在耳。"②

这段话说明诸葛亮刚去世,他的神奇故事就开始在民众中流传。晋国史官陈寿是陈式之子。陈式乃蜀将,因为违反军令,被诸葛亮斩首。陈寿却非常崇拜有杀父之仇的"敌人"诸葛亮。

魏晋时代产生了许多记载三国人物的稗史,如司马彪的《九州春秋》、佚名作者的《曹瞒传》、《魏武故事》、《英雄记》,绝大部分已经失传。

最重要的是刘宋时期陈寿(233~297)的《三国志》和裴松之(372~451)的《三国志注》。陈寿的《三国志》对三国重要人物生平事迹叙述比较详尽。而裴松之认为《三国志》"失在于略,时有所脱漏。"③他参考了当时十几种稗史杂录,博采魏晋以来的遗闻轶事,丰富、补充、证实、校正陈寿的正文,做出了三倍于《三国志》原文的《三国志注》。裴松之这种集中正反面材料、旁征博引、反复考校的工作,起到了以文字形式保存三国史实和传说资料的作用。因此,在裴松之的《三国志注》中,三国题材已有了从正史进入传说的痕迹。

(三)唐代

三国时代一结束,在口头创作和舞台演出中就开始有三国节目。据记载,隋炀帝喜欢看关于曹操、刘备的杂戏。到了唐代,三国人物和

① 俞绍初辑较:《建安七子集》卷三《王粲集》,第84页,北京:中华书局,1989。
② 〔清〕严可均校辑:《全上古三代秦汉三国六朝文》(《全晋文》卷七一《表上诸葛氏集目录》),第1869页,北京:中华书局,1959。
③ 〔清〕严可均校辑:《全上古三代秦汉三国六朝文》(《全宋文》卷一七《上三国志注表》),第2525页。

故事成为"说话"的内容，成为众多著名诗人关注的对象。

李商隐的《骄儿诗》："或谑张飞胡，或笑邓艾吃。……忽复学参军，按声唤苍鹘。"①风趣地描绘了"说三国"在儿童中的反映。唐代对魏、蜀、吴，对曹操和刘备，没有明显的爱憎和褒贬。唐代诗人们既歌颂诸葛亮"大名垂宇宙"，也说曹操神武出众，有的诗人还用"神武同魏武"来拍唐代皇帝的马屁。诗圣杜甫表现出对魏蜀不偏不倚的态度，他既歌颂诸葛亮："三顾频烦天下计，两朝开济老臣心。出师未捷身先死，长使英雄泪沾襟。"（《蜀相》）也恭维曹操的后人："将军魏武之子孙，于今为庶为清门。英雄割据虽已矣，文采风流今尚存。"（《丹青引赠曹将军霸》）。② 诗仙李白《赤壁歌送别》最有代表性："烈火张天照云海，周瑜于此破曹公。"③李白肯定赤壁之战主要领导者是周瑜，而不像《三国志通俗演义》里边是诸葛亮，李白还尊称曹操为"曹公"。唐代人对魏武和诸葛亮同等看待的倾向到晚唐有些改变。小杜（杜牧）《赤壁》写："东风不与周郎便，铜雀春深锁二乔。"④意思是：如果没有东风，周瑜的赤壁胜仗就打不成，二乔就被曹操弄到铜雀台上了。历史事实是：铜雀台的修建比赤壁之战要晚两年，在晚唐诗人笔下，二者时间顺序已经颠倒，将曹操修台跟二乔联系起来。

（四）宋金元

宋元时代出现了尊刘反曹、帝蜀寇魏的倾向。

据《东京梦华录》等书记载，宋代有专门说三国故事说话的科目"说三分"，有说三国故事的专业艺人，《东京梦华录》卷五《京瓦技艺》记有"霍四究说三分"。宋代还有了三国题材的皮影戏。《明道杂志》记载，有位富家子弟喜欢弄皮影戏，每到斩关羽，总为之泪下。在《东京梦华录》、《都城纪胜》、《醉翁谈录》、《武林旧事》等市民文艺中，三国

---

① 〔唐〕李商隐著，冯浩笺注：《玉溪生诗集笺注》，卷二，第 414 页，上海：上海古籍出版社，1979。以下引用李商隐诗皆出自此版本。

② 〔唐〕杜甫著，萧涤非选注：《杜甫诗选注》，第 155、223 页，北京：人民文学出版社，1979。以下引用杜甫诗皆出自此版本。

③ 〔唐〕李白著，〔清〕王琦注：《李太白全集》，第 445 页，北京：中华书局，1999。以下引用李白诗皆出自此版本。

④ 〔唐〕杜牧著，朱碧莲、王淑均选注：《杜牧诗文选注》，第 1 页，上海：上海古籍出版社，1982。以下引用杜牧诗皆出自此版本。

题材屡见不鲜。

也就在这时，产生了尊刘反曹的倾向。据苏东坡《志林》记载，"王彭尝云，涂巷中小儿薄劣，其家所厌苦，辄与钱，令聚坐听说古话。至说三国事，闻刘玄德兵败，频蹙有出涕者；闻曹操败，即喜唱快。"①苏东坡关注三国话题的《念奴娇·赤壁怀古》则成了千古传唱的杰作："遥想公瑾当年，小乔初嫁了，雄姿英发，羽扇纶巾，谈笑间，强虏灰飞烟灭。"②不知苏东坡根据哪条记载写"羽扇纶巾"的是周瑜？其实魏晋南北朝《语林》中，跟司马懿对阵时葛巾羽扇的是诸葛亮。到了《三国志通俗演义》，罗贯中还是将"羽扇纶巾"还给了诸葛亮。这也说明作者的思想倾向。晚于苏东坡的爱国诗人陆游，则特别讨厌曹操，有"邦命中兴汉，天心大讨曹"③的诗句。

金元时期，三国故事大量写成戏剧。陶宗仪《南村辍耕录》记载的金院本有：《赤壁鏖兵》、《襄阳会》、《大刘备》、《骂吕布》。石君宝《诸宫调风月紫云庭》第一折女艺人唱词有"我唱的是《三国志》，先饶十大曲。"宋元戏文《宦门子弟错立身》中提到有关三国的南戏有：《关大王独赴单刀会》、《刘先主跳檀溪》。

元杂剧三国戏相当多，据《录鬼簿》记载有四十多种，像桃园结义、过五关斩六将、三顾茅庐、赤壁之战、单刀会、白帝城托孤等重要情节，在元杂剧中都具备了。

三、《全相三国志平话》

三国故事发展成长篇话本《三分事略》及稍后的《全相三国志平话》，是个重要转折。

《三分事略》是最早的三国题材长篇话本。研究者认为它比《全相三国志平话》早大约三十年，两书的内容、封面、插图、正文每页行数，都相同，但《三分事略》更粗糙一些。《全相三国志平话》是在《三分事

---

① 〔宋〕苏轼撰，王松龄点校：《东坡志林》，卷一（怀古·涂巷小儿听说三国语），第7页，北京：中华书局，1997。

② 〔宋〕苏轼著：《苏轼词编年校注》，中册，第398页，北京：中华书局，2002。以下引用苏轼诗词皆出自此版本。

③ 〔宋〕陆游著，铁仲联校注：《剑南诗稿校注》，卷四二（得建业倅郑觉民书言虏乱自淮以北民苦征调皆望王师之至），第2623页，上海：上海古籍出版社，1985。

略》基础上发展成的。

《全相三国志平话》分上、中、下三卷，每页分上下两栏，上栏为画，下栏为文。内容从汉帝赏春开始，写至孔明病故终，相当于毛宗岗一百二十回本《三国演义》前一百零四回。故事开始说："江东吴土蜀地川，曹操英勇占中原。不是三人分天下，来报高祖斩首冤。"①设置了一个因果报应故事作为三国纷争的源头：汉高祖杀了韩信、彭越、英布，上帝命冤冤相报，高祖托生为汉献帝，韩信托生为曹操，彭越托生为刘备，英布托生为孙权。三分汉朝天下。又让秀才司马仲相托生为司马懿，集三分为一统，再以"刘渊兴汉巩皇图"结束，让天下回到匈奴王刘渊手中。因为尊刘反曹的思想指导，刘渊牵强附会地被安排为蜀汉外孙。《全相三国志平话》着力写诸葛亮、张飞等人，颇有些无稽之谈。如刘备和关羽、张飞曾在太行山落草为寇。《全相三国志平话》把民间传说的三国故事统成一个宏伟整体，成为《三国志通俗演义》的骨架。但文字粗糙，语意不畅，有大量同音字假借，人名地名常有误写，如诸葛作朱葛，司马懿作司马壹，说明这或者是听"说话"后整理，或者是说话人备忘的底本。而图的存在说明它已经是阅读本。

《全相三国志平话》每节的标题，有的见于插图，如《汉帝赏春》，有的插入正文如《张飞独战吕布》。有时，正文和插图中同时出现题目而且不完全相同，如关于孔明之死的一节，正文中用阴文标明是《西上秋风五丈原》，插图中是《将星坠孔明营》，可见当时运作评话类书比较随便，不做严格校订。

罗贯中就是面对这些繁富的三国资料，开始了自己的创作。他将一个传统题材写成中国最早的长篇小说，并且取得杰出的艺术成就、成为历史演义小说的扛鼎之作。

第二节　罗贯中的创作方法

清代学者章学诚（1738～1801）在《章氏遗书·丙辰札记》中提出

---

① 佚名编：《三国志平话》，第1页，上海：上海古典文学出版社，1955。

一个为后代学者广泛接受的观点，罗贯中创作《三国志通俗演义》采用的是"七分实事、三分虚构"创作方法。

其实历史是历史，小说是小说。历史提供小说的基本走向和主要人物。历史演义小说主要人物不能虚构，主要事件不能虚构，最后结局不能虚构，但小说占大量篇幅的却是细节。考察《三国志通俗演义》若干细节，则会发现，它或者已经跟历史事实背离，或者完全是向壁虚构。如作为重头戏描写的蜀国将相诸葛亮、关羽、张飞、赵云，很多有趣故事、情节、语言，基本都属于小说家创造。历史和小说是完全不同的两个范畴，按比例剖析小说跟历史的关系，不管三七开、四六开、五五开，剖述小说如何表现历史，这样提法不科学。高儒《百川书志》曾说到罗贯中的创作是："据正史，采小说，证文辞，通好尚。"①这一说法比"七实三虚"要科学一点儿。

罗贯中创作《三国志通俗演义》时，手中有个不亚于"谷歌"的搜索引擎。他把差不多所有三国材料都收集了起来，无论是正史、野史、传说、轶闻、评话，他都阅览、推敲了。但他不是把史料、传说堆积、缀合，而是站在前人的肩上，用自己广博的历史知识、丰富的艺术经验、卓越的艺术才能，在尊重历史基本走向的基础上，展开想象的翅膀，对三国故事进行生动有趣的铺写，对三国人物进行"罗式"、带一定脸谱意义的创造，铸造出长篇小说艺术精品。

一、确立尊刘贬曹和宣扬仁义的主旨

《三国志通俗演义》从前人描写中脱颖而出，首先靠罗贯中特有的主旨。这个指导思想，一曰尊刘贬曹，一曰宣扬仁义。这，既是小说的主导思想，也对构思布局、人物描写、故事铺叙产生巨大影响。

《三国志通俗演义》写三国纷争的明显倾向是尊刘贬曹。曹操被刻画成暴君，刘备被讴歌为圣君。

罗贯中写三国时代的社会动荡、人民悲惨生活，主要通过对董卓、曹操集团的残暴描写完成。董卓公然杀人抢掠，悬头万余挂在车下，将妇女财物散发给帐下军士。董卓命迁都长安时，尽驱洛阳数百万民

---

① 〔明〕高儒：《百川书志》卷六野史，第82页，见《百川书志　古今书刻》，上海：古典文学出版社，1957。

搬迁,死于沟壑中不计其数,饥饿自尽者横尸遍野。曹操进攻徐州以报杀父之仇,下令"但得城池,尽皆杀戮"。曹操所到之处,"鸡犬不留,山无树木,路绝人行"。(《曹操兴兵报父仇》)

罗贯中描绘、称赞以刘备为首、以诸葛亮为中心的蜀汉集团的仁政,体现了对"圣君贤相"的向往。刘备与关、张桃园结义就立志"救困扶危,上报国家,下安黎庶"。刘备每到一处,仁慈爱民,广施仁政,他到新野后,马上"政治一新",百姓作歌颂之,刘备在回答庞统献计以阴谋取西川时的一番话几乎代罗贯中做"主题自白":"今与吾水火相敌者,曹操也。操以急,吾以宽;操以暴,吾以仁;操以谲,吾以忠;每与操相反,事乃可成耳。"(《庞统献策取西川》)。《三国志通俗演义》对"仁政"的理想,在诸葛亮身上表现更突出,在他治理下,"西川之民,忻乐太平,夜不闭户,路不拾遗"(《孔明兴兵征孟获》)。

"义"是贯串全书的线索,是英雄人物的主要侧面,也是全书的指导思想。"义"在封建社会中,有属于人民道德范畴的内容,如彼此关心、互相支持的友爱关系;也有属于统治集团范围的内容,如忠君思想、奴才思想。这两种内容同时存在于《三国志通俗演义》中。而刘、关、张情同骨肉,"不求同年同月同日生,只愿同年同月同日死"。他们结义又和"上报国家、下安黎庶"联系在一起。《三国志通俗演义》将刘、关、张这种生死与共、患难相扶、义不负心的关系,作为主要描写对象。它同时也支撑着人物性格的重要方面。

有了尊刘贬曹、宣扬仁义的主导思想,小说也就立起了主脑,也就能够纲举目张。罗贯中按照这样的主旨,将前人素材进行全面系统甄别选择、回锅再造,熔铸到自己的长篇小说里。

二、历史真实性

罗贯中在创作小说时,十分重视历史真实性。

重视历史真实性的第一个标志,罗贯中的材料主要来自于正史《三国志》、《三国志注》。他把违背历史真实的、荒诞不经的材料舍弃了。如《三国志评话》的司马仲相断狱和"为报高祖杀头冤"的因果报应开头舍弃不用。罗贯中增添了《三国志》、《三国志注》里边没有的历史资料,如姜维的故事,钟会、邓艾取蜀的故事,三国时代若干表章、信札等。

重视历史真实性的第二个标志,罗贯中笔下的三国时代的历史面貌、历史发展进程,跟历史学家的记载基本一致。

重视历史真实性的第三个标志,小说中的人物基本是真人真事,虚构的人物很少,而且主要人物的基本面貌都是按照历史记载写,基本符合历史记载的原样,也符合史书记载的基本个性。如诸葛亮,按历史记载就是个很有才能的政治家。从陈寿《三国志》看,陈寿和晋朝皇帝对诸葛亮都非常佩服。晋蜀是政治上的敌人,但晋朝的皇帝和史官都不因政治上的对立而贬低诸葛亮,相反地,在史书中真实地记载了诸葛亮作为贤相的才能、功绩。再如刘备,《三国志》说他懂得知人善任,他败走樊城时,襄阳数十万百姓随他走,一日行数十里。有人劝他放弃百姓,他说:百姓随我,我何忍弃之。这,变成了《三国志通俗演义》刘备渡江的大段故事。

三、大量选用趣闻

罗贯中对历史材料的取舍有个明确的标准:大量选用生动、有趣的故事和轶闻。罗贯中是小说家,不是历史学者,要写出民众喜闻乐见的小说,必须主动"迎合"普通民众的趣味。民众对牵涉到人性、人情的故事,对人物之间有着尖锐对抗的故事感兴趣,罗贯中就尽量多写,如曹操杀吕伯奢全家、吕布辕门射戟、空城计等。

郭冲记载的诸葛亮用空城计骗司马懿故事,裴松之在《三国志注》中已证明是子虚乌有。但罗贯中认为这个不真实的轶闻比历史的真实更有助于表现诸葛亮,因此选取了这个故事还大加渲染。罗贯中还把大量的、民间传诵的幻想故事,如诸葛亮借东风,也写进了小说。

四、丰富的想象力

在对史料和事实充分了解的基础上,从事实的逻辑生出幻想,这是一切现实主义艺术家的看家本领。罗贯中正是这样。他不为史实、传说局限,为了创造完美的艺术形象,使得人物性格更加鲜明、突出,他对历史事实和前人传说,采取一些艺术手段:

一曰移花接木。

如鞭打督邮，在《三国志》中是刘备干的，《三国志评话》改成是张飞打督邮后分尸六段，《三国志通俗演义》将二者结合起来，写出一个有声有色的张飞鞭打督邮的故事，既表现了张飞的豪爽憨直，也表现了刘备的宽仁厚道。

再如，草船借箭，在《三国志评话》是周瑜干的，罗贯中把它移给了诸葛亮，倒把周瑜蒙到鼓里。

二曰虚构幻想。

如吕布戏貂蝉，在陈寿的《三国志》中，连貂蝉的名字都没有出现，只是《吕布列传》有一句话："卓常使布守中阁，布与卓侍婢私通，恐事发觉，心自不安。"①在《汉书通志》——此书鲁迅先生曾经抄引现已失传——有这样几句话："曹操未得志，先诱董卓，进刁婵以惑其君。"②《三国志评话》中对貂蝉有简略的记载，到了罗贯中的笔下，就插上了想象的翅膀，创造出王允派貂蝉用连环计的故事。当然，智者千虑必有一失，貂蝉这么重要的一个人物，在《三国志通俗演义》里边居然没有交待其下落，这是罗贯中的疏忽之处。

如诸葛亮操琴退敌。据历史记载，三国人物中最儒雅且善于弹琴的是周瑜，并不是诸葛亮，俗话"曲有误，周郎顾"，有些女琴师"为得周郎顾，故意误拂弦"。这些记载都没有被罗贯中采用，倒是虚构出诸葛亮拂琴退司马之兵的故事。

罗贯中创作《三国志通俗演义》给后代作家什么启示？最重要的就是列夫·托尔斯泰那句话：为了使艺术作品深刻，就得把它提炼。

关于题材的提炼，俄国理论家多宾写过多篇文章。他对普希金的《黑桃皇后》、屠格涅夫的《木木》、契诃夫的《跳来跳去的人》，从生活素材到艺术作品如何进行了提炼，有非常精到的分析，他认为：在所有这些以实际的生活素材作题材的场合中，我们都看到，提炼是题材最后形成的基本原则。

不管对于古代小说研究者还是对于当代文学的创作者，面对中国古代第一部长篇小说《三国志通俗演义》，研究罗贯中的构思艺术非常有必要，用一个不太恰当的比喻：学著名建筑师的建筑技巧，固然可以

① 〔晋〕陈寿撰〔宋〕裴松之注：《三国志·魏书》，卷七，第165页，北京：中华书局，1999。
② 鲁迅：《小说旧闻钞》，见《鲁迅全集》，第十卷，第42页。

仔细地观赏他盖好的亭台楼阁,但是如果留心一下,他如何将一砖一瓦、一木、一石放到亭台楼阁的恰好位置,未尝不是一条捷径。

罗贯中创作《三国志通俗演义》,就是按照自己绘制的图纸,搭建一座宏伟的建筑,他将前人已有的材料,当成钢筋、水泥、砖瓦,放到适当位置。前人的材料不够使用时怎么办?自己开工制造。有些故事,许多细节,都是他制造的。他以实为经,以虚为纬,实中有虚,虚中有实。正是依据史实与虚构相结合的创作方法,罗贯中创作出中国长篇小说的开山之作。

五、毛宗岗评本《三国演义》

现存罗贯中的《三国志通俗演义》最早版本是明代嘉靖本。至清代康熙年间,毛宗岗及其父亲毛纶对《三国志通俗演义》做了一次大修改。鲁迅先生在《中国小说史略》中归纳为:一曰改,二曰增,三曰削。毛氏父子整顿了回目,改单句为对偶,修正文辞,删除论赞,增删琐事,改换诗文。

毛本的好处可以归纳为三个方面:

第一,文字更简洁、流畅。

如:孔明三气周瑜,《三国志通俗演义》写刘备携孙夫人逃走,周瑜派将追赶,诸葛亮令军士大叫:"周郎妙计高策,赔了夫人,又折许多人马。"《诸葛亮二气周瑜》毛本改作:"周郎妙计安天下,赔了夫人又折兵。"(《诸葛亮智取汉中,曹阿瞒兵退斜谷》)①。意思更集中,影响很大,"赔了夫人又折兵"成了成语。

再如:曹操杀杨修因为忌才妒能,罗贯中写杨修对曹操"梦中斩内侍"说:"君乃囊中之锥也"(《曹孟德忌杀杨修》),意思比较隐晦,毛本改为"丞相非梦中,君乃在梦中耳",讽刺更尖锐。

第二,对题材做有益提炼,如罗贯中本的一百零四则写诸葛亮在上方谷烧司马懿时,曾打算一起烧死魏延,这种做法不符合诸葛亮的个性,毛本将其改掉了。

第三,增添了一些罗贯中本没有的故事,如:

---

① 罗贯中:《三国演义》第五十五回(玄德智激孙夫人,孔明二气周公瑾),第454页,北京:人民文学出版社,1973。其他相关引用毛本均依此本,只标回目。

关羽秉烛户外侍二位嫂嫂；

孙权杀关公；

郑康成侍儿的聪慧；

邓艾口吃；……

但是研究中国最早的长篇小说还是得以罗贯中的《三国志通俗演义》为准，不能以毛本为对象，这是因为：

第一，毛本迟于罗本一百余年，毛宗岗的思想，反映的是清代人的思想状况，不能成为研究元末作家罗贯中思想的凭据。从小说史研究角度来说，研究中国最早的长篇小说，自然应从原作者创作入手。

第二，毛本在指导思想上是跟罗贯中有差别，毛本开头说"话说天下大事分久必合，合久必分"，这种历史循环论观点，是罗贯中没有的。

第三，罗贯中虽然有尊刘抑曹的观念，但他又是追慕圣君贤相的，因而他对曹操好的方面也同样称赞。这些内容被毛本改了不少。

如，曹操出场时，罗贯中写了不少他的好话，说他胆量过人，机谋出众，谋略超过齐桓公，用兵超过孙膑。毛本都删除了。

又如，在白门楼，因为陈宫拒绝投降曹操，曹操不得不下令斩首，罗贯中写曹操马上下令：把陈宫的老母、妻子送回曹操的家中养老。并说：怠慢者斩。毛本也全部删除了。

再如，"血染征袍透甲红，当阳谁敢与争锋！古来冲阵扶危主，只有常山赵子龙。"（《长阪阪赵云救主》）这是罗贯中以"史官"之名在"长阪坡赵云救主"中写的诗歌。毛本删除了，毛本删除的类似诗歌还有数首。

第三节 "三绝"人物形象塑造

长篇小说，不管哪种类型，历史演义、英雄传奇，甚至公案小说、神魔小说，最主要的任务、最难做的工作，是创造堪称"典型"的人物。一部小说能有几个脍炙人口的人物，就成功了一半。

《三国志通俗演义》人物创造是成功的，一提"三国"，人们立即联想到曹操横槊赋诗、诸葛亮神机妙算、关羽千里走单骑……

《三国志通俗演义》历史进程跟真实的历史进程基本同步,人物与历史记载却有较大区别。最突出的表现,是类型化人物创造。所谓类型化,就是在人物描写上特别突出人物某一特点。如奸诈、智慧、义气等。这种写法,来源于文人化志人小说《世说新语》。与《世说新语》远隔千年的《三国志通俗演义》以长篇形式,发展了着重写人物某一个性的章法,有些情节,还直接取之于《世说新语》。

《三国志通俗演义》写人最著名的是"三绝",即:曹操奸绝,诸葛亮智绝,关羽义绝。在中国古代长篇小说中,没有任何一部作品能像《三国志通俗演义》如此"绝"地写人。因此,写人之"绝"成为罗贯中构思小说的重要招数。套用西方文学观点,《三国志通俗演义》的人物有"扁形"倾向,但因为罗贯中的艺术天才和对历史的尊重,在主要人物身上,人物多面性也注意到了。主要人物基本还算"圆"的。"三绝"人物身上还有其他个性特点,比如,曹操在"奸绝"的同时,是雄才大略的政治家;诸葛亮"智绝"的同时,是鞠躬尽瘁的贤相;关羽在"义绝"的同时,还是美男子和神威骄傲的将军。

一、曹操奸绝

罗贯中写《三国志通俗演义》时,作为跟诸葛亮并列男主角的曹操已有三种面貌供他参考:

其一,历史人物曹操,汉代末年杰出政治家、军事家。出身寒微,喜欢权术,曾随袁绍伐董卓,后来迎汉献帝于许昌,自任大将军和丞相,挟天子以令诸侯,成为中国北方实际统治者、魏国实际开国皇帝。其事迹《三国志》和《三国志注》有详尽记载。

其二,文学家曹操。曹操用乐府诗写时事,是建安文学重要诗人、文坛领袖。他的《蒿里行》、《短歌行》、《步出夏门行·观沧海》、《步出夏门行·龟虽寿》都是脍炙人口的名作。这些诗歌以及曹操跟建安文人的交往故事,对彰显曹操个性有重要作用。

其三,文学形象曹操,从六朝小说《世说新语》到元杂剧、《全相三国志评话》,都有曹操的形象,此时曹操还没成为"白脸曹操"。

"白面奸雄"是罗贯中的发明创造。在《三国志通俗演义》中,曹操被写成是阴险狡诈的野心家。他的"奸绝"被写得力透纸背。

（一）凶残奸诈

曹操听到有人说他是"治世之能臣，乱世之奸雄"，一点儿也不生气。因为，这虽然说他"奸"，但主要夸他"雄"。曹操是乱世英雄，更是奸雄。奸诈成为曹操的最突出的特点。

曹操为人凶残奸诈，他信奉极端个人主义和自我中心主义。曹操在刺杀董卓失败的逃亡过程中，父亲老友吕伯奢热情接待，命家人杀猪招待，曹操误以为吕家人要杀他，杀了吕的全家，他明知误杀后又杀了吕伯奢，并对陈宫说："宁使我负天下人，休教天下人负我。"（《曹孟德谋杀董卓》）这两句话是曹操的处世格言，也是罗贯中给曹操定的基调、底色。

对汉献帝，曹操本欲取而代之，估计自身力量不足，就将汉献帝软禁许昌，对效忠汉室的臣僚设计杀戮，连董妃、伏后、太医都不放过，手段残忍，株连广泛。曹操为报父仇，进攻徐州，所到之处，尽杀百姓，鸡犬不留。他还用阴谋诡计杀掉站在红旗下的徐州官员。

曹操还可以杀掉无辜者又令其被人愤恨。在与袁绍相持时，因为粮食缺少，曹操命令仓官王垕以小斗代大斗，惹得怨声载道，他把王垕叫来，说要向他借一物，借什么？头。现实生活中向人借东西的多如牛毛，借人的头，绝无仅有。曹操借王垕的头不仅为自己洗净罪名，还节约了军粮。

曹操的奸诈还表现为欺世盗名，假仁假义。他打败袁绍，让儿子霸占了袁绍的儿媳，再亲自到袁绍墓祭奠。他说自己梦中杀人，杀了内侍，再哭而葬之。曹操甚至在私生活中也玩权术，战宛城时，他接受张绣投降后，骗占张绣的婶母，却对她说：我为夫人的缘故，才接受张绣投降……曹操因为奸诈，成为人们心目中坏人恶德的标志。

（二）智慧型奸诈

曹操的奸诈常跟他过人的智谋联系在一起，在《三国志通俗演义》中这样的例子举不胜举，如：

董卓横行，众人束手，曹操奋起刺杀董卓，刚要抽刀，被董卓从镜中瞧见，此时吕布已在门外，董卓问："孟德何为？"曹操立即跪下说"有宝刀一口，献上恩相"，然后借口试马，溜之乎也。曹操表现出过人的应变才能。在跟强敌斗法时，用尽智慧和奸诈。

曹操在行军路上下令不许践踏百姓庄稼,恰好他的马踏了庄稼,他"拔剑自刎",被人劝止,就"割发代首"。这些细节说明曹操奸诈,但同时不能不承认他过人的机智。

最能说明曹操智慧型奸诈的情节,首推"许攸问粮"。"许攸问粮"精彩地表现了曹操包含在聪明才智中的狡诈。官渡之战,许攸向袁绍提出可置曹操于死地的建议,袁绍反而羞辱他,许攸只得夜奔曹操。曹操正因粮尽而焦急,听说袁绍的谋士许攸来了,认为自己的救星来了,光着脚跑出去迎接并先拜在地,而且对许说:我们是故友,不能以地位相上下,似乎很真诚。但许攸问起他的粮草情况时,他却一再说谎,即使一本正经宣布他这次说的是实话,仍然讲假话。这段描写显示了曹操的奸诈,但同时也显示了他在两军阵前保守自己机密的才智:

> 却说许攸被袁绍叱退,满面羞惭,欲寻自尽。左右曰:"何不去投曹操?"一句言语点醒之后,攸遂引数个从人步行出营,径投曹操。伏路军人拿住,攸叱之曰:"我是曹公故友,快去报复,言南阳许攸来到。"军士慌忙报入大寨。操方解衣歇息,忽听得帐前报许攸私奔到寨。操大喜,不及穿履,跣足出迎之。遥见许攸,抚掌大笑曰:"子远远来,吾事济矣!"就辕门大笑,扶攸入坐,叙旧情。操乃先拜于地。攸慌扶起曰:"公乃汉相,吾乃布衣,公何谦逊如此?"操笑曰:"子远是操故友,岂敢以名爵相上下乎?"攸曰:"某有眼如盲,屈身袁绍,言不听,计不从。今特弃之,来见故人。愿丞相无疑焉。"……攸曰:"丞相军粮还有几何?"操曰:"可一年支用。"攸笑曰:"非也。"操曰:"有半年耳。"攸正色而起曰:"吾正心相待,汝何相欺耶?"遂趋步出帐。操急请住曰:"子远勿嗔,尚容实诉。运至军粮,可支三月。"攸笑曰:"世人皆言孟德奸雄,今果然也。"操亦笑曰:"兵不厌诈,尚容布露。"遂附耳低言曰:"寨中止有此月之粮。"攸应声曰:"休得诳语! 汝粮尽绝!"操愕然曰:"何以知之?"[1]

(《曹操乌巢烧粮草》)

---

[1] 罗贯中著:《三国志通俗演义》,第297页,上海:上海古籍出版社,1980。

（三）充满谐趣的奸诈

曹操奸诈，因此经常有异于常人的举动。曹操的哭和笑跟常人不同。当一般人哭的时候，他会仰天大笑。当一般人该笑的时候，他会仰天大哭。赤壁兵败后逃走，虽然失败，却自认为看出了敌手漏洞，三次大笑。第一次，逃到乌林，他笑诸葛无谋、周郎少智，如果他用兵，就在此伏一支兵马。曹操大笑，引出赵云，只好落荒而逃。到葫芦口，曹操二次大笑：诸葛、周郎毕竟智谋不足，如我用兵，在此伏一支兵马，我等纵然逃脱也不免重伤。话音未落，笑出张飞，众将受伤。到华容道，曹操又扬鞭大笑：诸葛、周郎到底无能之辈，如果我用兵，在此伏一支兵马，我等皆束手被擒矣。结果关羽应声横刀立马拦住曹操。曹操已狼狈到逃都无处可逃，只好下马求饶。等跑回南郡，曹操却仰天大哭。众将询问，丞相在虎窟龙潭逃难毫无畏惧，现在人已得食，马已得料，为何哭？曹操说"孤哭郭奉孝耳"，如郭奉孝在，绝不会让我遭受这样惨败！然后大哭"哀哉奉孝！痛哉奉孝！惜哉奉孝！"（《关云长义释曹操》）曹操在征袁绍时哭典韦，在赤壁之战失败后哭郭奉孝，哭典韦是激励将士互相爱护，哭郭奉孝是讽刺他手下谋士不能给他出谋划策。曹操的眼泪可以当钱财赏人，也可以当鞭子打人。把眼泪都利用到极致，这就是曹操。

（四）对待人才的奸诈

曹操在对待人才上，也表现出奸诈特点，曹操十分爱惜人才，他假造徐庶母亲的书信把徐庶骗到曹营，徐母自杀，徐庶终身不为曹操设一谋，还留下"徐庶进曹营——一言不发"的歇后语。曹操对关羽恩宠有加，似乎没搞什么奸诈，实际上他深知关羽的品性，在做"远期投资"：上马一提金，下马一提银，三日一小宴，五日一大宴，高官厚禄、赤兔马、红锦袍。关羽不告而辞，曹操下令不得追杀。关羽受其重恩，在华容道不惜冒着被军师杀头的危险放走了曹操。曹操烧毁自己将士通袁绍的信件，就是让他们死心塌地。

当然，曹操有时也有真情。他心爱的部下牺牲，他举行隆重葬礼，因此他的部下如典韦、许褚对他都是衷心爱戴、拼死保护。

曹操爱才却又忌才、杀才。他对杨修的才能十分嫉妒。杨修看破他的心事，揭穿他"梦中杀人"是故意作秀，早已使曹操不悦，但还可以容忍。杨修在两军阵前进一步看穿曹操用兵心机,说曹操用"鸡肋"做口令,说明他入蜀是"食之无肉,弃之可惜"。曹操就用"蛊惑人心"罪名杀了杨修。此后曹操被魏延的箭射中,折落两颗牙,又省悟到杨修的才能是有益的,"收尸而厚葬"。

曹操忌才、杀才,主要是对付那些有才能而不易驾驭的人,他还杀了另外两个才子:孔融、祢衡。杀祢衡是借刀杀人。

因为罗贯中并没有简单化、脸谱化地描写曹操,曹操性格中的多面性还是被描写出来。鲁迅在《中国小说的历史的变迁》中说:"如他(罗贯中)要写曹操的奸,而结果倒好像是豪爽多智。"[1]曹操既是个阴险毒辣的野心家,又是生机勃发、雄才大略的政治家。他第一次出场,保护汉献帝,进退有度,井井有条。曹操讨袁绍显示大将风度,有处于逆境而不丧志的气概,深谋远虑,指挥若定,坚韧顽强,机警勇敢。这位大政治家可以在逆境下反败为胜,如官渡之战;也可以为胜利冲昏头脑,上圈套,一败涂地,如赤壁之战。他带领八十三万大军南下,横槊赋诗,志得意满,趾高气扬,既当众表示他有"周公吐哺,天下归心"的雄心大志,又当众表示他有娶二乔于铜雀台上的好色之心,活灵活现地描写出大英雄在顺境下的骄傲神态。

"奸绝"是曹操的主要特点,但不是全部。曹操身上兼有领袖、统帅、才子、猎艳者的不同特征,虽"奸雄"又豪爽而多智,虽"坏",却不是小肚鸡肠、追求蝇头小利、蝇营狗苟的坏,而是大政治家克敌制胜、建功立业的"坏","坏"得大气,"坏"得坦荡,"坏"得聪明,"坏"得潇洒,还"坏"得有水平。

罗贯中在曹操身上创造了塑造复杂、深刻艺术典型的成功经验。"三绝"中,曹操色彩最丰富、最有棱角,也最有人情味,几乎不是"扁形"而是"圆形"。

小说人物曹操出现,在民众中几乎颠覆了历史人物曹操本来面目,引来郭沫若乃至毛泽东主席"为曹操翻案"。一个小说家能够把小说做到这份上,能产生如此社会影响,实在荣耀。

---

① 鲁迅:《中国小说的历史的变迁》,第 328 页,见《鲁迅全集》第九卷《中国小说史略》附录。

二、诸葛亮智绝

诸葛亮是《三国志通俗演义》第一主角，也是罗贯中笔下最有光彩的人物。他在第三十七回才出场。

（一）初出茅庐知天下

诸葛亮是在现实斗争矛盾最尖锐时出现的：曹操经过官渡之战实力大振，虎视江南。刘备兵败，寄人篱下，守古城的弹丸之地。刘备正处于找不到出路的状况，为了求贤，他三顾茅庐，请诸葛亮出山。诸葛亮一露面，就显示了过人的才智。所谓"未出茅庐尽知天下"：

> 自董卓以来，豪杰并起，跨州连郡者不可胜计。曹操比袁绍，则名微而众寡，然操遂能克绍，以弱为强者，非惟天时，抑亦人谋也。今操已拥百万之众，挟天子以令诸侯，此诚不可与争锋。孙权据有江东，已历三世，国险而民附，贤能为之用，此可与为援，不可图也。荆州北据汉、沔，利尽南海，东连吴会，西通巴、蜀，此用武之国，非其主不能守。此殆天所以资将军，将军其有意乎？益州险塞，沃野千里，天府之土，高祖因之以成帝业。刘璋暗弱，张鲁在北，民实国富，而不知存恤，智能之士思得明主。将军既帝室之胄，信义著于四海，总揽英雄，思贤如渴，若跨有荆、益，保其岩阻，西和诸戎，南抚夷越，外结孙权，内修正理；以待天下有变，则命一上将，将荆州之兵以向宛、洛，将军身率益州之众以出秦川，百姓孰敢不箪食壶浆以迎将军者乎？诚如是，则霸业可成，汉室可兴矣。（《定三分亮出茅庐》）

诸葛亮一番话，仅仅三百五十字，就给刘备分析了天下形势，制定了可能制胜的策略和联吴抗曹的决策。诸葛亮一出场，就显示出富有远见的政治家风度。

（二）神机妙算的过人才智

在诸葛亮身上，我们首先看到，过人的才智使他具有在决策、治国、用兵遣将上的预见性，就是人们经常说的"料事如神"。赤壁之战就是由诸葛亮力挽狂澜：是他制定了联吴抗曹的战略决策；是他舌战群儒，驳倒东吴投降派；是他察言观色，义激孙权和周瑜，使他们下定决心，形成了孙刘联合共同抗曹的局面。是诸葛亮和周瑜一起制定了

"火攻"战术决策,并以"草船借箭"和"借东风"神奇举动,帮助东吴统帅周瑜。诸葛亮还在错综复杂的政治形势下,屡次成功逃脱周瑜的加害。赤壁之战后,诸葛亮为刘备制定了蜀国基业的决策,机智地从周瑜手中夺取了荆州、益州。

"赤壁大战"、"三气周瑜"等故事是《三国演义》中花团锦簇的文字,也是长久以来我国戏剧舞台上久演不衰的剧目,都是诸葛亮的重头戏。

诸葛亮大半生在军营度过。他的"智绝"尤其表现在临敌决战。他用兵遣将总是因人而异。对心高气傲的关羽,诸葛亮给他戴高帽儿。刘备收了猛将马超后,关羽不服气,要求离开他镇守的荆州,入蜀跟马超比武。诸葛亮写信给关羽,说:马超虽然勇猛,但仅可以跟翼德(张飞)并驱争先,哪儿比得了您这位"绝伦逸群"的美髯公?关羽果然心平气和留在荆州。对莽撞的张飞,诸葛亮经常用激将法,明明要派张飞出战,却故意说:这个敌将,张飞对付不了,得调云长回来才能取胜,张飞立即哇哇大叫、马到成功。而对忠诚细心的赵云,诸葛亮总是好言好语勉励。同样的,诸葛亮与敌人斗智时也因人而异。对器量狭小的周瑜,诸葛亮就设法气他,气死人还要声泪俱下地前去吊丧。对多疑的曹操,诸葛亮就用疑兵扰之。对深知诸葛亮为人、小心谨慎的司马懿,诸葛亮就大胆地冒险取胜,"空城计"的故事就是这方面的典范。

诸葛亮给人的突出印象是神机妙算,用兵神出鬼没。实际上,这些富有传奇色彩的浪漫情节往往都有个合理内核,那就是诸葛亮对敌情的精细分析,对世间万物的全面了解。比如"空城计"是诸葛亮在十分危险的形势下巧用智谋,大胆冒险,正是基于他对魏军统帅司马懿为人特点的了解。"草船借箭",固然是出于诸葛亮的大无畏精神,但更主要的是:作为军事家的诸葛亮知天文地理,对大雾锁江的天气能预知,对曹操大雾中不敢出兵、只敢放箭能预测。"借东风"同样是诸葛亮识天文地理的结果。至于诸葛亮去世后,他的部下按他死前的安排,用诸葛亮木雕像吓走追赶蜀兵的司马懿,还有诸葛亮死前布置智斩魏延,都是基于对人性的深刻了解作出的聪明决策。

"诸葛亮"已经不仅仅是历史人物、文学形象,还成为汉语中的特殊名词,"诸葛亮"意味着聪明、智慧,意味着无所不能。用"诸葛亮"构筑的歇后语经常为老百姓使用,如:"三个臭皮匠,顶个诸葛亮"。"事后诸葛亮"。在世界各国中,一个小说人物能影响到一个民族的语言文化,并不多见,说明诸葛亮这个艺术形象的非凡魅力,也说明罗贯中创造人物真是"绝"到家了。

(三) 鞠躬尽瘁死而后已

诸葛亮智绝,超人的智慧是他的主要特点,他同时还是封建社会人们心目中的贤明宰相。从罗贯中通过诸葛亮创造了一个封建时代杰出政治家的忠贞形象:将史实记载诸葛亮前后《出师表》直接收入小说中,以显其忠贞意念;写他为顾全大局对周瑜一再退让,表现其"宰相肚里能撑船"的过人雅量;写"舌战群儒"描绘诸葛亮的飘逸神采;写"安居平五路",描绘诸葛亮指挥若定的风度。最令人感动的是,诸葛亮鞠躬尽瘁、死而后已的忠诚。诸葛亮最后一次与司马懿对阵,敌军统帅司马懿说诸葛亮"食少事烦,岂能持久?"蜀军里的人问诸葛亮为什么要这样做,诸葛亮回答:"吾非不知,但受先帝托孤之重,唯恐他人不似吾尽心也。"

在《三国志通俗演义》卷二十一《孔明秋风五丈原》,诸葛亮结束了他充满智慧的一生。罗贯中对孔明离世情景的描写,充满了艺术魅力,令人潸然泪下,心动神移。

> 孔明强支病体,令左右扶上小车,出寨遍观各营,自觉秋风吹面,彻骨生凉。孔明泪流满面,长叹曰:"吾再不能临阵讨贼矣!悠悠苍天,曷我其极!"……
>
> 孔明令取文房四宝,于卧榻上书遗表……孔明写毕,分付杨仪曰:"吾死之后,不可发丧。若司马懿来追,将吾先时木雕成吾之原身,安于车上,以青纱蒙之,勿令人见。汝可一顺一逆,布成长蛇之阵,回旗返鼓。若魏兵追来,令人马不许错乱,却将吾原身推出,令大小将士左右而列。懿若见之,必急走矣。待魏兵退去,方可发丧。丧车上可作一龛,坐于车上,用米七粒,少用水放于口中;足下安明灯一盏,置柩于毡车之内;军中安静如常,切勿举哀,则将星不坠矣。吾阴魂自起镇之。先令后寨先行,然后一营一营,缓缓而退。汝等文武皆尽心报国,不可负职也。"……

是夜，天愁地惨，月色无光，孔明奄然归天。……

却说司马懿夜观天文，见一大星赤色，光芒有角，自东北方流于西南方，坠于蜀营之分，三投再起，投大起小，隐隐有声。懿大惊曰："今诸葛孔明死矣！"

（《孔明秋风五丈原》）

孔明之死，"千古凌霄一羽毛"的慢慢飘落，是《三国志通俗演义》中感天地、泣鬼神的文字。操劳国事，精力透支，"食少事烦"，使年仅五十四岁的诸葛亮病入膏肓。他在生命最后时刻想的不是自己，也不是家庭，而是军国大计。他强支病体视察军营，感叹再也不能临阵讨贼、复兴汉室；他给刘禅上表倾诉衷肠、安排接班人、布置国事；他甚至用自己的身体大做文章，让敌方统帅被自己离世的真假搞得迷离恍惚、举棋不定，以便蜀国军队趁机撤兵；他还预先雕好自己的木像，作为对付追兵的法宝。诸葛亮的"鞠躬尽瘁、死而后已"，在描写他临终的文字里得到了突出反映。司马懿对孔明之死的狂喜，从侧面反映了孔明的重要性。

三、关羽义绝

论者通常认为关羽是罗贯中创造的"义绝"典型，其实把关羽看成是"义绝＋俊绝＋战绝＋傲绝"更妥当。

关羽并非《三国志通俗演义》主角，但从小说问世以来，关羽却越来越受封建统治者重视，越来越受民间尊崇，甚至抬到"关圣"、"关帝"地位。究其原因，是关羽的"义"既符合封建统治者以"义"迷惑、驾驭民众的需要，又符合百姓间交往重义轻利的心理。再加关羽的俊朗外貌、战神本领、绝顶自尊和骄傲，都给读者震撼之感。

（一）义贯千古

关羽给读者最突出印象是义贯千古。《三国志通俗演义》浓墨重彩地写关羽的"义"。关羽和刘备、张飞桃园三结义，不愿同年同日生，但愿同年同日死。关羽赤胆忠心地忠于刘备。刘备参与"衣带诏"反曹操失败后逃亡，关羽屯土山被围。曹操让他投降，他为保护刘备的妻子，提出"降汉不降曹"，约法三章：一旦得到刘备的消息，马上就投奔他。曹操送给关羽十位美女。关羽都送到内宅服侍嫂嫂。曹操为笼络关羽，封关羽为"汉寿亭侯"。这些，都不能动摇关羽对桃园三结义的忠诚。财帛美女不足以动其心，高官禄爵不足以动其志，一旦听说刘备的消息，就保护着嫂嫂，过五关斩六将而去。关羽的这一"义"，历来得到人们好评。

　　但关羽的义还不止于此。他的义还和曹操发生了联系。关羽离开曹营时，曹操亲自来送，关羽警惕性很高，很不礼貌地用刀尖挑过曹操送的锦袍，接着又杀了曹营数名大将。曹操仍不在乎，下令放关羽走。表面上看是关羽胜了，实际上是曹操赢了。曹操摸透了关羽讲"义"的性格，他在关羽身上放了一笔"义债"。所以到曹操赤壁大战全军覆没，败走华容道时，关羽感恩图报，放走了曹操。这一点历来为封建统治者津津乐道，说关羽是"拼将一死报知己"。但此时关羽的"义"不仅和"桃园三结义"发生了矛盾，而且在这"义重如山"的表象下，掩盖着放走本集团最大敌人的严重过失。

　　（二）"俊绝"男儿

　　关羽还是丰神飘逸、充满阳刚气的凛然好男儿。罗贯中显然特别喜欢自己笔下的关羽，赋予关羽出众的外貌。关羽是带武将风采的美男子，他"身长九尺三寸，髯长一尺八寸，面如重枣，唇若抹朱，丹凤眼，卧蚕眉，相貌堂堂，威风凛凛。"（《祭天地桃园结义》）关羽天神般的外貌居然可以折服敌人。他千里走单骑，曹操部下围追堵截，荥阳太守安排胡班半夜时分在关羽下榻的馆驿放火，胡班将柴草布置好之后，好奇地想看一眼大名鼎鼎的关云长："胡班往观，见云长左手绰髯，凭几于灯下看书。班见了，大惊曰：'真天人也！'"（《关云长五关斩将》）关羽的外貌引起暗杀者赞叹，命运由此大逆转，暗杀者成救助人，关羽跳出陷阱，死里逃生。这段描写，应是罗贯中从《左传》刺客感叹贤相赵盾勤勉国事脱化而来。

　　罗贯中写关羽的胡子特别优美有趣。手绰长髯成为关羽经典性造型。曹操问关羽：你的胡子有多少根？关羽回答：数百根。冬天怕折断，用纱囊保护。曹操送纱锦给他做囊，汉献帝看到关公有一纱囊垂于胸前，"令当殿披拂"，见关羽的胡子"过于其腹"，说"真美髯公也"。从此，大家都叫关羽"美髯公"。

　　（三）盖世英雄

　　关羽是战神，是《三国志通俗演义》第一英雄。他骑着迅如疾风的赤兔马,举着青龙偃月刀,有超众的武艺,超人的毅力,大无畏精神,不仅武艺出众,且精通经史,深谙谋略。温酒斩华雄,过五关斩六将,单刀赴会,刮骨疗毒,擒于禁,败庞德……杀遍天下无敌手,杀得魏将吴兵闻风丧胆,杀得神鬼皆惊。温酒斩华雄是经典性描写:

探子来报:"华雄引铁骑下关,用长竿挑着孙太守赤帻,来寨前大骂搦战。"绍曰:"谁敢去战此贼?"袁术背后转出骁将俞涉,曰:"小将愿往。"绍喜,便着俞涉出马。即时报来,俞涉与华雄交战,不到三合,被华雄斩了。众诸侯大惊。太守韩馥曰:"吾有上将潘凤,可斩华雄。"绍急令唤至,应声而出,手提大斧上马。去不多时,飞马来报潘凤又被华雄斩了。众诸侯皆失色。袁绍拍股叹曰:"可惜吾上将颜良、文丑催军未回!得一人在此,岂放华雄施威哉!汝众诸侯许多将士,只无一人可追华雄?"众官默然。

阶下一人大呼出曰:"小将愿往,斩华雄头献于帐下!"众视之,见其人身长九尺五寸,髯长一尺八寸,丹凤眼,卧蚕眉,面如重枣,声似巨钟,立于帐前。绍问何人。公孙瓒曰:"此刘玄德之弟关某也。"绍问见居何职,瓒曰:"跟随玄德充马弓手。"帐上袁术大喝曰:"汝欺吾众诸侯无大将耶?量一弓手,安敢乱言,与我乱棒打出!"曹操急止之,曰:"公路息怒。此人既出大言,必有广学。试教出马,如其不胜,诛亦未迟。"袁绍曰:"不然。使一弓手出战,必被华雄耻笑。吾等如何见人?"曹操曰:"据此人仪表非俗,华雄安知他是弓手?"关某曰:"如不胜,请斩我头。"操教酾热酒一杯,与关某饮了上马。关某曰:"酒且斟下,某去便来。"出帐提刀,飞身上马。众诸侯听得寨外鼓声大振,喊声大举,如天摧地塌,岳撼山崩。众皆失惊,却欲探听,鸾铃响处,马到中军,云长提华雄之头,掷于地上。其酒尚温。

(《曹操起兵伐董卓》)

"温酒斩华雄"生动描述了关羽的神勇。罗贯中不直接描写关羽和华雄交战的场面,而是巧妙地先让几位"垫场"名将到华雄跟前送死,再渲染华雄山呼海啸的军威和众诸侯的心怀疑惧、忐忑不安。最后才是关羽提头归来、其酒尚温。罗贯中写关羽之勇猛,总是写他战胜敌人时的快捷、神速,他于千军万马之中取上将之首,如探囊取物,对方立脚未稳,他已经马到人到青龙偃月刀到,劈主将于马下。

关羽在强敌面前经常表现出毫无畏惧的英雄主义精神。他单人独骑护送两位嫂嫂,过曹营一个个险关隘口,视曹营名将如无物;他水淹七军,将曹营兵将尽变鱼鳖。这些战役,将关羽既骁勇善战又足智多谋表现得很突出。关羽的"超人"特点,还表现在他超出常人的勇气胆量和坚强意志,"关云长刮骨疗毒"表现最典型。华佗感叹:我做了一辈子医生,从来没见过这样的病人,"君侯真天人也"。

(四) 傲绝将军

罗贯中写人招数是"绝",在关羽身上还有一"绝",绝顶的骄傲。关羽自视甚高、目中无人。罗贯中常用他心高气傲的个性化语言来表示,比如,斩颜良文丑,曹操说,河北军马何等雄壮,关羽回答:"吾观之,若土鸡瓦犬耳。"(《云长策马刺颜良》)曹操说河北将领何等威武,关羽说:"吾观颜良,如插标卖首者。"如果说,这两句话还可以算蔑视强敌的英雄主义,那么,关羽对本集团战将采取类似态度就很不对头了。比如,他不肯和黄忠并列五虎上将,说"不屑与老卒为伍"。听说刘备收降了勇猛的名将马超,他马上表示要丢下荆州军务入川和马超比武。幸亏诸葛亮给他戴个高帽,说马超和他根本不是一个层次,他才不去了。诸葛亮给关羽写信说:马超虽勇猛过人,但只可跟翼德(张飞)并驱争先,"犹未及髯之绝伦逸群也"(《刘备平定益州》)。关羽"自绰其髯"将孔明的信"遍示宾客",这个细节活画出关羽志得意满的傲慢形象。关羽的骄傲在他镇守荆州、手握重权后,恶性发作。孙权向他求婚,这本来是联合东吴的绝佳机会,他却断然拒绝,说:"吾虎女,安肯嫁犬子耶!"(《刘备进位汉中王》),完全违背了诸葛亮联吴抗曹的战略决策。关羽还从拒婚孙权进一步以常胜将军自诩,麻痹大意,丢失了荆州,不仅把诸葛亮惨淡经营的蜀国江山大片丧失,还赔上了自己的宝贵生命。

关羽荆州兵败后再次面临"劝降",且是诸葛亮的亲哥哥来劝降。这次,关羽已不再需要为保护嫂嫂投降,他为了忠义和尊严坚决拒降。他的"义绝"又表现出来,他说:"吾乃解良一武夫,蒙吾主以手足相待,安肯背义投敌国乎?城若破,有死而已。玉可碎而不可改其白,竹可焚而不可毁其节,身虽殒,名可垂于竹帛也。"最后被俘遇害。关羽以生命为"义绝"和"傲绝"写下最好注解。关羽义贯千古,忠心不二;心高气傲,骄矜自负;目中无人,自信轻敌。骄傲导致他从建功立业的伟业巅峰陨落,最终丧命。

笔者每次读《三国志通俗演义》关羽之死,都黯然神伤。

玉泉山关圣庙的对联将关羽的魅力写得很生动:

赤面秉赤心,骑赤兔追风,驰驱时,无忘赤帝;

青灯观青史,仗青龙偃月,隐微处,不愧青天。

(第七十七回)

关羽是所谓"有缺陷的英雄",但他始终是人民心目中的大英雄,胜也光明,败亦磊落;生也英雄,死亦丈夫。

关羽在后世的影响不再是小说人物,而成为华夏英雄主义的象征,歌颂关羽的诗歌汗牛充栋。明代文征明《题圣像》:"有文无武不威如,有武无文不丈夫。谁似将军文而武,战袍不脱夜观书。"①李贽《观铸关圣提刀跃马像》:"英雄再出世,烈烈有辉光。火焰明初日,金精照十方。居然围白马,犹欲斩颜良。岂料人千载,又得见关王。"②

《三国志通俗演义》中与关羽有关的三个词语:"过五关斩六将"、"大意失荆州"、"走麦城"已成为现实生活中人们口头常用语,也可见罗贯中创造的这个艺术典型的影响力。

第四节　琳琅满目的三国人物画廊

诸葛亮和曹操是《三国志通俗演义》当仁不让的主角。罗贯中用才能、愿望、气量、智慧为基调构成诸葛亮神采灵动、聪明睿智的形象,用豪爽多智、诈伪狠毒为基调构成曹操大政治家的形象,又用义贯千古、骄己傲人为基调构成关羽的悲剧形象。后人将这三人总结为"三绝"。罗贯中笔下没有明显"绝点"的人物,也有鲜明的个性,比如刘备仁义却未免虚伪,周瑜风流儒雅而器量狭小,赵云忠诚而勇武,司马懿

---

① 朱一玄、刘毓忱编:《三国演义资料汇编》,第574页,天津:百花文艺出版社,1983。
② 朱一玄、刘毓忱编:《三国演义资料汇编》,第579页,天津:百花文艺出版社,1983。

老谋深算，张飞粗中有细。这些人物也各有各的经典故事，刘备青梅煮酒论英雄、周瑜打黄盖、赵云大战长阪坡……

在相对次要的人物的性格描写上见功力，是长篇小说有别于短篇小说的重要标志。当然，这是指成功的长篇小说。罗贯中写的是历史演义，如何让历史人物不做历史优孟衣冠而成为小说里活生生的"这一个"，如何让似乎相同相似的人物表现出完全不同的面貌，对长篇小说作者的才气、构思能力是严峻考验。罗贯中从现实生活的复杂性和人物性格的多面性入手来塑造人物，对人物性格的各侧面并非齐头并进，而是有主有次，有轻有重，还特别注意特征性细节的把握，才使得笔下的人物分外鲜明。

《三国志通俗演义》出现四百多个人物，魏、蜀、吴主帅军师、文臣武将，几十个人有鲜明个性，成为独特的"三国人物画廊"。

我们看看"三绝"之外的几个代表性人物：

一、长厚而似伪的刘备

《三国志通俗演义》写刘备，是把他当成圣君、仁人形象来写，刘备虽然是罗贯中心目中的正面形象，仁君形象，但在作者冷静的描写中，刘备这个"仁人"，有时颇有点儿作秀味道。

（一）刘备第一个突出特点是爱民

《三国志通俗演义》是以儒家思想为核心创作小说，儒家提倡"明君仁政"，就是希望有圣明的君主，能够按"民为邦本"的思想对老百姓行仁政。汉末，天下大乱，民不聊生，人民在水深火热中向往清平世界，向往有"明君"拯救他们。刘备就被罗贯中塑造成这样一个人物。刘备在小说中一露面，"祭天地桃园三结义"，就明确表达这样的理想："上报国家，下安黎庶"。刘备一生讲究仁德，他的队伍所到之处，不扰民，"与民秋毫无犯"，因此，他很得民心，他被吕布打败逃亡时，老百姓听说他到了，"跪进饮食"。曹操大军南下，刘备再次逃亡时，竟然有十几万百姓追随他，刘备带这么多百姓走，当然走不快，眼看就给曹兵追上，众将劝他："似此几时得到江陵？倘曹操到，如何迎敌？不如暂弃百姓，先行为上。"刘备回答："若济大事，必以人为本。今人归吾，何以弃之？"（《刘玄德败走江陵》）在危险关头还想着老百姓，确实不简单。

因为"以人为本"的思想,刘备跟残暴的董卓,跟滥杀无辜的曹操完全不同,受到人们普遍爱戴。

名不正则言不顺。罗贯中尊刘贬曹,以蜀汉为正统,视曹魏为逆贼。刘备是以汉室宗亲身份出现的,汉献帝尊称"皇叔"。罗贯中给刘备排了详细家族谱系,说明他是汉景帝之子中山靖王刘胜的后代。有专家考证,罗贯中给刘备排的这些祖先多不可靠,即使可靠,刘备按辈分也不是汉献帝的叔父,而要低汉献帝三辈。但《三国志通俗演义》是小说,不能完全要求历史真实。作者给刘备造个"皇叔"身份,就是视他为正统。刘备既是皇叔,他一开始帮助汉室对抗各种反汉潮流,后来在汉室凋零时,自立为帝,都顺理成章。

(二)刘备第二个重要特征是忠义

刘备身上"义"的色彩很浓,刘备的"义"已超出小说范围,成为对中国社会和人事关系起重要作用的道德现象。小说开头写桃园三结义写得优美感人,"念刘备、关羽、张飞虽然异姓,结为兄弟,同心协力,救困扶危,上报国家,下安黎庶,不求同年同月同日生,只愿同年同月同日死。"刘备集团的主要人物都体现极其强烈的"忠义"。关羽如此,张飞如此,赵云如此,诸葛亮也如此。他们义不负心,忠不顾死。关羽身在曹营心在汉,不为曹操的金钱美女所动,挂印封金,过关斩将投奔兄长。诸葛亮对刘备的忠诚至死方休。刘备集团的这种"忠义",既是人与人之间的互相依赖、互相帮助、互相忠诚,带点儿江湖色彩、民间色彩,又和恪守政治理想联系在一起。诸葛亮的"义"就和刘备一直宣扬的"仁"挂钩,诸葛亮临终给刘备的儿子上遗表就希望后主:"清心寡欲,薄己爱民;遵孝道于先君,布仁义于寰海。"(《孔明秋风五丈原》)但这个"义"有时也起到极不好的作用。刘备为了兄弟之"义",为了报关羽被害之仇,出兵攻吴,违背了诸葛亮的战略决策,将蜀国大好局面全部丧失,还赔上了自己的生命。实际上他是为了兄弟之间的小义,而失去了"复兴汉室"的大义。聪明过人的诸葛亮有时也栽到这个"忠义"字上。诸葛亮第四次伐魏时,已经胜券在握,后主听信谗言将他召回,诸葛亮此时"如不从之,是欺主矣;若从之而退兵,祁山再难得也"(《孔明祁山布八阵》),为了"忠义",诸葛亮放弃了千载难逢的取胜机会。

(三)刘备第三个突出特征是爱才

善于认识人才、使用人才是领袖人物的重要特点。论武艺,刘备既不如吕布,也比不了蜀汉任何一个"五虎上将";论智谋,刘备既不如徐庶,更比不了诸葛亮。但他有个最大的本事:他能认识人才,使用人才。就像韩信说刘邦:"陛下不能将兵,而善将将"①。刘备直接领兵打仗不灵,但能使用打胜仗的谋士、大将。

刘备爱才,突出表现在"三顾茅庐"。刘备通过徐庶的荐举,知道了诸葛亮,三次到隆中登门相请,这时的刘备年近五十,诸葛亮只有二十七岁,但刘备完全按照对"大贤"的态度对诸葛亮。他一顾茅庐,未遇诸葛亮。张飞说:"量一村夫,何必哥哥自去,使人唤来便了。"刘备说:"孔明此世之大贤,岂可召乎?"(《刘玄德三顾茅庐》)二次冒着大雪再去请,仍未遇到,关羽劝他"其礼太过矣",张飞要用一条绳子把诸葛亮拴了来,刘备斥责他,说:"岂不闻周文王为西伯之长,三分天下有其二,去渭水谒子牙?"(《定三分亮出茅庐》)第三次到隆中拜见诸葛亮。这次,诸葛亮虽然在家,却在草堂上睡觉,刘备就一直拱立阶下等着,连续立了两个时辰,直到诸葛亮睡醒。刘备求贤若渴的精神,感动了诸葛亮,这位本来打算躬耕隐居的大能人,毅然出山,未出茅庐便知天下大事,为刘备确定了取荆州、进西川的大业。刘备得到诸葛亮相助,如鱼得水,节节胜利。刘备为什么对诸葛亮如此优礼相待?因为他知道诸葛亮是大才。他在寻诸葛亮未遇时听到司马徽这样一番话:"关、张、赵云之流,虽有万人之敌,而非权变之才;孙乾、糜竺、简雍之辈,乃白面书生,寻章摘句小儒,非经纶济世之士,岂成霸业之人也。"(《刘玄德遇司马徽》)这番话坚定了刘备三顾茅庐、务必请诸葛亮出山的决心。

对性格怪诞的庞统,刘备开始比较简慢,一旦庞统的能力得到证明,刘备立即自责:"屈待大贤,吾之过也"。立刻将庞统拜为副军师。

刘备对自己的将领肝胆相照,用人不疑。当阳桥之役,刘备的亲信糜芳说他亲眼看到赵云去投曹操,张飞也起了疑心,要和赵云决一死战。刘备却坚定地说:"子龙是我故友,安肯反乎?"也正因为刘备的充分信任,他的将领都对他忠心耿耿,赵子龙在千军万马中拼杀,保护刘备的儿子突围。

刘备对人才的观察判断有时比诸葛亮还要准确。马谡是诸葛亮

① 〔汉〕司马迁:《史记》,卷九二淮阴侯列传,第 2682 页。

的爱将，刘备却早就提醒诸葛亮：马谡"言过其实，不可重用"。诸葛亮没有认真考虑刘备的话，在重要关头重用了马谡，造成失街亭惨败。

（四）刘备第四个突出特点是枭雄

曹操在青梅煮酒论英雄时说刘备是英雄，后来他对刘备有了另一称呼"枭雄"。无独有偶，孙权也如此称呼刘备。枭雄也是英雄，但和真正的英雄不同，真正的英雄襟怀坦荡，宁折不弯。枭雄要比真正的英雄胸中多一些沟壑，或者说，多一些鬼心眼儿，多一些权术，多一些手段。

刘备擅长用"泪弹"。男儿有泪不轻弹，刘备动不动就哭，而且是带表演性质的哭。他在当阳县大哭，是为了收揽民心；鲁肃来讨荆州，他按诸葛亮的计谋哭，先是表演，待诸葛亮说出他的真心，他更是嚎啕大哭，他的眼泪果然欺骗了老实的鲁肃；孙权施"美人计"，刘备到东吴招亲，赵云按诸葛亮的锦囊行事，要刘备回荆州。刘备就在孙夫人面前"暗暗垂泪"，引起孙夫人的同情，跟他一起回荆州。刘备动不动就哭，甚至有这样的说法："刘备的江山是哭出来的"。奇怪的是，有好几次该哭时，刘备偏偏不哭，比如，吕布夜袭徐州，刘备失去了根基，他不仅不哭，还说"得何足喜，失何足忧"。更不可思议的是，他的妻子失陷，他仍然不哭。原来，刘备心目中重要的不是妻子，而是"江山梦"，还有可以一起打江山的兄弟，而"女人是衣服"。

刘备擅长睁着眼说瞎话。刘备投奔刘表，意图是鸠占鹊巢，诸葛亮对他挑明，他却一而再、再而三地宣称，刘表是他兄弟，他不忍心夺其地盘。

刘备善于作秀，使一些上过他当的人恨得牙痒，多次上刘备当的曹操就骂刘备是"大耳贼"。最聪明的诸葛亮却甘心上刘备的当。刘备临终对诸葛亮说："朕今死矣，有心腹一言告之"，"君才胜曹丕十倍，必能安国而成大事。若嗣子可辅，则辅之；如其不才，君可自为成都之主。"一句话，把诸葛亮吓得汗流遍体，叩头出血，说"臣安敢不竭股肱之力也？愿效忠贞之节，继之以死！"（《白帝城先主托孤》）刘备要诸葛亮自主为王，说的是真话吗？是不折不扣的假话，深谋远虑的假话，聪明绝顶的假话，刘备最怕能力超强的诸葛亮取刘禅而代之，他深知诸葛亮忠义，就用这种特殊的形式向诸葛亮托孤，最后诸葛亮果然为了刘禅鞠躬尽瘁，死而后已。

刘备是个聪明人物,他"长厚"待人,换来他人肝脑涂地。鲁迅先生在《中国小说史略》说:(《三国演义》)"至于写人,亦颇有失,以致欲显刘备之长厚而似伪。"①

二、性情中人小周郎

和奸诈狠毒的曹操、心思绵密的诸葛亮相比,周瑜算得上性情中人,他智商不低却城府不深,雄才大略却骄矜自负,智谋机变却容易冲动。罗贯中在激烈的政治军事斗争中,把"小周郎"的风流潇洒、文武双全、聪明过人以及他性格中致命的缺陷写活了,写绝了。

(一)周瑜是力主抗曹的中流砥柱

赤壁之战前夕,诸葛亮舌战群儒,并说服了孙权抗曹,但张昭等主和派马上阻碍孙权决策,力主投降,孙权重新陷入进退两难的境地。此时,东吴抗曹与否,并不决定于"群儒"甚至于也不决定于孙权,而决定于军事统帅周瑜。

孙策临终时交待孙权:"内事不决问张昭,外事不决问周瑜",说明周瑜是决定东吴对外政策的关键。周瑜早就定下抗曹大计,但他在曹操大军临境、东吴危在旦夕的情况下,除了对力主抗曹的鲁肃隐约暗示"子敬休忧"外,不对任何人说明自己的想法。主和派和主战派的两派文臣武将都把周瑜看作是必须说服的对象。周瑜对主降的张昭回答"吾亦欲降久矣",对主战的黄盖回答"吾正欲与曹操决战",似乎两面讨好,其实他是巧妙地诱导东吴文臣武将把意见统统亮出来,以对症下药。当诸葛亮肩负着"游说"任务前来拜访时,周瑜居然说他主张投降曹操,这是彻头彻尾的假话,周瑜明知诸葛亮来做说客,故意逗诸葛亮,像猫捉老鼠,他是想看看诸葛亮手中的底牌——看看刘备集团对抗击曹兵能做多大的努力、付出多大的牺牲。周瑜准备让诸葛亮卖力地"游说"自己再从"游说"中琢磨出有利于东吴的谈判条件,使得东吴从双方联合中获取最大利益。没想到强中自有强中手,诸葛亮根本不"游说",而是激将,他用曹操想"揽二乔"即夺取周瑜之妻,智激自尊心极强的周瑜,促使周瑜发出和曹操势不两立的宣言,并把真心话和

---

① 鲁迅:《中国小说史略》,见《鲁迅全集》,第9卷,第129页。

盘托出："吾承孙伯符之寄托，安有辱身屈己降操之理也。适来此言，故反说以钓诸公耳。吾自离鄱阳湖，便起北伐之心，虽刀斧加头，不可易也。望孔明助一臂之力，同破曹贼！"（《诸葛亮智说周瑜》）

当诸葛亮断定孙权在破曹上仍然有疑虑时，即"心不稳"时，周瑜立即夜见孙权，分析曹操兵多却是"御狐疑之众"的道理，坚定了孙权的决心。因此，周瑜是孙刘联合抗击曹兵的中流砥柱。没有周瑜的首肯和全力周旋，绝对不可能取得赤壁之战的胜利。

周瑜"望孔明助一臂之力"一番话，真切诚恳，生动地刻画出周瑜"性情中人"的特点。他本来在跟诸葛亮斗心眼儿，但诸葛亮感动了他，他马上毫不见外地对诸葛亮披肝沥胆。

（二）周瑜是运筹帷幄的三军统帅

两军对垒，敌强我弱，如何用兵，是成败关键。周瑜跟号称八十三万人马的曹操对阵，毫无畏惧，制定了赤壁之战的"火攻"战略和"诈降"等战术，运筹帷幄，指挥有方。

周瑜是非常年轻的统帅，在人才济济的江东，"小周郎"开头并未受到诸将的信赖。程普这样的三世老臣甚至还出点儿难题。但周瑜以自己的杰出能力很快赢得了将士的高度信任，他调兵遣将井井有条，程普心悦诚服，亲赴军营谢罪。其他东吴老臣，也个个乐意为"小周郎"负弩前驱。老将黄盖向周瑜献上"诈降计"，周瑜和黄盖共同演出一场"小周郎怒打东吴老将"的悲喜剧。"苦肉计"是火攻成功的重要因素，是赤壁之战最动人的情节之一。

周瑜设计让曹操亲自杀掉对东吴最有威胁的水军都督，导演蒋干盗书，借刀杀人，精彩纷呈。曹操派蒋干来劝降，周瑜大义凛然地表示决不投降曹操，挥剑起舞，直抒胸臆，然后，彻夜痛饮，再把蒋干留下同榻，他把"醉"态演得真切无比：他"呕吐狼藉"，他"鼻息如雷"，似乎真的喝醉。蒋干"发现"了曹营水军都督"通敌"信件后，周瑜又假装醉中说梦话"教你看操贼之首"，还要故意问"床上睡着何人？"还要再串演"江北有人""急切不得下手"……一切的一切都让蒋干误认为：周瑜真的醉得不醒人事，泄密了，他这位老同学荣幸地钻了空子，得到天大的机密！真是"曹操奸雄不可当，一时诡计中周郎"（第四十五回）。在"群英会""蒋干盗书"的情节中，周瑜的风度、气度、智慧，还有他天才的演剧才能,得到淋漓尽致的表现。

周瑜和鲁肃的关系对于东吴相当重要,周瑜数次对鲁肃表示要除掉诸葛亮,要除掉刘备,鲁肃总是好言相劝。周瑜几次都接受了鲁肃的意见。这说明周瑜还是能顾全大局的。

(三) 周瑜的器量、雅量和心理素质

周瑜给人的突出印象是他缺少点儿器量和雅量,特别是对待"友邦+劲敌"的诸葛亮。周瑜和诸葛亮斗智是《三国志通俗演义》最好看的情节:两个同是大智大勇的人既互相矛盾又共同合作,既互相琢磨又互相欣赏,你来我往,你往我来,总是周瑜想到的高招,诸葛亮早一步想到,总是周瑜想法给诸葛亮"下套",陷害刁难诸葛亮,诸葛亮平安逃脱周瑜的陷害、刁难并取得更大成功,草船借箭、借荆州、"美人计"是典型例子。

人们常认为周瑜陷害刁难诸葛亮是因为嫉贤妒能,其实周瑜认为诸葛亮的存在是东吴最大的隐患。也就是说,周瑜对诸葛亮之"恨"虽然有嫉妒其才能的因素在内,但主要的还是因为诸葛亮的才能是为今日联邦明日敌对营垒服务的。周瑜对诸葛亮的刁难和陷害实际上是两个集团的斗争,周瑜忠于东吴集团。他的种种刁难可以理解。

诸葛亮正是利用了周瑜缺少器量、雅量的心理素质,演出"三气周瑜"和"气死人还要吊孝"的绝活儿。你不是嫉妒本人的才能吗? 我就故意在跟你打交道的过程中一览无余地展示才能,大力渲染对你棋高一着,使你既在政治军事上失利,又在心理上陷入更深的危机。周瑜用吴侯妹妹设计"美人计",想借此扣押刘备并换取荆州,诸葛亮略施小技,让刘备当真把孙夫人娶回,并将追杀者杀得大败而逃。

周瑜英年早逝,在小说里是被诸葛亮气死的,因为《三国志通俗演义》尊刘倾向,诸葛亮被神化,周瑜被贬低。历史上发生在周瑜身上的"能事"甚至被转移到诸葛亮身上。其实历史上的周瑜非常有才干。唐代诗人胡曾《题周瑜将军庙》写到周瑜安邦定国:"共说生前国步难,山川龙战血漫漫。交锋魏帝旌旃退,委任君王社稷安。庭际雨余春草长,庙前风起晚光残。功勋碑碣今何在? 不得当时一字看。"①

---

① 〔清〕彭定求等编:《全唐诗》,卷六四七,第 7419 页,北京:中华书局,1979。

罗贯中创作周瑜这个形象,同样为汉语创造几个常用语,如"既生瑜何生亮",是周瑜对诸葛亮的感叹,后世用来形容两个都有才能的人不能互相容忍。"周瑜打黄盖——一个愿打一个愿挨",赤壁之战中周瑜用黄盖做苦肉计诱骗曹操,后世用这句话形容表面上看似乎不可思议却是两厢情愿的事。

三、智勇双全深明大义的完美名将赵云

罗贯中按照尊刘反曹思想创造人物,蜀汉集团人物着笔最多,最精彩,但除诸葛亮外,其他几个蜀汉集团主要人物都有明显缺点:关羽骄傲,张飞莽撞,刘备虚伪,只有一个例外,赵云。常山赵子龙是个仪表堂堂、深明大义、智勇双全、侠肝义胆的完美英雄。如果从古代小说里寻找"完人"则非赵云莫属。

(一)深明大义的少年英雄

《三国志通俗演义》卷二写到,公孙瓒在磐河被袁绍大将文丑打败,狼狈而逃,"弓箭尽落,头盔坠地,披发纵马,却转草坡,其马前失,瓒翻身坠于坡下,文丑急捻枪来刺"。万分紧急之时,草坡左侧转出一将,拈枪直取文丑。救公孙瓒一命的将军是这样一个人:"身长八尺,浓眉大眼,阔面重颜,相貌堂堂,威风凛凛。常山真定人也,姓赵,名云,字子龙。"(《赵子龙磐河大战》)

赵云在"赵子龙磐河大战"一出场,就既有威风八面的大将风采,又有仁人志士的豁达胸怀。赵云是袁绍部下,偏偏来救袁绍追杀的公孙瓒,他明确表白这是他根据"为民"、"仁义"做出的选择:"方今天下滔滔,民有倒悬之危。云愿从仁义之主,以安天下,非特背袁氏以投明主。"赵云有"为民"、"仁义"志向,成为继关羽、张飞之后"刘皇叔"又一得力干将并大放光彩,顺理成章。

(二)威震敌胆的常胜将军

长阪坡救阿斗是人们耳熟能详的故事。赵云遇到的困难是寻常将领难以想象的:在千军万马中怀抱幼儿杀出重围。赵子龙力战曹营诸将,罗贯中写他的勇猛,写他的威怒,更写他的机智,写他的聪慧,既勇冠三军,又智压诸将。赵云非常明确自己的任务是"救主"而不是杀敌,救主不能不杀敌,但杀敌仅仅是为了救主。赵云像一道耀眼的闪

电,撕裂曹营兵马构成的浓重迷雾。他采用两种办法对付曹营将士,一是以长枪"单挑",二是以宝剑"乱砍":他跟曹营名将交战,总是以极快速度,用长枪挑敌将于马下,然后,决不恋战,立即寻路突围。挑名将于马下的结果,令其他曹营将领对赵子龙望而生畏,既杀开一条血路,又震慑了曹营。好像马蜂一样围过来的曹营将士,赵云用青钊剑乱砍,所向披靡,令曹营兵士不敢向前。赵云得以边砍边走,砍出一条脱离险境的通道。赵云在激烈的厮杀中,头脑冷静,机警敏锐,瞅准方向,边打边退。他通过杀敌,一步一步,一寸一寸地接近安全地点。他只杀阻碍自己奔向刘备军营的敌人,决不节外生枝,乱杀乱冲。在杀敌时,该用枪就用枪,该挥剑就挥剑,在长阪坡大战最后关头,赵云将长枪和青钊剑并用,成为英武战神最经典的杀敌场面:"子龙见追兵又至,大喝一声,径取钟缙。缙挥大斧来迎。两马相交,战不三合,一枪刺钟缙于马下,冲路便走。背后钟绅要报兄仇,持方天戟赶来。马尾相衔,那枝方天戟只在子龙后心内弄影。子龙人怒,拨转马,却好两胸相拍,被子龙左手持枪,隔过画戟,右手掣出青钊剑,带盔连脑,削去一片,绅落马而死。余者尽皆奔回。"(《张益德据水断桥》)

"赵子龙"三字,在曹营成为"不可战胜"的童话,一直延续到若干年后的"赵子龙汉水大战"。赵云前去救助被曹兵包围的黄忠,接连刺死曹营两员大将,"杀入重围,左冲右突,如入无人之境"。曹操惊呼:"昔日当阳长阪英雄尚在!"下令"所到之处,不许轻敌"。(《赵子龙汉水大战》)

"赵子龙"三字,在东吴同样是"不可战胜"的童话。诸葛亮七星坛祭风后为逃脱周瑜加害急返夏口,周瑜派徐盛、丁奉追赶,赵云一箭射断东吴船上的蓬索,丁奉慌慌张张地对徐盛说:"赵云有万夫不当之勇,汝知他当阳长阪时否?"(《七星坛诸葛亮祭风》)二人不敢继续追赶,灰溜溜地回去向周瑜交差。

"赵子龙"三字,在刘备东吴招亲时,成了其安全保障。周瑜屡次想加害刘备,却总因为赵子龙寸步不离守护刘备,不敢下手。周瑜非常清楚:只要他轻举妄动,赵子龙取他的项上人头如探囊取物。

诸葛亮北伐时,七十岁的赵子龙居然主动请战做先锋,和魏军交战前两天,赵云就亲手刺死了魏军大将韩德及其四个如狼似虎的儿子,把魏军吓得肝胆俱裂!

赵子龙既不像张飞那样莽撞从事,也不像关羽那样傲慢轻敌,他深谋远虑,即使撤退,也能像打胜仗一般。蜀军失街亭后不得不撤兵归蜀,赵云让邓芝打着自己的旗号先撤,自己断后,本来就怕赵云的魏兵吓得畏缩不前,赵云忽而冷不防冲出,一枪将魏军先锋刺于马下,忽而一声断喝"赵子龙在此!"吓得魏兵百余人落马。赵云护送车仗撤兵,不损一兵一卒。诸葛亮为之赞叹不已。

赵子龙从少年成名,一直将赫赫威名维持到生命的最后,蜀汉集团中,刘、关、张均因道德缺憾未得善终,赵子龙是例外。

(三)深明大义谨慎周密

赵云为人光明磊落、深明大义,处事谨慎周密。小说用不多几个情节,将其写得活灵活现,赵云富有个性化的语言也特别有神采:

在"赵子龙智取桂阳"中,赵云坚决拒绝娶绝色美女赵范之嫂,显示出以刘备事业为重、以美色为轻的品格。他对刘备说:"主公新定江、汉,枕席未安,云安敢以一妇人而废主公之政"。掷地有声,刘备感叹"子龙乃真丈夫也"(《赵子龙智取桂阳》)。

街亭失败后,赵子龙部完好无损地退回汉中,诸葛亮要赏他。赵云直言谢绝:"三军无尺寸之功,某等俱各有罪;若蒙反受其赏,乃丞相赏罚不明也。"(《孔明挥泪斩马谡》)诸葛亮感叹,刘备在世时,常称赞子龙的品德,现在果然如此。

赵云基本可以算刘备的贴身侍卫长,对刘备却并不是亦步亦趋,而是直言敢谏。刘备平定益州后,想将成都有名的田宅赏赐给手下的官员,赵云立即出面阻止,建议将田产还给百姓,让老百姓安居乐业以交纳赋税保证军饷。刘备采取了他的建议,结果很快取得治理成都的效果。刘备在关羽死后,起兵讨伐东吴,为二弟报仇,赵云苦口婆心劝刘备千万不要舍魏伐吴,要把汉朝基业放在首位,将兄弟恩情放在次要位置:"天下者,重也;冤仇者,轻也。乞陛下详之。"(《范强张达刺张飞》)刘备不听,结果,不仅搞得兵败猇亭,丧失了奋斗多年取得的大片江山,最后还白帝托孤,搭上了自己的性命。

诸葛亮运筹帷幄过程中,赵云成为他最可依赖的将领。在刘备东吴招亲过程中,赵云对让周瑜"赔了夫人又折兵"起到非常重要的作用。赵云手里虽然有诸葛亮锦囊妙计,但如果这些妙计不是由胆大心细的赵云来执行,而是由心高气傲的关羽或粗心莽撞的张飞来执行,非砸锅不可。关、张二人哪有那份耐心和东吴的上上下下周旋? 赵云却可以把诸葛亮的计划执行得滴水不漏。

随着三国故事的流传,赵云在群众心目中越来越受到推崇,有些剧目甚至干脆把赵云请进"桃园三结义"的队伍,给他安了个"四弟"角色。赵云在长阪坡的表现被归纳为"赵子龙浑身是胆",赵云成为"浑身是胆"的代名词,而"浑身是胆"成为描述英雄的常用词。

四、构筑众多人物画廊的艺术经验

诸葛亮、曹操、关羽、刘备、周瑜、赵云……一个一个三国小说人物,经过罗贯中妙笔点染,千古如生。

英国小说理论家佛斯特说过:小说就是讲故事。但《三国志通俗演义》在讲故事同时,推出如此众多的成功小说人物,实在难得。那么,罗贯中构筑人物有哪些妙着? 简言之:

(一)把若干人物放在尖锐矛盾中,让众多人物同时登场表演

如官渡之战本来是袁强曹弱之战,但是袁绍却愚蠢颟顸、不纳忠言,结果葬送了大好形势。曹操礼贤下士,善待徐攸,及时调整战术,终于变被动为主动,变弱为强。

如孙权慎重而果断的性格就是这样在赤壁之战的尖锐矛盾中呈现的:曹操八十万大军压境,自己部下主战主和派相持不下,孙权先是患得患失、踟蹰不前,继而受到鲁肃、周瑜、孔明之说,拔剑砍案表示决战。

如周瑜的年轻英俊,就是通过他每一次调兵,令程普这位老前辈大为叹服,亲诣行营谢罪表现出来。周瑜的挥洒自如,则通过蒋干盗书、杀蔡瑁、张允、三江口放火表现出来。

(二)准确把握人物描写的分寸

罗贯中当然不懂现代文艺理论,但他给现代文艺理论提供了样板。作为长篇小说的高手,他笔下的人物性格不是一成不变的。罗贯中非常注意在特定的环境下准确把握人物性格的分寸,也就是说,同样一个人,在各种不同的环境中,其性格会有多方面的表现。赤壁之

战中的诸葛亮就既不同三顾茅庐中的飘逸潇洒的隐士诸葛亮,也不同于安居平五路中德高望重、深谋远虑、雍容华贵的宰相诸葛亮,赤壁之战中的诸葛亮对刘备而言是策士,对孙权而言是客卿。这时的诸葛亮性格就是:随机应变、足智多谋、雄辩莫敌。

(三)注意特定细节描写

小说家都知道写小说最大困难是细节,所谓"故事易造,细节难寻"。特别是能出神入化表现人物个性的细节,即特征性细节,对小说家无异于天赐神助。三国人物之间,没有"克隆",没有"复制",没有模仿,只有独特的"我"。

如刘备摔孩子的细节,赵云在长阪坡怀揣刘备之子刘禅和曹操将领血战,杀出重围后,将刘禅交给刘备,刘备将儿子摔在地上说:为你一孺子,几损我一员大将。赵云感激涕零。后人认为刘备这样做是虚伪的表现。还成为歇后语"刘备摔孩子——邀买人心"。

如"乐不思蜀"的细节,蜀国灭亡后,刘备之子刘禅成为阶下囚,司马昭问他:颇思蜀乎?他回答:"此间乐,不思蜀。"刘禅这个"无脑儿"通过这一个细节就活灵活现,"乐不思蜀"和"扶不起的阿斗"都成为现代汉语的常用语。

如袁绍在大敌当前却因为小儿长疥而愁苦万状、无意打仗的细节,十分精彩地描绘了他的昏庸。

(四)抓特征、突"亮点"

善于抓住人物的重要特征,突出人物身上的主要亮点,反复渲染人物的性格,使人物言行与个性达到高度吻合、和谐统一。而特征性的行动在罗贯中手中反复出现,某句话、某个行动只能出现在某个人物身上,绝对不能出现在其他人物身上,而这句话、这个行动又鲜明地表现了人物的独特精神面貌,这是罗贯中对古典文学的重要贡献。

如写关羽的义绝,就用了一连串不可能出现在其他人身上的行动:他拿刘备送的旧袍罩住曹操送的新袍,是为了不忘兄长;曹操送金银他不谢,送赤兔马,他马上感谢,因为"一日可见兄长";他对二位嫂嫂或"叉手侍立"或"跪地叩问"……这样反复渲染"义"行的结果,是关羽成了"义绝"的代表。

抓特征、突亮点,是世界著名的小说大师都采用的手法。例如巴尔扎克就善于塑造在某一方面畸形发展的"人妖"式男女,守财奴葛朗台、痴爱女儿的高老头、沉湎色情的于洛男爵、沉湎口腹之欲的邦斯舅舅、无恶不作的地方恶少腓列普……与罗贯中不同的是,巴尔扎克是在卷帙浩繁的《人间喜剧》中塑造了这些人物,罗贯中却把"三绝"及其他人物集中在一部五十八万字的小说里了。巴尔扎克的人物画是工笔画,一般都有长篇外貌描绘、细腻的心理描写,而罗贯中却是写意画,粗笔勾勒为主。

(五)夸张、对比、简单评价

作为中国最早的长篇小说,罗贯中在写人物时采取的其他艺术手段,也影响到后世小说。

罗贯中经常采用夸张、对比、烘托、渲染的手法。

如张飞在长阪桥一声吼,吓死了夏侯杰;

如赤壁之战周瑜妙计迭出,诸葛亮却总高一招、快一步。

夸张、对比、烘托、渲染等手法的采用既可以使得人物形象鲜明,也富有浪漫主义和传奇色彩,令小说格外好看。

罗贯中还擅长采用人物对人物的评价来概括介绍人物的本质。

最典型的例子当然得数青梅煮酒论英雄。曹操说袁绍是"色厉胆薄,好谋无断";说袁术是"冢中枯骨";说刘璋是"守户之犬";说孙策是"性急少谋,匹夫之勇"。

再如徐庶对诸葛亮的评价。徐庶不得不离开刘备时,走马荐诸葛说:"使君若得此人,可比周得吕望,汉得张良。有经纶济世之才,补完天地之手。其人每自比管仲、乐毅。以庶观之,管仲、乐毅不及此人也。"(《徐庶走荐诸葛亮》)徐庶在刘备心目中已经是了不起的军师,刘备当然得拿徐庶来比,问:"比先生才德如何?"徐庶回答:"某比此人,如驽马以并麒麟,寒鸦以配鸾凤。庶何足言之。此人乃天下第一人耳。"

又如程昱说关羽是"傲上而不忍下,欺强而不凌弱。"(《关云长义释曹操》)

这些简单的评价在一定程度上把握概括了人物性格的本质特征,这是作家介绍人物时的一种简单、经济、有效的方法。这种方法自罗贯中在《三国志通俗演义》开创性使用后,后世小说家乐此不疲。

由于罗贯中擅长采取各种手段塑造人物,特别是善于从诸侯之间、三国之间的矛盾斗争情势中写人物,他笔下不管是主要人物还是次要人物,甚至于过场人物,琳琅满目,给读者留下深刻的印象,获得了永恒的生命力。

罗贯中写人物的章法,后世小说家百试百中。

第五节　布局情节和战争描写

长篇小说作家当然得把人物描写放在首位,但如果小说构筑不得法,小说成了一团乱麻,人物也就成了无头苍蝇。因此,构思布局是对小说家才能的"金殿对策"。

一、伴随中心人物转换的三大段巧妙布局

《三国志通俗演义》是中古时期封建军阀战争史诗。它的人物描写、事件描写,都是通过复杂的政治斗争、长期的战争过程来完成的。

这就形成了《三国志通俗演义》结构上的特点:

宏伟博大而不失精巧;

事件繁多而不杂乱;

人物众多而不平淡。

《三国志通俗演义》采取的是这样的构思和布局:

以主要人物命运为中心,以重大战争为主干,巧妙地把百余次战争、四百多个人物,有机地结合在一起。由于有"三国纷争"这条主干,小说层次分明、有条不紊,此起彼伏、波澜壮阔。

具体地看,罗贯中将小说有意识地分割为三个部分,伴随着中心人物转换的三大部分:

(一) 从小说开头到卷八徐庶走马荐诸葛,这一部分先介绍了汉代社会概况:皇帝昏庸无能,十常侍专权,农民起义,董卓专权,诸侯并起,接着写各方军阀力量的消长,引出魏、蜀、吴三大集团的领袖人物。最后以曹操削平北方群雄,率军南下,直接威胁盘踞江东的孙权政权和仅有樊城的刘备。展开了全书的主要矛盾,预示了鼎足三分局面。

这一部分,浓墨重彩推出的人物是曹操。

（二）从卷八"三顾茅庐"到卷二十一"秋风五丈原"。这是小说的中心部分。诸葛亮的出场是整个小说的转折点。由于他的计谋,孙刘联合,赤壁之战决定了三分局势。由于他的谋划,蜀国取得荆、益,造成了三国鼎立的局面。这一部分,是以诸葛亮为描写中心,以刘备集团的活动为主线展开全书的内容。

（三）从卷二十一"死诸葛走活仲达"到全书结束。孔明死后,描写中心转为司马懿。展示了司马集团灭蜀、降吴、篡魏的活动,统一了中国。

《三国志通俗演义》三大段布局,本是历史上的三个阶段,但罗贯中描写有主有次,中心人物分别选择曹操、诸葛亮、司马懿,矛盾相对集中,故事有了主线,其他人物都围绕着主要人物活动,从而将本来一盘散沙般的繁杂历史事实砌成了数层玲珑宝塔。

二、情节构成主要因素

《三国志通俗演义》的主要情节,是三国的纷争、鼎立到西晋统一。诸葛亮、刘备、关羽、张飞、曹操、孙权、司马懿等是这一纷争的主要角色。人物思想、性格之间的矛盾冲突,是构成情节的主要因素。《三国志通俗演义》正是通过人物的出场、活动、经历、结局来展开故事情节,联系事件。主要人物的思想、性格之间矛盾的发展、变化,又构成新的冲突,打开新的局面,使情节连续发展,一步深似一步,一个高潮接着一个高潮,人物的思想、性格在一系列的矛盾中全面、深刻地表现出来。

《三国志通俗演义》的情节既是多头、复线发展,又比较集中、自然,合乎逻辑。对许多历时较长、带连续性的事件,有的采用连叙,如关羽封金挂印、过五关斩六将,刘备三顾茅庐,孔明七擒孟获。这些事件是与其他事件交错发展的,但罗贯中将其单列出来,一气呵成,显得十分紧凑,人物性格也得到集中体现。有的则采用断述。如三气周瑜,六出祁山,九伐中原。这些事件大都时长而事繁,牵涉面广,连写则比较平淡,罗贯中就聪明地采用断述。将其他事件穿插其间,如横云断岭,露头显尾,使得内容错综交叉,松紧有节。无论是连是断,是详是简，都符合两个规律：事物本身发展规律、人物性格发展规律。

三、战争描写

罗贯中是描写战争的铁笔圣手。他以丰富的军事知识，精湛的艺术技巧，描绘了一幅优美动人、雄伟壮阔、丰富多彩的战争画卷。

（一）三国始于战争，终于战争，罗贯中以几个关键性大战，维系上百次小战，这些大战有：官渡之战、赤壁之战、火烧连营等，如同连绵起伏的重岩叠嶂拥托着几座主峰。

大大小小的战争各有千秋，从不雷同，大至百万之众的鏖战，不松弛紊乱，小至单枪匹马的对杀，不单调乏味。为什么各具特色、各尽其妙？因为罗贯中注重对参战者的身份、性格的刻画。通过对战争的态度，智士、笨伯，猛将、懦夫，仁君、暴君，贤相、佞臣，被一一甄别出来。不同人物之间发生的不同战争，千姿百态。

（二）"斗智"是战争描写的主要内容。在战争描写中，罗贯中写出了杰出的军事家诸葛亮、曹操、周瑜、司马懿等人杰出的指挥艺术，写出了许多将军谋士的奇计妙策，他们总是根据不同情势决定不同方针、步骤，或强攻或智取，或火烧或水淹，或摆阵对垒或奇兵偷袭，或一鼓作气、乘胜追击，或坚守不出、以逸待劳，或利用对手的弱点，采用苦肉计、反间计、诈降计、将计就计，层出不穷，各尽其妙。在这些奇光异彩、神鬼莫测的计谋中，又间杂以许多精彩的斗勇场面，如许褚裸衣斗马超，赵云长阪坡救阿斗，显得色彩不单调。

（三）《三国志通俗演义》写战争，成为古代军事学家的军事思想的形象图解，包含着丰富的战略思想、战术思想。它总是根据敌我力量对比，根据天时、地利、人和，来写作战方针、步骤、结果，从来不冗长地描写战争过程，而是写尽战争的前因后果、矛盾变化、调兵遣将，战争的发展自然，结局合理。

罗贯中写战争，有爱憎分明的感情，对残忍屠杀、狠毒欺诈的行为，竭力鞭挞；对仁义道德的刘、关、张、诸葛亮等，则竭力颂扬他们的智慧和能力。罗贯中写战争的基调是乐观主义的。尽管双方伤亡巨大，赤壁之战，曹操八十三万人马覆灭，但罗贯中并没有把死亡渲染得阴森恐怖，把战争场面描写得凄惨可怕，而是写得如火如荼、紧张热烈,吸引读者。

《三国志通俗演义》还在战争、政治描写中,时而插入奇闻轶事,如文姬归汉的故事,曹娥投江的故事,华佗治病的故事……这些故事的穿插,不仅使得战争和政治得到多方面表现,而且增添了生活气息,免得情节单调、枯燥。

四、社会生活

以战争为主,《三国志通俗演义》写了不少为政治、战争、军事斗争服务的社会生活。

(一)婚姻爱情。董卓求婚于孙坚,曹操约婚于袁谭,袁术约婚于吕布,都是为了战争政治利益采取的权宜之计,又会因为战争成败出尔反尔。尤其是两个著名的美人计,一成一败。王允用貂蝉向董卓和吕布施离间计,大闹凤仪亭是极精彩的段落。刘备招亲,是周瑜为夺回荆州,以孙权之妹为诱饵,写得情趣横生,结果是赔了夫人又折兵。

(二)兄弟关系。袁绍两个儿子袁谭和袁尚火并;刘表两个儿子争继承权,后母设计害前房之子,刘琮为求得继承权,陷害长兄,引狼入室;曹丕、曹植、曹彰、曹熊的斗争更激烈,曹丕逼死曹熊,解除曹彰的兵权后,又威胁曹植,曹植用流传千古的"七步诗""本是同根生,相煎何太急"换得存活……

(三)夫妻关系。刘备前妻甘、糜夫人在战争风云中,成了刘备可以随便脱换的"衣服",孙夫人又是按照诸葛亮的计策将计就计得来的;曹丕的妹妹曹后为了弟弟能称帝,厉声斥责丈夫汉献帝退位……

(四)朋友关系。周瑜借同窗好友蒋干来访,使曹操中计,并不顾忌朋友会不会因此掉脑袋。徐晃和关羽是最好的朋友,两人阵前相遇,徐晃先语调恳切地说了一番他对关羽的思念和牵挂,接着就厉声高喝"取关羽首者,赏千金!"……

人与人之间的关系,被代之以个人、集团的政治利益,为了政治利益,不管什么人,不管什么关系,都要勾心斗角、尔虞我诈,既互相利用又互相残害。罗贯中将这些"内幕"都揭示出来了。人们从这些流传千古、脍炙人口的章节,如官渡之战,王允献貂蝉,群英会,蒋干盗书,七步赋诗……认识了封建社会统治集团内部变化万端的斗智、斗勇,了解其政治手腕、军事才略。这些服务于战争、服务于政治利益的人情世态描写,不仅使得战争的复杂性增加,而且使得小说经常出现峰回路转、巧妙曲折的场面,还使得小说成为后人认识那个社会的"史书"、"社会风俗图"。

第六节　精彩纷呈的场面设置

　　长篇小说作者如何设置重要场面,是对其艺术才能的考验。像《三国志通俗演义》这样的历史题材作品,是按照历史记载枯燥地再现当年一些场面,还是展开想象力,创造优美灵动、富有情趣、富有意趣、富有吸引力的场面? 罗贯中的处理令人拍案叫绝。

　　所谓场面是小说横截面,小说的重要场面应有这些因素:

　　其一,它是由性格鲜明的小说人物支撑的;

　　其二,它是人物个性的"放大性"展示;

　　其三,它在人与人关系中起重要作用;

　　其四,它富有戏剧性、可观性、充满动感;

　　其五,它可以由静态但必须优美或哲理性的图画构成。

　　按照这五条标准,我们从《三国志通俗演义》中举出几段代表:

一、青梅煮酒论英雄

　　　酒至半酣,忽阴云漠漠,骤雨将来。从人遥指天外龙挂,操与玄德凭栏观之。操曰:"贤弟知龙变化否?"玄德曰:"未知也。"操曰:"龙能大能小,能升能隐:大则吐雾兴云,翻江搅海;小则埋头伏爪,隐介藏身;升则飞腾于宇宙之间,隐则潜伏于秋波之内。此龙阳物也,随时变化。方今春深,龙得其时,与人相比,发则飞升九天,得志则纵横四海。龙乃可比世之英雄。玄德久历四方,必知当世之英雄,果有何人也? 请试言之。"……操曰:"夫英雄者,胸怀大志,腹隐良谋,有包藏宇宙之机,吞吐天地之志,方可为英雄也。"玄德曰:"谁当之?"操以手先指玄德,后指自己曰:"方今天下,惟使君与操耳。"言未毕,玄德以手中匙箸尽落于地。霹雳雷声,大雨骤至。操见玄德失箸,便问曰:"为何失箸?"玄德答曰:"圣人云'迅雷风烈必变'。一震之威,乃至于此。"操笑曰:"雷乃天地阴阳击搏之声,何为惊怕?"玄德曰:"备自幼惧雷声,恨无地而可避。"操乃冷笑,以玄德为无用之人也。曹操虽奸雄,又被玄德瞒过。

(《青梅煮酒论英雄》)

青梅煮酒论英雄是《三国志通俗演义》的著名场面。胸怀复兴汉室之志的刘备当时寄曹操篱下,为了避免曹操对他猜疑,故意在园中种菜,以便将他胸无大志之事传到曹操耳中,这是韬晦之术,在自己力量不足的时候,麻痹对手,保护自己。曹操却不是寻常人,他观察判断人的本事很强。曹操把刘备招来,青梅煮酒,把他心目中的英雄标准提出来,让刘备来说,当今哪个是英雄。刘备先后提出袁绍、孙策、刘表、刘璋,他明知这些人都有许多弱点,不能称其为英雄,但故意夸大他们的优势,说他们是英雄。曹操却说,这些人不是英雄,而天下英雄"惟使君与操耳"。一句话,戳穿刘备外表贤良恭谦、内存雄心的事实,刘备知道:自己不管如何作秀,都瞒不过聪明过人的曹操,曹操会不会因此迫害他呢? 刘备大惊失色,把手中筷子掉到地上。这本来是失态行为,露馅了,但刘备有急智,立即解释成是他听雷声害怕掉了筷子,而且他自幼怕雷声,似乎胆小如鼠。曹操相信了刘备,不再怀疑。这一小段,写出刘备善于察颜观色、随机应变。

二、群英会蒋干中计

周瑜正在帐中议事,忽报蒋干至,瑜笑谓诸将曰:"说客至矣!"与众将附耳低言,如此如此,众皆应命而去。瑜整衣冠,引从者数百,皆锦衣花帽,前后簇拥。瑜步行,远远迎接蒋干。干引一青衣小童,昂然而来。瑜教从者摆列于两下,瑜慌忙拜而迎之。干曰:"贤弟别来无恙?"瑜应声答曰:"子翼良苦,远涉江湖,生受为曹操作说客耶?"干愕然,良久曰:"吾与足下间别久矣,近知威镇江东,名扬华夏,故来叙旧,以观其志,何疑吾作说客耶?"瑜笑曰:"吾虽不及师旷之聪,闻弦歌而知雅意也。"干曰:"足下视人如此,吾告退。"瑜笑而抚其臂曰:"吾但嫌兄与曹氏作说客。既无此心，何去速也？"……周瑜曰："吾自领军以来，点酒不饮；今日见了心腹故友，又无疑忌，当饮一醉。"……酒至半酣，瑜携干手，同步出帐外。左右军士，皆全装贯带，持戈执戟而立。瑜曰："吾之小卒，颇雄壮否？"干曰："虎狼之兵也。"引干到帐后一望，粮草堆积如山。瑜曰："吾之粮食，颇足备否？"干曰："兵精粮足，名不虚传。"……瑜佯醉大笑曰："想周瑜与子翼同学业时，不曾望有今日矣！"干曰："以贤弟高才，实不为过。"瑜执干手曰："大丈夫处世，遇知己之主，外托君臣之义，内结骨肉之恩，言必行，计必从，祸福共之。假使苏秦、张仪更生，陆贾、郦生复出，口似悬河，舌如利刃，安能动吾铁石之心哉！"言罢大笑。此时蒋干面如土色……瑜又邀入帐上，会诸将再饮，又指诸将曰："此皆江左之豪杰。今日此会，'群英会'耳！"饮至天晚，点上灯烛，瑜自起舞剑作歌，众拍手而和之。歌曰："大丈夫处世兮，立功名。功名既立兮，王业成。王业成兮，四海清。四海清兮，天下太平。天下太平兮，吾将醉。吾将醉兮，舞霜锋。"歌罢慷慨，满坐尽欢，独有蒋干，寸心欲碎。夜已更深，干辞："不胜酒力矣。"瑜挟干臂曰："日久不与子翼同榻，今宵抵足而眠。"瑜本不醉，佯推大醉，同干入帐共寝。瑜衣不能解带，呕吐狼藉于床上。

（《群英会瑜智蒋干》）

赤壁之战中，周瑜窥探曹操水军，发现曹操的水军井井有条，认为这是打败曹操的心腹之患，决心借刀杀人除掉曹操的水军统帅，恰在此时，周瑜同窗好友蒋干向曹操毛遂自荐，到江东说服周瑜投降。周瑜知故友前来，将计就计，制定了"放任"蒋干将其假造的曹营水军首领来信盗走，诱使曹操杀掉自己的水军都督的计划。为实现这一计划，周瑜在蒋干跟前演出一幕生动精彩的"群英会"，一方面炫耀军威，表达对东吴的忠诚，给打算诱降的蒋干以震慑，彻底打消蒋干诱降念头；另一方面，假装老友相聚痛饮一醉，演出"佯醉泄密"的活报剧，让蒋干丧失警惕，受骗上当。短短几段文字，把周瑜的风流潇洒、挥斥方遒、聪明机智写得活灵活现。周瑜的语言既意气风发又盛气凌人，蒋干的语言既藏头藏尾又躲躲闪闪。三言两语，人物性格尽现无遗。

三、长阪坡赵云救主

（赵云）正走之间，见一将手提铁枪，背着一口剑，引十数骑跃马而来。赵云便不答话，直取那将。交马处，一枪刺着，倒于马下，从者奔走。那员将乃是曹操随身背剑心腹之人夏侯恩。原来曹操有剑二口：一名"倚天"，一名"青钉"。倚天剑自佩之，青钉剑教夏侯恩佩之。倚天剑镇威，青钉剑杀人。夏侯恩以为无敌之处，乃撇了曹操只顾引人抢夺掳掠。正撞子龙，一枪刺于马下，就夺那口剑，视看靶上有金嵌"青钉"二字，方知是宝剑也。……（赵云）解开勒甲条，放下掩心镜，将阿斗抱护在怀，而嘱曰："我呼汝名，可应。"言罢，绰枪上马。早有一将，引一队步军围住土墙。云乃拍马挺枪，杀出墙外。拦路者乃曹洪手下副将晏明也，持三尖两刃刀来迎。交马不及两合，一枪刺晏明落马身死，杀散步军，冲开一条路。……背后二将大叫："赵云休走！"前面又有二将，使两般军器来到……赵云力战四将，杀透重围。马步军前后齐搠赵云。赵云拔青钉剑乱砍步军，手起，衣甲平过，血如涌泉，染满袍甲；所到之处，犹如砍瓜截瓠，不损半毫。真宝剑也！

却说曹操在景山顶上，望见一大将军横在征尘中，杀气到处，乱砍军将；所到之处，威不可当。操急问左右是谁。曹洪听得，飞身上马，下山大叫曰："军中战将，愿留名姓！"赵云应声曰："吾乃常山赵子龙也！"曹洪回报曹操，操曰："世之虎将也！吾若得这员大将，何愁天下不得乎？可速传令，使数骑飞报各处，如子龙到处，不要放冷箭，要捉活的。"……却说赵云身抱后主在怀中，直透重围，砍倒大旗两面，夺槊三条，前后枪刺剑砍，杀死曹营名将五十余员。

（《长阪坡赵云救主》）

曹操南征荆州，刘备败走江陵，经一夜混战，刘备军马被冲散，刘备两位夫人和独子阿斗及其护卫者赵云下落不明。糜芳对刘备说：赵云降曹了，刘备不信；张飞轻信此言，宣布：撞见赵云，一枪刺死。赵云从夜半时分就陷入和曹军的混战，天明时不见了二位夫人和阿斗，他从简雍嘴中知道二位夫人弃了车仗，抱阿斗而逃，遂护送简雍回去见刘备，并表示"上天入地,好歹寻主母来!如不见,宁死在沙场上矣!"此后,赵云在混乱的人群中救出甘夫人,再回去寻找糜夫人和阿斗。他在路上杀死了为曹操背剑的夏侯恩,夺得青钉宝剑,在一堵败墙下找到身负重伤的糜夫人和阿斗,糜夫人为保阿斗,投井而死。赵云怀抱阿斗,匹马单枪,在曹军中冲杀,最终将阿斗送回刘备的怀抱。赵云长阪坡救阿斗、杀得曹兵个个愁的情节历来被认为是描写孤胆英雄的最精彩片段。"常山赵子龙"也成为孤胆英雄的代表。其实天才小说家的这段描写充满了艺术辩证法,无敌战神般的赵云能够在千军万马中杀透重围,"奸雄"曹操起着举足轻重的作用:赵云举剑对曹营军将砍瓜截瓠般乱砍,用的正是曹营统帅曹操的宝剑;赵云的英武超群使得曹营任何人不能靠近,本来曹营任何一个不起眼的兵士都可以一箭将赵云从马上射下,偏偏曹操发出必须活捉赵云、不许放冷箭的死命令。曹营将领只能眼睁睁看着赵云匹马驰骋。一向被人称为"奸雄"的曹操,偏偏有着喜爱英雄、对英雄惺惺相惜的一面。正因为和奸雄曹操挂上钩,英雄赵云才能凭着非凡的勇气和一往无前的战斗力冲破罗网。

人生在世,常是祸福相依共存,在波澜壮阔的三国时代,英雄和奸雄也相依共存。浑身是胆的赵子龙竟然莫名其妙地跟奸雄曹操挂上钩,《三国志通俗演义》写活了这个辩证法。

场面是对人物集中表现的情节,能相对集中地同时表现两个以上人物的个性,且在人物的交锋过程中,通过对比使得双方个性更加鲜明。论者提到《三国志通俗演义》总会联想到各种各样的场面,它们实际上就是《三国志通俗演义》回目:

祭天地桃园结义;
虎牢关三战吕布;
凤仪亭布戏貂蝉;
吕奉先辕门射戟;
青梅煮酒论英雄;
关云长五关斩将;
刘玄德三顾茅庐;
诸葛亮舌战群儒;
诸葛亮三气周瑜;

关云长单刀赴会；

关云长刮骨疗毒；

曹子建七步成诗；……

这些小说场面在中国简直已经路人皆知。这些精彩场面跟人物个性契合无间，成为推动情节快速发展、或突然逆转的关键。

罗贯中特别擅长营造各种场面需要的气氛，庙堂应对的雍容，好友相逢的温馨，辩士舌战的犀利，名将鏖战的热烈……各种人物在为他特定的场面中如鱼得水，精彩地演出人生悲欢。

作为中国古代第一部长篇小说，《三国志通俗演义》的场面在所有中国小说中，种类最繁富、影响最深远、戏剧性最强。这固然由三国历史本身造成，但如果没有罗贯中的生花妙笔，恐怕只会是一笔狗肉账。

第七节 浅显文言的语言设置

《三国志通俗演义》的语言在中国古典小说中是个另类。既不是文言，也不是白话。写小说史的学者，可以把它放到文言小说史里，也可以把它放到白话小说史里，但不管放到哪边，《三国志通俗演义》都像三只脚的蟾，不合群。

多年来学者对《三国志通俗演义》的语言特点总结为半文半白，文言为主，糅以白话。文不甚深，言不甚俗。

有论者说，《三国志通俗演义》半文半白的语言特点反映了由文言小说向白话小说过渡的特点。此说未必恰当。因为，在《三国志通俗演义》前后，文言小说和白话小说都存在。我们无论怎么"深入"阅读，都发现不了《三国志通俗演义》是从哪部纯文言小说过渡而来，它又过渡到哪部白话小说了？至于说"半文半白"干脆成四不像了。

考察小说实际，则会发现"半文半白"和"过渡说"的传统说法都不科学。《三国志通俗演义》的语言设置，是从写小说内容需要出发，既便于与史料接轨，又在描绘史实和历史人物时特别富有表现力。

一、设置浅显文言为小说语言

《三国志通俗演义》应该算浅显文言。

这是罗贯中根据小说写作对象、要求，创造性设置的语言模式，一种前无古人、后无来者的语言模式。

罗贯中面对的三国历史，离开他生活的时代已一千多年。在这一千多年中，民众语言发生了很大变化，如果采用罗贯中所处时代的白话，则丧失了"三国味"，读者跟三国时代拉不开距离；如果采用典雅的文言，则又不利于广大读者阅读。

于是，罗贯中采用个折中方案：让小说语言既像文言又接近白话。像文言则使得小说内容跟读者产生距离感，并因距离感而产生好奇感和美感；接近白话，则使得普通读者阅读时不至于有太多困难，容易阅读、喜欢阅读。

这个选择很聪明。罗贯中所处时代的民众，只要多少识几个字，都是受文言教育。如果不识字，不管文言还是白话，对他都是两眼一抹黑。

罗贯中另一个聪明选择是：当他写到粗豪人物时，他的语言几乎接近于白话，如写到张飞时。

张飞有超人的勇猛，正直豪爽、嫉恶如仇，粗豪莽撞、爱憎分明。如果让他也文绉绉地像诸葛亮那样说话，岂不太不和谐？罗贯中总是让张飞的话直截了当、明明白白、通俗之极。

如，刘备三顾茅庐，诸葛亮在家，却在草堂高卧，刘备和关羽都耐心等候，张飞却大怒，"对云长曰：'这先生如此傲人！见俺哥哥侍立于阶下，那厮高卧，推睡不起！等我去庵后放一把火，看他起也不起！"张飞用语都不是文言，他不说"吾兄"而说"俺哥哥"，不说"吾"而说"我"，至于"那厮"的叫法，干脆跟李逵一样了。（《定三分亮出茅庐》）

再如，孙夫人携阿斗回江东，张飞追到船上夺阿斗，赵云对孙夫人说"主母差矣"，文质彬彬。张飞却对孙夫人说："嫂嫂不以俺哥哥为重，私自归家，是何道理？""俺哥哥大汉皇叔，也不辱没嫂嫂。今日相别，若思哥哥恩义，早早回来。"说的都大白话。（《赵云截江夺幼主》）

二、浅显文言的抒写优点

《三国志通俗演义》使用浅显文言，为描写三国历史带来便利。特别是便于跟三国时代文言史料接轨。

三国时代许多史料如皇帝下诏、大臣奏章都被罗贯中引用到小说中，如诸葛亮的前后《出师表》，都在小说里整体出现：

> 先帝创业未半而中道崩殂，今天下三分，益州疲敝，此诚危急存亡之秋也。……臣本布衣，躬耕南阳，苟全性命于乱世，不求闻达于诸侯。先帝不以臣卑鄙，猥自枉屈，三顾臣于草庐之中，谘臣以当世之事，由是感激，许先帝以驱驰。……今南方已定，兵甲已足，当奖率三军，北定中原，庶竭驽钝，攘除奸凶，以复兴汉室，还于旧都。此臣所以报先帝，而忠陛下之职分也。……（《孔明初上出师表》）

诸葛亮前《出师表》长达八百余字，详尽回叙了蜀国创业的历史、刘备振兴汉室的愿望、刘备对自己的知遇之恩，分析了当前局势，表明了整治蜀国的大政方针和北伐中原的决心，陈述了北伐中原的具体安排。罗贯中将《出师表》全文引入小说之中，这是真实的历史资料，跟这一历史资料相配合，人物之间的对话也必须是文言才能配套：

> 后主览表而言曰："相父征蛮，远涉艰难，方始回都，坐未安席；今又欲北征，恐劳神思也。"孔明曰："臣受先帝托孤之重，夙夜未尝有怠。今日平蛮回国，一载有余矣，军马已锐，器械已足，粮草之类尽皆完备，不就此时讨逆，恢复中原，更待何日耶？"（《孔明初上出师表》）

使用文言，还便于制造庙堂气息。三国纷争经常出现皇帝和大臣，大臣和大臣之间的对话，采用文言，可以产生朝廷和官场的仪式感。但这文言又不能太深奥，因为《三国志通俗演义》毕竟是小说。

《三国志通俗演义》还将大量的前人诗词、文章吸收到小说中，如卷二十一之"孔明秋风五丈原"在"孔明不答而逝"之后，引用了大批前人资料，有后晋史官陈寿的评语；蜀人杨戏的赞；唐代诗人元稹、白居易，宋代程伊川、尚书姚伯善、陈兰石、楚菊山、叶士能、胡曾的诗；史官朱黼、习凿齿、南轩张氏等人的赞诗、赞文，长达两千余字。这些引文全部是文言，如果小说叙述采用白话，则完全不协调。而使用浅显文言，就将这些内容都串联起来了。

康熙年间毛氏父子删削《三国志通俗演义》大量前人诗词，作为小说，毛本《三国演义》比罗贯中的原作，阅读障碍少了许多，但也减少了巨著的历史分量和力度。

三、浅显文言特有的表现力

使用浅显文言，叙事写景都简洁生动，刘备三顾茅庐，初访孔明，看到隆中的秀丽景色："山不高而秀雅，水不深而泉清；地不广而平坦，林不大而茂盛，松篁交翠，猿鹤相亲。"用形象的语言，以"地灵"衬托"人杰"。二访孔明，见到的景色："天气严寒，彤云密布，山如玉簇，林似银装"。严寒的景色，衬托了刘备求贤的忠诚。

使用浅显文言，在表现策士献计、辩论场面则流畅、明快，如著名的舌战群儒：

> 张昭等见孔明飘飘然有出世之表，昂昂然有凌云之志。张昭等料孔明来下说东吴。昭先以言挑之曰："昭乃江东微末之士也。久闻先生归于隆中，躬耕陇亩，以乐天真，好为《梁父吟》，每自比管仲、乐毅，此语果有之乎？"孔明暗思："这人言语挑我。"遂应答之："此亮平生小可之比也。"昭曰："近闻刘豫州三顾先生于草庐之中，而听高论，豫州'如鱼得水'，每欲席卷荆、襄。今一旦以属曹公，未审是何主见？"孔明自思："张昭乃孙权手下一个谋士，若不先难倒他，如何说的孙权？"遂答曰："吾观取汉上之地，易如反掌。吾主刘豫州，躬行仁义，不忍夺同宗之基业，故力辞之。"……"国家之大计，社稷之安危，自有主谋，非比夸辩之徒，虚誉妄人耳：坐议立谈，谁人可及；临机应变，百无一能。诚为天下取笑耶？子布莫怪口直！"……

诸葛亮滔滔不绝，如决长江之水，跟江东多名辩士辩论，大段大段的对话，因为都是出自诸葛亮及江东辩士之口，假如采用白话，会觉得冗长而没意思，因为采用文言，反复铺排、叠屋架床、渲染造势，就把辩论气氛造得很足。诸葛亮聪慧过人、机敏过人、博古通今，句句如刀，语语似箭，江东群杰对诸葛亮火药味十足的"围攻"，靠貌似有礼、实藏暗箭、埋地雷的文雅语言彰显。

罗贯中创造的浅显文言小说语言模式，后世小说家有没有继承下来？有没有再出现"张贯中、李贯中"依样画葫芦？几乎没有，罗贯中天才太突出了。《三国志通俗演义》以古代小说中独一无二、不可复制的"三国语言",几个世纪,在读者中朗朗上口、盛传不衰。什么叫独立物表? 什么叫桂枝一芳? 罗贯中做到了。

第八节　《三国志通俗演义》的重大影响

《三国志通俗演义》的重大影响,如谈及社会影响,则无边无际,甚至从军事学、经济学都可以找到许多例证,我们关注的,仅是其文学影响且是对长篇小说构思方面的影响。

一、章回小说模式

从《三国志通俗演义》开始,中国古代长篇小说定型为章回小说。凡中国古代的长篇小说,无一例外,都采取这种模式。

章回小说的特点:分回标目、故事连接、段落整齐。

但是,在罗贯中手下时,这种"分回标目"的特点,还应该是"分卷、分则(节)标目"。《三国志通俗演义》二十四卷,分二百四十则(或节)。各节标题为一单句,到后来的毛本《三国演义》才将二节合为一回,标题由原来的单句变为比较对称的联句。

如毛本《三国演义》第一回是"宴桃园豪杰三结义,斩黄巾英雄首立功",在《三国志通俗演义》原是卷一第一节"祭天地桃园结义"和第二节"刘玄德斩寇立功"。毛本《三国演义》第一百四回是"陨大星汉丞相归天,见木像魏都督丧胆",在《三国志通俗演义》原是卷二十一"孔明秋风五丈原"和"死诸葛走生仲达"两节。

通行本《三国演义》经康熙年间经毛氏父子定稿,是在古代长篇小说出现数百年后确定的比较整齐的回目。其实,罗贯中参与《水浒传》定稿,已经采取后来《三国演义》这种对偶章回标目。因此可以说,章回小说分回标目的艺术形式,是由罗贯中和施耐庵共同确定的。

二、历史演义小说体系的建立

由罗贯中开始,借助史实与虚构相结合的创作方法,形成了中国古典小说独特的系统。自立于世界小说之林的历史演义小说,都是用

通俗的语言,演叙历史上的人物和故事。至明末,已经有了按照中国历史顺序排列的十二种历史演义:

《列国志传》,作者余劭鱼;

《西汉通俗演义》,作者甄伟;

《东汉通俗演义》,作者谢诏;

《续编三国志后传》,作者无名氏;

《东西晋演义》,作者杨尔曾;

《唐书志传通俗演义》,作者熊大木;

《南北两宋志传》,作者熊大木;

《大宋中兴通俗演义》,作者熊大木;

《杨家府演义》,作者纪振伦;

《英烈传》,作者无名氏;

《承运传》,作者无名氏;

《于少保萃忠全传》,作者孙高亮。

上至春秋战国,下至明初,形成了中国历史小说的完整谱系,在当时印刷很多。这些小说无一例外,都是仿《三国志通俗演义》而作,但是其艺术成就,皆不及这类小说的开山之作。

《北宋志传》可算这些历史演义的代表作,特别是其中的杨家将传。这部小说共五十回,有强烈的爱国热情,风格质朴,情节动人,难能可贵的是塑造了杨门女将的群像。《北宋志传》完全沿袭《三国志通俗演义》魏、蜀、吴三足鼎立、正邪对峙的构思模式:设置矛盾三方,即杨家将、奸臣、辽国;设置杨家将和奸臣正邪两方的对峙。采用了大量民间传说,有相当可读性,而且成为此后戏剧舞台的宠儿。

《三国志通俗演义》是中国历史演义小说的开山之作,也是不可逾越的艺术顶峰。

三、《三国志通俗演义》对现当代文学的影响

《三国忠通俗演义》对现当代文学的影响是巨大的,特别对带有"正史"意味的小说有影响。二十世纪五六十年代的"三红"即《红旗谱》、《红日》、《红岩》,作者都自觉模仿、学习《三国志通俗演义》。从 21 世纪前十年突然繁盛的军事文学,我们也找到《三国志通俗演义》对其

起重大影响——在结构布局人物设置上——的作品。

都梁的《亮剑》，先以长篇小说面世，后改为几十集电视连续剧在屏幕多次热播。《亮剑》在构思上，就深得"三"字经之妙。

《亮剑》主要敌对方是三方：中共、国民党、日本侵略者，宛如魏、蜀、吴三足鼎立。

《亮剑》敌对三方都有个性鲜明的重量级领军人物。中共方面——桀骜不驯、从不按规矩出牌的独立团团长李云龙；国民党方面——黄浦高才生、豪爽顽强的晋绥三五八旅团长楚云飞；日本方面——阴险毒辣的少将筱冢义男。他们宛如魏、蜀、吴的决策人物曹操、诸葛亮、周瑜。中共方面和晋绥军方面经常既有合作又有纷争，最后还打了起来，宛如诸葛亮和周瑜的既合作又勾心斗角，最后有了火烧连营。饶有趣味的是，日本指挥官经常对中共和晋绥军领军人物做"评点"，像曹操青梅煮酒论英雄的异国抄袭者。

《亮剑》主要正面人物是三位红军时期参加革命的团长李云龙、丁伟、孔捷，他们三人是现代战争中的"桃园三结义"。李云龙未经上级批准就发动了攻打平安县城的战役，丁伟、孔捷都冒着犯错误的危险主动配合。

《亮剑》连战争中的爱情也像从《三国志通俗演义》中移栽。李云龙在赵家峪跟秀芹恋爱，新婚之夜却被日本特种部队捉走新娘，令人联想到糜夫人在长阪坡的牺牲。李云龙受伤却在医院跟护士小田终成眷属，颇有点儿刘备"甘露寺招亲"意味。

《三国志通俗演义》是长篇小说这种可以最广阔、深入、复杂地反映特定的社会生活的文学样式的开拓者和奠基者。它的构思艺术永远不会过时。

第六章
英雄传奇巅峰之作《水浒传》

《水浒传》的重要性在于：它是中国古代第一部白话长篇小说，是中国古代第一部长篇英雄传奇。它的构思套路左右英雄传奇类长篇小说，影响人情小说，导致《金瓶梅》的产生。

过去一直流行的说法是：《水浒传》完整描写农民起义从发生到壮大再到失败的全过程。其实水浒一百单八将，有几个农民出身？说《水浒传》写英雄传奇，当无大错。

《水浒传》的作者是哪个？

明代郎瑛《七修类稿》卷二三说："三国、宋江二书乃杭人罗本贯中所编，予意旧必有本，故曰编，宋江又曰'钱塘施耐庵的本'。"①

高儒《百川书志》卷六史志、野史类：《水浒传》"钱塘施耐庵的本，罗贯中编次。"②

《水浒传》较早版本对作者的写法是："施耐庵集撰，

---

① 〔明〕郎瑛：《七修类稿》，卷二三（三国宋江演义），第 246 页，上海：上海书店出版社，2001。

② 〔明〕高儒：《百川书志》，卷六史志野史类，第 82 页，上海：古典文学出版社，1957。

罗贯中纂修"。这就是说:施耐庵是《水浒传》最早的编撰人,在施耐庵完稿基础上,罗贯中又做了补充、编订工作。所以,《水浒传》的艺术成就该算在施耐庵、罗贯中两人头上。因为年代久远、资料所限,我们现在很难分清哪些工作是施耐庵做的,哪些工作是罗贯中做的。既然施耐庵原创在先,在讨论《水浒传》构思成就时,我们姑且拿施耐庵做"施耐庵、罗贯中"二人代指说事吧。

《水浒传》是在世代相传的话本、杂剧基础上发展起来的,是世代书会才人和民间艺人共同劳动的结晶,这是文学史家的共识。这样一来,似乎作家的构思就不起决定性作用了。其实不然。《水浒传》最后必须靠天才作家整理、加工、重塑、回炉重炼,靠特有的把握长篇小说的思路、章法、布局,才能成为一个宏伟整体,具有一流故事、一流人物、一流语言。施耐庵的构思能力和写作天分,是《水浒传》能从浩如烟海的水浒题材作品中脱颖而出、区别于其他凡庸长篇小说、成为世界名著的决定性因素。这也是作为英雄传奇开山之作的《水浒传》同时也是这类题材小说艺术顶峰的决定性因素。

施耐庵做的最艰苦工作,是在全面掌握前人材料的基础上立主脑,寻找穿起繁富素材的丝线,巧夺天工地将前人积累的水浒素材巧妙组合起来、色彩缤纷地表达出来。

那么,施耐庵面对哪些水浒素材?他如何寻主脑、寻丝线、拓新域,构成这部杰作?

第一节　水浒素材和施耐庵创作

一、历史上宋江起义和《水浒传》是不是一回事

历史上宋江起义和《水浒传》基本不是一回事。

历史上的宋江起义现仅存简略记载,详细情况已无从知晓。而《水浒传》是精彩纷呈的百二十回小说。可以这样形容:历史上的宋江起义是酿造《水浒传》这壶浓香醇酒的若干堆粮食中的一小捧红高粱。

关于宋江的历史记载散见于《十朝纲要》、《宋史》等历史书,如《宋

史·徽宗本纪》：

（宣和三年二月）淮南盗宋江等犯淮阳军，遣将讨捕，又犯东京、江北，入楚、海州界，命知州张叔夜招降之。……擒方腊于青溪。①

《宋史·侯蒙列传》：

宋江寇东京，蒙上书，言："江以三十六人横行齐、魏，官军数万无敢抗者，其才必过人。今青溪盗起，不若赦江，使讨方腊以自赎。"帝曰："蒙居外不忘君，忠臣也。"命知东平府，未赴而卒，年六十八。②

《宋史·张叔夜列传》：

宋江起河朔，转略十郡，官军莫敢婴其锋。声言将至（海州），叔夜使闻者觇所向，贼径趋海濒，劫巨舟十余，载掳获。于是募死士得千人，设伏近城，而出轻兵距海，诱之战。先匿壮卒海旁，伺兵合，举火焚其舟。贼闻之，皆无斗志，伏兵乘之，擒其副贼，江乃降。加直学士，徙济南府。……③

综合这些记载，宋江起义的史实是：宋江是淮南盗，手下有三十六个著名头领，曾在北方特别是山东境内纵横，数万官军打他不过。他投降朝廷则有两种说法：一是皇帝接受侯蒙建议招降了他；一是他被张叔夜打败投降。宋江被招安后参加了征方腊。根据历史记载，北宋时梁山泊已成为"盗薮"，但是否为宋江所占，无考。

宋江起义的真实历史事件发生不久，就成为街谈巷议的内容，见于南宋稗史和杂录，如李心传《建炎以来系年要录》、熊克《中兴小纪》、周密《癸亥杂识》等书，宋江起义的话题成为文艺家热衷题材，成为画家、说书人、剧作家共同的宠儿。

二、讲史对构思《水浒传》的影响

有关宋江的讲史对《水浒传》的构思有重要影响。

历史上宋江起义确实存在"三十六人横行齐魏"的记载。但他们

---

① 〔元〕脱脱等撰：《宋史》，卷二二徽宗本纪，第 407、408 页，北京：中华书局，1977。
② 〔元〕脱脱等撰：《宋史》，卷三五一，第 11114 页。
③ 〔元〕脱脱等撰：《宋史》，卷三五三，第 11141 页。

是哪三十六人？历史记载非常简略，连名字都没有。他们是什么人？有什么特点？从南宋开始就有人围绕三十六人做文章。

（一）南宋龚开的《宋江三十六人赞》

南宋末年周密的《癸辛杂识续集》转录龚开的《宋江三十六人赞》，三十六人每人一个绰号，每人四句赞语。绰号体现其躯体或个性突出特征。如晁盖为"铁天王"，杨雄为"赛关索"，呼延灼为"铁鞭"，徐宁为"金枪班"。每人有四句赞话，如"呼保义宋江"的赞语是："不假称王，而呼保义。岂若狂卓，专犯忌讳？""行者武松"的赞语是："汝优婆塞，五戒在身。酒色财气，更要杀人。""黑旋风李逵"的赞语是："风有大小，不辨雌雄。山谷之中，遇尔亦凶。""浪里白跳张顺"的赞语是："雪浪如山，汝能白跳。愿随忠魂，来驾怒潮。"[1]这些绰号和赞语，后来都为《水浒传》创造性袭用。所谓"创造性袭用"就是施耐庵将《宋江三十六人赞》语焉不详的只言片语，赋予了详尽的、奇妙的描绘。故事曲折生动，人物栩栩如生。

南宋罗烨的《醉翁谈录》记载南宋时"说话人"讲唱的故事，已经有《青面兽》、《花和尚》、《武行者》等。宋代对水浒英雄的讲史到底还有哪些？无资料可考。他们的脚本都没有保存下来。

（二）《大宋宣和遗事》

《大宋宣和遗事》是元初讲史话本。它似乎尽量将南宋说话人讲的故事集纳起来，鲁迅先生认为"钞撮旧籍而成"并抄其节目如下：

杨志等押花石纲阻雪违限；

杨志途贫卖刀杀人刺配卫州；

孙立等夺杨志往太行山落草；

石碣村晁盖伙劫生辰纲；

宋江通信晁盖等脱逃；

宋江杀阎婆惜题诗于壁；

宋江得天书有三十六将姓名；

宋江奔逃梁山泺寻晁盖；

宋江三十六将共反；

---

① 〔宋〕周密撰，吴企明点校：《癸辛杂识》（续集上），第 145～150 页，北京：中华书局，1988。

宋江朝东岳赛还心愿；

张叔夜招宋江三十六将降；

宋江收方腊有功封节度使。

在《大宋宣和遗事》中，《水浒传》主要情节和人物都具备了。如杨志卖刀；智取生辰纲；宋江帮晁盖逃走并杀阎婆惜；宋江得九天玄女天书，天书最后有一行字："天书付天罡院三十六员猛将，使呼保义宋江为帅，广行忠义，珍平奸邪"；①宋江继晁盖之后做了山寨首领，受张叔夜招降，征方腊。《水浒传》故事已经初具规模。

在《大宋宣和遗事》中，三十六人的绰号也有了。李悔吾教授在《中国小说史漫稿》中列表对比龚开《宋江三十六人赞》、《大宋宣和遗事》、《水浒传》三十六人绰号，结论是前后变化不是很大，个别变化发生在次要人物身上。如，刘唐在《宋江三十六人赞》中叫"尺八腿"，在《大宋宣和遗事》和《水浒传》中叫"赤发鬼"；"没羽箭"在《宋江三十六人赞》中叫张清，在《大宋宣和遗事》中叫张青；"船火儿"张横在《大宋宣和遗事》中叫"火舡工"；"九纹龙"史进在《宋江三十六人赞》中叫"九文龙"；徐宁在《宋江三十六人赞》中叫"金枪班"，在《大宋宣和遗事》中叫"金枪手"。特别需要注意的，是林冲在《大宋宣和遗事》中的出现。《宋江三十六人赞》中还没有林冲的故事，而是在《大宋宣和遗事》中出现的，除豹子头林冲外，还有入云龙公孙胜、摸着云杜迁。

讲史——绝对不仅是《大宋宣和遗事》——构成了《水浒传》重要的素材来源。讲史对《水浒传》的影响清晰可寻，表现在三方面。第一，《水浒传》保存着说书艺人报告说书题目痕迹；第二，《水浒传》保存着艺人"说话"口吻；第三，《水浒传》保存着艺人边说边唱的文字。我们简单看一看《水浒传》文本里边的这些证据。

第一，《水浒传》保存着说书人报告说书题目的痕迹如：

第三回"赵员外重修文殊院，鲁智深大闹五台山"有这样的话："此乱唤做'卷堂大散'"；

第十六回"花和尚单打二龙山，青面兽双夺宝珠寺"有这样的话："这个唤做'智取生辰纲'"；

①〔宋〕佚名著：《新刊大宋宣和遗事·亨集》，第43页，北京：中国古典文学出版社，1954。

第四十回"宋江智取无为军,张顺活捉黄文炳"有这样的话:"这个唤做'白龙庙小聚会'"。

《卷堂大散》、《智取生辰纲》、《白龙庙小聚会》都是说书艺人某次讲水浒故事的标题。说书人在中间提醒或最后说明。

第二,《水浒传》保存着说书人说书时的习惯口气,如:

楔子"张天师祈禳瘟疫,洪太尉误走妖魔"有这样的话:"今日开书演义,又说着些什么? 看官不要心慌,此只是个楔子……"

第二十二回"横海郡柴进留宾,景阳冈武松打虎"有这样的话:"说话的,柴进因何不喜武松? 原来武松初来投奔柴进时……"

第三十一回"武行者醉打孔亮,锦毛虎义释宋江"有这样的话:"若是说话的同时生,并肩长,拦腰抱住,把臂拖回,便不使宋江要去投奔花知寨,险些儿死无葬身之地。"

第一百一十四回"宁海军宋江吊孝,涌金门张顺归神"有这样的话:"看官听说,这回话都是散沙一般。先人书会留传,一个个都要说到,只是难做一时说;慢慢敷演关目,下来便见。看官只牢记关目头行,便知衷曲奥妙。"

在一部长篇小说里出现"说话的"跟听众交流的词句,甚至出现"看官听说"这样典型的说书词句,出现"慢慢敷演关目"如何说书的交待,只能有一个解释:施耐庵没将从说书艺人那儿蒐来的资料,按照长篇小说书面阅读需要"清洗"得干干净净。

第三,《水浒传》保存着说书人边说边唱的文字。如:

《水浒传》开头就有一段唱词:

> 试看书林隐处,几多俊逸儒流。虚名薄利不关愁,裁冰及剪雪,谈笑看吴钩。评议前王并后帝,分真伪占据中州,七雄扰扰乱春秋。兴亡如脆柳,身世类虚舟。见成名无数,图名无数,更有那逃名无数。霎时新月下长川,沧海变桑田古路。讹求鱼缘木,拟穷猿择木,又恐是伤弓曲木。不如且覆掌中杯,再听取新声曲度。①

这段词把《水浒传》题旨带点诗意地说出来。这是长篇小说《水浒传》

---

① 〔明〕施耐庵著,刘一舟校点:《水浒传》,济南:齐鲁书社,1991。以下该书引文除特别注明外,均据此版本,不另注,仅在行文中注明页码。

开篇的话,明显有说唱痕迹。叶德钧在《宋元明讲唱文学》一书中指出,第二十三回"景阳冈头风正狂"、第四十八回赞祝家庄、第五十一回赞水浒、第七十回赞张清等几段词句和小说第一回这段词,都是由韵散夹用话本修改成散文本时留下删除未尽的痕迹。徐朔方先生进一步在《从宋江起义到〈水浒传〉成书》(收入《小说考信编》一书)中指出,从说唱本到散文本修改过程中删除未尽的远不止叶德钧所讲的这些,他认为,《水浒传》每回除引首外,一般都另外有唱词一首或几首,只有第二十回等九回例外。叶德钧、徐朔方先生这些细致考证,说明《水浒传》素材的来源和构思上接受的讲史影响。

三、元杂剧对构思《水浒传》的影响

《元曲选》和《孤本元明杂剧》存元代水浒戏六种:《梁山泊李逵负荆》、《黑旋风双献功》、《燕青博鱼》、《还牢末》、《争报恩》、《鲁智深喜赏黄花峪》。从现存元杂剧水浒戏的内容可以得出几点结论:

第一,宋江这伙英雄已经有了固定的根据地——纵横港汊一千条、方圆八百里的梁山泊;

第二,梁山英雄有了三十六大伙、七十二小伙;

第三,李逵、燕青、武松戏份最多,尤其是李逵;

第四,除个别优秀剧作如《李逵负荆》外,现存水浒戏人物还缺乏鲜明的个性;

第五,水浒戏有个总的原则:梁山好汉济困扶危、锄暴安良。这说明,从南宋到金元数百年间,梁山英雄的故事,经过人民群众的智慧、爱憎、血泪哺育,已有了明显的倾向性。

元杂剧水浒英雄,一般都跟宋江挂钩。宋江的思想成为水浒英雄的主导。《争报恩》楔子:"忠义堂高搠杏黄旗,一面上写着:'替天行道宋公明'。"《燕青博鱼》等几种杂剧都说:宋江是郓城县小吏,因带酒杀了阎婆惜,刺配江州,路上被晁盖所救,坐了第二把交椅,后来晁盖在三打祝家庄中箭身亡,宋江被推为首领,有三十六大伙、七十二小伙。《黑旋风双献功》第一折有宋江大段自白:

某姓宋名江,字公明,绰号及时雨者是也。幼年曾为郓州郓城县把笔司吏,因带酒杀了阎婆惜,被告到官,脊杖六十,迭配江

州牢城。因打此梁山经过，有我八拜交的哥哥晁盖，知某有难，领偻罗下山将解人打死，救某上山，就让我第二把交椅坐。哥哥晁盖三打祝家庄身亡，众兄弟拜某为头领。某聚三十六大伙、七十二小伙，半垓来小偻罗，寨名水浒，泊号梁山。纵横河港一千条，四下方圆八百里。东连大海，西接济阳，南通巨野、金乡，北靠青、齐、兖、郓。有七十二道深河港，屯有百只战舰艨艟；三十六座宴楼台，聚几千家军粮马草。风高敢放连天火，月黑提刀去杀人。①

这段话几乎可以算《水浒传》提要了。

据傅惜华《元代杂剧全目》统计，元杂剧水浒戏有三十四种，剧目见于《录鬼簿》。绝大部分都没保存下来。《录鬼簿》记载的剧目有些内容明显地写入《水浒传》。《宋公明排九宫八卦阵》、《宋公明劫法场》、《折担儿武松打虎》、《双献头武松大报仇》、《梁山泊五虎大劫牢》、《梁山泊李逵双献功》、《燕青射雁》、《还牢末》、《争报恩》、《病杨雄》、《张顺水里报冤》、《小李广大闹元宵夜》等，相应内容《水浒传》都有。

有的元杂剧并非水浒戏，却给了《水浒传》某个情节明显借鉴，如卢俊义故事。《水浒传》写梁山泊军师吴用化装的算命先生说他："不出百日之内，必有血火之灾。"躲到千里之外可免大难。卢俊义就到泰山进香，结果被李固陷害，连妻子也被李固占去。小说写到李固的来历，他原来曾冻倒在卢员外门前，卢俊义救了他的性命，把他养在家中，抬举他做都管，李固却恩将仇报。这是袭用元杂剧《合汗衫》的情节：解典库小主人张孝友救了冻倒在门前的恶汉陈虎，认作兄弟，抬举他做二员外，陈虎设计叫张孝友到徐州进香，在路上害死了张孝友，霸占了他的妻子。张孝友被害遇救，后来与妻子团圆。"百日血光之灾"，则是元杂剧编撰剧情喜欢采用的公式化关目，《硃砂担》、《盆儿鬼》、《魔合罗》等都用这个模式。

元杂剧给《水浒传》提供重要滋养，提供了相当精彩的人物，提供了许多构思路数。

---

①〔元〕高文秀撰，〔明〕臧晋叔校：《黑旋风李逵双献功》，见《元曲选》，第687页，北京：中华书局，1979。

四、施耐庵是创作不是"写定"

施耐庵在前人史料、传说、文学创作的基础上进行重新创作。《水浒传》应是"世代积累＋天才作家创作"两结合的产物。没有世代积累，不可能有那么多互不重样的水浒英雄和他们的人生故事；没有天才作家的创作才能，水浒人物不可能有天赐般灵透之气，水浒故事不可能有神授似灵动之味；前人积累只会成为杂凑的一锅。

《水浒传》取宋江起义史实一点一滴，广泛吸取民间传说、讲史、杂剧，开拓扩充，纵横铺写，在小说整体布局构思上，施耐庵成竹在胸，运筹帷幄；在关键人物、关键事件、关键场面处理上，施耐庵想象奔腾、气象万千；在下笔遣词、描绘形容时，施耐庵妙思泉涌、妙语如珠。施耐庵不是《水浒传》"写定者"，而是名副其实的创作者。

金圣叹评《水浒传》，在《楔子》前边有段话，十分理解施耐庵创作《水浒传》的艰难和苦衷：

> 古人著书，每每若干年布想，若干年储材，又复若干年经营点窜，而后得脱于稿，衰然成为一书也。今人不会看书，往往将书容易混帐过去。于是古人书中所有得意处，不得意处，转笔处，难转笔处，趁水生波处，翻空出奇处，不得不补处，不得不省处，顺添在后处，倒插在前处，无数方法，无数筋节，悉付之于茫然不知，而仅仅粗记前后事迹，是否成败，以助其酒前茶后，雄谭快笑之旗鼓。呜呼！……①

金圣叹确实是施耐庵的知音，他知道施耐庵虽然博闻强记，但他手里拿的不是编辑的剪刀和糨糊，而是天才作家点铁成金的彩笔。

从宋江起义到施耐庵写《水浒传》，经历几百年积累、传播过程，水浒主要人物、主要故事，都基本齐备，这些素材就像一方一方干透的红松，整齐地码在能工巧匠施耐庵面前，只等他设计好新的图纸，挥动斧、凿、刀、锯，搭建雕琢出《水浒传》这座玲珑宝塔。

---

① 《水浒传》第 30 页。

第二节　一百单八将的聚合章法

水浒故事从散见于传说、讲史、戏剧，变成一部空前绝后的英雄传奇，如何将若干个人故事组合成宏伟整体？更确切地说，如何聚合一百单八将？这是最大难题。因为施耐庵构思上的重要建树，水浒故事完全脱胎换骨：

第一，用"楔子"安上"洪太尉误走妖魔"迷信命题；

第二，用"高俅发迹"交待"乱自上作"的时代背景；

第三，用"逼上梁山"做丝线串起水浒英雄的故事；

第四，写好主要人物的"某十回"和人物间的衔接；

第五，处理好"折子戏"和"大制作"的辩证关系；

第六，《水浒传》构思上存在着软肋。

一、误走妖魔"楔子"

《水浒传》和《三国演义》是中国古代长篇小说开山之作，长篇小说艺术形式是什么？无前例可循，只能借鉴其他文学作品。《水浒传》回目模仿话本或拟话本而定，"楔子"借鉴自元杂剧。元杂剧楔子起的作用，就是交待故事来历，交待主要人物之间的恩怨来源。

如纪君祥的《赵氏孤儿》的楔子：

（净扮屠岸贾领卒子上，诗云：）"人无害虎心，虎有伤人意。当时不尽情，过后空淘气。"某乃晋国大将屠岸贾是也。俺主灵公在位，文武千员，其信任的只有一文一武。文者是赵盾，武者即某矣。俺二人文武不和，常有伤害赵盾之心，争奈不能入手。那赵盾儿子唤做赵朔，现为灵公驸马。某也曾遣一勇士钼麑，仗着短刀越墙而过，要刺杀赵盾，谁想钼麑触树而死。……后来西戎国进贡一犬，呼曰神獒，灵公赐与某家。自从得了那个神獒，便有了害赵盾之计。将神獒锁在净房中，三五日不与饮食。于后花园扎下一个草人，紫袍玉带，象简乌靴，与赵盾一般打扮。草人腹中悬一付羊心肺，某牵出神獒，将赵盾紫袍剖开，着神獒饱餐一顿，依旧锁入净房中。又饿了三五日，复行牵出那神獒，扑着便咬，剖开紫袍，将羊心肺又饱餐一顿。如此试验百日，度其可用，某因入见灵公，只说今时不忠不孝之人，甚有欺君之意。灵公一闻其言，不胜大恼，便向某索问其人。某言西戎国进来的神獒，性最灵异，他便认的。灵公大喜，说当初尧舜之时，有獬豸能触邪人，谁想我晋国有此神獒，今在何处？某牵上那神獒去，其时赵盾紫袍玉带，正立在灵公坐榻之边，神獒见了，扑着他便咬。……"①

《赵氏孤儿》故事源于晋国忠奸世仇。楔子交待前因后果，屠岸贾设计害赵盾，拉开《赵氏孤儿》序幕……宋江等人跟皇帝不可能有类似恩怨。于是，施耐庵拿"天意"做文章。在楔子里写了一系列神神道道故事。先是"上界赤脚大仙"下凡的宋仁宗降生后日夜啼哭不止，玉帝派太白金星化为老叟到他耳边说句"文有文曲，武有武曲"，太子便不哭了。原来玉帝派了两座星辰下界辅佐宋仁宗：文曲星包拯，武曲星狄青。宋仁帝登基，果然"天下太平，五谷丰登"。到仁宗嘉祐三年，瘟疫流行，范仲淹向皇帝建议"宣嗣汉天师星夜临朝"，禳保民间瘟疫。太尉洪信奉旨前往江西信州龙虎山，宣张天师到开封祈禳。做牧童打扮的张天师腾云驾雾先往开封去了。道观的人请洪太尉游山，来到"伏魔之殿"。好像吃错了药，钦差大臣突然变成好奇顽童，越是不让看的地方越是要看，越是不能动的地方越是要动，越是不让开的地方越是要开。黑咕隆咚的大殿偏偏就立有"遇洪而开"的石碣。洪太尉执意要人给他在伏魔大殿掘开石碣、掘起石龟，扛起大青石板，露出一个万丈深浅地穴——

> 只见穴内刮剌剌一声响亮，那响非同小可。响亮过处，只见一道黑气，从穴里滚将起来，掀塌了半个殿角。那道黑气，直冲到半天里，空中散作百十道金光，望四面八方去了。

（《楔子》）

此时洪太尉才如梦初醒，想起来问："走了的，却是甚么妖魔？"得到回答，仗魔殿锁着"三十六员天罡星，七十二座地煞星，共是一百单八个魔君"。"若还放他出世，必恼下方生灵。"洪太尉向从人进行一番"保

---

① 〔元〕纪君祥撰：《赵氏孤儿大报仇杂剧》，见《元曲选》，第1476页，北京：中华书局，1958。

密教育"，不许从人向皇帝汇报他放出妖魔之事，然后回东京向仁宗皇帝交差了事。

这"一百单八个魔君"就是几十年后水泊梁山一百单八将。按照古代神魔小说构思理念，他们从空中望四面八方去，就是下界投胎而去了。那么，水浒一百单八将该是同年同月同日生了？不。水浒英雄中什么年龄的人都有，有老气横秋的宋江，也有青春靓丽的扈三娘。解珍、解宝，阮氏三雄都是亲兄弟，却并不是双胞胎、三胞胎。看来一百单八将中许多人是在太空转悠够了才到人间聚集到杏黄旗下。

宋江得到九天玄女的天书，受命带领一百单八将举事，这个情节跟洪太尉误走妖魔相呼应。施耐庵借此说明：水泊梁山起义是秉承天意，他们的旗号也就成了"替天行道"。

误走妖魔的神话框架，从此成为中国古代小说传统模式，人情小说的顶峰之作《红楼梦》，仍然采用贾宝玉和林黛玉三世姻缘的写法，让灵河岸边的一株小草变成大观园风华绝代的林姑娘。

二、高俅发迹背景文章

洪太尉误走妖魔的迷信命题，给习惯按迷信观点看问题的中国读者准备一个很容易接受的思路。但是作为一部深刻描绘社会矛盾的长篇小说，宋江等的起义还得有合理的社会背景。

《水浒传》的背景是黑暗的宋徽宗时期，皇帝昏庸无能，不理朝政；四大奸臣蔡京、童贯、高俅、杨戬祸国殃民，非亲不用，非财不取。满朝文武和各州县衙门重要官员，几乎都靠裙带关系，蔡京的儿子做江州知府，女婿梁中书高官厚禄，高俅的叔伯兄弟高廉窃据高唐州知府。四大奸臣为首的官僚集团把持朝政、鱼肉人民，布满社会基层的土豪劣绅、差拨衙役横行无忌……这是封建统治昏天黑地，人民生活水深火热，官逼民反、民不得不反的时代。

对这种"官逼民反"的社会，《水浒传》除了生动形象的情节描写外，还有几处十分典型的综合评价：

第六十二回"宋江兵打大名城，关胜议取梁山泊"，梁山泊的"没头告示"说："梁山泊义士宋江，仰示大名府官吏：……如何妄徇奸贿，屈害善良？"

第六十六回"宋江赏马步三军,关胜降水火二将",凌州大将单廷珪投降梁山泊后,劝他的同僚魏定国也投降,说:"如今朝廷不明,天下大乱,天子昏昧,奸臣弄权",因此不能再对宋王朝愚忠了。

《水浒传》描写宋徽宗时代尖锐社会矛盾时,并没像《三国演义》那样,大段叙述政治事件,叙述上层社会的斗争,而是聪明地把"高俅发迹"故事,把高俅简史安排在小说开端。

高俅是"浮浪破落户子弟",排行第二,名曰"高二",因从小不务正业,踢得一脚好气毬,京师人把他叫"高毬",发迹后,将名字改为"高俅"。"这人吹弹歌舞,刺枪使棒,相扑顽耍,亦胡乱学诗书词赋;若论仁义礼智,信行忠良,却是不会。"(第一回)高俅做了驸马的亲随,替驸马给端王送礼,恰好端王在跟小黄门踢毬,"也是高俅合当发迹,时运到来:那个气毬腾地起来,端王接个不着,向人丛里直滚到高俅身边,那高俅见气毬来,也是一时的胆量,使个'鸳鸯拐'踢还端王。端王见了大喜。……"(第一回)端王将高俅收罗帐下。端王做了皇帝,高俅做了殿帅府太尉。

高俅发迹带点儿滑稽色彩,却产生了两个重要作用:

其一,高俅发迹是宋代封建统治集团腐烂生活的写照。高俅是帮闲破落户,居然在浮浪子弟式的皇帝"赏识"下,成为台阁重臣。高俅是达官显宦如蔡京、杨戬的代表。他和皇帝的关系,是高级官僚和皇帝狼狈为奸的关系。

其二,高俅发迹之后就作为封建统治阶层高层人物引出了王进、林冲、杨志等人,林冲、杨志因为受到他的迫害而逼上梁山。然后,高俅和蔡京、童贯等勾结镇压梁山义军。

高俅发迹,起到了鲜明而概括地交待梁山起义时代背景的作用。金圣叹在《水浒传》第一回评语说:

> 一部大书七十回,将写一百八人也,乃开书未写一百八人,而先写高俅者,盖不写高俅,便写一百八人,则是乱自下生也;不写一百八人,先写高俅,则是乱自上作也。乱自下生,不可训也,作者之所必避也;乱自上作,不可长也,作者之所深惧也。一部大书七十回,而开书先写高俅,有以也。

(第一回总评)

金圣叹说"一部大书七十回"指的是他腰斩水浒后的结果。但他这段"乱自上作"很有哲理。金圣叹还注意到王进的特殊意义。"高俅来而王进去矣。……王进去而一百八人来矣。"王进是《水浒传》中第一个直接受高俅迫害的武官。高俅还是东京圆社高二时,学棍棒被王进父亲一棒打翻,三四个月将息不起,做上太尉就向王进公报私仇。王进三十六计走为上,从东京逃到延安府,因母亲中途重病,留在史家庄园,成了九纹龙史进的师傅。王进没上梁山,王进的弟子史进上了梁山,有点儿"后继有人"的意味。

三、"逼上梁山"串联丝线

继高俅发迹之后,施耐庵用"逼上梁山"的丝线串联起一个个英雄故事。

《水浒传》写不同地方、不同阶级、不同职业、不同性格的人物,一个个被逼上梁山,说明水浒义军的社会广泛性。

上梁山的芸芸众生中,有各式各样的人物。

有的,是水深火热中的劳动人民,在悲惨生活中产生自发革命要求,如猎户解珍、解宝兄弟。好容易打只老虎,反而被豪强抢走并陷害入狱。如阮氏三雄,他们除一只破船、一张破网,几间破草房外,一无所有,本来就食不果腹、衣不蔽体、受官府欺压。第十五回"吴学究说三阮撞筹,公孙胜应七星聚义",吴用说服阮氏兄弟参加劫生辰纲,一拍即合。

有的,是正直军官如鲁达,因为打抱不平,拳打镇关西逃走做和尚;做了和尚还打抱不平,野猪林救林冲,最后干脆上梁山。

有的,是近似于"白领"的中下层官员如林冲、杨志、武松、戴宗、乐和。他们秉性正直但都触犯了恶势力,他们的"白领"日子都过不下去,果敢地反抗,无处存身。林冲直接受高俅迫害,杨志间接受高俅迫害,武松受跟四大奸臣有牵连的西门庆、张都监之害,戴宗受宋江牵连,乐和受解珍、解宝兄弟牵连,不得不上梁山。

有的,本来类似社会上的二流子、小混混,如小偷时迁,也乐得上梁山大块吃肉、大碗喝酒。

有的,是家境富裕、生活条件优裕却不甘寂寞,参加"非法"活动,如晁盖劫了生辰纲,不得不上梁山。

有的,是大贵族大地主,如柴进、卢俊义,高级将领关胜等,被历史潮流卷入梁山义军。

……

"逼上梁山"是这些人共同的途径。"逼上梁山"也是《水浒传》小说构思的重要手段,或者说,《水浒传》正是用"逼上梁山"这条丝线,将若干本来互不相干的故事串联到一起了。

"逼上梁山"不仅是《水浒传》思想主线,还是构思手段。

李希凡先生在《论中国古典小说的艺术形象》一书中提出:《水浒传》的长篇章回结构,是依照水浒作者对于他所要表现的社会现象的理解而确切组织起来的。

美国学者浦安迪在《明代四大奇书》中提出:《水浒传》采用的是"撞球式"结构,即一个人物的故事写完了,像球一样往前滚动,撞到第二个球,第一个球停止,开始第二个球的故事。

李希凡所谓"有机结构",浦安迪所谓"撞球"结构,表面似不相同其实意思接近。《水浒传》能形成"有机结构",能够"撞球式"结构,靠的就是"逼上梁山"这条丝线,让本来"无机"的故事变成"有机",让本来毫不相干的两个人"撞球"般拢到一起。

四、"某十回"和人物衔接

《水浒传》具有中国章回小说结构上的突出特点。在高俅发迹之后,小说前半部分,施耐庵重点写几个精彩人物性格传记,中国学者习惯把它们叫"某十回"如"武十回"(武松)、"宋十回"(宋江)、"石十回"(石秀)。浦安迪在《明代四大奇书》中总结:施耐庵习惯按九回一个单元叙述故事。中国学者习惯说的"宋十回""武十回"或浦安迪教授说的"九回单元",意思基本相通。也就是说,《水浒传》在行文上可以分成若干相对独立的部分。

其实有些水浒重要人物并没有连续出现在十回或九回,如宋江故事散见于前几回、中几回,合起来成为"宋十回",可能还不止十回。可勉强称为"林十回"的第一回到第十一回,第一回写王进,第三至七回写鲁达,第七至十二回才集中写林冲,十一回已出现王伦等人物。可勉强称为"石十回"(石秀)的故事,第四十四至四十六回写杨雄。可勉强称为"卢十回"的第六十一至第七十回,则只有六十一至六十三回重点写卢俊义,其他回目写梁山泊其他英雄的活动。

个别人物笔墨非常集中,如武松故事紧密相连出现在第二十二回至第三十一回,形成完整的"武十回"且回回精彩:

第二十二回"横海郡柴进留宾,景阳冈武松打虎"

第二十三回"王婆贪贿说风情,郓哥不忿闹茶肆"

第二十四回"王婆计啜西门庆,淫妇药鸩武大郎"

第二十五回"偷骨殖何九送丧,供人头武二设祭"

第二十六回"母夜叉孟州道卖人肉,武都头十字坡遇张青"

第二十七回"武松威镇安平寨,施恩义夺快活林"

第二十八回"施恩重霸孟州道,武松醉打蒋门神"

第二十九回"施恩三入死囚牢,武松大闹飞云浦"

第三十回"张都监血溅鸳鸯楼,武行者夜走蜈蚣岭"

第三十一回"武行者醉打孔亮,锦毛虎义释宋江"

水浒每个主要人物经历,每一起事件始末,都是一个完整故事,如果独立出来,都能构成一部精彩的中篇小说。它们恰如一颗颗晶莹的珍珠,被"逼上梁山"的丝线有机组合起来。

值得注意的是,水浒并非由这些相对独立的故事连缀而成,那样的话,《水浒传》将跟《儒林外史》一样,像鲁迅先生剖析的,虽云长篇,实同短制。《水浒传》只能成为有微弱联系的短篇小说结集。而施耐庵在写水浒人物传时牢牢把握了这样的特点:

其一,众多人物中有个灵魂式人物,宋江。

其二,这些人物都是以不同形式来突出"逼上梁山"思想主题的。有了"逼上梁山"这一主旨,这些英雄人物传记的一颗颗珍珠,就形成一串光彩夺目、大小均匀、排列对称的项链。

其三,那么多人物,头绪纷繁却又彼此关联,前后呼应,靠什么?靠人物与人物之间的衔接。

《水浒传》几乎一落笔就采用人物与人物之间衔接来叙述故事。

高俅引出王进;

王进引出史进;

史进引出少华山三雄和鲁智深。

故事情节一环扣一环，人物出场一个接一个：高俅挟私报复王进，王进出逃，途中因母亲生病住在史太公的庄园，成了史进的师傅。王进辞别史进到延安投奔老种经略相公。史进安葬了父亲，因猎户诉苦说少华山妨碍打猎，想跟占山为王的朱武、陈达、杨春较量，偏偏他们来借道，双方打起来。陈达被史进所擒，朱武、杨春用苦肉计取得史进同情，跟史进成了朋友。官府到史家庄园追捕少华山三杰，史进烧了庄园，又不肯上少华山为寇，就到延安寻找师傅。王进是到延安老种经略相公处，史进寻找过程中却遇到小种经略相公手下的军官：

> 只见一个大汉，大踏步竟入进茶坊里来。史进看他时，是个军官模样，头裹芝麻罗万字顶头巾，脑后两个太原府纽丝金环，上穿一领鹦哥绿纻丝战袍，腰系一条文武双股鸦青绦，足穿一双鹰爪皮四缝乾黄靴；生得面圆耳大，鼻直口方，肋边一部貉臊胡须，身长八尺，腰阔十围。

（第二回）

最可爱、最有趣的水浒英雄鲁智深，就这样来到读者面前。鲁智深出场之前，像滚珠一样，滚出了王进、史进、朱武、陈达、杨春，除了王进之外，后来都上了梁山，但少华山三杰为何造反？没交待，这也算是水浒英雄揭竿而起的背景吧：各地都"盗贼蜂起"。

史进引出了鲁达，鲁达引出林冲。水浒人物总是一个引出另一个，晁盖伙劫生辰纲，引出给他送信的宋江；宋江杀惜逃难，在横海郡引出正在柴进庄园廊下烤火的武松；宋江发配后在酒楼饮酒，引出李逵……一个人物写完了，引出另一个人物，前边的人物就退居二线。一百单八将全部上了梁山，就集中力量写主角宋江，写他既发展又毁灭梁山的活动。

靠人物之间的衔接穿插小说，是世界著名小说家喜欢采用的规则。俄罗斯著名作家果戈理有没有看过《水浒传》？不得而知，有趣的是，他们写小说布局思路如出一辙。《死魂灵》写乞乞科夫异想天开地想通过死魂灵致富，跟一个个地主打交道。有名字和个性都像"小盒子"的女地主；有名字、形象、为人都像熊的梭巴凯维支；有地方恶少罗士特莱夫。这样的布局跟《水浒传》不谋而合。

《死魂灵》若干相对独立的人物性格史很成功，几个地主个性截然不同,互相映照,故事互相映衬,曲折有趣。

《死魂灵》每个人物都从不同方面为突出主旨服务,几个地主都以不同性格、从不同侧面揭露农奴制的腐败;

《死魂灵》跟《水浒传》最大不同是,几个非常有个性的人物,都是由主人公乞乞科夫买死魂灵的活动串连起来的。

看了《死魂灵》再回过头来看《水浒传》,就会发现,不管什么时代、什么国家、什么文化背景,天才人物思路何其相似尔!

五、"折子戏"和"大制作"

主要人物故事写完,主要角色上了梁山,《水浒传》陆续从数人周旋的"折子戏",转入多人登场的"大制作"。小说情节既波澜壮阔、气势恢宏,又生动活泼、自然多变。

处理好"折子戏"和大场面的辩证关系,是施耐庵的拿手好戏。所谓"折子戏",是先让水浒英雄一个个亮相,把他的人生、个性写足,人物基本定型,然后,共同投入一个事件,八仙过海,各显神通。既互相配合又互相映衬。因为此前人物面目已经清晰,他在新事件中会采取什么行动,他会有什么心理,读者很容易接受小说家新的安排。故事发展也就顺风顺水、轻舟易过万重山了。

如第四十六回至四十九回的三打祝家庄。登场人物众多,故事迂回曲折、变化多端。施耐庵写石秀探庄、杨林被俘,石秀精明,杨林粗犷;写祝家庄、扈家庄、李家庄三家结盟、矛盾、恩怨、冲突,祝家庄的人阴险,扈家庄的人天真,李家庄的人深沉,各有立场、各怀心思;写梁山泊调兵遣将、反间攻心;其中穿插解珍、解宝大越狱、孙立、孙新大劫牢。一波未平,一波又起。在紧张的战斗过程中,时不时冒出一些人的小心眼儿,如明明是矮脚虎惦记美女,却有人怀疑到"及时雨"头上。最后梁山泊大获全胜。矛盾错综复杂,内容丰富多彩,人物活动频繁,作者却写得得心应手、丝毫不乱。

与三打祝家庄类似,柴进失陷高唐州,晁盖丧命曾头市,吴用智赚卢俊义,宋公明两败童贯、三败高俅……水浒英雄在集体行动中继续演义"折子戏"里已定型的性格。一个个英雄被逼上梁山后,就像"文革"时期所评论的梁山泊合伙"反贪官不反皇帝"了。

第三节　英雄和奸恶相依存

高俅发迹说明"乱自上作"，英雄和奸恶的矛盾使得原本守法守纪的良民变成揭竿而起的"盗贼"，促使英雄脱颖而出。英雄和奸恶的直接、间接矛盾，成了构筑水浒故事的重要因素。水浒英雄和奸恶相依相存的关系，呈现多类不同情况，也构成了小说的主要矛盾和主要情节。我们略举数种。

一、林冲式——直接被奸恶逼上梁山

南宋开始的讲史故事中，还没有林冲这个人物，《大宋宣和遗事》中林冲出现了。施耐庵的聪明就在于，他清醒地看到林冲故事最能够说明"乱自上作"，对整部水浒传有代表性和导向性，于是刻意把林冲安排在小说开头，把林冲被逼上梁山跟高俅乱政紧密结合起来。施耐庵是从林冲这个人物想到安排高俅发迹，还是在书写高俅发迹故事中安排了林冲，已经无资料可查。但一奸一忠的周旋，作为《水浒传》开场的重头戏，起到"挑帘红"的作用。

王进故事是林冲故事的铺垫和先声，林冲故事是王进故事的延续。王进跟林冲身份相同，都是八十万禁军教头；王进的父亲当年曾一棒打翻武艺不强的高俅。高俅发迹后，借王进点名未到，公然报复：

> （王进）只得捱着病来，进得殿帅府前，参见太尉，拜了四拜，躬身唱个喏，起来立在一边。高俅道："你那厮，便是都军教头王升的儿子？"王进禀道："小人便是。"高俅喝道："这厮！你爷是街市上使花棒卖药的，你省得什么武艺？前官没眼，参你做个教头，如何敢小觑我，不伏俺点视！你托谁的势？要推病在家安闲快乐？"王进告道："小人怎敢！其实患病未痊。"高太尉骂道："贼配军！你既害病，如何来得？"王进又告道："太尉呼唤，安敢不来。"高殿帅大怒，喝令左右："拿下！加力与我打这厮！"

（第一回）

这段军队最高统帅跟高级武官的对话，画人画骨、入木三分。王进出

身军官家庭，有礼貌、有节制、懂规矩、语言简要恰当，该汇报该解释的话一句不漏，不该说的话一句不说。高俅本是踢球打弹的串街流氓，虽位居庙堂，说话分明还是"街痞"，办事简直"猫盖屎"。他对王升怀恨在心，要在其儿子身上报复，根本想不到堂堂太尉即便要公报私仇，也得把事办得隐蔽点儿，把话说得圆滑点儿，不能一开口就自己露马脚。或许他认为大权在手，可以想说什么就说什么？高俅见了自己手下的教头，竟不问你是不是教头王进，却问你是不是王升的儿子，等于自己透露跟王升有隙、找其儿子寻仇。堂堂军政要员对手下高级军官一口一个"那厮"、"这厮"、"贼配军"，纯粹街头流氓骂街口吻，一点儿不顾及身份。王进识时务者为俊杰，知道跟高俅这种人没道理可讲，马上收拾细软，带上老母跑了。

王进的遭遇说明奸恶如何挟嫌报复，好人在奸恶手下根本没活路，好人对奸恶不要抱任何幻想。王进惹不起躲得起，这也是一种人生选择。可能还是那个时代绝大多数人的明智选择。林冲的经历进一步说明：对高俅这样的大奸大恶，善良的人既惹不起也躲不起。

林冲出场前，读者对贵为太尉的高俅如何"治军"、如何处理人事关系，已有了清楚认识。林冲跟高俅本人并没有任何过节。他是朝廷军官，有一份丰衣足食的"请受"（俸禄）；有一个温暖的家，这个家是他美丽善良的妻子张氏带给他的；他是枪棒教头家培养出来的，有一身好武艺；他做人知道委曲求全、安分守己，不敢得罪上司。没想到，高俅之混球，超出他周围人的想象，也超出读者的想象。林冲的忍耐、退让也越来越不能忍耐、没法退让——

高俅螟蛉之子高衙内光天化日之下调戏林娘子，明明知道是林冲之妻后，还三番五次纠缠。高俅为了螟蛉之子的私欲，竟然能设下"卖刀"、"看刀"计，陷害手下军官，这就有了林冲误入白虎堂。

还是为了满足螟蛉之子的私欲，高俅竟然能安排两个解差在路上杀害林冲，这，就引出鲁智深大闹野猪林。

还是为了满足螟蛉之子的私欲，高俅竟然能安排亲信火烧草料场，这，就引出林冲最终夜奔梁山泊。

高俅作恶水平在短时间内有很大提高，他不再像对待王进那样直接报复，他会设圈套而且会设连环杀人套了。林冲也从忍气吞声到铤

而走险。林冲是直接被高俅逼上梁山的,这个"逼"字一步一步写得十分透彻:

——林冲初遇高衙内调戏娘子时,息事宁人,亲眼看到歹徒的恶劣,手中拳头已举起,又无可奈何放下,告诉想棒揍高衙内的鲁智深:"林冲本待要痛打那厮一顿,太尉面上须不好看。自古道:'不怕官,只怕管。'林冲不合吃着他的请受,权且让他这一次。"(第六回)林冲只敢拿尖刀找高衙内的走狗算账,却不敢惹高俅的儿子。

——林冲被陷害误入白虎堂,被刺配沧州时,为了免受高俅进一步迫害,竟然给妻子休书,"任从改嫁,并无争执。如此林冲去得心稳,免得高衙内陷害。"(第七回)倘若没有林娘子对爱情的坚守,高俅害夫夺妻阴谋就得逞了。

——林冲几乎被高俅指使恶役在野猪林害死,仍然"遵纪守法"到发配地接受"教育"。在牢城营中,受到差拨无理辱骂,仍赔着笑脸送钱。想靠逆来顺受,渡过人生难关。

——林冲"火烧草料场"后,成了州府悬赏捉拿的要犯,终于明白只要高俅在,就没自己活路,只好接受柴进建议上梁山。

林冲但有一丝希望也做良民做顺民,但高俅对他赶尽杀绝,终于把他逼上梁山。

二、晁盖式——对奸恶主动出击

金圣叹对晁盖为何在小说第十三回出场,有聪明的剖析:

一部书共计七十回,前后凡叙一百八人,而晁盖则其提纲挈领之人也。晁盖提纲挈领之人,则应下笔第一回便与先叙,先叙晁盖已得停当,然后从而因事造景,次第叙出一百八个人来,此必然之事也。乃今上文已放去一十二回,到得晁盖出名,书已在第十三回,我因是而想:有有全书在胸而始下笔著书者,有无全书在胸而姑涉笔成书者。如以晁盖为一部提纲挈领之人,而欲第一回便先叙起,此所谓无全书在胸而姑涉笔成书者也。若既已以晁盖为一部提纲挈领之人,而又不得不先放去一十二回,直至第十三回方与出名,此所谓有全书在胸而后下笔著书者也。

(第十三回总评)

这段车轱辘话有点儿费解，从小说全局构思角度考虑，奥妙迎刃而解。这段话中心意思是：晁盖第十三回才出场，是小说全书构思需要。晁盖是水浒提纲挈领的人，是智劫生辰纲领导者，"小聚义"首领，梁山泊第一代领导人。晁盖举义不能空穴来风，必须有前提，有条件，有蓄势。小说前十二回既是小说重要部分，也给智劫生辰纲造"山雨欲来风满楼"之势。前十二回交待了"妖魔出世"迷信前提，追随晁盖劫生辰纲的七人（吴用、公孙胜、刘唐、阮氏三雄、白胜）已隐含在下界"妖魔"中；又交待了高俅发迹并将林冲逼上梁山的事实，如果不先叙出林冲被高俅逼上梁山，晁盖等人的造反仍是"乱自下作"，有了林冲故事，晁盖等人对黑暗当局主动出击就可以理解了。

晁盖智劫生辰纲，也是一个人物引出另一个人物：

第一步，赤发鬼刘唐引出托搭天王晁盖。金圣叹评："托塔天王家里，却有赤发鬼来，可发一笑。"（第十三回评）刘唐打听得北京大名府梁中书收买了十万贯金珠宝贝玩器，要送到东京给他的岳父蔡京祝寿，"想此一套是不义之财，取之何碍！"刘唐打起劫生辰纲主意，跑来找晁盖，被巡夜的都头雷横当贼拿了。晁盖机智地以"外甥"名义救出。

第二步，刘唐追赶雷横引出吴用。晁盖听了刘唐劫生辰纲的建议并没马上表态，而是让刘唐休息。刘唐越休息越添乱，跑去追赶雷横，要追回"舅舅"送雷横的银子。这举动很合理：刘唐被吊，心里有气，刘唐贫苦，在他眼里十两银子不算小数。刘唐雷横相打，不分胜负，被两条铜链"就中一隔"，暂时停止争斗。于是小说交待铜链持有人智多星吴用的来历。吴用还必须"无用"，劝阻不了刘唐，晁盖亲自赶来制止了这场似乎"额外"的争斗。其实也必须晁盖跑来，才能有吴用询问他的文字：你哪儿来这么个谈吐、年龄都莫名其妙的外甥？

第三步，晁盖和吴用交谈，引出他的怪梦："我昨夜梦见北斗七星，直坠在我屋脊上，斗柄上另有一颗小星，化道白光去了。我想星照本家，安得不利？今早正要求请教授商议，此一件事若何？"（第十三回）晁盖并不直说乐意劫生辰纲，他点到为止，吴用心领神会，立即出谋划策。

第四步，吴用引出阮氏三雄。吴用建议招阮氏三雄入伙并亲自前往说服。阮氏三雄却先主动跟吴用讲起水泊梁山，说官府征讨给老百姓带来灾难："如今那官司一处处动弹，便害百姓，但一声下乡村来，倒先把好百姓家养的猪羊鸡鹅尽都吃了，又要盘缠打发他。"（第十四回）阮氏兄弟早就向往水泊梁山好汉"不怕天，不怕地，不怕官司，论秤分金银，异样穿绸锦，成瓮吃酒，大块吃肉"。（第十四回）吴用劝说"举事"，他们立即"把手拍着脖项道：'这腔热血，只要卖与识货的！'"

第五步，公孙胜不谋而合，也来向晁盖推荐"十万贯金珠宝贝"，且打听好生辰纲从黄泥冈经过，而离黄泥冈十里路的安乐村——好个带反讽意味的村名——有"白日鼠"白胜。于是，智劫生辰纲的特种兵部队顺利组成，只需要按吴用的妙计行事即可。

智劫生辰纲是微型版《水浒传》，正如金圣叹对晁盖之梦评点："又忽然撰出一梦，奇情妙笔。此处为一大部大书提纲挈领之处。""一部大书，罗列一百八座星辰，此处乃忽然撰出一梦，先提出北斗七星。夫北斗七星者，众星之所环拱也，晁盖为此泊之杓，于斯验矣。"（第十三回评）

晁盖带领智劫生辰纲的英雄上了梁山，他是水浒英雄的领军人物。但他没有进入"一百单八将"行列，为什么？"文革"时期曾大批宋江"架空晁盖"，其实，按照小说构思需要，宋江必须架空晁盖、取代晁盖。如果让晁盖一直留在水泊梁山，宋江的投降路线、机会主义就没法施展，水浒英雄大悲剧就没法完成。历史的必然性和艺术创作的需要，害得仪表堂堂的晁盖不得不让位于黑不溜秋的宋江，实在是煞风景的事。

只开风气不为先，晁盖像颗光芒四射的流星划过水浒天空。第七十一回"忠义堂石碣受天文，梁山泊英雄排座次"，除了白日鼠白胜在地煞星行列之外，晁盖带领智劫生辰纲的另外六人，吴用、公孙胜、刘唐、阮氏三雄，都在天罡星行列中，他们跟武松、鲁智深、李逵一起，成为水泊梁山反招安的中坚力量。

三、柴进式——虎落平阳遭犬戏

梁山泊英雄排座次时小旋风柴进位列第十，名"天贵星"。

柴进是在野派皇族。赵匡胤跟柴世宗演了陈桥兵变、杯酒释兵权

的闹剧后,柴家经济实力还在。柴进是各路英雄豪杰的专业粉丝和赞助商,比如:

林冲穷途末路,被柴进的庄客所救,通过跟赝品英雄洪教头交手,为柴进所欣赏,资助并写信送林冲上梁山。

宋江杀惜逃亡,跟兄弟宋清商量投奔哪个。宋清建议投奔柴大官人:"人都说他仗义疏财,专一结识天下好汉,救助遭配的人,是个见世的孟尝君。"(第二十一回)宋江前去"投奔",柴进却"拜在地下"且自豪地宣布:"兄长放心,便杀了朝廷的命官,劫了府库的财物,柴进也敢藏在庄里。"(第二十一回)柴进收留宋江之前,已收留了另一位英雄:武松。

……

能帮助那么多英雄的柴大官人却帮不了自己的亲叔叔柴皇城。柴皇城在高唐州住,知府高廉的小舅子殷天锡要占他的花园,柴皇城"呕了一口气,卧病在床"。李逵执意要随柴进前去探望。柴进眼睁睁看着叔叔被气死了。接着,李逵打死殷天锡后跑了。高廉派人将柴进捉去。柴进一再声称他有"誓书铁券",受皇权保护,高廉却根本不理睬,打得柴进皮开肉绽、鲜血迸流,关在死牢中,奄奄一息。水泊梁山众好汉大费周折才将其救出。柴进也不得不上梁山。什么阶级说什么话,上梁山的柴进后来成为宋江投降活动的得力助手。

柴进上梁山,李逵打死殷天锡,是重要诱因。关键的关键却是殷天锡狗仗人势。一个知府的小舅子怎么就敢抢皇族的花园?他是因为高廉而狐假虎威,而高廉是高俅的叔伯兄弟!

施耐庵兜了老大一个圈子,虎落平阳被犬戏、不得不逼上梁山的柴进,本来跟高俅八竿子都打不着,偏偏又跟高俅挂上钩。

第四节　英雄和市井

水浒大多数英雄本来就出自草莽,生活在市井圈内,经常跟市井细民打交道。有时水浒英雄跟细民打交道还成了他们逼上梁山的理由,特别当女人插手时。

将英雄跟市井细民交织描写，让英雄跟"淫妇"过招，跟地痞恶霸、爬虫走狗过招，成了施耐庵构筑水浒故事的常规武器。因为反复使用这一常规武器，施耐庵笔下的水浒英雄故事有鲜明的民间色彩，有多彩多姿的民间人士背景。这既使得"逼上梁山"有了广阔的社会背景，也使得小说有浓郁的生活气息。

一、水浒"四大淫妇"和她们的生活圈

《水浒传》有个非常特殊的女性群体，施耐庵刻意诬蔑的女性群体："四大淫妇"和虔婆们。她们形成几位著名水浒英雄的生活氛围，影响他们的人生道路，逼数位英雄上了梁山，最著名的是所谓"四大淫妇"：

——逼武松上梁山的潘金莲；

——逼宋江上梁山的阎婆惜；

——逼杨雄和石秀上梁山的潘巧云；

——逼卢俊义上梁山的贾氏。

潘金莲是水浒第一淫妇，因为《金瓶梅》推波助澜，她还成了中国古代小说第一淫妇。在中国，"潘金莲"成了坏女人的代名词。潘金莲在武松面前本来有着"长嫂如母"的身份，偏偏先勾引小叔子，再红杏出墙、毒杀亲夫。她的情感方式和生活圈子影响着武松，甚至可以说，武松上梁山跟潘金莲的情欲密切联系。

施耐庵在武松杀嫂这个世俗故事中，故意制造一系列奇特对比，武松身材高大，亲哥哥竟是"三寸丁"；弟弟打得了老虎，哥哥捉奸却被人踢伤；丈夫武大丑陋无比，妻子潘金莲美艳异常；潘金莲和西门庆坏，王婆比他们坏得还有经验、还老辣……潘金莲自认一朵鲜花插到牛粪上，一厢情愿看上武松，向小叔子调情碰了一鼻子灰，然后，王婆设"挨光计"，西门庆茶馆猎艳，郓哥捉奸，武大被害……成为古代小说的经典情节。至于武松痛快淋漓斗杀西门庆，审嫂杀嫂祭兄，直到飞云浦斗杀恶役，更是脍炙人口的经典。

武松是《水浒传》写得最酣畅淋漓的英雄，有趣的是，淫妇潘金莲给创造武松的形象出力最多。没有潘金莲，就没有武松跟底层细民的深入交往，就没有底层细民的群体亮相：可怜的被害者武大，酒色恶徒西门庆，把通奸杀人都看成生财之道的王婆，年龄小小就担起生活重担的郓哥儿，老谋深算的仵作何九，精明而识时务的邻居们……

因为潘金莲，武都头脸上刺上金字，成了囚犯。武松在跟潘金莲相遇前，因为在景阳冈打死老虎被拜为都头。打虎之前他跟宋江在柴进庄园相遇，宋江已率先中招，被淫妇所害丢了前程。

宋江因杀惜逃难到柴进庄园。作为"淫妇"，阎婆惜"出道"比潘金莲早。阎婆惜的生活圈影响宋江，跟潘金莲的生活圈影响武松有近似之处。两个年轻美丽的女性原本都是不幸的贫苦女性。她们连人身自由都没有。潘金莲不接受张大户调戏，被报复性嫁给武大郎，阎婆惜父亲死了没棺木，因为宋江施舍棺木，阎婆惜被母亲主动送给宋江做妾。阎婆惜对宋江的同事张三感兴趣，因为两人是一类人物。阎婆惜从小在风月场合串，张三平日也爱去三瓦两舍；阎婆惜十八九岁，年轻美貌，张三眉清目秀、风流俊俏。两人勾搭上的事传到宋江耳朵里，宋江想的是："又不是我父母匹配的妻室，他若无心恋我，我没来由惹气做甚么？"（第十九回）阎婆惜只是宋江的外宅，宋江根本不把她当成是平等的人，并不在乎她。宋江不再登门，但是有个人却"牛不喝水强按头"，非得把宋江拉回家不可，这个想把恩断情绝的男女硬拉到一张床上的人，就是阎婆。

> （阎婆）赶上前来叫道："押司，多日使人相请，好贵人，难见面！便是小贱人有些言语高低，伤触了押司，也看得老身薄面，自教训他与押司陪话。今晚老身有缘，得见押司，同走一遭去。"宋江道："我今日县里事务忙，摆拨不开，改日却来。"阎婆道："这个使不得。我女儿在家里，专望押司，胡乱温顺他便了。直恁地下得？"宋江道："端的忙些个，明日准来。"阎婆道："我今晚要和你去。"便把宋江衣袖扯住了，发话道："是谁挑拨你？我娘儿两个，下半世过活，都靠着押司。外人说的闲是闲非，都不要听他，押司自做个张主。我女儿但有差错，都在老身身上。押司胡乱去走一遭。"……宋江进到里面，凳子上坐了。那婆子是乖的，生怕宋江走去，便都在身边坐了，叫道："我儿，你心爱的三郎在这里。"

（第二十回）

阎婆巧舌如簧，耍尽手段，靠偷换概念、当面撒谎、无中生有忽悠宋江，一会儿说女儿在家里专望宋江,一会儿骂女儿是"小贱人",一会儿叫宋江不要听闲话,一会儿说凡事看老身面子。唾沫飞溅,天花乱坠,目的只一个:请押司跟我回家。阎婆为什么非要把女儿不乐意兜搭的宋江拉回家?她真是给女儿往回请老公吗?不,她给自己往家请财神。此时宋江已等于是阎婆的社会保障卡和养老卡。她的下半辈子必须靠宋江。阎婆惜的情人张三是靠不上的。阎婆的卖力表演符合社会底层的地位,符合经验丰富的年龄,写出孤苦寡妇的辛酸。

宋江当初把阎婆惜收入帐中,"没半月之间,打扮得阎婆惜满头珠翠,遍体绫罗。又过几日,连那婆子也有若干头面衣服。"(第十九回)现在阎婆惜跟张三打得火热,阎婆却没有从张三那儿得到实惠。阎婆看问题实际,她肯定想得很明白:阎婆惜不可能从宋江的船上跳到张三的船上。宋江不上门,停止了昔日丰盛供给,阎婆惜的恋情代替不了阎婆的柴米油盐、头面衣服,所以阎婆必须把宋江重新请回来!

阎婆用"心爱的三郎"偷换概念,想把女儿引下楼来。阎婆惜以为情人来了,飞奔下楼,却发现是宋江,"那婆娘复翻身转又上楼去,依前倒在床上。"阎婆惜年轻,感情外向而任性,喜欢就是喜欢,不喜欢就是不喜欢。阎婆只好再向宋江当场虚构:这是婆惜盼您来气苦了!然后亲手将宋江扯到楼上,亲手将宋江拖进房中,亲手掇过一把椅子来让阎婆惜跟宋江并肩坐,"我儿,你相陪押司坐地,不要怕羞,我便来也。"把房门倒挂上,准备酒菜去了。

金圣叹很欣赏对阎婆的描写:"前要女儿陪话,既不陪话,便换作女儿同坐;及至又不同坐,便随口插出陪坐二字来,却又倒拴一句不要怕羞,抬得女儿金枝玉叶相似,妙哉婆也。"(第二十回评)

阎婆惜抓住宋江通梁山的证据,要胁宋江的一段非常精彩。阎婆惜毕竟不是酒色娼妓,她对张三郎动真情,就故意冷落自己的衣食来源宋三郎,两人在床上一夜冷战,都没睡好,清晨宋江把重要的招文袋丢在阎婆惜房间气呼呼走了,阎婆惜先看到宋江丢下的紫罗鸾带,立即想到"把来与张三系",再捡到招文袋里掉下的金子,立即想到"天教我和张三买物事吃",她想到张三最近瘦了,得买些东西给他将息。从这些细节可以联想:张三是甜蜜情人,却并没在经济上给阎婆惜什么支持,还得阎婆惜"倒贴"疼他。这样一来,阎婆想方设法要拉回宋江

就可以理解了。阎婆惜深深沉湎于对张三的爱情中,待她看到水泊梁山给宋江的书信,立即想到跳出苦海的主意:

> 好呀,我只道"吊桶落在井里",原来也有"井落在吊桶里"。
> 我正要和张三两个做夫妻,单单只多你这厮,今日也撞在我手里!
> 原来你和梁山泊强贼通同往来,送一百两金子与你。且不要慌,
> 老娘慢慢地消遣你。

(第二十回)

阎婆惜这个受压迫受歧视的女性,聪明才智蓦然迸发出来。她跟宋江玩"猫捉老鼠",得理不让人地"消遣"起宋江,先是含沙射影拿"贼"说事,接着拿"和打劫贼通同"说事。当宋江像惊弓之鸟时,答应她说什么条件都答应她时,她成了精明的谈判高手,以归还装有梁山泊书信的招文袋为条件,跟宋江"约法三章",要回原典她的文书,承诺让她改嫁,还要晁盖信中说的百两黄金。但宋江只象征性收了刘唐一根金条,并没有一百两金子。于是二人就有没有金条辩论,在争夺招文袋过程中,宋江抢起压衣刀子,阎婆惜喊声"黑三郎杀人也"……

宋江杀惜,通常被看作宋江被逼上梁山不得不采取的革命行动,但是事情也有另外一面,它既是宋江用刀维护梁山泊的秘密,也是用刀维护夫权。阎婆惜实际上是为了追求自主爱情和婚姻而丢失了性命。阎婆惜跟宋江约法三章的头一条,是要回原典她的文书。用阶级观点分析,卖身为妾的阎婆惜难道就不值得同情吗?阎婆惜是"淫妇",也是很有社会概括性的不幸女性。贫困可以让人走到多么可怜的地步,阎婆惜和阎婆做出了生动形象的说明。

宋江杀惜,不像武松杀嫂那么计划在先、胸有成竹,只能算忍无可忍,也有点儿阴差阳错。阎婆惜被杀后,痛极的阎婆竟能冷静地说假话"这贱人果是不好,押司不错杀了"。然后蒙骗宋江一起外出买棺材,约莫到县前左侧,突然揪住宋江大叫"有杀人贼在这里!"如果不是跟阎婆有过节的唐牛儿半路杀出,宋江哪能脱逃?阎婆的聪明才智,她的弱势生存,给读者留下深刻印象。研究者常把宋江逼上梁山跟阎婆惜要告发他联系到一起,那么,阎婆把如花的女儿典给半老头儿宋江做外室,又该哪个来埋单?

宋江的生活圈内,没名分却丢了性命的阎婆惜固然生动,笔墨不

多的阎婆和宋太公也很精彩。说到底，如果不是阎婆费尽心思将宋江拖到阎婆惜房中，宋江杀惜的事根本不会发生。可怜的老太婆，怎能想到，正是她想"老有所养"，导致女儿青春丧命？

宋江的生活圈中还有个露面不多却颇有神采的人物：宋太公。宋江杀惜后官府要处理，宋江跟梁山泊发生纠葛，官府要过问，这些都会连累到父母兄弟。没想到宋太公早就跟儿子断绝了关系。宋江是闻名四海的孝子，偏偏早早被父亲以"忤逆"罪名告到官府。而以"忤逆"罪名被父亲清理出家门的罪犯，就藏在父亲的地窖里。在荆天棘地的社会，像阎婆这样的下层人物得求生存，像宋太公这样的中层人物，也得求自保。这是个人人自危、个个不自在的时代。阎婆惜、阎婆、宋太公等形成宋江的生活圈，影响着宋江的人生。

水浒第三大淫妇潘巧云是病关索杨雄之妻。潘巧云和杨雄有没有爱情？应该说没有。潘巧云一系列感情出轨颇令杨雄尴尬：嫁了杨雄，杨雄连老岳父都养在家中，潘巧云却公然在家里给前夫做一周年纪念；来念经的刚刚又是和她青梅竹马的和尚裴如海；发现潘巧云跟和尚眉来眼去的，恰好是潘巧云曾对其说些疯话——其实就是调情勾引——的结义兄弟石秀。潘巧云几乎对杨雄周围所有男人有意、主动出手，就是对丈夫没兴趣、没热情。这怪哪个？固然怪潘巧云水性杨花，过于粗疏的杨雄恐怕也多少有点儿责任。潘巧云的恶劣，不仅在于她跟裴如海有奸，更在于奸情可能败露时诬赖好人，虚构出石秀调戏她的故事。潘巧云下场的惨烈，不亚于潘金莲。

水浒第四大淫妇贾氏是卢俊义之妻。跟描写另外三大淫妇不同，贾氏对卢俊义不忠、跟李固勾搭成奸，施耐庵不曾正面描写任何文字，只做暗示和侧面交待。宋江认准要把卢俊义弄到水泊梁山坐第二把交椅，吴用出马扮演算命先生，将卢俊义骗出，卢俊义相信吴用的鬼话，要到泰山去，发话叫李固准备十辆车子跟他一起走。贾氏热忱地劝卢俊义不要外出，表面上似乎对卢俊义有感情，不舍得让他离开，其实贾氏要挽留的不是卢俊义而是情人李固。小说好像无意地写道：头一天，李固携车辆离开卢府，"李固去了，娘子看了车仗，流泪而入"。第二天，卢俊义离开卢府，"贾氏道：'丈夫路上小心，频寄书信回来！'说罢，燕青流泪拜别。"（第六十回）管家走了，主母哭了；丈夫走了，妻子不哭,小仆人燕小乙哭。岂不微妙? 后来卢俊义被骗上山,坚执不肯落草回到北京,才知道李固已告诉贾氏:卢俊义归顺梁山泊,坐了第二把交椅。燕青告诉卢俊义:李固"当时便去官司首告了。他已和娘子做了一路。"卢俊义不相信,"我的娘子不是这般人,你这厮休来放屁!"(第六十一回)结果落入圈套,原来到官府告发的就是贾氏! 就瞒骗丈夫技巧而言,贾氏在"四大淫妇"中名列前茅。

"四大淫妇"各有红杏出墙的缘由,各有对付丈夫的瞒和骗的手段,各有各的"卫星"人物,有各被杀的惨烈场面。潘金莲出轨是因为"怀才不遇",因为西门庆和王婆设的圈套和她怀春一拍即合,出轨描写很详细;阎婆惜出轨是因为见异思迁,实际是宋江太爱交朋友,拉了风流浪子张三来家,等于牵山羊去看大白菜,出轨过程一笔捎过;潘巧云因为水性杨花、主动出轨,她的出轨过程有石秀这双观察精细的眼睛盯着;贾氏出轨则是在丈夫眼皮子底下且巧妙地将丈夫蒙在鼓里……施耐庵对"四大淫妇"本来相同的故事做了不同的处置,宋江杀惜跟武松杀嫂不同,石秀杀嫂跟武松杀嫂更不同,潘金莲死在为兄报仇的武松刀下,阎婆惜死在为保护机密的宋江刀下,潘巧云死在为自己洗清白的石秀刀下。武松杀嫂令人感到英雄报仇稳准狠、敢作敢为;宋江杀惜令人感到人性的可怜可悲和无奈;石秀杀嫂令人感到有些异样甚至不舒服;贾氏被杀则罪有应得……

二、郑屠和金氏父女们

水浒英雄率先给读者正直可敬、英烈敢为印象的是鲁达鲁智深,鲁达军官的日子本来过得好好的,偏偏出来管金家父女闲事。这一管,就把铁饭碗丢了,不得不当和尚。当了和尚又给好朋友林冲两肋插刀,最后上了梁山。

鲁智深偶遇史进,半路又约上史进的开蒙师傅李忠一起到酒店喝酒,听到隔壁有人在啼哭,立即叫酒保来问。于是,一对跟鲁智深毫不相干的父女来到他跟前并决定他未来的命运:

> 前面一个十八九岁的妇人,背后一个五六十岁的老儿,手里拿串拍板,都来到面前。看那妇人,虽无十分的容貌,也有些动人的颜色,拭着泪眼,向前来深深的道了三个万福。那老儿也相见

了。鲁达问道："你两个是那里人家？为甚啼哭？"那妇人便道："官人不知，容奴告禀：奴家是东京人氏，因同父母来这渭州，投奔亲眷，不想搬移南京去了。母亲在客店里染病身故，子父二人，流落在此生受。此间有个财主，叫做'镇关西'郑大官人，因见奴家，便使强媒硬保，要奴作妾。谁想写了三千贯文书，虚钱实契，要了奴家身体。未及三个月，他家大娘子好生利害，将奴赶打出来，不容完聚，着落店主人家，追要原典身钱三千贯。父亲懦弱，和他争执不得，他又有钱有势，当初不曾得他一文，如今那讨钱来还他？没计奈何，父亲自小教得奴家些小曲儿，来这里酒楼上赶座子，每日但得些钱来，将大半还他，留些少子父们盘缠。这两日酒客稀少，违了他钱限，怕他来讨时，受他羞耻。子父们想起这苦楚来，无处告诉，因此啼哭，不想误触犯了官人，望乞恕罪，高抬贵手！"……鲁达听了道："呸！俺只道那个郑大官人，却原来是杀猪的郑屠！这个腌臜泼才，投托着俺小种经略相公门下做个肉铺户，却原来这等欺负人！"

（第二回）

金翠莲一段泣诉，画出一幅底层黎民生存图画，写出无辜小民无端受辱、受欺负的事实。郑屠玩空手道"强媒硬保"、"虚钱实契"霸占良家女子，玩够了再从她身上榨钱。一个杀猪卖肉的角色，竟能"镇关西"，横行市井、虐害良民。比他再有点儿势力的人会如何？小小老百姓还有活路吗？鲁达上门整治郑屠，既以其人之道还治其人之身。你不是弱肉强食吗？那就叫你也"享受"一下做"弱肉"的滋味。

在金氏父女面前强横的角色，见了鲁提辖立即变成巴儿狗。

鲁智深走到肉铺前对人人叫"大官人"者直呼"郑屠！"用现代话来说就是"姓郑杀猪的"，明明是蔑视性、挑战性称呼，郑屠却颠颠地"慌忙"出来唱喏。镇关西见了鲁提辖，吓得屁滚尿流，打点出一切听喝嘴脸，恭敬地叫着"提辖恕罪"，叫副手掇凳子来请提辖坐。鲁智深不坐，成心跟郑屠玩猫捉耗子："奉着经略相公钧旨，要十斤精肉，切做臊子，不要见半点肥的在上面"。"不要那等腌臜厮们动手，你自与我切。"郑屠喏喏连声"说得是，小人自切便了"。郑屠切完精肉，鲁智深令切肥肉，"郑屠道：'却才精的，怕府里要裹馄饨，肥的臊子何用？'鲁达睁着眼道：'相公钧旨分付洒家，谁敢问他？'郑屠道：'是合用的东西，小人切便了。'"切完肥肉，鲁达再令切软骨，郑屠发现自己被当猴要了，又气又恼又怕，尴尬之中冒出句"却不是特地来消遣我？"鲁达等的就是这句话。"鲁达听得，跳起身来，拿着那两包臊子在手里，睁眼看着郑屠说道：'洒家特地要消遣你！'把两包臊子劈面打将去，却似下了一阵'肉雨'。"（第二回）

鲁达消遣郑屠，是《水浒传》最精彩的文字之一。在鲁达"消遣"过程中，郑屠一直小心翼翼，压着猜疑、不快、怒火。郑屠是种经略相公治下的铺户，鲁达消遣郑屠专打"种经略相公"旗号，整整"消遣"两个时辰，这两个时辰是郑屠人生最后两个时辰，也是最漫长的两个时辰。鲁智深让镇关西充分呷摸被无端欺负、任意凌辱的滋味，等于替金翠莲也替所有曾被"镇关西"欺负过的良民报了仇。郑屠说"却不是特地来消遣我"居然还得"笑道"，笑着说，受了污辱还得满脸赔笑，不知道郑屠如何笑得出来。是迫于鲁达的"官身"不得不笑？还是一脸苦笑、啼笑皆非？细微之处很见精神。

就是为郑屠这样的社会渣滓，鲁提辖变成了杀人在逃犯。

又是因为受鲁达之恩的金老布置，鲁提辖变成了花和尚。

水浒英雄的人生有太多的阴差阳错，这些阴差阳错经常跟那些本来跟他们毫不相干的人联系到一起。

武松的命运怎么可能跟开药店的西门庆有关系？

柴进的命运怎么可能跟纨绔子弟殷天锡有关系？

雷横的命运怎么可能跟歌女白秀英有关系？

孙立提辖的命运怎么可能跟毛太公有关系？……

青州俗话曰："桑树上打一棍，柳树上去了皮。"根本不相干的人物突然联系到一起，人的命运由素不相识、毫不相干者决定。一切都是偶然性的，一切又都带有必然性。在黑暗如磐的社会中，正直者总会受到邪恶者算计，正直者有时往往会无意之间撞到邪恶者的枪口上。正直者也会因为弱小者受到邪恶者的算计而"消遣"他。这，就是《水浒传》广阔的社会背景，这个社会背景又是通过一个个绝不雷同的故事组合到水浒整部小说的有机结构中。郑屠、殷天锡、毛太公、蒋门神，这些充斥在宋代社会中下层面的恶人们，形成丰富多彩的市井氛围,在水浒英雄逼上梁山的过程中起到助推的作用。

三、陆虞侯和董超、薛霸们

水浒英雄不得不跟封建官府的小吏、衙役打交道。这些小爬虫在叙述水浒英雄故事,描绘英雄个性上起着特殊作用。他们把封建官场的黑暗、人性之险恶、赤裸裸的金钱交易表现出来。

林冲被逼上梁山,好朋友陆谦扮演了最不光彩的角色。陆谦是太尉府的中级官吏,本是林冲的同事好友,林冲对他从不设防,他对林冲处处施坏,是个以害朋友为职业的"朋友"。高衙内看上林冲妻子,陆虞侯先将林冲妻子骗去,几乎为高衙内所辱,后又设计卖刀,将林冲骗入白虎堂,林冲被发配,陆谦加害朋友的步伐越发加快,手段越加毒辣。董超和薛霸领了押解林冲的差使后,陆谦请他们到酒馆:

> 酒至数杯,那人去袖子里取出十两金子,放在桌上,说道:"二位端公各收五两,有些小事烦及。"二人道:"小人素不认得尊官,何故与我金子?"那人道:"二位莫不投沧州去?"董超道:"小人两个奉本府差遣,监押林冲直到那里。"那人道:"既是如此,相烦二位。我是高太尉府心腹人陆虞侯便是。"董超、薛霸喏喏连声,说道:"小人何等样人,敢共对席!"陆谦道:"你二位也知林冲和太尉是对头。今奉着太尉钧旨,教将这十两金子送与二位,望你两个领诺,不必远去,只就前面僻静去处把林冲结果了,就彼处讨纸回状,回来便了。若开封府但有话说,太尉自行分付,并不妨事。"董超道:"却怕使不得,开封府公文,只叫解活的去,却不曾教结果了他。亦且本人年纪又不高大,如何作得这缘故? 倘有些兜搭,恐不方便。"薛霸道:"老董,你听我说。高太尉便叫你我死,也只得依他,莫说使这官人又送金子与俺。你不要多说,和你分了罢,落得做人情,日后也有照顾俺处。前头有的是大松林,猛恶去处,不拣怎的,与他结果了罢。"当下薛霸收了金子,说道:"官人放心,多是五站路,少便两程,便有分晓。"陆谦大喜道:"还是薛端公,真是爽利! 明日到地了时,是必揭取林冲脸上金印回来做表证,陆谦再包办二位十两金子相谢。"

(第七回)

太尉高俅明码标价用三十两金子向董超、薛霸买林冲人头,交易就由林冲好友陆谦来操作。两个恶役则一个假做推托,实际是想让高俅知道这金子收得值。另一个"爽利"得多,把唯太尉权势之命是从表达得更"赤诚",摆出将来长久追随的架子。陆虞侯向两个恶役买好友人命,就像在做一笔正常买卖,先交"预付款"或者叫"订金",任务完成再最后"结算"付全款,还特别点明要有"结算"凭证:林冲脸上的金印。董超、薛霸害林冲,一路上将"恶役"之恶,表演得淋漓尽致。因为鲁智深大闹野猪林,董超、薛霸未将林冲害死,陆谦又追到沧州,火烧草料场,还要拾林冲的骨头回去向高俅领赏。"朋友"的背叛令人发指,"朋友"的残忍超过宿敌。人生遇到这种蛇蝎似的"朋友",真是梦中都会吓醒。

林冲被高俅陷害发配,好朋友陆谦推波助澜;卢俊义被亲手提拔的管家李固陷害入狱,结发妻子推波助澜。李固对卢俊义也是赶尽杀绝。卢俊义入狱,他跑到蔡福家里来做交易:

> 李固道:"奸不厮瞒,俏不厮欺,小人的事,都在节级肚里。今夜晚间,只要光前绝后。无甚孝顺,五十两蒜条金在此,送与节级。厅上官吏,小人自去打点。"蔡福笑道:"你不见正厅戒石上,刻着'下民易虐,上苍难欺'?你那瞒心昧己勾当,怕我不知?你又占了他家私,谋了他老婆,如今把五十两金子与我,结果了他性命,日后提刑官下马,我吃不得这等官司!"李固道:"只是节级嫌少,小人再添五十两。"蔡福道:"李主管,你割猫儿尾,拌猫儿饭!北京有名怎地一个卢员外,只值得这一百两金子?你若要我倒地他,不是我诈你,只把五百两金子与我!"李固便道:"金子有在这里,便都送与节级,只要今夜完成此事。"蔡福收了金子,藏在身边,起身道:"明日早来扛尸。"

(第六十一回)

"铁臂膊"蔡福及其弟弟"一枝花"蔡庆,后来进入"七十二地煞星",李固的这段"交易"写活了节级蔡福,跟其他恶役没有什么不同,也是"火到猪头烂,钱到公事办"。他说完"上苍难欺"的冠冕堂皇话后,点出:这么有钱的卢员外,你李固夺他的全部家产,难道只送五十两金子就从我这儿换他的性命?李固早料到会有一番讨价还价,身上已带足金子,马上交出五百两。蔡福立即应承杀害卢俊义。可以设想,如果没有紧接着梁山泊派柴进更大手笔的行贿,没有柴进恭敬之中有威胁的话语,当天晚上卢俊义已葬送在蔡福之手。五百两金子,可供一百户普通人家一年日常开销,蔡福用一条人命可以进入小康。

蔡福将李固的五百两金子纳入囊中,再拿梁山泊一千两金子买通梁中书及北京衙门上上下下,卢俊义被发配,押解差人居然是当年押解林冲的董超、薛霸。而李固扮演起陆谦的角色,董、薛二人再次一个唱白脸一个唱红脸,接受两锭"订银"和五十两蒜条金最后"结账",董超、薛霸谋害卢俊义的性命过程简直是在电脑上按下害林冲的"复制"键:他们先对已无钱的卢俊义百般辱骂,将所有行李都挂在卢俊义枷上,派从来没做过饭的卢俊义给他们做饭,再像当年烫林冲脚一样烫伤了卢俊义的脚,然后,冒着秋雨,赶着卢俊义行走。卢俊义一步一颠,薛霸拿起水火棍打,董超假意去劝。到了个不叫"野猪林"的松林中,借口他们要休息将卢俊义捆到树上,拿起水火棍,对卢俊义说:"你休怪我两个。你家主管李固,教我们路上结果你。便到沙门岛也是死,不如及早打发了!你阴司地府,不要怨我们,明年今日是你周年。"(第六十一回)葫芦依样画,这番话跟当年他们对林冲说的一模一样。不同的是,当年救林冲的是结义兄弟鲁智深,现在救卢俊义的是"义仆"、靓丽可爱的水浒英雄燕青燕小乙。董超、薛霸被燕青送上西天,就此完成了他们在水浒里的历史使命。

北京城押解卢俊义的差人居然恰好是当年开封府押解林冲的差役?岂不是太巧合了?《水浒传》一些极其次要的人物也会有配合小说布局构思的巧妙"人事调动"。董超、薛霸即如此。这两个角色害林冲未成,被高俅刺配北京,遇到他们的"伯乐"梁中书,高俅的一丘之貉梁中书欣赏这两个人能干,留在留守司勾当。董超、薛霸在害卢俊义时重新出山,金圣叹谓"闲中忽补闲事,笔墨奇逸之甚"。两个极其次要的人物在重要人物之间穿插、前呼后应。"林冲者山泊之始,卢俊义者山泊之终,一始一终,都用董超、薛霸作关锁,笔墨奇逸之甚。"(第六十一回评)金圣叹两次用"奇逸"二字。董超、薛霸二人害卢俊义的过程、步骤、言语完全是害林冲的翻版,施耐庵就不能变个样儿吗?是作家智穷力竭吗?非也,施耐庵正是借两个恶役害人时都缺乏想象力和创造性，讽刺他们的弱智。两个恶役害人总使用同样的方法，说着同样的话语，实在是两个乏味到极点的家伙。而正是这类弱智的家伙，受到高俅梁中书们欣赏、提拔，对一个个聪明绝顶的水浒英雄下毒手。社会就是这样的黑暗且可笑。

跟蔡福、蔡庆情况类似，梁山泊进入三十六员天罡星的神行太保戴宗也是管囚犯的节级，当他不知道新囚犯是宋江时，按照惯例讨"常例钱"，指着宋江大骂"黑矮杀才"、"贼配军"，宣布"与我背起来，且打这厮一百讯棍"。"你这贼配军，是我手里行货！轻咳嗽便是罪过！""我要结果你也不难，只似打杀一个苍蝇！"……（第三十七回）

大大小小衙门都在欺压良善，保护恶人，拿钱说事成为惯例，有钱就办事，没钱不办事，钱多办大事，成为社会基本道德。上上下下的衙门都草菅人命，拿钱换仇人命成为通行无碍的潜规则。水浒英雄林冲、宋江、武松、卢俊义都有被发配的经历，林冲、武松、卢俊义都遇到被恶役半路下手杀害的危险。林冲、卢俊义被救，靠的是朋友间的义气，武松则靠自己的超强能力。

纷纷攘攘的市井细民，蜂攒蚁聚似的地痞流氓，浓雾阴霾般的官府吏役……形成了水浒英雄勉强生存又终于无法生存的氛围，最后不得不逼上梁山。

第五节　英雄和传奇共生

水浒英雄不是天神，水浒英雄却也不是凡人。说他们不是天神，因为他们本来就是封建社会中下层活生生的人，他们身上有中下层人民的人生定位、人生追求、人生困惑、人生难题，有中下层人的喜怒哀乐、拼搏争斗，他们既不是不食人间烟火的天上神仙，也不是踢天弄井的造反妖猴孙悟空。说他们不是凡人，则因为他们的价值观、为人准则、超强能力在那个时代鹤立鸡群。

按照"逼上梁山"的线索，在小说里组织进多至一百单八将的人物，如何把如此众多的人物塑造得栩栩如生？如何发掘每个人物身上最大闪光点？如何能够凡出一人都跟其他人不同？凡出一人都给读者特殊的美感？对凡庸作家来说，无疑是很大难题，而施耐庵这样的大手笔，恰好成为他构思不同的艺术典型、铺排不同故事的天然阵地。施耐庵创造的水浒英雄人物，或爽朗坦荡如鲁达，或深沉成熟如林冲，或刚烈威武如武松，或风神秀彻如柴进，或粗疏得到处惹祸如李逵，或精明得随时出招如石秀……每出一人，都令人过目不忘；每叙一事，都有可能成戏剧舞台百演不衰的剧目。这些多彩多姿的艺术形象不仅形成一百单八将水浒英雄画廊，其中有些典型如鲁达、武松、宋江、李逵，即使放到整个古代小说人物画廊也毫不逊色。

一、莽和尚鲁智深

20世纪五六十年代的文学理论喜欢讲人的阶级出身。茅盾先生曾提出这样的猜测：鲁智深出身可能比较贫苦，光景像是贫农或手艺匠出身而由行伍提升的军官，可以算下层人民。

鲁智深被称"莽和尚"，"莽"字很传神，他有力拔山、气盖世的神力。他找铁匠要求打一百斤重的禅杖，铁匠做好做歹只肯给他打六十三斤的，还担心他拿不动，结果他轮起禅杖活像风车一般。

鲁智深拳打镇关西前已做到中层军官，本可以逍遥自在做他的提辖官，不像阮氏三雄那样受赤贫的磨难，也不像林冲那样走投无路。鲁智深上梁山由他的个性决定：他坚毅英勇，嫉恶如仇，对社会丑恶有天然对抗力，眼睛里揉不下沙子。鲁智深绝不向恶势力低头、敷衍，也不顾及个人安危。他对林冲说："你却怕他本官高太尉，洒家怕他甚鸟！"（第六回）鲁智深许多行为，决定他命运的行为，都不是为自己，鲁智深从来没有因为自身利害得失跟恶势力搏斗，他都是从正义感出发，为别人负弩前驱。鲁智深见义勇为，路见不平，不仅拔刀相助，而且舍命相助。金氏父女是社会最底层的受压迫者，跟他素不相识，他却为了他们丢了饭碗逃亡。

鲁智深性格豪迈痛快，他的口语格外传神，他对内心肯定的人，一见如故、肝胆相照，开口就很亲热。史进向他询问师傅王进的下落，鲁智深不忙着回答王进下落，而是问："阿哥，你莫不是史家村甚么九纹龙史大郎？"说话语气令金圣叹大叫"妙绝"。等鲁智深说到王进，"俺也闻他名字。那个阿哥，不在这里。"对市井传说英雄史进和王进，连称两个"阿哥",何等亲热实在!接着,鲁智深说:"你既是史大郎时,多闻你的好名字,你且和我上街去吃杯酒。"(第二回)鲁智深对蔑视的人,开口即是"撮鸟"、"兀那撮鸟"、"那厮"。他最瞧不上拖泥带水、小气悭吝之人。他跟史进饮酒时知道金氏父女需要尽早回东京,马上把身上的钱掏出来,发现五两银子不足用,就毫不客气地向刚认识的朋友借钱,史进拿出十两银子,李忠"摸出"——多传神,并非没钱只是不舍得拿——二两来银子,鲁智深不以为然地说"也是不爽利的人",只把十五两银子给金老,对李忠的银子,用都不屑于用,"把这二两银子丢还了李忠"。一个"丢"字,把鲁达的豪气、锐气、坦荡气写得活灵活现,金圣叹评"胜骂,胜打,胜剐,真好鲁达"。

鲁智深最为读者欣赏的行动,在上个世纪五六十年代就进入中学语文课本的情节,拳打镇关西:

> 郑屠右手拿刀,左手便来揪鲁达,被这鲁提辖就势按住左手,赶将入去,望小腹上只一脚,腾地踢倒在当街上。鲁达再入一步,踏住胸脯,提着那醋钵儿大小拳头,看着这郑屠道:"洒家始投老种经略相公,做到关西五路廉访使,也不枉了叫做'镇关西'!你是个卖肉的操刀屠户,狗一般的人,也叫做'镇关西'!你如何强骗了金翠莲!"扑的只一拳,正打在鼻子上,打得鲜血迸流,鼻子歪在半边,却便似开了个油酱铺,咸的、酸的、辣的,一发都滚出来。郑屠挣不起来,那把尖刀也丢在一边,口里只叫:"打得好!"鲁达骂道:"直娘贼!还敢应口!"提起拳头来,就眼眶际眉梢只一拳,打得眼棱缝裂,乌珠迸出,也似开了个彩帛铺的,红的、黑的、紫的,都绽将出来。两边看的人惧怕鲁提辖,谁敢向前来劝!郑屠当不过,讨饶。鲁达喝道:"咄!你是个破落户,若是和俺硬到底,洒家倒饶了你!你如今对俺讨饶,洒家偏不饶你!"又只一拳,太阳上正着,却似做了一个全堂水陆的道场,磬儿、钹儿、铙儿,一齐响。鲁达看时,只见郑屠挺在地下,口里只有出的气,没了入的气,动掸不得。鲁提辖假意道:"你这厮诈死,洒家再打!"只见面皮渐渐的变了,鲁达寻思道:"俺只指望痛打这厮一顿,不想三拳真个打死了他,洒家须吃官司,又没人送饭,不如及早撒开。"拔步便走,回头指着郑屠尸道:"你诈死,洒家和你慢慢理会!"一头骂,

一头大踏步去了。……回到下处，急急卷了些衣服盘缠，细软银两……提了一条齐眉短棒，奔出南门，一道烟走了。

（第二回）

一腔热血，浑身神力，说话铿锵有声、一句话掉地上砸一个坑。行路"一道烟"。这就是鲁达。拳打镇关西这三拳，施耐庵一方面写鲁智深越打越气，一拳重似一拳，一方面用俏皮的比喻，写郑屠被打的视觉、听觉、嗅觉和感受，写得痛快淋漓、风趣幽默。本只想痛打郑屠一顿教训一下这个败类，没想到鲁智深力气太大，竟然三拳打死镇关西。似乎太鲁莽、太冲动，却又立即冷静机智地逃走，而逃走的主要想法居然是打官司没人送饭！鲁智深实在率真得可爱。

"神奇＋率真"在各种事件中按比例混合，才创造出心灵像婴儿般纯洁却力能扛鼎、智却顽敌的鲁智深。

跟三拳打死镇关西同样脍炙人口的是鲁智深倒拔垂杨柳。这次，对鲁智深的行为现场评点者把他叫作"真罗汉"：

> 智深也乘着酒兴，都到外面看时，果然绿杨树上一个老鸦巢。……相了一相，走到树前，把直裰脱了，用右手向下，把身倒缴着，却把左手扳往上截，把腰只一趁，将那株绿杨树带根拔起。众泼皮见了，一齐拜倒在地，只叫："师父非是凡人，正是真罗汉！身体无千万斤气力，如何拔得起？"智深道："打甚鸟紧！……"

（第六回）

随着鲁智深身份的变化，一个个内容完全不同却都充满传奇色彩的故事随之产生，大闹桃花村、火烧瓦官寺，大闹野猪林……这些故事都跟他的见义勇为、爱管闲事联系到一起。

其实，施耐庵在莽和尚身上有很微细的笔墨。鲁智深对"廉"有执著追求。他在老种经略相公手下已做到五路廉访使。"五路廉访使"是特定官名，更是个特别有哲理意味的命名。用现代话语说，"廉访"是管廉政的。水浒英雄中鲁智深对黑暗时势从不抱任何幻想，最具坚定的反抗精神，他反对招安，说："只今满朝文武，多是奸邪，蒙蔽圣聪，就比俺的直裰染作皂了，洗杀怎得干净？"（第七十一回）招安后，鲁智深悲剧情绪最重，征方腊后，宋江让他还俗为官，鲁智深说："洒家心已成灰，不愿为官，只图寻个净了处。"（第一百十九回）终于"坐化"，以表示对黑暗时势的最后反抗。

二、打虎英雄武松

武松是活在人民心目中、口头传说中的活生生打虎英雄。武松赤手空拳打死过猛虎，又宣布"凭着我胸中本事，平生只是打天下硬汉，不明道德的人。"《水浒传》用整整十回，即第二十三至三十二回，浓墨重彩描述这位打虎英雄。这"武十回"可以用"打虎"二字概括。

打虎——打死一只山中虎，打死若干只人间虎。

武松和鲁智深不尽相同之处在于，鲁智深纯粹路见不平、拔刀相助，武松却表现出强烈的复仇性。为己雪恨、为民申冤、为朋友两肋插刀，是武松的为人原则。强烈的复仇性是武松的重要特点。

武松算得上水浒英雄中的超人，有两个突出"超人"特点：

第一个超人特点是：超人的力、勇、气势，武松一举一动充满传奇色彩。景阳冈打虎、斗杀西门庆、大闹飞云浦、醉打蒋门神、血溅鸳鸯楼……全方位表现武松跟恶势力殊死搏斗的大无畏精神、刚强个性、致强敌死命的奇招、绝地反击的奇才、绝境取胜的奇能。

在读者中传颂最广的，自然是赤手空拳打老虎。

"三碗不过冈"（第二十二回）是读者非常熟悉的典故。这是段极有趣的文字，店家不肯多卖酒给武松，武松非吃不可，连吃四斤牛肉、十八碗酒后，快活地拿起哨棒离开，说"我却又不曾醉！""却不说'三碗不过冈'！"店家劝其留宿躲老虎，武松说"你鸟做声！便真个有虎，老爷也不怕！"是豪气，也已有点儿是醉话。待真看到阳谷县公文，明令单身客人不许过冈，武松想的是"我回去时，须吃他耻笑，不是好汉"。在武松心目中，在陌生人面前丢面子，比遇到吃人老虎更糟糕。施耐庵刻意避免在武松身上加"侥幸"二字，武松从没想过：我可能遇不到老虎；只想：真有老虎我也不怕，我就是不能因躲老虎丢了面子。

于是，古代小说壮士打虎的经典描绘横空出世：

> 武松走了一直，酒力发作，焦热起来，一只手提着哨棒，一只手把胸膛袒开，踉踉跄跄，直奔过乱树林来。见一块光挞挞大青石，把那哨棒倚在一边，放翻身体，却待要睡，只见发起一阵狂风。那一阵风过了，只听得乱树背后扑地一声响，跳出一只吊睛白额

大虫来。武松见了,叫声:"阿呀!"从青石上翻将下来,便拿那条哨棒在手里,闪在青石边。那大虫又饥又渴,把两只爪在地下略按一按,和身望上一扑,从半空里撺将下来。

(第二十二回)

武松被惊出一身冷汗,酒醒了。老虎也向他扑过来了。这只在景阳冈伤了十几条大汉性命的大虫,做传统食人表演,一扑、一掀、一剪,都被武松机智地闪过,老虎"气性先没了一半",武松拼上全身力气用哨棒打虎,偏偏打到枯树上,断做两截——

> 武松又只一跳,却退了十步远。那大虫恰好把两只前爪,搭在武松面前。武松将半截棒丢在一边,两只手就势把大虫顶花皮肐膌地揪住,一按按将下来。那只大虫急要挣扎,被武松尽气力捺定,那里肯放半点儿松宽。武松把只脚望大虫面门上、眼睛里,只顾乱踢。那大虫咆哮起来,把身底下爬起两堆黄泥,做了一个土坑。武松把那大虫嘴,直按下黄泥坑里去。那大虫吃武松奈何得没了些气力,武松把左手紧紧地揪住顶花皮,偷出右手来,提起铁锤般大小拳头,尽平生之力,只顾打。打到五七十拳,那大虫眼里、口里、鼻子里、耳朵里,都迸出鲜血来,更动掸不得……

(第二十二回)

金圣叹对武松打虎发大段感慨。作家最容易写的是鬼,最难写的是虎。写鬼可以爱怎么编就怎么编,虎却是实实在在的自然界生灵,有真性情、有特定的活动规律。施耐庵用几百字就写活了虎,不仅写出活灵活现的扑人猛虎,还写出跟虎打交道的人,写出虎周围的风沙树木,"人是神人,虎是怒虎","写极骇人之事,却尽用极近人之笔"(第二十二回总评)。

武松的超人个性常表现在他对其他武艺高强却恃强凌弱者的高度蔑视。施恩酒店被蒋门神所占,求武松帮助夺回,叙述蒋门神"有一身好本事,使得好枪棒","三年上泰岳争交,不曾有对"。"武松听罢,呵呵大笑,便问道:'那蒋门神还是几颗头,几条臂膊?'施恩道:'也只是一颗头,两条臂膊,如何有多?'武松笑道:'我只道他三头六臂,有那吒的本事,我便怕他!原来只是一颗头,两条臂膊,既然没有那吒的模样,却如何怕他?'"(第二十八回)

　　武松第二个超人的特点是超人的智慧。在斗杀西门庆和杀嫂过程中，武松采取了机警周密的复仇手段。他最初用告状来复仇，理由十分充分：有何九、郓哥的证词，有何九保留的武大郎酥黑的骨头，有西门庆送何九的银子。县官却受贿，"回出骨殖并银子来"说："但凡人命之事，须要尸、伤、病、物、踪，五件事全，方可推问得。"（第二十五回）武松一听，心知肚明，银子起作用了，他不跟县官力争，不动声色，暗地行事，自己把检察官、法官、刽子手任务承揽起来。他以向四邻谢酒为名，密布罗网，在哥哥灵前将潘金莲谋杀亲夫的事实问得清清楚楚，派邻居做详尽笔录，亲手杀死潘金莲，将同样罪大恶极的王婆留下来做"活口"证明，然后，光明磊落地投案自首。武松既能手刃仇敌，又因为审案审得明明白白、人证物证俱全，堵了贪官的嘴。

　　武松是铮铮铁骨的汉子，在潘金莲美色诱惑面前，坚守封建道德，不为所动。他被发配，反而两次故意做出"调戏"妇人举动。其实这也是特殊的武二郎传奇。为什么这样说？因为这正是打虎英雄"打虎"即巧打人间虎的招数之一。

　　第一次，是武松早就听说十字坡酒店惯于杀人卖人肉馒头，故意用"风话"惹开店的母夜叉孙二娘，先说"我见这馒头馅内，有几根毛，一像人小便处的毛一般"，接着故意问"你家丈夫却怎地不见？""怎地时，你独自一个须冷落。"挑逗孙二娘。孙二娘果然酌上麻药酒害武松和解差。武松故意骗她取肉，悄悄把酒倒掉，"虚把舌头来咂道：'好酒'"，假装被麻倒，诱孙二娘亲自动手，"却把两只腿，望那妇人下半截只一挟，压在妇人身上，只见他杀猪也似叫将起来。……'好汉饶我！'"待菜园子张青出现，跟武松互叙衷肠，武松客气地向孙二娘道歉："嫂嫂休怪。"（第二十六回）这段情节，武松精细过人、随机应变，凶恶到十分，懂事明理到十分，实在好看煞。

　　第二次，武松受施恩之托夺回快活林酒店，他到蒋门神的酒店，需要故意挑事才能动手。于是武松先借口酒薄挑三拣四，再故意歪缠问酒店主人"如何不姓李"而姓蒋，最后干脆说："过卖，叫你柜上那妇人下来，相伴我吃酒。""便是主人家娘子，待怎地？相伴我吃酒，也不打紧！"（第二十八回）惹得蒋门神小妾大怒，奔出打武松，武松如愿以偿得到挑战蒋门神最佳途径：将妇人丢进酒缸！武松醉打蒋门神的传统大戏鸣锣开场。

在整个逼上梁山的过程中,武松勇敢机智、大胆泼辣、敢做敢为、胸怀坦荡、有勇有谋,他的传奇故事,成为《水浒》最精彩的部分。

三、美少年燕青

除鲁智深、武松、林冲、李逵等一百单八将中的主要人物外,水浒其他英雄也很有神采,燕青就是代表。

水浒英雄百步穿杨者不在少数,燕青小巧玲珑、娃娃玩具样的箭,却给人特别深刻的印象,他的两只微型箭出现在卢俊义生死关头:

> 卢俊义听了,泪如雨下,低头受死。薛霸两只手拿起水火棍,望着卢员外脑门上劈将下来。董超在外面,只听得一声扑地响,只道完事了,慌忙走入来看时,卢员外依旧缚在树上,薛霸倒仰卧在树下,水火棍撇在一边。……只见薛霸口里出血,心窝里露出三四寸长一枝小小箭杆。却待要叫,只见东北角树上,坐着一个人。听得叫声:"着!"撒手响处,董超脖项上早中了一箭,两脚蹬地,扑地也倒了。那人托地从树上跳将下来,拔出解腕尖刀,割断绳索,劈碎盘头枷,就树边抱住卢员外放声大哭。卢俊义闪眼看时,认得是浪子燕青。

(第六十一回)

卢俊义性命危如累卵,燕青两支小箭解决了恶役。燕青经常出现在关键场合,解决关键难题,李逵骂了宋江还知道去赔不是,而不是按照打赌约定要求宋江割去黑头,是燕青教给他负荆请罪。燕青四两拨千斤的武术功夫能把相扑能手擎天柱扑倒。燕青还能承担最尴尬的使命,去跟大名鼎鼎的李师师套近乎。需要吹箫则吹得呜呜咽咽,需要唱曲,则唱得声清韵美、字正腔真。阅人甚多、眼光甚高、大宋皇帝都拜倒在石榴裙下的名妓李师师,对燕青动了艳羡之心,"把尖尖玉手,便摸他身上"的花绣。燕青为了梁山泊大业,既面对美色不动心,又聪明得像《红楼梦》里尤氏评点王熙凤"真是个水晶心肝玻璃人儿"。他巧妙婉拒李师师又不伤害她的自尊心,心生一计,跟李师师闲聊年龄,"娘子既然错爱,愿拜为姊姊。""推金山,倒玉柱,拜了八拜。这八拜是拜住那妇人一点邪心。"(第八十一回)……在阳刚性十足的梁山泊英雄中,身刺花绣的美少年燕青出现,对小说构思有锦瑟夹钟鼓、银筝配铁钹之妙。

四、《水浒》人物共同特点是传奇性

施耐庵写水浒英雄人物时,把握住他们共同的重要特点:传奇。这些传奇英雄,各有各的传奇路数,各有各的传奇绝招。有时候这些英雄的传奇特点介于现实人与神仙之间,如戴宗是神行太保,靠拴在腿上的两个马甲,一天能行五百里,拴上四个马甲,一天能行八百里。这样的人物被因材使用,成为水泊梁山通风报信的特使。公孙胜则能够呼风唤雨,当水泊梁山在高唐州为高廉的魔法所阻时,公孙胜人到奇计到奇兵到,困局迎刃而解。张顺是浪里白条,"两条腿踏着水浪,如行平地",能在水中伏七天七夜。常在水中擒敌,成为张顺的天职。水泊梁山人才济济,妙手书生和神偷也人尽其用……

当然,水浒一百单八将,并非个个事业正义、人才靓丽。他们其实贤愚不同,乃至鱼龙混杂。有些人的"传奇"根本是邪恶、丑恶。如菜园子张青和母夜叉孙二娘开黑店。施耐庵创造出古代小说从来没有过的"母夜叉"形象:"门前窗槛边,坐着一个妇人,露出绿纱衫儿来,头上黄烘烘的插着一头钗环,鬓边插着些野花……下面系一条鲜红生绢裙,搭一脸胭脂铅粉,敞开胸脯,露出桃红纱主腰,上面一色金钮。"(第二十六回)金圣叹曾说看到孙二娘"如逢鬼母"。孙二娘有家传的"黑店",她及其夫君张青像好莱坞恐怖片的魔头,比黑社会还黑,把杀人越货、卖人肉包子当正经生意做,用麻汉药麻翻过往客商,劫财杀人,胖的做黄牛肉卖,瘦的做水牛肉卖。他们居然还讲究"职业道德",对三类人网开一面:一是云游僧道,不曾受用又是出家人;二是江湖上行院妓女之人,他们是冲州撞府,逢场作戏;三是各处犯罪流配的人,中间多有好汉里头。施耐庵写这些堪称败类的水浒"英雄"及其令人发指的"买卖"居然采用平静叙述语气。这是不是说明整个社会的沦落已经让小说家将道德底线降到了地平线之下?

第六节　主角·串场人物·烘云托月

　　长篇小说众多人物中,主角最重要,他决定作品整个走向。在水泊梁山一百单八将中,主帅尤其重要。主帅的思想、追求、个性决定整个队伍的成败。可以设想,如果梁山泊义军一直有晁盖做统帅,宋王朝有可能提前灭亡,而诞生个晁家王朝;如果有朱元璋做统帅,明王朝可能提前几百年到来。但水泊梁山统帅偏偏是宋江,这些各怀绝技的英雄就不能不走上屈辱的招安之旅,面临整体覆灭的悲剧命运。

　　跟主角关系密切且跟整个小说走向有密切关系的人物,经常在小说关键部分出现的人物,可以叫"串场人物",《红楼梦》中刘姥姥、贾雨村属于此类人物。初看《水浒传》,似乎没有可以跟刘姥姥媲美的串场人物。如果仔细阅读,则发现一个黑凛凛大汉经常出现在一些重要场合,起到深化其他人物个性、推动小说情节进展、增加小说谐趣甚至笑料的作用,使小说格外好看。此人出言经常令小说中人物发笑,也令读者乐不可遏。我们将李逵看作"准串场人物",追索一下他在《水浒传》小说构思、起承转合上起的作用。

　　水浒一百单八将,有的是截然不同的人物,有的是相类的人物,有的是似乎相近却有重要不同的人物。读者既不会把柴进和阮小二混到一起,也不会把同样鲁莽的李逵和鲁达、同样精明的武松和林冲混到一起,即便亲兄弟阮氏三雄,也各有风采。于是,人物与人物之间的烘云托月,成为施耐庵构思小说、塑造人物的重要手段。

　　于是,在考察《水浒传》构思特点时,不能不顾及到:

　　其一,宋江在整个小说中如何起主导作用?

　　其二,李逵如何有特殊个性又起串场作用?

　　其三,水浒英雄之间如何互相烘云托月?

一、主角宋江

　　宋江是《水浒传》主角,这一点没疑问,如何评价宋江则众说纷纭。宋江是个复杂的悲剧形象。他的个性决定着水浒义军走向,也决定着许多性格不同的水浒英雄的命运。宋江既是水浒义军的杰出领袖，又是导致水泊梁山事业失败的罪魁。如果说林冲、鲁达、武松等英雄人物是在逼上梁山的过程中完成了自己的性格，那么可以说，宋江却是在水浒义军生成、壮大、失败的整个过程中才完成自己的性格。

宋江的一生可以分成两段：即作为押司的宋江和作为梁山泊寨主的宋江。

（一）作为郓城县押司的宋江是如何逼上梁山的

作为押司的宋江，有两方面特点。

一方面，他是封建社会的顺民。他出身富裕家庭，受孔孟教育，尊重封建秩序和朝廷法度。晁盖劫生辰纲，他认为这是"灭族的勾当"，他在荆天棘地的社会中，有保护自己和家庭的精明手段，分明是"孝义黑三郎"，却同意父亲将自己以"忤逆"的罪名首告到官府，脱离了父子关系。

另一方面，宋江虽为小吏，却没有一般衙役那种劣根性，他不胡作非为，不鱼肉乡民，有正义感，讲义气，济困扶危，仗义疏财，从而有"呼保义"、"及时雨"的美称。这说明宋江同情普通老百姓。宋江这种突出的"义"在弱肉强食的社会是难能可贵的品格，这给他带来声望，也成为组织义军的重要条件。

郓城县押司宋江是站在十字路口的人物，一方面有封建正统思想，一方面有正义感，对反官府的人有同情。这种状况不可能持久，这就出现了宋江杀惜外逃一事。但宋江并不就此上梁山，而是想躲过风头，再回来做官。他在躲风头的过程中又吃尽了苦头，在清风寨被刘高陷害已经要上梁山了，却又因为石勇下书，顺从父亲的意愿回到家中，结果有了发配江州之难。但他骨子里对暴政不满，遂有题反诗的举动，几乎被杀，被水泊梁山英雄救上山。

宋江逼上梁山的过程中，对《水浒传》小说的构思、布局起到重要作用：

1. 宋江一出场，就处于整个小说矛盾的集中点，他因为朋友义气救了晁盖，用晁盖的话来说，这是"担着血海也似的干系"，此后一系列故事，都由这一正义行动引起。这说明，正义感和反抗性在关键时刻在宋江身上起作用，宋江为水泊梁山"小聚义"立了首功。

2. 在宋江杀惜逃难和江州流放中,起到了组织义军的作用。宋江通过自己的活动,把水浒英雄一个个串联起来:

杀惜逃难中,联结了清风山;

大闹清风寨,花荣、黄信造了反;

从清风寨上梁山途中,拉上了对影山的吕方、郭盛;

流放江州过程中,又联结了童威、童猛、张横、张顺、李俊、戴宗、李逵。

可以说,没有宋江的组织联络,就没有各路英雄啸聚上山。而宋江之所以有组织各路英雄上山的作用,还是因为他的"孝义"的性格特点:孝——一般人心中的美德;义——仗义疏财。

3. 宋江最后的逼上梁山,除了因为他实在无路可走外,也有性格本身的特点做依据。他在江州酒楼题写的反诗最说明他的胸襟和反叛性格:"自幼曾攻经史,长成亦有权谋。恰如猛虎卧荒丘,潜伏爪牙忍受。不幸刺文双颊,那堪配在江州。他年若得报冤仇,血染浔阳江口。""心在山东身在吴,飘蓬江海谩嗟吁。他时若遂凌云志,敢笑黄巢不丈夫!"(第三十八回)

4. 宋江之上梁山,"逼"字比所有其他的水浒英雄都表现得更充分、更明显。宋江总是想回到"封妻荫子"的状况中。水浒不少英雄杀了人就上梁山,宋江却去避难;清风寨暴乱后,连将门之后花荣都义无反顾地上了梁山,宋江却回家做顺民。第三十五回,他因为回家被捕,还对宋太公解释这样做比上梁山好,可以尽孝:"官司见了,到是有幸,明日孩儿躲在江湖上,撞了一班儿杀人放火的弟兄们,打在网里,如何能彀见父亲面?"(第三十五回)

俄罗斯长篇小说家也很注意让小说一号主角经过尽可能多的磨难、受尽可能多的性格磨砺,所谓在火里烧,在水里浸,在盐里泡,就像中国古代习惯说的凤凰重生。而这一手法,早在元末明初的中国长篇小说家手下,已经运用得非常纯熟。

宋江上梁山就把他性格中的一切矛盾都带到义军队伍中来,且将会起风向标和定盘星作用。

(二) 作为梁山义军领袖的宋江

作为梁山义军领袖的宋江也有两方面特点。他既是水泊梁山的功臣,也是水泊梁山的罪人。

宋江为发展壮大义军做了很大贡献。他亲自指挥一系列战斗,打高唐,打青州,打大名府,三打祝家庄,两败童贯,三败高俅,与封建王朝分庭抗礼,在横扫宋朝州府的战斗中,攻城掠池,所向披靡,打出梁山义军的威风。在战斗中,宋江总是身先士卒,表现出指挥才干。他对兄弟们量才录用,惜才如命。这是梁山兴旺的关键。宋江在用人上赏罚分明,虚心听取弟兄们的意见,如石秀建议打开祝家庄后不要伤民,宋江接受了。他还用人不疑,对投降的将领一视同仁。因此,八方英雄齐聚梁山,各类人才尽投麾下。水泊梁山成为威震四海的万人大寨,有总兵都头、军师、马军、步军、步将、水卒……在宋江威严的号令下,义军所到之处,攻无不克、战无不胜。

作为成功的文学人物,宋江创造出水泊梁山“乌托邦”乐园,成为古代小说的奇观。

在天罡地煞云集的梁山上,没有欺压良民的封建官僚,没有横行霸道的土豪劣绅,从大小头目到小喽啰,从金枝玉叶的柴进到一贫如洗的李逵,都一般儿兄弟相称。

在八百里水泊梁山,没有鱼肉人民的贪官污吏,没有吸吮贫民血汗的地主,“论秤分金银,异样穿绸锦,成瓮吃酒,大块吃肉”(第十四回),富裕安乐。

在飘扬着“替天行道”杏黄旗的乐土上,没有饥饿,没有贫困,没有闲汉,人人各尽其才,个个各得其所,各有用武之地。

在这个英雄众多、人才辈出的梁山大家庭中,人与人之间,没有欺骗,没有倾轧,“死生相托,患难相扶”,“情同手足,亲如兄弟”。

有论者认为,梁山泊是一幅农民朴素的空想社会主义图画,也是乌托邦,注定要破灭。破灭的主要原因,正是宋江。

宋江主张招安,首先由于他的“忠君”思想。他的动机当然仍然跟个人追求有关:想鹏程万里,封妻荫子。宋江把自己的前途维系于皇帝——并不管他是昏君还是明君——因为,在宋江那个时代,离开了皇帝,根本说不上什么个人的前途、家族的风光。宋江作为一个有思想有追求的封建时代正人君子,又是把个人的鹏程跟保国安民结合起来,这一点集中表现在《满江红》:“统豺虎,御边幅。号令明,军威肃。

中心愿,平虏保民安国。日月常悬忠烈胆,风尘障却奸邪目。望天王降诏,早招安,心方足。"(第七十一回)

宋江希望招安,一百单八将却并不都认同,特别是性如烈火的武松、鲁智深、李逵、阮氏三雄,还有军师吴用。因为这一矛盾就一再出现水泊梁山"两条路线"的斗争,在招安和反招安过程中,水浒英雄彰显着不同的个性。李逵扯诏骂钦差,燕青却不失时机在偶遇宋徽宗时,要到一纸赦书,求得个人毕生的平安。宋江不断地将降将招入义军队伍中,动不动对他俘虏的宋将"纳头便拜",请他们入伙。随着义军成分变化,投降派占了上风。宋江终于将义军领入"招安"末路。

正因为宋江的"义",因为水泊梁山兄弟之义,被招安后,那些反心未死的英雄,为了保全对宋江的"义",才设誓再不造反,从而有的被害死,有的归隐山林。

鲁迅先生在《三闲集·流氓的变迁》中说过:"一部《水浒》,说得很分明:因为不反对天子,所以大军一到,便受招安,替国家打别的强盗——不'替天行道'的强盗去了。终于是奴才。"①

宋江的悲剧就是这种"奴才"悲剧,性格悲剧,因为他的性格悲剧,又带来众多英雄的悲剧。对他最忠心的李逵由他亲手毒死。

二、串场人物黑旋风李逵

跟宋江不同,阮氏三雄和李逵本来是社会底层,他们对举义毫不犹豫,造反上梁山后,坚定地忠实于梁山事业。李逵表现得最决绝。

李逵第一次上山就表现出无比热情、坚决。闹江州后,宋江征求众英雄的意见,是否随晁盖上梁山,李逵先跳起来叫道:"都去,都去!但有不去的,吃我一鸟斧,砍做两截便罢!"(第四十回)

李逵虽然粗鲁,但他有思想。在高唐州,柴进要按封建律条跟高廉的小舅子打官司,李逵说:"条例,条例,若还依得,天下不乱了!"(第五十一回)李逵主张"杀去东京,夺了鸟位"(第四十回),晁盖哥哥做大宋皇帝,宋江哥哥做小宋皇帝。李逵坚决反对招安,扯诏书,骂钦差。跟宋江对着干。

---

① 鲁迅:《三闲集·流氓的变迁》,见《鲁迅全集》,第4卷,第155页。

　　李逵最突出的特点是忠实于梁山泊。他敬爱宋江，但听说宋江抢了民女时，他先砍倒了杏黄旗，把"替天行道"扯得粉碎，又拿了双斧直奔宋江。这说明，李逵把梁山事业放到兄弟情谊之上。到东京看到宋江跟李师师在一起吃酒，李逵也看不惯，闹事。

　　在水泊梁山好汉中李逵最忙活，经常出些莫名其妙意外。李逵身上各种各样不可思议的"事件"，使水浒故事增添笑料和谐趣，小说增加可读性。如李逵在陆地上跟张顺交手，靠水牛般气力，提起铁锤般拳头，在张顺身上擂鼓似的打，用尽蛮力，自以为得计。没想到张顺跟他来个"换位战术"，诱李逵到水里痛加教训：

　　　　只听得背后有人叫骂道："黑杀才！今番要和你见个输赢！"李逵回转头来看时，便是那人，脱得赤条条地，匾扎起一条水裈儿，露出一身雪练也似白肉。头上除了巾帻，显出那个穿心一点红俏髻儿来。在江边独自一个把竹篙撑着一只渔船，赶将来，口里大骂道："千刀万剐的黑杀才，老爷怕你的不算好汉，走的不是好男子！"李逵听了大怒，吼了一声，撇了衣衫，抢转身来……也骂道："好汉便上岸来！"那人把竹篙去李逵腿上便搠，撩拨得李逵火起，托地跳在船上。说时迟，那时快，那人只要诱得李逵上船，便把竹篙望岸边一点，双脚一蹬，那只渔船箭也似投江心里去了。……两个正在江心里面清波碧浪中间，一个显浑身黑肉，一个露遍体霜肤。两个打做一团，绞做一块。江岸上那三五百人没一个不喝采。

（第三十七回）

陆地铁牛黑大哥和浪里白条张二哥的一场恶斗，堪称《水浒传》经典场面，一黑一白，一陆一水，产生了强烈对比和喜剧效果。

　　武松的打虎英雄遐尔闻名，其实武松只打死一只老虎，连杀四只老虎的李逵却从来没被称为打虎英雄。上天似乎对黑李逵开了个极残忍的玩笑。李逵是孝子，看到他人都接父母到山上养老，他也回家接老母，偏偏路上老母要喝水被老虎吃了。读到这些地方，总觉得施耐庵对天杀星过于残忍，他对在战斗中动不动"排头儿砍去"者要预先惩罚。解高唐州之困，李逵随戴宗去搬公孙胜，偏偏师傅罗真人不许公孙胜出山，李逵便去杀罗真人，结果被撮到空中，掉到屎尿坑里，还要吹嘘：我是罗真人的随从，你们不好好供养我，我便飞去！……李逵嗜酒、李逵赌钱、李逵耍无赖……李逵身上"误会法"的趣事，使得《水浒传》在描写这位英雄时，跟武松等呈现完全不同的笔墨。因为李逵的一再惹祸，那些替他补台的英雄如燕青、戴宗也有了演义故事的舞台。

三、英雄对英雄烘云托月

水浒一百单八将如何写得个个灵动？施耐庵经常靠英雄之间的对比，靠英雄之间的烘云托月。

金圣叹评到潘巧云被杀故事时，就指出它跟武松杀嫂在构思和艺术描写上完全不同：

> 前有武松杀奸夫、淫妇一篇，此又有石秀杀奸夫、淫妇一篇。若是者班乎？曰：不同也。夫金莲之淫，乃敢至于杀武大，此其恶贯盈矣，不破胸取心，实不足以蔽厥辜也。若巧云淫诚有之，未必至于杀杨雄也。坐巧云以他日必杀杨雄之罪，此自石秀之言，而未必遂服巧云之心也。且武松之于金莲也，武大已死，则武松不得不问，此实武松万不得已而出于此。若武大固在，武松不得而杀金莲者，法也。今石秀之于巧云，既去则亦已矣，以姓石之人而杀姓杨之人之妻，此何法也？总之，武松之杀二人，全是为兄报仇，而己曾不与焉；若石秀之杀四人，不过为己明冤而已，并与杨雄无与也。

（第四十五回总评）

金圣叹看得很准，武松杀嫂，完全是为了替兄报仇，石秀杀嫂，却主要是为了给自己洗冤。在观察潘巧云奸情的过程中，做丈夫的杨雄总是晚半拍，总是耳朵根子软，易受蒙骗；结义兄弟的小叔子却精明过人，明察秋毫。石秀采取的所有步骤，他先杀报信的头陀，再杀裴和尚，最后连婢女杀掉，连杀几个跟自己一点儿仇怨没有、罪不至死的人，毫不手软，却都是为了让杨雄明白自己受到潘巧云诬陷。

水浒英雄中，有数人都是朝廷军官，如鲁智深、林冲，都经过曲折过程上了梁山。杨志也是军官，但他的上梁山跟鲁达不同，跟林冲也不同。他遇到的主要是思想阻力。他本是"三代将门之后"，满脑子官迷,为人聪明又善于逢迎,但偏偏先失陷了花石纲,花了金钱打点,得以引见高俅,却被高俅轰出门。虎到街前被犬欺,被泼皮牛二"腌臜",忍无可忍杀了人被充军。还是由于他善于逢迎讨好且武艺高强,竟在充军时受到梁中书重用,得以押送生辰纲。满以为可以就此青云直上,"博个封妻荫子,也与祖宗争口气"(第十一回),偏偏天公又不作美,他遇到了黄泥冈七义士。杨志再机警再狡猾,也斗不过智多星吴用,又失陷了生辰纲,闪得有家难奔,有国难投,不得不上梁山。像杨志这样忠实于封建朝廷的军官竟然也不得不走造反之路,说明封建统治是多么腐朽、残酷。

施耐庵通过对比突出人物性格,大致采用两种手法:其一,在对待同一事件时,对不同人物作对照描写;其二,通对同类事件各种人物不同的反应凸显人物性格。

先看第一种。

高衙内调戏林冲之妻,作为新结识的朋友鲁达鲁智深拔刀相助,表现得疾恶如仇、大胆坚决,作为丈夫的林冲反而忍气吞声、息事宁人,表现得妥协软弱。二人态度为何不同? 因为鲁智深性如烈火且无牵无挂,林冲却在人屋檐下,不能不低头。

鲁达在打镇关西之前,要求史进、李忠掏钱帮他资助金氏父女还乡,史进立即拿十两银子,李忠只"摸出"二两来银子。二人态度为何不同? 因为史进是富有大方的史大郎,李忠是贫困的卖艺人。

再看第二种。

宋江、林冲、武松都曾被刺配外地,都在牢营里遇到差拨的勒索,三个人应对方式完全不同。宋江——主动地请差拨到房里将人情送上,说明他深知衙门这套"潜规则";林冲——等差拨骂过了,才赔着笑脸送上五两银子,说明他缺乏经验又忍让屈从;武松——不但不给,还说:"半文也没,我精拳头有一双要送!"(第二十七回),说明他是个吃软不吃硬的好汉。

鲁达、武松、李逵都嫉恶如仇、济困扶危,都路见不平、拔刀相助,但方式很不同。鲁达——听郑屠的劣迹后说:"呸! 俺只道那个郑大官人,却原来是杀猪的郑屠!"(第二回)既说明鲁智深主持正义,又表明他的提辖身份,一个杀猪卖肉的,根本不放在他眼里。武松——听施恩说蒋门神强夺快活林酒店,呵呵大笑,问:"那蒋门神还是几颗头,几条臂膊?"(第二十八回)充分显示了打虎英雄的义气和神力。李逵——听到殷天锡在高唐州横行,就气得"跳将起来,说道:'这厮好无道理!我有大斧在这里,教他吃我几斧,却再商量!'"(第五十一回)突出了他的鲁莽、火爆个性。

宋江等人对差拨的态度,是性格不同者在同类事件上的泾渭分明;鲁达等人路见不平的表现,是性格相近者在同类事物上的细致微妙差别。这样的巧妙对照,施耐庵几乎是时时处处采用的。就连一些小人物,比如郓哥和何九对待西门庆、潘金莲通奸一事的态度上也完全不同,因为,他们一个是深有社会阅历的老者,一个是年纪小的贫困少年。

第七节 《水浒传》的影响

一、《水浒传》的语言模式

文学的第一要素是语言。

语言是一切事物和思想的衣裳。

小说是借语言来雕刻典型的艺术。《水浒传》跟《三国志通俗演义》是中国最早的长篇小说,《三国志通俗演义》采用浅显文言,《水浒传》采用纯熟的白话模式。

《水浒传》继承了宋元话本的优良传统,创造出准确、鲜明、生动、丰富、通俗的小说语言,即叙述语言是明快洗练的北方官话,人物语言往往带有点儿地方口语特点。鲁迅先生认为,《水浒传》语言之成功和传神,是可以由说话看出人来的。

第三十七回戴宗引李逵见宋江经常被研究者作为《水浒传》代表性语言引用:

> 李逵看着宋江,问戴宗道:"哥哥,这黑汉子是谁?"戴宗对宋江笑道:"押司,你看这厮怎么粗卤,全不识些体面!"李逵道:"我问大哥,怎地是粗卤?"戴宗道:"兄弟,你便'请问这位官人是谁'

便好,你倒却说'这黑汉子是谁'。这不是粗卤,却是甚么?我且与你说知:这位仁兄,便是闲常你要去投奔他的义士哥哥。"李逵道:"莫不是山东及时雨黑宋江?"戴宗喝道:"咄!你这厮敢如此犯上,直言叫唤,全不识些高低!兀自不快下拜,等几时?"李逵道:"若真个是宋公明,我便下拜。若是闲人,我却拜甚鸟!节级哥哥,不要赚我拜了,你却笑我!"宋江便道:"我正是山东黑宋江。"李逵拍手叫道:"我那爷,你何不早说些个,也教铁牛欢喜。"扑翻身躯便拜。

(第三十七回)

文学史家经常拿这段话来剖析《水浒传》语言成就,简单的几句对话,就写出了李逵和戴宗的不同个性。戴宗以上等人自居,称宋江是"官人"、"仁兄"。李逵是流浪江湖的破产农民,为人坦率,说话直爽,他看见一个人长得黑,就问"这黑汉子是谁"。戴宗怪他粗鲁,李逵仍不明白说人"黑"是无礼,还问:我怎么算粗鲁?他照"黑"不误,称宋江是"黑宋江"。法国小说家莫泊桑说过:一个用得其所的字,可以教人以力。《水浒传》这段对话里的"黑"字,就是一个用得其所的字,传神的字。

林冲去草料场的描写也经常为文学史家津津乐道:

> 正是严冬天气,彤云密布,朔风渐起,却早纷纷扬扬卷下一天大雪来。……林冲就床上放了包裹被卧,就座下生些焰火起来。屋后有一堆柴炭,拿几块来生在地炉里。仰面看那草屋时,四下里崩坏了,又被朔风吹撼,摇振得动。林冲道:"这屋如何过得一冬?待雪晴了,去城中唤个泥水匠来修理。"

(第九回)

语言清新朴实,富有生活气息,以浓烈的萧瑟凄凉气氛,衬托出林冲委曲求全、忍辱负重的心理。

《水浒传》的语言完全口语化,但是经过施耐庵提炼后的口语,词汇特别丰富,不仅超过同时期其他文学作品,也令此后的长篇小说望尘莫及。《水浒传》的语言貌似信手拈来,实际都经得起推敲,因为施耐庵总是选择最富有生命力、富有表达力的语言。如楔子,洪太尉上山找张天师,写他忐忑不安的心情,用"那心头一似十五个吊桶,七上

413

八落的响"。像李逵之类的人物就不会说"着急"而会说"喉急"。这样遣词用字不仅通俗,还特别富有时代气氛。

《水浒传》还恰当地采用许多民间谚语、俗语、言简意赅的成语,如"公人见钱如蝇子见血","远亲不如近邻","灯蛾扑火,惹祸烧身","急来抱佛脚,闲时不烧香","瓮中捉鳖","打草惊蛇"等,丰富了小说的语言,使得内容更生动活泼地表现出来。

《水浒传》的语言成就,给后世作家以极大启示,可归纳为:

其一,叙述语言和人物语言采用"一书两制";

其二,为小说人物尽可能多地设置个性化语言;

其三,大量采用民间口语、俗语、歇后语;

其四,尽量寻找准确表现思想的那句话,唯一的话。

《水浒传》的语言特点和成就也给后世作家以极大挑战。明清两代长篇小说家,很少有人能达到《水浒传》的语言成就。因为,作家语言就像人的皮肤一样,它固然可以后天滋养,但多半靠性灵甚至靠"天成"。施耐庵是很难复制的白话语言天才。

二、《水浒》式长篇小说基本构思模式

《水浒传》跟《三国演义》是中国最早的长篇小说,《三国演义》受到历史本身的限制,需要按照历史本身的进程来写,《水浒传》不同,它只从历史中采取一枝一叶,进行天才创作。《水浒传》也因此为中国古代长篇小说构思开辟一个基本模式:

第一,有个贯串首尾的中心人物,宋江。

第二,有个基本完整的故事,有相对稳定的结构。

第三,有个总悬念(一百单八个魔头下凡)。

第四,情节基本单线发展,以"逼上梁山"串起各个故事。

第五,故事围绕人物曲折起伏,最后走向高潮或结局。

《水浒传》开创的这类模式,几乎为历史演义小说之外的所有小说所继承。人情小说顶峰之作《红楼梦》的开头也受到《水浒传》洪太尉走妖魔的影响,虚构出神瑛侍者和绛珠仙子的三生缘故事。

三、《水浒传》构思软肋

对《水浒传》的构思和结构,文学史家和评论家做过多种探讨,基

本上都是肯定的。

茅盾先生联系到水浒故事来源来看其结构。他在《谈〈水浒〉的人物和结构》一文中提出：

> 从全书看来，《水浒》的结构不是有机的结构。我们可以把若干主要人物的故事分别编为各自独立的短篇或中篇而无割裂之感。但是，从一个人物的故事看来，《水浒》的结构是严密的，甚至也是有机的。在这一点上，足可证明《水浒》当在尚为口头文学的时候是同一母题而各自独立的许多故事。这些各自独立、自成整体的故事，在结构上有一些共同的特点：大概而言，第一，故事的发展，前后勾联，一步紧一步，但又疏密相间，摇曳多姿。第二，善于运用变化错综的手法，避免平铺直叙。①

李希凡先生则从小说史的发展角度评《水浒传》的结构，指出它承前启后的特点。他在《〈水浒〉的作者与〈水浒〉的长篇结构》这篇文章中精辟地分析：

> 作为《水浒》素材的，是丰富的民间传说和民间文艺，而它又是开始的最早的长篇著作之一。所以它不完全像后来的长篇章回小说，它缺乏《红楼梦》那样网状的交互错综的结构，而更多地具有说话讲述阶段直线发展的特点，结构是依靠人物与人物衔接出现而展开，只有着直线的山峦起伏的布局，从而许多章节有构成一个人物性格发展史的特点，这个特点是其他后来的章回小说所少有的。②

从构思艺术看，《水浒传》存在着前紧后松的现象，到后几十回，原有人物没有什么出彩亮点，新出人物面目模糊，再也没有林冲夜奔、武松夜走蜈蚣岭那样的苍凉雄浑，没有三打祝家庄那样的波澜壮阔，没有王婆对西门庆说风情、黑李逵和白张顺江中翻滚等趣段子，是作者江郎才尽，还是悲剧性结局总不免给读者带来厌倦和无奈？

百二十回《水浒传》结构上的缺陷主要在后部。征田虎、征王庆的二十回是后人伪作，艺术上是苍白的，结构也游离于整体之外。因此

----

① 茅盾：《茅盾评论文集》，第 14 页，北京：人民文学出版社，1978。
② 李希凡：《〈水浒〉的作者与〈水浒〉的长篇结构》，见《沉沙集》（李希凡论《红楼梦》及中国古典小说），第 143 页，文化艺术出版社，2005。

对百二十回《水浒传》可以说它有：

金前身——三分之二的前部是好的；

银尾巴——最后两回悲剧结局也是好的。

乔吉在《辍耕录》中提出，写文章讲究"凤头、猪肚、豹尾"，意思是写文章要有漂亮的开头，丰满的内容，有力的结尾。《水浒传》大体上达到这一要求，只是"豹尾"不理想，特别是征田虎、王庆狗尾续貂。

从构思或结构上看，金圣叹腰斩水浒，到七十回水浒英雄排座次为止，加上卢俊义"惊噩梦"后，小说戛然而止。实际上保存了水浒最精彩的部分，保持了英雄大聚义的完整结构，李希凡先生和张国光教授都曾提出：金圣叹的本子有可取之处。

四、《水浒》仿作

《水浒传》影响太大了，一问世就像股旋风刮向社会，刮向文坛，社会上有了"水浒气"，文坛大刮续写、衍生、挖补水浒风：

有续写水浒英雄的：《水浒后传》、《后水浒传》、《结水浒传》。星散各方的水浒英雄重振威风，再走英雄路。

有跟《水浒传》唱对台戏的，清代道光年间俞万春写出《荡寇志》，又名《结水浒》，用小说反水浒，梁山英雄在张叔夜的围剿中，非死即诛，斩尽杀绝。

有"源流仍出于水浒"（鲁迅语）的英雄传奇和侠义小说：《三侠五义》、《杨家府演义》、《英烈传》、《大宋中兴演义》、《说唐》、《说岳》……

《水浒传》是英雄传奇的开山之作，也是顶峰之作，此后许多英雄传奇，普遍篇幅长、内容粗，对素材缺乏剪裁，忽视人物个性的描绘。因此没有任何一部小说可以跟《水浒传》媲美。

《水浒传》除影响到小说外，还有大批水浒戏衍生：李开先《宝剑记》、陈与郊《灵宝刀》、沈璟《义侠记》、李渔《偷甲记》、金蕉云《生辰纲》、许自昌《水浒记》……这些水浒戏的思想倾向已经要由作者来决定了，如李开先《宝剑记》基本符合水浒精神，沈璟《义侠记》写武松故事，将武松变成了封建道德、伦理纲常的维护者。总之，因为《水浒传》的巨大影响，戏剧名家纷纷"下水"，地方戏纷纷"水浒热"。到乾隆后期，水浒京剧经典剧目达几十部。20 世纪 40 年代《林冲夜奔》在延安大礼堂上演,还引起毛泽东大发议论。

　　至于从《水浒传》寄生出的新小说——《金瓶梅》则是将《水浒传》一段情节挖出,补缀、推演、丰富、异化写成的新小说。它成为人情小说的开山之祖,《红楼梦》的先声。

第七章
神魔小说《西游记》的构思艺术

写人容易画神魔难。《三国演义》、《水浒传》写的都是人生实际存在和可能存在的事情,有作家人生经验可以依恃,有历史资料可以借鉴,有历史小说和志人小说可以借力。《西游记》写的却是镜花水月,完全彻底客里空。写《西游记》既要靠前辈作家创造志怪小说的某些经验、模式,更要靠作者头脑中瑰丽想象、奇思妙想、奇语妙句的不断喷发。从这层意义上说,《西游记》作者是更加了不起的创新家,天才小说家,是数百年以来数以亿计的读者、观众,特别是儿童读者观众的大恩人。

《西游记》的关键问题,都经鲁迅先生定性。其一,鲁迅先生确定了《西游记》作者是吴承恩;其二,鲁迅先生不把《西游记》看成神话小说,而看作是"神魔小说"。鲁迅先生的两个定性,为古代小说研究者所普遍接受。

《中国小说史略》把明代小说分成两大主潮,一种是讲神魔之争的,一种是讲世情的。鲁迅先生提出的明之神魔小说最早者是《平妖传》,然后是《四游记》,即《上洞八仙传》亦名《八仙出处东游记传》,《五显灵官大帝华光天王传》即《南游记》,《北方真武玄天上帝出身志传》即《北游记》,《西游记传》。《西游记传》四卷四十一回。

中国古代最有代表性的神魔小说是吴承恩著一百回《西游记》,其次还有《封神传》即俗称《封神演义》。

第一节 吴承恩和《西游记》

明代四大奇书《三国演义》、《水浒传》、《西游记》、《金瓶梅》中,《西游记》是唯一可从作者身世和性情探讨小说构思特点的书。

一生经历五朝,科名不过一贡,官职不过八品,文章中天下人,不中试官,个性狂放,博及群书,下笔千言,喜爱志怪,复善谐剧。这,就是《西游记》的作者吴承恩。

宦官当政,奸臣当道,皇帝荒淫迷信,重用道士,农民起义市民暴动时有发生,叛逆思想不断出现。这种社会风气影响到《西游记》的产生及其内容。

一、不得志的人生经历

吴承恩(1510? ~1582?),字汝忠,号射阳山人,淮安府人。出身于书香门第。他的家乡淮安府东南有个阔三十里、长三百里的射阳湖,吴承恩以湖为号,曰"射阳山人"。他一生经历过明武宗(正德)、明世宗(嘉靖)、明穆宗(隆庆)、明神宗(万历)四个皇帝。这四个皇帝都耽于淫乐,不问朝政,宦官奸佞当权,社会混乱,民不聊生。据记载,吴承恩少年时代就聪明过人,童年就"以文鸣于淮",受到本乡探花郎蔡昂赏识,后来又和状元公沈坤交朋友。他从幼年时就好奇闻、爱神异,喜野史稗闻,是江淮一带有名的文人。据同时代人记载,吴承恩性敏多慧,为诗文下笔立成,复善谐剧。当地许多金石碑刻的文字多出于其手。遗憾的是,吴承恩的文章只能"中天下",不能受试官欣赏。吴承恩中秀才之后,屡战屡败却又屡败屡战,直到四十七岁才得到一个岁贡生,六十岁后才得到一个正八品的小官,短期担任浙江长兴县丞,分管粮马、巡捕等事。人生何处不相逢? 吴承恩担任县丞时,做县官的是著名散文家归有光,两位同是文学家的县一、二把手却不合,不知道归有光因为什么、采取什么办法,把吴承恩关监狱一段时间。不久吴承恩辞官回乡闲居。生平不得志、不得意的生活,使吴承恩对社会黑暗有体会,养成了诙谐、放达乃至玩世不恭的态度。他常向朋友自称"狂夫"、"狂奴",他曾赞扬他的朋友沙星士:"平日不肯受人怜,喜笑悲歌气傲然"①。这可以算作是他个人秉性的写照。

二、对志怪的特殊喜好

吴承恩对古代志怪小说、神怪故事相当熟悉。他写过志怪类小说《禹鼎志》,原书已散佚,序保存下来,收在《射阳先生存稿》中:

> 余幼年即好奇闻。在童子社学时,每偷市野言稗史,惧为父师诃夺,私求隐处读之。比长,好益甚,闻益奇。迨于既壮,旁求曲致,几贮满胸中矣。尝爱唐人如牛奇章、段柯古辈所著传奇,善模写物情,每欲作一书对之,懒未暇也。②

文中所说牛奇章即牛僧孺,段柯古即段成式。这段话说明吴承恩热爱"传奇"是从幼年就开始的,是一以贯之的。志怪传奇已被他贮满胸中。他一直想写本与《玄怪录》媲美的书,一直不得空。到了晚年,有了时间,也有了更多的学养积累,《西游记》就应运而生了。

吴承恩对恶俗的世风、道德沦丧的社会颇不以为然。他写过一篇《贺学博未斋陶师膺奖序》讽刺丑恶的社会现象,描绘人们对权贵"曲而踾"、"俯而趋"、"一言一偻"、"蝇营鼠窥,射利如蚁"。③ 他的个性中颇有些造反派式的"猴气"。他有首《送我入门来》:

> 玄鬓重云,忽然而雪,不知何处潜来?吟啸临风,未许壮心灭。严霜积雪俱经过,试探取梅花开未开?安排事付与、天公管领,我肯安排! 狗有三升糠分,马有三分龙性,况丈夫哉! 富贵无心,只恐转相催。虽贫杜甫还诗伯,纵老廉颇是将才。漫说些痴话,赚他儿女辈,乱惊猜。④

---

① 〔明〕吴承恩:《赠沙星士》,见《吴承恩诗文集笺校》,第51页,上海:上海古籍出版社,1991。以下该书引文除特别注明外,均据此版本,不另注,仅在行文中注明页码。

② 〔明〕吴承恩:《禹鼎志序》,见《吴承恩诗文集笺校》,第125~126页。

③ 〔明〕吴承恩:《贺学博未斋陶师膺奖序》,见《吴承恩诗文集笺校》,第139、140页。

④ 〔明〕吴承恩:《送我入门来》,见《吴承恩诗文集笺校》,第340页。

三、天马行空的想象力

吴承恩的诗文富有想象力,他有一首《送人游匡庐》:"问君庐山几许高?青天一道挂飞涛。何当作我夫容顶,接取银波润彩毫。"①极富浪漫气息。他的《对月感秋》跟一般诗人对月感怀诗都不一样。既不像苏东坡那样抒写由月亮引起的对远方亲人的思念,也不像李白"低头思故乡",他表达对月中嫦娥的关怀:"孤栖与谁共?顾兔并蟾蜍。冰轮不载土,桂树无根株。……一闭千万年,玉颜近何如?"②

吴承恩的诗文创作,以及早期的《禹鼎记》创作,是他创作《西游记》的准备。吴承恩一些诗文如《二郎搜山图歌》"名鹰搏拏犬腾啮,大剑长刀莹霜雪。"③《海鹤蟠桃篇》"蟠桃西蟠两万里,云在昆仑之山瑶池之水。……开花结子六千年,明珠乱缀珊瑚柯。"④都直接进入《西游记》,成为其中的"诗赞"。

《西游记》写作独有的天才标志是善谐剧,每杂解颐之言为小说的突出特点,早在明代就称"滑稽之雅"。《西游记》是一种充满喜剧性的语体,经常出现游戏笔墨,表达了吴承恩嘲谑人生的玩世态度。

四、《西游记》是"混同三教"的神魔小说

鲁迅先生将《西游记》定性为"神魔小说",《中国小说史略》第十六章《明之神魔小说(上)》梳理了神魔小说的发展脉络:

> 奉道流羽客之隆重,极于宋宣和时,元虽归佛,亦甚崇道,其幻惑故遍行于人间,明初稍衰,比中叶而复极显赫,成化时有方士李孜,释继晓,正德时有色目人于永,皆以方伎杂流拜官,荣华熠耀,世所企美,则妖妄之说自盛,而影响且及于文章。且历来三教之争,都无解决,互相容受,乃曰"同源",所谓义利邪正善恶是非真妄诸端,皆混而又析之,统于二元,虽无专名,谓之神魔,盖可赅括矣。⑤

---

① 〔明〕吴承恩:《送人游匡庐》,见《吴承恩诗文集笺校》,第78页。
② 〔明〕吴承恩:《对月感秋》,见《吴承恩诗文集笺校》,第12页。
③ 〔明〕吴承恩:《二郎搜山图歌》,见《吴承恩诗文集笺校》,第31页。
④ 〔明〕吴承恩:《海鹤蟠桃篇》,见《吴承恩诗文集笺校》,第20页。
⑤ 鲁迅:《中国小说史略》,见《鲁迅全集》,第9卷,第154页。

神魔小说的产生是和时代风气有关系的。宋代宣和时崇尚道家达到鼎盛，元代信佛也崇道。明代中叶后道家又盛，并有人以道术封官。佛道之说影响到文学创作。历来儒释道三教之争都没争出高低上下，只好说三教同源，不管是哪一教的正反两面，都可以统为"二元"，即用"神"和"魔"来概括。也就是说，"神"代表着义、正、善、是、真，"魔"代表着利、邪、恶、非、妄。鲁迅先生又说："乃亦释迦与老君同流，真性与元神杂出，使三教之徒，皆得随宜附会而已。"①

鲁迅先生将《西游记》归入"神魔小说"很有哲理意味。《西游记》中充满着善与恶的斗争，真与邪的斗争，义和利的斗争，神和魔的斗争。这些斗争，有外在型的，比如总想吃唐僧肉的妖精跟孙悟空的斗争；也有内存型的，比如，猪八戒到底要不要坚决取经？最有意思的是，有些本来的魔，正在通过斗争向"神"转化。孙悟空如此，猪八戒如此，沙僧如此；黑熊怪如此，红孩小妖也如此。

有人把《西游记》与约翰·班扬的《天路历程》相比，《天路历程》是在故事中插入宗教材料，《西游记》是以宗教故事的题材揶揄宗教。《西游记》对各派宗教神祇信手拈来，不管他们是否互相抵牾。"混同三教"，为我所用，为我所有，为我所批，为我所调侃。

孙悟空寻仙访道，他找到的老师是须菩提，按佛经，须菩提是释伽牟尼的十大弟子之一，但他在给孙悟空讲经时，讲的却是禅宗的棒喝和机锋，所诵经典是道家的《黄庭经》，最后授给孙悟空的长生道术也是道家的内丹理论。

唐僧遇到困难就念心经，这是佛教的经典；孙悟空有难就请观音、如来，却又大逆不道地说：观世音一世无夫，如来佛是妖精的外甥。

《西游记》第五十一回、九十一回开头的诗词都是元代全真七子马丹阳的作品，唐僧一行有难时，太上老君数次来相助，孙悟空却把三清丢到茅厕里。

历来佛道对立，小说中佛教徒的孙悟空却和地仙结拜兄弟。在小说中，佛家弟子既向如来佛礼拜，也向太上老君行礼。观音菩萨还请黎山老母一起来考验唐僧师徒的诚心。"安天会"上，各种仙佛，不分

---

① 鲁迅：《中国小说史略》，见《鲁迅全集》，第9卷，第166页。

教派,团聚一堂。

五、《西游记》主题争论

《西游记》是部好玩好看的小说,但其思想内容相当复杂。

从《西游记》问世,研究者就从小说寻找微言大义。康熙时代汪澹漪《西游记证道书》,陈士斌《西游真铨》,乾隆年间张书绅《新说西游记》,嘉庆年间刘一明《西游原旨》,道光年间张含章《通易西游正旨》,提出各种说法:佛教徒禅门心法说,道士金丹妙诀说,儒生大学衍义说。或云劝学,或云谈禅,或云讲道,皆阐明理法,文词甚繁,皆莫衷一是。

"文革"前有两种说法。

一曰"主题矛盾说或主题对立说",张天翼提出,后一主题否定前一主题,以《西游记》比《水浒传》,以孙悟空比宋江;

二曰"主题转化说",以游国恩《中国文学史》为代表。

"文革"后的20世纪80年代,学者们对《西游记》的主题到底是什么? 展开热烈讨论,出现各种各样的说法:

一曰"安天医国、诛奸尚贤"说,见于朱式平和罗东升同题论文《试论〈西游记〉的思想政治倾向》;

二曰"反映人民斗争说",见于朱继琢《也谈〈西游记〉的思想政治倾向》;

三曰"西天取经主体说",见于苗壮《从孙悟空看〈西游记〉的思想倾向》;

四曰"歌颂反抗、光明与正义说",见于胡光舟《对〈西游记〉主题思想的再认识》;

五曰"歌颂新兴市民说",见于朱彤《论孙悟空》;

六曰"宣扬心学,鼓吹投降说",见于刘远达《试论〈西游记〉的思想倾向》;

七曰"坚持主题矛盾说",见于高明阁《〈西游记〉的神魔问题》;

八曰"反映人民战胜自然的理想"说,见于吴组缃《关于〈西游记〉》……

对孙悟空的看法也五花八门:

一曰"农民革命英雄的化身";

二曰"从叛逆英雄蜕变为统治阶级的帮凶打手";

三曰"有先天妥协性的市民英雄形象";

四曰"中小地主化身";

五曰"统治阶级的救世英雄";

六曰"狂热地追求自由、迫切地要求改革、敢于对任何统治万物、主宰命运的势力进行挑衅与反抗的叛逆者"……

本书讨论古代小说构思话题,对《西游记》主题争论和人物评价等一概存疑。

第二节　《西游记》题材演变

《西游记》虽是吴承恩个人文学天才的充分发挥,小说题材却经过长时期演变。从真实历史人物唐三藏的取经故事,经过唐、宋、元、明四个朝代演化,最终经过吴承恩巧夺天工的创造,才成为古代最精彩的神魔小说。

一、唐代:陈玄奘天竺取经

唐三藏取经是历史上的真事。《旧唐书·方伎传》及其他野史都有记载。玄奘(602～664)是洛州人,唐代洛州即今河南偃师。玄奘俗姓陈,名祎,十一岁出家为僧。他苦读翻译过来的佛经,发现歧说并出,为了弄清佛经真谛,决心亲自到佛教的发源地天竺(印度)留学取经。玄奘贞观三年要求出国到天竺留学,唐太宗没批准,因为当时李唐王朝以道教为国教。玄奘只好偷渡。他混在西域商人中出境。经过河西走廊、玉门关、北疆,越葱岭、渡热海,历时四年,经过西域十几个国家,到达天竺摩揭陀国那烂陀寺,拜九十多岁高僧戒贤法师为师。玄奘在印度学习十三年,考察了印度很多名胜古迹,领会佛教教义,成为天竺著名的高僧。在曲女城举行的佛教界大辩论会上,无论大乘小乘,没人能跟他辩论。贞观十九年玄奘载誉归国,当初不同意他出国的唐太宗给予很高礼遇,派宰相房玄龄迎接于东都,亲自接见他并希望他还俗为官。玄奘谢绝了。唐太宗就在长安名刹慈恩寺给玄奘设立译场。玄奘中文梵文俱佳，他边念边译，由弟子记录下译文。他用十几年时间翻译了七十五部、一千多卷佛经。相当于从汉代到唐初几百年间翻译佛经的总和。陈玄奘是个真实的、对佛教在中国传播做出贡献的高僧。今西安大雁塔即当年玄奘藏经塔。

玄奘法师去天竺途中和在天竺的日子里，经历过很多奇闻，在长安翻译佛经之余，他又口述，由弟子辩机记录并整理出版了《大唐西域记》，这是部地理、历史两个领域的辉煌巨著。《大唐西域记》声明"皆存实录，匪敢雕华"，是严谨的纪实作品，但佛教本身固有的神异现象、佛教徒对事件的神异解读，使得这部书有了一定的神异性。

玄奘的弟子慧立、彦悰写了《大唐慈恩寺三藏法师传》，是记述玄奘生平的传记文学。弟子们对恩师天竺取经的非凡勇气、毅力极力赞颂，作品也有一定神异色彩。"唐三藏"成为后世称呼玄奘的固定称呼。

《大唐慈恩寺三藏法师传》许多描写，既可以看成是虚拟的，也可看成是纪实的，如唐三藏跋涉沙漠时，"忽见有军众数百队满沙碛间，乍行乍息，皆裘褐驼马之像及旌旗稍纛之形，易貌移质，倏忽千变，遥瞻极著，渐进而微。法师初睹，谓为贼众；渐近见灭，乃知妖鬼。又闻空中声言：'勿怖，勿怖'，由此稍安。"[1]这段描写，从纪实文学角度来看，是唐三藏在沙漠里看到的海市蜃楼，听到的空中声音，则是其慌乱之中的幻觉或自己内心的呼喊。从虚拟角度来看，则是唐三藏取经途中的惊险经历和神佛保佑了。

唐代传奇中已开始出现对唐三藏天竺取经的神异化描绘，如《太平广记》有数条记载：

> 唐初，僧玄奘至西域取经，入维摩诘方丈室。及归，将书年月于壁，染翰欲书，约行数千百步，终不及墙。[2]

> 唐初有僧玄奘往西域取经，一去十七年。始去之日，于齐州灵岩寺院，有松一本立于庭，奘以手摩其枝曰："吾西去求佛教，汝

---

① 〔唐〕慧立、彦悰：《大唐慈恩寺三藏法师传》，见《中外交通史籍丛刊》（大唐慈恩寺三藏法师传·释迦方志），第14～15页，北京：中华书局，2000。

② 〔唐〕李亢撰：《独异志》（第20则），见王文涛编校：《全唐小说》，第704页。

可西长;若归,即此枝东向:使吾门人弟子知之。"及去,其枝年年西指,约长数丈。一年忽东向指,门人弟子曰:"教主归矣。"乃西迎之。奘果还归,得佛经六百部。至今众谓之"摩顶松"。①

　　沙门玄奘俗姓陈,偃师县人也。幼聪慧,有操行。唐武德初,往西域取经。行至罽宾国,道险,虎豹不可过。奘不知为计,乃锁房门而坐。至夕开门,见一老僧,头面疮痍,身体脓血,床上独坐,莫知来由。奘乃礼拜勤求,僧口授《多心经》一卷,令奘诵之。遂得山川平易,道路开辟,虎豹藏形,魔鬼潜迹,遂至佛国。取经六百余部而归。②

摩顶松的情节后来被收进《西游记》。而授予唐三藏《心经》的疮癞老僧在《西游记》中变成风神飘逸、幽默机智的乌巢法师。在《大唐新语》、《酉阳杂俎》中也有玄奘法师的记载。唐代是有关唐三藏取经的作品处于基本写实和宗教神话相融合的阶段。

二、宋元话本和元杂剧的唐僧取经

　　进入宋元,唐僧取经离史实越来越远,转变为文学故事。

(一) 南宋《大唐三藏取经诗话》

　　刊行于南宋的《大唐三藏取经诗话》标志着唐僧取经故事的转化。诗话共一万六千字,以俗讲的形式出现,是说话人粗糙的底本。《大唐三藏取经诗话》出现了重要的转折:其一,出现了猴行者,自称花果山紫云洞八万四千铜头铁额猕猴王,帮唐僧取经。猴行者代替唐僧成为取经路上的主角,猴行者保唐僧取经时已两万七千八百岁,曾九次见到黄河水清;其二,历史人物由虚构人物代替,除猴行者外,还出现了深沙神即后来的沙僧;其三,宗教故事转为神魔故事。后来的《西游记》里边的几个重要故事,如女儿国的故事,火类坳的灾难即《西游记》火焰山故事。

　　《大唐三藏取经诗话》里边的唐僧有三件大梵天王送他的法宝:一顶隐形帽;一条金环锡杖;一只钵盂。

----

① 〔唐〕李亢撰:《独异志》(第86则),见王文涛编校:《全唐小说》,第713页。
② 见《太平广记》卷九二(异僧六),第606页。

（二）杂剧

吴昌龄《唐三藏西天取经》（残存两出）。

无名氏《二郎神醉射锁魔镜》《二郎神锁齐天大圣》。

元杂剧里的孙悟空有兄弟姐妹。《二郎神锁齐天大圣》中的齐天大圣宣布"我与天地同生，日月并长"①，哥哥是通天大圣，弟弟是耍耍三郎，姐姐是龟山水母，妹妹是铁色猕猴。

明代杨景贤二十四折《西游记杂剧》，有学者认为现存的杂剧并非杨景贤剧的本来面貌，而是据小说增补。这些剧除吴昌龄的剧是以唐僧为主角，其余杂剧都以孙行者为主角。《西游记》杂剧的孙行者自报来历是"小圣弟兄姊妹五人：大姊骊山老母，二妹巫枝祇圣母，大兄齐天大圣，小弟通天大圣，三弟耍耍三郎。喜时攀藤揽葛，怒时搅海翻江。金鼎国女子我为妻，玉皇殿琼浆咱得饮。"②他盗了太上老君的仙丹，偷了王母娘娘的仙桃，从天上偷套仙衣给媳妇穿。《西游记杂剧》故事增加了许多人物，猪八戒、红孩儿、铁扇公主等都有了。

《曲海总目提要补编·北西游》记录杂剧有关唐僧取经的情节："花果山水帘洞有石猴窃食老子金丹，遂成铜筋、铁骨、火眼、金睛，又能七十二变。大闹天宫，入地府取金鼎母为妻。又偷王母蟠桃百颗，仙衣一袭。上帝怒，命李天王、哪吒太子率天兵搜讨，不能服。菩萨以神通移花果山压其顶，书一字封记，欲使三藏收为弟子，护以西行。"③石猴已有了《西游记》中孙悟空最重要的资质：火眼金睛、七十二变，大闹天宫、曾被佛压在山下，等待取经人等情节也有了。

三、《西游记平话》

取经故事的重要发展是《西游记平话》，宋元话本，原书已轶。现存两个地方：

一处是《永乐大典》一万三千一百三十九卷有一千二百字的"梦斩泾河龙"，跟《西游记》第九回"老龙王计拙犯天条，魏丞相遗书托冥史"

① 〔明〕无名氏撰：《二郎神醉锁齐天大圣》，见周贻白选注《明人杂剧选》，第704页，北京：人民文学出版社，1958。
② 朱一玄、刘毓忱编：《西游记资料汇编》，第96页，郑州：中州书画社，1983。
③ 北婴编著：《曲海总目提要补编》，第19页，北京：人民文学出版社，1959。

内容相似。

一处是朝鲜汉语教科书《朴通事谚解》有八条《西游记平话》注,记有唐僧取经路上遇到猛虎毒蛇、黑熊精、黄风怪、地涌夫人、蜘蛛精、狮子怪、多目怪、红孩儿,几死仅免,曾过棘约洞、火焰山、薄屎洞、女儿国等恶山险水。

《朴通事谚解》转引《西游记平话》说猴行者的来历:"西域有花果山,山下有水帘洞,洞前有铁板桥,桥下有万丈涧,涧边有万个小洞,洞里多猴,有老猴精,讳齐天大圣。"①这个老猴精神通广大,曾入天宫偷仙桃,盗金丹,窃仙衣,还搞庆仙衣会,玉帝派李天王率十万天兵征讨,打不过猴精,最后是二郎神将其抓住,理当斩首,观世音说情,压在花果山下等待取经人。

唐僧取经的故事,经过几个朝代的演化,渐渐从记实转为神异,有统一故事线索,为吴承恩创作《西游记》奠定基础。鲁迅先生在《中国小说史略》中说:"似取经故事,自唐末以至宋元,乃渐渐演成神异,且能有条贯,小说家因亦得取为记传也。"②

吴承恩写作《西游记》主要依据应该是《西游记平话》。但《西游记》不是《西游记平话》的扩大、改写,而如鲁迅先生所说"翻案挪移则用唐人传奇"、"讽刺揶揄则取当时世态","铺张描写,几乎改观",是全新的再创造。

《西游记》有鲜明的时代色彩,在古老的宗教故事中,注入了反宗教精神,增加了对禁欲主义、佛教教义的调侃,带有对封建社会政治批判的因素。《西游记》的官职名称,有明显明代特点,如锦衣卫,这是明成祖之后才设立的,还有"省兵马司"、"司礼监"都不是唐代的官职。道士做大官,也是明中叶之后的事,明武宗、明思宗时代成为比较普遍的现象。孙悟空有了更完美、更积极、更充实的性格。而诸天神佛,程度不同地丧失了庄严与威仪。

《西游记》是本特别有趣的书,这取决于吴承恩的"复善谐剧",使得神魔皆有人情,精魅亦通世故,而玩世不恭之意寓焉。

---

① 〔韩〕《朴通事谚解》,见《老乞大谚解 朴通事谚解》,第293页,台北:联经出版事业公司,1978。
② 鲁迅:《中国小说史略》,见《鲁迅全集》,第9卷,第157~158页。

第三节　孙悟空:极端天才人物的不安分

从唐僧取经故事演化到《西游记》,主角发生变化。《西游记》绝对主角是孙悟空。孙悟空的活动是小说结构的脊梁骨。《西游记》歌颂反抗精神和坚韧斗志的主题,《西游记》的积极浪漫主义精神,主要体现在孙悟空一系列战斗行动中,从孙悟空的性格、行动中生发出来。《西游记》简直可以叫《孙悟空传》。取经五众,包括唐僧,都围绕着孙悟空活动。《西游记》构思艺术中,如何安排、创造孙悟空这个角色最重要,如何安排孙悟空跟唐僧、猪八戒、沙僧、白龙马的关系很重要,如何安排孙悟空和诸天神佛、妖魔的关系同样重要。

20世纪80年代郭豫适教授曾在《中国古代小说论集》一书中提出,《西游记》是一部具有神话、童话性质特点的小说。神话和童话的主要表现者就是孙悟空。

一、孙悟空来自何方?

孙悟空堪称中国古代小说"第一神魔",按照小说布局,他其实是从魔转化为神。在读者印象中,他永远是美猴王。这个形象是从哪儿发展变化而来? 他是进口还是国产? 学术界一直有争论。

(一)孙悟空进口说

早在20世纪初,就有俄国学者提出,孙悟空形象是从佛经中来的。印度有一部公元前3世纪出现的史诗《罗摩衍那》,诗中有个猴王叫哈奴曼,能在空中飞行,一跳就能从斯里兰卡跳到印度,能把喜马拉雅山背到身上行走……

胡适在《中国章回小说考证》中说,他"总疑心这个神通广大的猴子不是国货,乃是一件从印度进口的","假定哈奴曼是猴行者的根本"[1]。胡适先生说得肯定:孙悟空是进口的。

笔者以为"孙悟空进口说"是靠不住的。

---

[1] 胡适:《中国章回小说考证》(西游记考证),第337、340页,大连:实业印书馆,1934。

在吴承恩那个时代,《罗摩衍那》有没有汉语译文应该是确定《西游记》是否受到《罗摩衍那》影响的重要前提。事实是:《罗摩衍那》的译文是 20 世纪经季羡林先生之手才在中国问世的,它怎么可能影响到 16 世纪吴承恩创作《西游记》? 退一步说,即便当时有《罗摩衍那》译文,吴承恩能否看得到? 再退一步说,即使吴承恩看得到,或者从"僧讲"中听到《罗摩衍那》有关的故事,他会不会从中产生创作灵感?

(二)孙悟空国产说

鲁迅先生认为孙悟空是国产的。《西游记》杂剧提到"无支祁"。而他来自李公佐的《古岳渎经》(又名《李汤》),他是渔夫在淮水拉铁链拉上的一个水怪,"形若猿猴,缩鼻高额,青躯白首,金目雪牙。颈伸百尺,力逾九象,搏击腾踔疾奔,轻利倏忽"①。鲁迅先生在《中国小说史略》中提出"吴承恩演《西游记》,又移其神变奋迅之状于孙悟空"②。

孙毓忱在 1984 年第三期《文学遗产》发表《孙悟空形象的演化》,认为,孙悟空这个形象,依赖于中国古代多种神话传说的综合影响,其一,是石中生人,如《淮南子》记录夏启生于灵石;其二是形若猿猴的外貌,如《古岳渎经》和《补江总白猿传》中的白猿;其三是铜头铁额的躯体特征,如与黄帝争位的蚩尤;其四是与帝争位的战斗精神,如与帝争天的刑天。该文认为,从孙悟空的演化历史看,其"形"在中华民族文化传统中孕育,其"神"则立在明代中叶的现实土壤上。总之,"我们的美猴王是具有中国民族的气质,民族风格,民族精神的神话英雄。"③

张锦池教授的《西游记考论》对孙悟空形象演化做了详尽考证后,提出"孙悟空的形象孕育于道教猿猴故事的凝聚"。打着宗教思想印记的猿猴故事,佛教居少数,道教居多数。《太平广记》卷第四四四至四四六录猿猴故事二十五条,打着道教印记的二十一条,佛教印记的四条。这些修炼成精的猿猴可叫"修炼猴"。道教猿猴的故事多数是反面形象,或是性喜吃人的猴精,或是荒淫成性的猴精,还有偷窃仙品的猴精。"孙悟空的原型是个既汇集了这三种猴精之神通,又汇集了这三种猴精之恶行的猴王。""不仅是个典型的'修炼猴',并且是个典

---

① 〔唐〕李公佐:《古岳渎经》,见王文涛编校:《全唐小说》,第 83 页。
② 鲁迅:《中国小说史略》,见《鲁迅全集》,第 9 卷,第 85 页。
③ 梅新林主编:《20 世纪〈西游记〉研究》下册,第 480 页,北京:文化艺术出版社,2008。

型的好为非作歹而又神通广大的恶魔"①。张锦池认为,孙悟空的形象虽孕育于道教猿猴故事的凝聚,却发展于释道二教思想的争雄,其血管里又注入了中国的民间佛教思潮的血。

按照张锦池教授的观点,孙悟空是儒释道共同影响的产物。

"孙悟空国产说"的学者各有各的研究韬略,各有各的可取之处。笔者以为,在孙悟空这个形象身上,儒释道各种思想的影响都是存在的,这是因为考察其作者吴承恩的思想发展,这三种思想的影响不仅是存在的,而且随着作者人生阅历的增加在变化着,这一点从吴承恩的诗词就可以看得出来。

(三) 孙悟空混血说

季羡林先生在《罗摩衍那初探》一书中提出:"孙悟空这个人物形象基本上是从印度《罗摩衍那》中借来的,又与无支祁传说混合,沾染上一些无支祁的色彩。这样看恐怕比较接近于事实。"②

按照季羡林先生及其他一部分学者的观点,孙悟空受到印度的《罗摩衍那》和唐传奇无支祁的双重影响,有"混血"特点。

设想《罗摩衍那》的故事曾通过"僧讲"在明代的中国传播,那样的话,哈奴曼踢天弄井的本事会给吴承恩一定影响。不过这影响,仅仅是"可能",不是决定性的。因为比哈奴曼还能踢天弄井的神魔形象,中国自己早就产生出来了,如唐传奇中的白猿。

中国古代文学中猿猴文学形象的不断推进,是孙悟空最可靠来源。从《补江总白猿传》中亦神亦人亦猴的白猿,到《古岳渎经》的腾踔轻利的水怪猕猴,再到《陈巡检梅岭失妻记》里的降山魈、伏猛兽的申阳公,从《取经诗话》偷仙桃的齐天大圣,到《西游记》杂剧花果山的猴王,都对长篇小说《西游记》孙悟空形象提供了可供参考的素材。

但这些都不是决定性因素,孙悟空这个中国古代最精彩的神魔形象的产生,取决于吴承恩博览群书的学识、天马行空的想象力、放荡不羁的个性、乐观向上的倾向和善谐剧的风格。

说到底,孙悟空来自哪里?

来自吴承恩心中。

---

① 张锦池:《中国四大古典小说论稿》,第176、177页,北京:华艺出版社,1993。
② 季羡林:《罗摩衍那初探》,第138页,北京:外国文学出版社,1979。

吴承恩就是孙悟空。

二、美猴王自然化育、求仙学道

(一) 自然化育

中国学者分析文学作品的人物,喜欢用"阶级出身"的办法,认为一个人在一定的社会地位生活,他的思想必定打上他那个阶级的烙印。比如,宋江的阶级影响到他投降,李逵的阶级决定他造反的坚定性。这样的分析套用到孙悟空身上,不灵了。

孙悟空属哪个阶层?啥阶层都不是。他是从石头缝蹦出来的。

《西游记》第一回"灵根育孕源流山,心性修持大道生",写美猴王的来历时,先交待了他的国籍:世界分四大部洲,即东胜神洲、西牛贺洲、南赡部洲、北俱芦洲。东胜神洲有一傲来国,国近大海,海中有一花果山。山上怪石俊峰、奇花瑶草、青松翠柏、仙桃修竹、彩凤麒麟、寿鹿仙狐、灵禽玄鹤:

> 那座山正当顶上,有一块仙石。其石有三丈六尺五寸高,有二丈四尺围圆。三丈六尺五寸高,按周天三百六十五度;二丈四尺围圆,按政历二十四气。上有九窍八孔,按九宫八卦。四面更无树木遮阴,左右倒有芝兰相衬。盖自开辟以来,每受天真地秀,日精月华,感之既久,遂有灵通之意。内育仙胎,一日迸裂,产一石卵,似圆球样大。因见风,化作一个石猴。五官俱备,四肢皆全。便就学爬学走,拜了四方。目运两道金光,射冲斗府。惊动高天上圣大慈仁者玉皇大天尊玄穹高上帝。……①

玉帝听到神将汇报石猴诞生,轻描淡写地说:"下方之物,乃天地精华所生,不足为异。"玉帝想不到,他最大的麻烦来了。孙悟空一出生,就"目送两道金光,冲射斗府",就是威胁天庭中玉皇大帝宝座的反抗征兆。

大家都明白一个最简单的道理:人都是父母所生,都隶属于一定的阶级,即使许多神话形象,如《西游记》中的神魔,也都有自己的来历,连玉皇大帝和如来佛都不例外。可是,孙悟空偏偏从石头缝里蹦

---

① 〔明〕吴承恩著:《西游记》(第一回),第3页,济南:齐鲁书社,1991。本书相关引用,除特别注明外,均据此本,不另注出,仅在文中注明回数。

出来。这样写有什么意思？《西游记》这样安排神通广大的"魔头"出生，意味深长。因为，在君权、神权具有很大政治、宗教力量的封建社会，玉皇大帝是三界万灵的主宰；阎罗王在阴司操生杀予夺大权；在西方极乐世界中，还有个佛法无边的如来佛。孙悟空这个神通广大的叛逆者，这个敢于反抗一切统治力量，先后制服了龙王、阎罗王、玉皇大帝的造反派，他的力量从何而来？他自己的根扎在哪里？连他的创造者吴承恩都不能理解、无法解释这个秘密。归于人间？显然不行，归于天庭？西方乐土？阴司地府？这些地方都有固有的管辖者，也不合适，只能归于天不收、地不管，自然化育。

从个性形成上说，极端天才的人物，绝对不能父母生养，只能自然化育。孙悟空只能从石头缝蹦出来。因为是从石头缝里蹦出来，孙悟空不管跟凡人比，还是跟神佛比，都有特殊的先天优势：

他"六亲"不需要认。

他"六根"不需要管。

他任何社会关系都不需要考虑。

他天生干干净净、澄澄清清、无拘无束。

他是个猴儿，这非常讲究，猴是最活泼好动、聪明伶俐的动物，日常生活中人们形容顽皮孩子总说"皮得像猴似的"，说聪明的人，总会说"精得像猴似的"。

他一生无性。他向须菩提祖师汇报时说："我无性。人若骂我，我也不恼；若打我，我也不嗔，只是陪个礼儿就罢了。一生无性。"（第一回）此处的"性"既是表示发脾气的"性情"，也是男女之爱的"性"。其实，孙悟空一直没有的，是男女之性。越来越膨胀、越来越张扬的，却是他的性情。孙悟空性如烈火，嫉恶如仇。

孙悟空蹦出来的那块石头，不是普通石头，更不是顽石，也不是曹雪芹所写未能补天之石，它是块非常讲究的灵石。它完全符合中国古代若干约定俗成的法则：合周天之数、二十四气、九宫八卦。山川日月精华灵秀皆钟于它。这里暗含的哲理是：孙悟空是博大精深的中国古代文化的结晶。

因此，不管从儒释道哪个方面解释孙悟空个性构成都行得通。

（二）晋升美猴王

猴群中有猴王是自然界现象。自然界猴王诞生靠武力取得，石猴做猴王却靠勇气和智慧。

此时石猴已有了亦猴亦人亦仙的征兆。他是猴，像普通猴一样生存："食草木，饮涧泉，采山花，觅树果；与狼虫为伴，虎豹为群，獐鹿为友，猕猿为亲。"（第一回）他又异于普通的猴，有责任心、领袖欲。

一道瀑布的出现给石猴带来际遇。《西游记》花果山这道瀑布既不能跟尼亚加拉大瀑布比，也不能比黄果树瀑布，但它的名气很大，它是一道文学性瀑布、一道和不朽文学形象孙悟空相辅相成的瀑布："一派白虹起，千寻雪浪飞。海风吹不断，江月照还依。冷气分青嶂，余流润翠薇。潺潺名瀑布，真似挂帘帷。"（第一回）

众猴想知道瀑布后边有什么，就说："那一个有本事的，钻进去寻个源头出来，不伤身体者，我等即拜他为王。"石猴钻了进去，发现一个世外桃源：里边无水无波，有座铁板桥，过桥头，"却似有人家住处一般"，有虚窗静室，石座石床、石锅石灶、石盆石碗、修竹梅花。还有个石碣，上有楷书大字："花果山福地，水帘洞洞天"。妙！石猴不仅无师自通看懂石碣上的汉字，还识得是楷体！回到水帘洞外，向众猴报告水帘洞情况，居然吟首五言律诗："刮风有处躲，下雨好存身。霜雪全无惧，雷声永不闻。烟霞常照耀，祥瑞每蒸熏。松竹年年秀，奇花日日新。"（第一回）

石猴变成"美猴王"，以"美"易"石"一字之差，已显示出未来孙悟空爱戴高帽、喜欢恭维、好大喜功的特点。

（三）求仙问道

孙悟空求仙问道，展示了他个性的重要侧面：聪明过人，学而不倦，随机应变。

猴王跟世间王一样，享受着众星捧月、宴会聚会的快乐。《西游记》喜欢将动物世界拟人化，让动物模仿人世各种活动。猴王"享乐天真，何期有三五百载。一日，与群猴喜宴之间，忽然忧恼。"（第一回）原来猴王忧虑死亡，想求长生不老之术。他的部下通背猿猴告诉他：天下唯三等人不服阎罗王管束：佛、仙、神圣。而他们住在"阎浮世界之中，古洞仙山之内"。美猴王决定寻仙访道。

美猴王寻仙并非一蹴而就，而经过艰苦寻找过程。在吴承恩那个时代，人们相信天圆地方，但吴承恩描写石猴寻仙经过两大洲、两重大海，又似乎暗合地球是圆的概念，有趣！

美猴王扎木筏在大海飘荡，经过了有长城——除了中国哪儿还有长城呢——的南赡部洲，又飘到西牛贺洲，听到樵夫歌唱"相逢处非仙即道，静坐讲《黄庭》"。（第一回）《黄庭经》是道家经典，却被佛家祖师须菩提宣传到凡人中间去了。他后来开坛讲课，也是"三教合一"，"说一会道，讲一会禅，三家配合本如然"（第二回）。其实不管什么教，关键在于经世致用，在于灵感汇于心，灵感聚于方寸之间。所以，须菩提住的地方得叫个"灵台方寸山"。

美猴王向樵夫问得须菩提祖师住在灵台方寸山斜月三星洞，他寻到灵台山，看到的是：老柏修篁、奇花瑶草、仙鹤凤凰、玄猿白鹿、金狮玉象，全部是祥瑞象征。

美猴王的老师须菩提给他就身上取姓氏曰"孙"，因他是第十辈小徒，正当"悟"字，起法号"悟空"。从此美猴王有了在全世界流传的名字：孙悟空。

须菩提的门徒辈分排列是有禅机的："广、大、智、慧、真、如、性、海、颖、悟、圆、觉"。这十二个辈分连到一起是三句话"广大智慧，真如性海，颖悟圆觉"。这，正是孙悟空求仙学道的基本方针，也是孙悟空为人处世，不，应该说"为猴处世"的基本法则。

孙悟空跟须菩提进修课程跟寺院小和尚相似，他学的是：洒扫应对、进退周旋，言语礼貌、讲经论道、习字焚香、扫地锄园、养花修树、寻柴燃火、挑水运浆。一言以蔽之：学习从猴到人。

孙悟空还得经历从人到仙的转变。这就靠他的聪慧好学、机敏过人了。于是有了菩提祖师跟他打哑谜，有了孙悟空半夜找祖师求教，有了祖师传授他长生妙道、觔斗云、七十二变。

须菩提断定孙悟空"你这去，定生不良"，宣布"凭你怎么惹祸行凶，却不许说是我的徒弟。你说出半个字来，我就知之，把你这猢狲剥皮锉骨，将神魂贬在九幽之处，教你万劫不得翻身。"孙悟空发誓"决不敢题起师傅一字，只说是我自家会的便罢"（第二回）。

孙悟空从石头缝里蹦出来，无父母，无兄弟姐妹，无亲戚，好不容易找个师傅，该是他在世界上最亲近的人了。但须菩提并不担当孙悟空未来的保障神，更不"一朝为师终身为父"，像许多师傅一样抱着徒弟走,扶着徒弟走,牵着徒弟走,最后再跟着徒弟走。须菩提坚信"师傅领进门,修行在各人"。这样安排自然有其道理,须菩提知道孙悟空不安分,倘若须菩提心心念念想着这个弟子,他就成了三界主宰的对立面;倘若孙悟空总惦记自己的师傅,他遇到困难,就不会找观世音而找须菩提了。所以孙悟空跟师傅一朝分手,永不相见。《西游记》中须菩提是灵光一闪的人物,睿智明断的人物,孙悟空的灵魂多半是须菩提塑造的。须菩提欣赏孙悟空的聪明好学、不断进取,孙悟空从猴到人,从人到神,都依赖须菩提。

其实很多人在人生中都遇到过自己的"须菩提",在关键时刻狠狠推了你一把,然后,相忘于江湖。须菩提是个优雅角色,只管耕耘,不管收获;只知道付出,不要求回报。

三、闹龙宫、闹地府、闹天宫

极端天才的人物总是不安分,总是不按常规办事,总是不守通常大家都遵守的规则,总是认为自己无所不能,什么事也办得到。孙悟空就是如此。闹龙宫、闹地府、闹天宫是孙悟空性格的淋漓尽致展示。这三闹,一闹胜过一闹,越闹越出格,越闹越精彩。

(一)空手套白狼的闹龙宫

有论者认为,闹龙宫是孙悟空叛逆性格的行动化。龙宫主人是龙王。龙王乃水神,在人民生活中,水十分重要,而洪水泛滥是常见的自然灾难,旱涝皆关乎民生。在中国古代神话中,历来有许多与水有关的神话故事,鲧禹治水、李冰治水、河伯娶妇等,都反映了劳动人民战胜自然的愿望。因此,孙悟空闹龙宫,在一定程度上烙印着人与自然斗争的色彩,是《西游记》叛逆主题的组成部分。

这样说,有点儿上纲上线。孙悟空闹龙宫其实没这么深刻,没这么政治化,没这么忧国忧民。孙悟空闹龙宫其实该叫"空手套白狼"。为什么这样说?因为固然传说中龙宫多宝,但龙王并不欠孙悟空的。而孙悟空愣是将龙宫定海之宝变成了自己的如意金箍棒。

孙悟空有了武艺、有了武力,却没有趁手的武器,他进龙宫拉赞助来了,只不过孙悟空拉赞助有点儿光棍无赖白抢白夺的意味。他先是对巡海夜叉瞎吹"吾乃花果山天生圣人孙悟空,是你老龙王的紧邻。"

唬得憨厚的东海龙王尊称他"上仙",马上摆出大刀、九股叉、方天戟,任他挑选。孙悟空都嫌轻,龙婆龙女出来说:"大王,观看此圣,决非小可。我们这海藏中,那一块天河定底的神珍铁,这几日霞光艳艳,瑞气腾腾,敢莫是该出现,遇此圣也?"(第三回)龙王说:"那是大禹治水之时,定江海浅深的一个定子,是一块神铁,能中何用?"(第三回)没想到这块一万三千五百斤重的神铁变成孙悟空手中可大可小的如意金箍棒!孙悟空立即挥舞起来,"你看他弄神通,丢开解数,打转水晶宫里,唬得老龙王胆战心惊,小龙王魂飞魄散;龟鳖鼋鼍皆缩颈,鱼虾鳖蟹尽藏头。"(第三回)

有了武器,孙悟空得寸进尺,"这块神铁虽然好用,还有一说","当时若无此铁,倒也罢了;如今手中既拿着他,身上更无衣服相称,没奈何? 你这里若有披挂,索性送我一件,一总奉谢"(第三回)。这不是讹诈是什么?"一总奉谢"自然是说说而已。孙悟空在整部《西游记》中,使唤了无数的神佛,啥时谢过? 说句"有劳"、"聒噪"就算他的感谢了。东海龙王推托没有武器,孙悟空干脆发赖,说"一客不犯二主。若没有,我也定不出此门。"接着连说两句俗话"走三家不如坐一家","赊三不跌见二",死活赖着东海龙王要衣服,要披挂。东海龙王只好招集四海龙王兄弟,共同资助这位不讲理的"上仙"高邻。北海龙王送藕丝步云履,西海龙王送锁子黄金甲,南海龙王送凤翅紫金冠。"悟空将金冠、金甲、云履都穿戴停当,使动如意棒,一路打出去,对众龙道:'聒噪! 聒噪!'"走了! 众龙王自然是吓得目瞪口呆,气得吹胡子瞪眼。

人生在世,遇到孙悟空这种"高邻",那就算倒八辈子霉了。

孙悟空有了如意金箍棒,像核大国有了氢弹。他穿着龙王送的礼服"金灿灿的走上桥来",小猴一齐跪下"大王,好华彩耶!"孙悟空来了番充分卖弄和表演:

> 悟空满面春风,高登宝座,将铁棒竖在当中。那些猴不知好歹,都来拿那宝贝,却便似蜻蜓撼铁柱,分毫也不能禁动。一个个咬指伸舌道:"爷爷呀! 这般重,亏你怎的拿来也!"悟空近前,舒开手,一把挝起,对众笑道:"物各有主。这宝贝镇于海藏中,也不知几千百年,可可的今岁放光。龙王只认做是块黑铁,又唤做天河镇底神珍。那厮每都扛抬不动,请我亲去拿之。那时此宝有二

丈多长，斗来粗细；被我捏他一把，意思嫌大，他就小了许多；再教小些，他又小了许多；再教小些，他又小了许多；急对天光看处，上有一行字，乃'如意金箍棒，一万三千五百斤'。你都站开，等我再叫他变一变着。"他将那宝贝颠在手中，叫："小！小！小！"即时就小做一个绣花针儿相似，可以揌在耳朵里面藏下。众猴骇然，叫道："大王！还拿出来耍耍！"猴王真个去耳朵里拿出，托放掌上叫："大！大！大！"即又大做斗来粗细，二丈长短，他弄到欢喜处，跳上桥，走出洞外，将宝贝揌在手中，使一个法天像地的神通，把腰一躬，叫声"长！"他就长的高万丈，头如泰山，腰如峻岭，眼如闪电，口似血盆，牙如剑戟；手中那棒，上抵三十三天，下至十八层地狱，把些虎豹狼虫，满山群怪，七十二洞妖王，都唬得磕头礼拜，战兢兢魄散魂飞。霎时收了法象，将宝贝还变做个绣花针儿，藏在耳内，复归洞府。慌得那各洞妖王，都来参贺。

（第三回）

东海龙王可算孙悟空的诤友，他给孙悟空提供了如意金箍棒，还在孙悟空未来取经事业中多次帮他，最关键的是第十四回，孙悟空刚刚当上唐僧的徒弟，就因为打死几个毛贼被师傅絮絮叨叨教训，一气之下，回花果山，途中找东海龙王要茶吃。龙王宫中竟然恰好挂着圯桥三进履的画。龙王趁机对孙悟空做思想工作，介绍当年张良如何在圯桥向黄石公三进履，"石公遂爱他勤谨，夜授天书，着他扶汉。后果然运筹帷幄之中，决胜千里之外。……大圣，你若不保唐僧，不尽勤劳，不受教诲，到底是个妖仙，休想得成正果。""大圣自当裁处，不可图自在，误了前程。"孙悟空立即表示："老孙还去保他便了。"（第十四回）

（二）斗则生存的闹地府

有了如意金箍棒，结拜了魔王七兄弟，孙悟空的日子过得正舒心。地府勾魂使者却来了，孙悟空一棒将勾魂使者打成肉酱，一路棒打进幽冥府，十代冥王整衣来看，叫着"上仙留名"。孙悟空教训冥王："汝等既登王位，乃灵显感应之类，为何不知好歹？我老孙修仙了道，与天齐寿，超升三界之外，跳出五行之中，为何着人拘我？"（第三回）冥王在如意金箍棒前只好谎称"那勾死人错走了也。"孙悟空却坚持要生死簿看。这说明孙悟空很聪明。他果然看到自己在生死簿上的记录，"注着孙悟空名字,乃天产石猴,该寿三百四十二岁,善终"。孙悟空说:"我也不记寿数几何,且只消了名字便罢!"要过笔来,勾掉了自己的名字,"把猴属之类,但有名者,一概勾之。捽下簿子道:'了帐!了帐!今番不伏你管了!'一路棒,打出幽冥界。"(第三回)

孙悟空求仙学道的目的不是求长生不老吗?可是他学成回花果山没多久,地府勾魂使者就来了。这说明,须菩提的长生不老术不灵。真灵的,是如意金箍棒。闹地府体现了斗争哲学。斗则胜,则存,则回花果山称王称霸;不斗,则败,则亡,则在阴冷的地府参与轮回。

孙悟空闹地府应该是其叛逆性格的表现,是对社会公认的神权的反抗。在《西游记》产生的时代,人们相信宗教迷信,相信人死后有鬼神,相信幽冥界有十殿阎罗、判官、小鬼,相信地狱无奇不有的惩罚:上刀山、下油锅……这种迷信观念成为一种威慑力量,迫使老百姓听天由命,将自己的一切不幸归之于前世罪孽深重,直到 20 世纪鲁迅先生笔下的祥林嫂,仍是反映这种精神枷锁的深刻典型。而孙悟空闹地府,表现出神猴的大无畏精神,吓得十殿阎罗唯命是从,这是对阴森恐怖的阴曹地府、凶恶狰狞的阎罗王的嘲笑。这是一种乐观精神。当然,是理想主义的。

(三)两次性质不同的大闹天宫

孙悟空大闹天宫闹了两次。第一次是龙王阎王告状,其实都告得有理。龙王告孙悟空强抢神铁和披挂,阎王告孙悟空勾掉生死簿。玉皇大帝想派兵征讨,太白金星出招安的主意,将他"藉名在箓,拘束此间",免得劳师动武。孙悟空初见玉皇大帝,就显示出"野"的品性。玉皇大帝问:"那个是妖仙?"他回答:"老孙便是。"(第四回)从此,孙悟空将"老孙"这个自称,在至高无上的玉皇大帝面前固定下来。看来孙悟空还是想做官场白领。玉皇大帝封他个"弼马温",他欢欢喜喜向玉皇大帝唱喏,高高兴兴、尽职尽责去给玉皇大帝喂马。当孙悟空听说他的"官"儿根本就没品,"不觉心头火起",骂玉皇大帝"藐视老孙"(第四回),打出了天门,回到花果山。一闹天宫,其实是嫌官小不做。

第二次,回到花果山的孙悟空树起了"齐天大圣"的旗帜。玉皇大帝派兵征伐,结果天兵天将都不是孙悟空的对手。孙悟空给玉皇大帝的谈判条件是封他做"齐天大圣",只要封了他这个官衔,"再也不须动众,我自皈依;若是不遂我心,定要打上灵霄宝殿"。孙悟空居然会跑官要官! 其实,"齐天大圣"并没有级别,只是个藐视天庭的造反标志而已。又是既务实又老于世故的太白金星做工作,让玉皇大帝"加他个空衔,有官无禄",目的是"收他的邪心,使不生狂妄"。孙悟空听说太白金星又来了,急忙向他躬身行礼:"前番动劳,今又蒙爱,多谢! 多谢! 但不知上天可有此'齐天大圣'之官衔也?"孙悟空其实很好忽悠,他根本想不到玉皇大帝会因神设庙,专门给他设个有名无职无权无禄的"齐天大圣",就"遂心满意,喜地欢天"(第四回):

> 话表齐天大圣到底是个妖猴,更不知官衔品从,也不较俸禄高低,但只注名便了。那齐天府下二司仙吏,早晚伏侍,只知日食三餐,夜眠一榻,无事牵萦,自由自在。闲时节会友游宫,交朋结义。见三清,称个"老"字;逢四帝,道个"陛下"。与那九曜星、五方将、二十八宿、四大天王、十二元辰、五方五老、普天星相、河汉群神,俱以弟兄相待,彼此称呼。今日东游,明日西荡,云去云来,行踪不定。

(第五回)

看来孙悟空没有什么参政议政本领,也没有混个部长省长市长实职干干的野心。玉皇大帝怕他闲中生事,把蟠桃园交给他管,要他"早晚好生在意"。孙悟空欣然接受,"欢喜谢恩"。颟顸的玉皇大帝居然派只猴子看管桃园! 真算"知人善任"。结果是猴子听到土地介绍"后面一千二百株,紫纹缃核,九千年一熟,人吃了与天地同寿"(第五回)。监守自盗,将九千年一熟的蟠桃陆续吃尽。孙悟空从七衣仙女那儿听说王母的蟠桃会没请他,恼羞成怒,突然明白所谓"齐天大圣"只不过是忽悠他的幌子。他变成赤脚大仙的样子赴瑶池会,闻到酒香,口角流涎,又小施手段,把瑶池会上的玉液琼浆喝个够。乘醉回府,误入太上老君炼丹的地方,把太上老君准备送瑶池神仙会的金丹,像吃炒豆一样全数吞掉……孙悟空酒醒,知道这场祸闯得比天还大,逃回花果山,再溜回瑶池,偷来四瓶酒给花果山的猴儿们分享,在花果山搞起了什么"仙酒会"。

孙悟空对七衣仙女施定身法,偷吃九转金丹,偷喝御酒,捉弄赤脚大仙,害得王母蟠桃会开不成。七衣仙女、太上老君、赤脚大仙纷纷告状,玉皇大帝下令派十万天兵,下界征剿孙悟空。天兵天将哪个也降服不了孙悟空,观音菩萨的弟子木叉助战也败阵而逃。最后玉皇大帝只得将"听调不听宣"的杨戬请来。

孙悟空跟二郎神的战斗堪称中国古代神魔小说、神话、童话从未有过的精彩战斗、经典战斗。孙悟空跟二郎真君大战二百个回合不分胜负,二郎神摇身一变,变得身高万丈,青面獠牙,两手举着像华山之峰的三尖两刃锋砍向孙悟空;孙悟空变得跟二郎神身躯面目一样,举着像昆仑擎天柱一样的如意金箍棒,抵挡二郎神。天兵天将被他们吓得战战兢兢,使不得刀剑。二郎神的梅山六兄弟趁乱将花果山群猴捉了两三千,孙悟空见众猴惊散,不再恋战,将如意金箍棒变成绣花针藏在耳中,变成麻雀飞在枝头。二郎真君变成饿鹰来扑,孙悟空变成大鹚老冲天而去,二郎真君变作大海鹤来啄,孙悟空变成鱼儿钻入水中,二郎真君变成鱼鹰将鱼儿啄出,孙悟空变成水蛇钻入草中,二郎真君变成朱绣顶灰鹤来吃水蛇,水蛇跳一跳,变成一只花鸨,"二郎见他变得低,花鸨乃鸟中至贱至淫之物,不拘鸾、凤、鹰、鸦都与交群,故此不去拢傍,即现原身,走将去,取过弹弓……"(第六回)孙悟空却早就溜了,滚到山下变成一个土地庙,口做庙门,牙做门扇,舌头变菩萨,眼睛变窗户,只是尾巴没处放,就变成旗杆竖在庙后。二郎真君识破,宣布要捣毁土地庙的门窗,孙悟空听说,一个虎跳,冒到空中,不见了。他用隐身法穿透了李天王的天罗地网,跑到灌江口二郎真君庙,变成二郎真君样子点查起香火来。待二郎真君赶来,孙悟空现出本相说:"郎君不消嚷,庙宇已姓孙了。"

这段描写当然是神话,是天马行空的想象,但人物个性却非常突出。孙悟空和二郎真君都有惊天动地、神鬼莫测之本领,都擅长变化,但孙悟空始终有"野猴"秉性,他不管怎么变,总有一根猴子尾巴,所以变成庙宇时不伦不类地将旗杆竖在庙的后头,被二郎真君识破。孙悟空也不在乎什么身份不身份,只要能逃脱,他连至贱至淫的鸟儿也可以变化,这是估计到二郎真君的高傲品性故意变的。二郎真君重名誉,看到孙悟空变成这样的鸟,他再变任何鸟都是对自己的不尊重。于是,他现出原型用弹弓。孙悟空跑到二郎真君庙并宣布"庙宇已经姓孙了",充满调侃和快乐,在激烈战斗中不忘开玩笑。在古今中外小说作品中,大概找不出第二段孙悟空大战二郎神的妙趣段落了。

二郎神在太上老君的"偷袭"帮助下捉住了孙悟空,却还是天雷打不死,天火烧不亡,在炼丹炉里太上老君用文武火锻炼的结果,只是把孙悟空的眼睛熔红,从此吹成是"火眼金睛"。炼了七七四十九天,太上老君认为孙悟空肯定变成灰烬了,他吞下的金丹也可以重新炼出来了:

> 那大圣双手侮着眼,正自揉搓流涕,只听得炉头声响。猛睁睛看见光明,他就忍不住,将身一纵,跳出丹炉,唿喇一声,蹬倒八卦炉,往外就走。慌得那架火、看炉,与丁甲一班人来扯,被他一个个都放倒,好似癫痫的白额虎,风狂的独角龙。老君赶上抓一把,被他一捽,捽了个倒栽葱,脱身走了。即去耳中掣出如意棒,迎风幌一幌,碗来粗细,依然拿在手中,不分好歹,却又大乱天宫,打得那九曜星闭门闭户,四天王无影无形。好猴精!

（第七回）

大闹天宫是孙悟空形象的主要构成部分。孙悟空两次大闹天宫,诸天神将,都不是他的对手,玉皇大帝对他束手无策,只好将西天如来佛请来,如来佛问孙悟空"何方生长,何年得道,为何这等暴横?"孙悟空居然以诗作答:

> 天地生成灵混仙,花果山中一老猿。
> 水帘洞里为家业,拜友寻师悟太玄。
> 炼就长生多少法,学来变化广无边。
> 因在凡间嫌地窄,立心端要住瑶天。
> 灵霄宝殿非他久,历代人王有分传。
> 强者为尊该让我,英雄只此敢争先。

（第七回）

孙悟空还跟如来佛谈判:"常言道'皇帝轮流做,明年到我家。'只教他搬出去,将天宫让与我,便罢了;若还不让,定要搅乱,未能清平!"（第七回）

孙悟空二次大闹天宫,有了造反派气势,甚至有了改朝换代、"皇帝轮流做,明年到我家"的政治纲领。

有论者认为,"皇帝轮流做,明年到我家"是个响彻云天的革命口号,是封建社会劳动人民反抗封建皇权的造反精神在艺术中的折射。这样说似乎上纲上线。但不容忽视的是,在封建社会,政权与神权是二位一体的。在当时社会中,神权系统的一切神灵,特别是玉皇大帝绝对亵渎不得。因为神权是政权的投影,是封建政治的精神支持,反对玉皇大帝等于反皇帝。在现实生活中绝对不可能的事,在神魔小说中却写得淋漓尽致。

马克思在《黑格尔法哲学批判导言》中说过:

> 要求抛弃关于自己处境的幻想,也就是要求抛弃那需要幻想的处境。①

> 有人想在天国的幻想的现实性中寻找一种超人的存在物,而他找到的却只是自己本身的反映。②

从这一点上说,孙悟空闹龙宫、闹地府、闹天宫,也可以说是曲折反映了人们要求摆脱现实处境的理想。

林庚先生在《西游记漫话》中提出,大闹天宫全面展示了孙悟空神魔变化的手段、非凡的武功以及经得起失败考验与痛苦折磨的硬骨头的品格。这便是他此后西天之行的一个凭借和缘由,也是他好汉生涯的开始。大闹天宫之后展开的自然也就是作为《西游记》主干情节的西天取经的艰难而漫长的历程。

孙悟空的“三闹”特别是大闹天宫,是他未来镇压妖魔的威慑力量;孙悟空的“三闹”使得这位爱跟任何人称“哥们”的猴王,在龙宫、地府、天宫有了许多朋友。当他在西天取经过程中遇到困难时,不管是哪位天兵天将,李天王也好,哪吒三太子也罢,三清也好,二十八宿也罢,不管是福禄寿三星,还是乐呵呵大肚子菩萨,招之即来,来之即帮。需要下雨时,龙王即来打喷嚏;需要辨别哪个是真孙悟空、哪个是妖魔冒名顶替时,地府的谛听会听个明白,再告诉他“佛法无边”,要两个一模一样的猴王到如来佛跟前分个真假。

第三十二回,受命保护唐僧的功曹变化成樵夫提醒孙悟空平顶山有妖精,孙悟空自豪地问:“那魔是几年之魔?怪是几年之怪?还是个

---

① ②〔德〕马克思撰:《黑格尔法哲学批判》(导言),第2、1页,北京:人民出版社,1963。

把势,还是个雏儿? 烦大哥老实说说,我好着山神、土地递解他起身。"
"若是天魔,解与玉帝;若是土魔,解与土府:西方的归佛,东方的归圣。
北方的解与真武,南方的解与火德。是蛟精解与龙主,是鬼祟解与阎
王。各有地头方向。我老孙到处是人熟,发一张批文,把他连夜解着
飞跑。"孙悟空牛皮轰轰,但他的话有一定道理。用现在的话来说,孙
悟空通过大闹天宫,成了天宫、地狱、龙宫的"关系户",人头熟,孙悟空
能见了寿星叫"老弟",见了玉帝叫"老哥",动不动把诸天神佛麻烦个
够,只说个"列位,起动了"就了事。个把妖精当然不放在他眼里,"有
我哩,怕他怎的? 走路! 走路!"

四、西天取经

幻想可以天马行空、无拘无束,但幻想总离不开现实的制约。封
建社会的农民起义经常不能取胜,孙悟空也跳不出如来佛的手心。孙
悟空五百年后皈依佛门,成为西天取经的功臣,成了正果。有论者认
为,这颇像《水浒传》中宋江被招安。张天翼在《西游记札记》中就认为
西天取经的孙悟空是个卫道者,取经是合乎佛法的。李希凡则在《古
典小说的艺术形象》一书中提出,西天取经和大闹天宫是统一的,孙悟
空的斗争性前后一致。在西天取经过程中,美猴王的性格、才能、气度
得到了空前的发挥。

(一) 美猴王的经典造型

在西天取经过程中,美猴王的经典造型固定下来。

孙悟空跟如来佛打赌,一个觔斗十万八千里,却没跳出如来佛手
心,被如来佛反掌压在五行山下,饿了吃铁丸,喝了饮铜汁,等待取经
人到来。唐僧在取经路上,在两界山见到孙悟空的狼狈相:

> 尖嘴缩腮,金睛火眼。头上堆苔藓,耳中生薜萝。鬓边少发
> 多青草,颔下无须有绿莎。眉间土,鼻凹泥,十分狼狈;指头粗,手
> 掌厚,尘垢余多。还喜得眼睛转动,喉舌声和。语言虽利便,躯体
> 莫能那。 正是五百年前孙大圣,今朝难满脱天罗。

(第十四回)

唐僧揭开如来佛镇压孙悟空的五行山上六字封皮,封皮上的字谐音
"俺把你来迷蒙",是吴承恩的调侃文字。"只闻得一声响亮,真个是地

裂山崩","只见那猴早到了三藏的马前,赤淋淋跪下"。孙悟空从师傅那里得到个新名字"行者"。接着,就自己创造起新披挂来:

> 忽然见一只猛虎,咆哮剪尾而来。三藏在马上惊心。行者在路旁欢喜道:"师父莫怕他。他是送衣服与我的。"放下行李,耳朵里拔出一个针儿,迎着风,幌一幌,原来是个碗来粗细一条铁棒。他拿在手中,笑道:"这宝贝,五百余年不曾用着他,今日拿出来挣件衣服儿穿穿。"……那只虎蹲着身,伏在尘埃,动也不敢动。却被他照头一棒,就打的脑浆迸万点桃红,牙齿喷几点玉块。唬得那陈玄奘滚鞍落马,咬指道声"天那! 天那! 刘太保前日打的斑斓虎,还与他斗了半日;今日孙悟空不用争持,把这虎一棒打得稀烂,正是强中更有强中手!"

(第十四回)

孙悟空将如意金箍棒变成牛耳尖刀,剥下虎皮,"割个四四方方一块虎皮"。孙悟空标志性服装虎皮裙诞生。接着,他捡了唐僧一件白布短小直缀披在身上,这个举动说明孙悟空并不是没有羞臊概念的猴,而是有礼仪意识的"人"。唐僧的白布短小直缀不过是孙悟空的过渡性服装,接着观音菩萨化身老母,送来绵布直缀,嵌金花帽。孙悟空又一经典服装产生了。

古代神魔小说精彩典型孙悟空有两套经典造型:

一曰美猴王服装,四海龙王赞助。这套装扮相当神气:头戴凤翅紫金冠,身穿锁子黄金甲,脚蹬藕丝步云履;

一曰行者服装,是自我创造＋观音赠送。这套装扮相当潇洒:头戴小花僧帽,上身绵布直缀,下身围虎皮裙。

更多时间,这顶小花僧帽不在孙悟空脑袋上,取而代之的,是金光闪闪的紧箍。

孙悟空头上的紧箍,相当有哲理性。极端天才的人物,往往有极端自由的倾向,往往不受世俗管束,往往不服从"领导"。于是,观音菩萨给手无寸铁的唐僧送来掌管孙悟空的权杖,只要孙悟空不听话,唐僧就念紧箍咒。唐僧一念紧箍咒,孙悟空头痛欲裂。

西天取经的孙悟空身上确实存在着不屈不挠的斗争精神,坚定不移的斗争毅力,孙悟空逢妖必除、除妖务尽,表现最充分的是三打白骨

精和三调芭蕉扇。"今日欢呼孙大圣,只缘妖雾又重来。"孙悟空三打
白精的故事甚至让今人毛泽东联想到国际斗争。

(二) 美猴王的踢天弄井

在西天取经过程中,美猴王的踢天弄井达到了极致。

孙悟空与各种妖魔的斗争表现出机智勇敢、坚忍不拔的毅力,表
现出呼风唤雨、踢天弄井、千变万化的神通。在与无能懦弱的唐僧、经
常动摇的猪八戒对照描写中,更显出孙悟空的坚韧斗志。孙悟空最后
成为"斗战胜佛",这是吴承恩因人设庙给孙悟空设立的专门名称,佛
教讲究"和",不讲究战,孙悟空却总是"先打后商量",他讲究是斗争哲
学。即便在掌握自己命运的如来佛和观音菩萨面前,孙悟空也从不唯
唯诺诺,而是坚持自己的观点,该说就说,该争就争,该挖苦就挖苦,没
有一丝一毫奴颜媚骨。

孙悟空生命力极其强悍、创造力极其丰富,总在不停地琢磨事,总
想做点儿分外的事,做点儿新奇的事,做点儿好玩的事,做点儿过去没
做过的事。他身上体现着极端天才人物的不安分,表现出一刻也不安
宁的"猴性"。孙悟空喜欢揽事,好卖弄能力。跟妖精斗,是多么艰难
的事,他却说是"捉个妖精耍子"。车迟国斗法,孙悟空拿砍头剖腹挖
心当游戏玩。

猪八戒说孙悟空有七十二变化就有七十二条生命。呆子这番话
很有哲理,孙悟空生命力极其强盛,精力无处发泄,最喜欢管闲事。西
天取经路上,有不少磨难,根本就是他显能揽事找来的。

比如说,唐僧四众走到朱紫国,看到朱紫国王求医的榜文。这事
跟取经有何相关? 一点儿牵连没有。跟孙悟空降魔驱怪的特长有何
相关? 一点儿关系没有。孙悟空却立即来劲,满心欢喜想:"且把取经
事宁耐一日,等老孙做个医生耍耍。"(第六十八回)然后,突然变得博
学多才的猴儿来了番悬丝诊脉,判断国王病因是"双鸟失群"(朱紫国
王后确实被妖精抢走),用大黄、巴豆、锅底灰、马尿制成药丸,取名"乌
金丸",给朱紫国王服用。官员们问以何冲服,孙悟空来了个颇像现今
手机短信的搞笑段子:"半空飞的老鸦屁,紧水负的鲤鱼尿,王母娘娘
搽脸粉,老君炉里炼丹灰,玉皇戴破的头巾要三块,还要五根困龙须:
六物煎汤送此药,你王忧病等时除。"(第六十九回)众官说弄不来这样

的药引子,猴儿说那就用"无根水"吧! 无根水即没落地的雨水,官员们说现在没下雨,猴儿马上邀请龙王下雨,龙王没带雨具,就打了几个喷嚏降下无根水。结果,朱紫国王药到病除。朱紫国行医,把孙悟空好动、好奇、好胜、好显摆的个性写得入木三分。

倘若西天取经总是为了保护唐僧而跟妖魔斗争,恐怕就太单调了,所以就有了五庄观孙悟空偷人参果并推倒人参果树的故事。偷吃人参果是孙悟空办的一件糗事,也是西天取经最好看的情节之一。

(三) 美猴王的谐趣战斗

西天取经过程中,美猴王的战斗充满谐趣和哲理。

孙悟空居然会审时度世,决定他对待西天诸佛的态度。他甚至懂得到哪座山说哪里的话,在人屋檐下,不妨把头低。他的如意金箍棒被妖精收走,只好到天宫向玉皇大帝求援,见到玉皇大帝,先不伦不类地说声"老哥儿累你累你",再一一汇报他如何遇到妖精,妖精如何劫走唐僧,讲完这一切,还向玉皇大帝打了一躬说"以闻",意思是:我汇报完了。太白金星奇怪地问:猴儿何前倨而后恭? 孙悟空说道:于今没棒弄了。孙悟空有如意金箍棒,可以大闹天宫,没如意金箍棒,只好对玉皇大帝叫"老哥"了。这类情节令人喷饭。

孙悟空居然懂得与时俱进、变通与他人的关系。大闹天宫时他被二郎神捉住过。按说这是美猴王心中永远的痛,但孙悟空不计前嫌。西天取经接近尾声时,孙悟空跟九头虫交手不能取胜时,突然发现二郎神正带着梅山兄弟狩猎。他想请二郎神帮忙,却又因为当年被擒之事,觉得很没面子,于是想出叫猪八戒出面邀请二郎神的主意。二郎神果然受宠若惊,立即停止所有活动帮助孙大圣战胜九头虫。两个当年对手彻夜饮酒交谈,真是:历尽劫波兄弟在,相逢一笑泯恩仇。看到这样的情节,真得感叹:孙猴子确实成熟了。研究《西游记》的学者一般不太注意这个似乎不重要的情节,其实这个情节对于塑造孙悟空这个人物颇有哲理意味。一个人在人生中可能不断会有敌人、对手、朋友交替出现。一个有成就的人,胸怀坦荡的人,会适时地化敌为友,化对手为同盟,让任何力量为我所用,孙悟空竟然就能做到。

孙悟空最著名的战术一是钻到妖魔肚子里,二是变化成可以接近妖魔的人,有时还是美丽的妇人。他变成猪八戒妻子高翠兰将猪八戒的来历问出来;变作宝象国公主,把黄袍怪的宝贝骗过来;变成牛魔王,将罗刹女的芭蕉扇骗了来。变成什么人就说什么话,变成牛魔王,孙悟空居然能说出一番安慰怨妇的语言,"我因图治外产,久别夫人,早晚蒙护守家阃,权为酬谢。"(第六十回)令人笑倒。

孙悟空钻到敌人肚子里,是《西游记》精彩之极的文字。第七十五回,孙悟空和猪八戒一起跟狮驼岭三魔头交战,大魔头张嘴要吞八戒,被八戒逃脱,张嘴吞孙悟空,孙悟空却收了铁棒迎上去,八戒大惊:"这个弼马温,不识进退! 那怪来吃你,你如何不走,反去迎他! 这一口吞在肚中,今日还是个和尚,明日就是个大恭也!"(第七十五回)猪八戒以为师兄死了,回去闹着分行李散伙,其实故意被吞,正是孙悟空置强敌于死地的战术:

> 却说那老魔吞了行者,以为得计,径回本洞。众妖迎问出战之功。老魔道:"拿了一个来了。"二魔喜道:"哥哥拿的是谁?"老魔道:"是孙行者。"二魔道:"拿在何处?"老魔道:"被我一口吞在腹中哩。"第三个魔头大惊道:"大哥阿,我就不曾分付你。孙行者不中吃!"那大圣肚里道:"忒中吃! 又坚饥,再不得饿!"慌得那小妖道:"大王,不好了! 孙行者在你肚里说话哩!"老魔道:"怕他说话! 有本事吃了他,没本事摆布他不成? 你们快去烧些盐白汤,等我灌下肚去,把他哕出来,慢慢的煎了吃酒。"小妖真个冲了半盆盐汤。老怪一饮而干,洼着口,着实一呕,那大圣在肚里生了根,动也不动。却又拦着喉咙,往外又吐,吐得头晕眼花,黄胆都破了,行者越发不动。老魔喘息了,叫声:"孙行者,你不出来?"……行者道:"你这妖精,甚不通变。我自做和尚,十分淡薄,如今秋凉,我还穿个单直裰。这肚里倒暖,又不透风,等我住过冬才好出来。"众妖听说,都道:"大王,孙行者要在你肚里过冬哩!"老魔道:"他要过冬,我就打起禅来,使个搬运法,一冬不吃饭,就饿杀那弼马温!"大圣道:"我儿子,你不知事! 老孙保唐僧取经,从广里过,带了个折叠锅儿,进来煮杂碎吃。将你这里边的肝、肠、肚、肺,细细儿受用,还勾盘缠到清明哩!"二魔大惊道:"哥阿,这猴子他干得出来!"三魔道:"哥阿,吃了杂碎也罢,不知在那里支锅。"行者道:"三叉骨上好支锅。"三魔道:"不好了! 假若支起锅,烧动

火烟,燎到鼻孔里,打嚏喷么?"行者笑道:"没事! 等老孙把金箍棒往顶门一搠,搠个窟窿,一则当天窗,二来当烟洞。"

(第七十五回)

孙悟空钻到妖魔的肚子里再跟妖魔展开对话,就如何在妖魔的肚子里支锅支灶开讨论会,像哪家公司对某活动做可行性讨论,令人笑破肚皮。讨论的结果,是老魔吃药酒,又都被孙悟空接过去吃了,然后在妖魔肚子里大耍酒疯,不住地支架子、跌四平,踢飞脚,抓住肝花打秋千,竖蜻蜓,翻跟斗。中国古代和西方童话都找不出如此好看的场景。而这就是孙悟空的战斗,孩童玩耍般的战斗。《西游记》受到儿童喜爱,跟可爱的猴王和猴王可爱的战斗密不可分。

第四节　猪八戒:人生欲望的不断喷薄

猪八戒形象的构思,是吴承恩小说家天才灵光一闪。

猪八戒形象的构思,是吴承恩小说布局的绝妙一招。

猪八戒是孙悟空的"配享",重要性甚至不亚于唐僧。

猪八戒有多少缺点,对应的孙悟空就有多少优点;

孙悟空心高气傲理想化,猪八戒务实求实现实性;

孙悟空不近女色,猪八戒见了美女就拖不动腿;

孙悟空越斗越勇,猪八戒打不赢就钻草窠睡觉;

孙悟空被念紧箍咒也不走,猪八戒动不动想散伙;……

如果没有孙悟空,唐僧取经只能是唐三藏西域真实故事;如果没有猪八戒,《西游记》肯定不太好玩、不太好看、不太有趣,不那么引人入胜。孙悟空令读者觉得高不可攀,猪八戒令读者觉得真实如街坊邻居。猪八戒把普通人的正常欲望带进了取经队伍。唐僧给猪悟能命名"八戒",其实猪八戒的人生欲望一样也戒不了,这些欲望不断喷薄:贪吃争嘴;追逐美女;攒点儿私房钱;偷奸磨滑耍赖皮;传点老婆舌头;给孙悟空打小报告;说点儿捉襟见肘的谎话;干点以小人之心度君子之腹的糗事;吹吹自己先前阔;有时革命意志不太坚定,总想回高老庄……猪八戒又笨又不老实又有私心杂念,经常出洋相,但猪八戒是个尽职尽责的人，不断进步的人，决不投降的人，关键时刻与人为善的人，是取经路上既有功劳更有苦劳的人。

特别重要的是，猪八戒给《西游记》带来喜剧氛围和妙趣可读性。伴随着猪八戒总会出现谐趣、风趣、有趣的情节，开口解颐的语言。而且猪八戒不是插科打诨的小丑式人物，他有丰满的个性，因为在各种事件中跟孙悟空的碰撞，越加鲜明，越加有矛盾，越加有故事，越加有戏。这样写小说岂能不好看？

一、从天蓬元帅到猪八戒

观音菩萨寻找取经人的途中，一个妖怪突然跳出来：

> 卷脏蓬蓬吊搭嘴，耳如蒲扇显金睛。
>
> 獠牙锋利如钢锉，长嘴张开似火盆。
>
> 金盔紧系腮边带，勒甲丝绦蟒退鳞。
>
> 手执钉钯龙探爪，腰挎弯弓月半轮。
>
> 纠纠威风欺太岁，昂昂志气压天神。

（第八回）

这个典型的妖怪，跟观音大弟子木叉一场恶杀后，知道来到的是观音菩萨，马上改口叫木叉"老兄"，请他引见菩萨。告诉观音菩萨：我本是天河里天蓬元帅，只因带酒戏嫦娥，玉帝打了二千锤，贬下凡尘，错投胎到母猪肚中，我咬杀母猪，占了山场，被福陵山云栈洞的卵二姐招为倒插门女婿，不上一年，卵二姐死了：

> "在此日久年深，没有个赡身的勾当，只是依本等吃人度日。万望菩萨恕罪。"菩萨道："古人云，若要有前程，莫做没前程。你既上界违法，今又不改凶心，伤生造孽，却不是二罪俱罚？"那怪道："前程！前程！若依你，教我嗑风！常言道：依着官法打杀，依着佛法饿杀。去也！去也！还不如捉个行人，肥腻腻的吃他家娘！管甚么二罪，三罪，千罪，万罪！"

（第八回）

有话直说，说就说个痛快，决不遮着盖着，藏着掖着，决不"话到嘴边留半句"，决不口是心非，决不既做婊子又树牌坊，这就是猪八戒。食色性也，猪八戒的欲望都明摆着，因"色"犯罪过，理直气壮地说出来。在菩萨的开导下,他表示将功折罪,摩顶受戒,指身为姓,法名悟能,果然断绝五荤三厌,等待取经人。

为什么必须杜撰个猪八戒而不杜撰个牛八戒或狗八戒? 周思源教授在现代文学馆做《丑陋而可爱的猪八戒》讲座时分析:

> 吴承恩为什么选择猪八戒,而不是别的什么动物的八戒?
>
> 是不是因为猪居六畜之首,级别最高之故沾光呢? 不是。六畜中别的五畜,牛、羊、马、鸡、狗为什么不行? 因为那五畜都不具备猪八戒的所有的优点或者说缺点。牛太勤劳勇敢,不可能有那么多乐子。羊倒是胆小怕事,但是太忠厚老实,在妖魔鬼怪面前只有发抖的份。马太英俊潇洒,再说已经有一匹白龙马了。鸡在家附近转悠转悠叫唤叫唤还行,长途跋涉万里取经不成。狗对主人忠心耿耿,古今中外有多少义犬救主的故事! 要是写个狗八戒,他肯定不会动不动提出散伙,或是临阵脱逃,所以反倒不合格了。猪八戒十分难看,毛病最多,最容易产生喜剧效果,最符合创作的角色需要。①

这分析颇有些道理。周思源教授不仅是古代小说研究者,还是当代长篇小说创作者,对创作小说如何安排角色心有灵犀。

猪八戒从在观音菩萨面前露面,到走完取经路,他的造型是亦猪亦人亦神。他猪头人身,没有孙悟空那套帅气的猴王服装或潇洒的行者服装,只有普通僧人衣帽,这套服装还是他在离开高老庄时据理力争向前岳父要来的。他会腾云驾雾,会三十六般变化,能变些粗老笨重的物件和形象,比如说,黄胖和尚或大树,变灵巧的小女孩一秤金就得孙悟空给他吹口气了。他会使用钉钯打仗。就像给孙悟空确定个带有神话特点的神铁武器,吴承恩给猪八戒确定的是带有劳动特点的武器。猪八戒靠这个武器曾在高老庄以辛勤劳动成果做了几年上门女婿,在西天取经路上也经常用来披荆斩棘。其实按照观音菩萨初见的妖怪形象,猪八戒比现在读者心目中的"呆子"要凶恶得多丑恶得多,这是因为不管明代《西游记》插图作者还是后世戏剧、影视导演,都对猪八戒来了番美化工程,猪八戒更"人性化"了。他的血盆大口中锋

---

① 傅光明主编:《话说〈西游记〉》,第78页,济南:山东画报出版社,2006。

利如钢锉的獠牙得到必要修饰,变成介于人猪之间的牙,吊搭嘴和蒲扇耳仍然保留,且经常在小说布局中发生作用,他的长嘴有时藏在怀里,猛孤丁伸出来吓人取乐;有时担任的是"长舌男"的作用。他的蒲扇耳则巧妙地成了藏私房钱的小金库。

猪是愚笨的,孙悟空经常居高临下叫猪八戒是"馕糠的夯货"、"呆子",笨、呆、懒惰、爱睡觉,都成了猪八戒形象的构成因素。猪八戒还有更重要的构成因素,一曰食,二曰色。西方小说中经常写有某一突出欲望的畸人,巴尔扎克笔下有位充满色欲的于洛男爵,有位充满口腹之欲的邦斯舅舅。头戴僧帽的猪八戒像这两个人按比例配合,他的人生,哦,不,猪生,充满食色两欲。

猪八戒的欲望强烈而执着、赤裸裸不加掩饰,跟本来应该"八戒"的身份产生强烈对抗,不断演义妙趣横生的故事。

二、走"色"字的猪八戒

猪八戒的"猪生道路"上,总走"色"字。

因为猪八戒不断地走"色"字,《西游记》本来可能沉闷、可能乏趣的取经过程,就总会跟美女打打交道,出现笨拙的猪八戒凡心涌动、害单相思、追美女的谐趣场面,给读者带来无穷乐子。

猪八戒的"恋爱"故事,只不过稍微比阿 Q 强一点儿,阿 Q 只能对小尼姑单相思,猪八戒毕竟有过两次正常婚姻,再加若干次单相思,对嫦娥,对化身美女的菩萨,对女儿国王,对假公主……猪八戒见一个爱一个,却总不能得手。但猪八戒绝对不是少年维特,他对"失恋"毫不在乎,追不到美女,只要能填饱肚子,马上就没事了。

天蓬元帅之所以成了猪八戒,因带酒戏嫦娥。嫦娥在古代神话中是美人象征,也是天宫清冷的象征。天蓬元帅曾遇到真仙、学会九转大还丹、飞升成仙后被玉皇大帝分派管天河水兵,一见嫦娥,凡心复盟:"只因王母会蟠桃,开宴瑶池邀众客。那时酒醉意昏沉,东倒西歪乱撒泼。逞雄撞入广寒宫,风流仙子来相接。见他容貌挟人魂,旧日凡心难得灭。全无上下失尊卑,扯住嫦娥要陪歇。再三再四不依从,东躲西藏心不悦。色胆如天叫似雷,险些震倒天关阙。"(第十九回)玉皇大帝本来要处死天蓬元帅,太白金星说情,免于一死,天蓬元帅下界成了猪刚鬣。

　　虽然受到天庭惩罚，但说明天蓬元帅审美层次不低，一旦成了猪八戒，前天蓬元帅就不分年龄不分阶层乱爱起来。猪八戒见一个爱一个，他的"爱"带有极大随意性，却没有长久性。除了高老庄的浑家外，猪八戒对其他美女很容易动情，也很容易抛到脑后。

　　有"猪刚鬣"名字时的猪八戒做了两次"倒插门女婿"。第一次，是他刚刚下界时，被卵二姐招上门，这个卵二姐是什么妖怪？小说没写，漂亮不漂亮？小说也没写。只过一年，卵二姐死了，把家产都丢给猪刚鬣，猪刚鬣就有了妖精的洞穴。卵二姐似乎可有可无，算个没有任何情节的小说必要过渡因素。有了她，说明前天蓬元帅时刻离不了女人，有了她，前天蓬元帅有了妖精的洞穴，而她还必须很快离开小说舞台，因为需要推出高老庄的故事。观音菩萨令猪刚鬣改名猪悟能，让他等待取经人。猪悟能已领命归真、持斋把素，却又不守佛门规矩，到高老庄做起上门女婿。高老向唐僧介绍：

> 　　三年前，有一个汉子，模样儿倒也精致，他说是福陵山上人家，姓猪，上无父母，下无兄弟，愿与人家做个女婿。我老拙见是这般一个无根无绊的人，就招了他。一进门时，倒也勤谨：耕田耙地，不用牛具；收割田禾，不用刀杖。……初来时，是一条黑胖汉，后来就变做一个长嘴大耳朵的呆子，脑后又有一溜鬃毛，身体粗糙怕人，头脸就像个猪的模样。食肠却又甚大……
>
> 　　　　　　　　　　　　　　　　　　　　　　　（第十八回）

猪刚鬣虽然"变脸"，其实并非骗婚。即便吃得多，也是劳动所得，这是由"呆子"亲口对扮作高翠兰的孙悟空说出来的：

> 　　我得到了你家，虽是吃了些茶饭，却也不曾白吃你的：我也曾替你家扫地通沟，搬砖运瓦，筑土打墙，耕田耙地，种麦插秧，创家立业。如今你身上穿的锦，戴的金，四时有花果观玩，八节有蔬菜烹煎，你还有那些儿不趁心处？
>
> 　　　　　　　　　　　　　　　　　　　　　　　（第十八回）

连孙悟空都对猪刚鬣产生同情，劝高老"据他说，原是一个天神下界，替你巴家做活，又未曾害了你家女儿。想这等一个女婿，也门当户对，不怎么坏了家声，辱了行止。当真的留他也罢。"（第十九回）

孙悟空捉拿猪刚鬣，猪刚鬣知道菩萨说的取经人来了，甘心受缚，告诉孙悟空"轻着些儿"，孙悟空回答："轻不成！顾你不得！常言道'善猪恶拿'。"猪刚鬣变成了猪八戒，居然还保持他在高老庄的女婿身份，"扯住老高道：'爷，请我拙荆出来拜见公公、伯伯，如何？'行者笑道：'贤弟，你既入了沙门，做了和尚，从今后，再莫题起那"拙荆"的话说。世间只有个火居道士，那里有个火居的和尚？'"（第十九回）猪八戒对从凡人到和尚的转折很不适应，总得孙悟空提醒。

高老要送唐僧银两衣服，唐僧不要，猪八戒忙说：师父师兄不要也罢，我在他家做了几年女婿，挂脚粮也该三石。猪八戒要求前岳父给青锦袈裟、新鞋子，换下旧衣服：

> 那八戒摇摇摆摆，对高老唱个喏道："上复丈母、大姨、二姨并姨夫、姑舅诸亲：我今日去做和尚了，不及面辞，休怪。丈人呵，你还好生看待我浑家，只怕我们取不成经时，好来还俗，照旧与你做女婿过活。"行者喝道："夯货！却莫胡说！"八戒道："哥呵，不是胡说，只恐一时间有些儿差池，却不是和尚误了做，老婆误了娶，两下里都耽搁了？"

（第十九回）

猪八戒是取经队伍中前瞻后顾、"革命意志"最不坚定的分子。在取经八十回故事中，至少有六次写到他见美女动凡心。

第一次，第二十三回，猪八戒做了和尚不久，就遇到四圣试禅心。四个菩萨假扮成母女四人，是来主要是考察唐僧有没有凡心，没想到受不住考验的是猪八戒。

唐僧四众到一家院落想借宿，女主人自称"寡妇"出来迎接，猪八戒的耳朵对"寡妇"二字特别敏感，"饧眼偷看"。这四个字用得很巧，"饧眼"是眼巴巴的意思，却只能偷看。因为身份是和尚。妇人一再向唐僧表白家庭富足，唐僧毫无反应。猪八戒闻得这般富贵，这般美色，心痒难挠，坐在椅子上，像针戳屁股，左扭右扭的，忍耐不住，竟上去扯唐僧，要他"做个理会"，被唐僧教训一顿。孙悟空故意说"教八戒在这里罢"，猪八戒说："哥啊，不要栽人么。大家从常计较。"这个"从常计较"也很有趣，其实是他想留下，不好意思直接说，他想让其他人劝他留下。孙悟空继续逗他，叫他留下，猪八戒以小人之心度君子之腹，说大家都有这想法，只是栽他，还说他不能停妻再娶。其实此时呆子已将高老庄的浑家忘到九霄云外，只有眼前美女和财富了。然后，猪八戒借口放马，跑到后门，放马是借口，想跟美女私下接触是真心。菩萨当然能跟他不期而遇，于是，猪八戒连"娘"都叫起来，贪得无厌地要把三个女儿都娶了，实在不成，娶丈母娘也可以。猪八戒凡心不退，洋相出尽，黄粱美梦做足，"色"得过分，受到菩萨惩戒，被吊在树上：

> 那呆子绷在树上，声声叫喊，痛苦难禁。行者上前笑道："好女婿呀！这早晚还不起来谢亲，又不到师父处报喜，还在这里卖解儿耍子里！咄！你娘呢？你老婆呢？好个绷巴吊拷的女婿呀！"那呆子见他来抢白着羞，唛着牙，忍着疼，不敢叫喊。沙僧见了，老大不忍，放下行李，上前解了绳索救下。

（第二十四回）

第二次，第二十七回，猪八戒看到俊美的白骨精时，立即动了凡心，忍不住胡言乱语，搭讪："女菩萨，往那里去？手里提着是什么东西？"（第二十七回）但白骨精感兴趣的是唐僧，不然猪八戒肯定会跟她走了。

第三次，第五十四回，取经四众到了西梁女儿国，女儿国王要留下唐僧，猪八戒马上"勇挑重担"，说"打发他往西去，留我在此招赘如何？"看到美丽的女王，猪八戒"忍不住口嘴流涎，心头撞鹿，一时间骨软筋麻，好便似雪狮子向火，不觉的都化去也"。自然只能单相思，女儿国王不可能对他有兴趣，如果女王对他有兴趣，这头猪大概跑得比兔子还快了。

第四次，第七十二回，猪八戒在盘丝洞遇到七个美女妖精，虽然表示要打死她们，却忍不住故意变个鲇鱼在水中的裸体女妖间穿来穿去，总算跟美女来了一番有点儿暧昧的"变形接触"。在这个情节上，《西游记》特别写出猪八戒时刻动欲念和孙悟空从不动欲念的不同。孙悟空看到七个蜘蛛精在洗澡时，先想到：我如果把棍往池中一搅，她们一窝儿都死，只是低了老孙的名头，"常言道：男不与女斗。我这般一个汉子，打杀几个丫头，着实不济"。于是变个饿鹰叼走了蜘蛛精的衣服，目的是"送他一个绝后计，教他动不得身，出不得水"。猪八戒一听七女妖在洗澡，立即来劲，借口"师兄你凡干事，只要留根。既见妖精,如何不打杀他,却就去解师父!"表示他要去"斩草除根",结果这呆子如何"斩草除根"? 他欢天喜地,抖擞精神,跑到池边笑道:"女菩萨,在这里洗澡哩。也携带我和尚洗洗。"然后变作鲇鱼,"只在那腿裆里乱钻"。

第五次,第七十五回,猪八戒以为唐僧死了,就提出分行李,让沙僧回流沙河,他回高老庄"看看我浑家"。看来高翠兰成了猪八戒干涸情田中最后一块绿洲了。

第六次,第九十三回,唐僧被妖精变的公主抛中彩球,皇帝要招他做驸马,猪八戒听说,马上跌脚捶胸,"早知我去好来!""我径奔彩楼之下,一绣球打着我老猪,那公主招了我,却不美哉,妙哉!"待发现"公主"原来是月中玉兔,被太阴星君收伏,嫦娥随同太阴星君来到人间,猪八戒一见——

> 动了欲心,忍不住,跳在空中,把霓裳仙子扯住道:"姐姐,我与你是旧相识,我和你耍子去也。"行者上前,揪着八戒,打了两掌,骂道:"你这个村泼呆子! 此是甚么去处,敢动淫心!"八戒道:"拉闲散闷,耍子而已!"

(第九十五回)

猪八戒的恋爱故事始于嫦娥,终于嫦娥,完成哲理性循环。

取经任务完成后,唐僧、孙悟空、沙僧都得以成佛,猪八戒却成不了佛,猪八戒想争执,如来佛说因为他"色情未泯",但"挑担有功",封他个净坛使者的"官"儿。猪八戒同在人间一样,听说有吃的,什么级别不级别,什么佛不佛,他就不管了。

三、笨八戒"食"字为上

猪八戒笨,是他的主要特点,但遇到吃的,他就一点儿也不笨,会千方百计想办法吃。猪八戒初见观音菩萨就宣布捉个行人"肥腻腻的吃他家娘"最快活。高老庄的高老形容他:一顿要吃三五斗米饭,早间点心也得吃百十个烧饼。猪八戒能吃和贪吃,成为《西游记》百写不厌的妙趣,最妙的无过于偷吃人参果和朱紫国行医。

吃人参果情节,把唐僧师徒四人表现得淋漓尽致。首先是唐僧的"凡人见识"和善良、胆小。唐僧不认识,不肯吃人参果,却将猪八戒的馋虫调动起来,再将偷果子的任务栽到孙悟空头上。凡是吃食上,猪八戒的心思足够用,他居然记住打人参果得拿金击子打。待孙悟空将人参果打来,猪八戒一吃,就吃出经典来了:

> 他三人将三个果各各受用。那八戒食肠大,口又大,一则是听见童子吃时,便觉馋虫拱动,却才见了果子,拿过来,张开口,毂辘的吞咽下肚,却白着眼胡赖,向行者、沙僧道:"你两个吃的是甚么?"沙僧道:"人参果。"八戒道:"甚么味?"行者道:"悟净,不要采他!你到先吃了,又来问谁?"八戒道:"哥哥,吃的忙了些,不相你们细嚼细咽,尝出些滋味。我也不知有核无核,就吞下去了。哥阿,为人为彻;你轻调动我这馋虫,再去弄个儿来,老猪细细的吃吃。"行者道:"兄弟,你好不知止足!这个东西,比不得那米食面食,撞着尽饱。相这一万年只结得三十个,我们吃他这一个,也是大有缘法,不等小可。罢罢罢,勾了!"

(第二十四回)

"猪八戒吃人参果——食而不知其味"的典故被创造出来。如果不是猪八戒絮絮叨叨,清风明月就听不到人参果被偷的事,待清风明月来追查时,猪八戒却说"我老实。不晓得,不曾见。"当清风明月吵出"偷了我四个",猪八戒马上倒转胡嚷,"阿弥陀佛!既是偷了四个,怎么只拿出三个来分?预先就打起一个偏手?"(第二十五回)结果孙悟空给气得钢牙咬响、火眼睁圆,给五庄观施出"绝户计",推倒了人参果树,孙悟空使魔法逃走,镇元子两次捉拿唐僧师徒"归案"……如果没有猪八戒贪吃,就不会发生这一系列情节。第二十五回回目叫"镇元仙赶捉取经僧,孙行者大闹五庄观",但给读者印象最深的,不仅是孙悟空和镇元大仙,还有那个以"吃"为业的,用他的吃给小说吃出有趣情节,给读者欣赏乐趣的猪八戒。

朱紫国行医,是写孙悟空的重头戏,但倘若没有猪八戒的戏,这段故事肯定不那么好看。唐僧四众到朱紫国倒换关文,其大街市上,两边做买卖的,看到猪八戒相貌丑陋,沙和尚面黑身长,孙行者脸毛额廓,都来争看,唐僧命令"不要撞祸,低着头走"。猪八戒果然老老实实低着头走。到了会同馆,孙悟空派猪八戒上街买菜,猪八戒不肯,孙悟空就用美食诱惑他:"着实又好茶房、面店,大烧饼、大馍馍,饭店又有好汤饭，好椒料，好蔬菜，与那异品的糖糕、蒸酥、点心、卷子、油食、蜜食，无数好东西，我去买些儿请你如何？"孙悟空将猪八戒带到市面上，"当买的不买，当吃的不吃"，成心捉弄猪八戒。如何捉弄？孙悟空当时还没想好，待他见到求医榜文，就揭了榜文，揣在一直"嘴拄着墙根"的猪八戒怀里。朱紫国校尉扯住猪八戒，说他揭了求医榜文，猪八戒立即发誓："你儿子便揭了榜文，你孙子便会医治！"他还聪明地立即将师兄供出来，叫校尉找孙悟空。校尉不肯"现钟不打去铸钟"，幸好有两位老太监问明唐僧倒换关文事，告诉校尉到会同馆找孙悟空。此时猪八戒居然说"你这两个奶奶知事"。把太监叫成"奶奶"也只能是猪八戒风趣而形象的语言。猪八戒还知道孙悟空爱戴高帽，嘱咐校尉见了面叫"孙老爷"，于是孙悟空朱紫国看病的好戏终于开场，但是"垫场戏"却由猪八戒唱得有声有色、情趣盎然。（第六十八回）

孙悟空无师自通成了中医，悬丝诊脉，判断国王得了"双鸟失群"之症，然后，故意"见药就要"，让朱紫国的大臣将八百八味药，每样三斤送到会同馆，然后，他下令取一两大黄和一两巴豆来。沙僧和八戒忽然都懂药理，沙僧说朱紫国王久病虚弱，不可用大黄。八戒说巴豆乃斩关夺门之将，不可轻用。孙悟空用药理学解释一番，叫八戒刮些锅底灰，并叫八戒接一盏马尿来，合成了"乌金丸"，国王果然药到病除。国王摆宴敬酒，孙悟空连吃三杯，国王又叫"吃个四季杯儿"，猪八戒就忍耐不住了，"见酒不到他，忍得他咽咽咽唾；又见那国王苦劝行者，他就叫将起来道：'陛下，吃的药也亏了我，那药里有马——'这行者听说，恐怕呆子走了消息，却将手中酒递与八戒。接着就吃，却不言语。国王问道：'神僧说药里有马，是甚么马？'行者接过口来道：'我这兄弟，是这般口敞。但有个经验的好方儿，他就要说与人。陛下早间吃药，内有马兜铃。'"朱紫国的医官马上解释，马兜铃的作用，国王笑道"用得当！用得当！猪长老再饮一杯。"如果没有猪八戒这个时时刻刻惦记着吃喝，恐怕也写不出马尿变成马兜铃这样有趣的情节。（第六十九回）

四、猪八戒过五关斩六将

《西游记》里，猪八戒的过五关斩六将最好玩。

一曰给孙猴子进谗言。

猪八戒的本事不及孙悟空，孙悟空却经常因为猪八戒在师父跟前进谗言遭罪。孙悟空三打白骨精，猪八戒对唐僧说，孙悟空打死的三个人，都是"故意变化这个模样，掩你眼目哩"（第二十七回）。结果害得孙悟空被师父赶走。第三十八回，孙悟空捉弄猪八戒，让他把乌鸡国国王的尸体从井里背上来，猪八戒就想："这猴子捉弄我，我到寺里也捉弄他捉弄，撺唆师父，只说他医得活；医不活，教师父念《紧箍儿咒》，把这猴子的脑浆勒出来，方趁我心！"（第三十八回）

猪八戒虽然有时给孙悟空进谗言，让唐僧念紧箍咒，但孙悟空真的发生性命危险时，猪八戒的兄弟之情油然而现：第四十一回，孙悟空被红孩儿的三昧真火一烧，在冷水中一激，火气攻心，三魂出舍。助阵的龙王慌忙叫八戒沙僧寻师兄，看到孙悟空浑身上下冷如冰，沙僧不禁大哭，八戒却说：他有七十二般变化，就有七十二条生命，"你扯着脚，等我摆布他。"好呆子，将两手搓热，按住孙悟空的七窍，用个按摩禅法，"原来那行者被冰水逼了，气阻丹田，不能出声。却幸得八戒按摩揉擦，须臾间，气透三关，转明堂，冲开孔窍"（第四十一回），活了！

二曰编瞎话、说傻话、咒骂人。

猪八戒不想干活又不得不干，他想待在师父身边睡大觉，孙悟空偏偏要他巡山，自己变个小飞虫儿盯着他，结果猪八戒走了七八里路，就放下钉钯，望着唐僧，先指手画脚地骂了一番，然后，钻在草窠里睡了一觉，再编套谎话：

> 你罢软的老和尚，捉搯的弼马温，面弱的沙和尚！他都在那里自在，捉弄我老猪来跐路！大家取经，都要望成正果，偏是教我来巡甚么山！哈！哈！哈！晓得有妖怪，躲着些儿走，还不勾一半，却教我去寻他，这等晦气哩！我往那里睡觉去，睡一觉回去，含含糊糊的答应他，只说是巡了山，就了其帐也。（第三十二回）

> 我这回去，见了师父，若问有妖怪，就说有妖怪。他问甚么

山，我若说是泥捏的，土做的，锡打的，铜铸的，面蒸的，纸糊的，笔画的，他们见说我呆哩，若讲这话，一发说呆了；我只说是石头山。他问甚么洞，也只说是石头洞。他问甚么门，却说是钉钉的铁叶门。他问里边有多远，只说入内有三层。十分再搜寻，问门上钉子多少，只说老猪心忙记不真。此间编造停当，哄那弼马温去。

（第三十二回）

猪八戒编瞎话的过程都被变化成小虫、小鸟儿的孙悟空悉数听到，回去先跟唐僧、沙僧说明，然后大家一起看猪八戒的洋相。

猪八戒也经常因为孙悟空的捉弄而咒骂他，孙悟空跟羊力大仙打赌下油锅，故意变成一个小枣核，造成他已经被油炸身亡的模样。猪八戒听说接着要把他丢进油锅，气急败坏地大骂："闯祸的泼猴子，无知的弼马温！该死的泼猴子，油烹的弼马温！猴儿了帐，马温断根！"（第四十六回）结果倒把孙悟空骂出本相。

四曰存私房钱。

最可笑的是猪八戒竟然还存私房钱。在狮驼洞与魔头交战，猪八戒被捉去，捆在池塘里泡着。孙悟空去救他，因为此前听沙僧说八戒藏了些私房，就故意假装是阴司勾魂者，向他索取盘缠，如果没盘缠就立即将猪八戒捉走，于是出现了最好玩的一幕：

"长官不要索。我晓得你这绳儿叫做'追命绳'，索上就要断气。有！有！有！有便有些儿，只是不多。"行者道："在那里？快拿出来！"八戒道："可怜，可怜！我自做了和尚，到如今，有些善信的人家斋僧，见我食肠大，衬钱比他们略多些儿，我拿了攒凑这里，零零碎碎有五钱银子；因不好收拾，前者到城中，央了个银匠煎成一处，他又没天理，偷了我几分，只得四钱六分一块儿。你拿了去罢。"行者暗笑道："这呆子裤子也没得穿，却藏在何处？咄！你银子在那里？"八戒道："在我左耳朵眼儿里揌着哩。我捆了拿不得，你自家拿了去罢。"行者闻言，即伸手在耳朵窍中摸出，真个是块马鞍儿银子，足有四钱五六分重；拿在手里，忍不住哈哈的大笑一声。那呆子认是行者声音，在水里乱骂道："天杀的弼马温！到这们苦处，还来打诈财物哩！"行者又笑道："我把你这馕糟的！老孙保师父，不知受了多少苦难，你到攒下私房！"八戒道："嘴脸！

这是甚么私房！都是牙齿上刮下来的，我不舍得买来嘴吃，留下买匹布儿做件衣服，你却吓了我的。还分些儿与我。"行者道："半分也没得与你！"

（第七十六回）

猪八戒竟然懂得存私房钱，岂不是太好玩了？几年只省下五钱银子，还是为了做衣服，中间被银匠骗去几分，又给孙悟空讹出来，这情节，给紧张的降魔除怪增添一层意外乐趣。读到这个地方，读者大概一般不欣赏那个居高临下的孙悟空，反而同情可怜的、存几年钱只存了四钱多银子的猪八戒。

五曰动不动就想散伙。取经路上，猪八戒遇到困难后，几次想把行李分了，他回高老庄做女婿去。不过猪八戒想散伙的前提，主要是误认为师父没救，孙悟空死了。有一次，孙悟空故意假装怕妖怪，挤出几滴顽皮的眼泪，猪八戒立即告诉沙僧：大师兄都害怕了，看来咱们打不过妖怪，咱们把行李分了，把白马卖了，给师父留个棺材本。猪八戒就是散伙也想着给师父送终，他还是善良的。

猪八戒有再多的毛病，却是读者喜爱的形象。因为猪八戒的毛病再多，都是细枝末节。用"文革"中的话来说，他的大方向始终是正确的。他也不搞阴谋诡计，不搞两面三刀，不搞人前一套人后一套。他的欲望都是明明白白表达出来的。

在取经团队中，孙悟空干的是体面的活儿，猪八戒干的，是实实在在卖力气的活。猪八戒曾经发牢骚说，师兄你是个高傲的人，肯定不会挑担子，这么重的担子，只能我老猪挑着。猪八戒刚刚提出叫白马帮他驼几件行李，立即被孙悟空用"白马是龙马"堵了回去。

猪八戒跟妖怪争斗时相当勇敢，他被妖怪捉去，吊起来也好，要蒸他也好，他从不服软。第四十一回，红孩儿将他吊在皮袋里，猪八戒在皮袋里恶言恶语地骂妖怪长，妖怪短，"你怎么假变作个观音菩萨，哄我回来，吊我在此，还说要吃我！有一日我师兄：大展齐天无量法，满山泼怪登时擒！解开皮袋放我出，筑你千钯方趁心！"孙悟空听了以后想："这呆子虽然在这里面受闷气，却还不倒了旗枪。"（第四十一回）

猪八戒最有光彩的表现，应是在孙悟空被逐、唐僧被黄袍怪变成老虎时的义激美猴王。猪八戒跟黄袍怪战八九个回合，渐渐不济，就

叫沙僧"上前来与他斗着,让老猪出恭来。"(第二十九回)一头钻到草
窠里,不敢出来。结果沙僧被抓,猪八戒"拱了一个猪浑塘",一觉睡到
半夜才醒,回到馆驿,白马口吐人言,告诉他师父有难。八戒对龙马
说:"你挣得动,便挣下海去罢。把行李等老猪挑去高老庄上,回炉做
女婿去呀。"(第三十回)经白龙马劝解,让他到花果山请回孙悟空。猪
八戒驾云到花果山,居然想出义激美猴王法子,将孙悟空请了回来。

孙悟空离开师父,是猪八戒进谗言的结果,猪八戒是冒着挨如意
金箍棒的风险去花果山的。到了花果山,孙悟空再三要他在花果山玩
儿,猪八戒却一心劝猴儿回去救师父,不肯玩。先是哀求孙悟空"一日
为师,终身为父",千万救救唐僧,后是现场编造出黄袍怪骂孙悟空:
"我说,'妖精,你不要无礼,莫害我师父!我还有个大师兄,叫做孙行
者。他神通广大,善能降妖。他来时教你死无葬身之地!'那怪闻言,
越加忿怒,骂道:'是个甚么孙行者,我可怕他!他若来,我剥了他皮,
抽了他筋,啃了他骨,吃了他心!饶他猴子瘦,我也把他剁鲊着油
烹!'"(第三十一回)猪八戒既虚构出黄袍怪骂孙悟空的话激怒孙悟
空,又借黄袍怪的嘴,替自己受尽孙悟空捉弄出一口恶气。这番话起
的作用,是孙悟空再也不端架子,再不捉弄猪八戒,急于向妖怪报"一
骂之仇"了。从这件事上看,猪八戒一点儿也不呆,一点儿也不傻。

五、猪八戒的喜剧色彩

猪八戒对《西游记》的最大贡献或许是带来喜剧氛围。

猪八戒为人笨拙,说话傻里傻气,出言令人喷饭。第七十七回"群
魔欺本性,一体拜真知",猪八戒和唐僧、沙僧一起被三个魔头捉住要
上笼蒸,二怪说"猪八戒不好蒸",猪八戒欢喜道:"阿弥陀佛,是那个积
阴骘的,说我不好蒸?"三怪说:"不好蒸,剥了皮蒸。"猪八戒慌了,厉声
喊:"不要剥皮!粗自粗,汤响就烂了!"然后,猪八戒跟孙悟空讨论如
果把他放在下边的一层,一次蒸不熟,翻转来再蒸,"弄得我两边俱熟,
中间不夹生了?"讨论的似乎不是自己生死攸关的话题,倒是跟自己毫
不相干的好玩有趣的事儿。(第七十七回)

猪八戒的傻话、呆话,充满喜剧色彩。他的顽皮不亚于孙悟空。
第二十六回,孙悟空推倒了五庄观的人参果树,只好到处求救。唐僧

给三天期限,届时回不来就念紧箍咒。孙悟空途中遇到福、禄、寿三星,三星主动帮忙去看望镇元大仙并请唐僧宽限时间。仙童向镇元大仙报告"海上三星来了",镇元大仙和唐僧"降阶奉迎",正事还都没说没办,猪八戒先忙活起来:

> 那八戒见了寿星,近前扯住,笑道:"你这肉头老儿,许久不见,还是这般脱洒,帽儿也不带个来。"遂把自家一个僧帽,扑的套在他头上,扑着手呵呵大笑道:"好!好!好!真是'加冠进爵'也!"那寿星将帽子摜了,骂道:"你这个夯货,老大不知高低!"八戒道:"我不是夯货,你等真是奴才!"福星道:"你倒是个夯货,反敢骂人是奴才!"八戒又笑道:"既不是人家奴才,好道叫做'添寿'、'添福'、'添禄'?"……

> 正说处,八戒又跑进来,扯住福星,要讨果子吃。他去袖里乱摸,腰里乱挖,不住的揭他衣服搜捡。三藏笑道:"那八戒是甚么规矩!"八戒道:"不是没规矩,此叫做'番番是福'。"三藏又叱令出去。那呆子跨出门,看着福星,眼不转睛的发狠。福星道:"夯货!我那里恼了你来,你这等恨我?"八戒道:"不是恨你,这叫'回头望福'。"那呆子出得门来,只见一个小童,拿了四把茶匙,方去寻钟取果看茶,被他一把夺过,跑上殿,拿着个小磬儿,用手乱敲乱打,两头玩耍。大仙道:"这个和尚,越发不尊重了!"八戒笑道:"不是不尊重,这叫做'四时吉庆'。"

(第二十六回)

如果没有猪八戒调皮捣蛋,没有猪八戒插科打诨,只是福禄寿三星跟镇元大仙、唐僧枯坐那儿礼让寒暄,会是个多么枯燥乏味的场面。有了猪八戒,整个场面就活跃了,亮丽了,风趣了。猪八戒拿福寿禄三星大开玩笑,用的都是日常生活中人们常说的话"加冠(官)进爵"、"添福添寿添禄"、"番番是福"、"回头望福"、"四时吉庆",至于说寿星不戴帽子,更风趣之极。传说中的寿星什么时候戴过帽子?如此巧妙地将约定俗成的话语组织到极不起眼的情节中,产生如此明显的喜剧效果,吴承恩对传统信手拈来、杜撰升华的本领好生了得!

张锦池教授《西游记考论》第六章《论猪八戒的形象演化》说:

> 更需注意的还是:《西游记》中猪八戒的思想性格,主要是通

过孙悟空对他的作弄以及他对孙悟空的反作弄来显示的。他俩的性格完全相反,而又是天造地设的最佳搭档。一个身材瘦小,一个体态粗胖;一个怀抱理想,一个沉于世俗;一个见事凭胆识,一个做事靠经验;一个勇往直前,一个瞻前顾后;一个爱战劲敌,一个好扫小妖;一个尚名不图利,一个图利不尚名;一个情田鞠草,一个欲海扬波;一个喝风呵烟,一个食肠如壑;一个机敏诙谐,一个质朴憨直;一个好使促狭,一个好弄狡黠;一个伶牙俐齿,一个笨嘴笨舌;一个以不干脏活累活为尊,认作清高,一个以长于耕田耙地为荣,视为能耐;一个处处流露出市民气质,一个在在反映着小农心理。①

猪八戒是丰富的双面像,他既笨拙又聪明,既懒散又勤劳,既好美色又重"结发情",既贪小利又不忘大义,因为这个扇着一对招风耳,伸着一个长嘴巴角色的出现,《西游记》时时充满喜剧性,猪八戒是《西游记》脍炙人口的重要因素。

第五节 唐僧·沙僧·白龙马

西天取经是《西游记》的重头戏,除了孙悟空和猪八戒之外,自然应该重视唐僧、沙僧、白龙马。他们在取经故事中扮演不同的角色。如何围绕唐僧却做足孙悟空的文章?吴承恩在构思上颇费心思。这主要表现在他对孙悟空、猪八戒两个焦点人物以及唐僧、沙僧、白龙马几个相对次要人物的定位和运筹上。

妖魔要对付的是唐僧,无非两种形式:男妖想吃唐僧肉,女妖想跟唐僧成亲。保护唐僧主要是孙悟空和猪八戒承担。唐僧命中注定有九九八十一难缺一不可,唐僧懦弱无能、轻信上当,是妖精作乱的基础和前提,猪八戒既协助孙悟空降妖除怪,又动不动进点儿谗言,让孙悟空受挫。沙僧就成了孙悟空跟唐僧、猪八戒之间的缓冲地带,必要时,白龙马担任补台角色。

---

① 张锦池:《西游记考论》,第196页,哈尔滨:黑龙江教育出版社,1997。

一、佛教教义的体现者唐僧

唐僧是宗教精神的化身，是佛教教义的体现者。他没有自己的喜怒哀乐，处处受佛教教义的束缚，他坚持"慈悲为主"，忍辱、持戒、不杀生。孙悟空每杀一个妖精，他都喊"善哉"。因为他的慈悲为怀，屡屡上当，给孙悟空增加新的麻烦，如白骨精，红孩儿小妖，都是他招惹来的。他怯懦无能、不明事理。靠他那套哲学，西天根本就去不成，全靠孙悟空保护才能去西天。他却总要听信猪八戒的谗言念紧箍咒，甚至轰走孙悟空。这位高僧在关键时刻还表现出自私的一面，第五十六回，几个草寇将唐僧吊了起来，孙悟空救了唐僧，打死了两个草寇，唐僧不住地絮絮叨叨，猢狲长，猴子短，教八戒筑坑将草寇埋了，表白草寇是被孙悟空打死，他给埋起来的，并祝祷：

> "你到森罗殿下兴词，倒树寻根，他姓孙，我姓陈，各居异姓。冤有头，债有主，切莫告我取经僧人。"八戒笑道："师父推得干净。他打时却也没有我们两个。"三藏真个又撮土祝告道："好汉告状，只告行者，也不干八戒、沙僧之事。"大圣闻言，忍不住笑道："师父，你老人家忒没情义。为你取经，我费了多少殷勤劳苦，如今打死这两个毛贼，你倒教他去告老孙。虽是我动手打，却也只是为你。你不往西天取经，我不与你做徒弟，怎么会来这里，会打杀人！"
>
> （第五十六回）

唐僧是金蝉子转世的高僧，他诚信佛法，严守戒律，取经志诚，但在跟孙悟空的对照中表现出他迂腐可笑、屡次上当、可恼可恨。这实际上可以理解为吴承恩对佛教教义的调侃。

唐僧是个和尚，刘备是个皇帝，但两人相似，都爱哭。第十五回，唐僧和孙悟空师徒二人走到蛇盘山，唐僧的白马被吃：

> 三藏道："既是他吃了，我如何前进！可怜呵，这万水千山，怎生走得！"说着话，泪如雨落。行者见他哭将起来，他那里忍得住暴躁，发声喊道："师父莫要这等脓包形么！你坐着！坐着！等老孙去寻着那厮，教他还我马匹便了！"三藏却才扯住道："徒弟呵，你那里去寻他？只怕他暗地里窜将出来，却不又连我都害了？那

时节人马两亡,怎生是好!"行者闻得这话,越加嗔怒,就叫喊如雷道:"你忒不济! 不济! 又要马骑,又不放我去,似这般看着行李,坐到老罢!"

(第十五回)

遇到困难就哭,遇到妖精一点儿办法也没有,这就是唐僧。孙悟空开头还不习惯这个"脓包"、"忒不济"的师父。时间一长,孙悟空也就习惯了。不管怎么哭,西天还是得去,这就是唐僧。不过有时候唐僧的取经意志,也得徒弟给加油。第八十一回唐僧病倒在镇海寺,就要叫孙悟空给唐王送信,声明"僧病沉疴难进步,佛门深远接天门。有经无命空劳碌,启奏当今别遣人。"被孙悟空嘲笑一番:"师父,你忒不济,略有些些病儿,就起这个意念。"(第八十一回)还表示:哪个阎罗王敢捉我师父? 我一路棍打入幽冥! 唐僧这才不发牢骚了。

"得道高僧"是对唐僧的基本定位,不管有多少美女对他感兴趣,不管有多少财富,他从不动摇西天取经的志向。在四圣试禅心中,待女子说出她有家产万贯、良田千顷,"小妇娘女四人,意欲坐山招夫,四位恰好。"(第二十三回)唐僧推聋作哑,瞑目宁心,寂然不答。女子进一步说出,家中"骡马成群,猪羊无数,东南西北,庄堡草场,共有六七十处。家下有八九年用不着的米谷,十来年穿不着的绫罗。一生有使不着的金银。……你师徒们若肯回心转意,招赘在寒家,自自在在,享用荣华,却不强如往西劳碌?"(第二十三回)唐僧"如痴如蠢,默默无言"。妇人继续要求唐僧"与舍下做个家长,穿绫着锦,胜强如那瓦钵缁衣,雪鞋云笠"。唐僧"好便似雷惊的孩子,雨淋的虾蟆;只是呆呆挣挣,翻白眼儿打仰"。这些描写既写唐僧意念的志诚,也是写其为人的憨厚老实。

到了西梁女国,国王看上了他,扯住他:"我和你成其夫妇,你则今日就做国王,如何?"唐僧回答:"善哉,我要取经哩。"孙悟空知道女王招亲的事,故意调侃:"依老孙说,你在这里也好,自古道,千里姻缘似线牵哩。那里再有这般相应处?"唐僧仍然很坚定:"徒弟,我们在这里贪图富贵,谁去西天取经? 却不望坏了我大唐之帝主也?"(第五十四回)此时唐僧把持得住的,居然是责任心。

慈悲为怀,是唐僧的基本个性,有时候他的慈悲表现得非常可笑,五庄观的观主因为跟唐僧前世有一茶之交,在他取经路过时,嘱咐徒弟送可以延年益寿的仙家极品"草还丹"给唐僧享用,结果,唐僧根本不认识,还害怕得很:

> (清风明月敲下人参果)径至前殿奉献道:"唐师父,我五庄观土僻山荒,无物可奉,土宜素果二枚,权为解渴。"那长老见了,战战兢兢,远离三尺道:"善哉!善哉!今岁到也年丰时稔,怎么这观里作荒吃人?这个是三朝未满的孩童,如何与我解渴?"清风暗道:"这和尚在那口舌场中,是非海里,弄得眼肉胎凡,不识我仙家异宝。"明月上前道:"老师,此物叫作'人参果',吃一个儿不妨。"三藏道:"胡说!胡说!他那父母怀胎,不知受了多少苦楚,方生下来,及三日,怎么就把他拿来当果子?"清风道:"实是树上结的。"长老道:"乱谈!乱谈!树上又会结出人来?拿过去!不当人子!"

> (第二十四回)

《西游记》的唐僧,已不是《大唐三藏西域记》里的唐僧,而是一全新文学形象,不再是历史人物。历史人物唐僧有雄才大略,有钢铁意志,这些都不能再用到小说人物身上。唐僧必须是怯懦的,不然显不出孙悟空的刚强;唐僧必须耳朵根软、缺少主见,不然凑不出猪八戒给孙悟空进谗言的有趣故事;唐僧必须是十世修行,因此妖精们都盯上了"唐僧肉"。"唐僧肉"也成了后世成语。

二、赤胆忠心中规中矩的沙僧

观音菩萨寻找取经人的途中,未来沙僧是第一个跳出来的妖怪:

> 青不青,黑不黑,晦气色脸;长不长,短不短,赤脚觔躯。眼光闪烁,好似灶底双灯;口角丫叉,就如屠家火钵。獠牙撑剑刃,红发乱蓬松。一声叱咤如雷吼,两脚奔波似滚风。

> (第八回)

这怪物向观音菩萨声明:"我不是妖邪,是灵霄殿下侍銮舆的卷帘大将。只因在蟠桃会上,失手打碎了玻璃盏,玉帝把我打了八百,贬下界来,变得这般模样。又教七日一次,将飞剑来穿我胸胁百余下方回。"观音菩萨叫他皈依佛门,保取经人西天取经,求得正果。

唐僧在取经路上收沙僧在猪八戒之后，乌巢禅师先向唐僧预言"水怪前头遇"，到了八百里流沙河，果然从水中跳出来个凶恶妖精：

一头红焰发蓬松，两只圆睛亮似灯。

不黑不青蓝靛脸，如雷如鼓老龙声。

身披一领鹅黄氅，腰束双攒露白藤。

项下骷髅悬九个，手持宝杖甚峥嵘。

（第二十二回）

这妖怪不仅面目峥嵘，还武艺高强，他先用降妖杖跟猪八戒斗了二十个回合，不分胜负。后来二人又踏浪登波，大战两个时辰，"铜盆逢铁帚，玉磬对金钟"。猪八戒跟他只能战个平手，孙悟空在水中无法施展，最后还得木叉行者来唤他"归队"。

沙僧归队后，再也没有那份凶恶，他安分守法、中规中矩。既不像孙悟空那样心高气傲，也不像猪八戒那样杂念丛生，从不惹是生非。他对唐僧和师兄赤胆忠心，他与人为善，从不像孙悟空那样捉弄猪八戒，也从不像猪八戒那样给孙悟空进谗言。猪八戒数次调唆唐僧念紧箍咒，沙僧数次谏止唐僧念紧箍咒。只是沙僧的能力渐渐在跟孙悟空的对比中越来越弱化。沙僧不像孙悟空极端个人英雄主义，不像猪八戒有许多个人小算盘，他是典型的正人君子，这就使他在取经故事中不像孙悟空有那么多上天入地的英雄事迹，也不像猪八戒有那么多令人乐坏的"狗熊事迹"。他既没有跟孙悟空妙趣横生的对手戏，也没有跟唐僧的激烈冲突。没有矛盾，没有冲突，也就没了故事，少了意趣，相对而言，沙僧比起孙悟空和猪八戒就没有多少趣味性。

沙僧在取经过程中经常起的作用，是唐僧的贴身侍卫，他也像众子女中最孝顺父母的一个，因为中国古代讲孝道重心就是"顺者为孝"，沙僧从不违抗师父的命令。第七十二回写盘丝洞遇蜘蛛精，唐僧一行从朱紫国出来，唐僧忽然要自己去化斋吃。孙悟空立即反对，说：你要吃斋，我去化，岂有个弟子高坐、师父化斋的道理？八戒也说师父没主张，宣布"有事弟子服其劳"。只有沙僧明白唐僧的意思，对孙悟空猪八戒说："师兄，不必多讲，师父的心性如此，不必违拗。若恼了他，就化将斋来，他也不吃。"此后小说写到唐僧的心理："我若没本事化顿斋饭，也惹那徒弟笑我：敢道为师的化不出斋来，为徒的怎能去拜佛。"看来沙僧早就料到师父会有这心思，所以他支持唐僧，顺着唐僧。唐僧跟徒弟相处中最舒心合意的，就是跟沙僧交往。孙悟空经常嘲笑师父，猪八戒经常跟师父要赖，沙僧对师父永远尊重、体贴、温暖、叉手不离方寸。取经途中从未挨过训的弟子就是沙僧。

沙僧取经志向最坚定，第四十回红孩儿用狂风将唐僧卷走，孙悟空心灰意懒，说要散了，猪八戒当然赞成，沙僧成了中流砥柱。

> 行者道："兄弟们，我等自此就该散了！"八戒道："正是，趁早散了，各寻头路，多少是好。那西天路无穷无尽，几时能到得！"沙僧闻言，打了一个失惊，浑身麻木道："师兄，你都说的是那里话！我等因为前生有罪……皈依佛果，情愿保护唐僧上西方拜佛求经，将功折罪。今日到此，一旦俱休，说出这等各寻头路的话来，可不违了菩萨的善果，坏了自己的德行，惹人耻笑，说我们有始无终也！"悟空道："兄弟，你说的也是。奈何师父不听人说。我老孙火眼金睛，识得好歹。才然这风，是那树上吊的孩儿弄的，我认得他是个妖精，你们不识，那师父也不识，认作是好人家儿女，教我驮着他走。是老孙算计要摆布他，他就弄个重身法压我。是我把他掼得粉碎，他想是又使解尸之法，弄阵旋风，把我师父摄去也。因此上怪他每每不听我说，故我意懒心灰，你端的要怎的处？"八戒道："我才自失口乱说了几句，其实也不该散。哥哥，没及奈何，还信沙弟之言，去寻那妖怪救师父去。"行者却回嗔作喜道："兄弟们还要来结同心，收拾了行李、马匹，上山找寻怪物，答救唐僧去。"（第四十回）

沙僧头脑也比较清醒，同样是跟红孩儿的战斗，孙悟空从土地那儿听说红孩儿是牛魔王儿子，立即天真地想到：论辈分我得算他的老叔，他不会伤我师父。又是沙僧提醒他："哥哑，常言道，三年不上门，当亲也不亲哩。你与他相别五六百年，又不曾往还酒杯，又没有个节礼相邀，他那里与你认甚么亲耶？"孙悟空继续天真地说："总然他不认亲，好道也不伤我师父。不望他相留酒席，必定也还我个囫囵唐僧。"结果红孩儿不仅不认叔叔，还放火烧了孙悟空和猪八戒。（第四十回）

沙僧对孙悟空也并不总是唯唯诺诺，必要时他会据理力争，会对脾气暴躁的孙悟空巧动心思、动之以情、晓之以理。第八十一回唐僧将妖怪认作受害弱女,带她进镇海寺,寺内和尚连续死了好几个。孙悟空化装侦察,变作小和尚跟陷空山无底洞的老鼠精地涌夫人打起来,老鼠精用金蝉脱壳计,将唐僧摄走。

> 行者晓得中了他计,连忙转身来看师父。那有个师父?只见那呆子和沙僧口里呜哩呜哪说甚么。行者怒气填胸,也不管好歹,捞起棍来一片打,连声叫道:"打死你们!打死你们!"那呆子慌得走也没路;沙僧却是个灵山大将,见得事多,就软款温柔,近前跪下道:"兄长,我知道了。想你要打杀我两个,也不去救师父,径自回家去哩。"行者道:"我打杀你两个,我自去救他!"沙僧笑道:"兄长说那里话!无我两个,真是单丝不线,孤掌难鸣。兄阿,这行囊、马匹,谁与看顾?宁学管鲍分金,休仿孙庞斗智。自古道:'打虎还得亲兄弟,上阵须教父子兵。'望兄长且饶打,待天明和你同心戮力,寻师去也。"

(第八十一回)

本来非常生气的孙悟空,"虽是神通广大,却也明理识时",经沙僧苦苦哀求,就坡下驴,接受沙僧建议。沙僧这次做"团结调和"工作做得很巧妙,他并不直接求孙悟空饶恕他和猪八戒,却故意给孙悟空栽赃,说孙悟空打他们是为了散伙。孙悟空当然听不得这话,其实沙僧何尝这样看孙悟空,只是情势需要他"激"而不要他"求"。

必要时,沙僧还能对孙悟空不讲情面。在真假美猴王故事中,观音菩萨让孙悟空随沙僧一起去水帘洞分辨真假,孙悟空的觔斗云快,想先走,被沙僧一把扯住,"大哥不必这等藏头露尾,先去安排,待小弟与你一同走。"(第五十八回)这个举动说明沙僧办事考虑周全,大是大非面前,他既不顾兄弟情谊,也不怕孙悟空的如意金箍棒了。

沙僧的大义凛然尤其表现在波月洞舍身救公主。黄袍怪本来听了公主劝解将唐僧放走,唐僧捎信的结果,是"能不够"的猪八戒承担了捉妖任务却打不过妖怪躲到草窠里睡觉,沙僧降妖的结果是被妖所降。黄袍怪认为是公主给父王送了信,要动手杀她,沙僧宁可牺牲自己也要保护师父的救命恩人公主:

> 那怪闻言,不容分说,轮开一只簸箕大小的篮靛手,抓住那金枝玉叶的发万根,把公主揪上前,捽在地下,执着钢刀,却来审沙

僧,咄的一声道:"沙和尚! 你两个辄敢擅打上我们门来,可是这女子有书到他那国,国王教你们来的?"沙僧已捆在那里,见妖精凶恶之甚,把公主掼倒在地,持刀要杀。他心中暗想道:"分明是他有书去。救了我师父,此是莫大之恩。我若一口说出,他就把公主杀了,此却不是恩将仇报? 罢! 罢! 罢! 想我老沙跟我师父一场,也没寸功报效;今日已此被缚,就将此性命与师父报了恩罢。"遂喝道:"那妖怪不要无礼! 他有甚么书来,你这等枉他,要害他性命! 我们来此问你要公主,有个缘故。只因你把我师父捉在洞中,我师父曾看见公主的模样动静。及至宝象国,倒换关文,那皇帝将公主画影图形,前后访问。因将公主的形影,问我师父沿途可曾看见。我师父遂将公主说起……你要杀,就杀了我老沙,不可枉害平人,大亏天理!"

(第三十回)

沙僧或许是《西游记》"变脸"最厉害者。他本是流沙河吃人不眨眼的红发妖怪,脖颈上套着骷髅,随着脖颈上的骷髅先化作引渡唐僧过流沙河的小船,再化为一股清风,红发妖怪一切恶行从此也荡然无存。沙僧绝对不像孙悟空那样,在西天取经过程中,还留着大闹天宫的秉性和作为,也不像猪八戒那样,在皈依佛门之后,还留着凡夫俗子所有好吃好色好偷懒磨滑好拨弄事非的毛病。沙和尚变成西天取经路上"佛门规矩"或"原则性"的一个符号,他简直比唐僧还像和尚。沙僧最后受封金身罗汉。在佛教教义中,罗汉断绝私人恩怨和感情,无嗔、无贪、无欲、无痴、无烦、无恼。这正是沙僧的个性。

三、俊美潇洒谦虚低调白龙马

吴承恩的天才表现,是用白龙马造出几个精彩故事。

白龙马有四种形态,原形是喷云吐雾的云中玉龙,变幻为英俊潇洒的白马,在菩萨跟前是英俊小伙子,在妖怪跟前又变作美女。白龙马给人的突出印象是:他很会抓住机会,也很善于辞令。

白龙马是唐僧最缺少"妖怪"特征的徒弟。他前身是天龙,跟上唐僧后是凡马,按照拜师顺序,白龙马应是猪八戒和沙僧的师兄,但他总称他们为"师兄"。这说明白龙马是谦虚和低调的。

　　猪八戒和沙僧在观音到东土考察取经人的路上，是以妖精姿态出现，白马则以其玉龙原形出现，用诚恳简练的悲切语言求得菩萨怜悯：

　　　　菩萨却与木叉，辞了悟能，半兴云雾前来。正走处，只见空中有一条玉龙叫唤。菩萨近前问曰："你是何龙？在此受罪？"那龙道："我是西海龙王敖闰之子。因纵火烧了殿上明珠，我父王表奏天庭，告了忤逆。玉帝把我吊在空中，打了三百，不日遭诛。望菩萨搭救。"观音闻言，即与木叉撞上南天门……玉帝遂下殿迎接。菩萨上前礼毕道："贫僧领佛旨上东土寻取经人，路遇孽龙悬吊，特来启奏，饶他性命，赐与贫僧，教他与取经人做个脚力。"玉帝闻言，即传旨赦宥，差天将解放，送与菩萨。菩萨谢恩而出。这小龙叩头谢活命之恩，听从菩萨使唤。菩萨把他送在深涧之中，只等取经人来。

　　　　　　　　　　　　　　　　　　　　　　　　　　　（第八回）

　　此后，玉龙在蛇盘山鹰愁涧吃了唐僧的白马，观音菩萨派揭谛叫出玉龙，告诉他取经人到了，并向玉龙介绍孙悟空：

　　　　"这不是取经人的大徒弟？"小龙见了道："菩萨，这是我的对头。我昨日腹中饥馁，果然吃了他的马匹。他倚着有些力量，将我斗得力怯而回，又骂得我闭门不敢出来。他更不曾提着一个取经的字样。"行者道："你又不曾问我姓甚名谁，我怎么就说？"小龙道："我不曾问你是那里来的泼魔？你嚷道：'管甚么那里不那里，只还我马来！'何曾说出半个'唐'字！"菩萨道："那猴头，专倚自强，那肯称赞别人？……"

　　　　　　　　　　　　　　　　　　　　　　　　　　（第十五回）

孙悟空向来能说会道、强词夺理，这次居然说不过小白龙。其实这里边有错的是玉龙，本来是他吃了唐僧的白马嘛。但照玉龙这番叙述，有错的不是他，倒成了不肯宣布是取经人徒弟的孙悟空了。因为玉龙的话合逻辑，观音菩萨立即支持，能言善辩的孙悟空哑口无言。

　　白龙马还在唐僧危急关头，想出救治办法，并劝猪八戒实行。第三十回，孙悟空已被唐僧轰走，唐僧遇难。天上二十八宿之一的奎木星思凡下界，幻化为黄袍怪，摄走宝象国公主，唐僧师徒向宝象国王报告公主下落，声明最会捉妖的猪八戒和沙僧都打不过黄袍怪。黄袍怪将唐僧变作老虎。这消息传到正在吃草吃料的白龙马耳朵里。白龙马想"我今若不救唐僧,这功果休矣!"他驾云到宝象国金殿,看到妖魔正边饮酒边吃人。小玉龙变作一个仪容娇媚的宫娥:"驸马呵,你莫伤我性命,我来替你把盏。"他用龙王特技"逼水法",将酒斟得高出酒盏,越斟越高,"就如十层宝塔的一般,尖尖满满,更不漫出些须。"(第三十回)吸引妖魔的注意,再唱曲,妖魔问:"你会舞吗?"小龙聪明地说:"但只是素手,舞得不好看",妖魔将自己的佩剑给他,小龙边舞边观察,"丢了花字,望妖精劈一刀来"。小白龙差一点儿就偷袭成功。但妖魔手段太高明,小白龙受了伤。回到马厩,恰好猪八戒回来,听说师父的遭遇,猪八戒立即绝望,要玉龙回大海,他回高老庄做女婿去:

> 小龙闻说,一口咬住他直裰子,那里肯放。止不住眼中滴泪道:"师兄呵! 你千万休生懒惰!"八戒道:"不懒惰便怎么? 沙兄弟已被他拿住,我是战他不过,不趁此散火,还等甚么?"小龙沉吟半晌,又滴泪道:"师兄呵,莫说散火的话。若要救得师父,你只去请个人来。"……"他决不打你。他是个有仁有义的猴王。你见了他,且莫说师父有难,只说:'师父想你哩。'把他哄将来,到此处,见这样个情节,他必然不忿,断乎要与那妖精比并,管情拿得那妖精,救得我师父。"

(第三十回)

白龙马感动了猪八戒,果然到花果山请回了美猴王。白龙马从此默默无闻地驮着唐僧,一路风餐露宿。到了朱紫国,孙悟空行医时,又将白龙马"提溜"出来参加他的制药活动。孙悟空虚张声势地弄几千斤中药来,实际上最起作用的,是他让猪八戒去接的马尿:

> 行者又将盖子,递与他道:"你再去把我们的马尿等半盏来。"八戒道:"要他怎的?"行者道:"要丸药。"沙僧又笑道:"哥哥,这事不是耍子。马尿腥臊,如何入得药品? 我只见醋糊为丸,陈米糊为丸,炼蜜为丸,或是清水为丸,那曾见马尿为丸? 那东西腥腥臊臊……"行者道:"你不知就里。我那马,不是凡马。他本是东海龙身。若得他肯去便溺,凭你何疾,服之即愈。但急不可得耳。"……那马跳将起来,口吐人言,厉声高叫道:"师兄,你岂不知? 我本是西海飞龙,因为犯了天条,观音菩萨救了我,将我锯了角,退

了鳞,变作马,驮师父往西天取经,将功折罪。我若过水撒尿,水中游鱼,食了成龙;过山撒尿,山中草头得味,变作灵芝,仙僮采去长寿;我怎肯在此尘俗之处轻抛却也?"

(第六十九回)

经过孙悟空说明缘由,白龙马"咬得那满口牙齿支支的响亮,仅努出几点儿",惹得猪八戒说"这个亡人! 就是金汁子,再撒些儿也罢。"这段写龙尿和药的故事,既写了孙悟空,也写猪八戒,更写小白龙马。是《西游记》中颇为风趣的文字。

亦马亦龙亦俊美少年,白龙马是个生动形象。白龙马变宫娥救师父,白龙马劝猪八戒,白龙马参与"制药"都是紧贴"马"和"龙"做文章,充满了情趣和谐趣。因为白龙马这个俊美形象的出现,《西游记》取经故事中又多了几分情趣。

第六节　神佛和妖精

在我国一切文学记载幻想的三界,以《西游记》最完整。天宫美轮美奂,幽冥界比六朝小说少了阴森气息。妖界集古代小说妖魔之大成。

一、诸天神佛

神佛描写是《西游记》的重要内容。《西游记》的天宫像封建王朝复制品。高居灵霄宝殿的玉皇大帝,俨然封建皇帝;四大天王、二十八宿、仿佛文武百官;太白金星像是御史大夫;托塔李天王像大司马。西方极乐世界有佛法无边的如来佛,南海有救苦救难的观音菩萨。

将神佛人情化,是吴承恩的重要构思手段。在《西游记》中,神佛并不超脱尘心,根除六欲。玉皇大帝就报复人,凤仙郡主冒犯了他,他让凤仙郡大旱三年,弄得井底无水、泉底无津,灾民难以活命。文殊菩萨也报复乌鸡国王,派自己的座骑青狮子下凡拆散国王夫妇。

玉皇大帝颇像人间昏庸皇帝,是非不分,美丑不辨,他的执政颇有些随意性。以他处理犯罪者为例:卷帘大将不小心打碎玻璃盏,玉帝竟下令将他罚到下界，还派人在固定时间用飞剑穿胸，轻罪重罚。天蓬元帅带酒戏嫦娥，玉帝曾要将其处死，也是轻罪重罚。同样犯"色"罪的二十八宿之一奎木狼，下界十三年，抢了公主，生了儿子，吃掉宫娥。奎木星向玉帝汇报他跟披香殿玉女有私情，诉说他"恐点污了天宫胜景"下界，而且"一饮一啄，莫非前定"，居然轻而易举说服了玉帝，来个重罪轻罚：收了二十八宿的金牌，贬他到兜率宫与太上老君烧火，"带俸差操，有功复职，无功重加其罪。"拿二十八宿薪水烧火，岂不是太偏袒？无怪有人开玩笑：《西游记》凡是有背景有后台的妖精都被放过；凡是没背景没后台的妖精都被孙悟空一棍打死。

在天界，太白金星似乎是和事佬，孙悟空第一次上天做弼马温，是太白金星向玉皇大帝建议的；孙悟空嫌官小反下了界，要求做齐天大圣，又是太白金星向玉皇大帝建议：给他虚衔无禄的齐天大圣。天蓬元帅带酒戏嫦娥，本来玉皇大帝下令斩首，是太白金星给讲情，打了二千锤，罚到下界做妖精。第二十一回，唐僧被黄风怪捉去，孙悟空听到只有灵吉菩萨可以定黄风怪的风，正想不出灵吉菩萨在何处，忽然来位冰髯雪鬓蓬蓬、寿星似老人，告诉孙悟空灵吉菩萨在小须弥山，并吹下一张柬帖："上复齐天大圣听：老人乃是李长庚。须弥山有飞龙杖，灵吉当年受佛兵。"猪八戒先说这几天造化低白日见鬼，后听孙悟空说那化风而去的老头儿是太白金星，立即望空下拜"恩人！恩人！老猪若不亏金星奏准玉帝时，性命也不知化作甚的了！"（第二十一回）

托塔李天王，踏风火轮的哪吒三太子，长三只眼、带哮天犬的二郎神，随叫随到随时帮忙补台的东海老龙王……都是颇有个性和神采的神仙。吴承恩将各种前人描写过的故事信手点染到《西游记》中，孙悟空大闹天宫，诸天神佛都不是对手，玉帝只好调二郎神带着梅山六兄弟和哮天犬参战，于是孙悟空眼里来了位清奇秀气小将：

仪容清俊貌堂堂，两耳垂肩目有光。

头戴三山飞凤帽，身穿一领淡鹅黄。

缕金靴衬盘龙袜，玉带团花八宝妆。

腰挎弹弓新月样，手执三尖两刃枪。

斧劈桃山曾救母，弹打棕罗双凤凰。

刀诛八怪声名远，义结梅山七圣行。

心高不认天家眷，性傲归神住灌江。

赤城昭惠英灵圣，显化无边号二郎。

（第六回）

孙悟空笑嘻嘻地称对方"小将"，知道来者是二郎真君时，说道："我记得当年玉帝妹子思凡下界，配合杨君，生一男子，曾使斧劈桃山的，是你么？我待要骂你几声，曾奈无甚冤仇；待要打你一棒，可惜了你的性命。你这郎君小辈，可急急回去，唤你四大天王出来。"孙悟空小看"小将"，最后却就是被"小将"捉住。

二郎神是玉帝的外甥。很多神仙都有家庭和亲眷。李天王出征，儿子哪吒三太子打头阵。孙悟空被蜈蚣精所伤，经黎山老母指引，找到毗蓝婆菩萨。毗蓝婆菩萨用一根金针收伏蜈蚣精。这根金针是毗蓝婆在儿子眼睛里练的。孙悟空问明毗蓝婆的儿子是昴日星官，告诉猪八戒："我想昴日星是只公鸡，这老妈妈必定是个母鸡。"（第七十三回）

在各种各样神通广大的神仙中，乌巢禅师忒有个性，他住的地方：

山南有青松碧桧，山北有绿柳红桃。闹聒聒，山禽对语；舞翩翩，仙鹤齐飞。香馥馥，诸花千样色；青冉冉，杂草万般齐。涧下有滔滔绿水，崖前有朵朵祥云。真个是景致非常幽雅处，寂然不见往来人。那师父在马上遥观，见香桧树前，有一柴草窝。左边有麋鹿衔花，右边有山猴献果。树梢头，有青鸾彩凤齐鸣，玄鹤锦鸡咸集。

（第十九回）

乌巢禅师送给唐僧《多心经》并告诉西去的路途，念首诗歌，其中有四句"野猪挑担子，水怪前头遇。多年老石猴，那里怀嗔怒。"将猪八戒和孙悟空调侃一番。孙悟空听得明白，素日只有他调侃、捉弄他人的，这次给人挖苦了，"心中大怒，举铁棒望上乱捣，只见莲花生万朵，祥雾护千层。行者纵有搅海翻江力，莫想挽着乌巢一缕藤"。这大概是孙悟空生涯中少有的吃亏不占便宜的经历了。

如来佛是佛教主宰，佛法无边，但《西游记》对其描写多带调侃性，给人"老滑头"和财迷印象。如来佛埋怨过去将经卷卖贱了，让后代儿孙没钱过日子。如来佛弟子阿傩、伽叶因唐僧不给他行贿，就给唐僧无字经。唐僧再次返回要经时,只好把紫金饭盒送给阿傩。阿傩立即微笑。力士、庖丁、尊者嘲笑他找取经人要"人事",阿傩的脸皮都羞红了,却抓住紫金钵盂不放手。更有甚者,《西游记》还借大鹏鸟的故事调侃了一番如来佛。孙悟空师徒四人在狮驼国遇到三个魔头,将唐僧、猪八戒、沙僧捉去,并造舆论说已将唐僧夹生吃了,孙悟空悲惨地到西天找如来佛,要求如来念松箍咒让他回花果山:

> 如来闻言道:"你且休恨。那妖精我认得他。"行者猛然失声道:"如来! 我听见人说讲,那妖精与你有亲哩。"如来道:"这个刁猢狲! 怎么个妖精与我有亲?"……"但那三怪,说将起来,也是与我有些亲处。"行者道:"亲是父党、母党?"……"如来,若这般比论,你还是妖精的外甥哩。"

(第七十七回)

如来告诉孙悟空,混沌分时,万物有走兽飞禽,走兽以麒麟为长,飞禽以凤凰为长。凤凰生孔雀、大鹏。孔雀出世时最能吃人。修成丈六金身的如来被孔雀吸下肚去,如来剖开其脊梁跨上灵山,欲伤孔雀之命,却被诸佛劝解"伤孔雀如伤我母",于是,封孔雀为"佛母孔雀大明王菩萨"。这样一来,妖怪大鹏得算是如来佛亲姨妈! 如来佛亲自收伏了大鹏,还许愿:"我管四大部洲,无数众生瞻仰,凡做好事,我教他先祭汝口。"(第七十七回)因为跟妖怪有亲戚关系,如来佛非但不惩罚大鹏,还让他首先享受四大部洲的供享! 这岂不成了"朝里有人好做官"? 宗教把神佛送上天,《西游记》还他们世俗本意。

《西游记》最有神采的神佛形象是观音菩萨。他自称"贫僧",应该是男的,但在读者心目中却是位温柔女性,救苦救难的女菩萨。《西游记》所有犯了罪过、错误、有杀身之祸的妖精或魔头,都得到她的垂爱。红孩儿小妖成了她的善财童子,黑熊成了她的守山大臣,唐僧四个徒弟都因为她皈依佛门。

观音菩萨最大的功德,是如何诱导孙悟空执行保护唐僧西天取经。既得发挥孙悟空的积极性创造性,又要控制他的随心所欲、无法无天。观音菩萨是最善辞令的思想工作者。孙悟空遇到难题最后往往得端给观音菩萨,他经常跟观音菩萨辩论,却从来辩论不过菩萨。

孙悟空被唐僧戴上紧箍咒,见到观音菩萨后,跳到云中大叫:"你这个七佛之师,慈悲的教主! 你怎么生方法儿害我!"(第十五回)诉苦说他如何被唐僧念紧箍咒。观音菩萨解释孙悟空不守教令、不受正果,"须是这个魔头"降服他。孙悟空又批评菩萨故意纵放歹人为恶,让玉龙吃了师父的马。观音又做细致思想工作:"你想那东土来的凡马,怎历得这万水千山? 怎到得那灵山佛地? 须是得这个龙马,方才去得。"玉龙变成白龙马,孙悟空又扯住菩萨讲价钱:"我不去了,我不去了! 西方路这等崎岖,保这个凡僧,几时得到? 似这等多磨多折,老孙的性命也难全,如何成得甚功果! 我不去了!"观音菩萨又向孙悟空许诺:"假若到了那伤身苦磨之处,我许你叫天天应,叫地地灵。十分再到那难脱之际,我也亲来救你。你过来,我再赠你一般本事。"将杨柳瓶里的三颗柳叶,变成三根救命毫毛,"若到那无济无主的时节,可以随机应变,救得你急苦之灾。"(第十五回)

跟高高在上的如来佛不同,观音菩萨和蔼可亲善谐谑。孙悟空被红孩小妖的三昧真火烧得无法可想,只得到南海向观音求援。观音菩萨用净瓶装了一海海水,拿孙悟空开涮,这段文字相当好看:

> 菩萨坐定道:"悟空,我这瓶中甘露水浆,比那龙王的私雨不同,能灭那妖精的三昧火。待要与你拿了去,你却拿不动。待要善财龙女与你同去,你却又不是好心,专一只会骗人。你见我这龙女貌美,净瓶又是个宝物,你假若骗了去,却那有工夫又来寻你? 你须是留些甚么东西作当。"行者道:"可怜! 菩萨这等多心。我弟子自秉沙门,一向不干那样事了。你教我留些当头,却将何物? 我身上这件锦布直裰,还是你老人家赐的。这条虎皮裙子,能值几个铜钱? 这根铁棒,早晚却要护身。但只是头上这个箍儿是个金的,却又被你弄了个方法儿长在我头上,取不下来。你今要当头,情愿将此为当。你念个《松箍儿咒》,将此除去罢。不然,将何物为当?"菩萨道:"你好自在阿! 我也不要你的衣服、铁棒、金箍,只将你那脑后救命的毫毛拔一根与我作当罢。"行者道:"这毫毛,也是你老大人家与我的。但恐拔下一根,就拆破群了,又不能救我性命。"菩萨骂道:"你这猴子! 你便一毛也不拔,教我这善财也难舍。"

(第四十二回)

观音菩萨向孙悟空要"当头"的情节充满谐趣,估计吴承恩写这一段时先想到的是两个成语:"一毛不拔"、"善财难舍",然后才敷衍出这段好像姐弟二人耍嘴皮、开玩笑的故事。

描绘仙界的美丽奇特是《西游记》的拿手好戏,雍容华贵的天宫中,祥云缭绕的西方极乐世界,海上仙山,海底龙宫,到处是奇特神异的物品,如五庄观的人参果巧妙地将"人参"和"果"结合起来:

> 只见那正中间有根大树,真个是青枝馥郁,绿叶阴森,那叶儿却似芭蕉模样,直上去有千尺余高,根下有七八丈围圆。那行者倚在树下,往上一看,只见向南的枝上,露出一个人参果,真个相孩儿一般。原来尾间上是个疙蒂,看他丁在枝头,手脚乱动,点头幌脑,风过处似乎有声。行者欢喜不尽,暗自夸称道:"好东西哑!果然罕见!果然罕见!"(五庄观土地向孙悟空介绍)"这宝贝,三千年一开花,三千年一结果,再三千年方得成熟。短头一万年,只结得三十个。有缘的,闻一闻,就活三百六十岁;吃一个,就活四万七千年。"……"遇金而落,遇木而枯,遇水而化,遇火而焦,遇土而入……"

(第二十四回)

围绕人参果树,《西游记》写了几回妙趣横生的故事。至于孙悟空看守蟠桃园,七衣仙女前来摘蟠桃;兜率宫中,孙悟空踢倒太上老君的炼丹炉;水晶宫中,龙王捧出奇珍异宝,到处是仙界妙物,光怪陆离。《西游记》集中把古代志怪小说想象出来的超现实灵物写绝了。

二、精彩纷呈的各路妖精

《西游记》的妖精多彩多姿,天上飞的,地上爬的,水中游的,任何生物都可以修炼成精。天宫星官、菩萨座骑、观音菩萨的金鱼,月宫的玉兔,都可以下界为妖。真可谓精彩纷呈。

多数妖魔都是人们熟悉的动物变化而成,如狗熊、狮子、老虎、大象、犀牛、貂鼠、六耳猕猴、狐狸、蝎子、蜈蚣、蜘蛛、黑鱼、金鱼、大鹏鸟、蟒蛇……妖精大都保持着本来的生物特征,如蜘蛛精用肚脐吐丝缠人,蝎子精蜇人,只不过他们的力量变得更加强大而已。相应的,在诸天神佛那里,也有专门针对他们的武器,所谓一物降一物。因此孙悟空在保护唐僧取经的路上，不得不像外交家，在天宫、西天、地府、龙宫到处穿梭，寻找解脱师父新灾难的救星。

对妖精，《西游记》常用骈文或诗词描写，如：

碗子铁盔火漆光，乌金铠甲亮辉煌。

皂罗袍罩风兜袖，黑绿丝绦銮穗长。

手执黑缨枪一杆，足踏乌皮靴一双。

眼幌金睛如掣电，正是山中黑风王。

——黑风山黑熊精

（第十七回）

金盔晃日，金甲凝光。盔上缨缨山雉尾，罗袍罩甲淡鹅黄。勒甲绦盘龙耀彩，护心镜绕眼辉煌。鹿皮靴，槐花染色；锦围裙，柳叶绒妆。手持三股钢叉利，不亚当年显圣郎。

——黄风岭黄风怪

（第二十一回）

青靛脸，白獠牙，一张大口呀呀。两边乱蓬蓬的鬓毛，却都是些胭脂染色；三面紫巍巍的髭髯，恍疑是那荔枝排芽。鹦嘴般的鼻儿拱拱，曙星样的眼儿巴巴。两个拳头，和尚钵盂模样；一双蓝脚，悬崖楄柮丫槎。斜袯着淡黄袍帐，赛过那织锦袈裟。

——奎木星化成的黄袍怪

（第二十八回）

凿牙锯齿，圆头方面。声吼若雷，眼光如电。仰鼻朝天，赤眉飘焰。但行处，百兽心慌；若坐下，群魔胆战。这一个是兽中王，青毛狮子怪。

凤目金睛，黄牙粗腿。长鼻银毛，看头似尾。圆额皱眉，身躯磊磊。细声如窈窕佳人，玉面似牛头恶鬼。这一人是藏齿修身多年的黄牙老象。

金翅鲲头，星睛豹眼。振北图南，刚强勇敢。变生翱翔，鹊笑龙惨。搏凤翻百鸟藏头，舒利爪诸禽丧胆。这个是云程九万的大鹏雕。

——狮驼岭三怪

（第七十五回）

玉兔儿打个滚,现了原身。真个是:缺唇尖齿,长耳稀须。团身一块毛如玉,展足千山蹄若飞。真鼻垂酥,果赛霜华填粉腻;双睛红映,犹欺雪上点胭脂。伏在地,白穰穰一堆素练;伸开腰,白铎铎一架银丝。几番家,吸残清露瑶天晓,捣药长生玉杵奇。

　　　　　　　　　　——天竺国假公主月宫玉兔

　　　　　　　　　　　　　　　　　（第九十五回）

……

在众多妖精中,牛魔王一家颇得风气之先。罗刹女是最惹人同情的妖精。罗刹女又名铁扇仙,她的芭蕉扇一扇熄火,二扇生风,三扇下雨,火焰山的人十年拜求一度,送猪羊花红鸡鹅美酒,借到她的扇子,就可以布种、收割,得五谷养生。孙悟空去借扇,罗刹女正因为孙悟空将其儿子红孩儿陷进空门而悲伤,不肯借扇。于是孙悟空就来了个不择手段:先向罗刹女苦求,要不到,就变成小虫儿钻到罗刹肚子中,将罗刹女害得死去活来,结果借到假扇子。扇一下,火光烘烘,扇两下,火气更盛,扇三下,火头飞千丈之高,差点儿烧光孙悟空的毫毛。火焰山土地出现,才知道火焰山的来历,原是孙悟空大闹天宫踢倒老君炼丹炉,掉下的几块砖! 真是人生何处不相逢。孙悟空到牛魔王的新宠玉面狐狸那儿求牛魔王帮忙,被臭骂一顿:"你原来是借扇之故! 一定先欺我山妻,山妻想是不肯,故来寻我! 且又赶我爱妾! 常言道,朋友妻,不可欺;朋友妾,不可灭。你既欺我妻,又灭我妾,多大无礼?"(第六十回)两个昔日兄弟打了起来。接着,孙悟空趁牛魔王赴宴的工夫,变作牛魔王的模样,忽悠罗刹女:

　　(罗刹女)擎杯奉上道:"大王燕尔新婚,千万莫忘结发。且吃一杯乡中之水。"……酒至数巡,罗刹觉有半酣,色情微动,就和孙大圣挨挨擦擦,搭搭拈拈;携着手,软语温存;并着肩,低声俯就。将一杯酒,你喝一口,我喝一口,却又哺果。大圣假意虚情,相陪相笑,没奈何,也与他相倚相偎。

　　　　　　　　　　　　　　　　　（第六十回）

孙悟空利用罗刹女的怨妇情结,将真扇子和将扇子放大的口诀骗到手,把脸抹一抹,现了本像,厉声高叫道:"罗刹女! 你看看我可是你亲老公? 就把我缠了这许多丑勾当! 不羞! 不羞!"罗刹女气得跌倒尘

埃,羞愧无比。孙悟空得意地扬长而去,然后将扇子放大了:

> 将身一纵,踏祥云跳上高山,将扇子吐出来,演演方法。将左手大指头捻着那柄上第七缕红丝,念了一声"咽嘘呵吸嘻吹呼",果然长了有一丈二尺长短。拿在手中,仔细看了一看,比前番假的果是不同,只见祥光幌幌,瑞气纷纷,上有三十六缕红丝,穿经度络,表里相联。原来行者只讨了个长的方法,不曾讨他个小的口诀,左右只是那等长短。没奈何,只得捽在肩上,找旧路而回。

(第六十回)

瘦小的孙悟空扛着一个硕大的扇子,这不成比例的画面,是对孙悟空的调侃。这不能缩小的扇子又被牛魔王变作猪八戒模样骗了回去,最后是五台山、峨眉山、须弥山的若干神将金刚及托塔李天王、哪吒三太子助阵,打得牛魔王显出本相,罗刹女捧着芭蕉扇磕头礼拜:"望菩萨饶我夫妻之命,愿将此扇奉承孙叔叔成功去也!"(第六十一回)

孙悟空三调芭蕉扇,目的当然是为了西天取经。但不管罗刹女还是玉面狐狸,都没伤害取经人,包括牛魔王在内,也没有将唐僧摄走或想吃唐僧肉。是孙悟空为求芭蕉扇数次伤害了罗刹女,猪八戒将牛魔王小妾玉面狐狸打死。孙悟空为骗扇子捉弄罗刹,有欠厚道。罗刹女值得同情,吴承恩的安排合乎人情,罗刹女"后来也得了正果"。

三、神魔原是一体

《西游记》中神和魔并没有严格的界限。有时候居然神魔一体。

第三十五回平顶山莲花洞的金角大王和银角大王有几样珍宝,在跟孙悟空搏斗的过程中,叫孙悟空吃足苦头。一个葫芦,一个净瓶,都曾将孙悟空装进去。宝剑和扇子更让孙悟空遭殃。妖魔左手擎着宝剑,右手摇起芭蕉扇子,"唿喇的一扇子搧将下来,只见那就地上火光焰焰,原来这宝贝平白地搧出火来。"把孙悟空吓得心惊胆颤,赶快逃走。孙悟空经过艰苦斗争终于战胜了金角大王和银角大王。全部收缴了他们的宝贝,正得意洋洋收拾行李想走路,却闪出个瞽者扯住唐僧的马:"和尚,那里去?还我宝贝来!"原来是太上老君!孙悟空问"老官儿,那里去?"太白金星说:"孙行者,还我宝贝。""葫芦是我盛丹的,净瓶是我盛水的,宝剑是我炼魔的,扇子是我搧火的,绳子是我一根勒袍的带。那两个怪,一个是我看金炉的童子,一个是我看银炉的童子。"孙悟空训斥太上老君:"你这老官儿,着实无礼。纵放家属为邪,该问个钤属不严的罪名。"太上老君说:"不干我事,不可错怪了人。此乃海上菩萨问我借了三次,送他在此托化妖魔,试你师徒可有真心往西去也。"气得孙悟空大骂:这菩萨愆懒! 当初让老孙保唐僧取经,曾许我急难处相救,如今他倒故意派精邪来害我们。"该他一世无夫!"(第三十五回)

将唐僧变成老虎的黄袍怪是玉帝座下二十八宿之一奎木狼。在狮驼国跟孙悟空作战的三个魔头有两个是菩萨的坐骑;天竺国拉唐僧成亲的"公主"是月宫中的玉兔;凤仙郡大旱三年,干脆是玉帝本人打击报复……使唐僧受难的,正是经常帮他脱难的万物主宰如来佛和观音菩萨。第十七回,观音菩萨为收伏黑熊怪,变化为凌波仙子,孙悟空说:"妙阿,妙阿! 还是妖精菩萨,还是菩萨妖精?"观音笑道:"悟空,菩萨、妖精,总是一念;若论本来,皆属无有。"(第十七回)这当然是禅语。可以说,唐僧经历的九九八十一难,不是神与魔的斗争,而是孙悟空跟神魔共同制造的困难的斗争。

《西游记》是神魔小说,但它也反映现实。和以往的取经故事不同,写现实生活的内容是吴承恩的独有创造。在西天取经过程中,和孙悟空打交道的,不仅有神有魔还有人。唐僧经过一些国度,遇到不少险阻,吴承恩在神魔小说的框架内塞进了许多现实生活中直接撷取的社会内容。如第八十四回,唐僧师徒在灭法国与女店主对话,女店主说:我这店里有三样待客,如今先小人后君子,先把房钱讲定后,好算账。行者说:"说的是。府上是那三样待客? 常言道货有高低三等价,客无远近一般看。你怎么说三样待客? 你可试说说我听听。"那女店主介绍了三样待客的价格后,听说唐僧四人既不要歌妓陪酒,又不吃肉,本来指望多挣几个钱的女店主很失望。这样的描写,简直是明代市民生活的生活画。

乌鸡国、灭法国皇帝昏庸、妖道把揽朝政,更是鲜明地带有吴承恩生活时代的政治特色。第七十八回比丘国的故事最典型。皇帝让道士做国丈,皇帝迷恋女色,荒淫无耻、残忍昏聩,搞得国内乌烟瘴气。国王居然采用国丈建议,要用一千一百一十一个小儿的心做药引煎汤,求得长生不老！皇帝要伤害这么多的孩子,惊得唐僧直叫"昏君昏君!"孙悟空对比丘国国丈和车迟国的虎力大仙等深恶痛绝、赶尽杀绝。这其实是明代社会皇帝信用道士的曲折反映。

《西游记》写宗教故事,可以庆幸的是,它毕竟不以宣传宗教为主导,同样可惜而可以理解的是,它不可能摆脱宗教迷信的影响。

第七节 《封神演义》

《西游记》是古代神魔小说的顶峰。另一部成就较高的神魔小说是《封神演义》。

明代天启年间(1621～1627)出现的《封神演义》将众多神魔形象组合在武王伐纣的历史框架内,人物别致,想象奇特,富有蕴味。在古代小说中,成为仅次于《西游记》的神魔小说,数百年来受到读者欢迎。

《封神演义》也经过积累成书。姜子牙斩将封神之说,早就传闻于说词者之口,元刊《武王伐纣平话》约三万五千字,伐纣斩将的故事已具雏形。从《武王伐纣平话》到《封神演义》有个中间环节,就是明代万历年间余邵鱼编集的《列国志传》,采用了大量的民间传说,对故事进一步做了推演、扩大。《武王伐纣平话》和《列国志传》为《封神演义》提供了情节总构架和部分人物形象、情节单元。许仲琳、李云翔在前人创作、民间传说基本上写定了《封神演义》。现存版本以日本内阁文库藏钟伯敬(钟惺)批二十卷一百回最早,"钟伯敬先生批阅"则是假托。

《封神演义》以武王伐纣、商周易帜的历史为线索,写天上神仙分成两派参加争斗,支持纣王的为截教,支持武王者为阐教。双方祭宝斗法,各显其能。最终纣王失败自焚,姜子牙将双方战死的要人——封神。神魔皆正果,三教同合一。

武王位列"尧舜禹汤文武"上古圣君内,但武王伐纣却属于孟子说的"以下犯上"、"臣弑其君"。《封神演义》的思想框架是在"成汤气数已尽、周室天命当兴"宿命论前提下的"仁政",是以仁易暴,以有道取代无道,是既同情忠君(包括忠于暴君),又赞许顺应"天数"、反抗暴君。这都属于封建社会的常规思想。商周时期的人不可能按照封建社会的主导思想行动,商周人的真实思想渺渺难考,支撑小说的主导思想,实际是大大晚于商周的孟子甚至汉代董仲舒的思想。小说中姜子牙说出"天下者,非一人之天下,乃天下人之天下。"(第九十四回)①哪吒忍无可忍,追杀父亲李靖,对"父要子亡,子不亡是不孝"的封建道德挑战,这些带有民主色彩的思想,又与封建社会末期政治腐败、儒释道合一的社会现实及张扬个性、尊重人性的社会思潮有关。

　　仅次于《西游记》,《封神演义》为古代小说艺术画廊增添了一批别具风采的人物形象。殷纣王是古代小说最成功的暴君形象,被称为"东方的尼罗王"。他昏聩平庸、残暴不仁、沉湎女色、诛妻杀子、重用奸佞、炮烙忠臣、酒池肉林、断胫醢尸、剖孕妇腹、烙姜后手、挖比干心,劣迹昭著,令人发指。武王兵临城下,纣王"自服衮冕,手执碧圭,佩满身珠玉,端坐楼中"(第九十七回),在烈火中,在殉葬者哭拜中,一代枭雄带几分庄严、几分滑稽辞世。"纣王"成为"暴君"的代指,"助纣为虐"成为成语。狐狸精化身的妲己,既淫荡、狡猾、残忍,又妩媚、俏皮、工于心计,充满享乐欲和虐待狂,坏出花样,坏出水平,却百般娇媚,万种软款,美得令刽子手都举不起刀。妲己使得"狐狸精"成为中国人对坏女人的统称,是古代小说不可多得的"恶之花"。她和褒姒、杨玉环一起,成为中国"红颜祸水论"的典范例证。至于臂套金镯、肚围红兜的光屁股娃娃哪吒,中国最有名、最可爱的小淘气,是古代文学最有光彩的少年英雄形象。哪吒打死凶恶的龙王三太子,为不连累父亲而自杀,其父李靖对他的魂灵无理追逼,哪吒得到莲花化身成形,下山报仇,把李靖追得大败而逃。哪吒后来不得不在燃灯道人的玲珑塔下屈服并尊父,但哪吒闹海、剔骨还肉,从天真可爱的孩童成长为敢闯敢斗的勇士。脚踏风火轮、三头六臂、顽皮活泼、刚烈勇敢的哪吒,在人民群众心目中,成为可以跟齐天大圣孙悟空相媲美的美好形象。

　　《封神演义》刻画了大批性格鲜明的凡人及神魔形象,雄才大略的姜子牙,正气凛然的闻太师,愚忠愚孝的伯邑考,英武刚烈的黄飞虎,暴躁如火的黄天化,英勇又好色的土行孙,反复无常的小人费仲……《封神演义》的人物在中国家喻户晓。

────────────

　　① 许仲琳编:《封神演义》,第 916 页,北京:人民文学出版社,1973。本节所引《封神演义》原文皆据此版本,不再注出。

　　《封神演义》构思上的重要特点，是故事性特别强。殷军伐西岐，周兵攻朝歌，兵来将挡，水来土掩，一个悬念引起另一个悬念，一个高潮预示下一个高潮。每个大将都有一件法宝、一样绝技、一种战术，每段故事都带来花样翻新的场面。百回小说经常有相对独立的人物小传。《封神演义》在历史大框架中纵横想象的长篇叙事方式，有人称为"拟史诗"，《中国科学技术史》的作者李约瑟称《封神演义》为"降魔史诗"。《封神演义》有一定的史诗风格，却主要以奇特瑰丽的想象取胜。神仙妖魔、奇人奇貌奇活儿，踢天弄井，腾挪变化。雷震子生肉翅可飞；土行孙眨眼间地遁无踪；纣王麾下的孔宣"曾见开天辟地，又见出日月星辰"，背后有五道光，将其一抖，多高明的武器都会陷落进去，连姜子牙的神鞭也不能幸免；吕岳将瘟丹撒到西岐井中，让西岐军民染瘟疫，姜子牙冰冻岐山，用气象战给对方制造恶劣的生存环境……你方唱罢我登场，斗智斗勇斗法力，一波未平，一波又起，光怪陆离，令人眼花缭乱。《封神演义》跟《西游记》一样，成为中国古代神魔小说的常青树。

　　《平妖传》、《女仙外史》、《绿野仙踪》（又名《百鬼图》），也是比较好的神魔怪异之书。虽然艺术成就无法跟《西游记》相比，也颇有新奇可观之处。

第八章
人情小说构思章法奠基者《金瓶梅》

　　鲁迅先生将《金瓶梅》列入"世情小说",后世学者广泛袭用。古代小说研究者都认为,《金瓶梅》是世情小说,《红楼梦》是人情小说。其实,什么叫"世情"? 什么叫"人情"? 人是社会关系的总和,写世情首先得写人情,最重要的是写人情。善良、优美的品性叫人情,恶劣、丑恶的品性同样是人情。好人有好人的人情,坏蛋有坏蛋的人情,不好不坏的人有更复杂的人情。因此,《金瓶梅》应看作中国古代第一部人情小说,开《红楼梦》先河的人情小说。

　　仔细考察《金瓶梅》,可以发现:作为中国古代第一部文人独创的长篇小说,它从多方面创造了人情小说构思章法;甚至于可以毫不夸张地说,没有《金瓶梅》就没有《红楼梦》。《金瓶梅》在多种人情小说的章法上给《红楼梦》提供了经验,比如:

　　用三寸金莲写出女人间勾心斗角、你死我活的文章;

　　用动物界猫儿狗儿写豪门你吃了我我吃了你的文章;

　　用绾发金簪和女人青丝描绘人与人之间不断变换的关系;

用每个人都需要睡的床理沧桑更迭、世事如梦的乱丝；

用流行歌曲透露小说主旨和人物之间的复杂微妙的内涵；

用似乎琐细的服饰和饮食描写描绘微妙的人事关系；

用婴儿的身世纠结成人之间的鸡争鹅斗；

用死亡描写看恶人的真情和世情的险恶……

第一节 《金瓶梅》与《水浒传》的血缘关系

《金瓶梅》与《水浒传》什么关系？儿子和老子的关系。

《金瓶梅》是将《水浒传》一段情节挖出，补缀、推演、丰富、异化，写成的新小说。

一部世界名著从另一部世界名著体内产生，好像只是中国国情。

《金瓶梅》原本是长在《水浒传》上的寄生蟹。没想到，越长越旺，越长越大，越长越肥，不仅脱离母体，还跟母体分庭抗礼。

考察《金瓶梅》跟《水浒传》的血缘关系，不能不简单提提《金瓶梅》的主要版本：

万历丙申（1596）袁宏道见到《金瓶梅》部分抄本（失传）

↓

万历丁巳（1617）《新刻金瓶梅词话》（今存影印本）

崇祯（1628～1644）《新刻绣像批评金瓶梅》（今存影印本）

↓

康熙乙亥（1695）张竹坡批评《第一奇书金瓶梅》（今存影印本）

《金瓶梅词话》曾是书会才人的说唱底本。晚明作家张岱的《陶庵梦忆·卷四·不系园》写到一次文人聚会上，杭州杨与民"出寸许界尺""用北调说《金瓶梅》一剧，使人绝倒。"

考察《金瓶梅》跟《水浒传》的血缘关系，宜以时间早的《金瓶梅词话》为底本。幸亏那时没出版法，兰陵笑笑生才能把《水浒传》若干章节换汤不换药搬到自己书里。这位文学神偷"鼓上蚤"，对《水浒传》无所不偷，有的是几回几回地偷，有的是整段整段地偷，有的是偷来水浒命意重做文章,有的是偷来水浒人物再放光彩。这位"天下第一文抄公"对《水浒传》采取"拿来主义",任意抄录、改写、重装,组合到《金瓶梅词话》中。

《金瓶梅词话》受《水浒传》哪些影响? 它如何实现从英雄传奇到人情小说的裂变? 表现为数种情况:

一、狗尾续貂

最有代表性的是《金瓶梅词话》第八十四回"吴月娘大闹碧霞宫,宋公明义释清风寨"。这一回内容是:西门庆死后,吴月娘到泰山烧香,先拜碧霞宫女神,再到碧霞宫道观休息,受到恶少调戏,险被污辱。后被王矮虎掠到山上,要其做押寨夫人,为宋江所救。不管是女神形象,还是吴月娘几乎被辱、做押寨夫人,甚至迫害吴月娘者的结局,都是从《水浒传》移花接木。

吴月娘看到的碧霞宫娘娘,原文照抄宋江看到的九天玄女:"头绾九龙飞凤髻,身穿金缕绛绡衣。蓝田玉带曳长裙,白玉圭璋擎彩袖。脸如莲萼,天然眉目映云鬟,唇似金朱,自在规模瑞雪体。犹如王母宴瑶池,却似嫦娥离(居)月殿。正大仙容描不就,威严形像画难成。"①宋江梦中看到九天玄女,见于《水浒传》第四十二回"还道村受三卷天书,宋公明遇九天玄女"。《水浒传》的九天玄女变成《金瓶梅词话》的碧霞宫娘娘,两处描写大同小异,仅有几处小的异文。②

吴月娘拜祭碧霞宫娘娘后,接着发生两件事,都改写自水浒。

第一件事是吴月娘险些被污辱,改写自林冲娘子险些受辱:碧霞宫道士石伯才设计,安排知州高廉的小舅子殷天锡奸污前来烧香的吴月娘。吴月娘坚决反抗,被吴大舅救出。整个过程甚至吴月娘喊的"清平世界,朗朗乾坤,没事把良人妻室,强霸拦在此做甚!"③都和陆谦设计帮高衙内骗林冲娘子如出一辙,见于《水浒传》第七回"花和尚倒拔垂杨柳,豹子头误入白虎堂"。

---

① 〔明〕兰陵笑笑生著,陶慕宁校注:《金瓶梅词话》,第1162页,北京:人民文学出版社,2000。本节所引《金瓶梅词话》原文皆据此版本,不再注出,仅在行文中注明页码。

② 施耐庵著:《水浒传》,第582页,北京:人民文学出版社,1975。

③ 《金瓶梅词话》,第1165页。

第二件事是吴月娘被王矮虎掠上清风山,为宋江所救,改写自《水浒传》第三十二回"武行者醉打孔亮,锦毛虎义释宋江"。在《水浒传》里,王矮虎掠清风寨知寨刘高之妻上山,想让她做押寨夫人。宋江因刘高是好友花荣的同僚救了她。《金瓶梅词话》的情节和对话几乎跟《水浒传》一模一样,只不过刘夫人名字改成吴月娘。八十四回还提到设计奸污吴月娘的殷天锡后来为李逵所杀,则是节录《水浒传》第五十二回"李逵打死殷天锡,柴进失陷高唐州"情节。

《金瓶梅词话》第八十四回对于整部小说有什么意义?有哪些出彩处?简直没有。全文删除也不影响这部小说,给人的印象是:《金瓶梅词话》作者要给小说凑一百回回数,拿《水浒传》编排凑数。

二、东施效颦

《金瓶梅词话》第二十六回"来旺儿递解徐州,宋蕙莲含羞自缢",内容是:西门庆为了霸占宋蕙莲,设计先将假银子交给宋蕙莲丈夫来旺儿做生意,接着诱使来旺儿夜晚到花园"捉贼",诬赖来旺用假银换真钱,将其扭送官府治罪。西门庆诬陷来旺儿的操作方法、过程、结果,都是模仿《水浒传》张都监陷害武松,事见《水浒传》第三十回"施恩三入死囚牢,武松大闹飞云浦"。在《金瓶梅词话》里,是吴月娘的丫鬟玉萧大叫"一个贼往花园中去了",将来旺儿引入花园,然后由西门庆家人将他捆住。在《水浒传》里,是武松对之有好感的侍女玉兰对武松说"一个贼奔入后花园里去了",然后由张都监的侍卫将武松绊倒捆住。按照西门庆的刁滑、来旺儿的愚鲁,完全可构思出自己的精彩情节,何必拘泥于《水浒》?《金瓶梅词话》作者太懒惰了。

三、因风吹火

《金瓶梅词话》第十回写到,李瓶儿原是梁中书的小妾,因为李逵在翠云楼杀了梁中书全家老小,梁中书和夫人各自逃生。李瓶儿拐带大量财富到东京投亲。梁中书逃亡故事来自《水浒传》第六十六回"时迁火烧翠云楼,吴用智取大名府"。李瓶儿在《水浒传》根本子虚乌有。《金瓶梅词话》借《水浒传》梁中书逃亡挟带出李瓶儿,使得李瓶儿能以富婆身份出现。因风吹火,相当聪明。

四、借鸡生蛋

由《水浒传》武松杀嫂敷衍成更详尽的西门庆潘金莲艳事,是《金瓶梅词话》的作者借《水浒传》这只"老母鸡"生出一只松花鸭蛋。

《金瓶梅词话》整块从《水浒传》切割了四回,即:

第二十二回"横海郡柴进留客,景阳冈武松打虎";

第二十三回"王婆贪贿说风情,郓哥不忿闹茶肆";

第二十四回"王婆计啜西门庆,淫妇药鸩武大郎";

第二十五回"偷骨殖何九送丧,供人头武二设祭"。

这四回是《水浒传》"武十回"的前半部。"武十回"即描写武松的十回,是《水浒传》的重要章节。武松的故事是给宋江引出来的:《水浒传》第二十二回宋江杀了阎婆惜,跟弟弟宋清避难到柴进庄园,宋江在廊下误踩了病中武松烤火用的铁锹。武松险些打了宋江,柴进向武二郎介绍了"及时雨",武松纳头便拜。宋江引出了武松,作者暂时放下宋江,开始写武二郎传奇。而西门庆和潘金莲私通,是武松杀嫂并最终逼上梁山的诱因。

《金瓶梅词话》把《水浒传》四回衍化成前十回中的九回和第八十七回:

第一回,景阳冈武松打虎,潘金莲嫌夫卖风月;

第二回,西门庆帘下遇金莲,王婆子贪贿说风情;

第三回,王婆定十件挨光计,西门庆茶房戏金莲;

第四回,淫妇背武大偷奸,郓哥不忿闹茶肆;

第五回,郓哥帮捉骂王婆,淫妇药鸩武大郎;

第六回,西门庆买嘱何九,王婆打酒遇大雨;

第八回,潘金莲永夜盼西门庆,烧夫灵和尚听淫声;

第九回,西门庆计娶潘金莲,武都头误打李外传;

第十回,武二充配孟州道,妻妾宴赏芙蓉亭;

第八十七回,王婆子贪财受报,武都头杀嫂祭兄。

《金瓶梅词话》前十回只有第七回"薛嫂儿说娶孟玉楼,杨姑娘气骂张四舅"不是水浒故事。《金瓶梅词话》前十回好像照抄《水浒传》。武松打虎、武松跟武大郎见面,潘金莲见了武松后想三想四,武松决然搬离兄长家，王婆贪贿说风情，西门庆跟潘金莲勾搭成奸，郓哥带武大郎捉奸，王婆出主意毒杀武大郎……但是从《水浒传》的四回（实际是三回半）写成长达十回，总得增加些自己的东西，《金瓶梅词话》增加了哪些东西呢？

——西门庆和潘金莲各自的复杂来历和曲折历史。

——王婆和西门庆、潘金莲之间的琐碎对话和心理活动。

——西门庆和潘金莲比《水浒》更香艳细致的调情通奸过程。

——西门庆和潘金莲偷情同时如何把孟玉楼婆回家。

——改变了原来水浒中某些人物定位，如仵作何九，在《水浒传》中，他有正义感且老谋深算，他给武大郎验尸时假装中恶，避免当场表态，却机智地偷出武大郎酥黑的骨殖，和西门庆行贿的银子放在一起，写上年月日，给武松查清武大郎被杀真相提供了关键证据。在《金瓶梅词话》中，何九贪财、世故，受西门庆钱财，替西门庆消灾，在武松最需要他时逃走了，给武松弄清武大被杀案制造了最重要障碍，后来他还在王婆引领下进西门府找潘金莲，向提刑千户西门庆给犯了罪的兄弟求情。《水浒传》中的何九到《金瓶梅词话》中变节，出于两方面需要。一方面，说明社会黑暗、道德沦丧侵及普通百姓；另一方面，没了何九帮助，武松就没法名正言顺、酣畅淋漓的复仇，结果误杀了李外传，被刺配千里之外，使西门庆和潘金莲的故事能继续下去。

——增加了某些次要人物，如李外传和迎儿。李外传是西门庆的替死鬼。武松找西门庆报仇，他跑去给西门庆报信，代替西门庆死到武松手里，构成武松被流放、西门庆却逍遥法外的情势。迎儿是武大前妻所生，出场时十二岁，受后母潘金莲虐待。武大死后迎儿又成了潘金莲的丫鬟兼出气包。潘金莲嫁入西门家，将迎儿留给王婆照管，这是第九回的事。到第八十七回，武松遇赦返乡，迎儿十九岁，该出嫁的年龄。武松就棍打狗，以看顾迎儿为理由、拿迎娶潘金莲为诱饵，将依然迷恋武松、利令智昏的潘金莲骗回家杀掉。

李外传和迎儿似乎次要，却对从《水浒传》到《金瓶梅词话》的转型起到转向作用。因为这两个人物出现，水浒英雄武松的个性被改变了。水浒打虎将精明过人，武松杀嫂先审后杀，有证人，有记录，井井有条、滴水不漏，斗杀西门庆目标明确、干净利落。他怎么可能在寻找西门庆报仇时跟李外传纠缠放跑西门庆？《金瓶梅词话》偏偏这么写，也必须这样写。西门庆和潘金莲如果死了，他们的故事还咋往下写呢？兰陵笑笑生不是蒲松龄，不乐意做鬼文章，只能让本该做鬼的西门庆和潘金莲再做几年人。迎儿似乎多余，却起到伏线千里之外的作用。迎儿露面时十二岁，武松遇赦返乡时她十九岁，这七年中，《金瓶梅词话》独创的"西门庆传"写完了，潘金莲被吴月娘发卖，到王婆家待嫁，迎儿成为武松将潘金莲骗回来的借口。只不过，这里的武松已不是水浒英雄武松，而是《金瓶梅词话》创造的一个"善机变"人物。倘若是水浒铮铮铁骨、坦坦荡荡的英雄武松，岂能冒叔娶嫂恶名，即使仅仅是杀嫂借口？！

其实，《金瓶梅》的作者一落笔，就试图跟《水浒传》从基本立意上区别开来。按文学史家的观点，《水浒传》始终围绕一条红线——官逼民反，民不得不反——写故事和人物。社会黑恶势力，包括教坏良家妇女的王婆和诱奸良家妇女的西门庆，逼迫武松杀人，杀人结果是武松被发配，最后上梁山。《金瓶梅》的初衷却是打算借西门庆和潘金莲的惨烈风月故事醒世。

《金瓶梅词话》第一回开头就用一段词做说教：

> 丈夫只手把吴钩，欲斩万人头。如何铁石打成心性，却为花柔？请看项籍并刘季，一似使人愁。只因撞着虞姬、戚氏，豪杰都休。

（第一回）

《金瓶梅词话》讲述项羽和刘邦因"情色"带来人生不幸，根本就是扭曲，是指鹿为马。不管项羽还是刘邦——特别是盖世英雄项羽——跟女人的关系，都不是他们人生失败的原因。开国皇帝刘邦的人生更不能说失败。《金瓶梅词话》接着说自己这本书是干什么用。非常奇怪，这本众人眼中的"淫书"居然想劝世，想教育男人远离女色：

> 如今这一本书，乃虎中美女，后引出一个风情故事来。一个好色的妇女，因与了破落户相通，日日追欢，朝朝迷恋，后不免尸横刀下，命染黄泉，永不得着绮穿罗，再不能施朱傅粉。静而思之，着甚来由？况这妇人，他死有甚事？贪他的，断送了堂堂六尺之躯；爱他的，丢了泼天哄产业，惊了东平府，大闹了清河县。

（第一回）

从这段话,可以推测兰陵笑笑生创作之初原本有两条计划:第一,他打算用潘金莲诱使西门庆断送前程和性命的故事谴责好色的妇女。这跟曹雪芹对待妇女态度完全不同。曹雪芹借贾宝玉的嘴说"女儿是水做的骨肉,男人是泥做的骨肉"。《金瓶梅》却持"女色祸水论",在作者心目中,即便像西门庆这种坏得头顶长疮脚底流脓的角色,他遭遇不幸,该负责任的是潘金莲。第二,《金瓶梅》本来打算只将潘金莲和西门庆情爱故事加以铺排和演义。此时作者想没想到李瓶儿、庞春梅这两人? 是否决定小说书名叫"金瓶梅"或"金瓶梅词话"? 八字还没一撇呢。写过长篇小说的作家都有这方面的经验:在写作过程中,构思时没想到的人物会一个一个冒出来,事件会一件一件自己跑出来,并不是所有长篇小说家都像曹雪芹,先写它个《红楼梦》第五回,把所有人物的命运框定下来。《金瓶梅》最初只想演义西门庆和潘金莲两个人的风月故事,这是文本提供的线索,不是笔者向壁虚构。但开弓没了回头箭,故事越写越长,人物越写越多。围绕着西门庆,"金"(潘金莲)、"瓶"(李瓶儿)、"梅"(庞春梅)的故事一步一步完成,《金瓶梅词话》的书名也就出来了。

崇祯本《新刻绣像批评金瓶梅》写定者跟兰陵笑笑生语言习惯不太一样,似乎是跟正统文学走得更近的人,多少懂些吴语的人,写案头阅读更拿手的人。李渔成为可能的候选人。兰陵笑笑生显然更熟悉"说话",更喜欢民间巧话、小曲俗话,更乐意抄抄其他作家写过的词曲、故事,也更熟悉鲁西南和苏北一带的话。其人即使是"大名士",也放荡不羁,喜欢接近下层民众,喜欢在书会才人中摸爬滚打,在酒楼饭庄饮酒划拳,在妓寮娼馆浅斟低唱。两个不同的写定者给我们留下两本不一样的书。现代著名作家施蛰存将词话本和崇祯本做过对比后,认为"拖沓"、"鄙俚"的词话本要比"简净"、"文雅"的崇祯本好,崇祯本"反而把好处改掉了也"。施蛰存显然肯定"原生态"。其实,《金瓶梅词话》肯定已不是袁宏道所见《金瓶梅》原生态。崇祯本写定者对《金瓶梅词话》做了不少改动,删除曲词,改动话语,特别是将第一回重写了。《金瓶梅词话》第一回"景阳冈武松打虎,潘金莲嫌夫卖风月",坚持走《水浒传》老路。《新刻绣像金瓶梅》第一回"西门庆热结十兄弟,武二郎冷遇亲哥嫂",显然想隆重推出西门庆。不管崇祯本对《金瓶梅词话》其他擅改对不对,第一回改得相当有水准。

崇祯本第一回在开头有诗词各一首,诗是引用吕洞宾的:"二八佳人体似酥,腰间仗剑斩愚夫。虽然不见人头落,暗里教君骨髓枯。"崇祯本写定者接着说教:"只这酒、色、财、气四件中,唯有'财色'二者更为厉害。"世人追逐财色,财色害坏世风,"一朝马死黄金尽,亲者如同陌路人"。这话跟《金瓶梅词话》第一回关于项羽刘邦的启示,可算《金瓶梅》"主题揭示",标志着《金瓶梅》进一步跟《水浒传》分道扬镳。

五、大放异彩

《金瓶梅词话》前十回,已不露痕迹地悄悄从《水浒》江湖豪杰圈走出,渐渐进入市井细民氛围。从第十一回开始,兰陵笑笑生一步一步把"西门庆传"唱响,一步一步把西门家业做大,一步一步把西门庆的触角伸到社会四面八方,从西门一家写及众多家,从市民写到官场,从地方写到朝廷,《金瓶梅词话》跟《水浒传》彻底划清界限,有了真正的自我。

兰陵笑笑生最初大概还没有写百回小说的创作计划,他本来只想把武松杀嫂当发面引子,发酵个"情色祸水"大炊饼。没想到,落笔一写,作者的人生经历和社会经验纷纷向《水浒》叫板,进入小说变成"大宋故事";作者熟悉的芸芸众生纷纷向潘金莲叫板,进入小说变成众多"西门娇娃",越写越有趣,越写越好玩儿,越写越有味儿,越写越长,于是,来自遥远宋代的陈年腊肉笋干被兰陵笑笑生烹调成了鲜活生猛的明代市民生活的"满汉全席"。

《水浒传》里西门庆和潘金莲这对狗男女,把自己的淫乐建立在他人尸骨上,早就该杀,死了活该。武松杀嫂和大闹狮子楼,何等精彩,何等快意。没想到时隔二百年,兰陵笑笑生让西门庆和潘金莲起死回生,再活七年。这七年,是精彩纷呈的七年。这七年,绘出以西门庆为中心、号称宋代实际是明代社会的风俗画。这个发生在运河旁边的市井故事,堪称明代的清明上河图。

第二节　三寸金莲做妙文章

张竹坡称《金瓶梅》"第一奇书"，《金瓶梅》奇就奇在一不写帝王将相，二不写英雄传奇，三不写神魔斗法，专写市井人物、日常生活。打造人情小说写人写事特有章法，是兰陵笑笑生对古代小说的重要贡献。用三寸金莲做妙文章，写西门府女人间明争明抢、暗斗暗战，是一妙招。

一、两个相似的"金莲"

潘金莲在《金瓶梅》比在《水浒传》更聪明灵巧，也更性感。她"自幼生得有些姿色，缠得一双好小脚儿，所以就叫金莲"（第一回）①。长篇小说"女一号"用脚丫子命名，简直是黑色幽默。

"男一号"西门庆是色狼，中国古代色狼跟外国色狼的重要不同，是外国色狼重面容、重三围，中国色狼还重三寸金莲，"爱莲"、"恋莲"、"戏莲"甚至"品莲"。西门庆最初跟潘金莲偷情，曾脱下她一只绣花鞋，放一小杯酒在内，吃鞋杯耍子。潘金莲说"奴家好小脚，官人休要笑话"。不是谦虚，是以三寸金莲为傲。

潘金莲进入西门府不久，另一个"金莲"冒出来。她本来叫宋金莲，因重了潘金莲改名宋蕙莲。"生的白净，身子儿不肥不瘦，模样儿不短不长，比金莲脚还小些儿，性明敏，善机变，会妆饰……"（第二十二回）

《石头记》点评家喜欢说晴雯是黛玉的影子。"影子"指同一部小说中模样、性格、命运相似的人物。曹雪芹的影子写人妙着，不是他的发明创造，是从《金瓶梅》蒁来。宋蕙莲是潘金莲的影子，二人都漂亮风骚，聪明机智，争强好胜，缠得一双小脚。但她们身份不同，潘金莲是西门府"五娘"，宋蕙莲是"来旺媳妇"，有主子奴才之分。但宋蕙莲

---

① 〔明〕兰陵笑笑生撰，王汝梅等校点：《金瓶梅》，第 32 页，济南：齐鲁书社，1991。本书相关引用内容，除特别注明外，均据此本，不再注出，仅在行文中注明回数。

见贤思齐,刚进西门府,蓬头垢面无妆饰,一个月后,就学潘金莲样子美发美容:"把鬏髻垫的高高的,头发梳的虚笼笼的"(第二十二回)。西门庆立即将这个卖弄风情的家人媳妇看到眼里,用小恩小惠搞上手。

潘金莲为固笼,给西门庆跟宋蕙莲私通打掩护,派丫鬟在花园山洞生火安铺盖,待偷情者入住,她悄悄听篱查壁,听到最不乐意听的:西门庆说宋蕙莲的脚比潘金莲的还小。那时女人比脚大小,像20世纪选港姐比胸围,宋蕙莲脚比潘金莲脚小,相当于A姐用大胸围将B姐比下去了。这已叫潘金莲吃醋,宋蕙莲接着说的话更叫她恨之入骨:"拿什么比她?昨日我拿他的鞋略试了试,还套着我的鞋穿。倒也不在乎大小,只是鞋样子周正才好。"(第二十三回)这话很恶毒:潘金莲的脚不仅比她的脚大出一圈儿,还缠得不周正!这对曾以三寸金莲赢得西门庆爱怜的潘金莲,不啻扇了记响亮耳光。

宋蕙莲见潘金莲得宠,想后来居上,跟西门庆聊潘金莲、相机贬低:"'你家第五的秋胡戏,你娶他来家多少时了?是女招的,是后婚儿来?'西门庆道:'也是回头人儿。'妇人道:'嗔道恁久惯牢成,原来也是个意中人儿,露水夫妻。'"(第二十三回)

潘金莲气得胳膊都软了。宋蕙莲只跟西门庆钻一次山洞,就猖狂到不知姓什么,真升堂入室,岂不成大祸害?绝不能叫宋蕙莲做西门庆第七个小老婆,成了潘金莲的大政方针。

潘金莲虽然气极,但西门庆兴致勃勃吃野食时她绝不打扰,她把银簪插在角门上,等于向宋蕙莲宣布:你在本人掌控之下!

第二天清早,宋蕙莲怀着鬼胎来见潘金莲,见潘金莲梳妆,就"小意儿在旁,拿捉镜,掇洗手水",潘金莲正眼也不看她,宋蕙莲要帮潘金莲收拾睡鞋,潘金莲立即以"鞋"为题,话里有话挖苦宋蕙莲:"等他们来收拾。歪蹄泼脚的(你竟敢说我鞋子不周正),没的展污了嫂子的手(叫"嫂子"等于喊"下人")。你去扶持你爹,爹也得你恁个人儿扶侍他,才可他的心。俺们都是露水夫妻,再醮货儿(将宋蕙莲原话搬出),只嫂子是正名正顶轿子娶将来的,是他的正头老婆秋胡戏(挖苦到家)。"(第二十三回)

潘金莲句句如刀,语语在理。浅薄不着调、遇事找不着北的宋蕙莲哪是对手？只能跪倒在地，赌咒发誓表忠诚。潘金莲不失时机地正面敲打"不许你在汉子跟前弄鬼"。

宋蕙莲无意中发现潘金莲跟西门庆女婿陈敬济打情骂俏，并不懂得抓住把柄，变成对潘金莲见血封喉的利剑，却色迷心窍也去勾搭陈敬济。元宵节西门府众人外出放烟花、走百病，宋蕙莲在阖府女眷眼皮底下向陈敬济施展媚功，"那宋惠莲一回叫：'姑夫，你放个桶子花我瞧。'一回又道：'姑夫，你放个元宵炮燻我听。'一回又落了花翠拾花翠，一回又吊了鞋，扶着人且兜鞋，左来右去，只和敬济嘲戏。"（第二十四回）

孟玉楼问宋蕙莲："如何只见你吊了鞋？"这一问，问出《金瓶梅》堪称经典的"鞋套鞋"细节："玉箫道：'他怕地下泥，套着五娘鞋穿着哩。'玉楼道：'你叫他过来，我瞧，真个穿着五娘的鞋儿？'金莲道：'他昨日问我讨了一双鞋，谁知成精的狗肉，套着穿！'蕙莲抠起裙子来与玉楼看。看见他穿着两双红鞋在脚上，用纱绿线带儿扎着裤腿，一声儿也不言语。"（第二十四回）

孟玉楼聪明过人，她会思考：

宋蕙莲凭什么敢把潘金莲的鞋套在外边踩泥？

潘金莲为何容忍宋蕙莲当众宣传比她的脚小？

当然因为宋蕙莲认为自己有资格跟西门府五娘平起平坐……

结果是孟玉楼给潘金莲做军师，阻挠西门府七娘的产生。毒辣的潘金莲略施小计，害得宋蕙莲上吊自杀。

二、一只金莲掀起妒风恨浪

"宋蕙莲含羞自缢"后，紧接着是"潘金莲醉闹葡萄架"。一只睡鞋掀起潘金莲新一轮妒风恨浪，并以此彻底收复失地——因为宋蕙莲失去的西门庆和陈敬济的"欲"和"爱"。

用三寸金莲硬是能反复做妙文章，兰陵笑笑生好生了得。

潘金莲好像为庆祝宋蕙莲已死，跟西门庆淫乐狂欢。"潘金莲醉闹葡萄架"在色情文学中能评前三甲，《金瓶梅》洁本删除一千字，显然"儿童不宜"。不知兰陵笑笑生出于什么考虑，偏偏给潘金莲醉闹葡萄架安排个自始至终的旁观者，奴仆来昭和一丈青的儿子小铁棍儿。一个对男女之事丝毫不懂的儿童！那小猴子居然有耐心几个时辰只瞧光景不吭声，真算见鬼了。

当西门庆将差点儿被他"爱"死的潘金莲扶回房时，小铁棍儿从花架下钻出来，赶着春梅要果子吃。春梅给几个果子把小铁棍儿轰走。她想不到，眼尖的小猴子接着从葡萄架底下捡起潘金莲一只红睡鞋。

潘金莲醒后发现红睡鞋少了一只，问春梅，春梅说是秋菊抱铺盖回来。问秋菊，秋菊说："我昨日没见娘穿着鞋进来。"秋菊说的是实话，当时潘金莲醉得不知所以，丢了鞋也没发现。但她才不会承认自己有失，叫春梅押着秋菊满花园寻鞋，寻不来就叫秋菊顶着石头跪着。

潘金莲为什么看重区区一只鞋？因为西门庆喜欢红睡鞋，潘金莲特地做来讨他欢心。秋菊在花园山子底下、花池边、松墙下寻找，怎么也找不到潘金莲的鞋，说："还有那个雪洞里没寻哩。"春梅说："那藏春坞是爹的暖房儿，娘这一向又没到那里……"（第二十八回）

秋菊是个粗笨丫鬟，对推动小说情节发展，她的粗笨有时又相当必要。秋菊果然从西门庆藏春坞书箧里找到一只红鞋！春梅回来向潘金莲汇报，潘金莲既尴尬且震惊，鞋是"'在藏春坞，爹暖房书箧内寻出来，和些拜帖子纸、排草、安息香包在一处。'妇人拿在手内，取过他的那只来一比，都是大红四季花缎子白绫平底绣花鞋儿，绿提根儿，蓝口金儿。惟有鞋上锁线儿差些，一只是纱绿锁线，一只是翠兰锁线，不仔细认不出来。妇人登在脚上试了试，寻出来这一只比旧鞋略紧些，方知是来旺儿媳妇子的鞋，'不知几时与了贼强人，不敢拿到屋里，悄悄藏放在那里……'"（第二十八回）

一只被秋菊无意中寻出的红睡鞋，藏着很多背后故事：

西门庆跟宋蕙莲钻藏春坞，潘金莲悄悄偷听，听到西门庆答应拿几钱银子给宋蕙莲买各色鞋面。

宋蕙莲因此有了跟潘金莲用料和样子相同的高档红睡鞋。

宋蕙莲先拿这鞋向潘金莲看齐，再用脚小将潘金莲比下去！

宋蕙莲已经不在了，她的小红鞋却被西门庆珍藏密收！

这只鞋还跟安息香包在一起，莫非西门庆给宋蕙莲烧香？

红睡鞋的出现，说明宋蕙莲死了，还在继续争宠！

潘金莲那只鞋哪儿去了？自然在小铁棍儿手里，但第二天早晨已送到陈敬济眼前了。小说家编织的网络四通八达。小铁棍儿是调皮男孩,他看到陈敬济手里拿着当铺里当的网巾,找陈敬济要来玩:"姑夫,你与了我耍子罢,我换与你件好物件儿。"从腰里掏出一只红绣花鞋,"姑夫,我对你说了罢,我昨日在花园里耍子,看见俺爹吊着俺五娘两只腿儿,在葡萄架儿底下,摇摇摆摆,落后俺爹进去了,我寻俺春梅姑娘要果子吃,在葡萄架底下拾了这只鞋。"(第二十八回)

以陈敬济的鬼精灵,他马上能判断出"爹"和"五娘"在葡萄架干什么了。连丢了鞋都不知道,可见潘金莲狂热放浪到什么程度。这时,潘金莲的鞋通过陈敬济的眼睛描绘出来。"曲似天边新月,红如退瓣莲花,把在掌中,恰刚三寸。"(第二十八回)陈敬济跟潘金莲调情那么长时间,没有实质性进展,这次,终于拿到潘金莲的贴身裹物,而且知道它背后说不出口的故事了!陈敬济决定拿着鞋找潘金莲调情。"今日我着实撩逗他一番,不怕他不上账儿。"(第二十八回)

陈敬济是调情高手,借着"我笑你管情不见了些甚么儿"说潘金莲"不害羞",挖苦潘金莲的葡萄架情事。潘金莲还不知道详情,先急着把对宋惠莲的满腹酽醋倒出来:"来旺儿媳妇子死了,没了想头了,却怎么还认的老娘?"(第二十八回)陈敬济听任潘金莲乱骂出气,然后,对潘金莲死缠烂打,要求拿睡鞋换她随身带的汗巾儿,这等于当面求爱了。

宋惠莲在两个不伦情人间插了一杠子,延缓了他们的调情进度。二人在宋惠莲事件后第一次交往。陈敬济用拾到的红睡鞋向潘金莲重新表忠诚,潘金莲将贴身用的莺莺烧夜香汗巾给陈敬济做信物。

接下来情节像闹剧样好看:潘金莲仍要打秋菊,秋菊看到潘金莲丢失的鞋,"把眼瞪了半日,说道:'可是作怪的勾当,怎生跑出娘三只鞋来了?'妇人道:'好大胆奴才!你拿谁的鞋来搪塞我,倒说我是三只脚的蟾?'"(第二十八回)对话令人喷饭。

通过一只睡鞋,潘金莲从陈敬济这里收复了失地。

她还要通过这只睡鞋,从西门庆那儿收复失地。

晚上,西门庆跟潘金莲议论他最爱红睡鞋。潘金莲借机将宋惠莲的鞋取出来"你认的这鞋是谁的鞋?"西门庆睁眼说瞎话:"我不知是谁的鞋。"潘金莲歇斯底里大发作,用恶毒的话语将西门庆保存宋惠莲睡鞋骂出来:"来旺儿媳妇子的一只臭蹄子,宝上珠也一般,收藏在藏春坞雪洞儿里拜帖匣子内,搅着些字纸和香儿一处放着。甚么罕稀物件……怪不的那贼淫妇死了,堕阿鼻地狱!"(第二十八回)

如果西门庆不是对宋惠莲有思念有愧疚,他珍藏她的鞋且和"安息香"放到一起做什么? 潘金莲继续借着秋菊大骂西门庆:"他(宋惠莲)是你家主子前世的娘! 不然,怎的把他的鞋这等收藏的娇贵? 到明日好传代! 没廉耻的货!"(第二十八回)她还要当着西门庆的面,"取刀来,等我把淫妇剁作几截子,掠到毛司里去! 叫贼淫妇阴山背后,永世不得超生!"嚣张地对西门庆叫板:"你看着越心疼,我越发偏剁个样儿你瞧!"(第二十八回)

潘金莲靠一只睡鞋,不仅收复了因宋惠莲丢失的宠爱,还跟西门庆把位置颠倒过来。这个女人不简单。

在这次"三寸金莲事件"中,受最大损害的,不是西门庆,也不是陈敬济,更不是潘金莲,而是无辜的奴仆和小奴仆。毫无过错的秋菊被潘金莲又打又骂,顶着石头罚跪。十一二岁的小铁棍儿,因为潘金莲进谗言说偷了她的鞋,被西门庆"揪住顶角,拳打脚踢,杀猪也似的叫起来"(第二十八回),口鼻流血,死了半日。

三、三寸金莲和人际关系

但是三寸金莲故事还不能结束,还得继续发挥。

第二天,潘金莲打发西门庆出门,拿着针线筐到花园台基上坐着描画鞋扇。叫春梅请了李瓶儿来,告诉李瓶儿,她要做双"大红素缎子白绫平底鞋儿,鞋尖上扣绣鹦鹉摘桃"。潘金莲知道西门庆爱大红睡鞋,加紧再做双大红平底绣花睡鞋,怕时间来不及,派李瓶儿替她描一只鞋样。李瓶儿说她也有一方大红十样锦缎,要照潘金莲的样子做一双,李瓶儿不懂平底红睡鞋受宠的暗道机关,"我做高底的罢"。高底鞋是穿着走路的,比潘金莲的平底睡鞋"魅力"低一级。孟玉楼比李瓶儿"魅力"又低一级,她做浅色的鞋,说明孟玉楼对西门庆喜欢大红大绿的审美习惯还不习惯。

西门府不是贾府,西门庆小妾得自己做鞋穿。现在,三个小妾坐在花园里,笑语绵绵、你比我看、商量如何做鞋,似乎是幅温馨的"众妾

和谐"画面,仔细考校,却发现,她们原来是按在西门庆眼前得宠的程度做鞋:

潘金莲第一得宠,做的是大红绣花平底睡鞋;

李瓶儿第二得宠,做的是大红绣花高底行步鞋;

孟玉楼第三得宠,做的是浅色羊皮高底行步鞋。

再进一步考校,潘金莲的鞋面当然不会从武大家带来,只能靠西门庆提供;李瓶儿和孟玉楼的鞋面却是富婆老库存货。李瓶儿有一百双高档鞋。潘金莲望尘莫及,对一只睡鞋也斤斤计较。

三寸金莲可以暗藏多么深刻的社会内容和人际关系!

其实《金瓶梅》从头到尾都拿三寸金莲做文章:

西门庆向孟玉楼求婚,薛嫂儿不失时机展览:"掀起妇人裙子来,正露出一对刚三寸恰半扠、尖尖趫趫金莲脚来,穿着双大红遍地金云头白绫高底鞋儿。……"(第七回)

西门庆一见李瓶儿,先对她裙下尖尖小脚感兴趣……

一双红睡鞋,风生水起、波诡云谲,故事仍不结束,这鞋还得推动家庭矛盾向纵深发展,埋下宠妾潘金莲和嫡妻吴月娘争斗火种。

潘金莲带点儿自夸意味地告诉李瓶儿和孟玉楼,她做睡鞋,是因为她原来的睡鞋被小奴才偷了弄油了,西门庆叫她重做一双。孟玉楼深知内情,不便当面戳穿,绵里藏针地说:一丈青因为孩子被西门庆打了,海骂"淫妇和王八羔子",她现在知道骂的"王八羔子"是陈敬济了。又故意说,她听到一丈青大骂时,李娇儿在场,大姐姐不在,"若听见时,又是一场。"

孟玉楼话里有话,既然吴月娘"又"有一场,自然前边已有跟潘金莲有关的一场。潘金莲马上关心地问:"大姐姐没说甚么?"孟玉楼说:"大姐姐好不说你哩!说:'如今这一家子乱世为王,九条尾狐狸精出世了,……为一只鞋子,又这等惊天动地反乱。你的鞋好好穿在脚上,怎的教小厮拾了?想必吃醉了,在花园里和汉子不知怎的饧成一块,才吊了鞋。如今没的遮羞,拿小厮顶缸……"(第二十九回)

吴月娘对"丢鞋事件"的分析相当到位。此时,吴月娘跟潘金莲的关系,已不是潘金莲初进西门府时"上下级"关系、潘金莲刻意讨好吴月娘的关系,现在潘金莲在西门庆跟前得宠,敢跟吴月娘叮叮当当。

　　吴月娘的话戳到潘金莲的痛处,潘金莲恼羞成怒,宣布跟吴月娘对着干:"左右是左右,我调唆汉子也罢,若不教他把奴才老婆、汉子一条棍,撺的离门离户也不算! 恒数人挟不到我井里头!"(第二十九回)

　　潘金莲第二天就调唆西门庆撺来昭一家出门,被吴月娘劝阻,改派来昭一家到李瓶儿旧居看房子。西门府的这一"人事调动",还将会引出小铁棍儿继观察潘金莲醉闹葡萄架后,第二次用童眼看花花世界,观察西门庆跟王六儿玩"后庭花"。小说家构思奇中叠奇。为什么要用儿童单纯的眼睛两次观察最不堪入目的情事? 寓意何在? 是不是作者意在用"小铁棍儿"给沉湎淫乐的西门庆当头一棒?

　　潘金莲用一只小红鞋取得一场胜利。其实,西门府哪个女人最得宠,都不会固定不变,一方面因为西门庆永远喜新厌旧、朝三暮四,另一方面,更重要的,还有封建社会最重要的"母以子贵"将起作用,女人间的争斗将更激烈。潘金莲的恶斗对象很快会转向西门庆的新宠李瓶儿和西门庆的命根子官哥儿。

　　那时,连西门府的猫儿狗儿都出来大做文章。更有趣!

第三节　西门府的猫儿狗儿

　　拿宠物做文章,是兰陵笑笑生对人情小说的重要贡献。有时候,猫儿狗儿是《金瓶梅》人物活动的巧妙点缀;有时候,猫儿狗儿对人起到举足轻重的作用,甚至决定人的命运。

一、潘金莲的独门暗器雪狮子

　　潘金莲称自己的爱猫雪狮子为"雪贼"。猫如其名,贼到极点,成了潘金莲谋杀官哥儿的独门暗器。

　　雪狮子本是西门府到处跑来跑去的普通猫,跟玳瑁猫、大黑猫一样,经常在李瓶儿房间走跳,跟官哥儿玩耍。第三十四回写到,书童进李瓶儿房间时,"见瓶儿在描金炕床上,引着玳瑁猫儿和哥儿耍子。"潘金莲正是利用宠物是孩子玩伴的习惯认识,突出奇兵害官哥儿。

　　雪狮子其实是只很漂亮的猫,浑身白色长毛,只有额头上带龟背一道黑，故名"雪里送炭"。它的毛里能放进一只鸡蛋。

雪狮子是个很挑剔的肉食者，不吃牛肝不吃鱼，只吃鲜肉。

潘金莲将鲜肉包在红绸子里，一动一动逗惹它来扑、来吃。

潘金莲为什么要把鲜肉包在红绸子里逗猫？

因为西门庆的宝贝儿子官哥儿总穿红衣服。

潘金莲用红绸包肉让雪狮子扑，像屠岸贾训练恶狗对付赵盾。

条件反射这一伟大科学的发现，不应属于俄罗斯的巴甫洛夫，而应属于中国的屠岸贾，小说人物潘金莲发扬光大。

官哥儿＝晃动的红绸＝鲜美的肉。就是潘金莲的驯猫理念。

经过潘金莲心机绵密的"特种猫"训练，雪狮子对"红色绸布包肉"情有独钟，关键时刻成了对官哥儿见血封喉的致命暗器。

有一天，穿红衫的官哥儿在床上手舞足蹈。窥伺已久的潘金莲悄悄将雪狮子放进李瓶儿的房间。雪狮子看到床上有团红绸子动来动去，哇！好大一块肉！猛地向官哥儿扑了上去。官哥儿玩得正好，突然给只大胖猫扑到身上，皮肤抓破，"呱"的一声抽风，口吐白沫……

西门庆看到宝贝儿子抽搐不已，听说雪狮子惹祸，三尸暴跳，立即寻到潘金莲房中，找到肇事猫，提着脚走向穿廊，望石台上一摔，雪狮子脑浆迸裂，一命归西。不久，一再被潘金莲吓出惊风病的官哥儿也一命归西。可怜的小男孩仅仅活了一岁零两个月。

潘金莲作任何恶，毫无内疚之心，毫无悔恨之意，雪狮子吓坏官哥儿，她死不认账。吴月娘找她追查猫挝官哥儿事，她巧言声辩，倒咬李瓶儿的丫鬟一口。西门庆到她的房间捉雪狮子，她"坐在炕上风纹也不动"，既不劝阻也不解释。如此阴险狠毒、残忍到向婴儿下手的恶妇，活该被武松开膛挖心，看看她的黑心是怎么长的！

雪狮子死了，成了潘金莲的替罪猫。三个世纪后，英国出现风靡世界的《福尔摩斯探案》，最著名的故事叫《巴斯克威尔猎犬》，写阴谋家为争夺遗产，训练猎犬作案。采用的手段跟潘金莲如出一辙：利用条件反射训练猛犬扑杀遗产继承者，福尔摩斯破获了此案。潘金莲利用雪狮子虐杀官哥儿，始终没破案。因为，愚笨的吴月娘、怯弱的李瓶儿无法破此案，色欲熏心的西门庆不想破此案。

二、一项可怕的"科研"成果

作为中国古代第一部人情小说，《金瓶梅》写人写事写情时，似乎不经意地写到各种猫儿狗儿，仔细推敲则发现，写猫儿狗儿居然是人情小说的重要章法之一。跟"三寸金莲做妙文章"一样，这是兰陵笑笑生对人情小说艺术手法多样性的重要贡献。

潘金莲是窈窕靓女，雪狮子是肥胖白猫，潘金莲居然愣是把雪狮子变成自己肢体和欲望的延伸！不能不承认，恶毒荡妇潘金莲聪明过人。她无师自通动用猫儿狗儿奇兵，一举除掉官哥儿和李瓶儿两个心腹大患。雪狮子作案，其实是潘金莲长期观察、琢磨如何利用西门府猫儿狗儿的"科研成果"。我们略作梳理：

其一，潘金莲早就发现雪狮子有"扑挝"爱好。

潘金莲在跟其他女人争宠过程中，无所不用其极，只要能讨好西门庆，什么下作手段她都接受，都敢用。第五十一回，西门庆吃了胡僧给的春药，先跟王六儿淫乱一番，回到家又命潘金莲给"品箫"。潘金莲一边埋怨"你怎的不教李瓶儿替你呃来"，一边"掩映于纱帐之内"干这肮脏事。这对狗男女干的事连动物都觉得奇怪，"不想旁边蹲着一个白狮子猫，看见动旦，不知当做甚物件儿，扑向前，用爪儿来挝。这西门庆在上，又将手中拿的洒金老鸦扇儿，只顾引斗他耍子。被妇人夺过扇子来，把猫尽力打了一扇靶子，打出帐子外去了。"（第五十一回）

这只白狮子猫，就是后来谋杀官哥的"主犯"雪狮子。它是潘金莲心爱的宠物，当西门庆不来时，潘金莲搂着它睡觉。会不会雪狮子扑挝西门庆的"那话儿"，激发了潘金莲利用雪狮子扑杀官哥儿的"灵感"？很有可能。猫儿扑成年人，可能造成皮肤伤害，扑婴儿，则在皮肤伤害之外造成致命惊风。猫儿狗儿可以在任何时候、进入任何房间、面对任何人，是"突袭"最佳资源！猫儿狗儿既是一般人很难想到的"杀手"，又极难在其作案后查清来龙去脉。因为，不是人人都是福尔摩斯。潘金莲后来确实是这样做的。她在最恰当的时机，最恰当的地点，用最恰当的人选——准确说是"猫选"——拔去眼中钉肉中刺，滴水不漏地作案杀人，再逍遥法外。从小说技法上看，白狮子猫挝正

中国古代小说构思学
中国古代小说发展研究丛书

搞淫乱活动的西门庆，是潘金莲利用雪狮子扑杀官哥儿的伏线和预演。

其二，潘金莲早就发现官哥儿特别怕猫狗惊吓。

潘金莲不断向西门庆献媚同时，还跟西门庆女婿陈敬济勾勾搭搭。第五十二回，二人正在花园调情，潘金莲用拿着白团扇的手推陈敬济，恰好李瓶儿抱着官哥儿从松墙那儿走来。李瓶儿可能近视眼？竟将潘金莲和陈敬济动手动脚看成是潘金莲扑蝴蝶，叫了声"五妈妈，扑的蝴蝶儿把官哥儿一个耍子"。吓得陈敬济钻进山洞。李瓶儿仍然没看到陈敬济，偏偏要在陈敬济躲藏的山洞边芭蕉丛下跟潘金莲抹骨牌，还让丫鬟取枕席来，把官哥儿放在上边玩耍，叫丫鬟拿壶好茶来，她要跟"五妈妈"一边抹骨牌一边喝茶，一副安营扎寨的样子。陈敬济呆在洞中，随时有露馅可能，潘金莲心急火燎，恰好孟玉楼在卧云亭招手把李瓶儿叫走。李瓶儿对潘金莲没有任何提防，撇下孩子叫潘金莲看着就走了。潘金莲此时哪有心管孩子？马上跑进山洞通知陈敬济逃跑，陈敬济偏偏拉住潘金莲求欢，潘金莲将看护婴儿官哥儿的任务丢在九霄云外。

卧云亭上的吴月娘听说潘金莲在看官哥儿，立即调派孟玉楼"你去替他看看罢"。吴月娘比李瓶儿有心，知道潘金莲对官哥儿没存好心，怕她暗中给官哥儿亏吃。李瓶儿恍然大悟，说"三娘，累你，亦发抱了他来罢"。孟玉楼和丫鬟小玉来到芭蕉丛下，哪儿有潘金莲的影子？倒有只大黑猫蹲在官哥儿身边，把官哥儿吓得蹬手蹬脚大哭。孟玉楼说："他五娘哪里去了？耶哟耶哟，把孩子丢在这里，吃猫唬了他了。"潘金莲连忙从山洞钻出来，谎称刚才在山洞净手，"那里有猫来唬了他？白眉赤眼的！"孟玉楼只顾把孩子抱走，不跟潘金莲理论有没有猫，按简单思维，这事很容易搞清。孟玉楼看到猫，而猫在潘金莲出洞前跑了。潘金莲一口咬定没有猫，跟孟玉楼一起来的小玉却也看到了猫。孟玉楼走，丫鬟小玉也抱枕席跟着走，"金莲恐怕他学舌，随屁股也跟了来"。怕哪个"学舌"？怕小玉告诉吴月娘。

当孟玉楼向月娘汇报：潘金莲去净手，"一个大黑猫，蹲在孩子头跟前"。潘金莲连忙反驳："三姐，你怎的恁白眉赤眼的？那里讨个猫来！他想必饿了，要奶吃哭，就赖起人来。"（第五十二回）潘金莲以狠毒泼辣闻名,小玉如何惹得起? 怎敢给孟玉楼做旁证? 她一声不敢吭。得饶人处且饶人的孟玉楼也不再追究。于是,潘金莲玩忽职守让官哥儿被黑猫吓病,变成孟玉楼"白眉赤眼"虚构了一只猫。

孟玉楼是潘金莲最好的朋友,二人无话不谈,在西门府其他女人眼中,她们是同盟,狼狈为奸。李桂姐就对李娇儿的丫鬟说潘孟二人像一对狐狸。潘金莲为了洗清责任,竟说孟玉楼造谣! 翻脸不认人,该出手时就出手,需要对谁出手就对谁出手。西门府内没有永远的同盟,只有永远的利益。

黑猫将官哥儿吓得不吃奶了。这等于给潘金莲一个启示:黑猫仅仅盯住官哥儿看看,就吓得他不吃奶,如果进一步惊吓呢?

其三,潘金莲将踩狗屎倒霉事变成吓唬官哥的"际遇"。

官哥儿胆小,并不是小说作者故意让他胆小,而是因为这个年龄的孩子都胆小。传统说法婴儿魂灵还没完全归位,惊吓后易"掉魂"、惊风。婴儿睡梦中吓醒,惊吓程度尤重。潘金莲观察到这现象,故意在官哥儿晚上睡觉时打秋菊。她打秋菊还拿"狗屎"大做文章,这个情节,成为许多古代文学作品选选录的经典章节。

西门庆生日,早晨请任医官给官哥儿看病,晚上西门庆住到李瓶儿房里。潘金莲已吃一肚子醋。晚上喝得大醉,回房时黑影中踩了一脚狗屎,登时大怒,"拿大棍把那狗没高低只顾打,打的怪叫起来"(第五十八回)。此时的潘金莲还是为心疼新鞋打狗,可能打一会儿就回去睡觉。没想到李瓶儿派丫鬟来求情:官哥儿刚吃了药睡下,求五娘休打狗吧。潘金莲听了,"半日不言语"。她在思考什么? 兰陵笑笑生没写,但潘金莲此后的行动说明她思考的是什么:原来你的宝贝儿子官哥儿怕响声? 那我就把响声搞得尽可能的大、尽可能时间长! 潘金莲把狗打了一回,放出去了,似乎给李瓶儿面子了。其实不然,她要搞个惊吓官哥儿的二重唱。她把秋菊叫来,骂秋菊"是你这奴才的野汉子,你不打发他出去,叫他恁遍地撒屎,把我恁双新鞋儿……踩了恁一鞋帮子屎。"(第五十八回)潘金莲过去惩罚秋菊,让其顶着石头跪着,或叫春梅打,这次,潘金莲自己动手打。因为,顶着石头跪着没声音,吓不到官哥儿。春梅打几下就罢,也吓不到官哥儿。潘金莲自己打,就可以按吓官哥儿的需要打。她先用沾了狗屎的鞋打,后用马鞭子打,"打的这丫头杀猪也似叫",果然把官哥儿吓得"一双眼儿只是往上吊吊的"。

经过潘金莲数次惊吓,官哥儿居然度过周岁,眼看有长大成人希望,潘金莲破釜沉舟,使出雪狮子,害死官哥儿。

三、猫儿狗儿和西门府人事纠纷

官哥儿事件跟猫儿狗儿相关系密切,其实西门府的猫儿狗儿一直夹杂在西门府男男女女的人事纠纷中。

有时,猫儿狗儿会成为身份财宝象征。西门庆将李瓶儿娶进门后,应伯爵等要求见新嫂子,玳安去问李瓶儿,回说"免了吧"。应伯爵说:"左右花园中熟径",他自己就能走进内宅把新嫂子请来。玳安回答:"俺家那大猱狮狗,好不厉害,倒没的把应二爹下半截撕下来。"(第二十回)玳安所说的这只狗,是有钱人看家护院的凶狠恶犬。是藏獒,还是进口德国黑贝?可惜小说里没写。

有时,猫儿狗儿成了主人淫乱行为的诱因,如潘金莲私通琴童。

西门庆把孟玉楼、潘金莲娶进门,立即喜新厌旧,梳笼李桂姐,滞留妓院,把两个新妾丢到家里不闻不问。刚跟西门庆新婚燕尔的女人孟玉楼和潘金莲,"打扮的粉妆玉琢,皓齿朱唇,无一日不在大门首倚门而望,只等到黄昏"(第十二回),只好失望而归。潘金莲晚来孤帏无伴,到花园散心,没想到越散心越烦,因为"怪玳瑁猫儿交尾,斗的我芳心迷乱"。潘金莲"欲火难禁一丈高",居然勾引上孟玉楼从杨家带来的小厮琴童,一个刚刚留起头发的男孩。西门庆追查此事,潘金莲聪明地蒙混过关。

西门庆死后,潘金莲跟陈敬济通奸被吴月娘发现,臭骂一顿,找薛嫂来发卖潘金莲帮凶春梅。春梅酌酒劝潘金莲"人生在世,且风流了一日是一日","因见阶下两只犬儿交恋在一处,说道:'畜生尚有如此之乐,何况人而反不如此乎?'"(第八十五回)薛嫂看到此情景,说了句:"你家好祥瑞,你娘儿每看着怎不解闷。"春梅的话语,恶俗到顶,薛嫂的挖苦,讽刺到家。无怪张竹坡说,《西厢记》是花娇月媚文字,《金瓶梅》是市井文字。

有时,猫儿狗儿是主人淫乱行为的引线,如西门庆私通李瓶儿。

李瓶儿派丫鬟迎春约会西门庆，叫西门庆在酒席上推醉回家，李瓶儿将花子虚打发到妓院留宿，再将西门庆从墙头上接到花家。西门庆推醉到家，脱了衣服就到花园，等李瓶儿那边的消息。"良久，只听得那边赶狗关门。"这说明李瓶儿已将花子虚请出去了，所以关上花家大门。"少顷，只见丫鬟迎春黑影里扒着墙，推叫猫，看见西门庆坐在亭子上，递了话。这西门庆就掇过一张桌凳来踏着，暗暗扒过墙来。"西门庆跟李瓶儿"如胶似漆，盘桓到五更时分，窗外鸡叫"，西门庆整衣而起。张竹坡评："打狗关门，唤猫上墙，鸡叫过墙，妙绝情事。"（第十三回）

《红楼梦》中柳湘莲对贾宝玉说过："你们东府里，除了那两个石头狮子干净，只怕连猫儿狗儿都不干净。"①柳湘莲对国公府的精彩点评成为红学家经常引用的妙语。宁国府猫儿狗儿如何不干净？曹雪芹没写，他的"写作辅导员"兰陵笑笑生二百年前却写了。西门庆妻妾成群，西门府猫狗成群。在世界文学范围内，拿宠物做出如此巧妙、繁富、深刻文章的，兰陵笑笑生只此一家，别无分店。

四、古代点评家和外国学者关注西门府猫儿狗儿

认为猫儿狗儿在《金瓶梅》构思和写人上起作用，不是笔者的发明创造。两个多世纪前，张竹坡就注意到猫儿狗儿在《金瓶梅》中的作用。他认为，官哥儿是花子虚再世，来向李瓶儿讨债，所以当年李瓶儿跟西门庆私通，有打狗关门描写，现在官哥儿被害，有打狗伤人描写。这是"殆夺天工之巧"的对应构思。第五十九回点评："上文一路写官哥小胆，写猫，至此方一笔结出官哥之死，固是十二分精细。……推猫上墙，打狗关门，早为今日打狗伤人，猫惊官哥之因，一丝不差。……前瓶儿打狗唤猫，后金莲打狗养猫，特特照应。"（第五十九回总评）

美国普林斯顿大学浦安迪教授也注意到《金瓶梅》的猫儿狗儿。他的《明代四大奇书》将《金瓶梅》猫狗的出现和作用，认真细致梳理，提出警辟见解。他说"一连串的狗和猫在这部作品的许多章节昂首阔步露面"，在"血腥杀害官哥事件中，潘金莲的猫扮演了阴森可怖的角

---

① 〔清〕曹雪芹撰，蔡义江校注：《红楼梦》（第六十六回），第901页，杭州：浙江文艺出版社，1996。本书所引用《红楼梦》，除特别注明甲戌、庚辰、己卯、蒙府等本外，均据此本。

色","第五十三回,一只吠叫的狗惊散了第一次想在花园里做爱成双的潘金莲和陈敬济。之后不久,另一只狗惊吓坏了一位请来给病情日益恶化的瓶儿治病的医生。"①浦安迪教授之所以能从中国学者司空见惯的事中瞧出妙门道,可能因为他不受中国传统思维、条条框框熏陶,对文学作品较少"高屋建瓴思想分析",而注意文本剖析、讲究细节认知的缘故。

第四节　绾顶金簪和女人青丝

人情小说跟历史演义、英雄传奇的最大不同,是它关注鸡毛蒜皮、鸡零狗碎的事。极其细小的日常生活用品甚至人体某个部分,都可以拿来写人世沧桑。《金瓶梅》里的绾顶金簪和女人青丝,就在掌握小说走向、操纵人物命运上起作用。甚至可以说,绾顶金簪在描写人物个性、交代人与人之间的关系上举足轻重。而传统小说,特别是才子佳人小说用表达卿卿我我"情思"的女人青丝,进了《金瓶梅》,却充满鸡争鹅斗、腥风血雨,最终还送了西门庆的命。

一、绾顶金簪——情感风向标

古代不分男女都留发,用簪子绾住头顶乱发,《金瓶梅》称为"绾顶"。绾发簪子因经济情况而材质不同。贫困人家用木簪竹簪,市井人家用铜簪银簪,富贵人家用金簪、玉簪。至今在舞台上盛演不衰的传奇《玉簪记》或京剧《碧玉簪》,就是用小小玉簪做出人生悲欢大文章,编出男女离合巧故事。

封建宗法制下的男人可以一夫一妻多妾,也可以寻花问柳。在《金瓶梅》中,绾发金簪就起了另一重要作用:它是西门庆的情感风向标。其头上金簪,是占领性标志,或者说"阶段性占领标志"。西门庆头上插哪个女人的金簪,说明哪个女人"目前是"他最爱,是他"现在"

① 〔美〕浦安迪著,沈亨寿译:《明代小说四大奇书》(第二章),第68、69、70页,北京:中国和平出版社,1993。

"性趣"所在。头上金簪在撰写西门庆特殊的"性爱史"。

西门庆把潘金莲勾引到手后,小说没写,潘金莲如何将她的金簪绾到西门庆头上?但她确实绾了。对潘金莲来说,金簪是爱情的标志,也是她不多的财产之一。但西门庆马上就把潘金莲扔到了一边,忙着娶富婆孟玉楼去了。孟玉楼本是富商杨宗锡的遗孀,原称"杨孟氏",嫁入西门府,西门庆给她取个"玉楼"的号。痴情的孟玉楼马上把新号刻在几副金簪上,既自己戴,又给西门庆绾到头发上。孟玉楼给西门庆的金簪,上边刻着"金勒马嘶芳草地,玉楼人醉杏花天",这是巧妙借用唐诗写孟玉楼的命运。"玉楼"是孟三娘的号,她进入西门府是杏花开放的季节,因为嫁给自己一眼挑中的情郎,孟玉楼心醉了。用这两句唐诗写她的心情很合适。

此时,潘金莲成了弃妇,害了相思病。潘金莲拔下头上的金头银簪向王婆行贿请她跑腿。兰陵笑笑生像拿着天平对人物财力做准确描写,潘金莲是否有财力送西门庆纯金金簪?不得而知,她自己却只能戴金头银簪,而且不得不拔下来巴结王婆。西门庆被王婆从街上像绑票一样拉到武大家,见了满腹哀怨的潘金莲,睁眼说瞎话,根本不承认他三个月不来潘金莲这儿,是因为娶了新人。潘金莲一把将他戴的新缨子瓦楞帽——新郎官帽——撮下往地上一丢,接着眼明手快地从他头上拔下根油金簪,看到上面刻着"金勒马嘶芳草地玉楼人醉杏花天",以为是哪家娼女的,立即夺了并质问西门庆:我的簪子哪儿去了?西门庆再次耍无赖说丢了。潘金莲气急败坏地把她怀疑哪个妙人送的扇子撕碎……经过丢帽子,抢金簪,撕扇子,一通火爆发泄,潘金莲就阿Q式地以为消除了她跟西门庆之间的情爱障碍,又拿出根并蒂莲瓣簪儿给西门庆绾顶,以为重新占据了西门庆的"最爱"地位。

潘金莲的簪上刻着首五言诗:"奴有并头莲,赠与君关髻。凡事同头上,切勿轻相弃。"(第八回)在西门庆的性爱伙伴中,唯有潘金莲有些"文学青年"情调。她创作的这首《金簪诗》,写得蛮有情意。

没多久,潘金莲又成了"马棚风",新情敌是雏妓李桂姐。桂姐是窑姐儿,才不会送什么金簪银簪给西门庆。像李桂姐和郑爱月这类受西门庆宠爱的窑姐儿,只会送来手帕包着亲口嗑的瓜子儿,既表示"情义无价"又不需要花钱。

但是在西门庆梳笼李桂姐过程中,绾顶金簪还是又出现了。为哪个? 潘金莲。潘金莲是出于报复心理,还是淫妇心性? 西门庆梳笼李桂姐十几天不回家,她红杏出墙,引诱孟玉楼从杨家带来的小厮琴童淫乱,将绾顶金簪和香囊送给小情郎。潘金莲的情事被宿敌孙雪娥和李娇儿发现,告发到吴月娘那儿。吴月娘息事宁人。李娇儿和孙雪娥向回家过生日的西门庆举报。西门庆可以玩任何女人,他的女人却不容他人染指。西门庆"怒从心上起",立即"一片声儿叫琴童"。没想到潘金莲脑子转得比他快,动作也比他快,已先派春梅把琴童叫到房里,将可作通奸证据的簪子收了,慌忙中忘记要回香囊。因为潘金莲将绾顶金簪这一致命的通奸证据提前消灭,西门庆没能拿住潘金莲私通琴童的"铁证"。至于香囊,因为琴童和潘金莲一个说在花园捡的,一个说在花园丢了,瞎猫碰到死老鼠,蒙混过关。西门庆"审案"不了了之。潘金莲急忙收回金簪的情节,描绘了情场高手的机智。

二、宫样金簪的连环文章

拿绾顶金簪做妙文章,最妙不过李瓶儿的宫样金簪。兰陵笑笑生拿李瓶儿的宫样金簪做起了连环文章。李瓶儿的金簪在《金瓶梅》里三次出现,三次都对人与人之间的关系发生了影响:第一次,西门庆用宫样金簪收买潘金莲为他偷情掩护;第二次,宫样金簪让吴月娘识破西门庆早就跟李瓶儿暗度陈仓;第三次,从王六儿戴了宫样金簪,潘金莲摸清西门庆越来越低下的性爱动向。

李桂姐一页还没翻过去,西门庆又有了新情人,结义兄弟之妻李瓶儿。这女人对西门庆的"占领"标志,同样是金簪,是比孟玉楼的金簪更名贵的宫样金簪。

李瓶儿第一次跟西门庆偷情后,"将头上绾顶的金簪儿拔下两根来,替西门庆带在头上,说道:'若在院里,休要叫花子虚看见。'"(第十三回)李瓶儿的金簪带在西门庆头上,如果叫她丈夫看到,无异于捉奸在床。所以李瓶儿嘱咐西门庆小心防范。

因为潘金莲贼鬼溜滑,又因为她居处的地理位置——她住的西门府花园恰好跟花子虚正房院子对着——她很快就发现了西门庆爬墙跟李瓶儿偷情的秘密。西门庆琢磨如何安抚、拉拢潘金莲。他先告诉潘金莲,李瓶儿要认她姐姐,要亲手给她做鞋,得到回答"我是不要那淫妇认甚哥哥姐姐的。他要了人家汉子,又来献小殷勤儿。"(第十三回)潘金莲为人实际,跟她套近乎这一招不灵。西门庆干脆编谎说李瓶儿"今日教我稍了这一对寿字簪儿送你",边说边把头上的金簪——其实是李瓶儿给他的信物——拢将下来,递给潘金莲。

这一招,起作用了。"金莲接在手内观看,却是两根番石青填地、金玲珑寿字簪儿,乃御前所制,宫里出来的,甚是奇巧。"(第十三回)潘金莲"满心喜欢"说道:"既是如此,我不言语便了。等你过那边去,我这里与你两个观风……"

西门庆拿金簪讨好潘金莲,潘金莲变成马泊六,掩护西门庆和李瓶儿私通。一对金簪换来一座挡风墙,对奸商西门庆来说,实在好买卖。他双手搂抱着潘金莲说"我的乖乖的儿,正是如此! 不枉的养儿不在阿金溺银,只要见景生情。我到明日梯己买一套妆花衣服谢你。"(第十三回)

为什么两根金簪就收买了潘金莲? 因为潘金莲小妇见识,眼孔浅,她原是裁缝女儿、卖炊饼的妻,没见过高档首饰。李瓶儿的金簪是御前用品,精巧、名贵,比市场上卖的好得多。李瓶儿大方"送礼",潘金莲顺水推舟,"落得河水不洗船"。

李瓶儿金簪还会在《金瓶梅》复杂的人与人关系上继续起作用。

《金瓶梅》写人情之巧,就在于对一股小小金簪的调度也颇费匠心。奇怪的是,虚荣心极强的潘金莲有了李瓶儿的金簪,并没有插到头上招摇过市,倒把它藏起来了,必要时,变成对李瓶儿见血封喉的利剑。李瓶儿的宫样金簪再次出现并引起西门庆嫡妻吴月娘的关注,竟然是在潘金莲精心布置下,来做李瓶儿的"污点证据"了。

李瓶儿这个人似乎有点儿奇怪,按说偷别人汉子者,该避免跟其妻妾接触。李瓶儿跟西门庆的艳事一开始,就傻呵呵地跟西门庆的妻妾套近乎,要给吴月娘和潘金莲做鞋。花子虚一死,李瓶儿更是迫不及待跟西门庆妻妾打成一片,穿着孝服,就去给潘金莲拜寿。这一拜,就把西门庆、李瓶儿、潘金莲三人穿一条裤子的马脚,泄露到吴月娘眼皮底下了。泄露玄机的,是那副宫样新巧金簪。

克里斯蒂探案《阳光下的罪恶》中,大侦探波洛在山洞嗅到特殊香水味,判断被害人进过山洞,她肯定是约会什么人。经过思考,波洛把勾引有钱贵妇杀人图财的真凶揪了出来。《金瓶梅》不是探案,但《金瓶梅》不太睿智的女人也有推理才能,吴月娘就是从潘金莲的宫样金簪,意识到李瓶儿和西门庆早有勾结。有时候,中国女人的直觉可以跟西方大侦探福尔摩斯、波洛媲美。

李瓶儿去给潘金莲拜寿,按说西门庆跟花子虚是结拜兄弟,李瓶儿该跟吴月娘平磕头才对,但李瓶儿却按小妾拜见嫡妻的礼节给吴月娘磕了四个头!此时心里七上八下的该是吴月娘。李瓶儿公然以西门庆小妾自居,是自卑还是嚣张?对李瓶儿来说是自卑,对吴月娘来说简直是嚣张。此前李瓶儿将几箱财宝寄放到西门府,吴月娘收进上房。如果允许李瓶儿进门,她的财宝还能继续放在正房吗?……

吴月娘满面堆笑跟李瓶儿聊天,话语却连讽加刺,酸不溜丢。她跟李娇儿、孟玉楼一唱一和,灌李瓶儿喝酒,似乎想叫李瓶儿失态,再说出点儿什么。而理当一直陪着李瓶儿的寿筵主角潘金莲却跑了。她干什么去了?春梅说"俺娘在房里匀脸。"现代话叫"补妆"。奥妙就在潘金莲为什么要补妆?人们常说"女为悦己者容",西门庆不在家,她补的什么妆?补了啥样妆?"玉楼在席上,看见他艳抹浓妆,从外边摇摆将来。"孟玉楼只看到潘金莲涂脂抹粉、扭腰扭胯。吴月娘却敏感地发现:潘金莲回房补妆补上一件新首饰!宫样金簪!

这引起吴月娘高度关注。李瓶儿今天跟潘金莲一见面就问:"这就是五娘"?显然二人不认识。宴席上潘金莲一直没有跟李瓶儿单独接触的机会,她为何戴上跟李瓶儿一模一样的金簪!?潘金莲出身贫寒,她的高档金簪通过什么途径弄来?……

我们看看吴月娘如何聪明地查问金簪来历:"月娘因看见金莲鬓上撇着一根金寿字簪儿,便问:'二娘,你与六姐这对寿字簪儿,是那里打造的?倒好样儿。到明日俺每人照样也配怎一对儿戴。'"(第十四回)

张竹坡评这段描写是"写月娘贪瓶儿之财处一丝不放空"。其实张竹坡看偏了,吴月娘不是贪财,是斗智。她一口咬定潘金莲和李瓶儿的金簪是"一对儿",这是诓李瓶儿,要从李瓶儿的嘴里证明,潘、李二人的金簪确实是同一出处。那样的话,李瓶儿的金簪如何到了潘金莲头上？不就是秃子头上的虱子——明摆着？

实际上，吴月娘心里已完成如下推理：

李瓶儿有宫样金簪；

李瓶儿跟西门庆有私情；

李瓶儿将金簪送西门庆；

西门庆将金簪送潘金莲；

潘金莲戴上了李瓶儿的宫样金簪。

倘若吴月娘"侦破"对象是狡猾的潘金莲，她肯定会造出巧妙借口，圆谎金簪来历。可吴月娘面对的，是傻乎乎的冤大头李瓶儿。李瓶儿愚蠢地以为吴月娘只是对金簪有兴趣，老老实实地回答："大娘既要，奴还有几对，到明日每位娘都补奉上一对儿。此是过世老公公御前带出来的，外边那里有这样范？"（第十四回）

李瓶儿这番话真能令人笑破肚子。见过愚蠢的女人，没见过愚蠢得如此精彩、如此"巧妙"的女人！

像在公堂上，没等上夹板，罪犯就——交代。李瓶儿的话等于说：第一，月娘是"大娘"，我是没定名分的"×娘"，我的东西送哪个，大娘下命令就是。第二，潘金莲的金簪是我送的（只差没说通过西门庆），我再给西门府每位娘子"补奉"一对。第三，唯有我才会有这种精致高贵的金簪，市场上买不到。

吴月娘回答："奴取笑，逗二娘耍子。俺姐妹们人多，那里有这些相送！"（第十四回）

可以想像，此时吴月娘已经给气蒙了，西门庆、潘金莲、李瓶儿，你们岂不是拿我堂堂嫡妻当猴儿耍？

可以想象，故意回房间把宫样金簪戴到头上的潘金莲，因为巧妙揭发了李瓶儿的丑事，有多高兴！潘金莲太聪明也太恶毒了。

一只小小金簪写活三个不同女性人物的个性和她们的心理：潘金莲机灵歹毒，吴月娘心理阴暗，李瓶儿愚笨老实。潘金莲玩这番花招是想借吴月娘之手阻止李瓶儿进入西门府，吴月娘一心想操纵控制西门庆；李瓶儿飞蛾投火般急于跳进西门府这个陷人坑。

接着西门庆从外边回来。这家伙似乎不打算向妻妾保密李瓶儿是他的新宠，急切地挽留李瓶儿住下，请她喝酒，"吃的妇人眉黛低横，秋波斜视",两人"伤成一块,言颇涉邪"。吴月娘看不上,回自己房间了。酒吃到三更,西门庆东倒西歪到吴月娘房间请示:打发李瓶儿到哪里歇?月娘酸溜溜回答:"他来与那个做生日,就在那个房儿里歇。"西门庆再问"我在那里歇?"吴月娘立即话里有话"随你那里歇。再不你也跟了他一处去歇吧。"(第十四回)几乎当面戳穿西门庆跟李瓶儿是情人关系。吴月娘最重要的依据就是潘金莲头上的金簪。

第二天,早茶还没吃,李瓶儿的仆人送来四对宫样金寿字簪儿,吴月娘等每人一对,插到头上。接受了李瓶儿宫样金簪的四个女人,除了早就做过"金簪"文章的吴月娘心知肚明外,李娇儿、孟玉楼、孙雪娥免不了得想一想:潘金莲从什么时候、因为什么途径,提前得到了李瓶儿的宫样金簪?

李瓶儿的金簪文章还得继续做下去。不知道李瓶儿到底有多少只宫样精巧金簪。简直像大批量生产,不断替西门庆出力,替兰陵笑笑生出力。

李瓶儿进西门府几年后死了。西门庆死了"近似于真爱"的女人,在纵欲末路上越走越远。他的情人行列中出现最不可思议的王六儿。潘金莲形容是个"紫膛色、大摔瓜脸黑淫妇"。按说,西门庆偷偷养在外边的新宠很不容易被西门府女人发现,但潘金莲仍然发现了。靠什么? 还是靠李瓶儿的宫样金簪。

王六儿靠吃西门庆的"皮肉之苦",她的丈夫韩道国靠当"明王八",变成小康之家,有房子、有丫鬟、有经商分成。王六儿还跟西门庆妻妾平分秋色,头上插上李瓶儿的宫样金簪,大模大样进西门府给西门庆祝寿。敏感的潘金莲立即注意到王六儿头上的金簪,因为她知道这是"西门庆到此一游"的标志。后来潘金莲骂西门庆:"你悄悄把李瓶儿寿字簪子,黄猫黑尾偷与他,却叫他戴了来施展。"西门庆只好嬉皮笑脸地混赖。

三、小小金簪寄寓世态炎凉

金簪是多微不足道的物品,在《金瓶梅》中却不断穿梭在人物之间,制造一个一个矛盾,映照一个一个人性,闯出人情小说特殊构思套路。金簪不仅在情人关系上,还在一般关系上起作用。西门庆死后,吴月娘先后将春梅和潘金莲赶出西门府,叮嘱小玉要春梅净身出户。小玉不仅偷偷给春梅装衣物的箱子,还从头上拔下两根簪子相送。潘金莲走时,孟玉楼和小玉又瞒着吴月娘各送一对金簪。小小金簪既写玉楼小玉重情重友,也写吴月娘冷酷无情。

孟玉楼的金簪也在《金瓶梅》中出现三次。第一次,是潘金莲从西门庆头上揪下来的,说明此时孟玉楼是西门庆新宠。孟玉楼的金簪第二次出现,西门庆已死。潘金莲在情人陈敬济那儿发现了孟玉楼的金簪,立即打翻醋缸,怀疑陈敬济跟孟玉楼有染。陈敬济慌忙解释:这是他从花园里捡的。这事有点儿蹊跷。孟玉楼是捂紧钱包的精明富婆,怎会丢了金簪不找? 说穿了,是小说布局需要让她遗失。孟玉楼的金簪第三次出现,就是陈敬济拿在手里,去敲诈已嫁给李衙内的孟玉楼。陈敬济妄想靠这只刻着孟玉楼名字的金簪,诬告孟玉楼跟他有染,逼迫孟玉楼跟他走。没想到强中自有强中手,孟玉楼假装同意跟陈敬济走,却跟丈夫共谋,做成圈套,使陈敬济身陷严州府。孟玉楼一股金簪,第一次插到西门庆头上,是这位聪明女人因帅哥西门庆冲昏头脑走的险棋;第二次拿在西门庆女婿陈敬济手里,则是这位聪明女人掌握自己命运走的妙棋,孟玉楼的金簪也算物尽其用了。

四、女人青丝的妙文章

再看《金瓶梅》中的女人青丝。在古代小说戏剧中,女人的头发即青丝跟其谐音"情丝"同步,常用来点缀恋爱中的感人故事,或表达热烈执着的感情,或展示生死不渝的信念,或巧妙地用做感情保障。一度失宠的杨贵妃,用身体发肤受之父母的一缕青丝,打动了唐明皇,重新得宠。这样的故事,直到清代传奇《长生殿》都津津乐道。但《金瓶梅》男主角西门庆不是任何类型的爱情男主人公,他不谈爱情,搞情欲至上、变态情欲至上。跟这个异类男人搭配的女人青丝,也就跟"情丝"南辕北辙,变出完全不同的花样。

西门庆曾拿潘金莲的青丝做过惊心动魄的残酷文章。

西门庆将潘金莲娶进西门府不久,就去梳笼二妾李娇儿的亲侄女、雏妓李桂姐。潘金莲写上情书托玳安送到丽春院。西门庆当着李桂姐的面将情书扯碎。李桂姐摆出跟整个西门府女人见高下的架势,闹得西门府小厮挨踢,妻妾吃醋,人仰马翻。西门庆生日,她又进府拜寿。吴月娘当好好先生,请她喝茶。潘金莲却不露面。桂姐到潘金莲的住处程门立雪,潘金莲仍不见。被无理相待的雏妓立即琢磨复仇。恰好西门庆向李桂姐炫耀,说他在家里对小妾动不动挥舞马鞭子,"好不好还把头发都剪了"。吹牛吹出难题,李桂姐要西门庆剪下潘金莲一绺头发,"我方信你是本司三院有名的子弟"。

西门庆的"恶霸+无赖",通过"青丝事件"显露无遗。他拿剪女人头发吹牛,说明他清楚剪头发对女人意味着什么。他也明白李桂姐要拿潘金莲的头发施巫蛊术。但既然牛已吹了,就得在李桂姐跟前兑现。西门庆摆出酒醉寻事样子,对潘金莲说"我要你顶上一柳儿好头发",编谎说做网巾用。潘金莲回答:"你要做网巾,奴就与你做。休要拿与淫妇,教她好压镇我。"西门庆亲自动手剪下头发,潘金莲倒在他怀中娇声哭,"奴凡事依你,只愿你休变了心肠。随你前边和人好,只休抛闪了奴家!"西门庆向李桂姐交纳头发。李桂姐将头发踩到鞋底。潘金莲因受到巫蛊生病,不得不花钱求巫师魇胜,"只愿得小人离退,夫主爱敬"(第十二回)。

"青丝风波"将潘金莲无端受辱的可怜可悲、西门庆没理反缠的无情无耻,写得惊心动魄。这是《水浒传》潘金莲到《金瓶梅》潘金莲的重要转型,尴尬转型,无奈转型,从生死情人到低贱小妾的转型。这也是《金瓶梅》社会意义之所在。它通过一件小之又小的细事,通过区区一缕青丝,写出男女不平等的豪门女人的悲哀。

跟西门庆纵欲的重要角色有两个"六儿",潘六儿和王六儿。西门庆拿潘六儿青丝做残忍文章,王六儿拿青丝将西门庆送上西天。

西门庆依仗有钱有势拿王六儿换口味寻开心,王六儿依靠死不要脸和性生活奇技异巧换钱。两人无感情基础、无恋爱前奏,一见面就直奔淫乱主题。王六儿越是花样翻新淫乱,越能迎合西门庆胃口。西门庆长期纵欲,终于迎来死亡倒计时。他"头沉,懒待往衙门中去",在家休息。王六儿派兄弟王经送来包物事。"西门庆打开纸包儿,却是老婆剪下的一柳黑臻臻、光油油的青丝,用五色绒缠就了一个同心结托儿,用两根锦带儿拴着,做的十分细巧。"(第七十九回)真是"不如此,不足以送死"。在吴月娘眼中"恁没精神"的西门庆,观玩罢王六儿

"青丝"，立即随王经找阎罗殿兼职勾魂使者王六儿去了。他吃上梵僧送的伟哥，跟王六儿疯狂床戏，"并头交股，醉眼矇眬，一觉直睡到三更时分方起"。西门庆疲惫之极，潘金莲却盼他回来淫乐。玩了一辈子女人的西门庆，曾在葡萄架下把潘金莲玩得昏迷过去的西门庆，最终在醉迷中，以死亡为代价，变成潘金莲的玩物。夏志清把潘金莲看成是西门庆之死的罪魁祸首。他在《中国古典小说导论》中说西门庆"被一个无情无义而永远不知满足的女性色情狂谋杀了。"①

如果西门庆之死居然算被杀，第一刀其实是由王六儿用"青丝"捅的。这个紫膛色摔瓜脸妇人既市侩且粗俗，从不懂花前月下，从不搞浪漫情调。她搞了一次"小资情怀"，用一小绺青丝，就结束了西门庆三十三岁的生命。

第五节　南京拔步床和银回回壶

我们再看看《金瓶梅》如何拿人们司空见惯的床及一把似乎很不引人注目的银回回壶做文章。

西门庆发家绝招之一，是娶妾生财，第一个详尽体现西门庆"人财两得"的故事，是将同城富商杨宗锡遗孀杨孟氏抢娶回家。

孟玉楼进西门府抬进一张南京拔步床，离开西门府，吴月娘补偿她一张螺钿床。孟玉楼留下一对银回回壶，给西门庆的遗腹子孝哥做念想。标志财富高水平的南京拔步床，似乎微不足道的银回回壶，在小说开头和结尾出现，成了兰陵笑笑生写人写世的绝佳道具，在描绘人世沧桑中以一当十。

一、孟玉楼的南京拔步床

正当西门庆跟潘金莲打得火热时，媒婆薛嫂来向西门庆推荐杨孟氏。薛嫂不像介绍美妾候选人，倒像介绍一座银库："这位娘子，说起

---

① 〔美〕夏志清著，胡益民等译：《中国古典小说史论》，第 201 页，南昌：江西人民出版社，2003。

来你老人家也知道,是咱南门外贩布杨家的正头娘子。手里有一分好钱。南京拔步床也有两张。四季衣服,插不下手去,也有四五只箱子。金镯银钏不消说,手里现银子也有上千两。好三梭布也有三二百筒。"(第七回)

西门庆闻钱眼开,立即放下热恋中的潘金莲,紧锣密鼓地抢娶杨孟氏。他从周守备那儿借来军牢,借迎亲之名,一股脑儿把杨宗锡的多年积累抢掠回家,将杨孟氏排为第三妾,命名"孟玉楼"。七年后,西门庆已死,孟玉楼改嫁,财物又随她从提刑千户家抬进知县家。

"南京拔步床"在《金瓶梅》出现三次。第一次,薛嫂向西门庆夸杨孟氏有钱,说她有两张南京拔步床。其中一张,随孟玉楼抬进西门府。第二次,这张床成了西门庆前妻之女西门大姐的陪嫁。第三次,西门大姐自杀后,吴月娘将这张床抢回来卖掉。

"南京拔步床"是卧具,更是富贵象征。拔步床是什么床?有种解释是:拔步床即八铺床,床极大,可容八铺八盖被褥,故不能放到小门小户小房间,只能放到有钱人的宽房大屋。而拔步床以南京描金彩漆者为上佳。其形状为:上下四柱,菱花片壁,床前接有碧纱橱,踏踏脚。《红楼梦》写到,贾母令将刚进府的林黛玉安置在她的碧纱橱里,说明贾府老祖宗用的正是南京拔步床。

六月债还得快,西门庆纳妾的"经济价值"马上显现出来。孟玉楼六月二日带着南京拔步床进西门府。十天后,西门庆女儿出嫁,据说时间紧迫,攒造不出女儿嫁床——这应是说给孟玉楼听的借口——"就把孟玉楼陪来的一张南京描金彩漆拔步床陪了大姐"。

这件事体现了西门庆精明的商人头脑和西门府的微妙人情:孟玉楼虽然带了南京拔步床进西门府,但她却不能继续用这张床,有三个原因:其一,孟玉楼进门前西门庆装修房屋,布置新房,已备好安置孟玉楼的床。其二,西门庆正妻吴月娘是所谓"穷官"家女儿,娘家不可能陪嫁南京拔步床,如果孟玉楼用如此讲究的床,岂不显得吴月娘没面子?孟玉楼的床变成吴月娘的心病,她必须请这张床出门。其三,西门庆再无赖,也不会用寡妇跟前夫睡过的床。于是,精于算计的西门庆跟心地阴暗的吴月娘不谋而合,拿孟玉楼的南京拔步床摆阔气、要身份、当作女儿嫁妆送到亲家陈府。这算盘打得多精!西门庆甚至

　　根本不顾封建社会讲究的"忌讳"。因为,孟玉楼前夫说不定就死在这张床上!事实上,睡了这张床的年轻夫妇最后都遭横死——西门大姐受陈敬济虐待上吊自杀,陈敬济被西门庆狗腿子张胜杀死。

　　当初西门庆到杨家骗取孟玉楼的信任时,说谎不脸红,说他妻子已死,想请娘子进门当家。孟玉楼明知火坑还是往里跳,结果她进门后,不仅不能当家,连自己带来财物的家也当不了,眼睁睁看着自己的高档床被西门庆和吴月娘"平调",成了前房女儿的陪嫁。

二、潘金莲螺钿床的妙用

　　不久,西门府出现了和南京拔步床媲美的螺钿床。

　　跟在孟玉楼后边进入西门府成为"五娘"的是潘金莲。因为共谋杀人,因为潘金莲不依不饶追着,西门庆不得不收容她做第五妾。潘金莲当然带不来什么南京拔步床。西门庆掏十六两银子给潘金莲买张黑漆欢门描金床,这张床的档次当然跟南京拔步床没法比,但对潘金莲来说,也今非昔比,鸟枪换炮:西门庆给这张床配上大红罗圈金帐幔,宝象花拣妆,桌椅锦杌,摆设齐整,也颇有些富贵气了。争强好胜的潘金莲从此在西门府跟一个又一个娘们儿过招。在各种鸡毛蒜皮小事上动心机,这个千古荡妇、妒妇、毒妇的个性显现得淋漓尽致。

　　潘金莲宠妾的位置还没坐稳,比孟玉楼更富的富婆李瓶儿进门。李瓶儿跟西门庆还处于地下活动时,就因丈夫花子虚遭遇官司,把财物转移进西门府。用食盒抬进西门府纹银三千两,从墙头上递过几个装满值钱玩意儿的箱子,她过门亲自带来一百颗西洋大珠和几两重宝石,还有一大堆金光耀眼的金首饰。因为李瓶儿做过梁中书的小姜,又随公爹花太监在广东待过,是时尚人物,她用的床不仅能跟南京拔步床媲美,甚至在时髦和华丽上会有所超越。但跟金银珠宝相比,李瓶儿的螺钿床,似乎不值一提。在西门庆迎娶李瓶儿大戏中,这张床也没出现。小说作者巧妙调度,这张床的"模仿秀",在潘金莲跟李瓶儿争宠过程中,在潘金莲房间、在西门庆眼中出现了:

　　　　(西门庆)转过角门来到金莲房中。看见妇人睡在正面一张

　　　新买的螺钿床上。原是因李瓶儿房中安着一张螺钿厂厅床,妇人

　　　旋教西门庆使了六十两银子,替他也买了这一张螺钿有栏杆的

床。两边槅扇都是螺钿攒造，花草翎毛，挂着紫纱帐幔，锦带银钩。妇人赤露玉体，止着红绡抹胸儿，盖着红纱衾，枕着鸳鸯枕，在凉席之上，睡思正浓。西门庆一见不觉淫心顿起……

（第二十九回）

然后，就是被洁本先后删除的几十字。螺钿床成了潘金莲用来对西门庆做性诱惑的道具。因为西门庆在翡翠轩说喜欢李瓶儿皮肤白，潘金莲诚心跟李瓶儿比试，"暗暗将茉莉花蕊儿搅酥油定粉，把身上都搽遍了，搽的白腻光滑，异香可掬，欲夺其宠。"（第二十九回）做完美体功夫后，潘金莲躺在螺钿床上，假装睡熟，等西门庆到来。螺钿床的紫纱帐幔，潘金莲盖的红纱衾，都使潘金莲的白腻裸体达到"欲隐更现"的作用，惹动西门庆的淫心。潘金莲很懂性心理，很有些审美眼光，她的聪明才智都用到如何跟其他女人争宠上。她要求西门庆按李瓶儿的螺钿床给她置办新床，看来正是看中它的时尚性，还有超过南京拔步床的性诱惑作用。

潘金莲经常对李瓶儿亦步亦趋地模仿。当初她在西门庆"指导"下模仿李瓶儿的性爱动作，现在又把李瓶儿的床照搬到自己房间，连吊在床上的纱幔和挂钩等细节也不放过。这些，都是小说家在琐细描写中交待的：李瓶儿跟西门庆在花家私通，丫鬟迎春偷窥，看到二人交合的床上"鲛绡帐中"、"帐挽银钩"。现在西门庆眼里，潘金莲的床"紫纱帐幔"、"锦带银钩"，二者何其相似乃尔！

《金瓶梅》里的潘金莲跟《水浒传》里的潘金莲最大不同，是《金瓶梅》里的"金"有极大可塑性，她的个性随着西门府的生活不断变化。水浒市井放荡贫妇被改塑成富豪家讲究吃喝玩乐的争宠小妾。水浒稍纵即逝的过场人物成为人情小说精雕细刻中心人物。螺钿床就是小说家似乎无意却相当重要的一笔。

潘金莲进西门府第一次得到的床是十六两银子，第二次得到的床是六十两银子。当年潘姥姥将如花似玉的大姑娘卖给张大户，只得到三十两银子。现在潘金莲的床是她本人身价的两倍。张竹坡曾提到："六"是阴数，所以将西门庆送命的两个女人一个叫潘六儿，一个叫王六儿。看来他说得还有点儿道理，西门庆给潘金莲买床都有个"六"字在。从奸商西门庆角度来看，潘金莲越来越"值钱"了。她给西门庆送命的砝码也越来越重了。

这张螺钿床在西门庆和潘金莲的人生中扮演了重要角色。

就是在这张床上,西门庆跟潘金莲和春梅两个人搞"双飞",仍然是模仿李瓶儿的"性趣",春梅掌灯,观看那对狗男女床戏。春梅成为西门庆不在妻妾编制却最得宠、最有脸面的通房大丫鬟。

就是在这张床上,潘金莲雪夜弹着琵琶唱着伤心的曲儿,体验着被冷落的滋味,咀嚼着对李瓶儿及其儿子官哥儿的刻骨仇恨。

就是在这张床上,潘金莲从雪狮子扑抓西门庆的"那话儿",得到灵感,想出利用雪狮子害死李瓶儿的命根子官哥儿的主意。

还是在这张床上,潘金莲给醉中的西门庆超剂量吃上西域和尚送的伟哥,自己玩了个不亦乐乎,把西门庆送上了西天。

三、床成为西门府由盛到衰的见证

"床文章"是《金瓶梅》创造的人情小说章法之一。小说家似乎存心要借这个特殊角度写西门府从富贵走向败落。

《金瓶梅》用这张螺钿床做出沧桑妙文章。螺钿床成了西门府淫乱活动的见证,成了西门府女人争宠斗智的见证,后来还成了西门府由盛而衰的见证。

张竹坡曾在《金瓶梅》第二十九回"吴神仙冰鉴定终身,潘金莲兰汤邀午战"评:"前玉楼有金漆床,金、瓶二人又有螺钿床,一时针线细致,却都是为春梅一哭作地也。"(第二十九回旁批)

这话说得很对:《金瓶梅》前边写孟玉楼的南京拔步床,中间写潘金莲和李瓶儿的螺钿床,笔墨精细,最终却是为了铺垫庞春梅重游旧馆的一哭。

潘金莲跟西门庆在螺钿床上及螺钿床边澡盆上"兰汤午战"后不到五年,《金瓶梅》红男绿女的命运发生翻天覆地的变化:西门庆纵欲送命;潘金莲被武松所杀;孟玉楼改嫁李衙内;西门庆的女儿不堪女婿虐待而自杀;春梅被吴月娘卖掉,因祸得福,在守备府得宠,生了儿子,做了姨太太……

西门庆去世三周年,已升级为守备正室的春梅派人致祭,吴月娘回信"西门吴氏端肃拜请大德周老夫人"回访西门府。春梅满头金翠,着四兽朝麒麟袍,佩玉叮当,束着金带,军牢喝道而至,给西门大官人烧完纸,脱掉四兽朝麒麟袍,换上家常绿遍地锦妆花袄儿、紫丁香色遍地金裙,叫吴月娘"你引我往俺娘(潘金莲)那边花园山子下走走"。接着出现一段似乎琐碎、琢磨起来却微妙的"床文章"。

春梅问"俺娘那张床往那去了? 怎的不见?"丫鬟小玉回答:三娘嫁人带走了。吴月娘解释:当年用孟玉楼那张南京拔步床陪嫁西门大姐,孟玉楼再嫁李衙内只好用潘金莲那张螺钿床还了她。

春梅存心揭老底:听说大姐死后您把那张床"拾回来"了(实际是抢回来)? 月娘说:因为没钱使,那张床只卖了八两银子,"打发县中皂隶,都使了"。

南京拔步床只卖八两银子! 倘若西门庆在,还不气歪鼻子?

"春梅听言,点了点头儿,那星眼中,由不的酸酸的,口内不言,心下暗道:'想着俺娘那咱,争强不伏弱的问爹要买了这张床。'……"潘金莲买床为什么还"争强不伏弱"呢? 接下来春梅的问话解答了:"俺六娘那张螺钿床怎的不见?"(第九十六回)原来,因为富婆李瓶儿有张螺钿床,争强好胜的潘金莲就采取献媚手段叫西门庆给自己买上同样一张,要在"床待遇"上跟李瓶儿取得平等。

那么,李瓶儿那张曾令潘金莲馋涎欲滴的高级床怎样了? 吴月娘说,因为家里只有出的、没有进的、"没盘缠",抬出去卖了三十五两银子。春梅是故意调侃还是真心惋惜? 对月娘说:"那张床,当初我听见爹说,值六十两银子。"早知你贱卖还不如我买呢。吴月娘叹道:"好姐姐,人那有早知道的?"(第九十六回)

"人那有早知道的",是吴月娘在全书中说出的最有哲理的话。

吴月娘不会早知道,西门庆更不会早知道:

他巧取豪夺,将南京拔步床掠进西门府,没想到几年后,这张高档床只卖八两银子,且用来向他正眼都不瞧的县衙役行贿。

他在宠妾间搞平衡,花六十两银子、模仿李瓶儿规格给潘金莲买床,没想到几年后,潘金莲的床成了孟玉楼陪嫁,李瓶儿的床给吴月娘三十五两银子贱卖。

多么巧妙的人生轮回!

西门庆抢来孟玉楼的南京拔步床;

西门庆掠来李瓶儿的螺钿床并对应给潘金莲配备；

西门庆人死灯灭西门府没了床。

掠夺和被掠夺，发财和被别人发财，人生就是这样在不断转圈儿。《金瓶梅》用"床文章"，巧妙写着人生悲欢。

四、银回回壶的黑色幽默

孟玉楼的南京拔步床出现在小说开头，她另一件小物品银回回壶出现在小说结尾，小小银壶有深刻哲理寓意。

西门庆为了钱财抢娶孟玉楼，为了达到目的，首先收买了孟玉楼前夫的姑妈杨姑娘，借杨姑娘对付孟玉楼前夫舅舅张四。张四想将孟玉楼嫁给尚举人。杨姑娘和张四都想借孟玉楼的婚事给自己捞取利益。当西门庆派人来杨家抬孟玉楼的财物时，两位长辈互揭老底，热火朝天对骂。众人围观，乐不可支。西门庆派来的小厮伴当、众军牢，乱中取胜，"赶人闹里，七手八脚将妇人床帐、装奁、箱笼，搬的搬，抬的抬，一阵风都搬去了"（第七回）。

西门庆一死，西门府女人风云流散。孟玉楼在给西门庆上坟时跟知县儿子一见钟情，接受了李衙内求婚。李知县派许多快手到西门府抬孟玉楼的床帐嫁妆，宛如再现西门庆借兵卒到杨家抢孟玉楼箱笼的场景。当年孟玉楼的一千两银子、三百筒布，只当在纸醉金迷的西门府生活六年，认识人生、交学费吧。孟玉楼其他金银财宝，跟当年陪嫁丫鬟兰香、小鸾一起，全部随孟玉楼到新夫李衙内家里去了，南京拔步床也得到螺钿床做补偿，西门庆打算跟潘金莲长久寻欢作乐的床，成了孟玉楼跟李衙内的合欢床。

这时，兰陵笑笑生笔尖轻轻一荡："玉楼止留下一对银回回壶与哥儿耍子，做一念儿，其余都带过去了。"（第九十一回）

"银回回壶"这件似乎普通生活用品的出现，是写颇有心计的人物孟玉楼的点睛之笔，更是《金瓶梅》布局讽世大章法。

那么"银回回壶"是什么？陈诏先生在《金瓶梅小考》一书中解释为阿拉伯银质茶壶。这是不了解回族生活习俗的误解。小说本身写得明白，壶留下"与哥儿耍子"。茶壶不能拿给孩子玩儿，茶壶也不成对。孟玉楼拿给孝哥玩的"银回回壶"，是冲洗下身的净壶。穆斯林特别讲卫生,按伊斯兰教习惯,信徒净身有大净小净之分。大净,是到清真寺礼拜前沐浴;小净,是在家里拿净壶冲洗下身。净壶形似茶壶却绝非茶壶。

"银回回壶"成了孟三娘留给孝哥的念想,而孝哥其实是西门庆再世为人,多有反讽意味!孟玉楼的日常生活用具都是银制,可以想象布商遗孀有多少值钱物品!但孟玉楼留给西门庆继承人的唯一财宝,竟是一对用来冲洗下身污秽的银净壶!这简直有点儿黑色幽默了。

第六节　俗曲和人情冷暖

如果 21 世纪哪位作家写部小说,将改革开放以来春节联欢会歌曲,《乡恋》、《我的中国心》、《冬天里的一把火》、《祝酒歌》、《在希望的田野上》……悉收其中,评论家肯定会说,这个作家哪会写小说,总是乱抄他人的东西!而《金瓶梅》这部小说名著,居然敛进明代近百支流行俗曲。俗曲跟情节、场面、人物结合得紧密贴切。既参与了小说叙事,又增添了趣味性。通过流行歌曲描写人情冷暖,是《金瓶梅》构筑人情小说拓出的新园地。

《金瓶梅》流行俗曲的中心人物,是西门庆和潘金莲。

西门庆喜欢在家设宴招待官场人物,宴席唱曲必不可少,清河县名妓李桂姐、吴银儿、郑爱香、郑爱月常在西门府同台演出;李铭、郑春等乐师常为西门庆弹奏捧场。吴月娘则喜欢将瞎歌女叫到闺中演唱。瞎眼歌女郁大姐和申二姐在西门庆后宫打起擂台。西门庆做官前请艺人要花钱,做官后可下令叫乐师歌女无偿弹唱。乐师、歌女还趋之若鹜,生怕被西门大官人边缘化了。当官就有这点儿好处,当然不止这点儿好处。西门庆当官后仍喜欢充大佬,给小费挺大方,在娱乐界颇有人气和名气。

西门庆是流行俗曲高手,他不仅爱听流行俗曲,还叫四个丫鬟各学一种乐器,请丽春院的李铭做导师,在家里组织起乐队,想给西门府造出钟鸣鼎食的气氛。西门庆有时带着妻妾到妓院庆生日、听音乐,在红灯区制造点儿妻妾和美的气氛。潘金莲和西门庆做坏事狼狈为奸,喜欢的流行俗曲也异曲同工。潘金莲既擅长借乐曲说她想说又不能当众说的话,又能从他人特别是西门庆点唱什么曲,准确判断其心思,再下针砭。她还会借曲生事,借曲挑事,借曲给他人挖坑。潘金莲对俗曲真能做到信手拈来、为我所用。

一、俗曲和小说主旨

西门庆是"嘲风弄月的班头,拾翠寻香的元帅",他也曾有过灵光一闪般的柔情蜜意、诗情画意。他将孟玉楼、潘金莲、李瓶儿收编进西门府不久,一夫三妾在花园合唱流行歌曲。孟玉楼弹月琴,西门庆打拍子,四人合唱《梁州序》:"向晚来雨过南轩,见池面红妆零乱。渐轻雷隐隐,雨收云散。但闻荷香十里,新月一钩,此景佳无限。兰汤初浴罢,晚妆残。深院黄昏懒去眠。(合)金缕唱,碧筒劝,向冰山雪槛排佳宴。清世界,能有几人见?"(第二十七回)

这段唱词中间有个"合"字,说明后边几句是四人齐唱,前边估计是女高音潘金莲领唱或西门庆潘金莲男女二重唱。这是个多好的影视画面。雨过天晴,彩虹悬空,日色蒙蒙,晚风习习,一个伟岸俊男和三个美貌少妇在翠竹红榴下悠扬自在地唱歌。真是良辰美景赏心乐事,这是西门庆式的美好时光:青春、财富、美女、佳景,四美俱全。西门庆字"四泉"应谐这"四全"。说"四泉"谐"酒色财气四全",是研究者的思维,西门庆本人不会这么想。

《金瓶梅》作为《红楼梦》先驱,写到前人戏剧和词曲,往往跟人物命运巧妙、密切、深刻相连。《梁州序》就是带主题启示意义的绝妙佳歌,"此景佳无限"后边的"向冰山雪槛排佳宴"最关键,它预示了西门庆的命运:把美好宴会安排在巍巍雪山上、冰雕槛杆旁,太阳一出,岂不冰消雪融、全部报销?《红楼梦》将王熙凤安排为冰山上的雌凤,未必不是受《金瓶梅》"冰山佳宴"的启示。

说"向冰山雪槛排佳宴"预示西门庆命运是不是牵强?一点儿也不。我们继续往下看《金瓶梅》文本:第二十七回写西门庆边唱着《梁州序》,边陪着孟玉楼、李瓶儿往花园外走,他们唱的几段歌每段合唱最后都重复"只恐西风又惊秋,暗中不觉流年换"。

太妙了! 不久,斗转星移、人非物换,盛极反衰,就像后来曹雪芹写出贾府"忽喇喇似大厦倾",兰陵笑笑生提前二百年写出西门府树倒猢狲散。"只恐西风又惊秋,暗中不觉流年换。"由西门庆反复吟哦,张竹坡说"真堪猛省"(第二十七回)。

二、盛宴点曲暗示衰败命运

西门庆得了传宗接代的宝贝儿子,又因给蔡京送礼,换回个五品官,生子加官,双喜临门,大开宴席。西门庆请清河县头面人物都来参加官哥儿满月庆典。薛太监刘太监"坐四人轿,穿过肩蟒,缨枪排队,喝道而至"。众武官周守备、夏提刑、荆都监、张团练,"锦绣服,藤棍大扇,军牢喝道"而来。西门府鼓乐喧天、笙歌迭奏。两位老太监在西门庆生子加官庆宴上点唱,把《金瓶梅》深藏构思透露出来。

酒席上武官尊重老太监,请他们先点唱。两位太监点了三支曲子。曲子暗藏机关,暗示西门庆、官哥儿、西门府的倒霉命运:

第一支曲,暗示西门庆好景不长。刘太监点第一支曲:"两个弟子唱个'叹浮生有如一梦里'。"周守备制止:"老太监,此是归隐叹世之辞,今日西门大人喜事,又是华诞,唱不的。"(第三十一回)这支曲子预告炙手可热的西门庆到头一梦,富贵荣华是过眼烟云,万事成空。果然,此后西门庆只过一个生日就呜呼哀哉。周守备说曲子是"归隐叹世",大大降低了曲子的悲剧性,是帮西门庆圆场的客气话。

第二支曲,暗示官哥儿命丧黄泉。刘太监点下一支曲子,不提曲名提曲词"你会唱'虽不是八位中紫绶臣,管领的六宫中金钗女'?"又被周守备制止:"今日庆贺,唱不的。"这段曲词出自元杂剧《金水桥陈琳抱妆盒》,演"狸猫换太子"故事:宋真宗的李妃生下太子,刘妃用剥皮狸猫取代,太监陈琳将太子用妆盒偷运出宫。这段唱词就是陈琳唱的。刘太监点的曲子影射官哥儿命运。官哥儿出生后,潘金莲曾恶狠狠地说:西门府闹腾得活像生了"太子"。而西门府"太子"只活了一岁零两个月,就死在西门府"两妃"争斗中,死在潘金莲的狮子猫爪下。狸猫果然害死了"太子"。老太监送官哥儿的满月礼物有福寿康宁银钱和追金沥粉彩画寿星博郎鼓。无奈官哥儿既无福更无寿,生下就不康宁。将来李瓶儿睹物哭官哥儿,看到的恰好是老太监送的寿星博郎鼓。

第三支曲,暗示西门府将不断地唱骊歌。刘太监连点两支曲都被周守备否决,薛太监毛遂自荐出来点第三支曲:"你叫他二人上来,等我分付他。你记的《普天乐》'想人生最苦是离别'?"(第三十一回)出来否决的还是武官,夏提刑大笑道:"老太监,此是离别之曲,越发使不的。"薛太监点的曲子预示:盛筵必散,离别在前,先是西门庆跟爱子官哥儿、爱妾李瓶儿离别,接着西门庆跟官位、财宝、妻妾、内宠外宠离别,以三十三岁生命撒手人寰。

两位老太监点三支不祥之曲,都唱不得,最后由夏提刑点支《三十腔》了事。老太监似乎非给西门庆添堵不可,第二天薛太监点了出《韩湘子升仙记》唱,"又为西门死后无依作映"(张竹坡语)。

三、俗曲高手潘金莲

潘金莲是俗曲高手,不仅会唱,还会用俗曲传情,用俗曲害人。

西门庆在跟潘金莲私通阶段就发现潘金莲弹唱比粉头还出色。

武大被杀后,西门庆和潘金莲肆无忌惮地在武大家鬼混。有一天,西门庆看见潘金莲壁上挂着琵琶,说:"好歹弹个曲儿我下酒。"

"好歹"二字很传神。西门庆本不指望潘金莲弹多好,更想不到她居然会唱,只不过出于逛妓院习惯:粉头陪酒得伴奏取乐,故要求潘金莲弹曲。"西门庆一面取下琵琶来,搂妇人在怀,看他放在膝儿上,轻舒玉笋,款弄冰弦,慢慢弹着,低声唱道……"(第六回)

潘金莲不仅会弹会唱,还会即景选曲,唱的是想念盼望情人之曲。张竹坡评:"此曲何故唱来? 而唱曲又何必此曲?"潘金莲曾在高级武官家受过专门弹唱训练,又灵心慧性,她抓住机会,用他人词曲"懒梳妆"、"烧夜香"表达对西门庆的思念和依恋。

潘金莲弹唱,令西门庆意外地从"良家女子"享受到勾栏风情,从寻常通奸享受到柔情蜜意,"欢喜的没入脚处",对潘金莲又是亲吻又是夸赞:"就是小人在勾栏,三街两巷相交唱的,也没你这手好弹唱!"(第六回)拿潘金莲跟妓女比,对西门庆来说算吹捧和抬举了。

《金瓶梅》写潘金莲再次弹琵琶唱曲,已非常凄凉。李瓶儿生子后,潘金莲失宠。潘金莲"雪夜弄琵琶",将一夫一妻多妾制下的家庭矛盾写透了,将女性苦闷、挣扎写活了。西门庆到处寻花问柳,潘金莲只能盼望他临幸，"每日翡翠衾寒，芙蓉帐冷"，雪夜还把房门开着等西门庆，听到房檐上铁马儿响，以为西门庆敲门，赶春梅去瞧，想把西门庆"劫持"到自己房间，结果不是，只好银灯高点，悲切地弹着琵琶唱"听风声嘹亮，雪洒窗寮，任冰花片片飘。……这烦恼何日是了？……误了我青春年少。你撇的人，有上稍来没下稍。"西门庆从外边吃酒回来，"径往李瓶儿房"看儿子，跟李瓶儿吃酒。潘金莲一人坐床上，怀抱琵琶，桌上灯昏烛暗，要睡，担心西门庆来，不睡，又困又冷，正百无聊赖，春梅告诉：西门庆早就回来了，跟李瓶儿吃酒呢！潘金莲听了"如同心上戳上几把刀子一般"，把琵琶"放得高高的"——应是把音调得高高的，故意让西门庆听到——再次唱"你撇得人，有上稍来没下稍"。（第三十八回）

潘金莲雪夜弄琵琶，因为她"脸酸"，因为李瓶儿与人为善，把西门庆"出让"到她的房间。但潘金莲不管弄多少次琵琶，永远改变不了西门庆的朝三暮四。前人分析"潘金莲雪夜弄琵琶"写出"妒妇之苦"，这是站在男性立场看问题。潘金莲之苦，是封建社会蓄奴制女人之苦，是男权社会中的女性悲剧。如果潘金莲得宠，那就意味着其他女人失宠。西门府女人，不管嫡妻还是小妾，都得经常感受被冷落之苦，潘金莲不过通过俗曲表现得艺术一些，强烈一些而已。

四、俗曲上的鸡争鹅斗

西门府演奏什么曲子，颇为讲究，特别当潘金莲插手时。潘金莲和西门府其他女人、西门庆用俗曲过招，煞是好看。

西门庆滞留妓院，吴月娘雪夜烧香求菩萨保佑夫君，感动了西门庆，数月不说话的夫妇和好了。第二天，孟玉楼和潘金莲安排宴会祝贺。此时，西门庆已有自家乐队，春梅和玉箫成了演艺界人士，她们在宴席上唱支《南石榴花·佳期重会》。吴月娘、李娇儿、孟玉楼、李瓶儿，听了就听了，颇懂流行音乐的西门庆却听出门道，问：谁叫她们唱这支曲？玉箫回答："是五娘分付唱来。"西门庆看着潘金莲说："你这小淫妇，单管胡枝扯叶的。"（第二十一回）西门庆话外之音是："你这个坏包，你借俗曲嘲笑月娘，她不懂，我可是听懂啦。"

潘金莲毕竟是潘金莲，这个蛇蝎般女人在公众场面，在宴席之上，用一支唯有西门庆能听懂的曲子,既羞辱吴月娘,又向西门庆暗送秋波。玄机就藏在《佳期重会》的歌词里:"佳期重会,约定在今宵。人静悄,月儿高,传情休把外门敲。轻轻的摆动花梢,见纱窗影摇,那时节,方信才郎到,又何须蝶使蜂媒,早成就凤友鸾交。"①

潘金莲点这支歌词等于当众递信给西门庆:哥儿,你甭信上房的那套雪夜烧香把戏,那都是故意演给你这个傻帽儿看的!(第二十一回)

第二天晚上,西门庆在孟玉楼跟前揭开哑谜:"他(潘金莲)说吴家的不是正经相会,是私下相会。恰似烧夜香,有心等着我一般。"(第二十一回)

潘金莲为什么能格外得宠?除了床上功夫外,日常生活中对西门庆事事关心、用心、"知心",包括借俗曲当众调情,是重要因素。潘金莲和西门庆是在智商和情商上旗鼓相当的一对坏蛋。

潘金莲会巧妙地用俗曲羞辱嫡妻,也会巧妙地利用俗曲挑拨妻妾之间的关系,利用俗曲跟其他小妾争宠。

李瓶儿进入西门府,西门庆妻妾都感到心理压力。李瓶儿太有钱了!在西门庆心目中,她的地位自然跟其他女人不一样。西门庆设宴庆祝李瓶儿进门。穿金戴银、束玉挂钗、珠光宝气、豪门富家气派的李瓶儿出来,宴席上,不管被请的客人应伯爵等,还是来服务的歌女,都对她百般讨好。歌女表现尤其露骨,"四个唱的,琵琶筝弦,簇拥妇人","见他手里有钱,都乱趋奉着他,娘长娘短,替他拾花翠,叠衣裳,无所不至"(第二十回)。李瓶儿的金钱力量已压得嫡妻吴月娘气都喘不过来。潘金莲又不失时机往她流血的心口撒盐。

歌女讨好李瓶儿,大唱"天之配合,一对儿如鸾似凤","永团圆,世世夫妻"(第二十回)。这唱词,不经行家点明,吴月娘听不出有什么不对头。潘金莲是歌伎出身,对歌词特别敏感。一听歌女如此唱,马上找到下蛆良机,对吴月娘说:"大姐姐,你听唱的小老婆,今日不该唱这一套,他做了一对鱼水团圆、世世夫妻,把姐姐放到那里?"(第二十回)潘金莲机敏伶俐,话能说到要害处,坏能坏出高水平。她的挑拨立竿

---

① 《金瓶梅词话》第二十一回未录《佳期重会》曲词,曲词参谢伯阳编:《全明散曲》第四卷,第4981页,济南:齐鲁书社,1993。

见影。"月娘归房,甚是不乐",宣称她再也不理西门庆。吴月娘和西门庆闹矛盾,哪个得利?自然是潘金莲,她更有机会掌控西门庆;吴月娘和李瓶儿闹矛盾,哪个得利?仍然是潘金莲,她可以打压西门庆的新宠李瓶儿。潘金莲居然能借一支俗曲制造两对矛盾。

兰陵笑笑生观察人物心思细如发丝。潘金莲跟李瓶儿争宠,锱铢必较,寸丝必争。在唱曲不唱曲这样的小事上,也得见个高低。有一次,西门庆跟潘金莲、孟玉楼、李瓶儿三个小妾在花园玩,突然寻开心,叫孟玉楼弹月琴,潘金莲弹琵琶,"你两个唱一套'赤帝当权耀太虚'我听。"孟玉楼顺从,潘金莲却不干:"俺每唱,你两人到会受用快活?"西门庆解释:李瓶儿不会弹甚么。潘金莲说"他不会,教他在旁边代板"。命春梅取象牙板来叫李瓶儿拿着——请注意只拿着并不需敲——照潘金莲看来,李瓶儿即便一个节拍都打不对,她也参加了为西门庆演奏,是服务,不是被服务。这个细节很小,却很妙。潘金莲争宠争到无孔不入的地步。

潘金莲经常卖弄懂唱词。其实李瓶儿也懂。官哥儿被潘金莲害死后,李瓶儿也病入膏肓,她带病宴重阳,点了首《折腰一枝花·紫陌红尘》,歌词像唱李瓶儿的处境和心情:"啾啾唧唧呢喃燕,重将旧恨、旧恨又题醒,扑扑簌簌,泪珠儿暗倾。""怕奴家花貌不似旧时容。""梧叶儿飘,金风动,渐渐害相思,落入深深井。一日一日夜长,夜长难捱孤枕。……知他在那里、那里贪欢恋饮。"①盛开的鲜花拦腰折断,红粉佳人冷落凄惨,情人却在跟其他人贪欢。这,就是西门庆的情爱;这,就是西门府的"紫陌红尘"。

李瓶儿借歌词做"心理独白",并没传到颇懂歌词的西门庆耳朵中,他正和狐朋狗党在外边喝酒呢。在场的潘金莲肯定能听懂,大概也正因为听懂了,为李瓶儿不久于人世而幸灾乐祸。

李瓶儿死后,西门庆闻曲伤心、宴会上唱到《普天乐》"想人生最苦离别。花谢了三春近也;月缺了中秋到也;人去了何日来也?"(第六十五回)西门庆听得眼里酸酸的。应伯爵识趣地问:哥是不是想起过世

① 兰陵笑笑生撰,陶慕宁校注:《金瓶梅词话》,第846页,北京:人民文学出版社,2000。按,"紫陌红尘",该本《金瓶梅词话》作"紫陌红径",此从王汝梅等校点、齐鲁书社版《金瓶梅》,后者无曲词。

的嫂子来了？西门庆其他妻妾都注意不到西门庆的感情动向，唯有潘金莲既发现西门庆伤心，也知道他为什么伤心。故意挑拨，向吴月娘点出：西门庆是因为听到曲子想起李瓶儿伤心。

孟玉楼生日宴会上，吴月娘点支"比翼成连理"，西门庆却下令叫小优儿改唱"忆吹箫，玉人何处也"，再次借曲抒发对李瓶儿的怀念。被换曲的吴月娘可能因为迟钝，没跟西门庆争，潘金莲立即当众嘲笑西门庆，趁着优人唱"他为我褪湘裙杜鹃花上血"，故意把手放在脸上羞西门庆："孩儿，那里'猪八戒走在冷铺中坐着——你怎的丑的没对对儿'？一个后婚老婆，又不是女儿，那里讨杜鹃花上血来？好个没羞的行货子！"（第七十三回）西门庆的心思被潘金莲戳破，只能讪讪地自嘲。

"俗曲优势"成了潘金莲在西门府争强好胜、挑三窝四的本钱，潘金莲在俗曲上的所为，将一个尖酸刻薄的妒妇写活了。

五、俗曲人人有份

作为写市井生活的人情小说，《金瓶梅》的人物似乎个个懂俗曲。

比如，应伯爵会巧妙地用俗曲讨好西门庆。

西门庆梳笼李桂姐，应伯爵等"每人出五分分子，都来贺他"。连续十几天，在妓院大酒大肉，顽耍嬉闹。潘金莲的情书惹恼李桂姐，应伯爵居间调和。帮闲的拿手好戏是即景生情、插科打诨，叫被帮闲者开心。李桂姐娇嗔西门庆，西门庆急于哄她开心。此时最佳帮闲就是吹捧李桂姐。应伯爵不愧帮闲高手。他看到酒席上了细茶，立即唱支《朝天子》："这细茶的嫩芽，生长在春风下，……醉了时想他，醒来时爱他。原来一篓儿千金价。"（第十二回）"一篓儿"谐音"一搂儿"，应伯爵用嫩芽细茶暗示李桂姐美妙稚龄，用千金买茶暗示西门庆财大气粗，这恭维实在妙。是怕小妓女听不懂还是也要帮闲凑趣？谢希大出来解谜："大官人使钱费物，不图这'一搂儿'，却图些甚的！"应伯爵唱曲，谢希大解谜，李桂姐细茶嫩芽般娇贵，西门庆一搂千金，是出得起钱的大佬！这样的俗曲，不知叫西门庆和他的新宠多高兴！

再如，春梅点俗曲暗藏心事。

春梅做了守备夫人后重游西门府，宴席上请来歌女伴唱佐饮。春梅问她们会不会唱《懒画眉》，她们恭恭敬敬地回答"奶奶分付，小的两个都会"。春梅点《懒画眉》的唱词非常对景。按照兰陵笑笑生直接写出的意思，唱这支曲是因为春梅"一向心中牵挂陈敬济，在外不得相会。情种心苗，故有所感，发于吟咏。"（第九十六回）推敲唱词《懒画眉》将春梅抒怀写得细致入微："捱过春来又到秋，谁人知道我心头？"纵然做守备夫人，"凡事淫为先"的春梅哪像做西门庆心腹通房丫鬟那么快意？

冯沅君先生将《金瓶梅词话》看作考察元、明两代曲子的重要资料，她的《古剧说汇》曾详细考察《金瓶梅词话》里的音乐史料，结果发现，在一百回小说中，清唱达一百余处，旁见于他书或作者可考的曲子有八十八条，来自《雍熙乐府》、《词林摘艳》、《南九宫词》、《太和正音谱》、《六十种曲》。

俗曲对《金瓶梅》描写人情世态起到巧妙作用，这样的构思方法影响了《红楼梦》。

第七节　服饰饮食上的人性密码

什么阶层人穿什么样服装，用什么样饮食，服装和饮食有时还左右人物间关系甚至命运，是人情小说构思章法之一。贾府钟鸣鼎食，大观园吃一次螃蟹，惹出刘姥姥够庄稼人吃一年的感叹；贾宝玉穿俄罗斯国雀金裘，相应有了晴雯补裘的行为艺术；王熙凤"哭向金陵事更哀"时，还能不能穿得像初见黛玉时的彩绣辉煌、恍若仙子？可惜我们看不到了。兰陵笑笑生作为曹雪芹的写作先驱，借服饰和饮食全面做文章，做得巧，做得细。

一、风流帅哥和富豪官员

西门庆是个"富而多诈奸邪辈，压善欺良酒色徒"，但古代小说第一恶棍并无尖嘴猴腮的传统坏人相。吴神仙相面看到他端正健硕：头圆项短，体健筋强，天庭高耸，地阁方圆。潘金莲发现他"生的十分博浪"。"博浪"，是词话本对西门庆的考语。崇祯本将"博浪"改成"浮浪",意思就不一样了。"浮浪"有拈花惹草之意,缺伟男含义。西门庆吸引一个个傻女人的原因,首先因为他是风流伟男。

西门庆擅长在女人面前潇洒亮相,刻意秀出财富相、丈夫气、型男味。潘金莲看到他"头上戴着缨子帽儿,金玲珑簪儿金井玉栏杆圈儿;长腰才,身穿绿罗褶儿;脚下细结底陈桥鞋儿,清水布袜儿;手里摇着洒金川扇儿","越显出张生般庞儿,潘安般貌儿"(第二回)。潘金莲一见钟情。为了骗娶孟玉楼,西门庆刻意修饰成富豪帅哥模样:"衣帽齐整,袖着插戴,骑着匹白马。"(第七回)那时骑大白马相当于现在开辆豪华轿车。孟玉楼"偷眼看西门庆,见他人物风流,心下已十分中意"(第七回),鱼儿上钩了。西门庆的高龄情人林太太从帏幕后瞅到西门庆"身材凛凛,一表人物"(第六十九回),马上招他入鸳帐。

西门庆既能用体面时髦的着装吸引女人,也会故意用不合时宜着装惩罚女人。他娶李瓶儿就是这样:西门庆受杨戬牵连时,李瓶儿嫁了蒋竹山。她后来求嫁西门庆。西门庆叫"抬了那淫妇来",再故意出她洋相。李瓶儿花轿进门,西门庆"深衣幅巾"在花园卷棚里坐着。所谓"幅巾"就是用条绢将头发束起来,是儒雅或休闲发式。娶亲吉日,西门庆不穿红色服装而穿深色衣服,不戴帽子束幅巾,就是诚心羞辱李瓶儿:老子愣是不把娶你当回正经事!

西门庆对女人进行躯体和精神折磨很有一套。但他后来对李瓶儿动了真情。李瓶儿一死,西门庆又不按规矩着装。他派人弄来几百匹漂白布、生眼布、魁光麻布、黄丝孝绢,雇了许多裁缝,造围幕、帐子、桌围、孝服,搞得全家一片白,人人挂孝。惹得潘金莲大发牢骚:死了的又不是我婆婆!女婿陈敬济父母在堂,却不得不戴孝巾穿孝袍,给李瓶儿当"孝子"。正妻吴月娘也不得不孝髻孝裙。西门庆则如丧考妣,身穿白唐巾,头戴白绒忠靖冠,脚穿白绒袜、白履鞋。公然把小妾位置摆到父母之上。张竹坡评"可笑,不但无月娘,而且无西门达夫妇矣"。西门庆着装随心所欲、不顾礼法。李瓶儿花轿进门,他"深衣幅巾";李瓶儿死了,他俨然重孝。前后对比,颇有讽刺意味。

西门庆至少有两种身份,在女人面前是风流帅哥,在众人面前是富豪官员,靠什么区别?服饰。

西门庆做上朝廷五品官,要穿官服了。他叫许多匠人,忙着做官帽、攒造圆领,"钉了七八条带",他还用七十两银子买了条犀角带。应伯爵夸奖:"亏哥那里寻的?都是一条赛一条的好带。难得这般宽大。别的倒也罢了。只这条犀角带并鹤顶红,就是满京城拿着银子也寻不出来。不是面奖,……此为无价之宝。"(第三十一回)

超规格攒造出官衣官帽,西门庆"每日骑着大白马,头戴乌纱,身穿五彩洒线揉头狮子补子圆领,四指大宽萌金茄楠香带,粉底皂靴,排军喝道,张打着大黑扇,前呼后拥,何止十数人跟随,在街上摇摆。"清河县生药铺老板摇身一变成省公安厅副厅长了。(第三十一回)

西门庆跟"上级"关系铁,很快升提刑正千户。他到东京,何太监把皇帝赏的飞鱼绿绒氅衣送给他。强梁世界,世态炎凉。为何皇帝身边太监巴结山东官员?因为何太监侄儿要给西门庆做副手。西门庆此次要取代夏提刑,没多少钱的夏提刑被明升暗降做了京官。何太监请西门庆从夏提刑家搬到自己家。西门庆怕夏提刑见怪。何太监说:"如今时年,早辰不做官,晚夕不唱喏。衙门是恁偶戏衙门。"(第七十一回)衙门的戏就是这么唱,有权就是朋友,没权不打招呼。西门庆有权,皇帝赏赐的飞鱼蟒衣就超规格披到他身上了。西门庆回到清河,应伯爵看到五彩飞鱼蟒衣,吓了一跳,问明来处,极口夸奖:"此是哥的先兆,到明日高转做都督上,愁没玉带蟒衣?何况飞鱼,只怕穿过界儿去哩。"(第七十三回)似乎是兑现应伯爵的预言,作恶多端的西门庆穿上皇帝赏的氅衣没多久,果然"穿过界儿"到阴曹地府去了。

二、女人服饰不仅是服饰

西门庆整天在女人堆混,对女人穿着打扮在行。宋蕙莲在饭桌上递茶递水,她的犯色装扮被西门庆发现,"怎的红袄配着紫裙子?怪模怪样?"玉箫说:"这紫裙子还是问我借的。"(第二十二回)玉箫给西门庆提供个信息:宋蕙莲穷酸而虚荣,自己没裙子,借他人的也得穿。西门庆立即看人下菜碟,你不是缺裙子吗?我就用条裙子料拉你下水!一条裙料到手,宋蕙莲立即跟西门庆钻了山洞。服饰是西门庆玩女人的常规武器。有时他同时惦记着给几个女人送服装首饰:给妓女郑爱月送貂鼠围脖,给奶妈如意儿打金赤虎头饰,给仆妇贲四嫂送首饰衣服……

　　《金瓶梅》经常通过西门庆的眼睛观察女人服饰。首次落到西门庆眼中的潘金莲啥打扮？"毛青布大袖衫儿，又短衬湘裙碾绢绫纱。通花汗巾儿，袖口儿边搭刺。香袋儿，身边低挂。"（第二回）没有绫罗绸缎、珠光宝气，只有市井妇人小零件汗巾香袋，还有头上一朵鲜花。首次落到西门庆眼中的孟玉楼，浑身透着富贵气："上穿翠蓝麒麟补子妆花纱衫，大红妆花宽襕，头上珠翠堆盈，凤钗半卸。"（《金瓶梅词话》第七回）进入西门府，潘金莲和孟玉楼平等了，由西门庆配备衣服。但西门庆更乐意把钱花到野女人身上，对妻妾从不大手大脚。孟玉楼有钱，穿高级服装，戴贵重首饰，潘金莲连高档裙袄都没有，她趁官哥儿订娃娃亲，要求西门庆给做衣服。结果妻妾六人做三十件衣服，算敲了西门庆一次竹杠。

　　其实西门庆妻妾的穿戴在当时已相当出众。第十五回"佳人笑赏玩灯楼"，西门府女眷在狮子街楼上观灯："吴月娘穿着大红妆花通袖袄儿，娇绿段裙，貂鼠皮袄。李娇儿是沉香色遍地金比甲，孟玉楼绿遍地金比甲，潘金莲是大红遍地金比甲。头上珠翠堆盈，凤钗半卸。"楼下观灯群众看到后议论起来，说"那穿大红遍地金比甲儿，上带着个翠面花儿的，倒好似卖炊饼武大郎的娘子……如今一二年不见来，出落得这等标致了。"人靠衣装马靠鞍，在清河小市民眼中，卖炊饼娘子嫁进西门府，成高级白领了。

　　西门庆妻妾的服饰，在市井社会本算讲究，李瓶儿出现后相形见绌。兰陵笑笑生拿李瓶儿服饰如西洋珠、金丝鬏髻、五彩蟒衣、貂鼠皮袄等做文章做得特别精彩。

　　李瓶儿进府后向西门庆献宝，拿出西洋珠子、宝石、金丝鬏髻，问："上房他大娘众人，有这鬏髻没有？"（第二十回）西门庆自惭形秽地承认：她们只有银的，没金的。李瓶儿立即表示不搞特殊，把金丝鬏髻毁了，叫西门庆找银匠打成跟吴月娘同样的首饰。西门庆从李瓶儿房间出来，心中美滋滋，袖筒沉甸甸——装了九两重黄金和四钱重宝石。不过，在暴发户心目中分量最重的，应该是那一百颗西洋珠子。

　　一百颗西洋珠子，在《金瓶梅》中反复出现，最早是李瓶儿从梁中书那儿带出来，小说结尾第一百回，西门庆死后吴月娘带着珠子逃难，梦到将珠子送给西门庆的结拜兄弟云理守。张竹坡认为百颗珠子是百回小说象征,"一百回乃一线穿来,无一付会易安之笔。而一百回,如一百颗珠,字字圆活"(第二十回总批)。他还认为,百颗明珠象征人生无常,从梁中书之手落入李瓶儿之手,从李瓶儿之手落入西门庆之手,从西门庆之手落入吴月娘之手,从吴月娘之手落入云理守之手,"焉知云理守手中之物,不又知历千百人之手,而始遇水遇火,土埋石压,此珠始同归于尽哉!"(第二十回总批)云理守谐音"云里手",从云里伸出来、无形无踪却操纵命运之手。李瓶儿将百颗明珠视为改变命运的法宝,当百颗明珠入云理守之手时,李瓶儿墓木已拱。这,就是人生。

曾几何时,新婚的李瓶儿带着豪富气概到吴月娘房间闪亮登场:"上穿大红遍地金对襟罗衫儿,翠盖拖泥妆花罗裙,迎春抱着银汤瓶,绣春拿着茶盒,走来上房与月娘众人递茶"(第二十回)。李瓶儿穿的、戴的、抱的、捧的,都高档洋气,土财主望尘莫及。吴月娘心里酸溜溜的,认为西门庆见钱眼开,损害了夫妻关系,"有了他富贵的姐姐,把我这穷官儿家丫头只当亡故了的算账"。李瓶儿的阔绰衣着已令吴月娘不舒服,潘金莲不露痕迹地火上浇油。她似乎亲热地为李瓶儿挼头发,说李瓶儿的金玲珑草虫儿首饰"有些抓头发。不如大姐姐戴的金观音满池娇,是揭实枝梗的好"。李瓶儿为人老实,回答"奴也照样儿要教银匠打怎一件哩"(第二十回)。

潘金莲蛇蝎心肠且聪明机智。她清早就把西门庆拉到房中,问明他正要拿李瓶儿的金丝髢髻,找银匠毁掉照月娘头饰样子打"金观音满池娇",马上雁过拔毛,叫西门庆"落他二三两金子",给自己打件九凤甸儿。刚刚神不知鬼不觉贪了李瓶儿便宜,转眼就给李瓶儿上眼药,离间李瓶儿跟吴月娘的关系。潘金莲借"随便"聊天逗李瓶儿将打"金观音"的事说出来。对李瓶儿来说,这是小妾放弃戴令嫡妻尴尬的金丝髢髻;听到吴月娘耳朵里,却成了嫡妻有什么首饰,小妾马上照打一副,分明是摆阔示威!潘金莲借一件首饰调三窝四,富婆+傻婆李瓶儿想不到,嫡妻+蠢货吴月娘也想不到。

李瓶儿的箱子里不知什么时候就拿出令西门府众人瞠目结舌的高档物品。西门庆给蔡京送礼,派人跑杭州都织不出高级五彩蟒衣,李瓶儿从自己箱子顺手拿出来。李瓶儿尽管低调,尽量跟其他妻妾穿着平衡,但她毕竟太有钱,成了西门府众人嫉妒、窥伺的"唐僧肉"。直到她死了,她的貂鼠皮袄还成为西门府风波的起因。

李瓶儿死后,她装金银首饰的箱子被吴月娘拿到上房,贵重衣服仍锁在卧室,成了潘金莲、奶子如意儿等人觊觎的对象。财迷心窍的吴月娘竟未顾到。应伯爵生子满月请西门府女眷,早就对李瓶儿时髦贵重衣物馋涎欲滴的潘金莲跟西门庆"恩爱"一宿,百般讨好后,趁机对西门庆说"我有桩事儿央你,依不依?"原来她琢磨上李瓶儿的貂鼠皮袄!西门庆用商人口气跟潘金莲讨价还价:你还是穿当铺的皮衣吧,李瓶儿的皮袄值六十两银子,你穿上岂不太招摇?潘金莲声称"左右是你的老婆,替你装门面",软磨硬泡,撒娇耍赖,终于将李瓶儿的貂鼠皮袄搞到手。奶子如意儿也趁西门庆开箱之机,捞了李瓶儿几件高档服装。(第七十四回)

吴月娘大意失荆州,李瓶儿的高档皮袄理论上已是吴月娘的,只是她还不好意思穿出来,没想到潘金莲先下手为强。吴月娘眼巴巴瞅着潘金莲"时装表演":搽胭抹粉、插花戴翠,对李瓶儿的皮袄做了美化,配上大红遍地金鹤袖,衬着白绫袄儿。潘金莲本来艳丽风骚,再沾上李瓶儿的富贵时髦,岂不更撑了吴月娘眼皮?貂鼠皮袄成了吴月娘跟潘金莲撕破脸皮、大吵大骂的导火线。

西门庆妻妾在服饰上做出妙文章,西门庆外宠也八仙过海各显神通。吴银儿和郑爱月就在服饰上打过擂台。吴银儿是西门庆老情人,又认李瓶儿做干妈。雏妓郑爱月是西门庆新宠。西门庆喜新厌旧,吴银儿知道西门庆在郑爱月那儿,故意头戴银丝鬏髻、脚蹬素缎鞋、身穿白绫袄、一身孝服来拜见。西门庆听说吴银儿是给李瓶儿戴孝,满心喜欢。郑爱月发现吴银儿打"孝情牌",立即打"娇媚牌",显示青春靓丽,刻意做色相诱惑,"爱月儿旋往房中新妆扮出来,上着烟里火回纹锦对衿袄儿,鹅黄杭绢点翠缕金裙,妆花膝裤,大红凤嘴鞋儿,灯下海獭卧兔儿,越显的粉浓浓雪白的脸儿……"(第六十八回)吴银儿用一身素服讨好西门庆,郑爱月深知西门庆更喜欢赤裸裸性诱惑,打扮得"芳姿丽质更妖娆"。"西门庆见了,如何不爱",立即将众人扔在前边喝茶,自己跑后边跟郑爱月上床。

西门庆层次最高的外宠是林太太。第六十九回写"招宣府初调林太太"，充分展示了人情小说处理人与环境、人与服饰的巧妙章法。林太太是高级武官遗孀，也是女性版西门庆，她把邠阳王旧宅变成暗门子"丽春院"。西门庆通过文嫂牵线进入招宣府，先看到招宣府的气派，这是段反讽笔墨："正面供养着他祖爷太原节度邠阳郡王，王景崇的影身图，穿着大红团袖蟒衣玉带，虎皮校椅坐着观看兵书。有若关王之像，只是髯须短些。迎门朱红匾上写着'节义堂'三字，两壁隶书一联：'传家节操同松竹，报国勋功并斗山'"。接着看到林太太内室掀开帘栊，只见里面灯烛荧煌，"帷幕垂红，毡毹铺地，麝兰香霭，气暖如春，绣榻则斗帐云横，锦屏则轩辕月映"。最后才看到半老徐娘的林太太："妇人头上戴着金丝翠叶冠儿，身穿白绫宽绸袄儿，沉香色遍地金妆花段子鹤氅，大红宫锦宽襕裙子。老鹳白绫高底鞋儿"，"就是个绮阁中好色的娇娘，深闺内施屄的菩萨"（第六十九回）。

西门庆不可思议的"老"（年老）情人，一品命妇林太太的服饰和居室，对时代不可救药的"集体堕落"起了揭示作用。

三、吃的不仅是吃的

《红楼梦》前古代长篇小说中《金瓶梅》饮食描写最丰富精彩。《红楼梦》出现后，《金瓶梅》仍与之春兰秋菊、各有佳妙。

西门府饮食没法跟贾府比，不会有王熙凤向刘姥姥炫耀的茄鲞、贾宝玉喝的小荷叶小莲蓬汤、贾母吃的牛乳蒸羊羔，不会有史太君宴大观园、妙玉饮茶、史湘云芦雪广烤鹿肉的场面。西门府饮食是典型的北方市井饮食，大鱼大肉，肥鸡整鹅，烙饼蒸包，饺子馄饨，讲究味道足、分量重。在西门府妻妾饭桌上经常出现的是：猪头、蹄子、鸭子、鸡鹅、鲤鱼、炸虾、菜饼、捞面、果馅凉糕。西门府喝金华酒、茉莉花酒、葡萄酒、白酒。吴月娘花三钱银子请娘们儿吃螃蟹，算改善生活。女人们吃到扬州捎来的话梅，被惊为新奇玩意儿。西门庆请应伯爵吃鲥鱼，应伯爵大为惊奇：这可是难得的享受！哪儿来的？原来西门庆帮了刘太监大忙，刘太监送的。应伯爵马上恭维："江南此鱼，一年只过一遭儿，吃到牙缝里，剔出来都是香的。好容易！公道说，就是朝廷还没吃哩！不是哥这里，谁家有？"（第五十二回）不过吃了几块鲥鱼，应伯爵居然能把西门庆的享受吹嘘得超过皇帝老儿了！

宋蕙莲成为西门庆情人,衣服首饰光鲜起来,在众人面前张扬。潘金莲不失时机地提醒她:你就是跟"爹"上了床,仍是下人!潘金莲跟孟玉楼下棋,故意派人叫宋蕙莲烧猪头下酒。宋蕙莲借口推托。玉箫劝"你晓的五娘嘴头子,又惹的声声气气的"(第二十三回)。宋蕙莲只好从主子情人再做回厨师娘子,用一根柴火将猪头烧得香喷喷。

潘金莲经常想出"三十六计"之外的计策跟其他女人争宠。她用"猪头计"对付宋蕙莲,用"金华酒就鸭子计"对付李瓶儿。西门庆男宠书童受应伯爵点化,通过李瓶儿向西门庆求情赚银子,买金华酒和鸭子送李瓶儿。李瓶儿当即答应并用大银盅喝了酒。接着西门庆来到李瓶儿房间,两人腿压着腿吃酒,西门庆把回娘家的潘金莲忘到九霄云外,经春梅提醒,才派小厮平安去接。平安嫉妒书童,把李瓶儿先后和书童、西门庆吃酒的事密告潘金莲。潘金莲立即琢磨如何叫李瓶儿难堪。她进门,李瓶儿邀请她吃酒,她回答"今日我偏了杯,重复吃了双席儿,不坐了"(第三十四回),暗示李瓶儿跟书童、西门庆吃了双席。西门庆听不懂,李瓶儿听得明白,自然心虚。此后,众人在吴月娘房间吃螃蟹,月娘吩咐斟葡萄酒,潘金莲说"吃螃蟹得些金华酒",还说"得只烧鸭儿撕了来下酒"。当面点李瓶儿和书童喝金华酒吃烧鸭,"李瓶儿听了,把脸飞红了"(第三十五回)。

家庭琐事、妇姑勃谿,女人间斗法,有时比三十六计还阴毒可怕!军事家的计谋往往只是城池得失,女人间的勾心斗角却可以造成巨大心理压力,影响人的健康乃至寿命,李瓶儿既受西门庆性摧残,又常在鸡鸭小事上受潘金莲的气,最后重病而死。

李瓶儿生前很会照顾西门庆的饮食,她死后,西门庆对应伯爵感叹:她死了,我连应口的菜都吃不到一根。郑爱月摸清西门庆的口腹之欲和怀念李瓶儿的心理,知道他喜欢吃泡螺儿(一种入口即化的奶油糕点),而西门府只有李瓶儿做得好,郑爱月就操练出同样手艺,将泡螺儿给西门庆送去,同时捎上亲口嗑好的瓜子仁。西门庆果然顿生温暖,掏三十两银子包养郑爱月。

《金瓶梅》的饮食文章最精彩莫过于西门庆招待西域和尚。

西门庆接待蔡御史是他的事业顶峰,要风得风要雨得雨,想做盐买卖,巡盐御史送上门。但因纵欲过度,死神也在向他招手。蔡御史前脚走,西门庆后脚遇到个形骨古怪的独眼龙,把他请回家,借外表酷似男性生殖器的外国和尚视角,我们看到西门府令人喷饭的摆设:

> 那梵僧睁眼观见厅堂高远,院宇深沉,门上挂的是龟背纹、虾须织抹绿珠帘,地下铺狮子滚绣球绒毛线毯子。堂中放一张蜻蜓腿螳螂肚肥皂色起楞的桌子,桌子上安着绦环样须弥座大理石屏风。周围摆的都是泥鳅头楠木靶肿筋的交椅,两边挂的画都是紫竹杆儿绫边玛瑙轴头。

(第四十九回)

这些摆设,张竹坡一再点评"像什么?""《水浒》中人所云一片鸟东西也。"用现代文艺理论术语解释,描写西门庆厅堂符合"典型环境中的典型性格",跟服饰一样,厅堂是西门庆的外延。西门府大厅所有陈设无一不跟兽类挂钩:龟、虾、狮子、蜻蜓、螳螂、泥鳅,暗喻西门庆和畜生同类;陈设贵重而不配套。肥皂色桌子岂能配暗红楠木椅子? 这些物品是西门庆当铺贱价收来,咋能配套? 西门府大厅成了富贵华丽兼滑稽杂凑的一堆,很像西门庆这个高官厚禄、财大气粗,却不读书不学习、用下半身思考的人。

西门庆对外国和尚酒肉招待,四碟小菜:头鱼、糟鸭、乌皮鸡、舞鲈公;四碟下饭菜:羊角葱炒核桃肉、黍秸状细切肉、肥羊贯肠、滑鳅;一碗一龙戏二珠汤即:两个肉圆子夹条花肠滚子肉;一大盘裂破头高装肉包子;再从靶钩头鸡脖酒壶往倒垂莲蓬高脚蛊斟进滋阴摔白酒,配上骑马肠、腌腊鹅脖、癫葡萄、红李子,外加一大碗鳝鱼面和菜卷儿。"登时把梵僧吃得楞子眼儿"。盘盘碗碗菜看样子都像男性生殖器,如一龙戏二珠汤暗喻男人"那话儿",从靶钩头鸡脖酒壶往倒垂莲蓬高脚蛊斟酒,暗寓男女性器……经过胡僧令人瞠目结舌的豪吃狂啖后,出现了《金瓶梅》最耐人寻味的场面:

中国的五品官员向外国酒肉和尚要伟哥。

西门庆的权势财富和致死春药相伴出现。

权势财富近在眼前,覆灭死亡如影随形。

这场"盛宴"后,西门庆大踏步走上放纵而死的旅程。

西门庆死了,《金瓶梅》饮食描写继续锦上添花。春梅做了守备夫人,为报复把她和潘金莲轰出西门府的主谋孙雪娥,故意把孙雪娥买回守备府做厨娘。偏偏她的情人陈敬济出现。春梅想跟陈敬济鸳梦重温，知情者孙雪娥成了最大障碍。于是，春梅设计摆布孙雪娥。故意叫孙雪娥做鸡尖汤，一会儿嫌淡，一会儿说咸，孙雪娥忍不住咕哝一句，春梅大怒，挑唆周守备将孙雪娥打得皮开肉绽后卖掉。

借一碗鸡尖汤，西门庆的通房丫鬟春梅将西门庆第四姜孙雪娥送进低等妓院。不久，孙雪娥跟西门庆的狗腿子张胜成了情人，张胜又把陈敬济送上西天。《金瓶梅》人事关系盘根错节，鸡零狗碎的小吃喝，居然也能决定人的命运。岂不妙哉？

第八节　婴儿血统纠结成人恩怨

婴儿在小说布局中起作用，拟话本《滕大尹鬼断家私》早有先例。兰陵笑笑生非首创者，但娴熟地拿婴儿甚至胎儿身世纠结成人恩怨，却成了《金瓶梅》奇兵突出、编织错综复杂人情网络的秘密武器和常规武器，婴儿甚至胎儿在小说中起到奇妙作用：

有的孩子似乎专为自己的死亡而出生，如官哥儿；

有的孩子似乎专为父亲的死亡而出生，如孝哥儿；

有的孩子似乎专让母亲出洋相而欲出生，如潘金莲的私生子；

有的孩子似乎专来"襁褓认父"，如春梅之子藏着惊天秘密；

有的孩子似乎专在成人尴尬时刻担任观察员，如小铁棍儿。

拿婴儿身世做文章，《金瓶梅》做得花样百出，令人眼花缭乱，杀手锏是"血统"。"金、瓶、梅"所代表的三女性，无一例外，纠结其中。潘金莲制造李瓶儿之子血统不正的舆论，结果真正血统不正的是潘金莲不能出生的儿子，还有和潘金莲一丘之貉的春梅的儿子。血统绝对正枝正梢的吴月娘之子，偏偏得出家当和尚。

一、为自己的死亡而出生的官哥儿

西门庆有钱有势却就是没儿子，李瓶儿给他带来传宗接代的儿子，一个白胖可爱的婴儿。这孩子恰好在西门庆升五品官时出生，本该是个有福气、有前途的娃娃。他给西门庆的人生带来延续辉煌的希望,使西门庆身上难得的父爱温情迸发出来。但这可怜的孩子像是专为制造自己死亡来到这世界。他只活了一年零两个月,而且始终在惊恐之中、死亡阴影下活着,最后终于被潘金莲用狮子猫害死。

谋杀无辜婴儿官哥儿是潘金莲最不可饶恕的罪行。这桩令人发指的事件揭示了封建宗法家庭血淋淋的内幕,揭示了一夫一妻多妾制下女人的残酷争斗,写活了妒妇＋毒妇潘金莲。

潘金莲从官哥儿还是胎儿时,就开始迫害他,制造他血统不正的舆论。一听说李瓶儿临产,潘金莲就说:她不该这个月生孩子,该晚两个月。言外之意,这孩子现在出生,就不是西门庆的骨血。兰陵笑笑生故意不肯让官哥儿晚出生一两个月,正是为了便于潘金莲做文章。其实李瓶儿头年八月底嫁西门庆,第二年六月底生孩子,恰好十月怀胎,李瓶儿嫁西门庆时已将蒋竹山轰出多日,孩子该姓西门。

李瓶儿临产,西门府众人围在李瓶儿房外听消息,潘金莲拉了孟玉楼说风凉话:"耶哝哝! 紧着热刺刺的挤了一屋子的人,也不是养孩子,都看着下象胆哩。"妒情醋意如画,"下象胆"的话非常精彩。潘金莲虽得宠,却"俺每是买了个母鸡不下蛋,莫不吃了我不成!"李瓶儿果然生下"满抱的"男孩,潘金莲越发气恼,"自闭门户,向床上哭去了"(第三十回)。

李瓶儿之子出生第二天,西门庆接到山东提刑副千户任命,他对月娘说:"李大姐养的这孩儿甚是脚硬,到三日洗了三,就起名叫做官哥儿罢。"(第三十回)"官哥"者,做官的哥儿也,西门庆对儿子寄予很大期望。从此常住在李瓶儿房里,说有孩子房里热闹,没孩子房里冷清。潘金莲从宠妾变在野党了。西门庆年近而立才有儿子,舐犊情深,吴月娘等妻妾都理解、合作、共同爱护官哥儿。唯独潘金莲不理解、不合作。西门庆、吴月娘、李瓶儿在一起议论将来官哥儿做官给嫡母带来封赠。西门庆希望儿子做比自己体面的文官,潘金莲听了妒火烧心,狠毒地骂道:"弄虚脾的臭娼根,偏你会养儿子! 也不曾经过三个黄梅、四个夏至,又不曾长成十五六岁……还是个水泡,与阎罗王合养在这里的! 怎见的就做官,就封赠那老夫人? 怪贼囚根子,没廉耻的货,怎的就见的要做文官,不要像你!"(第五十七回)

潘金莲认为官哥儿帮李瓶儿夺了自己的宠,必将官哥置于死地而后快。一有机会,就造对官哥儿不利的舆论,说官哥儿"还不知是谁家的种儿哩!"(第四十一回)骂李瓶儿"脚踏千家门、万家户,那里一个才尿出来的孩子?"(第三十四回)说李瓶儿甭想"长远倚逞那尿胞种,只休要晌午错了"(第三十四回)。潘金莲的语言针针见血,她给官哥儿造个特殊称呼"尿泡种",暗含一捅就破、狗咬尿泡干喜欢。她常咒官哥儿早死。西门庆为保佑儿子长命,将官哥儿寄名道观。官哥儿穿上道士服,孟玉楼说:官哥儿还真像个小道士呢。潘金莲接过来说:"甚么小道士儿,倒好相个小太乙儿!"(第三十九回)"太乙"是北斗星名,道家称天帝为"太乙司命"。潘金莲称"小太乙儿"既是说官哥儿已升天不在人世又以"太乙儿"和"太医儿"是同音字,暗示官哥儿乃蒋竹山之子。吴月娘忍无可忍,当场训斥潘金莲。官哥儿还在襁褓中,潘金莲就对他下手。假装抱官哥儿找李瓶儿,"走到仪门首,一径把那孩儿举得高高的"(第三十二回)。官哥儿当晚就发寒潮热,不吃奶。潘金莲明知官哥儿胆小,故意在孩子吃药睡下时,把秋菊打得杀猪般叫,连潘姥姥都看不下去,百般劝解,潘金莲不听,继续打,终于把官哥吓得"一双眼只是往上吊吊的"(第五十八回),病情加重。

潘金莲一再对吃奶的孩子下手,已令人惨不忍睹,但仍没达到她最终目的,终于拿出最毒辣一招:训练狮子猫,扑杀官哥儿! 花朵般的幼小生命葬送了,潘金莲百般称快,指着丫头骂李瓶儿:"贼淫妇!……'老鸨子死了粉头——没指望了!'却怎的也我和一般?"潘金莲灭绝人性,对弱者赶尽杀绝,堪称古代小说第一恶妇。(第六十回)

潘金莲害死官哥儿,自以为得计,没想到也签下自己的死亡通知书。李瓶儿临死嘱咐怀孕的吴月娘好好留神,为西门庆留个继承人,不要像她粗心,给人算计了。西门庆一死,吴月娘就将潘金莲轰出西门府,结果潘金莲被武松所杀。死瓶儿报复了活金莲。

官哥儿只存活一岁零两个月,在这段时间内,西门府成人都围绕这个婴儿表演。李瓶儿释放出母亲的丝丝柔情;西门庆露出慈爱一面的同时,表现出官僚的功利思考,如希望官哥儿将来做更有权力的文官,表现出市侩的势利眼光,如认为和乔大户联姻是降低身价;吴月娘展示嫡母的胸怀和器量;孟玉楼既表现母亲似的柔情也因西门庆待人"三六九"等感到失落……做最充分表演的是潘金莲。狼心狗肺的妒妇算计婴儿的笔墨,令人不忍卒读,将人性恶表现得淋漓尽致,也将聪明才智发挥到极致。古代小说从来没有哪位作者能借婴儿身世这个奇特角度对人生做如此全面、如此巧妙的描绘。

二、为父亲的死亡而出生的孝哥儿

仕途"钱途"一片光明的西门庆,因纵欲过度撒手人寰时,嫡妻吴月娘的儿子出生了,是所谓"墓生儿",命名"孝哥"。

其实在孝哥之前,吴月娘已怀过一个儿子,且是打"不孝有三、无后为大"牌怀上的:因娶李瓶儿,西门庆和吴月娘闹翻,两人不说话。吴月娘不能像潘金莲那样靠色相取宠,不能像李瓶儿那样靠金钱说话,只能按贤妻路子走,玩雪夜烧香感动西门庆的把戏。长包的婊子李桂姐私自接客,被西门庆当场撞破,喝令小厮将妓院门窗床帐打碎,气哼哼踏雪回家,却发现吴月娘在烧香,本该默默祝祷,却像晚会主持人高声朗诵,西门庆听得一清二楚:"妾身吴氏,作配西门,奈因夫主留恋烟花,中年无子。妾等妻妾六人,俱无所出,缺少坟前拜扫之人。妾夙夜忧心,恐无所托。是以发心每夜于星月之下,祝赞三光,要祈佑儿夫早早回心,弃却繁华,齐心家事。不拘妾等六人之中,早见嗣息,以为终身之计,乃妾之素愿也。"(第二十一回)

对刚刚受到婊子无情伤害的西门庆来说,吴月娘的祈祷,多令人感动!吴月娘关心的,并不是她自己得宠不得宠的"小事",而是西门庆"无后为大"的大事!原来唯有她才是一片真心为西门庆好!……西门庆立即向前抱住叫"姐姐"。"是夜,两人雨意云情,并头交颈而睡。"吴月娘怀孕了。

这就出现了潘金莲恶狠狠骂的、大小老婆对着养的局面。但聪明的小说家才不让这一局面出现哩。如果那样,官哥儿和李瓶儿之死的精彩文章怎么写?月娘雪夜烧香求来的儿子必须胎死腹中,小说精彩程度才会随情节变幻递加。于是,第三十三回,孟玉楼建议吴月娘带大家到对面乔大户房子看看。结果吴月娘滑倒,回来流产一个已成形的男婴。如何顺利怀上男胎?吴月娘再次运筹帷幄。此时三姑六婆起作用了。月娘得到用头胎男孩胞衣和药、壬子日怀孕的妙诀。李瓶儿母子死后,吴月娘给西门府后继有人带来新希望。

西门庆的麟儿梦再次成为潘金莲的噩梦。李瓶儿的儿子出生后将潘金莲整成准弃妇，吴月娘的儿子还没出生，就把潘金莲整了个六佛出世。而吴月娘将"嫡妻＋可能的儿子"两件法宝运用到极致。

吴月娘和潘金莲积怨甚深，公开争吵，互不相让。如何挟制西门庆向自己倾斜？吴月娘大造舆论：她气病了，可能流产。西门庆如何处理？他照对自己的重要性权衡。什么大老婆小老婆，什么宠爱不宠爱，他只看重他可能的儿子！从潘金莲跟吴月娘吵架，到潘金莲向吴月娘下跪求饶，西门庆像陀螺一样，围着吴月娘转，嘘寒问暖，请医问药，摆出对潘金莲不屑一顾的姿态，始终不进潘金莲的房间，以讨好吴月娘。吴月娘全线告捷，才允许西门庆进潘金莲的房间。潘金莲对西门庆酸溜溜地把实质捅出来："他如今儿替你怀着孩子，俺每一根草儿，拿甚么比他！"（第七十六回）潘金莲强横霸道、聪明伶俐，却斗不过似乎不太聪明、不太强势的吴月娘。为什么？既因为潘金莲是小妾，吴月娘是嫡妻，更因为吴月娘可能给西门庆生宝贝儿子。西门庆还活着，潘金莲不得不当众下跪向吴月娘认错。西门庆一死，吴月娘为保护孝哥儿，抓住潘金莲的过错，将她轰到武松刀尖下。

一报还一报，潘金莲决定官哥儿生死，孝哥儿决定潘金莲生死。

孝哥在娘肚子里就帮了吴月娘大忙。他来到人间应有更大作为吧？不。孝哥儿出生，西门府已成"下坡车儿营生"，败落接踵而来。吴月娘临产昏迷，李娇儿趁机偷走四大锭银子，然后找机会跟吴月娘吵闹，带着钱物离开西门府。吴月娘醒来发现箱子开了，训斥丫鬟，使孟玉楼心生退意，不久也离开西门府。曾给官哥儿接生的蔡产婆不满吴月娘只给三两银子。怎么给大娘接生还没给小妾接生挣钱多？吴月娘悲凉地说：现在没法跟官哥儿那时比了，那时"当家的老爹在"。

顾名思义，"孝哥"者，接续宗嗣香烟、为父母尽孝也。孝哥不可能在父亲膝下尽孝，他能不能给母亲养老送终、做西门先人坟前祭扫之人呢？也不能。孝哥长到可以成亲时，改朝换代，吴月娘带着儿子逃难，遇到高僧点化：孝哥是西门庆再世为人，他必须出家才能消解父亲的罪孽。孝哥只好出家做和尚。吴月娘将小厮玳安认为义子，改名"西门安"，让他继承西门庆家业。于是，先后有过两个儿子的西门庆，最终没了儿子，家私全部落在外人手里。在封建社会，这是很严重的惩罚了。

三、潘金莲没权利出生的私生子

第六十四回有个情节"玉箫跪受三章约"。书童和玉箫在西门庆书房私通，被潘金莲抓个正着。玉箫跪求潘金莲给她保密。潘金莲借机要挟玉箫如实交待，吴月娘采用什么办法怀上身孕？然后潘金莲照猫画虎，想"图壬子日好生子"。西门庆在吴月娘房内吃酒说话，潘金莲竟"走来掀着帘儿叫他说：'你不往前边去，我等不得你，我先去也。'"（第七十五回）不要说吴月娘是嫡妻，即使同样是妾，潘金莲也不该到别人房间拉走汉子。这是一夫一妻多妾制女人的底线。"子令智昏"的潘金莲突破了这底线，才导致她跟吴月娘大吵大闹和彻底失败。

潘金莲在西门庆身边生活六年，千方百计争宠，却就是做不成母亲。西门庆刚死，潘金莲和陈敬济勾搭成奸却怀孕了，不得不求来堕胎药。潘金莲梦寐以求的儿子来得多不是时候，他不可能给潘金莲带来快乐，连生存的权利也没有，被掏粪者用净桶挑出西门府。

官哥不能做官，孝哥不能尽孝，最想为西门庆生子固宠的潘金莲愣是怀不了孕，待她做了绝对不能怀孕的寡妇时，偏偏怀上个胖儿子。兰陵笑笑生就是如此巧妙地拿"子嗣"这个传统话题，一次又一次巧妙地消遣他笔下的恶人。

四、春梅之子的血统机密

西门庆死后，潘金莲和春梅和陈敬济私通被发现。月娘隔离了这三人，陈敬济怀恨在心，故意说孝哥像是他的儿子，触犯了月娘的寡妇清白心理。孙雪娥出主意，卖掉春梅和潘金莲，轰走陈敬济。春梅跟孙雪娥的仇结得海样深。此后孙雪娥为来旺盗拐，当官发卖。已做了守备夫人的春梅故意派人将其买回守备府，折磨对头玩儿。

等陈敬济出现，雪娥成了春梅心腹之患。陈敬济游离失所，不得不做道士，他跟泼皮刘二争风吃醋，刘二是守备府张胜的小舅子，张胜将陈敬济扭送守备府。周守备一升堂，先下令打不守清规的陈道士。恰好张胜抱着小衙内看审案。"那小衙内看见打敬济，便在怀里拦不住，扑着要敬济抱。张胜恐怕守备看见，忙走过来。那小衙内亦发大哭起来,直哭到后边春梅跟前。"(第九十四回)于是,春梅看到了情人陈敬济!称陈道士是她"姑表兄弟",求守备放人。守备请道士后堂相见,春梅却不见,为什么不见?她有难言的苦衷。

春梅想:"剜去眼前疮,安上心头肉。眼前疮不去,心头肉如何安得上?"孙雪娥是"眼前疮",陈敬济是"心头肉",是两个有深刻内涵的对应词。陈敬济跟春梅是所谓"露水情人"。潘金莲跟陈敬济私通被春梅发现,潘金莲为求自保,拉春梅下水,命春梅跟陈姐夫"也睡一睡",春梅才跟陈敬济挂上钩。陈敬济怎么会成了春梅的"心头肉"?秘密藏在小衙内身上。周守备"喜似席上之珍,过如无价之宝"的小衙内,像周守备的后代吗?一点儿都不像。小衙内什么样儿?"貌如冠玉,唇若涂朱"(第九十四回)。陈敬济什么样儿?在他的同性恋伙伴任道士眼中,"齿白唇红,面如傅粉"(第九十三回)。陈敬济和小衙内外貌描写是同义词反复:小衙内"唇若涂朱"=陈敬济"齿白唇红";小衙内"貌如冠玉"=陈敬济"面如傅粉"。他们是一个模子刻出来的!更耐人寻味的是,小衙内见到陈敬济就要他抱,不让抱就哭,这叫什么?父子天性。《聊斋志异·王桂庵》详尽描写过这天性:王桂庵携妻归家路上跟妻子开玩笑说"家中固有妻在",妻子芸娘跳江。一年多后,王桂庵避雨,遇到个男婴要他抱且叫他"爹"。结果,男婴就是他亲生儿子。寄生"襁褓认父",我怀疑是蒲松龄跟兰陵笑笑生学了一手。兰陵笑笑生没直接写周守备小衙内向陈敬济"襁褓认父",但从蛛丝马迹看,周守备的小衙内其实是陈敬济的骨血!相比于春梅和陈敬济不是表姐弟,这更是惊天大秘密。而可能揭开春梅和"心头肉"陈敬济这些秘密的人,就是"眼前疮"孙雪娥——

孙雪娥当然知道,西门庆的通房大丫鬟春梅跟西门庆的女婿陈敬济不是什么"表姐弟";

孙雪娥早就知道春梅跟潘金莲通同养汉,养的就是陈敬济;

孙雪娥还知道春梅被薛嫂领走发卖,陈敬济前往探望,在薛嫂包庇下,二人有"春宵一刻"私会,春梅珠胎暗结后才进入守备府……

孙雪娥是春梅命中魔星。在西门府,孙雪娥一出手,就将春梅、潘金莲、陈敬济轰出西门府;在守备府,孙雪娥再出手,必将泄露小衙内血统不正的机密,把春梅的守备夫人美梦彻底击碎。

于是,春梅设计将孙雪娥卖进妓院,将陈敬济招入守备府。陈敬济向春梅汇报张胜包占孙雪娥。春梅设计杀张胜,张胜却杀了陈敬济。张胜被周守备乱棍打死。张胜死了,孙雪娥只好上吊。陈敬济、张胜、孙雪娥三个成年人丧命根源,其实都是春梅之子的身世秘密。

按封建宗法制规定,不管什么女人生儿子,名义上都属嫡妻,也就是说,不管什么女人替陈敬济生儿子,嫡母都是西门庆的女儿西门大姐。因此,从理论上说,春梅之子、名义上的周守备小衙内,是陈敬济和西门大姐之子,也是西门庆的外孙。世界何等的小!

《金瓶梅》用娃娃参与成人恩怨,有时细针密织,曲折回环,有时又像信手拈来。官哥儿、孝哥儿、周小衙内都跟西门庆有血缘关系,还有个跟西门庆没血缘关系的儿童扮演有趣角色,他就是小铁棍儿。

奴仆来昭的儿子小铁棍儿是潘金莲跟西门庆在葡萄架淫乐狂欢的旁观者;是西门庆跟王六儿玩"后庭花"的观察者。想想实在蹊跷:一个对男女之事丝毫不懂的儿童怎么会两次担任这样角色? 为什么要让天真儿童在西门庆、潘金莲、陈敬济、王六儿等淫乱分子间穿梭? 为什么要用儿童稚嫩单纯的眼睛观察不堪性事? 寓意何在? 作者要用"小铁棍儿"给这帮沉湎淫乐的狗男女当头一棒吗?

第九节　内涵深刻的李瓶儿之死

描写人物之死是人情小说重要内容,李瓶儿之死是重头戏。《金瓶梅》写文学人物的生理死亡,蕴含深刻的思想和社会内容。

一、李瓶儿之死的深刻内涵

李瓶儿死于对官哥儿的痛苦思念中,死于潘金莲无孔不入的精神折磨中,死于拜西门庆所赐血崩症中,死于无穷无尽的忏悔和心理障碍中。

李瓶儿前夫花子虚不知道妻子跟结义大哥西门庆的情事,这个糊涂虫死了都不知道是怎么死的。但花子虚之死让李瓶儿心灵蒙上阴影,一再陷入噩梦折磨之中。官哥儿病危,李瓶儿守着官哥儿睡在床上,梦见花子虚从前门进来,厉声骂:"泼贼淫妇,你如何抵盗我财物与西门庆? 如今我告你去也。"(第五十九回)李瓶儿扯住花子虚衣袖求情,醒来却发现扯着官哥儿的衣衫袖子。这段描写生动合理:按照弗洛伊德学说,梦是愿望的达成。李瓶儿担心儿子出事,睡觉也扯着其衣袖。李瓶儿有对不起花子虚的心理阴影,所以梦到花子虚讨债,骂她"泼贼淫妇"。李瓶儿做了亏心事,一直嘀咕,变成挥之不去的梦魇。

官哥儿一死,李瓶儿心理障碍更重,"花子虚梦"越做越离奇:她梦到花子虚抱着官哥儿叫他。梦把李瓶儿最对不起的人和最爱的人圈到一起,李瓶儿受的心灵伤害也更重,呜呜咽咽哭到天明。

李瓶儿明明知道儿子是给潘金莲害死的,却不敢说,而潘金莲残忍地往李瓶儿流血的心上捅刀。指着丫头指桑骂槐高声骂,讽刺李瓶儿"王婆子卖了磨——推不的了!"李瓶儿听了,不敢声言,只会背地流泪,"这李瓶儿一者思念孩儿,二者着了重气,把旧病又发起来,照旧下边经水淋漓不止。……那消半月之间,渐渐容颜顿减,肌肤消瘦,而精彩丰标无复昔时之态矣。"(第六十回)

导致李瓶儿最终死亡的血崩症,却要由两个截然相反的人承担责任:一个是性无能的花太监,一个是性强盛的西门庆。李瓶儿病重时,花子由提醒西门庆:"俺过世老公公"曾叫李瓶儿收着治血崩症的三七粉,何不服用? 这说明,性无能却不甘寂寞的老太监,玩弄名义上的侄儿媳妇,采取了极可怕的手段,导致李瓶儿血崩症初发。李瓶儿赢得花太监遗产,付出了血的代价。淫乱无度的西门庆更要为李瓶儿之病承担责任,李瓶儿经期中,西门庆服了胡僧的伟哥,纠缠她同房。按中医观点是血崩症的重要诱因。

但是,李瓶儿病无可救的最重要原因,却是忍辱负重的个性决定的。个性决定命运,个性也决定健康。李瓶儿柔弱无能,对潘金莲没有丝毫斗争性,总是把委屈埋在心里,自己折磨自己,导致病无可治。

李瓶儿在花子虚跟前是泼辣荡妇,进入西门府后个性为什么发生这么大变化? 因为她嫁入西门府当天,就给打掉了威风。她挨了嫡妻晾半日不出来迎接的当头闷棍,受到西门庆恶意冷落和马鞭子伺候,给潘金莲戴上导致西门庆和吴月娘不和的帽子。她只能小心翼翼,夹着尾巴做人。

更重要的是,李瓶儿很快进入母亲角色,而且很看重这个角色。母亲的新角色让李瓶儿既享受天伦之乐,又得到西门庆更多爱宠。李瓶儿一度是快活的,更是幼稚的。她快活到想不到要防范西门府的腥风血雨,幼稚到以为自己的儿子是西门庆妻妾共同的心肝儿肉。一旦她曾视作闺中密友的潘金莲图穷匕首见,李瓶儿束手无策,惊惶失措。她主动讨好潘金莲:送昂贵衣料;替潘金莲交买手帕的钱;请潘姥姥喝酒,送潘姥姥衣服、礼物乃至银子;把想住到她处的西门庆赶到潘金莲那里……不管李瓶儿如何讨好,潘金莲对她的敌意越来越大,整他们母子的手段层出不穷。李瓶儿深知自己不是对手,担心早晚有一天,她跟官哥儿都会送在潘金莲的手里,但她一筹莫展。心理障碍,使得李瓶儿病情越来越重。"那消几时,把个花朵般人儿,瘦弱得黄叶相似。"

二、李瓶儿诀别见真情

李瓶儿自知不起,向众人诀别。临终的李瓶儿聪明过人,洞察人情,分派合理,处事干练。

李瓶儿给王姑子一匹绸子,五两银子,教王姑子在她死后念《血盆经忏》,特别叮嘱:你只告诉大娘,我给你绸子,不要说我给你银子。对"五两银子"的叮嘱,说明李瓶儿长时间压在心头的另一心理障碍:吴月娘觊觎她的财物、嫉妒她的富有。李瓶儿不能不夹着尾巴做人。五两银子的叮嘱,写出李瓶儿对吴月娘的深层了解及二人"心里有坎面上平"。后来吴月娘果然跟王姑子絮叨过这五两银子。

李瓶儿给老仆冯妈留下衣服首饰和四两银子棺材本,说她会请求西门庆留下冯妈继续看房子。她给奶子如意儿衣服首饰,说她会请求吴月娘留下如意儿做月娘孩子的奶妈。李瓶儿预测不到,冯妈早就跳到王六儿的船上,而如意儿不久会在灵前被西门庆"收用"。

李瓶儿跟西门庆妻妾诀别,最有水平。吴月娘和李娇儿来看她,她只挑月娘乐意听的话说,只挑月娘做的好事说,无一字不满和埋怨,只有姐妹死别深情:"奴与娘做姊妹这几年,又没曾亏了我,实承望和娘相守到白头。不想我的命苦,先把个冤家没了,如今不幸我又得了这个拙病……"李瓶儿对孟玉楼、潘金莲、孙雪娥,"都留了几句姊妹仁义之言",至死不说潘金莲一个"不"字,既是李瓶儿温良到家、忍让到底,也是李瓶儿为他人着想,怕得罪潘金莲,报复到"没主子的奴才"迎春、绣春、如意儿等人头上。

等西门府其他女人都出去,仅吴月娘守着李瓶儿时,李瓶儿哭着悄悄地把心中最深的怨恨讲出来:"娘到明日好生看养着,与他爹做个根蒂儿,休要似奴粗心,吃人暗算了。"(第六十二回)潘金莲蓄意杀害官哥儿,李瓶儿琢磨得明明白白,却深藏心中,不对任何人说。她临死,终于对关键人物把关键话语说出来。

吴月娘是关键人物,"吃人暗算"是关键话语。吴月娘身怀有孕,能给西门庆传宗接代,因子得宠,会构成跟潘金莲的新矛盾。李瓶儿提醒吴月娘对付居心叵测的潘金莲。为什么李瓶儿不对西门庆说保护吴月娘将来的孩子?因为她知道西门庆惑于潘金莲狐媚,连独生子莫名其妙死掉都不深究。此事只能叮嘱关乎切身利益的吴月娘,当个人利益受损害时、对他人毫不手软的吴月娘。李瓶儿嘱咐吴月娘,动机却出于爱西门庆,按"不孝有三无后为大"替西门庆考虑。从这一点上看,潘金莲谋杀官哥儿最离经叛道,她其实一点儿不爱西门庆。

李瓶儿临终嘱托起了关键作用。西门庆一死,潘金莲就被吴月娘抓到把柄驱逐出门,被武松所杀。死瓶儿最终报复了活金莲。

李瓶儿跟西门庆死别,是《金瓶梅》刻意描绘的文字,反复写数次,一次比一次悲痛,甚至感人。李瓶儿嘱咐西门庆,"将就使十来两银子"给她买副棺材,"只休把我烧化了,就是夫妻之情。……你偌多人口,以后还要过日子哩。"(第六十二回)一个给丈夫带来巨额财富的女人,竟对自己如此吝啬!可见李瓶儿真替西门庆着想。李瓶儿只求不把自己烧了,这个愿望在西门庆死后,立即被吴月娘象征性地破坏:吴月娘把李瓶儿的牌位和画像一把火都烧了!

三、西门庆真情迸发

玩女人的班头西门庆居然因李瓶儿之死痛彻心肝。

李瓶儿病重,西门庆特别疼惜、关怀。李瓶儿病重第一天,每晚离不开风月的西门庆,居然"就在李瓶儿对面床上睡了一夜"(第六十一回),此后,他动不动跟病重的李瓶儿抱头痛哭,"悲恸不胜","如刀剜肝胆,剑剜身心"(第六十二回),西门庆用种种办法想挽救李瓶儿的生命,请医用药,请道士办灯坛,给李瓶儿祈福。道士最后告诉西门庆,李瓶儿今晚定数难逃,你切忌往病人房里去,以免祸及自身。西门庆却真情迸发:"我怎生忍得,宁可我死了也罢,须厮守着和他说句话儿。"(第六十二回)

西门庆这个轻浮好色的市井恶棍,竟因为李瓶儿将死,迸发出真情挚爱,宁可冒着危及个人性命的凶险,也守着垂危的心爱女人,跟她话别。这是西门庆人生中最具温情的时刻。兰陵笑笑生轻轻地在恶棍西门庆脸上投射了一抹暖色,似乎想告诉读者:人可以有各个方面,人也会因为接触不同的人呈现不同方面。西门庆在两个放荡的"六儿"跟前始终是强横的、邪恶的、淫欲缠身的,在奄奄一息的李瓶儿跟前,却成了知心的、体贴的、温柔的、痴情的。

西门庆跑去跟李瓶儿诀别。大哭"我西门庆那世里绝缘短幸,今世里与你做夫妻不到头。疼杀我也,天杀我也!"(第六十二回)

李瓶儿死了,西门庆悲痛之极,一步一步将李瓶儿丧事推到顶峰:

第一步,巨款置办棺木。西门庆用三百二十两银子,给李瓶儿买来尚举人家"里面喷香"的桃花洞棺木。与此同时,西门庆赞助结拜兄弟常峙节买套前后四间的房产,只需三十五两银子。

第二步,真情流露,大哭不已。李瓶儿一死,西门庆"也不顾甚么身底下血渍,两只手捧着他香腮亲着,口口声声只叫'我的没救的姐姐,有仁义好性儿的姐姐!你怎的闪了我去了,宁可教我西门庆死了罢!我也不久活于世了,平白活着做甚么!'在房里离地跳的有三尺高,大放声号哭。"(第六十二回)

李瓶儿一死,西门庆一夜没睡,神思恍乱,踢小厮,骂丫鬟,不肯吃饭,不肯梳洗,潘金莲劝西门庆吃点儿什么,被臭骂"狗攘的淫妇,管你甚事?"西门庆终于把对潘金莲谋杀官哥儿、逼死李瓶儿的恶气吐出来,急切中竟把自己骂成狗,令人喷饭。

第三步,大办丧事。西门庆叫搭彩匠在天井内搭五间大棚,接待宾客。西门庆为李瓶儿入殓,"要亲与他开光明,强着陈敬济做孝子"(第六十三回),寻出一颗明珠安放在嘴里,造假人,打银盏,彝炉商瓶,烛台香盒,耀日争辉,先兑五百两银子、一百吊钱支付丧礼费用,派韩道国管账；伙计帮闲，官府衙役，各有分工，大开吊唁。

第四步，为李瓶儿画像。"我心里疼他，少不得留个影像儿，早晚看着，题念他题念儿。"（第六十三回）

第四步，西门庆为李瓶儿越矩。

西门庆将大厅书画收起，围上帏屏，将李瓶儿停放正寝。

西门庆晚上在李瓶儿灵前伴宿，天明便起，穿着白唐巾、孝冠、白绒袜、白履鞋，经带随身，俨然重孝。

西门庆痛迷心窍，要在孝帖上写"荆妇奄逝"，其"秘书"温秀才悄悄告诉应伯爵。应伯爵说：吴月娘在正室，于理不通，劝止了。西门庆又要在灵枢前写"诏封锦衣西门庆恭人李氏枢"，还是应伯爵劝阻，改为"室人"，但"诏封"贴金。（第六十三回）

乔大户上祭，猪羊祭品，金银山，段帛彩缯，冥纸炷香，五十余抬，锣鼓细乐，喧阗而至，西门庆与陈敬济穿孝衣在灵前还礼。

官府士绅、亲戚朋友，纷纷来吊，妓女乐倌，纷纷献艺，丧礼风光热闹……

一切的一切，既是写西门庆对李瓶儿有情，为李瓶儿越矩，也是为了衬托将来西门庆死后的冷清。

西门庆为何郑重深情地对待李瓶儿？因为李瓶儿给西门庆全面提供了人生最重要的需求，可以从四个方面来看：一是李瓶儿是西门庆"享受"到的第一位富室时髦女郎和高层次荡妇，她的性爱工具勉铃是进口的，她的春宫图是皇宫传出来的，和她做爱的准备和过程都令西门庆大开眼界。二是李瓶儿的财富是西门庆崛起过程中掘到的最重要的一桶金。娶进李瓶儿，西门庆才有资本进军生药铺之外的其他行业。三是李瓶儿给他生下传宗接代的儿子。四是李瓶儿让西门庆享受到其乐融融的天伦之乐。因此，西门庆大哭李瓶儿、超规格为李瓶儿办丧事就可以理解。有人总结：男人喜欢"圣母＋妓女"式女人，李瓶儿恰好符合这条件，所以死后仍能夺潘金莲之宠，成为西门庆最爱。

四、李瓶儿之死反衬西门庆之死

李瓶儿死后没多久，西门庆也死了。身为五品官员的西门庆居然没他的小妾李瓶儿死得风光。

西门庆掏三百二十两银子给李瓶儿买棺材,吴月娘只拿出四锭银子(二百两)给西门庆买棺材。西门庆的遗产仅流动资金就将近十万两纹银,嫡妻只肯出二百两银子给他买棺材,够小气,会算计!更妙的是,吴月娘开箱取银子时昏倒,她临产了。孟玉楼闻讯跑来叫李娇儿守着吴月娘,她去找小厮请产婆。李娇儿趁房内无人、吴月娘昏迷,从箱子里偷走五锭银子(二百五十两)。小妾偷的银子,比嫡妻给丈夫买棺材的钱还多。而小妾偷走银子是从西门府开溜的前奏。

李瓶儿死后,西门庆给她按七念经,隆重发送,写祭文、画遗像。西门庆死了,吴月娘能省就省,吴月娘总共拿出多少钱安排吊唁?小说故意没写。我们只看到,西门庆棺材寒酸,发丧规格更寒酸。给西门庆念三七经后,吴月娘出了暗房,这会儿她该好好给亡夫念经吧?偏偏"四七就没念经"。待到给西门庆出殡,小说用了些春秋笔法:"二十日早发引,也有(请注意"也有"二字)许多冥器纸札,送殡之人,终不似李瓶儿那时稠密。临棺材出门,也(请注意"也"字)请了报恩寺朗僧官起棺,坐在轿上,捧的高高的,念了几句(请注意不是长篇大套而只有几句)偈文。念毕,陈敬济摔破纸盆,棺材起身……下了葬。"(第八十回)西门大官人的葬礼,凑凑付付,应应付付,敷衍了事,得过且过,根本没有大操大办。

李瓶儿死,葬礼搞得热情、热烈、热闹;西门庆死,丧事办得冷情、冷落、冷漠。李瓶儿死出了西门庆的权势、气派、人脉;西门庆死出了西门府的衰微没落、勾心斗角、各怀鬼胎。

西门庆出殡,"山头祭桌,可怜通不上几家"。这就不再是吴月娘的事,是整个官场的事,世道人心的事。

样板戏《沙家浜》出句名言:"人一走,茶就凉",其实早在几百年前,小说《金瓶梅》就写出:人一走,茶就结冰了!《金瓶梅》把势利人生这道人心伤口,血淋淋裂开给大家看。

当初李瓶儿出殡,多么盛大、何等隆重!从省到县的官员,挨挨挤挤,争先恐后,唯恐找不到露脸机会。西门庆出殡,他们不约而同地集体缺席。势利世界,哪个傻瓜还来跟死人拉关系、套近乎?强梁社会,哪个傻冒愿来安慰孤儿寡母?世态炎凉,凉到骨髓。

西门庆一死,姬妾、帮闲、伙计,像老鼠逃离沉船,众叛亲离。能捞的拼命捞一把,西门庆的"剩余资源"被全方位转移、出卖。

《金瓶梅》百回小说,李瓶儿之死,居然占十二回,这十二回,一半以上回数完整描写李瓶儿之死、西门庆之悲。其他回数随处点染李瓶儿之死的余波。《金瓶梅》作为古代人情小说披荆斩棘之作,对李瓶儿之死一桩丧事,做如此繁富、如此细致、如此全面的描写,既提供了读者重新认识、深度认识西门庆、李瓶儿、吴月娘诸位人物的新平台,也为《红楼梦》写秦可卿之死,提供了全面借鉴。

兰陵笑笑生通过人物、情节、写法的彻底变异,实现了从英雄传奇《水浒传》到人情小说的成功转型,为盖世奇作的人情小说《红楼梦》准备了全面系统的参照。

第十节　其他人情小说

从《金瓶梅》开始,人情小说渐渐繁荣起来。正如鲁迅先生在《中国小说史略》第十九篇所说:

> 当神魔小说盛行时,记人事者亦突起,其取材犹宋市人小说之"银字儿",大率为离合悲欢及发迹变态之事,间杂因果报应,而不甚言灵怪,又缘描摹世态,见其炎凉,故或亦谓之"世情书"也。[①]

由这段话可见,鲁迅先生所说的"世情小说",实际等同于人情小说。

一、《醒世姻缘传》和《歧路灯》

人情小说以《金瓶梅》为发端,以《红楼梦》为顶峰。成就较突出的人情长篇小说还有《醒世姻缘传》和《歧路灯》,它们共同特点是:文人独立创作;写现实生活,不写灵怪神魔;着眼于普通人的日常生活、七情六欲;都写到官吏贪鄙、世风不古。

一百回《醒世姻缘传》,题"西周生辑著",写两世恶姻缘,故又名《恶姻缘》。第一世姻缘:山东武城县纨绔子弟晁源先娶妻计氏,又娶

---

① 鲁迅:《中国小说史略》(第十九篇),见《鲁迅全集》,第9卷,第179页。

妓女珍哥为妾,他带着珍哥打猎,射杀一只仙妖,埋下冤冤相报种子。因他纵妾虐妻,计氏自杀。不久,晁源因寻花问柳被杀。第二世姻缘:晁源托生为富家公子狄希陈,仙狐托生为薛素姐,做狄希陈之妻;计氏托生为童寄姐,做狄希陈之妾;珍哥托生为珍珠,做狄希陈丫鬟。珍珠受寄姐残酷虐待自杀。素姐和寄姐对希陈花样翻新地百般虐待,狄希陈求取功名也无益于家庭暴力,后经高僧指点,吃斋念佛,终于解除冤孽。《醒世姻缘传》描摹人物生动、语言活泼精彩,鲁中方言痕迹显著。胡适、孙楷第、吴组缃认为"西周生"就是蒲松龄。蒲松龄后人也将该作看成是其"三老祖"的作品。该书语言跟蒲松龄的俚曲接近,但有些用语却跟蒲松龄习惯用语不同,如蒲松龄常写"趵突泉"在"醒"书中写作"跑突泉"。

一百零八回《歧路灯》,作者李海观,字孔堂,号绿园。《歧路灯》开始写作时间比《红楼梦》早,但作者忙于从政,搁笔二十年,该书脱稿时,曹雪芹已不在人世,但高鹗续书尚未问世。该书写出身书香门第的谭绍闻因赌博、嫖妓倾家荡产,后浪子回头。该书对中原地区的风土民情、官场社会风气特别是对膏粱子弟、地痞帮闲的描写细腻生动。转变型人物谭绍闻写得尤其成功,艺术上有可取之处,但思想境界远不及同时期的《红楼梦》、《儒林外史》。

二、才子佳人小说

《中国小说史略》第二十篇这样说:

至所叙述,则大率才子佳人之事,而以文雅风流缀其间,功名遇合为之主,始或乖违,终多如意,故当时或亦称为"佳话"。察其意旨,每有与唐人传奇近似者,而又不相关,益缘所述人物,多为才人,故时代虽殊,事迹辄类,因而偶合,非必出于仿效矣。①

这类小说的共同特点是:其一,以才子佳人为主角,往往是男比潘安,女似西施,男有才情,女亦善诗;其二,男女主角一见钟情,在追求自主婚姻爱情过程中屡经挫折;其三,经常有坏人、小人拨乱其间,使得男女主角的爱情受到阻碍;其四,最后因某个机遇如金榜题名、皇帝

① 鲁迅:《中国小说史略》,见《鲁迅全集》,第9卷,第189页。

赐婚等,终得大团圆。

才子佳人小说的代表作《平山冷燕》、《玉娇梨》、《好逑传》。《平山冷燕》书名学《金瓶梅》,来自小说的人物平如衡、山黛、冷绛雪、燕白颔。小说以两对才子佳人的爱情婚姻为中心,歌颂两位才女才智超过须眉,公卿名士在她们面前出尽洋相。《玉娇梨》又名《双美奇缘》,写苏友白与白红玉、卢梦梨因诗互相爱慕、相恋最后成就一夫二妇"美满婚姻"。《好逑传》又名《义侠好逑传》。写铁中玉、水冰心二人的恋爱故事。两位相爱的才子佳人贞洁正直、不畏权势。鲁迅先生称其"既美且才、美而又侠者也"。《好逑传》很早就传入欧洲,受到大诗人歌德的热情赞扬。

才子佳人小说是人情小说异流,清代出现数十部。才、色、情三结合,是才子佳人小说的共同特点。相同的构思、相似的人物,简直成了模式,曹雪芹曾在《红楼梦》第一回加以嘲笑:

> 至若才子佳人等书,则又千部共出一套,且其中终不能不涉于淫滥,以至满纸潘安、子建、西子、文君。不过作者要写出自己的那两首情诗艳赋来,故假拟出男女二人名姓,又必旁出一小人其间拨乱,亦如戏中之小丑然。①

《红楼梦》是上承《金瓶梅》,下对才子佳人小说拨乱反正。

---

① 〔清〕曹雪芹撰,蔡义江校注:《红楼梦》(第一回),第4页。

第九章
《红楼梦》的构思艺术

　　《红楼梦》如何成书，其实就是《红楼梦》构思过程，是红学界的"哥德巴赫猜想"。

　　21世纪初笔者参与撰写刘梦溪教授主编的《红楼梦十五讲》之第四讲《红楼故事和文本写法》，并在《红楼梦学刊》发表论《红楼梦》三篇文章，题目是：

　　《一部早期的、内容单一的〈红楼梦〉——对明义题〈红楼梦〉绝句二十首的考察》；

　　《〈红楼梦〉成书过程推测》；

　　《论甲戌本〈凡例〉为曹雪芹所作》。

　　这四篇文章都是探讨《红楼梦》构思问题。

　　我试图用以下"公式"解《红楼梦》成书或构思难题：

　　明义所见《红楼梦》＋雪芹旧作《风月宝鉴》→十年披阅、五次增删→《红楼梦》→从四次增删开始脂砚斋初评→《脂砚斋评石头记》各种评本。

第一节　明义所见《红楼梦》

在《红楼梦》写作过程中，曾经曹雪芹"十年披阅、五次增删"。曹雪芹对《红楼梦》脱胎换骨的增删，或者说决定性构思，产生于从明义所见《红楼梦》过渡到甲戌底本的过程中。甲戌底本是曹雪芹十年披阅、五次增删的结果。"披阅"是"翻阅"之意，如韩愈"手不停披于百家之编"。既然曹雪芹用十年时间翻阅，当然得有足够丰富的材料让他翻阅。他正是在充分翻阅的基础上，才能增删，才能纂出目录，分出章回。

在漫长的十年时间内，曹雪芹披阅什么？他披阅《石头记》的原始材料——曹雪芹旧作《风月宝鉴》和明义所见《红楼梦》。

那么，明义所见《红楼梦》是什么内容？明义所见《红楼梦》是一部早期的、原创性、内容单一而首尾齐全的《红楼梦》。它是现存《红楼梦》的雏形，未经脂砚斋评阅。曹雪芹就是"披阅"它及旧作《风月宝鉴》，在这两部书基础上增删写成盖世奇作《红楼梦》。

富察明义，字我斋，满洲镶黄旗人。明义《绿烟琐窗集·题〈红楼梦〉》绝句二十首，是现存最早有关《红楼梦》的文献。

一、红楼梦小引的重要性

有学者认为，《题〈红楼梦〉》绝句诗题下有注："曹子雪芹出所撰《红楼梦》一部，备记风月繁华之盛，盖其先人为江宁织府。其所谓大观园者，即今随园故址。惜其书未传，世鲜知者，余见其钞本焉。"①

这段小注有重要价值，从这段话可得出几点推测：

其一，明义借到的《红楼梦》抄本，书名不叫《石头记》而叫《红楼梦》，是《红楼梦》成书过程中的早期抄本。

其二，明义题《红楼梦》的诗句说明，明义所见《红楼梦》的布局、内

---

① 〔清〕富察明义：《绿烟琐窗集》《〈题红楼梦〉注》，见《绿烟琐窗集·枣窗闲笔》，第105页，上海：上海古籍出版社，1984。下所引富察明义《题红楼梦》诗均据此本。

容、人物、细节与今传任何一种脂评《石头记》不同,又为考察《红楼梦》成书,留下极为珍贵的资料和线索。

其三,明义强调《红楼梦》记"风月繁华之盛",联系诗的具体内容,可以推测,明义所见的《红楼梦》主要写围绕贾宝玉的"风月繁华",写到黛玉之死,写到贾宝玉贫穷落魄,但贾宝玉的家庭背景似乎还没有今本那样详细、全面,贾府的败落过程也没有今本那样深刻、激动人心。贾府败落主要表现在贾宝玉穷了,瘦了,比石崇惭愧得多。贾府是否因被抄败落? 亦不得而知。

其四,明义所见《红楼梦》"惜其书未传"。

二、明义题《红楼梦》绝句内容解析

分析明义《红楼梦》绝句,可推测明义所见《红楼梦》的内容。

明义诗所咏内容按庚辰本回目,大体如下:

第一首:"佳园结构类天成,快绿怡红别样名。长槛曲栏随处有,春风秋月总关情。"①

此诗从小说总背景、总内容上提供了《红楼梦》成书过程的重要线索。明义所见《红楼梦》背景为大观园,有"怡红快绿"名字,"春风秋月"是小说主要内容。明义可能见到了大观园的鸟瞰式描写,见到了贾宝玉咏大观园的诗。但明义所见《红楼梦》的背景主要是大观园而不是荣宁二府,主要内容是少男少女"春风秋月"而不是大家族鸡争鹅斗。

第二首:"怡红院里斗娇娥,娣娣姨姨笑语和。天气不寒还不暖,瞳眬日影入帘多。"②

这是写以怡红院为中心的大观园日常生活。怡红院侍女多,黛玉和宝钗等又常来,宝玉整天在姐妹和侍女中混,过着无忧无虑的生活。

第三首:"潇湘别院晚沉沉,闻道多情复病心。悄向花阴寻侍女,问她曾否泪沾襟。"③

"潇湘馆"的林黛玉多情而有心病,宝玉悄悄问黛玉的丫鬟:林姑

---

① 见〔清〕富察明义:《绿烟琐窗集》,第 105～106 页。

② 见〔清〕富察明义:《绿烟琐窗集》,第 106 页。

③ 见〔清〕富察明义:《绿烟琐窗集》,第 106 页。

娘今天又哭了没有？《石头记》二十六回"蜂腰桥设言传心事"，二十九回"享福人福深还祷福"，三十回"宝钗借扇机带双敲，"，都有宝玉向黛玉侍女问病情节。但没有这首诗里"晚沉沉"的时间和"花阴"的地点。看来曹雪芹增删时做了改动。

第四首："追随小蝶过墙来，忽见丛花无数开。尽力一头还两把，纨遗却在苍苔。"①

此首咏宝钗扑蝶和现存《红楼梦》与有很大不同。蝴蝶从小蝶变成玉色大蝴蝶；纨扇变小，成为收在袖中的折扇。比较费解的是"尽力一头还两把"，古代少女头发分梳成两把再团成髻，宝钗扑蝶用力太过，发髻散开回复成两把，宝钗只好停住脚步重新把头发挽成两个发髻，就在这时她听到小红和坠儿谈话，于是玩个"金蝉脱壳"之计嫁祸于林黛玉，匆忙离开时把扇子忘苍苔上了，成为偷听的证据。此时，有没有嫁祸林黛玉的情节？看不出来。

第五首："侍儿枉自费疑猜，泪未全收笑又开。三尺玉罗为手帕，无端掷去复抛来。"②

这是写宝玉和黛玉吵嘴，二人的侍女对他们的行为都不理解，二人对哭，黛玉将手帕抛到宝玉怀中令其拭泪。这段似乎写宝玉和黛玉处于青梅竹马阶段动不动就拌嘴生气。

第六首："晚归薄醉帽颜欹，错认猧儿唤玉狸。忽向内房闻语笑，强来灯下一回嬉。"③

"帽颜欹"是因醉酒而歪戴帽子的情状。"帽颜"当为"帽檐"之误。"猧儿"应当借指袭人，怡红院丫鬟在袭人得到王夫人特别赏赐时挖苦她是"西洋花点子巴儿狗"。"玉狸"应当借指晴雯。传统观念中，狗有媚骨，猫聪明狡黠，"狸"前加"玉"更添妍美。这两个借指词暗寓袭人、晴雯不同的个性：袭人巴结讨好，晴雯伶俐活泼。此首所咏当为脂评本"撕扇子做千金一笑"晴雯撕扇之前的情节。袭人和麝月联合起来孤立晴雯，宝玉对丫鬟一味体贴。可是明义诗未提撕扇之事。看来此时《红楼梦》尚无晴雯撕扇的重要情节。

---

① 见〔清〕富察明义：《绿烟琐窗集》，第106页。
② 见〔清〕富察明义：《绿烟琐窗集》，第106页。
③ 见〔清〕富察明义：《绿烟琐窗集》，第106～107页。

第七首:"红楼春梦好模糊,不记金钗正幅图。往事风流真一瞬,题诗赢得静功夫。"①

贾宝玉梦游太虚境,看到大观园正副金钗诗句及图画,他的梦是"春梦",应当有梦中交合。"题诗赢得静功夫"可能写梦中诗词使贾宝玉意外地悟得写诗技巧。从本首诗在组诗中排列次序看,在《红楼梦》成书过程中,梦游太虚境是贾宝玉在大观园居住时做的梦。

第八首:"帘栊悄悄控金钩,不识多人何处游;留得小红独坐在,笑教开镜与梳头。"②

怡红院其他侍女不知到哪儿去了,只有麝月在,宝玉与其说笑并为其篦头。"小红"是借代修辞,指麝月。

第九首:"红罗绣缬束纤腰,一夜春眠魂梦娇。晓起自惊还自笑,被他偷换绿云绡。"③

此首咏宝玉趁袭人熟睡偷换系腰汗巾之事,事见《石头记》二十八回"蒋玉菡情赠茜香罗"。

第十首:"入户愁惊座上人,悄来阶下慢逡巡。分明窗纸两珰影,笑语纷絮听不真。"④

这首诗应该是咏林黛玉到怡红院而没进去的事。与今本《红楼梦》在第二十四回故事大致相同。但似乎并非黛玉被晴雯拒之门外不能进,而是黛玉自己不进去。她不愿惊动宝玉已有的客人,她在窗外清清楚楚看到映在窗纸上一对耳坠子的影子,说明"座上人"是女子,但她跟宝玉说什么?黛玉听不清。今本《红楼梦》第二十六回的不同是:黛玉看见关了怡红院院门,两次打门不开,晴雯还说是二爷吩咐,不许放人进来。后来又见开门送出宝钗来,使她更为感伤。

从明义所见《红楼梦》到《石头记》,主要人物描写的分寸感、准确性有很大进步。在明义所见《红楼梦》中,黛玉进不了怡红院,就在阶下听宝玉和宝钗谈话,在窗下走来走去。黛玉似乎既有心机又具耐性。这样的描写固然有趣,但不符合林黛玉单纯直率的个性,所以曹

---

① 见〔清〕富察明义:《绿烟琐窗集》,第107页。
② 见〔清〕富察明义:《绿烟琐窗集》,第107页。
③ 见〔清〕富察明义:《绿烟琐窗集》,第107页。
④ 见〔清〕富察明义:《绿烟琐窗集》,第107页。

雪芹在增删过程中将这个情节删除。明义所见《红楼梦》中怡红院布局与《石头记》不同,院外的人可以看到宝玉的窗子,可以走到窗边听里边人说话。所以有黛玉在窗外徘徊的情节。在增删过程中曹雪芹将林黛玉的感受从视觉改成听觉,为此必须改动怡红院布局:从院外不能看到院内,特别是宝玉的窗口,只能听到院内说话的声音。晴雯不开门,黛玉就坦荡地大声说"是我,还不开么?"晴雯再次拒开,更使黛玉伤心。怡红院布局的改动既完善了黛玉形象,又让怡红院的富贵气更上层楼:试想,贾府"凤凰"住的不是深宅大院,却像窄门小户,从院外就能看到少爷卧室的窗口,多没劲!但是,怡红院布局的改动并非专为写黛玉受拒而改,而是因为增加了元春归省,相应对"贤德妃"家的园子提升了档次。

第十一首:"可奈金残玉正愁,泪痕无尽笑何由;忽然妙想传奇语,博得多情一转眸。"①

此诗咏黛玉葬花,"可奈金残玉正愁","金残"指大自然百花凋残,"许多凤仙石榴等各色落花锦重重落了一地"。"玉正愁"是黛玉愁,也是宝玉愁。黛玉之愁有两个原因,其一是头天晚上黛玉到怡红院,晴雯因为跟碧痕拌了嘴不肯开门,令黛玉对宝玉产生误会;其二是由落花联想到落花般命运,"阶前愁煞葬花人"。"泪痕无尽"自然是黛玉哭了,"妙想传奇语"指贾宝玉赔尽小心的话。"多情一转眸"指林黛玉弄清不开门并非宝玉的意思,转怒为喜。

第十二首:"小叶荷羹玉手将,诮他无味要他尝。碗边误落唇红印,便觉新添异样香。"②此诗吟白玉钏亲尝莲叶羹。

第十三首:"拔取金钗当酒筹,大家今夜极绸缪。醉倚公子怀中睡,明日相看笑不休。"③

此诗吟怡红夜宴,问题是:参加宴会的有哪些人?大观园姐妹有没有抽花签?从诗的字面意义分析:以金钗为酒筹,更符合丫鬟身份;"绸缪"指平时不得不讲究等级的丫鬟跟怡红公子一起,任性了一回,放纵了一回,平等了一回;"醉倚公子怀中睡"者当然是芳官;"明日相

---

① 见〔清〕富察明义:《绿烟琐窗集》,第107~108页。
② 见〔清〕富察明义:《绿烟琐窗集》,第108页。
③ 见〔清〕富察明义:《绿烟琐窗集》,第108页。

看笑不休"是袭人等早起所见所笑。整首诗句句写怡红院丫鬟为宝玉生日忘情欢乐,无一字一句涉及大观园姐妹。明义所见怡红宴,绝属怡红院"内部"宴,除了芳官唱曲外,袭人等唱的曲子可能也有过,后来删掉了。从今本小燕建议请宝姑娘、林姑娘开始,到袭人等在聚会结束将林、薛等人送走为止,还有此后的妙玉贺寿,都是明义所见《红楼梦》没有写到的内容。

第十四首:"病容愈觉胜桃花,午汗潮回热转加。犹恐意中人看出,慰言今日较差些。"①

此诗吟黛玉病,第一句描写见《石头记》第三十四回"情中情以情感妹妹",宝玉被打后,黛玉哭肿了眼睛,宝玉让晴雯送去了旧手帕,黛玉在上边题诗后,"还要往下写时,觉得浑身火热,面上作烧,走至镜台,揭起锦袱一照,只见腮上通红,自羡压倒桃花。却不知病由此起。"②后三句在《石头记》中却没有相应的具体情节,估计明义所见《红楼梦》有过黛玉病情发展以及黛玉向宝玉隐瞒病情的具体描写:宝玉关心黛玉病情,黛玉的病却一日重甚一日,不仅宝玉关心体贴黛玉,黛玉同样关心体贴宝玉。"今日较差些",是咳嗽得差一些的意思。

第十五首:"威仪棣棣若山河,还把风流夺绮罗。不似小家拘束态,笑时偏少默时多。"③

此诗咏哪个?有人认为是王熙凤,有人认为是薛宝钗。"默时多"者似乎应该是薛宝钗。

第十六首:"生小金闺性自娇,可堪磨折几多宵。芙蓉吹断秋风狠,新诔空成何处招。"④

有红学家认为此诗咏晴雯。《芙蓉女儿诔》中的"芙蓉"和"诔"分到后两句中,说咏晴雯很容易说得过去。关键是第一句"生小金闺性自娇"用到晴雯身上极难说得通:晴雯是赖大家孝敬贾母的小女奴,身份低贱,没爹没娘,无家可归,怎么可能"生小金闺"?"金闺"者,千金小姐的闺房也。何况,为乾隆皇帝当差的明义也不可能用"金闺"形容

① 〔清〕富察明义:《绿烟琐窗集》,第108页。
② 〔清〕曹雪芹:《脂砚斋重评石头记》(己卯本)第三十四回,第500页,上海:上海古籍出版社,1981。后文有脂砚斋己卯的批注亦参见此本,后只注己卯批注,某某页。
③ 〔清〕富察明义:《绿烟琐窗集》,第108页。
④ 〔清〕富察明义:《绿烟琐窗集》,第108~109页。

身份低下的侍女。那么,这"金闺"是谁的? 是林黛玉的。所以这首表面像是咏晴雯之死的诗实际咏黛玉之死。据脂评提供的后三十回情节线索,黛玉死于落叶萧萧的秋天,是真正为秋风吹折的芙蓉花。对这首诗可做这样解释:从小生长在探花之家的千金小姐林黛玉,娇弱多感的林黛玉,如何能忍受跟贾宝玉分离并为他担惊受怕的痛苦? 跟贾宝玉分别不久,在思念和恐惧中,黛玉病情越来越重,终于泪尽而逝,宛如凛冽的秋风吹断了美丽的芙蓉花。贾宝玉回来后到潇湘馆悼颦儿。但怡红公子的诔"何处招",黛玉的灵柩已归葬苏州父母坟旁。

第十七首:"锦衣公子茁兰芽,红粉佳人未破瓜。少小不妨同室榻,梦魂多个帐儿纱。"①

此诗咏宝玉和黛玉两小无猜。在明义心目中,"锦衣公子"当然是贾宝玉;楚楚动人的潇湘妃子当然是红粉佳人,至于宝玉黛玉小时是否狭义上的"同室榻"? 并不重要,他们被贾母安排住同一房间,比"青梅竹马"还亲近,是重要事实。

第十八首:"伤心一首葬花词,似谶成真自不知。安得返魂香一缕,起卿沉痼续红丝。"②

此首期望黛玉起死回生接上因死亡断了的红丝。"起卿沉痼续红丝"是"续"而不是"系",说明宝黛红丝已系。黛玉之死绝非因宝钗鸠占鹊巢,而是因为黛玉牵挂宝玉而病情加重身亡。所以明义希望得到返魂香让林黛玉起死回生,重续跟贾宝玉的"红丝"。

第十九首:"莫问金姻与玉缘,聚如春梦散如烟。石归山下无灵气,纵使能言亦枉然。"③

明义所见《红楼梦》写到了贾宝玉的结局:宝玉和宝钗的"金玉良缘"像春梦飘散,宝玉的感情生活是大悲剧。他脖子上那块玉,也回到山下,记录下贾宝玉这段感情。纵使石能言,对贾宝玉身上的悲剧"亦枉然"。

这首诗提示《红楼梦》成书过程的重要线索,在有了石头叙事后,曹雪芹用的书名仍是《红楼梦》而非《石头记》。为什么大量八十回抄

① 〔清〕富察明义:《绿烟琐窗集》,第109页。
② 〔清〕富察明义:《绿烟琐窗集》,第109页。
③ 〔清〕富察明义:《绿烟琐窗集》,第109页。

本以《石头记》命名而没有沿用《红楼梦》为名？那是因为抄阅评点者脂砚斋喜欢用《石头记》为书名。但曹雪芹却喜欢用《红楼梦》，他的书斋名曰"悼红轩"，而不是"恋石轩"或"爱石轩"。

第二十首："馔玉炊金未几春，王孙瘦损骨嶙峋。青蛾红粉归何处？惭愧当年石季伦。"①

红楼一梦，逝者如斯。繁华生活如过眼云烟，贾宝玉贫困潦倒、瘦骨嶙峋，昔日怡红院的"娣姨"，黛、钗等大观园姐妹，一个也不见了。贾宝玉连石崇都不如，不仅害得一生挚爱的"红粉"林黛玉香消玉殒，连王夫人内定的姨娘袭人也在贾宝玉还活着时，嫁了蒋玉菡！

三、由明义所见《红楼梦》得出的推论

从明义咏《红楼梦》诗句可以看出，这是部早期的、内容比较单一的《红楼梦》。结合诗前小注，可得出这样推测：明义所见《红楼梦》明确地以贾宝玉为中心，以大观园为场景，以宝黛爱情为描写重心，要言之，明义诗对应是《红楼梦》如下内容：

第一首，大观园及园中"春风秋月"；

第二首，怡红院的幸福生活；

第三首，潇湘馆中爱哭的黛玉及宝玉对她的细致关怀；

第四首，宝钗扑蝶；

第五首，宝黛爱情；

第六首，宝玉对晴雯和怡红院丫鬟；

第七首，贾宝玉梦游太虚幻境并见到"正幅图"；

第八首，宝玉为麝月梳头；

第九首，宝玉为袭人偷换系腰汗巾；

第十首，黛玉怡红院受拒；

第十一首，黛玉葬花；

第十二首，白玉钏尝莲叶羹；

第十三首，怡红院丫鬟为宝玉庆寿；

第十四首，黛玉病情加重；

---

① 〔清〕富察明义：《绿烟琐窗集》，第109页。

第十五首,薛宝钗的风韵;

第十六首,黛玉病夭宝玉悲悼;

第十七首,回忆宝黛两小无猜;

第十八首,希望黛玉起死回生续红丝;

第十九首,繁华消歇,石归山下;

第二十首,宝玉穷愁悲悼。

需要知道的是:

其一,因为明义所见《红楼梦》与今本《红楼梦》名字完全相同,研究者容易将二者混为一谈。但明义所见《红楼梦》却绝非脂砚斋评《石头记》,更非今存之《红楼梦》。

其二,明义所见《红楼梦》内容单一却首尾齐全。明义所咏前十四首能在《石头记》找到相似章节。后五首所咏是《石头记》后三十回原型。贾宝玉是绝对男主角,与宝玉有关的诗十六首。《石头记》宝黛爱情的发展过程,在明义所见《红楼梦》中基本都有表现。贾府兴衰还没有《石头记》那样繁富的内容。咏黛玉的诗八首,特别是,有咏黛玉的小组诗,对林黛玉一生做总回顾,林黛玉是绝对女主角。宝钗分量远没有《石头记》里重,从宝钗扑蝶看,宝钗还保留了少女的天真和幼稚,不像《石头记》中那样成熟老辣。

明义所见《红楼梦》的细节和人物形象要改到《石头记》的层次,没有十年八年时间办不到。只能这样解释:明义所见《红楼梦》在第一次增删时,已变成素材。也就是说:脂砚斋没有见过明义所见《红楼梦》。他见到的已经是将明义所见《红楼梦》全部打碎并跟《风月宝鉴》重新融合的《石头记》。

其三,明义所见《红楼梦》早于所有脂评本,不叫《石头记》,也没有脂砚斋评语,它和《风月宝鉴》构成《石头记》主要素材。明义所见《红楼梦》很可能以章回小说形式出现。曹雪芹将《风月宝鉴》和明义所见《红楼梦》组合到一起,重新纂出目录,分出章回时,保留了某些原有章题。《石头记》前二十三回重要内容如:木石前盟,甄士隐和贾雨村,冷子兴演说荣国府,葫芦僧乱判葫芦案,黛玉进府,刘姥姥进荣国府,元春省亲等,都是五次增删过程的新作。在明义题红绝句中,宝玉梦游太虚幻境排在大观园一系列活动之后,大观园在小说中作为既定场景出现。

脂砚斋可能知道,在《红楼梦》成书过程中,曹雪芹有过一个主要写十二钗的本子。《石头记》第三十八回,贾母说到娘家的事,己卯本有个夹批:"看他忽用贾母数语,闲闲又补出此书之前,似已有一部十二钗的一般,令人遥忆不能一见。"①这段评语泄露出另一条线索:《石头记》之前存在过一部写十二钗的书。这部书正是明义所见《红楼梦》另一名字。它是曹雪芹"十年披阅、五次增删"之前的作品,是一部早期的、原创性、内容单一却首尾齐全的《红楼梦》,而脂砚斋"遥忆不能一见"。

第二节　对《风月宝鉴》内容的推测

一、《风月宝鉴》是曹雪芹的早期作品

《脂砚斋重评石头记》甲戌本眉批:"雪芹旧有《风月宝鉴》之书,乃其弟棠村序也。今棠村已逝,余睹新怀旧,故仍因之。"②对棠村序"因之",意即脂评吸纳了棠村为《风月宝鉴》作的序。吸纳棠村序的前提,则因为《风月宝鉴》吸纳进《石头记》。"睹新"睹的是曹雪芹增删后的新作,"怀旧"怀的是《风月宝鉴》旧作,对棠村旧序"因之"只能与《风月宝鉴》旧文配套。

张爱玲《红楼梦魇》说:俞平伯将《风月宝鉴》视为另一部书,不过有些内容搬到《石头记》里,如贾瑞的故事,此外二尤、秦氏姐弟、香怜玉爱、多姑娘等,大概都是。

二、《风月宝鉴》写了什么内容

《风月宝鉴》写了些什么? 构成《石头记》哪些部分?

像《水浒传》用"逼上梁山"主题集纳"宋(江)十回"、"武(松)十

---

① 〔清〕曹雪芹:《脂砚斋重评石头记己卯本》,第587页,北京:北京图书馆出版社2003。后文有脂砚斋己卯本的引文只注某某页。

② 〔清〕曹雪芹著:《脂砚斋甲戌抄阅再评石头记》(甲戌本)(第一回),第9页,上海:上海古籍出版社,1985。后文有脂砚斋甲戌本的批注亦参见此本,后只注甲戌批注,某某页。

回"、"石(秀)十回"等英雄故事,《风月宝鉴》用因淫欲丧命的主题集纳若干不同人物的风月故事。也就是说,因性事丧命,是《风月宝鉴》主要内容。庚辰本第十一回回前题诗:"一步行来错,回头已百年。古今《风月鉴》,多少泣黄泉。""一步行来错"指贾瑞见熙凤起淫心的"一步",指动辄上床的淫乱行为,与传统小说中女性"一失足成千古恨"类似。宝黛之间有刻骨铭心的爱,也为爱献出生命,却没迈出"上床"一步,当然不包括在"一步行来错"咏叹范围。在曹雪芹心目中,不同人的"风月"迥然不同。在纯洁的宝玉、黛玉身上是儿女缠绵,吟风咏月,是情,是爱,是梦魂相通,是一味体贴;在淫乱的贾琏、贾珍身上,是三瓦两舍,花天酒地,是欲,是色,是偷期密约,是"皮肤滥淫"。

用"风月宝鉴"烛照《石头记》,我们发现:因"风月"丧命的故事,基本上以贾琏、贾珍为男主角,以王熙凤、秦可卿为女主角。与贾琏、贾珍兄弟有染的女人,围绕王熙凤、秦可卿奢望"风月"的男人,概无例外,不得好死。

贾瑞:因想勾引王熙凤,落入熙凤圈套,白白葬送性命;

秦氏姐弟:秦可卿淫丧天香楼,秦钟因与智能私通,命入黄泉;

鲍二家的:因与贾琏通奸被王熙凤发现,羞愧自杀;

尤氏姐妹:尤二姐先跟贾珍父子聚麀,后嫁贾琏为妾,终被王熙凤害死;尤三姐先跟姐夫有染,虽立意改过,却被柳湘莲误解,为表明心迹自杀;……

《石头记》涉及这些内容的章节是:

1. 第七回"送宫花贾琏戏熙凤",贾琏夫妇白日宣淫;

2. 第九回"恋风流情友入家塾",秦钟与香怜、玉爱同性恋;

3. 第十回"金寡妇贪利权受辱",秦可卿病重;

4. 第十一回"庆寿辰宁府排家宴",贾瑞见色起意;

5. 第十二回"王熙凤毒设相思局",《风月宝鉴》明确点题;

6. 第十三回"秦可卿死封龙禁尉",秦可卿神秘死亡;

7. 第十四回"林如海捐馆扬州城",王熙凤治丧;

8. 第十五回"王凤姐弄权铁槛寺",秦钟与智能私通;

9. 第十六回"贾元春才选凤藻宫",秦钟偷情而死;

10. 第二十一回"贤袭人娇嗔箴宝玉",贾琏与多姑娘私通;

11. 第四十四回"变生不测凤姐泼醋",凤姐发现贾琏偷情;

12. 第六十四回"幽淑女悲题五美吟",贾琏勾引尤二姐;

13. 第六十五回"贾二舍偷娶尤二姨",贾琏偷娶尤二姐;

14. 第六十六回"情小妹耻情归地府",尤三姐羞愧自杀;

15. 第六十七回"见土仪颦卿思故里",凤姐发现贾琏偷娶;

16. 第六十八回"苦尤娘赚入大观园",凤姐对尤二姐下毒手;

17. 第六十九回"弄小巧用借剑杀人",尤二姐吞金自杀。

《石头记》这十七回原系曹雪芹旧作《风月宝鉴》内容。这都是追求肉欲而丧命的风月故事,这些内容在明义咏《红楼梦》绝句中概无反映,说明明义见到的《红楼梦》还没有将旧本《风月宝鉴》组合进去,《风月宝鉴》还作为旧作单独存在。明义见不到这些内容,也就不可能题咏。

在雪芹旧作《风月宝鉴》中,占有绝对"女一号"位置的,是王熙凤。按照与王熙凤的关系分析,《石头记》还有两个故事即鸳鸯抗婚和司棋之死可能和《风月宝鉴》相关。它们或者原本包含在《风月宝鉴》之内,或者五次增删时按"风月宝鉴"构想添加。鸳鸯抗婚写贾琏之父"上梁不正下梁歪",王熙凤对此事处理要尽巧计;司棋之死写下人"淫行",王熙凤查抄大观园发现了司棋的"罪行",隔岸观火、幸灾乐祸。这是个很有意思的现象:在明义所见《红楼梦》中,十二金钗之事,都要到"玉兄"前挂号;在曹雪芹旧作《风月宝鉴》中,"风月"之事,不管贾瑞、贾琏,还是尤氏姐妹、鸳鸯、司棋,都要和王熙凤挂钩。到了《石头记》中,宝玉和熙凤两条线索交织在一起。

明义所见《红楼梦》写的"风月繁华"是以贾宝玉为中心的少男少女纯情恋爱和美梦成空;《风月宝鉴》写的是以凤姐为中心的淫乱男女因纵欲偷情命丧黄泉。明义所见《红楼梦》是以贾宝玉为中心的一个完整的爱情故事;《风月宝鉴》是以王熙凤为中心、多人多事组成的风月故事。曹雪芹披阅十年、增删五次,将它们组合在一起,交织在一起,构成封建末期贵族生活的百科全书《石头记》。

三、《风月宝鉴》进《石头记》做了哪些可能的删改

将《风月宝鉴》组合进《石头记》时可能删掉《风月宝鉴》什么内容?

其一，秦可卿淫丧天香楼，秦可卿与贾珍爬灰的内容，《风月宝鉴》写得充分而香艳，曹雪芹开始增删仍采用。这件公爹和儿媳通奸的丑事，有翔实的勾引过程（靖本有"遗簪""更衣"），有具体地点（宁国府花园有"逗蜂轩"，轩名绝非随意而为，而是特定的、狂蜂浪蝶发生艳事的地点），有目击人（秦氏的丫鬟瑞珠和宝珠），有秦可卿自杀方式（上吊）。这些内容从《风月宝鉴》移植到《石头记》中，最后虽应畸笏要求删去，但曹雪芹心有不甘，不仅在贾宝玉梦游太虚境中保留了秦可卿悬梁自尽的图和判词，还在小说描写中埋下一些"不写之写"，如：贾珍不成体统的哭、丫鬟自杀或"认妈"等。

其二，秦可卿勾引幼叔并与之上床，在《风月宝鉴》中有过描写，在将《风月宝鉴》纳入《石头记》时，变成隐秘恍惚、可这样理解也可那样理解的文字。从字面上看，贾宝玉与秦可卿并无两性关系，但读者又怀疑这关系的存在：秦可卿卧室夸张的香艳描写；贾宝玉住侄媳房间的怪戾行为；贾宝玉梦中情人与秦可卿相似；秦可卿始终以"秦氏"出现，宝玉却在梦中叫出贾府无人知晓的小名"可卿"；宝玉听到秦可卿死讯后急疼攻心以致吐血等。

其三，几组同性恋：薛蟠、秦钟和香怜、玉爱；贾珍父子以贾蔷为娈童等。

其四，凤姐和贾蓉、贾蔷的淫乱关系。凤姐设相思局害贾瑞，得力助手是贾蓉兄弟。凤姐为什么能在如此尴尬的事情上驱使两个年轻貌美的侄子？因为她跟此二人有私情。《风月宝鉴》做过描写，在将王熙凤毒设相思局移植入《石头记》时删去了这些内容，但有几处保留了这种关系的痕迹：一是在刘姥姥一进荣国府时通过贾蓉借屏风，写凤姐对贾蓉的微妙态度；二是王熙凤诱引贾瑞时说："果然你是个明白人，比贾蓉两个强远了。我看他那样清秀，只当他们心里明白，谁知竟是两个糊涂虫，一点不知人心"①；三是描写凤姐让贾琏安排使用奶哥时，贾蓉鬼鬼祟祟地拉凤姐衣襟。

其五，尤氏姐妹和贾珍、贾蓉父子淫乱关系的具体描写。在《风月宝鉴》纳入《石头记》被删除，代之以简单叙述并在尤三姐和贾珍喝酒

---

① 〔清〕曹雪芹：《脂砚斋重评石头记》（己卯本）第十二回，第226页。

时隐隐透露。

《风月宝鉴》既不是胡适所说的是一本雪芹"从前写的""一本幼稚的""短篇"故事,也不是吴世昌先生在反驳胡适后提出的"它确是《红楼梦》早年的一个异名,原是曹雪芹的一部旧稿,全书在百回以上,规模是相当大的"①。《风月宝鉴》与明义所见《红楼梦》是先后存在的,它与明义所见《红楼梦》内容相异,篇幅相对较小。

第三节　明义所见《红楼梦》和《风月宝鉴》的组合

曹雪芹创作《红楼梦》经过五次披阅和增删,其实就是将明义所见《红楼梦》和《风月宝鉴》在一宏伟主题下组合、修改、重新写作的过程。这样说有没有文本依据? 有。考察《脂砚斋重评石头记》三种不同的章节衔接方式,可区别哪些章节是旧作,哪些章节是新作,这是因为作者的每回的篇末结语留下了蛛丝马迹。

一、《风月宝鉴》和明义所见《红楼梦》进入《石头记》的章节

《风月宝鉴》和明义所见《红楼梦》进入《石头记》的章节靠什么来推测? 靠《石头记》现在的回末结语。曹雪芹的早期作品跟他在五次增删中另起炉灶的作品在章回中结语不同。有"且听下回分解"修辞套语者的共五十一回,显然是明义所见《红楼梦》和曹雪芹旧作《风月宝鉴》的改写;曹雪芹在五次增删中创作的章回则没有"且听下回分解"的回末结语。

来自旧作、有"且听下回分解"的章回,详列如下②:

1. 第九回"恋风流情友入家塾":"只得进前来与秦钟磕头。且听下回分解。"

2. 第十回"金寡妇贪利权受辱":"不知秦氏服了此药病势如何,下回分解。"

---

① 吴世昌:《残本脂评〈石头记〉的底本及其年代》,见《红楼梦探源外编》,第141页,上海:上海古籍出版社,1980。

② 曹雪芹:《红楼梦》,北京:人民文学出版社,1982。

3. 第十一回"庆寿辰宁府排家宴"："不知贾瑞来时作何光景,且听下回分解。"

4. 第十二回"王熙凤毒设相思局"："往扬州去了。要知端的,且听下回分解。"

5. 第十三回"秦可卿死封龙禁尉"："且听下回分解。正是:金紫万千谁治国,裙钗一二可齐家。"

6. 第十四回"林如海捐馆扬州城"："不知近看时又是怎样,且听下回分解。"

7. 第十五回"王凤姐弄权铁槛寺"："贾珍只得派妇女相伴。后回再见。"

8. 第二十回"王熙凤正言弹妒意"："湘云忙回身跑了。要知端详,下回分解。"

9. 第二十一回"贤袭人娇嗔箴宝玉"："且听下回分解。正是:淑女从来多抱怨,娇妻自古便含酸。"

10. 第二十二回"听曲文宝玉悟禅机"："'明日晚间再玩罢。'且听下回分解。"

11. 第二十三回"西厢记妙词通戏语"："且听下回分解。正是:妆晨绣夜心无矣,对月临风恨有之。"

12. 第二十四回"醉金刚轻财尚义侠"："却被门槛绊倒。要知端的,下回分解。"

13. 第二十五回"魇魔法姊弟逢五鬼"："摔帘子出去了。不知端详,且听下回分解。"

14. 第二十六回"蜂腰桥设言传心事"："不知是那一个出来。要知端的,且听下回分解。"

15. 第二十七回"滴翠亭杨妃戏彩蝶"："宝玉听了不觉痴倒。要知端详,且听下回分解。"

16. 第二十八回"蒋玉菡情赠茜香罗"："'嗳哟'了一声。要知端的,且听下回分解。"

17. 第二十九回"享福人福深还祷福"："宝玉听见了不知依与不依,要知端详,且听下回分解。"

18. 第三十回"宝钗借扇机带双敲"："心冷了半截。要知端的,且听下回分解。”

19. 第三十一回"撕扇子作千金一笑"："不知是如何,且听下回分解。"

20. 第三十二回"诉肺腑心迷活宝玉"："将他母亲叫来拿了去。再看下回便知。"

21. 第三十三回"手足眈眈小动唇舌"："袭人方进前来经心服侍,问他端的。且听下回分解。"

22. 第三十四回"情中情因情感妹妹"："不知薛宝钗如何答对,且听下回分解。"

23. 第三十五回"白玉钏亲尝莲叶羹"："宝玉忙叫'快请'。要知端的,且听下回分解。"

24. 第三十六回"绣鸳鸯梦兆绛芸轩"："眼看着他上车去了,大家方才进来。要知端的,且听下回分解。"

25. 第三十七回"秋爽斋偶结海棠社"："二人商议妥贴,方才息灯安寝。要知端的,且听下回分解。"

26. 第三十八回"林潇湘魁夺菊花诗"："不知作什么,且听下回分解。"

27. 第四十二回"蘅芜君兰言解疑癖"："不知次日又有何话,且听下回分解。"

28. 第四十三回"闲取乐偶攒金庆寿"："也有叹的,也有骂的。要知端的,下回分解。"

29. 第四十四回"变生不测凤姐泼醋"："奶奶姑娘都进来了。要知端的,下回分解。"

30. 第四十八回"滥情人情误思游艺"："便都争着要诗看。且听下回分解。"

31. 第四十九回"琉璃世界白雪红梅"："'到底分个次序。'要知端的,且听下回分解。"

32. 第五十二回"俏平儿情掩虾须镯"："便身不由主倒下。要知端的,且听下回分解。"

33. 第五十七回"慧紫鹃情辞试忙玉"："忙掩了口不提此事。要知端的,且听下回分解。"

34. 第五十九回"柳叶渚边嗔莺咤燕"："不知袭人问他果系何事，且听下回分解。"

35. 第六十回"茉莉粉替去蔷薇硝"："'好猴儿崽子，……要知端的，且听下回分解。"

36. 第六十一回"投鼠忌器宝玉瞒脏"："——发放。要知端的，且听下回分解。"

37. 第六十二回"憨湘云醉眠芍药裀"："也回去洗手去了。不知端详，且听下回分解。"

38. 第六十三回"寿怡红群芳开夜宴"："那贾蓉方笑嘻嘻的去了。不知如何，且听下回分解。"

39. 第六十四回"幽淑女悲题五美吟"："以便迎娶二姐儿过门。下回分解。"

40. 第六十五回"贾二舍偷娶尤二姨"："说的满屋里都笑起来了。不知端详，且听下回分解。"

41. 第六十六回"情小妹耻情归地府"："便随那道士，不知往那里去了。后回便见——"

42. 第六十七回"见土仪颦卿思故里"："未知凤姐如何办理，下回分解。"

43. 第六十八回"苦尤娘赚入大观园"："我去拆开这鱼头，大家才好。不知端详，且听下回分解。"

44. 第七十回"林黛玉重建桃花社"："黛玉回房歪着养乏。要知端的，下回便见。"

45. 第七十二回"王熙凤恃强羞说病"："大家吃了一惊不小。要知端的，且听下回分解。"

46. 第七十三回"痴丫头误拾绣春囊"："正不知道是那个，且听下回分解。"

47. 第七十五回"开夜宴异兆发悲音"："方带着子侄们出去了。要知端详，再听下回。"

48. 第七十七回"俏丫鬟抱屈夭风流"："各自出家去了。再听下回分解。"

49. 第七十八回"老学士闲征姽婳词"："唬得宝玉也忙看时，——

且听下回分解。"

50. 第七十九回"薛文龙悔娶河东狮":"欲明后事,且见下回。"

51. 第八十回"美香菱屈受贪夫棒":"终不知端的,且听下回分解。"

这五十一回在明义所见《红楼梦》和《风月宝鉴》已有雏型。曹雪芹增删利用原文稿,并习惯地袭用回末结语。其中,"后回再见"、"且看下回"、"下回便知"、"后回便见"、"下回再见"、"再听下回"、"且见下回",皆可视作"下回分解"同一模式。

二、二书组合时新创作的章节

曹雪芹披阅增删中创作的新作篇幅较长,是小说重头戏,回末不使用章回小说传统衔接方式,消除了话本小说"下回分解"痕迹,带现代小说章节连接自由的特点,这些章回是:

1. 第一回"甄士隐梦幻识通灵,贾雨村风尘怀闺秀":"封肃听了,唬得目瞪口呆,不知有何祸事。"

2. 第二回"贾夫人仙逝扬州城,冷子兴演说荣国府":"雨村忙回头看时——"

3. 第三回"贾雨村夤缘复旧职,林黛玉抛父进京都":"告诉这边,意欲唤取进京之意。"

4. 第四回"薄命女偏逢薄命郎,葫芦僧乱判葫芦案":"因此遂将移居之念渐渐打灭了。"

5. 第五回"游幻境指迷十二钗,饮仙醪曲演红楼梦":"正是:一场幽梦同谁近,千古情人独我痴。"

6. 第六回"贾宝玉初试云雨情,刘姥姥一进荣国府":"正是:得意浓时易接济,受恩深处胜亲朋。"

7. 第七回"送宫花贾琏戏熙凤,宴宁府宝玉会秦钟":"正是:不因俊俏难为友,正为风流始读书。"

8. 第八回"比通灵金莺微露意,探宝钗黛玉半含酸":"正是:早知日后闲争气,岂肯今朝错读书。"

9. 第十六回"贾元春才选凤藻宫,秦鲸卿夭逝黄泉路":"说毕,便长叹一声,萧然长逝了。"

10. 第十七回无结语。因第十七与十八回总题"大观园试才题对额,荣国府归省庆元宵"未分回。

11. 第十八回"大观园试才题对额":"搀扶出园去了。正是——"

12. 第十九回"情切切良宵花解语,意绵绵静日玉生香":"宝玉房中一片声嚷,吵闹起来。正是——"

13. 第三十九回"村姥姥是信口开合,情哥哥偏寻根究底":"老太太房里的姑娘们站在二门口找二爷呢。"

14. 第四十回"史太君两宴大观园,金鸳鸯三宣牙牌令":"众人大笑起来。只听外面乱嚷——"

15. 第五十四回"史太君破陈腐旧套,王熙凤效戏彩斑衣":"且说当下元宵已过——"

16. 第五十六回"敏探春兴利除宿弊,时宝钗小惠全大体":"只见王夫人遣人来叫宝玉,不知有何话说——"

17. 第五十八回"杏子阴假凤泣虚凰,茜纱窗真情揆痴理":"老太太、太太回来了。"

18. 第六十九回"弄小巧用借剑杀人,觉大限吞生金自逝":"只在这里伴宿。正是——"

19. 第七十一回"嫌隙人有心生嫌隙,鸳鸯女无意遇鸳鸯":"司棋听了,只得松手让他去了——"

按:第六十九回内容在《风月宝鉴》已存在,可能因为在原稿基础上做了较大增删,所以其回末结语与有关尤二姐的其他章节不同。"秦可卿死封龙禁尉"、"贤袭人娇嗔箴宝玉"、"西厢记妙词通戏语"在"且听下回分解"之后,又出现"正是"和两句诗,说明这七回基本是同一次增删定稿,是曹雪芹后来创作的。

内容是曹雪芹十年增删过程中的新作,回末以"要知端的"结尾。回末结语介于前两种之间。这些回目是:

1. 第四十一回"栊翠庵茶品梅花雪,怡红院劫遇母蝗虫":"他姊妹方复进园来。要知端的——"

2. 第四十五回"金兰契互剖金兰语,风雨夕闷制风雨词":"四更将阑,方渐渐的睡了。暂且无话,要知端的——"

3. 第四十六回"尴尬人难免尴尬事,鸳鸯女誓绝鸳鸯偶":"王夫人忙迎了出去。要知端的——"

4. 第四十七回"呆霸王调情遭苦打,冷郎君惧祸走他乡":"薛蟠听见如此说了,要知端的——"

5. 第五十回"芦雪广争联即景诗,暖香坞雅制春灯谜":"'何不写出来人家一看?'要知端的——"

6. 第五十一回"薛小妹新编怀古诗,胡庸医乱用虎狼药":"'如今又添出这些事来。'要知端的——"

7. 第五十三回"宁国府除夕祭宗祠,荣国府元宵开夜宴":"听见贾母一赏,要知端的——"

8. 第五十五回"辱亲女愚妾争闲气,欺幼主刁奴蓄险心":"只见院中寂静,人已散出。要知端的——"

9. 第七十四回"惑奸谗抄检大观园,矢孤介杜绝宁国府":"一径往前边去了。不知后事如何——"

10. 第七十六回"凸碧堂品笛感凄清,凹晶馆联诗悲寂寞":"'却是你病的原故,所以……'不知下文什么——"

采用后两种衔接方式的章节共二十九回,加结语后有诗的三回,其三十二回,它们主要是:

小说前八回;

元春归省和大观园由来;

刘姥姥进荣国府;

贾府内部矛盾加深;

乌进孝交租;

查抄大观园。

这些章节恰好属于明义未咏内容也非"风月"故事,当是《风月宝鉴》和明义所见《红楼梦》缺少的内容。它们构成最精彩重要的回目,这些回目思想深邃,内容广泛,视野宏伟,从根本上改变了雪芹旧作面目,将"闺阁秘事画"变成了时代风云图。

通过考察文本,研究作家写作习惯的改变,发现写作形式和内容的关联,进而划分旧作、新作,应是可行的。作者对章节衔接的不同处理,因写作时间不同造成。雪芹写作初期,还受章回小说修辞套语限制,增删后期已随心所欲。前八回无一回有"下回分解"的回末套语,其艺术形式已如张爱玲所说"首创现代化一章的结法"。一个世纪后俄罗斯长篇小说家才采取这种联结法。回末结语为"要知端的"的十回,可视为从"下回分解"的传统衔接方式向无结语过渡,这十回可能是同一次增删完成。回末无结语的十九回,及虽有结语,却在回末有诗的若干回,是《红楼梦》成书过程中最重要、规模最大、彻头彻尾的增删,与作者确定前五回为总纲,改变金陵十二钗组成,"起用"贾雨村和甄士隐,"重用"贾元春、刘姥姥,同步进行,都可以看成是曹雪芹后期构思的结果。

小说家张爱玲注意到回末套语这一细微变化。她在《红楼梦魇》中说:"各种不同的回末形式,显然并不是一时心血来潮,换换花样,而是有系统的改制。"①可惜语焉不详。

《风月宝鉴》和明义所见《红楼梦》是曹雪芹风华正茂时的作品,随着阅历增加,知识增长,曹雪芹悔其少作,另起炉灶,凤凰再生,《风月宝鉴》和明义所见《红楼梦》成为名厨刀俎上的半成品鱼肉,任其改刀、加料、重新烹饪,做出美味大餐《石头记》。

曹雪芹十年披阅五次增删,无意中通过三种不同回末结语留下新旧作可资鉴别的痕迹。

三、曹雪芹披阅增删的处理方法

因为没有增删稿存世,不可能逐次探寻曹雪芹增删内容,但可以沿着对《风月宝鉴》和明义所见《红楼梦》的推测,结合脂评提供的线索,曹雪芹五次增删是如何做的? 可做推测如下:

(一)"纂出目录,分出章回"

建立网状结构,将内容相对单一的《风月宝鉴》和明义所见《红楼梦》,按网状结构要求,组合到《石头记》中。

"纂出目录,分出章回",是曹雪芹在《石头记》第一回说明的,网状结构是《石头记》的事实,它可能在明义所见《红楼梦》中初具规模,到《石头记》中完善。

《风月宝鉴》和明义所见《红楼梦》组成《石头记》并非机械相加,而

---

① 张爱玲:《二详红楼梦——甲戌本与庚辰本的年份》,见《红楼梦魇》,第81页,上海:上海古籍出版社,1996。

是重新布局、重新改写,主要是用明义所见《红楼梦》吞并、消化《风月宝鉴》。曹雪芹不断根据曹氏家世和自己见闻甚至朋友中发生的事,添加新内容,每次增删都增加新内容,删改原内容。每增加重要内容,小说布局就做相应调整。有增有删,有前后位置调换剪接,有李代桃僵、移花接木。小说规模逐渐扩大,艺术日臻完美,思想日趋深刻。

将《风月宝鉴》主角王熙凤和明义所见《红楼梦》主角贾宝玉联系到一起的最好办法就是让他们处于同一家庭,何况在生活原型中他们本来生活在同一家庭。以"凤姐理家"为主的贾府生活琐事是明义所见《红楼梦》和《风月宝鉴》最好的黏合剂。既溺爱宝玉又偏爱凤姐的贾母,既憎恨宝玉又憎恨凤姐的赵姨娘,可能是增删过程中增益较多的人物。

将《风月宝鉴》和明义所见《红楼梦》纂修成《石头记》,可能有几种方法:

第一种方法:旧章节直接纳入《石头记》。

章回小说这一艺术形式注定了长篇小说和短篇小说的辩证关系:章回小说每一回很可能是首尾一贯的单元,又是整部小说的有机组成部分。作家可以先将对人生的观察写成若干小故事,再由这些小故事组成长篇。明义所见《红楼梦》和《风月宝鉴》拆散后重新组合,可利用每一回相对独立的特点。《石头记》许多章节显示了内容单一、首尾完整的特点,很可能直接从旧作移进:如:

"王熙凤毒设相思局"一回专写王熙凤;

"苦尤娘赚入大观园"一回专写尤二姐。

第二种方法:原书主角在《石头记》中互为主辅。宝玉和熙凤在《石头记》某些章节中交替作为主角出现,另一个成为辅助性角色。作者增写情节,将两人活动黏合到一章内,如"滴翠亭杨妃戏彩蝶",在明义所见《红楼梦》中可能只写宝钗和黛玉,到《石头记》中,通过小红加进熙凤的内容,将熙凤这条线索"牵拉"一下,并为将来狱神庙埋下伏笔,"滴翠亭"成为黛钗为主、凤姐为辅的章节。"贾二舍偷娶尤二姨"和"情小妹耻情归地府",本是《风月宝鉴》重头戏,到《石头记》中,在第六十五回回末,第六十六回开头通过仆人兴儿和鲍二家谈论宝黛钗,将宝玉的线索"提拉"一番,成为凤姐为主、宝黛钗为辅的章节。

第三种方法：原书主角在《石头记》中 AA 并列，两部旧作的内容在《石头记》中青龙白虎并行，章题也体现两方面内容，如：

"王熙凤正言弹妒意，林黛玉俏语谑娇音"；

"贤袭人娇嗔箴宝玉，俏平儿软语救贾琏"。

作者需要将这两个内容有机地勾联起来。如何勾联？与第二种方法类似。

第四种方法：重打锣鼓另开张。在很多章节，曹雪芹挥动如椽之笔，浓墨重彩抒写新内容，增加新情节，创造多次贾府人物集中亮相的机会，既对人物做综合描写，又促使情节向前发展。在五次增删过程中，《风月宝鉴》和明义所见《红楼梦》渐渐水乳交融，像第二十五回"魇魔法姊弟逢五鬼，红楼梦通灵遇双真"可算将宝玉、凤姐两条线索严密交织的典范。

不管如何处理，都是将宏伟严密结构和丰富多彩的人物结合起来。《石头记》和《水浒传》不同，《水浒》写武松时，可将其他英雄隐去，武松引出宋江，宋江成为主角，武松隐到背后。《石头记》不然，它在描写王熙凤时须让读者记着贾宝玉，反之亦然。这就需要巧妙处理主要人物在各章节的关系，让人物轮流担任主场人物和过场人物。在以甲为中心的章节，乙和丙微露半面，在"网"上打上一个结；在乙为中心的章节，甲和丙神龙见首不见尾，在"网"上打上一个结；在丙为中心的章节，甲和乙像彗星从丙的天空掠过，在"网"上打上一个结。草蛇灰线，伏线千里，这些"结"的解开可能成为后文重要情节。在精心雕琢各章主要人物时，理清小说的纵线和横线，再将它们编织成匀称细密的网，在人物交叉关系上细心地"打结"，是增删工作的重要环节。这既是非常繁琐的工作，又是长篇小说作家最难处理也最见功力的地方。

长篇小说的读者总是希望在书中看到由独具匠心的艺术大师设计的对人生渐入佳境的一致印象，看到作者对其题材始终如一、非常投入的情感态度，看到既多彩多姿又风格统一、描绘人生图画的独特韵致，看到作者首尾一贯、技巧成熟、沉着细致的艺术处理。长篇小说最忌缺少统领全书的人物，又忌虽有统领全书人物却线索单一情节单调；长篇小说最忌缺乏严密的布局，又忌平铺直叙，毫无蕴藉；长篇小说最忌一眼看到底，又忌杂乱无章、旁枝斜出。《红楼梦》在中国古代小说中算得上独一无二。它没有《拍案惊奇》类短篇小说的寡淡和公然说教,没有《三国演义》过于依恃历史和对现成诗词的陈陈相因,没有《金瓶梅》的粗野庸俗、冗散驳杂,不像《水浒传》缺少始终活跃在读者视野中的主要人物,同时代另一巨著《儒林外史》也不能与《红楼梦》同日而语。《儒林外史》无疑有相当高的思想艺术价值,但以严格的长篇艺术形式衡量,《儒林外史》与其说是一部长篇小说,不如说是部短篇小说集。《红楼梦》长篇艺术处理得好,因为曹雪芹在增删过程中,不是简单地将旧作纂出目录,分成章回,而是按绵密的网状结构进行巧夺天工的情节再创造和人物精雕细刻。

(二)人物调整

金陵十二钗在增删过程中并非落笔定江山。有些人物如元春、妙玉、巧姐,可能在明义所见《红楼梦》和《风月宝鉴》中连影子都没有。直到增删《石头记》的后期才登上舞台,最后进入金陵十二钗行列。

脂砚斋评语透露出,在《石头记》增删过程中金陵十二钗有过重要增删。

庚辰本第四十九回"琉璃世界白雪红梅"回前总批:"此回系大观园集十二正钗之文。"正文恰好有这样一段:"此时大观园中比先更热闹了多少。李纨为首,余者迎春、探春、惜春、宝钗、代(黛)玉、湘云、李纹、李绮、宝琴、邢岫烟,再添上凤姐儿和宝玉,一共十三个。"①

从这十三个人里减掉贾宝玉,恰好十二裙钗!

原来,在早期《石头记》中,金陵十二钗是这些人!?而雪芹要在这一回让金陵十二正钗大登场。否则,凤姐不住在大观园中,怎么也被算到里边?

与《石头记》第五回金陵十二钗相比,第四十九回的十二钗,有四个人不同,即李纹、李绮、宝琴、邢岫烟被删去,代之以元春、妙玉、巧姐、秦可卿。

这是个很大改变。这意味着小说内容和布局的大调整。比如说:

要写元春归省和元春之死;

要写大观园为归省而盖,非明义所见《红楼梦》的既定园林;

---

① 〔清〕曹雪芹著:《脂砚斋重评石头记》(庚辰本)(第四十九回),第 1134 页,北京:人民文学出版社,2010。后文有脂砚斋庚辰本的批注亦参见此本,只注庚辰批注,某某页。

妙玉要在大观园建立过程中出现并成为史太君两宴大观园、怡红庆寿、凹晶馆联诗重要人物,要写妙玉结局;

秦可卿要从次要角色改变为关乎到两府兴亡的人物;

巧姐要在贾府覆灭过程中担任重要角色,等等。

在金陵十二钗增删过程中,贾元春等人物的处理留下了明显漏洞。对贾府荣辱至关重要的贾元春有四个疑点:

其一,元春与宝玉年龄差距前后矛盾。元春归省描写,元妃与宝玉虽为姐弟实同母子,说明二人年龄差距不小。冷子兴演说荣国府,贾宝玉与贾元春出生却只隔一年。《石头记》是经过五次增删定稿的,如果这样的矛盾在早期增删中出现,作者肯定能发现,看来这互相矛盾的描写出现在增删晚期,作者还没来得及将全书统一订正,将这明显的谬误改正过来。更奇怪的是,元春和宝玉如此明显的年龄误差,评阅《石头记》极细致的脂砚斋没看出来,对元春归省大动感情的畸笏也没看出来。

其二,秦可卿托梦疑从元春移植而来,以秦可卿重孙媳妇低微身份,不适合讲出那样有哲理、有全局观念的话来。若是马上要离开人世的元妃向贾府管家奶奶托家庭管理重任,倒能说得通。因为大臣被抄家,祖坟田产仍可保留。元妃出于"抄家"预感,托梦王熙凤,为家族留下祖坟田产做最后退守,符合元春长女身份和谨慎为人,改到秦可卿名下就有点儿别扭。秦可卿托梦可能从元春移植,吴世昌先生早就有过怀疑。

其三,元春之死留下疑点。元春之死在增删之初并不是贾府败落的直接、快速原因。

其四,曹雪芹为四春丫鬟命名暗喻"琴棋书画"。后三个丫鬟都有单独情节存在,司棋与潘又安的情事;侍书怒斥王善保家;入画与哥哥私相传递事发后哀求惜春;只有抱琴无丝毫作为,似不合情理。抱琴应在元妃之死中发挥重要作用,是没写还是写了却在轶稿中?

秦可卿之死有含混之处。第十回写秦可卿生病,太医诊病,说"今年一冬是不相干的。"意思是春天就不保险。第十一回写秦可卿已病危,冬至那天凤姐看她时"那脸上身上的肉全瘦干了"。第十二回,整回写贾瑞被凤姐捉弄,结果贾瑞重病在身,"诸如此症,不上一年都添全了。""倏又腊尽春回",按对贾瑞的描写计算,秦可卿居然在病危情况下安然度过两年时光!

巧姐和大姐儿,一会儿是一个人,一会儿是两个人,巧姐没多久就从褓褓之中长成大姑娘。这固然因续书作者没处理好,曹雪芹前八十回描写也不够清晰。

薛宝琴有概念化倾向,是作者很想处理成大手笔却偏偏没处理好的人物。宝琴在小说中出现时颇有些后来居上气势,她美丽超出乃姊,聪颖可比黛玉,受贾母之宠堪比宝玉,理应有黛玉葬花、宝钗扑蝶、湘云醉卧一类的精美情节,最终却虎头蛇尾。宝琴除反映在贾母眼中的梅庵立雪多少说得过去外,几乎变成替曹雪芹传诗、讲外国美人故事的优孟衣冠。小说人物要有自己的喜怒哀乐,要有自己的生活故事,要有完全私人化的生活场景,薛宝琴都没有。她成为作者某种创作意图的体现,只在集体活动中晃来晃去,大观园最美丽的薛宝琴是最缺少个性,也是最不成功的人物。这恐怕因为曹雪芹在十年披阅、五次增删中对薛宝琴的位置先后有所变动:她先被列入金陵十二钗,做了先声夺人的描写,后来不得不放弃对她的"重用"。结果,本来可称大观园第一完人的薛宝琴,还没有大观园边缘人物妙玉有神采。薛宝琴还担任过观察宁国府祭祖的叙事角色,这一点也值得推敲:宁国府家祭怎会邀请外人参加?

(三)重要情节尽情发挥及将作品丰厚化

或曰:曹雪芹在他的黄叶村先写好了木石前盟,再创造石头叙事,然后写好前五回,设置好甄士隐小荣枯和贾雨村这个牵线人物,让冷子兴"演说"荣国府,再用贾宝玉的梦圈定金陵十二钗的命运,然后胸有成竹、按部就班写下来,就成了《石头记》。

笔者认为,事情恰好倒过来:《石头记》前二十三回,是曹雪芹另起炉灶的天才创造,曹雪芹最后才完成的。木石前盟在明义所见《红楼梦》中还没出现,如果有,明义不会不注意到这一在古代小说中绝无仅有的天才创造。贾宝玉梦游太虚境在明义所见《红楼梦》发生在大观园,增删过程中提到前边。巧姐进入金陵十二钗很晚,给巧姐取名、救她出火坑的刘姥姥,都是曹雪芹的后期构思。元春归省更是增删后期所加。这些重要情节的尽情发挥决定了《红楼梦》迥异于其他小说。

夏志清曾认为：明清小说家缺少驾驭一个场面和展开全部潜在戏剧性的雄心，很少注意情绪和气氛的联系，很少能将叙述、对话、描写融为一体。在这方面中国古代小说只有一部书可以与西欧作家媲美：那就是《红楼梦》。

这一特点，在前二十三回表现特别突出。在五次增删过程中，曹雪芹将这些重要情节，如黛玉进府、凤姐治丧、元春归省，尽情发挥，使本来可以是一般小说情节的潜在意义大大焕发，实现哲理化、诗意化、戏剧化，成为脍炙人口的著名章节。二十三回后从《风月宝鉴》和明义所见《红楼梦》中移进的章回，也进行了脱胎换骨的改造。如宝钗扑蝶和怡红院庆寿与明义所见《红楼梦》情节就有根本不同。

夏志清教授还提出："《红楼梦》是一部堪与西方传统最伟大的小说相媲美的作品，但作者也免不了自讨苦吃地刻意维护故事堆积性的传统，附带叙述了许多次要的小故事，这些故事其实可以全部删除，以便把篇幅用在更充分地经营主要情节上面。"①夏教授的观点，其实是对这部伟大作品的丰富性的否定。夏教授所指，可能指《石头记》后部出现一些非主要人物故事，如第五十八回"杏子阴假凤泣虚凰"，第七十一回"嫌隙人有心生嫌隙"。大观园女奴及邢夫人的故事跟宝黛爱情相比，虽可算"故事堆积"，但在组成大家族没落上却有不可替代的作用。中国的人情小说不是西方的侦探小说，它将生活的丰富性呈现给读者，将表面看似是琐碎的东西不厌其烦地描绘出来，仔细琢磨却于细腻处见深邃。这两回是贾府覆灭前的星星雨点，它们形成贾府败落的先声，它们的存在又使小说节奏得到松弛。长篇小说不应一直像出弦的弓箭，恰恰相反，长篇小说应有张有弛，应当有金戈铁马和锦瑟银筝的并存，有瓢泼大雨和毛毛细雨的交替，有多人宏大场面和个人心理独白的换位。于是，在构筑小说大厦框架后，增写部分贾府生活场景，让小说丰厚、蕴藉，将小说"装修"得细致精美，是增删的重要内容。

（四）真事隐和假语存

甄府小荣枯只有在贾府大荣枯完成后才有作为兴衰引线出现的

---

① 〔美〕夏志清著，胡益民等译：《中国古典小说史论》（第一章），第15页，南昌：江西人民出版社，2001。

可能。

贾雨村和冷子兴演说荣国府只有在荣国府描写全部定位后才能得心应手。

也就是说,只有小说主体完成后,作者才能有这样的叙事观念:让"局外人"代作者将书中将发生的大悲剧做总预示,对主要人物做全面而简练的交代。

甄士隐和贾雨村两个最早露面的人物,是曹雪芹增删后期构思的。表面看来,甄、贾的出现似乎是曹雪芹对话本小说"入话"的模仿,但天才的价值就在于:将别人用过一千遍的东西点铁成金。跟甄士隐和贾雨村相比,任何话本小说的"入话"都显得简陋、浅显、缺蕴味、没技巧。

甄士隐和贾雨村在小说中占多重身份,既担任引线人物又担任叙事角色,还参与贾府兴衰。贾雨村夤缘复旧职后一直将贾府做靠山并助纣为虐;贾府大厦将倾时,按脂评提供的线索,贾雨村落井下石,"你方唱罢我登场"地成为接受贾府家业的新贵。甄士隐出家,他的女儿却一直活动在贾府,后来还进入大观园,是第五回金陵十二钗副册唯一的亮相人物。

跟贾雨村兴起和甄家小荣枯相联系,第四回葫芦僧判案及护官符也是增删后期添加。明义所见《红楼梦》中薛宝钗可能仅是为了选才人进京,曹雪芹增删后期,宝钗之兄薛蟠这位傻爷,才和他那位理论上的岳父甄士隐一起冒出来,薛蟠出场构成了第四回关键情节。

甄士隐和贾雨村的添加,引起了小说情节大变动。更重要的是:甄士隐和贾雨村的出现标志着真事已隐,假语将存,《石头记》大功告成。

如果说雪芹旧作《风月宝鉴》和明义所见《红楼梦》多有作者身世之感的"真事",那么可以说,《石头记》已将曹家真事隐去,彻底变成齐东野人的"假语"。

"真事隐"和"假语存",是小说家曹雪芹经过将近二十年——包括创作《风月宝鉴》和明义所见《红楼梦》并在此基础上披阅增删写成《石头记》——小说创作实践基础上,对小说创作理论的重要总结。

曹雪芹体味出生活原型和艺术典型的不同,分别用"真事"和"假语"命名。套用西方小说理论家喜欢用的词儿"生活在别处":在《石头记》中,当年繁华、而今沦落的曹氏家族已"生活在别处",他们不再生活在江宁织造府,而生活在荣宁府,生活在艺术的永恒之中。荣国府的豪华远远超过江宁织造府,正如曹寅之女仅是福晋,贾宝玉的姐姐却是王妃。旧时王谢的堂前之燕连江宁织造府破败的房檐都找不到,永远找不到了,荣国府的熏天气势却在《石头记》中以小说形式永远永远、日久弥新地保留下来。

经十年披阅、五次增删的《石头记》与曹家本事不同,令脂砚斋感叹不已、佩服不已。他怎么也想不到,生活在同一氛围中,怎么《红楼梦》中的人物他不仅"实未目曾亲睹"且连他们如何脱胎,都摸不着头脑了呢? 脂砚斋能有这样的感受,因为曹雪芹写的,不是曹家历史——不管是正史还是野史——而是真正的小说。

一言以蔽之:"真事隐","假语存"!

如果我们将脂砚斋首次评阅定为甲戌前三年即乾隆十六年(1751),上推十年,曹雪芹开始披阅是 1741 年。曹雪芹生于康熙五十四年(1715),1741 年时,二十六岁的曹雪芹已有旧作《风月宝鉴》和明义所见、内容单一的《红楼梦》。

曹雪芹面前摊开这两部书稿,十年风雨,岁月悠悠……

这十年,曹雪芹将两部原本有点幼稚的作品,改了又改,增了再增,苦心经营,锦上添花,用呼风唤雨的笔,感动得顽石为之点头。

这十年,从曹氏家族覆灭的灰烬中,飞出世界名著的金凤凰。

这十年,本可将曹氏家族的故事写成《桃花扇》式传奇的曹雪芹,将制曲才能变成结撰小说的手段,正如他将诗词文赋融进小说,创造了文备众体的小说模式。

十年披阅增删,耗尽了曹雪芹的心血;

十年潜心写作,导致曹雪芹更加贫困;

悼红轩中,世界文库一部不可多得的名著渐渐成熟。

"字字看来都是血,十年辛苦不寻常!"

这是杜鹃啼血之言,是曹雪芹的心声。

只有切身感受创作甘苦的人,才会有血泪变成文章的体会,才会说出看似简单幼稚,实际字字千钧的话。保留在《石头记》中的章前章后诗,有几句像"字字看来都是血,十年辛苦不寻常"如此深深印在读者心中? 脂砚斋不曾参与《红楼梦》十年披阅、五次增删的艰苦创业过程,他不会写出如此锥心之话! 因为同样的原因,脂砚斋也不可能写出《凡例》。

脂砚斋和畸笏写了那么多评语,却无一语涉及明义所见《红楼梦》到《石头记》的变化,说明他们看到《红楼梦》时,全书已基本定型。他们在曹雪芹身后又活了若干年且继续评阅《石头记》,他们看到过后三十回许多情节,却不能补写。他们留在《石头记》中的刀斧只有畸笏命曹雪芹删去天香楼文字和靖本"凤姐点戏,脂砚执笔",实是后世读者大幸!

十年披阅,五次增删,"字字看来都是血,十年辛苦不寻常!"

第四节　《红楼梦》构思的夫子自道——《凡例》

曹雪芹有没有创作自白? 有。那就是《凡例》,在十几种《脂砚斋重评石头记》版本中,《凡例》仅存于甲戌本。

一、对《凡例》的几种意见

《凡例》是谁的作品? 历来有很多争论,有曹雪芹作,脂砚斋作,书贾作,《红楼梦》"原作者大明名士"作等观点,要言之:

(一)胡适、俞平伯认为曹雪芹作

胡适认为《凡例》是曹雪芹作。

1928 年胡适在《考证〈红楼梦〉的新材料》中提出:甲戌本是世间最古的《红楼梦》写本,前面有凡例四百字,有自题七言律诗。1961 年胡适在《影印乾隆甲戌脂砚斋重评石头记的缘起》再次重复这观点,并手书"字字看来都是血,十年辛苦不寻常,甲戌本曹雪芹自题诗",钤"胡适之印"。胡适说:《凡例》,似是抄书人躲懒删去的,如翻刻书的人往

往删去序跋以节省刻资"。①

俞平伯以《凡例》中作者书名既叫《红楼梦》又称《石头记》的矛盾为实例，说明甲戌本是所有脂砚斋评点本的"老大哥"，比其他本子更接近原稿。己卯、庚辰本这一矛盾不见了，"当是作者整理的结果"②。俞平伯既肯定《凡例》为曹雪芹作，又肯定庚辰本等版本对《凡例》的修改出于曹雪芹之手。

（二）陈毓罴、周汝昌认为是脂砚斋作

陈毓罴认为庚辰本将《凡例》第五条改为第一回的点评，用来解释第一回的回目，并出现了"此开卷第一回也"，"此回中"等词句。它既是第一回的两段总评，而且从原有的《凡例》及题诗中蜕化而出，文字及意思都变动不大，那么《凡例》及题诗的作者应该就是它的作者。若不是同一个人，他怎么敢随便取消《凡例》及题诗，竟把《凡例》中的第五条大部分抄下来当作自己的评语呢？这篇《凡例》有两处提到"作者自云"，显然是旁人在转述作者的话，并非作者自己现身说法。同时曹雪芹也毫无必要为自己的小说逐回写评语，赞扬自己。写《凡例》的人不会是曹雪芹，将《凡例》改作评语的人也不会是曹雪芹。这应当是另外一个人。他和曹雪芹的关系极为亲近，了解创作《红楼梦》的全部过程，而且是此书的主要评者。"脂砚斋完全符合上述条件。"③

周汝昌先生在《石头记鉴真》中分析了甲戌本凡例后，认为《凡例》"通部批语都在赞美书文，赞美作书人。针对'作者自云'须眉不如裙钗之说，才有七律'谩言红袖啼痕重，更有情痴抱恨长'之句，有所分辨，有所谦抑，有所推崇，以批书人的身份来说话，说是批书人之作，恰如其分，作者自己是说不出这种话，是作不出这样的凡例来的。说得出作得出的还有谁呢？——只有一个批书人脂砚斋。"④

（三）吴世昌认为《凡例》是书贾所作

吴世昌指出：《凡例》"若是作者自撰，何至于第一则内容自相矛

① 胡适：《考证〈红楼梦〉的新材料》，见欧阳哲生编：《胡适文集》，第 4 册，第 328 页，北京：北京大学出版社，1998。

② 俞平伯：《影印〈脂砚斋重评石头记〉十六回后记》，载刘梦溪编：《红学三十年论文选编》下册，第 97 页，天津：百花文艺出版社，1984。

③ 陈毓罴：《〈红楼梦〉是怎样开头的？》，见陈毓罴、刘世德、邓绍基著《红楼梦论丛》，第 188～189 页，上海：上海古籍出版社，1979。

④ 周汝昌：《石头记鉴真》（第一章），第 18 页，北京：书目文献出版社，1982。

盾,末了又是文义不全?""我相信这几条'凡例',不但与作者曹雪芹无关,甚至和评者脂砚斋,序者曹棠村也无关。只是1774年以后准备在'庙市中得数十金'的书贾过录此本时杜撰的半通不通的文字,以表示此本比他本为备。故既称'凡例',又曰'旨义',明明书名《石头记》,却又标称'《红楼梦》旨义'。其时已在雍、乾两朝几次文字狱的大案之后,故不但在'凡例'中一再说'不敢干涉朝廷','不敢……唐突朝廷之上''唐突'后加'之上',不通。"①

吴世昌否定《凡例》为曹雪芹所作的观点,与其认为甲戌本并非最古老、最可靠版本的观点一致。

(四)赵冈认为是畸笏作

赵冈认为,甲戌本《凡例》是丁亥年后畸笏整理新定本时所作,这与赵冈反对甲戌本早于庚辰本的说法相一致。

(五)潘重规认为《凡例》是《红楼梦》"原作者"手笔

潘重规认为《红楼梦》原作者不是旗人曹雪芹,而是一位希望恢复大明江山的仁人志士。书中"宝玉"为传国玉玺,贾政为满清假政等等,"脂评提到凡例,而又依据做为批语的标准,可见凡例是脂砚斋以前具有的文字,当然不是出于脂砚斋之手,同时也不是出于曹雪芹之手。"②

《凡例》不是曹雪芹所作,似已成红学界共识。但因为《凡例》在理解《红楼梦》创作思想中占的重要位置,一些《红楼梦》注释本都采取折中法,如:

或者不将"凡例"全文引入正文,而将最后一段取做《红楼梦》开头。如红楼梦研究所校注、人民文学出版社出版的本子。将凡例最后一段放到第一回中,在校记中说明:"考虑到其内容主要是'作者自云',而在各本中又起着相当于楔子的作用,故仍作特殊处理,放在卷首,并在排字时低二格,以示区别。"③这是既承认凡例对理解《红楼梦》

---

① 吴世昌:《残本脂评〈石头记〉的底本及其年代》,见《红楼梦探源外编》,第137~138页,上海:上海古籍出版社,1980。

② 潘重规:《〈红楼梦〉的发端》,载胡文彬,周雷编《台湾红学论文选》,第21页,天津:百花文艺出版社,1981。

③〔清〕曹雪芹著:《红楼梦》,第20页,北京:人民文学出版社,1982。以下《红楼梦》引文,除特别标明外,均出此版本,不另注,仅在行文中注明回数。

主旨的重要性，又坚持《凡例》非曹雪芹所作。

或者明确注明《凡例》是脂砚斋所作，如邓遂夫甲戌校本；蔡义江教授校注、浙江文艺出版社本，将《凡例》单列。

也有的整理者实际默认《凡例》为曹雪芹所作。如黄霖教授整理、齐鲁书社出版的综合脂评本。该书前言是冯其庸教授的《重论庚辰本》，前八十回依据庚辰本，后四十回附录程甲本。《凡例》和第一回按甲戌本且并未在注释中说明《凡例》的归属，这是对《凡例》为曹雪芹所作的默认。

笔者认为：甲戌本发现者胡适判定《凡例》是曹雪芹所作是正确的，《甲戌本凡例》是曹雪芹对《桃花扇凡例》的模仿和借鉴，是曹雪芹创作思想的重要体现，应作为《红楼梦》创作主旨对待。

二、《凡例》为曹雪芹所作的内证

为了论述方便，先将甲戌本《凡例》照引如下：

《凡例》红楼梦旨义　是书题名极多红楼梦，是总其全部之名也；又曰《风月宝鉴》，是戒妄动风月之情；又曰《石头记》，是自譬石头所记之事也。此三名皆书中曾已点睛（睛）矣。如宝玉作梦，梦中有曲，名曰《红楼梦十二支》，此则《红楼梦》之点睛（睛）。又如贾瑞病，跛道人持一镜来，上面即錾"风月宝鉴"四字，此则《风月宝鉴》之点睛（睛）。又如道人亲眼见石上大书一篇故事，则系石头所记之往来，此则《石头记》之点睛（睛）处。然此书又名曰《金陵十二钗》，审其名，则必系金陵十二女子也；然通部细搜检去，上中下女子岂止十二人哉！若云其中自有十二个，则又未尝指明系某某，极（及）至"红楼梦"一回中，亦曾翻出金陵十二钗之簿籍，又有十二支曲可考。

书中凡写"长安"，在文人笔墨之间，则从古之称；凡愚夫妇、儿女子家常口角，则曰"中京"，是不欲着迹于方向也。盖天子之邦，亦当以中为尊，特避其东南西北四字样也。

此书只是着意于闺中，故叙闺中之事切，略涉于外事者则简，不得谓其不均也。

此书不敢干涉朝廷。凡有不得不用朝政者，只略用一笔带出，盖实不敢以写儿女之笔墨唐突朝廷之上也，又不得谓其不备。

此书开卷第一回也，作者自云，因曾历过一番梦幻之后，故将真事隐去，而撰此《石头记》一书也，故曰'甄士隐梦幻识通灵'。但书中所记何事，又因何而撰是书哉？自云：今风尘碌碌，一事无成，忽念及当日所有之女子，一一细推了去，觉其行止见识，皆出于我之上，何堂堂之须眉诚不若彼一干裙钗？实愧则有余，悔则无益之大无可奈何之日也。当此时，则自欲将已往所赖，上赖天恩，下承祖德，锦衣纨袴之时、饫甘餍美之日，背父母教育之恩，负师兄规训之德，以致今日一事无成、半生潦倒之罪，编述一记，以告普天下人。虽我之罪固不能免，然闺阁中本自历历有人，万不可因我不肖，则一并使其泯灭也。虽今日之茅椽蓬牖，瓦灶绳床，其风晨月夕，阶柳庭花，亦未有伤于我之襟怀笔墨者，何为不用假语村言，敷演出一段故事来，以悦人之耳目哉？故曰"风尘怀闺秀"，乃是第一回题纲正义也。开卷即云"风尘怀闺秀"，则知作者本意原为记述当日闺友闺情，并非怨世骂时之书矣。虽一时有涉于世态，然亦不得不叙者，但非其本旨耳，阅者切记之。

诗曰：

> 浮生着甚苦奔忙，盛席华筵终散场。
> 悲喜千般同幻渺，古今一梦尽荒唐。
> 谩言红袖啼痕重，更有情痴抱恨长。
> 字字看来皆是血，十年辛苦不寻常。[①]

《凡例》对理解《红楼梦》成书、《红楼梦》创作思想有重要意义。《凡例》对《桃花扇》有正反两面的借鉴，《凡例》本身即可说明作者是曹雪芹。《凡例》的内容很丰富，它说明很多重要问题：

（一）《凡例》说明书名演变

《凡例》说明《红楼梦》书名的演变过程。

其一，"红楼梦"是曹雪芹定的书名，用红楼梦十二支曲点睛；

其二，《红楼梦》包括《风月宝鉴》且用跛足道人手中镜子点睛，包括《石头记》且用道人亲见之石点睛；

---

① 〔清〕曹雪芹著：《脂砚斋甲戌抄阅再评石头记》（甲戌本凡例）第3～4页，上海：上海古籍出版社，1985。

其三,《凡例》对"金陵十二钗"诠释似有矛盾,却以红楼梦十二支曲为准。

(二)《凡例》说明曹雪芹定的书名是《红楼梦》

《凡例》指的《红楼梦》,是明义所见《红楼梦》和雪芹旧作《风月宝鉴》披阅增删后而成的《红楼梦》,是曹雪芹定的书名。《红楼梦》的书名早于《石头记》且蕴含了该书所有异名:戒妄动风月之情的《风月宝鉴》,石头记事的《石头记》,以红楼梦十二支曲提示命运的《金陵十二钗》。"脂砚斋甲戌抄阅再评,仍用《石头记》"出现在甲戌本第一回。《凡例》是脂砚斋未插手之前的文字。很可能曹雪芹写于十年披阅、五次增删后期,可能在辛未(乾隆十六 1751)或壬申(乾隆十七)。

《凡例》二、三、四条,表明《红楼梦》没有明确地点、着意闺中,不干涉朝政。三条说法不同,目的只有一个,尽力抹去《红楼梦》的政治色彩,避免可能给作者带来文字狱。这显然是借鉴《桃花扇》写实贾祸的前车之鉴,借《凡例》预留退路。《桃花扇》凡例曰:"朝政得失,文人聚散,皆确考时地,全无假借。至于儿女钟情,宾客解嘲,虽稍有点染,亦非乌有子虚之比。"①《桃花扇》以忠于历史为标榜,轰动一时。康熙曾深夜调阅此剧,不久,孔尚任莫名其妙免官,当然跟《桃花扇》犯忌有关,这是"圣祖"时史实,曹雪芹耳熟能详。《红楼梦》凡例再三说明:自己只写儿女私情,跟朝政一点关系也没有,用心良苦地想避免文字贾祸,这是对《桃花扇》反面经验的借鉴。只有小说作者才会因书的内容致祸,才会再三声明、预留退路。小说是否干涉朝政,与评点者有什么相干? 这是常识。

《凡例》第五条,又将书名称《石头记》,进一步说明《红楼梦》创作过程中作者的思考。作者经历了梦幻——所谓"梦幻"指小说创作过程,即采用石头记事让真事隐假语存——写出来的书相应地叫《石头记》。所以,《石头记》书名也是曹雪芹确定,非脂砚斋捉刀。曹雪芹显然更喜欢《红楼梦》这个书名,否则《凡例》"红楼梦旨义"就应改成"石头记旨义"。但是,因为有石头叙事就将书名叫《石头记》,明显受到《桃花扇》凡例影响,《桃花扇》凡例曰:"剧名《桃花扇》,则桃花譬则珠

---

① 〔清〕孔尚任著,王季思等注:《桃花扇》(凡例),第 11 页,北京:人民文学出版社,1982。

也,作《桃花扇》之笔譬则龙也。穿云入雾,或正或侧,而龙睛龙爪,总不离乎珠,观者当用巨眼。"①《桃花扇》以一把扇子作为主题道具、情节中心,《红楼梦》用可以当作扇坠的石头为小说叙事的支点。《桃花扇》中的扇子是情节纽带,《红楼梦》的石头是叙事主角。

(三)《凡例》应与甲戌本石头来历联系来看

甲戌本《凡例》第五条将书命名《石头记》,还应与甲戌本第一回较其他脂评本多出的交代石头来历的四百余字联系起来看:

> (一僧一道)坐于石边高谈快论。先是说些云山雾海、神仙玄幻之事,后便说到红尘中荣华富贵。此石听了,不觉打动凡心,也想要到人间去享一享这荣华富贵。但自恨粗蠢,不得已,便口吐人言,向那僧道说道:"大师,弟子蠢物,不能见礼了。适闻(闻)二位谈那人世间荣耀繁华,心切慕之。弟子质虽粗蠢,性却稍通。况见二师仙形道体,定非凡品,必有补天济世之材、利物济人之德。如蒙发一点慈心,携带弟子得入红尘,在那富贵场中、温柔乡里受享几年,自当永佩洪恩,万劫不忘也。"二仙师听毕,齐憨笑道:"善哉,善哉!那红尘中有却有些乐事,但不能永远依恃;况又有美中不足、好事多魔八个字紧相连属;瞬息间则又乐极悲生、人非物换;究竟是到头一梦、万境归空。到不如不去的好。"这石凡心已炽,那里听得进这话去,乃复苦求再四。二仙知不可强制,乃叹道:"此亦静极思动,无中生有之数也!既如此,我们便携你去受享受享。只是到不得意时,切莫后悔。"石道:"自然,自然。"那僧又道:"若说你性灵,却又如此质蠢,并更无奇贵之处。如此,也只好踮脚而已。也罢,我如今大施佛法助你助,待劫终之日,复还本质,以了此案。你道好否?"石头听了,感谢不尽。那僧便念咒书符,大展幻术,将一块大石登时变成一块鲜明莹洁的美玉,且又缩成扇坠大小的可佩可拿。

(甲戌本第一回)

此后,一僧一道带此石——已变成通灵玉——到"昌明隆盛之邦,诗礼簪缨之族,花柳繁华地,温柔富贵乡",衔在贾宝玉口中进入红尘,从此

---

① 〔清〕孔尚任著,王季思等注:《桃花扇》(凡例),第11页,北京:人民文学出版社,1982。

挂在贾宝玉的脖子上,一一记录下所见所闻。这,就是石头记事的来龙去脉。

作者所谓"梦幻",大而言之,人生到头一梦,万境成空,小而言之,石头通灵、石头记事也。《石头记》是石头记录的红尘乐事,是富室贵家黄粱一梦。红楼一梦的故事能记录到石头上,是一僧一道作法的结果,一僧一道则是作者曹雪芹手中的提线木偶。

甲戌本第一回多出的这四百余字和《凡例》解释《红楼梦》之所以称《石头记》,互为表里,互相印证,说明了《红楼梦》的创作过程。空空道人与石兄关于小说内容的对话,向来被红学界看作是曹雪芹创作主旨的自我标榜,而《凡例》不过是这一段文字的简短阐述。以下在照引第一回这段文字时,将《凡例》相关文字注引到括号之内:

> ……据我看来,第一件,无朝代年纪可考("不欲着迹于方向");第二件,并无大贤大忠理朝廷治风俗的善政("凡有不得不用朝政者,只略用一笔带出"),其中不过几个异样女子,或情或痴,或小才微善("着意于闺中","忽念及当日所有女子,……何堂堂须眉,诚不若彼一干裙钗")……空空道人"思忖半晌,将《石头记》再检阅一遍,因见上面虽有些指奸责佞贬恶诛邪之语,亦非伤时骂世之旨(并非怨世骂时之书矣。虽一时有涉于世态,然亦不得不叙者,但非其本旨耳);……因毫不干涉时世("此书不敢干涉朝廷")……

显然,空空道人和石兄的对话,在《凡例》中旧话重提并换了相近词语。

《凡例》第五条,情真意切地说明了曹雪芹从个人蹉跌中崛起创作《红楼梦》的心灵历程。他曾"锦衣纨袴"、"饫甘餍美",曾"背父母教育之恩,负师兄规训之德",他因"一事无成、半生潦倒"写作,他在"茅椽蓬牖,瓦灶绳床"的困难情况下写作。这段简短文字,是曹氏家族覆灭史形象而巧妙的叙述,因为作者已历梦幻,已将己不便言之事变成"石能言",曹氏家史已变成小说。至于作者再三强调"风尘怀闺秀","作者本意""闺友闺情,并非怨世骂时之书"。依然如二、三、四条,是对不干涉朝政、"此地无银三百两"的声明。像"锦衣纨袴"、"饫甘餍美","茅椽蓬牖,瓦灶绳床"这样铿锵有力、对仗极工的语言,与正文中的"钟鸣鼎食"、"翰墨诗书"、"烈火烹油、鲜花着锦"如出一辙,只能出于曹雪芹之手,不可能出于脂砚斋,更不可能出于书贾。

(四)《凡例》的七律是曹雪芹创作甘苦倾诉

"浮生着甚苦奔忙,盛席华筵终散场。字字看来皆是血,十年辛苦不寻常。"《凡例》结尾七律经常被红学家作为曹雪芹创作甘苦的记录看待,奇怪的是不少专家认为这诗不是曹雪芹做的。

七律其实是《红楼梦》主题的吟唱。"盛席华筵终散场"的思想在小说中反复迭唱:秦可卿说"盛筵必散","树倒猢狲散";小红说"千里搭长棚——没有不散的筵席";王熙凤说"聋子放爆仗——散了吧"。"红袖啼痕"指女主角林黛玉的泪痕;"情痴抱恨"指男主角贾宝玉的遗恨,这两句表明宝黛爱情在小说中的主导地位。最后两句"字字看来皆是血,十年辛苦不寻常",是曹雪芹的血泪文字。连否定《凡例》为曹雪芹所作的学者,都认为这两句是不可多得的警句。周汝昌先生分析:"'字字看来'二句,重濡大笔,作异样文采,曲终变征,惊心动魄,告知天下后世,雪芹为经营此书的艰辛处境和沉痛心情——和这部小说所反映的内容是何等重要、深刻!这样一首诗,对理解《石头记》是不可缺少的……"[①]剖析得何等好!

或曰:第一回"满纸荒唐言,一把辛酸泪,都云作者痴,谁解其中味。"诗下有脂评:"此是第一首标题诗",则这首诗前边不应再有诗。其实,"标题诗"说得很清楚,是某一回回目标题下的诗,《凡例》不在小说回目中,当然不算。

或曰:《凡例》中的七律从其深刻的内容上看,并不比"第一首标题诗"差。另一方面,《红楼梦》中曹雪芹代人物所拟的诗普遍比章前章后诗好,也是事实。《红楼梦》有些诗如第五回关于秦可卿的判词,文字相当粗糙,句和句之间不能对应。说明,"十年辛苦不寻常"并非唯一一首未经多次推敲、订正的诗。

总之,《凡例》交代了小说命名的过程、写作过程、创作主导思想、小说和作者身世的辩证关系。文字不长,且因未经再三酌量有些互相矛盾之处,正如周汝昌先生所说"五条凡例制作较早,属笔较弱,只是试笔雏形,不够成熟"[②],但《凡例》的重要性是其他任何文字都不能替

---

① 周汝昌:《石头记鉴真》(第一章),第20页,北京:书目文献出版社,1982。
② 周汝昌:《石头记鉴真》(第一章),第20页。

代的。

如果承认《凡例》不是曹雪芹所作而是脂砚斋所作，那就意味着：

这段长达数百言、公开声明"作者自云"、深刻阐述《红楼梦》创作思想的文字，不是创作者曹雪芹诉甘苦而是评点者脂砚斋发议论。这段精粹鲜明地体现曹雪芹个性特点、文学追求、语言特点的文字，不是从曹雪芹胸臆中流出，而是脂砚斋揣想并代立言。从创作角度看，岂不是放弃研究曹雪芹创作思想的珍贵资料和重要阵地？

以常理而论，曹雪芹历千辛万苦写完《红楼梦》，需要简练地说明作品题旨时，他自己却不想说了，心甘情愿大权旁落，让旁观者对自己终生结撰的作品内蕴做隔靴搔痒、未必体现自己心愿的总"说明"，这合乎常情吗？春江水暖鸭先知。当曹雪芹做红楼春江游时，脂砚斋站在高岸上，岂能理解雪芹的甘苦？

设想一下，一位当代作家能不能做这样的事——自己写出整部作品，当需要说明小说在什么背景写成，想寄寓什么感情、表达什么价值取向时，最知道创作内情的作家却不做了，让"责任编辑"越俎代庖。毫无疑问，任何一位当代作家，哪怕他没有多少名气，也不会把最关键的文字放手于他人。

一部大书的开头，就是小说家在读者面前亮相，它像演员在观众跟前露面一样，"破题儿第一遭"得来个挑帘红，深晓传奇创作模式的小说巨匠曹雪芹非但不拿出浑身解数来个开门红，反而让脂砚斋喋喋不休。这合理吗？

三、《凡例》为曹雪芹所作的外证

《凡例》为雪芹所作，除以上内证外，还有以下外证：

（一）《凡例》在影印本中与脂砚斋评语迥异

《凡例》抄在第一回回目之前，每页占十二行，每行十六个字，共占两个半页。《凡例》二字单独占一行，比正文低一个字，《凡例》的内容比正文低两个字，《凡例》七律前有"诗曰"字样，横写，前后各空一行。

从甲戌本影印卷面看，《凡例》抄工讲究，款式整齐，按正文对待，是墨色大字，不是朱色小字。《凡例》虽较正文低两格书写，但并非因为不是小说作者所写，而表示是作者自撰《凡例》，异于正文，表示其重要性、郑重性及总摄全书的价值。

（二）《凡例》被脂砚斋看作是小说必须遵守的法则

《凡例》被脂砚斋看作是小说必须遵守的法则，当小说中出现与这个法则不一致情况时，脂砚斋立即表示这违犯了《凡例》的规定，脂砚斋对《凡例》的顶礼膜拜，表现在对《凡例》提出的主导思想和艺术方式两个方面：

一是主导思想。

第一回空空道人与石头的对话后，"将这《石头记》再检阅一遍，因见上面虽有些指奸责佞、贬恶诛邪之语"甲戌本旁批"亦断不可少"；"亦非伤时骂世之旨"旁批"要紧句"；"虽其中大旨谈情，亦不过实录其事，又非假拟妄称"旁批"要紧句"；"因毫不干涉时世"旁批"要紧句"。（甲戌本第一回）

第四回葫芦僧乱判葫芦案，甲戌本夹批："实注一笔更好。不过是如此等事，又何用细写，可谓此书不敢干涉廊庙者，即此等处也。莫谓写之不到。盖作者立意闺阁尚不暇，何能又及此等哉。"（甲戌本第四回）

第五回宝玉看正册，甲戌本眉批："世之好事者争传推背图之说，想前人断不肯煽惑愚迷，即有此说，亦非常人供谈之物。此回悉借其法……亦无干涉政事，真奇想奇笔。"（甲戌本第五回）

按：这三处脂批，说明《凡例》从主导思想上为小说规定了一条法则：不干涉朝政。小说具体描写遵守了这一法则。脂砚斋赞赏曹雪芹的创作实际与其主导思想取得一致。脂砚斋说，小说没有伤时骂世之旨，大旨谈情，"不敢干涉廊庙"和"亦无干涉政事"，都是指《凡例》第四条"此书不敢干涉朝政，凡有不得不用朝政者，只略用一笔带出"。可见，脂砚斋将《凡例》当作小说主导思想的法则，请问：小说主导思想由谁来定？当然由作者，不能是评点者。小说作者只有一个，评点者可能有十个二十个，每个评点者都定个主导思想，再让小说作者遵守，可能吗？小说作者遵守的，是他自己制定的主导思想，小说评点者也是用正文是否体现了《凡例》制定的主导思想来判断小说的优劣。

二是艺术方式上。

第五回在"方离柳坞"甲戌本眉批："按此书凡例，本无赞赋闲文，前有宝玉二词,今复见一赋,何也?"

脂砚斋认为,小说正文写作应按照《凡例》提出的艺术描写的条条框框,既然《凡例》没规定小说出现赞赋,小说正文就不应该出现赞赋。试问:《红楼梦》是由脂砚斋定下条条框框,由曹雪芹执笔写成的吗?当然不是。《凡例》为谁所写?对曹雪芹的写作和脂砚斋评语起决定作用。如果为脂砚斋所作,曹雪芹不会按照《凡例》来写,脂砚斋也知道《凡例》是自己手笔,不能按这个要求曹雪芹;如果是书贾所作,脂砚斋更不会奉为金科玉律。而按照一些专家的意见,《凡例》是点评者所作,而点评者还要把它看成作家必须遵守的律例规范作者,这合乎情理吗?我们不妨做个类似关系的虚拟:张竹坡评《金瓶梅》写个《凡例》,毛宗岗父子评《三国演义》也写个《凡例》,这两份《凡例》分别放到《金瓶梅》、《三国演义》开头,然后,张竹坡和毛氏父子再按照他们写的《凡例》来要求兰陵笑笑生和罗贯中,这能说得过去吗?只怕张竹坡、毛宗岗连兰陵笑笑生、罗贯中的影子都摸不到!究竟是小说作者的艺术描写存在于先,还是评点者的评点存在于先,是普通常识。即使脂砚斋的评点和曹雪芹创作是所谓"同步进行",也必须先有创作后有评点,先有作者提出《凡例》,再由评点者按《凡例》对正文按图索骥。脂砚斋以《凡例》为法则的评语,为《凡例》为曹雪芹所作,做出有力证明。

曹雪芹原有旧作《风月宝鉴》和明义所见《红楼梦》,他在这两部书基础上披阅、增删而成今本《红楼梦》。在披阅增删过程完成后,考虑到各种利害关系,才写了《凡例》。也就是说,今本《红楼梦》完成在先,曹雪芹写《凡例》在后。与其说《凡例》指导作者撰写,毋宁说,《凡例》是对作者写作的总结。而所谓总结,应在全部写作完成之后。《凡例》应是曹雪芹增删《红楼梦》过程完成后所作,脂砚斋评点《石头记》早期保留。

(三)《凡例》上有脂批

《凡例》上有脂批:

其一,在"堂堂须眉,诚不若彼一干裙钗",旁批"何非梦幻?何不通灵?作者托言,原当有自。受气清浊,本无男女别";①

---

① 〔清〕曹雪芹:《蒙古王府本石头记》影印本,第1页,北京:人民文学出版社,2010。

其二,在"实愧则有余,悔则无益之大无可奈何之日也。当此时,则自欲将已往所赖,上赖天恩,下承祖德,锦衣纨袴之时,饫甘餍肥之日,背父母教育之恩,负师兄规训之德,以致今日一事无成、半生潦倒之罪"旁批"明告看者";①

其三,在"编述一记,以告普天下人。虽我之罪固不能免,然闺阁中本自历历有人,万不可因我"旁批"因为传他并可传我"。②

脂砚斋不可能自我评点,只能评点曹雪芹的文字。有不少专家注意到脂砚斋对《凡例》里边堪称警句的"十年辛苦不寻常"没有评点,但似乎都忽略了,脂砚斋为《凡例》写下的这三条评语。难道说,脂砚斋在批点《石头记》同时再自我批点?恐怕说不过去,他只能批点、实际上也正是批点曹雪芹之文。《凡例》是小说之前的关键文字,如上所述,脂砚斋视为法则。脂砚斋对《凡例》确实当正书一样看待,因为,《凡例》本是出自曹雪芹之手的"正书"。倘若脂砚斋不仅批曹雪芹写的《石头记》还批自己写的评语,《脂砚斋重评石头记》岂不要改名《脂砚斋加批脂砚斋》?

倘若《凡例》是脂砚斋所作,按脂砚斋的习惯,不应该开头说"红楼梦旨义",而应该说"石头记旨义",因为脂砚斋习惯于称《石头记》而不称《红楼梦》,在脂砚斋的评语中总是出现"今读石头记","方是石头记笔力","余又自石头记中见了"等话,从不说"今读红楼梦","方是红楼梦笔力","余又自红楼梦中见了"的话。经脂砚斋阅评过的抄本,都叫《脂砚斋重评石头记》,没有一本叫《红楼梦》。作为书名,"红楼梦"也在脂砚斋评本中出现,据统计,甲戌本脂批中提到书名的地方有二十处,其中十六处作"石头记",提到"红楼梦"的只有四处,其中三处还明确指第五回不是指全书。所以解释"红楼梦旨义"的文字,不可能出于脂砚斋之手。

《红楼梦》是曹雪芹的作品,小说开头用不用《凡例》,自然由他决定,他可以用,也可以在已写好后又删去或仅取其一段。写过《凡例》且因为未仔细推敲而文义不周,最后加以删改另作他用,在作家创作过程中,是普通寻常之事,没什么可大惊小怪的。既然点评者脂砚斋

---

① 〔清〕曹雪芹:《蒙古王府本石头记》影印本,第2页,北京:人民文学出版社,2010。
② 〔清〕曹雪芹:《蒙古王府本石头记》影印本,第2页,北京:人民文学出版社,2010。

可以重评、四评,作者本人为什么不可以经过深思熟虑后取消《凡例》并保留第五条作全书"开场白"?

情况可能是这样:《红楼梦》经五次增删基本定稿后,曹雪芹想在小说开头既交代成书过程,又给读者绝不干涉朝政的印象,就写下五条《凡例》。反复思考后,认为《红楼梦》成书过程已在第一回说明,没必要叠床架屋,不干涉朝政又像做贼心虚,不如不讲,所以只保留第五条关于闺阁笔墨的正面叙述,删除《凡例》前四条,保留第五条。创作过程中,作家先仿《桃花扇》写《凡例》,再自我认知改为开门见山,从模仿他人到自我创造,从繁富到简练,这样的思考和做法并非不可能。有人说,《凡例》文字幼稚,不像曹雪芹的手笔,岂不知任何一位天才作家都有幼稚的过程,《红楼梦》经过五次增删,正是从幼稚走向成熟,既然红学家们都认定《红楼梦》是经过反复修改而且越改越好,为什么却要求《凡例》落笔即字字珠玑、理应一字不能易?

综上所述,不管从《凡例》的内证看,还是从外证看,都有充分的材料说明:《凡例》是曹雪芹所作,是《红楼梦》构思艺术的重要资料,是研究曹雪芹创作思想的重要依据。虽然曹雪芹后来对这个《凡例》做了修改,甲戌本却为后世留下了这份曹雪芹谈创作思想的珍贵资料。

第五节 曹氏家族和《红楼梦》构思

明代四大奇书《三国演义》、《水浒传》、《西游记》、《金瓶梅》,目前看来,真正能从作者身世剖析小说构思特点的书,只有《西游记》。其他三部小说的作者,或者身世材料太少,或者干脆就是疑点,只有吴承恩的生平、思想、爱好能跟他创作《西游记》联系起来。曹雪芹的生平资料虽然缺少,但从他的朋友敦诚、敦敏等对他的记载,也能将曹雪芹的性格跟《红楼梦》创作联系起来。

曹雪芹祖上资料却够多,特别是其祖父曹寅。《红楼梦》是大师之作,是曹雪芹个人艺术天才的卓越发挥和集中体现,这一点无可置疑,但曹氏家族对《红楼梦》的构思产生了举足轻重的作用。曹寅家族不仅对曹雪芹艺术才能哺育有功,且对《红楼梦》的素材选取、思想抉择、构思布局,起了非常重要的作用。套用一句俗话"一夜可以冒出一个暴发户,三代才能培养一个贵族",一代可以冒出一个作家,三代才能造就一个艺术大师。因此,在探讨《红楼梦》的构思艺术时,不得不考虑到他的家庭,特别是祖父。

法国著名小说家法郎士说过:一切作品都是作家的自传。曹雪芹将曹氏家族史,通过想象性拓展,表现为真幻相生、虚实相形、生动精彩、诗意盎然、戏剧化的小说。但是如果没有曹寅家族另外三人——曹寅、曹天佑(脂砚斋)、曹頫(畸笏)——《红楼梦》或者没有产生的土壤,或者以另外一种文学形式出现,比如说继"南洪北孔"后又一部出色传奇,却不可能成为长篇小说中的"莎士比亚"。

一、康熙南巡和"树倒猢狲散"

曹寅生前赫赫有名,其嫡母是康熙皇帝的保姆。他青年时代做过皇帝侍卫(供职銮仪卫);曾任江宁织造二十年,是皇帝亲信;他的两个女儿嫁到真正的天潢贵胄家做王妃,使曹家从包衣身份提升到皇亲;他是著名文人,有《楝亭诗钞》八卷,精通曲律,写过《续琵琶记》并在家中搬演,这个剧目在《红楼梦》中出现过;他是著名藏书家,藏书十余万册,其中有不少小说;主持刊刻《全唐诗》、《佩文韵府》,与许多著名文人有良好关系……

红学家们都注意到:在《红楼梦》中,除不得不出现的"唐寅"名字外,曹雪芹有意回避"寅"字,是避祖父名讳。他还回避用"西"字,因为这个字和曹寅关系密切。曹寅自号"西堂扫花行者",他的斋名"西堂",园名"西园",轩名"西轩",亭名"西亭",池名"西池"。与曹寅关系密切的人都知道这个"西"字的重要性。脂砚斋的评语中也多次提到"西"字与曹家的关系。

曹寅对《红楼梦》出现起的作用,大致有如下方面:

其一,曹寅四次接待康熙皇帝南巡,对《红楼梦》的产生有至关重要的作用。

有红学家认为:康熙南巡所产生的最长远的影响,是为我国留下了一部最伟大的小说——《红楼梦》。这其中的关系有两点:第一,康熙皇帝南巡时在江宁的驻跸处,后来变成了《红楼梦》中的大观园。第二,康熙南巡是造成曹家大量亏空的主因。换言之,康熙南巡是曹家前盛后衰、大起大落的关键。而这种前后盛衰的强烈对比,造成了曹雪芹人生梦幻感,也促成了他创作《红楼梦》的契机。

康熙皇帝南巡四次由曹寅接驾,下榻江宁织造府。这是曹家殊荣,这一历史事实在《红楼梦》中以人物闲话的形式化入。当贾府准备元妃归省时,贾琏、凤姐、赵嬷嬷三人对话,凤姐说"当年太祖皇帝仿舜巡的故事,比一部书还热闹。"引出赵嬷嬷几段议论:

> "嗳哟哟,那可是千载希逢的! 那时候我才记事儿,咱们贾府正在姑苏扬州一带监造海舫,修理海塘,只预备接驾一次,把银子都花得淌海水似的!"

(第十六回)

> "还有如今现在江南的甄家,嗳哟哟,好势派! 独他家接驾四次。若不是我们亲眼看见,告诉谁谁也不信的。别讲银子成了土泥,凭是世上所有的,没有不是堆山塞海的。'罪过''可惜'四个字竟顾不得了。"①

(第十六回)

当凤姐说:"只纳罕他家怎么就这么富贵呢?"赵嬷嬷说:"告诉奶奶一句话,也不过是拿着皇帝家的银子往皇帝身上使罢了! 谁家有那些钱买这个虚热闹去?"(第十六回)

这个接驾四次的甄家,正是曹家的原型。同时代诗人曾用"三汊河干筑帝家,金钱滥用比泥沙"②写曹寅为康熙接驾之事。曹寅并不是像赵嬷嬷说的,拿皇帝的银子用到皇帝身上,一次次接驾,给曹寅带来巨大亏空。曹寅临终亏空五百二十万,接驾是亏空的主要原因。这给曹寅以巨大的心理压力,让他死不瞑目。曹頫在康熙五十一年九月四日奏折中写道:"至父病危……又以所该代商完欠及织造钱粮,搥胸抱恨,口授遗折,上达天听。气绝经时,目犹未瞑。"③

---

① 《红楼梦》第 201 页。

② 〔清〕张符骧《竹西词》,《张海房先生自长吟》一〇,转引自王利器编著《李士桢李煦父子年谱·〈红楼梦〉与清初史料钩玄》,第 277 页,北京:北京出版社,1983。

③ 〔清〕曹頫:《曹寅之子连生奏谢矜全故父名节并恩准折奏事折》(康熙五十一年九月初四),见中国历史第一档案馆编:《康熙朝汉文朱批奏折汇编》,第 4 册,第 433 页,北京:档案出版社,1984~1985。本书所引相关内容,除特别注明外,均据此版本。

四次接驾成为曹寅亏空之由,康熙深知南巡是织造府亏空的原因,网开一面,让李煦代任两淮盐差,以弥补曹寅的亏空。康熙五十二年十一月十三日曹颙给康熙奏折:"窃奴才父寅去年身故,荷蒙万岁天高地厚洪恩,怜念奴才母子孤寡无依,钱粮亏欠未完,特命李煦代任两淮盐差一年,将所得余银为奴才清完所欠钱粮……所有织造各项钱粮及代商完欠……尚余银三万六千余两。"①曹颙将这三万六千两银子献给皇帝,康熙批复:"当日曹寅在日,惟恐亏空银两,不能完,近身没之后,得以清了,此母子一家之幸。余剩之银,尔当留心,况织造费用不少,家中私债想是还有,朕只要六千两养马。"②康熙五十五年,发现曹寅还欠下一笔债务二十六万三千两未归还。李煦上奏,希望皇帝矜全。这些亏空都"过了明路",都经康熙皇帝承认且网开一面,雍正上台后却概不认账。曹頫被抄家后,据《永宪录续编》记载:曹頫"因亏空罢任,封其家赀,止银数两,钱数千,质票值千金而已,上闻之恻然。"③赫赫有名的曹家竟寒酸到这等地步,连下令抄家的雍正都感到意外且为之伤感。

其二,《红楼梦》主旨受到曹寅"树倒猢狲散"思想影响。

秦可卿向王熙凤托梦说:"树倒猢狲散",甲戌本眉批:'树倒猢狲散'之语,全(言)犹在耳,曲(屈)指三十五年矣。伤哉,宁不恸杀?"④

"树倒猢狲散"几乎可算《红楼梦》主题的总概括,这是曹寅的名言。据施瑮《病中杂赋》第八首云:"楝子花开满院香,幽魂夜夜楝亭旁。廿年树倒西堂闭,不待西州泪万行。"自注云:"曹楝亭公拈佛语对座客云:'树倒猢狲散',今忆斯言,车轮腹转,以瑮受公知最深也。楝亭、西堂皆署中斋名。"⑤

有些红学家认为,"树倒猢狲散"是指曹寅之死,曹家猢狲散。其

---

① 〔清〕曹颙:《江宁织造曹颙奏谢恩赐余银补解亏欠折》(康熙五十二年十一月十三日),见中国历史第一档案馆编:《康熙朝汉文朱批奏折汇编》第5册,第261页。

② 〔清〕曹颙:《江宁织造曹颙奏请进盐差余银折》(康熙五十二年十二月二十五日康熙批复),见中国历史第一档案馆编:《康熙朝汉文朱批奏折汇编》第5册,第325页。

③ 〔清〕萧奭著,朱南铣点校:《永宪录》(续编),第390页,北京:中华书局,1997。

④ 甲戌本(第十三回第128页)。

⑤ 〔清〕施瑮:《隋村先生遗集》卷六,转引自吴恩裕:《曹雪芹佚著浅探》,第141~142页,天津:天津人民出版社,1979。

实不然。曹家的荣华富贵始终建立在与皇帝的关系上。树,当指与曹氏家族关系密切、堪称强硬后台的皇帝,"猢狲"指曹家这些臣子。康熙死后,雍正元年就从李煦开刀,以亏空国帑罪名,流放到东北极边。曹家也在雍正五年底,雍正六年初抄家败落。曹雪芹把这句话写进书里,无疑是将家庭伤心曲暗藏在《红楼梦》交响乐里了。

雍正是曹氏家族的命中魔星。祸兮福所伏,福兮祸所依。如果没有雍正下令抄家,曹雪芹很可能在锦围翠绕中做个自在风流的富家公子,《红楼梦》就不复存在了。

其三,曹寅《巫峡石》诗直接影响《红楼梦》的主体叙事。

曹雪芹爱石,喜欢画石,乾隆二十五年,他的朋友敦敏写了首《题芹圃画石》:"傲骨如君世已奇,嶙峋更见此支离。醉余奋扫如椽笔,写出胸中块垒时。"①照敦敏看来,曹雪芹的个性像嶙峋的山石一样,耿直而有棱角,因而不容于世俗,曹雪芹也正是用画高低不平的石头抒发胸中的块垒。

"石能言"是中国著名的典故。据《左传·昭公八年》:晋国有块石头说话,晋侯问师旷:为什么石头能说话?师旷回答:石头本身不能说话,恐怕是有人借石头来说话。当权者昏庸无道,老百姓活不下去,石头说话有什么奇怪的?曹雪芹对"石能言"做了天才的发展,让无材补天的石头在长篇小说中担任了"石头叙事"功能。《红楼梦》开头这样写:

> 列位看官,你道此书从何而来?说起根由,虽近荒唐,细按则深有趣味。待在下将此来历注明,方使阅者了然不惑。
>
> 原来女娲氏炼石补天之时,于大荒山无稽崖炼成高经十二丈,方经二十四丈顽石三万六千五百零一块。娲皇氏只用了三万六千五百块,只单单剩了一块未用,便弃在此山青埂峰下。谁知此石自经煅炼之后,灵性已通,因见众石俱得补天,独自己无材不堪入选,遂自怨自叹,日夜悲号惭愧。

(第一回)

这块怀才不遇的石头嗟悼之际,"骨格不凡,丰神迥别"的一僧一

---

① 〔清〕爱新觉罗·敦敏:《懋斋诗钞·题芹圃画石》,见《懋斋诗钞 四松堂集》,第38页,上海:上海古籍出版社,1984。

道说说笑笑来至峰下,坐于石边高谈阔论。此石听了,打动凡心,想到人间享一享这荣华富贵。于是,口吐人言,要求僧道"携带弟子得入红尘,在那富贵场中、温柔乡里受享几年。""那僧便念咒书符,大展幻术,将一块大石登时变成一块鲜明莹洁的美玉,且又缩成扇坠大小的可佩可拿。"(第一回)

石头变成的通灵宝玉噙在贾宝玉口中来到人世,从此挂在贾宝玉的脖子上,观察记录,是谓"石头记"。

"石兄叙事"的方法,是曹雪芹对中国古代小说叙事方法的重要贡献。第一回石头回答空空道人的话后边有朱眉脂评:"开卷一篇立意,真打破历来小说窠臼。阅其笔,则是《庄子》、《离骚》之亚。"(甲戌本第一回)曹雪芹石头叙事方法显然受到乃祖曹寅《巫峡石歌》的影响。曹寅写过一首长达三百八十五言的古风《巫峡石歌》,收入《楝亭诗钞》,有的研究者认为此诗是曹寅晚年在扬州时所作。这首诗写道:"巫峡石,黝且斓。周老囊中携一片。状如猛士剖余肝。""娲皇采炼古所遗,廉角磨砻用不得?"①曹寅笔下的石头很有灵气,但曹寅却想将这块石头作为教训子孙走"正道"的教材。他要将箴言刻在石头上,教育子孙不要"顽而矿"。《红楼梦》开头出现的石头,虽然受到曹寅的巫峡石的启迪:无材补天,棱角分明,不同凡俗。但曹雪芹的意思跟乃祖完全相反,他不要补天,而要叛逆。

其四,曹寅的戏剧活动对《红楼梦》的内容和构思方式产生了重要影响。

据吴新雷教授《苏州织造府与曹寅、李煦》一文考察:苏州织造府管理皇室的戏曲事务,负责向"南府"(清宫内廷管理戏曲艺术的专职机构)戏班供奉戏衣,为皇家选取、培养、进献演剧人才;苏州织造府还根据康熙皇帝的喜好提倡昆腔、弋腔,排斥地方戏;曾任苏州织造的曹寅对昆曲极为熟习,有自备家庭戏班,还从事戏曲编剧。现存曹寅创作的剧本有《北红拂记》、《表忠记》、《续琵琶》、《太平乐事》。曹家昆班在拙政园演出过尤侗的《李白登科记》。著名剧作家尤侗为《北红拂记》写"题记",洪昇为《太平乐事》写序。曹家的戏剧活动曹雪芹耳濡

---

　　①〔清〕曹寅:《楝亭诗钞》卷八〈巫峡石歌〉,见《楝亭集》,第 372 页,上海:上海古籍出版社,1978。

目染,使得他能够对戏剧信手拈来。贾府戏剧活动多彩多姿,对小说情节的发展,人物塑造起到重要作用。曹雪芹甚至于借贾母的口直接将其祖父曹寅的作品和一些戏剧名作相提并论。第五十四回贾母说:"他爷爷有一班小戏,偏有一个弹琴的凑了来,即如《西厢记》的《听琴》,《玉簪记》的《琴挑》,《续琵琶》的《胡笳十八拍》,竟成了真的了。"

其五,曹雪芹能够创作出百科全书式的小说得益于其祖父的藏书。曹寅是著名藏书家,藏有很多珍贵钞本。这批藏书,在曹𫖮被抄家时似未被抄走,雍正六年继任织造的隋赫德曾给皇帝奏折,报告曹家抄家的清单中未提这批珍贵的藏书。另外一项文献显示,曹寅的藏书,后来都移交给他的外甥富察昌龄。其中一些书在乾隆中叶才流至外间,被人收买。估计,不管曹雪芹在抄家前住南京时,还是抄家后住到北京,他都有机会看到其祖父的这批丰富的藏书而且从中汲取营养。曹寅藏书中有很多说部,有《侍儿小名录拾遗》、《补侍儿小名录》、《续补侍儿小名录》。据考证,曹家抄家时,家中共有大小男女百余人,丫鬟不超过五十人,曹雪芹笔下丫鬟名字,别出心裁,精彩而有蕴味,她们不可能直接从曹家丫鬟借用,可能是曹雪芹参考侍儿名录等书创造。曹寅的藏书中,明史、医学、花谱、园艺、游戏,甚至外国语词汇书都有,反映在《红楼梦》中就是举凡医学、建筑、园艺、游戏等无所不知,无所不精。

曹氏文学家庭,是曹雪芹构思《红楼梦》的重要先决条件。

二、一芹一脂、甄贾宝玉和畸笏

关于曹雪芹,有这样两种说法:一种观点认为曹雪芹即曹天佑,生于康熙五十四年,是曹寅亲子曹颙的遗腹子。持此观点的专家认为,曹雪芹能写出《红楼梦》是因为他亲历了曹家从繁华到沦落的过程,康熙和雍正政权交替给曹氏家族的打击,直接构成曹雪芹写作《红楼梦》的历史契机。另一种观点认为曹雪芹不是曹天佑,是曹寅嗣子曹𫖮的儿子,生于雍正二年,曹雪芹能写出《红楼梦》,是因为曹家在抄家后有过"中兴"。

曹雪芹是曹𫖮之子,"曹天佑"也是他的名字,这一可能性不大。曹颙之子是遗腹子,曹雪芹却有个名叫"棠村"、曾为其《风月宝鉴》做序的弟弟。曹颙有遗腹子是向皇帝汇报过的,康熙五十四年三月初七《江宁织造曹𬇙代母陈情折》:"奴才之嫂马氏,因现怀妊已及七月,恐长途劳顿,未得北上奔丧,将来倘幸而生男,则奴才之兄嗣有在矣。"①曹颙这个遗腹子出生于康熙五十四年六月间,取名"天佑","天佑"的寓意是无父何怙、靠天保佑。曹氏宗谱对曹天佑有记载,他任过州同。曹雪芹既没有"天佑"之名,也没任过州同。曹家雍正后的"中兴"并没有可靠的历史依据,跟曹雪芹有过交往的明义《题〈红楼梦〉绝句》明确地说:《红楼梦》以曹家在江南的生活为素材。《红楼梦》写的是雍正年间曹家在北京的中兴不太可能。

笔者认为,曹雪芹是曹𬇙的儿子,生于1715年,少年时代亲身感受了曹家繁华,十三岁时曹家被抄家,移居北京。他的生活经历了从钟鸣鼎食到绳床瓦灶的大跌宕。《红楼梦》描写贾政的笔墨很像儿子写老子,畸笏评《石头记》的笔墨又很像老子评儿子所写的东西。贾政是朝廷额外赐的员外郎,曹氏家族中有明确记载做过员外郎的就是曹𬇙,因此,曹雪芹是贾宝玉的原型,曹𬇙是贾政的原型,曹雪芹是曹𬇙之子,曹𬇙即畸笏。曹天佑是曹雪芹的堂兄弟,曹雪芹和曹天佑出生月份接近,类似一对双胞胎。曹𬇙继承了曹颙的官职,为感谢皇恩,给当年所生儿子取名"霑","霑"即深荷皇恩之意。曹𬇙做过官又被免官,故以"畸笏"自嘲。

《石头记》第二回写甄宝玉挨打喊姐姐妹妹处,脂砚斋眉批:"以自古未闻之奇语,故写成自古未有之奇文,此是一部书中大调侃寓意处。盖作者实因鹡鸰之悲,棠棣之威,故撰此闺阁庭帏之传。"(甲戌本第三十二页)有的红学家将"鹡鸰之悲,棠棣之威"解释为曹寅嗣子曹𬇙和嫡子曹颙发生矛盾,离曹雪芹太远,也不符合"调侃"之意。"鹡鸰之悲"和"棠棣之威"都是兄弟死亡之意。"棠棣之威"不是弟弟逼害哥哥,而是弟弟的死丧之戚。曹雪芹之弟曹棠村早逝,使曹雪芹有棠棣之戚。曹棠村既然给《风月宝鉴》写序,非但不迫害哥哥,还与之志同道合。所以,脂砚斋这段话的意思是:曹雪芹因嫡兄弟都死了,就在小说里创造出众多姐妹调侃,像贾宝玉,嫡长兄贾珠早死,庶出弟跟他无

---

① 〔清〕曹𬇙:《江宁织造曹𬇙奏为代母陈情恭谢天恩折》,见中国历史第一档案馆编:《康熙朝汉文朱批奏折汇编》,第6册,第89页。

话可讲,他乐意在闺阁里边混。

甲戌本第一回畸笏眉批:"书未成,芹为泪尽而逝。余尝哭芹,泪亦待尽,每意觅青埂峰再问石兄,余(奈)不遇癞头和尚何! 怅怅! 今而后惟愿造化主再出一芹一脂,是书何幸,余二人亦大快遂心于九泉矣。"(甲戌本第一○至一一页)评语透露出曹雪芹与脂砚斋不同寻常的关系。对脂砚斋,红学界有各种说法:曹雪芹自己;曹雪芹之叔;曹雪芹续娶之妻"史湘云"……

笔者认为,脂砚斋是曹颙遗腹子曹天佑。

上个世纪 50 年代赵冈在美国提出:脂砚斋是曹天佑,是曹颙的遗腹子,是曹寅唯一的嫡孙。他有名贵红丝砚。而曹家有祖传名砚,脂砚斋是曹家名贵砚的继承人。1980 年杨光汉教授在《脂砚斋和畸笏叟考》提出:脂砚斋是曹颙的遗腹子天佑,和曹雪芹是同岁的兄弟。他们青少年时代是在一起度过的,休戚与共,情同手足。

"假做真来真亦假"是《红楼梦》的名言,一个贾宝玉,一个甄宝玉,是《红楼梦》令人奇怪的现象。这一名言和这一现象的出现,很可能缘于曹雪芹和曹天佑难于区分谁是"真宝玉"谁是"假宝玉"。

据朱淡文教授考证:曹寅是庶长子,是曹玺侍妾顾氏所生,曹寅之弟曹宣是正室夫人孙氏所生。曹氏家业和江宁织造的官衔,按说都应由嫡子曹宣继承,康熙皇帝却让曹寅继承。曹寅传其子曹颙,曹颙死后,经康熙皇帝亲自过问,曹頫出嗣曹寅,继任江宁织造。曹頫是曹宣最小的儿子。于是:

站在孙氏及其儿子曹宣的立场上看,这份家业本就应是曹宣的,传给曹頫理所当然。曹頫之子曹雪芹是正枝正派的"真宝玉",曹天佑是"假宝玉"。

站在曹寅立场上看,这份家业本是皇帝额外开恩让曹寅继承的,传给曹寅的儿子曹颙,再传给曹颙之子曹天佑顺理成章,所以,曹天佑是名正言顺的"真宝玉",曹雪芹却是"假宝玉"。

曹雪芹和曹天佑,现实生活中的一芹一脂,变成了小说里边的甄贾宝玉。

1980 年戴不凡在《畸笏即曹頫辨》提出:畸笏是曹頫,曹雪芹之父,是故意让《红楼梦》后三十回"丢失"的千古罪人。2004 年蔡义江教授在《红楼梦学刊》发表《畸笏叟考》，详尽论析畸笏即曹頫，解释"余二人亦大快遂心九泉矣"中"余二人"是曹頫夫妇。

脂砚斋是曹天佑，畸笏是曹頫，他们是脂评最主要的作者。

三、脂砚斋、畸笏和曹雪芹

脂砚斋开始评点《石头记》时，曹雪芹的小说已基本完成。脂砚斋及畸笏在《石头记》创作中担任的角色，一是用自己的生活为曹雪芹提供素材或对号入座；二是对曹雪芹成稿拍案叫绝；三是在增删后期，在极有限范围内介入创作；四是在曹雪芹逝后、后三十回散轶情况下，以自己的评语为后世提供后三十回重要线索；五，也不排除这样的可能：畸笏为避免"抄家"等碍语与曹家真事相似，故意让后三十回"迷失"。

如果说脂砚斋和畸笏总想将曹雪芹变成一个对曹家往事做忠实记录的"太史公"，那么，曹雪芹自己想做的却是展开想象翅膀飞翔的"异史氏"。

脂砚斋、畸笏和曹雪芹的关系有三点值得注意：

其一，他们共同生活的家庭与贾府相似。

冷子兴演说荣国府在"就是后一带花园子里"甲戌本侧批："'后'字何不直用'西'字"，"恐先生堕泪，故不敢用'西'字。""西堂"是织造府原有，不用"西堂"是怕"先生"堕泪，这位"先生"当是西堂旧日主人即承嗣曹寅的曹頫。所以何不直用西字的问话可能是曹頫（或脂砚斋），回答此话的，可能是脂砚斋（或曹雪芹）。

第五回"势败休云贵，家亡莫论亲。"甲戌侧："非经历过者，此二句则云纸上谈兵。过来人那得不哭。"（甲戌本第七一页）

赵嬷嬷和凤姐对话谈接待皇帝："只不过拿着皇帝家的银子往皇帝身上使罢了。"甲戌侧："最要紧语。人苦不自知。能作是语者吾未尝见。"（甲戌本第一七二页）

脂砚斋经常从雪芹作品中找到家族的昔日记忆，也总想将曹雪芹天才的麒麟车套到曹家事实的马车上。畸笏则喜欢用"叹叹"、"宁不悲乎"、"宁不痛杀"等语式，非常易动感情，说明他对曹家的败落感受更深。曹頫因为骚扰驿站而被罢官、枷号，深感对曹家败亡有罪，特别容易对小说的类似描写产生联想。

其二,脂砚斋认为曹雪芹和他自己都是宝玉原型,认为《石头记》许多细节直接从他的生活取材,他还透露出:他的生活和曹雪芹同步进行,也就是说,脂砚斋和曹雪芹经历了共同的童年生活。如:

第一回石头"无材补天,幻形入世"批曰:"八字便是作者一生惭恨"。(甲戌本第七页)

第三回描写贾宝玉"色如春晓之花"甲戌本眉批:"'少年色嫩不坚牢',以及'非夭即贫'之语,余犹在心,今阅至此,放声一哭。"写王夫人说:"我有一个孽根祸胎",批曰:"四字是血泪盈面,不得已无奈何而下(此)四字,是作者痛哭。"(甲戌本第四六页)

第三回写袭人"每每谏劝宝玉,心中着实忧郁。"蒙府本侧批:"我读至此,不觉放声大哭。"语式像畸笏,内容却像脂砚斋的感受。

第七回宝玉借口上学不看宝钗,甲戌眉批:"余观'才从学里来'几句,忽追思昔日形景,可叹!"(甲戌眉批第一〇一页)第八回写贾母见秦钟给了一个荷包并一个金魁星,甲戌眉批:"作者今尚记金魁星之事乎?抚今思昔,肠断心摧。"(甲戌本第一二六页)

第十七至十八回宝玉听说贾政进园"带着奶娘小厮们,一溜烟就出园来",庚辰侧批:"不肖子弟来看形容,余初看之,不觉怒焉。盖谓作者形容余幼年往事,因思彼亦自写其照,何独余哉?信笔书之,供诸大众同一发笑。"(甲戌本第三四九页)此评语是脂砚斋和曹雪芹经历了共同童年生活的有力证明。

第二十三回贾宝玉听说父亲叫时,"脸上转了颜色",庚辰侧批:"多大力量写此句,余亦惊骇,况宝玉乎?回思十二三时亦曾有是病来,想时不再至,不禁泪下。"(庚辰本第五一五页)

第八回贾政的清客向宝玉讨字,甲戌眉批:"余亦受过此骗,今阅至此,赧然一笑。此时有三十年前向余作此语之人在侧,观其形已皓首驼腰矣。乃使彼亦细听此数语,彼则潸然泣下,余亦为之败兴。"(甲戌本第一一五页)

第二十五回,马道婆哄骗贾母的话,甲戌侧批:"一段无伦无理信口开河的浑话,却句句都是耳闻目睹者,并非杜撰而有。作者与余实实经过。"(庚辰本第五六四页)

宝玉和王夫人关于"天王补心丹"的对话,甲戌侧批:"是语甚对,余幼时所闻之语合符,哀哉伤哉!"

《石头记》前部写的贾宝玉是个十岁多公子,脂砚斋回忆三十年前他自己正是这样的年纪,也遇到类似的情景。他与曹雪芹有同样遭遇,就是说,甲戌年(1754)四十岁左右。如果认为脂砚斋是曹颙遗腹子曹天佑,出生于 1715 年,当无大错。脂砚斋以宝玉原型自居,说明宝玉形象确实汲取了脂砚斋一些成分。

甄、贾宝玉取材于曹家两个类似双胞胎的子弟曹雪芹和曹天佑。

其三,无意中提供素材或"对号入座":

曹家极盛时期的事,主要由畸笏提供,组成《石头记》情节,这一提供,并非像现在报告文学作家有意识"采访",而是个漫不经心过程,是个天外飞来、眼前拾得的过程。畸笏"言者无心",曹雪芹"听者有意",在曹家昔日繁华荡尽,曹氏家族普遍失意、东山再起无望、不断追忆昔日辉煌的漫长岁月中,畸笏曳像安史之乱后"白头宫女说玄宗",一杯清茶,几杯村醪,将曹家盛世娓娓道来,日积月累,所述甚夥,长久留在曹雪芹记忆中,当他撰写早期、内容单一的《红楼梦》时,当他着手在明义所见《红楼梦》和《风月宝鉴》基础上增删成《石头记》时,这些陈年往事自然而然成为素材,当畸笏在《石头记》中发现小说情节与熟悉的往事似曾相识时,惊喜、感叹、大动感情,例如:

庚辰本第十三回秦可卿托梦一段眉批:"'树倒猢狲散'之语,今犹在耳,屈指三十五年矣。哀哉,伤哉,宁不痛杀!"(庚辰本第二七〇页)

第二十八回贾宝玉到冯紫英酒席上说:"我先喝一大海,发一新令,有不遵者,连罚十大海,逐出席外与人斟酒。"庚辰本眉批:"大海饮酒,西堂产九台灵芝日也。批书至此,宁不悲乎? 壬午重阳日。"(庚辰本第六四三页)(甲戌)旁批:"谁曾经过? 叹叹,西堂故事。"(甲戌本第二三四页)两处评都是畸笏所作。西堂,是江宁织造府的书斋名。在西堂用大海饮酒庆祝获九台灵芝是曹家极盛之时的喜庆事,曹雪芹不可能见到,见过此事者当为曹颙。

第十七至十八回在宝玉"三四岁时,已得贾妃手引口传"行间批:"批书人领至此教,故批至此,竟放声大哭。俺先姊先(仙)逝太早,不然,余何得为废人耶!"(庚辰本第三八三页)贾政向元春颂圣,庚辰侧批:"此语犹在耳。"元妃将宝玉携手揽于怀中,庚辰侧批:"作书人将批

书人哭坏了。"（庚辰本第三八三页）

这一系列批语流露出，曹雪芹所写的事件，是批书人经历过的。元春形象是将曹寅做福晋的女儿提升为王妃。曹寅之女做纳尔苏福晋，是曹家地位提升的原因之一，但此女早逝，没能庇护曹家，曹頫因其早逝成为"废人"，"废人"即不能做官的人或罢了官的人。"畸笏"是做过官却没做到头或下台官员的意思。畸笏看到《石头记》这段描写伤情，联想到自己的身世。曹頫因骚扰驿站被抄家、枷号，大赦后没再做官。他的经历和"废人"正相符合。

"贾元春才选凤藻宫"甲戌回前："借省亲事写南巡，出脱心中多少忆（昔）感今。"（甲戌本第一六二页）元春归省写太监活动，庚辰侧批："难得他（写）的出，是经过之人也"。（庚辰本第三八〇页）

畸笏认为，元春省亲原型是康熙南巡。又认为，曹雪芹亲历过皇帝南巡大场面，所以能写得出来，那就只能是乾隆南巡。在元春归省中，写到先有一部分太监到贾府门前等待元妃，后有十几个太监跑来拍手儿，行间批："画出内家风范，《石头记》最难之处，别书中摸不着。"（庚辰本第三八〇页）说明曹雪芹见过"内家风范"，所以能在别的书最难写的地方，其他书的作者根本摸不着门的地方，显出经多见广优势。在十几个太监跑来拍手儿后，等待的太监会意知道是"来了来了"，旁批"难得他（写）的出，是经过之人也"（庚辰本第三八〇页）。明确说明曹雪芹对这类事件亲身经历，不是道听途说。从畸笏提供的线索可推断，曹雪芹很可能目睹过乾隆皇帝南巡的场面，他天才地将乾隆南巡事化为元春归省的场面。乾隆南巡已远在曹家盛世之后，曹雪芹将曹家世代相传的、康熙南巡史实和自己亲见的乾隆南巡合并到一起，描写成为元妃归省的盛事。

有些小说情节或许并非脂砚斋提供，但他主动"对号入座"：

第二十一回，宝玉和袭人赌气后续《庄子》，庚辰本脂砚斋评语："趁着酒兴不禁而续，是作者自站地步处。谓余何人耶，敢续《庄子》？然奇极怪极之笔从何设想，怎不令人叫绝！己卯冬夜。"（庚辰本第四六八页）

元春归省唱戏说到"能养千军，不养一戏"时，"余历梨园子弟广矣，各各皆然。亦曾与惯养梨园诸世家兄弟谈议及此，众皆知其事，而皆不能言。今阅《石头记》至'原非本角之戏''执意不作'二语,便见其怐能压众,乔酸姣妒,淋漓满纸矣。复至'情悟梨香院'一回,更将和盘托出,与余三十年前目睹身亲之人,现形于纸上。"(己卯本第十七至十八回,第三六五至三六六页)

脂砚斋并没有指导、左右曹雪芹的创作,畸笏亦然。经过畸笏"指点"删去的章节只有秦可卿这一段文字而且留下了不写之写,说明曹雪芹在不得不接受曹𬉼意见时,对如何保持原来的构想不屈不挠。脂砚斋留在《石头记》正文中刀斧只有一处"凤姐点戏,脂砚执笔"(第二十二回庚辰本第四八七页)。这是明确留在《脂砚斋重评石头记》上的文字,这说明,当脂砚斋可以在曹雪芹的书上写下一笔两画时,多么欣喜和得意。这就涉及如何理解"凤姐点戏,脂砚执笔"。有人认为,这是《石头记》凤姐的原型点戏时,由贾宝玉的原型脂砚斋执笔。这恐怕说不通,因为在大家族的堂会上点戏,不需动笔只需传话。比较合理的解释是:曹雪芹写了宝钗点戏后,脂砚斋披挂上阵,替曹雪芹写下凤姐点戏这一小段文字。

小说作者的曹雪芹和评点者的脂砚斋完全不同,当曹雪芹天马行空的麒麟车启动时,脂砚斋总想让作家的天才思路拉回到自己亲身经历的牛车上。脂砚斋和更有发言权、可令曹雪芹删去秦可卿上吊等情节的畸笏,一直想干扰曹雪芹的创作,幸运的是这一干扰发生在五次增删完成之后,也就是《石头记》已成完璧之时,他们不管怎么说长道短,已都改变不了《红楼梦》的艺术世界。可以这样说:《石头记》是杰作,实在拜脂砚斋、畸笏插手曹雪芹的创作很晚所赐。

历史应该感谢脂砚斋和畸笏的是,他们动员或鼓励曹雪芹放弃了写传奇(戏剧)的打算,集中精力写小说。第二十二回,宝玉因与黛玉闹矛盾而写《寄生草》,庚辰本夹批:"看此一曲,试思作者当日发愿不作此书,却立意要作传奇,则又不知有如何词曲矣"(庚辰本第四九八页)。

虽然脂砚斋和畸笏在曹雪芹创作中起了一定作用,《红楼梦》仍然不能看作是一部自传或曹氏家史。《红楼梦》不仅受到曹氏家族生活的影响,还集中了曹雪芹朋友的一些素材。余英时在《敦敏、敦诚和曹雪芹文字因缘》考出:元春归省中"绿玉春犹卷"改为"绿蜡",有可能受到敦敏《芭蕉》诗的影响:"绿蜡烟犹冷,芳心春未残"。而在庚辰本批语中有这样的话："此等处便用硬证实处,最是大力量。但不知是何心思,是何落想,穿插到如此玲珑锦绣地步。"余英时认为:"我相信这个批语很可能出自敦氏兄弟之手。因为雪芹在小说中把他们的诗句套了进去,所以受到他们的特别赏识,而且所用'穿插'两字也才有着落。否则仅仅举出一个旧典是无需如此特别赞扬的。"①周汝昌先生也早就指出:大观园有"葛巾"、"榆荫",而敦敏《敬亭小传》写到类似情况。

余英时还举出几条庚辰本第二十二回的脂批:

"是家宴,非东阁盛设也。非世代公子再想不及此。"

"写宝玉如此,非世家曾经严父之训者段(断)写不出此一句。"

"非世家公子断写不及此。想近时之家纵其儿女哭笑索饮,长者反以为乐,其(无)礼不法何如是耶?"

"这一句又明补出贾母亦是世家明训之千金也,不然断想不及此。"②

余英时认为:"像这样极力赞扬作者'世家公子'、'世家明训'之类的话绝无丝毫可能是出于曹雪芹的父兄妻子之口。在传统中国社会上,只有恭维别人的家世时,人们才用得上这一类的语气。我们能想象雪芹会容许他自己家的人写这些炫耀门第的恶札在他的书上吗?如果我们不被'自传说'所蔽,这些话应该一望而知不是曹家人的笔墨的。"③

按照这个观点,在通常人们一致认定为脂砚斋评语中,还有敦氏兄弟的笔墨。

更重要的是,脂砚斋、畸笏、敦氏兄弟,所能提供的材料,仅仅是组成《红楼梦》的一小部分,一个作家的天才在其想象中表现得特别充分。例如,《红楼梦》最关键的情节宝黛爱情,评点者很少能找出其"脱胎"处。

四、脂评透露的后三十回线索

脂砚斋和畸笏对后世最大的贡献,是在《红楼梦》后三十回原稿遗

---

① 余英时:《敦敏、敦诚和曹雪芹的文字因缘》,见胡文彬、周雷编《海外红学论集》,第334页,上海古籍出版社,1982。

② 余英时:《敦敏、敦诚和曹雪芹的文字因缘》,见胡文彬、周雷编《海外红学论集》,第347页。

③ 余英时:《敦敏、敦诚和曹雪芹的文字因缘》,见胡文彬、周雷编《海外红学论集》,第347页。

失的情况下,他们的评语提供了曹雪芹对后三十回的构思。比较重要的,如:

1. 第六回刘姥姥求帮,甲戌本眉批:"老妪有忍耻之心,故后有招大姐之事,作者并非泛写,且为求亲靠友下一棒喝。"(甲戌本第九三页)脂评留下了刘姥姥招巧姐为孙媳的线索,既然是"忍耻",当是从妓院将巧姐领回。

2. 第十九回,宝玉在袭人家,袭人看无可吃之物,己卯本夹批:"补明宝玉自幼何等娇贵。经此一句,留与下部后数十回'寒冬噎酸齑,雪夜围破毡'等处对看,可为后生过分之戒。"(己卯本第三七八页)透露出贾宝玉后几十回生活的贫穷。

3. 第二十回,宝玉因吃茶将茜雪轰走事,庚辰本眉批:"茜雪至狱神庙方呈正文。袭(人)正文标昌(目曰):'花袭人有始有终。'余只见有一次誊清时,与狱神庙慰宝玉等五六稿,被借阅者迷失,叹叹!丁亥夏,畸笏叟。"(庚辰本第四三九至四四〇页)说明曹雪芹后三十回写到袭人夫妇帮助宝玉之事。

4. 第二十回晴雯与宝玉拌嘴,己卯本夹批:"闲上一段儿女口舌,却写麝月一人。在(有)袭人出嫁之后,宝玉、宝钗身边还有一人,虽不及袭人周到,亦可免微嫌小敝之等患,方不负宝钗之为人也。故袭人出嫁后云'好歹留着麝月'一语,宝玉便依从此话。可见袭人出嫁,虽去实未去也。"(己卯本第四〇九页)这段脂评说明:袭人是在宝玉还没出家时就嫁给蒋玉菡的,她临走时嘱咐要留着麝月。这结局与怡红夜宴时麝月抽到的花签一致。

5. 第二十回宝玉正和宝钗说笑,忽见人说:史大姑娘来了。己卯本夹批:"妙极!凡宝玉、宝钗正闲相遇时,非黛玉来,即湘云来,是恐泄漏文章之精华也。若不如此,则宝玉久坐忘情,必被宝卿见弃,杜绝后文成其夫妇时无可谈旧之情,有何趣味哉?"(己卯本第四一五页)从这段可以看出,宝玉、宝钗成夫妇后并非像有的红学家所说"梦魂不通",隔着一层"帐儿纱",而是有过一段比较和谐的夫妇生活,有一些共同的话题,尽管如此,宝玉仍不能忘黛玉。

6. 第二十一回庚辰本回前批:"有客题《红楼梦》一律,失其姓氏,惟见其诗意骇警,故录于斯:'自执金矛又执戈,自相戕戮自张罗。茜纱公子情无限,脂砚先生恨几多。是幻是真空历过,闲风闲月枉吟哦。情机转得情天破,情不情兮奈我何。'凡是书者不(可)此为绝调。"又曰:"按此回之文固妙,然未见后三十回,犹不见此之妙。此曰'娇嗔箴宝玉,软语救贾琏',后曰'薛宝钗借词含讽谏,王熙凤知命强英雄'。今只从二婢说起,后则直指其主。然今日之袭人之宝玉,亦他日之袭人,他日之宝玉也。今日之平儿之贾琏,亦他日之平儿,他日之贾琏也。何今日之一玉犹可箴,他日之玉已不可箴耶? 今日之琏犹可救,他日之琏已不能救耶? 箴与谏无异也,而袭人安在哉? 宁不悲乎? 救与强无别也,甚矣。今因平儿救,此日阿凤英气何如是也? 他日之强何身微运蹇、展眼何如彼耶?"(庚辰本第四五五至四五六页)按:这段脂砚斋评语对后三十回的内容有非常重要的意义。王熙凤知命强英雄,解释为凤姐被贾琏休弃而贾琏不可救,颇值得讨论。因为这里边有个主谓关系。在脂砚斋评语中,贾琏在今日和他日是一样的,都是被救的对象,今日他能为平儿所救,他日平儿就不能救他了。王熙凤只能认命,自己打起精神做英雄。从这段评语推断,在贾府巨变中,贾琏很可能为父亲和凤姐的恶劣行为付出了生命代价。因为王熙凤受贿三千两银子是打着贾琏的旗号写的信,张华告的也是贾琏停妻再娶,霸占活人妻。所以,他日之贾琏不可救。

7. 第二十一回庚辰本夹批:"宝玉之情,今古无人可比固矣。然宝玉有情极之毒,亦世人莫忍为者,看至后半部,则洞明矣。此是宝玉三大病也。宝玉看此世人莫忍为之毒,故后文方能'悬崖撒手'一回,若他人得宝钗之妻麝月之婢,岂能弃而(为)僧哉? 玉一生偏僻处。"(庚辰本第四六八页)提供了宝玉出家细节。

8. 第二十二回写到惜春的谜语,庚辰本夹批:"此惜春为尼之谶也。公府千金至缁衣乞食,宁不悲夫!"(庚辰本第五○七页)惜春最后结局并不是到栊翠庵带发修行,还有紫鹃侍奉,而是成为沿街乞食的尼姑。

9. 第二十三回,宝玉被贾政喝出,"刚至穿堂门前",庚辰本夹批:"妙! 这便是凤姐扫雪拾玉之处,一丝不乱。"(庚辰本第五一八页)炙手可热的凤姐动手扫雪,当然是身份变了,也就是李纨所说:跟平儿换了个儿。这可能是凤姐"哭向金陵"前的事。

10. 第二十六回"凤尾森森,龙吟细细"后,甲戌本夹批:"与后文

'落叶萧萧,寒烟漠漠'一对,可伤可叹。"(甲戌本第二○二页)说明黛玉死后宝玉到潇湘馆悼念的情景。

11. 滴翠亭红玉答凤姐之事,庚辰本眉批:"奸邪婢岂是怡红应答者,故即逐之,前良儿,后篆儿,便是却(确)证。作者又不得可也。己卯冬夜。"又:"此系未见抄没、狱神庙诸事,故有是批。丁亥夏,畸笏叟"(第二十七回庚辰本第六一八页)前一评语可能是脂砚斋所作,后一评语畸笏对其观点提出反驳,认为脂砚斋将小红看作"奸邪"是因为不知道后来小红在贾府落难后对贾宝玉提供了帮助。

12. 四十一回板儿与巧姐在探春房间相遇,巧姐见板儿手中的佛手,也要佛手,庚辰本夹批:"小儿常情,遂成千里伏线。""众人忙把柚子与了板儿,将板儿的佛手哄过来与她才罢。"板儿"又忽见这柚子又香又圆,更觉好玩,且当球踢着玩去,也就不要佛手了"。庚辰本夹批:"(柚)子即今香团之属也,应与缘通。佛手者,正指迷津者也。以小儿之戏,暗透前后通部脉络,隐隐约约,毫无一丝漏泄,岂独为刘姥姥之俚言博笑而有此一大回文字哉?"(庚辰本第九四三页)说明刘姥姥二进荣国府埋藏了许多后回的线索,板儿最后娶了巧姐就是其中之一。

13. 栊翠庵品茶,靖藏本眉批:"妙玉偏僻处,此所谓'过洁世同嫌'也。他日瓜洲渡口,各示劝惩,红颜固不能不屈从枯骨,岂不哀哉?"①预示妙玉结局。

14. 凤姐生日尤氏劝她"尽力灌丧两钟罢"庚辰本夹批:"闲闲一戏语,伏下后文,令人可伤,所谓盛筵难再。"(第四十四回庚辰本第一○○五页)

15. 第七十六回,贾母对尤氏说:可怜你公公已是二年多了。庚辰本夹批:"不是算贾敬,却是算赦死期也。"(庚辰本第一八六八页)说明,贾赦之死将在不久后发生。

16. 宝玉诔晴雯,庚辰本夹批:"一篇诔文……虽诔晴雯,而又实诔黛玉也。""试观'证前缘'黛玉逝后诸文便知。"(第七十九回庚辰本第一九六七页)是林黛玉之死的伏笔。

……

① 周汝昌:《红楼梦新证·靖本传闻录》,第862页,北京:花艺出版社,1998。

从脂砚斋提供的线索来看,高鹗续书在关键问题上,没有遵守曹雪芹原来的构思。很多红学家努力寻找"红楼梦真故事",吴世昌先生认为:薛宝钗最后嫁给了贾雨村,周汝昌先生认为,林黛玉沉水而死,杨光汉教授提出:柳湘莲做强盗兵临城下,导致元春被皇帝赐死……妙论迭出,五花八门。事实证明,高续虽然不理想,但现代人想再现曹雪芹笔下的结局,却难上加难。因为高鹗不管如何利欲熏心,如何艺术功夫不够,他毕竟跟曹雪芹是同时代的人。重要的不是作家叙事哪个时代,而是作家在哪个时代叙事。生活在 21 世纪的人不论如何才高八斗,想叙事曹雪芹所在的 18 世纪,有蜀道之难。

第六节 《红楼梦》和《金瓶梅》的亲缘关系

谈到《红楼梦》的构思,不能不提到对它有重要影响的人情小说《金瓶梅》。《金瓶梅》是《红楼梦》的老祖宗。《红楼梦》和《金瓶梅》的亲缘关系,足可以写一本书。我们摘其要点说几句。

一、基本立意相似

《红楼梦》和《金瓶梅》都写一个家庭数年之间由盛而衰,都描写红尘世界的虚空和不可靠。《金瓶梅》开头就写道:

> 这"财色"二字,从来只没有看得破的,若有那看得破的,便见得堆金积玉,是棺材内带不去的瓦砾泥沙;贯朽粟红,是皮囊内装不尽的臭污粪土;高堂广厦,玉宇琼楼,是坟山上起不得的享堂;锦衣绣袄,狐服貂裘,是骷髅上裹不了的败絮;……只有那《金刚经》上两句说得好,他说道:"如梦幻泡影,如电复如露"①……

(《金瓶梅》第一回)

《金瓶梅》说:"人生在世,一件也少不得,到了那结果时,一件也用不着。随着你举鼎荡舟的神力,到头来少不得骨软筋麻;由着你铜山金谷的奢华,正好时却又要冰消雪散。假饶你闭月羞花的容貌,一到

---

① 《金瓶梅》,第 12 页。

了垂眉落眼，人皆掩鼻而过之。比如你陆贾、隋何的机锋，若遇着齿冷唇寒，吾未如之何也已。"（《金瓶梅》第一回）

《红楼梦》好了歌：

> 世人都晓神仙好，唯有功名忘不了。
>
> 古今将相在何方？荒冢一堆草没了。
>
> 世人都晓神仙好，只有金银忘不了。
>
> 终朝只恨聚无多，及到多时眼闭了。
>
> 世人都晓神仙好，只有娇妻忘不了。
>
> 君生日日说恩情，君死又随人去了。
>
> 世人都晓神仙好，只有儿孙忘不了。
>
> 痴心父母古来多，孝顺儿孙谁见了。

（第一回）

《好了歌》和《好了歌注》跟《金瓶梅》的卷首语如出一辙，都表达了作者的悲观虚无思想，跟庄子一脉相承。

二、用戏剧曲目暗示小说人物命运

用戏剧曲目暗示小说人物命运，曹雪芹是向兰陵笑笑生学的。

《金瓶梅》的文字看似繁琐啰嗦，但环环相扣、相当严谨。用宴会词曲暗示人物命运，就是《金瓶梅》采用的重要艺术手段。西门庆生子加官的宴会上来了两位太监，点了三支曲子。第一支曲"浮生有如一梦里"，第二支曲出自"狸猫换太子"，第三支曲"人生最苦是离别"，分别暗示西门庆全家命运。第一支曲暗示西门府繁华如梦；第二支曲暗示官哥儿为潘金莲的猫害死，第三支曲暗示西门庆跟人生告别。点评家张竹坡看出宴席点曲在小说布局的重要意义并做了评点。点第一支"浮生"曲，他批"一部主意"；点第二支"金钗女"，他批"妙绝，恰合一部间架"，"官哥儿死矣"；点第三支"离别"曲，他批"一部关目"。点评很到位。

《红楼梦》也多次采用戏曲暗示、暗点贾府及其主要人物的命运。元妃省亲是贾府富贵高潮，省亲过程中，贾元春点的四出戏预示贾府败落、元春、黛玉之死和宝玉出家，也都被脂砚斋点出来：

第一出，出自《一捧雪》的"豪宴"，伏贾家败落；

第二出,出自《长生殿》的"乞巧",伏元妃之死;

第三出,出自《邯郸梦》的"仙缘",伏甄宝玉送玉;

第四出,出自《牡丹亭》的"离魂",伏黛玉之死。

两部著名人情小说都在主人公西门庆或主要人物贾元春大红大紫时唱响哀音,《金瓶梅》直露,《红楼梦》含蓄,但《金瓶梅》在"以旧曲寓新意"的写法上,披荆斩棘,功不可没。

西门庆跟几位爱妾在后花园唱《梁州序》有"向冰山雪槛排佳宴",预示了西门庆的命运:美好宴会安排在雪山上,太阳一出,全部报销!《红楼梦》贾府最后也是王熙凤害妇科病血崩,贾府整个的雪山崩,忽喇喇大厦倾。

三、场面情节细节语言相似

李瓶儿大出丧在多方面影响到秦可卿大出丧:

第一,大做佛事,超度亡灵。

第二,用特殊棺木,李瓶儿用"桃花洞"香木,秦可卿用义忠亲王老千岁定的棺木。

第三,规格越矩:西门庆想给李瓶儿写成"荆妇"、"恭人",贾珍为秦可卿葬礼风光特地捐官。

第四,葬礼变成西门府和贾府炫富机会,变成西门府和贾府夸耀跟官府关系的机会。达官贵人给西门庆小妾致祭,地位最高的北静王给秦可卿设路祭。

第五,家庭次要人物的隆重丧礼是为了烘托家庭支柱的寒酸丧礼。《金瓶梅》里李瓶儿的丧礼轰轰烈烈、热热闹闹,西门庆的丧礼却冷冷清清、凑凑付付。《红楼梦》里秦可卿超规格大出丧,则是为了衬托(曹雪芹已丢失稿中)贾赦、贾母丧礼的冷清……

《金瓶梅》里西门庆有四个书童,名字是:琴童、棋童、书童、画童。《红楼梦》里贾府四小姐有四个丫鬟,名字是:抱琴、司棋、侍书、入画。市井恶人西门庆偏偏有琴、棋、书、画的书童,这是反讽。贾府命运"原应叹息"的四千金有琴、棋、书、画丫鬟,是她们所受贵族小姐教育的正面烘托。

《金瓶梅》第二十二回"吴月娘扫雪烹茶"写到西门庆跟众妻妾一

起饮酒行令，吴月娘说："既要我行令，照依牌谱上饮酒。一个牌儿名，两个骨牌名，合《西厢》一句。"月娘先说："六娘子，醉杨妃，落了八珠环，游丝儿抓住荼蘼架。"西门庆接着说："虞美人，见楚汉争锋，伤了正马军，只听'耳边金鼓连天震'。"潘金莲说："鲍老儿，临老入花丛，坏了三纲五常。问他个非奸做贼拿。"

《红楼梦》中跟这个情节最相似的是第六十二回"憨湘云醉眠芍药裀"中史湘云出的刁钻酒令："酒面要一句古文，一句旧诗，一句骨牌名，一句曲牌名，还要一句时宪书上的话，共总凑成一句话。酒底要关人事的果菜名。"众人都笑"唯有她的令也比人唠叨，倒也有意思"。锦心绣口的林黛玉不假思索马上说出来：酒面是"落霞与孤鹜齐飞，风急江天过雁哀，却是一只折足雁，叫的人九回肠，这是鸿雁来宾。"酒底是榛穰，"榛子非关隔院砧，何来万户捣衣？"

《金瓶梅》第四十四回，西门庆放高利贷得来的四只金镯给官哥儿玩，被李娇儿的丫鬟夏花儿偷走一只。《红楼梦》中平儿的金镯子被怡红院的小丫鬟坠儿偷去。不同的是结果：《金瓶梅》里李桂姐"教育"夏花儿，以后偷了东西来交给你"娘"，你"娘"（李娇儿）保护你。《红楼梦》里晴雯立即将偷东西的小丫鬟轰走。

《金瓶梅》生动精彩的语言多次被直接借用进《红楼梦》：

旺儿知道妻子宋蕙莲被西门庆要了，喝醉酒后，宣布要收拾西门庆和潘金莲，"白刀子进去，红刀子出来"（《金瓶梅》第二十五回）。这话，《红楼梦》用到焦大身上。

玳安接李瓶儿时打着两个灯笼，结果潘金莲等人几顶轿子只有一个灯笼。潘金莲骂玳安"你的雀儿只拣旺处飞"，这话，《红楼梦》用到邢夫人身上。

《金瓶梅》中孟玉楼说"千里搭长棚没有不散的筵席"，到了《红楼梦》，这句带有主题意味的话，从小丫鬟小红嘴里说了出来。

春梅向西门庆发牢骚说她没好衣服穿，像"烧糊了的卷子"，《红楼梦》中凤姐用来形容自己和平儿，说贾琏只配她们两个跟他"混"，拒绝接受贾母调侃着要送给贾琏的"水葱似的"鸳鸯。

西门庆死了，应伯爵跟其他帮闲打招呼要祭奠一番，用的是"撒土也眯眯后人眼睛儿"。到了《红楼梦》中，王熙凤用来揶揄贾琏，说要给尤二姐上坟。

四、《红楼梦》和《金瓶梅》相依存相矛盾

《红楼梦》和《金瓶梅》既互相关联又互相区别的特点有许多专家做过专门论述,比如:

宁宗一教授说:"《金瓶梅》和《红楼梦》相加,构成了我们的小说史的一半。这是因为《红楼梦》的伟大存在离不开同《金瓶梅》的相依存相矛盾的关系。同样《金瓶梅》也因它的别树一帜,又不同凡响,和传统小说的色泽太不一样,同样使它的伟大存在也离不开和《红楼梦》相依存相矛盾的关系(且不说,人们把《金》书说是《红》书的祖宗)。如果从神韵和风致来看,《红楼梦》充满着诗性精神,那么《金瓶梅》就是世俗化的典型;如果说《红楼梦》是青春的挽歌,那么《金瓶梅》则是成人在步入晚景时对人生况味的反复咀嚼。一个是通体回旋着青春的天籁,一个则是充满着沧桑感;一个是人生的永恒的遗憾,一个则是感伤后的孤愤。从小说诗学的角度观照,《红楼梦》是诗小说、小说诗;《金瓶梅》则地道的生活化的散文。""笑笑生没辜负他的时代,而时代也没有遗忘笑笑生,他的小说所发出的回声,一直响彻至今,一部《金瓶梅》是留给后人的禹鼎,使后世的魑魅在它面前无所逃其形。"①

孙犁在《〈金瓶梅〉杂说》中说:"《金瓶梅》所写的生活场景,例如家庭矛盾,婚丧势派,妇女口舌,宴会游艺,园亭观赏,诗词歌曲,无不明显地在《红楼梦》中找到影子。当然《红楼梦》作者的创作立意、艺术修养境界更高,所写,有其独特的色彩,表现,有其独特的个性,在多方面,都凌驾于《金瓶梅》之上,但并不能掩盖它的光辉。"②

《红楼梦》和《金瓶梅》的亲缘关系永远有话说。

毛泽东说:《金瓶梅》是《红楼梦》的老祖宗;

何其芳说:《红楼梦》和《金瓶梅》有渊源关系;

苏曼殊说:《红楼梦》是《金瓶梅》的倒影。

《红楼梦》和《金瓶梅》的亲缘关系永远说不尽。

---

① 宁宗一:《"伟大也要有人懂"——重读〈金瓶梅〉断想》,见黄霖主编:《金瓶梅研究》,第9辑,第18~20页,济南:齐鲁书社,2009。

② 孙犁:《〈金瓶梅〉杂说》,见《耕堂劫后十种·陋巷集》,第149页,济南:山东画报出版社,1999。

第七节　红楼故事和文本写法

小说总是以故事为基础,小说总得讲究小说特有的写法。

《红楼梦》生动细致地写了一个贵族大家庭的吃喝玩乐、生老病死、喜怒哀乐、婚丧礼祭,绘声绘色地描摹一群贵族男女的诗意享乐、悲欢离合以及"乌眼鸡"争斗,不时地警示高悬他们头上的"达摩克利斯之剑"——"盛筵必散"、"树倒猢狲散"、"飞鸟各投林"、"忽喇喇似大厦倾"——必然覆灭的命运。

《红楼梦》开头写甄士隐,甄士隐岳父名"封肃"(谐"风俗"),住在"仁清巷"(谐"人情"),封建末世的风俗人情是《红楼梦》的重要内容。

《红楼梦》之精彩,在曲折新奇的故事,灵动飞扬的人物,盈溢机趣的场面,充满蕴味的话语,还有以警辟寓言阐述人生的大哲理、真智慧。

《红楼梦》,是一部入于《庄子》、《离骚》又超出《庄子》、《离骚》,对封建社会主流意识形态提出强烈挑战的奇书;一部集中国小说构思和叙事大成、与西方小说接轨、开现代小说叙事先河的宝书。

夏志清教授说:"假如我们采用小说的现代定义,认为中国小说是不同于史诗、历史纪事和传奇的一种叙事形式,那么我们可以说,中国小说仅在一部18世纪作品中才找到这种形式的真正身份,而这部书恰巧就是这种叙事形式的杰作。尽管《红楼梦》在形式和文体方面仍是折中的,但从它的注重人情世故,从它对置身于实际社会背景上人物的心理描写来看,它在艺术上即使不领同世纪西方小说之先,也与其并驾齐驱。"①

一、一次强有力的颠覆

鲁迅先生说:《红楼梦》将传统写法都打破了。

所谓"写法",小说构思、人物环境都可包容在内,但首先必须要注

---

① 夏志清著,胡益民等译:《中国古典小说导论》,第14页,合肥:安徽文艺出版社,1988。

意的却是：小说主旨。套用当代文坛常用的"主流意识形态"一词，自称"为闺阁立传"的《红楼梦》，对封建社会主流意识形态做了强有力的颠覆。

《红楼梦》下笔伊始，叙述了一个石头无材补天的神话故事。封建社会基础是皇权。"天"即朝廷，即封建政权，皇帝是"天子"，代表上天意志对臣民施行专政，是约定俗成的概念。读书人以做天子门生、为天子效力为荣光，进入仕途则成为"补天"之材，有用之材。在宗法封建社会，不能"补天"即不能为皇家所用，弃在"青埂峰"下，"青埂"谐音"情根"，更违反重理不重情的封建伦理。《红楼梦》开端这段话，隐含作者与封建社会主流意识形态的不合作态度，与愤世嫉俗、富于叛逆精神的庄子、屈原一脉相承。

按曹雪芹构思，以"蠢物"自称的石头向空空道人要求到红尘一游，变成晶莹宝玉，衔在贾宝玉口中来到人间，记录这段红尘往事。

甲戌本《脂砚斋重评石头记》第一回石头回答空空道人的话朱眉批曰："开卷一篇立意，真打破历来小说窠臼。阅其笔，则是《庄子》、《离骚》之亚。"①

"石头"是把思想艺术双刃剑。无材补天的情根之石承载曹雪芹的深邃博大思想；石头叙事是《红楼梦》对小说叙事方式的重要贡献。

曹雪芹对封建统治话语的颠覆，对理想人格、人文主义的追求，全面深刻且形象艺术。他横扫千军如卷席的批判锋芒，像杜甫笔下的狂烈秋风，卷走封建大厦屋上茅；他小荷才露尖尖角的新思想，像孟浩然笔下润物细无声的春雨，滋润读者心田；他经天纬地的艺术构思，撼天动地的艺术力量，空前绝后。

二、红楼人生五大事件

西方著名小说家兼小说理论家佛斯特在《小说面面观》中提出，小说基本面是故事，通常故事中的角色是人。用生活主要事件探察人物是小说家的主要手法。而"所谓的主要事件不是你我个人生活中的事件，而是全人类共有的事件"。"人生主要事件有五：出生、饮食、睡眠、

---

① 〔清〕曹雪芹著：《脂砚斋甲戌抄阅再评石头记》（甲戌本）（第一回），第8页。

爱情、死亡。"套用佛斯特的观点简析《红楼梦》人生五大事件,小说家曹雪芹的活儿真是做绝了。

(一)优美别致、富有哲理意味的出生

贾宝玉前身乃赤瑕宫神瑛侍者,凡心偶炽,欲下凡造历幻缘;神瑛侍者每日以甘露灌溉绛珠仙草,仙草受天地精华,修成女体,神瑛侍者下凡,绛珠仙女也下世为人,要用一生的眼泪还报神瑛侍者灌溉之恩。

优美神话是男女主角的生命灵根,甘露化泪是宝黛爱情别致的诗意表达。

更有甚者,宝玉衔着驱除邪祟、化凶为吉的通灵玉而生。黛玉尚未出世,前身已做足冰雪聪明、死于对爱情渴望的准备,作者的描述像神韵诗,有味外之味:绛珠仙草长在西方"灵河岸上(寓绝顶聪明)三生石畔(寓为爱生生死死)",修成绛珠仙子后,"终日游于离恨天外(寓离情苦绪),饥则食密青(谐'秘情'为性格构成要素)果为膳,渴则饮灌愁(谐'惯愁'为人物个性基调)海水为汤。"(第一回)

《红楼梦十二支·第二支·终身误》揭示贾宝玉的婚姻归宿是与薛宝钗齐眉举案却终不忘林黛玉。宝钗的美丽曾令宝玉心动神移,宝钗的贤淑在贾府有口皆碑,贾宝玉为什么选择林黛玉且无怨无悔?因为钗黛为人截然不同,而为人跟出生有关——林黛玉是"阆苑仙葩",薛宝钗却有"从胎里带来的一股热毒"。

宝黛出生极具诗情画意,宝钗出生却颇具反讽意味。

《红楼梦》第七回让薛宝钗对周瑞家自述生来带有"那种病",症状"不过喘嗽些",却"凭你什么名医仙药,从不见一点儿效"。一位专治无名之症的和尚说"这是从胎里带来的一股热毒",需要配制"冷香丸"治疗:用春夏秋冬白色的牡丹、荷花、芙蓉、梅花花蕊各十二两,春分时晒好,用雨水日雨水、白露日露水、霜降日霜、小雪日雪各十二钱调匀,配蜂蜜、白糖为丸,"盛在旧磁罐内,埋在花根底下。若发了病时,拿出来吃一丸,用十二分黄柏煎汤送下。"(第七回)

"冷香丸"绝非游戏之笔,随意之笔,炫才之笔,而是妙手天成,是叙事写人大章法。"热毒"喻违犯真情至性的理性纲常、矫饰巧伪。"冷香丸"象征大自然的纯洁(花蕊全部白色)本真(春夏秋冬雨露霜雪)。当一个人需要经常用大自然的纯洁、本真治疗、化解,否则就热毒发作,其秉性如何? 意味深长。

如此巧妙隽永的人物出世,古今中外小说名作中,绝无仅有。

(二) 多彩多姿、一笔数用的饮食

《红楼梦》可谓古代贵族之家的"食谱食经",《红楼梦》不像《水浒传》粗疏的大块吃肉、大碗喝酒,不像《金瓶梅》琐屑重复而乏诗意。其饮食描写是故事发展、人物性格、文化世态不可或缺的有机组成部分,试举几例:

林黛玉进府第一顿饭,贾母正面独坐,黛玉和迎春三姐妹旁陪,李纨捧饭,凤姐安箸,王夫人进羹。"旁边丫鬟执着拂尘、漱盂、巾帕,李、凤二人立于案旁布让,外间伺候之媳妇丫鬟虽多,却连一声咳嗽不闻。"什么叫诗书礼乐之家的礼数? 什么叫宗法社会宝塔尖的气派? 活灵活现。

史太君宴大观园,金鸳鸯宣牙牌令,凤姐的茄鲞难倒后世名厨,因为那是文学化的菜,正如红楼药方是文学化处方;大观园一顿螃蟹够庄稼人过一年之论,被思想家津津乐道;刘姥姥"吃个老母猪不抬头",引出人笑人殊、花团锦簇场面;大家闺秀林黛玉吟出"纱窗也没有红娘报",一不留神透出心底隐秘;"槛外人"妙玉对贾母待茶不卑不亢,却"仍将"自用绿玉斗为宝二爷斟茶,无意间泄出深藏春光;贫困乡妪连大观园的甬路都不肯走,偏偏扎手舞脚、酒屁满室醉卧"凤凰"宝二爷床上⋯⋯大观园彩色雕塑般人物群像,跃然纸上。

何谓"安富尊荣"? 何谓"豪华靡费"? 请看贾府的玉粒金莼:

吃菜? 有暹猪、龙猪、汤羊、风羊;糟鹅掌,糟鸭信,烧野鸡,炸鹌鹑;牛乳蒸羊羔,风干果子狸;牛舌鹿筋狍子肉,熊掌海参鳟鳇鱼⋯⋯用掐丝戗金五彩大盒子或十锦攒心盒子,送到贾母指定的,或可临水闻笛、或可凭栏赏雪的饮宴处,摆到小楠木案或大团圆桌上,放上乌木三镶银箸⋯⋯

饮酒? 有金谷酒、屠苏酒、惠泉酒、合欢花浸的酒、西洋葡萄酒⋯⋯用乌银洋錾自斟壶、十锦珐琅杯或黄杨根整抠大套杯捧上来⋯⋯

喝汤? 有火腿鲜笋汤、酸笋鸡皮汤、"磨牙"的小荷叶小莲蓬汤⋯⋯

用饭？有松瓤鹅油卷、螃蟹馅小饺子、上用银丝挂面、御田胭脂米、绿畦香稻粳米、碧糯，碧粳粥就着野鸡瓜齑，还有甜点：枣泥馅山药糕、桂花糖蒸新粟粉糕、奶油炸小面果、奶油松瓤卷酥、琼酥金脍内造（皇宫）点心……

山珍海味吃腻了？来点五香大头菜、油盐炒枸杞芽儿、东府豆腐皮包子……饭后茶？有枫露茶、六安茶、老君眉、普洱茶、女儿茶、杏仁茶，用海棠花式雕漆填金云龙献寿小茶盘、脱胎填白盖碗端上来……

鹿肉宴、螃蟹宴、仲秋宴、元宵宴、贵妃归省、怡红夜宴……

荣府有荣府的吃法，宁府有宁府的吃法……

钟鸣鼎食公侯府有灯火楼台吃法，青灯古佛栊翠庵有梅雪泡茶喝法……

美食美器美章法，佳人雅事妙对话，是宴会，是诗会，更是人性人情集纳会，吃出盎然情趣，吃出灿烂文化，吃出性格命运！

《红楼梦》堪称世界文学中无与伦比的宴席宝典。不是夸张，即使将俄罗斯三大长篇小说家（托尔斯泰、陀斯妥耶夫斯基、屠格涅夫）全部作品的饮食描写加在一起，也无法与《红楼梦》比肩。存在决定意识，煎牛扒罗宋汤的俄国大菜岂能比百碟千盏的满汉全席？

（三）奇思迭出、睿智蕴藉的睡眠

《红楼梦》人物睡眠描写奇思迭出、蕴藉睿智。

贾宝玉走进林黛玉午睡的潇湘馆，凤尾森森，龙吟细细，一缕幽香伴随林黛玉"每日家情思睡昏昏"的感叹从帘内飘出。

薛宝钗走进贾宝玉午睡的怡红院，"仙鹤在芭蕉叶下睡着了"，袭人守侍宝玉绣兜肚，身旁放白犀麈。袭人不失时机外出，宝钗身不由己坐在袭人位上绣鸳鸯戏水，宛如已坐上宝二奶宝座。煞风景的是贾宝玉在梦中喊骂起来："和尚、道士的话如何信得？什么是'金玉姻缘'，我偏说是'木石姻缘'！"薛宝钗"不觉怔了"。（第三十六回）宝姑娘是气恼？是尴尬？是无奈？是装愚？曹雪芹不写，留下无尽想象空间。

湘云借住潇湘馆，宝玉清晨跑去，只见"那林黛玉严严密密裹着一幅杏子红绫被，安稳合目而睡。那史湘云却一把青丝拖于枕畔，被只齐胸，一弯雪白的膀子撂于被外。"（第二十一回）好一幅细微之处见性格的少女晨睡图。到大观园败象显露,凹晶馆联诗后回房,黛玉自称一年只有几天好睡眠。心重多思失眠,黛玉夭亡之兆。

类似睡眠描写,意境绝佳,蕴味深邃,举不胜举。

宝、黛之眠表面是寻常睡眠,实际是雕镂个性的圣手铁笔。法国小说家福楼拜笔下的人物有模仿抑或自以为在模仿模式的欲望,而模式是人物自己选定的。勒内·基拉尔在《浪漫的谎言与小说的真实》中说:小说人物常有"觊觎"他者的愿望,"在福楼拜的小说里也可以发现由他者产生的欲望和文学的'种子'功能。爱玛·包法利的头脑里充斥着浪漫主义文学的女性人物,她的欲望就由这些人物产生。"[1]在以"他者欲望""文学种子"确定人物基调上,17世纪的曹雪芹与19世纪的西方小说大师殊途同归或曰"殊国同途"。《红楼梦》女主角林黛玉就是一个深受他者欲望和文学种子影响的形象,她身上集中了文学女性形象特别是杜丽娘和崔莺莺的痴情聪慧、多愁善感,但黛玉比杜、崔的感情表达内敛且因为内敛分外优雅,黛玉不得不"恼"对宝玉多次示爱,不得不维持大家闺秀绿竹般清高,但她对宝玉固已心许,却如雨后春笋,通过"情思睡昏昏"的梦话破土而出。

贾宝玉梦游太虚幻境,从秦可卿卧室的香艳描写,到贾宝玉梦境奇幻笔墨;从宛如大将布阵、堪称小说总纲的《新制红楼梦十二曲》,到丝丝入扣的梦幻心理;无一不绝,无一不精。与红楼之梦相比,西方文学"爱丽思梦游奇境"只是儿童读物,李伯大梦不过小巫见大巫,可惜弗洛伊德没以《红楼梦》为主要素材写《梦的解析》,否则他不会做出"梦是愿望的达成"这一过于简单的结论。

（四）荡气回肠、如诗如画的爱情

不是佛殿相逢,一见钟情;不是金榜题名,洞房花烛;不是人约黄昏,逾墙相从;不是春风一度,即别东西;不是魂魄相从,起死回生……曹雪芹对古代小说陈陈相因的写法大声说"不!"对千人一腔,万人一面的爱情描写高傲漠视,他用艺术实践说明:爱情不仅是爱情,爱是要成为一个人,大写的人,诗意的人。他让宝玉做"女儿是水做的骨肉,男人是泥做的骨肉"宣言;他为宝玉创造"意淫"(即体贴)专用词;他定

---

① 〔法〕勒内·基拉尔著,罗芃译:《浪漫的谎言与小说的真实》,第4页,上海:三联书店,1998。

下黛玉"情情",宝玉"情不情"基调(第二回);他将黛玉一次次"还泪"其实是二人感情发展娓娓道来,如山阴道上行,美不胜收。

前世情定→少小无猜→互相试探→情投意合→泪尽夭亡→悬崖撒手,是宝黛爱情轨迹;宝玉讨厌仕途经济、国贼禄鬼、文死谏武死战,林姑娘从不说这样的混账话,是宝黛爱情的思想基石;越爱越吵、越吵越爱,"越大越成了孩子"是宝黛爱情的特殊表达方式;葬花吟,柳絮词,题帕诗……是宝黛爱河浪花。

什么样人有什么样爱,什么样爱造就什么样人。林黛玉和薛宝钗都爱贾宝玉,也都想改造贾宝玉。围绕贾宝玉,两个聪明的姑娘显示各自的聪明。林黛玉情重愈斟情,用满腹深情观察考验着,也体贴挚爱着贾宝玉,将碧晶晶的珠泪洒在飘落的桃花、摇曳的绿竹、晴雯传递的旧帕上;薛宝钗深思愈熟虑,用全副心思琢磨包围着,也关心依恋着贾宝玉,将沉甸甸的金锁挂到脖子上,将王妃所赐、与宝玉相同的红麝香串勒在丰满的胳膊上。黛玉觅求浪漫的心灵契合,宝钗追求现实的婚姻形式。木石前盟和金玉良缘盘根错节,互为陪衬。宝玉的爱情是他内心深处的呼唤和选择,宝玉的婚姻却不是他自己的事,而是贾府大事,最后成了护官符上"贾不假,白玉为堂金作马"和"丰年好大雪,珍珠如土金如铁"(第四回)的联盟。

宝黛爱情是《红楼梦》永不磨灭魅力之所在。宝钗参与进来,不是小人拨乱其间,不完全是第三者插足,但只要宝黛相聚,她就神差鬼使地到来。宝玉对宝钗并非全不动心,黛玉对宝玉亦曾很不放心,对"金玉"有椎心之痛的林姑娘,纯真善良的林姑娘,偏偏要跟宝钗"金兰契互剖金兰语"。三人周旋,如雾里看花。更耐人寻味的是,贾宝玉所追求林黛玉并为薛宝钗所追求同时,对十二金钗个个以香花供养之、精心呵护之,爱博而心劳,是个自觉而坚定执着的女权主义者。查查东西方所有写爱情小说的名家巨匠,哪个人物有如此大的造化?

(五)面面生风、寓意深刻的死亡

"昨日黄土陇头送白骨,今宵红灯帐底卧鸳鸯"(甄士隐《好了歌解》)。林黛玉泪尽而逝,贾宝玉奉命(甚至可能奉旨)娶薛宝钗为妻,"终不忘,世外仙姝寂寞林"(《终身误》),"落叶萧萧,寒烟漠漠"对景悼颦儿,虽有宝钗为妻、麝月为婢,仍义无反顾遁入空门。虽然我们看不到曹雪芹写黛玉之死和宝玉出家（哀莫大于心死），但晴雯之死可看作黛玉之死的预演：深文周纳的罪名罗织；撕心裂肺的死别场面；"远师楚人"的泣血祭文；"群芳之蕊，冰鲛之縠，沁芳之泉，枫露之茗"至纯至净的祭品；《芙蓉女儿诔》"自为红绡帐里，公子情深，始信黄土垄中，女儿命薄"（第七十八回）和《好了歌解》"黄土"句遥相呼应……晴雯是黛玉的影子，祭晴雯实祭黛玉，可以推测，曹雪芹笔下林姑娘之死肯定感天动地、美轮美奂。

《红楼梦》次要人物秦可卿之死，更是跟《聊斋志异》金和尚之死、《金瓶梅》李瓶儿之死，成为古典小说人物之死鼎足而三的范例，且位列其首。

一场公爹儿媳通奸导致死亡的丑事成为小说家驰骋艺术才思的大手笔：

宁国府"除了那两个石头狮子干净，只怕连猫儿狗儿都不干净"（柳湘莲语），贾府族长贾珍是"每日家偷狗戏鸡"的"畜生"（焦大语）。"秦可卿淫丧天香楼"本是曹雪芹描写贾府纨绔的重头戏，后来曹雪芹应脂评作者之一畸笏叟要求删去，变成不写之写：贾珍"恨不能代秦氏之死"的、不成体统、如丧考妣的悲痛；尤氏愤懑之极、托辞犯病撂治丧挑子；两个丫鬟因在"逗蜂轩"撞见狂蜂贾珍和浪蝶秦可卿"爬灰"，不得不自我灭口：瑞珠触柱而死，宝珠"甘心"为秦氏披麻戴孝、被贾珍认为孙女却识趣地永不回"家"；对秦氏之死贾府上上下下都有些疑心……写得扑朔迷离，像海明威的"冰山理论"，八分之一露出水面，八分之七深藏海底。

秦可卿托梦预言贾府命运；王熙凤协理宁国府巾帼不让须眉，却又受贿三千两害死两条人命，暗伏贾府被抄之因；贾珍恣意奢华、给"爱媳"用亲王棺木，贾蓉捐五品龙禁尉却写"天朝诰授贾门秦氏恭人"灵位，实际摆出一品夫人祭礼派头：停灵四十九日，"白漫漫人来人往，花簇簇官去官来"，"压地银山般"送丧队伍和六国公路祭；庙堂应对般的贾宝玉路谒北静王和偷情密约的秦鲸卿得趣馒头庵形成意味深长的对比……写丧事，写出人物，写出风俗，写出人生百态，写出泼天富贵下深藏的危机，如一幅清明上河图。

按曹雪芹构思，《红楼梦》以元宵节甄家火灾始，以元宵节贾府火灾终。《脂砚斋评石头记》说："用中秋诗起，用中秋诗收，又用起诗社于秋日，所叹者三春也，却用三秋作关键。"（甲戌本第一回）红楼人物的人生五事，伴随春花秋月、夏雨冬雪，在"钟鸣鼎食"的荣国府，"天上人间诸景备"的大观园徐徐铺开，就像某些诗化的章名："潇湘馆春困发幽情"，"秋爽斋偶结海棠社"，"玻璃世界白雪红梅，脂粉香娃割腥啖膻"。仙乐飘飘暗里听。曹雪芹以对人生的烛照洞见，以独特洗练的文笔，从单调平凡的日常生活，捕捉炫目的人性光环，表现博大的道德关怀，既有磅礴气势又有柔情蜜意，不断给读者阅读惊喜。

红楼人物特别是宝玉、黛玉、宝钗、湘云、探春、妙玉等，既满怀激情地感应着大自然，又负荷着凝重深沉的古代文化。在《红楼梦》中，自然和人物谐和无间，文化和人物天衣无缝。可以说，从来没有一部小说能够像《红楼梦》这样，将人物的生命历程与大自然融合成如此千锤百炼、清晰旖旎的笔墨，以至于读者在品味人物同时，似乎还做了一次大自然及古典园林的朝圣之旅。

三、《红楼梦》核心人物

《红楼梦》在构思上区别于其他长篇小说的重要一点是，核心人物居然不是人们通常所说爱情故事的主角。

《红楼梦》男主角是贾宝玉，这一点从来没有争论。但女主角是哪个？却众说纷纭。最常见说法是：林黛玉和薛宝钗并列女主角。

其实从"戏份"来看，王熙凤比林黛玉和薛宝钗重要得多。即便在宝黛爱情这个《红楼梦》最重要事件中，也总会出现王熙凤的影子。比如说，当宝黛二人还处于试探阶段时，王熙凤已拿林黛玉开玩笑了：你既然吃了我们的茶，怎么不给我们家做媳妇？王熙凤实际上是贾母的代言人，是宝黛爱情的护花使者。她绝对不会搞什么调包计。

王熙凤是《红楼梦》的核心。她联通各方神圣，关联各种人物、牵涉各种关系。比如说，王熙凤跟贾母，王夫人、邢夫人，贾宝玉、林黛玉、大观园群钗，妯娌、管家奶奶、丫环、婆子，甚至贾府的爷们贾蓉、贾蔷、贾瑞都能拉上关系。

王熙凤正式露面前，第二回冷子兴演说荣国府说到王熙凤竟是个男人万不及一的。《红楼梦》开始不久，两个完全不同的人物就近观察王熙凤。一个是林黛玉，一个是刘姥姥。一个是贵族之家的千金小姐，一个是穷乡僻壤的贫苦老妪。她们截然不同的观察，一下子激活了《红楼梦》核心人物王熙凤。这样浓重的笔墨，分明是小说家写女主角时才会有的。接着，《红楼梦》把王熙凤放在各种事件中心，让她表演，协理宁国府，治理宁国府，毒设相思局，从当众泼醋到背后害死尤二姐，应付宦官，操纵官府……最重要的是，她应付丈夫贾琏、通房大丫头平儿，她将贾府的第一把手贾母玩弄于股掌之中。

其实，王熙凤也应被看成是爱情女主角，她在《红楼梦》中许多活动，都围绕着对贾琏的操纵，王熙凤是在封建婚姻范畴中，在一夫一妻多妾制度之下，在男人可以寻花问柳、纳妾私婢的时代，追求男女平等的爱的理想主义者。她只能碰得头破血流。

因为曹雪芹后三十回丢失，《红楼梦》的主角们如何结束自己的小说之旅，成了永远的谜。

第八节 一条主线和三条辅线

《红楼梦》之前，《水浒传》、《三国演义》、《西游记》、《金瓶梅》是最有影响的长篇小说，共同缺憾是长篇构思尚嫌周密甚至仍嫌原始、粗糙；《三言》、唐传奇、《聊斋志异》则堪称成熟、细腻的短篇精品。曹雪芹独辟蹊径、一新耳目地处理好小说主线和辅线的关系，创造出无愧典范、"立意新，布局巧"的"天下古今有一无二之书"，在构思上立小说主脑有至关重要的作用。

一、贾宝玉是小说的主脑

贾宝玉是荣府嫡孙，是贾母的心头肉，贾妃的唯一胞弟。贾政寄予贾家希望，王夫人看作眼珠子，赵姨娘视为眼中钉。由此派生一系列冲突，如嫂叔逢五鬼，宝玉挨打。因为贾母和元春双重呵护，贾宝玉以男儿之身进入大观园。大观园是群芳伊甸园，"系玉兄与十二钗之太虚玄境"，怡红院在大观园首屈一指。曹雪芹对怡红院有五次浓墨重写，第一次大观园题额；第二次贾芸入园；第三次刘姥姥醉卧；第四次平儿理妆；第五次怡红夜宴。宝玉的侍女晴雯和袭人，分别是黛玉和宝钗影子，在第五回判词中占又副册前两位。可以说"贾宝玉为诸艳之冠，怡红院总一园之首"。

《红楼梦》前八十回可分为四部分：前十八回介绍宝、黛、钗、凤姐、秦可卿；十九至四十一回写贾宝玉的叛逆思想和正统思想的冲突，宝黛爱情试探，兼写宝钗、湘云、袭人、妙玉、刘姥姥；四十二至七十二回宝黛心灵默契、黛钗猜忌消除，转写鸳鸯、香菱、晴雯、探春、尤氏姐妹；后十回写凤姐失宠，贾府衰败，查抄大观园、晴雯冤死，薛蟠错娶河东狮，迎春误嫁中山狼。

这四个部分都以不同方式与贾宝玉联在一起，一些本不可能与宝玉有关的事，也必定到"玉兄"前"挂号"，如：鸳鸯向嫂子拒婚后进怡红院受抚慰；香菱在宝玉面前换石榴裙；尤三姐之死发生在柳湘莲向宝玉怒骂宁国府之后……

跟金陵十二钗乃至"情榜"六十钗有千丝万缕联系的是贾宝玉；在《红楼梦》里做梦最多、做得最精彩、做梦做出小说总纲的是贾宝玉；贾宝玉是《红楼梦》主角；怡红院是红楼之梦主舞台。贾宝玉和林黛玉的爱情、和薛宝钗的婚姻即《红楼梦》的情节坐标，贾府盛衰是"怀金悼玉"的底盘。

一部百万言巨著如何做到脉络分明？曹雪芹有意识地多次对小说主脑不断做提纲挈领：第一回"好了歌"及解，确定全书悲剧基调并做人物命运综述；第四回"护官符"提示四大家族"一损皆损，一荣皆荣"；第五回游幻境指迷十二钗，预示红楼女性命运；第十八回元春归省点的戏暗喻贾府命运，如"乞巧"伏元妃之死；第二十二回元宵灯谜暗点人物命运，如"一声震得人方恐，回首相看已成灰"，再次伏元春之死；第六十三回怡红夜宴，以人物所掣的花签交代红楼故事总结局如"莫怨东风当自嗟"寓探春远嫁，"开到荼蘼花事了"寓诸芳尽后麝月是宝玉身边的唯一侍女。每次主线提示都布置后边情节的同时对小说主旨做反复咏叹。

在贾宝玉爱情婚姻主线外，《红楼梦》有三条与主线融合、纽结的情节辅线：

其一，"盛筵必散"正叙性辅线，以元春、凤姐为主的家族线索；

其二,穷通交替反讽性辅线,是花袭人、刘姥姥为主的社会线索;

其三,演说归结小说并参与兴衰的侧衬性辅线,是贾雨村、甄士隐的双重线索。

这三条辅线,都不同程度地跟贾宝玉发生联系。元春、凤姐、花袭人、刘姥姥、贾雨村都跟贾宝玉直接发生联系,甄士隐没有跟贾宝玉发生联系,他的女儿却跟贾宝玉发生联系。

二、元春、凤姐为主的家族线索

第一条盛筵必散辅线,正面展现贾府大厦倾颓过程。由贾元春及其姐妹命运和王熙凤理家组成。表层线索是支柱、蛀虫一身二任的王熙凤理家,深层线索蕴含于元春——"饮仙醪曲演红楼梦"中继黛、钗之后,赫然位列《红楼梦十二支》第三位的贾府大小姐。在家族线索上,占很大篇幅的是凤姐,更具重要性的却是元春。因为不管如何钟鸣鼎食的大臣,都是皇帝的奴才。元春封妃,才让贾府从世袭贵族变为炙手可热的皇亲国戚,带来烈火烹油、鲜花着锦之势;元春归省,才导致大观园出现,十二金钗才有同台竞技舞台,宝玉才能进入女儿国;元春夭亡,才导致贾府被抄。秦可卿梦中向凤姐托家族后事说"三春去后诸芳尽,各自须寻各自门"。贾府是大树,元春是大树之根,根竭树枯则倒,树倒则猢狲散。"元迎探惜(原应叹息)"、"盛筵必散",跟"群芳髓(碎)"、"千红一窟(哭)"、"万艳同杯(悲)"联在一起,形成小说形象的整体中心力量。

三、花袭人、刘姥姥的线索

第二条穷通交替辅线,是贾府社会背景的辅线。以花袭人和刘姥姥——崛起的小人物——为线索。这条辅线跟第一条辅线性质不同,前者是广厦之倾,后者是茅舍之兴。《红楼梦》穷通交替的思维突出表现于"好了歌"及注。研究者常注意贾府大人物兴衰,岂不知小人物兴衰同样有重要意义。

如果说第一条辅线有正叙之意,第二条辅线就具有反讽意义:

花袭人——昔日荣国府的家奴变成后来贾宝玉的"孟尝君";

刘姥姥——昔日硬跟贾府攀亲变成贾府正枝正宗的亲戚。

　　刘姥姥的重要性在于她在三个重要时间,以特殊身份接触贾府方方面面人物并目睹贾府兴衰:一进荣国府,贾府气势熏天;二进荣国府,贾府豪华享乐却内囊已尽;三进荣国府,贾府被抄之后。刘姥姥是贾府盛衰隐线,是红学家共识。实际上花袭人在小说布局中有超出刘姥姥的特殊重要性:她虽然仅仅是贾宝玉的侍女,却始终参与贾宝玉的感情活动,进而起雕镂主角个性的重要作用。她见证并参与贾府盛衰。袭人这条辅线隐蔽性很强,却不可或缺,更不可低估。

　　其一,袭人是前八十回中唯一有确证与贾宝玉有肌肤之亲的女性。秦氏香艳淫荡的居室环境只能算贾宝玉入太虚幻境的前提,秦氏本人与宝玉并无性关系;秋纹侍宝玉洗澡,洗得床上都是水,是从晴雯口中说出,也不能算二人有性关系。只有袭人在贾宝玉梦游太虚境后与宝玉偷试云雨情,后来她成了王夫人心腹"西洋花点子巴儿狗"、"我的儿"。恰好这位跟贾宝玉有过肉体关系的——我们说"有过"因为书中描写仅一次,此后睡在宝玉外床的是冰清玉洁的晴雯——袭人跟宝玉思想性格冰炭不容。袭人貌似"温柔和顺、如桂似兰",实际嫉妒阴毒猥琐,以至于贾宝玉在《芙蓉女儿诔》对她发出了"钳诐奴之口"的声讨。宝玉和袭人从肌肤相亲到格格不容,深刻地反映出警幻称为"天下古今第一淫人"的贾宝玉之"淫"绝无淫乱、淫荡之意,而是"意淫",是"天分中生成一段痴情"。

　　其二,袭人在怡红院描写中占很重分量。第一次写怡红院,大观园题额,袭人不可能出现,此后几次她都占重要位置。第二次写怡红院,袭人肖像从贾芸眼中画出;第三次写怡红院,醉卧宝玉床的刘姥姥被袭人悄悄引出;第四次,平儿挨打后,宝玉邀平儿到怡红院来施行护花行动,袭人接着并劝慰平儿;第五次怡红夜宴,袭人掣出"桃红又是一年春"、暗示琵琶另抱的签。袭人既是怡红院总管,也是王夫人眼线,更是怡红院百花凋残的内因。不善于"饰词掩意"的王夫人无意中泄露了天机,说明晴雯蒙冤、四儿被逐、芳官出家都和袭人打的小报告有直接因果关系:王夫人骂晴雯"你干的事打量我不知道呢!"(第七十四回)斥四儿"'同日生日就是夫妻',这可是你说的?"宣布"可知道我身子虽不大来,我的心耳神意,时时都在这里。"(第七十七回)非常讨人嫌却有阅人经验的李嬷嬷早就说:宝玉的人哪个不是你(袭人)拿下马的？率真宽厚的怡红公子最后也终于对"贤袭人"产生了怀疑。

其三，袭人总想介入、实际也介入了木石之情和金玉之缘。她代替黛玉听宝玉诉衷情，闯入宝黛爱情最隐秘的角落；不爱管闲事的薛宝钗偏要管袭人针线活的闲事，堂堂大小姐放下架子跟表弟的丫鬟套近乎，当然求的是投桃报李；对人不设防的林黛玉开玩笑称袭人"嫂子"，无意中戳到"贤袭人"痛处，不得不背起被中伤的恶果；最终，袭人向王夫人密奏宝二爷不适合跟姑娘们同住大观园，居心叵测地让"林姑娘"首当其冲，然后提出让宝玉搬出怡红院的建议。

其四，最重要的是，袭人经历了从贴身丫鬟、到宝二爷准姨娘、到嫁宝玉好友蒋玉菡、到在贾府败落时"有始有终"养活昔日主子贾宝玉的全过程。在极少数描写贾府之外的笔墨中，袭人的家庭，包括前八十回其父母哥哥家和小说后部其丈夫家，占有非同一般的份额。

小说后部袭人、刘姥姥和贾府主子有重要联系，在前八十回可找到伏笔，如宝玉到袭人家，袭人说没什么可吃，脂评透露宝玉以后要靠袭人供养；刘姥姥带板儿到探春房中，板儿和巧姐抢香橼（谐"缘"），凤姐借刘姥姥的贫寒给女儿取名，巧姐最后却嫁给板儿为妻；刘姥姥一进贾府，脂评曰"老妪有忍耻之心，后有招大姐之事"（甲戌眉批）。一进贾府开口求助是忍耻，二进贾府变成贾母蔑片是忍耻，三进贾府从妓院救出巧姐并毅然娶回家中做孙媳，更是忍耻。这最后的忍耻已是高尚行为，是对昔日只能仰视的贾府雪中送炭，是贾府名副其实的恩人。

花袭人和刘姥姥，两个不可能发生联系的人，竟在怡红院贾宝玉房中发生了联系，两条小说辅线出人意外地交叉，作家的安排可谓奇中迭奇。可以设想，如果刘姥姥醉卧怡红院被"爆炭"晴雯发现，如何处理？

在社会背景辅线上，还有比袭人、刘姥姥次要得多的人，只要他们跟贾宝玉发生联系，就必然跟贾府盛衰发生关联。贾芸明明比宝玉大，偏要低声下气认宝玉为"父亲"；小红给宝玉倒了一次茶就给大丫头们骂"也拿镜子照照，配递茶递水不配。"（第二十四回）这两个竭力奉承贾宝玉的人物，就在贾宝玉身边悄然生情，他们最后如何结婚，已不得而知，但脂评透露的线索，贾芸非但不是卖巧姐的"奸兄"，还和红玉在贾宝玉落难时给了救助。强者和弱者颠倒了过来。

马克·吐温喜欢将王子变贫儿,贫儿变王子,以巨大的社会落差表现沧桑之变中的人性,这巧夺天工的换位法构思总被批评家津津乐道。其实二百年前的曹雪芹已用得烂熟。遗憾的是,《好了歌》等提示的小说线索,续书并未遵守。

四、贾雨村和甄士隐

第三条情节辅线贾雨村和甄士隐有双重作用。一方面是演说、归结整部小说的叙事辅线,另一方面,他们本身和小说主题有巧妙联系,与贾府共衰共荣。

先看甄士隐:甄府小荣枯是贾府大荣枯的引线;甄士隐《好了歌解》是《红楼梦》的主题拓展和构思延伸;英莲变香菱又变成秋菱,本身是"金钗"故事。

贾雨村是重要小人物也是重要小人。他似乎像排球场的"自由人",能占据任何需要占据的位置;似乎像八爪鱼,能将触角伸到任何需要伸的角落。这位本来跟宝黛爱情八竿子打不着的主儿,居然能和宝黛都发生联系:他罢官做西宾偏偏做到林如海门下,成了绝世才女林黛玉的老师,他赞过黛玉(避母亲名讳),黛玉对他却从未置一词(前八十回);他受林如海之托送黛玉进贾府,借机粘上贾政夤缘复职;接着利用"护官符",乱判葫芦案,使得贾政和王子腾都成了他的保护伞;他厚着脸皮纠缠贾宝玉,变着法儿讨好贾赦。这变色龙的满肚子坏水仅从"看人下菜碟"对待贾氏兄弟可见一斑:他对"政老"正襟危坐,谈诗论文,对"赦老"则奉上强抢的古扇。贾雨村是次要人物,却起到主要人物不能起的作用:先做冷子兴的听众,交代贾府人物,再跟贾府挂钩并成为贾府灭亡之因。庚辰本《脂评石头记》第十六回有条评语:"阿凤心机胆量真与雨村是一对乱世之奸雄"。贾府败家主因是王熙凤和贾雨村。小说中此二人有过间接交叉:贾雨村夺古扇害得贾琏挨打;凤姐追查原因时,她的"总钥匙"平儿怒骂贾雨村是"饿不死的野种"。

莱辛说过:小说重点是各部分之间的关系。《红楼梦》以宝黛钗为主线,以家族兴衰、小人物兴起、甄贾二人铺叙侧衬为辅线,再利用重大事件将主线辅线、故事人物串连起来。如果说《红楼梦》像横看成岭侧成峰的群山,宝玉挨打、刘姥姥二进荣国府、抄捡大观园,就是几座被拥托的高峰,在高峰间起伏着一座座秀丽的小丘。

五、主题道具的使用

除了情节内在联系外,曹雪芹很善于使用主题道具连缀故事,如:

通灵玉:不言而喻,是整部小说的骊龙之珠。

贵妃的红麝香串:元妃省亲后赏赐物品,宝玉和宝钗相同,让贾宝玉惊讶不已,让林黛玉受到很大内心压力,贾宝玉要将它送给林黛玉,被抢白一顿,这个麝香串让薛宝钗和有玉者联姻的巧妙舆论,得到了类似于尚方宝剑的承诺。红麝香串成为皇权对贾宝玉婚姻主宰的象征。

花袭人的茜纱巾:蒋玉菡送给宝玉,宝玉偷偷系到袭人腰上,袭人丢下来放到箱子里,袭人嫁蒋玉菡后,发现了这条汗巾,并和蒋玉菡共同供养贾宝玉。

《红楼梦》的长篇结构如天工机杼般的锦丝密网,虽千头万绪却一丝不乱、环环相扣,事事相因、因果有系。曹雪芹在做疏密相间、张弛有致、沉着细致、穷形尽相的撰写时,胸有全局,如孔明布阵,令旗一举,各各归位,主宾分明,前呼后应。就像甲戌本第一回朱眉脂评所说:"有曲折,有顺逆,有映带,有隐有见,有正有闰,以至草蛇灰线,空谷传声,一击两鸣,明修栈道,暗渡陈仓,云浓雾雨,两山对峙,烘云托月,背面傅粉,千皴万染诸奇。"

第九节 三种相辅相成的叙事方法

小说叙事方式,是作家建立起来,让读者认识作品事件、人物的立足点。在复杂的小说写作技巧中,叙事观点有重要支配作用。

罗兰·巴特说过:重要的不是我叙事了哪个时代,而是我在哪个时代叙事。《红楼梦》叙事的时代,是戏剧叙事方式完全成熟、小说叙事基本成熟的时代。

中国古代小说多以作者全知叙事方式贯穿始终。《红楼梦》别出心裁,创造了三种方式——"石兄旁观叙事"、模拟戏剧的全知叙事、小说人物视角叙事——相依并存的叙事法,是对古代小说叙事方式的革命,并与西方现代小说接轨。

一、石兄叙事

百分之九十五以上古代小说采用作者全知的第三人称叙事,极少采用作者参与的第一人称叙事,这跟中国人的心理素质有关,似乎采用第一人称就意味作者本身。唐代牛李党争激烈,李德裕门人冒牛僧孺之名作传奇《周秦行纪》,写牛僧孺游薄太后庙艳遇是幌子,让牛僧孺称唐德宗"沈婆儿",再向皇帝告"大不敬",借小说搞政治诬陷是目的。《聊斋志异·绛妃》写"余"遇绛妃,代绛妃写讨风神檄,则抒发了蒲松龄本人对风刀霜剑社会的感受。曹雪芹像位化学家,天才地化合了这两种基本叙事模式,形成特殊的"石兄叙事"方式。

《红楼梦》长期以《石头记》为书名。"石兄"是空空道人对青埂峰下顽石的谐称。石头变成通灵玉随贾宝玉来到人间,像电影摄影师,录制演员们悲欢离合的表演。"石兄"像美国中央情报局的卫星侦察仪;像西方小说中目光穿透人们房顶的"瘸腿的魔鬼",像为皇帝带选择性地写起居注的太监,更像能对贾宝玉周围发生的事做出记录、判断、分析、联想的"太史公"。"石兄"以第三人称对贾宝玉担任着旁观角色,偶尔自称"愚物",对人物和场景发表点滴评论。石头叙事在小说中的作用,马力、蔡义江先生做过详尽剖论。

特别需要明确的是,无材补天的顽石本就是不愿补天的作者化身,在小说中代作者行主要叙事责任。"石兄"叙事带来亲切可信和富有谐趣之感,但"石兄"不过是曹雪芹虚拟、旁观叙事(并偶尔参与)角色。如果将曹雪芹比作《红楼梦》的编剧兼导演,那么,宝、黛、钗等就是曹雪芹选定的主要演员,而"石兄"是按导演指定的灯光、角度来摄影的主要——但绝非唯一的——录像师。

担任主要叙事责任的"石兄"不可能观察到的现象,小说作者就全知全觉,用"上帝的眼睛"洞察一切:如"石头"出现之前及石头最后归位,贾雨村和甄士隐故事,林黛玉多次心理活动等。《红楼梦》全知全觉的叙事方式成熟、练达。

二、借戏剧之石攻小说叙事之玉

曹家和清初著名戏剧家的关系十分密切,洪昇曾受到曹寅的赏识和资助,清初两部最著名的传奇《长生殿》和《桃花扇》虽未出现在《红楼梦》中,但其以儿女之情写兴亡之感的构思方式无疑对曹雪芹有很大影响。与《三国》、《水浒》等名作不同,模拟戏剧是《红楼梦》重要叙事手段。

借戏剧之石以攻小说叙事之玉,首先表现在借用一曲总揽全剧的方法。据脂评提供的线索,曹雪芹对自己的写剧才能很自负。梦演红楼梦曲就是曹雪芹自创北曲。这是借用从南戏开始、以一曲总揽全剧的方法为小说叙事服务。《琵琶记》第一出《沁园春》:"赵女姿容,蔡邕文业,两月夫妻。奈朝廷黄榜,遍招贤士,高堂严命,强赴春闱。一举鳌头,再婚牛氏,利绾名牵竟不归。……孝矣伯喈,贤哉牛氏,书馆相逢最惨凄。重庐墓,一夫二妇,旌表耀门闾。"①《牡丹亭》第一出《汉宫春》:"杜宝黄堂,生丽娘小姐,爱踏春阳。感梦书生折柳,竟为情伤。写真留记,葬梅花道院凄凉。……"②都是以第一出第一支曲子提调全剧,《红楼梦》第五回用一曲提调一人命运,再和《红楼梦·引子》、《收尾·飞鸟各投林》共同合成恢宏悲怆的《红楼梦》总曲,并成为小说总纲。这样的叙事方法,并非小说"章头诗"的发展,而是向戏剧借来的东风。

借戏剧之石以攻小说叙事之玉,其次表现在小说关键之处化用戏剧名作情节。"贾元春归省庆元宵"点了四出戏:《豪宴》、《乞巧》、《仙缘》、《离魂》。脂评点明了这四出戏的含义:第一出,伏贾家之败;第二出,伏元妃之死;第三出,伏甄宝玉送玉;第四出,伏黛玉之死。元春点的是四个著名折子戏。在"皇恩浩荡"、骨肉团聚的日子里,以元春谨慎的为人,不可能也不应该点如此不吉利的戏文(何况并非在神佛面前抽签点戏)。曹雪芹故意让元妃大喜之日点大悲之戏,大有寓意。

---

① 〔元〕高明、〔明〕汤显祖著:《元本琵琶记校注》卷上,第 2 页,上海:上海古籍出版社,1980。

② 〔明〕汤显祖:《牡丹亭》,见徐朔方笺校《汤显祖全集》(三),第 2067 页,北京:北京古籍出版社,1998。

脂评说:"所点之戏剧伏四事,乃通部书之大过节、大关键。"①遗憾的是,我们没法看到曹雪芹如何根据这四个折子戏写出《红楼梦》后部惊心动魄的大悲剧,特别是贾府之败和元春、黛玉之死。但通过对《豪宴》简要分析,仍可看出曹雪芹如何把模拟戏剧变成长篇小说重要叙事方法:《豪宴》选自清初苏州作家李玉的《一捧雪》,剧情是莫怀古家藏"一捧雪"白玉杯受豪门觊觎,导致家破人亡,实际取材于明代将军王忬的遭遇:他收藏《清明上河图》真迹,为严世蕃夺走,恶棍汤某向严告密说:严所得为仿制品,王将军遂被严嵩罗织罪名杀害。《红楼梦》中,贾赦看中石呆子古扇,并未打算强抢,还表示要多少钱给多少钱。贾赦只是附庸风雅、依恃有钱欲夺人所爱。石呆子宁死不给,贾赦也没有采取进一步的动作。贾雨村为了讨好贾赦,利用职权,讹石呆子欠了官银,将其下狱,抄没古扇,无偿地送给贾赦,"那石呆子如今不知是死是活"。贾雨村插手,这件事的性质就完全变了,据脂评提供的线索,此事成为贾府最终破败的重要原因。贾赦因古扇败家,类似于莫怀古因玉杯败家。在《红楼梦》后部,曹雪芹要按玉杯败家的思路,对古扇败家大做文章。唯恐天下不乱的贾雨村跟《豪宴》中戏中戏的小人极为相似,"贾赦"的命名,也跟《一捧雪》的人物有联想关系,"莫怀古",意即"不要怀有古董","贾赦"者,假赦,不可赦免,必然败家也。可惜续书写的贾府抄家原因与元妃归省点的《一捧雪》并不合卯合榫。

《红楼梦》的多次点戏、听戏都与小说人物命运紧密关联:如宝钗过生日点到和尚的戏,暗喻她自己的丈夫将来会出家;林黛玉听"如花美眷,似水流年","在幽闺自怜",暗示黛玉的结局是泪尽而逝,且不可能像杜丽娘那样还魂;贾母在清虚观点的戏,依次为汉高祖斩蛇起义的《白蛇记》、郭子仪七子八婿富贵寿考的《满床笏》,淳于棼梦中飞黄腾达的《南柯梦》,这三个戏暗示贾府的兴起、极盛、衰亡。贾母对前两个戏自然笑得出来,对第三个戏"便不言语"。

长篇小说的人物多、头绪多,如何运筹帷幄?如何很好地处理"花开多头,各表一枝"和百花同艳的关系?《红楼梦》运用戏剧化场面的分分合合,每个角色都有相对独立的重头戏,又常在十回左右安排一

---

① 俞平伯:《脂砚斋红楼梦辑评》(第十七至十八回),第 247 页,北京:中华书局,1963。

次多角色同台"演出"：元春归省，贾母打醮，宴大观园，大观园诗会，庆寿、庆元宵、庆中秋等。这样的叙事方法，比《水浒传》宋十回、武十回等按主要人物的经历叙事好得多，比《三国演义》现成的三国三条线叙事难以处理，却处理得比《三国演义》还要好。

使用戏剧的内在叙事形式（即不使用戏剧格式，只使用戏剧冲突形式）是 19 世纪欧洲著名小说家的叙事法宝。

亨利·詹姆斯论述屠格涅夫说：倘若他不是一贯地着眼于做一个戏剧家的话，他就可能时不时地变成一个徒劳无益的理论家，一个非常乏味的小说家。在他笔下，各种事物都以戏剧形式呈现出来；没有戏剧形式作为依仗，他显然就无法构思出任何东西。

异国同调，没有戏剧作为依仗，中国最顶尖的小说家曹雪芹，也将无所作为。

三、人物视角叙事

《红楼梦》可以从每个章节的不同人物视角来读，如，黛玉进府，是贵族少女兼伶仃孤女角度；刘姥姥进大观园是穷人兼世故老妪角度；查抄大观园是从权力顶峰失落的王熙凤角度。这是作者采用人物视角叙事的结果。

人物视角叙事是古代小说常用叙事观点，它在唐传奇（如《任氏传》和《柳毅传》）中成熟，由《聊斋志异》发挥得淋漓尽致，如：用席方平的视角叙事社会暗无天日，"枉死城中全无日月"；用马骥的视角叙事社会的颠倒黑白、以丑为美；用王子服的视角叙事"我婴宁"的天真烂漫。

曹雪芹善于使用人物视角叙事，喜欢变换视角，但目标却始终围绕着贾宝玉和贾府盛衰。《红楼梦》人物视角叙事既考究且华丽。站在叙事视角的人物一定有特别深刻的叙事角度，他（或她）和所叙之事或人又肯定有紧要关系。

在《红楼梦》前三回中得到详尽外貌描写的依次是王熙凤、宝玉、黛玉。王熙凤和宝玉都映现在黛玉眼中，因为他们跟黛玉关系都至关紧要。黛玉到荣国府，王熙凤登场，如此恭维黛玉："天下真有这样标致人物，我今儿才算见了。"（第三回）黛玉具体标致到什么程度？作者不写,他要将黛玉外貌放到最应该观察的人眼中写,绛珠仙草只能在神瑛侍者面前正式出场。而王熙凤夸黛玉长得好主要是为逗老祖宗开心,所以接着说:"这通身的气派,竟不像老祖宗的外孙女儿,竟是个嫡亲的孙女"(第三回)。林黛玉那两弯似蹙非蹙罥烟眉,一双似泣非泣含情目,必须用贾宝玉眼睛看出,且要接着说"这个妹妹我曾见过的"。从林黛玉眼中,贾宝玉的外貌得到展示,但他的玉却绝对不能从林黛玉眼中描写,所以,袭人要拿通灵玉给黛玉看时,被婉拒。通灵宝玉只能从最终兑现了"金玉良缘"的薛宝钗眼中叙出。

元妃归省主要是石头叙事,部分地从元春眼中叙事:"只见园中香烟缭绕,花彩缤纷,处处灯光相映,时时细乐声喧;说不尽这太平气象,富贵风流。"元春"默默叹息奢华过费"(第十八回)。把钱花得像淌海水一样,贾府岂能长久?

刘姥姥既是情节构思的隐线,又是重要的人物叙事功能。刘姥姥一进荣国府,铺叙豪奴的张狂、凤姐的雍容、贾府的富贵;二进荣国府,铺叙贾府的奢华享受;三进荣国府,铺叙荣国府的败落惨状,刘姥姥是具有强烈跌宕效果的人物视角。

类似例子在《红楼梦》中俯拾皆是:"蜂腰削背,鸭蛋脸面"的鸳鸯必须要让邢夫人带点儿醋意、格外详细地做"浑身打量";在林黛玉面前"彩绣辉煌"的王熙凤,到尤三姐眼中却"清素如三秋之菊":"头上皆是素白银器,身上月白缎袄,青缎披风,白绫素裙"(第六十八回),国孝家孝服饰本身就是对尤二姐的下马威。

每个情节都有一个主要的人物叙事视角,一丝不苟又一丝不乱。

《红楼梦》写得明白晓畅、生动形象又诗意盎然、情趣横生。人们在热热闹闹、花团锦簇的元妃归省中,刚刚看过贾政一本正经对皇妃奏本的"鸦属",马上在花解语、玉生香中看到温馨可爱的儿女絮语"香等";在剑拔弩张的查抄大观园后,紧接着看到回肠荡气的生离死别……多种叙事手法的综合运用和自如转换,是《红楼梦》取得前所未有叙事成就的主要原因。

《红楼梦》开头还是说书人修辞套语"看官如何",写作实践却证明曹雪芹不仅超出了话本拟话本作者,且将此前名气很大的长篇小说家全部超出。《红楼梦》不仅将博大宏阔、严密精巧的长篇布局和尺幅千里、画龙点睛的短篇技巧结合起来,还将诗词文赋、戏剧乃至建筑、园林、饮食百术为小说所用,似乎想借一部小说将古代文化特别是秦文、汉赋、唐诗、宋词、元曲、明清传奇总成就做一番集纳式展露。《红楼梦》既踵武先贤又具有思想超前性和艺术原创性,终于成为中国长篇小说不可逾越的艺术高峰。

张爱玲叹人生三恨:一恨鲥鱼有刺,二恨海棠无香,三恨《红楼梦》未完。

鲥鱼有刺可以吃其他刺少而鲜美的鱼,海棠无香可以赏其他更美更香的花,只有《红楼梦》未完无法代偿。后四十回续写了主要悲剧,偶见吉光片羽,但其意蕴跟曹雪芹已是天壤之别。李希凡先生说得好:维纳斯的断臂是接不上的。

第十章
《儒林外史》和中国古代小说的末流

探讨古代小说的构思艺术说完《红楼梦》似乎已无话可说。不过,有部《儒林外史》需要提提。《儒林外史》之后,古代小说走向末流。

第一节　儒林外史:志人小说的终结式

1875 年一个夏日,有个英国记者寻着学子琅琅读书声找到一家普通的中国学堂,赫然发现一具贴红"喜"字的棺材。原来,"喜"字贴在谐音"官财"的棺材上,就是向学子指明:读书就是为升官发财。英国人感叹:"把教育限制在如此狭窄的道路上,致使人的心智就像大清国女人的小脚一样被挤压而萎缩。"

读书不为学知识,而仅仅为科举考试,正如象征幸福快乐的"喜"字贴在标志阴冷、黑暗、死亡的棺材上。曾创造四大发明的中国在世界格局中越来越凝滞和落后,千年间一成不变的科举制度是重要原因。读书人只知死背千年前的孔孟"经典",越读越笨,成腐儒、陋儒,连形成理性思维所必须的初步知识、求生存的最低本事都没有。

读书人求功名的过程，成了正常心智逐步死亡的过程。以考试成败论交情、友情、亲情，成为弥漫整个社会的毒气。

好小说家是时代的秘书，《儒林外史》刻镂因科举而"心灵死亡"的现象，穷极封建文人情态、穷极环绕"科举"世人情态。既是18世纪跟《红楼梦》并列的长篇小说双璧，也是志人小说的终结。

志人小说从汉代开始初具规模，六朝小说确定了广义和狭义的志人小说写作模式，经过唐传奇的繁盛，再经过宋元以来白话小说推波助澜，志人小说艺术上相当成熟，为元末明初白话长篇小说的繁荣创造了条件。以《三国演义》和《水浒传》为开山之祖的白话长篇小说，虽然艺术上有长篇小说构思独有的特点，但自汉代以来志人短篇小说的构思套路，仍然适应于长篇小说，并因篇幅拉长、人物增多，获得了更广阔的发展空间。而在人情小说《金瓶梅》和《红楼梦》中，前人创造的志人小说构思套路更是得到空前发挥。

对《三国演义》、《水浒传》、《金瓶梅》、《红楼梦》等应归入"志人小说"范畴的杰作，本书已在前几章论述。而《儒林外史》可以看作是古代志人小说晚期代表作。它既有《世说新语》的狭义志人特点，又接受了历代广义志人小说的构思艺术。其他志人小说偶尔还夹杂志怪因素，见神见鬼，《儒林外史》则是完完全全、不折不扣的志人，一点儿怪异成分也没有。它将如何冷静的志人发挥到极致，因此《儒林外史》可算志人小说发展的顶峰，也是它的终结。

一、婉而多讽的讽刺小说

《儒林外史》作者吴敬梓（1701—1754）是古代长篇小说作者中生平事迹最为明确者。他是安徽全椒人，出身名门望族，曾祖是顺治年间的探花，官翰林院侍读，兄弟五人有四人进士及第。祖父做到州同知。吴家土地有千亩，奴仆有千人。吴敬梓二十二岁时，父亲吴霖起去世，吴敬梓就成了脱缰之马，他和朋友厮混，倾酒歌呼，遇贫即施，十年工夫，家产冰消，他的行为引起族人非难，乡绅蔑视，他成了乡里父老教育子弟的反面教材。吴敬梓三十三岁时移居南京，交的朋友都无意于功名利禄，讲究"礼、乐、兵、农"的学问。他的生活越来越贫困，天冷无法取暖，就邀请朋友夜晚出去散步，谓之"暖足"。他的朋友形容他：囊无一钱守，腹作干雷鸣。

就思想锋芒而言，吴敬梓在某些方面甚至超过比他稍早一点儿的曹雪芹。吴敬梓是封建社会叛逆性人物，是《儒林外史》中杜少卿式的人物。他不愿参加科举，他的生活素材有不少进入《儒林外史》。

《儒林外史》是古代第一部真正意义的讽刺小说。

鲁迅先生在《中国小说史略》深刻剖析：

> 寓讥弹于稗史者，晋唐已有，而明为盛，尤在人情小说中。然此类小说，大抵设一庸人，极形其陋劣之态，借以衬托俊士，显其才华，故往往大不近人情，其用才比于"打诨"。若较胜之作，描写时亦刻深，讥刺之切，或逾锋刃，而《西游补》之外，每似集中于一人或一家，则又疑私怀怨毒，乃逞恶言，非于世事有不平，因抽毫而抨击矣。其近于呵斥全群者，则有《钟馗捉鬼传》十回，疑尚是明人作，取诸色人，比之群鬼，一一抉别，发其隐情，然词意浅露，已同谩骂，所谓"婉曲"，实非所知。迨吴敬梓《儒林外史》出，乃秉持公心，指摘时弊，机锋所向，尤在士林；其文又戚而能谐，婉而多讽：于是说部中乃始有足称讽刺之书。①

这段话是对《儒林外史》小说的性质和写作特点的定位。《金瓶梅》和《西游补》讽刺初见端倪，但两书有更重要的其他主题。其后《西游补》和《捉鬼传》着重于讽刺，但词意浅露，已同谩骂。只有《儒林外史》是古代第一部真正的讽刺小说。

《儒林外史》是古代志人小说最别致的一种。吴敬梓将睿智的、嘲笑的目光投向封建社会最推重的人和事：当官的人，为当官而读书的人，功名利禄、忠孝节义。他专门寻找他们的破绽，专门寻找他们"皮袍下的小"，巧妙而委婉地给以挖苦和调侃，既出尽他们（红尘中人）、它们（红尘中事）的洋相，又没有剑拔弩张、怨毒谩骂的痕迹。

《世说新语》是穷极汉末至东晋文人生存状态和精神面貌的书，一千多年后，深受《世说新语》影响的《儒林外史》是穷极清代文人生存状态和精神追求的书。如果说《世说新语》以风神为骨，那么《儒林外史》就以名利为骨。观察从《世说新语》到《儒林外史》的变化，我们发现，

---

① 鲁迅：《中国小说史略》，见《鲁迅全集》，第9卷，第220页。

封建社会重要的政治制度取士制度,确实将社会毒化了,把文人毒化了、畸形化了,这个社会长了癌症了,没救了。

二、主导思想鲜明和直露

《儒林外史》现存的最早版本是嘉庆八年(1803)的卧闲草堂本,小说开头闲斋老人的序这样写:

> 其书以功名富贵为一篇之骨:有心艳功名富贵而媚人下人者;有倚仗功名富贵而骄人傲人者;有假托无意功名富贵自以为高,被人看破耻笑者;终乃以辞却功名富贵,品地最上一层,为中流砥柱。篇中所载之人,不可枚举;而其人之性情、心术,一一活现纸上。读之者,无论是何人品,无不可取以自镜。①

"功名富贵"是《儒林外史》的主题。构思小说有主导思想,不是吴敬梓的发明创造。但像《儒林外史》主导思想这样集中、这样尖锐、这样露骨的,尚属少见。简直有些"主题先行"的意思。

《儒林外史》顾名思义,反映士子生活,实际上它成了封建社会科举制度、官僚地主、封建道德的百丑图。

小说第一回"说楔子敷陈大义",写元末画家王冕的故事,通过王冕的嘴说明:用四书五经八股文取士的科举制度是不好的,"将来读书人既有此一条荣身之路,把那文行出处都看得轻了"②。

有这样鲜明的主导思想,在人物选择、故事取材上,吴敬梓有意识地集中将那个时代知识分子的理想狭小、为人自私、文人无文、文人无行,都集中起来,写得极端化。

文人理想除功名外无他。第十五回,马二先生对匡超人说:

> 奉事父母,总以文章举业为主。人生世上,除了这事,就没有第二件可以出头。不要说算命、测字是下等,就是教馆、作幕,都不是个了局。只是有本事进了学,中了举人、进士,即刻就荣宗耀祖,这就是《孝经》上所说的'显亲扬名',才是大孝,自己也不得受

---

① 〔清〕吴敬梓:《儒林外史》(闲斋老人序)(卧闲草堂本),朱一玄、刘敏忱编:《儒林外史资料汇编》,第254页,天津:南开大学出版社,2003。

② 〔清〕吴敬梓:《儒林外史》(第一回),第13页,北京:人民文学出版社,1958。下文所引该书内容,除特别注明外,均据此本,不再注出,仅在行文中注明回数。

苦。古语说得好："书中自有黄金屋，书中自有千钟粟，书中自有颜如玉。"

（第十五回）

为了这个狭小的自私目的，无数读书人挣扎在科举路上，爬上去，有名有利，高人一等；爬不上去，生活困苦，在冷嘲热讽中生活。花白胡子的周进向进学的秀才称"老友"，自称"晚生"，去做塾师，受人蔑视，他在跟人经商时，到贡院，触景生情，哭得死去活来，商人资助他参加考试，一旦考中，当初嘲笑他的人都来巴结了。

文人无文，目光如豆。因为梦寐以求想中举人、进士，只去攻八股文，除八股文之外，什么也不知道。范进中举后，跟另一个举人张静斋到高要县打秋风，两人辩论：刘基是洪武三年开科的第三名进士还是第五名。根本不知道刘基是大明王朝开国功臣。范进中进士后点为学道，这位学道大人居然连宋代大文豪苏东坡都不知道。

文人无行，道德低下。纲常伦理，仁义道德，在读书人身上已经丧失原来的意义，成了掩盖丑恶灵魂的工具。

——范进中举后死了母亲，表面上十分尽礼，吃饭时不肯用镶银的筷子，却在燕窝碗中拣了一个大虾圆子。

——周进的学生荀玫当了户部员外郎，听到母亲去世的消息，就考虑匿丧不报，而他的两位导师都支持他。

——王仁、王德兄弟是廪膳生，他们的妹妹病重时，妹夫请他们来商量将妾扶正，二人板着脸不吭声。待收了钱，王仁拍着桌子说："我们念书的人，全在纲常上作工夫，就是做文章，代孔子说话，也不过是这个理。"（第五回）钱能通神，他们忙着替严监生做甚是恳切的"告祖先文"。就在他们收了银子大吃大喝的热闹声中，他们的妹妹死了。

——严贡生最令人憎恶，他赖了邻居的小猪，坐船不交船钱还讹诈船家，在家族中，不承认已经扶正的弟媳，目的是抢夺弟弟家产，还要说："我们乡绅人家，这些大礼，都是差错不得的。"（第六回）

——匡超人本来是个性情温和、谦虚的贫家弟子，对父孝顺，对哥哥友爱，他听了马二先生的劝告，热衷功名，一步一步爬上去，为了攀新贵，停妻再娶，还吹嘘自己有学问，说"五省读书的人"都供着他的牌位"先儒匡子之神位"。牛布衣对他说："所谓'先儒'者，乃已经去世之

儒者"。匡超人说："不然！所谓'先儒'者,乃先生之谓也。"(第二十回)

科举之外的名士如何？《儒林外史》写一些徘徊于功名之外、表面清高的名士,实际上同样利欲熏心。

——两个豪门公子娄玮、娄瓒,仕途无望就大搞文人雅事,访高贤,纳宾客,搞名士大会,结果,他们访问的"贤"是奸拐尼姑的地痞权勿用,是骗人钱财的"侠客"张铁臂。

——最"风雅"的杜慎卿依仗有钱,出尽风头,他一边说女人不可近,隔着三间房就闻到她们的臭气,一边找人给自己买小老婆。他评色艺俱佳的妓女,还找男色,是个饱食终日、玩世不恭的纨绔子弟。

《儒林外史》还描写了各种趋炎附势、奉迎谄媚、沽名钓誉、吹牛说谎、言行不一、口蜜腹剑的丑恶社会现象,写到官吏贪财和盘剥,地主悭吝、恶霸蛮横,帮闲无耻,讽刺了虚伪的封建道德,使读者以科举为中心,洞察了封建社会的深刻本质。

《儒林外史》当然也有正面形象,小说开头的王冕,小说结束时的五个市井中搞书法、写诗、画画、下棋的人物,他们尊重自己的个性,不醉心功名富贵。社会下层中开香腊铺的牛老爹,开米店的米老爹,诚实忠厚。祭太伯祠的迟衡山、庄绍光,挑战传统的女性沈琼枝……都是作者肯定的。至于以作者自己为模特儿的杜少卿,更是不受封建礼教束缚、有离经叛道精神的人物。

三、白描是最关键的艺术手法

《儒林外史》是现实主义讽刺文学佳作,他的艺术方法最关键的一条是白描。

所谓白描,就是鲁迅先生所说的"有真意,去粉饰,少做作,勿卖弄"①,"无一贬词,而情伪毕露"②。也就是以客观的态度,运用准确朴素的语言,对特选的题材做真实的描写,让人物自我表现。

这是继承中国古代良史之笔,也是继承《世说新语》志人小说的经验,秉笔直书,直书其事。具体表现为描写的客观性,表现的准确生动性,情节的朴素性。

---

① 鲁迅:《南腔北调集·作文秘诀》,见《鲁迅全集》,第 4 卷,第 614 页。

② 鲁迅:《中国小说史略》,见《鲁迅全集》,第 9 卷,第 223 页。

　　《儒林外史》力求描写的自然客观,尽量不用富有感情色彩的语言去激发读者感情。对所描写的人和事,不加评判。作者从不出面做主观说教。鲁迅先生非常称赞第四回范进吃大虾圆子的描写,认为"无一贬词,情伪毕露"。其实这样的描写在小说中比比皆是。如第一回中,县令奉危素的命令,自己下乡找王冕,他先是想,我自己去找他来,堂堂一个县令找个乡民,岂不惹人笑话? 接着又想,我老师敬他十分,我就应该敬他百分。我屈尊敬贤,将来志书上少不得写我一笔,这是万世不朽的勾当,有什么做不得的? 想到这里县令就拿定了亲自"礼贤"的决定。这一段极其简略的描写,未加说明,未加褒贬,而县令的丑恶灵魂却惟妙惟肖地刻画出来了。

　　描写的客观,绝非作者对描写的人物无爱憎,甚至于作者不理解他笔下的人物,而是作者居高临下俯视人生,准确地观察生活,穷形尽相地描写人物,尽力让人物和事件本身显示自己的美或丑,善或恶,伟大或渺小。

　　这类客观的描写有时还可以达到漫画般的效果。特别精彩的例子是对严氏兄弟的描写。

　　严贡生正在向人吹嘘他"为人率真,在乡里之间,从不晓得占人寸丝半粟的便宜",马上就有他的家人来向他汇报:"早上关的那口猪,那人来讨了,在家里吵哩!"严贡生说:"他要猪,拿钱来!"(第四回)两段相得益彰的话,将严贡生的虚伪、无耻显现出来。

　　严监生临死,伸着两个手指头不肯咽气。他的财迷侄子以为有两宗银子没交待,其他人认为是有两个亲人没见着,只有与他朝夕相处的赵氏清楚:他是心疼灯盏里点了两根灯草。赵氏挑去了一根灯草,严监生就放心地咽气了。

　　情节的朴素性。《儒林外史》描写的,大都是当时社会中司空见惯、毫不为奇的事。如第三回写周进在汶上县薛家集坐馆以后,有个叫王惠的举人因避雨在他处借住一夜。中间没有任何了不起的事发生,也没有发生在二人历史上有重要意义的任何事。开始二人是一般的寒暄,各自作自我介绍,接着王举人胡吹了一通。掌灯时,王举人的管家捧上酒饭、鸡鸭鱼肉,举人吃了;周进也吃饭,吃的是一碟子老茶叶、一壶开水,吃完了各自安眠。第二天一早,王举人走了,撒了一地鸡骨头、鸭翅膀、鱼刺、瓜子壳,周进昏头昏脑扫了一早晨。

表面看来,这段描写是琐屑的,实在没什么可写的。仔细分析却发现,这个平淡无奇的情节,却写出了很深刻的内容。六十多岁还没进学的周进和三十岁的举人王惠两人生活对照鲜明,周进见王举人要恭恭敬敬地作揖,自称"晚生",低声下气;王举人带了仆从、鸡鸭鱼肉,趾高气扬,对六十多岁的周进只还半礼,自己吃鱼吃肉,连虚让一下都不肯,酒足饭饱后,扔下一地垃圾扬长而去。这两个人的处世态度是由其社会地位决定的。后来周进随姐夫经商逛贡院时,哭了又哭,直哭到口中流血,还称呼帮他纳贡的几个商人是"再生父母",这奇怪行为,正是从前边平淡无奇的情节发展来的。

《儒林外史》不追求骇人听闻的奇闻怪状,也不追求强烈紧张、足以震撼读者的戏剧冲突,真实而朴素是其创作的原则。有些情节在其他作家的笔下可能会写得紧张激烈,但吴敬梓却用朴素平淡的手法处理。如第二十四回匡超人补了廪,以优行贡入太学,就丧了良心,停妻再娶,将家中的妻子丢在脑后,与李给谏的甥女结婚,成了陈世美式的人物。这早已是中国戏剧屡写不厌的主题。作家们往往让当事人处于激烈的矛盾中表演,引出悲剧结局。但吴敬梓不,他居然这样安排:匡超人停妻再娶、青云直上时,需要回乡取保,他一进结发妻子娘家,其岳父郑老爹就哭得两眼通红,丈母号天喊地。匡超人愣了,待听到岳父岳母是因为郑氏死了而哭,"止不住落下几点泪来",听说死者已入殓,就淡淡地说了一句"这也罢了"。

这样的描写虽然貌似平淡,实际上对这个负心汉的谴责意味更深。匡超人开头吓傻了,以为停妻再娶的事露馅了。听说妻子死了,停妻再娶以来的内心忧虑、担心、进门后受到的惊吓,一下子全部丧失,如释重负,"这也罢了",正是真切地表达了他的心情:谢天谢地,终于逃过来了。这样的一紧一松,一张一弛,把匡超人已堕落的灵魂,把他的自私、卑劣,清晰地展示出来。这是以朴素无奇的情节展示人物性格的典范。

《儒林外史》情节的朴素性还表现在小说人物的结局上。《儒林外史》的人物大多没有含义深刻的结局,也不体现善有善报、恶有恶报的道德准则。人物充分展示自己后就退出舞台。这和中国古代小说善恶分明的结局不同,但更有现实意义。因为现实生活中,好人未必有好报,坏人未必有恶报,有时还恰恰相反。

情节朴素性并不排斥情节的典型化,范进中举就是例子。

第二节　一段璀璨的碎锦
——以范进中举为例

鲁迅先生在《中国小说史略》中说:《儒林外史》

能烛幽索隐,物无遁形,凡官师,儒者,名士,山人,间亦有市井细民,皆现身纸上,声态并作,使彼世相,如在目前,惟全书无主干,仅驱使各种人物,行列而来,事与其来俱起,亦与其去俱讫,虽云长篇,颇同短制;但如集诸碎锦,合为帖子,虽非巨幅,而时见珍异,因亦娱心,使人刮目矣。①

《儒林外史》构思特点就是"虽云长篇,实同短制";

它以反科举为主题统一全篇,以楔子、尾声隐括全书;

它的人物经常是灵光一闪般在书中出现,在书中消失;

它的人物跟自己的故事而来,随着故事的结束离开;

它的精彩人物和精彩故事像一段段美丽的彩锦片断;

它的情节不够完整,人物受篇幅限制没有得到充分表现;

它的主角是哪个?　都有点儿说不清楚;

它的精彩章回集中在前三分之二,三十六回之后,几乎不能卒读。

范进中举是《儒林外史》最著名的章节,它将《儒林外史》小说构思特点、写作特点体现得最充分。"范进中举"不仅是《儒林外史》最脍炙人口的章节,还变成现今广泛沿用的汉语词汇,人们用它调侃迟到的职称、提拔、奖励,"范进中举"四个字集纳不同时代读书人的坎坷和辛酸,小说生命力由此可见一斑。

范进中举是精彩的短篇小说,是鲁迅先生所说的"碎锦"。我们看

---

① 鲁迅:《中国小说史略》,见《鲁迅全集》第9卷,第221页。

看长篇小说中如何发挥短篇小说的艺术特长。

范进中举这个精彩短篇是由几个更短小的精彩短篇组成的。每一个阶段中都有一个很出彩的人物。周进、胡屠户，都是这样的人物。这些人物的表演，形成范进中举一个接一个的精彩片断。吴敬梓对这些人物的描写，可谓穷形尽相。

一、周进是范进命中福星

范进在广东学道周进点名时出场，寥寥数语，活画出苍老、贫穷、落魄的书生形象："面黄肌瘦"，说明长期挨饿；"花白胡须"，是个爷爷级考生；穿得寒碜而不伦不类，头戴破毡帽御寒却身无棉衣，单衣直裰且由特别凉爽的麻布所做，冻得乞乞缩缩……周进与之交谈，他坦承报名三十岁，其实五十四岁，实话实说，显出老实秉性；周进问：你为什么总考不中？"总因童生文字荒谬"，回答较为得体。范进一露面就给读者留下深刻印象。一个人二十岁开始考秀才，五十四岁还是"童生"，仍然一条道走到黑。为什么如此执着，更确切地说，如此执迷不悟？因为没有其他路可走。除死读书外，别无谋生本领。

绯袍金带的周进对麻布直裰的范进，与其说动了恻隐之心，毋宁说是透过时光隧道照镜子，看到昔日不堪回首的自己。周进做学道之初，就立下不可"屈了真才"之志。假如没有周进，范进的秀才没有多大指望。但范进水平到底如何？恐怕只能用"才疏学浅"形容。吴敬梓写周进擢拔范进的过程，颇具春秋笔法。周进开始读范进文章，想的是："这样的文字，都说的是些什么话？"因"可怜他苦志"，再看一遍，看出点儿意思。看到第三遍，"晓得是天地间之至文"。学道主持童生考试，竟要看三遍才明白考生说的是什么，学道水平可想而知。从字里行间推断，范进的文章学究味浓，佶屈聱牙，是苦学之文，即周进所说"龙头属老成"之文，不是花团锦簇的才子之文。周进评价范进的文章，从不知"说些什么"，到"天地间至文"，天差地别，说明科举考试根本没有严格标准，完全由考官随心所欲。周进对范进实际上采用的是"说你行你就行不行也行"的心理标准，怜悯之心高于爱才之心。（第三回）

二、胡屠户以贺为辱

《儒林外史》第三回回目"周学道校士拔真才,胡屠户行凶闹捷报",说明作者有两个描写意向:周进是范进中举的原因;胡屠户是范进中举发疯的社会背景。范进中举描写中心自然是范进,胡屠户却是并非主角的主角。甚至可以说,胡屠户是第三回最成功的人物,也是可进入整个古代文学人物画廊的人物。

范进进学(考上秀才),胡屠户登门,好一番耳提面命。照胡屠户看来,童生不过跟做田的、扒粪的平等,是"平头百姓",不能跟"我这行事里"的人平起平坐,杀猪卖肉者才是"正经有脸面的人",更确切地说:是多少有几个钱因而也有了脸面的人。范进做了秀才仍不能在屠户面前"妆大"。事实明摆着:秀才不能做官,仍是穷鬼。范进被胡屠户尖酸刻薄地骂作"现世宝穷鬼",不仅平时累他胡屠户,进学也是他胡屠户积德、"带挈"的结果。明明在范家,却是姓胡的指东说东,指西说西,命范母"也来这里坐着吃饭。老人家每日小菜饭,想也难过"。命范妻入席,"自从进了你家门,这十几年,不知猪油可曾吃过两三回哩"。对范进说话是"吩咐",直言不讳"不得不教导你",趾高气扬、颐指气使,活脱一只满地乱爬的螃蟹。范进见胡屠户,见面"作揖",听完话"唯唯连声",恭维"岳父见教的是",宛如摇尾乞怜的哈巴狗。范进对胡屠户的态度,不是晚辈对长辈的恭敬,不是女婿对岳父的客情,而是穷困书生对小康屠户的敬畏。胡屠户动辄埋怨女儿嫁了穷鬼,可怜范母吃不到好东西,感叹女儿见不到猪油,这些看似家常聊天的笔墨,实际是对翁婿不平等经济地位的深刻揭示。势利世界一认官二认钱,做不了官的读书人只能向金钱低头,即使是屠户以铜板计算的金钱。(第三回)

胡屠户贺范进进学,表面是贺,实际是辱,对范进实际是进行了一番不中举永远抬不起头、永远受欺凌、遭白眼的教育。范进决心考举人,既因有周进做靠山,更因胡屠户的强有力推动。

但是参加乡试得有本钱,范进家里连饭都没得吃,要参加乡试只能找岳父借钱。范进向胡屠户借盘缠时被骂了个狗血喷头。胡屠户之骂,面面俱到、淋漓尽致、花样迭出、新奇有趣:他骂范进的秀才是

"宗师看你老,不过意,舍与你的";他骂范进想做举人,是痴心妄想,骂"癞虾蟆想吃起天鹅肉",似乎不解气,还得骂出"想天鹅屁吃"的绝妙好辞;他骂范进不具备"老爷"资格,"这些做老爷的,都是天上的'文曲星'",都有万贯家私,而范进"不三不四"、"尖嘴猴腮,也该撒抛尿自己照照"……胡屠户难道不想让范进中举?非也。阻止范进考举人,是胡屠户基于严酷社会现实的选择。因为,举人考试比秀才难得多,需要的时间和金钱也更多。不管是作者故意写明的明朝,还是作者实际描写的清朝,秀才能考上举人者不过百分之一二。何况秀才三年两考,举人三年一考;秀才可在本地考,举人必须费盘缠到省城考。胡屠户根据范进三十年考个秀才的事实,认为范进考举人只会浪费时间和金钱,只会让自己女儿更苦,命令范进"收了这心"做教书先生,给家人挣碗饭吃是非常现实的选择。(第三回)

三、"噫!好了!我中了!"

范进向岳父求资助,一文未得,还给"一口啐在脸上","一顿夹七夹八",骂得"摸门不着",极端尴尬却痴心不变:"自古无场外的举人,如不进去考他一考,如何甘心?"三十多年考个秀才,举人怎可能一索而得?范进参加乡试是不甘心,是有枣无枣打一竿,并没有拾青紫如拾芥的自信。他瞒着岳父应考,回来又给胡屠户臭骂一顿,范母已饿得两眼都看不见了,让范进抱只鸡到集上卖了换米。此时的范进只会有解燃眉之"饥"的盘算,没有做"新贵"的奢望。邻居报信,他自己都不相信。

范进为人之老实、木讷、无能,通过邻居报信表露无遗。他认为邻居捉弄自己,却忍气吞声,尊称"高邻",声明"我又不同你顽",哀求"莫误了我卖鸡"。当邻居将换米救命的母鸡"掼在地下"时,范进明白自己确实中了!范进走路的步态都变了。集上卖鸡时范进"一步一踱东张西望",既是寻找有没有人买鸡,也因腹内无食走不动;待听到中举消息,似乎几碗干饭下肚,腿脚立时有力,"两三步"进屋,心急火燎、忐忑不安、急于落实中举消息的情态如画。看到报表,看一遍还不敢相信,再念一遍才心中一块石头落地,"把两手拍了一下,笑了一声"。一系列简练动作,作者不动声色白描,实际暗藏着范进翻江倒海般的心理活动,是喜极欲狂的前兆。

"噫!好了!我中了!"……"噫!好了!我中了!"

六个字,金字塔句式,三顿三惊叹,范进栽倒前后各说一遍,意味无穷。

六个字,写尽无限辛酸,无限怨愤,无限忧愁。五十年寒窗苦读,三十年穷困潦倒,三十年低声下气,三十年忍气吞声,三十年让老母妻儿忍饥受寒,三十年为岳父呼来喝去吃够窝囊气,终于一去不复返!

六个字,写尽无限向往,无限构想,无限美景。盼望多少年的荣华富贵、光宗耀祖终于来临。金袍玉带就在眼前,良田厦屋就在眼前,童仆妾侍就在眼前。范进终于拨云见日、扬眉吐气,有了人上人的机遇,有了做官的资格,有了发财的资本!

如此巨大的跌宕,如此强烈的刺激,见多识广者尚且难以忍受,何况一个死读书、钻牛角尖的呆子!范进中举而发疯,疯在情理之中,是性格之必然。

贵受乡人畏,贱受乡人怜。社会以成败论英雄,邻里以贵贱论远近。范进到省城应试,家人饿了三天,无一乡邻过问。范进刚刚中举,"众邻居有拿鸡蛋来的,有拿白酒来的,也有背了斗米来的,也有捉两只鸡来的"。当报录者出了让范进平时最怕的人打嘴巴的主意,立即有邻居"飞奔"去找胡屠户。

四、胡屠户再度闪亮登场

胡屠户在喜剧气氛中再次登场,他对"中举"的态度时时处处与对"进学"的态度形成对比,令人忍俊不禁:

范进进学,胡屠户独自拿一副大肠一瓶酒祝贺,还要臭骂范进"不知累了我多少";范进中举,胡屠户身后跟个"烧汤的二汉"(显身份、壮声势、供贵婿听差),拿来七八斤肉、四五千钱,还要说这钱"不够你赏人的",反对拿钱的儿子,则是不知道贤婿老爷今非昔比、目光短浅、"该死行瘟"、"骂这死砍头短命的奴才"。

范进进学,胡屠户对他"现世宝"、"穷鬼"照叫不误,考举人是"想吃天鹅屁",得撒泡尿照照,百般嘲弄,骄横异常;一旦中举,随口呼叫的"亲家母"、恶狠狠咒骂的"你那老不死的老娘"立即毕恭毕敬尊称

"老太太"，"现世宝、穷鬼"立即成"贤婿老爷"和"天上的文曲星"，原来"尖嘴猴腮"，现在连"方面大耳"的张老爷，也"都没有我女婿这样一个体面的相貌"。口角春风，谀态百出。

范进中举前，胡屠户想说就说，想骂就骂，想训就训。范进中举后，成了胡屠户心目中的天上星宿，得喝两碗酒壮胆，将小心收起，才敢去执行"打醒"任务，打过之后，马上心生懊恼，"菩萨计较起来"，要贴膏药将打了"文曲星"的手贴起来。

范进进学，胡屠户耀武扬威，吃得醺醺然，"横披了衣服，腆着肚子去了"，一副施恩于人、身份高于人的上等人情势；范进中举，胡屠户前来恭贺，时时小心翼翼，处处察言观色，张老爷来拜，胡屠户避猫鼠儿一般躲进女儿房间，一副受惠于人、自轻自贱的下等人架势。最后连肚子都腆不起来，"低着头，笑迷迷地去了"。

胡屠户当然是见风使舵的世故小人，但他有过人的聪明、敏锐的嗅觉，在势利社会中游刃有余。当他儿子反对拿钱来贺范进中举时，他回答"姑老爷今非昔比，少不得有人把银子送上门来给他用"（第三回）。精明商人胡屠户比范进本人更早地意识到"举人"的含金量。他在登门前就下定后半世投靠"半子"的决心："我那里还杀猪？有我这贤婿，还怕后半世靠不着也怎的？"

五、颠倒的地位颠倒过来

胡屠户前倨而后恭，范进前谦而后傲。胡屠户在范进眼中有威，所以能一掌打醒。但对范进来说，切入骨髓的感受却是"我中了！"经过一场疯魔，他仍能清晰记起中了第七名举人。范进对胡屠户的惧怕渐被举人气势取代，他不再向胡屠户作揖，不再洗耳恭听胡屠户吩咐，不再求助，不再恭称"岳父"，改称"老爹"，"将胡屠户叫过来"，宛如叫晚辈、下人。范进进学，母子两个对胡屠户"千恩万谢"，范进中举，胡屠户对范进"千恩万谢"。吴敬梓故意一字不差地都用"千恩万谢"，是有意识重复，沧桑性重复，哲理性重复，蕴味无限。范母因骤然间厦屋、店房、田产、奴仆都有了，儿媳插金戴银、绸衣缎裙，家用细瓷碗、镶银盘，大笑"都是我的了！"痰涌上来，一命呜呼。范进因猝然中举而疯，范母因突然富裕而死，范家母子一前一后跌倒，一是喜剧，一是悲剧,像电影慢镜头蒙太奇,形成意味深长的叠唱和复调。

范进中举,张静斋送钱送房子,表面看是举人间攀交情,认"亲切的世兄弟",骨子里是吃小亏占大便宜,后来二人果然同到范进房师汤知县门上打秋风。张静斋对范进表现得慷慨大方、亲切友好,实际上他比胡屠户更加居心叵测,他不仅利用范进,而且使范进的"老爷"很快进入角色,将本来就缺乏修养的范进带得更坏。

吴敬梓写科举制度下芸芸众生,针针见血,绘环绕"科举"的世态,笔笔生动。鲁迅先生:"至叙范进家本寒微,以乡试中式暴发,旋丁母忧,翼翼尽礼,则无一贬词,而情伪毕露,诚微辞之妙选,亦狙击之辣手矣。"①

值得注意的是:"范进中举"章节在描写胡屠户时,并不像对儒林中人那样冷静白描,而是有些意在言外的挖苦,如:"屠户见女婿衣裳后襟滚皱了许多,一路低着头替他扯了几十回。""到了家门,屠户高声叫道:'老爷回府了!'""屠户把银子攥在手里紧紧的,把拳头舒过来。"(第三回)从鄙视角度采用的是有浓厚感情色彩的叙事手段,带着明显夸张和讥讽语气。由此可见,《儒林外史》写人并非一套笔墨。

通过对范进中举这片碎锦分析,可以看出,《儒林外史》确实是将若干类似的故事"合为帖子",而且,它虽然有写科举中人的统一线索和主题,但并不像《水浒传》那样用"逼上梁山"线索做为丝线,将各类人物的故事,串联起来。它也没有采取《水浒传》那种串珠式或撞球式结构,让一个人物引出下一个人物,它更没有宋江这样一个可以叫做主角的长篇小说人物。因此,《儒林外史》有长篇小说形式,却缺少长篇小说实质。

根据鲁迅先生等学者的考证,《儒林外史》的许多人物都是有原型的。既然有原型,就不可避免地受原型的局限,如果吴敬梓张开想象的翅膀,多动一些脑筋,将若干人物通过一个统一的主题勾连起来描写,将矛盾更加集中,一波一波不断推进,小说可能更精彩。仍以范进为例。范进考中进士,点了山东学道,又出了个精彩情节:范进的宗师周进嘱咐他到山东后在乡试中要关照荀玫,范进果然忠于宗师之托,

---

① 鲁迅:《中国小说史略》,见《鲁迅全集》第 9 卷,第 223 页。

把六百多份考试的卷都查了,却找不到荀玫,很着急,继续查。他认为如果查不到没法见宗师。这时有人给他讲个故事:有位进士做上四川学道,听说四川有个苏轼,很有学问,就在考试的卷子里找苏轼的名字,找了三年也没找到。就对何景明说:"学生在四川三年,到处细查,并不见苏轼来考,想是临场规避了。""范学道是个老实人,也不晓得他说的是笑话,只愁着眉道:'苏轼既文章不好,查不着也罢了,这荀玫是老师要提拔的人,查不着,不好意思的。"(第七回)范进的迂腐无知,这件小事画入骨髓。可惜的是,像这类连续性故事,很少在《儒林外史》中出现。

第三节　中国古代小说的末流

拿破仑说过,当中国醒来时,世界将为之震撼,可惜中国这只睡狮,睡得太久,太香。中国封建朝廷虽然经过一次次改朝换代,其制度本质却是稳定的。稳定的社会制度,稳定的社会道德,这样的社会态势和心理态势,必然影响到文学的发展尤其是突破。

晚清出现小说四大家,即李伯元、吴趼人、刘鹗、曾朴。他们共同以谴责小说闻名。李伯元《官场现形记》、《文明小史》、《活地狱》,吴趼人(沃尧)《二十年目睹之怪现状》、《九死一生》,刘鹗《老残游记》,曾朴《孽海花》,对社会的批判相当激烈,艺术上比较成熟,所谓"结构工巧、文采斐然"(鲁迅评《孽海花》语)。但从整体上看,晚清小说的构思艺术都未曾对《红楼梦》有所突破。可以说,古代小说发展到近代,已基本上没有大作家和扛鼎之作,应该算中国古代小说的末流。如果说 18世纪以前中国小说雄视世界,那么可以说,十九世纪中国小说正如落后的社会一样,已成强弩之末。

相比于辉煌的古代文学,20 世纪中国文学呈现整体性滑坡,尤其是小说。当西方小说家提倡艺术形式和表现手法的革新,追求更灵活更自由的形式,以适应和反映生产、科技迅猛发展的时代,当西方小说理论家建立新小说语言系统、对叙事时间顺序、时间的双重性、间断性做多方面探讨,当西方小说家高举想象、意识流、潜意识、人格结构说大旗的情况下,中国小说却出现思想的绳捆索绑和艺术技巧的守旧滞后。二十世纪五六十年代"三红一创"即《红旗谱》、《红日》、《红岩》、《创业史》等几部最好的长篇小说,它们的构思方法,无一例外,都是从《三国演义》、《水浒传》、《红楼梦》学来。内容都是写工农兵、写革命。按照"源于生活、高于生活"的理论,从古代小说学一鳞半爪,用平淡无奇的文字、单线式平铺直叙的结构创造出来。作家的叙事技巧真是连《左传》、《史记》都不如。

其实此前莫里亚克已经提出,长篇小说首先是现实的易位而不是现实的再现,是尽量表达"人类交响曲"。《诗经》开篇就是"关关雎鸠,在河之洲。窈窕淑女,君子好逑。"①几千年过去,新时期小说竟以一篇《爱情的位置》引起轰动,中国文学衰落到何等可悲的地步! 新时期小说学西方经验成风,成功者当然有,东施效颦、邯郸学步者也大有人在。有些人以骂鲁迅成时尚,其实 20 世纪中国小说假如没有鲁迅先生和他的阿 Q,简直没法面对世界。

而鲁迅先生之所以能成为现代文学中无法替代的小说家,就是因为他系统地研究了中国古代小说的构思,当然,鲁迅能成为伟人的小说家,不仅仅因为他研究了中国古代小说构思。

2007 年 6 月～2011 年 6 月
完成于山东大学

---

① 程俊英,蒋见元著:《诗经注析》,第 3 页,北京:中华书局,1999。

主要参考文献

1　［清］阮元编. 十三经注疏［M］. 北京：中华书局，
　　1982.

2　［清］严可均校辑. 全上古三代秦汉三国六朝文［M］.
　　北京：中华书局，1985.

3　［清］永瑢等. 四库全书总目提要［M］. 上海：商务印
　　书馆，1930.

4　中华书局编辑. 新编诸子集成［M］. 北京：中华书局，
　　2003.

5　杨伯峻注. 春秋左传注［M］. 北京：中华书局，1981.

6　程俊英、蒋见元注析. 诗经注析［M］. 北京：中华书局，
　　1999.

7　［清］郭庆藩著，王孝鱼点校. 庄子集释［M］. 北京：中
　　华书局，1985.

8　王树民、沈长云点校. 国语集解［M］. 北京：中华书局，
　　2002.

9　何建章注. 战国策注释［M］. 北京：中华书局，1990.

10　［清］朱彬著，饶钦农点校. 礼记训纂［M］. 北京：中
　　华书局，1998.

11　［宋］朱熹辩证. 楚辞辩证［M］.《文渊阁四库全书》
　　影印本. 台北：商务印书馆.

12 中华书局编辑. 古小说丛刊[M]. 北京：中华书局, 1985.

13 [秦] 吕不韦主编, 陈奇猷校释. 吕氏春秋新校释[M]. 上海：上海古籍出版社, 2002.

14 王根林等点校. 汉魏六朝笔记小说大观[M]. 上海：上海古籍出版社, 1999.

15 龚克昌等评注. 全汉赋评注[M]. 石家庄：华山文艺出版社, 2003.

16 [汉] 韩婴著, 许维遹校释. 韩诗外传集释[M]. 北京：中华书局, 1980.

17 [汉] 司马迁. 史记[M]. 北京：中华书局, 1959.

18 [汉] 班固著, [唐] 颜师古注. 汉书[M]. 北京：中华书局, 1964.

19 [汉] 刘安主编, 何宁. 淮南子集释[M]. 北京：中华书局, 1998.

20 周生春辑校汇考. 吴越春秋辑校汇考[M]. 上海：上海古籍出版社, 1997.

21 杨伯峻. 列子集释[M]. 北京：中华书局, 1979.

22 [晋] 陈寿著, [南朝宋] 裴松之注. 三国志[M]. 北京：中华书局, 1999.

23 俞邵初辑校. 建安七子集[M]. 北京：中华书局, 1989.

24 逯钦立校注. 陶渊明集[M]. 北京：中华书局, 1979.

25 余嘉锡笺疏. 世说新语笺疏[M]. 中华书局, 1981.

26 [南朝梁] 刘勰著, 王利器校笺. 文心雕龙校证[M]. 上海：上海古籍出版社, 1980.

27 [唐] 房玄龄等. 晋书[M]. 北京：中华书局, 1974.

28 [清] 彭定求等编. 全唐诗[M]. 北京：中华书局, 1979.

29 [清] 董浩等编. 全唐文[M]. 北京：中华书局, 1983.

30 王汝涛编校. 全唐小说[M]. 济南：山东文艺出版社, 1993.

31 中华书局编辑. 唐宋史料笔记丛刊[M]. 北京：中华书局, 1997.

32 [唐] 欧阳询编, 汪绍楹点校. 艺文类聚[M]. 上海：上海古籍出版社, 1985.

33 [唐] 刘知几著, 张振珮笺注. 史通笺注[M]. 贵州：贵州人民出版社, 1985.

34 [唐] 李白. 李太白全集[M]. 北京：中华书局, 1999.

35 [唐]杜甫著,萧涤非选注.杜甫诗选注[M].北京:人民文学出版社,1979.

36 [唐]韩愈著,马其昶校注,马茂元整理.韩昌黎文集校注[M].上海:上海古籍出版社,1986.

37 [唐]杜牧著,朱碧莲、王淑均选注.杜牧诗文选注[M].上海:上海古籍出版社,1982.

38 [唐]李商隐著,陈伯海.李商隐诗选注[M].上海:上海古籍出版社,1982.

39 [唐]李肇、[唐]赵璘.唐国史补 因话录[M].上海:上海古籍出版社,1979.

40 [后晋]刘昫等著.旧唐书[M].北京:中华书局,1975.

41 [宋]李昉等著.太平御览[M].北京:中华书局影印,1960.

42 [宋]欧阳修、宋祁著.新唐书[M].北京:中华书局,1975.

43 [宋]赵彦卫著,傅根清点校.云麓漫钞[M].北京:中华书局,1996.

44 [宋]苏轼著,[清]冯应榴辑注.苏轼诗集合注[M].上海:上海古籍出版社,2001.

45 [宋]苏轼著,孔凡礼点校.苏轼文集[M].北京:中华书局,1986.

46 [宋]陆游.陆游集[M].北京:中华书局,1976.

47 [宋]罗烨.醉翁谈录[M].上海:古典文学出版社,1957.

48 [元]元脱脱等著.宋史[M].北京:中华书局,1977.

49 [元]臧晋叔编.元曲选[M].北京:中华书局,1979.

50 [元]高则诚著,钱南扬校注.元本琵琶记校注[M].上海:上海古籍出版社,1980.

51 [明]施耐庵.水浒传[M].北京:人民文学出版社,1975.

52 [明]施耐庵著,刘一舟点校.水浒传[M].济南:齐鲁书社,1991.

53 [明]罗贯中.三国志通俗演义[M].嘉靖本.上海:上海古籍出版社,1980.

54 朱一玄、刘毓忱编.三国演义资料汇编[M].天津:百花文艺出版社,1983.

55 周贻白选注.明人杂剧选[M].北京:人民文学出版社,1958.

56　《古本小说集成》编委会编.古本小说集成[M].上海：上海古籍出版社,1991.

57　［明］吴承恩著,刘修业辑校,刘怀玉笺校.吴承恩诗文集笺校[M].上海：上海古籍出版社,1991.

58　［明］吴承恩著,［明］李贽评.西游记[M].济南：齐鲁书社,1991.

59　朱一玄、刘毓忱编.西游记资料汇编[M].郑州：中州书画社,1983.

60　［明］许仲琳编.封神演义[M].北京：人民文学出版社,1973.

61　［明］汤显祖著,徐朔方笺校.汤显祖诗文集[M].上海：上海古籍出版社,1982.

62　［明］汤显祖著,徐朔方笺校.汤显祖全集[M].北京：北京古籍出版社,1999.

63　［明］胡应麟.少室山房笔丛[M].北京：中华书局,1958.

64　［明］兰陵笑笑生著,陶慕宁校注.金瓶梅词话[M].北京：人民文学出版社.

65　［明］兰陵笑笑生著,王汝梅等校点.金瓶梅[M].济南：齐鲁书社,1991.

66　［明］沈德符.万历野获编[M].北京：中华书局,1997.

67　［清］金圣叹.金圣叹全集[M].南京：江苏古籍出版社,1985.

68　［清］李渔.李渔全集[M].杭州：浙江古籍出版社,1991.

69　［清］张潮辑.虞初新志[M].北京：文学古籍刊行社,1954.

70　［清］王士禛著,湛之点校.香祖笔记[M].上海：上海古籍出版社,1982.

71　［清］蒲松龄著,任笃行辑校.聊斋志异[M].济南：齐鲁书社,2000.

72　朱一玄主编.聊斋志异资料汇编[M].郑州：中州古籍出版社,1985.

73　［清］孔尚任.桃花扇[M].北京：人民文学出版社,1958.

74　［清］吴敬梓.儒林外史[M].北京：人民文学出版社,1958.

75　［清］富察明义,［清］爱新觉罗·裕瑞.绿烟琐窗集·枣窗闲笔[M].上海：上海古籍出版社,1984.

76 [清] 曹寅. 楝亭集[M]. 上海：上海古籍出版社，1978.

77 [清] 曹雪芹. 戚蓼生序本石头记[M]. 北京：人民文学出版社，1975.

78 [清] 曹雪芹著. 脂砚斋重评石头记[M]. 己卯本. 上海：上海古籍出版社，1981.

79 [清] 曹雪芹著. 脂砚斋甲戌抄阅再评石头记[M]. 甲戌本. 上海：上海古籍出版社，1985.

80 [清] 曹雪芹著，蔡义江校注. 红楼梦[M]. 杭州：浙江文艺出版社，1996.

81 [清] 曹雪芹著. 脂砚斋重评石头记[M]. 庚辰本. 北京：人民文学出版社，2010.

82 [清] 曹雪芹. 蒙古王府本石头记[M]. 影印本. 北京：人民文学出版社，2010.

83 [清] 爱新觉罗·敦敏、[清] 爱新觉罗·敦诚. 懋斋诗钞 四松堂集[M]. 上海：上海古籍出版社，1984.

84 [清] 刘熙载. 艺概[M]. 上海：上海古籍出版社，1978.

85 鲁迅. 鲁迅全集[M]. 北京：人民文学出版社，1973.

86 胡适著，欧阳哲生编. 胡适文集[M]. 北京：北京大学出版社，1998.

87 郑振铎. 插图本中国文学史[M]. 北京：人民文学出版社，1982.

88 郑振铎. 中国俗文学史[M]. 上海：上海书店，1984.

89 俞平伯. 脂砚斋红楼梦辑评[M]. 北京：中华书局，1963.

90 钱钟书. 管锥编[M]. 北京：中华书局，1996.

91 张爱玲. 红楼梦魇[M]. 上海：上海古籍出版社，1996.

92 吴恩裕. 曹雪芹佚著浅探[M]. 天津：天津人民出版社，1979.

93 吴世昌. 红楼梦探源外编[M]. 上海：上海古籍出版社，1980.

94 胡文彬，周雷编. 台湾红学论文选[M]. 天津：百花文艺出版社，1981.

95 周汝昌. 石头记鉴真[M]. 北京：书目文献出版社，1982.

96 胡文彬、周雷编. 海外红学论集[M]. 上海：上海古籍出版社，1982.

97　刘梦溪编.红学三十年论文选编[M].天津:百花文艺出版社,1984.

98　中国历史第一档案馆编.康熙朝汉文朱批奏折汇编[M].北京:档案出版社,1985.

99　向达等.中外交通史籍丛刊[M].北京:中华书局,2000.

100　黄霖主编.金瓶梅研究[M].第9辑,济南:齐鲁书社,2009.

101　伍蠡甫等编.西方文论选[M].上海:上海译文出版社,1979.

102　[美]伊恩·P·瓦特著,高原、董红钧译.小说的兴起[M].上海:三联书店,1992.

103　[美]浦安迪著,沈亨寿译.明代小说四大奇书[M].北京:中国和平出版社,1993.

104　[捷克]米兰·昆德拉著,孟湄译.小说的艺术[M].三联书店,1995.

105　[法]勒内·基拉尔著,罗芃译.浪漫的谎言与小说的真实[M].上海:三联书店,1998.

106　[美]夏志清著,胡益民等译.中国古典小说史论[M].南昌:江西人民出版社,2003.

107　[古希腊]亚里斯多德著,罗念生译.诗学[M].上海:上海人民出版社,2006.